荆棘与珍珠

上册

胡梅仙 / 著

长江出版传媒 | 长江文艺出版社

图书在版编目（C I P）数据

荆棘与珍珠：全二册 / 胡梅仙著. -- 武汉 : 长江文艺出版社，2018.7
ISBN 978-7-5702-0173-0

Ⅰ. ①荆… Ⅱ. ①胡… Ⅲ. ①长篇小说－中国－当代 Ⅳ. ①I247.5

中国版本图书馆 CIP 数据核字(2018)第 006067 号

责任编辑：陈　郁　吴　风　　　　责任校对：陈　琪
装帧设计：璞茜设计—李婷婷　　　责任印制：邱　莉　胡丽平

出版：长江出版传媒　长江文艺出版社
地址：武汉市雄楚大街 268 号　　　邮编：430070
发行：长江文艺出版社
电话：027—87679360
http://www.cjlap.com
印刷：武汉市首壹印务有限公司

开本：700 毫米×1000 毫米　1/16　印张：58.25　插页：2 页
版次：2018 年 7 月第 1 版　　2018 年 7 月第 1 次印刷
字数：858 千字

定价：92.00 元（全二册）

梦幻现实主义的荷花（自序）

一、梦幻现实主义

马尔克斯说《百年孤独》是为了把他所有的童年体验用一种最完美的形式表现出来，他用的是魔幻现实主义，我也想把我目前为止所有的人生体验写出来，用一种我自己独有的方式，就是梦幻现实主义。所有的梦幻指向的都是现实，是为了写现实而写梦幻，不是为了写梦幻而写梦幻。写的是梦境，表现的却是现实和心灵。梦幻和现实看起来相隔万里，梦却在每一个瞬间揭示人间最深层的丑恶、猥琐、高尚、美丽、悲怆。一生的梦就是一篇最精彩的小说，梦映照人生，检验人心。

我不胜负荷。只能把梦之一角放在人们的面前，无论是魔鬼还是天使构织的梦幻，总有那么一些梦验证了人类的丑陋，人心的柔软和善良，以及有时无畏一切的英雄勇气。人的灵魂遨游于天地之间，以梦幻、感应、冲击等方式传递着相关、相连、相爱、相憎。宇宙何其辽阔，人类何其孤独，魂灵何其不朽，在宇宙苍穹中互相传递着我们和他们的消息。使我们不甘寂寞、不认孤独、拒绝死亡。在每一个星际中，每一颗星星，传说都是一颗杰出的魂灵。我愿意这样相信。人的心灵仿若星般璀璨，就像天空贴满的闪闪发光的宝贵钻石。每一句爱语的传播、每一个心灵的震颤、每一滴深流的泪水，都是天空的惊雷、雨水、彩虹和艳阳。

我传递了每一个灵魂的秘密给你，他们千真万确。虽有变幻无穷，虽然命运掌握在每一个人自己手里，但我们因之可以窥见我们每一个人的灵魂，在相争、相搏、相爱、相互奉献牺牲之时，所有的悲喜、哀怜、幽怨、愤怒、寂寞、孤独、绝望、高尚之泪的倾流、纯美之心的献祭。

梦是随着人成长的，童年的梦是蓝花的红花的梦，就像夏日的午后，那些五彩的蜻蜓、蝴蝶，是童年之梦支撑了以后一生活着的追寻。就像一个追着肥皂泡的孩子，肥皂泡虽然要破，可肥皂泡中映出的七彩光却是美丽的、诱惑人的。后来梦变成恋爱、纯真、相思、依靠，又变成洪水、地震、红舌飘带、不可抑制的欲恋，又变成赤脚、破鞋、裙子、无可逃避的奔跑。又变成神灵手上拿着的镜子，把人间每一个角落照到。那些让我们感激的、爱的、怜悯的、仇恨的，慢慢地变得宽容、慈悲。让我们永远都记住那些经历的情意，忘记那些仇恨的伤痛。只有情意，让我们有理由活着，热爱生命，可以笑，可以有尊严，可以理直气壮地说话。无论它有多少，它在着。就像每一个人来到这世上，他的身体必定要经历成长，情意就是一个与血肉、骨头一起成长的过程，我们因此有信心，我们能获得天地精华，把无数仁爱、善良、不朽的灵魂摄入自己的魂魄，因此，宇宙情意生生不绝。

其实人体本身就是一个生态系统，那么人衍生出的思想也应分为生态和非生态的，人所构造的文学作品也可以分为生态和非生态的。一个生态的个体的目光是宇宙的，他（她）的文学作品是包容宇宙的，有宇宙万物流动的气息。

二、相似的人物

人们倾向于在一篇小说中写不同的人物，我力图写一些相似又不同的人。不管是男人与女人。一个人与另一个人可能有百分之九十多的相似，可这百分之几的不似却在关键时刻能让每个人显示出不同的风貌、品格、心性和选择。这百分之几的不似就是这人与那人或者其他人之间的真正区别。力图写出心灵的潜意识选择，即“跟心”的选择，这是一个检验的过程，人性的光辉和黑暗、罪恶因之突显。

我希望创造一种更接近生活状态的文学，它同时会显现出一种自然的色彩，这种自然会把人的心灵引向一种更纯粹的境地，就像面对着蓝天白云清风树木花草，你不需解释，你只需呈现，用自己整个的爱美、热爱自然和生活的心灵去感受。如果一种文学能够让你回到最朴素的境地，并且能给你的心灵带来类似于获得自然真理的喜悦，这种文学是我崇尚向往的文学。尽量以最自然的生活和心灵面貌呈现给人们，却已把握了生活、自然和心灵的真髓，并且让生活中直接而来的悲欢离合以一种直接浸入人骨髓的哀痛欢愉表现出它最自在的样子和形态。比如火塘里一束束腾起的火焰，它是喜乐的，可是却可以在水中化为心酸热烈的更为升腾的火焰，或者它随着无边的燃烧、放射，最后熄灭成冰冷的炉灰。可以在火焰中看到穷苦的卖火柴的小姑娘冬夜里的向往，又会担心湿柴火难以烧燃，或者家里的柴火没有了。这就是最自然的生活，就像火一样无拘无束。它的火焰是温暖的、令人向往的，生活就是怎样让它一直都燃烧着，保持着升腾的、无拘无束的姿态。好的文字的品质有时就如好柴烧出的火焰，亮亮的，橘黄色的，一串串的，呼啦啦地响着，像在笑着，把每一个人的心点亮，因之感谢，因之依赖，又喜欢。没有呛人的烟，它已经烧到最旺的时候，它的火焰已经纯粹得如天上一块一块的透明的红云，做饭、炒菜、烧水，烤火，米粒、蔬菜、井水，把天地雨露带回到人的身体，人的身体坐在火塘边说话、做事，弥漫的也是时间里缓缓流过的生活，从人的手里把洗过的菜抓到锅里，从人的手上针线穿过碎花或者蓝色、卡其色的棉布，棉花或者苎麻的手感混合着低低的说笑声，似乎田野里的风吹进来把时间定格在乡村的屋堂、房间，只留下一幅时间、清风、生活融合在一起的像风干的稻草一样、散发着淡淡甜味的图画。

美在产生的过程中。关于自然、童年和梦想，关于偶然、错过和不懂，关于美、爱和生命的神性，关于孤独、绝望和年老、死亡，关于生存、苦难、背负和感恩，关于压迫、迫害和反抗，关于欲望和道德，善良、宽容和爱之罪等。美好的，爱的，善的，无奈的，心酸的，丑恶的，活着就是这样。美丽而又承受，在疼痛的心口上敷上糖和花朵。太阳和月亮都是一样的美。即使是在分不清它们的时候。

这是一本身心处于宇宙悬浮状态的书，又感到那么美好的人世气息。情与欲，肤浅和沉淀，理智和德行，美好与沉重，背负和逃避，向往和重负，光明与举步维艰。珠月吻到了因颉嘴唇里的荷花，是从因颉心脏根部发出的香味通过他的舌在梦中传给她的。珠月脚陷在一片荷花的淤泥中，那个站在荷花中渐渐消失的漂亮小姑娘就是诗。在珠月化成一缕芳香飘入因颉的胸中时，生命已成为新的能量和气息，苦难已经越过了岁月，生命之灵的美好带着历史的凝固永恒。因颉和诗都几乎处于和珠月日常生活隔绝的状态，在珠月心中的他们的形象在全篇中会有不清晰的部分，也许这正是我要描写的这两个人物形象。他们构成了珠月的理想和她的理想的幻灭。虚幻中的朦胧最终会被事实击穿，光明和黑暗在一瞬间涌入，世界在眼中充满了感动或者悲痛。王思美、小乐、珠月的爸爸、范阳、叶曦等等的死，珠月的纯洁、承担和美德，会一直深深地刻在我的心里。我们不能左右时日，只能用微笑来抗住心酸，用叙说来包裹、打磨岁月的光彩。

三、好的小说是一片丰腴的土地

人活着就是为了追溯童年的梦想，或者留存童年的梦想，那些彩色的梦想虽然经过时间已变得空白虚无，那个梦想的美丽的回忆仍在。为了那个回忆，因之而来的那种无穷的力量，人愿千百次沉淀于其中生活、奋斗、拼搏，在心里继续保有希望。

这种童年的梦想和向往，童年观事的新鲜和对自然、土地、生命的热爱。这就是人活着的理由。这是人类精神的乌托邦，人就靠这个原初的梦想生活。不管回归带着什么回来，伤痕累累或者满身荣耀，只有童年的那个太阳，那滴露珠，那个清晨，那片云彩，那条彩虹，那湾清泉，那赤着脚被玻璃割破的口子，还有那些朦胧的对于未来的向往，促使人不断地走着，向往着。爱情和事业是对童年美好向往的回应，它与童年是一种同构。一切都是童年的回声。最终生活返回到那个清泉流淌浓荫覆盖的小沟里，几个小伙伴在一起说着未来，梦想着吃不完的糖块。我们将留下什么？永存的实际是梦，但我们要固守这个梦。人是宇宙中的精灵，他（她）的意义是什么？或者只有那些与天地相通的人才是真正的人？他（她）有着先知的语言，或者只有他（她）才富有这样的能力，说出人类的箴言。或是为了以此来显现一次人类对天地真正的理解和参悟？还是人将流于浊流中，你无法挣脱？这些大都是你自己可以选择的。

无论生活有多么艰难、绝望，可生活本身永远都是美好的，童年的梦想永远都是诱人的。只要有童年的梦想在，它锤炼了一双清澈的向往未来的眼睛，有着与自然同一的天然的善良的情感，即使是在死亡的前夕，人也会微笑。过往的生活已深深刻成优美的印痕，让人一生吸吮不尽。爱生活、爱生命，即使困难、死亡，仍不能改变生命中曾经刻印的美好，就像清泉印入人的血肉，花朵、露珠曾经点缀了眼睛，眼睛就会永远留下那一瞬间长久的惊喜和热爱。

那些逝去的亲人、光阴、田园，那些夏天草垛上升起的轻烟，含着小麦和稻谷的芳香，那些烂漫的花朵，那些汗水，像铁一样慢慢铸成的意志，那些不能忘怀的，牵扯生命的，假如我们不能把它们记下来，我们就像白来这世上一场。

我希望写出像童年一样的自然和生活，用自然化、生活化的表现方式蕴含复杂的人生意蕴和生命、万物的神性。好的小说是一片丰腴的土地，从里面自然生长出树木、鲜花、稻麦。意蕴是从文字中直接自然地生长出来的，不是在贫瘠的土地上栽种几棵引人注目的大树，它就是大自然花草树木本身的形态。

生命的神性即良心，良心在，神性即在，人得以安宁祥和。良心可以拯救世间万物，即使是生物，它们也有它们处于世间的良心。静静地做着自己的本分事，各自喜乐。

另外，我需要着重说的是，小说就是小说，文中的人物、故事情节或者是张冠李戴，或者是想象，与生活中的任何人无关。它是诗意的，甚至是宗教的，不是琐碎的，它表现的是人性和生命的神性以及万物之间的关系。

感谢一路来所有支持、关心和帮助我的人，我爱你们！因为有你们，我不孤单，也不绝望，心中的感激永远满满的。还有远方，我不认识的你们，因为有你们，我们在宇宙之中相通、相怜、相助、相爱，从不寂寞。

胡梅仙2016年7月

于广州蓝色康园

第一章

“十一”期间，明珠月正在外旅游，到了晚上好累，想着第二天还要早晨六点半就起床，赶快就睡了。外面的昏黄的灯光在窗帘外闪烁着，甚至有一股凉风吹来，空气里有一股闲散的旅游的气味。第二天早晨醒来时，她感觉到像流过血，虚脱似的，又隐隐地有一份欣喜，她感到她的爱人在需要她。虽然梦中并没有他，而这个梦一定是他给的或者说是菩萨帮他传给她的。她在梦中一直想拼命地逃脱一场大水，那场大水是她的爱人要赠给她的，相信她而想赠给她的。可是她却好怕，因为它在梦中是要置她死的，她当然要怕、要逃了。且不说她怕不怕逃不逃的事，这还只是事情的表面，她只想到他的需要他的依赖和呼唤，她就在心里像吃了蜜一样。她不管那么多了，他们彼此都这样，即使把心挖出来交给对方了，都不会满足的。除非一分一秒都不分离地粘着或者把对方吃了才算数才放心了。

总之，那几天，珠月的心情很好，虽然也不知发生了什么事，但她知道与她有关，她内心里暗暗地有一些恐惧和担忧，更多的是一种她和他要越来越接近的感觉。

第二天去拜南海观音菩萨。南海观音坐落于南海边，很高很雄伟，有一百零八米，观音顶现弥陀，左手托法轮，右手施无奇，观音圣像足下的莲花宝座高十米，共四层，每层有形状相同的二十七瓣莲花，共一百零八瓣，全钛合金打造。当远远看见观音像时，珠月就立即双手合十表示她的敬意了。一路走过去，大概走了十几分钟，珠月烧了香，碰到有可以跪的垫子就跪上去作揖磕头。没有人会注意你是否虔诚。在二十几岁时，当珠月有一次朝着观音又跪又磕头时，感到同去的同事的目光都齐刷刷地在她身上了。她虽镇定自若，却还是感到了他们的目光。慢慢地，也许是改革开放之后，在“文革”时被摧毁的庙宇慢慢地修复的原因，现在大家对求神拜佛越来越习以为常并且很多人也虔诚地开始崇拜了。

前几年，有一次在乐城的寺庙里拜佛，十岁的女儿很不满，认为妈妈是迷信，说妈妈一个博士生竟然对菩萨跪拜，不可思议，女儿甚至为妈妈感到痛心。珠月对女儿说，信佛是一种信仰，并且对她说佛教是一种宗教，不是迷信。孩子似懂非懂，其实珠月又何尝懂得多少。她只知道，看到崇善的、崇好的就信。这一次在海口、三亚，女儿似乎并没对珠月的如此虔诚说什么，她自己也跟着跪拜起来了，可能是她认为只要是善的好的都可以崇拜吧。再说，经过几次争辩，几次耳濡目染，孩子也认同了她的“迷信”。

至于珠月的信仰是什么，她也很难说清楚。她十几年前到杭州，自己一个人瞎走，碰到道教的观也进去跪拜，走到一个佛教的寺庙又进去跪拜，又敲钟祈愿。也不觉冲突。珠月妈信基督教，基督崇爱，她也崇拜耶稣。基督教只许信一个神，就是基督。中国的佛道倒没有只许人们只信他一个。还有，她信上天，这个上天其实就是人的良心，就是人心的宇宙的写照。天上打雷下雨就像人的血液经过血管又流经心脏，人的血和气在自身不断地循环，就像大自然的风霜雨露也是在大地和天空这个大的躯体内不断地循环。这也许就是一个中国人的宗教信仰吧，他们总在各种宗教中寻找适合自己心性的美、善、爱等。

有一件事至今珠月都还津津乐道，在杭州有名的灵隐寺，听说是乾隆下江南必去的地方。看那一路的墙上斑驳的黄漆，想必导游也不是在夸夸其谈。说实话，灵隐寺真的是很灵，珠月当时和一个僧人攀谈，就说出了他的籍贯，又和一个僧人攀谈又说出他的籍贯，第三个又说准了。她根本就听不出任何口音，她完全凭的是对他们的相貌和整体的感觉。这让她异常兴奋，坚信自己与佛有缘。连其中一个僧人都说她与佛有缘。她当时就想起西湖边上被称为“梅妻鹤子”的北宋处士林逋的诗句“疏影横斜水清浅，暗香浮动月黄昏”。其时正是黄昏，误以为那山上就有一个植梅养鹤的孤独清淡的居士，使得黄昏的暗中又增加了一点寒凉。珠月甚至认为佛祖当时还和她开了一个玩笑，她和两个同事去跪拜佛，她当时硬是找不到她准备供奉的钱了，她们几个把她的包掀了个底朝空，也没见她那几十元钱，找来找去，只找到五元钱，她认认真真地把它扯平整放在了供奉箱里。待她们走出寺庙，珠月把包的拉链一打开，就发现了她那久违的几十元钱了。那两个年纪大的同事脸朝她带着一点意思地笑着说：“是不是菩萨知道你刚才不舍得出那么多的钱，就把钱藏起了不让你找着？”

现在也是黄昏。等她离南海观音菩萨最近的时候，因为只能站在远处观看，不能走近，她就在以为和观音菩萨正对着的一个位置站得好好的，双手合十祈福。孩子赶着给观音菩萨照相，她自小就学美术，对位置距离特敏感，照出来的南海观音相片就像摄影家拍的明信片一样不偏不倚，她对孩子的摄影技术给予高度的赞扬，观音菩萨与相片两边的距离就像量过的。她想，这张照片我一定要好好收藏。

那边，看到一条长长的队伍排着，原来是人们都在排队等着跪拜前面设的佛祖、菩萨。佛像前面放着三个包着金灿灿黄布的垫子。珠月非常自然地站到他们的队伍中，她大约站了个把小时，该她了。当她正向那几个垫子走去准备跪拜时，她的脚却没来由地扭了一下。她跪在那崭新的黄色垫子上，心里口里都念念有词，她记得她第一个就是祈求佛祖、菩萨保佑因颉一切顺顺利利的，因为她想起了昨晚那个恐怖的梦。在她还没跪上去之前，她就在心里想好了要说什么，莫非是观音菩萨暗示我因颉发生了不好的事？等她拜完，孩子给她看她跪拜的相片，她还不知道孩子竟然拍下来了。孩子笑着问她："妈妈，你怎么跪那么久啊？你都在那儿说些什么？"她笑而不语，只是心里一直都在为她的脚扭了的事琢磨着是怎么回事，又想到昨晚的梦。珠月没想到一个更大的恐惧在随后的一个多月后几乎把她推下悬崖。

走在"天涯海角"的时候，也是第二天的黄昏，珠月和女儿赤着脚在软软的沙地上走着，任浪涛像那些吃着皮肤的小鱼一样轻轻地咬着她们，痒痒地，柔柔地。三亚"天涯海角"的黄昏应该是全世界最美的黄昏。看着蓝色的像绸缎一样的大海，它在脚近处的波涛汹涌并不影响它在远处铺展的平静的光滑的像蓝绸布一样的海面，给人想睡上去漂流的诱惑。她心里想，怪不得有的人想跳海，跳海是一件很美的甚至是一件无法抗拒的事情，我现在都有一种冲动，就是睡在波涛上。我还以为我是在享受人间极致的美的体验。不过，人睡上去的时候很美，人死了，漂上来了，身体都肿胀腐烂了，又是多么可怕的事情。还是宁愿海水能把我漂到很远很远的没有一个人能看到的地方，即使肿胀的肉体再丑陋，也没人能看得见了。不知为什么，珠月竟想到了自己未来的死亡方式。以前从不想到这些，这几年不知为什么经常有死亡的念头在她的脑子里一掠而过。她相信她是不会轻易去找死的，可能只是喜欢去设想死亡的方式而已。农村人有的才四十多岁就把棺材做好了，是因为对死的恐惧还是因为死的豁达，人们也说不清楚。只是看着摆在一些人家堂屋楼方上的棺材，不知为什么有时感到很恐惧很丧气。如果是自己去设想自己未来的死亡方式，和棺材放在那里虽没区别，却还是要让她稍微乐观一些。

走到写着“天涯海角”的巨石下面，珠月自然会在那里照相。“天涯海角”曾是她梦想过多次的地方。她十几年前曾去过海口一次，当时因为不舍得出几十元钱的车票，就没到三亚去。她那次总共带了五百元，在二十世纪九十年代初，五百元是她三个月的工资。她在海口买了一把伞，一瓶洗发水，去时又在桂林玩了两天山水游，都没舍得吃海南的海鱼，这还是在回家的路上听到一个“护花使者”说有海鱼与淡水鱼味道不同这回事的。在海口时，他们不知怎么认识了，还有他的另一个朋友。他们俩都说他们是中学老师，大学毕业刚工作一年，不想当老师，想出来看看。珠月说，我也是想出来看看。其中一个见珠月要回家，他说，我和你同路，正好送你一程。珠月说，好啊。那个未回来继续留在海口的朋友说还想再找一找，不想回去，因为他已经把学校的工作辞了。珠月走时，他在远远的地方还在摇着手，当时给她的感觉是一份凄凉。他已在海口待了半月，还没找到理想的工作，学校又辞了，回不去了。珠月当时感到他是一个无旅的天涯人似的，感到他在海南似乎找不到工作了，竟有一种深深的同情和担忧。他后来给珠月写过一封信，正是应了她的感觉，他说他没在海南待多久，就回去了，不过，他并不在以前的学校，只是暂时打临工，以后又到多处地方，过着“混一口饭”的生活。珠月后来把她的诗集曾寄一本给他，他写了一篇关于她的诗集的诗评给她，总共有二十页信纸。珠月当时正生完孩子不久，躺在床上看了半天，觉得那篇诗评写得很好很花功夫，遗憾的是，现在怎么也找不到了。

当时到海南的人太多了，全国都兴起一股下海的热潮。珠月在海口街上走时，只感到到处是人，到处都是张灯结彩。大街上美女如云时时飘过。听说那时海口很乱，她和同室的女孩子去舞会，就有几个不务正业的男孩子说要请她们喝咖啡，并且有一个男孩子和珠月拉呱了半天，约她第二天再来跳舞，她和同去的女孩子一概不理。晚上睡觉时，她们把门塞上后，又用桌子抵住，听说在海口经常有坏人越窗而入。那次到海南觉得海南太孤独了，就是一个孤岛。

为了到那个孤岛上去，她都不知怎么上的火车。列车员像赶牲口一样用鞭子抽着那些拥挤的人群，很多人就从窗户里爬进去，爬不进去的就只有耐心地等下一辆火车了。不知自己怎么被拥挤着上去了，虽然是三月天气，里面却是热烘烘的。珠月好不容易找到一个放脚的地方，就又被一群人推扯着只有紧紧地贴住旁边一个身上衣服脏得要命的老人，他正把他的那个蛇皮袋没办法，列车员过来要他把蛇皮袋拿开，可他不知放在哪里。真不知他是怎么上来的，列车员见他正在犹豫，用手上的棍子拼命地戳他的背，只是叫着“让开，让开”，比电影里国民党掀翻生意人摊子又补上一顿打的士兵还要凶恶的样子。等到那个耀武扬威的列车员走过了，珠月又往车里面挤挤，希望能瞅准一个机会和一个心好一点的人挤挤座位。

珠月这个想法很大胆，她自小就认为没有事办不成的，做什么事也是净碰贵人。别人认为有一足之地很不错了，她却在打算着能凑上一个座位。看着座位底下睡着人，连行李架上都睡了人，而她的高跟鞋已使她早就难以站立了，只能脱下来，穿着袜子踩在报纸上，还是不行。珠月想，我一定要找一个位子，就和一个女孩子攀谈起来，她可能知道珠月的意思，就说，你和我挤着坐坐吧。珠月听了这句话就像遇到了救星，因为她已经站了两个小时了。以后，珠月在车上遇到想要和她挤座位的人，她都非常理解和同情，从来都是十分愿意和别人挤，就像自己一个座位只花了一半价钱或者说同样的钱买了两张票一样。

以前的火车很慢，珠月一直和那个女孩子挤着坐到了桂林下车。珠月小学五年级时学过一篇课文叫《桂林山水甲天下》，桂林的山的奇和桂林的水的清让她一直都对桂林山水充满向往。想到这次出来好不容易经过桂林，她是一定会下去看看的。她也没有破釜沉舟一定要在外面找到工作，所以在桂林那两天她玩得很悠闲也很诗意。晚上住在一个八元钱一晚的宾馆里，那个宾馆很干净档次也不低，而且那个房间只有她一人睡。宾馆的窗帘很干净也很新，把窗帘拉开，外面就是热闹的灯红酒绿的大街。珠月拿出一直随身带的日记本，她有一个习惯，不管到哪儿，都带着日记本和书，她记得她当时写了几首诗，虽然写得快，倒也不俗，拿得出手。她写诗一般二三十分钟一首，最多也就个把小时。所以写的诗只有真情很少雕琢，到目前为止，她还没有一首诗是为了写诗而写诗，是精雕细琢的。她有时想，我似乎是希腊的女抒情诗人萨福，她的诗是好的，为什么我的诗就显得那么“浅薄”？大概是这个时代喜欢技巧和雕琢，诗歌确是需要技巧的。珠月在本子上很流利地写了几首自己觉得还很满意的诗。中间写时有些打阻，大凡这个时候，她写的诗一般都耐读一些。如果是她一鼓作气写下来的，一般是情感真挚充沛很好读却少了一些曲折的韵味。

白天看了七星岩，象鼻山，又看了漓江，漓江的水已不是像书上写的那么清澈透底了，不过，在雨色朦胧中，她望着漓江的水和漓江两边和前边的山，思绪却很多。虽没有像后来看到长江三峡和长城那样震撼，却也是感慨为什么桂林的山那么奇，你说它像什么就像什么，你可以无穷地想象它是一个人或者是一匹马一群羊。在船上，珠月的心情很好，导游别出心裁地要大家派代表发言，没人作声，他说，那就点一个美女上来吧，说着，他就指着珠月要她上去，珠月还没想到他会把她当美女，觉得挺有意思的。珠月说，我没话说啊。珠月在船上和几个刚认识的人一起点了桂林四宝：鱼，虾，蟹，还有一种应是螺蛳什么的。当时只觉得味道太鲜太美了，是她吃过的人间最鲜美的食物了。下次到桂林一定要再点桂林四宝，不知道味道经过这多年的废气污水是否还可能像当初那样鲜美？

晚上，她打开窗帘，看着外面，心情轻松而又快乐。想到白天看到一个老君炼丹的塑像，她看着旁边立着一块牌子，写着“老君炼丹”，虽写的“老君”，相貌却是一个少女。她很有感触，“老君”炼“丹”，“丹”不是一刻两刻能炼好的，老君也不可能是一个年轻的少女了，而这些与时间、沧桑有关的字眼与眼前这个年轻的面孔合在一起又是多么和谐和让人感慨万千。珠月当时认为自己就是那个炼丹的少女，炼千年也不会老，因为“丹”没炼出来，怎敢老去？丹就是她的爱人，而她就是那个千年等他盼他的少女。岁月的风尘不会让她老去，她不会放弃炉火中的丹，她相信她的那个千年的爱人会从炉火中走出来，他就是“丹”。晚上，除了写“老君炼丹”的诗外，珠月又很写了几首诗，直至把自己感动了，就上床睡觉，珠月感到那种感动有些舒适甚至矫情。当早晨暖暖的阳光透过窗帘照到床上时，她心里很喜欢一个晚上八元钱让她住得这么舒适的桂林。

在海安坐船到海口，第一次看到海，珠月很兴奋。站在船舷上，看着波浪翻滚成白色的浪花，海鸥在头上点点地飞着又贴着水与海浪嬉戏。她一直都在全神贯注地看着，不让眼睛有半点休息。远处似乎有一片树林，挨近了又不像；远处又像有一座岛，稍微近些了，也不像了。

珠月在海口看了苏东坡祠，吃了一个椰子，一元钱一个。去了几家公司应聘看看，就想到要回家了。晚上听几个朋友说，要想到三亚，晚上有车，想想身上的钱可能不够，就没去。她紧巴巴地没乱花一分钱，回家还有结余，剩五十元。去的路上，在从湛江到海安的公共汽车上，看到几个学生模样的背着吉他说是要到“天涯海角”去，看他们说“天涯海角”时眼神里透出的那份向往，她当时也被他们感染了，“天涯海角”在他们的向往中增加了她的一分向往。没到过“天涯海角”，能说到过海南吗？到北京不到长城，等于白到北京。多年之后，她到了“天涯海角”，它与她想象的差不多，只是那几个字比她想象的要小。可能是因为黄昏的原因，她怕相片里照不出那几个小字，又觉得那几个小字越发要从她的视野里退去似的，竟惹得她的心一阵黑暗一阵苍白。“天涯”和“海角”两个词是分别写在不同的石头上的，两块巨石之间还隔着较长的一段路。她一直以为它们是写在一起的，没想到是分开写的。她又觉得那仿佛是故意的，就像人的心，故意要把它掰成两半似的。那几个字在她的眼中，竟显出一些凄凉的意味，她想也许是因为黄昏，特别是那落下去只剩下一条线的夕阳的原因。又感到那几个字似乎与她未来的命运有些相关，很想在那几个字下面多站一下多靠一下。碍于人多不便，担心别人用奇异的眼光看着她，她只有作罢。

有一次到长城，珠月一个人坐在城墙上好久好久，感到自己的思绪穿越千古，真是妙不可言。恨不得自己能坐上一整天，再拿出个笔记本慢慢地写着，一直写到日落，黑夜降临。不过，同去的新华社记者已经在催了，不能坐久了呵，还有别的地方要走一走。同去的主任不肯上长城，他已经来过一次了。只有那位记者陪她去。去时是坐的缆车，那时她很怕死，一看缆车下面，就吓得心惊胆战。她说：“这缆车不会掉下去吧？”那位记者说：“你不过千金而已，掉不下去的。”她觉得他还挺幽默的，接着，他竟然念起古诗来，古诗从一个北方高大的男人嘴里吐出来，感到挺好笑似的。她忍不住想笑，拼命地抑制住自己，越想自己不笑，越是抑制不住。她都笑得要抽筋了。那位记者说：“不过，你倒是要把缆车笑掉下去了。”

余清不放心，说要来北京接珠月，珠月说：“那太麻烦了。”余清说：“到时看吧。”珠月到颐和园去玩，那天室外温度零下十几度，没有向导，她糊里糊涂地去玩苏州街，整个苏州街几乎都没见一个人，游客一般冬天不玩苏州街，因为苏州街河上的水都结冰了。那时她感到一种异乎寻常的孤独，被遗弃他乡的孤独，远离人群的孤独，仿佛青春在渐渐逝去，世上的人群在渐渐散尽。因为她回来得晚，没有赶上北京单位给她买的火车软卧票。那时，她给余清打电话，余清说：“不接你了。”余清知道珠月有票，他要坐飞机来接珠月，说不用单位火车票，当珠月心情黯淡地说“没赶上火车”时，余清就不来接珠月了。珠月知道余清是不放心她，如果她心情好，他就会不放心，怕她去和谁约会，其实她当时在北京没有一个熟人。如果她心情不好，他就很放心了，也不用来接了。

来北京的时候，珠月看到 X 市时那种兴奋样子，就像看到因颉一样。她睡在颠簸的火车上，从没感到火车是这么地震荡得厉害，几乎一晚上没睡，总想火车会不会翻了。那个他似乎在夜色朦胧中沐着浓雾，印象中是灰蒙蒙的，不知是真有雾还是想象中有雾。不过那种雾在想象中又仿佛是薄的透明的，与他的人一样。她处在一种暗暗的说不清楚的喜悦期盼中，他对于那时的她来说，是一种暗暗的扎根的东西，不一定能让她痛和哭，却是不可能少的。

在北京的寒风刺骨的晚上，她给因颉打电话。那次电话如果和后来给他打的电话比起来，应该是她印象中他对她最和气，也是她的回忆中最美的一次通话。在这之前他们几乎很久没有联系过，除了前几年他们有过几次新年贺卡的联系外，几乎是都不知道彼此的近况。但她深知，他们从来没有忘记过彼此。他问她：“那你过不过来？”这是她从他的嘴里听到的最美最温暖的话，那天却因为身体不适，她想还是不去了。她奇怪，我难道身体不适就不去看他？她知道她希望在他面前表现得美一点，当她精神不好时，她会觉得自己不美。那些飘在 X 市上空的雾就像珠月此时的心情，是美丽的、空灵的。她仿佛听到了因颉对她说的话：“好啊，你来玩啊，我的公司刚给我奖了一条金项链。”珠月想，因颉难道想把金项链送给我吗？她想着因颉的话，脸上悄悄露出了喜悦的幸福的笑容。她从没到过 X 市玩，因为因颉的关系，她觉得 X 市上空飘的每一粒雾都是温馨的、笑着的。

第二章

过几天就是中秋节了，在C大读历史学博士的珠月还没回余清在园城买的阳光花园，晚上却拼命地掉起眼泪来，连忙用衣服袖子去揩，却怎么也揩不完似的。眼泪掉到键盘上，像花朵一样开放着。已是多久没和因颉联系了。以前给他发短信没回音，打电话没人接。三个月前好不容易和他打通电话，却因为她有事赶着回学校，没见着。暑假她回老家一阵，到处走着，像一只无家可归的流浪狗。

珠月在网上发现一个似乎与她相关的网页。起初她很兴奋，感到这个网页冥冥中与她相关，心里暗暗地带着一些幸福，觉得有人在某个地方关心着她。她心里已经猜到是他了，除了因颉还会有谁？不会有另一个人在这多年后还会牵挂着她，她想“他”一定是那个她一直以来念念不忘的人。她历来相信心灵感应，没有心灵感应何谈缘分。而她和他的联系一直都是她每天的祈求做梦而获得的。不是祈求做梦就能做到的，他一定是在想着我，我才会梦见他啊。有一句话说得很好：有钱买得到好床好房，却买不到好梦。她觉得梦是这个世上最珍贵的东西。只要有关他的梦，她就会记下来。梦就像另一种语言，传达的是人心中最真实却最不能说的情感。

她梦见因颉在到处打听她的消息，心想她到哪里去了，怎么不见她的音信？上次被他呵斥一顿之后，他心里也很不好受，心想，她还会像以往那样“缠着”他，不肯放手。可是都有三个月没她的信息了。他去问珠月的老同学，老同学说她也不知道。过了些天，珠月梦见自己去找因颉，那儿似乎是他的家。他抱着她，慢慢地从虚弱到消失，她心里一惊，不好，她知道是她让他不好，最少也说明他抱她不是一件于他有利的事情。她心里直纳闷，为什么他抱着我他就虚弱直至消失，就不好呢？她心里很害怕，更不敢发短信，更别说说爱之类的话了。梦中，因颉的妻子在较远的地方似乎看到他们，珠月只听到因颉说：不管，我值得。然后，他们紧紧抱着，好像有什么液体流到她裤子上，把她的裤子全打湿了。她一直几天心里都是忐忑不安，总想着那个梦，似乎自己都要虚弱了。经常一个噩梦似乎会把她击倒或者让她担忧、不快乐几天。

这让她想起几个月以前的一个梦。珠月梦见因颉抱着她，赤着脚往山下走着，身体一点都不虚弱，而且是有力的样子。她在他怀里被他抱着好幸福，每一个脚步她都沐浴在幸福的荣耀和甜蜜中。她一句话也没说，只是感到被保护着，这是她最感幸福的一次。他那种不管不顾的样子，坚定得像一只打定主意的豹子，又像准备英勇赴难的耶稣。梦醒后，多少次多少天这个梦就像石刻一样嵌在她心上，既让她甜蜜幸福，却又有一种无来由的担忧。他不会知道这些梦，也可能他也不会知道自己的想法。这就是她的心想起来就疼的地方，这是命中注定的疼痛。在与他为数不多的来往中，她经常会听到他说，人的命运掌握在自己手上。她想他的头脑里根本就不会有这些类似于唯心的想法，她却更是不能和他说她的没来由的担忧。她这样神经兮兮的，如果把担忧告诉他，他不烦吗？不过，梦每天都在改变，其实人的命运还是掌握在自己手里。最终还是他对。

自从发现网上有一个似乎与她相关的网页后，珠月有事没事就上去看一看。不过，她看不懂上面写了些什么，胡言乱语的。她想是不是他故意写成这样，她只挑着看一些一下子吸引她眼球的句子和词语。大概是这么个意思：他要守护她，要她等着他。不过日期是前两年的。她想，意思是他想这样，也是不可能的，只是一个想守护我的心愿罢了。这也是让她欣喜和感动的。但还是有一丝隐隐的担忧和不安。因为她不懂那些措辞混乱的话，这种东扯西拉不知所云的语言到底是他成心这样写还是因为避讳什么？她想是他怕别人察觉，只能用这种不着边的语言表达他对她的情感。他想她能懂。每次上那个网页看时，她从来没把那些不着边的句子看完，虽然看的次数有很多遍，却总是拣那些醒目的与情感有关的句子看。这样下来，她只得到一个信息，他还是在乎她想着她的。其实他不用说，她早知道。他的爱的语言早通过梦传给了她，他对她的怀疑、想念、爱，她都会通过梦境知道。同时，她担忧他的怀疑会让他背上不必要的负担。

在另一个空间里，她感到也是他。爱人之间是不需要更多语言的，只要凭心感知，就知道了是否是对方。这个感知也不是一开始就感知到的。只看到上面写些粗口，还有一些胡言乱语，充满幻觉，她有些害怕了。起初看有些句子她像在吃烂了的菜叶子。每一篇都很短，开始真没想到与他有关。后来越来越相信了，害怕也越来越多。只是不敢确信。那些天珠月像发狂了一样在网上搜寻他的信息。越看，她晚上都不能睡了。几乎一个多月，她每天沉浸在网上。晚上点着灯睡，醒了之后又继续看，总看不完似的。她越来越怀疑是他。她感到自己承受不住了。就给他打电话，他在那边不知说了些什么，只感到他在说她："你多大年纪了？"又骂了一声，又听到他说要去见某某经理。看着一个日记空间，她想是他的。写他暗恋一个女孩子，后来那个女孩子走了。珠月想，是不是他受了刺激？她心里有一些妒忌，不过马上就被担忧掩盖了。那些天，看着一个一个空间和空间里的一篇一篇显现在她眼前的文字，她是心惊肉跳，心想，如果他病了，我不是精神崩溃就是会立即去死。而且还不想多活一分钟，因为我怕我崩溃。她当时就想，这世上什么都不重要，唯有健康重要。只要有健康，哪怕吃糠都是快乐幸福的。风在晚间把窗帘吹得呼啦啦地响，一道道的阴影在眼前晃着，就像鬼魂一样。朦朦胧胧中看到有个影子站在床前，睁开眼又不见了。好不容易睡着了，只感到有什么很重的东西压在胸口，怎么也推不开，似乎眼睛睁着，手想动，却动不了，以为自己醒了，其实是在睡着。等真正醒后，呼吸也变得流畅起来了，珠月想这也许就是人们说的梦魇。

不敢睡了，就坐起来。想起十月份的一天晚上，外面雷打得好响，好像与他有关系的地方在发生着惊天动地的事情。每打一阵雷，雨点就像锤子落在石头上一样砸得她的心直发慌。恍惚中，仿佛看到到处都是流的血水，就像她心里的思念最终化成的血水一样。珠月一边听着雷在外面响，一边在电脑上写着什么，泪不自觉地汹涌而出，和着泪和雨水写的字在她的眼前幻化成一朵一朵的荷花，粉红的，娇艳欲滴的，盛开着的。心里有一个使命，就是和他一起完成她对他的爱。虽然隔得不远，却像隔着几千重山几万重水，为什么我要这样执着于爱情神话？是因为很久之前的一句话？二十年前，他有一天忽然走到珠月宿舍里，对珠月说了一句她终生也无法忘记的话。在这之前，珠月已爱他很久，并且想到这辈子不会再爱一个人如他。在几个月前，珠月终于给他写了一封信，内容都忘了，只记得写的是"我爱你，我恨你"，又加了一首诗。在这之前，珠月已是站在窗前等了他两年了。那两年的某一天，同事琬慧对她说："有一个人说很喜欢你，只是因为他担心他的学校要迁走。"琬慧与因颉的老乡是同一个宿舍，当她说的时候，珠月就知道她说的那个人是谁了。珠月想："除了他还有谁?”琬慧的话在珠月心里的种子上无疑又加了很多肥料，只让它长得那么茁壮，简直要撑破她的心壁了。当这棵树撑得她实在无法承受时，她就给他写了一封信。她现在都不知她当时哪有那么大的勇气。是因为那些一本一本的日记，那些一首一首的诗，而且每个题目后面都写上“给 y”? 总之，她写了那封信，生平第一封主动表达爱的信。和因颉见第一次面，珠月就为他的言行举止、知书达理所折服，当然还有他的帅。她最喜欢的是他从不说别人坏话。有一次她说，某某怎么样时，他非常婉转地说了些什么，已不记得，意思是他反对她说的，也不直接批评她，实在是有为别人说句公道话的意思。这一点，竟成为她喜欢他的很多的理由之一。多年后，每每想到这一点，她就会微笑，又会更加爱他一重。

人们爱一个人时，往往爱的是第一印象，即使岁月再怎么改变一个人，也磨灭不了对彼此的第一印象。第二次因颉来时，同宿舍的因颉老乡就当着因颉的面说珠月喜欢他，她可从来没公开说过。其实她一直感谢那个说她喜欢他的因颉老乡，可她记得她当时嘴里说的是：“我什么时候说过?”其实心里不知有多喜欢。如果是一个她看不中的人，她肯定会说：“是啊，是喜欢。”因她怕伤害别人的自尊心。如果偏偏是自己喜欢的人，她反而会掩饰。她想他一定知道她的想法。她低着头听到他站在那里热情洋溢地说：“我觉得有一个智慧女神、自由女神在等着我。”她知道他说的是她，这是她听到的最美的语言。她觉得自己和他比，就像丑小鸭，而他就像白马王子。她虽然觉得自己是丑小鸭，却又是一只非常自信的丑小鸭，而且相信自己一定会变成白天鹅的，一只为他洁白和飞翔的天鹅。

以后想到他说的那句话，那要怎样的缘分才能让他吐出那么美丽的语言。她经常一个人会反复地想着那句话，想着想着，心里比什么都甜，注定了他要成为她的心，她想到他怎么那么聪慧那么傻，他难道不知道自己有多可爱有多大的魅力吗? 竟然就用他和她三生注定的缘把她的心紧紧地包裹住了，不漏一丝缝隙。看着他坐在她床上翻一本诗刊，她很想靠他近一点，甚至想靠在他的肩上，她从未有过这种感觉。可能是因为太喜欢他，她反而有意和他保持着距离。人真是怪。过后，她无数次都在想，那天怎么不和他靠近一点，即使说不出我爱你，我们也能更进一步啊。可是，她并没坐得和他近一点，也不敢。如果是一个她不怎么在乎的人，也许她反而会坐得近一点，因为她会显得友好，怕伤害那人。这应是第二次见面。

自那以后，她就常常想他会来玩。不过，他好久都没来了。她就站在窗前看着那些来往的人群，希望他能走过来，为他擦去额头上的汗水。医院里有个医生每天在珠月上晚班时，就会来科室坐，她不以为意，后来听科室人说，他在追她。她心想，这样的人就是追她一辈子都不可能。不可能就是不可能。爱情一般是凭第一眼感觉。那位医生说他病了，请她弄几盒阿莫西林片剂送给他，她就弄了几盒阿莫西林片剂送给他。虽然是白天，她发现他的房间很暗，灯没打开，几面墙全是书，她坐在阴暗的房间里感到有些不自在，也不知道说什么话。她站起身看到书柜里全是名著，心想，他都看了吗？他如果认真地看了几本就算不错了。几年之后，她才意识到他一个医生还要她弄阿莫西林？她当时看他的样子也不像病了。科室同事说很多人追那个医生呢，他家在城里，又有钱。可是，钱这些东西在珠月那时的心里还抵不上别人的几句花言巧语，花言巧语还抵不上她的一见钟情。后来一个护士对别人说："那个人条件可高了。"珠月想别人所谓的高在她的心里却不值什么。如果珠月和那人走到一起，说不定别人还以为珠月赚了，可珠月就是觉得不可能爱。她根本就不知道别人的意思，不如说她根本就没想到要对那个医生有意思。那个医生有一天又要珠月给他弄两瓶葡萄糖，珠月说，干吗要我弄？珠月那时还没想到，他在医院里还弄不到药吗？自她第一眼见到那个人，她就觉得他有些"俗"。那时的珠月特别不实在。她见到一个同事的男朋友把水喝得咕噜咕噜响，心想，怎么这样的男人他女朋友也能爱？喝水在珠月看来要文质彬彬的。看到某个同学的老公像女人一样说话嗲声嗲气，想到她同学怎么会爱上这样的男人。她不想找老家那个地方的人，因为和家乡人在一起不能说普通话，只能说土话。她不是很想找医生，因为医生把人的身体看得那么熟那么多，不纯洁。那时的珠月心里有很多她后来认为是非常幼稚可笑的思想。

有一个男孩子喜欢跟在她后面，她走到哪里他就跟到哪里，他是追求她的人中让她有些留念的男孩子。因为他确是一个非常忠厚善良的人，只是她从未想到和他能做男女朋友。他有一次竟然跪到她面前，要她嫁给他。那一刻，她多么厌恶他啊，莫名其妙！他也是大学毕业，受过高等教育的，怎么就这样卑躬屈膝？如果我喜欢他，我会感激流涕，我又不喜欢他，只让我感到蔑视他。之后，他又跟着她走，她心里烦得不得了。看着他的裤脚拖在水里的邋遢潦倒样子，她心里想，我也不能因为同情而嫁给你啊，再说，我没和你说过三句话，只不过在舞会上碰到跳过两三次舞，难道你梦见我和你在一起了，我就该答应你？你做梦不是我的错啊。那个男孩知道她对他无意，也不再来找她了。想到他说为她心醉神迷的样子和他的拖着水的邋遢裤脚，他后来帮她推销了几十本诗集的真诚，他实在称得上是一个可靠的朋友。当时有十几个人帮她推销书，只有他和几个人把书钱给了她，其他的书都不知所终。

当因颉有一次好不容易来了，他们几个人在街上走着，他指着花坛里的草地对她说：我们坐一坐吧。她不知为什么说出“不坐”的话。怎么那么傻，你不是盼着见到他吗？你不坐，那不表示你们马上又要分开了？那时候是没半点心机的。喜欢是喜欢，也想多时间和他在一起，可嘴里说的就是“不坐”。可能是觉得没什么坐的，不坐但并不表示不想以另外的方式在一起啊？她只能这样分析她当年的想法。这可能就是她在给他写信之前仅有的三次见面。想起还有一次，她见到他，他没看见她。在学校舞会上，她看到他卷起一只裤脚，当时她已不知有多喜欢他，一进去，就在搜寻他了。如果她的眼睛搜寻不到他，她会以为自己是白来了。当她看到他时，眼睛里透出的是崇拜和心服的光，他的那只卷起来的裤脚在她的眼里就像透着诗意的光芒。多年后，有一次和他说起此事，他说，同学们都说我是农民队长。她只是微笑着，不知怎么回答，心里却想到：差矣，你终归还是不懂你自己啊，什么农民队长，应该说是比宫廷里的白马王子还要白。

在那个冬天里，自因颉说出那句“我真舍不得你”的话后，就命定他此生都要刻在珠月的心口上。见面很突然，她没想到。自从给他写过一封信，他回信说要做普通朋友后，她一直没见过他。接到他的那封信，她哭了一天，直哭得昏天黑地，好像外面的世界都是昏暗的，阳光似乎隔着一层雾，也不知今夕何夕了。看到人们都那么高兴，就想，为何独我这么悲惨？三天之后，她到门诊去开药，田医生看到她眼睛肿得像桃子，不知为什么拉着她的手说：“小月，你近来还好吧？”珠月已听说田医生最近和女朋友刚吹，他一直都很喜欢珠月，只是他还从来没入她心里。听到他竟然喊她“小月”，她有些吃惊，又有一刹那的感动。开了药，珠月回去后，就想，其实我还不是那么讨人厌的。看田医生的样子，真是恨不得我失恋，他正好有机会，难道他知道我一直喜欢一个人？有一天他看到我搬一箱医院分的苹果往宿舍走，说，我帮你，我帮你。她说，不用啊，我搬得起。他说，为你做事是我的荣幸啊。她想起一个叫绮的同事说的话，她说和珠月一起卷毛线是她的荣幸。珠月说耽搁她的时间很对不起时，她竟然抬起她那张幼稚的脸这样真诚地对她说：是真的，不骗你。她对田医生说，谢谢你啊，要不要我给你打着伞。他说不用，就冒着雨把苹果搬到她宿舍，而且一分钟都没歇就走了。珠月想，田医生如果一直追求我，还是有希望的，这得要在因颉走之后。

那天晚上，她当时什么也没感知到。所有的情意都是靠回想得到的。因颉吻了她，让她猝不及防，又抱了她，让她更感唐突。她以为他就像他说的只把她当朋友。她想，我要是觉得不行就永远不行，她想他也应是这样。既然你当初拒绝我的情意，难道你现在还会要我不成？人就是这么怪，你觉得不可能，可你冥冥中又在等着什么，根本就不想放弃什么，虽说觉得不可能、不会，却又觉得还是在那里，还是真实的。这就是她对他当时的感觉。

他来她的宿舍既在她意料之中又在她意料之外，冥冥之中只感到有一种联系一直都没断过，彼此的眼睛还在关注着对方，一种默默的联系就像大树的根一样是在地底下无声地蔓延着。她当时就固执地想，将来他肯定会娶我的，即使他现在找的是别人，又想，要是能给他生一个孩子多好，哪怕不能做他的妻，又想，如果他这时遇到危险比如像车祸什么的，我一定会让我去垫那个车轮，又想到，我还是有希望的，如果他的妻子比他先死，他肯定会娶我，那时，他该知道我的好。经常她的脑子都充斥着这样古怪幼稚的想法，总之，还是没死心的。没想到，他真的来了，除了爆发出洪水一样的眼泪，她却并不知道怎么去面对他，也许因为曾经被他拒绝过。过后，才知道，他因为一些特殊的原因想到自己肯定要出去闯，又怕不能和她在一起，又怕连累她。总之，他是那么傻，就像她一样，都怕自己不是足够的好，来为彼此。一个被拒绝的人在当时是想不到那么多的，他说是来告别的，就以为他是来告别的，从没想过她和他还能在一起。等他以奇异的方式告别后，她更以为他们此生不能在一起了，最少是一些年。一边是觉得不能在一起，另一边却又是那么坚定地相信终归会在一起。

等他说完那句石破天惊的话后，那句话就像是小溪里慢慢浸润的那点红，渐渐地把小溪里的水全染成红色，又像是他拿着一把刀在她的心里慢慢地划着“不舍”两个字，直到她的全心都刻满了他的印痕。

珠月多么羡慕那些每天能看到因颉的人啊，她觉得他们是世上最幸福的人。

那个圣诞节珠月收到了一张明信片，明信片一直到现在都被她保留着。

只要是他的字，她见了就觉得尤为亲切，一定会好好地再看一遍，用手摸着上面的字，再眯着眼睛把日期仔细地看清楚，想象是什么时候他给她写的。那张明信片上是一片光秃秃的山岩，山岩上盛开着一丛硕大的红色的花束。他在明信片上工工整整地写着：即使依偎着裸露的山岩，你也盛开得这样豪放。难道他要把自己比作秃岩？她从来都觉得这个比喻太不恰当。无论从他的外在还是内在，他都是她心仪的对象。

难道我们，早就这样为彼此谦卑着？她当时体会不到这样的意思，一个被拒绝过的女孩子难道还敢再奢望那个心爱的人的爱情？即使爱情来到身边，也不敢相信。何况，在她的心里，世间有什么东西可以阻挡爱情，阻挡两个人在一起，他的理由和谦逊在她看来不过是一个善良的借口罢了。过些天是元旦，她又收到他的一张贺卡，上面飞扬着一个裸露着胸部的山鬼，这张贺卡她非常喜欢，这两张贺卡是她那多年收到的最喜欢的贺卡。前一张仿佛透露着他的心声，后一张可以说是太美太艺术了，是一种原始美的艺术。是因为心对他有偏爱，还是这两张贺卡确是无与伦比，无论在情意还是意义上？她只能说都有。她想，他在我心里可是神一样，难道他也体会得到？所以他才会寄张裸露着美丽乳房的山鬼的明信片给她，告诉她他不是神。她说不清楚是些什么，长久的喜欢和想象已把他塑成一个不食人间烟火的被崇拜者。如果那封信不被他拒绝，她想她还不至于像塑神一样去塑他。因为他几乎已打消她切身地进一步走进他的愿望，可是情感却还是在原地没动。既然情感还在原地，世俗的另一面已放弃，女孩子们就常常会在原地塑起一座情感的高塔，那座塔里供奉着她的一个心愿一个秘密一个已是刻骨铭心的爱，而外人是轻易看不清的。

第三章

自从在网络上看到似乎是因颉写的而且珠月几乎可以完全肯定是他写的一个空间后，她像猎鹰追逐兔子一样在网上搜寻着，几乎有整整一个月。她起初是妒忌，后来却转为一种莫大的恐慌，再后来就是强烈的心疼，他从未像那段时间和以后的时间那样被她心疼过。虽然她不敢确定，但也有些预感。是他故意戏弄她，还是他真的病了？她虽到现在也不敢确定，但他的气息她可以透过他的文字闻到。不管怎么样，人有时都会处于一种边缘状态，何况他又是那么聪慧的一个人，那么让她心疼的一个傻瓜。以前和他在一起，她从来很少会想到心疼这个词，因为他从不说自己的苦，是属于那种报喜不报忧的坚强又善良的人。珠月自己历来在家也是报喜不报忧。家中她老大，遇到解决不了的事情只有自己想办法，父母是农民，他们还需要你做女儿的为他们分忧解难，如果你有什么不如意和他们说，只能增加他们的烦恼。他也是农民的儿子，这也是她喜欢的。

记得以前和妹妹们在一起谈论理想男朋友时，她有一条很可笑的观点：他家一定要是农村的。为什么要是农村呢？她当时认为一个不是在农村田园风光里长大的人，岂不是从没领受过大自然？一个不在大自然中成长的人不是一个健全的人。多少年后，在一个重点高校临时代课的珠月看到一个学生写起她的童年的家旁有一个池塘，池塘里常常可以打出红鲤鱼来，池塘旁盛开着一株株带刺的红玫瑰时，她想她也算过了一个真正的童年。在珠月的眼里，童年就该是这样的，有青草上的露珠，有树的缝隙里透露出的阳光照在人们的头发上，有踩在深秋的霜上发出的清脆的咔咔声。在红花娘盛开的季节，你会大呼一口田野的气息，泥土已经被翻出来了，红花娘要被踩在泥土里做肥料了。不舍得红花娘那一片灿烂的预示着喜悦春天的锦绣，赶快拿起簸箕摘了很嫩的红花娘的尖回家炒着吃，有一股清新的涩涩的味道。一个同学写了“我的童年我的城”，名字很好，代表了一类同学。虽看了两三遍，珠月现在已不记得她到底写了什么。看来，童年是需要有自然风景的。乡村的童年之所以美，因为乡村有自然风景。城市已不再有自然风景。虽然种了树，那些树一排排的像站岗的，一点也没有自然的情趣。城里到处都是花，却闻不到花香，也嗅不到清新的气息，到处都被一种污浊的空气充满了。树叶上是灰，连家里一天不擦都是灰。

有一次十二岁的珠月躺在收割后的田地上。当时是在大石龙收割黄豆，离家很远，所以中午也不回家，她就躺在地上睡着，用草帽遮着脸。那种累和那种炎热凑在一起，小小的她仿佛觉得自己是个神圣的受难者，很想哭，却又感到一种莫名的幸福，不知泪水是因为累还是因为辛苦的幸福。她想更多是因为付出汗水的幸福。像她这样一个小时候就吃苦的农村孩子，一天不做事她连饭都吃不下。五六岁时到退水后的沙洲捡柴，能捡一根回家，家里的柴角落里就多一根。用那种很尖的铲子铲田地里的红花菜等猪草，珠月的速度特别快，一会儿就挑了一篮子。有时，天没亮，珠月就到煤矿去捡井里拖出来的废木料，厨房的楼上都堆满了这种沾了煤灰的木柴。小学五年级时上晚自习回来，妈妈都睡了，珠月在外面剁了一个多小时明天扎帚需用的竹丫子才去睡觉。隔壁的元奶奶在她家门外面说："怎么这么懂事啊，下自习回来还做事，又没人要你做。"元奶奶想起白天要孙女去喂猪食，孙女还和她顶嘴，禁不住有些感慨。

珠月躺在那块地上，想到将来自己一定要脱离这受苦的日子，同时也享受着这酷烈的阳光和干裂的土地的暴热。天上几乎无云，太阳很刺眼，把草帽挪开一下，到处都是白花花的一片。跑到溪边喝了一点水，快到黄昏时，又烧起了田埂，草烟袅袅着，宁静的黄昏中，到处都充斥着草烧过后的香味。这是一种让她入迷的草香味，也是田野的味道。夏天用干稻秆扎草把熏蚊子时的味道没有这香，刚割下不久的草木、稻草燃烧时就是这种味道。经常有一两个孩子把玉米或者麦子什么的扔在烧着的一堆稻草里，顿时，草中一阵阵地炸响，随即就有一股粮食的香味把每个孩子的脸都熏得馋馋的红红的，眼睛直直地望着那些正在炸开花的麦子、玉米、豌豆等，只等着捞出来香香地吃着。

还有什么比农村更接近大自然的？如果一个人没有吃过苦，没流过汗，没在大自然中沐浴过，不管是毒日头还是和风细雨，还是黄昏晚霞，那绝不是一个成熟的人。她那时抱着这样的想法，就想到将来找男朋友一定要是农村出身，他一定也和她一起在不同的地方经历过这一切，体会着这样的对于土地和炊烟的深情。不太愿找医生的原因是，她那时候有一股子洁癖，不如说是幼稚，她认为医生对人体太熟悉，不能理解他们怎么会对另一半的身体抱有真正的神秘和爱恋。当然这不包括学医的学生。年轻时的想法是很无道理的，却竟也成立着。再加上当时工厂改革的片子看得较多，她认为那些坐机关的人不做实事，每天端着一杯茶，手拿一份报纸，无所事事，认为工厂最能有所作为。珠月妈说："真冇听说过，哪里都比厂里好。"有一个在地委工作的男孩给珠月写一封信，说自己要做一个大写的人，她嫁给他肯定有享不尽的福。她当时纳闷，一个大写的人，在地委工作能做一个大写的人吗？她以为只有在工厂才能改革、大有作为。那时候什么也不懂，妹妹们竟然都很附和，她们说她们将来找人也是这标准，奇怪的是，事实证明她们在恋爱婚姻上和她走的轨迹大同小异，只是表现形式不同而已。

每次听因颉说话，他总是激情澎湃的样子。或者讲文学，文学在他的口中就变成了美好的能载着人的圣洁灵魂的翅膀，他讲他的未来不是梦，未来在他的眼中就变成了一片鲜艳的他崇仰的红色，他讲他赚了多少钱，仿佛任何困难都吓不倒他，世界在他的眼中只是一个他随时都可以掌握的拳头。其实，她现在才知道，他有他的至深的怀疑，至深的担忧，但他从不和人说，慢慢地在他心中，这种刚强就发酵成一种他无法控制的毒素，直到把他自己慢慢打垮，他还不知道。这也是她心疼他的原因，因为他的不自知。就像那个他抱着她赤着脚往山下走的梦，他或许以为他是该赤着脚的，或许以为赤着脚没什么了不起，反正小时候没鞋穿时，不经常赤着脚吗？他往山下走，他不知道这意味着什么，他只是以为他今天该下山了，人不每天都在下山上山吗？这也没什么稀奇或者让他有什么触动的。他就是在浑然不觉中走向一个苦难或者是一个幸福的开端。他那么坚定地抱着她，为什么要出现这样赤着脚下着山的镜头？或者是他已经意识到了他将要面临的苦难还是他把这一切已经设想成苦难，但依然要这样地走下山去？她无从解释。她只是被他的不自知或者他的坚定的表情感动了。在这个时候，他已经不想考虑他一直都最为热爱的事业，只想要他怀里的人。这个梦之后，她已经了解他的心思，时不时就会给他发一个想念的短信。甚至几次鼓起勇气给他打电话，一般都没人接，有两次还是别人接的。按说，一般的人会自尊心大受打击，会赌气不理他了。但一想起那个梦，珠月知道未来可能发生的一切都是他的不自觉，心里只是心疼他却从不怪他。

那些天，女儿见珠月每天像蜜蜂一样粘在电脑上，很不可理解。她总是疑惑地看着妈妈，或者诡秘地笑着，心想是不是妈妈爱上什么人了？有时又很生气妈妈忽略了她。期中考试了，珠月也没像往常一样掌握孩子背诵要点。孩子往常每天都要把一堆作业搬到她的桌子上来签字，她见妈妈不催，干脆也落得方便，也不把作业本搬来给她检查签字了。有一天珠月见孩子的 QQ 没关，就顺便打开看看，孩子说珠月偷看她写的文章，珠月只好骗她说："我没看，谁看啊，我还有时间看你写的？妈妈没有这样的好奇心，我从来没有猎奇心理。"女儿说："是啊，你当然不会关心我写的，你哪有时间看我写的？你哪会有时间管我写的什么？"珠月知道女儿吃醋受委屈了，不禁笑着说："你到底是愿意我看你写的还是不愿意我看你写的啊？你又说我不该看你写的，又说我没时间看你写的。"女儿不满地看着她，一句话都不说。也不知她到底是愿意妈妈看她写的文章还是不愿意。

珠月为了抵消这段时间对女儿的忽略，就给自己定个规矩，每天女儿一放学回来就起身迎接她并和她说一会儿话，免得一钻进网上就把什么都忘记了。这样万无一失，既可以保证每天和女儿聊天了，又可以避免一晚上都不和她交谈的纰漏，就像几点钟该做什么事就把钟上好一样。有一天半夜女儿起来上厕所，看到妈妈还抱着个电脑未睡，她走进来狐疑地看着妈妈，心想："妈妈从来都比我早睡，这段时间神神秘秘地在干些什么？明明睡觉之前看她已关好了灯的，怎么晚上还抱着个电脑坐在床上？"因担心影响孩子睡觉，珠月每天早早就关灯，告诉孩子，她先睡了。每次听见孩子起床上卫生间，她就赶紧关灯，把电脑藏在被子里。珠月在咪咪来她家之前睡觉一般都不关卧室门，觉得空气不流通。那天因注意力过于集中没注意，就被孩子捉到了。珠月慌慌张张像做贼似的说："妈妈忽然想到要查一个资料。"后来有几个早上，女儿有心过来看她的床，发现有电脑在床上，却不再问了。

这段时间沉浸于那几个网页上有些乱又满是痛苦的语言，珠月似乎摸到了因颉的狂乱的心跳，这让珠月胆战心惊，如履薄冰。珠月半夜靠在床背上，不敢睡，好不容易闭上了眼，不知怎么又醒了。有一阵子她竟然不敢闭眼，好像闭了眼人就会不再醒来似的。外面有人在吵架，又有妈妈在喊她孩子的魂归来，已经有几个月了，她只感到做母亲的伟大，没什么能比的。隔壁的女人不知是因为什么在拼命地干号着，可能是和她的男人打架了吧。那哭声就像有人要杀她似的，只听到她一边哭一边说：我求你了，我求你了。外面的树叶在风中飒飒地响着，就像是他在晚间穿行在她心上，她只感到心里一阵阵地颤动。

这段时间珠月在一个大学兼职上课。她早晨急急地梳洗完毕，穿上每天穿的衣服裙子，照照镜子，只要得体、不出洋相就足够。买了两个包子，吃在嘴里就像吃木屑，一点味也没有，就走到一个垃圾桶旁丢进去，她才知道自己已经接近一个星期没吃米饭等主食了，每天吃两三个香蕉就觉得很饱了。到了地铁站，看着地铁地图，看了半天没看懂，每天坐的地铁今天竟不知道自己该往哪边坐。看到一辆列车到了，就走进去，坐了几个站，才发现不对，把方向坐反了。又急急地下来，又往相反的方向坐地铁。上课铃声已响，还有三四分钟才能到课室，学习委员打来电话，问老师怎么啦，她说："真不好意思，今天公共汽车堵车了。"学习委员说："老师，不急，没关系。"等珠月气喘吁吁地走进教室，学生们都以理解的眼光看着她，他们知道她从来都是提前到教室的，经常提前十几分钟。当她说"对不起"时，学生们齐声体贴地说："老师，没关系。"珠月感到她无法讲课，昨天好不容易硬着头皮备了几个小时的课，总算把课备好了。今天却感到注意力和心力都无法集中，就把准备下次课的讨论搬到今天进行，听着学生们精彩的发言，她有的听进去了，就知道他们说的是什么，有的根本就没听进去，不知他们在说着什么。好在同学们都想好好表现自己，他们与台上发言的同学讨论得热火朝天，她在对这一场课的愧疚中结束了这一大节课。好在可爱的学生们并没发现她的不一样。

早晨去的路上，珠月匆匆忙忙地走着，只感到那些高楼大厦就像发地震时一样摇摇欲坠，都要倾塌下来似的，似乎就要向她压来，她的神经也似乎要倾塌了。她虽然早饭没吃，可已感到食物离自己太远了，仿佛它永远都不属于她。她想，如果因颉有不好，我肯定是扛不住的，我还不如赶快死去，免得受精神崩溃之苦。这是她人生最大的一次险境，她是那么的确定，却又不敢确定，也许正是那一丝不敢确定的希望挽救了她的神经和她的生命。我在这世上就这么一个可依靠的爱人，难道都要把他夺去？我的命怎么这么苦？她感到她不行了，说不出来是一种什么样的恐惧和绝望。只有一个念头，他要有什么不好，她也活不了了。这种恐惧的信息是突然的，一下子接受不了，就只想以死或者崩溃来逃避。

可能是命中注定她不该死，她有疑惑，她拒绝相信，她跑去看他，他好好的，这救了她。如果那时她见他不好，她仍然不能完整地活着。或者从此堕入黑暗或者死亡。

过后，珠月想这件事，其实并没这么严重，病了不可怕，我还可以照顾他啊，他又没消失。当时，就是转不过这个弯来，只想能快点去看他，看到底是怎么回事。等她去看他后，她放心了，他什么病也没有，好得很。难道是他故意掩藏自己或者只是和她开玩笑？她看着他，他像个孩子样的，说话，吃饭。心想，他怎么这么傻啊。就想着他的憨他的傻，也说不出什么具体的原因让她感到他是那么憨那么傻，那么可爱。她只是痴痴地盯着他，恨不得把他吸到她的心里。我已有多久没见到他了，下一次又不知什么时候能见到他。这几年别说见他，就是要让他回一个短信，接一个电话都是那么难。很多时候想放弃，可想到自己付出那么多的感情，想到那些梦，她又不想放弃。有时候想他都要吐血了，就在睡前想，如能做一个他根本就不喜欢我讨厌我的梦，我就对他死心。她知道只有这样的梦才能救她，让她摆脱相思情结。有一次梦见他不信她说的，不和她一起走，第二天似乎感到不是那么想他了。如果又做他想她的梦，她又会狂热地想他。她就想，如果多做几个他讨厌我的梦，说不定我慢慢就相信他没想我了。

前一阵子，她每天睡觉之前都要跪下来祈祷佛祖、菩萨让她梦见他，这样她就会觉得是真正见到他一样。最想菩萨让她和他梦中能在一起。她躺在他的怀里，他们的身体从来都没像那么紧密联系过。珠月希望这样的梦不要醒。每到这个时候，梦中就有人打扰。不是她妹妹在旁边，就是孩子姨奶奶在旁边。有一次，他想和她一起抱着睡，她睡在医院病床上，半夜两点了，医生还要来查房，让他们睡不成，因这她就气醒了。有时候梦到自己等他，等了好久也没来。梦见给他打电话，那电话的键就像棉花，怎么按都没反应似的。有一次梦见她和他在床上，他的妻子很凄惨地走过来，他想要珠月，珠月也那么强烈地想和他在一起，可是他的妻子却不走。珠月感到有些对不起他妻子。自己失去爱人，珠月一直都认为因颉本该是她的，还感到对不起别人，这也许真是命运的悲剧。几年来，她对自己的家庭已经死心。如果自己的丈夫能清心寡欲十天，她都会心软。她小时候的伙伴枝子曾对她说："你知道吗？男人花心是因为生理的原因，根本与爱情无关。"珠月听了，体会不了，男人就该不要脸面到处玩？两地分居的男人就该在外有小三？女人就该受气？男人就不要对爱情忠贞？

一次一次，再宽容的心也不想去承受那些生活中的渣滓，即使受难，也希望自己是圣洁的纯粹的高尚的。当余清在珠月的胸口插第一把刀子时，珠月以为是天外误射来的箭。当他在她的胸口插第二把刀时，她慢慢地治愈着自己的伤口，并希望以真诚来显示纯洁和爱。当他在她的胸口插第三把刀时，她忍受着，忍受着，只希望自己能努力、自强，让他再也不要无情地向她投刀子，以为自己的付出会得到同样的回报。当他第四次在她的胸口插刀时，她哀号的哭声过后，只有丝断不尽的爱和留恋。当他第五次向她的胸口捅刀时，她看到她终于倒下了，并且看到了他的真实面目，原来他从来都没真正爱过她。她还没死，当他一次又一次地向她的胸口插刀时，她知道了他的仇恨和恶毒的面孔。她的爱的幻象和善的心脏终于气息奄奄了。

她之所以这样死命地想因颉，与她过的地狱生活有关。每次只要和余清在一起，就知道他去见别的女人了，多年的分居生活在他们的婚姻中已种下不可解决的根本矛盾。他在外面似乎被谁控制着，她好像从来没感到她是他老婆，倒觉得外面有人是他老婆。因为别人只有怕老婆的，他不畏她，倒畏外面的女人。余清说："我现在是木已成舟。"珠月还不太听得懂。她是受不了这口气的，无奈这个男人是从不知反省的。你越说要离婚，他就越恨你，认为你是不体贴他。如果不是她自己考到乐城来，他是准备一辈子让她守空房的。其实那时她只要精神上的东西就满足了，如果她爱的人爱她的人死了，她一辈子都可以守着他。"可是我的心不能守着一个处处防着我，在外拈花惹草而且怎样都息不住他的动物一样欲望的男人。"人可以有时放纵更要节制，他是听不懂她这些话也听不进去的。

"这个坏人。"她在心里骂着他。真是罪恶啊，如果余清不是那样杀人不见血地伤害她，她会那么丧心病狂地想着因颉，吐着血还要想着他吗？她最多也只是在心里默默地想着他，温和地想着他。有几年时间她感到她的丈夫是最脏的人，直感到恶心，几年后，倒慢慢能承受了，就像一个人久居茅厕不觉其臭。珠月总把余清想成是因颉，眼里晃动的全是因颉的影子。有时为了弥补她心里的一个大洞，她就拼命地在心里喊着因颉的名字，为什么不是他呢？我是多么盼望着能把自己给他啊，这种极致的幸福也许是不该有的，因为太完美了。她总相信完美的东西不长存，他对于她就像对岸的一个果子一朵花，当她真正走到他面前时，她会幻想天空开放出一朵朵美丽绚烂的大花朵，或者是惊天动地的电闪雷鸣。她就疼惜他和她了，她以为他们已走到了天堂。天堂是为那些人间极美者开放，只是世间的我们的心愿还未完成。

余清经常看到珠月神思恍惚、凝思默想的样子，似乎猜到她在想着什么人。有时像在呼喊、神往着什么，有时又像是承受着巨大的屈辱，有时又像作践自己。反正遇到这样的男人自己早就不值钱了，有几次余清把他的脸贴到她脸上，她只感到湿漉漉的。经过无数次的失望后，她的心与其说是越来越硬，不如说是越来越绝望。他怎样流泪，说爱她都似乎抵消不了他所做的错事。她觉得他对她没真心，如有真心，他不会承诺别的女人。有时他也给她钱，不过，好像是一手拿着刀子，一手给钱或甩钱。

当她有一阵子好似把因颉放在一边，慢慢地爱上余清时，余清看着一篇珠月写给他的短文，隐藏着惭愧说："文不对题。"珠月知道余清的那些弯弯心肠，因为她从来也不询问他，他坚持认为她在喜欢什么人，甚至也许和某个男的有密切来往。他以为世上的人都像他那样坐不住，都像他那样直截了当，耐不得半天寂寞，吃不得半两亏。他几次学他姨妈的口气说，人不为己，天诛地灭，总以一种讥嘲的口吻说她幼稚，假清高，不识黑，没饿过。

她有一次真心诚意对余清说要他多做好事，给子孙积德，他就勃然大怒，拳脚相加。余清说，要怎么积德？你那个同学下车时不理他就是不积德了？想理他就理，不想理他就不理，这与积德有么关系？他去大学接珠月，珠月的一个同学也顺便坐他的车回家，他对与珠月接触的男性一概抱着敌视的心理，这让他的为人处世举止乖张，很不得体，在珠月看来特别容易伤害人、得罪人。余清对公司的工人算是好的，几多次公司工人的父母病了请事假一个星期半个月，太久了还是不行，他仍然给别人工资。他曾给梧桐岭造了一口井，梧桐岭有几个人家特别感谢余清让他们的子女有事做。可珠月觉得这算不了什么，她希望看到余清在一言一行一举一动上都是一个合情合理、具有美德的人。余清火不打一处来，珠月当时看他那种可恶得意的样子，真是觉得天下没人比他更坏。每次打人之后，你硬气一点就好了，他偏要来和你求情，她这人心软，知道离婚就是要他的命，也只能暂且不提。不管怎样说，余清对她还是可以的，以前一天一个电话，需要钱他还是给。不过一次少给一点，你越要，他越不给。有一次他又在那里念叨她没赚到钱，都是他供的。她冲着他说："孩子不是我带的？我每个月几千元，你供我？你要是以后再为我花一分钱，我就不是人。像你这么说，那些没有工作的女人怎么过日子啊？"余清一听她说不要他再给她花钱，就立即去买一双鞋子给她，以表示她又接受了他的东西。不知道到底是想让她接受侮辱还是表示她又屈服。只是余清怕别的女人这一点，真让珠月受不了这口气，她特别看不得他那种觉得自己很有本事的得意样子，有时又看不得他那种可怜样子。此刻，她就在心里骂他，只求菩萨没听见。菩萨以慈悲为怀，咒骂人是不行的。她心里想，如果这个坏人不是这样折磨我，压迫我，我的悲苦不会那么深，我就不会对家那么绝望。我的绝望一般的人都能看出，喜欢我的人有。有几个她看得出他们是愿意爱她娶她的，越是这个时候，她像负着一个承诺，与其说是一个承诺，不如说是一个长久的爱的情愫。如果我答应了别人，我就会失去因颉，只想守着他，可他却并不领情。她又把他当孩子，即使见了一天气，还不到两天就没有了。有的人你是不可能和他见气的，就是喜欢他，相信他。太相信他了，她对因颉的相信超过任何人包括她自己。这是说不清的。

她有时看着镜中的自己不敢确定自己在想什么，到底要什么，什么才是真正能让她快乐的。可是，她却是那么信她心里的那个他。打比方吧，当因颉吼她的时候，她想一定是她错了，或者是他因为妒忌而发怒，女孩子这样想的时候，是很有优越感的，当然这种优越感就会打败自己所受的委屈。当他讥嘲她的年龄等时，她想那只是他走不出来得不到她的怨气罢了。如果他拿着一把刀想要杀她，她一定愿意把头伸向他，唯一的愿望是能躺在他怀里死去。她想他肯定是因为怕她经受她承担不起的苦难想让她安宁地死去。有一次梦见他往她的头上死命地挥斧子，醒后，她就想，难道他这么恨我？不可能，他永远都是贴着我的肉的，他不可能恨我。她后来才体会这个梦是表示他恨她怎么还不努力摆脱恶魔婚姻，斧子是努力的意思，不像刀，刀是危险品。有几次她就梦见余清向她挥着刀，为了他自己的利益，他是可以伤害她的。不过，她也梦见过余清是她的亲人，她想这也许就是他们之间的恩怨，或者成为他的仇人或者忍辱负重接受他的馈赠，让自己变成一个直不起腰来的废人。没想到这种恩怨竟然伤害到我的爱人，她心里直咒骂，坏蛋，坏蛋，一切都是你惹的，罪恶啊。这么多年来，他成为我每天跳动的心脏，我就守着他，把自己的委屈、悲苦、思念一股脑地倒向他，他能承受得住吗？我的傻瓜也不想负我，可是他有自己的家。他担心我，可是他却走不到我身边来，因为他那么在乎他的妻子。如果余清在乎我有他在乎他妻子的一半，我都会心软的。珠月想，也可能我根本就不是他的妻子，别人才是他的妻子。前几年，她经常会梦见自己抱着一床棉絮到处游荡，没有家可进。她把这种景象写给了因颉，又告诉他，她的悲哀，她怎样像一片枯了的无家可归的黄叶在街上飘着，背着一个大包，这个景象后来出现在一个“女孩子”的空间里。她被“她”的落叶的比喻震撼了，当时是真真实实地感到了“她”的荒凉和孤独。当她有一天再去看她给因颉写的信时，看到她也曾经把自己比喻为落叶，才猛地一惊醒，似乎怀疑那个空间是他的，那个“女孩子”是我吗？又觉得不可能，那上面写得有鼻子有眼的，难道是因颉在写我？

当珠月意识到那个把自己比喻为落叶的人有可能是因颉笔下的她自己时，珠月是彻彻底底地佩服她自己。之前，当她看到空间里的“女孩子”把自己比作枯黄了的落叶的时候，很慨叹这个比喻。现在她想，那个网上诉说失恋的女孩子不是我又是谁？一定是因颉心疼她化成她的语调来写的。

好长的时间，珠月都在心里妒忌那个把自己比喻为落叶的爱着因颉的女孩，妒忌她的这个悲凉的孤苦的比喻，似乎别人把她由他带来的悲苦占去了。这个悲苦是她为他的，这个刻骨的思念也是她为他的，为什么那个女孩也有？她把那个女孩子认定是利欲熏心的，是看中他的钱，因为她不相信那个女孩子假惺惺的爱情，因为她以为在这个世上，只有她是真正爱他的。为了她的这种自负，她曾经得到了他的抢白。很多年以前，她说过这种意思的话，他不是很认同，并且很真诚地对她说：“我很爱我的妻子。”这让她那种自负的感情大打折扣，自然心里就有些许隔阂似的。他脱下她的衣服，她有些欣喜又有些害羞。他要吻她的身体，她却感到不习惯，不让他吻她。她后来想到这件事一直都觉得他对她是真的，袒露着心的，感到很温暖很温馨。有一次他把她从头到脚仔仔细细地吻了一遍，就像吻着一个珍贵的宝物。他一丝不苟地吻着，跪在她身边。她看着他肋骨突出的胸部和瘦瘦的身体，他怎么也进入不了她的身体。虽然她不过共见过他几次，但所有的温暖和感动都来自他那里，似乎她是一个从没被人疼过的人。她有时也认为自己不值得任何人疼，也不想任何人疼，只值得他疼，只想他疼她。总是记得他紧紧地抱着她，柔柔地亲吻着她的全身，还从没人那样吻过她。又想到他的窘，他的不能进入，他说，他也有过这样的经历。他说他怕把她损坏了，只是柔柔地待她，柔柔地就仿佛自己是一个做坏事违背诺言的罪人。想到他的憨他的傻，每每心中一股热浪。就像是他的一颗心栽在她的胸腔里，不知道到底是她自己的心还是她的心本就是他的。被自己爱的人疼一点都觉得是万丈阳光，自己不喜欢的人对自己再好，丝毫也感受不到，甚至还会厌烦。她一直都认为他是对她最好的人，她心里最亲的人。

她的自负一旦产生，就很难改变，也不管别人认不认同，只管自己心里付出，哪管别人接不接受。这是她这种犟脾气的人的一个通病。她倒不认为自己犟，只是她无法说服自己不去想什么喜欢什么。有一次中学的化学老师说她“很犟”，这是她第一次听人说她犟，她自己从没意识到。她一直都是那么懂事的好孩子，为父母分忧解难，学习成绩也几乎是每次班上第一。后来工作时，陪同伴到一所大学的宿舍玩，那两个大学生一本正经地说她“很固执”。她以前从不相信自己犟，这次似乎有点相信了。刚刚见面的人都说我“固执”，可想我是真的固执了。后来有一件事更加让她承认自己是固执的。有一个著名杂志的主编特意来看她，说了半个小时的话后，他说她“很固执”，还有一点，“没受过挫折”。她想她对因颉的固执是不是因为他给她的挫折太少了，她太相信他了。被他骂都骂不走，更别说使用“不理”那一招了。

珠月想，也可能是我的固执把我的爱人害病了，他最怕女孩子缠着他。她曾经听他说过，最怕那种老婆，老公走一步都要打听，一天十几个电话。其实她也不是要缠着他，只是要把自己往他身上推，没有他靠着，她拿什么靠她的孱弱的灵魂？她就是要把自己融入他的生命，坚持不懈地，也不管刮风下雨，哪怕只是躲在他身上的一个角落里，她都是满足的。她甚至想哪怕就是躲在他的袖套里或者裤袋里，她都是喜欢的。这个坚韧地要把自己融入他生命的信念太强大了，现在它就像爆发了一样，让她不顾一切。是她的固执让他害怕了么？是她的悲苦让他忧愁了么？是她的坚韧让他恐惧了么？如果是这样，她觉得自己真是彻底地失败了。如果用无止尽的爱毁了自己的爱人，难道还有比用毒药误伤了自己的亲人更悲烈的吗？他为什么承受不住我的爱？他在我的心中是一个顶天立地的男子汉，是坚不可摧的。别说我这么多的爱，就是再多的爱，他都应能承受也配承受啊。爱原来不是美酒而是毒药，她第一次体会到。歌中唱道：“爱是人间最美丽的事情”，其实任何东西过量都是有毒的。物极必反，中国古人都知道阴阳中和的道理，她却不知道她源源不尽向他倾倒的思念也会把他压垮，何况他在心中一直更多地把她当朋友或者妹妹。

这时，因颉的公司越来越大，压力也越来越大。几件事情直是让他透不过气来。手下的人不得力，大事都要自己亲力亲为。投出去的资金暂时又收不回，只感到压力山大。这时，公司的一个女孩子又闹着要走。这个女孩子因颉似乎曾经向她提过，珠月当时并没在意。任何一个男人面对喜欢自己的女孩子难保不动心，何况那女孩子喜欢因颉多年。不过，这个女孩子在珠月的眼里已是幸福到极点了，最少她还和他相聚过，经常能看见他，而自己呢，连见都见不到他。电话不接，短信如石沉大海。想到这点，她心里一股醋意和恨意升起来。再恨他都不会超过两天的。不知爱情是一种习惯还是一种毒瘾，人有时是无法让自己不去爱一个人疼一个人的。

珠月模糊地感到有三个女人让因颉困扰，他的妻子，她，还有一个女孩子。那个女孩子很会咬人，她是属于那种反咬一口的人，如果她能理解包容他，她认为才是真正地爱他。珠月平生最恨那种她称之为小人的人。如果这个话传到因颉耳里，他又要不以为然了。他肯定会暗示她，你怎么那么自负？不过，他不会明说，因为他从不会伤害别人，除了在电话里对她有过态度粗暴外，她估计他从不会说任何人的坏话。他只会说，我很爱我的妻子，那个女孩子很可爱之类。说的时候，一点也不觉得是在伤害人。

看到网上那些令她迷惑的一个个网页，难道他不累吗？珠月感到是他写的，心里疼他，怕他累了。他似乎是专写给珠月看的，可上次她去看他时他不是已经否认了吗？他说："我哪有时间做这些？公司都忙不赢。"想想也对，他怎么有时间写这么多？他不累吗？她每天看得好累啊，你又不能娶我，又不能走到我身边，光是写这些，我的孤独丝毫也不减少啊。我可以和你说话吗？她就尝试给他打电话，他气咻咻地说，找我有什么事，我忙得很啊。她像耳朵听错了似的，难道网上那些情意绵绵的语言不是他写的？好想再也不理他了，她何必受这等冤枉气。又抑制不住自己跑到那些空间去看，又被他感动。有时不想开电脑了，心想如果她不上网，他见她不看，他就可以少写一点，就不会那么累了。珠月好几天压抑自己不上网，打开电脑又忍不住跑到那些空间去看，他总是在那里等着她，让她既害怕又感动。这是为什么？她心里骂着："我的傻瓜，我的傻瓜。"泪水就会涌上眼睛，不知被什么刺痛了，说不出来，也不确知到底是什么事。不是已经去看过他吗？他好得很啊。那为什么我还要有一股莫名的担忧呢，特别是看着他不睡的时候，他仿佛总在那里等着我似的。我就像一个不懂得琴音的人每天都有人在给我奏着深情的歌曲，而我却听不太懂，只是朦朦胧胧中有感动有忧愁，又不知那乐音到底想说什么，是要我做他的娘子呢还是仅仅告诉我他想着我，或者是担忧我安慰我，怕我绝望想不开？不快乐？我担忧他他担忧我，弄得我们彼此担忧。我又没病，难道他会认为我病了？我希望他也没病，千万不要让我认为他病了。他病了，我的心就会永远是疼的，永远都不会好的。如果能让我照顾他还好说，又不能走在一起，这不是折磨我吗？你到底好不好啊，我的傻瓜？他又听不见，她只能在电脑上感到他。

为什么他每天要等着我呢？他把她吓死了。那一次早晨五点钟，珠月打开电脑，他仿佛知道她要上网似的，或者他一直在等着她？他的空间里显示出早晨五点过十分写的日记。他还没睡吗？她都仿佛感到她要死了，恨不得立即倒地而死。她感到他病了，他真的病了，虽然她见到他是好好的。那么是谁在这样地等着她，傻傻地，痴痴地，不顾白天黑夜的，除了我的心心相印的爱人还会有谁？不过，她并不领情，半夜不睡，这可是让她最为恼火啊，我的傻瓜，难道我真是你的孽缘？你一直把我当亲人看，当朋友看，自从那次和你闹了大别扭后，估计你是对我一肚子气了。你知道，这是不该的，可你又不能控制自己的感情和思想，这让你很恼火。气我，又想到我对你的情谊，你真是有情有气。随你怎样对我，我都不生你的气，你就像在我的心里，跑不了的，生你的气把你气坏了，受害的人是我啊，我还没那么傻，和自己过意不去，与自己作对。再说，你要是不好，毁的不是我自己吗？为了保存自己起见，首先当保护你。

你就不要再在网上没日没夜地等着我了，这让我知道你没睡觉，很窝火。我知道你一定是病了，睡不着，所以我求菩萨保佑你睡得好，也不知有没有效果。珠月在心里这样说。他好像知道她心里想的是什么，一会儿怨她，一会儿与自己怄气，一会儿想念她，弄得她的心疼了快一年了，还不知疼到什么时候。

珠月说的每一个字，每一句话，每一个动作，虽然是那么少，因颉都记得。他都可怜地记得。她和他见面才几次。可他记得她的每一句话，每一个动作，别感冒，这么小的一句话也记得。朝着他悄悄地一笑，他也记得。把手放在他腰上，他也记得。可怜啊，我给了我的爱什么？什么也没给，就这点吗？还记得。

她仿佛觉得他已在网上倾注了他所有的精力，看着他写的几十万的字，字字句句都是心血。有时竟对他的才气和悟性灵性慨叹不已，怎么会写出那种天才之作？他写的越多越有才，她却越害怕。就像一个母亲并不希望她的孩子有多出息，只要他平安健康一样。字写得越多，只能说明他没休息好；文章写得越好，只表示他的痛苦越浓烈。他何时写过这样深沉悲怆的文字，这一年来，他的文字怎么变得这么沉重？无法和他交流，打不通他电话，问他的亲密朋友，都说他好得很。可是，珠月心头的忧虑并没减轻半点。她每天都心事重重的，好久都没笑了，有时遇到好笑的事情，就狂笑一阵，就像要把身上的悲愁都笑跑似的。一个从国外回来的同学对她说，你好像有什么心事，很不开心的样子。她说，没有啊。随即下意识地看看自己的身体，觉得苗条多了。那半个月，她最少瘦了十几斤，不吃饭一点也不觉饿，比减肥有效多了。记得曾有一次看到书上的减肥方法，说是一天三餐只要吃水果、蛋白质之类，不吃主食绝对减肥。她买了鸡蛋、苹果、黄瓜等回来，第一天还能勉强撑着，到了第二天晚上，她已是像八辈子没吃过米饭的人了，觉得米饭真香，吃什么都不行，还是要吃米饭，也就是减肥书上说的主食。有一次又在网上买了两瓶减肥药，吃了一瓶，发现身上半点动静都没有，就不想再吃了。还不如我连跑几天，看着腰就变细，肚子上的赘肉消失，只是过了几天不锻炼，赘肉又长了起来。有一段时间扎扎实实地连续早晨起来跑步，每天汗涔涔的，想着要去见他，得让自己苗条点，要不哪有那么大干劲天天跑步，连书都不敢多看，文章也不敢多写，一天睡十个小时以上，生怕把自己操心老了。为了能集中所有的心力来等他，她多久都没好好地做一点事，就是为了让自己心无纤尘，无一丝负担累赘，以一次整体的生命来全部地等待和投入，那一刻的爱将会是多么纯粹又深入骨髓，多么完全。等她差不多准备了一两个月的心情，又选一个吉利日子，鼓起勇气给他打电话。电话号码连拨了几次，还是不敢拨出去，怕他又是对她不客气地一顿训斥或者是不理，又把手机放下来，过了一会儿，还是鼓起勇气拨通了，响了很久没人接，又忍不住拨了一次，想到这一次自是没人接，就是不甘心，准备了这么久的心情还有身材。没想到通了，把她吓了一大跳，都没做好准备，不过，不是他，是他的一个朋友，说这个电话是公司的，在他手上，所以他接了。她心里知道不是这么回事，感到自己很贱，心想再也不理他了。

珠月感到自己的等待似乎已过期。她是准备把过去的一年给他的，结果没等来他，她的时间也荒废了。这一年她是怎样专心地等待他。人在爱情中做事效率低，因为爱情会占据心，被他左右，就在爱的光辉中悬空着、迷幻着，处于一种全情投入的又模糊的状态，聚精会神的迷幻和模糊。爱着就是心不着地，悬在空中，像做白日梦一样，醒着又像睡着。

奇怪的是总会想起他，看到时光一天天地飞逝，看到自己都要老了，她好像要去赴一个千年的约会一样地觉得自己义不容辞。如果我不去呢，是遗憾、不甘，还是对自己无法交代？是觉得自己的人生不完美了，或者说是一个句号没有画完？就像你写了很多优美的文字，画了很多优美的画，却都是没完成的草稿，你希望这个草稿能在还不晚的日子完成，最终再把它们一起交给一个人。可能是我一直舍弃不掉我长时间思念的血肉，舍弃不掉我自己身上的东西。我不知道我爱的是我自己的血肉还是那个独立于我之外的你。我死死抱着我自己，不想我自己失去半分，不想我的血肉与我分离，不想我自己和我自己有任何分离之痛，所以我死不让你从我心口分离。我爱的是你还是我？我爱的是我自己的爱。

第四章

珠月注意到那些网络越来越与自己相关。当她看到那些爱怨交织，恐怖与渴望、怀疑交织在一起的语言，她的心每天都在为他疼着。如果把他的那些美丽的爱的语言写下来，那将是世间最美的相思和爱情。她把他的每一个字都复制下来，并在复印店打印了一天，都还没打印完。她又不敢肯定哪些不是他写的，她就想将来一定要把这些文字出成书，因为这些都是他付出心血换来的绝美心灵文字啊，不知他知不知道，他写得多好。她怕他是不是病了，她甚至想得更多，如果他有什么，她一定要去帮他做这件事的。他自己可能不知道，他创造了多好的文字。看着网上那些每一句都滴着心血的文字，因为心疼他的猛烈的累，她好长时间都不看那些网上的文字了。她想如果她不看，他就不会写那么多，他就会轻松些。看着那些他为她写的文字，他知道他和她真是像，他把她的美好痴情竟然也偷去了。或者他，她的那个让人心疼的傻瓜，本来就一直是那么傻的，只是一直装着很坚强、很无所谓的样子。记得他曾经对她说过："没有什么比事业在我心中更重要。"珠月当时听了，只觉得他有些不讲情义似的，即使一个男人是这样的，也不必说出来啊。多伤人啊。不过，如果他说出别个女人在他心中最重要，恐怕是更不受用吧。珠月只是用那种惯有的温柔微笑地看着他，也并不说什么，心里已经在想了，还是余清那个婆婆妈妈的男人好，藕断丝连的，没有那么干脆。如果是这种果断性格，余清有可能早就把她一脚蹬了，因为他和她的感情基础是那么薄弱，结婚几个月就分开。何况余清在外已有女人，珠月的心里一直有因颔，而余清是坚信珠月的心中有一个人的。据余清说，他曾经做过实验，平常他一天一个电话，有几次，故意两三天不打电话，也没见珠月来电话。故此，余清断定珠月的心里有别人，故对他不管不问，不关心。关于这个事，珠月并不是对余清不关心，而是她去过一次他的公司后，发现他在外有女人，而且她也给他打过几次电话，都是关机，自此她就不敢再打了，她怕自己瞎想。她是一个宁愿把头埋在沙堆里也不愿看见不想看的东西的鸵鸟。是因为珠月的心中有因颉才这样地放得开还是因为余清对于她来说是不可教的，早就对他失望？绝没有那么早，她一直都是用心来爱着自己的家的。

就在一个晚上，珠月和因颉之间发生了很大的冲突。那时，珠月虽有怀疑，但还没对余清死心，对家还是有一个概念的。这不像后来她几乎已是从心里放弃了余清，才那么义无反顾地想要把自己给因颉。因颉照样说着他怎么爱他的妻子，珠月听了就像很久前那样很不受用。她心想，我也多少年没见你了，能不能在这个时候不要谈你的妻子，如果因颉能说一句“我爱你”，珠月想她肯定会和他水乳交融。可因颉没有说，反而大谈起他的妻。珠月想，今晚我和你肯定是不能来完成我们之间都渴望的心身融合了。两个人说着说着，似乎各自都在表现着自己是过得多么好多么幸福了。不知在什么时候，因颉大发脾气了，要珠月滚。珠月并不生气，即使他发脾气，她也当作是自己的心和自己闹意见。每每想到这一点，她总是为自己对他的情感感动得想大哭一场，这没来由却又是有来由的情缘已是支持了珠月二十多年，从她二十岁时她就确定自己可以为他去做一切。珠月不甘心，本打算走了，却又想咬他，也没有别的意思，只是想，平常自己那么想他，为什么见了面却表现不出来呢，不管怎样，我得弥补我平常的想。想着，她就坐在他的身上，用嘴拼命地咬着他的瘦瘦的胸，那种感觉很怪，没有想到将来，只想到以往的付出。好像只是为了弥补以往的付出才要不服气地咬他的。看他木木的样子，僵硬的身体，虽然他还是怜惜地用手抱住她，可她能感觉到他和她之间因不懂产生的距离。她总在想，他为什么不对她说一个爱字呢？是因为他知道他说了爱，他就逃不脱了？珠月是这么一个痴情美好的女子，他知道他说了，他和她之间的深情一定会像山洪暴发一样把他们都淹没。因颉不想这样，他是一个事业心、家庭责任感都非常强的人，他不想因为女人增加麻烦，即使他是那么喜欢珠月。

珠月一直都不懂的是，因颉面对一个如此深爱他的女人，有时却让她感到有一种把她拒之千里的力量。这种力量珠月坚信不是因颉故意造的，那他为什么不能柔软一点，充分地相信她，因此融化包裹她。因颉就在前面自顾自地走着，珠月想揽着他的腰，却感到磁场中那种巨大的排斥力。这个傻男人，却又是那么让她心疼啊，刚进酒店时，就被墙壁上的灯撞着他的头了。想到这一点，珠月的心只是心疼他，想到那个晚上的不欢而散真是命中注定。她一点也不生他的气，只想她的因颉在那个晚上肯定被气着了，因为灯撞着的不是珠月的头而是因颉的头啊。珠月后来想起这事更心疼因颉了，这似乎是个不好的预兆，因为这一次撞头也构成了珠月心中所想的因颉的疾病中的其中一个因素。要不，他为什么平白无故地把头撞了呢？而且他是来见她时撞了头的。

因颉就那样木木地搂着珠月，浑身就像生了锈一样。珠月一想起这些，不知多么心疼这个男人。他完全有理由把她生吞活剥，她都会像献上祭礼一样心甘情愿。可是，他没有。他只是那么温柔地，让她感觉不到半点他需要她的样子。她听到她心爱的人竟然说出那句可爱的让她想起来都会微笑感动的话："其实我也很想，只是越想越不行。"珠月微笑地看着她的因颉，一点都不觉得这件事有多么重要，她只是想到那只是他的道德心作怪而已，或者还有一点，他怕珠月更爱他更欲罢不能，他希望他能和她保持一些距离，他也怕女人隔三岔五地去找他。毕竟他是一个有家的人。而他说的这句话却让珠月好爱他。不知为什么，因颉总是说些让珠月想起来会感动的话，当时并不觉得，就是回想起来觉得特别美好温暖。因为因颉是一个真实的人，他对珠月是真心喜欢的，所以他说的话是真心，可以耐得住琢磨；又是那么真实，真实得让她想起来就会感动，就会在心里升起一股柔情。

其实，珠月比因颉还傻，想起她的因颉所做的，所说的，他是一个多么成熟的男人啊，而她却像一个懵懂无知的女孩，什么也不懂。只知道心里付出，她的愚钝从一开始就和她在一起，随后一直跟随着她，与其说是道德约束，更多的却是不善解人意。

别人都说女人是崇尚心灵的神物，珠月就像一棵开在深山野林对世间冷暖毫无感知的懵懂花朵，她只是凭着自己的神灵和心性在那里开放着。因颉面对着他的珠月，有时真感到她就像拿不到手上的易融化的花一样，看着她的痴情，也深知她的深情，可来到她身边时，却感到他的珠月只顾自己在那里开着，似乎并不知道他的到来到底是要什么，致使他也把自己来的初衷都隐没忘记了。他的珠月又白等了那么多年。

等因颉走后，珠月只是在那里流着泪，不知道什么原因，她期盼的人走了，而且她感到她的失去就像她身上被掏了一个大洞，让她露着肌肉，并且里面现出千疮百孔。她得赶快找他去补。她就给他发短信，打电话，开始的时候，因颉给她回过一两次短信，意思是叫她好好生活，好好爱自己的丈夫，不要胡思乱想了。珠月看得出因颉并没生她的气，她心里一阵欣喜和感动。其实，因颉自从那次以后，都不敢确信自己是否爱珠月或者需要她了，而珠月却不知道，她就是要等着她的因颉。后来，她再和他联系，他几乎未接过电话，也未回过短信。

珠月想去找因颉，虽然她知道他就在不远的地方，可她却感到是那么远，走不近似的。因颉还在这个国家，还在这个世上，她只是这样想着就踏实放心了。

放暑假了，同学们都回家了，珠月没家回。她知道那个家不是她的，连钥匙她都没有。同学们都以奇异的眼光看着她，她也当作无所谓。一个月在宿舍看了几百集电视连续剧，她都觉得自己不是人了，一照镜子，还以为是从坟墓里爬出来的。那一天，她稍微梳洗一下，准备到图书馆去看书，这是她读硕士以来第五次去图书馆。

珠月穿着一件带花边的上衣，一件浅色压有亮晶晶铂片的牛仔裙，一双白色的旅游鞋，三十出头的她看起来像二十岁左右。她看书很专注，时不时做些笔记。忽然她感到似乎有什么挨着了她，她扭头一看，发现是一个男孩子，模样一般，似乎正正襟危坐，目不斜视。她继续看她的书，忽然她又感到有什么东西拉着她的衣服，她又扭头一看，见旁边那个男孩似乎并没有什么动作，她继续看着她的书。过了一会儿，她又感觉到有人拍拍她的手，递给她一本书，翻开的一页上写着："你相信一见钟情吗？"珠月毕竟是过来人，她笑着说："我比你大很多。"估计那男孩并不信，他问："你是研究生吧，学什么的？"珠月说："我是学历史的。"那男孩说："我是大三学生，学法律的。我叫苏独。你叫什么名字？"珠月犹豫了一下，还是在苏独递过来的书上写下了她的名字：明珠月。"你愿不愿意出去走走？"珠月没吱声。那个叫苏独的男孩似乎无心看书，珠月听见他低低地说："真要等到打铃吗？"

图书馆要关门了，珠月把书包清好，走出图书馆，那个男生竟跟在她后面。珠月只顾自己走着，那个男生走到她面前说，能不能一起走一走？那个男生说自己是年级最帅的，也不知是别人认定的还是他自己认定的。珠月看着他瘦瘦的样子，心里想，你也叫年级第一帅？自我感觉倒是挺好。他直白地说要珠月做他女朋友，哪有这样的人？珠月告诉他她已结婚了。他用他的清亮的眸子盯着珠月，说她是骗他的。珠月说，我骗你干吗？他说，那你告诉我你老公有多高，是做什么的？珠月不想告诉他太多，就说，很高很帅，比你帅多了。他听了只在那里笑着，似乎并不相信。苏独问："明珠月，我能把手放在你的腰上吗？""不行。"珠月斩钉截铁地说。

他们一路走着，珠月似乎预感到什么，又并没怎么多想。苏独问："你怎么不说话？""说什么呢？"珠月已经几个月都没见余清了，以往在老家时也是半年见一次，如果按照国家法律半年不在一起就可以自动离婚，她和余清都不知要离多少次婚了。余清每年回家一次，每次三四天。以前的温馨家庭在余清眼中已失去往日的光彩。他的眼睛好像一直在看着什么别的地方。珠月知道这个男人不是心里根本没有她就是还不够成熟。外面的世界像余清说的，很精彩。精彩的世界里，珠月担心余清会迷失自己。珠月有时又觉得自己无能为力，她还要面带笑容，自我欺骗，逃避是她一贯保护自己的办法。别人看到她在笑，她也似乎以为她真的在笑。时间久了，她的笑容越来越自然，就像一切都是那么好。

他们问了彼此是哪里人，又问了一些爱好，说着说着，他们走到一个坑坑洼洼的地方，珠月不小心差点摔了一跤，那个叫苏独的男生就很自然地绅士般地伸手去扶。他们在一个长满了绿草的地方坐下，珠月很奇怪那男孩为什么带着餐巾纸，她也只是读硕士后跟着宿舍女孩子学才记得身上带餐巾纸的。他把餐巾纸铺在草地上，珠月和他隔着些距离，他们的对面是一片湖，珠月若有所思地想着什么。"你在想什么呢？为什么不说话？"珠月说："我觉得静静地看着湖面很好。""能不能玩个草的游戏？"珠月知道他在想什么："什么游戏？我对什么游戏都不感兴趣。"他把一根长草放在她的手上，用另一根长草把那根在珠月双手上牵着的草扯断了。那男孩趁机用双手拥住了珠月，珠月轻轻地一耸，那男孩的手松了。"你太孤独了。"珠月笑着说，"其实每个人都很孤独。"她眼睛看着湖面，手却不停地拨弄着青草，看她的样子真是有点单纯。"你看起来像个小学生。"那男孩笑着说。他的笑很可爱，把他显得很稚嫩。

在忽明忽暗的光线中，珠月打量了他一眼，看到了他在黑暗中因笑露出的洁白的牙齿。公路旁边的车子一阵阵地疾驰而过，珠月见十点半了，她想走了。那男孩却忽然拉着她的手说："不走，坐一会，好吗？""好吧。"其实珠月很想坐一会，只是她仿佛怕男孩猜透她的心思，她只能假装撤退。"你太孤独了，是不是？我刚在一本书里看过史铁生的散文，说的好像就是这样的话：爱情的背景是孤独。""别说那么深的东西，我们能不能谈谈轻松一点的？""黑格尔说过，存在的就是合理的，很多事情是不能纳入哪一类之中的。”她不知为什么说出这样的话。她那样说，似乎怂恿那男孩试探着去抱她。他的手很瘦，可以说是很小，不像一个男孩的手。她似乎有点同情他了。她感觉到他的目光在一瞬间闪过她的脸，他是在看她的反应，看到她没有厌烦之意，他就拼命地吻她的嘴，她的颈，吻得她很疼。她从来没这样被人吻过，她身上流过一阵柔软温暖的气流。她当时脑中竟涌现出这样的念头：他是不是专在外面吻女人的，他的吻也太娴熟太专业了。她把书包放在一边，坐在那里眼望着前方，笑着说：“这样你就舒服了？”她常常说话都不看着别人，这是她常有的风格。他们彼此交换了电话号码，就回去了。

第三天，她接到了那个男孩的电话，要见她。她说最近有很多事要做，没时间。第四天，她又接到了他的电话，她说她忙得不可开交。第五天，他又打电话来，她说：“好吧，晚上八点见。”八点，她在超市买了一些零食，她一见到那个男孩，就跟他说：“我今天是来告诉你的，让我做你的姐姐吧。”他们说着说着，又来到第一次见面的地方，那男孩说，他不喜欢吃零食，他说应该是他买零食给女孩子吃。珠月说：“我还以为你喜欢吃呢，我也不喜欢吃。”珠月上次看到那男孩穿着一件大概是街边地摊上十几元一件的T恤衫，想到他经济可能比较拮据，就想到买一点东西给他吃。他吃了几口就不吃了，好像那些吃的东西在他的嘴里寡淡无味似的。他现在唯一想的就是吻珠月，让他的长舌有落脚的地方。珠月早看出他的满腹心思。他忽然抱住珠月，要去吻她，珠月不肯，“我已有老公了，你没听懂？”珠月在说这句话时其实早已知道余清在外面有两个女人了。他不愿相信她说的，他又仿佛已经猜到了珠月说的都是真话。他在她的耳边不停地低喊着：“珠月，珠月姐。”他不由分说地把她抱在怀里，“我喜欢你。”他说。珠月猛地把他的手一甩：“什么喜欢，不过是欲望而已。”“当然也有欲望。”不知什么时候，他的头已钻到她的胸前，被她用手狠狠地打了一下，他乖乖地不敢动了。她抚摸着他的头，似乎要哭了，他身上的肌肉颤抖着，像一个黑夜的孩子。“你是想把我毁了吗？”她神思恍惚，内心却刚硬似铁。他似乎要向她跪下了，那儿有一个坑，他把她抱起来放在那个坑里，那个坑刚够珠月躺下。珠月知道他要做什么，就对他说：“你放过我吧。不要让我不完美。”苏独只能疯狂地吻着珠月的脸和颈，等珠月从坑里爬起来时，她发现自己的裙子被打湿了很大的一片。她有些同情苏独了。不知为什么，这种同情竟让她不可抑制地想他，想他那么瘦，想他的稚嫩的脸，想他第一晚留给她的那双清澈的眼睛。她睁开眼睛看他的眼睛，才发现他是那么稚嫩，他的眼睛里的一泓清水让她的心一颤：他只是个孩子。她问他："你可能娶我吗？你妈妈会同意吗？"珠月只不过想随便问问，她那时还没想过要离婚，也没想过要找人。"我自己做的事自己承担。"他似乎很老练地说。"你不过是个孩子，你能承担什么？"珠月一个星期来几乎什么都没做，既有一种酸甜的幸福，但那只是隐隐的，更多的是一种被摧残的感觉。因为她对他毕竟不了解，这让她觉得自己像背了一口黑锅，窝着一肚子气。可她还是不可抑制地去想他，想他颤抖的身体，想他那瘦瘦的手，还有那双其实是阴郁的眼睛。他颤抖的身体就像一根被她拨动的琴弦，她想去握住他，让他不要颤抖，而他只是不听使唤，可怜的苏独。

有一次在食堂打饭，珠月竟发现苏独就站在她后面，他说："我可是等了你好多天了。""等我干什么？我真的结婚了。"珠月对他说。他说："我把我的 QQ 给你。"过不了几天，他又约珠月，珠月知道他肯定是不相信她已结婚，就走下楼来对他说，你老找我干什么？他说，我很喜欢你。"什么喜欢，是情欲吧，难道莫名其妙就会喜欢一个人，还那么快？"他不吱声。珠月想这个男孩子为什么不去找一个女朋友去解决他的需要，而她确实是想报复余清，不过，当她说她已结婚时，心里想的却是因颉，她怕负了他。虽然他们不欢而散，虽然因颉不接她的电话，可是她却觉得她和他之间有一种不可分割的联系在那里，有一个承诺，似乎她答应了他什么，他终会在那里等着她。几年后，她想起他时，就把他当作自己的老公，有一阵子填表时，她差点在配偶一栏写上他的名字，过后发觉，一点也不奇怪也不害羞，就是觉得他是她的。

苏独每天给珠月发一个短信，她偶尔也回一个。她说他的眼睛很清澈，很黑亮，像一泓清水。他后来说他最喜欢这句话，有诗意。她想下次见面再也不要拒绝他了，她一定会让他钻到她的胸脯里来。第四次见面是几个月之后的事了，这几个月，他给她打电话、发短信，她都不理，只说自己太忙。她最终还是像飞蛾扑火似的答应和他见面，她已经被他的强劲和孱弱击中。她甚至还想过，如果他真的敢娶她，她会一辈子努力来爱护他。她不会让他娶她的，她知道，只要她愿意，他一定会娶她，而且愿意为她粉身碎骨。她坐在花坛边等着他，她憔悴了许多，晚风吹着她的头发，拂在她的脸上，让他对她生了一种怜悯感。他抚摸着她的额头，就势把她拉进怀里，让她的头靠在他的大腿上，她疲惫得似乎要睡着了。"你就在我身上睡吧。”他的言行举止似乎在表明他比她大很多，他就像个男子汉，她似乎像个小孩。她的心累了，感到自己憔悴得像被月光曝白的小草。“你看过海子的诗歌吗?”珠月问苏独。“看过。”珠月猛地抬起头来，她只是随便问问，没想到得到这么大的一个惊喜和惊讶，似乎在天空中发现了一颗正在流逝的彗星，她憔悴的脸上露出了笑容。“真没想到你也看过海子的诗。”“他曾经写过献给韩波的诗，他赞韩波是诗歌的烈士，而他也成了诗歌的烈士。他曾写过《我所热爱的诗人——荷尔德林》，而我也想写一篇《我所热爱的诗人——海子》。”珠月眼望着远处兴高采烈地说着。“那你能不能给我念一首海子的诗?”苏独问。“现代诗只能体会，我背不了一首。”珠月想背一首海子的诗给苏独听听，可她发现她连几句确定的诗句都背不下来，她只好收起自己想背一两句的架势。“你看过海子的诗，是在什么地方?”苏独说:“我们高中课本有海子的《春暖花开》，平常也看到过一些，但记不清是在哪里看到的。你知道我为什么喜欢你吗?” “为什么?”珠月紧紧地盯着他的脸，笑着问。“因为我觉得你能帮我。” “我能帮你什么?我在这里又不认识一个熟人。”“我总觉得你能帮我，工作啊，各个方面。”“真的吗?其实你找工作也不难，名牌大学毕业，长得又帅，还怕找不到工作?我觉得我帮不了你什么。”她看着他阴郁的眼神，那一刻她怀疑他是一个没有父母的孩子，因为他的孱弱和不自信。还有他凭什么认为她应该帮他、有能力帮他，她欠他的?“我欠你的是不是?”珠月笑着说，失望只是埋在心底。她还要当姐姐。“不是的，是我欠你的。”他低着头说，并不看着她。“你喜欢我吗?”珠月并不看着他问。他不吱声，过了一会，她听见他说:“我对你的感情你又不是不知道。”“什么感情 ?”珠月似乎听不懂他的话，她笑着说，“好了，不谈这些了。”他想把手伸进珠月的胸口，珠月反射性地又打了他的手，打完她又抚摸着他的头。她的眼睛里似乎有泪水，她不想让他发现，等她转眼看他时，在暗淡的光线中，她发现他的眼睛亮晶晶的，她抬头望了一眼天空，天空正有几颗明亮的星星在看着她，她朝着天空笑了笑。她会离他远一点，但不会不注视他。她刚到寝室，她的手机连来了两个短信。“你知道吗?我只有从你那里索求帮助，也许你才会把你给我，因为你觉得你帮了我，你就想得到什么。”珠月看了后微笑了起来，小小年纪，真有心机。这个人，不简单。她同时有些怀疑二十一岁的他会不会是情场老手，他一直都是这样来骗女孩子吗?她想起第一次见到他晚上做的噩梦，她梦见他曾经有过女朋友。她又梦见她去见他，走过很多布满尸体的小路，等到她要见到他了，她的脚瘫了。

珠月从来没有想过她要和苏独走下去，她觉得根本不可能。她的思想里还没有那些离经叛道的东西。她的家乡有一种普遍的观点，只要谁离婚了，谁就是失败者，谁就见不得人。其实世道早就变了。珠月过两年回家后才发现村里已有好几对夫妻离婚，像没事儿似的。离婚这个想法还没到她的脑里。她知道只要她问苏独，是否愿意娶她，苏独一定会答应。可她害怕自己的感情无止境地膨胀，这种膨胀的蘑菇云是会有毒的。这个奇特的插曲珠月从没说给余清听。一次，余清开着车带着珠月从那个湖旁边经过时，他指着湖旁边的草地说："你看这里，蛮适合约会。"珠月当时心里轻轻地惊了一下。

后来珠月从苏独的 QQ 里了解到苏独毕业后到美国留学了，他竟然留言说，珠月是他见过的最完美最善良又性感的女孩子。珠月真不知道自己的骨子里有哪一点风情，竟然谈得上性感。可能是他留错言了。珠月的 QQ 后来被盗，自此再也没有苏独的消息。她偶尔会想起他的清澈的眼睛，还有她的一句留言带给他的几个月的魂牵梦萦。珠月似乎记得她是这么写的："当我看着蓝天的时候，我想起你的美好，譬如蓝天。"珠月想了很久，还是不记得原话，只记得有蓝天和美好两个词。

过了几年，珠月在失意时，想和苏独说说话，已经是联系不上了。珠月有时会想起他几次突然出现在她面前的样子，想着他在那里等候多时却又不敢说什么，只是出现在她面前，心想，如果不是有因颉，她是有可能和他在一起的，他说要娶她。三天没认识就说"娶"字，而且是从一个小男孩嘴里说出的，珠月只把这件事当作奇事，认为苏独说的话不过是小孩子的话。

因颉在那几年没理珠月，珠月却经常梦见因颉。有一个梦，珠月一直都记得。她梦见她和因颉都赤裸着，抱着在跳舞，旁边飞着好多色彩缤纷的蝴蝶。最让珠月感动的是这个梦做在因颉不理她的那段时间。她知道因颉在爱着她想着她，其实他是多么希望能和他的珠月在一起啊。

现在，珠月每天就像蝗虫一样吸附在电脑上，看着那些她认为属于因颉的空间。她给他打电话却没人接，她想去看他，后又去过两次，他不在公司。珠月感到又焦急又恼火，听说他到什么地方出差去了，心想他怎么这么多的差出啊。如果真的做他的妻子，她担心做不了。她爱人的时候，可是一分钟都不想离开的，这会让因颉受得住么？这么想着，不禁有些同情他的妻子。珠月这多年几乎没有爱没有家，她不需去感受只有和老公才能感受到的分秒不离，她想他的妻子肯定是很爱他的，怎么受得住那种分离。连她都不敢感受那种分离，时间这么紧，她只想依着她的爱人，一分钟都不离他。

在几个月前，珠月感到因颉在到处找寻她，又冥冥中感到他在找不到她时会颓废。那种他会颓废的感觉在梦里清清晰晰地留在那里，一点都不像一些虚幻的梦一样缥缈。她知道因颉在找她，她心里很踏实，可她却不知道怎么和他联系。记得上次给他发那些痴狂的短信，被他狠狠地批了一顿，她都觉得自己一点脸都没有了。不过，在因颉斥责她的同时，她的心也猛然地感受到因为因颉的感动而来的那一秒的触动。她是了解因颉的。他在她的心中是人类骄傲的证明，如果他颓废了倒下了，就是为他死一百次也不能赎她的罪过啊。珠月不想因颉像梦中那样颓废，可是，她又不知怎么去和他联系。

她有时会莫名其妙地一阵心痛，那一定是想起因颉的时候。她不知道她的痛是为想因颉还是为自己的孤独？那段时间，珠月还没发现因颉的空间，只是在他公司的网上看到一篇关于七夕的文章，心里就认定是因颉写的，除了他还会有谁写得出这么好这么深情的文章？在那些网络上，珠月从来不认为有好文章。珠月认为此文与因颉有关，她记得她曾给因颉写过一篇关于七夕的故事。珠月被文中浓郁的忧伤和深情深深地触动着，心想下次遇到因颉的时候，一定要问他这篇文章是不是他写的。珠月虽为那篇文章的忧伤触动，但还不知那到底是一种什么样的忧伤，竟然把她心爱的因颉击倒。再看他公司的网上，有一个版块全是一些感情日记，或者是仿着女人的口吻，或者是孩子的口吻，珠月没有多想。只是有一个空间的日记珠月怀疑是因颉的，里面的感情很纠结。文中，他劝那个红颜知己不要爱他，看在他有妻子、可怜他妻子的分上，可他又担心她的无家可归，她孤身一人的流浪。一会儿那个红颜知己是比他小很多的，一会儿是与他差不多年纪的。珠月心里有些酸酸的怀疑，但她已经顾不得了，她只是瞅着每篇文章下面的“加油”两字，心里却感到隐隐的害怕。因颉病了吗？为什么那些“加油”就像一根根棒子敲打着她，又像有一根长长的皮鞭在抽她的背，让她感到慌张和想逃避那个恐怖的想法。

珠月一直都是不善于面对的人，遇到什么不想面对的事，总是能自欺欺人地对自己蒙混过关。她有一种不祥的预感，虽然她说不清。她一想到她的忧虑的来由是真实的，她就会处在一种极度的紧张和心痛中。她每天都上那个日记空间看，只要一看到“加油”的字样，就仿佛觉得她的爱人在那里受着皮肉和精神的双重痛苦。她有时呆呆地坐在那里，也不看着什么，也不想着什么，眼前花花的，好像有几千个妖魔鬼怪在她跟前晃着。爱人之间有时是不需要语言的，她想她的因颉一定是病了，而且病得不轻。她还是不敢这样确定，单是这个想法就可以让她立时崩溃的。

到了十月份时，因为珠月发表了一篇文章，在一个转载她的文章的网页上，她忽然发现了一个有着特殊的心形的网页，里面有一大片红梅，并引用了柯南的一句话：“我喜欢你，比这世上任何人都要喜欢你。”珠月几乎可以断定那就是因颉的网页。没想到从那一个网页开始，珠月就像发现了一片让她心悸的新天地。她每天什么事也不做，称得上是废寝忘食。看了一个月，她都还不能确定发生了什么事。其间她发现了前面提到的那个十九岁女孩子的网页，再一翻前面的个人资料，那个女孩却正是七夕所生，珠月有着深深的失望，原来那篇关于七夕的文章不是为她写的。再看那个女孩介绍自己的文字，说是只有八十斤（珠月这时忘记自己以前很瘦，只有八十斤），这不是林黛玉吗？那么，那篇让珠月感到是为她写的“前世你是我的妻，今世我是你的爱”的文章原来是为另一女孩写的。这让珠月一晚上都不想看电脑了。她想一个男子如此深爱一个女人，而且这个男人是因颉，这让她心如刀绞般疼痛。

接连几天，珠月好像和谁在赌气似的，心里憋得慌，几天都没上网了。在这之前，她把因颉当作是她的私有财产，除了他老婆外，她心里不能忍受任何女人。因颉这样痴情地爱上一个女人还为她不能自拔，珠月为因颉深爱着别人和背叛自己觉得浑身无力，心里的醋意翻江倒海似的，让她憋得好难受。虽然因颉从未向她承诺过什么，也更谈不上背叛，可在这世间，守诺、背叛这些从不是从语言中得来的，而是在心中得出的。珠月这样坚信着。不过，她看出了一些苗头，看得出是那个女孩的背叛让因颉受了刺激，因颉才为她伤神，为她病了。此刻，珠月想着的是因颉的病，因颉的心里舒不舒服，这样想着，珠月不怪因颉了，只是担心着因颉。她的担忧已经压倒了她的醋意。

因颉是一个成功的男人，现在社会上成功的男人会有很多的追求者，何况因颉无论在哪个方面都是那么出色，他的品质、修养、才华、帅气等，会让每一个见到他的女孩心动。男人不一定要先坏。女人自觉送上门来，很多男人就身不由己地坏了。有一些倒霉的，直被那些女人弄得家破人亡，后悔不迭。一些幸运的，有可能会遇到红颜知己。在这个时候，有一个被因颉称之为红颜知己的女人出现在因颉的世界里，她为因颉所有的一切而着迷，自此就有后面的一系列恩怨。这是珠月根据因颉的空间文字设想的第一个故事版本。这个女人很会唱歌，能喝酒，喜欢坐在酒吧里举着高脚杯表示着自己的失落和忧愁。有一天她被朋友约去 KTV 唱歌，在那里见到了因颉。因颉一般不出入这种场所的，那天被几个朋友硬是生拉活扯去。当时，朋友请了几个女孩子来陪唱。唱着唱着，有一个女孩子就靠在因颉的肩上了，她要因颉送她回家，因颉有事就给她叫了一辆的士。过了几天，那个女孩又约因颉和朋友一起去海边玩，并要因颉带上红酒。（当看到这里时，珠月的心里竟然有些恨因颉了，她从来都没那么长时间和他在一起过，更别说一起出去玩了。）喝酒玩完后，那个女孩要因颉陪他一下，甚至带着俏皮说要因颉背她。因颉就背着似乎是喝多了酒的她。聪明的女人都会玩这一套，喝多了酒，然后叫男人去背她，送她回家。等因颉觉得自己有些喜欢她时，她却说，她有男朋友，而且很爱他男朋友。这让因颉很受打击，毕竟他好不容易敢确定自己有些真情了，而不是对那女孩逢场作戏。不过，珠月想，故事不会如此简单，如果真是这么简单，因颉不会如此纠结。珠月这时想起因颉曾对她说过有一个女孩子想他都哭了，当时这句话在单纯的珠月心中并没泛起什么涟漪，有女孩子喜欢因颉是正常事，自己不是偷偷地喜欢他这么多年？流过多少眼泪。珠月没想到，同样的想念在不同的人身上会发生不同的故事和结果，同样的流泪，事情也许是不一样的。当珠月忽然想到那个女孩为什么想念因颉而哭时，她心里的醋意简直让她已经无法再继续设想她的版本了。后面的事情应该是这样的，那个女孩子找因颉借钱，而因颉正是手头非常紧的时候，公司的周转已出现困难，因为投资太大，又准备向银行贷款了。而那个女孩子竟认为是因颉不讲情义，不肯借钱给她。其实，因颉如果手头宽裕，他还是愿借钱给她的。他已帮她很多，帮她录碟子、推销歌曲等，可有些女人是看不到别人为她付出的。再说，现在的女孩子哪懂创业的艰辛，以为你大老板哪会没钱。这一件事结束了因颉和那个女孩子几乎是七年的交情。在没借到钱后，那个女孩子就和他的朋友一起威胁因颉，让因颉感到有受骗的感觉，甚至怀疑那个女孩子是和她的那个忠心耿耿的男朋友一起来骗他的钱的。更让因颉不能承受的是，他是一个把名誉看得比生命还重的人，那个女人进入因颉的空间，把他和她的事抖出来，用的是诅咒恶毒的语言。珠月心想，难道因颉会有意去勾引你？你自己要咬上钩，得不到自己的利益就怨恨别人无情。你急需钱，因颉借钱给你是应该，他不借钱给你，自有他没借给你的理由。如果真正爱一个人，连这都不能懂他不能体谅他，那还叫什么爱情。珠月想，因颉，你怎么不借钱给她呢，否则，也不会出现这些让你烦心的结局。珠月的心里一直都在帮因颉后悔了，怎么没借钱给她，真该借给她的！惹出这一身骚来。

因颉怎么受得了这个，他一生高傲，总是被女孩子拥着、喜欢着，自以为遇到红颜知己，却是这样反目成仇。因颉又想到珠月，想到他对珠月的无情，心里直想哭。那个女人又找到因颉家里去，找因颉的妻子摊牌。因颉从未想过离婚，这一下家里可乱了，老婆赌气回家，孩子哭成一团。好不容易老婆回来了，自此老婆就像外人一样，看到因颉就像陌生人。老婆躺在床上病了几个月，那个女人说因颉怎么爱她的话让因颉的老婆伤得很深，可思来想去，孩子又小，根据那个女人的哭诉，看得出因颉还是不想离婚，不想离开她的。女人的心总是软的，何况，她又那么爱着因颉。特别是后来，她看到因颉为此事受到的折磨，她就从心底里慢慢原谅他了。不过，因颉的太太是一个脾气和因颉一样倔的人，她还是那样冷漠，平时就不喜欢喜怒哀乐形之于色，此时，更不知道她的心里想的是什么。以前，因颉就对她一知半解，看到她为他有不顺而憔悴就觉得很稀奇。看到因颉这么说的时候，珠月想，因颉和他的太太真是一点都不相像。因颉是一个什么都要表现在脸上的人，他也不愿隐藏什么，他的太太偏偏是一个闷葫芦，经常让因颉不解她为什么不大声笑不大声说话。在这之前，他们之间因为性格悬殊，再加上因颉经常出差，因颉和他的太太之间无形中起了一条横沟，两人的身体也隔得越来越远了，经常是几个月甚至半年都不在一起，但这并不影响因颉对他太太的感情。因颉也不知道是自己出了问题还是他太太出了问题，每次回来他只感到家里像冰窖，夫妻虽是相敬如“冰”，家里却也寒得可怕。因颉在这时自会想起那个女孩子，虽然也会想起珠月，可他和珠月之间虽然心心相印，却也遇到了更难突破的瓶颈。一个懵懂无知、传统道德观念又强，一个却想着彼此能身心交融，面对着懵懂保守的珠月，因颉只感到无可奈何，束手无策，就像怀中抱着一块石头，而不是燃烧的木块。珠月也曾无数次幻想过和因颉在一起时该怎样去爱他，可因颉并没启发出她的沉睡着的身体，其实在那个时候，只要因颉不提他的妻，对珠月说一句“我爱你”，珠月相信自己一定能克服羞涩，会把自己毫无保留地燃烧干净。可是，因颉并没说出珠月多么想从他嘴里听到的三个字。

那个女孩子喜欢唱歌，歌声虽谈不上有灵性，和一般人比起来，特别是在唱卡拉OK时，还是比周围的人都要强。因为周围一些朋友的起哄作用，因颉就在有些虚荣心的驱使下和她走在一起。当因颉的妻子气愤地说那个女人不过是下贱女人时，因颉觉得他妻子骂得很有道理。发生了这一系列的事之后，因颉处于高度自责的状态，想起此事对妻子和家庭的伤害。特别是妻子闷葫芦一样的表情，让因颉不知道妻子的想法。而他又那么爱着他的妻和他的家。如果是妻子的过错，离婚倒好受一些，偏偏又是自己的过错，这对于一个并没做离婚准备的男人来说，那种对妻子的愧疚和割舍不下是难以挥去的，而且他发觉自己更爱妻子了。本来还有一些疙疙瘩瘩、一些意见，此刻，因颉的心中全是对妻子的爱意和不舍，错全在他自己身上了。偏偏他妻子是个冷血动物，自己的男人心里想些什么，有些什么纠结全不知道，每天还沉浸在自己的悲痛中。

因颉这时也不知道找谁来诉说自己的倒霉和种种复杂的内心感受。他有一个知己朋友叫双翼，因颉很爱他。大学时，他就把他当成知己，两个人在一起不知羡煞多少人。珠月曾对因颉说，你们就像雄鹰的两只翅膀。在他们的友谊中，珠月感到因颉表现得更热诚袒露，他曾经写过关于他俩的文章，把双翼称为“另一个自己”。珠月想到，因颉曾也称她为“另一个自己”。想到这点，珠月不知是高兴还是不高兴。高兴的是，因颉把自己当作知己，不高兴的是，她希望她能做他的知己爱人，而不仅是知己。因颉找到他在这世上最好的朋友，虽然两人后来不在一个公司，各成立了公司，可友谊却一直没断。因颉的太太和双翼的太太很熟，经常在一起聊家常，有时还凑在一起打打牌。因颉对双翼说了他家里的一些烦心事。双翼可称得上是这世上最好的男人，从不出去瞎玩，那些男人凑在一起就想些歪主意，可双翼从来不去那些乌七八糟的场合。每天下班就到家，拿着一份或几份报纸看，了解一些当前形势动态、商场行情。双翼听因颉说了那些事后，忍不住笑了，他说：“你怎么那么憨啊，那算什么？现在是什么社会？那点事如果你太太不能原谅，我看这也真是悲哀。你又不是那种下三滥瞎玩的人，男人总有犯错误的时候。”

因颉的好朋友双翼，珠月很熟，珠月第一次见到他就被他的幽默和才华深深吸引住了，他是一个充满着无限魅力的人。一般的女孩子第一眼见到他就会被他深深吸引，多见几次就会不自觉地爱上他。他是一个高尚的人，珠月知道他肯定会劝慰因颉的。可因颉听了他的话并没减轻半点心理负担，也可能那段时间公司因招标没成功损失了不少，最为烦心的是因颉虽感到朋友的好意，自己仍是为发生的一切不顺心而烦恼。一般情况下，人在顺利的时候，心烦会减轻或自动消失，因为喜悦会冲淡烦恼；当人不顺利的时候，那些烦心事一齐涌上来，就会变成一股邪气，当人的阳气不足以对抗那股邪气的时候，人就会病。珠月想，因颉可能就是因此病了。珠月不敢继续往不好的方向想，只是对自己说着，别吓自己，不可能的。如果她能确定她亲爱的人是病了，珠月就会立即倒下的。他可是她这多年来唯一的精神支柱啊。她根本不敢继续往下想，好像只要继续深入挖掘下去就会碰到地雷似的。看着珠月的脸，像小女孩似的，岁月似乎并没在她脸上留下痕迹。她已经习惯于去逃避，以前是逃避余清的丑恶，现在如果她心爱的人有什么不好，她不知道自己还能依靠什么。那她将是不能承受。她这样想着，几晚上都恐惧得睡不着。

珠月根据因颉的空间，还设想了一个故事版本。她每天只能这样胡猜着。给因颉打电话他又不接，他已经好久不接她电话了，这也没有引起珠月的怀疑。只是从因颉的空间里那些让珠月恐惧的文字，珠月可以感到因颉对她的强烈的思念，还有一些因颉无法厘清的纠结思绪。因颉似乎在怨恨着所有人，除了他妻子。别人都说女人是祸水，珠月想，自己也可能是因颉的祸水，因颉的病是否与自己有关？想到那些梦，珠月的心里一阵阵绞痛。在因颉的空间里，珠月摸索出又一条故事痕迹。他暗恋他公司的一个职员已经有几个月了。她又想，会不会这个职员和那个唱歌的女孩是同一个人？在这两个珠月设想的故事里，珠月看到了因颉还有一个很大的忧虑，就是担心自己的事被珠月知道了，觉得自己辜负了珠月，从此会失去珠月，这个忧怕并不亚于来自他妻子方面的冷淡和不原谅。本来，当初因颉和那个女孩子来往就有着和珠月赌气的成分，这多年，虽然他们没什么联系，因颉更是不理珠月，但他们两个都知道，彼此从来都没忘记对方。珠月曾表现出来自她的丈夫的幸福，所以他不知道珠月过着像在地狱一样的日子。因颉的醋意一直跟着他好几年，他都不知道他会恨一个人这么久，心里想想她对自己的情意，又马上会想起她的那些不经意的却很伤人的话语。按说，喜欢他的女孩子那么多，他为什么要那么不理珠月，那么恨她呢？可怜的因颉不知道自己是多么爱珠月，多么在乎珠月。等到发生了这一系列的事后，他不知道自己把自己弄得那么纠结原来只是他不想让自己好好过，为了爱他的他爱的珠月，原来自己是这么这么地在乎她，爱着她。在乎她对自己的看法，她从来都把他当作美德的化身，人类的杰作；他害怕他可能从此失去她，因为她是那么一个纯洁的天使，好像不知道这个世间还有丑恶。因颉看起来不理、恨珠月，其实，他就像是一个小孩子，往前面那一条路拼命地跑着，追跑着一个光亮，他以为他跑得越快，离她越远，却不知道那个火光里有着珠月。

珠月就像什么都知道一样，她根本不需要因颉对她说他真实的想法，因颉就在她的心里，他想什么她都会感知到。他的怨恨，他的傲慢，他对她强烈的爱恋和思念。他何尝忘记过珠月？特别是在发生那么多的事后，妻子的不理解不原谅使因颉感到了强烈的孤独，这时，他每天想着珠月，但他死要面子又不愿亲口对她说，而她是一个几乎不关注网络和世事的人，只是每天看着自己的书，写着自己的文字，要不是那个偶然的机会，她都不可能深入到因颉的空间，才知道她的爱人在受着怎样的煎熬。

如果说因颉因为别的事情纠结，珠月倒管不了那么多，如果因颉是因为担心他会失去她，珠月真想给他的因颉几巴掌。难道珠月爱因颉会因为这些就不爱了吗？哪怕她一时有怨有气，她的心里绝不会真正地恨他。就像一棵大树已长成了，拿刀砍它几下，大树就会死吗？珠月心中的因颉就像那棵参天大树，绝不会因为有人拿刀砍了几下，珠月心中的大树就倒了。她只是要赶快给她的树养伤抚慰伤痕。人间有一种爱，也许是因颉都没体会到的，那就是因颉在珠月的心里已经是属于她的一部分，她不可能因为任何事情而失去他，他已长成在她的生命中。如果他受了伤，她会像母亲心疼孩子一样，一个母亲绝不会真正地怪自己的孩子。珠月想起曾经看过的一个故事，一个儿子要用刀杀害自己的父亲，他的父亲说，儿啊，小心别把自己的手弄伤了。因颉伴随着珠月长了这么多年，她心中的哪一条皱褶没有因颉的影子，她微笑时，就有因颉在她的嘴角边；她哭泣时，因颉就在她的眼泪里；她受伤时，因颉就在她伤口流出的血里。在每一个绝望哭号的时刻，因颉就在她的声符里；她的眼睛会经常望着夜空，希望能从那里寻找到她的因颉；就是在她的每一次呼吸里，她都能闻到因颉的气味。她会坐在一旁悄悄地想着她的因颉，来对抗生活中的每一个屈辱和绝望。有一次她坐在余清厂房外面一整晚，一整晚眼泪都没干，她望着家乡方向草丛里的小路，她想那条路上一定会走来她的因颉，她就坐在那里等着等着，和着眼泪，又和着微笑。想到她的因颉一定会在那个地方想着她的，她真想自己就在那条小路上睡去，等她睡着的时候，她的因颉就在梦中接她来了。

即使这些更多的是灵魂上的，但人生除了更低一级的肉体，还剩下什么？就只有珠月所需要的灵魂了。肉身和灵魂，我们无从分辨哪个更重要，宇宙其实就在人的头脑中，而因颉就在珠月的心里，这是一个真正的事实，是他伴随着她的每一个伤心，每一次想念。因颉又何曾忘记过珠月？如果因颉忘记了珠月，他不会陷入他人生的一个绝境，有什么事能把一个真正的男子汉打倒？除了他心爱的女人。因颉知道珠月过得不好，很担心她，这种担心却又是他无法解决的，他不能给珠月她要的幸福，可是他的心里又是那么不舍得她。担忧、不舍和无能为力让因颉心里纠结难解。因颉知道，在这个世上，只有珠月是最爱他的，毫无保留的。在她十八九岁时，她就想把自己最纯洁的身体给他，即使在他拒绝她之后，面对着别的男孩子的追求，她仍是在等着他，直到他离校到了很远的地方。而且这多年来，珠月又何曾有一天忘记过因颉。这些因颉都是知道的，他也知道，如果当初他和珠月结婚，他们将是世间最完美最幸福的一对。在那个暑假，因颉训斥了珠月，珠月一两个月都没音信后，因颉能不着急吗？他曾听珠月说她想到一个很远的地方去，他想珠月一定到了一个很远的地方了，于是就像一个孩子一样哭了起来，他担心他再也见不到他的珠月了。此刻，因颉感到从未有过的孤独和绝望。在他的心里，珠月和他的距离比他的妻子离他的距离还近。想起珠月曾给他取的吉利名字和为他刻的放在枕头底下的印章，还有她从寺里给他买的护身符，一个荷花一个如意，这些都是寄给他的，再加上一封信。虽然因颉并不信这些，但每一想起来，他都会感到温暖。他会经常拿出那个护身符出来看，看到上面大慈大悲的观世音菩萨，因颉的脸上就会露出孩子一样的幸福笑容。可现在，珠月走了，因颉整个人都要倒下了，他从来不知道珠月对于他是这么重要。珠月一个多月来不上网，几乎不开机，他一点她的消息都没有。平常知道她在某个地方，看到她偶尔发个短信来，还有些嫌她烦，斥责她。因颉不知道珠月给他写了多少短信都没发出去，只在想他实在没法时才发一些。

有时，人的需求如果没有一个实现的途径，哪怕那个途径的希望只有极微薄的百分之几，人还是需要通过这个途径把自己的愿望释放。如果珠月知道没有了因颉的消息，无法和他联系，她会发疯的。即使他不理她，只要知道他还在某个地方，珠月的心里就会安稳很多。人想通了的时候不会做傻事，但有时候有一种根深蒂固的绝望会让人很安静从容地死去，如果给这个绝望多一点时间考虑，他（她）仍会选择无可逃避的死亡，因为他（她）已不能面对人生。珠月当时的心态与这个绝望者的心态有些相似，她可能会暂时麻痹自己，可是因颉就像刀子刻在她的心上，她终生都会带着这把刀子，去享受别人体会不到的极致苦痛和幸福。就像那个决定死亡的人最终还是逃脱不了死亡，珠月最终逃脱不了因颉，终归会为他而死。

因颉在珠月没有信息之后，追悔莫及，想到自己不该对珠月那么严厉；又想到自己的孤独，他的妻子并没有珠月与他的心那么相通那么近，一时竟是感到自己的事业做得再大都没意思了。失去了珠月，他每天那么忙碌那么奋斗又是为了什么？因颉内心里其实早就想过以后一定要帮珠月来完成她的每一个梦想。无奈自己的事业越做越大，手头上是越来越紧。他发狂般到处找珠月，他已感到颓废不堪，如果再打听不到珠月的消息，他就要崩溃了。

因颉走在大街上听着那些伤感的音乐，一步一步地走着，希望能遇到他的珠月。他坐在一个石凳上，落叶飘在他的身上，他想起了珠月曾把自己比喻为一片落叶，他以为他闻到了珠月的气息了，就继续走着去找他的珠月。大街上的人看到这么潇洒、气质不凡的一个男人竟是恍恍惚惚地在街上走着，都觉得很奇怪。因颉就那样无头无绪地走着，他说他从那些落叶中闻到了珠月的气味。

那股腐败又令人着迷的气息就像毒气把他健壮的身体像露水一样侵蚀，他似乎已找不着回家的路。落叶已把他的肩头和头发染红了。因颉的眼睛前面色彩迷离起来了。

珠月一直都心痛于那种把她的爱人击倒的气味，和那个想象中的黄昏。那种气味在她的心里就像是罂粟花开的气息，是他的疲累之后产生的迷幻的光晕，让他的身心仰卧于一片尘粒的海洋中，又把他健壮的身体和魂魄熏得像婴儿一样无力。

珠月听见了他的声音，他的不屈的、不断沉静下去的声音。那种罂粟的气息越来越淡，他渐渐地苏醒过来，又坐起来了，又能好好地走了，又回家了。

后来她见到他，在梦中，他处于平常的他和那个落叶的黄昏之间，揪心的气味又弥漫开来了。即使她是一片落叶，她也绝不允许这棵树和这个黄昏的周围散布着那种令人眩晕的气味。她绝不想自己的心爱把自己迷失在那种毒气中。

在因颉公司的网上，珠月似乎看到了很不正常的现象，在一个栏目里总是那几篇文章，那几篇文章还是珠月给因颉发短信的那天更新的，一个多月了，还没换文章。珠月疑惑了，她的因颉怎么了，如果想念她了，为什么不给她打电话，虽有两次陌生电话珠月没接到，那并不是因颉的电话啊。这个傻男人怎么和珠月一样傻，真是般配，虽然他在自己的事业上是佼佼者，其实却是一个孩子。他就是不给珠月打电话，想到珠月这一年一般不超过半个月就会给他发一个短信，可是现在已经一个多月都没短信了，他就那么傻地以为再也找不到他的珠月了。别人都说恋人之间是会传染的，因颉曾经是一个多么阳光多么开朗的男孩子啊，珠月的那些忧伤慢慢地把因颉浸染了，让那么坚强的因颉渐渐地染上无法承受的伤感和担忧。

看着网络上那个一成不变的栏目里的文章，珠月知道因颉在想着她，那种痛彻心扉的感觉就像一把寒冷锋利的宝剑直穿她的心胸。珠月看到因颉在网上的相片了，他瘦了很多，脸上是一股青色，写着疲惫操劳。珠月的心好疼，只是盯着那张相片看了好久好久，那张相片的拍摄日期正是她给他发短信说想到很远的地方去的那天。看着照片上的因颉，珠月好想去吻他的脸，让他不要疲惫不要担忧。可是她又吻不上，就拿起很久以前的一张相片，把他的脸和露出来的手亲了好久。珠月只想放声大哭。

到了十一月份，当珠月似乎渐渐知道事情的一些眉目时，珠月在电话中简直是吼着对甘因颉说："把那些空间全给关闭了！"她从来都没对因颉那么说话过，此时真有恨铁不成钢之意，不管是为谁，你是因颉啊，你都不该这样。什么事情值得让你这样伤神这样纠结这样糟蹋自己？珠月只想哭死，为她的那么傻的因。可是，因颉的那么多空间一个都没关，他就像故意与珠月作对似的，又像是为了赎罪故意把自己的罪行公之于众似的。写的什么？难道不怕别人看见？竟在有自己名字的网络写一些有伤他身份的事情。珠月气他的纠结，有什么大不了的事？没有什么女人值得因颉这样，也没有什么了不起的事业值得他如此焦虑担忧。财产再多还不是空的，一个人一辈子能用多少钱？一个帝王坐了江山，江山给了他子孙，他子孙又是谁？珠月不知道有什么事情值得因颉这么折磨自己。她想因颉一定是遇到邪魔了，当她这样想时，第二天就赶快跑到慈光寺去求佛祖、菩萨保佑她的因颉，帮他驱魔驱邪，保佑他平平安安，健健康康，一切都顺顺利利的。她又在寺门口给他抽了一个签，是中签，意思是有危险但不要紧。又花了一些钱叫那个抽签的人烧符化解一下，心里才算安然些。珠月都不知道那天她是怎么走到慈光寺的。她糊里糊涂地转了几次车，终于到了寺庙，又遇到几个化缘的人追着她，也不知是真是假。当有一个化缘的和尚拍着她的肩，面前又伸过来一只拿着红包的手时，只顾想着心思的珠月被惊得魂都掉了。

一种不好的预感渐渐笼罩了她的心头，开始是妒忌，后来是担忧，后来她差点毁了。恍惚中高楼大厦向她压来，天漆黑一片，房间里有无数的风影在飘，她的心一阵一阵的惊颤。她准备选择死亡，可她不能被自己的预感吓死，她得去见他。

这几天珠月处于惊慌失措中，好像她的魂跟因颉的魂一样是惊慌失措的。当爱人遇到什么动荡时，一定会在相爱的人心里引起同样的反应。当珠月把她的忧伤传给因颉时，因颉此时也把他的动荡不安传给了珠月。珠月每天都惊魂未定的，一点声音都会激起她很大的反应。一阵风把桌布吹得哗啦啦响，把珠月吓得魂都丢了，晚上再也不敢睡了，点着灯一直到天亮。本来她一直怕鬼，因为生活在农村，晚上漆黑漆黑的。特别是村里死人的时候，珠月最怕鬼从窗户外爬进来了，有时就死死地盯着窗户，半天都不敢睡，似乎要看着到底是否有鬼进来。小时候，听大人讲鬼故事，姐妹俩都吓得想哭，眼泪又流不出来。晚上听完鬼故事，她们就不敢去上茅厕了。两人拿着手电筒到了茅厕，总感到有鬼躲在茅厕的柴垛里，会悄悄立在身后。她们头也不回地往家走，脚步很快，就像完成一件大事。有一次她的二娘死了，她二娘向来喜欢她，她就想她的二娘晚上肯定会来看她，一晚上就望着那个开着的窗户不敢睡。家乡人都说，当人的阳气不足时最怕鬼，当人的魂掉了时，鬼最容易来捣蛋。那些天，珠月感到自己的魂就像丢了，书上最简单的的话看了半天都不知道是什么意思，洗口时发现牙刷上挤的是洗面奶，梳子拿在手上到处找梳子，衣服穿反了也没发觉，好不容易把桶里接满了水才发觉桶没洗，只好又把水倒出去。最怕的是晚上，躺在床上有几天竟不敢睡，从未体验过的，开着灯都不敢睡，好像一睡下去就不会醒似的。如果再这样拖延下去，珠月绝对会垮掉。

珠月想一定要去看她的因颉，不管他怎样吼她推她，她都要去。她买了一张火车票，终归在因颉的公司看到了因颉。他看起来好好的，似乎是不解地问："珠月，你怎么来了？"当珠月听到因颉叫着她的名字时，她心里好欢喜。她好久都没听到他叫她的名字了。珠月对他说："我发现了一个空间，感到很害怕，想到是你的。"因颉笑着说："怎么会是我的空间？我每天那么忙，怎么会有时间上网？"珠月心想，这也是的，因颉每天那么忙，事业心又重，怎么会有时间在网上抒发那么多感伤？那个最令珠月恐惧和担忧的空间怎么会是因颉的呢？珠月心里有些相信自己是多虑了。她看着因颉那么好，和以前并没两样，珠月的心里终于安定下了，她也不恐也不惊了。当她刚走进因颉的公司，遇到她也认识的因颉的同学，她问："因颉还好吗？"因颉的那个同学不解地问："他有什么不好的？"珠月的心就定下来一半，现在再看着朝思暮想的因颉是那么好，珠月心中的欣喜是无法形容的，她知道这会救了她，要不，她根本就承受不住那种事实。她那还像一个小女孩的心里，还没想到有那么多她需要为因颉做的，她只想到她的承受不住因颉过得不好这个事实。

因颉请珠月吃了饭，他的妻子也去了。珠月感到因颉的妻子是在乎因颉爱因颉的，虽然她没有像珠月看着因颉那样痴迷爱恋的眼神。珠月想，如果让她几十年看着因颉，她都会是那种眼神的，爱人的眼神是掩藏不住的。因颉的妻子是那种含蓄的人，为什么珠月觉得她在乎因颉呢？因为当因颉开车时，她看到因颉的车没开好，因颉说了一声什么，她就轻声说，你自己的错还怪别人，她说的时候很轻很小心。珠月想，一定是因颉在家大男子汉主义严重，他的妻子说得多轻多小心啊。而因颉可能是好久没见到珠月了，再加上那么长时间的担忧和思念，他也顾不了很多了，只是像孩子一样表现着他的兴奋。为什么世间竟造出这样一个他，他的纯朴真诚和他的聪明智慧结合在一起，真是叫珠月既爱他又心疼他。晚上珠月不便在因颉家里住，因为她都不知道自己会做出什么事情来，她无法想象。她肯定会情不自禁地扑到因颉的怀里的。珠月也接受不了她爱的男人和别的女人睡在一张床上，不看见倒罢了，如果看见，她的心里会流血甚至会发狂。珠月不想自找折磨，虽然因颉的妻子是这样客气地邀请着，但因颉的妻子不是傻瓜，她看得出珠月对因颉的一往情深，因颉也曾三言两语对她说过珠月的名字。任何一个女人对爱着自己男人的女人都不会宽宏大量的。

回家后的第二天，珠月在因颉空间的文字里似乎看到了这样一幅情景：看着珠月乘着公共汽车走了，向他们挥着手，因颉忽然感到自己的胃翻江倒海地疼起来。他蹲在地上，手捂着腹部，头上大颗大颗地冒着虚汗，脸色惨白得吓人。他的妻子想拉着他起来，可他疼得直不起腰来。他对他妻子很不耐烦地说，你先走吧，我等会就好的。因颉的妻子先开车走了，因颉仍然蹲在那里好久好久，一颗一颗的眼泪从他的眼里掉了下来，他几乎没在外面流过眼泪，他也不管周围有没人关注他，只是伤心地抽泣着。他用手背擦了一下自己的眼和脸，泪眼蒙眬中，他看到他的瘦小①的珠月一个人走了，好像此生再也不能见到她似的伤心欲绝。他本应该去送送珠月，可他怕他多疑的老婆疑心什么，而且奇怪的是，他这段时间整个心都处于浮荡状态，已经好久不敢开车了，今晚是见珠月来才开的一会儿车。他想到珠月可能不知道自己的情况，心里更加心疼起她来。因颉在街上呆呆地走着，一个司机朝着他吼起来，你怎么走的？不长眼啊。他像没听见似的，径直往前走着，等他走回家时，已是很晚了，那晚他就倒在沙发上睡着了。

在火车上，珠月写了很多短信。到了半夜，她想到因颉的手机是关着的，不会影响到他的家人，就把那些储存的短信全发出去。她有些担心，这会不会让他暴怒，他几次对她说叫她不要发短信给他，可她就是忍不住。想到自己是多么希望能和因颉单独待一会儿，哪怕就是一个小时，她都没有机会得到，珠月忍不住哭出声来，又赶紧停住了，只是让眼泪长久地朦胧着自己的双眼。在离开因颉的那一刻，珠月多想倒在因颉的怀里长久长久地不分开啊，可是她不能。想到自己为了等他的短信电话，多少年晚上都不关机了，只为了等他的哪怕一个电话一个短信，哪怕就是一年有一回。她总想，因颉会不会什么时候给她打一个电话来，她又正好关机了，她就让手机一天到晚都开着。即使听别人说，手机开着放床头对大脑不好，她也仍然开着手机，等待他的那一声铃响。她对她的那个绿色的手机很有感情，手机里有她给因颉的短信，摸着它就像和因颉交谈一样。

珠月回来之后，好好地吃了几餐饭，从没感到米饭那么香。她在街上走着，哼着歌，脚下就像在跳舞，她想起小时候在上学的路上，在田埂上、堤坝上、公路上，看着田野溪流一如既往喜悦得禁不住一边走一边跳的样子。她现在的心情就像是被微风吹拂着的一层层结满了果实的稻浪，她禁不住地一边走一边唱着自己即兴作的歌。“你真好，我的宝贝，你救了我。

① 明珠月净身高一米五六，并不算矮，但因珠月刚认识因颉时很瘦，所以在因颉的心中珠月是瘦小的。

你是不忍心伤害爱你的你爱的人的。”珠月想，这一次因颉救了她一命，她忽然想到自己准备剖腹产时，女儿就立即出来了。因颉的表现不仅仅是让珠月少痛，而是救了她的命。珠月活过来了，没有神智发昏，没有死，上天不让她发昏、死，因为没有她，那时，因颉就会像一块生锈的铁，或者像一个无主的游魂。

如果不是通过因颉公司的网站和上面刊载的那篇七夕的文章发现了因颉的空间，珠月都无从得到因颉的任何消息。这个傻男人怎么这么倔，他就是自己再担心珠月，他也不直接和她说，只通过一种让珠月猜想的不可靠的形式来表现着自己对珠月的关心和思念。难道他以为珠月会生他的气吗？他不知道，他想对珠月说的话，早就通过梦境告诉了珠月。可是珠月的可怜的因颉却不自知，他不知道自己是那么深那么深地爱着珠月，舍不得珠月。正是因为因颉的不知道和他对珠月的“无情”，让因颉以为珠月会到一个他不知道的地方去，因而担忧和不舍，让因颉知道了自己没珠月，就似乎要像一堆生锈的铁一样颓废了。原来珠月一直在他心中，而且占着那么大的位置。可怜的因颉在不自知中原来是那么深地爱了珠月那么多年。他一直分不清自己对珠月的情感，有不舍，有喜欢，也有一些怨恨。哪怕就是和那个唱歌的女孩子来往，其实内在里也有一点怨恨珠月的意思。可是他却不知，他以为珠月即使不是从此从他的生命里消失了，也不会占多大分量了。没想到这一次对于失去珠月的恐惧超过任何时候，除了恐惧，还有他的一份自责一份无能为力的自怨和作为一个男人不能保护珠月的伤感。

让因颉想不到的是，自从那次见到珠月后，他的思念愈深，网上的文章天天都是好多篇，没想到他对珠月的“不理”竟换来自己几十万字的强烈思念。因颉都不知道自己哪来的这么多的能量，每天几乎不睡，在网上疯狂地倾诉着对珠月的思念。因颉不知道，他是病了。他担心珠月疯狂地想他，却不知道自己的担忧和思念已让他自己几乎陷入疯狂。他的珠月好好的，他不能理解她的发狂的思念，又百倍地担忧拒斥着她的思念，没想到自己却处于比珠月更深的忧虑和思念中。珠月是一个性格开朗通达的女孩子，当她想他时，她很疯狂，她不是那种因为想念就要去死、就不做事的人，想念过后，她照样地上着自己的班，写着自己的文字。她经常坐在房间里想念因颉写因颉，在那种想念中，她几乎是把自己燃成烈火，烧成灰烬。不过，她是一株奇异的植物，燃烧过后，她又能从灰烬中重新长出来。因颉是不懂珠月的，他担心珠月的痴情，他只要她安安然然的，也不要她去为他燃烧。再说，对于一个男人来说，因颉一直以为理想中的爱情有些缥缈，在身边的妻子显得更真实。他曾说，与其繁花似锦，不如硕果一颗。可是，这世间的事是很难说清楚的，思念啊，爱情啊，不舍啊，都是抽象的事物，当它对人的精神产生影响从而毁坏人的肉体时，这些东西就不是虚的了，它已经以它的强大力量来摧毁实质的、存在的、可触摸到的事物了。当因颉知道自己的身体已在被强烈的思念和担忧毁坏着时，他心里恨着他的珠月，又更加强烈地想着他的珠月。

他梦见珠月在操场上和一些女生一起做操，他不顾一切地冲了上去，扑在了珠月的身上，珠月就好像在等着他似的，她只希望那些人都走了，可是那些人都不走，只是在旁边对珠月和因颉笑着。他最终只是隔着衣服和珠月抱在了一起。

第五章

看着因颉的网络上一朵朵的心花，都是他自己设计的，有各种各样的心形。他该费了很大的精力和时间去做这些，就像一个高级电脑设计师一样。珠月心疼他，怕他累了。她不要他写那么多，怕他少睡了。那些文字都是因颉从心里流出来的血和泪。每次因颉在写那些思念时，眼泪就会一颗一颗地滴到键盘上。珠月从那些文字中看到了因颉的眼泪，她只想用自己的嘴去亲吻他流泪的眼睛，让他不要伤心流泪了。珠月很好，可是因颉不好。因颉不知道从什么时候起变得与自己过不去了，他经常想把一件事想彻底，可是越想他越乱，就像一个钻牛角尖的不讲理的人。珠月不许因颉这样与自己过不去，她只是反复地要他想开些。因颉在珠月的心中就像天神一样，她相信他没什么困难不能克服的。她知道每个人都是奇异的动物，每个人都有可能遇到一些奇异的难以克服的心理。她的因颉是那么聪慧那么具有灵性，他一定是遇到了一些他拼命要与之斤斤计较的困难了。他是那么刚强，他的刚强在这个时候对于他不是好事，这会加重他对某一件疑难事情的执着，让他陷入更深的痛苦中。珠月想到因颉所遭受的痛苦，心急如焚，忍不住哭了起来。哭过后，珠月不怕了，这也只是她面对着她认为是因颉的空间的一个猜想而已，可她又是那种相信自己的感觉甚于现实的人，她的心里还是不能放下担忧。

因颉每天都要在空间里给珠月说：我的宝，晚安。里面有因颉为珠月准备的玫瑰花，红的，蓝的，黄的，紫的，只要这世上有的玫瑰种类，因颉都放在给珠月的空间里了。珠月不知道因颉在哪里搜索来这么多的玫瑰，这要费多少的功夫，他不睡吗？整天就做这事？因颉还把古今中外的关于玫瑰的诗全部摘来放在空间里。因颉知道珠月喜欢玫瑰。因颉还给珠月做了很多早餐，珠月心里又感动又心疼他：一个大男人，每天那么忙，还做什么早餐？我还从来没想到这辈子要吃你做的早餐呢？看着网上那些花花绿绿的早餐，珠月心想：我的傻瓜，你喜欢吃这些啊，我还不知道呢。如果以后有机会做你的妻，我一定给你做这样的早餐。她想到他的心怎么会这么细，想到他是个大大咧咧的男子汉，一心只知道工作，是典型的工作狂，难道还会知道早餐吃什么？怕是每天早晨往嘴里塞的什么也是不经意不记得的。可是，珠月的心里却升起了一股温柔的感情，心想着因颉的憨，似乎就从那些精致的早餐中向她傻傻地笑着，那些牛奶、豆浆冒出的热气就像因颉用手在捧着，而她又吻着他的头，直把那杯牛奶都要洒泼了。

珠月看着那个因颉每天给她说“晚安”的空间，就会哭。只要一进入那个空间，珠月就像是哪根弦立即断了似的，一阵心酸，眼泪就会抑制不住地盈满眼眶。她是三月份才发现那个空间的，可是她的因颉已在那个空间给她说“晚安”几个月了，她才发现。最让珠月感动、心碎的是因颉的那段话：“天空开满了花朵，宝，我爱了你，你知道。”这是珠月第一次听到因颉对她说“爱”字。他是一个从不会说假话的人，爱了就一定是爱了，不爱就是不爱。珠月想，她的因颉是爱了她，从那几个字里，她每次都能得到甜蜜和感动。

珠月为因颉对她的担心和爱护感动得不能自已。当她看到这样的语言：晚安，抱抱宝/阳光总那么暖/暖我宝的心甜甜/早上总那么暖/暖我宝的脚脚/天空总那么蓝/蓝入我宝眼睛/我宝睡睡安心。珠月知道因颉是在担心她，有很多的甜蜜涌上心头，又在心里嗔怪着他：傻瓜，我很好，你知道吗？我会吃会睡，身心健康。那种幸福的酸楚，让她宁愿躺在苦水里，一口一口地吐泡沫。他们两个都为彼此担忧着，都把彼此当成自己最亲的宝，想到自己写的那么多爱宝贝的话，虽然心里觉得是那么真实自然，那些她自己创造的别人从未听见过的新名词偶尔也会让她脸上一阵发热。

他们都不放心对方，因颉以为珠月病了，睡不好，珠月却认为因颉每天都没睡，肯定是病了，邪魔缠身了。彼此都把对方念成最亲的宝贝，只想把对方当宝一样抱在怀里捧在手里，只希望彼此能温暖对方，让自己的爱能源源地流给对方。他们从来没像现在这样惺惺相惜着。珠月每天心里念着那些肉麻的词语，把全世界最美的最肉麻的话都念出来了，她就是那样喊着她的因颉，生怕他病了，不舒服了，她相信上天一定会听见她的话，会让她心中的宝贝好好地为她留着。珠月很相信词语的神秘效应，她要是有什么话说错了，不吉利，她就会说：我刚说错了，我收回我的话。她就以为没事了。想起这些，珠月担心因颉如果病了，一定是与她有关的。她经常在家里、路上、寺庙里默默祈祷能和因颉在一起，长久下去，这一定会感动上天和因颉的，但是因颉又觉得自己不可能与珠月走在一起，是不是这些巫术一样的念语困扰了因颉，把因颉念病了？如果她的因颉一定要通过这种精神和肉体受难的方式才能和珠月走在一起，珠月宁愿永远躲在因颉生活的远处。珠月其实并没有那么多的奢求，她只是想多看到他，她绝不会去胡搅蛮缠打扰他的，那因颉为什么要病呢？

因颉在网上说："你说你只说你的，但又怎能和我没关系？你早就和我有关系了。"因颉一直都在想要为珠月负责些什么，但他从未和珠月说过，具体怎么负责，他也不知道。总之，这个女人他不会不管，更不会对于她的情意真的无动于衷。

他们需要一遍遍地吃尽对方，对方为自己死亡一次又一次，才会满足，才会觉得爱彻底了爱升华了。这是怎样的一种爱的奢求爱的美妙。

珠月知道她想写的文字中最出彩的应是她和因颉之间的情意了。这肯定是自古以来最动人心魄的爱情。别人没见过的，以最想不到的方式震撼世人。这个故事的结局是什么，珠月不知道。她有时担心这个故事会变得像要淡黄下去的月亮。有时她坚信这个故事的结局一定是太阳一样的拥抱。她写道：一个宝两个宝三个宝，全都是你，我的宝。满天都是我的宝，满天都是我疼你的心和泪。还会有什么让我恸哭？我的心越来越硬。因为你都病了，难道这世上还有日月吗？难道我还有泪水吗？美好的被摧残，坚强的被摧垮。你好吗？仍然一如既往地好。你一定是好的。我相信。即使爱人之间有感应，我也仍然相信你是个奇迹。病好之后就是晴天，清风会拂去乌云，雨后的你一定神清气爽。就像凤凰飞于天。你好，好好的。

再要见到因颉时，珠月想，她已感觉她和他没有半点距离了，就像她每天和他生活在一起，她很珍惜这种感觉，这是三年来灵魂朝夕相处得来的没有隔阂的亲密。

可能是因为珠月待人的真诚吧。记得有一个师兄在博士论文答辩后会餐时对她说："你的眼睛写的是真诚。"说着指着旁边几个女孩子说，她们，眼睛就和你不一样，你是澄澈的、亮的，她们是浑浊的，一看就……差点要说出"心术不正"之类的字眼来了，害得旁边几个女同学、师姐、师妹一晚上吃饭时都不理他。有一次一个同学到她宿舍去玩，那时她刚上班不久，那晚上，竟有十一个男孩子断断续续来找她，不知是不是因为她刚分到泉城市人民医院的原因。楼下的一个同事甚是羡慕地说："把你不要的给我一个吧，我看今晚有几个还很不错的。”珠月那时自我感觉很好，还没想到谈恋爱这些事，只是心中暗自打算二十三岁谈恋爱，二十五岁结婚。她对同事说：“我现在还没想到谈朋友呢，觉得很讨厌男人似的。”那些来的人中，有的珠月只是在舞场上和他们说过几句话，他们就不知怎么找来了，还有一些是慕名打听来的本院医生，听说珠月是一个会写诗的才女，就拿着设想好的刊物名称找珠月商量。有个医生别人都说他很帅，他隔两天来找一次珠月，商量办诗刊的事。珠月对他半点感觉都没有，也想不到他是在追她。别人都说珠月错失姻缘，那个医生后来找的老婆真是漂亮如花。珠月那时不明白那些她不入眼的男人怎么都能找到好女孩子，真是千万个不明白。有一天，她去食堂买饭时，碰到以前卫校的班主任单老师，她是珠月很尊敬的一位老师。单老师看到珠月后竟很突然地对珠月说：“一般的医生配不上你，你最少要找一个研究生。”当时，珠月并不认为研究生就怎么样。研究生她也见过，不就那样吗？科室里不就有一个研究生吗？珠月来上班不久，他就去读研究生了。这个研究生读了半年，就和他们科室一个绝顶美人王思美吹了。珠月不懂，这样的男人，我都看不中，竟然还不要我们科室这么美的人儿。王思美是珠月当时见过的最美的女孩子，她身材苗条，脸型是珠月欣赏的那种别人所说的“国”字脸，其实这个字不恰当，王思美说别人是这么形容她的脸的。珠月最喜欢她的眼睛，有些像凤眼，很大，眉毛较浓、弯弯的，又弯得恰如其分，就像修饰过的，但其实她从未拈过眉毛。特别突出她的气质。像珠月这样只注重大体印象的人，最吸引她的就是一个人的气质了，她一般先被一个人的气质吸引，再来观察那个人的脸。有的女孩子别人说她怎么漂亮，珠月一点都不这么觉得，她都从没仔细地看过别人。

珠月一到科室就被王思美老师脱俗高雅的气质所吸引，觉得她做一个护士真有些亏。王思美好像并没意识到自己有多美似的，当珠月对她进行毫无保留的夸奖时，她并不信以为真，不过，她还是挺高兴的。更让珠月佩服的是她每天一没事就拿着一本英语书看，珠月也喜欢英语，也经常在下午没什么事时拿着一本英语书看，她们两人自然就会交流起来。后来，她们成为科室里很知心的朋友。像这么一个在珠月心中如仙女一样的绝顶美女竟然还要被那样一个不起眼的男人甩，珠月怎么都想不通。她对王思美说，你比他强多了。可王思美老师竟然很自卑，一点也不认为自己比他强，她轻声说，护士职业在别人的眼里很低贱。珠月不信，她说：“我怎么没这种感觉，你只不过是遇到没良心的人了。像你这样的，什么样的男人都配得上，你和他是第一次谈恋爱，他就这样不要你了，真是想不过。”美丽的王思美老师幽幽地说：“有什么办法？”

珠月有次听到一个男人坐沙发椅上和科室同事聊天说：“女人就是要打，三日不打，上房揭瓦，不打不乖。”珠月看着那个男人堆在沙发椅上的五短臃肿身材，脸上的肉露着红光，想是在机关里陪酒吃饭惯了的，散发着一股腐朽的酒肉味，后才得知是王思美最近谈的男朋友，是科室同事介绍的。她心想，这种男人王思美怎么还能爱他？而他还在这里大言不惭地发表打女人的言论，似乎他那丑恶粗陋的巴掌已不经意地打在了王思美的高雅美丽的脸上似的。那时的珠月一点也不解人情世故，更不明白人间还有背叛。她不懂一个女人不爱一个男人怎么还能为他生孩子，不懂那个带着丈夫来治性病的女人怎么没和她丈夫离婚，不懂那个和她丈夫天天吵架闹离婚的女人怎么还要偷偷地为她丈夫超生，不懂一个女人怎么还能和一个背叛了她的男人生活在一起。她的心是那么纯洁，以为纯洁的东西损坏了，就不能再恢复原样了。她不知道人世间的险恶，在她二十几岁之前，她的生活是太顺太单纯了，除了贫穷，除了多为家里做些事，还有工作上的累、苦，而这些几乎不会影响半点珠月对于人生的美好单纯想法，那些大自然让她体会到的东西，只是更增加了一份她对于美好单纯的想象。她几乎像一张白纸一样，连走路都是蹦跳的，别人都打趣她穿不了旗袍，肯定会摔跤的。在因颉离开那个城市之前，珠月还像一张白纸那样纯洁，上面连一个字一个标点符号都没有。

不知在什么时候起，珠月变得那么绝望孤独，她只想找到因颉，希望能在他的身上安置她孤独的灵魂。珠月有时是一个认死理的人，她以为靠在因颉的身上就不孤独了。殊不知，如果因颉不是属于她一个人的，她会更孤独更煎熬。如果真的有那么一个疼爱她的丈夫，估计她还要去寻找孤独。而她正好孤独了，她就以为只有因颉能让她不孤独。

那些喜欢珠月的男孩子怎么夸她的身材、笑靥，她的气质、才气，她一点也不为所动。当她像一股清风出现在同事之间时，有一个偷偷喜欢她的男医生说已是被她搅得心醉神迷。

因为她已为因颉付出得太多了，像是要让自己的付出得到一个结果似的，她不知到底是爱因颉爱得不能舍弃还是爱自己付出了那么多。她只知道她只配一个人爱，那就是因颉。他已成为她的一个结。即使遇到再爱她的人，她的心都会为他留一部分，即使多结几次婚，他也仍然不会从她的心中消失半点。珠月不想绕圈子了，不想让自己去对不起别人，也对不起因颉。

在那些日子，珠月疯狂地想找到因颉，好像这对于她是一件不得不去完成的任务。她在心里较着一股劲，海底捞针也要捞起你来。因颉不解珠月的疯狂，以为她病了，甚至觉得她很可怕。如果照珠月这样疯想下去，因颉都不知道珠月会做出什么。去找他妻子？在某个地方堵住他甚至强迫要他的身体？或者经常跑到公司来找他？这都是因颉害怕的。其实，在因颉有那些想法的日子，珠月什么也没想过，她只是一种纯粹的心灵需要，需要去倾诉，需要去找到安慰。后来，慢慢地，珠月对心灵需要不满足了，她更加疯狂地要见到因颉，就是要把自己的身体和她的爱人真正地相融。她越痴狂，因颉就越担心她会出事。

因颉担忧珠月，后来变成珠月担忧因颉，这两个人注定要为彼此这样刻骨铭心地担忧着，甚至是摧毁自己的身体，或者竟付出生命，只为了心中那只合二为一的鲜红色的流光溢彩的凤凰？

珠月会想起多年以前有一次因颉不远千里来泉城看她，又瘦又黑，很累的样子，她当时心里爱着因颉，却并不认为要在身体上去表示。那时，她即使面对着最爱的人，羞涩和道德观念仍然在她心中强烈地存在着。那时，她确是一个孩子。珠月想，如果是现在，在经历了那么多苦痛和曲折后，两个相爱的人之间再也不应有隔阂了。通过和因颉这么多的交流，她已是确信他是爱她的，她一定会把自己和他紧紧地联系在一起，为他倾尽所有的温柔。

多年以前的那一晚，珠月面对着因颉，因颉看着珠月，两个人就那样抱着。因颉面对着这个深爱自己的女孩子，真是使不出半点劲，他只是叹息着。他都怀疑她到底是否真爱他。再到两年以后的一次，当他们彼此都在表示着自己是多么幸福时，珠月说了一句话：我的老公就是一分钱都没有，我也会舍不得离开他。其实，珠月说这句话的时候，她已经意识到了自己的婚姻危机，已经有了无家可归的感受了。因颉简直是愤怒了，他也确是愤怒了。他有些恨珠月了，他不知道自己为什么要恨她，他不知道自己是因为深爱她才恨她的，他在自己的潜意识中一直都认为珠月是最爱他的。可是珠月的每一句话都像针扎着他心尖那样地伤着他，使得气质儒雅、一向在珠月面前从不发脾气的他竟然一改常态，要珠月滚开。珠月也不惊，她就像是把他握在手里似的，认为他天生就是她的。就像她自己对自己发脾气，难道她会担心自己真的讨厌自己、不要自己吗？即使讨厌，还是离不开自己啊。说实话，珠月并没为那天因颉对她发脾气，就感到她和因颉有任何距离。她就像一个顽皮的孩子，用自己的手打了因颉一下，还以为是打了自己，一点都不怪自己呢。可是，因颉却很疼，即使是回想起珠月对自己的好来也抵不消这个疼。珠月一直都珍藏着因颉的那句“我真舍不得你”的话，那句话成了她不懈爱他的源泉，而因颉还从未对任何女人说过这种情真意切冲口而出的话，想起来，因颉都会为自己的真情流露和孩子气感到羞涩，这是他们之间爱的秘密。珠月从未对余清说过舍不得他的话，竟然当着自己朝思暮想的爱人说出这种话，她不知道怎么去解释，她只知道她说错了，她很后悔，而且一想起来就会后悔，但她不知道因颉简直是不原谅她了。珠月心里明镜似的，她知道她只有一个因颉，永远都只有一个因颉。没有人会真正地爱她疼她，只有因颉才会。珠月从来都是那么相信因颉。只有为他做任何事，她才认为是值得的。她感到自己其实是一个感情非常吝啬的人，不知是因为遇到了因颉还是因为她想把感情留给因颉。

在珠月和余清结婚前，有一个叫游黄的男生告诉珠月他爱她很久了，她并不是很相信，但因颉走了。当时田医生在追她，但没那个男生来得勤。游黄一天对珠月说一百次“我爱你”，直听得珠月心里甜甜的。游黄有一次对珠月说：“直凭我这三寸不烂之舌，有什么事做不到的？想追你，要绝对的聪明，我就是那个聪明的人。”有一次，游黄理了一个头，问珠月好不好看，珠月随口说了句，不怎么样，并告诉他要怎样怎样的才算好。游黄顿时气得不说话，过后才说：“什么那种头好看，不就是他是那种发型吗？”珠月知道游黄说的“他”指的是因颉。珠月还不知道到底是因为因颉是那种发型她觉得好看，还是她本来就觉得那种发型好看，想到游黄竟有这么大的反应，觉得不可理喻。分手时，游黄说：“甘因颉是我心中一个巨大的阴影。”珠月竟然说：“我爱他，你应该知道，我早就说过我喜欢他。”珠月一直都佩服自己当时的真诚坦率，虽然她只是听说游黄在外另有女朋友的事，也不知道是否是真的，也不知道他们是否一定要分手。不过，游黄当时也不一定想到分手，他只说那个女人很丑，好像珠月是美人似的，又说，他一定会弥补珠月，以后给她买衣服买首饰等。珠月听了游黄的一番话后确定了思美对她说的关于游黄已另有女朋友的事，她是多么不希望别人对她说的是真的啊。这都是她想都想不到的，她以为只要自己是真心的，别人就会是真心的。珠月想，感情已有污点了，还能复原吗？就对他说："你滚吧。"后来游黄写一封信来，说什么珠月是才女佳人等之类的话，珠月还没看完就把信撕碎丢了。珠月是准备好好爱游黄的，没想到是这样的结局。他说他忍受不了珠月心中的因颉，珠月就忍受不了他。不管珠月做谁的妻子，他一定要让她有她的因颉。珠月从不提因颉的名字，如果那人知道了因颉这个人，那也是命中注定。前天，思美想到珠月单纯，估计还不知道游黄的事，就把珠月喊到一边说，有一件事我想和你说说，是关于游黄的事。珠月心里一惊，她看着思美那种神秘的样子，预感到不是什么好事。思美说，游黄和一个女的谈恋爱了。珠月说，不可能。思美说，琬慧的男朋友和游黄是同学，他亲自看到一个女的和游黄在宿舍里抱在一起。珠月还是不敢相信，前几天游黄还来看她了，他还说，珠月是全世界最完美的女孩。珠月想起一件事，前几天游黄故意问她要她手腕上戴的一个玉镯子，游黄说："舍不舍得把这个玉镯给我？"珠月有些愣，游黄明知道这个玉镯是我奶奶送给我的传家宝，他怎么会开这个口？现在想起这是游黄在验她对他的感情呢。

珠月当时丝毫没有想到这么好的与因颉相处的时间就这样浪费了，这种痛心只是在以后屡次经受背叛、屈辱、孤独中才愈发体会。如果珠月能和她的爱人多哪怕一个小时的拥抱和相融，她的孤独在以后的日子里都会少一点；如果她能和她的爱人多两个小时的相处，她的孤独又会减少一点；如果她能和她的爱人多一年的相处，她就心满意足了，她只要守着她的那一年。可是都没有。那个时候，珠月按和因颉相处的时间来计算自己孤独的倍数。

珠月每对因颉说一个字，一个词语，一句话，她都能感受到因颉因为她的哪一个字哪一个词哪一句话而产生的触动。因颉就像是珠月的心一样，他身体、心灵的每一次触动，珠月都能感知。当珠月感到因颉因她说的哪个字哪个词哪句话有所触动时，第二天，因颉的空间那个字那个词那同样意思的话必定会出现，而且还会在以后的日志中反复地出现。有时，珠月想些什么，因颉也能感知到，第二天，他的空间里必会出现同样的想法或者是对珠月想法的回应。珠月想，爱情就是想不开，想得开的话，一切都超然了，这世上就没有刻骨铭心、轰轰烈烈的爱情了。没想到第二天因颉的空间里竟有同样类似的词语。当一个人全心地想着一个人时，神会赋予他们灵性。当因颉对珠月有些什么想法，怀疑、怨恨、爱恋、思念等，珠月都会感知到，就像因颉在她的心里每天都在对她说话似的。因颉已住在她心中这么久了，就是一个孩子也只能在母亲肚子里住十个月，何况因颉已住在她心中二十多年。“你想什么，还逃得过我吗？我就是那个缠着你的妖精，你就乖乖地待在我身体里面，这辈子都别想摆脱我。”珠月有时恶作剧似的想，眼睛里就会有笑意，好像她的因颉真的就被她俘虏了似的。特别是当因颉不理他时，她更是会念“咒语”，直要因颉就站在面前才甘心似的。

珠月有时想，我说我的，你可以不理会，你又不爱我，你不是一直也没理我吗？珠月不知，因颉不理她，并不表示他就能在心里真正逃避她忘记她。面对着一个对自己如此痴情的女孩，因颉能不动心吗？他只是把他的心动、他的关心全藏在心里最隐秘的角落，没有一个恰当的时机，他是不会知道自己隐藏着的对珠月的深情的，何况因颉又是那么一个想要对珠月负责任的男人。他把自己整个爆发出来了，只为了拥抱住珠月。

去年有一阵子，因颉以为珠月病了。那天早上珠月梦见因颉多么想她能走近他，他只是在远处看着她，却不敢走近，因为在他们之间横着一把很大的像月牙一样发着寒光的刀。珠月知道这把刀是谁，她也知道因颉在梦中对她生气了，简直是瞧不起她的软弱了。醒来后，珠月就抑制不住地回想因颉对她的那种渴望的眼神，知道因颉在想着她了。她鼓起勇气借妈妈的手机躲在自己房里给因颉打了一个电话，因为她还沉浸在梦的绝望中，就像小女孩一样要哭了。因颉哪懂她的那种绝望，只感到她的绝望让他心情很不好，不过，那天，因颉并没发脾气，只是像对她讲道理一样焦虑地说：“你要再这样和我说话，我再也不会接你的电话了。”当时还似乎在睡梦中的珠月听了这话，心里倒十分高兴，觉得因颉还是愿意接自己的电话，还是愿意理自己的。不过，因颉这话说得不对，你说你不接这种电话，那我以前给你打电话也没见你接啊。因为你以前不接正常状态下的电话，所以，我就转而在梦中给你打电话。不过，珠月那天很是心疼她的因颉，他每天那么忙，她还要带着那么强烈的思念和焦虑去烦他。特别是听到她心目中顶天立地的因颉竟然也在她的绝望声调中变得焦虑绝望时，珠月更心疼他了，一直后悔不该打这电话。

因颉不知道珠月做了哪些梦。当因颉听到珠月似乎就像在梦中那样焦急地呼唤着他的时候，他都以为珠月病了。可知珠月多少次想打电话又放下了，今天好不容易借着梦中的强烈心情鼓起勇气给因颉打电话，要不是借着梦的力量，她还不敢打电话给他呢。那是因为，珠月太在乎因颉了，怕他不理自己，又怕他对她发脾气。只有在半睡半醒之间，她才有勇气延续着梦中的狂念，给他拨电话。

因颉以为珠月病了，弄得他也感到自己要病了。珠月想到这点，觉得因颉的病是自己的罪过。当珠月想到因颉当时说话着急的样子，况且当时他的公司的压力也非常大，又想到之后有一次给因颉打电话，她听到他的沙哑的声音，虽然只有一句，却是已显出万分痛楚和无奈。珠月的眼里马上就雾蒙蒙了。虽然他什么也没说，却像已经说了很多。珠月这时能真切理解因颉的无奈无助了。

在那时，因颉对于珠月的那种因孤独、绝望、想念等多种因素形成的强烈情感还不是很能理解，这反而增加了他的担忧，这隐隐担忧他又不知道和谁去说。

在这其中，珠月做了一个梦，她一直都未和因颉说。她梦见因颉准备送她一只真凤凰让她骑着，又给她戴一顶凤凰冠子。这个梦让珠月感动了好久好久，她知道她的傻因颉，即使是吼着她的，他还是心里想着她，不想她受一点委屈。只要是有一点可能，他都会娶她的。就在因颉只想为他的珠月做些什么的时候，他的公司却遇到了一个很大的坎，资金周转不过来，公司的生死存亡都掌握在他手里，让他感到了前所未有的压力。人有时会被一种奇异的东西吸引，就像有一个黑洞或者是一片光明在前方让你身不由已地跌落或者飞升。因颉就处在这种状态，为了他的珠月，珠月的因颉竟然采取了一种很傻的方式，想和珠月一起去感受她的苦痛。珠月的因颉想着珠月的苦痛，他不知道怎么帮珠月也不知道怎样表示自己爱珠月，因颉就干脆让自己处于和珠月一样的状态中（那只是他想象的珠月的状态），让自己的神经彻底地松懈下来，他已不想抗住任何苦痛了，像回到原始的蛮荒大地，让自己成为一个无感知的人，再和他的珠月一起去对抗属于他们的黑暗。

珠月绝不想他的因颉是这样的，如果她知道这些，她会哭死的。在她的心目中，怎么说呢，就是国王和王子在珠月的心目中还不如因颉的万分之一。她愿意把这个世上最美最好的语言献给她心目中的因颉。她会因某一件事而减少对某个人的敬重，却没有一件事情可以减损她心目中的因颉的完美和她对他的喜欢。他在她心中就像太阳神阿波罗一样，驾着神车，浑身散发着太阳的光芒。

可是这样的因颉，却为了他的珠月，在梦中愿意和她一起坠落。

因颉在梦中感知到了珠月的召唤，上天为他们留出二十四小时要因颉和珠月做决定，当珠月飘浮在天空中不知自己将要坠落到何方时，因颉却坚定地要和珠月一起坠落。珠月都在害怕恐惧犹豫了，因为她不知道坠落的下方是万丈深渊还是鲜花盛开的草原婚床。可是因颉，梦中虽不是他的模样，却确是她的因颉，那么坚定、一点也不畏惧地要和她一起坠落。他愿意和她一起像宇宙的流星一样闪耀着最耀眼最灿烂的让人目眩的光芒一起坠落。他爱她，像傻子一样。那样地怜惜她，他还分不清是爱还是怜，其实她都喜欢。这有什么区别。她的爱就是怜，不爱不会怜，不怜怎会爱上。还有二十四小时，虽然不知坠下去之后是什么结局，就凭那么高的天空他敢坠落，他也是一个不凡的男人，一个深情爱她的男人，一个傻瓜。她感到因颉作为一个男子汉为她的不凡的决断、责任和爱心。如果不是为了自己深爱的女人，哪个男人会做出这样的壮烈选择，连坠落的下方是什么都不知道，只是要跟着他的爱人守护他的爱人。二十四小时快到了，珠月的因颉早已决定好，可珠月却在高空犹豫着到底要不要往天空的那一头坠落下去，这可是以两人的生命为代价的啊。她只是担心那么坠落的后果他会不会后悔，她生怕她的爱人受伤。梦就醒了。

每想到这个梦，珠月都在想，自己一直以为她爱因颉比因颉爱她多，可是这个梦后，珠月却不敢自负地这么说了。虽然梦中那人不是因颉的模样，她知道那是因颉。当她在梦中对因颉表示着强烈的思念时，不正是他立即来到了自己的身边吗？即使是因颉的灵魂，因颉的另一个影子，因颉的另一个肉身，她也已经感动不已了。珠月想，或是因颉无法分身，就把自己扮成另一个模样来守护她；或者是珠月和因颉都不敢往下跳，就送来一个不是因颉模样的因颉。

这不得不让珠月想起她的一个关于凤凰的梦，那些颜色鲜艳的凤凰一对对合二为一地飞走了，在地上他们是雌雄两只，到了天空就合二为一成为一只，可那些凤凰都不是自己的。珠月多想那些凤凰是自己和因颉啊，可是不是的。她只是瞅着那些凤凰飞走了，她却还站在原地。

当因颉为珠月做出这样一个他自己都不清楚的自残决定后，他一直都在坚强地使自己回到光明的现实中来，而不是继续留在黑暗里。公司的困难等着他去解决，那么多的员工都靠着他吃饭，他想自己一定不会倒下来的。女人都是有弹性有水分的，像珠月这样坚强的全家都要靠着她的女孩子，她哭过绝望过，第二天还得又变成另一个工作的她。可是，她的傻因颉只想和珠月一起忧一起悲一起孤独，仿佛要让自己变得和他以为的珠月那样，他才心甘，他才能为她承担一些绝望、凄凉，减少一分孤独、创痛似的。因颉就把自己打碎，只想和他的珠月连成一体，在这个时候，珠月是因颉已处于一种近似疯狂的状态，家庭的不和、感情的不顺让他多么盼望珠月能来到他的身边安慰他，他对珠月曾经的冷酷又变成一把利剑刺着他的心，他是那么需要她，曾经又是那么伤害她，他现在才知道自己是多么爱她，她对于自己是多么重要。这些都在珠月的心中，像早已预知似的，因为在每一个有因颉的梦中，因颉都是爱护她的。可因颉却不知，只有珠月心知。

按说，有珠月这样懂事的女人这样深爱着因颉，因颉应该感到满足幸福啊，可是因颉只感到了一种重担，虽然也夹杂着甜蜜。一般的男人都会撒谎，骗过自己的妻子，总能给爱他的女人一点时间。可珠月从来得不到因颉一点时间。为什么今生偏就爱上这样一个男人，连面都见不上，却还是这样不想放弃？珠月的痴狂让因颉感到害怕、沉重，也许最重要的是因颉太爱自己的妻子太在乎他的家庭，他只感到珠月的纠缠让他心烦，却又担忧着她的痴心。何况，还有一个不能说的秘密，自从那次不欢而散后，珠月已伤到了因颉，珠月却不知道，更让因颉不能解释的，是他都不知道他对珠月到底是什么感情了。仅仅是朋友，可是她却能看出他眼里迸出的对她的热情和喜欢；是兄妹，他又为何那么温柔地看着她？是恋人，为什么在一起时却能因为珠月的懵懂无知而影响他表现一个真实的自己？只能说，因颉是太爱珠月了，一个男人能克制自己的情欲，唯一的原因就是想好好照顾女人的感受，就是想好好地呵护着她，怕她受伤受损。因颉总问珠月，重了吗？疼吗？即使她是一个懵懂迟钝的瓷器，因颉也是那么地在乎着她的感受，担心他不小心会让她受惊，或者就那样小心翼翼地呵护着她的未觉醒的身体。

珠月身体的一半觉醒竟是在那种恶作剧般的无爱的性中产生的，当她觉醒时，她想到的是让她觉醒的身体为因颉燃烧。她就拼命地寻找因颉，只想把因颉淹没，把自己与他今生再也不可分离地联系在一起。珠月想，如果她能早点觉醒和因颉在一起，她的因颉一定不会离开。她的真爱、她的体贴、她的像海洋一样的身体，一定会让她的因颉愿意沉浸于她的身体中，永远都乐此不疲。是什么原因让因颉对女人的身体毫无感觉，似乎是厌倦女人的身体，即使是他最爱的珠月？而珠月确信，她会让她的身体重新唤起因颉的激情。有一次珠月问因颉的妻子出生于哪一年，又问他曾经交往的女孩的年龄，不知为什么心里顿时就有些隐隐地心疼因颉。一点道理都没有，却又是那么确信，因为她那时有些迷信属相。珠月想，为什么我爱的男人遇到的都是这样的爱情，为什么就不遇见对他好一点的人呢？这种迷信的理由珠月是不能对因颉说的，她只是温柔地笑着，什么也没说。"别人家好好的，就偏偏你疑神疑鬼，弄得人家不好？"珠月想。她只是看着她的因颉，仿佛有什么不幸的事情在等着他。

因为那次的问话，珠月心里一直都觉得因颉可能会和他妻子离婚，虽然他是那么爱他妻子。这也是珠月一遍遍发短信给因颉甚至问他可不可能娶她的原因之一，如果可能娶她，就赶快娶，她怕她年龄大了，给他生不出孩子来了。当然，这个原因只是表面的。很早以前，珠月就有一种感觉，一种信念，她终会和因颉走在一起的，哪怕就是七十岁时，都有可能走在一起。珠月想，如果因颉和他妻子关系不好，为什么要等到七十岁？还不如早些。再说，青春都浪费了，等老了和她的因颉在一起，又有什么意思？自己什么都不能给他。

珠月想起那个梦，是在她结婚之前做的，梦里因颉走在珠月家乡的公路上，往珠月家相反的打石冲那边走着，珠月怎么喊怎么追都追不上，他怎么都来不到珠月身边。前不久，珠月刚刚回家乡一场，她看到田野里有一群孩子在逐闹，她当时仿佛看到了小时候的自己也在其中，那其中的一个必定是她。那一刻，她似乎被时间凝注了，她站在那里看着那些奔跑玩耍的孩子，她不能移动她的脚步。童年和故乡一次次潜入珠月的梦中，它们是珠月所有理想和向往的发源地。珠月曾经有一个梦想，就是挽着因颉的手臂和他一起走在家乡的小路上。在所有看得见艳丽梦想的地方，她肩荷锄头，身披霞衣，脚踏童年走过的每一个地方。

第六章

珠月大概记得的童年最初的印象是冬天坐在老家的墙下晒着太阳，还有一两小堆小孩拉的黄黄的大便。冬日的太阳暖洋洋地照着她，那时候的冬日暖阳和现在相比似乎更晕晕乎乎的，现在的冬天的太阳在她眼里似乎要清澈些。还有一个最早的印象就是几个小毛孩，当然也包括她，在一个很干净的茅厕里用那些破砖破瓦搭成一个小屋的样子，小屋里有破碗片摆成的家什，也就是家乡说的玩家家。到现在，她清晰地记得那个茅屋的地很干净很干燥，跪在趴在那上面玩，在那个时候的她看来无异于是在人间天堂里游乐。当时是夏日晴天，天空很洁净很明亮，珠月的心也像当时的天空和干燥清洁的茅厕地面一样，干净透彻，亮堂堂的。那时，她大概是四五岁的样子。这种感觉到底是当时就有的或者是后来回忆时加上去的，很难说，应该都有。同样也是在她四五岁或者是五六岁时，她朦胧记得她到沙洲去捡过柴，退水后的沙洲在小小珠月的眼里宽阔无比。沙洲一直被山簇拥着通向水库的发源地。

珠月小时候经常提着一个小篮子去沙洲捡柴火，到沙洲、田地里挑猪叶。她手里拿着把挑猪叶的前端尖尖的小铲子，看到沙洲的地上布满着黄花菜，她满心喜悦地用铲子挑起一棵黄花菜，放在竹篮里，然后马上轻盈地跳起来，又跑到另一个有黄花菜的地方快速地挑起一棵来，很快，她的篮子就满了。有时她正在用尖刀挑着黄花菜时，一阵风吹来，把她吹得老高，她瘦小的身子在风中似乎要跟着风跑了。有点冷的风吹着她的薄薄的衣服，她到家后把黄花菜和一些猪叶倒在窗户下面，猪叶堆得已经快接近窗户了。端午伯娘经过她家窗户时说：“啊哟，你们家的猪叶都堆到窗户上了啊，淑儿真是生了一个好珠月。”

珠月挑完猪叶就该剁猪叶煮猪食了。她剁猪叶时把左手的食指不小心剁了一个大口子，骨头都能看得见，她就用一块破布缠上，继续剁猪叶。

一天上学，路上遇见在公社卫生所当医生的姨妈，姨妈见她的手指被破布包着，肿得异乎寻常的大，像一根萝卜，忙打转和珠月一起往小学那边走，一边说："真遭孽啊，每日只晓得做事，真是懂事的伢儿。"回家后，元奶奶看见珠月缠着纱布的手指头，她握着珠月的手说："这伢儿一天到晚只晓得做事，真懂事。你手痛不痛啊？"珠月摇着头说："不是蛮痛。"

元奶奶家就在珠月家隔壁，她家一年四季不安宁，总是吵架。听说是因为她家做房子时，砖匠在墙里放了一把牙刷，所以她家就不安宁了。长爷爷脾气暴躁，几乎天天都可以听到他家的吵闹声。有几次两个女儿甚至都参与了吵架，声音更显得与平日不同。两个女儿声嘶力竭地哭号着，好像是不满意父母天天吵架，又好像是自己本身就因为什么事在与父亲争吵。很多人跑到他家去劝他们。屋子里吵吵闹闹的。

一天，元奶奶和长爷爷吵架后跑到水库去了，有人来报信，两个女儿赶快去追元奶奶。元奶奶那时应该还只有三十多岁，家乡妇女和男人吵架后喜欢回娘家或者去跳水。秀姨就是因为和男人吵架后去跳水的，人们找了很久，第二天才在水库里发现她的尸体。她当时有三个儿子，都只有几岁。珠月那时八九岁，她对死亡的恐惧达到了极点，她跟着那些帮忙洗菜的妇女到煤矿的自来水管那里洗菜，寸步不移。秀姨死后，珠月几年内都很怕，每年过年到奶奶家的那几天她就不怕了。因为奶奶的家离她的家很远。一个多小时的路程对于孩子来说确实是非常遥远的路程，可以逃离鬼，那里甚至就像另一个世界。珠月常常坐在石拱桥旁边的小路上，想象奶奶家的那边就是世界的尽头，她一直都觉得走到那里就没地方走了，那里就是一个终点。四周到底有什么？山、水、果园，就是没看到一条像自己家周围的大路，所以，珠月就觉得奶奶家就是尽头了。到了那里只有往回走，别的地方都不能去。

珠月看着远处奶奶住的方向，夕阳正把那个方向的山林照得像火一样红，珠月的心里充满着无穷的喜悦和希望，不知这种喜悦和希望来自何方，只知道它就像几次去山洞汲水，看到的雨后彩虹一样。听说乌鸦坡山洞里的泉水很凉，又甜。珠月和叶曦等一群小伙伴每人拿着一个开水瓶或者水壶、陶瓷罐到山间泉水洞里去汲泉水，这种泉水像从冰窖里舀出来一样，夏天喝了能十倍地解渴。那一天，一阵雷雨风暴过后，一堆小脑袋都伸出山洞看雨停了没有。走在回家的路上，忽然，珠月惊喜地叫起来："彩虹，彩虹。"这是她第一次看见彩虹，她挂在离他们不远不近的天边，你说很远，又似乎马上就可以走到彩虹旁边，甚至可以伸手触摸彩虹。彩虹弯弯的身子搭在乌鸦坡山和“高原”之间，七种颜色完全可以一种一种地数出来，就像一条彩缎把天空点缀得非凡堂皇。几个小伙伴走在“高原”上，一个个仰着头，一边走，一边还不忘倒着步看。珠月不眨眼地看着那条彩虹带，嘴里拼命地叫着，也不知道自己在叫着什么，脚一会儿立着不动，一会儿又禁不住拼命地跳着。直到看到彩虹慢慢地褪了颜色，就像水中的色彩慢慢淡了。珠月手里提着汲山洞泉水的开水瓶和水壶，一边心里就像横着条彩虹似的满心欢喜着。她蹦蹦跳跳地把泉水提回家，又提着个篮子把在路边看到的猪叶扯回家。那些田塍上长着一种猪草，它可以长得很高，而且还会很嫩，折下几根就是一大把了。珠月即使看到这种猪草长在田圹的中间，她也会想法把它们折下来。当彩虹出现时，那种猪草的大叶子上正滚动着一颗颗的水珠，珠月看着那些嫩嫩的草叶和叶子上的晶莹透明的水珠，又仿佛看到了水珠里映现的七彩虹带，她很想把那猪叶摘下来。那时农村还没冰箱。每到热天就希望喝上冰凉的山泉水，每到冬天就想念要打扇子的夏天以及屋外知了的叫声。只要知了一叫，就有热气了。

“高原”其实就是一个小山包，山上的杂树在“文革”时都被挖了，变成了一块一块的稻田。珠月还记得全生产队挖那个小山包的情景，当时，在小小的珠月眼里，可谓是热火朝天，她极兴奋，就去看妈妈挖那些树兜。那是第一次，珠月看到了死人的骨头，牙齿，特别是头发，珠月看着那些挖出来的死人的头发，还是那么乌黑乌黑的，就像刚从活人头上剪下来的。后来，听一个老人说，头发是最耐腐的。

珠月奔跑在热火朝天的人群之间，好不快活。她有时帮妈妈把树兜放在竹子做的兜里，这些树兜干了是很好的柴火。到了冬天，那些干了的树兜被扔进火里，噼噼啪啪地像放鞭一样喜庆地响着，火光冲得很高，照得房里亮堂堂的，就像那些火焰在空中跳舞。小珠月看着那些红红的美得令人想去捧在手里的火焰，眼睛在微笑着，她的心也像这些火焰一样是跳跃的，似乎里面生长着无限的希望。

珠月正和叶曦、枝子在堂屋里跳房子，满冬来约她们去挑猪叶。珠月现在想起来觉得这种跳房子的游戏还蛮锻炼身体的。她们在地上画出十个格子，五个一排，用一块破砖头破瓦片做跳房子的工具，单脚跳，用脚踢着砖片或者瓦片从一格踢到另一格，如果踢跳了格，或者踢出了格外，都算输。她们常常跳得出汗，珠月看到叶曦鼻子上的汗珠，密密麻麻的，亮晶晶的，很羡慕，她小时候很少出汗，她现在想可能是太瘦的原因。珠月看着香草二娘喝粥时鼻子上一颗颗亮晶晶的汗珠，她想，我怎么吃粥不出汗？她紧紧盯着二娘鼻子上的汗珠，就像那是一颗颗的露珠。她很羡慕。

她们几个小伙伴提着篮子去挑猪叶，见牵牛花爬满了山坡，觉得好漂亮，蓝色的，就像梦幻，粉红色的，就像闪烁的火苗。珠月把那些牵牛花拿在手上仔仔细细地看着，世间如此美的花朵离自己这么近。她们一个田塍一个田塍地挑着黄花菜，各种猪吃的菜。珠月动作迅速地铲着猪叶，每天她的篮子里的猪叶都是最多的。

有时珠月挑着一担和自己一般高的簸箕去捡柴，煤矿每栋楼的前后左右，还有沙洲上的几根很小的柴火都逃不过她的眼睛。她还经常带着堂弟季军挑着竹簸箕去捡柴。长大些，两个堂弟抬着一桶粪到菜园，他们都不用妈妈提醒他们做事。她后来回忆不起那些煤矿住家周围为什么有柴火捡。她小小的赤脚不小心踩在一块玻璃上，她经常夏天都是赤脚。顿时，她的脚背被翻起来的玻璃划了一条长长的大口子，血流如注。她赤着流血的脚挑着担子走回家，妈妈见了心疼得不得了，就把她带到煤矿沈医师那里。沈医师就用很锈的针给她缝伤口，也不打麻药，珠月看着沈医师艰难地把针刺进皮肤，又穿过来，因为针太锈了，针穿过皮肤时，甚至发出“咔嚓”的声音。一向大大咧咧、没心没肺的沈医师对珠月妈说：“你闺女真厉害，竟然都不叫痛。”珠月当时也没觉得疼，只是觉得针穿过皮肤肌肉太艰难了，希望沈医师缝针能利索点。至于疼，她已被缝针止血的愿望淹没了。沈医师大汗淋漓地给珠月缝了十几针后，哑着嗓子说：“八岁的女伢这么坚强，真不简单啊。”

放暑假，珠月常和叶曦、满冬、枝子去捡西瓜皮。看着煤矿工人把分到的西瓜一个个地搬回家，她们好羡慕。珠月想，长大了一定要买好多西瓜吃。她们把西瓜籽也捡起来一些，准备带回家种，希望自己也能种出西瓜。她们把工人吃剩丢了的西瓜皮一块块地捡在篮子里。满冬捡到一块有很多红瓤的西瓜，拿到自来水管那儿冲了一下，就放在嘴里吃，叶曦说，不要吃，削去别人吃过的红瓤和皮，再炒着吃。

她们把地上工人吐的西瓜籽捡起来种在自家门前，长出了秧，只是从来没长出一个西瓜。

珠月想起自己曾经做了一个网蜻蜓蝴蝶的缠满蜘蛛网的网兜子，白天她和小伙伴们你追我赶地追着蜻蜓蝴蝶，网到一只蜻蜓蝴蝶，他们脸上就会立即露出得意的神色。如果蜘蛛网破了，就赶快到茅房里去缠蜘蛛网。蜘蛛吐丝很快，一会儿就吐了一个圆圈。太阳照着，外面晴空万里，珠月看着蝴蝶一会儿在这朵花上歇着，一会儿又飞到另一朵花上，等她的网兜刚刚要把那只蓝色蝴蝶网住时，没想到蝴蝶竟从网兜里飞出来。当她好不容易网住一只蝴蝶时，她并不像别的小朋友一样把它们放在一个杯里或者把缸里，用手挡着。她拿着那只蝴蝶，朝着太阳，看那只花蝴蝶在阳光下摆动着双翅，蝴蝶粉一粒一粒地扇下来。眼看着蝴蝶在手里挣扎着，她担心自己总是提着蝴蝶的翅膀会让蝴蝶受伤。前不久，小珠月看了一部电影，是《梁山伯与祝英台》，她觉得看懂了似的。特别是最后，梁祝坟墓上飞舞的美丽的蝴蝶让她几天来都一直想着那个坟墓，同时，她似乎永远爱上了蝴蝶，好像那就是一个自己爱情的梦想。想到那儿，珠月把手上的蝴蝶放了，仿佛那就是一只梁祝坟墓上飞舞的蝴蝶或者就是梁山伯或祝英台的化身。

小时候，捕蜻蜓蝴蝶的乐趣不在手上拥有多少只蜻蜓蝴蝶，而在于捕的过程。一般都是夏天的下午，阳光格外的好，那种回忆中的阳光不能仅仅用明媚这样的字眼，它是一种快乐的热气，一种希望和充满向往的追逐。童心、蝴蝶蜻蜓和灿烂阳光。以后的日子里，何时见过如此灿烂的阳光，纯真无瑕。阳光是这样原始真实，就像那些纯朴的人心，那些纯朴的在午睡的大人们。他们似乎没有一点负担和烦恼，最少没有让他们感到非死不可的重负。阳光轻得没有一丝重量，屋前屋后，几块田地，几十几百只蜻蜓蝴蝶，生活的圈子就是这么小，可是阳光却洒得遍地都是，是这么温暖，虽然是六月，却并不觉得炎热。蝴蝶蜻蜓点点，世界很小，小伙伴们却很满足。几十上百只蝴蝶蜻蜓也是春天夏天，一块田地的阳光也是整个的阳光。阳光下小姑娘们的碎花红上衣碎花蓝上衣与那些飘飞的蜻蜓蝴蝶交相呼应，就像花园里的鲜花追逐着白天的繁星。

小伙伴们把一个土坡当作滑梯，呼啦啦地从上滑到下，黄土沾满了一张张的小脸。他们飞快地跑上来，又欢快地滑下去，这种乐趣绝不亚于城市里的孩子滑滑梯。那些黄土，松松的，干净的，一点也不黏，扑在脸上，是一粒粒的，就像大女孩扑的粉一样。旁边田地里的泥土都是黑的，唯有那一块的土是黄的。就像一个人看中了她的意中人，他在那个她喜欢的地方待过，站着，她就会内心充满着欢喜和感动。他曾站在那块土地上，并且把自己的脚印深深地留在那里，就像那块土地，等着给小伙伴们一个滑翔的梦想。那时，大人们一般都在午睡，小孩子们没有午睡的习惯，旁边有大一点的孩子在下军棋、象棋或者用棍子在地上一划、拿着几根火柴就可以下的一种棋。小一点的孩子做什么？就是网蜻蜓蝴蝶了。男孩子女孩子都喜欢做这事。长大后，珠月有一次回家，就遇见粒儿堂姐的儿子要她给做一个网蝴蝶的网兜子，珠月全心全意地帮他做好交给他，长大后他还记得此事，并说当时还把网了的蝴蝶比作是珠月。他看到珠月穿着一件蓝白相间的连衣裙，他网的那只蝴蝶正好是蓝底白条的，他就把那只蝴蝶和珠月联系在一起了。

早晨，翻新的土地散发着泥土的芳香，珠月使劲地吸着空气中的泥土香气。她看到刘家的胜利叔在犁田，珠月也想去试一下，当她把着犁时，牛往前一拉，犁弯到一边，她也随之跌倒在黑黝黝的泥地里。别看扶犁简单，其实很难啊。胜利叔说："你还试不试一下？"珠月说："不试了，我的力气太小了。"她在田埂上走来走去，心里充溢的是欢快欢喜。她一会儿蹦着一会儿跳着，把每一条田埂都仔仔细细地走过一遍。太阳出来了，初春的太阳是那么温柔和蔼，薄薄的曦光照在田地里，照在牛、扶犁、胜利叔身上，珠月觉得牛和胜利叔都是那么幸福。空气中摇曳着泥土的芳香分子，阳光好像就是为了照着珠月的村庄而升起在家乡的山顶上。

田里是一片片的红花娘（紫云英）。种这种植物主要是作肥料用的。红花娘开花的时候，田里一片片是红的绿的海洋，珠月看着那些红花娘，在田塍上跑着跳着，又脱下鞋子到红花娘田里和大人们一起摘红花娘的嫩尖，这可以炒着做菜吃，有些涩。那个时候，柳树湾和刘家还是一个队，刘家的田地多些，分产到户后，刘家和柳树湾就分成两个队，柳树湾的田就少多了，地还有一些。那些在风中摇摆的红花娘随风一吹都往一个方向摇着头，就像一片花浪，这比风中的金黄或青色的稻谷波浪更美。它让小珠月联想到那些诗意的美丽的锦屏画卷。她有时很想脱下鞋子在那上面踩着，看看那些红花娘会不会倒下。

放学回来，她看见妈妈她们正在红花娘地里把那些红花娘踩踏成肥料，她只是对着妈妈喊："不要踩，不要踩，红花娘的尖可以吃的，等我采一些回去，你们过几天再踩也不迟啊。"妈妈她们并不理会珠月的叫喊，只是拼命地把一大块田地的红花娘全踩到有水的田里。早晨上学时还是一片一片的色彩缤纷的红花娘，中午回来时就没有了。珠月回想着那一片红花娘，想念那一片红红绿绿，那一片风中的摇摆，那虽称不上是一望无际却也动人绚丽的花海。不过，珠月很快就高兴了，她闻到了田地里散发出的泥土的芳香，特别是在犁田地时这种芳香几乎是直灌入你的鼻子，让你不由得不张开嘴呼吸着。这种泥土的芳香和烧田塍的烟草味以及青草地被割时那种带着翠绿青涩感觉的清新空气是家乡最让人心醉神迷的香味。

每当烧田塍时，珠月就会莫名地兴奋，看着远处田塍上飘起的浓烟，又慢慢地越飘越淡了，在空中散开，又向四周飘游着。她就仿佛看见妈妈在那里挥着镰刀，把那些杂草都堆在一起，又借着火势把那些田炕①上的杂树杂草都一溜地烧光。一般烧田炕都是在黄昏的时候，那个时候一天的事差不多做完了，田地里拔出的杂草都堆在一起了，就得把它烧了做肥料，要不，那些杂草还可能就着雨水又活起来。那些杂草和田炕上的杂树烧得噼噼啪啪地响着，有时就像放鞭炮一样，似乎有些过年的味道。珠月看着那些袅袅升腾的草烟，在远处就能闻到青草被烧的香味，煤矿的广播开始了，她知道那些工人要开饭了。珠月放学时，在那些醉人的香味中蹦着跳着，仿佛全世界的黄昏都在这里。再往家那边看，离公路最近的人家已是炊烟袅袅，珠月仿佛闻到了晚饭的香味。一家人围着一张桌子，桌子就放在外面，吃的是菜园里种的南瓜、黄瓜、辣椒等。旁边烧着一把干稻草扎的熏蚊子的“要子”。黑暗降临了，前面的竹山已坠入青黑色的薄暮中，家家户户都把饭桌端到外面来吃，外面凉快，不用使劲挥扇子。吃完饭，珠月就在外面的竹床上听大人们讲鬼故事，直听得以为哪一个角度里都躲着一个鬼。

有时，小伙伴们会在黄昏时捉迷藏，有的躲到稻谷垛里，有的躲到房里的某一个隐蔽的角落里。有一个小伙伴为了让别人找不到她，就躲在衣柜里，差点憋坏了，幸亏那时候的衣柜做得没有现在这样严丝合缝。还有一个小伙伴就躲到一个废弃的水缸里，上面盖着缸盖，出来时脸也是憋得通红。珠月最喜欢和粒儿姐一起在稻谷垛里练弯腰，粒儿姐很会弯，一下就弯下去，珠月也不服输，一下子就学会了。粒儿姐很会摔跟斗，一个接着一个，腿伸得直直的，就像专门有人教过的，珠月怎么也摔不到她那么直。粒儿姐一个接着一个地摔着，那些小伙伴们就跟在她的后面学着，像是风扇起一片尘土一样。她妈喊她吃饭了，她当作没听见，小伙伴们都说：

---

① 青山乡的一些田地是由小山包改造成的，一块田和一块田之间有时隔着较大的距离，青山乡人称为“田炕”。意思是那距离就像睡的炕一样宽，又像炕一样是可以靠着的。

"不要理你妈，不要理你妈，你再摔几个给我们看看。"粒儿姐就继续摔着，她妈不知从什么地方冲过来了，就一巴掌打过来，正好打在粒儿姐的脸上。粒儿姐红着脸跟着她妈回家吃饭了，小伙伴们见天已黑了，差不多都回去了。只有几个留恋草垛的孩子还在里面说着什么，不舍得回家。

珠月躺在草垛里，头望着黑天，留恋着草垛的香味。那时候不是每一年都有草垛的，如果生产队在刘家脱粒，草垛就堆在刘家。如果在柳树湾脱粒，草垛就堆在柳树湾。珠月听见利生伯娘在喊她在煤窑里炸死了的儿子的魂，她儿子都出事几个月了，她每到傍晚都要去外面喊她儿子回家。她的儿子刚定亲，那个未过门的媳妇就嫁给她未婚夫的弟弟社济了，两个人却是好得不得了，好像起初订婚的是他们，而不是她和他哥哥。珠月又听到元奶奶扯着嗓门拖长着声叫他儿子的名："智慧，回来哦——"她连续叫了几年了。自从听一个和尚说她儿子智慧难养，她就每到黄昏时叫他的魂回来，叫了几年，她一点也不觉得累，就像她每天吃三餐饭一样准时，就像她每天出工一样兢兢业业。她的声音叫得很长，调子婉转，有时听着就像音乐一样动听。珠月望着头上的青天，一点一点地坠入黑暗中去。青天上闪耀着一颗颗的星斗，她希望能找到大人们常说的北斗星，听说像一个勺，她又希望能找到别人所说的相望的牛郎织女星，不过，她都没找到。她只是不停地转着她的头，向北方又向东方寻找着，天上的星星一颗一颗的，大小差不多，没有找到最亮的也没有找到相望的那两颗星。田里的蛙声此起彼伏，像是在争取人们的耳朵似的。只听到轰隆一声响，准是社济哥搬柴回来了，他现在还得到山上再打一个转搬柴。

珠月躺在草垛上，感到自己像神仙似的。远处的青山还有山上瀑布的响声，她只是静静地看着听着，心中生起了对于天地和人生的无限热爱。她爬起来，站在草垛旁边，一丝不苟地望着前面连绵的青山，现在只剩一个轮廓了。可珠月知道那轮廓里面现在是一个静谧又伟大的世界，而到了明天，它又是一片青绿的树林竹林。田野里也黑漆漆的，可是这黑漆漆里却蕴藏着无限的生机，待收割的稻谷，绿绿的青菜地，还有那不停歇的蛙鸣。珠月望的地方越来越远，不仅望到了那最远的可以看得见的奶奶家的松树林，而且已到了比那片松树林还要远得多的地方。她的心里是那么静，却又是那么喜悦，她禁不住微笑着，望着远处更远处，尽情地听着耳边的蛙鸣蛇叫，直到妈妈在喊："珠月，回家吃饭——呵……"她才猛然醒过神来。今天晚上，她竟忘了做饭。

第七章

小孩子最盼望过年了，珠月当然也不例外。每次到了大年三十那天，妈妈是不让她们做一点事的。珠月和妹妹们穿好新衣裳，就等着过新年了。珠月珍惜过年那些天的一分一秒，怕一下子过完了。到了腊月，她就在盼过年了。听着大人们说，还有一个月就过年啦，珠月就像年马上就要来了似的觉得周围的空气里都有过年的味道了。腊月二十四小年一过，离年更近了。想着新年马上要到了，过一天离过年近一天，珠月赶快帮妈妈把山上的柴都搬回家，以备过年烤火用。腊月二十四要打扬尘，珠月就和妈妈蒙着头巾把角角落落堆着的、房顶上挂着的都清理了一番。腊月二十六、七打豆腐。打豆腐是那时候珠月家乡过年最费事的一件事，也是一件象征着过年而且是必不可少的事。谁家不打豆腐，那在别人的眼里就像这家没过年一样。打豆腐的时候，火要烧得很大，而且要费很多的柴。打豆腐中间，妈妈每次都会盛豆腐脑给珠月姐妹吃，并且反复地说："好吃，要多吃一点。豆腐脑降火。"那时，珠月姐妹头上常长火包疮，是因为常年吃腊猪油引起的。只有过年了才有机会吃豆腐脑，所以珠月妈每次都要珠月姐妹这时多吃一点。让珠月感到稀奇的是，明矾就是石膏，看起来是不能吃的，可做豆腐非得要它才能做得成，非得要它豆腐花才能结成豆腐块。珠月一般是做烧火加柴的工作，打豆腐要是用最好的干柴，火就特别大。在火光的照耀下，珠月红红的脸就像那个烧窑的小男孩家种的向日葵一样充满着向往。

二十九或大年三十晚上炸糯米圆子。这也是珠月家乡过年的一个显著标志。平常日子里，一般人家是不会"开炸"的。珠月妈除了过年炸圆子、卷子外，还会炸麻花、苕片、苕糕等，过年之前好多天她已做了很多"麻块"。是用爆米花和红薯熬成的糖搅在一起做的，很好吃，切成一块一块的，放在防潮的坛子里。每到过年，珠月家一定有几坛这样的"麻块"。

三十开炸的晚上是一年中最温馨的夜晚了。一家人围在一起做圆子、卷子。平常不做家务事的爸爸也一定会帮着妈妈用手使劲地搅匀盆里的作料。孩子们就在旁边端着个椅子坐着做圆子、卷子，妈妈就在灶旁烧着火。一家人有说有笑，其乐融融。圆子卷子做好了，妈妈首先给大家尝，叫每个人一定要多吃一些，说："刚出来的圆子最好吃最香了。"圆子卷子炸完了，就炸花生米、苕片之类。妈妈说最好是能守岁到十二点，可是孩子们没一个能等到十二点的，都在火塘旁像鸡啄米似的打起瞌睡来。妈妈见状，就叫孩子们去睡，以免掉到火塘里了。有一年，珠月想，今年我一定要守岁到十二点，因为她听她的好朋友叶曦说她去年守到了十二点，她想今年，我无论如何都要守到十二点，结果，未到十二点，她又在熊熊燃烧着的火塘旁抑制不住地头直点了。

大年初一早晨，家乡的风俗是要起得早，谁家起得早，别人就会有些羡慕他家，觉得那家人很勤快。外面还有起得更早的人家早就在放鞭炮了，往往一家的鞭炮响了，紧接着就有另一家的鞭炮响，有时几家的鞭炮同时响，响声震耳欲聋，人们的心也像鞭炮一样乐开了花。鞭炮就这样一直没断地响了几个小时。每年妈妈都会叫她们："快起床啦，快起床啦，大年初一要起得早一点。季军、玲芳、元芬、三星他们都起来了，他们正在外面捡鞭炮呢。"妈妈已经听到他们在外面说话的声音了。珠月几姐妹穿上妈妈给她们做的新衣服，毫不犹豫地就起来了，半分钟的床都不赖。这是她们一年中起得最早的一次。那时弟弟还没出生。只有一家人起床了，才能放鞭。二十世纪七十年代末，家乡初一早晨放鞭，孩子们就会集在各家门口捡未放完、未放响的鞭炮。等一阵鞭炮响过后，就可以开门了，把雪枣、花生、麻花、苹果什么的放在盘子里叫孩子们吃。

那时候的人特别看重过年，过年就是过年，与往常是不一样的。在过年的几天里，大人们特别大方，总是把吃的东西塞在你的兜兜里，让你捧着回家。有一次，珠月还只有五六岁时，金桃表姑给她买了一个很漂亮的白底绣花的蒙兜，她穿着这个蒙兜在大年初一那天经过别家门口时，就不断地有人要塞东西给她，她都拿不下了，别人还要往她兜里塞东西。她只有把东西拿回家再出去玩，又被人塞了很多吃的东西回来。

据珠月妈说，珠月小时候很好哭，特别是到了过年时，总有些什么事情惹得她哭，这让珠月爸很恼火。平常他总说她眼泪不值钱。珠月小时候自尊心非常强，只要她爸爸的声音大一点重一点，她就会眼泪盈满眼眶。

只要和她爸爸在一起，说不准什么时候就会掉眼泪。平常珠月爸很少回家，再加上哭一点也没让人觉得怎么样，可是一到过年，爸爸回来了，自然就要说话，一说话重了，珠月就会忍不住掉眼泪。有一次吃年饭时，炭火有烟，她用平常的语言说："烟死人了。"她爸爸就批评她过年不该说"死"字，她又忍不住眼泪往下掉。可能是她小时候太喜欢哭了，长大了，她几乎很难流泪，是不是小时候把眼泪全流完了？

珠月爸把鞭炮放在一张很长的春台上（有点像酒店里的吧台，很长，可以放很多东西），那是珠月爸妈结婚时置的，现在家乡已没有这样的家具了。那张春台后来被珠月爸卖了，他对一切过时的东西都毫不留情，对新事物最为热忱，尤其是电器之类。珠月现在很想看看那座春台，不过怕是整个家乡都找不到春台了。好多东西不捡起来，只要几十年，就会面目全非。谁能想到那时候一分钱可以买一个甚至两个鸡蛋，那个时候还有鸡公车，在家乡有驴有羊，听妈妈讲大姨还是坐着轿子出嫁的。珠月留恋那些过去的事物，她只希望所有的东西都一成不变，就像时光已停驻在她足下。

珠月爸把鞭炮拆成一份一份的，给珠月和妹妹们拿出去放。那时候过年放鞭炮是一件很好玩的事，爸爸粗中有细，知道孩子们的这个爱好。等把鞭炮在外面放完了回来，妈妈的饭就熟了。妈妈能做一手好菜，做出来的菜就像餐馆里的，色香味俱全。红的绿的，搭配很好，色泽鲜艳，摆放得体，种类又多，看起来让人心里很欢畅。客人吃了妈妈做的菜都会赞不绝口。那时候，珠月姐妹很不会吃东西，珠月二十岁之前没吃过二十块肉，平常她几乎不吃，过年妈妈夹一块给她，她也吃不完。工作后，和大家一起聚餐，起先还经常胃疼拉肚子。可是珠月喜欢过年，也喜欢吃那块像松树一样一层一层的腊肉，虽然吃不完，因为妈妈切得太大了。

到了初一晚上，珠月就有些觉得痛惜年快过完了。大年三十是最高潮，有过年的气氛又有迎接新年的热潮。初一晚上，年是已经过了，虽然还有几天过年的余温。就像不想时光流逝一样，珠月在初一晚往往表现得最为享受这一分一秒，好像要掰着手指头看时光怎么流过一样。长大了些，别人都打扑克，她不打扑克也不玩，只是静静地坐在火塘旁或者拿个本子写着什么。

一年正月初二晚，珠月偶然看到一个频道里有人在冰上翩翩起舞，她忽然被那种翩若惊鸿的舞步吸引了：这世上怎么有这么美的舞步？而我却是第一次看到和知道。这是体育项目。冰上之舞者在梦幻一样的旋律中使劲地旋转，旋转，肢体又伸展如白鹤展翅，高难度的肢体旋转动作加上动人的旋律使珠月就像领受了一顿饕餮盛宴。妈妈妹妹们在厨房烤火，又喊她吃东西，她都不理，她已经完全被这种绚烂之舞吸引了。她不记得当时看的是单人的还是双人的，只是觉得自己就像进入了另一个冰雪的艺术世界，这世上有这么美好的舞步，它远胜于在地面上的舞步，冰上舞蹈更充满着刺激、战栗、梦幻，它来自高难度的协调动作和冰场的白色晶莹世界的梦幻组合。那时的世界在珠月眼中就像冰上世界一样充满着全部的幻想。

正月初二初三还很有过年的气氛。在珠月家乡，那时过年都要玩龙灯①。经常听到有伙伴喊："珠月，快出来，柏树村的龙灯来了。"或者"阴山的龙灯来了。"珠月赶快汇入看龙灯的人流中。远远地传来了鼓声，起先映入眼帘的是一群打鼓的后生，随后就是一群老老少少跟在后面。珠月兴奋地跟着人群，爸爸说："我赶快回家，接龙灯。"说着从小卖部里买了一些鞭炮和一些糕点，他担心家里的鞭炮不够用。爸爸在这个时候很讲礼情，不像其他个别家长只是放一些鞭炮，连烟都舍不得发一根。珠月很高兴爸爸在这个时候大方一些，她自小和爸妈一样，宁愿苛自己，也不愿失一丝礼情的。

玩龙灯的首先在柳树湾旁的煤矿转一圈，那里场地宽广，就搭起台子来，让玩狮子的上去给各方拜年。玩狮子的人是玩龙灯的人群中最辛苦的，他们经常要做高难动作，才能获得满堂喝彩。平常练时摔得鼻青脸肿是常事，一般都是由年轻力壮的后生担当此事。狮子玩完后，就是甩龙灯，要把龙灯甩好，也不是简单的事，要有力气，还要熟练，一般甩龙灯的都是年轻人，姑娘、年轻嫂子、当然还有没资格玩狮子的后生和年轻爸爸。人们摩肩接踵，看不见的就伸长着脖子，孩子坐在大人的肩上，个个脸上挂着喜悦期待的笑容。过年真好，人人都高兴。不高兴的也高兴起来了。玩狮子龙灯的人群就要串门串户了，各家都做好准备，开着门迎接。据说这是一种吉利，开门是为了迎接别人的新春祝福，不开门就是拒绝别人的祝福。谁也不会傻到要在新年拒绝别人的祝福，即使再穷的人家也开着门，最少也放一挂鞭炮表示迎接。

---

① 前面有一个人举龙头，后面有很多人举着龙身，随着第一个人的摆动方向，后面的人随之摆出像龙在舞的样子。一般"玩龙灯"都会有舞狮子，所以，舞狮子也成为玩龙灯的一部分。年过完后，这些龙灯按照当地习俗都要被烧掉。

快到珠月家了，珠月急忙跑回去告诉爸爸，爸爸在房门口站着，一只手拿着一挂鞭，一只手端着个盘子，盘子里面放着几盒糕点和一些拆开了的烟，如果是阴山的龙灯，盘子里就会多一条好烟。因为爸爸是阴山的女婿。那些人几乎都认识爸爸，说着祝福的话。等他们走后，爸爸拍拍手上的鞭炮灰，似乎完成一件事，心满意足地坐在火塘旁又和妈妈窃窃私语起来。在珠月的记忆里柳树湾只玩过一次龙灯，那时候爸爸在外工作，家中出不了劳力份子去参加玩龙灯的队伍，生产队里规定那些收获品到时是根据劳力份子分配的。妈妈叫珠月去凑份子，珠月跟着玩龙灯的队伍一起打鼓、收礼品，充人数，这样他们家就可以分到一份礼物了。听说这些狮子、龙灯玩后，都要烧掉，绝不留到第二年，以图吉利。

说起爸妈的窃窃私语，这对于珠月姐妹来说简直可以说是天上人间的美景。多年后，珠月姐妹回忆起爸妈每天早晨的窃窃私语，她们都有同样美好的回忆。特别是冬天早晨，爸妈怕冷，都不起床。他们醒得早，就躺在床上小声地说着话，在珠月姐妹听来，虽然不知他们在说些什么，但他们的窃窃私语就像催眠曲又像大年三十一家人放的焰火一样充满着温馨和睦的家庭气氛。

第八章

珠月看着吉紫堂姑、粒儿堂姐上学羡慕得不得了。看见她们背着书包，戴着斗笠，在风雨中往小学走去，珠月眼睛直直地看着她们出门，走过一条较长的通道，就到了公路。她们很骄傲地说着班上的事情，珠月希望自己能快点上学。

报名那天，珠月到爸爸工作的厂里找爸爸要了五元钱报名。老师说珠月的数学已很不错了，还认得一些字，这些都是珠月的老爷爷教的。老爷爷没看到珠月上学就去世了。他去世前当天对珠月妈说："我上半夜没事，下半夜去看我。"果然，老爷爷在下半夜心里感觉特别烦躁，就去世了。

珠月和吉紫姑姑一起去摘覆盆子（青山乡人叫"泡的"）、蜜酸，那时候珠月七岁多，吉紫姑姑大珠月三岁。珠月觉得那座山好远，后来才知道山就在古山菜园的对面。珠月和几个小孩子在荆棘丛里拼命地踩踏着，就为了那一串串诱人的"泡的"和蜜酸。等每个人把缸里都装满了"泡的"和蜜酸时，吉紫姑姑就朝着他们喊："回家啦。"那时候他们很小，也算出门在外，觉得那个地方离家很远，一听吉紫姑姑喊回家，个个都从各自钻的刺丛里钻出来，又相互比较着谁摘的多。珠月拿着一把缸"泡的"和蜜酸回家，见自己的班主任正到自己家来家访，那时小妹刚出生，班主任问珠月："你也去摘'泡的'和蜜酸了，看看有多少？"说着摘了一颗黄黄的蜜酸吃，说："好酸。"班主任说："我还以为你在家做作业呢。"珠月有些后悔，为什么班主任来时，自己不是正襟危坐地在做作业呢？她以为老师来了在做作业才是好学生。那是小学一年级放暑假时。以后珠月一般回家就做家务事，很少做作业，她就凭着上课用心听讲，次次在班考第一。

越大，珠月越在乎老师。初中老师家访，她一听说就跑到楼上去躲着，老师在她家吃饭，她就低着头，脸都要挨到桌上了。等大了一些时，老师还在笑话她："你以前吃饭头都低到地下去了。"珠月虽然很在乎老师，可是也有很犟的时候。一次一个同学偷看了她的日记，里面有些关于某某老师的不怎么好的评语，被同学发现报告给那个老师，那个老师倒没说珠月什么，过后一两年还写信说珠月是一个可爱的姑娘。可是，那段时间珠月日子却不好过，她被校长叫去，校长说她狂妄自大，在这之前，她还没有"狂"这个概念。她听校长在那里小题大做地批评着她，她只顾翻着一本自己带去的书，校长后来对老师们和珠月妈说："珠月狂妄自大，目中无人。"幸亏珠月的老师都很爱护她，要不，珠月都要被那个昏庸的校长整成什么样了。那时，珠月还不知道自己的日记本别人是不能看的，只是以后自然再也不敢在日记本上乱写了。

连月看见珠月有书读，也是天天盼上学。快要上学了，妈妈给连月买了一个新书包，一个新笔盒，里面有好几支新铅笔，还有花花绿绿的橡皮擦、卷笔刀。那天，连月异常兴奋，一大早就穿好漂漂亮亮的碎花连衣裙，脚上穿着一双妈妈做的花布鞋，走在路上，别人看到她会想，这是谁家的女伢，真灵醒①。可在放学的路上，她的铅笔盒掉在地上了，铅笔、卷笔刀什么的滚得满地都是，连月心疼她的新铅笔，生怕弄脏弄丢了，就坐在那条上学的堤坝上伤心地哭起来，好像是多大的一件事。就有孩子跑回来报告给她妈妈和珠月："你家连月摔跤了，在地下坐着不起来，只管哭，叫她不哭，她就是不听。"连月从小就爱美爱清洁，长大些有时一天扫几次地，把衣服折得可以拿尺子量，襟对襟，缝对缝。今天一大早兴高采烈地背着书包去上学。那个最让她喜欢的铅笔盒和那几支漂亮铅笔，让她昨天晚上就兴奋得睡不着觉。也许是太兴奋了，她在堤坝上跑着跑着，就摔了一跤，把她心爱的铅笔盒摔出来了。她一边哭，一边捡着地上的东西，总觉得铅笔受了委屈似的，就自己坐在那里替铅笔委屈地哭了很久。以后每想起这件事时，珠月都觉得妹妹好可爱。想想，一个秋日的美好的早晨，一个穿得漂漂亮亮的小女孩，蹦蹦跳跳地上学去，看她那骄傲得意的样子。可是她引以为骄傲的铅笔盒和那几支花铅笔，亮闪闪的铅笔刀，花花的漂亮的橡皮擦，一下子全摔在地下了。心爱的铅笔盒无疑会受损，要破一点皮肤，可爱的铅笔满地都是，说不定会少了一支。

回家了，连月还处在铅笔盒被摔后的扫兴情绪中。堂弟季军和连月是同学，开学这几天老受到老师夸赞，连月心里极不服气，也很惆怅，心里

① 方言，漂亮的意思。

发誓一定要比她的同学堂弟季军强。

季军做作业规规整整，几乎每天得到老师的表扬。老师表扬季军时，连月回家就心情不太好，问她为什么，说是老师又表扬军军了。季军特别粘他妈又怕他妈，他妈要到娘家去，或者要上山、到田里做事，他吵着要跟去。那个哭，可以说是惊天动地，看着他妈已经走了一段路了，他和弟弟还在嘤嘤哭着，在后面跟着不肯回家。他妈见他们不听话，竟然拿起石头往他们头上扔。季军兄弟俩见此才止住哭声，不情愿地往回走去。在旁边看见这一幕的贵和奶奶笑着说："嘿，香香看起来又漂亮又斯文，怎么心这么毒啊？"

香草二娘洗衣服时，洗衣粉从不浪费一点。每天她在一个小盒子里放上半盒洗衣粉要洗一篮子衣服。她说，洗衣粉撒上去之后，要多搓一些时间，这样洗衣粉才不会浪费。她的刘海很齐很美，衬在她的瓜子脸上，有时会见到一些汗从刘海里流出来，她就抬起手就着袖子擦掉。珠月见家里晒衣服没有竹竿，别人家都有，就砍了一根竹子，又栽了两根木棍支撑起竹竿，衣服就有晒的地方了，免得自家的衣服每天总是躲着瞅着别人家晒衣杆的一点缝隙才能有一角之地。洗衣服时，正是家乡涨水的时候，珠月在竹排上捶衣服，看着鱼儿成群成群地过来过去，就用手去抓鱼，鱼儿总是灵敏地溜过珠月的手指，珠月从没抓到过一只鱼。她就把赤脚放在水里，任鱼儿来啄，水库的水清幽幽地洗涤着珠月的脚。香草二娘和珠月一起在竹排上洗衣服，她看见九岁的珠月栽的晒衣服的竹竿，说："珠月真懂事哦，真能干，一家人那么多衣服洗得比我还快。"香草二娘时常微笑着，有一次珠月在她家玩，她指着前面的山说："前些天听刘家时杰叔说，在'前边山'发现了狼。我正在上面砍柴，不敢往上走了，就把砍好的几根柴赶快捆了丢在山上了，只等什么时候再去搬。"珠月一听到有狼，很害怕地往"前边山"瞅了几眼，虽说是下午，几岁的珠月却感到寒光逼人，仿佛已看到狼的绿眼睛。珠月二娘像小孩一样说："如果真有狼，我以后是不去了的。"珠月后来才知道家乡山上虽有野猪、麂子，可是没有狼，有狼不过是刘家时杰爷爷吓她香草二娘的。她就信了。

连月在香草二娘家木板铺成的地上拼命吐痰，五岁的连月不知为什么老爱吐痰，吐多了，她自己也不好意思了，就知道把痰专门吐在二娘家木地板的缝隙里，让痰掉下去。那时的木地板和现在不一样，木板和地之间有一尺左右的高度。香草二娘见连月总是不停地吐，说连月肯定是得了一种病，就跟她嫂子说：“连月老这样吐痰，是不是一种病？”她嫂子说：“从没听说这种病的，不过，她身体倒是不太好。两三岁时，喜欢睡在潮湿的地上，睡着了，谁要是把她抱起来弄醒了，她就死命地哭。硕 dia① 见有人去把她弄醒，就会阻拦别人说，千万别弄她，她要醒了，就不得安生了。”老爷爷见连月脾气倔强，谁要是把她从睡梦中弄醒，可有得受了，所以，他不但自己不去把睡在湿地上的重孙女抱起来，也阻拦别人去弄醒她，就让连月睡在家里或者外面的哪个坑坑洼洼的潮湿地方。吉橙奶奶②要去抱连月，他就赶忙摇着手说：“千万莫动她，千万莫动她，她要醒了，又要哭几个小时。”吉橙奶奶就不去叫醒连月了，任她继续睡在那个每天泼水的潮湿的地方。连月长大后还真有关节炎病，一到潮湿日子，她就会抱着膝盖说疼，妈妈就讲连月的故事给大家听。珠月还是不解，老爷爷难道因为怕连月哭就不叫醒她，也真是一个和事佬。换了现在的大人，怎么都不会这样的。妈妈说：“你是不知道，连月犟起来时，要哭几个小时，你硕 dia 把她没法，只好图安宁了，我又要出工，你爸爸不在家，碧月已出生，他还要带季军，他都管不过来，只有让她。”

二娘家是三个男孩，平常有什么好吃的，就叫珠月姐妹去吃，二娘说：“男孩没用的，不知道心疼父母，我以后还要靠你们姐妹心疼。”所以，珠月二娘到了过年过节总会把她们叫去好好地弄一餐吃的。

珠月不怕热，只怕冷。冬天她穿一件很薄的腈纶衣，外加一件空荡荡的棉袄。妈妈给她买的毛线衣，她硬逼着妈妈拿去退。寒风往身上直钻，她就和同学们在路上拼命地跑，下了课就踢脚，你踢我我踢你，或者跳橡皮筋。晚上睡觉，被子太薄，她脱下棉袄盖在里面，爸爸见了，说珠崽真聪明。珠月要上学，每天早晨七点准时起床，起床后就去烧火炒现饭吃，那时没有煤气，特别是冬天，早晨起火如果没有足够干的柴，火很难生起来。珠月每天早晨还是把不太干的柴火烧燃热现饭吃。有一天早晨，珠月一边烧火热饭，一边背书。妈妈说以为是广播里的声音，爸爸也说是，家

---

① 指珠月的老爷爷。青山乡的人叫祖父曾祖父为“硕 dia”，祖母曾祖母为“细 dia”，这个地方的传统风俗中是没有女性的称呼的。哥哥姐姐全叫哥，叔叔阿姨全叫叔，爷爷奶奶全叫 dia，不过分成硕 dia 和细 dia。

② 也是珠月的堂老奶奶，珠月一辈称她为“老 dia”，她的丈夫和珠月的老爷爷是亲兄弟。

里那时并没有开收音机。妈妈在床上喊："珠月，是你在读书吗？怎么读得像广播里的？你爸爸起先还说不是呵。"听到妈妈的表扬，珠月说："是我呀。"那天因为有爸妈的表扬，珠月觉得那天早晨的火在记忆里特别亮。当火光照着她的脸时，她正扑在火塘边翻着书，一边看着书一边热饭热菜，并叫上学的大妹起来吃。

珠月小时最怕迟到了，如果上学时间不够了，她就端着饭碗一边吃，一边往学校赶。吃完饭就把碗藏在路边的灌木丛里，放学后经过那里再拿回家。湾里人都笑珠月，他们知道她从小到大成绩好，就以她为例教育自己的孩子："你看人家珠月，早晨自己起来做饭，怕迟到就把碗藏在路边刺丛里，你们，油皮猾脸的，还怕什么迟到，恨不得不去上课。昨天迟到被老师罚站了一个小时，今天也冇看见你着急，又要迟到了，快点啊。"吉橙奶奶在家里训着自己的孙女吉橙。老奶奶每天早晨起来做饭，中午又把饭做好，吉橙回来只管吃，珠月好羡慕啊。

珠月小时候最羡慕别人家有奶奶，最大原因就是早晨中午不用自己做饭。羡慕别人家有哥哥，有哥哥就不会被人欺负。起兵有次把一盆沙子全倒在珠月家的床上，她想她要有哥哥，起兵就不敢把沙子倒在她家床上了。等妈妈收工了，她哭着对妈妈说此事，妈妈好像并不在意，只是把被子换了就算数了，也不到起兵家去给他妈妈说。珠月看到起兵把沙子蛮横无理地倒在她家床上，她哭得眼睛都肿了。她躺在妹妹睡的摇篮里哭了一下午，后来竟然哭睡着了。虽然起兵那时还只七岁，珠月只有八岁，可是，珠月却不赞成妈妈说的小孩不懂事，那为什么起兵不把沙子无缘无故地倒在吉橙家的床上呢？吉橙的奶奶爷爷爸爸妈妈都很厉害，谁敢惹？如果谁要是不喊吉橙是姑姑，谁就得受他们的批评。虽然吉橙比珠月、起兵小一两岁，他们从不敢在吉橙爷爷奶奶爸妈面前直接喊吉橙的名字。吉橙妈名叫腊初，珠月一辈都喊她腊初 dia（奶奶）。腊初奶奶对起兵说："哪个叫你喊吉橙的，喊吉橙爷（姑姑），知道吗？"然后笑着骂一句"娘日之"。珠月妈听到说："山再高，遮不住太阳。""肯定啊。"

"去，帮我做点事，"腊初奶奶指挥起兵，"到房子里面去端把椅子来给老子坐。"起兵去端了一把椅子来，吉橙家正在吃晚饭，腊初奶奶就夹了一块鱼给起兵手里。珠月爸一般不在家，起兵很会欺负珠月姐妹。珠月老爷爷还在的时候，他就爬到珠月家的窗户上，朝着珠月老爷爷的光头上吐痰。现在想起这件事，珠月仍觉得有些荒诞，为什么老爷爷不说他们，好像他没感觉似的。或者就让小孩子们去捉弄，因为他们都是老爷爷的兄弟的孙辈？老爷爷一般不会出门，珠月回忆不起老爷爷每天待在家里做什么。吉紫堂姑、粒儿姐也爬到窗户上向老爷爷的头上吐痰，吐完之后她们胜利似的爬下来，哈哈大笑。奇怪的是，珠月老爷爷从未发过脾气，他照样还是关在家里做他的事。老爷爷在珠月七岁那年离开了他们。

细秆子的干柴很容易燃，大些的就不容易燃了。珠月性子急，有时烧了半天，火还没烧燃，她就把火塘里的火星全用火钳打熄，一边哭，一边又接着烧。大妹连月有次烧火烧了好久也不见点燃，珠月心急，见了，就把火全打熄了，并且还用火钳打了大妹妹的头，这是珠月小时唯一的一次打大妹妹。妹妹当时也不哭，连眼泪都没掉。过些天，珠月给她剪指甲，她见指甲没有了，就哭着要珠月赔。

珠月和大妹从小如胶似漆，吉橙奶奶一见她们俩，就笑着说："你们怎么不抱着走？"连月的脚拇指和珠月的很相似，连月就喜欢和姐姐一起比，身上有哪些相似。她们长大从学校回来后就躺在床上说话，一说说到半夜三四点，连隔壁左右半夜都能听见她们的说话声。

珠月要去挑水，连月也要一起去，珠月要去摘菜，连月也说愿意去观看田园风景。她们喜欢形影不离，只要和彼此在一起就非常高兴满足。

珠月很久以前看过一部电影，叫《红衣少女》，她当时就把连月与红衣少女联系起来了。那时，她写过一篇散文，是写妹妹的，写的时候，她头脑里浮现的全是《红衣少女》里安然的镜头。在珠月的心目中，连月就像安然一样可爱。安然爱美，连月也是特别爱美。安然活泼可爱，连月也是什么都能做一点。唱歌，跳健美操，练武功，学习成绩也不错。特别是连月会跳橡皮筋，她的同龄孩子中没人比得上的，就连珠月也跳不了她那么高。珠月在教室里可以双脚一并蹦到桌上，按说已经很有"武功"了，可连月跳橡皮筋时，她的同学都只能望洋兴叹：连月跳得好高啊！

珠月在青山镇坐火车到泉城，连月因事耽搁了，她去送姐姐时，姐姐已经坐火车走了。连月哭得要命，立即给姐姐写了一封信，足有二十多页，里面全是眼泪，信里面的很多字都被眼泪浸得模糊了。连月后来说，她那时有一个愿望，希望她们几姐妹都不要结婚，一辈子都守在一起多好啊。

连月到泉城复读，珠月每天晚上都去接上晚自习的连月回家。珠月在宿舍里给连月画眼影，怎么也画不上去，两个人不知为什么都要发笑，珠月从未给连月打过眼影，看着她闭着眼睛，一本正经地等着她给她描，眉笔刚触到她的眼睑那儿，连月一眨一眨，珠月的手又发抖了，两人总也止不住笑。珠月说：“因为你从来没打过眼影，所以我要发笑，给思美打眼影时，我怎么若无其事？就把你当作思美吧。”没想到越这么说，越好笑，结果眉笔怎么也触不到连月的上眼睑那儿。直笑得眼泪直流，最后两个人下定决心不笑。珠月不笑了，连月看着珠月一本正经的样子，又要发笑，等她不笑了，珠月看着她不笑觉得她很难受，珠月又要发笑。弄了一个多小时，终于笑够了，笑完了，珠月才勉强给连月打了个眼影。人生中总有一些莫名其妙的好笑事情，连她们自己都不知道为什么会发笑，就是觉得好笑。珠月面对着第一次给高中生连月化妆，连月还从未施过脂粉，已工作了的珠月的笑或许是这个意思：“臭美呵。”连月心里想：“哦，我好像有点羞涩，毕竟是第一次化妆。”两姐妹心有灵犀一点通地笑得不可抑制。

高考第一天，连月感觉语文没考好，她不懂作文题目“近朱者赤，近墨者黑”是什么意思，作文就偏题了。第二天早晨连月去考试，手里拿着一个包子，却怎么也吞不下。她说没考好，说着又不自觉地掉下眼泪来，眼泪落在她手中拿着的包子上。珠月说：“常常觉得没考好的那科在分数出来后，你会想，其实只要我后面考好就可以了。真的，好多人都有这样的体会。千万不能灰心丧气，影响后面的发挥。你仍然有希望考上大学。”分数出来后，连月果然考上大学，虽然语文分数低，可其他科目都发挥正常。

连月对珠月说：“小时候你很会做事，每次我和你去捡柴，你一下子捡一捆。我捡一捆，你就捡两捆了。我们去挑猪叶，你总是比我挑得多，你不管做什么事都要比我做得快、做得多些。”珠月说：“真的啊，我一点也不记得了，你是说我小时候很能干？”“当然啊，你小时候不知有多能干，我怎么都做不赢你。”“我一点印象也没有了，可能我觉得比你做得多做得快是理所当然的事吧。因为我比你大些。我记得小时候扎帚，我专门剐竹丫，你扯铁丝①，妈妈扎帚，我觉得你小时候很懂事的。”

① 即把一卷卷团在一起的乱铁丝拉成一根根的，再把一根根的铁丝卷起来，用于扎帚用，这种扎帚的铁丝是用生锈的铁丝放在火里烧，把锈烧掉了，才能拉成一根根的。

第九章

季军的弟弟季林小名叫“豹子”，算命的说他命硬，就被叫成“豹子”，珠月还以为“豹子”是“报子”，没想到是“豹子”。听说豹子出生时是脚先出的，是难产，不知怎么竟然也生出来了，母子皆平安。到豹子初中毕业时，他妈妈为了他读中专到处找人，在这奔波途中，她坐的“麻木”与别人的车子相撞了，她被甩出几米远。当时人就不行了，听说是内脏大出血。以前不相信妈妈说豹子命硬的事，自从他妈妈为了他读书之事丧命后，珠月真有些相信豹子命硬了。而且长大了的豹子自己也说，他每次从新疆回来，很奇怪，不是碰上这个死就是那个去世的，而且都是至亲，而且事先他并不知道任何情况，或者说他启程之时，他们都还没死。他举了四个例子，而且这也是他仅有的四次回家。第一次是赶上他的舅舅死了，第二次是他岳母死了，第三次是他的姑姑死了，第四次是他的大爷死了，大爷也即是珠月的爸爸。这说起来真有些神，可事实也确是这样，他好像特意回来奔丧似的。看着季林在那里谈笑这些巧事，众人也只是啧啧称奇，也没有人觉得豹子真的命硬，因为豹子长着一张解晓东的脸，而不是凶神恶煞的脸。他们都喊他“解晓东”，问他怎么不去唱歌，又说只要他一穿上风衣，肯定比解晓东还帅。豹子听到这些夸奖，只是笑笑，也没见他有很高兴的表情，不知道是不是他从来对明星没有兴趣。他最挂心的是他的家，一个女儿现在读初中，成绩特好，老婆不上班就专门照顾女儿，他一年四季在外跟着老婆的舅舅做工程，一年回不了家几次，对家和老婆是忠心耿耿，最大的愿望是女儿能考上一所好大学。

当珠月二娘车祸去世之后，珠月觉得堂弟们是太可怜了，自己跟他们比起来是那么幸福。读小学五年级时，珠月有一个女同学的妈喝农药死了，珠月觉得那个女同学是世上最可怜的人。她看到那个女同学和同学们说话时还笑了，她想，如果是我妈死了，我也许都活不了了。每当晚上，珠月和妈妈妹妹谈笑风生时，时常忽然止住自己的笑声，怕隔壁的堂弟们伤悲。二叔家自从二娘去世后一直都是冷冷清清的，连声音都很少听见。季林在他妈妈去世的那几天要拿刀去杀那个开车的司机，众人劝住了他。季林的外婆一直跟着他们生活，七十多岁了，种菜园、做饭什么事都做，身体健旺，自从女儿走了后，一蹶不振，没几个月也离开了这个世界。季林外婆一辈子就这个女儿，还有一个儿子是抱来的养子，这个女儿也是她最大的骄傲和依靠，忽然白发人送黑发人，她的天一下子就暗了，二娘的家也暗了，而且暗了几年。直到二叔又娶了一个小他十岁的老婆。二叔说算命的算他终将无依无靠，十年后，他们又离婚了。自从新二娘来了之后，二叔每个月的工资都交给她，她有一双儿女，都是靠二叔的工资读书长大的。新二娘明摆着跟二叔说："要不是因为你有那点工资，我跟着你这个老头子干什么？"这句话很伤人，但珠月二叔还是和她做了十年夫妻。珠月的二叔并不老，也不过四十多岁，可自从他老婆没了之后，他一下子像老了十岁。别人说找老婆老公千万别找死了配偶的，你即使有一万个好也争不赢一个死人。季林的后妈在家里也是死了老公的，她老公平时老实忠厚，不知怎么被雷击中。珠月的新二娘平时把钱都用在她的孩子身上。二叔的大媳妇说："我爸真可怜，打牌输了一百多元，还找我要。"珠月爸与二叔同母异父，兄弟俩并没有多少交往，平常都是你做你的我干我的，一年见不了两次面。

珠月的二叔对自己的儿媳妇万分照顾体贴，因为自己的老婆不在了，就是说媳妇没婆婆，他就担起了婆婆的责任，大冬天给孙子洗尿片，做饭等，比有婆婆的人家照顾媳妇还周到些。几个媳妇儿子都劝他离婚，他始终不想离婚，怕遭人笑话。新二娘的女儿要读大学了，因为没考上，她想花钱读，珠月的二叔不肯了。他说："我的孩子都没读高中、大学，还要花钱送别人家的孩子读大学，又没真心待我，再说，我也没那么多的钱，不送。"不知什么时候，他们就离婚了。他们没什么财产，固定的财产只有再结婚之前就置下的一排新房子和二十世纪八十年代初生产队分给他们家的山林和菜园，这些又都是拿不走的。新二娘说要打官司，要得到一些山林，珠月二叔还有些脑子，他说："山是她来之前就有的，凭什么给她？"

记得当时珠月二叔再婚时，贵和奶奶总是笑着跟旁人说："香香真冇得福气，刚把新房子做好，就人走了，还冇住进去哦。"贵和奶奶羡慕珠月二叔家的房子，二十世纪八十年代做出了一排房子的人家还没几个，贵和奶奶有三个儿子，两个女儿，两个儿子都结婚了，他们家一直到现在都只有两间房子，大儿子一间，二儿子一间，他们夫妻就住在水库堤坝边一间废置的房子里，窗户都被烟熏黑了，睡和做饭都在一间。那个地方没通电，黑灯瞎火的，湾里人每天上山都会经过她家，看着被烟熏黑的窗户，里面漆黑一团，珠月总是不自觉地用一种同情的眼光看着她。

贵和奶奶上山砍柴砍了一天也见不到她搬一捆大一点的柴回来，把柴火捆在一起需要“要子”，她束不紧“要子”，有时柴搬到路上就散了。连珠月爸这样从不做家务事的人都看不起贵和奶奶做事，他说：“贵和叔①种菜园，没菜吃；养猪，到了年底猪养了一年还只百来斤，以前公社插秧、割谷，她总是落在最后。”贵和奶奶真的这样吗？估计珠月爸说的是事实，要不，她家怎么一直到现在都只有两间房，连带着她的儿子们都那么无能，做不起房子。当贵和奶奶看到香草和她的丈夫辛辛苦苦做的房子自己来不及享受一天就离世了，她不禁感慨万千，而且不止一次地感叹。因为那一排房子在贵和奶奶眼里也确实太诱人了。

贵和奶奶做事方面虽然是矮子，但在言语、头脑方面却称得上巨人。她骂人用的歇后语、成语，可谓妙语连珠，珠月特别喜欢听，觉得听起来是一种享受。特别是在夏日的清晨，一大早，睡梦中听见有人在骂人，就赶快爬起来看看发生什么事，原来是贵和奶奶在骂人。她引经据典，生动活泼，不知听谁说过，把农村妇女骂人的话如实记录下来，将是绝好的一篇文章。贵和奶奶骂人让珠月感到生活也似乎有滋有味，她骂人也不指着固定的人骂，比如她家的树被谁砍了，菜园被谁家的牛吃了，她也不知道是谁，大家也不知道她骂谁，所以，人人都听得津津有味，似乎与己无关。这也是乡村早晨的一大风景。事情不一定是早晨发生的，有可能是昨天晚上发生的，她一般选在早晨骂人，早晨大家都在家，最集中，所有人都能听见。大概她自己也把她的骂人当成一种表演了，人越多，她就骂得越活泼、俏皮，妙语横生，直让珠月听得都陶醉了，心里佩服她怎么懂得那么多的谚语、歇后语、典故、故事。

贵和奶奶骂人不像别的妇女骂人很伤气，她把今人的行为比之为古人的事，形象生动，听了只想笑，却不会有怒气。也许因为贵和奶奶本身在

---

① 青山乡人特别是老辈人喊叔叔阿姨一律喊“叔”，喊姐姐一律喊“哥”，妹妹一律喊“弟”，爷爷奶奶一律喊“dia”音，就是男女都当男的喊。

别人眼里就是一个值得同情的对象，她的骂人在别人听来不会有什么大难临头的恐惧感。牛吃了她家菜的人家也不担心她真的查得出来，错砍了她家树的人家也不担心她找上门来。她就是要骂，历来不会和谁有肢体冲突，她家的儿子也温顺如绵羊，从来不和人家打架。所以，贵和奶奶的骂人在小珠月的眼里无疑是夏日清晨的一道绝美的心灵早餐。她喜欢人声，清晨大家都起来了，贵和奶奶的骂人已经宣布着温馨夏日一天的开始。住房旁边、公路旁边的南瓜花、扁豆花在夏日清晨的微风里静静地散发着清香，偶尔会有卖板糖（麦芽糖）的人挑着担子叫卖板糖，小孩子们拿着家里不要了的牙膏皮、废铁废铜去换几块黏黏甜甜的板糖吃。货郎用刀很谨细地敲着板糖，见给少了，孩子们就叫着，多给一点，多给一点。货郎本已歇了刀，这时又敲下薄薄的一块来，孩子拿了那块板糖放在嘴里，满意地走了。板糖特别好吃，现在大城市还有卖的，珠月前不久刚刚买了一点吃，和小时候的味道一模一样，也是挑着担子，敲着手上的刀，发出钢钢的声音，一边嘴里喊着："卖麦芽糖啰。"

贵和奶奶的老伴就是货郎，他偶尔也卖板糖，更多的是一些针线，生活上的小东西。每个月赚不到什么钱，可他特别喜欢做这事。据大人说是因为他从小就是个流浪儿。他是流浪到柳树湾的，被一个叫金元的孤老头子收了做儿子，取名叫泽今。珠月家乡的老人说泽今爷爷年轻时很不安分，他们说某某人家的儿子就是他的儿子，又说他在外面经常会和某某寡妇有情，不过看着泽今爷爷那副不灵光的样子，真想不出他年轻时还很风流。两个这样的人走在一起，结局就是做不起房子，一家人挤在一起，现有的两间房子还是金元老者留下来的。不知为什么柳树湾的人喊金元老人为"金元老者"，不喊爷爷。

贵和奶奶生最后一个孩子时，是坐着生的，听说一下子就生下来了。她的女儿嫁到"山外"①，说是在"山里"找不到人。柳树湾方圆几十里的人都感觉良好，事实也的确如此。仔细一数，长得好、家境好的姑娘都不出"山里"，嫁到"山外"就是命苦，就是在本地找不到人家。那些不漂亮、呆笨的、家里穷的女孩一般就嫁到"山外"去了。一说到"山外"，

---

① 青山乡人称过了"五公里"那个地方就叫"山外"，过了"五公里"后，就没山了，那些地方就靠种田过日子。青山乡人说"山外"一般都是带着贬义，里面包含着贫穷的意思。

“山里”人就露出鄙夷的神态，说他们偷竹偷树，白天都看不住。“山外”有成片的田，种田在“山里”人相当于副业，每家人家只有一点田地。柳树湾和邻近大队分开后，每家人家约莫还剩一块田。后来，村里的年轻人都到外打工了，田地早就荒芜了。起初，珠月小时候的玩伴满冬妈还把别人家不种的地全种下来，年末给那些她种了地的人家一个糍粑两个糍粑表示感谢，后来，连一向勤劳的满冬妈也不种地了。怪不得家乡人说种地的地方穷，种地花那么多的精力、肥料，收割的那点稻谷花不了多少钱就能买到，还不如在家门口卖点菜或者把山看好。

小时候，珠月爸要孩子读书的理由就是：“不好好读书，你们就只有嫁到‘山外’去了。”在珠月爸的眼里，“山外”是一个可怕的苦的地方，谁家的姑娘嫁到柳树湾，他就说谁家姑娘命好。满冬嫁到“山外”，珠月爸拿她做比，就说她命苦。珠月想起和满冬一起打猪草，摘金银花时，满冬把她的脚指头给珠月看，个个都很粗大，满冬说，大人说这样的人命苦，一辈子都要做农活。满冬不爱读书，小学没毕业就回家了，她长得人高马大，像她妈妈，一点也不秀气，在当时，还真是在山里难以说到好人家。满冬的孩子现在读大学了，她在家开了一个废品公司。起初她和她老公一人拿着一把火钳在外到处寻垃圾里面的废品卖，后来，他们尝到卖废品的甜头，就买了一辆车，到处收废品。现在她家有两辆车收废品，楼房早就做起来了，一年听说有几十万元收入。珠月爸只要一说到“山外”就直摇头，以前老拿满冬做例子，后来也没听他说满冬这个人了。珠月自从十几岁就没见满冬了，都不知幼年的同伴的样子了，估计现在看见都认不出来了。珠月听妈妈说：“满冬在山外做得真苦，作孽啊，四十岁看了有五六十岁，头发全白了。”珠月说：“不是听说她两个孩子都考上了大学吗？”珠月妈说：“主要还是以前做苦了的，现在日子是强多了。”

珠月二叔后来的老婆就是“山外”的，她虽是“山外”人，却并不节俭，买一件衬衣就花了四百元，湾里人说：“她真舍得。”珠月的新二娘说：“不买一点贵的穿，亏得慌。”她觉得自己比老公年轻十岁，图什么？实际上，外表看上去，两人差不多年纪。她称不上漂亮，甚至有些粗鲁的样子，珠月二叔却称得上是一表人才。不过，珠月二叔历来对女人好，不管是老婆还是媳妇都是体贴入微，所以对后来的老婆也可谓尽心尽力。

珠月的新二娘和二叔离婚后，心里越想越不服。如果是她说要离婚，还好想一些，离婚的事是珠月二叔主动提出的。她起初不想离婚，后来看珠月二叔铁了心，又不交她工资了，就答应了离婚。离婚后，她在镇里开了一个旅社，想赚些钱供女儿读大学。她跑到珠月二叔家里把门、窗都用锤子敲破了，看看他家里没什么好拿的，就把床上的被子都抱走了，正好旅社用得着。等珠月二叔从道班一回来，看见家里的门敞开着，门、窗都已经支离破碎，床上被子也没有了，就明白了。他竟忍不住掉下泪来，直叹："真没想到是这种结局。"

珠月的新二娘的女儿娇娇四年后大学毕业，她在校找了一个男朋友，放暑假时，正赶上她妈妈的生日，他们俩恋人再加上娇娇的哥哥租了一个车，车子上面扯着一幅很大的横幅，上写着："我的妈妈是世上最伟大的妈妈，祝妈妈生日快乐！"车子在镇里游了几圈，很多人都知道这件事了。珠月妈也知道这件事，就说给珠月听，珠月听了笑着说："真的啊，不相信！"心里竟有些慨叹娇娇的创举。珠月妈说："他们是故意那样做的，气你二爷的。""不过，说实话，燕玲二爷（二娘）在做妈妈这件事上也确实称得上是伟大，你看她不喜欢我二爷（二叔），还和他结婚，不就是为了抚养儿女吗？"珠月妈听了没吱声。

第十章

珠月和妈妈去割油菜籽，黄昏时候的夕阳照在靠山边的油菜地里，竟然觉得割油菜的镰刀也闪着金光。珠月和妈妈一边割着油菜籽一边唱着歌，较远的公路上割油菜籽的人都陆陆续续挑着油菜回家了，珠月对妈妈说："妈，我们要快点，等一下天就黑了。"妈妈和珠月拼命地加快速度，汗流满面，希望在天黑之前把那块地里的油菜籽全部割完捆好，并挑回家。回家后，珠月就做饭。火塘里的火闪闪亮着，照着珠月脏乎乎的脸。她那时想起卖火柴的小女孩，希望别人来买她的火柴，最终却冻死了。她希望有人来帮她和妈妈搬油菜，一到天黑，她就怕山上面的鬼火，她怕那些鬼火飞到她的头发上来了。那些传说的鬼火实际上是磷火，并不是有鬼。可小时候的珠月不懂，以为那就是死人的灵魂。前不久，珠月家的一个朋友孙叔叔得出血热死了，只有二十七岁。珠月想起这件事还是觉得有些怕，不过一到学校就不怕了。

孙叔叔是煤矿的工人，和珠月家很熟，过年从家乡拿了很大的几条鱼给珠月家，珠月和妈妈都没见过那么大的鱼，青山水库的鱼都不是很大。那是孙叔叔家西凉湖的鱼，湖里的鱼终比水库里的大，海里的鱼一定就比湖里的大了。孙叔叔在珠月家的火塘边坐着，只说腰有些疼，没想到是出血热，过了两天到医院就不行了。珠月有些害怕，年纪轻轻就死了，人怎么这么不经事。

想起九岁时和妹妹连月到孙叔叔家的事，那是珠月第一次看见荷花，她当时就像面对着一片天堂。她在湖边和妹妹拼命地跑着，一只手拿着一朵盛开的荷花，一朵粉红的，一朵鲜红的，妹妹也是。两个人就在湖边拼命地和夕阳比赛着跑，大声地笑着，孙叔叔又划船来，叫她们到荷花里面去。珠月说："我一定要带一朵荷花回家，让家里人看见世上最美的花。"珠月在青山乡没有见过荷花，她是第一次看见荷花，她认为荷花是世上最美的花，当时还没想到荷花的洁，只是喜欢、盛赞荷花的美。孙叔叔看见两姐妹如此兴奋，他也兴奋不已。他还从不知道荷花有那么美。他自小在湖边长大，那一片偌大的西凉湖自他一出生就有，他除了在湖里游泳打鱼外，还从来没仔细地观看过荷花。

孙叔叔的家很简陋，连门框都是石头砌的，那个地方少木材，烧火做饭用的是稻草，哪有珠月家香喷喷的柴火。不说平常做饭，美丽的火光辉映着饭锅菜锅，就说冬天时一家人一堆人围着火塘烤火时的温馨温暖，一片片的干柴在火塘里噼噼啪啪地响着，随着那些像过节时放鞭炮一样喜庆的噼噼啪啪声，火光就会升起来照耀着每个人的脸，大家的脸都红红的，洋溢着满足和幸福。孙叔叔家的稻草烧了一下子就得再添，孙阿姨坐在灶下面眼睛被烟熏得直流眼泪。孙叔叔这时就解释说："这个地方沙眼很多，就是这个原因，被烟熏的。"小珠月看见湾里一个患沙眼的人天天揉眼睛，时不时就会流下眼泪来，心想，这有道理，经常流眼泪就会患沙眼。

孙叔叔家的猪食都是生叶子给猪吃，不像珠月家乡的猪吃熟食，珠月还不知道猪可以靠吃生食长大。吃完晚饭，孙叔叔就把竹床搬到外面来，珠月和连月一起数星星，孙叔叔就指给她们看她们家的方向。第二天，她们跟着孙阿姨到菜园摘菜，珠月和妹妹都闹着要去菜园，孙阿姨叫银子，银子阿姨说不让她们去，她们偏要去，说最喜欢看菜园了。银子阿姨种的菜园让珠月大开眼界，除了在彩溪姑姑、奶奶、外公那里看到这么茂盛兴旺的菜园外，她还没见过这么多这么大的辣椒，一串串的，茄子掉在地上都要烂了，还来不及摘。豆角、黄瓜到处挂着，直看得珠月心花怒放，当看到一个个大大的南瓜、冬瓜躺在地上，珠月真是爱不释手，兴奋地喊着连月赶快来看。珠月把那些南瓜冬瓜都摸了一遍，问："银子叔（阿姨），你怎么这么勤快?"银子阿姨皮肤有些黑，是常年晒了的，她看上去很纯朴的样子。她面无表情地说："多担粪来点就是。""怪不得。"珠月和妹妹在菜园的沟沟坎坎间蹦来蹦去，银子阿姨的菜园丰收了，她们就有吃不完的菜了。吃饭时，她们最喜欢吃辣椒炒茄子，一碗辣椒茄子全被姐妹两个吃光。孙叔叔说："使劲吃，菜园里的菜有的是。"珠月想，自己家菜园的菜总是不够吃。后来，到珠月十二岁时，她挑粪到菜园，最怕爬那个陡坡了，一不小心，可能人就会摔跤。等她小心翼翼地爬上去之后，还在心惊刚才差点脚滑摔跤，不由得出了一身冷汗。一次，珠月挑着半担粪，一步一滑，大汗淋漓地好不容易到了自家菜园，看到妈妈和妹妹在夕阳的余晖里挖菜园，旁边的豆角和黄瓜爬满了架，妈妈对珠月说：“不要你挑，路又不好走。”连月说：“珠月，我和你一起抬。”珠月说：“不用了，我再担一次。”说着又飞快地挑着粪桶走了。当珠月把挑来的粪点在妈妈和妹妹挖的洞里时，她点得很小心，一点也不给某个洞多一点。

妹妹说：“银子叔（阿姨），我真愿在你家多住些天，这样，我每天可以吃到很多你家菜园的菜。”银子阿姨说：“我们这儿穷，比不上你们家那儿，委屈你们了，你们在这儿住得惯，我是巴不得你们多住些时候。”

孙叔叔家的外面有一个大场子，场子上有一个石碾，牛拉着磙稻谷的，珠月就和妹妹经常去看那个石碾，并趁孙叔叔不注意时跑到西凉湖边看荷花。有一天她们在西凉湖边看荷花看了很久，又坐在堤坝上看日落看了很久，每人手中拿着两支荷花，看荷花看日落看得入迷了，直到天黑下来，她们还浑然不觉。远处听到孙叔叔在喊：“珠月，连月，你们在哪里？”姐妹两个赶快回答孙叔叔，就朝着孙叔叔跑过来。孙叔叔说：“你们以后要看荷花跟我说，我随时带你们来，不许独自出来，你们要出了事，我回去怎么和你妈交代？”

没想到孙叔叔就这样走了，留下了银子阿姨和两个儿子。听说孙叔叔的追悼会上，妈妈哭得很厉害。妈妈说孙叔叔是个老实人，银子阿姨更老实，就把家里的木材运了一车给孙叔叔家，又送了两床棉絮给孙叔叔家。孙叔叔的两个儿子长大接父亲的班后，在珠月家住了很久。珠月妈说他们可怜，从小就没爸。

珠月开始很喜欢孙叔叔，一天，孙叔叔要珠月叫他“爸”，珠月从此就不喜欢孙叔叔了。妈妈说：“你孙叔叔是逗你玩的，你不晓得？”

珠月初一时，柳树湾已和刘家分开，单独成一队，因为湾里田地很少，全湾就养了一头牛，各家养一个月。暑假正碰上珠月家养那只牛。这个任务毫无争议地该珠月承担。珠月一边在外面放牛，一边扯猪草。一天，牛走到高压线旁边，珠月惊得一身冷汗，牛要是撞到高压线触电死了，那可不得了。珠月毕竟力量小，她拉牛，那只牛偏偏不想离开高压线旁边的青草，她急得眼泪都掉出来了。珠月紧紧地使劲地拽着牛绳，衣服都汗湿透了，好不容易把牛拉出了离高压线比较远的地方。一头牛当时也值六七百元，如果被电触死了，十三岁的珠月会觉得这是一件全家人都不能接受的悲惨事件。

过了几天，正在珠月扯猪草时，她忽然发现牛不见了，那时她正在一片扁豆旁边扯猪草，那棚子上结的豆子后来她才知道叫刀豆，很大一片，像刀一样，它开的花是紫色的，特别漂亮，刀豆当时在珠月的眼中也自然赋有了诗意。她心情很好，晚霞正照在刀豆的花和叶以及一串一串的刀豆上，当她正沉迷于对刀豆的想象中时，她想到应该找到自己的牛，自己该牵着牛回家了。可她找了很久也不见自己的牛，眼看天要黑了，怎么办？这可不是小事，是一头牛啊。珠月坐在地上痛哭起来了，在那时没有比这更伤心的事儿了。山上的磷火在闪烁着，珠月走在山间黑暗的路上，怕鬼的她此刻什么也不畏了，好像忘记了鬼这件事，她只是拼命地走着，寻找着她的牛，等她走下山时，她猛然发现了她的牛，那一刻她真是如释重负，那一刻牛在她的心目中是多么亲爱啊。珠月平时什么事都做，捡柴、打猪草，和妈妈一起挖山、砍竹、砍树，做的都是大人的活，她觉得都能胜任，唯有放牛这件事，她当时一直觉得自己不能胜任似的。她从来未放过牛，她觉得放牛要有责任，怕牛被电触死了，又怕牛遗失了，等到她那一个月完成放牛任务后，珠月真是长长地吁了一口气。到了珠月家放牛的最后一天，当珠月把牛拴在满是牛屎的牛栏里，她像浑身解脱了似的。她哼着歌，心情很轻松，脸上露着笑容，回到家，见妈妈还没回家，她就准备做饭。随后，她端着一脸盆青菜去水库洗，在去水库的小路上看到公路上的两个影子，她以为是妈妈和孙叔叔，一下子热血涌上她头顶，当时立即就把脸盆摔在地下了。珠月的心里顿时感到异常沉重的烦恼，后来随着两个人影慢慢到了大桥，珠月看出不是妈妈和孙叔叔，她的气才消了，要不，珠月的烦恼真不知有多大。珠月后来想，难道孙叔叔的死是让我不烦恼吗？应该不会。那天并不是孙叔叔和妈妈啊。何况孙叔叔对珠月姐妹真是没话说，他常常买东西给她们吃。

天木叔正在把一棵苹果树嫁接在梨树上，这会长出苹果吗？家乡不产苹果，难道他不知道。周围已有很多人在围看，还有一些年轻男孩在帮忙。那时，天木叔刚二十出头，被嫁接的苹果树那天受到了那么多人的关注，又是在阳光下嫁接的，让珠月每每回想起那棵嫁接的苹果树，就感到那上面嫁接的是生活的希望。虽然那棵嫁接的苹果树从未长出苹果，可是那天的热闹欢喜情形，比人们吃了很多苹果还要香甜和有营养。几个年轻男孩帮天木叔绑树，缠草绳，糊泥巴，个个做得认真备至又欢喜异常，眼神里露出对这棵嫁接苹果树的无限向往，就像苹果树上立时长出了成筐苹果一样。

后来，天木叔又种向日葵，几颗向日葵种子撒在一个盆里，没想到真的长出了向日葵苗，又结了一棵很大的向日葵。阳光照在哪边，向日葵的头就转向哪边。珠月之前未见过向日葵，只吃过葵花籽。没想到葵花籽就是从这么美的花里结出来的。年轻人个个都去看天木叔种的那棵向日葵。特别是太阳出来时，他们就围在向日葵旁边，啧啧称赞称奇。天木叔自豪地指挥着围观的几个人："不要遮住阳光，要不，向日葵就不转了。"

再后来，天木叔骑摩托车被撞死了，那年他也是二十七岁。在恍恍惚惚中，珠月还记得他曾经种在一个盆子里的向日葵，开了花，结了籽，他把葵花籽一颗颗地剥下来，放在一个把缸里，珠月惊叹，一棵向日葵，可别瞧不起它，它的籽差不多有一大把缸了。天木叔又捉了几只蝉和螳螂，放在一个罩子里。夏日的中午有些热，一群孩子看着天木叔在那里鼓捣着他的葵花籽和蝉和螳螂，仿佛这也是夏日的一个永恒的风景。日头照着，顺着走廊移动着日影，下午在一寸寸地变凉，夏日山村的晚上常常要盖被子的。

第十一章

连月盼着吉红堂姑的那件连衣裙赶快做好，她已经等不及了。当她放学回来，听妈妈说吉红姑姑还没做好她的浅蓝碎花连衣裙时，她禁不住号啕大哭，用头拼命地撞床板，撞得床板咚咚地响。那时候珠月家的床是那种古床，很复杂，不像现在的椅子床。床的旁边和上面都有精雕细刻的花，比现在名胜古迹景点展出的古床手工还要精美、复杂，还要大，有气魄。听说是一棵树做成的。床下还有一个脚凳，珠月家乡叫“台凳”。珠月六岁时有一次从床上掉到台凳上继续睡，那天家里正有客人，客人发现后直呼珠月妈，珠月妈连忙叫珠月的姨妈把孩子搬到另一张床上继续睡。有一次，珠月的肚子特别疼，农村说是肚子里有蛔虫，珠月疼得从床上滚到台凳上，头上冷汗直冒，等妈妈回家时，她又不疼了。妈妈给姐妹几个吃宝塔糖，是打蛔虫的，很甜，孩子都喜欢吃，只是拉出蛔虫时有些害怕。她们看到季军吃了宝塔糖后，竟然从口里吐出了一只蛔虫，都有些害怕吃宝塔糖了。

连月那时正在床上和禾月逗着玩，一听妈妈说连衣裙可能要明天才能做起时，顿时脸色大变，刚才还喜洋洋的脸一下子被眼泪沾满了。她死命地用手捶着床板，又用头撞着床板，那段时间她对武功特别感兴趣，前一阵子还用沙袋绑在脚上说是练轻功，又和珠月一起练各种招式，都是从电视里看到的。所以当她用头拼命地撞床板时，她以为自己是在练习武功呢。珠月在旁边忍不住哈哈大笑，眼泪都笑出来了。过后问连月，她说一点也不疼，这段时间手啊头啊都练出来了。妈妈见连月哭得昏天黑地，赶快跑到吉红堂姑家，叫她尽快做，争取在当夜能做出来。吉红说：“不好意思，这几天事多，耽搁了。”吉红不是专业裁缝，她只是会做衣服，珠月妈就叫她帮忙给连月做件裙子，是不用给工钱的。不给工钱还能怪别人没有按时做好吗？这怎么也说不过去的。吉红堂姑一直做到晚上一点钟，才做好。

这段时间吉红堂姑麻烦事很多，前两天山脚下的桂花，也就是基山的老婆来到她家找吉红堂姑的父母，说是吉红堂姑勾引她家男人。听说桂花已经来过几次了，据她说，吉红堂姑仍然在和她家男人来往。桂花已有三个儿子，桂花的老公基山长得高高的白白的，在现在的眼光看来，确是很帅。吉红堂姑在此之前还没谈过恋爱，她家里人要她断绝和基山的来往，她只是闷着不作声。基山老婆来到她家要她发誓不要再和基山来往，她也闷着不作声。吉红堂姑的妈妈就托人给她找了一个人家，那个人家听说很不错的，特别是那个姓荣的男的，一点也不比基山差。吉红堂姑嫁到荣家后，给姓荣的老公生了两个儿子。想到她应该满足了，幸福了。听说她男的对她特好。吉红堂姑圆圆的脸，气色很好，就像一朵娇羞的桃花。生了两个儿子，仍然看了像一朵桃花。可有一天，珠月却听说吉红堂姑和姓荣的老公离婚了，要和基山结婚。桂花连哭带闹地又跑到吉红家，她干号着对吉红说："天下的男人多得很，你为什么偏偏要看中我家基山？"桂花见吉红的神态是非她老公不嫁，回去问基山，基山说："只要她愿意，我肯定义不容辞。是我让她名声坏了，差点嫁不出去的。虽说嫁出去了，可她不幸福，我还是有错。"桂花当晚就喝了一瓶敌敌畏，被她的大儿子发现，大儿子就赶快去报告正在打麻将的基山。基山那时没什么钱，打麻将却打得很大，平时做人出手也大方，估计是这点获得了吉红的心吧，因为她经常对她的家里人说姓荣的老公怎么小气。如果姓荣的老公真的那么小气，为何吉红堂姑几年之后从他家走出来时脸上还仍然像桃花？见过她的人都说她没结婚。或者是吉红堂姑一直没有忘记自己的初恋情人，一直在梦想着嫁给他，不达目的死不罢休？或者是吉红堂姑想起当初桂花到处散步她的流言，败坏她的名声，她要用和基山结婚来洗净自己被侮辱的名声？总之，吉红堂姑是和基山结婚了。

珠月问妈妈："桂花怎么会答应？""有什么办法？吵了闹了，药也喝了，基山和吉红还是痴心不改，桂花有什么办法？"男人最怕女人一哭二闹三上吊，桂花的老公基山却不怕。他自己带着三个儿子，吉红带着自己的小儿子过来了，他们就这样凑成一家子。基山把自己在家乡做的三层楼留给桂花，他和吉红搬到街上去住，租了一个房子，随后，基山承包煤窑发了财。

珠月有次回家，看见吉红堂姑也回家，那时她和基山已结婚几年。珠月看见吉红堂姑就叫她，看见亲戚熟人不叫珠月妈就会批评珠月，所以珠月一看见吉红堂姑就叫她。起初珠月没认出是吉红堂姑，吉红堂姑估计那时四十多了，可她看起来最多三十出头，她的脸虽谈不上是一朵含苞、盛放的桃花，却还是一朵未凋谢的桃花。她的头发卷成大波浪，穿着一件黑色呢子大衣，下配一件格子呢裙，使她的脸越发显出她一贯的富贵相。当吉红堂姑看见珠月时，她异常高兴，她们两个都有多少年没见面了。她说："珠月，你一点也没变。"珠月说："你怎么还是这么年轻？""不年轻哦，老了哦。""没老，你一点都没老，真的。""真的吗？"吉红堂姑非常欣喜能得到珠月的夸奖。珠月小时候常到她家玩，吉红堂姑的妹妹吉紫虽然大珠月几岁，可她们却称得上是知心朋友。吉红堂姑就多多少少对珠月有些了解，不过，在珠月的眼中，吉红堂姑自始至终都是一个与世人隔离的人。因为年龄相差较大，她从未和吉红堂姑真正地交谈过，每次到吉红堂姑家，珠月就喊："吉紫爷（姑姑），你在家吗？"吉红堂姑会说："她刚刚出去，你坐不坐会儿？"珠月说："我不坐了，我从吉紫爷（姑姑）那里借了一本《收获》，我放在你家桌上了。"珠月说着就走了。

珠月小学五年级放暑假时和吉紫堂姑一起挖山，累了就在一起看小说。她们一起看张抗抗的《北极光》，都说写得好。后来挖山时，她们又在一起看贾平凹的小说，吉紫堂姑说贾平凹的《小月前本》写得好，珠月却没看出来，过几年她才看出来。已到黄昏了，珠月和吉紫堂姑两人就着小说中的人物各自发表着自己的意见，那时吉紫已高中毕业，当然没考上大学，那时考大学很难，全乡只有珠月的两个表叔考取。吉紫堂姑在校成绩中等，自是考不上的。当吉紫听到珠月说的那些小说感触时，她非常欣赏地对珠月说："你将来可不得了。"吉紫堂姑狠狠地表扬了珠月，珠月自小到大听到了很多表扬，不知为什么吉紫堂姑对她的表扬特别让她欣喜和让她自信。可能是因为她们在一起肩并肩地看了几篇小说。

到吉紫堂姑家的楼上，还有好多书，除了毛主席语录和学校发的红袖章外，吉紫堂姑的初中、高中语文书都被珠月借了读光了。多少年后，当珠月听说吉紫堂姑的老公打她时，心里竟有一股恶气。她想起那个文文静静的吉紫姑姑，就说要到吉紫姑姑的婆家去说①她老公。当珠月走到吉紫堂姑家时，看到她的老公颤颤弱弱的，都有些不相信他还会打人。回家了，妈妈问珠月说了没有，她说："没说。""你怎么不说？""她老公真的打她

① 青山乡人的"说"字在这里是"训斥"的意思。

吗？”“怎么不打，打麻将输了就打人，她老公是个赌棍。”“我看他那么瘦……”“那正是打麻将熬夜熬成的啊。”吉紫堂姑通过继续自学英语，后来就到乡中学去教英语，她教的班每学期都在区里是前三名，后来区中学又把她调去教英语。想起在吉紫堂姑家楼上请教英语的事，珠月觉得自己读得不准，吉紫姑姑竟然说：“是这么读的。”乡村老师里没有人真正把英语读得那么地道的。

自从吉红堂姑与基山弄出风流事之后，几乎很少见她在公众场合说话，大家凑在一起打扑克、织毛线、谈家常什么的，她从不参与。她每天就坐在家里织毛线、用花花绿绿的尼龙线编袋子、做衣服，或者打扫清洁什么的。几乎很少见她在屋外面走，珠月奇怪她每天是怎么到家的，难道是晚上回，或者一大清早就出去？

那天见到吉红堂姑后，珠月问妈妈：“真佩服吉红爷（姑姑），怎么就一定要嫁给基山？她以前的老公不是对她很好吗？长得也很帅，看起来那么高高大大的。”珠月妈说：“我看吉红她是自己愿意。不懂。她有什么好？每天要管四个孩子上学，别看基山包煤窑赚了点钱，他手头大方，估计也没什么钱了。再说，每天的家务事吉红还不是要做，管人家的伢儿，那日子有好过的？”不管怎么样，对于吉红堂姑来说，她的人生是胜利了。珠月从她看似桃花的温柔的脸上似乎看出了她的倔强，一定要洗清自己的耻辱：她不是瞎搞的女人，她是因为爱基山。吉红堂姑以她的坚持不懈的痴情终于换来自己名声的清白。再也没有人在背后嘀咕她的屈辱历史了，她的屈辱似乎成了她的一桩美谈。能把屈辱化成美谈的女人真是太不简单了，特别是她还有张一直都似乎在笑着的桃花一样的脸。

吉红堂姑不怕累，不怕苦，不怕等，就是要和基山结婚。珠月见过吉红堂姑后，觉得她一定过得还好，只是疑惑她的另一个放在前夫家的孩子，她怎么放得下心。基山的儿子长大了，工作了，每个月都给自己的亲妈寄钱，没人寄钱给吉红堂姑，不过，听说，基山对她一直很好，即使是在最有钱的时候，也不过出去玩几次“鸡”，后来没钱了，就不去玩了。珠月问妈妈：“吉红爷（姑姑）不生气吗？”“生什么气啊，基山是什么好的？是好的，当初就不会勾引吉红。”“那是吉红爷（姑姑）心甘情愿的啊。”“出去玩几次算不了什么，吉红只要做他老婆就可以了。”“是不是就为了恢复自己的名声？”珠月感到吉红堂姑最终嫁给基山与其说是为了爱情，不如说是为了洗清当初所受的屈辱。在二十世纪的七十年代，谁家出了这事，父母的脸没地方放不说，当事人都是恨不得自杀的。可以想见吉红堂姑当初过的见不得人的日子，是怎么地煎熬着她。桂花几次登门吵闹，全乡的人几乎都知道了这事。吉红堂姑的父母自从女儿出了这事后，很长一段时间也几乎是闭门不出了，他们为女儿的事感到羞耻。毕竟是自己的女儿，怪是怪，可还得安慰女儿。在湾里的人看来，吉红堂姑家似乎已经成了风水不正的人家了，人们一时都用一种可怜加鄙夷的眼光看着她家。珠月那时见吉红堂姑还能活着，觉得很佩服她，心想，换了我，我肯定活不成了。多丢人啊。也许吉红堂姑正是这样想的，所以她就卯着一股劲，一定要嫁给基山，以便给她的活下来找一个充足的证据。这只是珠月猜想的。如果基山混得很糟，或者有个车祸残废什么的，她后来还是会和姓荣的离婚嫁给基山吗？偏偏基山仍然那么高大帅气，脸仍然那么白，听说还发了一点小财。也不知什么时候，他们俩约定了要再在一起，或者他们从来就没有断过联系？这后一点有些可疑。在吉红堂姑和荣姓老公结婚的前几年，从面上还看不出吉红堂姑要离婚的迹象。

第十二章

珠月很喜欢三更半夜煤矿的矿车倒煤的声音，当她醒来正感到害怕时，这时听到煤矿的矿车哐当一声响，珠月知道半夜还有工人在挖煤倒煤，就不害怕了。家乡晚上睡觉时家家关灯，到处一片漆黑。哪家死人了，湾里会笼罩着一片恐怖的气氛。这时，珠月会用被子蒙住头或者死死地盯着窗户那里，越害怕越想看看是否有鬼怪出现。楼上老鼠翻箱倒柜的声音就像有人藏在楼上似的，明知道楼上不可能有人，却还在心里默默地听着楼上一下一下的老鼠折腾盒子、箱子的声音。有时几个小时都吓得不敢睡，这时，如果煤矿那边传来煤车倒煤的声音，心里会觉得格外的亲切，就仿佛看到了那个戴着矿工帽的工人，想到他还没睡，那个煤矿工人就像一个伙伴，虽然隔得有些远，珠月心里的恐惧感会减少很多，就会慢慢地睡着。晚上自己正醒着的时候，珠月喜欢爸妈也正醒着，他们或者上厕所，或者还没睡，或者醒了还在说话。

一次珠月醒来，看着黑黑的房间，心里恐惧至极，忽然听到窗户外有脚步声，她本来正在疑惑到底外面是快天亮了还是只是半夜，当她起身看到春森叔从窗户下面走过并和他的兄弟说着话，在往沙洲那边走时，她知道天快亮了，他们是去打鱼的。她的心里一阵放松和欢喜，天终于要亮了，她正愁着怎么挨到天亮，没想到黎明就要到了，黑暗马上要退去了。她终于可以放心地再睡一下了。有时听到外面长爷爷一声咳嗽，正经过珠月家的窗户，珠月一阵喜悦，天要亮了，怕什么？长爷爷都要上山看山去了，他都起床了，他好勤快啊。珠月很喜欢听到人声，这些人声给她壮了胆，虽然长爷爷越走越远了，往水库那边去了，即使天还是黑的，但珠月知道马上要天亮了，她不怕了。原来对黑暗的恐惧就是来自那一团黑里面的不可知数，当外面出现了一层薄薄的亮光时，那些躲在黑暗里的鬼魅似的阴影都会消失，人怕的不是黑暗，而是黑暗的滋生物。

珠月热爱黎明和清晨是不是与害怕黑夜有关系？她只要看到哪怕一点黎明的微光，积蓄了一夜的恐惧感就会消失得无影无踪。

暑假一大早，珠月就去煤矿捡柴，当看到煤车往下面倒煤时，她就会奋力踩着煤炭往上爬着去捡那块废木料。有时是夏日中午，她赤着脚在石子上拼命地往上爬，就为了捡那一根木头，全然不管小脚板像烫着一样的灼人。一次一个工人见这几个农村孩子奋力在煤堆上爬着捡木柴的样子，他们虽称不上是衣衫褴褛，却也和叫花子差不多了，脸上手上赤脚上黑黝黝的，沾满了煤，比起工人手上身上沾的煤，无疑性质是不同的。虽然那些废木料没什么用，可有些工人就会觉得那是他们自己的。一个工人掀起几铲煤，就朝珠月和几个女孩子的头上掀去。这是珠月记忆最深的一次。平常虽有些工人故意假吼几声，还从来没见有工人朝孩子头上身上掀煤的。几个小伙伴都骨碌碌地往下面直退，一边退一边擦眼睛，珠月一摸自己的头发全是煤，脖子里磕着很不舒服，想是煤了。

眼睛看不见的景奶奶在煤场旁边卖东西，听说后，扯着嗓子骂那个工人。景奶奶的眼睛本来可以治好，当她听医院说共需花住院费两百元，她坚持对儿子说，我都老了，花两百元治眼睛不划算。景奶奶想到自己每天在煤场卖点茶水、瓜子好几年才积攒两百元。她的儿子们也没强迫她一定要去住院，她的眼睛就慢慢看不见了。珠月后来工作后发现泉城市街摊上有一个人铺着一块布，上面是几十个娃娃和一些小物品之类，她刚问："师傅，那把梳子多少钱？"猛然一看，是那个工人，珠月有些吃惊，不知他还认不认得我，记不记得曾经掀我一头煤的事。那个工人似乎有点感觉，觉得自己似乎曾经欺负过珠月，可又不敢肯定似的。但从他的眼神，珠月能确定他认得她是柳树湾的人。想不到他竟落魄到如此地步。煤矿的煤后来挖完了，工人们都回家了，听说还有几个工人在柳树湾帮一些家庭砍树砍竹砍柴过日子，世道真是变得快，不过是十几年的事情，煤矿工人变成了流浪儿似的，这里一簇那里一伙，帮别人打零工，做些小生意。

珠月很想念煤矿兴旺时的样子，每周有电影看，方圆几里的人都来煤矿看电影，几毛钱一张的电影票。煤矿在大操场或者大礼堂里放黑白电视，柳树湾的大人孩子都围着和煤矿工人一起看。那时放《霍元甲》《上海滩》，全国上下都在唱里面的主题曲。珠月和妹妹连月放学回家，在路上唱《霍元甲》主题曲，"问我国家哪像染病"那首，唱得热血沸腾。因为有煤矿在旁边，柳树湾在全乡第一个有电灯、自来水，这村的孩子第一个吃到三分钱一根的冰棒。有时在场外放电影，就不用买票，方圆几里的人都会闻讯赶来看。看到电影里有人使刀子挥棒子打抢，珠月从来不敢看。在初一之前，她只看戏剧片。问她为什么，她说因为戏剧片不打人不动刀枪。电影里有人向另一个人挥刀子，珠月赶快调转头，好像那白晃晃的刀子已经挥到台下了。她又看到一个坏人朝一个农民开枪，她实在不敢看就回家了。回家后听到爸爸、二叔他们在谈越南反击战的事，说是中国要和越南打起来了，要有大战争了，珠月不敢听。她最不喜欢战争了，而且她当时最怕的就是战争。看着大人们坐在火塘旁谈着战争，珠月不知该往哪里躲，只希望有一个地方是没有打杀和战争的。她晚上睡觉蒙着被子，仿佛听到越南反击战战场上的枪声。

在珠月还小一点约六七岁的时候，她看到四个工人头发剃得很奇怪(后来才知那叫阴阳头)，弓着腰，站在煤矿的篮球场上俯首帖耳地被斗。柳树湾的德兴爷爷每天下午三点钟都要胸前扛着一个牌子，上面写着“打倒走资派”，围绕着柳树湾游几圈。1976 年，珠月读小学一年级，听说“六一”儿童节要游行，珠月一星期前就激动得睡不着觉了。到了“六一”那天，小朋友们六点就起床了，个个被老师涂上胭脂口红戴着花环就上街了。每个人手里还拿着一个彩圈，走一路，就挥舞着手中的彩圈，喊着口号：“好好学习，天天向上。”她只记得那天她是特别兴奋特别高兴也感到特别光荣。她非常希望妈妈和村里人能看见自己走在队伍行列的情景。队伍走到落山村庄，又打转，经过柳树湾，又往前走，到了公社，又到了出发的小学。珠月每每想到那个“六一”，都觉得是那么振奋和向往。到了第二年，学校不举行游行了，小珠月怅然若失，心想怎么不早点上学，这样就可以像那些高年级的同学一样多游行几年了。

珠月和小伙伴在山上摘蜜酸，他们像泥鳅一样在荆棘丛里滑动着，手中的把缸紧紧地拿着，还没摘满。广播里正在播着《东方红》，他们几个正在翻越一个大石头时，忽然一个大一点的孩子说：“毛主席死了。”他们几个都知道毛主席这名字，从大孩子说话的神气，觉得这件事定是非同小可。当时，他们蜜酸也不摘了，几个迅速地回家。家乡人都在传着毛主席逝世了的消息。

中午，煤矿广播里播着《东方红》时，就是上午十一点了，工人要开饭了，珠月就该去菜园摘菜或做饭了。珠月赤着脚，踩着《东方红》的旋律，手中拿着一个放菜的簸箕，等走到菜园时，《东方红》也播完了。这首歌真是百听不厌，曲调优美。在珠月的印象中，经常中午或者黄昏，她听着《东方红》的歌曲，顶着太阳光，或者太阳是昏沉沉暖暖地照在身上，她踏着轻快的步子，走过煤矿工人住的房屋，到了她家的另一处菜园。有时会和妈妈在煤矿熟悉的工人或者煤矿书记家坐一会，喝口茶或吃片西瓜。煤矿书记一家是北京人，热情好客，他们住的房子就在珠月家菜园旁边。他们吃西瓜比珠月和妈妈吃得干净，只剩下一点红瓤了。珠月更加敬佩这家人了。他们种的菜吃不完，还有送给珠月妈妈的。

第十三章

暑假，妈妈带珠月去张司边扎扫帚，每天清晨就去，傍晚回来。一路都是山，一段有一条宽的公路，往下一看，好深啊，楠竹、树木、荆棘丛，还有最绝美的一幅景象，下面有一条清澈的小溪，宽约一丈多，溪边有桃树和兰草等各种草木，还有一股浓郁的青草的青青的很想猛吸一口的清新气息。珠月想起多年后看过的桃花涧梅花涧，都比不上这溪涧的清幽险峻。那是在家乡，那里没有把它辟为风景点，因而珠月感受到了一个真正纯粹的大自然。当她第一次看见时，她欢呼雀跃着，想跑到山下去，妈妈说："坡太陡，小心。"珠月抓着一根树枝，又抓着一根藤，终于到了小溪边，溪边的青草、兰草长得郁郁葱葱，特别是蒸腾着一股雾气、干净、清澈见底的溪水，看着就想捧一把喝。

还是小学时，珠月和妈妈到一个叫"挖偏岭"的地方去挖山，那时"挖偏岭"还是公家的山，很远，一直到水库的尽头了。珠月在砍一棵稍粗一点的荆棘时，刀不小心蹦到自己的手腕上，顿时手腕上血流如注，里面的白骨都露出来了，珠月看到自己的白骨的时候，有些想哭，可并没哭出来。妈妈赶快在楠竹上刮了一些竹青，敷在伤口上，听说这样可以止血。青青的竹青碎末全塞在裂开了的口子里，似乎血真的止住了。珠月看着手腕上的竹青，心里缓和些了，竹青的清幽仿佛大自然的和风清香，它不仅有止血的作用，还有清凉舒缓心神的作用。其实这种竹青的清幽味道很常见，只是当时旁边的小树丛小荆棘太多，再加上往下看时，看到了碧绿的弯弯曲曲的水库和水库坝上的鲜花和流淌的溪水，那竹青的青涩的味道就混合着一种清新的碧绿了。回想起来，那是一次美丽之旅，珠月未出过远门的双脚和双眼仿佛看到了一个天外世界。她知道了原来家门前的青山水库是从这里发源的，这里的水库和这里的人都是这么美，有流淌的清澈的小溪，有小溪旁的花花草草，更有那些看起来清净的人家。妈妈对珠月说，我们来回其实可以坐船，但我们很多人都是走来的，没那么多船。我们湾的山还有这么远的？珠月很好奇。据妈妈说，那个地方以前是她家的山，1949 年后被没收了。柳树湾本不在现在住的地方，是移民过一次的。因为修水库，1964 年全湾人都从现在的水库区域移到上面几里的地方，仍然还是常被水淹。珠月记得小时候他们去采猪草捡柴火就看见过那些柳树湾旧址。有残存的砖瓦、门槛门楼，看起来比现在的房子气派多了。现在的房子全村人一个样，就像公寓一样整齐划一，那时应是独门独户的。珠月捡拾着那些瓦片，从小她就有思索什么的习惯，就坐在那个废弃的大石头做的门槛上（现在已找不到这样大这样好的石头了），想着她的先辈们在这里到底生活了多长时间，心里想，要是没搬家多好啊！她听说她的老爷爷在日本人来时，就从他家的房顶上直接跳到了山上，就像飞檐走壁一般。听说古时候的人武功很强，绝不是现在的人能比，她信。现在电视上玩杂技的人那点技术就可以上电视得国际大奖，他们那种技术，珠月小时候就见过多回。煤矿请民间杂技团演出，珠月看到一个玩气功的人吞下一把好长的刀，她已是不忍看，一般到这样的时候，她就会心想，赶快别演了，钱照样给。有一次看到一个民间艺人用很粗很长的钢筋缠着脖子很久很紧，她也是不敢看，直担心他会不会有生命危险。珠月后来看到一个这样的记载，说是沈从文回到故乡凤凰时，看到当地人组成的杂耍团，禁不住哭出声。那个杂耍团不是由专业的杂技人员组成，而是由一般的临时杂工组成，沈从文的悲痛和感慨已让他不能自抑。他像看到了一个民族千百年走来的坚韧和屈辱的艰难身影。至于小女孩顶碗，用嘴勾花篮，用一个袋子变出无奇不有的魔术，总感到比现在还要技术高超。一个扁平袋子不断地抖，抖出几十只鸽子和很多鸡蛋等等，就是藏也要地方藏啊。更离奇的是不断地往喉咙里吞一块烧着了的很长的红布，红布全吞进去了，还能说话，又把它吐出来，仍是燃着的，那块红布可是出奇的长啊，最少有十几丈。珠月直到现在还不能懂得其中奥妙。她小时候兴趣广泛，就买一本魔术书看，看了半天，得出一个她现在也认同的结论，魔术是最聪明的人设计的。什么利用光学原理、障眼法等，如果继续深究下去，估计她都要成魔术师了。现在无论看杂技什么的，她心里总会想，好多民间艺人的绝技都慢慢失传了，就像纯朴民风失传了一样让人心底惆怅，心有不甘。

张司边对读初一的珠月来说是有些远，可是她一路上看着风景就走到了，一路上山林的青翠气息直让珠月走起来是神清气爽。那个扎帚的地方附近没有人家，四围都是山，山下有一空地，空地里有几间房子，房子里住着一个老人，妈妈喊他是“嘻嘻老者”，珠月也喊他是“嘻嘻老者”。别人都说“嘻嘻老者”有些痴呆，也即是“不灵活”的意思。“嘻嘻老者”瘦瘦的，脸有些长又有些小，眼睛眯眯的。珠月和妈妈每天就吃他煮的饭，他煮的饭是珠月吃过的最好吃的饭，不吃菜都可以吃一碗。为什么呢？“嘻嘻老者”的饭是用瓷碗蒸的，当然就比煮的好吃啦。一颗颗的，白白的，珠月喜欢吃硬饭，饭煮成稀粥一样是最不好吃了。那蒸成的饭还特别的香，还有一个原因，“嘻嘻老者”是用他家的新米煮的饭。珠月住在库区，一年四季几乎都吃陈米饭，陈米饭黄黄的，不白，但也很香，但没“嘻嘻老者”煮的新米饭香。为了每天中午那一餐饭，珠月都觉得走那么远的路值。她没有告诉妈妈这个秘密，每天欢欢喜喜地去张司边扎帚，有那一路的树木，一路小草上的露珠，有从溪涧里袅袅飘上来的清新欲醉的山林、青草气息，还有“嘻嘻老者”煮的香喷喷的米饭。“嘻嘻老者”不说话，最多说两三个字，比如：“吃饭了”，“休息会。”珠月不解地问妈妈：“别人都说嘻嘻老者傻，我看他一点也不傻，你看他煮的饭这么好吃。”妈妈说：“其实嘻嘻老者不傻，因为他不喜欢说话，为人憨厚老实，又没子女，别人就欺负他说他傻。”

半个月过去了，珠月和妈妈把在张司边买的竹丫子扎完了，走的时候，珠月想和“嘻嘻老者”打个招呼，却房前屋后的都没找到。珠月心里就像黄昏夕阳投落下来的影子一样惆怅昏暗。她准备什么时候再来看“嘻嘻老者”，可是一直都没去。几十年后，珠月还经常会想起“嘻嘻老者”和他蒸的白米饭，她想问妈妈：“嘻嘻老者还在吗？”她不敢问，她怕妈妈的一声“不在”会让自己难过感慨。她希望“嘻嘻老者”还活着，他不死也该九十岁了。她希望能看到他，能吃上他蒸的白米饭，这样，那些童年的美好岁月就像仍然没走，时光还没带走它们，还没销蚀一切，只为了证明曾经都在。如果“嘻嘻老者”还活着，那真是一个奇迹，最少会让珠月可以驻足想一整天，快乐地感受一整天。从“嘻嘻老者”那里，珠月看到了那些早晨，那些黄昏，那些时光，她想挽留，她不想时间把什么都冲洗掉，唯留下多年后人们只能看到的一堆老屋的废墟。

妈妈带珠月去买小猪，那个地方就像世外桃源，只要是珠月没去过的地方，在她的意识中，都是世外桃源。怎么那里就会有一个村庄？那个村庄的人是怎么生活的？那里也有绿树，有溪流，有鱼塘，还有一样的太阳？

我怎么从来都没去过，也想象不出来，它离自己的家其实并不远，可因为不是一个公社，却像另一个世界。那个村落再继续往前走呢？是什么地方？那难道不是天地的尽头吗？珠月想象过了家乡那一望无际的山林，就是尽头了，那里还会有人居住吗？妈妈说，有，那里就是另一个县了，是叫“花纹”的地方。珠月看着远远近近的几个乡村，她好奇地看着那些在天地里耕作的人们，没什么不一样啊，他们和自己村的人一样的，甚至说的话珠月都能很容易地听懂。珠月有一种新奇的体验在心里，和妈妈到一家人家称完小猪，用麻布袋装着，和妈妈抬着就走出了那个村庄。回来后，珠月问妈妈，那个地方叫什么名字，妈妈说，叫陶米家。可珠月回来后，始终感到那个地方就像梦幻似的，因为年纪小，记不清路，以后也从未去过陶米家，那个陶米家就成为珠月心中一块类似世外桃源的地方。她就像梦中去过一场，因为不知道去时和来时的路，那里就成为一个恍恍惚惚的犹如梦中去过的地方。大了，珠月很想和妈妈一起去陶米家，可一直都未达成心愿。她记得当时翻过一个坡，坡旁边是青山绿树，从坡上可看到另一个地方人们生活的新天地。从坡上下来，就是几个乡村，村庄旁边人们都栽着柳树，柳树条柔媚地垂着，差点要栽到鱼塘里了。那个卖小猪的人家和珠月湾里的人家并没什么不同，可是这种没有什么不同让珠月新奇了很久。难道世界上的人家都是一样的？他们在这里生活，我们在那里生活，说的是一样的语言，却几乎从不见面，不交往。他们也在，我们都在，却可以当作没有似的。

珠月常常会想着那个村庄。在她的记忆里，那个村庄有小猪，有斗笠，有蓑衣，有成筐的鸡蛋，最为新奇的是，它与珠月的青山公社（后来改为青山乡）只有一山之隔，珠月却觉得它像另一个世界一样不可思议。就像珠月经常会想，一百年以前的太阳和现在是一样的吗？战争时，会有太阳出现吗？太阳照着，怎么会杀人？怎么用枪？她以为这些都是在黑暗中才能做出的事。到读硕士时，她甚至问过导师一个愚不可及的问题：“老师，战争时，也会有像现在一样的太阳光吗？”一向和蔼温厚的老师被问得不知怎么回答，他看了珠月一眼，有什么话到了嘴边又咽回去了。也许老师想这个问题确实称得上幼稚和莫名其妙。可珠月一直到现在，她都不能想象那些没经历的日子是像现在一样的有明亮的太阳光；或者有太阳，也是弱弱的，暗暗的。她不能想象战争时是阳光普照，那些拿着冲锋枪扫射的军人看到阳光难道不会丢掉枪支，沐浴仰望阳光，还会要人性命？

珠月妈像家乡绝大多数人一样很少去回忆，回忆时也不伤感。一直到现在，珠月都羡慕妈妈这点。珠月做不到，她喜欢回忆、伤感。一回忆就会感慨万千，不知是着急时光飞逝还是挺不过前面的时光，她就会绝望起来。每到绝望时，她就会想念童年的阳光。那时候的阳光真是称得上明媚，是充满着初生的希望的。所有的希望、理想、对美好生活的想象都在阳光的普照下就像往土地上撒着欢喜的带彩的光粒。

暑假，珠月和妈妈、连月到大石龙去挖山，珠月头也不抬地拼命地挖，任汗水使劲地流，她希望自己能挖快一点，可眼前的灌木丛和荆棘丛那么茂密，一天也挖不了多大面积。珠月往上看看山顶，还有那么长的距离，她心想，这个暑假能把这座山挖完吗？挖山就是把山上的荆棘丛灌木丛砍掉，只剩下树和竹子，并把土挖松，让树和楠竹好长。那时，土地和山刚刚承包到户，农民们分到自己的山和土地后，个个积极性还是挺高的。珠月和妈妈、连月就吃带来的馒头算作中午饭。一棵倒下的竹子岔在一棵树上，珠月越拉竹子卡得越紧，她使出浑身的劲来，竹子更是纹丝不动。妈妈和妹妹也来拉，可还是拉不动，珠月劲用得太大，没拉好，就重重地摔在荆棘丛里，身上被山上残剩的树桩刺得好疼，她就干脆躺在荆棘丛里懒得起来。总是没法的，还不如休息会。当人绝望时，最好的方法是放弃，再休息一会。珠月都想哭了，她躺在山上，静静地看着阳光从树的缝隙之间漏下来，她眯缝着眼睛想：那天上飘浮的白云累吗？我在什么地方，我就像睡了一觉。吃完冷馒头后，珠月和妈妈、妹妹又继续往山上缓慢攀登了。忽然妹妹大哭了起来，原来她的头被毒蜂蜇了。连月抱着头哭天喊地，妈妈和珠月一时不知怎么办，忽然，妈妈吐了一大口痰到连月头上，听说痰可以消毒杀菌。连月的头发里面被毒蜂蜇了的地方肿起一个大包，她就坐在山坡上抱着她略显大一点的头，一直嘤嘤哭着，等到太阳西下，再和妈妈、珠月一起走七八里路回家。回家后，可怜的连月一想起被毒蜂螫的情形，她就说头疼。她的头疼了很久。

七月的天气，刚才还是太阳当顶晒得人皮发焦，这一会儿，倾盆大雨已经毫不留情地打得地下叮咚响了。茅棚里闹哄哄的，外面的公路上还间或跑来几个人，直往里面钻。老人们把锄头往地下一放，一屁股坐在锄头柄上，抽出烟来吸。妇女们叽叽喳喳，谈论着家长里短。珠月和玉莲坐在一边哄玉莲的弟弟。这是玉莲的家，仅有的一个茅棚。里面，一张破竹床，一把椅子，椅面上钉了一层皮革，另一把椅子的靠背已经没有了，一个吊着的蚊帐里面大概有一张床。唯一值得称赞的是一个很标致的灶，做得很巧，很科学，又洁净，使人想起这是一个人家，似乎是一个很温暖的家。玉莲的爸爸，是她的后爸，正在给新搭的砖瓦坯盖上尼龙布，免得让水冲坏。去年冲坏了一批，几个月吃不上饭，东借借，西挪挪，也不知怎么挨过了那些日子。雨停了，也看都要快十点钟了，珠月又和妈妈上山了。珠月扛着锄头，她只有十二岁，玉莲九岁，珠月想，我有饭吃，可以上学，虽然在暑假还要跟着妈妈到老远的地方来挖山、挖地、割黄豆、翻苕藤，也许一个经过这里的人会说，这个伢儿真可怜。有时说不定珠月还要带一根竹子，从山上一直搬到家，七八里路呢。可珠月却总是同情玉莲。玉莲家的人只吃两餐饭，每餐一碗。家里没吃过油，没吃过肉。可玉莲不知为什么竟长得那么水灵灵的，略显胖的脸上时常透着一种忧郁的神情，头发有点卷，多可怜又可爱的小姑娘。玉莲抱着弟弟，无可奈何地哄着，一点办法也没有。珠月帮她在水井里洗尿片，打水。玉莲的妈妈看来身体很好，大概是天知道穷人生病也没钱治。玉莲在烈日下摘茶，一双小手指头，黑黑的，头发贴着前额，正午过了还没回来。一斤茶只有一角钱，她还是那么一心一意无怨无悔地去摘着。她希求什么，她只有一个心愿就是去读书，但家里供不起。看着上学的小孩一个个笑着跳着成群地上学，她时常站在田埂上，一边扯着猪草，眼泪也不自觉地流出来了。她时常望着一个地方，一动不动，不知她在想什么，一个小心灵在想什么。珠月还对玉莲妈妈爸爸讲道理，一定要送她去读书。她当时觉得自己好大，现在再想想那时她也不过十二岁，她都觉得她是大人了。

珠月当时不明白玉莲一天吃两餐饭怎么还长胖，现在才知道，因为一天吃两餐饭，脂肪都储存起来了就长胖。有时候，玉莲带珠月到一座山上去摘李子、野桃，拖毛刺，珠月帮她拖，她在珠月的后面跑着。珠月想，小妹妹，你永远跟着我吧。珠月时时带一点东西给玉莲，给她一个发卡，两个馍，几个西红柿，几颗糖。那时在珠月的眼里这些东西还挺贵，后来她后悔为什么不多给她一点，即使自己不吃。

一天早晨，珠月正在写日记，昨晚看了《海囚》的电影，今天正在为民族败类而义愤填膺呢。夏天的早晨令人心胸开阔，空旷旷的天地，习习凉风吹着。妈妈和香草二娘她们正在谈论昨夜的事，说是玉莲家来了一伙强盗，不是来偷东西，而是要玉莲爸妈交出姐弟俩中的一个。珠月听了一股怒气冲上来，岂有此理，光天化日之下竟还有如此胆大包天的事？后来听说那伙当地人是要赶玉莲一家人走，因为他们瞅着玉莲家的砖窑。玉莲的爸妈本是湖南人，他们是一边走一边看，就流落到那个依山的地方了。

果然，玉莲一家过了几天就走了。珠月当时不知道，那时山也挖完了，珠月好久都没到那个山外叫“大石龙”的地方了。第二年暑假，珠月和妈妈照例去挖山，却只见一个空棚，里面可怜的一点东西都没有了。珠月这时像是不知道玉莲家已经搬走似的，她感到很凄凉，像失去了什么。跑到井里一看，水都浑了，她的眼泪不由自主地掉到井里了。珠月想，她是我的妹妹，假如我有钱，我就会供她读书，让她穿上最漂亮的衣裳，不要住茅棚，不要担惊受怕。可是，有什么用，我一无所有，和你一样贫穷，两手空空，放假的日子面朝黄土背朝天，和祖辈一样。妈妈的腰累得直不起来，只能在那个弓形的状态里停一会儿才能伸起来，珠月则干脆躺在黄土地上，拿一顶草帽盖住脸蒙头大睡，日头在天空照着，珠月的眼前一片金光闪闪。阳光虽让大地如此酷热，可珠月仍然喜欢在烈日下躺着的感觉，那种感觉就像在惨烈的酷暑之下心中仍怀抱一缕希望阳光。

珠月记得玉莲对她说过，别人家的孩子欺负她家，把沙子、土块、烂牛脑壳往她家饭锅里、床上扔，把她家破窑上的几根南瓜藤扯去喂猪，把什么椅子（只不过是三块木头一扎）、破毛巾、茶壶都抛到井里去，把她家棚子上的茅草故意捅一个窟窿，下雨时，家里就成了泥塘。他们当着人面，踩砖胚、瓦坯，口口声声对着她老实巴交的爸爸说：“滚蛋，滚蛋。”玉莲见他们踩着他们家赖以谋生的砖坯，九岁的小姑娘奋不顾身地斥责她们。她的继父却一直埋着头整理着他们踩坏的砖坯，一句话也不敢说。珠月当时很为玉莲的愤怒指责动容，谁敢惹地头蛇，玉莲不怕，她像个小大人似的抱着弟弟，说话的语气就像大人，坚定的脸庞上挂着泪滴。

玉莲每天起早贪黑去茶山摘茶，她一般都是赤着脚。珠月有时帮她摘，她也经常摘得手指头黑乎乎的，又一起拿去卖。每天回家，玉莲都把卖茶的几角钱交给妈妈。

珠月想，玉莲如今流落到何方了呢？她长高了吧，她家的生活是否能好一点呢？她还记得我吗？她走过多少地方？肯定也碰到好多像我这样的姐姐。她还记得玉莲给她吃的黄灿灿的锅巴，真好吃，多么香啊，珠月觉得这是她吃的最香的锅巴。她摘的“泡的”是多么晶亮，多么甜啊！她看到我和妈妈拿着锄头走来，是多么欣喜地跑来对我们说她小弟弟的事。珠月因为哀伤，只能在喉咙里唱出低低的有气无力的歌，那歌声叫人想起哭泣和呜咽。想抑制它，却又不愿屈服于生命的孱弱。

珠月想念着玉莲带她去捡山上的针叶，去寻找荆棘中的野桃，去采摘亮晶晶的成串成串的“泡”。虽然和玉莲交往不多，珠月心里一直都有一个摇着弟弟、在灶台边烧火的小女孩的影子。她的无忧的快乐，她的不符合年龄的沉着，她不能读书的可怜，都让珠月久久未能忘怀她。她曾想赚钱给她读书，虽然十二岁的珠月根本就不可能赚到什么钱，可她确实想过。玉莲一家走了，玉莲却留在了她一生的记忆中。

珠月想起她九岁时遇到的一个烧炭的男孩。珠月当时也想，要是自己有钱多好啊，她可以出钱供他上学。从珠月的家到水库堤坝的路上有一个烧炭的，他有个八九岁的儿子，没有书读，只能跟着爸爸烧炭，那个小男孩全身都是黑的，衣服脏得比别人家的抹桌布还要让人看了难过。他蹲在一个窑前，正在烧炭，虽然是冬天，还是穿着一件单裤，两只裤脚的膝盖那儿都有一个很大的洞，一只里面露出狰狞可怕的肉和骨头，那个孩子膝盖上的冻疮黑黑的，就像那孩子的脸一样。他不爱说话，只是看着你，听你说话，高兴时脸上会露出心里的暗暗的笑意。九岁的珠月在挑砖时递给他一个馒头，他用黑黑的手接了后，就往嘴里塞。珠月和妈妈挑砖走了，他就把那些烧好的炭码好。当他用小手去擦自己额头上的汗时，他的脸上随即涂满了乌漆墨黑的炭。

九岁的珠月和妈妈挑的砖是一样多，一边两块。那时她觉得很正常，反正自己似乎也挑得起。现在再回头一看，觉得不可想象。她现在看九岁的孩子，怎么可能挑得起和大人一样的重量？妈妈都只能一边挑两块，我怎么能和她挑得一样多？现在就此事问妈妈，妈妈说，那时就把你当大人一样。

男孩既没有痛苦的表情，也没有为贫穷所迫的忧郁的心情。他木木的，似乎还是无忧的，隐隐还含着一种童稚的快乐。他拐着脚走来走去，似乎腿也不知道疼了。他和他爸爸每次回老家，再回到这里烧炭都是靠走，要走一天才能到，就是为了节约那几元钱。珠月很想给孩子几元钱，让他和他的爸爸不要走路，可以坐车，她知道自己拿不出来那几元钱。她看着男孩拐着脚走来走去，膝盖上的伤就像枯树上一只很大的疮疤的眼睛在张开着。她站在那里看着男孩很久很久，抑制了自己想流泪的感觉。

那个男孩有些像后来珠月看的莫言小说《透明的红萝卜》里的黑孩，很让人怜爱的样子。小时候，珠月认为读书是最幸福的事情，当她看着吉紫姑姑、粒儿姐她们背着书包上学时，不知有多羡慕。那时，她在爷爷的教导下会识数，但还不会认字。有一次吉紫姑姑指着一个“不”字给她认，她并不认得，就说“不……”，意思是“不认识”，话还没说完，吉紫姑姑说：“你好聪明啊，都会认字了。”这次表扬让珠月的心里很受用了一阵。在当时，农村孩子未上学之前能认字是很少的。珠月有时目送着她们背着书包蹦蹦跳跳地上学，不知多么渴望能快点背着书包像她们一样。等到珠月上学了，凭着爷爷教给她的一点识数知识，在报名时就很出名了。在上学之前，妈妈就经常要她在众人面前数数，常常得到大人的一片夸赞。金桃表姑结婚时，珠月记得她也跟着妈妈一起去了，新娘站在凳子上，从箱子里拿出糖分给大家之后，不知谁就要珠月数数，给了她很多小棍子，她愣是把它们数得清清楚楚。那时候的孩子发蒙晚，能在五六岁数得清那么多木棍子已很不易了。

暑假在大石龙挖山每天早出晚归。下暴雨了，珠月和妈妈一人搬着一根竹子拼命往家赶，中途在路上的一户人家避雨。那个人家的灯光在珠月的回忆中特别明亮，就像一个惊慌失措的人，一个逃荒的人遇到了一个安全的有人情味的暂居之地。那个晚上的雷电真是猛烈，一路上珠月加快着步子，当电光一闪一闪地在头上猛烈地炸开时，她心里默默地祈祷着，雷千万不要打到我啊。那时候，家乡正传说某某被雷击死了。等到珠月回家时，她心里舒了一口大气。那个晚上的雷雨是她见过的最凶险的一次雷雨，也是最富有诗意的暴风雨，有高尔基所描写的暴风雨里的海燕那样的美丽。因为一路上珠月都是被壮丽的电光照着回来的，她没有经受黑的可怕。当雷光像刺电一样闪耀时，山边的竹子树木就罩在一种惊险却又是瑰丽的银色中。她肩上扛着竹子，和肩上扛着竹子的妈妈相互说着话，以表示对彼此的鼓劲和抚慰。母女的心从没像那一路上那么贴得近。妈妈对珠月说，不怕。珠月说，妈妈，不怕。等到回家了，就是回到温馨亮堂的天堂了。

挖竹山是一件很辛苦的事情，小小的手挥着重重的锄，珠月一直埋着头和妈妈往上挖，只希望挖的地方一截截地升高，一截截地平坦，周围的荆棘越来越少，能快点挖完，就可以回家不用第二天走这么远的路来挖山了。回想一路走去，两边都是山，山上有茂密的树林和竹林，路边也是绿树成荫，有的地方是稻谷腾碧浪，苕藤地青青绿绿的，不仅回忆起来很美，就在当时珠月也是流连忘返。山上有几棵板栗树，结着毛茸茸的板栗，珠月用棍子打下来一些，剥开吃。以为板栗都是种的，没想到山上也有。砍竹子不很累，累的是搬运的过程，一根一根地拖下山，又把它搬到公路上，放在一起，让汽车来拖。搬到公路的半途中，有时就着沟里清凉的水捧几把喝，又继续往下搬。从山上怎么把竹子弄下山是要有水平和经验的。有一次珠月和爸爸、大妹一天下来已是累得不行，才搬了少量的竹子下山，那次是在“黑坡”水库边砍竹，后来看见社济哥把竹子一路溜下山，让竹子在竹子上滚动下山，这倒是一个省力的好主意。社济哥从山顶上先放下一些竹子，让另外的竹子顺着开始放倒的竹子自觉地往下溜，径直就溜到水边上，再把它们扎成竹排划回家。这个方法需要有一定的坡度才可行，否则，竹子滑着滑着就会集到一起动不了。珠月姐妹看到社济哥如此高超的运竹子技术，都问爸爸，怎么我们不这样运竹子。爸爸因为上山做事少，他们砍的竹子也少，就没想到。

第十四章

珠月爸平生最反对种菜之类，说是不值钱。他有雄心壮志却一生无成，小事看不中，大事做不来。他不但从未种过菜，连菜园都没去过，他不知道他家的菜园在哪儿。只要珠月妈种菜挑粪，他就要讥嘲呵斥她。他不喜欢做农村的活，认为没价值。仅有的几次，珠月爸和大女儿、二女儿一起去砍楠竹，一天下来砍不了几根，几乎总看到他坐在一旁抽烟休息，要是别人家的爸爸都不知砍了多少了。

去砍楠竹要坐船，柴刀掉进水里了，连月要去捡，差点掉了下去。爸爸急忙把连月拉住，慎重又严肃地对她说："崽啊，在任何时候，东西都是小事情，人是大事。"爸爸当时那个非常慌忙、迅捷的动作珠月现在还记忆犹新。爸爸很疼她们，只是他确实不喜欢做这些在他看来没价值的事，家里的事自然就落在妈妈和珠月姐妹身上。珠月爸在企业做会计却是从未出过一分钱的错。爸爸做事粗中有细，他看似大大咧咧，其实不知心里多有数。他做生意，别人打给他的欠条，他清得整整齐齐，并且非常严厉地不让家人动。一次，珠月爸贩煤赚到了一千一百多元，又有现钱，那还是1980年，他立刻把钱交到他妻子手上。不过，第二天他又拿去了，他得有资本再去贩煤。钱只在妈妈手上温暖了一天。珠月爸从未一次赚过这么多钱，那天，他的声音更大更响，珠月妈也跟着丈夫眉飞色舞，家里气氛热烈，连灯光都更暖融融了。珠月家里经常都有暖融融的灯光，爸爸憧憬未来的言语总能激起全家对美好生活的向往，妈妈一点小事都能让她快乐起来，孩子们都是那么懂事孝顺。

珠月爸喜欢说大话，这与他的雄心壮志有关。他经常说姜子牙八十岁出山，他总慨叹自己运气不好。有一年夏天晚上珠月在外面竹床上乘凉，她听见爸爸在房间里对人说："要是我掉了二百元钱，我根本就不当回事。"那是二十世纪七十年代，二百元钱是很大的一个数目。也许他只是为了表明自己的大方，珠月当时却很担心爸爸会不会因为不在乎把钱弄丢。真是白操心。珠月以为爸爸是那么大方，可有一次她发现并不然。有一根很短的甘蔗头掉进小店门口的沟里，爸爸却把手伸进去摸索着把它找出来。爸爸原来是一个很节约的人，他的心地非常善良，热情却又是不浪费的。

看到一大堆人在老奶奶堂屋里聊天，只要身上有烟，珠月爸就过去把它发光。他想表现自己是大方的，因为他认为小气是一件很羞耻的事情。他分不清节约与小气的区别。珠月爸有次见禾月的男朋友孟辉把一双已经穿破的拖鞋仍然捡在袋子里带走，说留了以后穿。珠月爸头直摇，并且还带着一点莫名的伤感和隐痛，意思说他小气。珠月说："爸，那叫节约，不叫小气。孟辉节约是一种美德，他不乱花钱，但钱都花在正事上。你呢，一辈子，连妈妈做几个柜子都要反对，外面下大雨，房间下小雨，瓦也不检修。连做两间新房子都是妈妈背着你做的。"那时，珠月爸在企业，珠月妈就做起了柳树湾第一栋新房子，如果爸爸在家，定是要被他阻拦掉的。

珠月爸认为小气是最拿不出手的事情，就像珠月妈认为吃得多是件丑事一样。半点道理都没有。不过，珠月想想自己，还真受了很大影响。珠月在卫校时，每餐吃三两饭，她的同学大多是每餐吃二两饭。一天，珠月去打饭，食堂师傅估计认识她，还没问她，就问是不是打三两，好像还在意味深长地笑着，珠月吃完饭，心里还在气那个师傅，觉得师傅羞辱了他，她在心里骂那个师傅。她都气得要哭了，就像初中时来例假，她在厕所里忽然发现她的英语老师看见了她，她羞得眼泪都要流出来了，连说自己今天怎么这么倒霉。珠月虽然觉得节约是美德，她也在无意识中看不惯那些小气的人。

修奶奶对珠月讲珠月的老爷爷怎么节约，怎么小气抠门，说是给珠月爸的饭就蒸得硬些，叔叔的饭稀些，姑姑的饭就更稀了。看到谁家冬天没棉袄穿了，也不同情别人家、把自己家多的棉袄给别人穿。珠月不太相信。老爷爷给予珠月的印象全是美好的。珠月大概两岁后就和他睡，他每天晚上都有好东西给珠月吃，一般是糖，各种各样的糖，花花绿绿的。有时就用红糖调红薯粉给珠月吃，珠月现在都觉得是人间美味，晶莹剔透的，好诱人的样子。几十年后，珠月从超市买了一斤多红薯粉，想冲成小时候老爷爷给她冲的那种晶莹透明的样子，没想到冲成了一堆白糨糊，觉得不对，又把它放在锅里用水煮，还是一堆白糨糊。妈妈说她冲，一定可以冲得成，没想到也不行。妈妈说："现在的红薯粉都是假的。里面一定掺了米粉什么的。”老爷爷那时经常教珠月数数，数到多少就给她多少糖或蚕豆吃。也许是珠月的爸爸太大方了，别人一对比，就觉得珠月的老爷爷小气了。

珠月不认识她的爷爷。她的爷爷听说二十四岁时就病死了，那时候珠月的爸爸还只有一岁。认得他的人都说他一表人才，就是很犟。他本不会死的，有一次他在旁边看别人抹牌赌博，派出所就把他也顺便抓去了，珠月老爷爷很气，不给他送衣服送被子。湖北的冬天异常的冷，珠月年轻的爷爷赌气不过，不睡床偏要睡在看守所的地上，这样他就得了急病死了。老爷爷的命很苦，三十多岁丧妻，怕他的儿子受委屈，一直未娶，老年又丧子，只剩下珠月爸这棵独苗，不知多娇生惯养他。

关于老爷爷，珠月有很多温馨美好的回忆。有一段时间老爷爷在煤矿住，可能是柳树湾淹水了去住的，水退了他还没搬回来。每天晚上他要背着珠月到煤矿的棚子里去睡，那时，珠月应该是五六岁。珠月清楚地记得每次她都需站在桌上，让老爷爷背着，他那时有七十岁了。老爷爷每天晚上睡前会从一个盒子里倒出几颗糖果给珠月，每天晚上珠月都有零食吃，吃完了再睡觉。老爷爷总是在床旁放一个竹筒子，一个饼干盒之类的，里面全是装的零食。糖、饼干、麻块、红薯片、米泡等。灯光温暖明亮，这是珠月记忆中温馨的一部分。

珠月清楚地记得，那年她快要过七岁生日了，老爷爷要她去打酒，并说会在茶壶里煮一个鸡蛋给她过生日。珠月拿着老爷爷给的一元钱和一个酒瓶子就去打酒了，走上公路时，珠月不小心把酒瓶子摔破了，她把碎瓶渣子捡起来埋在公路旁边，又回去拿了一个空酒瓶。中途她把酒瓶暂时藏在一个小树丛里，去做一点别的事，回来后就从小树丛里拿出酒瓶打了酒，也吃上了那个生日鸡蛋。当时的家乡比现在还美，打酒是从煤矿的小卖部里打，从家里到煤矿小卖部的那一小截路，中途有一个水塘，水塘边全部开的是野玫瑰。

每年队里打鱼时，池塘旁边总是围着很多人，打出了很多鱼，珠月印象最深刻的是红鲤鱼。红彤彤的大鲤鱼往岸上直扔，那种红鲤鱼和池塘旁边的野玫瑰花相得益彰，以至于在珠月的脑中一直都有一种印象，就是粉红玫瑰和红鲤鱼构成的一幅乐园景象。珠月手里拿着一支竹竿，每一个结疤那里都插着一支粉红玫瑰，那根竹竿上的野玫瑰拿在珠月的手上让珠月感到自己是万分美丽、悠然、喜乐的。虽然打鱼的人中没有自己的爸爸，她也没有哥哥可以打鱼，但是她知道这个鱼塘是全村的，每家都能分到一点鱼。珠月被这种喜乐的情景熏得跑来跑去。从此童年池塘边的粉红玫瑰成为珠月心里的一个欢乐景象。一直到现在，珠月都在回忆和怀想那个后来被填平了的水塘和水塘岸上的野玫瑰。

上小学之前的回忆是点点滴滴，朦朦胧胧的。珠月穿着一件蒙在胸前的白底带花的漂亮蒙兜到外婆家做客，半夜十二点了，还是不习惯在外婆家住，吵着要他们把她抱回家。大人们经常在一起开玩笑说："你是大水打来的，把你送到有钱人家怎么样?" 这时，珠月就会说："再有钱的人家我都不去，我就喜欢我自己的家。"他们说："真是金窝银窝不如自己的狗窝啊。"有一次，珠月记得她去拿食柜里的什么东西，柜顶上有个什么锤子掉下来砸碎了什么，她就跑到文奶奶家外面的石凳上坐着，似乎文奶奶家离自己的家很远，妈妈回来发现砸碎了东西批评不到她。实际上，从她家到文奶奶家也就一分钟的工夫。珠月坐在那个很大的石凳上，天色黑了也没回去，后来妈妈把她找到了才跟着妈妈回去。妈妈似乎并没提那件事。小孩子真可爱，以为那么短的距离有多长，就像小时候的山，现在看来是多么的小。那个石凳前些年还在，后来不知谁把它弄走了。珠月觉得自己的童年似乎还留在那上面，真希望那个石凳还在，她一定会坐在上面安静地、好好地享受一下，仔细回味一下童年。

自从珠月读小学了，她渐渐变得"厉害"起来，她每天为家里做事，一天不做事连饭都吃不下，又不愿妈妈给她买衣服鞋子袜子之类。在珠月读二年级时，妈妈给她扯了一块的确良衣料，买了一双尼龙袜，记得尼龙袜是二元四角，她硬是要妈妈退回去，那时的确良布比棉布贵很多。她说得头头是道，振振有词，竟把妈妈说哭了，妈妈摆着手说："我从此再也不给你做衣服了。"说是这么说，妈妈给珠月做的衣服还是最多，因为她是老大，她穿小了，妹妹们可以接着穿。第二年，妈妈又给珠月买了一件十三元钱的暗红色毛线衣，珠月立即要妈妈退回合作社。那时珠月刚刚放学，在路上遇见妈妈，妈妈刚走出合作社大门就碰到珠月，妈妈没法，就把毛线衣退了。初中时，妈妈给珠月买了一双皮靴，二十五元，珠月也坚持要妈妈退回去。妈妈没法也只有退了。珠月只愿意要妈妈买的手表，那块手表四十五元，伴随珠月在卫校的三年。

家里好像是女儿做主，不是妈妈做主似的。妈妈的性格是世上最伟大的，如果大家都犟，家里就没法过了。爸爸是犟脾气，儿女们个个都犟，唯有妈妈就像是家里的和风，她的温柔、善良、宽容给了珠月很大的影响。

虽然妈妈说："你为什么总和我作对？"可珠月知道她每次在口头反对妈妈时，妈妈的一言一行都对她产生着很大有时甚至是绝对的影响。

珠月以往喜欢和人对着反着，并不表示她不赞成别人的意见，她好像总要表示自己有不同想法似的。吉紫姑姑总笑珠月说："你又'觉得'了。你一天到晚都是'我觉得'。"吉紫姑姑当时在读县高中，她最先发现珠月喜欢说"我觉得"，珠月自己都没意识到。

珠月的童年很多时候都是在楼上度过的，那时老爷爷还在。家乡正淹水，每年夏天都要淹一次水。家里有十双铜筷子，几对铜瓢羹，几只铜碗，一把大的铜锁，一个铜脸盆，一把铜饭瓢，一面铜鼓。老爷爷用铜碗给她用开水冲红薯粉，红薯粉亮晶晶的，很甜，很诱人。珠月曾背着那面铜鼓参加了湾里仅有的一次玩龙灯。这些东西家里早就一样不剩。老爷爷一次给珠月一升①豆子吃，珠月走在扶梯上不小心没把升子拿稳，那些豆子散得到处都是，叮叮当当地响着滚着往扶梯下面直蹿。想起那些散得到处都是的豌豆，珠月现在都仿佛闻到了炒豌豆的香味。她想着豆子往下直滚的声音和当时的情态，在她的回忆中竟然充满着阳光，使她感到很富足。那也是与芳香的童年回忆紧密联系在一起的部分。

放暑假的时候，珠月看见家里的猪棚漏水了，爸爸不在家，她就到山上砍苞茅，苞茅把小脸割破了一道道口子，她搬回了几捆苞茅，把猪棚的顶重新盖了一次。过些天，家里做的新房子要盖瓦了，读小学五年级的珠月就爬上屋顶盖起瓦来，她看着师傅盖瓦，一会儿就学会了。一直盖到外面已是一片漆黑，她说她还可以继续盖一会儿瓦。妈妈喊珠月吃饭，珠月说，还能看见。蝙蝠从房里窜到房外，蜻蜓蝴蝶都该回家睡觉了。

上学的一路上还可以看到别的生产队里成片的稻田在清风里飘荡。珠月一路上唱着自己即兴作的歌曲，觉得生活是那么多姿多彩，那么美丽。到学校了，他们在外面田野里自习，看着那些稻田看着小溪里的水，还有那些沿着溪水岸上学的同学，这哪里像是在苦读书，倒仿佛是享受人间极境。现在的孩子被学习弄得苦不堪言，珠月那时候读书从不觉得苦，除了上课、自习时间，平常几乎不看书，只做家务事，考试一般是第一。像珠月这样没被苦学累到，所以学习劲头一直都大。就像一个朋友说的，你那根弹簧还没怎么用，伸缩性大得很。我们的弹簧早被高中三年磨得没有什

---

① 装东西的木器，圆筒形，也有梯形等各种形状。

么弹性了，看到学习就怕。可想中国应试教育的害人，直要把人的一点天分一点灵性一点活力磨得殆尽。

十月，走过一片豌豆苗地，豌豆叶青绿绿的，上面结满了白霜。珠月摘下一片豌豆叶，把它放在阳光下照着，满心的欢喜充溢着她的心胸，还有像豌豆叶一样碧绿的希望也在阳光的照射下冉冉升起。这个时候的世界是未知的、可喜的、透明的，最重要的是充满希望的。希望就像前方的小路，在薄雾中蜿蜒前行。珠月手里捧着豌豆叶，眯着眼睛看阳光是怎么在豌豆叶上编织着一条条的七彩虹带。她脚上踏着白霜，甚至隐隐约约地听到脚底下踏霜的嚓嚓声，那种声音就像嘴里咔嚓一下咬断一个甜蜜的糖块，又像是脚下安着一个按摩器。等珠月脚底下噼噼啪啪地走到公路时，踏霜的嚓嚓声还在像按摩器一样柔柔地响着。

第十五章

自从珠月的爷爷早逝了，奶奶怕珠月爸受委屈没有嫁到外面去，就有一个陈姓的人到珠月家做上门女婿，也不知什么原因，那个人生下珠月叔叔之后就离开了柳树湾，回到他自己家去了。叔叔就放在珠月老爷爷家养。那个陈姓人后来结婚生了八个孩子，听说个个都很出息。珠月的叔叔和他们有来往，但没什么感情。后来珠月奶奶的姐姐给她做媒，嫁到一个很远的地方，那个地方很偏僻，在山沟沟里，人们都称那里是“石塔里”。也正因为奶奶嫁到那里，才有珠月自小到大一年两次的美丽神仙之旅。珠月奶奶因为不放心爸爸叔叔，经常是一个地方住一阵子，来来回回。那么远，“石塔里”那时还没通车。现在想起来也不是挺远，不过就是来回两个多小时，可在小时的珠月看来，太远太远了。虽然她一直盼着去。看到天木叔在那条路上走着，他说去那边接客①，不敢信，这么远！看到天木叔急匆匆地走远了，想，这里也会碰到家里的人！一路上，他们摘野桃吃，走过弯弯曲曲的小路，两边要么是山要么是田地，还有岩石。初二时，珠月班上勤工俭学就是在那条路上的山上割芭茅卖。

一路走过公路，当走到看得见飘着花圈的坟墓的公路那儿时，他们姐妹、堂弟几个就极力让自己不要仰头去看那几座新坟，低着头急匆匆走过去，等到差不多走过那儿之后，心里的一阵恐慌就撂下了，就像到了安全地带。

珠月和弟妹们快到石塔里时，村子里的狗就会叫起来，奶奶就会出来望，她知道是孙子孙女们来了。珠月他们已走在柏树底下，那棵柏树好大，应该有几百年了，树下常常拴着几只牛，他们要很小心，否则有可能踩到

---

① 青山乡人办各种红白喜事等，需要人去通知亲戚熟人来做客，谓“接客”。因那时电话还没普及，所以接客大多需要亲自去接。

热气腾腾的牛屎。每次，当他们走过石板路走到那棵大柏树下，就知道到奶奶家了。心里喘一口气，松一口气，终于到了。奶奶每次在他们离“石塔里”一里多路就知道他们来了，奶奶没有哪一次没有出来迎接他们的，说明奶奶早就在听着动静了。奶奶用手遮着太阳望着渐渐走近的他们，照样呵斥了狗，狗顿时也不叫了。那吆喝声里充溢着奶奶的自豪、骄傲和喜悦。奶奶呵斥狗时，珠月仍一如既往地听出奶奶这样的意思：“你还吼我的孙子，你是什么啊，有眼无珠，真是不懂摆。①”狗只好悻悻地走开了。

那棵柏树让后来的珠月想起《飘》里面的十二棵橡树，奶奶家的柏树大得可以在树下举行舞会，就像十二棵橡树的舞会一样。这种联想很奇异，可能是那里有枫树湾、柳林等很多让她想象的地方，就把那想象的地方与十二棵橡树的庄园联系在一起了。

当他们再踏着石板路，走到奶奶身边时，奶奶的喜悦是不言而喻的。她在“石塔里”生了姑姑和小叔，虽不寂寞，但珠月他们去，无疑是她最高兴的事情。珠月和妹妹、堂弟抢着给她打扇，挑水，奶奶忙不迭声地夸他们。堂弟季军最积极，经常得到奶奶的夸赞。珠月和妹妹也不甘示弱，不断地给奶奶打扇子，又是挑水又是打猪草。

晚上，奶奶经常在油灯下用小竹子编竹席卖钱。那时，奶奶家还没电灯。看着奶奶编竹席，他们也帮着奶奶一起编，奶奶说他们编不紧，就不让。奶奶白天种地，晚上织竹席，她做这些事的时候仿佛是一种乐趣，让珠月感觉发出铃声似的。当珠月半夜睡醒了，看见奶奶还跪在织着的竹席上，她的手飞快地挥动着长长的竹片，油灯照着她白了一半的头发。有一年收购站说竹席送来晚了，不收竹席了，奶奶只有把编好的竹席送给了别人。

外面的天井里下雨了，又是插苕藤的季节了，他们帮着奶奶剪苕藤。另两家的人也在剪苕藤，他们会在那里问奶奶一些珠月他们的事，对他们很关心，就像是对稀客。珠月感到很幸福。他们的口音很好听，婉转悠扬，不像她的家乡话，干脆，似乎有些粗鲁。经常会听到他们喊她的名字，很好听，似乎关怀也真挚了一些。

暑假会在奶奶家住一阵子，几天或者半个月。奶奶家的后面是看不到尽头的山，山上经常有野猪叫，听奶奶说有狐狸，珠月没见过。小叔经常

---

① 方言，不知内情、不识货导致言行举止等不恰当的意思。

打来几只山鸡，山鸡的羽毛很美丽，那时珠月会用它做毽子。奶奶家的前面是菜园和田地，菜园和田地的前面又是一望无际的山。珠月端着放衣服的盆子走过一条长长的光滑的石板路，光是这段路就让她流连忘返的。两边都是菜园，他们那一带的菜都种得特别好。瓜架上结满了扁豆、南瓜、冬瓜等，珠月看着心里就像花朵开放一样。到了一条清澈的小河边，那条小河的水应是陆水河流过来的。那里有几棵古树，绿树成荫，即使是夏天，也晒不到太阳，还有一股清幽幽的凉意。锤衣棒每敲一下衣服都可以听见山间传来的回音，清幽透彻，就像到处环绕着的山色一样。那种回声是带着翠绿的山水的，就像滴着露珠，不是干的，是湿漉漉青翠欲滴的，余音绕梁好像可以吃，可以醉。珠月有时忍不住朝着小河前边的山叫喊，马上就有回声，那声音和自己的一模一样。

有时珠月为了节约肥皂、洗衣粉，她会用桑树上的叶子洗衣服，桑树叶能搓得出泡沫来，听大人说可以当肥皂用。自己的家门外也有一条溪，因为旁边有煤矿，溪水有些黑，可旁边长的桑树叶却是绿幽幽的。溪边还有野玫瑰树，常常会开出粉红的花来，还有牵牛花、刺球花、牛蒡草等，后来那条溪慢慢干了，溪边的树木花朵早就找不到影子了。

小时候在奶奶家外面田野里，珠月经常会看到一个两个像是野生的香瓜，那时候，他们会欣喜若狂，把香瓜摘了拿回家，和堂弟们一起分着吃。好香啊，金黄的。那时香瓜还是很稀奇的，奶奶家偶尔会种，有时却没有。珠月没问奶奶是怎么回事，只是记得一次奶奶和小叔拿出一个黄澄澄的香瓜用刀打开，里面是黄黄的瓤，香瓜在珠月的记忆中比现在的香多了。自那以后，珠月就认为香瓜是较为稀有之物。奶奶家种那么多的菜，为什么不多种香瓜呢？而且小时候珠月不明白的是，既然人人都觉得西瓜是好吃的，为什么不种西瓜呢？她曾经把吃的西瓜的籽种在土里，发了芽，长出藤，却没见结出西瓜。记得奶奶把珠月摘的那个小香瓜削给珠月吃时，还不让小叔吃。小叔每次都和珠月抢东西吃，奶奶总说他不懂事，长不大。一直到现在只要一看到香瓜，珠月就会想起童年在奶奶家里吃的香瓜，有时候并不觉得香瓜特别好吃，但还是会就着童年的回忆津津乐道地吃完。

七岁时，珠月和奶奶到一个地方去，那个地方离奶奶家有些远，要爬很高的山，那地方的名字她忘记了。五家岭大队的人都是把编好的竹席子和扎好的苗帚挑到那儿去卖。珠月听见有一个亲戚问奶奶她上学没有，奶奶说马上，她说就在我们这里上吧。她的声音很好听，她是奶奶的外甥女。

直到现在珠月仍想到那个地方去看看，看它和童年的回忆有什么不一样。

每年过年和暑假，珠月他们几个兄弟姐妹都会到奶奶家。他们拜年一般都是正月初四去，拿的东西不多，各家每次四样东西。一般是：一斤白糖，一盒云片糕，一盒麻糖，一盒雪枣，加起来不过十几元钱，可奶奶却说太多了，说他们爸爸妈妈负担重，不容易。有一次，连月回来给妈妈讲奶奶要季军和她睡一头，不要她和她睡一头，妈妈听了很伤心，哭得不行。那时珠月弟弟还没出生，珠月妈无疑认为奶奶是重男轻女，心中自然感到委屈难过。珠月爸等下次奶奶来了，就为这事大发脾气。这件事珠月不知道，她有些不太相信，也不记得有这事。他们姐妹从来都是一起去奶奶家的，珠月不可能不在场。奶奶对他们都是一样疼，怎会重男轻女？她甚至有点认为大妹是多想了，有趣的是大妹把这件事告诉妈妈，此事更增加了一点趣味。因为妈妈后来每次说这事的时候，她说她当时因为女儿伤心委屈“哭得要死”。

珠月妈和婆婆的关系非常好，奶奶把金戒指、金耳环、银手镯、银元等给了珠月家，叔叔、姑姑们也给了一些，据说珠月家给得最多，因为她最喜欢珠月妈。奶奶得的是甲状腺肿瘤。她脖子上有一个肿块，一直都好好的，跟着她有二十七年，这一个多月来，发现脖子上的肿块长大了。小媳妇不让珠月奶奶从米桶里舀米煮饭吃，伸手抢过她手里的米瓢。珠月奶奶怄气，脖子上的肿块就恶化了。奶奶由姑姑带着来市医院找珠月，珠月带奶奶看了病，医生说已恶化，不能动手术，就开了些中药回去煎着喝。珠月带奶奶到照相馆去照了相，相片上的奶奶已脱了形，一个月奶奶就瘦得像一个被癌细胞侵蚀的人了。医院旁边有几个算命的老先生，奶奶说去算算命。算命的老先生眼睛看不见，奶奶报上生辰八字后，算命先生掐指算了分把钟，说：“您老人家打不过今年阴历九月。”当时刚刚进入阴历九月，珠月和姑姑都不信，也不愿意相信奶奶会死。奶奶回家后，吃了开的中药，还输了液，可奶奶的精神一天比一天差，人一天比一天瘦。奶奶去世前一个月一直都是珠月妈陪着睡，珠月妈也不嫌脏，奶奶是甲状腺肿瘤，呼出的气很多人都怕，可珠月妈不怕。奶奶像算命先生说的没有过阴历九月就去世了，那时离奶奶去市医院找珠月看病隔二十余天。

小媳妇在珠月奶奶去世后，得了一种奇怪的病，大热天，她穿着棉袄，还冻得直哆嗦。珠月的小叔带她到珠月的医院看病，幺娘说珠月奶奶要害她，她很害怕。珠月知道幺娘是心里有鬼，奶奶的甲状腺肿块恶变与她的不孝顺有直接关系，所以她很害怕婆婆来找她报仇。好在小叔特别体贴老婆，对她无微不至地关心呵护，珠月姑姑还帮弟媳请人驱邪。也没人怪她，因为一大家媳妇女婿中她读书最少，都认为她是无知懵懂糊涂。几年后，小叔的老婆慢慢好了，夏天也不穿棉袄，也不冻得直打哆嗦了。

彩溪姑姑嫁给了她的表哥，他们感情很好。不过，生的几个孩子，第一个一生出来就死了，第二个个头较小，聪明，第三个女孩很不会读书，读了几个一年级，第四个个头不小，眼睫毛特别长，还很帅，也不会读书。彩溪姑姑却非常疼爱她的几个孩子。珠月妈一般是把好吃的留给客人，姑姑也把好吃的留给自己的孩子。她给珠月姐弟妹夹菜时也给她的孩子夹，珠月妈却是在弟弟夹肉时就会说他不该夹，要给客吃。

彩溪姑姑很疼她的这几个侄儿侄女，她知道过年他们大约总是初四、初五或初六去，她那几天就总出来望他们。他们到奶奶家时可看到姑姑家，如果是拜年，一般先到奶奶家，再转回来到姑姑家。想到姑姑已于两年前去世，当时因为赶博士学位论文没能去参加她的葬礼，珠月心里到现在都遗憾万分。姑姑家菜园里的辣椒、茄子、豆角等都是成串成串的，而且个头很大，又多。珠月爱看菜园，小学时，她每天中午放学要到古山菜园打一转，下午放学回来后，她又去打一转。

珠月站在古山菜园上，望着家乡的风景，心想怪不得爸爸总说全中国只有家乡最好。爸爸所谓的家乡最好是指家乡山上的竹子树木都是自然长的，可以“不劳而获”地卖钱。不像山外人家，面朝黄土背朝天，一年卖谷子卖不了几个钱。珠月觉得家乡好是觉得家乡的风景美，家乡的水库可以网鱼，山上的竹子树木可以卖钱。她喜欢的和爸爸喜欢的不是一样的吗？都是家乡的风景，山和水。很多事情，珠月后来体会到爸爸说的每一句话都像真理，不由得不佩服爸爸。

每次当爸爸对着客人夸家乡是全中国最好的，珠月都觉得为爸爸害臊。她长大了，走过很多地方，才知道爸爸的话不算错。爸爸不但喜欢夸赞家乡，还喜欢贬低别的地方，这一点经常遭到珠月和妈妈的反对。“你说你家乡好，没人封住你的嘴让你不说，你怎么要说别人的家乡不好？”珠月妈笑着说要去拿胶布把珠月爸的嘴封住，珠月爸歉意地笑笑，仍然对着那个给他家锯木板的湖南人说：“你们那个地方很穷啊，听说外面讨饭的都几乎是你们那里的。”他见游黄来追珠月，就问他是什么地方的。当游黄说出他家乡的地址时，珠月爸说：“那个地方都是靠做竹篮子、削竹片过日子，很多你们那个地方的人都挑着竹篮子、簸箕到我们那里卖。听说那个地方的人连饭都吃不饱。”他都忘记自己家乡不也是产竹的吗？只是少有人做成竹制品，都是整根成车地卖。提着竹篮子卖在珠月爸眼里比成根卖竹子要穷得多。游黄见珠月爸对他没好感，就赶快给他点烟，珠月爸却异常不热情又显得精明地不让他点。平时，他对一个小孩子都客客气气的，更别说别人帮他点烟了。

那几年的菜长得特别好，珠月天天去看，都把菜看得也希望自己快点长，好让珠月高兴。想起黄昏时，和妈妈妹妹一起挖菜园的情景，多美啊。真不希望人生中有痛楚，让妈妈妹妹包括她自己去承担，人生中他们已有如此的憧憬和美丽，就不要让伤心再去袭击已经领受和懂得美好和感激的生命。

珠月奶奶一生结过三次婚，命运曲折。当她去世时，珠月看着她床底下堆的柴火，黑黑的没有光线的房间，觉得生命就是那样的卑微。奶奶就这样不声不响地走了，她甚至没有过一天在现代人看来是真正享受的日子。珠月眼睛长久地盯着那座古旧的房子，它甚至不如奶奶以前住的可以搭床睡觉和烧火做饭的那间房子。那间房子还有些亮光，里面由高低不平的大石板铺成，房后面有一个捣米的石臼。小时候，珠月最喜欢那个石臼了，没事就在那里捣来捣去的。奶奶经常在石臼洞里丢一把可以做酒曲的草，他们都争着帮她捣。珠月对奶奶说：“安岭 dia，我最喜欢你家高低不平的大石板和这个捣米的臼了。”奶奶笑着说：“这是老古董，有么喜欢的？”珠月也很喜欢奶奶家有把的小巧的油灯，对于古物，她有一种不自觉的喜欢。奶奶是不懂珠月的这种喜欢的，奶奶喜欢现代的东西，油灯哪有电灯方便？石臼捣米连她都不用，她也只用石臼来捣胡椒、酒曲草了。石板铺成的房地哪有水泥地平整？

小时，珠月一直都认为奶奶家就是地球的角落、尽头，到了她家，就不能继续走了，只有往回返才有路才有人家，一直到现在她做梦只要什么事到了奶奶家，那件事一般会泡汤或有挫折。其实，珠月小时候在奶奶家出发，继续往前走，那里有一条河，是鼎鼎有名的陆水河，河里有一个岛，岛上有一个果园，里面种着橘子梨子等。珠月印象深的主要是梨子，好像也有苹果似的，按说南方很少种苹果。珠月记得只要进了果园，你尽管吃，不要钱，梨子堆成山一样。珠月觉得那个地方真像是人间乐园。后来她似乎也去过几次。因为奶奶家的前方主要是一条河，按照珠月的无意识，她是不是以为那条河通向的都是没人家的地方呢？她很少思考过这事。再早一些时候，她常常和妹妹坐在柳树湾石拱桥的旁边抓子儿玩，那种用布装着沙缝起来比拇指稍微大一点的正方形样的子儿，每次抓时需用五颗，手翻来覆去地把子儿颠起来又抓住。珠月抓得特别快，而且是用左手抓，她“跳房子”① 也是用左脚跳，写字拿筷子用右手。那时，她常常望着奶奶家的方向，可以看到天安门一样的树木排列，听说是森林发火把那一片大树林全烧了，又栽了很多树。后来杉树全长起来了，根根都直，排列得很整齐，很高，珠月想，那一场火虽然烧得可惜，可现在的杉树林确实很美。珠月相信人们说的，那里是发大火了，可是她心里却一直都觉得是天上的火烧云烧毁了那片原始树林。

珠月几次看到奶奶家方向的那片天通红一片，那绝不是真的发火了，天上红的就像下面的山在呼啦啦地汹涌燃烧着。珠月想，奶奶家的树林着火了，虽然着火已经是早几年前的事了。珠月几次看着那片着火的天空，把天都红透了，她以后再也没有看过那样红透了的天，仿佛几十万几十亿的树木堆在那里燃烧，好像要把那片天烧透。

现在想想别人称奶奶家那里为“山旮旯”是不准确的，既在陆水河旁边，陆水河又是通蒲城县城，通到长江的。奶奶家其实比柳树湾那儿交通更方便。奶奶家属于五家岭大队，五家岭大队以前属于青山公社，他们以青山公社为中心，再加上路途远，交通不便，就被青山乡政府旁边的人称为“山旮旯”了。珠月很喜欢奶奶住的“山旮旯”，那里在她的心理上是安全地带，因为那地方是她心目中的一个远方。湾里死了人，她怕得很，一到奶奶家她就不怕了，她就以为到了另一个鬼魂到不了的世界。外面也照样是黑咕隆咚，山上还有野猪号叫和不知什么动物发出的凄厉声音，只要和奶奶在一起，珠月心中荡漾的全是安全和温暖，就像她从这间房到另间房手中提着的油灯一样。火焰虽小，却是温馨的，可以包裹整个心灵。

“石塔里”只有三户人家，客人极少。奶奶一年就两次盼着她的孙子孙女们去，从来没有哪一次不是听到狗叫、随后就是奶奶出来赶狗。珠月想奶奶一定喜欢听狗叫，平生最怕狗的珠月也一定不担心奶奶不会出来接他们。这甚至是他们去的一种仪式了。夏天，珠月欣喜地踏着青石板，望着青石板旁边奶奶种的菜园里碧绿的青椒、黄瓜、豆角，她内心的快乐真

---

① 一种单脚跳的游戏。

是无以言喻。一到奶奶家，珠月就要去菜园摘辣椒、茄子、南瓜，到处都是，挂着的，躺着的，看得喜欢菜园的珠月摘了好半天，还不想走。她在菜园里走来走去，怎么也看不厌。一会儿撩起辣椒树，一串串的辣椒，一会儿撩起茄子树，一串串的茄子，那么大的冬瓜躺在地上，像一个大枕头，好多个黄南瓜挂在瓜棚下，让珠月和妹妹心花怒放。单为了看奶奶的菜园，珠月觉得走十几里路都值得。

奶奶很疼孙子辈，对于爱情，珠月猜想她很可能是那种善于忘却的人。珠月记得爸爸有一次对奶奶大声而不满地问："我爸爸的坟你知道在哪儿吗？"意思是奶奶不知道她的丈夫埋在哪儿。爸爸不是也不知道他的父亲埋在哪儿吗？爷爷的坟还是几年前珠月找大伯找到、确定的。爸爸称不上一个好儿子，对奶奶发脾气次数太多。奶奶去世了，爸爸写了一篇很长的文章，感动得珠月眼泪直流。

珠月爸很有文采，只是时运不济，所以他就把不平发在最亲的亲人身上。刚结婚的那几年，珠月爸对珠月说："余清对你发脾气，那是因为他把你当亲人，脾气不发在亲人身上，发在谁身上？你看，我就一年四季找你妈发脾气。"

七岁时，珠月在奶奶那里住了几个月，该上学了，妈妈说这次是珠月在五家岭住得最长的时间，可在珠月的记忆里，她以为她是奶奶养大的，几个月的时间竟让她对奶奶有着非同寻常的感情。一次，奶奶出去做农活了，珠月就在一条板凳上睡着了，跳蚤把她身上咬了很多包块，奶奶回来了，心痛地、不停地说："哎哟，把我珠崽咬得这么可怜。"奶奶一直喊珠月为"珠崽"，爸爸也是这么叫他们姐妹，应该是跟奶奶学的。珠月现在喜欢喊女儿为"宝崽"，估计是跟爸爸学的。

奶奶送珠月回家读书，她们在半路上的一个山岩下面歇着，太阳很毒很耀眼，奶奶就把扇子铺在地上坐着给珠月做鞋子。奶奶是那种瞅着一点空隙都会做事的人，她有时在路上看到一种可以扎扫帚的禾成熟了，就会顺便折下一些；看到有小竹笋长出来，她就顺便扳下一些。奶奶坐在那个可以遮阴的岩石下做了一会儿鞋子，这时，珠月妈竟心有灵犀地来接珠月了。奶奶已经走了一半路，就跟着她们一起到柳树湾。走到齐家，云朵阿姨在田里大声地喊奶奶"五姨"，和奶奶说话，又问一些珠月的事情。那时候云朵阿姨在珠月眼里好美，她穿着白色的上衣，好似有花边的，戴着一顶有花边的白帽子，这花边也可能是珠月记忆中加上去的，现在的回忆觉得她就像天上洁白的云彩，耳边还环绕着阳光下她说话的好听的声音。妈妈顶着美丽的骄阳来接珠月，珠月的喜悦，云朵阿姨和那一块碧绿的稻田在珠月的心里是一幅世间少有的温馨美景。珠月一直在心里保存着这幅美景和这种温暖阳光的感觉，她想用笔描述出来，但发觉她竟达不到那种她想说的内容和情感。它与那天的骄阳有关，与她见到妈妈时的欣喜和惊奇有关，与云朵阿姨的那件白色衬衣、那顶白色花边帽子和她的笑容有关，与她将要回家了，又将见到柳树湾的小朋友们有关。还与妈妈给奶奶带来的那几筒白白的面条有关。

当妈妈见到珠月和奶奶时，她高兴地拿出准备给奶奶的几筒面条，并且叫奶奶先跟着她们一起到柳树湾，面条当然只有又重新带回来了。妈妈当时拿出的面条在珠月的记忆里很白，整整齐齐的，当妈妈在袋子里拿出面条时，珠月眼中的面条就像阳光一样雪白明亮，那几筒面条就像年轻的妈妈一样美好，周围有一种阳光快乐的味道。妈妈还拿了别的什么，珠月不记得了，她就记得那几筒面条，可能是因为它们太白了，像骄阳。妈妈搬过奶奶带来的几把苗帚，苗帚也是珠月喜欢的。柳树湾扎帚的禾很少，看到奶奶家一路上的禾那么好，珠月羡慕得不得了。

珠月后来扎过苗帚，扎不紧。看奶奶三下两下就扎起一把苗帚，又紧又平，很是羡慕。奶奶送珠月姐妹兄弟回家时，经常搬几把苗帚给珠月家和叔叔家，竟至在珠月的记忆里就有着奶奶几次搬着苗帚走过青山街上的印象。珠月想起来就像胸口里有一个大的喷泉要喷出无穷的思念的泪水。那金黄的苗帚或者被奶奶夹在腋下或者搬在肩上，就朝着柳树湾走来了。有时当奶奶一个人来柳树湾时，常有小孩子来报信，“珠月，你安岭 dia（奶奶）来了。”好像珠月还有另外的奶奶似的。他们姐妹兄弟都喊奶奶为“安岭 dia”，因为奶奶的家在“安岭”。

珠月家和二叔家紧隔着，奶奶给了二娘家孩子二角钱，没想到他们竟把钱从门缝里塞出来，钱就塞到珠月家里了。奶奶的脸抽搐了一下。这样的儿媳妇，以后还能靠她对她好吗？珠月奶奶见珠月妈怀孕了，就上山摘了一些酸李子来给珠月妈吃，香草二娘心里想，还是疼你的大媳妇啊，我生了三个儿子，也不见你给我带酸李子来吃。珠月爸不做家务，奶奶一来就拼命为珠月家做事，二叔勤快、过细，什么家务活都做得井井有条。二娘觉得婆婆偏心，心想，一来就帮她家做事，从来没见你帮我家做点事，妈，你也太偏心了吧。所以就有珠月奶奶给的二角钱又从门缝里塞出来的事。

香草二娘几年后出车祸不幸去世了，二叔说他的妈竟然没流一滴眼泪，就是不为儿媳哭，也应该为她苦命的儿子哭啊，何况他和他媳妇可以说是情深意厚。自那次以后，从小没爸非常黏妈的二叔就对自己的妈有意见了。奶奶去世时，二叔也没掉一滴泪。不过，他还是很孝顺，把单位里的人都请来了，热闹了很多。只是二叔怎么也掉不下一滴眼泪来。可能是因为他的妈欠他的媳妇一滴泪，他也流不出一滴泪。

珠月爸的脾气很不好，经常对珠月奶奶发脾气，珠月看了心里很不满，却不敢说。一次，奶奶正在给珠月家箍一个松了、漏水的水桶，爸爸不知何故对奶奶发起了脾气，爸爸以往对奶奶发脾气时，奶奶都是忍着不吱声，这次，奶奶确实受不住了，就想回她自己的家了。等妈妈发现时，奶奶已走到离家约一里路的大桥那儿，妈妈飞跑着追回奶奶，奶奶还是回来了。妈妈很贤惠，对奶奶比对她自己的妈妈还好。妈妈有两个妈妈。一个是生她的，一个是养她的，养她的爸妈也就是她的舅舅和舅娘。妈妈总是说："我们给一点东西你安岭 dia（奶奶），她嫌多，给你'东十里 dia'（外婆）比你安岭 dia 还多的东西，她还嫌少。""东十里 dia"是珠月妈的亲生母亲，可想珠月妈和婆婆的感情。

珠月工作后一直想给奶奶二十元钱，可一直到奶奶去世都没给成。因家里负担重，后来连月又在珠月那里读书，珠月要负担妹妹的生活费。她每月到了月尾都要在科室打借条借钱。珠月多么想看到奶奶拿着她给的钱时的喜悦，可她一直没有这样的机会。珠月想起奶奶走时的情形，背着黄挎包，爸爸吼她，她一声不吭，尽爸爸吼她。爸爸怪奶奶不知道他父亲的坟墓在哪儿，每次都会问："我爸爸埋在哪儿，你都不晓得？"奶奶无言以对。奶奶噙着泪走了，爸爸没给奶奶买过一件衣服，做过一件事情，只有奶奶帮珠月家做事。珠月总想起奶奶走着回家或者到珠月家，路上有那种可以做扫帚的禾抽，奶奶一边走，一边抽禾，把禾捆在一起，好回家扎扫帚。当珠月和妹妹们看到那么多禾时，都欣喜若狂，她们也帮奶奶抽禾，把手都抽破了。珠月想，爸爸一辈子为奶奶做过一件事么？他只要不让奶奶操心就算好了，他有什么理由说奶奶？他没给她一斤米，养了一堆孩子，还要奶奶帮衬着才行。奶奶总在油灯下织竹席子，珠月从没见奶奶叹息过，每次一去，就会问，你们喜欢吃什么？珠月和妹弟们就会说："酒糟，干豆角，干竹笋，菜里多放点辣椒。"奶奶就会挂起锅，炒竹笋、干豆角给他们吃。奶奶炒的菜真好吃，他们一个个都打抢往自家碗里夹，奶奶在旁边就会哈哈笑着：“跑了这么远，就喜欢吃这！”

奶奶看着自己的孙子孙女们，脸上笑开了花。她拿着吹火筒吹着火塘里的火，又从碗柜里拿出一碗酒糟，珠月特别喜欢吃酒糟，奶奶做酒糟简直是一绝。她家有一个捣酒曲的臼，从山里扯来酒曲草，捣碎了，就可以和成一个一个的酒曲，每餐吃不完的饭，放一颗酒曲，几天后就是酒糟了。家里妈妈做酒糟一般是中秋节，奶奶只要愿意，可以天天做。一般冬天不做，冬天冷，酒糟发酵时间长，如果是热天，一般一两天就可以了。珠月有时急于到奶奶那里去，有很大一部分原因是奔着酒糟去的，她想，到奶奶那里后，又可以吃酒糟了。珠月喜欢吃酒糟，酒糟不煮，她都可以吃很多。妹妹都喜欢吃。奶奶随意做的一碗酒糟还没煮，就被几个孙女吃完了。奶奶高兴得整天都是笑容。小叔对珠月说：“你安岭 dia 平时一般不会笑，只有你们来时她才会笑。”

奶奶本是大家闺秀，能识字看书、打算盘等，她家只有五个女儿，她排第五，所以她就叫李五英。奶奶出生成长的家乡听说叫枫树湾，珠月小时候觉得这个名字很好听，想象中是在一片湖泊边上的枫树林里。

第十六章

前年听妈妈说姑父去世了，珠月想起小时候领着弟弟妹妹们去姑姑家拜年，姑姑家就会生起大火，做很多菜。她家的柴火总是很多。姑姑和姑父都是万分勤快之人，她家的柴火总是多得烧不完，菜总是多得吃不完，而且每次到她家就会感到自己像贵宾一样，他们非常热情。柴架得很高，火烧得很旺很旺，珠月和弟妹似乎是他家最贵的客。姑姑家离奶奶家很近，他们一般先到姑姑家吃一餐饭，再到奶奶家，或者先到奶奶家再到姑姑家。夏天，姑姑家的菜园和奶奶家一样，辣椒树很大很高，叶子很浓，上面挂着的辣椒一串串的，又大又多。茄子弯弯地坠在茄子树上，有时一棵茄子树上有很多个已经长得很大的茄子。如果在珠月家，早就摘了吃了，很少瓜果多得一派丰收情景却吃不完摘不完的。姑姑家的旁边有一条小溪，很多人在那里洗衣服，珠月小时候经常跟着说一口当地话的姑父的侄女点儿在那里洗衣玩，她又带着珠月到那个小地方的集镇去，很远，要翻很多的山，走到那里，她必会给众人介绍，这是珠月，她很会读书。那时珠月只有八、九岁。

每当珠月到姑姑家，姑父的侄女们都会过来说："珠月——来了——"她们的发音和青山乡政府近围的发音非常不同，很动听婉转又悠扬，所以这一句"珠月来了"似乎包含着更多的热情、喜欢和看重。姑姑和姑父是表亲结婚，他们感情很好，他们都把珠月和她的弟妹当作稀客。珠月和妹妹弟弟们在姑姑家吃完饭，他们走过一个独木桥，又走过一条很长的石板路，旁边也是用石头砌成的炕，珠月每次走那条路时总是流连不止。到姑姑家的那条路上本身就有绝佳风景，从姑姑家到奶奶家的那条路又因为马上要见到奶奶似乎特别让珠月心情愉悦，流连忘返。他们从家里出发时，心想要走一个多小时，这对于孩子来说还是挺长的路程。走到齐家，路就走到一半了，那时他们就感到胜利已不远了。到了齐家就要开始走小路，一路上珠月看到了长得很好的稻田，有时会看到长得很茂盛的蚕豆树苗。夏天他们常常可以摘到毛桃，珠月最大，她爬到树上摘了很多毛桃，和妹弟们一起在小溪里洗着吃。每年夏天，路上那几棵毛桃树都会结很多毛桃，味道也不差，但因为太多，每年都有，他们后来也不摘毛桃吃了。一路走，旁边都是山，中间是田地和一条很长的溪流，一直流到姑姑家。他们走渴了，会弯下腰来用手捧溪里的水喝，很清凉很甜，珠月想，这么好的溪水不喝真是可惜了。溪边是野花、芦苇、树木，珠月每次都看不完，一路的心情就像是生活在一个诗国中。她常常跑着，又停下来，笑着，说真美啊，他们一下子跨过溪流，一下子经过一个支在山腰的木房子，他们常常可以看到一个老妇人坐在木房子里面。珠月很喜欢那个木房子，它悬在坡上，下面是很深的山谷，现在已看不到这样的木屋了。那个小木屋让珠月仿佛回到了远古，那个老奶奶仿佛是最后一个古人。有时经过木屋老奶奶家，珠月会看着她，心想，这里面一定有很多故事。在这样的绿树成荫中，老奶奶为什么一个人在这儿住？她的老伴和儿女呢？她好孤独啊，她还是得把余生度过。一年，珠月发现木房子没有了，估计老人去世了。过去的很多东西都会让珠月留恋，就像金元老爷爷家有一个男裁缝，他是个跛脚，珠月常到那里玩，因为男裁缝不多了，珠月觉得男裁缝的时代很值得留恋。金元爷爷年纪很大，经历很多，他家供裁缝住的房子是在房后搭的一个接近公路的小屋，那种小屋现在已不多见，而且每次上去时似乎要像过桥一样走过一块板子，小屋随着男裁缝的回家也拆了，珠月觉得对于男裁缝和小屋的回忆特别珍贵。

再往前走，就该到姑姑家了，姑姑家四周也是山，周围有几口清清的大水井，妇女们在那里洗菜淘米，看见珠月姐妹来了，就使劲地喊："彩儿，你家的珠月，连月，军军，林林，他们来了……"珠月的姑姑非常疼爱自己的侄儿侄女们，她欣喜百倍地跑出来。

有时，珠月姐妹会绕一个圈子先到奶奶家，再到姑姑家。到奶奶家要走一个独木桥，那个独木桥不是跨水的，而是跨两山之间的沟壑的。他们走在那独木桥上，感到来一场的收获又像增加了一倍，有时间时，来回多走几遍。珠月自小就热爱大自然，对于奶奶家的美景，她只有七岁时就很能欣赏了，一点也不浪费。每次去的路上，眼睛也是睁得大大的，生怕错过一处风景，鼻子也张得大大的，生怕漏过一丝新鲜气息。虽然那一路几十年也没变什么，可是她每次去，就像第一次看到那些风景。

姑父去世了，姑姑已早几年去世，奶奶已于二十多年前去世，小叔已搬到城里去了，珠月想她一定要到奶奶曾经住过的房子去好好地看一下，自己一个人去，坐在那里好好地回想，好好地享受。那一年去给奶奶祭坟，以前各家的田地、菜园因为几户人家都搬到城里去了全变成了一片油菜花田，这也是很美的，它还没被荒废。山林里的空气异常清新，仍然能听到野猪叫的声音，和几十年前一模一样，因为这里没有工厂，没有开发，没有污染。只有一个叫纯生的哑巴还在那个山疙瘩里住着，听妈妈说，那一片油菜花田全是他种的。他好勤快，好能干啊，那一片油菜花长得多高多壮，花开得多大啊。这是珠月见过的最肥沃的油菜花田。这么好的山林，这么好的土地，为什么都要搬到城里去？她看着纯生哑巴，心想，他不寂寞吗？人都走了，可是他傻笑着，他不仅哑而且有些傻的样子，他比比画画地说，意思是都搬到城里去了。珠月很想问他每天的生活，他现在的感触，可是纯生哑巴肯定听不懂珠月说的话。妈妈在旁一个劲地翘着大拇指对纯生说："纯生真有力量，一个人种这么多的油菜，而且长得这么好。"

珠月看着哑巴纯生，似乎他是乡村的最后一个守夜人，她感到了他的万分孤独。"石塔里"只剩下他一个人。珠月有些同情地看着纯生，又有些羡慕他拥有了这一片油菜花田，这一片山林，纯生真是比国王还富裕。他在被乡人遗弃的富饶的国度里呼吸城市没有的新鲜空气，种植各种粮食、蔬菜。看着一直在旁傻呵呵、憨憨笑着的纯生，珠月觉得很感激他，如果今天来给奶奶祭坟，没有遇到纯生，她肯定会觉得"石塔里"万分凄凉，更不会看见一片茂盛的油菜花田。

纯生未婚，应有五十岁了，哥哥嫂子都搬到城里去了，他一个人留在"石塔里"，哥嫂不管他，他只能自食其力。不过看他的样子，他似乎半点怨言都没有。他一直在笑着，那种笑带点憨傻，珠月妈问他一些事情，他双手比画着，"啊啊"地叫着。纯生哥嫂有三个孩子，两个儿子和一个女儿，哥哥叫零儿，弟弟叫年儿，妹妹叫美儿。珠月小时候来看奶奶，常常会看到他们兄弟。

纯生家是一个世代猎人家庭，他们家墙上常年挂着几杆猎枪，零儿、年儿两兄弟就在父亲的教导下学会了打猎。五家岭"石塔里"这个地方树林繁密，山上的野猪、麂子到处跑，晚上经常能听到狐狸、猫头鹰的叫声。零儿和年儿那个暑假打了两只麂子，很有收获的喜悦。又说要什么时候一起去打猎。黄昏了，零儿在不远处看见一对黑黑的亮亮的眼睛，他以为是狐狸的眼睛，就朝着那双眼睛叩响了猎枪，没想听到弟弟的一声惨叫：“哥，我是弟儿啊。”“你是弟儿啊？”零儿丢下猎枪朝着那双黑亮眼睛的地方奔去，等他走过去一看，果然看见他的弟弟倒在血泊中，猎枪击中的部位偏偏是心脏的地方。零儿抱着弟弟拼命朝家跑着，等他们回家时，弟弟已经血液流尽，嘴唇灰白，没气了。

零儿自把弟弟打死后，神思恍惚，一年后说要出去打工散散心，就再也没回家来过了。珠月早就听说零儿和年儿兄弟的故事，她当时非常震惊和心痛，一直不敢确信。珠月问妈妈：“听说纯生的侄儿用猎枪误杀了他的弟弟。”妈妈说：“是啊，全乡都知道了，好多年以前的事了。”珠月一直把此事当作传说一样，因“石塔里”这个地方很偏僻，总以为是误传的。她也一直没有去核实，今天听妈妈确实了此事，珠月感慨万端。“真没想到是真的，真想不到竟然有这种事。”其实，打猎，就会打到人。当人在伤害他者时，同时也预示自己必有被误伤的一天。手上拿着枪，就会有伤，伤的不是猎物，就是自己。

珠月想着那两个和睦相处的小兄弟，他们似乎就像“石塔里”上空飘过的一缕幽怨的愁雾，最后的一声“哥，我是弟儿啊”一直都在珠月的心里忧伤沉郁地响着。他们兄弟平常的称呼就是“哥”“弟儿”，青山乡政府近围年龄不大的兄弟姐妹等各种亲缘关系一般都是直接喊名字的，这个地方的兄弟姐妹叫起来特别亲热，即使年龄只差一岁，也仍然有长幼之别。纯生的兄嫂失去了两个儿子，不知是怎么过日子的。天下最无私最伟大的就是父母对子女的爱。珠月没有问妈妈。她心里在想着那个“弟儿”的亲人称呼，弟弟不知道这个“弟儿”的称呼后来传遍了整个青山乡，青山乡政府旁边的村落都是叫“老弟”，没有叫“弟儿”的。这个称呼总能让珠月想起那个哀伤和幽怨的故事，想起一双幽蓝的黄昏中的眼睛和一团最后的无望的醒目的鲜血。

第十七章

珠月听大人讲，爸爸从小就会读书，起初是请私塾，请的是名师。后来在学校读书都是当班长，因家庭成分不好，老爷爷不肯入社，爸爸不能读初中。后来老爷爷又私自请私塾老师。爸爸聪明成绩好，可脾气暴躁，年轻时经常吼老爷爷，后来老爷爷去世了，爸爸哭得最伤心了。

读小学一年级时，珠月小妹出生了。看到又是一个女孩，外婆大为失望，就在那里念叨起来。一看到外婆念叨，珠月爸的脾气就来了。他吼珠月外婆不该唠叨，那样子看起来真是有些凶神恶煞。自那次后，珠月外婆再也没到柳树湾来过。珠月爸有一次在他岳父母家里把椅子举得高高地准备砸在地下，那是他和珠月妈谈恋爱时。珠月外婆不让女儿去做一件什么事，珠月爸不肯。自此，珠月外公外婆都怕他发脾气，不敢惹这个女婿了。

珠月老爷爷有四兄弟，两个在政府里工作，都不幸被黑枪打死。一个是有天在山上走，听到有一女子喊救命，见有一男的要强奸她，他就鸣枪去救，没想到却被那男的一枪打死了。另一个兄弟听说也是被暗枪所中，事情的来由老辈人也说不出个来龙去脉。一个哥哥做生意，祖上的山全给了老爷爷。老爷爷不舍得把山和地交出，后来还是交出了。听说柳树湾四分之三的山都是老爷爷的。珠月爸从此不要珠月妈置东西，一置东西，他就会火，说那是分文不值。

家里买一斤肉一餐还吃不完。珠月爸说："我家的孩子不会吃。"越说孩子越不吃了。直到读研时，珠月一见宿舍同学猛吃肉，吓一跳，每次出去，她早吃完了，她们还要吃好久。半年后，她变得慢慢能吃了。一年后，她就长胖了。

珠月爸热情善良，为人做事全心全意，自家事百事不操心，柴火烧到火塘边也要把女儿喊来拾掇。珠月爸后来自己做饭了，妈妈帮珠月带孩子，爸爸一个人在家，他经常没钱买菜买油，却对女儿们说有钱。他每天一个人孤苦伶仃地过着，像游魂一样。在家，珠月妈走到哪儿，他就跟到哪儿。因为珠月妈要给珠月带孩子，他就一个人每天混着日子。珠月爸越到老了，把钱看得越重，因为后来的那么多年他经常是身无分文，才知道钱的重要性。后来他又开个小卖部，天天弄不清楚那几个账，数来数去，他说："幸亏店这么小，要是大了，真没法。"珠月妈每天接多少钱，卖多少东西，他要问得清清楚楚。珠月妈一天买菜买米进货什么的花了多少钱，珠月爸也要问得一清二楚，他说珠月妈糊涂，怕她算错了钱或者掉了钱。珠月妈记忆力不好，有时钱凑不到数，她就很着急。她每次买完东西，最怕的就是珠月爸问她的账。珠月妈说买了什么什么多少钱多少钱，最后还剩几元钱凑不到数，珠月爸就要她想，或者说："你就是个糊涂虫，钱掉了都不晓得。"珠月妈费尽心思也想不起来到底在哪里花了那几块钱，怎么交差？她现在很想出去到某家人那里坐坐、聊聊天，就说："我要到厕所去了，肚子好痛啊。"

珠月爸记忆力超群，陈芝麻烂谷子的事他全记得，十几年前别人借了他几十元钱或者留他吃了一餐饭他都记得。而且每一件东西，只要他知道价格，多少年都不会忘。珠月这点特别像她爸，只要她经过的事，事无巨细，她都能记得。买一双鞋子，一双袜子，一件衣服，小到买一根针多少钱，多少年过去了，她仍然记得。她从没特意去记这些生活中的事，就是不自觉地记下来了。当她说给同学听，她小学二年级时买的一双袜子多少钱，她那次卖了多少斤废铁多少钱，又买了一盒牙膏多少钱，一块肥皂多少钱。同学都不相信，你怎么都记得？我从不记这些。珠月以为所有人都记得这些，这才知道原来不是。

自从珠月爸从公社回家，又生了弟弟罚款了一千多元后，珠月家就似乎开始变穷了。为了每天的柴米油盐，珠月妈挑着一担箩筐，里面放满了麻块、干鱼儿、板油等，她翻山越岭到各家去卖麻块、干鱼儿、板油，回家兴高采烈地给孩子们讲谁怎么怎么好，今天又从她这儿买了多少麻块，多少干鱼儿。珠月妈每天翻山越岭要走十几里路，韭菜岭、冬心塘、茅岭、张司边，这些地方都很远，而且全是要翻山的。天快黑了，珠月妈回家，看不出她有半点疲惫或者烦心。晚上停电了，妈妈拿着锤衣棒在火塘旁边唱边跳起了棒槌舞，家里欢歌笑语，其乐融融，火塘里的火焰辉映着每个人带笑的脸。

珠月妈到楼上坛子里去拿准备卖的麻块，她摇了一下新买的水缸，发现水缸发出哑哑的嚓嚓声，她以为水缸破了，她想起季林上午来玩过，肯定是季林不小心把水缸撞破了，她几乎要哭出来，这可是她花了九元钱买的水缸。珠月妈喜欢置东西，好不容易置了一个水缸，没想到过了几天就破了，她有些想不过。跟着上楼的珠月把水缸轻轻地摇了一会儿说："妈，水缸好得很，冇破。"珠月妈的脸上猛然露出了笑意，"我还以为上午林子在楼上玩把水缸撞破了。"

六岁的弟弟成强说："妈，你在哪里卖都可以，就是不要在我们学校卖。"珠月、连月都说："成强说的也是，妈，你就不要到小学去卖了，免得成强不好意思。"妈妈见成强不要她到小学去卖东西，她知道儿子的意思，笑得不行。她把成强的话讲给珠月爸听，又讲给柳树湾的人听。

湾里来了一个买竹丫的人，珠月妈把自己家的竹丫称给了别人。沙洲里一堆一堆的竹丫堆着都要干了，好不容易来了个买竹丫的，珠月妈就帮一个关系好的妯娌家卖了竹丫。回家后高高兴兴地和珠月爸说此事，珠月爸一听火冒三丈："你真是多管闲事，那个人家是最不好说话的，别人怎么知道你称的重量是不是骗她的？"珠月爸为此事说了珠月妈两个小时，说得珠月妈一句话都没得说，最后实在听不得了，就说："我到菜园去摘菜。"就跑到那个妯娌家去坐了几个小时才回家。那个妯娌倒没说什么。

珠月在旁边听到爸爸这么啰唆，早已经受不住了，她想现在赶快回单位去。珠月爸志向高远，一辈子小事看不起，大事做不了，却专喜欢听恭维话，她的妈妈又专喜欢揭他的底。他就会吼她："你晓得么事？"珠月爸的脑子抵得上几个人加在一起的速度，他每天拼命地转动，想几百几千个赚钱的主意，一点也不觉得累，而且思维缜密。如果这些主意都能付之行动，珠月爸肯定是百万富翁了。他考虑芝麻大的事都是滴水不漏。

童年的时候，珠月只要需要钱，爸爸从来没有不给。一次学校组织三好学生到武汉春游，珠月把爸爸给的五元钱放在家里的凳子上就怎么也找不到了，刚才有很多人在家里玩，珠月急得直想哭，爸爸却若无其事地安慰她："钱掉了就掉了，没得么事大不了的。"

珠月爸妈是天生的一对好搭档，从来不太会为钱发愁。下餐没有吃的，不要紧，车到山前必有路。这是他们经常挂在嘴边的口头禅。珠月妈没钱都要去给丈夫赊烟赊酒，又到过年了，珠月妈赊的烟名字叫"湘西"，珠月爸一定要她去退，说烟的名字有个"西"字，不吉利。珠月妈说不过他，就只有把"湘西"烟换成"大前门"烟了。珠月爸不许珠月妈给他买贵的烟酒，他一听说贵了，又要她拿去退。珠月妈说："真麻烦。"说是这样说，她一直都很崇拜自己的丈夫，觉得他很了不起。

珠月爸欠别人的钱，人家大年三十晚上来讨，珠月妈不慌不忙，即使没有钱给别人，别人也笑容满面离开。珠月爸欠别人一分钱他都会想法还，别人欠他的，他是能收多少是多少，有些几乎不作指望。他们家有点钱或者多余的东西，他们就有些"胀"的感觉，总想把它们送人。"胀"这个词是珠月妈自己用的，珠月觉得特别形象、生动。

珠月爸妈这种攒不住财的性格深深影响了珠月姐妹和弟弟。现在，禾月家只要别人一送东西来，禾月就到处打电话叫人来拿，一直要拿到她眼睛觉得很干净了。连月身上存不住一分钱，有钱就要花，没钱就贷款买东西，她家的存折是老公管，连月说，如果给她管，她一分钱也存不了。连月过年过节见到亲人熟人就给钱。一次，珠月和连月站在街边，忽然看到妈妈的一个初中同学去买菜，她和珠月妈一直都是好朋友。连月下意识地从包里拿出二百元捏在手里准备等她过来给她，珠月笑着说："你这样子，好像别人是来讨账的，怎么一看到熟人就不自觉地要给钱。"刚刚连月给了做生意欠债一百余万来避难的表姐夫二千元，表姐夫说一定还，连月知道表姐夫没得还的，也不准备要他还，就说："不用还，给你用的。"表姐夫喜不自禁。表姐夫因为做生意被骗，欠了一大笔债，急得头发一年内全白了。儿子谈了一个女朋友，说是买不起房就要吹，果然吹了。过年了，讨债的人又一批批地来，表姐夫只有躲到连月家里来。白天又因为一个家乡人找连月帮忙，拿了很多特产来，连月觉得不能亏别人，她帮了别人的忙，又花了几百元请那个家乡人吃饭。珠月以前带人看病，到处跑，找好医生，还买东西送给别人，她有时几乎每天都要带家乡来找她的人看病，家乡人都传她好，所以方圆几十里的家乡人都来找她。成强不知艰难困苦，不做事，花钱如流水，就不用说了。他一天买两瓶饮料，珠月说："那些喝了有什么用？里面都是防腐剂。家里纯净水喝不得？"他一天两盒黄鹤楼的烟，珠月说："你又不赚钱，怎么舍得吃这么好的烟？"成强说："我这么帅，买差烟很辱人①。"珠月是第一次听到这种话，"你不做事，每天吃好烟，那才是辱人。真不晓得你是怎么想的？别人看到你不劳而获才看不起你，不会因为你买差烟，不买饮料给别人做生意看不起你。你知道么事叫辱人

---

① 方言，丢人的意思。

不辱人啊？”

珠月的爸爸贩煤，家里借条有一堆。有几次他带着一些土特产去讨钱，回来时，手上的土特产是没有了，钱却一分也没讨来。在外面，别人请他喝了一点酒，说最近手上紧，他就不好意思继续讨要钱了。有一次珠月爸给珠月看一张借条，是一千零五十元，当时，珠月心里很有喜悦的感觉，爸爸贩煤看来还赚了一些钱。在二十世纪的八十年代，一千元是一笔不小的数字。可是这张借条一直到珠月爸去世都还在他家的柜里，和一堆大大小小的借条、字条一起搁着。珠月爸每天没事时就喜欢整理那些条子，排得整整齐齐的，而且不许任何人动。平时，爸爸对子女很少疾言厉色，可是谁要是动了他的那些条子，他就会大发脾气。珠月爸后又去讨账多次，每次的结局都是一样的，他给别人带一点礼物，别人请他喝一餐酒，然后他就空手回来了。珠月以后就很少听爸爸说讨账的事了。珠月只见过那一张爸爸给她看的条子，爸爸去世后，她也没有兴趣去看爸爸以前留下的条子了。其实爸爸和珠月都知道那些条子放在那里只不过是一种心理安慰，也许爸爸还会当作自己的功绩和荣耀，也许连爸爸都没再想过要去催那些人的欠款了。那一年，珠月小妹准备读中专，珠月爸又去讨账，他叫珠月给他开一些感冒药、消炎药等之类送给那个欠他钱的人，好叫别人高兴，还钱不就有望了？钱当然没讨来，珠月爸心里着急，小女儿自费读中专的钱怎么办？天已黑了，他想找大女儿商量一下小女儿学费的事，因他心里很急，没注意前面开了盖的地下水道，就一脚踩下去了，幸亏他的手及时抓住下水道边沿，还没掉下去。等人拉他起来时，珠月爸的一只手和脚已是皮开肉绽，鲜血直流，在医院共缝了几十针。

珠月当时正在宿舍吃饭，只听到一个护士的医生男朋友在楼下使劲地喊：“珠月，珠月，你爸爸掉到下水道里了。快下来，快点下来。”珠月连忙把碗放在一边，跟着那个医生一起到爸爸出事的地方，当爸爸看到珠月时，他的眼里好像有些泪，可是，他却一点也不觉得疼似的，只是大声说：“这点伤算得了么事！多少大灾大难都过来了，几次贩煤车翻了都冇死。”因为女儿的到来，而且正好那个医生是外科医生，就在门诊给他缝了针，不收他的费。不知珠月爸是不是看到有熟人不收费，缝针时，他连眉毛都没皱一下，而且似乎情绪很好，一直都在谈笑风生。珠月知道爸爸是一个生命力很强的人，除了对死亡的恐惧外，他几乎从不怕疼。

有一次珠月爸去山上砍树，他很不耐烦做这些在他看来是吃力不赚钱的体力活，何况他做体力活也不多。他砍一阵，歇两阵，到了日头过午的时候，他很渴，又累又热，他一边砍着树一边忍不住骂了几句，一不小心摔了一跤，自己的膝盖重重地岔在一棵有齿的树桩上，珠月爸坚持着一瘸一拐地走回家。当有人来报告珠月妈说，你朗华膝盖被砍伤，珠月妈赶快去沙洲接珠月爸。珠月爸正一走一瘸，手上无精打采地提着柴刀，膝盖上的肉翻在外面，鲜血淋漓。回家后，珠月爸抱着腿，沉默地坐着。过了很久，他说："我的命真苦啊！"珠月说："有么事苦的，你的命好得很。这看你怎么看。"珠月故意说得很轻松，大家都希望拿轻松的语言来冲淡这种悲壮的气氛。珠月爸很少上山做事，他经常说自己要做大事业，并拿姜子牙自比。他上山做事让别人觉得他很委屈。看到他拿着刀上山砍树砍竹，村里人见了会觉得有些稀奇，又会觉得有些同情他。他不耐烦把自己的膝盖弄伤了，他心里更是长吁短叹，对自己万分同情起来。他说自己本不应该活到这份上，还要上山砍树，做这种没价值的事情。

珠月爸历来瞧不起做农活，他认为这些活赚不到钱，是傻费力气。他一般在山上砍一阵树木、竹子，抽两阵烟，一上午下来，和他家山相邻的社济哥已砍了一堆树，珠月爸才砍几根。珠月爸后悔自己砍树竟惹出这种麻烦，这又得花钱治，等于一天做事下来没赚到钱，还要赔钱。因为山离得远，中午珠月爸没回家吃饭，什么也没吃。他平常只吃饭，不吃馒头、面条之类，别的人可以带几个馒头、一袋饼干上山，这些他都不吃，他除了饭以外，几乎不吃别的主食。早晨不吃油条、面窝、热干面之类的早点，也吃饭吃菜。那天，珠月妈要他带点饭上山，他说麻烦，他是想砍快一点，早点做完事回家吃中饭。但他历来做农活不像别人拼命地做，几乎都是迫不得已受不住珠月妈的说才去的。他见珠月妈挑粪，说那是最没价值的事情，而且他心里认为那是一件很低贱的事。珠月妈不服："那人家煤矿书记的爱人也挑粪种菜，那不也低贱？也有得价值？"珠月爸说："人家种菜是种享受，他又不缺钱买菜，你种菜是为了不花钱买菜，和人家不一样。""反正，我不挑粪不种菜，你今天这餐就冇得菜吃。"珠月妈指着桌上盛好的几碗青菜说。珠月爸说："我们还不是可以买！""买，钱呢？"珠月妈说着，伸出一只右手。珠月爸只有不说话了。

珠月爸看着珠月妈挑着一担粪往菜园走去，叹着气说："不晓得好歹，我还不是怕你累了。"珠月妈听见了："你怕我累，你自己又不来挑？嘴巴比蜜还甜，又冇得行动。"珠月妈心里明白得很，叫珠月爸偶尔去砍砍树砍砍竹，他勉强还能交差似的去一下，要说叫他挑粪，那是一万个不可能的。珠月妈挑了一上午粪，腰疼得不得了，还不敢说。心想，只要朗华不念叨我就算不错了，要告诉他我腰痛，他会说活该，叫你不要挑你偏要挑。这个世上最了解珠月爸的就是珠月妈了。一次珠月妈对珠月爸说："你怎么装，也骗不过我，你一根头发想什么我都知道。"别说珠月爸自己不可能去挑粪，就是他真的去挑了，湾里人都不会相信自己的眼睛，他们会作为一个新闻传播，或者会觉得太阳从西边出来了。珠月爸打心眼里瞧不起种菜，特别是挑粪这类事。珠月妈也从不强求他去挑粪。珠月爸打心眼里心疼珠月妈，不让她做事，特别是种菜，可他自己又不愿意做，倒不是他懒，他就是觉得没价值。他说："一百元可以买很多菜，那要多少粪才能浇出来，可别人赚一千元只要一眨眼的时间，哪个更划算？"珠月爸倒真不是懒，如果一件事在他看来有价值值得做，他一定会兴致盎然地做。最重要的是那件事不但有钱赚，而且轻松，很划算。珠月家里原开了个小小的旅社，也有些运煤连夜赶不回去的司机来睡，司机不放心车子要人帮他守车的话，珠月爸就会抱起被子到司机驾驶室去睡，一晚上五元钱。后来，煤矿的煤越来越少了，挖出来的全是白花花的石头，两间新房里的几张床就拆了。一晚上五元钱，珠月爸觉得很值得，不用做事，不过是冬天在司机驾驶室睡一晚。拿件大衣裹着在驾驶室睡一晚，这对于珠月爸来说是一件轻松的事，不用费力气、出汗。他也不存在换了地方睡不着的问题，他坐在火塘边经常就打起瞌睡来，不像一些城里人有失眠的习惯。

珠月后来想起爸爸晚上在司机驾驶室睡一晚赚五元钱的事，觉得比爸爸去挑粪还要让她心疼。大冬天，裹着件大衣在司机驾驶室待一晚多难过啊，只为了五元钱。别人可以好好睡一晚，为什么爸爸就要为那五元钱去守车？当珠月爸说自己真倒霉，又要花钱去治膝盖的伤口时，他的语气中有很多凄凉，珠月和连月都有点想哭了。这个家没有一点积蓄，只要有一点意外事，无疑就是一个负担。虽然珠月已上班，她每个月工资还不到一百，还要负担妹妹上学，她也是每月到了月尾就要在科室写借条了。

珠月爸看着曾是自己家的山上的树、竹子每年给别人家创造那么多收入，自己家的山阄没拈好，都是一些又远又贫瘠的山，他虽然什么话都没说，可总不免在心里唉声叹气。爸爸说着自己命运的不济，以后珠月才明白那些话都是因为爸爸对儿女的愧疚，觉得自己没赚到钱，特别是对不起珠月，家里的重担几乎大半都落在她肩上。爸爸说着，眼里有一颗沉重的泪，却没有掉下来。珠月的眼里总会浮现出爸爸的那颗没有掉下来的眼泪。爸爸还说要写一点文章，希望珠月能拿到当地的日报发表，爸爸的文笔很好，他希望自己能在报上发表几篇文章，珠月后悔没有帮爸爸完成这件事。

珠月给了爸爸三十元钱叫爸爸去治伤，爸爸说："又要花我崽的钱，唉！"珠月说："这点钱算么事？"她嘴里这么说，其实她身上连坐车去上班的车费都没有了。她准备坐煤车去上班。每天都有煤车到附近的煤矿来拉煤，珠月每次上班只要想坐煤车，总能坐到。清晨，乡村显得特别空旷，虽然放眼看去都是山，田野里有一股清新的风吹来，还有蜜蜂围着各种瓜果的花嗡嗡地缠绕着。特别是扁豆的花，紫色的，一串一串，如果不是因为它能结成扁豆，这种花一定也会像一些花朵一样可以专种植来供人欣赏。南瓜花，丝瓜花，这些花也不比一些专供人欣赏的花朵逊色。如果早晨有货郎挑担来叫卖，乡村会更是充满着一种温馨宜人的气氛。

后来，珠月爸和几个人一起合伙挖煤窑，每天挖到半夜回家。珠月家大石龙的山上有一个废弃的煤窑，听说里面有煤，就有几个人家来和珠月爸商量，能不能几家一起合伙挖煤，如果真能挖出煤来，不说发财，最少生活也不会像现在这样捉襟见肘。珠月爸欣然同意，他历来欣赏这类发财致富的点子。

珠月爸口才很好，却几乎从不到人多的地方去闲聊什么。他喜欢一个人独自苦思，天天在家脑子里净想着怎样赚钱。他想买一个影碟机，摆在大街上让人们一元钱唱一首歌，他只要投资二三千元，又不用劳动，可以说是白赚。珠月爸不认为坐在大街上放影碟机收钱是劳动，他只认为做农活才是劳动。他有一次叫珠月给他买一个几百元的影碟机，珠月说，你要做就像样子，几百元怕是歌都唱不转吧。珠月又说，现在卡拉 OK 早就不时兴了，很多人家都有卡拉 OK 机，不会有什么人去唱的，珠月爸听了也觉得有理，但这件事多少年后又坚持过一次，终因珠月不同意两次都没做成。珠月爸后来又提议买一个豆腐机，做豆腐卖，很赚钱，黄豆是个宝，豆腐渣也可以卖钱。而且珠月特爱吃豆腐渣，如果放上辣椒煮，那真是人间美味。珠月比较赞成爸爸的主意，想支援爸爸买一个稍贵一点的豆腐机，可珠月爸死活不同意，只说买一个五千元以下的豆腐机就够了，可偏偏那个触发爸爸灵感的广告里的豆腐机都是五千元以上的。他不想投资太多，怕担风险，他手上没钱，又怕女儿的钱白丢进去。珠月想爸妈没事做，卖水果应该还不错，就联系了一个水果铺面，下来共要七八千元，珠月爸又心疼那钱了，怕收不回来。珠月爸总是说珠月妈："看你，每天都不想事。"珠月妈反唇相讥："想有什么用，又没看你做出什么来。"

可巧，有人来和珠月爸讨论挖煤窑之事。珠月爸对挖煤并不感兴趣，年轻时在煤矿当工人挖过煤，安不安全倒无所谓，关键是那煤灰。珠月爸讲干净到极点，他每天要洗多次脸漱多次口，仿佛只有这样他才感到自己是干净的。这个习惯一直保持了终生。珠月爸漱口不是静悄悄地洗，而是感到喉咙里有煤灰似的，是一边咳着一边洗的，发出的声响很大。珠月妈很不满，认为他的响声太大，影响隔壁邻居的睡眠，珠月爸也不反驳，只是照旧一边咳一边刷着牙。特别是每刷到最后，珠月爸的那一声漱口是最响的了，他仰起头，水在嘴里咕咕噜噜地转着，然后奋力地一咳，水柱子喷得很远，就像给他的刷牙来一个大总结似的，让在旁的珠月妈皱着眉头却又无可奈何。可这一次，珠月爸却对挖煤有着异乎寻常的热情，以前，他是不大看得起挖煤这个工作的。可现在挖煤不同了，见了煤，就是煤老板了。珠月爸认为真正聪明会赚钱的人是不做事却有点子的人。他看到湾里的仁新到煤矿捡煤渣卖钱，就说，那能捡多少？能卖多少钱？奇民叔专为别人家砍树砍竹挣劳力钱，他觉得那种人很可怜。

晚上，几个人家一商量，第二天各家就派出一人参加，开始动工。珠月爸那段时间从没半句说累的话，他其实是不怕累的，他认为值得的事再累他都觉得不累，他觉得不值得做的事做一点他都很心疼那点力气。煤窑已挖了半年了，珠月爸他们还没见半点煤星子，哪怕是周围的矿石和土有点变颜色也好啊，没有，挖出来的仍是黄黄的土块。他们不愿就此前功尽弃，又挖了三个月，外面堆的黄土都成一个山包了，那些黄土的颜色还是当初的黄色。不知什么时候起，那几家人劲头没以前足了，大家一商量，就说不挖了。大半年的血汗就这样白费了。过后，也没听见珠月爸对这件事有后悔之语，只要是能赚钱的梦想，去做了，珠月爸也觉得值。他不会想那些汗水可以浇灌多少蔬菜和稻田，可以收获多少瓜果和谷粒。

自此以后，珠月爸更相信自己的运气不好了，直叹自己没有赚钱的命。珠月妈说："只要人平平安安的，比什么都好，留得青山在，不怕没柴烧。"珠月爸从来没有一分放在自己身上的钱，他们夫妻的钱几十年来就像秃头上的虱子，是明摆着的。家里的钱一直放在一起，彼此都清楚得很。他们也确实没什么钱，珠月妈手上经常一分钱也没有，不过，珠月妈并不着急，她天生乐观，相信车到山前必有路，天无绝人之路。最重要的是，家里虽然没钱，但珠月爸只要手里有一分钱，立刻会交给妻子，让妻子感到自己的丈夫虽然不会赚钱，但对她和这个家还是忠心耿耿的。不过，珠月爸刚把钱交给珠月妈手上不久，他又得要回去了，因为做生意还要本钱。可就是这么一给一要的工夫，却是给家里增加了不少的幸福和快乐。当珠月说，我爸对我妈多好啊，妈妈就常常笑着说："还没放我手上三分钟，热都没热。你爸就拿去了。"似乎有些不满，其实珠月妈心里甜蜜蜜的。只是后来，珠月爸的生意似乎越来越难做了，不是赚不到钱就是拿不到现钱。别的贩煤的人都赚到钱了，珠月妈对丈夫说："日子久了，别人都知道你的性格，以为你好说，就压你的价，拖你的钱不给，你怎么能赚到钱?"

自从珠月工作之后，爸爸从来都对她说家里很好，有钱用，她没想到爸爸从企业回家之后，家里几乎就没有什么经济来源。队里分给她家的山隔得远，都被"山外"人偷了。爸爸的心善，怕增加珠月的负担，总是对她说家里好得很。

珠月爸的心善得就像他自己说的，连蚂蚁都不会踩。连一个有着瓜蔓藤亲戚关系的表叔都说："你爸爸，是我们这一带最善良的。"当珠月正对着那个亲戚数落爸爸的啰唆时，那个亲戚一本正经、脸色严峻地对珠月说了这话，这让珠月很震撼，她以为那个她几乎不知道是亲戚的亲戚也会跟着她一起数落爸爸的不是。

当珠月爸看着那些欠他钱的人家里四壁空空，儿女成群，比自己还不如时，他这时就只有承认自己运气不好了。

每次多喝了一点酒或者被人一恭维，珠月爸就会说，我家山上的竹子和树木你尽去砍，只要你家需要，你尽去拿。这时珠月妈一定就会在旁边讥嘲他，也是让他清醒一些："喝多了酒吧，一喝酒你就什么都给别人了。"珠月爸忽然也意识到这件事有些离谱，就有些不好意思地笑着。珠月爸只要一高兴，就像珠月妈说的，连裤子都恨不得脱给别人。珠月很理解爸爸的同情心和善良，什么都想给别人。只是给了别人，自己却没有了。如果给了别人，自己还有，珠月爸最喜欢做的事就是给别人东西了。

自从把祖辈的山林全盘交公后，珠月爸一辈子都不愿置财产了。珠月妈买了十几斤棉花想给珠月将来办嫁妆，只敢放在邻居珍姨家里。家里添了几个柜子凳子，如果他发现了，就会数落珠月妈："饭都吃不饱，置这些东西有么用?"如果是置电器东西，珠月爸就很赞成。他常说："古代皇帝再有钱，却享受不到现代科技。皇帝有时还要自己打扇子，我们却可以吹电扇。皇帝没电视看，我们却可以看几千里外发生的事情。你看现在，我把电风扇一打开，风就往我身上吹。”说着，珠月爸把电风扇扭到最大挡，一股稍显冷的风吹来。刚刚进入阴历五月，乡下还不是很热，珠月爸早早就把电扇拿出来了。当珠月第一次用自己的工资买了一个十四英寸的黑白电视回家时，珠月爸连声说：“这个，值得，这个，才值得。”珠月爸平常没事喜欢鼓捣那些电扇、电视什么的。电扇被他拆得七零八落，电线里面的铜丝都露出来了，像是受尽了欺凌似的。几个电扇东倒西歪地倒在房间里，没有一个是完整的，不是开关坏了就是按钮没了，或者就是电线接得露骨露肉的，看着都很危险。一个黑白电视机也是被珠月爸拆得不是放不出声音就是调不出人像。珠月爸对现代科技特别崇尚，这让珠月有些新奇，珠月的奶奶没有一点怀旧意识，珠月的爸爸更是热爱憧憬明天，和老辈人聊天时，珠月从没听见他们吐露出伤感的词语或者表现出伤感的情绪。他们都说，现在比以前的生活强多了，以前过的是什么日子，太穷了。要吃没得吃，要穿没得穿。

端午伯娘讲她当时结婚时，因为希未伯家很穷，希未伯当时是给她借的一双高帮雨鞋和一条八成新的围巾结婚的，床上盖的是从别人家借的被子。婚礼完毕，自当归还。晚上睡觉时，端午伯娘从楼上把鞋子和围巾一把丢向已经下了半截楼梯的希未伯。珠月问端午伯娘为什么，她说，很气啊，又不是自己的，拿这旧围巾来哄我，以为我不知道是旧的。珠月当时听了很好笑，她想象希未伯被高帮雨鞋和八成新的围巾砸到的情景，觉得很新鲜，端午伯娘的回忆也在珠月的好奇追问中越来越活泼流畅起来。

珠月问妈妈结婚时是怎样的，妈妈说，当时硕 dia 过了五十元彩礼钱给她家，珠月妈给自己买了二十件衣服，她的陪嫁是一个红漆火盆架，一床蚊帐，一对花瓷坛，一对红漆木箱，一只红漆尿桶儿。珠月听了笑得不行，特别是妈妈说到一只尿桶儿时，她觉得那时的物资怎么那么贫乏，连尿桶儿都是陪嫁物品。不过妈妈结婚似乎比端午伯娘强点，还有五十元钱的彩礼。妈妈又讲，那时候（二十世纪六七十年代）的人很穷，过年吃年饭、来客了、婚礼时没有鱼，就用木鱼代替。过年时，一只木头做的鱼，这家有客来了，就拿去摆在桌上，那家来客了，那家就拿去摆在桌上。现在的物质是大大地丰富了。珠月一直体会不到人们为什么要拿木鱼待客，他们是什么样的心理？图吉利？如果过年、结婚这些大事图吉利还可以理解，来客了，拿一只木鱼放在桌上，好像有点自欺欺人和欺骗客人的意思。

没有肉糕，就把过年米泡做成的圆子和卷子切成一片片的当成肉糕。

珠月妈要买斗笠，老爷爷就不多不少地给她买斗笠的四角三分钱，她有些生气，就跑到她“东十里”的娘家去住，她也没和娘家人说此事，只是心里有些不顺，想在娘家住几天。后来，老爷爷叫人去接珠月妈回家。珠月妈说，老爷爷把钱捏得很紧，她手头从没一分钱。不过，老爷爷很过细，对她照顾很周到，特别是坐月子时，别人送来的鸡、肉、鱼，他都做得好好的端去给她吃。珠月妈自豪地说：“所以，我现在身体很好，主要是因为那时月子坐得好。”珠月妈意在珠月月子没坐好。

上辈人很少给珠月讲以前的事，她自己也没特意去打听，那天她执意要妈妈和端午伯娘多讲一些。端午伯娘津津乐道地又讲起她印象最深刻的几件事。她讲她二女婿出生时是放在一个草帽里的。珠月问为什么，她说，因为穷，孩子一出生就随意放在草帽里。珠月想象她二女婿岸水出生时像猫一样放在草帽里的情景，觉得很有意思。

第十八章

回忆往事时，珠月从没听到家乡人感慨青春、爱情这之类的东西，他们只想到该给孙子换尿布了，儿子明天要结婚了，什么时候给儿子存一些钱娶媳妇。已经读了博士的珠月不知为什么很羡慕他们这样的生活态度。前不久，她都要被时间和生活压迫得活不下去了。醒来后，梦中活不下去的感觉仍然持续着，一个小时之后还没消失，这让珠月很慌张很恐惧，她在房间里无所适从地甩着自己的头，想甩去梦中的那种绝望感觉，希望能从现实中找到一种活下去的勇气和力气。可是，一个小时过后，珠月还没摆脱那种绝望的感觉，她像发疯了似的去打开电视，可是电视里的人就像漂白的白开水半点味都没有，那些说话和笑话就像是临终前人类说的葬语，那些人都变得那么无奈无趣、灰头土脸，好像是蜈蚣爬在生活的土里。珠月心烦意乱地关上电视，她想在阳台上透透风，希望清新的风能让她清醒些，可是，当她站在阳台上时，她却感到一股强大的无法控制的力量想让自己的身体倒下去。她拼命地呼吸着，好摆脱那种连清风也吹不散的伤感和绝望。她趴在阳台栏杆上，想着快点挥去绝望感，要不，她已经无法承受了。这时，幸亏门铃响了，小妹正好到这里来看她。和妹妹说着话，珠月似乎梦也醒了，那种困扰她一个多小时的绝望和无法活的感觉终于在和妹妹的说话中驱散了。

别人都是在享受生活，这几年，珠月是在混日子。没过一天好日子。每天都是在熬，在混。这哪是人过的日子啊。赶快离婚，遇到一个能和我相守的男人，那才是日子。现在过的是猪狗的日子，不是人的日子。

珠月不禁想，这样的安排是什么意思，如果真的没工作，她有几条路：第一，离婚，去找因颉或者去另一个地方找工作；第二，回到丈夫身边。第二条路几乎不可能，虽然她的丈夫不一定有害她之心，可客观上已经把她伤害得遍体鳞伤，就像一面镜子已经破了，难道命运还要她去忍受那种侮辱，过那种没有尊严的生活？她早就觉得自己过的不是人的生活。她从未觉得丈夫是属于她的。他就像被谁操纵着。珠月想，也许她最好的路是到另一个地方去找工作，离开这里。因颉虽然爱她疼她，可他是有家室的人，珠月觉得她搅在里面也不是长久之计，也不光明正大。何况，因颉是一个爱家如命的人。拿不高的工资，到一个不怎么好的城市，她的丈夫心里也会很平衡，离婚也会简单些了。如果珠月找到一个好工作，她反而开不了口了。此时，珠月和因颉之间已经历了太多太多，她估计已不可能像前几个阶段那样奋不顾身了。她已经断炊了，丈夫说公司要倒闭了，她也不知道是真是假，可能是真的吧，她至少梦见他没钱了，他手上供他支配的钱没有了。他说过一句经典的话，全世界他谁都信，就是不相信珠月是真的。意思是不相信珠月对他是真的。其实珠月自跟他结婚还从未想过这辈子要离婚，珠月只想，自己的老公，随他有多大的缺点，毕竟是自己的老公，自己也应该找出他可爱的地方来爱他。

珠月站在她家屋子的前面，望着面前的水库和对面的“前边山”，想象着小时候划船划竹排过去砍树砍竹的情景，那时候，“前边山”在珠月的眼里是多么远啊，水库又是多么宽。现在，水库中间的石拱桥已垮塌了一半，不过还能过人，小时候，水退了就可以经过石拱桥到“前边山”去捡柴，可是现在，已经没有一条路可以通到石拱桥了。

夏天来了，水库涨水，有时珠月和妈妈划着竹排去砍竹。有时天黑了，妈妈还没回来，珠月站在水库边上，看山那头有竹筏的影子过来，就喊妈妈，妈妈在山那边答应着。一些陆陆续续的竹排往家这边划来了。凉凉的风吹拂着人的脸，家里餐桌上摆的菜都凉了。

珠月早晨起得很早，她坐在房前小时候经常会坐的柴垛上，看着水库里的水和一两只白鹭在上面翻飞，想起和妈妈一起划着竹排到“前边山”去砍竹砍柴，那时候的阳光是多么灿烂，连黄昏也是那么充满着诗意和温馨的希望，那些飘起的炊烟就像梦想一样是甜的，甚至带着水果和蛋糕的味道。可现在，珠月的心里积满了幽怨和灰尘，人们在水库里扳罾打鱼、欢声细语捕获幸福生活的往日呢？那时，小小的珠月放学后，在两旁长满青草的小路上连蹦带跳着。看看这个大伯的罾里这一次打了多少鱼，又看看那个叔叔的篓子里已经装了多少鱼，雨色朦胧中，他们披着蓑衣，戴着斗笠，真有一种江南水乡烟雨迷蒙的味道。虽然珠月爸从不做这些事，家里没有罾和网之类的东西，但珠月特别喜欢看别人打鱼。好像那些鱼是与生活的喜乐连在一起的。看着刘家的盛林伯用扳罾扳起一条好大的鲤鱼，珠月喜不自禁地望着他，心里比他还喜悦。雨在她眼里是那么美，家乡是那么美，她心中的理想就像那雨雾朦胧、似乎蕴含着无限希望和生机的天气。刘家的朝阳叔也在那里打鱼，他认识珠月，就叫珠月去他那里拿鱼，他拿起一条红鲤鱼递给珠月，并说："小心走，别摔跤了。"珠月看着池塘上还有小雨在滴落着，在水面上砸起一个一个的小圈，心想，今天晚上希望再下一次大雨，明天家里就要淹水了，打鱼的人会更热闹了。刘家出工回家的几个妇女看到放学和同学一起回家的珠月，有妇女就在旁议论："这是哪个的伢儿啊，怎么这么瘦？是不是没吃饭啊？"另一个妇女说："她是珠月，她妈就是淑惠，她又勤快成绩又好，你不晓得啊？"

在小学五年级时，珠月获得了"省红花少年"的称号，那天她去开会，正是阴雨绵绵，坐在获奖席上，她并没半点激动感觉。下来时，她听到一个老师说："这孩子真不错，要是我的孩子像她这样就好了。"那时候，珠月经常听到这样的话。柳树湾的父母都拿她做榜样，自己的孩子懒，不做事，或者学习不用功，他们就会恨铁不成钢地说："你看人家珠月，每天回家就做事，在学校里成绩总是第一，你们连她一个手指头都抵不上。"被批的孩子从不反驳，他们从来认为自己就不如珠月，这不是天生的吗？还用说？与珠月比，不说我们不行，整个公社的孩子，谁又比得上？葛幸范老师是珠月从小学三年级到五年级的班主任兼语文老师，他工作很负责，教的班每年都是全区第一第二，成了青山小学最受人尊敬的老师。他是一个民办老师，家里成分不好，娶了一个不怎么灵光的老婆，生了一个儿子，头比正常人小很多，一个女儿。葛老师每天下了班还要帮家里做家务事，栽田割谷家里都靠他。葛老师经常用一只布满老茧的手在黑板上写着字，下晚自习已经很晚了，他还得回家，帮家里做一些家务事。葛老师只要看到珠月妈，就会夸珠月。珠月妈只要在路上走，经常会听到别人夸自己的女儿，回家就把别人的夸赞说给珠月听。

珠月记得她曾经在淹水的水缸里抓到一条鱼，她甚至喜欢住到楼上的感觉，觉得住在楼上很有情趣，连上学时遇到有深水的地方得挽起裤脚都觉得那么的有诗意。淹水了，大路上会有半尺深的水，珠月和小朋友们都穿着凉鞋，死劲地踩着那些没脚的水，路边的一树鲜艳的花吸引了大家的注意，那花朵是除了荷花以外最美的花，珠月在心里想它肯定叫“芙蓉花”①。一直到现在珠月也没去考证这花到底是什么花。那天是端午节，外婆（妈妈的养母）在家里已经等着珠月姐妹和妈妈了。不大的被擦得光亮如镜的饭桌上摆满了各种可口的菜肴，过年炸的还没吃完的圆子卷子，腊肉，菜园里刚摘下的茼蒿。外婆家的柴特别多，火塘里的火烧得特别旺，菜锅刚挂上去，里面的水就滋滋地烧干了。新鲜的茼蒿一倒进去，用铲子翻几下，就成了一盘青翠欲滴的散发着农家田园气息的青菜了。

外婆每天晚上睡前把红炭用炉灰遮住，明早起来就可以用这些火炭点燃柴。珠月问：“怎么不用火柴？”外婆说：“我们家一年到头都冇用洋火，就用火矢作洋火。”第二天早上，外婆把炉灰拨开，就可以看到仍然红彤彤的火炭，再加上一把干竹丫或者干细柴，用吹火筒一吹，竹丫和柴就燃了。外婆认为买火柴还要花钱，虽然二分钱一盒，可是山上的柴是一分钱也不用花的。

以前那条通往石拱桥的小路早已没了，在那条小路上，曾经出现过妈妈和珠月天黑了仍在洗红薯打薯粉的身影，珠月曾和小朋友们并排坐在小路上看着天边的晚霞和火烧云。冬天水库里的水退了，珠月和妈妈就在那些水退过的地里种萝卜白菜。她们一锄一锄地挖着地，初冬黄昏的夕阳照着她们，大地到处呈现着一股宁静清爽的气息。水库这时只剩下十几尺宽，还可以洗菜淘米洗衣服。那些来来往往洗菜淘米的人走在小路上，珠月觉得他们就像牧童画里的人物，自己更是画里的主人公。她尽情地享受着这种心里的喜悦，天已黑了，她还在拼命地挥着锄头，争取能多挖一点，明天妈妈好把萝卜白菜籽种上。

家乡人都是向前走的，他们一天到晚想得最多的就是赚钱，只是珠月每次回家，看见童年的水库被分隔成一块块的鱼池，童年的小溪流干涸了，溪流旁边的野玫瑰，可以揉出泡沫洗衣服的桑树没有了，路两旁的荆棘丛也没了时，就会不自觉地怅然起来。珠月就会伤感地坐在通往石拱桥的小路上，久久地望着天边的云，想到那云曾经烧红了奶奶家的那一片树林，又想到那片天上曾经看过的彩虹，小时候看过几次就再也没看过了。

小时候在家乡珠月还能看见麦地，那时候，她和麦子差不多一样高，

---

① 这种花应该不是芙蓉花，一般人们称荷花为芙蓉花，这只是童年珠月想象中那种花的名字。

几个小伙伴扯猪叶在麦地里穿来穿去的。那青青葱葱的麦梗麦穗是珠月心欢喜心醉的地方，不知是不是因为她很早就预知到这样的麦地在家乡将不复见。家乡本不是生产麦子的地方，但也可以种麦，家乡主要是种水稻。当时有那么一大块麦田时还未和刘家生产队分开，后来两个生产队分开了，柳树湾的人已几乎少有人种麦种稻田了，柳树湾旁那成片的稻田是刘家的。麦地里会长一种长藤，嫩嫩绿绿的，无论有多长，它都是嫩的，可以当猪叶。长长了它只要缠着麦子就可以，不会在地上爬着，又干净。有时如果看到了一根很长的，把它扯下来，扎在一起，竟有一把，那种有成就的喜悦也像那把青绿的叫不出名字的草藤一样，是青翠欲滴的。特别是下午太阳猛烈的时候，珠月和小伙伴们还可以坐在麦地里避太阳，绿绿葱葱，阴阴凉凉的。太阳偏西了，夕阳的余晖把那片山林映得红红的，她们该回家了，还不舍得从麦地里钻出来，虽然篮子里的草藤已经满了。

家乡已不是以往的家园。珠月还是喜欢以往门前一望都是水的水库，而不是被宰割成一块一块的妨碍了视野平整的一个一个鱼池。何况，那些童年的回忆，只能从那片童年的水中、地中去寻找。现在的人哪管什么过去、回忆，大家只管收入，能把水库堆成鱼塘，养鱼卖钱就好啊。珠月不禁抱怨了几句，爸爸做出很紧张的样子，赶忙压低声音说："千万莫让人听见，其中大部分是乡长家的。""乡长又怎么样？"爸爸说："到时，他女人会整天坐在家门口骂人的。""不会吧，他的女人很好啊。"每次珠月回家，乡长女人都要到她家拉着她的手和她说话，珠月感到她的手很温暖。珠月说，怕什么？爸爸做出珠月从没见过的脸部表情，那表情绝不是故意吓人的，珠月还不知道有什么值得那么害怕的。

乡长老婆的儿媳妇这几年在村里扎帚，村里的竹丫子全部都是卖给她儿媳妇的。乡长老婆见有人到村子里来扎帚，来夺她家的生意，她每天拿着菜板、刀一边骂一边剁，叫那个来柳树湾扎帚的妇女终于再也不敢来柳树湾买竹丫扎帚了。乡长老婆不好对那位妇女明说，因为那位妇女是她娘家人，她的儿子又和她的儿子是同学。她只有每天指桑骂槐，村里人见她出来骂人都躲起来了，家家把门都关着。老太婆很爱自己的几个儿子、孙子，每天劳动不停，她的一个儿子和他姑妈做生意已经赚了几百万，可老太婆仍然每天不做事就闲得慌。

湾里只要谁有钱，大家就敬他。湾里有几个暴发户，开煤窑挖煤赚了一些钱，有钱时奢侈浪费，有钱就到外面瞎玩，最后都穷了。他们都是经不起富的人。金钱如果没有合适的知识、教养和勤俭努力的品质来承担，暴发户终究承受不起金钱的重量，变成穷人。

珠月在童年时经常会梦到蓝色的小花。一朵一朵的，开满了头上的天空。第一次梦到蓝色的小花在空中飘着是在七岁时，她醒来后发现妈妈正在洗澡。珠月睡在竹床上，眼睛睁着，在想着那些梦中的小蓝花，升腾着，下坠着，布满了天空，又仿佛就在眼前飘着。妈妈在她的眼中似乎也成了一朵蓝花，她的大腿上歇着一朵一朵的小蓝花。珠月又常常会梦见天上有字，什么都有，马、车、房、人，就像海市蜃楼一样。她在梦中以为这是真的，醒来后望着天空，都不敢相信那些马、车、头上的人走了。那些天上的人和小蓝花常常在童年的珠月梦中反复出现，就像是一首首美丽的诗行。

第十九章

娴容从香港回来了，戴着一顶很夸张的帽子，上面还有几片很长的鹅毛立着。娴容在家排老三，她家有七个姐妹，没有男孩，为了生出一个男孩，娴容的妈妈赶着生，最终也没生出儿子。公社见她又生了一个女儿，也没人找她罚钱，直到她生第七个女儿时，公社派人象征性地罚了她家几十元钱。珠月弟弟出生的时间和娴容的小妹出生时间正好是同年，珠月爸见生了一个儿子，就把开小卖部总共赚的一千多元钱全部拿去交公了，拿着钱的手还在激动地抖着，脸上的喜悦是从没有过的。当珠月妈在医院生弟弟时，珠月爸和一个朋友正在下馆子，他们那天点了一个辣椒炒肉，一个猪肝炒辣椒。有人对珠月爸说："朗华哥，你屋里淑儿为你生了一个男伢。"珠月爸仍然不信："你肯定是骗我的，不会吧？""是真的。不信，你到公社医院去看。"珠月爸和朋友吃完已端上来的辣椒炒肉炒猪肝，喝了一点酒，就往医院赶。珠月爸历来反对买排骨，说是吃排骨不划算，花钱买骨头，怎么这么傻？要买就买瘦肉，要吃就吃瘦肉或者猪肝什么的，没有一点浪费的。以前没听珠月爸说这个意思，后来经济拮据时，珠月爸一再重申，不要买排骨。当珠月妈偶尔买了一次排骨回来，他就会夹着一块骨头说："你看，这上面什么肉也没有。"直说珠月妈是傻子。禾月就接着说："骨头里面有钙，有营养，要不，怎么比瘦肉还贵。"珠月爸说："要不怎么说，那些买排骨的人都是傻子。"珠月爸已是脸有菜色了，家里好长一段时间都没吃肉了，有一阵连米都是节约着吃的。

珠月妈给珠月带孩子，珠月爸在乡下一个人过了半年，从来不会做饭的爸爸自己做饭，洗衣服，煮的饭经常不熟。山上的树看不住，被人砍光了，珠月爸每天连买菜买米的钱都没有。珠月回家时，吉紫姑姑说："你爸好可怜哦，你要是再不把他接到你那里去，会在家生病的。"珠月怕余清的姨妈不高兴，也没想到爸爸真的过得那么糟。爸爸只在一旁说："冇得么事的，只要伢儿好。我好得很。不用管我。”珠月爸最怕自己给儿女压力，每天还叨念着怎么给儿女创造财富。珠月后来读研时，孩子仍然留在老家读书，由珠月爸妈带着。余清每月给八百元生活费。珠月爸就吃肥肉，珠月妈半年了没吃过三块肉，肉每天给孩子吃。珠月爸每天睡在客厅沙发上，睡了半年，直到孩子转学。一间睡房被余清姨妈用钥匙锁住了。珠月爸对珠月说：“冇得关系，困沙发蛮好，软和。”善良的珠月爸很满足。

改革开放后，家乡人都出外打工了，很少有年轻人留在村里的。娴容就是出外打工的人中的一个。当她一见到珠月爸就嘴很乖地说：“朗华叔，你在家啊。”“是啊。”珠月爸一时还弄不清娴容叫什么名字，只知道她是新柏家的女儿，就说：“是娴芳吧，你回来了。”珠月爸以为娴容是她妹妹娴芳。后来，珠月爸对珠月说：“听说娴芳在外混得蛮好，靠了一个香港老板，还到香港台湾去玩了一圈。”珠月不满地说：“你难道羡慕人家这样的，那个老板肯定是有老婆的，只不过是玩玩她的。”“反正湾里人不知道，都羡慕她到香港台湾了。”珠月爸说：“我只想这辈子能坐坐飞机，以前的皇帝再享福，没坐过飞机。”

娴容最后当然是回家了，家乡人也没谁会认为那个香港老板会和她结婚。娴容自己感觉很好，家乡人也不以她的行为为耻。连保守不关事的珠月爸都几次对珠月姐妹说：“听说那个男的给了她十几万。”娴容回家带来了一个一岁多的孩子，说是和那个香港老板的儿子，那个香港老板叫达昌，达昌来过娴容家一次，说是来举行婚礼的。家乡人就都称达昌是娴容的老公，虽然都知道达昌在香港有老婆，说不定在内地还有几个老婆都是可能的，他们仍然装作不知情地问：“娴容，你家达昌什么时候来看你们娘儿俩啊？”娴容说：“等一阵他要我们到福州去。”娴容过一阵真的到福州住了一阵子，又带来了几万元钱。等娴容的儿子长到两岁多时，娴容就联系不上达昌了。以后也没听娴容说起达昌。

娴容对儿子可谓疼爱有加，想到自己的儿子没爸，心里的疼就更加了一分。娴容的儿子长得很漂亮，大大的黑黑的眼睛，总是不知所措地望着别人，似乎知道自己不是光明正大来到这世上似的。娴容自从联系不上达昌后，更加没事做了，整天和湾里几个没出去打工的嫂子、老人打麻将。有一次因为打麻将和一个嫂子打起来了，那个嫂子没打赢，心里委屈得慌，晚上继续搬把椅子坐在娴容家的屋前面，要和她继续打架。娴容大了长得五大三粗，小时候她很秀气。她家有一张她七岁时的照片，她正站在小学的一排树下面，穿着一件碎花连衣裙。那时候的布料一般都是棉的，碎花的料子很流行。珠月家的姐妹很多衣服都是碎花的，特别是红碎花，蓝碎花料子，珠月多年后只要看到这种棉布就很喜欢，就像回到小时候，那些布里好像藏着小时候的温馨。娴容与珠月小学一年级时还是同学，因为娴容成绩不好，后来珠月就不知道娴容读到几年级了。珠月很喜欢那张相片上的七岁的娴容，文静漂亮。当时珠月很羡慕娴容有个好表哥，给她照了相。当时照相在农村还是稀奇事。农村人都说照相会把人的灵魂吸走。

娴容就在家里住下来了，后来听说她在县城里又碰到一个香港老板，怎么她老碰见香港老板？听说那个香港老板不要他的老婆都要娶她。珠月不相信，珠月妈说："真的，听说马上要结婚了。""不可能。你看娴容那个样子，哪个男人会为她抛家弃子，她又不漂亮，那么大年纪，又没什么内涵。""别人都说她很会勾引男人。""那也不累？整天想着勾引别家男人，那要费多大心思？再说，男人即使暂时被她勾引，也不会长久被她吸引。"珠月想娴容活得好累，没有一件事比想着怎样去讨男人喜欢更累的了。男人喜不喜欢也不是凭勾引就能成功的。果然，几年过去了，也没听说娴容和那个"香港老板"结婚的事。或许这种传说只能忽悠忽悠农村人。娴容家的姐妹都出嫁了，她家剩的房子就归她了，她在娘家住着，她妈妈也正想有个女儿在身边。

娴容平时见到叔叔婶婶爷爷奶奶都会很亲热地叫他们，湾里人都还喜欢她。她每天嗲声嗲气地说着话，对每个人说话都是那么温柔，让大人小孩听了都受用。娴容不知怎么又和一个专门贩煤的老板认识了，这一次这个老板没听说是香港老板，却听说是武汉的，他的老婆是中学老师，他不要他的老婆，硬是要和娴容在一起，还愿当上门女婿。珠月不相信，妈妈说："我带你去看。"娴容的新男朋友很和善得体地和珠月说话，给她倒茶，且不说他到底是做什么的，看他的为人处世似乎还不错。后来听妈妈说那个贩煤老板和娴容一起上山砍竹砍树、看山，谁家有人过世了，他也作为村里一分子帮着抬棺材。抬棺材是每家只要有男劳力都非做不可的一件事情，躲都躲不过的。娴容的新男朋友得到了这个湾几乎所有人的认同和赞赏，两个人一直相安无事恩恩爱爱地过了有好多年了。也没有谁去探求娴容的上门老公到底是何许人做什么事的，大家只看到他的勤劳朴实就从心底里夸赞他。

柳树湾的年轻人都出去打工了，只有一些老年人和小孩留在家里，回家一看，乡村再也看不到往日的热火朝天了。幸好那些成片的田地仍被栽种了稻谷，夏风一吹，稻谷就随风飘拂，一片稻浪。珠月是看不尽那一幅景象的，她小时候常常随着飘拂的稻浪跳着蹦着，不知即兴哼了多少调子，有时还有歌词，可惜都没法记下来。这也可以说是无字哼唱歌曲的起源吧，全是内心的抒发，只是觉得那些曲调中洋溢着向往和喜悦还有清风中稻谷的芳香。在下雨的日子里，她看到路边的“芙蓉花”开了，她摘了一朵。在雨天，“芙蓉花”就像她的回忆中的一个公主，穿着白裙子，洒着甘露，雨蒙蒙的。“芙蓉花”的脸儿似乎也是蒙着一层清亮的雾，和雨天洁净的空气一起，让走在公路上的珠月手中拿着的红桃子似乎也带着一种被雨洗过的洁净的喜悦。走在路上，那个桃子和那朵珠月摘下的“芙蓉花”就像要把珠月带到最美好最向往的地方去。

第二十章

珠月爸每天怨天尤人，却也兴致高扬。爸爸的乐观是珠月最向往的，他总是说些关于美好未来的话，让珠月觉得赚钱很有意思。爸爸走了，珠月觉得赚钱的兴致减了很多。当珠月拿着赚到的钱时，她多么希望能每个月交给爸爸一些，他会多么高兴啊。小妹条件刚好一些，可以给家里钱了，爸爸却去世了。珠月爸说，他这辈子与钱无缘。如果珠月爸看到小女儿经常给钱他们，他的脸上该有多少笑容。爸爸去世是珠月人生第一次真正意识到死亡。如果爸爸还在，她想她会乐观一些。

柳树湾的阴气很重，珠月眼见爸爸要死了，她心里很怕，好像爸爸的魂灵已经脱离了他的身体在看着大家。珠月不知道自己怕什么，难道她怕自己的爸爸吗？她觉得不可思议。奶奶去世时，爸爸不是也怕吗？珠月觉得自己一定是愧对爸爸，要不，她不会感到害怕。到底是什么原因让珠月害怕自己的亲生父亲？爸爸去世后，珠月梦见爸爸对她害怕他很不满。当珠月听到爸爸有可能是回光返照，咳嗽声变得真实有力时，她非常欣喜地对来看的人说："我爸不会死了，我爸好了。"那时她才有胆量去给爸爸喂水。爸爸在床上躺了五天，昏迷了五天，子女一个一个地坐在那里轮流看着爸爸，珠月一个人坐在那里看着爸爸时，她有些害怕。她在病床上见过那么多死人，一点也不怕，她不知道她怕爸爸来源于哪里。自小，她和爸爸虽然很少交谈，可爸爸一直都在关心着她，在爸爸心中，除了弟弟以外，她的分量也一直是最重的。

珠月自小到大对爸爸一直很尊敬。有一次她说了爸爸几句，有些重，没给爸爸面子，当时有一些亲戚在旁边，没想到爸爸大发脾气，把珠月吓了一跳。那是唯一的一次爸爸对珠月发脾气。爸爸过后对珠月说："因为是你这样说我，我就很受不了，如果是你老弟（弟妹），我无所谓，因为你是出过书的人。"珠月那时出了一本诗集，爸爸当时很引以为傲，不过，他对珠月说："以后出书不要用笔名，特别是姓不能省、改。"看来爸爸还是很重视他那个姓的。珠月一直都以为爸爸重男轻女，其实不然。爸爸对别人说："如果我家有两个儿子，我一定像经生叔一样把他家的水河打飞到天上去。"说得倒是豪迈，其实珠月爸从不会打人，更不会打子女。他的声音很大，也不会骂人。发脾气的典型特征就是声音很大，都要把房子震垮了。他从小被珠月老爷爷娇惯，脾气大得很。有一次珠月爸说海星爷爷家的厨房不该做在两排房子的中间，他大发脾气，把一瓶酒倒在火塘里，火塘里的火烧得更旺了，他走出去就把海星爷爷家做上去的砖扒了。德高望重的海星爷爷自知理亏，一句话也不说。海星爷爷是珠月爸的堂叔。

珠月在爸爸去世后比之前更想念爸爸了。爸爸去世后，珠月才意识到爸爸一直都是她的精神支柱，她很大的一部分动力是来自爸爸一直在给这个家营造的光明和希望。珠月后来继续读书都快八年了，没钱给爸爸继续治病，手里还有二十万的基金，卖了可能有十万元，她想，我为什么不能把基金赎出来给爸爸治病呢？别人家的女儿可以卖身给父亲治病，她为什么不能赎基金？就算担心余清不同意，珠月可以去借钱啊。珠月又想，她确实没想到爸爸会去世，以为他不会死。碧月梦见观音菩萨托梦说："你爸爸死不了。天机不可泄露。"可碧月把这个天机说给了家里做主的成员珠月听了，所以，爸爸在家人的犹豫中没能及时转院，贻误了时机。等珠月回家后，医院里的主任、医生都说爸爸已是不可能有活的奇迹。珠月看见爸爸流下了眼泪，爸爸的眼泪成了珠月一辈子的伤痛，在那个关键的时刻，当医生宣布爸爸的死刑时，珠月不应该放弃，应该让爸爸转院，可在妈妈、叔叔、亲戚们的要求下，珠月竟听从了他们的要求，把还清醒着的爸爸拖回了家。是不是因为这些愧疚，让珠月无法面对爸爸。爸爸是多么善良的爸爸啊。爸爸去世后，珠月总是梦见爸爸裹着一床被子蹲在家里的一个角落里，说："我不占床，不占位子，只要每天能和你们在一起就可以了。"爸爸是多么爱他们的家啊，爸爸多么不想死啊。珠月有一次梦见爸爸对妈妈说，他不喜欢住在棺材里面，似乎是说里面太潮湿；有时梦见爸爸根本就不想死，说是怕耽搁别人的时间，因为大家都觉得他要死了，干脆就死了算了；有时梦见爸爸从坟墓里出来了，还活着，还能吃饭；又梦见死了的爸爸站起来了；也会梦见爸爸白天都会来家里，晚上回坟墓去睡，又梦见他和妈妈一起在灶边烧火做饭炒菜，并笑着和珠月说话。妈妈说："你爸爸舍不得这个家啊，他喜欢这个家。"珠月还不知道爸爸喜欢这个家，只听见他经常抱怨说咱家不如别人家，是柳树湾最穷的，谁家都比他家强。其实爸爸是以他的几个女儿为傲的。爸爸总是吹嘘说："我家的几个女儿都是大学生，就连自动退学的老三都通过自学拿到大专文凭。"别人不知道的以为他是在吹牛，确实，碧月在家带孩子通过自学考试还门门都以高分拿到了大专文凭，爸爸说的时候，不知有多么自豪。爸爸爱吹牛，珠月不讨厌听，即使爸爸只有短短时间的满足。珠月后来想起爸爸开小卖部时在柜台的玻璃板上一直压着一张相片，那张相片是她们四姐妹站成一溜排照的。四姐妹穿的衣服一模一样，小妹禾月笑得最灿烂，不过她的脚拇指是露出来的，而且露得很多，她鞋子是破的。那时，弟弟还没出生。珠月想起这张压在柜台玻璃板下的照片，似乎这时才意识到爸爸是多么为她们自豪。爸爸还只三十出头，就有了四个女儿。虽然小女儿的脚拇指因为鞋子破了露在外面，他也没觉得这点贫穷有半点尴尬。他心里可能在想，我多了不起啊，我都有四个女儿了。在爸爸去世之前，珠月一直没能体会爸爸为她们自豪、爱他的家的心理。爸爸，原来他竟是这样爱我们，以我们为豪，可我们却没有让他享一天福。

爸爸在外工作十几年，本身是个不管小事的人，一直都觉得自己对子女关心不够，觉得对他们有愧疚，总说要珠月姐妹照顾妈妈，不管他。善良的爸爸，难道就因此不该享受子女的孝顺吗？没有爸爸哪有我们？没有爸爸在外面工作，哪有我们一年几个节日都有新衣裳，家里从来都显得比大多数人家宽裕一些？爸爸只想到他从未抱过儿女，走到路上父女甚至可以不说话，他经常不知道他们读几年级。但是在关键的时刻，爸爸却知道告诉珠月："要中考了，这是人生很关键的一步。"想起一次在车上爸爸不知说了什么，珠月抢白道："我从小天天做事，你又不管家里的事。"爸爸当时很气馁，他说："你都对我印象不好了，还有么说的？"珠月当时也不过随口说说。珠月现在很后悔不该这样说爸爸，往后的日子里，她感到爸爸一直没有忘记这句话。

珠月很难去说那些愧疚，以为还有长长的日子，以为爸爸不会死，这些都是借口。实质是他们从没有真正地理解过孝顺过他。这个要上班，那个要写论文、答辩，找工作，爸爸难道就不需要人去照顾吗？这些女儿生了有什么用？为了找那个破工作，因为和那个院长约定星期五要去他家，就挨到星期五才回家看爸爸，本该星期一就回去的。

"这也许是命中注定的。"一家人这样想时，也许才能渡过心灵的劫难。是因为贫穷，余清虽然赚了一点钱，可她从来做不了钱的主，还是因为她们本身都不懂得孝顺，以为有长长的日子可以孝顺爸爸，爸爸还年轻，才刚过六十岁生日？珠月记得读卫校时，爸爸到学校去看她，同学们都说爸爸是她的同学。爸爸一时忘形在上课时竟然走进教室，被一个混蛋老师严声呵斥，即使爸爸有不对，也轮不上那个混蛋老师如此恶劣的态度，爸爸是多么高傲、自尊心强的人啊。珠月心里一直都有个愿望，想要那个混蛋老师亲自给爸爸道歉。

柴火烧到火塘边上了，爸爸满屋堂地喊自己几个女儿中的一个，回家来一看是要把柴火往火塘中间塞塞。煮饭的锅潽了，爸爸会到处喊女儿中的其中一个回家把锅盖揭开。可是爸爸走后，珠月忽然感到赚钱的动力少了很多，她很喜欢爸爸喜欢钱的样子，他总说赚钱不容易，一元钱也能做很大的用，这让赚钱的人很能感觉到自己的价值。爸爸是多么体贴人啊。

珠月在爸爸去世后一段时间几乎天天都梦见爸爸，好的时候，关于爸爸的梦就是吉利的，不好的时候，关于爸爸的梦就是凶的。珠月甚至当时想到，谁死了她不怕？她竟然想到了因颉，如果有一天有这样的时候，她是一定不会怕的，这是她当时想的。后来，她想，如果有一天她辜负了他，她肯定会怕他。原来，怕不怕是与内心的愧疚有关的。珠月想，她一定是对爸爸有愧疚的，要不，她不应该怕他。到底是怕鬼魂还是觉得自己没有完全奉献或者没有想到或者没有办法没有豁出所有的一切来给爸爸，所以珠月感到无法面对吗？

爸爸临终的时候是清醒的吗？珠月一直都在想这件事，如果爸爸是清醒的，她觉得他们这些儿女也太不孝了。爸爸临终时一直在吐泡沫，不知是怎么回事，她在临床上看到过那么多临终的人，没见过一个吐泡沫的。爸爸肯定是不甘心死，可好像等待他的只有死路一条，所以他非得死不可。竟然已经拖回家了，难道还能活转来吗？

珠月是家里的主心骨，可她却拿不出钱来给爸爸治病。爸爸为了节约钱，不想住院，珠月爸对医生说，如果住院费用超过五千元就不住，医生只有骗他说不超过五千元，请他放心。珠月爸才住下来。医生说要转院做肝透析，珠月爸妈都不愿意，怕花儿女的钱。珠月读博士后的工资刚够生活费，余清没有钱寄来，说要周转。

爸爸去世后，珠月每看到别人家父母健在，总是很羡慕。特别是看到别人的爸爸八九十岁，她很羡慕那些五六十岁的人还有爸爸，而她已经没有爸爸了。爸爸的死像个冤案一样，爸爸失去了最佳的治疗时间，又拖延了转院的时间，又急急忙忙在亲人们的七手八脚下拖回家。珠月感到自己在关键时刻没能做主，本来爸爸是不应该死的。爸爸拖回去几天，有一天声音变得真切起来，珠月和妹妹们都欢呼起来，甚至打起了麻将。珠月不相信爸爸是病死的，她总觉得爸爸是自死的。爸爸只能选择死，成强的不争气，家里的贫穷，没有一件事是让爸爸省心的。珠月想，爸爸活得太累了。

埋葬好爸爸，给爸爸烧了纸和衣服，天气本是晴天，却忽然下起雪来，是一副太阳雪的景象。雪下了一阵，就停了，太阳仍然照着房屋和参加葬礼的人们。下雪的时候，一半天空在下雪，一半天空阳光普照。随后，就是整个地阳光普照了。真是天公感应，多年未见的奇迹。珠月想，爸爸的死就像六月下雪一样是冤的，又像雪中的晴天雪后的太阳天，爸爸是去享福了。他每天怨天尤人，唉声叹气，成强不争气，或许死比活着更舒服吧。

爸爸是最怕死的，他的母亲死了他都害怕，他母亲的坟墓他都不敢单独去祭。他有一次得了伤寒，出院后想起来都后怕半天，因为医生说重症伤寒可能会死人。可他这次却选择了死亡。爸爸看见珠月时，眼泪一长串地掉了下来，珠月的眼睛也红了，她还没流下泪来，她不知道爸爸会死。可每想起爸爸的眼泪，珠月觉得那是爸爸留恋生命的眼泪，甚至可以说是求救的眼泪。珠月去问了主管医生，医生说转院已经晚了，已经不会有奇迹发生了。珠月还不相信爸爸会走。爸爸都入土了，珠月似乎还没意识到爸爸已经去世。

随着时间一天一天地过去，珠月越来越思念爸爸了。特别是想到爸爸的眼泪，她做女儿的却不能救爸爸，珠月的眼泪似乎再也不会流了，她的心也似乎更坚硬了。看着自己的父亲因为贫穷延误病情而死，珠月想，还有比这更揪心的疼痛吗？什么博爱，什么仁慈，连自己的父亲都没有得到爱和仁慈，珠月不知道该怪谁，她只觉得自己没有尽到孝，她对不起自己的爸爸。爸爸为什么要这样节约啊，把命都丢了，我的可怜的爸爸。爸爸，你的命就值那五千元钱吗？就值几万元吗？珠月想起来都觉得自己再也没泪了。

那一年，两件最痛的事发生了，珠月想，如果不是过年和余清吵架，哭了，绝不会发生这样的事。她不过是接了一个妹妹的电话，值得余清又骂又打吗？余清太嚣张了，赚了几个钱，珠月连家里的电话都不能接了，想起他当着珠月爸妈的面摔珠月电脑的那种嚣张混账样子，真是把人不当人，欺负人到家了。人有福得有容量去享，没容量的人没福享。余清一直都记得珠月爸批评他的话，记得他每天做饭的事。

爸爸的去世是珠月心底一个永远的痛。

珠月家乡有种风俗，一定要在死前进屋，要不，就不能进屋。妈妈、二叔他们怕珠月爸不能进屋，就做主要提前回家。珠月感到自己负不了这个责任，只有答应爸爸出院。珠月想，做任何事都不要想东想西，只要按照自然本心去做就可以了，这样才不会后悔。爸爸完全是等死的。不知爸爸死前是不是清醒的，如果他是清醒的，我心里会更难受更不好想。

在珠月爸吃奇丽纺织厂那三颗致他死亡的药之前，珠月就梦见她坐飞机回家了，而且牙齿全掉，全掉并不可怕，可怕的是长出两颗像羽毛一样非常长的假牙，意味着这件凶事是不可逆的。珠月没想到这件事与爸爸有关，梦醒的当天上午就打电话给妈妈，她知道这个梦表示的是要死人，就问家乡出了什么事没有。妈妈说没有。当时爸妈在泉城还没回家，还没到奇纺去买药，难道这是命中注定爸爸要离开他们？爸爸吃了奇纺那三颗药后，就出现腹泻，诱发了爆发性肝炎。现在想起来，才知道那个梦与爸爸有关。有谁死了她会坐飞机回去？只有至亲的人她才会回去。

埋葬爸爸后，珠月回到乐城，发现家里买的一棵最大的树已经枯死了。这棵树枯得确实是真的死了，好像在一夜之间死的，而且死得彻底。珠月自此更加相信天人感应，植物传递父亲死亡的哀讯，是为了告诉珠月它愿意以生命的凋亡传递信息或者陪伴爸爸。珠月回家看着那棵树，简直不敢相信，按说应该回家乡之前树就有先兆，离开乐城之前树都好好的，回来发现树从根部都枯了。珠月把盆子和树搬出去，余清说，要不这盆子给我，后来他觉得不吉利，就说“算了，不要了”。珠月现在想想，她应该悼念那棵树，它为了父亲的去世奉献了自己的生命。万物虽然独立，可是人和物之间信息相通，生命相连。

爸爸去世后，只要想到爸爸，珠月的心就会痛。珠月没有对不起这世上半个人，只有对不起自己的爸爸。因为她没赚到钱给爸爸治病，因为她在仓皇失措中同意了让爸爸不治病回家。爸爸的生命力是多么强啊，爸爸不该死啊。

就在去年，珠月爸还提起叫珠月买影碟机的事，他认为影碟机便宜，又不费什么人力，往那儿一坐就可以赚钱，钱多钱少没关系，他每天有事做。这时，他已是得过一次爆发性肝炎从死亡线上过来的，可他仍然不想闲着，增加儿女的负担。珠月爸喜欢做这件事与他喜欢唱歌、会唱歌有关。珠月爸年轻时曾登台唱歌，方圆几百里都知道他歌唱得好，所以对买影碟机这件事他一直都很热衷，觉得应该试一试。珠月爸最喜欢毛泽东时代的歌，也许因为那里面有他年轻时代的回忆。珠月以前不懂，现在似乎懂了，觉得那些歌真的是非常好听。爸爸每天唉声叹气怨天尤人，说自己运气不好，没赚到钱。爸爸又是一个多面的人，有他，珠月会感到家里充满着乐观向上的气氛，只要有什么高兴事，爸爸的情绪就很高昂，他的热情感染着珠月，让珠月觉得生活很有奔头。珠月不知道这种复合的感觉爸爸是怎么带给她的。小时候在路上碰到，你走你的，我走我的，爸爸去公社了，她放学了，他们打照面而过，经常都不打招呼的，没想到爸爸对她的影响是如此之大，特别是在他去世之后。有些事情，它是经过岁月的清洗才能体会的。

珠月爸只要有一点高兴事，绝不会缩小，这样让全家增添了斗志。他经常豪言壮语，让全家感到生活是有希望的。他喜欢构织一种好的前景，让全家人跟着一起乐观、满怀豪情。他总说姜子牙八十岁封相，珠月妈就会笑他说："牙齿都掉了，还想做什么大事？"那时，珠月爸刚满四十九岁，牙齿已掉了两颗。珠月爸总觉得自己要做一番事业，实际上他也不知道具体要做什么。姜子牙遇明君创千秋大业，爸爸生在治世，不可能在战争中去创伟绩。他想赚钱，第一他没有本钱，即使有本钱，他也不舍得拿钱去冒险，他没那个胆略。他最崇尚的是无本生意。他想当官，估计也不可能了，他自从二十世纪八十年代回家之后，是不可能再回去了。也许是珠月爸的这种雄心壮志感染了家中女儿，她们个个都有理想，可就是行动不够，像爸爸一样。珠月记得禾月读初一时给她写过一篇决心书，目标是北京大学。禾月很努力，可就是数学怎么都不行。

让珠月心里最难受的是爸爸一直要她在外面给他找一点事，仓库保管、看门之类都可以，总因各种原因未给他找，要不，他也不会得病去世。只有在爸爸去世后，珠月才知道他的重要性。他对于一个家的凝聚力，他在家里唤起的热情和人生趣味，那种有光明有希望的感觉。以前妈妈嫌爸爸啰唆，估计现在也知道爸爸的重要性了。爸爸会渲染生活，一个会餐会让大家情绪高昂，兴高采烈。他经常会总结性地发言，说得一条一条的，都是真理，现在回想起来更是这样。

爸爸怕做女儿的受委屈。他特别心疼珠月，为了珠月，他说他老命都不要了。看到余清肆无忌惮地要打珠月，珠月爸从未受过这么大的气。以前，别人都怕他，他脾气大，没想到珠月找了一个一蛮三分理的人，凭着他赚了几个钱，竟敢当着她的父母打她，这让珠月爸心痛欲绝。珠月有一次梦见爸爸在梦中要用斧头砍她，责问她怎么还不离婚。可怜的爸爸在昏迷前对珠月说的话是："珠崽，我要和你同甘共苦。"珠月却没能让爸爸活过来。

珠月总结经验，以后做事一定要按照自己的想法和原则做，这样才不违背天理。什么风俗、规矩，这个那个的，都见鬼去。她想自己怎么这么无知，要听他们的？后悔都来不及。爸爸的生命只有一次，爸爸是冤死的，珠月觉得自己没有尽到做女儿的职责。再也听不到爸爸乐观的话语了，哪怕是怨天尤人的话给珠月的也是一种激励一种向上的力量，爸爸总是以他的充沛的精力让她感到生活的热量。哪怕就是快要昏迷了，他的声音还是那么洪亮，让医生竟误认为他很好，没什么生命危险，等到化验结果一出来，医生才认为不可救了。珠月还是不愿相信医生的话，爸爸的生命力是极强的，说不定可以挺过那个生死难关。可是在一堆亲戚的做主下，他们却将爸爸拖回了家。

爸爸曾经给过珠月一篇文章，是说山林被盗被乱砍之事，珠月寄给当地日报，没有回音。珠月后悔自己没有去找熟人来发表这篇文章，当时只是觉得他写的那些内容报刊可能会发。现在想，要是爸爸的文章发表了，爸爸不知该有多么高兴，满足一下他的虚荣心多好啊，也让他的志向有一点点小小的实现。爸爸生前没有一个文字变成铅字，珠月知道爸爸是一个被屈的天才。哪怕爸爸就是在死前，只要他是清醒的，他一定还以为自己是姜子牙，还有偿平生志的机会。没想到爸爸就这样走了。

爸爸是一个死要面子的人，经常夸海口，这不要那不要，把什么什么都送给别人。每次当场拍板之后，妈妈就会当面指出他是死要面子活受罪，要不，东西果真送给别人，且不说惨遭损失，怕是他夸下的海口，自己也兑现不了，交不了差。有一次，他又对一个人说，家里山上树木多得很，叫别人去随意砍，有好多好多。珠月爸嘴里说的那个多只怕整座山砍下都没那么多。珠月爸每次随意承诺什么后，过后其实很后悔，珠月妈说他是图嘴巴快活。珠月知道这都是出于爸爸的善心，他很想把自己的东西拿去救别人之急，可是自己又拿不出。爸爸平生最瞧不起小气之人，他所说的小气和一般人所说的小气不太一样。他说谁怎么小气，多少年了，还礼都不加礼，他每次送礼都会在别人基础上加五十、一百的，所以就看不惯别人的小气做法。他没钱送礼都要借了钱来做人的。他所指的那些“小气人”对他们的子女很大方，给他们儿子做房子，带孙子，媳妇都不用做事，他们自己却整天面朝黄土背朝天，自己舍不得吃舍不得穿，这到底是小气还是不小气，反正他们自己又没享上福。爸爸听了珠月的这些说法仍还是不满意，似乎这个道理说服不了他。人宁可刻薄自己和自家人，在外不能不做人。这就是珠月爸的哲学。

珠月爸穿衣很讲究很干净，再旧再破的衣服穿在身上，别人都不觉得他寒酸。珠月想起爸爸去世时，除了自己给他买的几件衣服，几乎没什么衣服，眼泪都想流出来了。

每次女儿们要给爸爸买衣服，他就说：“你们又要受骗了，那些卖衣服的人就专门赚你们这些傻子的钱。”再气一点，他就说：“千万别买，别把我的病惹发了。”说珠月姐妹受骗倒还可以不理，可说到要把他的病惹发，谁敢去捅这个篓子。珠月的几个妹妹是坚决不敢买了，珠月有时还是给他买几件便宜的衣服。珠月说得越便宜，珠月爸就越喜欢那件衣服。珠月有时就骗她爸爸，一件一百元的衣服说成是十元二十元，珠月爸就认为没被骗。珠月爸赚钱越来越难了，越来越不舍得在穿戴上花钱，也就是他说的“受骗”了。

珠月永远不能忘记的是爸爸昏迷前也可以说是临终前的眼泪。看到女儿回来了，爸爸似乎看到希望了。家里没钱，正在犹豫是否转院的事情，医生问珠月，珠月毫不犹豫地说要转院，可等结果出来时，医生说转院已晚了。珠月不信，她对管床医生和主任说：“哪怕只要有一点希望，都要治。”他们都说，一点希望都没有。“难道不会有奇迹发生吗？”他们异口同声地说“没有”。在回柳树湾的救护车上，珠月看到了爸爸眼角的眼泪。爸爸是一个生命力极强的人，我们不该听信医生说的，说他只能活两天。人间什么奇迹都能发生，难道我爸爸就不会有奇迹吗？我一直都是相信奇迹的人，为什么要听信医生说的？多少被判死刑的人都奇迹般地活下来。爸爸被拖回家了，我都感到不能面对爸爸了，因为我作为一个曾学医的人，并没让爸爸治到最后一秒钟。

刚一到医院时，看到爸爸的脸色黄黄的，珠月还未想到爸爸有什么生命危险。去年爸爸也病过一次，脸色也像现在一样黄，可还是好过来了。

那次，珠月都梦见爸爸到了鬼门关了，又梦见爸爸回来了。这次，爸爸发病后，珠月还没梦见爸爸有什么不好。她一回去，就和妈妈说起关于治病、用钱之类的事情，也不知爸爸听到没有。当时，珠月爸妈在银行存了三万元定期，他们把它当作保命钱，在这时却没想到或者不舍得拿出来保命。他们潜意识里这钱是留着给儿子结婚的。爸爸的被单上盖着一件边边已经掉下很多破布条的呢子大衣，这件大衣爸爸已穿了十几年了。爸爸看到珠月来了，就强撑着起来，珠月叫他不要动。珠月对爸爸说："爸，你不要急，你的病一定会治好的，我给你买来了口服止血药，吃了就没事了。"爸爸似乎看到一些希望的曙光，点着头。小妹把口服止血药喂给爸爸吃后，爸爸只是吐。爸爸说，昨晚一晚上打嗝，如不是那样，今天一定像好人一样。爸爸的声音依然较大，一点也不像有气无力的样子。听到女儿说他的病一定能好起来，他对珠月说："珠崽，我要和你同甘共苦。"珠月想到爸爸还是想好起来的，他不放心女儿，想活着看着她。说完，爸爸的眼睛里面全红了，眼泪不停地掉下来。珠月当时没想到爸爸这次会死，只是劝慰他："爸，没事的，医生说了，你这病可以好的。"珠月和爸爸说了几句话，妈妈就把珠月叫到走廊外边，说："医生说你爸爸只能活一两天了。"珠月不信，她叫医院赶快查结果，可那天是周末，他们说等明天查，珠月没想到病情的严重，就听了主任的安排。结果出来后，爸爸的各项指标都非常差，医生说已不可救了。到家的时候，爸爸还认得湾里的社济哥。想到这件事，珠月的心里绞着疼，爸爸是应该治到最后一刻钟的。自己的父亲竟然是等死的。多少次在医院里，有时病人生命体征已经没有了，还要在那里给病人做心脏按压，心三联、呼吸三联针注射，抢救半天才肯放弃。难道自己的父亲竟然是这么残忍地毫无人道主义地等着去死，如果爸爸知道回家了，在家里的那几天是有些清醒的，珠月心里都不知该怎么地责备自己。

珠月想，爸爸为什么会说那句和她同甘共苦的话？是不是爸爸梦见珠月有难，他不怕死了。一次，爸爸对珠月说："要是余清欺负你，我把他裆里的东西剪掉。""谁敢欺负我！"珠月安慰爸爸说。爸爸一辈子谨慎守规矩，而且是连一只蚂蚁都不踩的，竟然说出这样的话，当时，珠月觉得这话很奇特，就无意把它记下了。爸爸在病重时最放心不下的就是珠月，对他的宝贝儿子似乎没有任何担忧，反正他对他也不抱多大的希望了。

珠月的眼泪好像从此干了似的。妹妹说爸爸去世了她都没怎么哭。她哪里没哭，她是在心里哭，比谁都哭得厉害哭得久。爸爸去世后，她第二天在雪地里摔了一个大跤，半天都爬不起来，当晚余清和她吵架给了她三巴掌。

在爸爸昏迷的时候，珠月无法面对爸爸，她感到很恼火，她做不了主，如果一切按照自己想的去做，起码她心里会舒服一些。爸爸的生命力异常顽强，可爸爸还是去了。不是爸爸自己要走，好像是已经准备的一切让他不得不走。要买什么菜、烟酒、茶、零食，要请什么人都已计划好了，寿衣早在医院时就买好了。爸爸是否都知道这一切？二叔还在旁边毫无人性像若无其事地说："还不知什么时候落气，孩子们都要上班。"好像爸爸不死都不行了，不死对不住人似的。珠月越想这些心里越气，就像这些人包括自己都是杀害爸爸的凶手似的。珠月很反感二叔说的话。又听到二叔说："人死了，就和畜生一模一样的。"在二叔的眼里，人活人死确实和动物一样。

在给爸爸坐夜时，二叔对珠月说："如果我死了，你也要把我的葬礼办得与你爸一样风光。"珠月说："那当然。"二叔又说："你到时一定要回来啊。"珠月说得很肯定："开玩笑，这么大的事，怎么不回来？肯定要回来。"珠月说"开玩笑"是为了突出这件事的大以及她到时的非回来不可，叫二叔放心。葬礼办得怎样对于老年人来说似乎比生更重要，他们讲热闹，觉得人死了，就该热热闹闹地走，如果身后寂寞，似乎比活着受穷还要丢脸。二叔有三个儿子，个个也混得不错，二叔竟担心他将来的葬礼办得不好不热闹，就提前给珠月交代这些事。珠月想，人都死了，还管这些干什么？活着时吃好睡好，死了什么都不知道了，要那些虚华干什么？

珠月爸一生为人真诚热情，帮人办事忠心耿耿，没有谁有他那么尽心的。看爸爸帮别人办事的那股子热情和劲头，妹妹们总说他："能不能声音不要那么大？你也太热情过度了。"谁家有红白喜事什么的，作对联、写对联一概是爸爸，爸爸出口成对，字写得也很好。别人帮人家写对联收钱，可爸爸硬是不肯收，经常是忙了一天，不要别人一分钱。什么场面，只要他在，准热闹。特别是他那种善良，他希望他在场的场面是热闹的，仿佛是他的一个职责，其实谁也没安排他这个职责。来了客人，他又忙着打招呼，声音又大，又忙着发烟，又接着写对联。爸爸去世后，湾里最有威信的海星爷爷说："你爸爸走后，我都感到精神支柱没有了。"爸爸就像是湾里的灵魂，虽然他不打牌不玩，也很少出来和人聊天，没事就坐在家里想怎么养家糊口。可珠月爸的威信也许只有在他去世后，湾里的人才真正体会到。珠月爸去世的当天晚上，全湾每户人家都给他点了歌，可想珠月爸平常的为人，乡亲们都是心里有感知的。湾里死了人，还从没有家家都为他们点歌的历史。即使是经生爷爷去世，他家有八个儿女，他的儿子人际关系特别广，三教九流都有好朋友，那天他爸爸去世后，整个湾都挤满了人，可也做不到全村每户人家都为他的父亲点歌。

爸爸是不该死的，就那么草率地死了，人就是这样地渺小吗？虽然死后搭戏台、唱歌，珠月还是感到爸爸死得太草率了。她不该因为找工作以及和某院长约定要去拜访他而延误了回家看爸爸，延误了做决定转院治疗。她是家里的主心骨，她延误回家就是延误爸爸的病，爸爸的命难道不如工作重要吗？爸爸为了节约钱不肯住院，爸爸的命难道就这么不值钱？如果做儿女的有钱，爸爸会这么看重钱吗？珠月想起爸爸的死，她从此不想笑，她的心里越来越思念爸爸了。因为亏欠，所以思念加重。

珠月的心里一直觉得愧对爸爸，如果能早些回去，爸爸或许能早一点转院；如果不拖回家，在医院治到最后一分钟，或许爸爸就不会死。尊重生命的珠月觉得爸爸的死亡简直是一帮人对生命的亵渎，她尤为自己的无能为力、身不由己感到恼火。她在这个恐怖事件中，看到的被害者竟然是自己的爸爸。这真是人世间最残酷的事情。

爸爸喜欢唱《北京的金山上》，唱得很好听，也喜欢听。爸爸去世时，珠月点了几遍这首歌，今天听这首歌，心里一阵怆然，人生到底是什么？亲人一个一个地离开。爸爸的离开对珠月的伤害尤为大。“亲人就这样走了，生命就是这样不值钱吗？鲜活的生命就这样忽然离开了我们。爸爸收错了三百元假钱，小妹气得把一盆开水都推翻了，开水险些溅到爸爸身上，脾气暴躁的爸爸都不吱声。爸爸到老了，赚不到钱了，把钱看得很重，小妹也不懂事，三百元钱就值得发那么大火吗？爸爸已够伤心了，小妹并不体谅爸爸的伤心，不去安慰爸爸，而是觉得自己的伤心更大。爸爸真可怜，没穿一件好衣服，去世时，几件拿得出手的衣服都是我买的。平时，子女要给他买衣服，他就要埋怨，不是爸爸不喜欢穿好衣服，每天人情都应付不了，当然穿就退而次之了。”

想到爸爸的死，珠月有一种人生茫茫无边的感觉，生活在她的眼里那一刻是一片人类灭绝后的荒凉。

珠月很少看见爸爸流泪。还有一次见爸爸流泪是十几年前。那一次爸爸得了重症伤寒，病得很厉害，差点死去。爸爸见到珠月时，眼泪不知为什么就流了下来。他说："见到你老弟（指珠月的妹妹）不想流眼泪，不晓得怎么见到你眼泪就不自觉地流了下来。"特别是昏迷前的那次流泪就像刀子一样刻在珠月的心上，爸爸的眼泪有无助、期盼和留恋，更有痛悔，他反复说不该吃那三颗诱发他病的"乙肝扶正胶囊"。爸爸并不想死，他不舍得离开他的家，他的妻子儿女。卖乙肝扶正胶囊的是一群没有行医执照的所谓医生，他们通过奇纺领导的关系，在奇纺厂区内挂着"奇纺医院"的牌子搞了一个肝病门诊。还没等珠月去打官司，二叔劝珠月妈说补偿六千元可以了，就签了字，珠月过后才知，她说妈妈："六千元你要它干吗？爸爸的命只值六千元吗？那爸爸的命也太不值钱了。"珠月妈说："看你忙，没时间管，你二爷说六千元有那么多。""没见过钱？六千元跟不要他们的钱有什么区别？这件事绝不应该这么草草了事，要让全国的人都知道，不能让他们再害人了。"

爸爸在二十世纪八十年代初就开了一个小卖部，那些后来开小卖部的人都赚钱了，只有他是亏本的。对那些在他家小卖部买东西的人，他万分热情又感激。称完白糖后，又补别人一点；有人过年买了五盒糕点，他就给六盒；别人买了几条烟，他就把自己身上的那包刚打开的烟送给别人。珠月对爸爸说："爸爸，你太热情，别人反而不好意思来了，你平平常常的，别人反而觉得自然些。"珠月爸听了连忙点头称是，不过，他过后还是这样卖东西。珠月爸看见一个双眼失明的算命老先生从街对头走过来了，他也不顾自己的生意，就过街去扶那个老人，又拿出饼干来给那个老人吃。并说："启通叔，这么大年纪了，你还在忙，也该享福了。儿女个个有出息。"启通叔就说："儿女有儿女的工作，我出来做做事免得增加他们负担。"珠月想不通，自己儿女混得那么好，老父亲还要出来算命赚钱。

珠月后来发现她家楼上堆了一堆过期的雪花膏和生锈了的劣质皮包，一些一穿就会脚拇指破洞的棉袜，听爸爸说是做好事收下卖的。这样的劣质品根本就不可能有人要，可他却总是由于善良、却不下情面收下。

且不说爸爸平生理想未实现，单是他的病也是因为吃了假药，引起腹泻，诱发了爆发性肝炎所致。爸爸说，世上是没后悔药吃的，很后悔不该吃那种行骗的药。

吃药前两天，珠月爸看见电线杆上的"乙肝扶正胶囊"卖药广告，他对珠月妈说："你的眼睛就是不关事。你看，这广告上的治肝炎药又便宜效果又好，我们明天就到奇纺去买。”珠月妈当时很有些为自己眼睛不关事感到不如珠月爸，她没吱声。

珠月爸去世后，珠月妈总把这件事拿来说：“你爸爸就是图便宜，他还说我眼睛不关事，好的东西看不见，好啊，他关事，把命都关没了。”珠月妈的这段话说过几次，也不知是珠月妈天生的乐观性格，还是她的智慧，每次说时，珠月就会觉得心里舒服轻松好多，妈妈总是能把珠月看起来悲剧的东西化解。

经常一有件什么事，珠月都会联想到爸爸。爸爸是家里的明灯，是家里快乐和希望的来源。爸爸说的话，珠月有时听不惯，后来才发现爸爸对生活的乐观是多么重要啊，爸爸从没悲观过，他是真正地热爱生活。爸爸不想死，怕死，爸爸一直往前看，他很珍惜钱，他多么喜欢看到女儿挣钱。可珠月这些年一直在读书，没有钱给爸爸，等禾月有些钱了，刚给了爸爸二千元钱，没想到爸爸就去世了。如果爸爸没去世，禾月接着又给爸爸二千元，经常给爸爸二千元，爸爸会多么高兴啊。珠月姐妹多想看到爸爸的高兴样子啊，爸爸就是吃着没油的菜，他都会乐观地谈着未来。爸爸对未来的期待和乐观态度，珠月现在才觉得这就是家里的精气神。

爸爸走了，珠月变得似乎更悲观了，她以前赚钱，爸爸会感到心底里的高兴，可现在没有爸爸心底里的高兴，珠月感到就像一台机器缺少发动机似的。每次只要想到爸爸，珠月的眼泪就会不自觉地流出来。爸爸去世时，珠月没流什么泪，真是应了表姐的那句话，越到后来越想自己的爸爸。表姐的爸爸死在表姐的怀里，表姐说，她爸爸对她说，他会走在正月月半之后，大概是正月十八，月半之前走不了，叫他们好好过月半。大舅舅是得胃癌死的，他知道自己什么时候离开这个世界。爸爸就这样走了，珠月不知道爸爸死前到底是清醒的还是昏迷的，如果爸爸是清醒的，爸爸一定知道自己什么时候离开这个世界。

第二十一章

珠月的硕士同学徐珊珊做事不紧不慢，珠月自小到大没迟到早退过，自从和珊珊住同一宿舍，步子也不自觉地跟着她慢起来。她们俩每天一起上课又一起上食堂买饭、上街。珠月早就准备好了，珊珊还没梳好头，头梳好了就问珠月头梳得怎么样。珠月以前没摸清情况，经常就说不太好，或者这里那里不怎么好，结果，她必得重新再梳。珠月后来就变得聪明了，不管珊珊的头发是路分歪了，还是辫子抹反了，只要看得过眼，她必说“好”字。要不，她可又要浪费时间久等了，而且珠月最不耐烦的就是等人，她很没耐性。以前上学时，她去买饭，如果看见前面还有四个或四个以上的人在排着队，她必得回宿舍打个转，哪怕什么事都不做，她再走回饭堂都愿意。她每天吃饭最后去，前面有几个人也不等，打一个圈回来就没菜了，所以就经常吃辣萝卜。

珊珊对于美有着精益求精的追求，她牙齿已经很齐了，她要去箍牙，害得她每天在食堂吃饭时都要用手掩着用另一只手指抠牙套里的青菜和肉筋。刚箍牙时，珊珊瘦了几斤，食欲不振，牙齿不适，脸上看着就憔悴了一些。当珠月说她怎么这么“吃得亏”时，她说：“别说箍牙一年，就是两年，我也愿意，只要能让我的牙齿变齐。”她眼睛已经很大了，是内双，看起来很美，可她并不满意，她要珠月陪她去做双眼皮，花了一千五百元，上次箍牙花了六千多元，珠月想：“她也真舍得，她家也不是很富裕。”珊珊的妈妈是医院后勤人员，爸爸是民警，据她说，她爸爸和他的三个朋友一次可以吃掉一只羊。当珊珊在说这件事时，珠月想象着那个热气腾腾的火锅，禁不住啧啧称赞起珊珊爸爸的雄伟能干起来。珊珊爸爸很高大，是典型的北方壮汉，珊珊说她爸爸最怕她妈妈了。有一次，她爸爸帮一个隔壁的寡妇搬煤气罐，她的妈妈就缠着她爸爸哭闹几天，拼死拼活直要上吊了。珊珊爸爸只是想顺便帮人家一下，没想到事情闹得让他如此心烦意乱，从此以后，珊珊爸爸要是和她妈妈一起回家，走到家门口了，他就几乎是有意识地偏着头，不看那个寡妇的门。

珊珊妈妈到学校来看过珊珊，她说话的架势和口气非常强硬。她对珊珊说："你看你的高中同学秦小龙考上了哈佛的硕士，你的大学同学我们院的李萍找了一个博士男朋友，你看你的男朋友，不求上进，一个打油律师，那么矮，长得也不咋样，完全拿不出手。"珊珊妈天天看着自己的女儿，千万个不满足。也不是不满意，就是望女成凤心特别迫切。她对珊珊说："妈妈单位的那个大明被清华保送读研究生，他妈妈说他每门功课都是九十五分。"珊珊很怕她妈妈啰唆，告饶似的说："妈妈，每个人不一样的，每个人的智商都有很大差别。我的智商大概是中下等。"珊珊妈一听她女儿说她的智商是中下等这么不争气的话，火不打一处来，脸都气红了，她把珊珊桌上的书往旁边一扔，不服气地说："我就不相信什么智商，就是你没用功的结果，只要你用功了，准是每门功课九十分。"珊珊妈拿着珊珊的考核表，上面的各门功课全是六十几分，七十几分，没一门上了八十分的。珊珊虽然从小到大怕她妈，心里并不服她。"你怎么不考去?""我就是因为没读好书，才把希望都寄托在你身上啊!""你的希望也太大了，都压得我喘不过气来了。"

珊珊妈一望宿舍另三个同学，有一个准备到图书馆去看书，另一个眼睛死死地盯着电脑在写她的论文，还有一个躺在床上嗑瓜子，床旁边放着一个凳子，凳子上放着一份报纸，报纸上面是几个香蕉和一袋瓜子，是刚刚一个男同学孝敬她的。她眼睛瞟了一下那个躺在床上嗑瓜子的女同学，话中带话地说："跟着什么样的人，学什么的样，你以前还不是这么懒，怎么现在每天就知道躺在床上睡觉?"正在写论文的珠月本来已对珊珊妈这几天的唠叨很反感了，就把身子往珊珊妈坐着的地方偏离一点，心里想："谁的成绩都比珊珊好，躺在床上嗑瓜子的同学虽然习惯于在床上吃东西，做作业，每天中午十二点起床，但是每门功课都是九十分以上。特别是英语，一个大班一百多人，她就考第一。"珊珊看到自己的妈妈不讲道理，就说："这宿舍谁都比我强，比我聪明，就我智商最低，也最不爱学习。"珊珊妈听了，坐在凳子上半天不说话。她头上的几根头发没被发卡卡住，正在那里似乎生气地飘着。

珊珊考上硕士后，因和大学本科时谈的律师男朋友两地分居，自此未见过面，一年之后，他们就电话和平分手了。珊珊后来又找了一个男朋友，这一方面是她妈妈每天要她换男朋友的功劳，另一方面，珊珊也觉得自己该找一个男朋友了。这个新男朋友毕业于北方一所重点大学，已在公司上班。文凭和以前的男朋友一样，不过比以前的男朋友帅多了，很高，牙齿也很白很齐。他们去照了很多艺术照，比电影明星还要美丽帅气，珊珊把那些相片拿给宿舍同学一个个地看。

一天，珊珊说要回请宿舍同学，当他们吃完饭后，珊珊的男朋友舒展并没主动去结账，倒是珊珊出了一回血。珊珊倒是很希望男朋友去买单，看他也无此意思，眼看着火锅已经吃完半天了，珊珊只有自己去结账了。珊珊男朋友见珊珊结账回来，也什么话都不说。珠月感到有些诧异，男孩子不主动付钱？宿舍的靖亚就打趣说：“舒展，珊珊生日马上要到了，你准备送什么礼物给她？”珊珊的男朋友一听，很优雅地笑着说：“生日礼物嘛？我看到时还不如送几斤猪肉最为实用。”他们宿舍几个都笑了起来，觉得珊珊男朋友虽然小气，这个想法倒是很好。送猪肉，第一，珊珊特能吃，像她爸爸一样，不过怎么吃都不胖这点不像她爸爸。第二，这几斤猪肉，珊珊男朋友可以和她一起吃，没白送，自己也享了口福。而且，他们吃的时候，说不定宿舍同学也可以跟着沾点光。想到这里，几个同学都不觉得珊珊男朋友小气了，只觉得他是个优雅却很务实的人。

不过，珊珊心里却不好受，倒不是几斤猪肉让她不高兴，她倒是很乐意接受，她只是看到舒展当着同学的面不去买单，太不给她面子了。回到宿舍后，珊珊一直都闷闷不乐的，也不说话。几个同学都知道珊珊平日里算是大方，今天肯定是因为男朋友不去主动结账而觉得他如此不会做人，还不知同学们会怎样看。晚上睡觉时，大家都故意不提今晚吃饭的事，因为在吃饭前，大家都在那里打趣说“今天该珊珊男朋友放血了”。

这一阵子，珠月因有一个以前的同事过来玩，请了宿舍同学一起吃。靖亚读计算机博士的姐姐从成都过来，靖亚也顺便请大家去加了一次餐，黎夜的男朋友看到大家请黎夜吃了两次饭了，也不顾大家的推辞执意要请大家上馆子。珊珊本就是一个极舍得给自己花钱的人，欠别人的人情她也知道礼尚往来的道理。等到珊珊男朋友到宿舍时，靖亚一看见他就说：“舒展，热烈欢迎你来到我们宿舍，听说今晚你请客，我们都等着呢。我今天中午就没吃，空着肚子等着吃这餐饭呢。”黎夜也跟着说：“我从昨晚就等着了，从今天早上到现在我就吃了一个鸡蛋。”珊珊男朋友温和而优雅地笑着，也不答话。看来，他就从来没打算请这餐饭。其实，珊珊心里很清楚，和男朋友也结识半年了，她还从未收到他一个小礼物。平常如在外吃饭，都是你请我一回我请你一回，好像大家都计算好了的，这次是珊珊请，下次就是她男朋友请。如果这次是她男朋友请，下次一定是珊珊请了。如果珊珊那天没带钱，估计她男朋友也没带钱，大家就出不了饭馆了。珊珊也问自己："我到底看中他什么?"她不由得想念前男友来，那个前男友在不久前还给珊珊打电话，在电话里放一首歌，珠月在上铺只听到那首英文歌里的"I love you"的歌词，珊珊坐在那里听着，看似很感动，不过，她说："已经过去了。"

珊珊几年之后来见珠月时，她早已换了男朋友。珠月只听说她放弃了固定的工作，在一家公司打工，还差点和那个公司的老板结了婚。珊珊以为这个世界就像她妈妈所说是想象出来的。她把她的正式工作毫不犹豫地辞掉了，每个月三四千元还不够她自己用的，再加上租房子，到了月尾就手上没钱了。珊珊起先和男朋友合租一房一厅，房租两个人平摊。有一个月，珊珊买了一件大衣，就没剩下什么钱了，她只得找她的一个同学借钱付房租。她的那个同学一直都很想追珊珊，无奈，那个硕士同学既没钱，也不帅。珊珊自第一次找了一个她妈妈都说不帅的男朋友后，一心一意想找一个帅的男朋友，没钱还能原谅，不帅就不行了。要不，就像珊珊妈说的："不帅也没关系，你是一个硕士，最少也要找一个博士。"珊珊妈对知识确是非常尊重的，她没说要珊珊找一个农村挖煤窑或者干什么的暴发户。

靖亚的智商在宿舍四个人中是公认第一高的，别人都说学数学的女孩子是最聪明的。靖亚高三时被一个男生追得第二年复读才考上大学，到了大学后，一心学习，六级考八十多分，虽比不上考一百分的天才曹清燕同学，却也是在她的班里算高分了。自进入数学系后，数学一般的她在数学方面的天赋飞跃发展。刚开学时，珠月看着她一个人坐在床上也不主动和同学们说话，脸黄黄的，嘴唇没有血色，眼睛有些无神，虽然个子很高，却并不觉得她的高是个优点。可能是因为她的脸让人看了觉得不太青春健康，虽然她只有二十二岁。

靖亚很自负，可是也很自卑。她见珠月夸她，似乎神智越来越清楚了，脸色也越来越红润了。她刚一到新学校，就有高她一级的师兄追她，听说她睡不着觉，就买二十多元一瓶的刺五加片剂给她吃，前面靖亚吃的瓜子香蕉也是他送的，还有一份报纸也是他买的。可靖亚说没感觉。她是一个非常讲感觉的人。那个男生看到靖亚对他无意，也不再那么勤勉地给她送吃的了，后来他们成为很好的朋友。这期间，珊珊的英语大班同学范阳托珊珊给他介绍女朋友，珊珊毫不犹豫地答应了，她想到靖亚还没男朋友。这个男孩子是学病理的，以前是针灸科医生，为了考研顺利就报了一个基础专业。珊珊当时从大学直接考研，考的是文学专业。

范阳平时有些憨，可那天来见靖亚时，宿舍同学一致说他是最帅的，他身高一米七八，头发那天还有些卷起来了，看起来很洋气，一点也不像平时那么土，整个就是一大帅哥。连珊珊都有些微惊讶，平常怎么从来都没觉得他帅啊？如果知道他这么帅，还不如当初自己去追他呢。珊珊对爱情很敢追的，珠月班上有一男生，别人都说他像李亚鹏，有一天珊珊在校园网上看到他竞选学生会主席的视频，就对珠月说："把他介绍给我吧。"珠月笑着说："他来之前刚领结婚证。他老婆的相片我看过，好漂亮。"珊珊听了叹息地说："好的都被人抢走了。"珠月后来对她的那个同学说："我宿舍同学说你像李亚鹏，说你很帅，要我把她介绍给你。""李亚鹏，我比李亚鹏要帅一百倍，怎么不比一个好一点的？"珠月的同学高兴地说，有女孩子主动追求自是叫他心花怒放。珠月没想到同学还不满足于说他像李亚鹏，就说："我觉得李亚鹏很帅啊！"后来，珠月的那个同学约珠月出来跑步，珠月也叫上宿舍同学一起去跑。好久之后，有一天珠月和珊珊一起去跑步，发现她的那个男同学和一个漂亮的女孩子坐在草坪上聊天。看见珠月跑步过来了，那个男同学向她挥着手，要她们一起来坐。珊珊打趣说："听说你老婆很漂亮，怕她在家被人勾走了哦。"说着瞅着那个女生，那个女孩子只是腼腆地笑着。记得上次班上聚会时，她的那个男同学竟然说："珠月要是不去，我也不想去了，觉得去了都没味。"又在吃饭时说，"珠月是我见过的最善良最完美的人。"害得珠月心里一直觉得挺感激他，其实他们还没说过几句话，最多就是上课和班上有什么活动时见面，没想到他竟说出那种理解她的话，这让珠月想起以前认识的另一个低年级校友，也说过同样的话。完美倒谈不上，珠月只是因为心里有一个人，她不想背叛他，好像和他有什么约定似的，实际上约定倒没有。而他心中也是有珠月，也似乎有一个无言的约定在浪费着他的时间，而他们又都没见过面。想起这些，各自的青春都没有了，而他们却又并没走近一步，更没达到他们所渴望的那种融合，珠月想起来估计也和他一样的恨。也不知恨什么，只是恨他们怎么走不到一起，可偏偏都不肯放下对方。

对于珠月的善良，那是百分之九十几的人都会这么说的。珠月爸妈是全湾最善良的，可珠月爸还偏说珠月妈阿弥陀佛，珠月妈说："我阿弥陀佛，你呢？我还借得到钱，你连别人欠你的钱都冇得能力讨回来。"让珠月印象最深的是，妈妈对来到她家胡闹的云贵奶奶道歉的样子。云贵奶奶有七个孩子，个个都混得有模有样，她腰板子也因此很硬。她不知什么原因和珠月妈吵架了，珠月妈从没和任何人吵过架，估计这是她生平唯一的一次。云贵奶奶回家想不过，白天在田地里的事自己似乎并没争出一个输赢，晚上就找珠月妈评理。珠月那时上小学二年级，只看到妈妈睡在床上，云贵奶奶就冲进来了，她对珠月妈说："你认不认为是你错了？你要是不说是你错了，我今天就缠你不完。"珠月听见她妈妈说："我错了，我以后要是再触犯你，随你怎么说都可以。"珠月当时只感到云贵奶奶盛气凌人，妈妈怎么这么软弱。过后珠月问妈妈："你怎么那么软弱？"妈妈说："你不知道她有多厉害，我确实怕她，不想和她闹。""那你也不能认输啊。""认输没什么，人吃亏是好事，对子孙有福。"珠月一直不知道这件事的起因，妈妈的软弱和宽容对她产生了非常大的影响。这种影响是不能计算和衡量的。软弱和宽容也构成了珠月前半生纵横交错的生命中的一条线，是喜哉还是悲哉？

再说靖亚自从和范阳见面后，也不说喜欢还是不喜欢。她经常说："两只腿的狗难找，两只腿的男人满大街都是。"她历来愤世嫉俗，对男人当然也不例外。珠月估计靖亚对范阳不太热的一个原因，可能是因为范阳是大专考的研究生，又是针灸医生。范阳一次次地约会靖亚，比以前追靖亚的那个师兄还要细密还要用力。记得靖亚曾经说过："女孩子很好追，男人不需花什么钱，只要会追，一包瓜子，几句甜言蜜语就可以搞定。"范阳好像很懂靖亚的心事，他知道靖亚最爱嗑瓜子，天天送一包五香恰恰瓜子到楼上，有时买一点香蕉橘子苹果什么的，有时也夹带一份报纸。这让宿舍同学很好奇，为什么追靖亚的男生都要送她报纸？难道这些男人爱看报纸，就以为女人对时事也感兴趣？珊珊笑着说："现在连国家领导人是谁我都不知道了。"珠月也有同感，好久没看电视，看电视也是看见新闻就跳过，捡一点娱乐节目看。因为时间紧，看新闻都觉得是浪费时间了。奇怪的是，靖亚每次还大模大样地把那报纸仔仔细细地看一遍，好像她一直就喜欢看报纸似的。看完报纸，就用报纸垫椅子，然后把嗑出的瓜子壳吐在报纸上，待会儿一起扔到垃圾篓里。

范阳可谓是铁了心要追靖亚，虽然靖亚对他一会热一会冷，连珠月和珊珊都看不过眼了。有天，范阳请靖亚宿舍同学去餐馆吃饭，吃完后，范阳准备往那条一般同学都会选择的捷径回学校，靖亚看范阳在前面走着，就硬拉着宿舍几个同学往另一条路回校，让珠月心里觉得连自己做人都不行了，连珊珊都骂靖亚“不识趣，缺德”。

可追求靖亚的范阳同学却一点也不退却，照样是每天送瓜子、水果之类。靖亚照吃不误，范阳照样送。有时范阳请靖亚出去逛，靖亚兴致好时也不拒绝。靖亚对宿舍同学说：“怎么那么好脾气啊，一点都不像男人，我宁愿他硬气一点，说不定我还会爱上他。”珠月笑着说：“你是生得贱，不是过来人，你不懂。这样的好男人哪里去找?”靖亚说：“真的，他的好脾气让我对他越来越没胃口了。”“那就没法，爱情这种事是说不清的。”

靖亚终于对范阳说：“分手吧。”可范阳不答应。好一段时间，范阳都没来找靖亚了，靖亚也似乎把范阳忘记了。有一天，靖亚收到范阳的一个短信，说是有人在他床头放了一件人工织的毛衣，不知是谁打的。不知是想问靖亚毛衣是不是她打的还是想告诉靖亚有女孩给他打毛衣了。靖亚只把这件事当作玩笑事，并没放在心里，想范阳那个老实样，哪会那么快找到女朋友？过些天，珊珊在宿舍像传播新闻似的对靖亚说：“范阳谈女朋友了，是他的同学，也是学病理的，对他很好。”珠月并没注意靖亚当时有什么反应，以为靖亚本来就不喜欢范阳，只是觉得靖亚放弃他有些可惜。

接下来的日子里，靖亚像变了一个人，以前是每天十二点起床，那段时间几乎每天下午三点起床，起来后坐在电脑旁就开始发呆，晚上总听到她在床上翻来覆去的声音。珠月想，靖亚有些后悔了，可她不敢问，怕说对了。靖亚每天下午自己都会去买瓜子吃，有时也带来一份报纸。她躺在床上，若有所思地嗑着瓜子，手上拿着报纸心不在焉地翻着，珠月猜测靖亚一定是在回忆往事，回忆往日嗑瓜子的情景。珠月只是猜测，有一件事却让她震惊，那天她无意中看到靖亚桌上一张很大的白纸上写的一段很长的话，那时，靖亚去食堂打饭了。珠月看到“爱”字时有些震惊，看来靖亚是爱上范阳了。那些话里的痛苦是感人至深的，珠月看过之后，就知道靖亚恐怕这辈子都要想念范阳了。靖亚的嘴唇更没血色了，估计那段时间范阳成了这个世上谁也比不上的人，就是白马王子来了都打动不了靖亚。

靖亚就这样在痛苦流连中过了一个学期。有一次上学校 BBS，那天也可能是救靖亚的日子，上面的一个消息让靖亚眼睛顿时都睁大了，有一个女孩在网上大骂范阳是大骗子，说得有鼻子有眼，又说是学病理的，又点了范阳的名，这不是范阳是谁？那个女孩讲述故事的经过：有一天她在天桥上走，有一个非常帅的男孩上来和她搭讪，那男孩是居心险恶，早就计谋好了的，就是想骗她。他有女朋友。他骗她的目的起初是色，后来听说她是本城的，想留在这个城市，就和她谈起恋爱来，后来，她发现范阳有女朋友，而且也不想和自己的女朋友分开，就觉得自己是受了天下奇骗，一定要在论坛上让他名誉扫地，声名狼藉。情况大概就是这样的。也不知这件事的真假，靖亚看了以后，就叫姗姗看，姗姗觉得很好奇，就说："没想到范阳有一手，脚踏两只船。不过，我还没听说此事呢。"黎夜说："男人都不是好东西，你看范阳当初就像乡巴佬，不知什么时候发现自己帅了就不老实了。""那你家的那位是不是好东西？"姗姗问黎夜。黎夜说："暂时还是的。不过，他怕我。""怕你只是暂时的，等你结了婚，看他还每天帮你做饭？"黎夜是学会计的，她虽其貌不扬，可她的男朋友是宿舍的男朋友、老公中最帅的，和她是研究生同学，学的也是会计。她男朋友偏偏珍惜她尊重她，让宿舍人羡慕不已。都说是她会计算，就像她学的会计一样，要不怎么会叫他服服帖帖。每天到宿舍后，黎夜男朋友就做饭，吃完饭就去图书馆。有时两个人也出去逛，更多的是一起去图书馆，让宿舍人很是羡慕他们的平稳看起来一点风浪也没有的爱情。珠月也在旁边说："没想到范阳是这样的人。"珊珊平常最喜欢观察别人，特别是对于别人的喜怒哀乐、隐私什么的最感兴趣，她早就发现了靖亚对范阳的思念，今天故意说："看来靖亚是对的，火眼金睛啊，竟然看出范阳不是什么好人。""是啊，真没想到啊，还是靖亚有先见之明。""幸亏当初没和他谈，要不，靖亚那种烈性子，怎么可能还会和他和好如初。受了伤，不想痛，还得忍，还得离开。"大家你一言我一语。

靖亚是个很有主见的人，别人说什么可能不会对她有影响，可只要一知道范阳有这种不老实脚踏两只船的情况，可以说，她立马得救了。她思念他还是因为他对她的忍让、宽容，买的一堆瓜子、一堆香蕉和一串为她着想为她做的事。范阳另找人只是一个切入点，没有这个切入点，她看不到里面闪光的石块。现在，范阳，这个她朝思暮想了半个学期的人，竟然一下子在她的眼里变得就像小丑一样了。也不知网上说的有多少是事实，结果是，靖亚从当天晚上就开始活了，说话又变得大声了，以前她最会说笑话，妙语连篇，好久都没听她说俏皮话了。晚上，她一连说了很多妙语连珠的话，好像她的天才又回来了。后来，听珊珊说，很奇怪，那个女孩说范阳利用她，到底想利用她什么？再说，范阳会莫名其妙地在桥上找一个不相识的女孩子搭讪吗？他还不是和他的女朋友好好的，他也是个很有上进心的人，说是一定要考博的，那个女孩子就是一个单位的普通职员，也许是因为追不到范阳，就故意咬他的。那她为什么就偏要咬他呢？珊珊搞不懂，她也不好问范阳。她还笑着说："我昨天见到范阳，本想问问他，不过，他那样子，似乎他还没看见那个帖子。""装。"黎夜肯定地说。不过这个惹是生非的女孩子倒是从此把靖亚从相思梦中解救出来了。靖亚姐姐对她的事也略知一二，也为妹妹的相思心焦，每天一个电话的来劝慰她，都没用。虽然她口里对姐姐说没事，心里却是怅然若失。自从那天之后，靖亚和她姐姐通电话的声音大多了，也变得快活多了，她本来说话特别快，心情一好，更快了，就像一串快速梭子，估计她姐姐在那头虽不知道是什么原因，但放心了是一定的。

靖亚最爱的是她的姐姐，你可以说她本人不好，但不能在她谈她姐姐的时候，有任何非议或不欣赏的话。她对她姐姐的男朋友也是极度偏袒，她不许任何人说她姐姐的男朋友半点不好。她说："我的男朋友可以随你们批评，我姐姐的男朋友就像我姐姐一样，是我最尊敬的。因为我姐姐爱的人，一定是值得爱的，我姐姐的眼光绝不会错。我在任何时候都相信她。"

当宿舍同学在一起谈论读书的目的时，珠月说是为了理想，珊珊和靖亚都笑珠月单纯可爱，大话连篇，以为她是哄骗大家或者高抬自己的。靖亚说："我读书就是为了找到一份好工作，有饭吃。"珊珊说："我也是，为了赚钱。""那当然也是一方面。对于我来说，最重要的是做自己喜欢做的事情。""你当然不同，你中途改行，确实是为了你的理想，如果你的老公没钱，估计你也没那么大的决心考研、改行。""可是，我在认识他之前就想考研。""反正对于我来说，读书就是为了找到一个好工作，有饭吃。"珊珊也说。"那当然。"珠月也说。

后来，靖亚和一个生物科技公司的研究员结婚了，而且速度有些快，是经人介绍的。他们刚刚结婚一个月，她的老公就和一个以前的女朋友相约到某地旅游，把靖亚一个人丢在家里。他骗她说是去开一个学术会议。靖亚晚上给他打电话，听他说话有些心怯，不连贯，就知道有鬼。接连打几天电话给他，不是关机就是没接，最后，竟说手机掉了，每天假模假样地用公共电话给靖亚打一次电话。靖亚可谓是伤心欲绝，可是肚子里怀着孩子怎么办？等她老公一回来，她就提出要离婚，她的妈妈见她已怀上孩子，就对她说：“男人都是这样的，老了就好了。”靖亚怀孕六个月时去做B超，是一对龙凤胎，按说，她老公应该很高兴吧，可到了她生产时，竟然找不到她老公的影子，听靖亚说是和那个女的约会去了。靖亚孩子生出来时，医生到处找她的家人，她的弟弟去通知她的妈妈去了，她不知道该怎么回答医生，自己是有老公还是没老公呢？想着这些，靖亚的眼泪不停地流了下来。她越擦越多，就像是把山中泉捅了一个孔。因为工作没多久就结婚，他们夫妻攒的钱全买了结婚用品，连孩子的衣服都没准备，她也没想到孩子提前二十多天出生。出院那天，她的丈夫还没露面，电话也联系不上。孩子穿着靖亚妈妈带来的旧衣服，靖亚弟弟买了两个新毯子，两个小家伙就被包裹着离开了医院。靖亚说生孩子找不到她老公的事比他结婚一个月就出去和别的女人约会更让她心寒。她的丈夫对自己的事也供认不讳，一年后，两个人还是离婚了。女儿小凤给妈妈，儿子小龙给爸爸。因为他们是租的一套房子，暂时还是住在一起。

靖亚妈过来帮女儿带孩子，斥责女婿，女婿说靖亚不温柔，个性太强。他们还是一直都住在一起，可能是想到两个孩子放在一起带方便，孩子又有伴。靖亚老公时有夜不归宿，靖亚心里虽有些不舒适，想到自己已离婚了，他再丢脸也不丢自己的脸，也懒得往心里去。奇怪的是，靖亚老公后来并没和那个以前的女朋友来往了。好像他和靖亚一离婚，他对那女人的感情马上就变淡了似的，真是快得出奇。那个女人本是先不要靖亚老公的，看到他和靖亚谈朋友了，要结婚了，就来找他。男人有时是没脑子的，越追不到越觉得珍贵。靖亚老公看到甩他的前任女友又倒过来找他，心里也是留恋着那女的，自然是一拍即合。他和靖亚急急忙忙结婚也是为了气那女的，没想到那女的本是一个水性杨花、无骨头的，在新任男朋友那里不满足，又想到旧男朋友，两边跑。靖亚老公已不管那么多，只管和自己的前任女友饱尝甜蜜，一日不见如隔三秋。每天瞅着靖亚去上班的时候，他就去和那女的想方设法约会，或者借口说出差，或者是要加班。看那样子，即使别人拿枪对着他，他也会去的。靖亚和他吵，他就撒谎，看着他老实一两天，靖亚刚刚心软，他又耐不住了。后来靖亚对他确实是不抱指望了，就随他去。等离婚手续一办，她前夫反而老实了，晚上有好长一段时间都没出去，经常还和靖亚一起帮忙带孩子。两个月之后，靖亚有天在街上看见他和一个女的并排走着，不过不是以前那个女的，以前那个女人靖亚见过。

珊珊对靖亚说："你们干脆复婚算了，两个孩子，多美好的家庭啊。"靖亚反问："美好？"珠月说："难道他不兴奋吗？给他生了一对龙凤胎，他还这样，和别的女人约会见不到人影！这种男人真是很少见。""你这次见到了吧。"靖亚说，"复婚不太可能。想起结婚一年多发生的事情，就像噩梦一样，想都没想到的。"现在靖亚和她前夫各自还未结婚，也未复婚。孩子想买一架钢琴，两个人合凑一万元买了一台，供两个孩子学。虽然不住在一起了，因为孩子的事还是互通气息。每有人劝靖亚复婚，靖亚就像得了结婚恐惧症似的说："那不是找事烦心？""他现在怎么样？怎么还不结婚？是不是在等你？""等我，他都不知道找多少个了。""算了，别计较，就复婚呗。"珊珊说。靖亚笑着却又说不出是什么意思地说："复婚？他等我？还是省点事吧。"

靖亚随便多忙，到哪里去，晚上必回家，她怕孩子晚上一人在家会害怕。她在一个中等城市当大学老师，到另一个城市的大学同学那里聊天到很晚，还是坚持要打的回家。她指着小凤对珠月和珊珊说："这么多年，我们母女就这样相依为命过来的。""怎么不找一个？""没遇到合适的。再过几年，就更不想找了。"她们正坐在一只船上旅游。那个地方是千岛之国，山是绿的，水是清的，再稍微整整，都该成为旅游胜地了。珊珊和珠月这次到靖亚工作的城市来玩，这个城市让珊珊嘴里不停地发出惊讶感叹之声。他们在河边农村式的餐馆里吃了河鱼，真是美味佳肴。几道菜都是珊珊没吃过的，还有农村自己种的辣椒，吃起来的味与城里的完全不一样，城里的辣椒漂淡的，农村人自己种的辣椒味又正辣味又足。吃完后，靖亚带珠月和珊珊去菜市场买菜，见几个老农民式的人挑着担子在那里卖辣椒茄子黄瓜等，就赶快买了一些准备回去自己炒。她们买了一根新鲜的白竹笋，又买了一点酸菜，酸菜炒竹笋可以去涩味。珠月很喜欢吃那种涩味，说那才是自然的味，竹笋的本味。珠月炒莴笋时什么也不放，就放油和盐，这样，翠绿绿的莴笋端上来时，拿着筷子夹一片尝一下，莴笋本身的清新的味就是再愚钝的舌头都能尝出，口里会缠绕着一股自然蔬菜的味道，里面包含着日月之精华，嚼在嘴里除了莴笋味就什么味都没有，没有大蒜、姜、胡椒的味道，也没有激素催成的漂淡味。快回到靖亚住的小区了，靖亚说要带大家到小区靠着的山上去看她妈妈开出的菜园，她们几个穿着高跟鞋，爬山时都差点把鞋跟扭掉了。昨天刚下雨，高跟鞋的鞋跟很容易踩到疏松的山土里面去，珊珊的鞋跟从松土里拔出来时，上面已沾满了泥土，看起来很滑稽。靖亚说“你们小心”，自顾自地往前面走着，又是爬山又是下山，那块菜园看起来就在靖亚家旁边，走去却挺费劲的。她们左爬右跌地好不容易找到菜园，见菜园里的豆角、黄瓜还没长成，直怪靖亚害得她们白来一趟。珊珊把一只鞋子脱下来提着，指着靖亚说：“你看，我的鞋子都成这样了，以为还有什么好看的，没想到什么也没有。”她们几个晚上就在厨房里做开了，洗菜的洗菜，做饭的做饭，靖亚妈到靖亚弟弟那里去了，她们就自己动手做。蒜蓉炒红薯叶，黄瓜炒辣椒，鲜竹笋炒酸菜，还有腊肉，三个人吃得拼命地笑，平日各自的苦楚都忘到一边了。

珊珊的头发拉直一次要花五六百，一般同学最多花二三百。她对美的执着在珠月眼里简直不可思议。特别是冬天时，大家都穿很厚的毛裤了，可珊珊却还穿着裙子，里面就穿一双不厚看得见肉的袜子，珠月看着都冷，连温暖都不能保，何谈美。

可珊珊说一点也不冷。她穿着裙子走在家乡的雪地里，高筒靴踩着雪咔嚓咔嚓地响着，引来了一些路人的注目。她把一条紫纱巾包住头发的一半，纱巾在风中微微地飘着，像是寒冷雪地里的夏天。

珊珊在一个公司工作了还不到半年，就回到乐城了。她没事做，就来找珠月玩。她告诉珠月，她上班几个月就和舒展分手了，她后来打工的那个公司老板根本就不想和她结婚，他有老婆，孩子三个。珊珊起初不知道，以为自己找到一个有钱人，心里满打算自己也可以有一番事业可干。珊珊离开那个公司时，连她的工资都没全拿回。珊珊说：“再也不相信那些工厂公司什么的，我以前以为那里可以有所作为，没想到那么肮脏。”那个老板希望珊珊能在那里做下去，珊珊就像把自己卖了一次，真是哑巴吃黄连，有苦说不出。珠月很同情珊珊，看着她瘦瘦的身材，眼睛都快成一个洞了，皮肤比以前更黄更干了，还没到三十岁，脸上已不知什么时候长满了黄褐斑。

这时，有一个公安局的科长在追求珊珊，那人看起来大概四十多了，头发稀少，身材矮小，不知什么原因还没结婚。他追求珊珊的功夫让珊珊不得不嫁给了他。珊珊不喜欢不帅的男人，可偏偏他比珊珊第一个不帅的男朋友还要差得远，珊珊不喜欢固定的工作，可她偏偏还是找了一个拿死工资的人。不过，自从她到一家公司工作半年后，珊珊好像变得务实些了。那个公司的老板想和珊珊玩玩，重要的是还不想花钱，珊珊对于公司和创业的浪漫幻想全在这次恋爱实验中破灭了，像被浇了一盆冰冷的清醒剂。

珠月对她说："你怎么那么单纯，那些有钱的有几个是好的？你也太浪漫了！把自己的机关工作都辞了。"后来过不了几个月，果然珊珊就和那个男老板吹了，幸亏没结婚，结了婚肯定是离婚，如果那男的是那种尽做坏事又离不起婚的就更是黑夜漫漫了。珊珊曾经看过珠月在一旁垂泪，心里早就猜到珠月的日子肯定是不好过的，又不便细问，只是说，你还好吧？珠月笑着说，有什么不好的？看着珊珊憔悴的脸，珠月就已猜到她的这一场恋爱肯定是一个浪漫的打水漂，不实在。

珊珊的现任老公就是用的务实、贴心的方法追到的这个美女。结婚的那天，珠月对珊珊老公说："恭喜你啊，终于抱得美人归。"珊珊老公听了喜笑颜开："珠月，你说得真好，有学问。"珊珊老公确实认为珊珊是一大美女，看着美女归他所有，他心里的得意，特别是在同事面前的面子，想起来都觉得像喝了蜜一样。在珊珊未结婚之前，珊珊过生日，她老公请珠月她们几个同学去聚一聚。她老公可过细，每个同学发一张电话卡，说是可以免费给珊珊打电话，珊珊通过一个教授的介绍在国外当老师，他担心珊珊寂寞，仿佛知道自己还不足以解除珊珊的寂寞。他知道珊珊特别听她宿舍同学的话，只要这几个同学一说他不好，珊珊准不答应和他结婚，所以，他把珊珊的几个宿舍同学招呼得好好的。珊珊的同学虽然见他其貌不扬，但看在他对珊珊一片真心的分上，特别是他的为人处世，随和得体，终于得到珊珊的同学们的好评，个个都不得不夸赞他起来。本身，珊珊就有些糊糊涂涂的，就像一个重心不稳的陀螺，也不知道自己到底爱不爱他，只是被他感动，现在又有同学的夸赞，就不知不觉地走到婚礼上了。那天珊珊做生日，她现在的老公买了很多焰火，就像大年三十晚一样，放得天空灿烂一片。珊珊脸上有些喜容，可看得出她心里其实是木木的。

珊珊老公对珊珊可谓无微不至，珊珊在珠月这里聊天晚了，他就开车来接。可有一天，珊珊老公打电话给珠月说："珠月，麻烦你能帮我劝说珊珊，她一心想和我离婚。"珠月打电话问珊珊，珊珊说："没有的事，听他说。"但珠月感到珊珊对婚姻的不满意。珠月有一次对珊珊说："你老公真是很不错，为人、性格都很好。"珊珊说得很细声："看人不能看表面。"珠月不懂珊珊的话，不过，自第一眼见到珊珊老公，珠月就为珊珊感到委屈。见过几次后，这种感觉慢慢淡化。因为珠月是个先入为主的人，在她的心中始终还是认为珊珊老公娶珊珊是捡了个大便宜，而珊珊是有些亏。记得那天婚礼时，珊珊请了她的硕士导师来主持婚礼，当珊珊导师第一眼见到珊珊老公时，珊珊都觉得不好意思。珊珊是学校校花一级的人物，她的导师估计也有一种花朵被踩到的感觉。

珊珊的老公总怕珊珊跟着某某男人走了，他买菜做饭，可心里还是不自信。最后，他竟然提出了离婚。当他提出离婚时，珊珊的老公好像一下子轻松了许多，脸上竟露出了久违的笑容。珊珊也被她老公怀疑得越发烦躁，他本不是她想象中要找的人。珊珊老公虽然感到珊珊做妻子很荣耀，可终究还是觉得不放心不可靠的折磨远远大于一个妻子的名分所能给予他的荣耀感。

第二十二章

靖亚曾说，珠月要是想美起来，没人比得上，她的惊艳会让她们目眩。所谓的惊艳，不过就是珠月画了一下眉毛，擦了一点粉和胭脂，而且是随意的。师妹有一天在珠月家里玩，那时，珠月穿了一套白色的睡衣，师妹说，你怎么这么惊人的美，平常都没发现。珠月这时连脸都没洗。珠月是那种有时很丑有时又很美的女孩子，致使有人不知道她到底是美还是丑，特别是她美起来时，宿舍的青春少女都比不上。

她和珊珊去剪头发，理发师猜珠月没结婚，珊珊已结婚了，说珠月比姗姗小，把珊珊郁闷得晚饭都没吃好。每次他们一起到食堂吃饭时，宿舍的其余三个从来都是在吃完后摸着肚子说，“好像肚子是空的”“好像什么都没吃似的”。那天，珊珊只吃了菜，饭没吃完，说是要减肥了，其实她并不胖。宿舍的三个未婚姑娘特别喜欢吃东西，每天嘴不停，而且也不影响食欲。珠月有些惊奇，她只要在饭前吃了半个苹果，一块西瓜，或者几颗葵花籽一颗糖什么的，吃饭就没什么食欲了。那三个女孩子一天下来嘴也没停，到食堂吃饭，每次吃完后总说像没吃似的。

珊珊经常手上拿着一只盐焗鸡腿鸡翅什么的坐在电脑前的凳子上大嚼，嚼完后还弯着头津津有味地舔着那几根手指头。靖亚一心一意地吃着她饭盒里的鱼，到了最后鱼快吃完了，就拿起鱼骨，照样弯着头把鱼骨上的鱼肉舔尽，手上沾着鱼汁，她还不忘把它舔干净。刚开学不久，她们去吃火锅，珠月觉得吃得差不多了，就坐在旁边看着她们吃。那时，桌上还剩十几碟下火锅的菜，没想到全被那三个人吃完了。特别是珠月看着她们吃了那么多的羊肉、肥牛，心里直惊叹，她看着那些肥牛上的肥肉都感到腻饱了。半年之后，珠月她们再去吃火锅，她就可以和她们一起吃到大家都不吃的时候了。宿舍四个最喜欢吃湘菜。她们三个被珠月的老乡请去吃湘菜，那家湘菜馆里面赫然写着“不辣不革命”。自此以后，他们吃湘菜的理由就是“不辣不革命”。

珠月讲她的妹妹连月抱着个“老干妈”的瓶子吃辣椒的事，没想到，这一幕不久就在宿舍重演。珊珊不知什么时候买了一瓶“老干妈”，竟也端着坐在电脑旁干吃起来，辣得鼻涕眼泪就流下来了，问她辣不辣，她还说不辣。还叫靖亚吃，靖亚摇头说不吃。珊珊继续坐在电脑旁吃起来，辣得用手拼命地扇嘴巴，一边用另一只手设计她最新摸索出的FLASH。

珊珊没事最喜欢整她那台电脑，电脑里的部件已被她拆了装装了拆几次了，她仍和电脑过意不去似的。她那台组装电脑经常主箱是开着的，里面的骨头都暴露着，冷不防她又会去折腾一下那已经被她弄得经常接触不良无法启动的电脑部件，或者什么时候用在半途，电脑就变成一片黑，自动关机了。珊珊琢磨出的一系列解决电脑问题的方法让她经常故意吊宿舍同学的胃口，有谁电脑硬件出问题或者程序出问题，找她解决，她三下两下解决，动作飞快，又不跟人讲是怎么解决的，第二次电脑出故障，又得去求她。珊珊因此感觉良好。珠月那时刚刚用电脑，对电脑一无所知，一有事就找珊珊，珊珊也爽利帮她解决，只是等到毕业，珠月连程序都不会装。有人靠着真是什么也学不会。每次看着珊珊急速地动着鼠标，珠月都不好意思开口叫她慢一点或者问为什么了。

学校旁边有一个湘菜馆，珠月在那里第一次发现了湘菜的美味和魅力。第一次是和余清一起去的，那天到了中午二点，他们还没吃饭，余清的嘴唇已经饿成乌色了。那餐点了三个菜，吃了八十元，这在当时的珠月眼里是太奢侈了。一碗腊肉炒竹笋，一碗剁椒鱼头，还有一个铁板香干，当时珠月认定那家湘菜馆里的菜是全世界最好吃的菜，余清看着珠月说：“我只希望你能吃好。”珠月又叨叨着太贵了，余清见珠月说贵，很不耐烦。日后经常说：“和你在一起半点味都没有，吃饭也贵，买衣服也嫌贵，住酒店也贵。”珠月想，这么有钱？我家父母在家里连米都没有，油都没得吃，还不如节约点，把钱给他们用，他们能用好多天。

珠月有一天发了奖学金，就请同学到那家湘菜馆吃。她们把点的六个菜全吃完，每人盛了三碗饭，个个吃得眉开眼笑，春风满面，把几个刚来不知点什么菜的顾客吸引过来了，他们问：“你们吃的什么菜？”心想，她们吃得这么高兴？又用眼睛扫了一下桌上还没吃完的菜，看见了剁椒鱼头还剩一块鱼肉在盘里面，似乎也知道该点什么菜了，就不再问了。她们四个人把那家小小的湘菜馆都似乎吃出了春风，而且每人三碗饭，估计也是那家湘菜馆破纪录的女性吃饭碗数了。有钱的人不会吃三碗，没钱的人不会到那里去吃。一结账，用了珠月二百多元，珠月心里有些疼，那时她刚来到乐城读硕士，特别不舍得在吃上面花钱。好在她历来大方，疼一下马上就想开了。

珠月和同学们一起去买衣服，一照镜子才发现自己胖了，嘴里还高兴地说："我就喜欢胖，我一直都在梦想胖，现在终于有些胖了，还要再接再厉。"那三个女孩子也不反驳珠月。她们虽然爱吃，却忌讳胖，珠月当时还没意识到胖有什么不好，因为她从小到大都没胖过，真是恨不得能胖一些。小时候走在路上，别村的大人看见她就会说："这是哪个的伢儿，真作孽哦，像没吃饭一样。"珠月还不知道自己的瘦，读卫校时，有一次量体重，是七十六斤，现在想起来才觉得当时自己是瘦的。

珊珊吃完饭就在校园里走一走，说是可以减肥，有时要拉珠月去，珠月不愿意，如果是跑步，珠月必去。珠月以为跑步能锻炼身体，走路不能。她不想耽搁时间。买东西，她一般是想好直奔而去，也不看别的款式的衣服，早已断定穿了不好看。靖亚和珊珊在那些挂起的衣服堆里拨拉拨拉着，试了一件又一件，珠月买好了自己想要的黑色一字领的上衣，而且那天运气好，本是六百元，做特价二百元就可以买到，是百分百的桑蚕丝。珠月心里觉得很满意了，今天的购物也完成了任务，就坐在旁边看着她们挑。珊珊说："试一试，没准就有特别适合你的。有些衣服看起来不怎样，穿在身上效果就出来了。"她们从中午逛到晚上，珠月心疼时间，可又不好走掉，只能跟着看着。最终珊珊买了一件秋天的裙子，四百多元。靖亚一件都没买，她不舍得买。她最喜欢的是买特价的东西，那天特价衣服中又没有她喜欢的。

珠月后来对超市、商场里的特价消息甚至比买特价的商品还感兴趣与靖亚有关。靖亚一天到晚拿着一张超市的特价广告，一个一个地看下去，毛巾，洗发水，指甲剪，洗衣粉，大白菜，西红柿，只要看到哪个东西降价最厉害，她准买。后来宿舍里每个人都喜欢拿着一张超市发的特价广告在那里翻着了。

靖亚刚一到 A 大，参加了学校的一个送货物到宿舍的勤工俭学公司，一个月东奔西走，随叫随到，有三百元收入。她特别节约，就把她赚的钱一毛一毛地摆好，在她的眼里，一毛钱也是钱。她经常要找别人一毛钱，有时五毛钱的东西就赚一毛钱。看着靖亚在那儿神色专注地把她的一毛毛钱的边边角角抻得平平整整，又摆放得整整齐齐地放在桌上，珊珊向珠月和黎夜微笑着使眼色，好似在说："多专注啊，一毛钱值得抻得那么整齐吗？"

珠月总笑靖亚："伞什么的到了你家，多幸福啊！"每次看着靖亚从柜子里拿出那把抻得平平整整的伞，就觉得那把伞特别幸福。如果把酒店分成几星级，七星级是最高，靖亚的那把伞无疑受到的是七星级待遇。下雨回来后，她会把伞晾在一个较隐蔽的走廊角落，晚上睡觉时一定记得收回，如果发现其上还有水珠，就用破毛巾擦干，小心地折起。那是一把折叠伞，靖亚折的时候一丝不苟，丝丝入缝，每次折叠好之后，就认认真真扣上，再把它放在自己书桌下边的柜子里。那把伞伴随着靖亚三年，毕业时还像新的一样。有时珠月也想像靖亚那样折叠伞，可是，没一次她能折得像靖亚那样，她一点耐心都没有。珠月最喜欢掉伞，她以后就买很便宜的伞，越便宜就越容易掉，反正也只是十元钱。有一次她买了一把三十元的伞，心想这回可不能瞎丢，结果几天之后去买东西，又掉了。珠月又买了一把五十元的伞，她对自己说："这把伞可是有些贵呵，要上点心记得带回。"结果又不知失手掉在哪个地方了。她在街上走着一路看过去，摊上摆着各式各样的诱人的东西，珠月每看到一个自己感兴趣的摊位，就会把伞放在摆放的货物旁边，去看摆设的那些小玩意。十几只圆珠笔捆在一起就三元钱，一个天使灯原本八十元，只要五元，当然买，买了回来却没地方放。晚上了，一束玫瑰一元钱，又买一束拿到宿舍散发芳香，一件班尼路的衣服原价一百元，只要二十五元。买回来后，靖亚问珠月从哪儿买的，珠月就告诉她在校门口的某某地方，靖亚说我也去买一件。珠月把这些东西买回来后，伞就没拿回来了。珠月就只掉伞，从不掉钱包，因为钱包重要。包就更不会掉了，那里面不但有钱包，还有一些别的证件等。一年珠月要掉四五把伞，宿舍同学因此评定她不节约。连珊珊也说珠月不节约。

靖亚看着那些一毛毛钱的眼光是疼爱的、喜欢的。她经常拿着的超市特价广告单也成为宿舍同学传阅的最热门的材料。害得珠月多年后只要一看到超市特价单，就会仔细地看来，在街上也不拒绝别人散发的特价单。有时看了之后觉得没什么可买的，还是看下来，如果有让她心动的价格，值得她跑一趟，她绝不放弃。珠月最喜欢的是看着特价单的那种放松的心情，好像她又买回来了一堆自己很占便宜的东西。即使不买，那种放松享受的心情也是别人不能理解的。珠月只要哪儿做活动，一般必去，上了几次当后，就不去；觉得很好，下次再去。余清不满地说："特价绝不是好东西。"余清认为买特价是寒酸，同样的衣服花八百元买他认为比花四百元买穿着更有感觉。珠月想，那节约的四百元给父母买肉买米还能吃上好些天呢。

自此宿舍经常会有一把玫瑰花插在一个可口可乐瓶做成的花瓶里，珊珊喜欢逛街，又喜欢宿舍有芳香有情调，就经常买一把一元钱一束的玫瑰花回来，倒给宿舍增添了不少色彩和情趣。众人皆喜欢珊珊这一大方举动，每当她拿着花回来，如果宿舍有人，必有人上去接花，并把玫瑰花称赞一番，说是又便宜又好。珊珊挥着头上的汗，像是拿花拿累了，心安理得地坐在窗户旁拿着一把很具有古典美的扇子扇着。

珠月说要请宿舍同学吃东西，就叫姗姗去买，叫买一斤玉带豌豆，珊珊买两斤，叫买四袋腊鱼，珊珊买了八袋，再加上每人一个盐焗鸡腿，另外还买了一大袋橘子。珠月想，珊珊，你也真会买，知道我明天要回家了，你就买这么多。珊珊知道珠月实际上是最大方的，又不会把自己吃不完的东西带走，一定是留给她们吃了。珊珊得意洋洋，知道这几天又有东西吃了。橘子，珠月历来是不吃的，只要吃一片口腔立即就会长溃疡，立竿见影，说出来，别人以为她是瞎吹，确实是这样。有一次，她看到屈原写《橘颂》，觉得自己也该爱吃橘子，就把不能吃橘子的事实忘记了，吃了两个橘子后，嘴里长了几个大溃疡。有一次她想，橘子好吃又方便剥，为什么我不能吃？她不服气地吃了一片，顿时口腔黏膜辣出一个洞。橘子进了珠月的口，它对口腔黏膜的刺激性比辣椒大得多，使得珠月多少年都没吃橘子了。她曾在宿舍声称过，珊珊也知道珠月不能吃橘子，偏偏买了一大袋，够她们吃几天了。珊珊很得意，正好可以让珠月出一次小血，她认为珠月的老公有钱，都不知道珠月好久都没给父母一分钱了。珠月这个人对钱很想得开，可能是因为她还从未因为钱身临绝境过。钱掉了，就掉了，房子被烧了，只要人好，天无绝人之路。珠月妈就是这样的女人，下餐没米，不着急，自有米饭上桌。珠月妈把家里剩下的一点米全倒给了要饭的衣衫褴褛的老人和孩子。那时要饭的和现在乞讨的不是同一性质。那时要饭的是真穷真饿，现在乞讨的十个就有九个是骗子，除了真正残废的。以前在家乡有一个讨饭的弓着背的老太婆，珠月听她和别人吹嘘她已在家乡盖了一座三层楼，一层楼给一个儿子，她有三个儿子。听说很多乞丐还买小车包情人。

暑假回家时，珠月在火车上看到一张熟悉的面孔，想了半天就是想不出在哪儿见过，终于她从旁边的一个妇人脸上想到了这个年轻男子是谁了。这是珠月在火车上琢磨了几个小时才终于正确地想出来的。那个男的和那个妇人各买了一盒饭坐在那里吃起来。珠月看着那个男的脸，想得好心焦。真亏了珠月，她竟想出来了，她是从那个妇人脸上得来的灵感。原来这个男子正是每天在A校门口装脑瘫的那个年轻人，他装得好像啊，被那个妇人拖着，可能是他妈妈，整个身子都是软的，捧着一个收钱的钵子，嘴角流着涎水，眼睛的眼白分外的多，绝对是一个天生的弱智。可是现在，站在珠月面前的男子差不多有一米七五以上，穿着短裤，眼睛里的过多眼白没有了，嘴角更不流涎了，软软的每天站立不稳的两只脚稳稳地站着走着，和常人无异。如果他不装脑瘫，他还是一个帅小伙。最后，一向不太注意细节的珠月发现了一个让她不知是欣喜还是惊讶的秘密，那个男的就是那个装脑瘫的男子。珠月看到了他膝盖上的擦伤，两只膝盖还是紫黑紫黑的，为什么不早点注意那儿？害得我琢磨半天，头都差点琢磨疼了。珠月心里当时很佩服那个男子的演技，真比演员演得还像，就像真的一样，她无法把那个脑瘫傻子与目前这个正常男子联系在一起，除了那张惊人相似的脸外。最后，她在他的膝盖上发现了她的怀疑的正确，这真让单纯的珠月就像哥伦布发现新大陆一样惊异。以前也听说过很多这种乞讨欺骗行为，这一次，她是真的见识了，她简直有些庆幸这一次她终于看到了一个社会的真面目。珠月想，面前的这个小伙子如果就这样多好啊，为什么要去装傻装瘫，他这样不是堂堂正正吗？模样也不差，身材也可以，为什么要去做那种没有人格的事？他随便做些什么也可以啊。他在家肯定是风光的，别人不知道他在外做些什么，只知道他有钱。他还是要脸面的，只是他要的是在乡人面前的脸面，不要自己内心的脸面。

开始，珠月一直都在望着他，一直在琢磨他是谁，可能是珠月对他的专注眼神使得他们也专注地望着珠月。珠月记得自己每天出A校西门都可以看到那个老妇人拖着那个残疾的脑瘫儿子向走来的人伸出端着钵子的手，那个儿子手颤抖着，膝盖上伤痕累累，眼睛像死鱼一样无神地睁着，珠月给过他几次钱。一般珠月遇到残废找她讨钱必给钱不可，有时一元二元，有时很感动，也给十元。宿舍同学都笑她是伟大的博爱主义者，他们一般不给钱。珊珊有一次从寺庙出来，例外地给了一个断腿的孩子一元钱。

隔壁宿舍的危丽说，所有乞丐都是骗子。有校友得了白血病，学校组织募捐，宿舍四个同学都捐了，珠月捐得最多，心想这段时间吃差点也没关系。危丽说，我不捐，我捐了，我这个月就不能吃水果了。危丽连十元二十元都不舍得，宿舍同学自此看她直认她是天底下最小气最自私之人。估计危丽认为学校募捐虽不是骗人的，但她捐了就是损害她的利益的。她三十八岁了，还没男朋友。男朋友一个个地吹。珊珊说："这种自私女人，哪个男人看得上？"危丽吃苹果、沙琪玛等时，她的宿舍同学说她从来不给她们一点的。珊珊把自己的一个苹果拿给危丽吃，没想到第二次到危丽宿舍时，危丽正在吃荔枝，她都不说叫姗姗吃。珊珊大惑不解，像受了极大的侮辱，回到宿舍后，立即就告诉大家，怪不得危丽没男人要，珊珊一时还不好说危丽的"辱人"行为。

宿舍同学经常和隔壁宿舍打交道，有时有好吃的，就把她们叫来吃，危丽自然也跟着来吃。吃的时候，危丽很高兴，可从来没见危丽请过她们吃东西，哪怕是一包瓜子。中国人崇尚礼尚往来，宿舍同学慢慢地嘀咕起危丽来，珊珊就说了危丽一个人在宿舍吃着荔枝不叫她的宿舍人吃也不叫珊珊吃的事。她们几个一致商量，下次有好吃的，一定不喊危丽，只叫另外几个。可危丽每次一听说隔壁有好吃的，就自己跑过来，根本就不用请。宿舍加餐，煮了一锅香喷喷的排骨汤，危丽就坐在那里等着，以为宿舍人要盛情款待她。汤早煮好了，可她们就是不开饭，只等着危丽走，危丽似乎不知情地坐在珊珊的电脑旁一心一意地上网。最后，大家也饿得不行了，只好客套地对危丽说："要不要吃点？"危丽说，当然，我早等着了。

珊珊说起危丽直摇头。危丽做生日珊珊送了危丽一个包，花了珊珊六十元，珊珊本不想如此大方，心想自己生日也快到了，危丽也请了自己，还是不要拂人家的面子。珊珊生日之前一星期，就和危丽打好招呼，珊珊一心想危丽也该还自己一个礼物。那天危丽却没来聚餐，后来她竟说是忘了。生日礼物之事她连提都不提。危丽平常穿的衣服是学生中最贵的，一件衣服一千多元，珊珊说："危丽真舍得。……不过，对别人很小气。""对她的男朋友肯定也是自私、小气、苛刻，要不，怎么那些男的见过她一两面就再也不来了。"按说，危丽长得也算漂亮，只是后来就再也没看到男生来追她了。她的宿舍同学在珠月宿舍诉苦说："到了十一点，必得准时关机，晚一分钟都不行，更别说加班赶一点什么了。危丽说什么电脑的主机会吵得她睡不着觉。"珠月她们都啧啧不已："我们还从不知道电脑主机没关会吵人呢。"她们几个是水瓶、双子、白羊座，真是气味相投，从听不到细微声响，除了靖亚有一段时间失眠外，但她也没说听到主机响的话。这一说，倒提醒了大家，晚上仔细一听，确实主机有响声，珠月住在上铺听得不是很真切，影响不大，危丽也是睡在上铺，她怎么耳朵那么灵？

危丽宿舍一同学都要急哭了，明天就要交论文，她说怕死她的老板①，怎么办？宿舍十一点后不许用电脑，她急中生智跑到珠月宿舍说要写论文，她们四个竟然也慷慨地答应了，心里对危丽都不服，挽救同学明天完成任务是大事啊。隔壁宿舍有一天打起来了，危丽和一个学 MBA 的同学在宿舍里把彼此的衣服都撕破了。事情是这样的，那个同学的好朋友送给她一个熏灯还有玫瑰香精，她就把那个熏灯放在蚊帐里熏起来了，可危丽不喜欢那种香味，就要那个同学把熏灯灭了，那个同学很委屈。危丽开始还说这熏灯怎么美，现在怎么时髦熏香，说托同学的福让她也熏了一回灯，闻到玫瑰香精的芳香。可是半夜时，危丽说这熏灯的气味她有些受不了，宿舍的那个同学却非常喜欢这种香味，仍然点着。第二天，危丽就把那同学的熏灯摔了，那同学见心爱的熏灯摔得支离破碎，就把危丽的台灯也摔了，两个人就打起来了。珊珊很为那盏熏灯抱不平："给我多好啊，那么漂亮。"

珠月回校后，有意到校门口去看那个脑瘫男子还在不在那里，第一次没见着，后来有几次有意去观察了一下，也没见。珠月想，那个男的和那个老妇人一定是从她的眼光里知道她发现了他们的秘密，他们从此就不在 A 校门口那个地方出现了。以前听别人说好多残废都是装的，珠月不信。这一次，单纯主义者的珠月就像看到了一个新奇的世界。她很感谢那次坐火车，就好像是发现一个新天地。她历来只信自己看见的，那一次让她有些奇异感受。

---

① 在校园里，一些硕士、博士称呼自己的导师为"老板"。

第二十三章

当珠月对余清已经绝望时，她心里常常想的是因颉，她多么希望是因颉啊，她嘴里不停地叫着他的名字，心里想着他，眼前就幻出他的模样来。好像只有这样，自己的温柔才是值得的。如果不想因颉，她就想着是恶作剧，否则，她就会觉得难受。余清再对不起珠月，珠月的这种不能说出的丑恶对余清也太不公平了，连珠月都一瞬可怜余清起来。虽然，余清一次次地伤了她的心。

珠月要余清和她一起去请客，他就故意摆架子，说不愿去。如果不是他有那个丈夫的名义，也不用求他。老公不去，别人就会觉得不为敬，他不做珠月的老公，珠月自然不会求他。可他偏偏是珠月的老公，珠月只恨自己无用，为什么自己离不了婚。

余清说："我是不和你去请客的，我明天就要走。""你要走，就走吧。"珠月不服输，心想，你不去，天也塌不下来，我自己去。余清在前面走着就停了下来，说不吃饭了，要回去。珠月说："你不去，不去好吧，中午饭还是要吃吧。"余清不理珠月的话往小区走着。珠月饿了，就在就近小店吃了一碗桂林牛肉粉，给余清也带一碗。余清不吃桂林米粉，珠月想，你不吃就不吃，我又没得罪你，你自己斤斤计较，不愿帮我，还生我的气么？就去查订餐的饭店号码。到了四点钟，珠月看到余清坐在沙发上把茶几上剩下的橘子都吃完了，心想他肯定饿了，就问："你愿不愿意吃面？"看到余清支支吾吾的，珠月想他可能是想吃，就到厨房去下面，又在面里打了三个鸡蛋，添起来有一大碗，余清都吃完了。珠月看到余清的眼角有一点眼屎，她用手给他抠掉，他太累了，她心里有一点怜惜。当一想到他的那些女人时，她想是女人多让他累的，怜惜他干什么？余清坐在那里似乎还有气，晚上也不去看球赛了，珠月答应孩子要去，就和孩子一起去看球赛了。

余清坐在沙发上看电视无趣，觉得自己有些莫名其妙地无理，就给珠月打电话，珠月没听见，他心里又有些胡猜起来，会不会珠月和谁见面了，他想珠月即使看球也可以出去和谁见面的。平时，如果珠月出去买菜超过一小时，他就用怀疑的眼光看着珠月，阴着脸对她说："怎么这么久才回？"珠月开始还和他慢慢解释，后来也不解释了。珠月心里很有火："你有什么权利管我？首先把你自己管好，在外女人不断，还有脸面管我？"珠月就像被余清吃住一样，以往闹离婚，他就要打人。这两次去离婚，又因文件上的原因未能离成。关于离婚这事，只要珠月一狠起来，余清还是有些怕，他怕珠月横下心来，什么也不怕，到时他非但身败名裂，还会折财。虽然这财本是他该出的，余清却并不这么认为。如果珠月表现得不是很厉害，他就想拖一天是一天。以前，只要珠月说他的事，他就会用手卡着她的脖子说："再说，再说，掐死你。"他和他姨妈商量好了的，想用武力和恐吓来使珠月屈服。近段时间，珠月不想吵了，知道离婚是一定的，只想一心找工作，余清以为珠月接受了一切事实，就想着要怎么去认他的私生女，以往用手遮都遮不赢，现在以为珠月接受了事实，就得寸进尺起来。珠月不想欠他任何情，即使他出钱养活他们母女是应该的，她都不想领他的情，这样，她就可以彻底地忘记这个人。看余清把钱当命似的，她都不舍得花他的钱了。

余清曾对珠月说过舍不得她的话，在珠月听来，这话就像是他从哪儿抄来的。余清也不是那种甜言蜜语的人，有时珠月也想那是有一点真实的。他们之间的感情基础并不牢靠，余清感谢珠月在他很穷的时候嫁了他，并有几年时间为此事不解，他亲眼看到追珠月的男孩子不少，为什么珠月偏偏和他谈起恋爱来。珠月爸决定了结婚日期，珠月到医院去查，说是孩子有两个月了，余清怀疑珠月肚里的孩子是别人的，因为他们在一起时并没准备怀孩子。孩子小时候脸是圆的，余清的脸是长的，他几乎更加确信孩子不是他的了。孩子十岁了，余清还对珠月说："你当时是不是还不能确定孩子是谁的？"珠月感到很愤怒，大声地说："你认为我会和谁在一起？当时在那个地方会有我爱的人吗？"孩子一岁时，珠月就听出余清的话的意思，因为她是一个非常单纯的人，认为余清想都不该这么想的，她就当作没听见，如果她表示听见了，觉得就不能做夫妻了。余清把珠月的当作没听见和沉默理解为默认。有一次在珠月读博士的C学校的池塘边，余清对珠月说："你是不是多么希望孩子是别人的？"珠月那时已对余清绝望，心想这孩子要是因颉的多好啊，可是他和她连面都没见，连亿分之一的可能性都没有。她心里清楚她连别的男人的衣服都没拉过。也许正是因为珠月没做亏心事，心里反而觉得没必要去辩解，余清就把珠月的不屑辩解当成是默认。

以往余清看到珠月执意要去查清楚他的一些私人秘事，想着自己该怎么办。开车的时候，当他看到一辆货车在珠月坐的那边过来了，眼睛就盯着那辆货车，一瞬间有想撞上去的想法，又怕万一没撞到珠月，撞到了自己怎么办？他也不想珠月死，他想让她受伤，就终生不会再吵离婚了。珠月几次看出他的心理，就对他安心说："你放心，我不会说你任何坏话，也不会要你钱的。"余清还是不放心，他不知道把珠月怎么办，就像珠月是一个知道秘密的危险武器。其实，珠月早就怀疑他在外面有女人，他在外不是玩玩的，其实余清早就想放弃珠月了。刚开始，他给珠月写信，自己在外潦倒落魄，想家之情非常强烈。后来，他虽然也一天一个电话，也只是他的习惯罢了，或者是他的愧疚。余清在外赚了一些钱，就对珠月说："一个男人一辈子不结两次婚，是什么男人？"珠月只想自己做自己的事，希望在书本和文字中得到一点寄托，特别是在分居两地的那些年，珠月想着只有靠自己的努力，才能有一条路。她每天拿着工资，余清的姨妈在那里讲："旧社会的媳妇如果赚不到钱，到婆家要吃猪食。"余清姨妈可能是吃过猪食，看她说话的口气是希望继续珠月吃猪食。珠月想："她家的媳妇才会这样吧，媳妇赚不到钱就要饿死不成？"珠月把余清几年没寄生活费的事说给余清姨妈听，她说不信。珠月爸几年后对珠月说："可怜的儿啊，你要不是有一碗饭吃，你到这人家来连饭都没你吃的。"

一次余清回泉城，不知说了句什么话得罪了他姨妈，余清姨妈对珠月说："我就是死了都不放过他。"珠月当时听了觉得很奇怪，很少听到亲人之间说这种狠话的。

邻居渠和她妈打起来了，她妈给她带孩子一年多，要回家过年了，她妈嫌给的钱太少了，不知怎么就吵起来了。她妈又哭又号，又在地上打滚，珠月去看时，她家的饭桌和椅子东倒西歪，一片狼藉。珠月觉得很有意思，还有自己的亲妈和女儿这样的。珠月问，是怎么回事，渠在那儿无可奈何地笑着，她妈仍躺在地上哭。过了几天，邻居渠不知因为什么事和珠月争吵，那时，余清姨妈冲锋向前维护甥媳。连月说："你姨妈对你还蛮好哦。"余清姨妈在外从不说珠月的坏话，只在余清面前说。珠月一直记得姨妈对她说的一句话："你只把你自己搞好，这样还有一条出路。"也许这句话表示着姨妈对她还有一丝怜惜，因为她知道余清是个什么样的，她几次说余清不是省油的灯。她说，珠月不能靠他，只能靠自己。在和姨妈的十几年生活中，珠月在心中最感谢的就是姨妈的这句话。

遇到像余清这样的人，就像余清姨妈说的，你得认。一个男人能否赚到钱不是第一重要的事，最重要的是为人处世。珠月感到余清在外面真是拿不出手。就像珠月妈说的："办事千万不要叫他去，他是不晓得么事的。"余清也许真是一个特例，像余清这样为人处世拿不出手的人珠月还真未见过。很多男人可能很不成功，可不像余清这样怪模怪样。当余清到珠月家里去的时候，几个第一次见到余清的人都说余清配不上珠月，在科室里，一个女医生对珠月说："他配不上你。"还有几个在医院不咋样的男孩子，看到余清在追珠月，他们心想珠月这么好追？也在珠月上夜班时到珠月科室里去坐着。连前两个月要珠月给他弄两瓶生理盐水的医生也敢大胆地来追珠月了。虽然珠月回绝他说："你自己弄啊，要我弄干什么？你又不是弄不到？"余清看到很多人喜欢珠月，就对珠月开玩笑似的说："你要是不答应我，我就跳楼。"珠月知道他是怎样一个人，他绝不会跳楼，而且连饭都不会少吃一餐。珠月很瘦的身体被余清轻轻一抱就到了半空中，他说，你再瘦，你就要飞起来了。一天，珠月看到一封给余清的信，猜想余清是故意放在她一眼就能看到的地方。那封信是他的高中数学老师写给他的，里面有些赞扬之辞，数学老师建议他复读。珠月觉得很高兴，"说明余清不是那么差，他只是不懂为人处世。"

余清七岁时父母双亡，他和哥姐相依为命。大姐为了供他读书到了三十多岁才找了一个残疾人结婚。余清后来考上大学，学的是行政管理，分配在泉城市麻纺厂车间工作，因被女朋友甩了喝多了酒住院，那天正好是珠月上班，珠月很同情余清，觉得这么有气质的人还要被甩。珠月很容易因为同情而爱别人，她想象不出自己在年轻的时候一个高大威猛潇洒英俊的富二代可以让她产生爱情。她知道光有怜惜、同情也不行，几乎没受过重大挫折的她对爱情一直抱着很浪漫的看法，她相信感觉。她不明白市医院的阿芬怎么看得上保卫科还是临时工的刘前，刘前高大帅气，这没得说，但在当时，市医院的护士比地委机关女公务员的地位还高。珠月看到阿芬的男朋友刘前站在医院的场子里和同事一起搬医院分的煤，他因为感冒或者寒冷一条长鼻涕几乎流到嘴唇上，那时，珠月似乎能明白阿芬要跟着这个刘前的原因了。即使有不如意，跟了就跟了，生活还要靠人去创造的。后来听说刘前转正了，又当上科长了，关键是每天做饭，工资全交老婆，那些人都说，阿芬真会找男人哦，那么把她当人。

珠月不知道自己是最值得同情的那个人。小时候几岁去捡柴，她不知道那些工人可能想，这些小叫花子，专门到煤堆里捡柴。她十二岁跟妈妈去很远的地方挖山，她同情那些山外偷竹的人，她不知道自己那么小去挖山，也是多么值得同情的一件事。她同情余清，余清却背叛了她。当时市麻纺厂在搞承包，很多人停薪留职，余清想调到市医院，珠月为了余清调到市医院多次到陈专员家里给他年过八十的母亲打吊针，常常忙到半夜才回家。陈专员的母亲在珠月科室住过院，她说珠月打针不疼，点名要珠月给她打针。陈专员善良、热情，每次珠月给他老母打完针，他总要给一些东西让珠月带回家。珠月一般要到晚上十一二点回家，那时，余清姨妈就会话中带话地说："怎么这么晚回？那个陈专员的婆姨（老婆）是做么事的？"或者："怎么这么晚回？那个陈专员的婆姨是不是和他在一起（在一个地方工作的意思）？"珠月听了就当作没听见，因为她觉得如果表示她听见了，她会感到一种重大的侮辱。她心里愤愤地想："亏你想得出，真恶心。"那时的珠月心里全是洁白纯洁的东西，虽然她听得懂余清姨妈的这些话。

珠月第一次见到余清，觉得他很高大，谈吐不俗，最重要的是他的自卑和可怜。他说他的女朋友换了工作不要他了，他的工作单位不好，又穷，没人瞧得起他。当珠月和余清走在一起，所有认识珠月的人都对她投去同情眼光时，珠月并不觉得自己可怜，她和余清在一起时感觉不像大多数人想象的那么差，甚至是很好的。

当珠月看见余清搬家时把一些碗、锅等都给他侄女时，她觉得有些不可理解了。余清每天和珠月一起吃饭，这段时间正好电饭锅坏了，他把电饭锅给他的侄女，这不意味着又要花钱去买？现成的给别人，又没钱买。珠月每到月尾就要在科室借钱，科室每天交接班时总能看到她的借条。好在她是单身，几个单身都是月尾借，也不觉得脸面有什么过不去，一到发工资就马上还，还了到月尾又借。珠月这时有些觉得余清小气了，她是一个什么事都难得计较的人，这件事只是让她感到有些吃惊。

余清每天不知多么勤勉地做饭，珠月心想他每天提前下班，厂里工作轻松，做饭也没什么，就让他做或帮忙。没想到，这件事被余清后来说了很多次，意在珠月不该让他做饭。珠月想，你不就是赚了几个钱吗？现在赚了几个钱，连以前做饭都不该了？你每天忍气吞声地做饭干什么？你不想做，你就说啊，我还以为是你自己愿意做。如果你做饭不是心甘情愿，何必又要忍气吞声做？忍气吞声做饭又是什么意思什么目的？一切都是你在忍着，你一肚子气，你又不说你不愿做。在珠月的眼中，做饭根本不算一件什么事，她从小不知做了多少事吃了多少苦，从没觉得做饭就要受这么大的委屈。多年后，珠月听到余清又在说他当初不该做饭，他就是用人时，珠月说："你不愿做，你怎么不说，我以为你愿意做。"余清说："谁愿意做饭，你想也想得到。""我都不认为做饭有什么大不了的，谁有时间谁就做。""是的，在你的眼里什么事都没什么大不了的，家中无小事。""只要不是原则上的事，有什么事大不了的？"余清看到说到原则上的事就不吱声了。在余清的眼里，和女人睡觉是小事，生活中的鸡毛蒜皮是大事。他有一次反省说："我这人真是不好，我一个朋友的老婆把他们孩子治病的五千元弄丢了，他都没说她，要是你丢了，我是不饶的，肯定要大发脾气，说你。"珠月说："那有什么，说就说呗，这又不是什么原则上的事。"

珠月在A校读书放寒假回园城，余清一晚不归，珠月不能说，只要一说离婚，他就无理打人。当珠月的腿被暴怒、蛮横无理的余清踢得青一块紫一块时，珠月跳到床上，指着余清说："你要遭天打雷劈的。"余清又是一脚踢来，珠月又指着余清说："你是全世界最坏的，坏到顶了，到家了，你不得好死。"珠月义正词严的血泪控诉让余清惊呆了一会儿，似乎有些害怕上天的惩罚，他一动不动地站在那里看着珠月，嘴唇青紫。过了一会儿，他气急败坏地说："你不是咒我天打雷劈吗？"说着，就用被子捂住珠月的脸，声称要把她捂死。这时，余清的姨妈似乎才听到打骂声就上楼来骂余清："混账东西。"余清就松手了。珠月知道他们还不敢让她死。

过年的时候，小妹打电话来，余清见珠月打完了电话，就在那里大骂起她妹妹，说她不该打电话来，骂的话不堪入耳。珠月接电话时他就要抢电话挂的。他经常会行倒打一耙的招数。珠月叫他过年不要骂人，他就要打人了，真是丧尽天良。珠月心里喊着因颉，想他来救她出水火，她知道他是听不见的，她却总是以这样的意念来让自己蔑视无视余清。余清听珠月说过年哭不好，那个哭的人倒不会有什么，他的家人一定会有事。第二天晚上，他竟特意在她脸上蹭了几滴泪。如果她昨天说哭的人不好，他肯定不会蹭出泪来，他蹭出他的眼泪，并把眼泪滴到珠月的脸上，他的意思是想她不好，他到时还是会为她流几滴泪。珠月想，如果我真有什么不好，千万不要他的泪侮辱我。他的每一言一行我都知道是什么意思。她经常对他说，你一根头发在想什么我都知道。想蒙我？他什么胆大包天的事不敢做？一个妻子管不了她的丈夫，不知到底是妻子的无能还是有些人是不可教的？

叶曦非常鄙视珠月："一个要你命的丈夫你还能和他生活一天？一个小时？真佩服。没有爱情在一起有什么意思？""还谈什么爱情，"珠月说，"我早和他说了，如果我们现在不离婚，我们可能会成为最大的仇人。现在离了婚，说不定还有些念想。"余清说："离了婚就不是自己的了，只有自己的老婆才是自己的。"珠月心里想，"你自己的老婆？你什么时候把我当成你老婆？"她就像看到小学课本上那只想要西瓜又想要玉米的猴子，最终什么都得不到。别人受委屈是应该的，他自己是吃不得半两亏的。如果你要他吃亏，最好你拿生命去换。他说，头掉下来不过一块碗大的疤。那你为什么不去砸那块疤呢？吃不得半点亏的人还舍得献出命？

当复印室的人问余清一些情况时，他对那个打印离婚协议书的人说："你问我老婆。"快到离婚办公室了，他还在那里一本正经地说："这一离婚就再也回不了头了。"去办离婚两次，都因文件资料问题搁着没办成。一边往离婚办公室走着，珠月心里却意外地有些不舍和不放心。想到他离婚后，生活肯定是一团糟，虽有几个女人在那里等着，也许正是因为多了，他可能会遭殃。心里有不舍，可是不离婚，她的漫漫痛苦和黑暗怎么办？她的脊背都伸不直，更别说脸面了。她自己也知道离婚是定的，可是那一刻却又希望有什么事离不成。可能是因为她工作还未定，还有就是根本不可能和因颉走在一起等多种原因。等到办事员说某某地方有毛病，下次再来时，他们两个都似得救一般。在电梯里，余清像小孩子一样如释重负地笑着说："本不想来，为了争一口气就来了。"平常虽然一直是珠月闹离婚，不过，这次他看到她没闹，不想离婚的样子，他就说要离婚，她就坚定地附和着说，好啊。心想，这下可以解脱了。想她当初是怎样地求着要离婚，他不但不离，而且还打人。她只差给他跪着了。余清看到珠月要去查他表姐的"女儿"的DNA，眼里立即露着凶光，又赶紧在车上找出一根防卫的电棒，想在她头上敲两下，让她昏迷不能去，终是不敢造次，就用穿着皮鞋的脚狠命地踢她的小腿，下车后，她就一走一瘸地往车站走去。

第二天到了家，看到短信上说着他打她心里流血之类的话，虽然半点也不为所动，却也没去查 DNA。那个喊余清表姐是妈的孩子，表姐每打她一下时，眼睛就要瞅着余清。余清破天荒地扶着那个带孩子的老人到电梯，除了他姨妈外，珠月从没见他对哪个老人有如此恭敬，除了对自己的孩子外，谁家的孩子他都不会真心喜欢。有时，为了报复珠月，他连余馨都要报复。那天竟然话中带话地说孩子，他知道孩子是珠月的命根子，打击孩子就是打击珠月。珠月本想好好和他谈问题，现在半夜也不顾孩子睡着了，想吵非得吵不可。反正，他在外什么都有，她也没工夫去查，只想快点和他脱离关系。到那时，他恶心丢脸都是他的事。她想，她凭什么去给他承担？他对我怎么样，难道还想我爱他，真是想得美，不付出想得到？她想起她的那些鬼哭狼嚎，这个不知有几斤几两的男人伸手打她时真是顺便，不用犹豫一下。她知道她永远都不能爱他了，他可能得到她的身体，永远也得不到她的心。几年来，虽然隔得那么近，有时几个月都不见。他又不缺女人，她都可以不要男人。看着他丑陋污脏的身体，她抑制着自己的恶心，慢慢地，连恶心都没有了，他在她的眼里就是一个男的，她在他的眼里估计是个妓女。珠月说："我连个妓女都不如。"余清说："哪里？"看他说话的样子和神态，珠月觉得余清认为她确确实实不是妓女，余清认为一个男人有几个老婆似乎是天经地义的。珠月脑子里有时回绕着一个问题，余清同时有几个女人，他不怕亵渎神灵吗？

他们俩也有好的时候，表面看起来好，心里早就隔得十万八千里了。有时，他们也会同情对方，只是心里的原子分子不是一个模型的，或者从未嵌入在一起，或者是岁月已让创伤把珠月的心封死，他们之间始终达不到也不可能达到珠月所需要的那种心灵可以依靠的联系。珠月的孤独慢慢地，就像挣脱不出束缚的茧一样，只感到那种无边的黑暗。她希望能从因颉那里获得光明，她也是无数次在心中把因颉当成光明的种子。那些黑暗绝望的日子，她的心里只是想着因颉，那些日子就像在地狱里走出来似的，她的眼里又会充满着期望和阳光。小妹说："其实你和余清的不和，你也有责任，因为你心里有一个人，而且你是那么爱他，他对于你是那么重要，我相信余清比你更孤独。""那是他的小肚鸡肠，我从没对他说过另一个人，他只要绝对相信我，就像我相信另一个人一样，他不就可以慢慢地打败另一个人了吗？我只攒得住从头到脚每一个毛孔都绝对相信我的人。""关键是，他不是这样的人，他没有这样的境界。""当然，他也没有这样地爱我。"

后来每当余清看着珠月的眼神，似乎她在想着一个人，余清就冒火。他假模假样地吻着珠月的眼泪，恨不得抽她几个耳光。当他听珠月说，她对他死心了，他气急败坏地问：“那你对谁没死心？”“你管得是谁。你不是说早就对我死心了吗，就不许我对你死心？”余清用他的大手把珠月的手臂往后拼命地扭，疼得珠月满头大汗，他才放手。他把珠月的书从书柜里一本一本地往外摔，还有飘窗上的，说是要用火烧了。嘴里不停地说：“我不让你读，看你读什么？”“是你让我读的吗？是我自己考上的，我考硕士博士你都不知道。你不是我老公，我照样读，我读得还自在些。”“不是我让你读的，你自己读的？”说着，余清就一巴掌打来，把珠月的脸全打肿了，脸上还留着几个手指印。

珠月眼泪流着，心里在叫着因颉的名字，希望他能听到她喊他的声音，她怕自己喊因颉的名字被坏蛋听见了，就蹲在一个角落里，头低在膝盖上，拼命地喊着因颉的名字，这样她心里的绝望才会稍缓一点。看着余清想践踏自己的得意洋洋的样子，珠月反而有了一个恶作剧的想法，你不是把我不当人吗？想糟蹋我？你玩我，我玩你。有时看着余清又没有那种糟蹋她的意思。珠月心里的因颉是这么的坚韧顽固，余清要是知道珠月心里有这么一个生死不离的因颉，他肯定会把珠月剁成一片片的还不解恨。虽然余清在外花天酒地，可却想珠月爱他。

珠月看着那个睡在旁边的余清，他抱着她，又松开。她多么希望抱着自己的是因颉啊，她闭着眼睛想着因颉，不敢面对着余清，怕自己想因颉走神了，被余清看出。珠月就把头偏向一边，可以一心一意地想她的因颉。这个时候，她感到最幸福了，因为她可以不受任何阻碍任何约束也没有任何被察觉的危险去想她的因颉。她有时微笑着，有时为因颉眼泪把枕头都湿透了，因颉就像水流一样一遍遍地冲洗着她的心灵和肢体。她感到自己就像天使一样，纯洁而美丽。那些肮脏都被泪水冲掉了，她在想因颉中仿佛自己成了圣洁的女神。

每次当她为因颉流泪时，她都是喜悦的圣洁的宁静的，那时，天空会开满花朵，虽然那些花朵就像是做梦一样，但珠月相信她的因颉不是梦中的花朵，他是实实在在的，他对于她的意义是眼泪心疼血肉灵魂的交织物。自从认识了他，她就变得那么卑微，为他活一千次都嫌少。珠月曾经写过一句话：“自从认识了你，我就变成灰姑娘。”珠月想，如果她这样对余清，余清将会是怎样。她知道这是不能比的，世间没有如果。余清没有一个分子让他们能相知相依不能分离，可是余清却总能让珠月自在，有时还能快乐。珠月的恶作剧心理让珠月在余清面前越来越敢于表现真实的自己了，简直是像实验一样，毫无顾忌。

余清给珠月的账上打了二十万元，还不和她说，这是余清唯一的一次做了一件让珠月感动的事，一件有些男子汉气概的事。那次珠月笑说相书上写她这个月有横财，余清听了就在她账上打了二十万元，珠月去买东西时发现多了二十万元，当时她很感动。余清是想让珠月高兴一下，也可能余清知道他们是必得分离的，珠月总有一天会知道真相，她就会继续闹离婚，而娄女也一直在盼着和余清结婚。余清的财产都打在第一个相好陆秀珍的账上，余清是极信任她的。但是珠月心里还是很难过，她知道余清不想这样的结局，可珠月也不可能一直都忍受着别人戳她的脊梁骨，看来，他们要分离了。珠月以往一直都盼望着快些离开余清，甚至觉得连半点留恋都没有。一次珠月气冲冲地对余清说："离开你，我不会有半点留恋。"珠月祈祷快点离开余清，可当余清一声不响地把钱打在她的账上的时候，她的心软了，她觉得余清是那么可怜。虽然他是罪有应得。一切都是他自己造成的。可是珠月的心还是重重的，郁郁的，快活不起来。想起余清对她的种种，虽然有那么多的恨，余清始终还是说爱她的。余清的 QQ 名称就是"爱珠"，珠月当时对此不为所动，认为他是装模作样。当珠月看到余清在一张纸上写着"爱珠"放在茶几上几个月，珠月的心早就死了，她知道余清是故意放在那里让她看见的，每次去都可以看到，但珠月装作未看见似的，也不动那张纸。有一次，珠月悄悄地把那张纸放在一个抽屉里，心想，别放在那里装了。前些天，余清上 QQ 时，珠月不小心又看到了余清的 QQ 头像上仍然挂的是"爱珠"的名，她当作没看见似的对他说："吃饭了。"他和另外一个女人聊天就用这个 QQ，真恶心。那个女人打电话给珠月说她和余清已经七八年了，每天晚上睡觉余清做梦都叫她宝贝。看到余清把自己的生活弄得这么乱，平时想他是玩火自焚，活该，可现在珠月心里却是有些担心他了。他的不理智不负责任将会让他无法收拾。难道珠月就该永远背负着他的那些女人？珠月是应该的吗？黑暗早就把珠月淹没过无数次了，可当光明真正来临的时候，她又犹豫了。余清对珠月，没有刻骨铭心的爱，他们彼此都一样，却有着夫妻情意。坎坎坷坷一路走来，珠月死心了，余清也觉得累了，他们该分开了。多少年珠月都没为余清流过泪水，可这时，珠月的眼睛湿了，喉咙里有些哽，就像是一对冤家你骂我打，到分开时，还是念着彼此的好处。

珠月知道离婚是一定的，余清也是早就打算好了。余清又不是很想那么快离婚，他怕珠月去找别的男人生孩子，又有些不忍撇下他们母女不管。当珠月求他离婚时，他有时认为珠月是假的，有时见珠月是铁了心的，就更加不肯离了。你越离，越吵，我就越不离婚，害死你。余清的脑袋里已计算得很清楚，他怕珠月找了人，有人给她出点子，要了她该要的那份钱。他一直以为珠月是傻子，不懂她作为合法妻子该拥有的财产，以为只要像平常骗三岁孩子那样把她蒙哄过去就可以。珠月心明如镜，她不会多要一分，只要他们母女能暂时渡过难关就可以了。她相信凭自己的工作可以过得不差。一个男人赚钱不是为了你，要他的钱又有什么意思？自己该得的钱不要也谈不上亏不亏的事，人生什么是亏，什么是赢，心里早就没这人的影了。这就是万物平衡、相当。

珠月知道余清这样做也是迫于无奈，事实已是这样了，他在外木已成舟，好不容易赚的一点钱，他不想珠月拿走。他刚到外地打工时，两手空空，已是第三次出去了。第一次他在南方待了半个月，珠月给他寄了两回钱，他没找到工作就回来了。他给他自己买了两件衣服，一条裤子。珠月很稀奇，怎么都不给她买条纱巾什么的表示一下，那时他们还没结婚。

第二次，余清又出去了，那一次，余清回来时，已是病得连身上的包都背不动了。珠月在摊子上给他买的一个十五元的水货包已经裂开了口，里面的衣服都露出来了。当珠月在医院到宿舍的路上见到余清时，余清已是走不动了。他回来了，回来了，她就很高兴。看着他，她的泪就流出来了。他像一个讨饭的，背着一个脱了线的旅行包，疲惫不堪的样子，脸色乌青。她提着他的裂开了口的包，拉着他拼命地往她简朴的宿舍走去。余清说："不要拉我。我还不晓得我得了么病。"回到宿舍，余清对珠月说："幸亏在南方有一个亲戚把我送上火车，要不，命就要丢在那里了。"

珠月每天把药物带到宿舍给余清打吊针，她每天给余清买医院冰棒厂生产的一种冰棒，五角钱一支，他说他最喜欢吃。他说他自从一生病就开始想念这种冰棒。她每天给他下面条，里面放丝瓜，她看着他每餐把丝瓜面吃得干干净净，她就满意地笑了。半个月下来，天天在宿舍输液，各种检查都做了，就是不知道是什么病，也不见好转，每天照常烧到四十多摄氏度。余清烧到四十多度却总是笑着和珠月说话。珠月很佩服余清的这种坚强，如果她发烧了，她肯定就体力不支了。一次她感到自己头很烫，心想肯定发烧了，她当时正在值夜班，她给自己查了烧，一查，才 37.3℃，刚刚接近低烧，可是她已经是感到烧得不得了，已感到格外不适。她想，余清烧成四十多度，竟然还能每天和她笑，很享受似的，甚至还有些兴高采烈。她想，余清肯定是因为回来了，就很高兴，在外面举目无亲的感觉多难受啊。而且珠月每天给余清输液、打肌注针、吃药，都是不用出门，一些药可以找科室要，不用花钱买。余清想，如果花钱买，他们还打不起这针，一瓶药水大几十元。珠月每天都是非常耐心地给余清打针、吃药、下着丝瓜面条，一点也不急躁，这与她平常的泼辣性格有些迥异。她在享受着这种照顾的快乐，她愿意给他做所有的事。大约二十八天后，早晨起来，余清感到头脑很清醒，身上很轻松，他说他好了。不知到底是打针好的还是拖好的，余清很感谢珠月给他治了这么多天。珠月听他说“感谢”觉得很奇怪，她认为这是理所当然的。余清对他侄女说：“真幸亏珠月，给我打了近一个月的针，要是自己住院，不晓得要花多少钱。这件事珠月真是没话说。”珠月听了觉得很别扭，她认为她给余清治病是天经地义，她没房子，就是卖房她也会给他治病，如果需要。余清怎么说出这种话。珠月说：“莫说一个月，多久也要把你治好。”“幸亏只有一个月，如果是两个月三个月你就要烦了。”珠月还没想到那么远，但她想到她绝不会烦，因为这是她该做的事。珠月心里知道既然她选择了余清做自己的男朋友，别说是一月，就是一年两年多少年她也要服侍他。可余清这样说，不禁让珠月想，如果她病了，余清可能就像他说的两月三月就烦了。越是困难的时候，珠月反而越坚定，更不会轻易离开，她是一个有担当的人。珠月看不起余清的其中一点是觉得余清是一个不能承担的人，他绝不会为一个病人去耽搁时间。有钱了，就该玩玩，条件好了，就该变变。结婚时，余清对珠月说：“五年后我们再结一次婚，那时，我一定买一辆车子回来结婚。”他们那天没订到车，头顶着雪后初晴的太阳，穿着结婚的服装，在街上走着，让珠月觉得很滑稽，与周围极不协调。好不容易到了酒店，他们都松了一口气。余清感到很对不起珠月。珠月丝毫不觉得，走就走呗，有什么大不了的，新娘子就一定要坐车吗？她从来不觉得有丝毫脸面上的过不去。她把那句五年后买车再结婚的话记得死死的，她从没有希图在五年之后能买一辆车子。事实上，余清用自己的聪明才智和勤劳苦干五年后果然买了一辆小车。只是当珠月再重述当初他说过的原话时，他就会笑着说，人是会变的。这意思很明显，他从来都不是为了她在做什么，他甚至怕她知道他赚了多少钱。她的心像被利锯锯了一圈，她勉强压抑着要奔涌而出的泪，一句话也说不出来。

余清虽然不发烧了，头也轻松了，食欲也增加了，但因他对青霉素类抗菌药过敏，他的全身翻起了一团一团的荨麻疹，像一个红孩儿、红猴子。余清每天往身上擦白色的炉甘石洗剂，就像一只坐在席子上的拔了毛的火鸡，扑着滑稽的白色粉饼。他的上身赤裸着，坐在那儿有些像一个傻子，珠月却觉得喜欢他那个样子，傻一些好。一米七七的个子，平时屁股就像长了钉子坐不住，一天不出门简直不可能。珠月曾对他说："如果你能在家里坐两个小时，我就服了你。"余清不可能，除非是吃饭、睡觉，其余的时间在家不可能坐得住。

珠月得意地想，这次，怎么样？整整待了一个月不出门。这又让珠月心里很怜他。珠月知道余清有些浮躁，要让他憋在家里比什么都要让他难受。

因颉来看珠月，正好余清的病刚好，因颉的到来让珠月很高兴，珠月以往一直暗恋因颉，今天见到因颉，她抑制不住地笑着。因颉走后，余清把桌上的书、杯子、瓶子全摔在地上了。几天没烧，晚上又发起烧来。珠月说："因颉不过是顺路来看看我，我和他没有什么。"余清平常喜欢偷偷地翻一下珠月以往的日记，他隐隐约约地感到有这么一个影子在珠月的心中，他猜想是因颉。而且那个影子很深很深，余清恨不得拿一把锄头把那片影子在珠月的心中挖掉，然而他什么也没说。他只做不说。

几次晚上，余清很晚才回，珠月问余清干什么去了，他不理她，眼睛含着怒意地盯着她，却没有说什么。余清从来有话都不说出来，这很可怕。几年以后，珠月还在幼稚地问他："你为什么对我这么仇恨？""仇恨？"他问自己，他没有承认，也没有否认。珠月就像风中一面朴素的旗帜，素脸朝天，迎风飘荡。她从不掩饰自己什么，以为只要自己对余清是真心的，话怎么说都没关系。

余清第三次出去，这次他找到了一个工作，每天打一个电话回来。那时珠月还装不起电话，余清就打到科室，每天八点半准时打。科室的人都说："珠月，你家的余清肯定是想家了。"有一个说得竟很诗意："你家的余清肯定是思乡了。"余清走后三个月，珠月生了余馨。她每天看电视不超过五分钟就要睡，她觉得自己太累了，这种情况到了孩子三岁时才改变。她不是很能理解余清的思乡，她连余清都不是很有时间去想。她每晚两个小时一次给孩子端尿，孩子没湿过一块尿片，她是一个非常负责任的母亲，就像她工作时一丝不苟。唯有在夫妻的关系上，她从来没像对待孩子和工作那样认真经营。她认为夫妻在一起是一种真实，这是不需要经营的，经营的就不是真正的爱情了。只要自己是真诚的，无论吵架时话说得多么难听，无论多少天不见，这都不应该影响爱情。爱情是不需要言说的，不需要刻意去经营的。真正的爱情是一种无声的相通，怎么都懂、都理解对方，甚至不需要解释，无条件地懂，无条件地爱。枝子说："别傻了，爱情就是靠经营的。你看，禾月为什么和她老公那么好，就是她贼，她会说话，会经营。"珠月想想禾月的乖巧样子，她对她老公说每一句话都是想了的，这也确是一种很好的夫妻相处方式，不过，珠月觉得自己做不到，她常常说话都是冲口而出没有思考，语言也只能表示她此一时一地一个方面的想法，和她复杂的内心永远都隔着一段距离，颜色也不同。刚结婚时，她看到余清有时行为轻佻，就和他吵架，每次吵架她都是拣最锋利的语言和词语说，说完了，她的气发泄了，也差不多忘了，余清一直都牢牢记着。

一天隔壁的一个男的在那里讲，现在的男人都很坏，不坏，女的都要让他变坏。如果你身上有几百元，他们都要给你骗去。珠月听了才有些担心，那时，她还是第一次听到这种话。平时什么都不往心头想的珠月以为人人都像她一样纯净，此时，她担心的不是余清的钱被人骗，她不愿意想一些肮脏的事情。她一整天都心神不宁，连电视都看不进去了。看着电视上一个一个的人影在晃，也不知道他们在说什么。珠月意外的那天晚上没睡好。

这个男人把他老婆安排在隔壁租的房子里，并且自鸣得意地暗示自己在外经常被这类女人纠缠，看来是风流事一堆。珠月想，隔壁这个为老公超生的女人真可怜，这个男人回来一次就让她欢天喜地，女人多可怜啊。想想自己，余清一年回来一次，把坏了的电灯换下安上好的，又把坏了的桌椅修好，把老化了的插座换上新的，她似乎已很满足了。是这样的吗？她是个喜欢逃避的人，如果雷还没打到自己头上，就尽雷打去吧，何必自己跟自己过意不去。

余清照样每天一个电话打到科室，珠月也不多想什么。余清后来说，他每天早晨用一根棉签偷拨公司电话，要不，怎么有钱天天打电话。珠月生孩子的时候，她叫余清寄些钱来，余清说没钱寄，刚刚一个侄女来花了一千元。珠月几次叫余清寄钱，余清都没寄，珠月就不再叫余清寄钱了。

过年时，余清给珠月买了一些衣服，连对衣服没半点要求的珠月都看不中。一件外套刚穿上就直掉毛，秋衣是那种五元一件的，珠月想余清是没钱。余清说他从没舍得花钱到哪儿去玩过，每月几百元，也确是连自己都不够花。第二年回家过年时，余清已在南方一个小镇开了一个五个人的工厂。这次回家，他有很大的变化。他不理正在家帮忙带孩子的禾月，禾月对他说话，他就像没听见，害得禾月跑到外面去哭了一场。他对珠月还没不理，已看出有意见了。珠月见他从缝着的衣服缝里把钱郑重其事地拿出来，总共是三千五百元。珠月疑惑那是谁缝的。是余清自己吗？三千五百元，余清真的觉得三千五百元很多吗。很是那么一回事吗？还是余清做给珠月看的，表示他很在乎那三千五百元，他很穷？总之，当珠月看着余清从衣服缝着的夹缝里拿出那三千五百元时，珠月觉得余清的脸和表情有些像是一个从远途归来的亲戚，而不是自己的老公。这钱也没见他给家里，珠月也没找余清要。珠月身上已无一分钱，过年给余清姨妈买了一件羊毛衫，做了一条裤子，自己一件新衣服都没买。今年生孩子，奖金那几月全没有。余清走之前给了珠月一千元。他的堂侄来了，要到园城，余清说走就走了，珠月都没做好心理准备，她觉得余清回家才几天，走得好简单好轻易，就为了和他的堂侄结伴走？珠月仿佛觉得她和余清之间只有一根要断的绳子在维系着。他开厂的那天，余清告诉珠月的工厂电话是一个错误的电话，珠月绝不会认为那是一个失误。

珠月很想得开，不想把什么不开心、有疑虑的东西放在心里。日子这样过着，孩子渐渐地长大。孩子一岁多时，她到过余清那里一次，当她感到余清在外有女人，而且是非去不可的女人时，珠月对余清说："如果你在外有女人，我们就离婚吧。"这是珠月第一次说离婚，她知道夫妻之间不能随意说离婚，可是她在那里住了一个月，却感到余清已经被什么人控制了。余清说："要离婚，四十八岁再离婚。"珠月七年间共去过余清那里两次，还有一次，是孩子四岁多时，珠月在那里住着就像在地狱里，等她回到自己住的地方时，她就像逃离了地狱见到了阳光。珠月知道余清是靠不住的，她每天看自己的书，上自己的班，余清照样一天一个电话，她只想着自己得有一条路走。

珠月住的地方是西晒，很热，当时没钱买空调。孩子出生的时候正是秋老虎时节，气温高达 42℃。产妇不能吹风扇，珠月已顾不得那么多了，任着电风扇吹自己的头和胸。后来，珠月头疼了五年才好，胸部疼了两年，看来产妇不能吹电风扇是有道理的。产妇有产褥热，毛孔是扩张的，这时寒气乘虚而入，就会积下病。珠月对余清说这些时，余清毫无感情地说："自己照顾自己。"

余清不能说对珠月没半点感情，但更多的是恨，虽然珠月并不知道余清恨她什么。如果不是珠月自己考上硕士研究生来到乐城，余清永远也不会叫珠月和他工作的地方挨得这么近。余清觉得自己的能力有限，珠月的工作是他在外多年的后方保障。可余清是一个实在的人，等到自己赚到钱了，就该什么都变一变了，包括尝试变老婆。理想老婆不是那么好找的，余清也是寻了很久也没出现。

在珠月眼里，余清绝不会为任何人付出太多，当然，如果有一个女孩为他奉献太多，也有可能。不过，这又是不可能的。余清不是那种可以让女孩子死心塌地刻骨铭心地去爱的人，珠月真正爱上余清都是结婚几年后的事情，还要不在一起，还要天天打电话，虽然珠月也猜到一些，也有疑惑，终归被一天一个的电话冲淡，这样，珠月最终是越来越爱余清了。等到珠月对余清死心却是在珠月来到乐城几年之后的事情。

老实说，珠月对余清的感情完全是建筑在那些电话基础上，除了那些电话，她和余清几乎没有任何联系似的。

任何时候，余清宁愿放弃珠月而一定不敢放弃那个女人。珠月猜想那个女人是本地人，或者是曾经帮过余清，为什么余清那么怕她？只要她摇一下手，余清非去不可似的。珠月读硕士时叫余清周末送钱来，余清还要等到周一来，周末似乎被人占了似的，珠月感到屈辱。心里看不起余清，这个男人怎么做事是这样的，连自己的主都做不了，如果在乎那个女人，珠月对他说过随时离婚，而且当时还说不要他一分钱。如果余清在乎自己的老婆，怎么会让一个女人这样死死地把自己掌握住了？珠月想起余清曾对她说："我早就对你死心了。"珠月没有仔细体会这话的意思，原来余清所做的一切确实是对她死心的，不死心他会对那个女人唯命是从？没有对那个女人的承诺，他会如此害怕那个女人，而让珠月受委屈？不死心，他会在外生私生女？不死心，他会把财产、钱都打在那个女人的账上？珠月想到自己的善良，在任何时候她也不觉得亏，她特别不想用一个不想把钱给她用的男人的钱。要她用不是给她用的钱，对她还是一种侮辱呢。何况珠月不想欠人人情，她是得一点就会报之很多的人，所以，她宁愿不欠余清一分，只为了彻底在她心中排掉这个人。

珠月想起在泉城时，她带着两岁多的女儿去买衣服，她平常穿衣服都很普通，从不舍得给自己买好的衣服。那天她试了几件都不如意，老板看珠月的穿着，以为珠月是来试衣服玩的，凶巴巴地对珠月说："买不起就不要试，看你那样子都不像要买衣服的人。"并把珠月手中正拿过来准备试的衣服抢过去。珠月的脾气也很拗，她气愤地说："你怎么知道我买不起，你以为我没事跑到你家来试衣服，我忙得很。"那个差劲的老板见珠月这么厉害，就蛮不讲理地说："看你那样子都买不起这件衣服，滚，滚。"珠月的嗓门也跟着老板的嗓门大了起来："有什么了不起，我还看不中你家的衣服，你以为我买不起吗？"女儿在旁边见妈妈和别人吵架，吓得大哭起来，那个老板是街上的二流子起家，别说职业道德，整个就是一痞子。第二天余清回来了，珠月想起昨天的事，特别是想到孩子的哭，心里还为孩子委屈可怜着，就对余清说了此事。珠月本想余清一定会说："是哪家，我去教训教训他。"可余清听了竟然若无其事，一言不发。珠月想起余清的外甥女在一家餐馆打工，被一个男的骂了，余清冲去就给那人几巴掌，老婆孩子受委屈了，好像与他无关。余清即使不去说那个老板几句，最少也应该同情她们母女，安慰她们几句。珠月想，别说她，就是女儿都不如他外甥女。珠月心里有些重重的落寞。珠月对余清说起想再生一个孩子的事，余清像没听见似的。其实这时余清已另有想法了，珠月傻傻地，仍然用满腔的热情爱着余清。

珠月看到余清几乎每天吃感冒清，他说头痛吃这个很管用。余清知道他所做的一切的结果就是他和珠月必然离婚，所以他就像防贼一样防着珠月。最初几年，珠月没有余清房子的钥匙，这个房子是珠月发现的，余清并没告诉她买了新房子。有一次珠月手上拿着钥匙去买菜，回来开门后忘了把钥匙给余清，珠月在厕所里竟然听到余清对他姨妈说："你去珠月那里把钥匙拿回来。"珠月听了真觉得有把余清看透的感觉，心凉了一大截。珠月还没想到要把钥匙拿走。记得有一次珠月听因颉说他的妻子拿他的车钥匙去开车的话，珠月听了觉得他们才是夫妻。珠月坐在余清的车子上觉得那车子与自己半点关系都没有，有时车子上莫名其妙地还堆着一些女人小孩的装饰品，让珠月看了更觉得那个车子与自己无关。到余清的工厂去看，觉得那厂与自己也是半点关系都没有。珠月听到几个人喊她老板娘，她听了觉得受之有愧似的，她从来没觉得自己是什么老板娘。

最让珠月大跌眼镜的是，余清总在关键时刻说他早就想好了（意思是早就对珠月死心了）的话。珠月也说："分手吧。"可过后，余清就给珠月打电话说自己喝醉了，似乎很想珠月的样子，表示自己说的话不算数。珠月知道余清心里对她一直是排斥的，不相信的，珠月在余清那里不过是一个随时可以牺牲的牺牲品。造成这种局面与珠月的软弱、善良有很大的关系，珠月随便余清怎么做，就是不管不问。她曾给余清打过电话，一般是关机或没人接；她也曾经问过一些让她疑虑重重的事，可是越问，余清越恼火，珠月的疑惑越大。珠月是一个很会保护自己的人，她不想去碰的东西，她尽量不去碰刀子，只想着有一天离开就可，何必多寻烦恼。事情已经是这样了，既然余清不想离婚，她也过一天算一天，何况 ，她没工作，孩子跟着她不能没有钱过生活。

珠月知道余清又去见那个女人了，珠月说要回学校。看着珠月坚定地要走的表情，余清在珠月的钱包里放了九百元。只要珠月和他吵，他就火冒三丈地说："你是不是硬要弄得妻离子散？""我早就觉得自己没家了，我早就觉得我不是你老婆了。""你不是我老婆是什么？"余清居然还说珠月是他老婆。余清看着固执的珠月，气急败坏地说："那你喜欢谁？"他把珠月的手臂都捏紫了，珠月鞋子都没穿，只想跑出去。余清把珠月摔在沙发上，还不许珠月哭。孩子都被吵醒了，余清说不管，一定要珠月说清楚她喜欢谁，好像他知道珠月喜欢谁似的。珠月说："你管得？谁也不喜欢。"这时，如果珠月说喜欢别人的话，余清看样子就会发疯似的，珠月就会白受苦。珠月想，余清也太幼稚了，你在外都木已成舟了，还想我爱你？那时余清的身体在珠月的眼里是那么丑陋肮脏，珠月都不能形容，她怕她的比喻会让别人说她不是一个淑女，不是一个厚道的人。她甚至觉得自己都是那么肮脏。

几年下来，珠月倒想得开了。以前以为自己是菜板上的肉任别人剁，后来却也变成一根在空中跳舞的绳，你休想束缚死我，也不要想到你能鞭打我。他们两人有时像捉迷藏一样地跳着，倒也各自安然。

余清说是珠月一步步地把他逼到这样的：经常吵离婚，余清当然要把钱放在别的女人那里，既把钱放在别的女人那里，当然更受别的女人控制了。别的女人账上有余清的钱，余清岂敢得罪她？在任何时候，珠月都是余清的一个牺牲品，是余清随时可以牺牲的。那个女人却是得天独厚的，她有余清的钱，又不是夫妻，当然余清得听她的。珠月想，我何必受那女人的气，如果不是不放心孩子，我想离这里远远的。

第二十四章

这么多年里，有几个人喜欢珠月，珠月也不是那么悲惨。可是珠月都没想到要和谁走在一起。珠月的心里一直都有着因颉，因颉就像冬夜火炉里的火一样一直照着、温暖着珠月。因颉就在那种热烈的熊熊的火焰中，离珠月是那么近，虽然她触摸不到他。

这个世上任何一件事的产生是为了对和他（她）有联系的人产生影响。就像蚌里的珍珠，它是泪水留下的痕迹和果实。因颉在珠月心里产生的影响就决定了珠月如此的丝毫不差的命运，因颉的病是珠月蚌里的珍珠，因颉以他的疼痛在珠月的心里划下了苦痛、更加坚定不移的爱和承担。原来这个世界是有这样一个因颉，他的手和脚和身体划过珠月的每一寸肌肤和她暗淡的夜空，也有了珠月血红的心脏里映照的因颉的痛楚和煎熬。原来，因颉是为了把痛楚刻在珠月的心里而来到这个世上的，让珠月的脸上、眼睛里、手掌上都写着因爱而得的苦难和甜蜜。

珠月得一辈子去承受这个爱的甜蜜的苦难。

因颉说的每一句话每一个动作都在珠月的脑里像过筛子一样一遍一遍地过着，因颉就这样刻在珠月脑回的皱褶里。

更让珠月孤独的是，她的承担显得那么可笑，她就像是一个很远地方来的人，在因颉的眼里划过一眼就必得回到她该去的地方，在因颉的现实世界里，珠月是那么多余。连个普通的朋友都做不了。普通朋友可以经常见见面，可因颉却不想见到珠月，他的世界里珠月只是一个边缘人，虽然他也曾想过娶珠月，可是一回到现实，一切都变得太难。

因颉是那么坚持地固守着他的家，就像老好人一样，生怕他的家有半点受伤，即使他和他的妻子一年在一起不到三四次。可是他爱着他的妻子。他感激他的妻子抛下工作和他在一起，珠月却没遇到要让她和他在一起的老公，即使他已经是无后顾之忧。如果真的有了像因颉那样的事业，余清肯定都不是自己了。不过，余清是稳扎稳打的人，志向就是那么一个高度。所以说，因颉的妻子还是幸福的。他们是一个完整的家庭。

当初余清到外地打工时，没有钱，看着余清在雨雾朦胧中坐着车子走了，珠月的心也湿了。在雨雾朦胧中，人生的艰辛和分离显得那么沧桑。当余清赚了钱时，虽然一直感激珠月当初嫁给他，可是当初做的饭和来自珠月家庭的气都一起浮了上来，他赚的钱越多，那些气就浮得越高，膨胀得越大。他赚钱是为了他的哥姐侄儿外甥，珠月在他的心里永远都是一个外人。记得未结婚时，余清说："我赚钱就想为我大姐，我大姐供我读书，把自己的婚姻都耽搁了。"余清很重视手足之情。他说，小时候，他家里成分不好，好不容易养了一头猪，就被公家拉了去还债，那时，正是过年，他的十五岁的哥哥拼命地拉住那些人牵猪的绳子，都睡在地下了，被那些人拖着几十米，还不肯放下手中的绳子。猪牵走了怎么过年？珠月听着余清讲这件事，觉得很感动，也从中能体会一点他们兄弟的情谊。兄弟有情是天经地义。可是余清却不允许珠月为她家里花钱、做事。当珠月和弟弟通电话鼓励忧郁的弟弟振作起来，并说要帮他把他作的歌想法推荐给歌手唱或者刻成碟子放在网络上卖时，余清就一晚不归来气珠月。余清常常做些无法挽回的事。在外睡了一晚，还要珠月对他笑，不闹。有一种人自私到只顾自己的感受，还要压迫别人的感受，就像把鞭子抽在别人身上还不允许别人疼一样。

珠月当初还不知道余清是那么恨自己的家人，他装得像什么事都没有。珠月听到余清在那里说着话，意思是珠月的爸爸传染到什么病活该。珠月有些奇怪余清怎么那么恶毒，那时，余清和珠月结婚还没一年。余清对珠月和她家的仇恨随着时间越积越厚。起初珠月还以为余清只是对她家有恨，爸妈都是善良的人，说："只要余清对你好就可以了。"

那年冬天，余清买了一件棉袄寄给在泉城上班的珠月，袖子短得没法穿。他半年回来一次，待三四天，听说夫妻半年不在一起就可以办离婚手续了，正好掐着那个时间他回来了。她告诉他，她来例假了，能不能晚几天回来？他仍然还是起先决定的时间回来，好像跟谁请了假似的。

好像珠月不是个妻子不是个女人，她不需要丈夫似的。珠月也很满足，她心地单纯、洁净就像一潭清水。要是换了别的女人，早就生出事端了，还让你余清在外面安安生生的？

那时候珠月过得很快乐，无欲无求，连女人的最基本的需要，都不想了。别的女人希望能拉着自己老公的衣服，睡觉时能抱着，珠月已经习惯了一个人的日子。

刚开厂时，余清和珠月还经常写写信，后来就不写了。大概是在他开厂后的四年，珠月感到余清似乎离自己远了。余清回来时把珠月写给他的信都带回来了。他以前还偷偷地看看珠月写的日记，后来日记就是放在他面前他都懒得看了。珠月看着那些信，有些想说什么，最终什么也没说。珠月想如果是自己，她不会这样做。她想，一定是自己的信放在余清的房子里已经影响到了他的生活，要不，他何必要把自己的信带回来。余清回来几天，也有可疑的电话打来，余清就得赶快走了。余清给珠月三千元钱，这是他两年来交给珠月的钱，还给珠月买了一条金项链。珠月说不要钱，余清怒气冲冲地说："你不只值三千元，还值多少？"珠月每月千把元工资，生活还过得去，也觉得还满足。她知道余清在外做生意不容易，工厂刚刚起步，需要资金周转。

余清曾说某某为人处世是拿尺子量的，拿秤来称的，什么样的人该怎么的打发法，他心里有一根绳。珠月后来发现，余清也遵循了某某的这个原则。

珠月的眼泪不能止住地流，她劝慰自己说："你不要伤心了，你只要想到这么多年来你从没想到过依靠他就可以了，你的心就会好受很多。你既从来没想过依靠他，今天又何必失望，何必伤心？"

余清把珠月过年精心做的摆得很好看的鱼故意用筷子戳烂。那年余清还带了一件牛仔裤给珠月，是男式的，她还分不清男式女式只是照常穿。穿了几天，有人对她说，你这裤子的裤型很怪，好像是男式的。他给她买了一双旅游鞋，那鞋鞋跟竟是塞着好大一块铁，穿了两天后，发现脚跟好疼都磨出血了，鞋子奇怪的重，再仔细一看，鞋跟的那块帮里面露出铁来，真不知他从哪儿买到的这样的鞋子，估计他真是踏破铁鞋才寻觅到的。后来，珠月忽然想，会不会是他定做的？厂家再愚蠢也不会在鞋后跟那里塞块铁？鞋毕竟是人穿的，人的脚是肉长的。

余清几年后又给珠月买了一双鞋，那鞋上写着英语"HE LOVES ME"，旁边是一朵花，不过那朵花的花瓣在一片片地掉着。她知道那个意思，他在诅咒爱她的人和她的爱情凋零死亡，虽然他不能确定她心里有谁，但他敢确定她心里一定有人，可能是因颉。珠月感到余清是在诅咒因颉和她的爱。当珠月有天忽然想到，聪明地把那些不吉利的零落的残瓣全部用剪刀扯掉。珠月去见因颉时，故意穿着那双鞋，那些零落花瓣全部拆掉了，不就成了他爱我吗？把余清气死，看你诅咒我们不？余清有天发现珠月那双鞋子上的凋零花瓣没有了，面无表情地说：“这样很好啊！”“当然‘好’，没有‘不好’，哪有‘好’这个说法。”珠月想：“余清的心怎么那么毒啊。”珠月去寺里祈祷时，有时还不忘也祈祷他好，可是他怎么样呢？他在杭州灵隐寺带来三支香，竟然把那只断了的香拿来给珠月，珠月见是断香，觉得很不吉利，就对余清气愤地说：“你把断香给我做什么，你带回去吧。”

珠月经常梦见余清拿着刀威胁她，她在黑暗中拼命地跑。有时也不知想逃避什么，就是在不断地飞跑着躲避什么。有时她也梦见余清是她的亲人，不过是个拿着刀的亲人，前提是珠月得服从他，做他的老婆。

就像前面的路早已堵死，余清即使在那里辉映着彩虹，对于珠月也是无济于事。珠月无家的感觉越来越强烈。她都忘记了曾对因颉说过自己是一片飘零的落叶，那么空间里那个写落叶的“女孩”是因颉？还是那个知道这世上有一片飘零落叶的“女孩子”，她从因颉的嘴里知道了珠月？珠月无从知道。她只是被那片落叶的比喻震撼了，她被那个女孩的才气和孤独震撼了。很久之后，她才知道，那个落叶的比喻来自自己曾经写给因颉的日记。

珠月的那一片落叶直是要把因颉震垮了，因颉无理由却也是有理由地担忧起珠月来，但他从不说。珠月却能感知。即使他一辈子不言语，他的每一个思想都会像天上的星语一样在梦里传给珠月。只有相爱的人才会这样声气相通，心心相印。因颉的每一次奉献每一次想要承担每一次的思念珠月都能感知到。因颉的每一次怀疑每一种困顿珠月也能感知。珠月太爱因颉了，他对于她是那么宝贵，有时爱到了一定的高度就是无私。别人都说爱是自私的，无私的爱是一种祭献的爱，牺牲自己成全别人的爱。“爱是自私的”，只是一种自私的爱的借口，因为这是人的本性，是不用学的，无私的爱却是承受失去、牺牲的爱，或者他（她）会因此绝望，却决不放弃让自己爱的人幸福。珠月认为只有这世上最美丽纯洁的女孩子才能配得上因颉，也只有这样的女孩子才能让因颉真正得到幸福。

很久以前的珠月就是这样的女孩子，他们错过了。珠月的自信在因颉的回信中变成了一种怯懦和些许自卑。珠月还是一个懵懂的女孩啊，她不应该因为因颉的拒绝就放弃，她应该多坚持几次，那么就不会有珠月的遗憾因颉的损失。因颉在珠月的眼里就是天上派来的太阳神，他该得到普通的男人都能得到的东西，她绝不想她的因颉受委屈。你本是这世间最好的最具有美德才能的，却为什么让你总是得不到绝对的干净的幸福？珠月想因颉的“不行”一定是因为他的委屈，她要装扮成怎样的仙子才能配得上她的因颉，那只有在梦里。珠月也想过自己该做些什么，只是你身体如果已经受伤，就一定有疤痕，时间已在你的脸上身上刻上痕迹，你就不能对着生活掩面而过。一切都是事实，而且是被时间固定的现实。珠月无法改变这一切。她想对因颉说：“你的幸福在你的前方，任何人都不能阻挡。谁要是阻挡你的幸福，谁就是罪人。”因颉在网络空间里说：“我已经没有幸福了，我失去了幸福的权利。”珠月听不懂因颉的话，因颉即使被雨淋湿了，被风暴打着了，当太阳出来的时候，她相信因颉仍然是一只羽毛鲜艳、光彩夺目的凤凰，因为因颉本来就是一只凤凰。即使燃烧一千次，也仍然是不死的凤凰。

一般一个男人爱一个女人首先是因为她的容貌，或者觉得她是美人，或者最少也有一两次在一个偶然的机会发现她很美，还得是在和她谈恋爱之前。特别是那些先入为主的人，如果他没有在一个恰当的机会发现自己喜欢的女孩是美的，那么恋爱之后他就更不敢确定了，婚后也许就更没有幸福感了。爱情其实就是一种幸福感。别人看着你很幸福，你并不幸福；别人看着你穷，以为你们不幸福，其实日子过得甜。幸福是自己的感觉。如果一个比较注重女人容貌的男人觉得他爱的女人不美，千万不能和她结婚。如果婚前连她很美的错觉都没有那么几次，结婚后怎么能保障有充足的幸福感？对于因颉那种注重第一感觉的人来说，虽然他很爱珠月也很疼她，可珠月并不自信能给因颉幸福。即使她站在王子面前她都不会自卑，却只有在因颉面前自卑。女人需要得到男人的认可，特别是在容貌上。如果珠月不是那么爱因颉，珠月也不自卑，她会让自己显示出美丽和魅力，让他看见她在别的男人面前的无可阻挡的魅力，可是她不能在因颉面前这么做，他怕伤害他。所以她永远只能不美。

珠月的第一个男朋友游黄说是因为他两次看到珠月觉得她是美人，所以就追她了。他写给珠月的诗句是：“相看两不厌，只有敬亭山。”本来珠月还不会彻底地把这个人忘掉，分手后他写给珠月的信让珠月认为他是个小人，他竟然恬不知耻地说他从来没爱过珠月。相比之下，余清要比他真诚得多，余清绝不会说他从没爱过珠月，只要他说了一次，他就记得。决不会像游黄自己打自己嘴巴。因颉更真实，他从没对珠月说过“爱”字，因为他不知道自己对珠月的感情到底是什么，他绝不会说假话，但他能确定他是心疼她的，特别是在去年夏天。让因颉心烦意乱的是他觉得不能解决珠月的现实困境，而珠月那么多年的绝望孤独只希望通过找到他来解决，这让因颉感到自己的无能为力，而他又多么想为珠月解决一点问题，即使是把自己给珠月也心甘情愿。如果珠月不满意他只有一半生命给她，他说愿意给整个。他并没对珠月说这些，珠月却能从他的空间文字里看到。其实那时的珠月没有那么多的奢求，她只要找到因颉，躺在他的怀里，一年能见到他几次就幸福得心满意足了。

珠月一直都像因颉说的处于一种对他的梦幻中，当因颉看着珠月沉迷不醒时，他虽然心里有些幸福，却也有些担忧。这个世上只有因颉才是她的，珠月这么固执地认为，倒不如理解为她的付出让她坚信梦幻的真谛。她因为坚信自己而坚信了因颉。说实话，他们两个人其实是最大的因缘又是最大的孽缘。两个人心里从来都没忘记对方，却又走不到一起。特别是珠月，因颉在她的心中就像是神一样，这个神的位置让她好长一段时间只敢仰视他，珍视他，却不能在他面前表现一个真实的自己。因颉被珠月推到了那个神的位置，本来他想把自己从神坛上推下来，就像一个人被人奉作神就得有神的神态和举止一样，因颉无法在珠月面前表现他的另一面。在很久以前，如果他们走到一起，珠月还没有足够的时间来筑神坛，因颉也没有站上去，他们就是美好姻缘了。不过，世间没有十全十美的事。等珠月的身体觉醒时，她就拼命地去找因颉，希望把自己的温柔给他，可是这时候的因颉已不自信自己是否还行。他都多久没和他的妻子在一起了。珠月很心疼因颉，想到自己的懵懂，她应该让因颉更自信，更觉得美好，可是她像一个布娃娃一样是睡着的，因颉的老婆估计也是和因颉相敬如“冰”，为什么自己的爱人就被女人弄得这样？珠月心疼因颉，觉得是自己的过错。因颉又不是那种脸皮厚的男人，随便女人怎样，他都可以。他需要从深爱中得到鼓励和温柔，只有真正的长久的激情和温柔才能让他复活。可是珠月并不自信。

珠月不想因颉就会觉得无聊，好像生活没有了重心，继续想下去，等待她的就是孤独和绝望。虽然听起来是种悖论，但珠月就像被这种悖论吸进去了。她愿意这样无望地想，无望地孤独，只要这世上有他，她就有想的。没有想的，那才没法活啊。她想摆脱这种生活，可她已经似乎看到自己一边在泥沼里往下沉，一边却还在幻想着她爱的人在看着她为他而死的满足。

她知道自己得到的是一场最豪华的爱情。她一直都在被他宠着、爱着、关注着，她见不到他，可她却不自觉地感到一种荣耀。她无论走到哪里，她都能感受到他在自己的身边。他对她很难说是肉体的欲望，有时完全没有，即使有，他都把它想象成是一个神圣的仪式，而不是任何肉体的欢愉。在她的身上去得到肉体的欢愉，在他看来是对她的侮辱。他本来也曾有过这样的想法，可是面对她那种懵懂无知的样子，他感到一种无形的拒绝的力量在把他从她身边推开。虽然她的内心在拼命地呼唤着他的名字，说爱他。可她不知道怎么爱，她以为爱就是每天心里想着那个人，想着他的那些可爱的行为就笑。思念越来越大，最终变得就像天空一样，他离她越来越远。

他把他自己送到她的枪口下，她的阴谋中，这个阴谋就是她的绝对的孤独。他被她的孤独笼罩得喘不过气，最后被她的孤独淹没了。如果他不爱她，他会被她的孤独淹没吗？珠月想到这里时，她很想大哭一场。她不想流泪，清早流泪不吉利，她的泪就成为清鼻涕流出来，她的心陡然大痛。

珠月那几年几乎常常都会做到有爱的梦，这让她在梦中无比甜蜜。菩萨可怜她，让她在梦中与爱的人相会。醒后，她常常一个人坐在床上，怅然若失，眼睛望着她心中想象的那个黑夜里的人。

在因颉的心目中，珠月就是一个黄毛丫头，一个可爱的让他心疼的丑小鸭，他一直都在推她，让她离自己更远一点。他心疼她，可他心中更多把她当成妹妹、朋友。她就像冥顽不化、什么都不懂的孩子，她不知道什么叫身体欲望，她认为爱一个人与身体欲望半点关系都没有。爱一个人就是喜欢他，就是心里想着他。他面对着她纯真无邪的眼睛，他也不自觉地把自己想好了见到她想做的事情全部抛到一旁。就像一个人面对一株纯真的花朵，都不忍心去摘下它为自己所有。自己的私欲全部变成了一种亵渎。完美，不在爱情里。

珠月虽然知道因颉是这个世上她唯一的心的依靠，她却不想因颉受委屈，爱本来就是一种感觉，没有幸福感何谈幸福？她只是把因颉对她的感情当作是因颉的一种牺牲。如果是一个不怎么爱的人愿意做这种牺牲，珠月满心欢喜，如果她不怎么爱他，她还会觉得别人配不上她，更谈不上别人的委屈了，她以为是别人捡了便宜。她太爱因颉了，觉得因颉如果娶她，她会受不住的。因为她不知道自己该用几个生命来爱因颉，害怕自己爱得少，爱得不够周到，不够为因颉做太多，不够让因颉绝对幸福。珠月喜欢一种自由自在的生活，说到底，面对爱情，她是个自私的胆小鬼。其实珠月是一个奉献牺牲型的人，因颉绝对不会对她挑剔什么。不知为什么，面对因颉，她总怕自己不够好。珠月希望和因颉在一起，却又希望她是足够好的，她知道自己不够好，就害怕真的让因颉牺牲那么多，而她却不能让他绝对的幸福。可是你要对珠月说“忘记因颉这个人”，珠月是死也不肯也不能的。她是一个吃过很多苦的人，在家里，一直都是她在奉献付出，为父母做家务事，供弟妹读书，为他们找工作，她不能因为自己爱因颉让他受损失受委屈，她不知道有一个什么样的方法能解决她的问题。她想过，如果她和因颉走在一起，那一定是人间的奇迹。奇迹是要付出代价的，珠月害怕因颉对家庭的不舍，还有他创造的事业也会受损，珠月不敢想这些，她只想因颉每天是幸福的快乐的。

可是让珠月心疼的因颉病了，他们彼此心疼着，却又是那么盲目。因颉从未对珠月说过什么，他的想法都在那些博客空间的胡言乱语之中，珠月只能胡猜。因颉病了吗？如果因颉病了，珠月肯定会去看他，珠月借了别人的手机给因颉打电话，因颉叫珠月不去看他，他也好像没得什么病。

珠月受伤了，其实因颉并不需要珠月，他对珠月的感情还没有珠月对他的现实，他像一个梦幻中的孩子，在自己的心灵世界中把珠月塑造成一个可以抚慰他的女神，可是在现实生活中他并没有那么强烈地需要和珠月在一起，因为他们也没机会在一起过。珠月这样想的时候，感到自己真是说的昧良心话。不管因颉是怎么沉默不语，怎么在空间里胡言乱语，怎么几乎从不真正通过电话短信和她说什么，珠月难道忘记那几个梦了吗？因颉是怎么抱着她，赤着脚往山下走着，又是怎么在大庭广众中扑到她的身上和她拥抱在一起，又是怎样那么傻地要和她一起坠落，即使那是另一个容貌不一样的因颉。为了那些因颉的梦，珠月的心中一定会永远地爱因颉疼因颉。还有那些网络上的言语，不是一个深爱珠月的男人怎么写得出来？这个男人虽然不敢确定自己的爱和幸福感，却能为珠月像个傻子样地整天守在电脑旁。在这个世上，因颉何曾会遇到另一个珠月，那是不可能的。

他们没有誓言没有诺言，却为彼此孤独、守护。珠月没有要因颉一定要想着她，因颉却一度陷入对珠月的歉意和疯狂想念中。就像上天在那么多的日子里让珠月甜甜地想着因颉，又几乎是在心里呼天抢地地呼唤着因颉，每晚祈祷梦见因颉，好像因颉的一切迷乱就是为了偿还珠月的刻骨铭心的期待相遇和思念。

在一两年的时间里，珠月是怎么让因颉占据了自己的全部心灵？珠月感到工作压力小了，她满脑子都是对因颉的思念，害怕时间让自己老去的恐惧，还有自己好久未让因颉见过的现实，她只想快点见到因颉，让因颉看到自己最好的一面，最温柔的一面。以前有限的几次和因颉在一起，她经常和因颉争得面红耳赤，毫不退让，想起来都是因颉让着她。她一直都以为因颉是一个温和的人，其实那只是因颉喜欢她让着她。因颉的脾气她后来算是见识了。几次给因颉打电话，他都给了珠月一顿呵斥，他不许珠月想他，他认为这对彼此都不好。其实他心里很在乎珠月，甚至是爱她的，只是他天生就是一个心性自由的人，一个家都够多了，还要多上一个女人，无疑他不想自找烦恼。可珠月不管因颉怎么呵斥她，仍然打消不了她的思念和固执的想法，就是一定要找到因颉，把自己对他的思念全部倾诉给他，哪怕就一晚上，她会把因颉爱死。可是心硬的因颉就是不给珠月这个机会，不成全她对他的思念。并且还气咻咻地对珠月说："那是不可能的。"珠月每次被因颉批评了之后都很气，不知为什么过了一天，有时还不到一天，她又故态复萌地想因颉了。这也许是因颉对她十分恼火的一个原因。因颉不许珠月给他发短信，他担心短信被家人看到。有一次女儿拿着手机打游戏，把他吓出了一身冷汗。珠月发给他的短信他一个也不舍得删。珠月也知道自己不能发短信，可是打电话他几乎不接，甚至叫工作人员接，这该是极大地损伤了自尊自强的珠月的自尊心了吧，就连这样的侮辱珠月也只能气几天。她知道因颉工作的压力，还有他自己的烦恼和对于珠月的气。可珠月是一个相信自己甚于因颉的感受的人，她要见到因颉，随便因颉你怎么说她，她就是要见到他，要单独和他在一起。可因颉不理解珠月的疯狂，他都害怕珠月的狂热了，虽然他有时又是那么迷恋这狂热。

几年以前，珠月每天开着手机，等着因颉给她打电话，有一天因颉终于打来一个电话，他说他正开车到邻省去。因颉说得很轻松快乐，这是珠月和因颉闹别扭之后在珠月的回忆中最温馨的一次。因颉并没生珠月的气。珠月也知道因颉即使生她的气也是像孩子一样生她的气，不会真正地恨她。那时，因颉和珠月打电话时，珠月虽坐在宿舍里，却感到外面阳光明媚，因颉的愉快的声音让珠月感到外面春风吹拂，校园里鸟语花香。自此以后，有几年的时间，因颉都没和珠月打过电话甚至回过一回短信。那次打电话后半年，珠月有一次梦见成群的蝴蝶围绕着她和因颉，他们两个抱着正在跳舞，而且是赤裸着身体的。珠月知道因颉并没忘记她，因为她是一个信梦甚于相信现实、语言等的人。每次做梦，她都会记下来，就像那是一颗珍珠，一颗宝石，很多好的语言珠月都可以忘记甚至并不吝惜，只有梦，她一定会把它们像珍宝一样记在日记本上。珠月认为梦就像静默的大自然一样，在那里面蕴藏的是真理。就像爱她的人的心脏，心脏是不言语的，可是它却能在梦中通过神语得到传达。有比神的语言更真实的语言吗？而心脏的语言正是因为它的沉默，需要通过梦境之神来表示，珠月才知道这个心脏需要多么大的信息能量多么强烈的欲望，才能感应神，才能在梦中传达心语。

因颉的每一个思想活动都能通过梦境反映在珠月的梦中，只有两个心心相印的人才能够靠梦交流。珠月的一些想法因颉也像神仙一样感应到了，珠月不得不叹服，两个人都是那么具有灵性。还有她的因颉，因为过分的灵性让他承受着苦难和耶稣受难一样的鲜血。

珠月只能把这些亲人的苦难当作是自己的责任，她需要用笔去写这些心灵的含泪的珍珠。

珠月无法知道因颉病了没，好些了吗，每次当她发现他像一个孩子一块石头一样不睡，珠月就有一股火升起，她不想他像痴呆一样坐在电脑旁守着她。她只想他每天睡得好好的，一觉睡到大天亮，那就是她最大的欣喜和安慰了。傻瓜一样似乎每天不要睡觉的因颉难道就不懂珠月的心吗？珠月只要一打开电脑，就感到因颉在电脑那边看着她，好像已经守了好久似的。这让珠月经常心一痛，眼泪都要流下来了，又没流下来，只想大声地哭一场，又没哭出来。眼泪在心里打了几个圈，让心脏凉凉的咸咸的，又激起一阵冰凌一样的颤抖。

难道因颉也要像以前的珠月一样给彼此念紧箍咒，让彼此谁也少不了谁？其实彼此早就融入对方的生命中，因颉的不睡只让珠月冒火。再说，因颉如果真的爱珠月可以对她说啊，何必通过这种方式守护珠月，还不如两个人紧紧地抱着睡一晚，哪怕因颉不行，珠月也会感到幸福。再说，现在没有试过怎么可知？珠月是那么理解因颉，在她的心中，因颉怎么样她都理解，包括他的“不行”。珠月觉得因颉太可爱了，像孩子，像傻瓜，使珠月那么心疼他，为什么因颉碰到的都是一些这样的女人，像她一样不成熟的女人，像他妻子一样郁郁寡欢的女人。当珠月觉得很多东西不再是羞耻时，她只想找到因颉，并希望自己能让她的因颉自信。

第二十五章

珠月多少次在纸上发誓再也不要和因颉打电话发短信，可都做不到。她想在佛祖面前发誓，因她害怕自己做不到，还是不敢在佛祖面前发誓，怕遭报应。看来，珠月的发誓不过是自己骗自己的把戏。过不了几天，她又会像犯毒瘾一样思念起因颉来。因颉已成为她生命的分子，即使她十年不谈他的名字，她都不会丝毫忘记他。

只有一次，在A校读书时，宿舍同学睡前在一起谈自己的理想伴侣时，珠月提过一次因颉，她说她有一个朋友，非常优秀，但是却没缘分走在一起。宿舍同学估计都忘记这件事了，这是珠月唯一的一次对宿舍同学说起因颉这个人。

叶曦问珠月："你和因颉有过身体的关系吗？"珠月说没有，叶曦不信，当她最终认为珠月与因颉真的没身体关系时，她气愤又失望地说："我真看不起你，那么爱的人竟然和他身体的关系都没有，你老公对你没真心，你还这么洁身自好不成？"珠月说好久都没联系了，叶曦问："多少年？""八九年。""那你现在就和他联系啊。"说着叶曦就要拿珠月的手机给因颉打电话，可她并不知道号码，并说珠月一定知道。珠月假装说确实不知道。

叶曦和珠月在餐馆里吃完饭，一边在巷子里走着，一边叶曦就在旁边说："你肯定是骗我的吧，我不信。你要说有，我就高兴，你说没有，我就看不起你。"叶曦以为珠月是害羞，"我去打听因颉的电话。"珠月急了，她不想叶曦参与她和因颉的事情，急忙说："不用查，我知道他电话。""那你现在就和他打电话。"叶曦毫不犹豫地对珠月说。珠月生气了："你不要管我的事情好不好？"珠月只要生气起来，谁都怕她。叶曦说："你知道吗？如果没有和自己所爱的人在一起过，人生是白活了。"说着又说要发短信给因颉，珠月说："你别胡来好不好？他早就不理我了。"叶曦说珠月脑子不开放，保守，可惜，傻。

叶曦每次打电话给珠月，就会诡秘地问："你和因颉联系了吗？还不联系，都老了。"叶曦希望珠月能从因颉那里得到慰藉，要不，她真是认为珠月太苦了。"其实，喜欢我的人很多的，就怕对不起因颉。"叶曦说："那你怎么不去找他？"她怎么都不理解珠月为什么见因颉就那么难，珠月也不懂，为什么那么难？因颉宁愿每天在电脑旁守着珠月也不愿见她，难道珠月不理解因颉吗？因颉不管做什么是什么她都能理解的。可因颉并不一定真正理解珠月，他和她保持的距离又让珠月感到因颉其实是不需要她的。

珠月在一次梦中通过自己达到一种高尚圣洁纯净的快乐后，很长的一段时间，珠月更看重心了。她的心就是因颉，她仿佛可以不需要很多有形的东西，那些只是一种异物，反而觉得自己是更干净的，自己更喜爱的，珠月难道爱上了自己？每一个人都会爱自己，在珠月的身体有一个因颉，是这个因颉让珠月感到了圣洁纯粹的极致快乐。珠月爱上的是自己身体中的因颉，她的身体仿若就是她和因颉的双体同生物。珠月想到这个自己心中冒出的词，仿佛在哪里见过，拿在这里作比喻又是如此贴切。她只需一次就体会到爱的极致，这一次的印记，最少很长一段时间她都会心如天空一样明净、高远、安宁。

禾月还不知道珠月和因颉已经在网上有一年的联系了，只是从未见过面。如果把这说给禾月听，她会更看不起珠月了。禾月刚听到一个家乡人说余清请他们装修房子，那房子是余清买给一个女人的，那女人整天都在那里颐指气使地指挥。她说："姐，如果你不去寻找自己的幸福，你这一生真不值。最好是让因颉做我的姐夫。"珠月摇着头神色严厉地说："那是不可能的，他有他的家。"心想小妹怎么这么热衷于她和因颉在一起，是不是认为因颉有钱？这样说，是太冤枉小妹了。在因颉还是一个很穷的学生的时候，小妹就说只有因颉才是配得上她的姐姐的，并且把因颉的诗作《鹰》背得滚瓜烂熟，余清都听过小妹背因颉的诗，余清估计也认为那首诗写得不错。因为珠月后来在余清的公司看到了画有鹰的公司名片。余清是一个很计较的人，但还没计较那只鹰，可想，鹰的意象在余清看来是符合他的心意的。珠月说："谁像你，只要老公在家，坚决不出门，还在你老公面前说最爱我和他呢，叫你来一趟，你都要瞅着他出差你才来。"禾月不好意思地笑着。禾月老公一直到现在都把这件事拿来当温柔的笑话说："你不是最爱你姐姐和我吗，还说你姐姐排在我前面。"禾月的老公现在知道他的老婆最爱他，大姐姐早排后了，所以总是胜券在握地故意笑着问禾月。

禾月想说："那是刚刚结婚时才这么说的，现在早就老公第一了。"珠月不想把什么都告诉小妹，哪怕禾月就是发誓不告诉任何人，她也一定会告诉那个她最爱的老公。

禾月和她的老公共一个邮箱，她老公虽是留洋博士，却不管是给外国的导师、师兄写英文信还是给中国的导师、师兄写中文信，都要他那个卫校毕业自考拿到护理学学士文凭的老婆过目斟酌词语。珠月不解，"你懂什么英语啊？"禾月说："我可以告诉他怎么说啊。"禾月的老公孟辉要去演讲了，每天在他老婆的督促和指导下反复练习，因为禾月的演讲在全市得了第一，所以很有经验资本。孟辉对禾月说："我想去喝点水。"禾月点头说："你去吧，马上回来继续练。"禾月很得意陶醉于她的老公对她言听计从，还骄傲地对珠月说："你看，博士都要听我的。"

禾月的泼辣能干，让她走在哪儿别人都夸她机灵。端午伯娘说禾月炒菜时几里之外都听得见她翻动锅铲的声音。禾月老公一点小事都要问她，特别是人际关系方面，更是一定要咨询她。就连申请课题，他都要禾月看一遍，禾月凭着她的悟性往往还能提出一点有用的意见。孟辉不想申请了，禾月说一定要申请，果然中了，她老公就说没有他老婆就申请不上。她老公硕士答辩时，那些答辩教授对禾月的夸奖好像没有他老婆就不会让孟辉通过似的。

和孟辉在一起谈恋爱时，禾月经常有意保持沉默，怕说话露出破绽，显出无知。她从小到大还没正经看过一本课外书，但她在初中时写给珠月的长诗已是显露出她天生的文字才华。余清看着那十几页纸的长诗，直感叹："我哭都哭不出来。"余清后来给珠月写信，除了第一封信是一页纸外，以后写信字斗大一个，还占不到半页纸。禾月和她的老公一起看电视，里面有一个古代士兵对同伴们大喊："尔等，上。"孟辉没听清楚，问禾月："那人说什么？""他说，儿子上。"禾月对自己的回答有些不满意，不太放心，第二天她问珠月："姐，'尔等'是什么意思？"珠月说，应该是"你们"的意思吧。禾月说："不得了，我以为是说儿子。还不知孟辉怎么想我呢，真丢丑。""那有什么，谁都有不懂的。"禾月问："姐姐，那这个词不懂是个什么等级的丢丑？""这个词很多人都不知道是什么意思，不知道不丢丑。"因为禾月很多东西都不懂，所以她不知道什么东西不懂会丢丑，什么东西不懂可以理解，就像一个不懂数学的小孩，不知道三加四和六百八十五加七百八十六哪一个不会才丢丑一样。禾月却是特有灵气，每天帮着珠月带孩子，考试之前随便一复习，在卫校次次考试第一。她知道珠月要考研，天天像警察一样盯着珠月，只要珠月一松懈，她立即就说："姐姐，可不能玩呵。"珠月还真的听她的话去看书了。她自己不看书，还每天对珠月操闲心要她看书。

孟辉和珠月同一年考研，孟辉对禾月说："你姐姐不是要考研吗？还不开始复习，离考试只有九个月了。"禾月把这话传给珠月，珠月说："我正想现在就开始复习，不想过早就开始紧张，我是突击型的人，九个月应该够了。"孟辉从大三上学期就开始准备考研，珠月平常也看书，一个月看一本《简·爱》，两个月看一本《资本论》，也确实没丢开书本过。在科室上班没事时拿着药盒里的英文说明书仔仔细细地看，不看白不看，反正也没事。只是她还从来没投入到真正的考研复习中来，虽然她早就想考研。九个月来，她是全副身心地投入复习，到了最后一个月，每天早晨吃热干面上班，热干面放好多辣椒都不知道有半点辣。寒风吹着脸，一点都不觉得寒冷。心里有希望，学习效率是惊人的高。珠月考上硕士研究生后，几个院长请她吃饭为她送行，医院里考取那么多硕士博士，没一个享受到这种待遇。行署洪专员握着她的手说，小明，你真了不起。珠月当时考研究生时一个人也不认识，复试时也不知道和自己报的导师电话沟通一下，后来还换专业了。也许是上天可怜她吧，还是让她上了，而且还分给她一个好老师。那一年她的总分是三百七十多分。开学几天后，珠月把她的诗集送给当初报考的导师，导师说珠月很有才，要她还是读他的研究生，珠月说就不换了，因为她觉得那样对不起自己现在的导师。

和孟辉一起去 W 城听讲座时，孟辉不相信珠月能考取，珠月的两个准备考研的同事也不太敢相信，科室只有他们知道珠月在考研。朱教授要大家写英语作文，都七月份了，珠月刚会写二三句，再一看那些阅读理解里面的词汇，好多不认识。珠月是一个很聪慧又自信的人，她仍然相信自己能行，虽然九月份了，她连报考学校的规定教材都没有。在卫校时，她一天一本书，把卫校图书馆的书几乎都看完了，美学，哲学，历史，文化，文学，军事，只要她觉得有兴趣的她都看。比起现在的一些大学生，珠月觉得自己那时学的要比他们多得多，简直不可同日可语。她在一本杂志上看到一个科学家写了一篇关于爱因斯坦相对论的文章，她于是也就那篇文章写了一篇关于爱因斯坦相对论的文章寄给那个科学家，那个科学家竟然来信说她对爱因斯坦相对论的理解已经达到大学本科水平，真不相信是一个卫校的十五六岁的女孩子写的，这个科学家还到珠月的学校来看过珠月。

读研时，班上六个同学考六级，那几个同学是越考越少，珠月终于在第二次时考过了，这让她骄傲了一阵。同门对她说："珠月，考不过的，我们听力都不好。""为什么?"珠月不服气，她分析说："我上次考了56.5分，有很多地方是不该错的，我认为能过。你上次考了54分，下次只要努点力，一定就能过。"同门并不相信珠月的话，他看着珠月在那里说得信心百倍，觉得她有些自不量力。结果第二次考六级那个同门只考了四十三分，第三次听说他考了二十几分。后来，珠月的那个同门就不考了。看见珠月，他笑着说："真佩服你。"其余几个同学也是越考越少，考到后来都放弃了。过六级已有很多年了，虽然过六级算不了什么，但是她是班上考六级的人中唯一过了的。这是花了珠月整整两个月时间的。每次考六级之前一个月，她什么书都不看，除了英语书。而且第一次为了等六级分数，一个寒假竟然都没心思看什么书，可想大学英语六级在珠月心中的重要性，因为她特想验证自己行不行。越是别人觉得不可能、难的，她就越要做成。

第二十六章

林医生去省城读研了。思美在宿舍里默默地想着小林，除了小林外，她的眼里几乎没有其他的男的。她把自己埋进思念之中，看不见天上还有太阳，空中还有云彩，她已经好多天不知道天上到底有没有云彩了。她给小林精心织了一件毛线衣，是用羊毛线织的，花了思美一个月的工资。珠月还记得思美要她帮忙挽毛线，思美整夜地研究针织书，按着书上的花纹打，并叫珠月告诉她领子怎么织。毛线衣寄给了小林，小林穿在身上，告诉别人说，这是暖心牌毛线衣。

思美看着小林留在她宿舍里的桶和衣服，她都会感觉一种温柔。当她看到小林留在桌上的书，书的扉页上写着小林于 1990 年 3 月 10 日购于泉城新华书店时，思美看着小林写的字和小林的名字，她都会觉得有一种爱意弥漫在她的心里。思美等着小林到来，而小林似乎沉寂得从这个世界上消失了。思美想，今天小林如不来，天会不会不会亮。她百无聊赖地只有让自己努力睡着，以睡来消磨等待的光阴。

思美发现自己怀孕了，她等待着小林来带她到医院做手术，可小林总是拖延着。思美每过一天就像过一年，体内的孕激素让她度日如年。前不久医院妇产科住进来一个未婚先孕宫外孕破裂出血动手术的病人，全院都在谈这件事。在二十世纪九十年代初，这种事情是非常丢人的，如发生了，这个女孩的一生就毁了，即使她和那个男的结了婚。大家未婚同居已司空见惯，可都是心照不宣，真的要出现这种事，就等于向大家宣布自己没结婚就和男方发生关系，女孩子一辈子都会抬不起头来。思美很担心自己会不会得了宫外孕，那自己就得住院，就成了轰动医院的人物了，她就会觉得自己从此抬不起头来。现在的女孩已经无所谓了，那时的思美几乎整天提心吊胆。外面在下雪，有人踩在雪上噼噼啪啪，清脆悦耳，思美望着窗外的雪，手中织着准备给小林的手套，慢慢地，忧郁似乎让外面的天空变黑了，只有思美手中的毛线还在无意识地抖落着。

好不容易等到小林来了，思美就像看到了救星。小林说："你怎么就那么等不得？"思美说："我不舒服，连多一天都等不得了，人都老好多了。""我怎么没看出来，我倒觉得你越来越年轻了。"二十三岁的思美觉得自己已经很大很老了，小林的姐姐三十岁还没有男朋友，她想，小林姐姐怎么嫁得出去。动完手术，思美说手术很疼，小林说："就你疼？别人动手术就不疼？也没听人叫。"思美愣了一下，小林说这话是什么意思，难道他以前有女朋友，也做过流产手术？她怕自己多想。平时看起来老实本分的小林，谁会想到他已经谈过恋爱？单纯老实的思美想起来心里有些纠结、不适，不过她马上就把一丝不快掠过脑后。

雨就这样在一天之间变成丝丝绵绵的，气温似乎在一阵雨后从此一蹶不振，秋天终究慢慢地来了，丝丝寒意已在肢体的各部蔓延。思美收到了小林的一封信，她并不急着打开，她要等下班后再好好看，把手洗干净了，把工作服换了，回家，吃完饭，一个人静静地坐在床头读小林的信。思美读小林信的时候，感到自己就像在一个明亮的山坡上坐着，山坡上开满了花朵，荆棘丛里结满了红彤彤的野果，风中流转着欢笑和幸福。这样的幸福感没过一天，思美就被一种莫名的担忧袭击，小林在信中虽然爱意弥漫，可思美却隐隐感到了一种分离的味道。也许是小林知道自己要和思美分开了，声音反而越加浓烈。此时，小林实习的单位有一位女医生虽然比小林大几岁，可她的工作单位和医生职业使小林左右权衡之下，还是想和那位女医生走在一起。小林已意识到自己要离开思美了，他感到有些对不起思美。

思美想起分别时，小林那副志得意满的样子："这个地方太小了，我准备到省城最好的医院工作，已联系得差不多了。"思美像一朵红莲一样的脸色不知什么时候变得不红了，露出了菜色，她的年纪似乎一下子变得大了很多。珠月发现暑假也没见小林来看思美，问思美是怎么回事，思美说："小林已经来信说，因为不能在一起，干脆就分手算了。小林认为护士低贱，不过是他平常无意中说出来的。""放屁，他以为他是什么东西，医院里大把护士找的都是医生、机关干部，个个都比他强。还护士低贱！"珠月笑着对思美说："没什么大不了的，我明天就给你介绍一个比小林好一千倍的。"珠月尽量把未来说得好听一点，她怕思美想不开。

小林一天夜晚跪在思美的面前，向思美发誓，如果他将来背叛她，他将遭天打五雷轰。他说："我像猴子一样急，你看不出来吗？"

思美在心里对那个十足的骗子说，我的声音会日夜悬在你的房梁上哭泣，诅咒你。想起他的下跪，他的我爱你，他的誓言，他的世故，他的出轨，她感到自己就像一个刚出炉的洁白的陶瓷被人用脏手抚摸。后来思美才知道她吃不下饭，一整个夏天天都是昏暗的是因为她失去了贞操，而不是那个人。这个事实是她半年后才领会到的。她那天忽然想，如果她和他什么都没发生，她会如此难过吗？她的答案是："绝对不会。"

珠月问思美："你后悔吗？"思美想说："你知道吗？我后悔的是我不该把自己给了他。后悔的是自己的处女身没有了，这是一件追不回来的事情。如果没有这件事，我也许可以当作没有他。"几年后，处女膜修复术到处都可以做，那时思美连听都没听说过，要不，她就不会那么痛苦了。珠月对思美说："小林那种人不值得留恋，谁叫你当初看花了眼？"思美说："你会选，我看你将来选的会怎样！"思美吃饭就像咽糠，思美妈的眼泪也不自觉地掉了下来。如果当时思美知道有修复处女膜的手术，而且像现在这样几百元就可以做，她也不会那么绝望。思美是打算和小林结婚的，她爸妈一直教育她女人的纯贞只能给自己的丈夫，思美觉得自己的身体已经掉价很多。

是不是世间的一切都无法挽留，像云彩飘过就不会再飘来，像幼树长成大树就不会再长成苗？琴弦弹得最激越时，要折断，水流得最汹涌时要决堤。难道爱，也要在我最爱你时而走开？

思美自从失恋后，脸上好长一段时间都看不见以前的红润了。以往思美和小林一起上街买菜、做饭，小林长得甚至有点拿不出手，稍矮的个子，外表看起来还配不上思美，不过，看着他们幸福的样子，所有的人都觉得他们永远不会分开。

王思美被读研究生的小林医生抛弃半年后，经人介绍认识了市人事局的一位干事，他们谈了大半年，珠月觉得他们应该很好，看不出有什么问题。

一天，王思美告诉珠月她喝了一斤酒，打了一支安定针，睡了两天。珠月问为什么，她说和人事局的小劳分手了。珠月说："你们不是好好的吗？看不出来呵。"王思美也没解释为什么，说了几句话，意思是小劳这人实际上眼界很高。珠月也不好仔细问。"你准备自杀吗？"王思美摇了摇头，她说只是为了减轻一下当时的痛苦。珠月不懂："值得这样吗？要是我，我绝不会为一个负心的人这样痛苦，别人不喜欢你了，还有什么值得留恋的？”王思美说：“那是因为你现在还没恋爱过。”珠月不相信，始终认为不值得为一个负心的人去摧残自己。珠月看得出思美这次比上次更痛苦，上次的分手没听她说喝酒打安定针的事，也可能喝了酒打了安定针，只是她未告诉珠月。

晚上，王思美怎么也睡不着，后来又喝了一点酒，吃了两颗安定，才睡着，早晨起来时，头还是昏沉沉的。她骑着自行车去上街，不小心被一辆飞驰而来的摩托车撞上了，只听到开摩托车的在那里大骂着：“妈的，瞎了眼。”随后，王思美就什么也不知道了。到了急救室后，王思美清醒了，看到自己眼角旁边缝的十几针，不禁哭了。因为创伤严重，估计还要留下疤痕。王思美拆线后，她的眼角旁边的瘢痕让她似乎变了一个人，再也看不出她以前的美了。很奇怪，人的脸有时在关键的地方改变一点，就会产生天翻地覆的变化。王思美自此更是不自信了。

后来思美经人介绍认识了市工业局的小丰，工业局下面有个公司，他就在公司里承包做些生意。当时他和思美见面的时候，他身上已存了八千元，思美觉得八千元挺多的。可当小丰把嘴伸到她的嘴边的时候，思美竟感到一阵胃痛。她顾不上小丰说要给她买衣服的话，就急匆匆地离开了。此后，思美一直在犹豫，到底要不要和小丰来往。思美在学校读书时成绩一般，后考上卫校，不过做事是绝对能干。她是一个比较现实的人，她是属于干部编制，可小丰不是干部编制，她把这个编制什么的看得很重要。当思美对珠月说这事的时候，她是一种要珠月保密的声调，珠月当时还不知道什么干部编制、工人编制的存在，更不知道有什么区别，就对思美说：“有那么重要吗？”她说：“肯定重要。”

小丰应该初中没毕业，据说是他的姨妈把他弄进工业局的，她的姨妈是市工业局的副局长。思美打心眼里看不起小丰，但自己已经是谈过两次恋爱都失败的人，她做梦都没想到那个缺德的媒人把一个工人编制的人介绍给她。她后来也想甩掉他，那个男人紧追不放，思美慢慢也觉得能接受那男的了。

珠月有次去找思美玩，发现小丰正整个人趴在地下往思美的门缝里瞄。珠月有些不相信，小丰又高又结实，珠月觉得很滑稽，她差点笑出声来。这幅景象是她从来没见过的，也想象不到的。珠月想，就凭小丰这种样子，思美看不起他都完全可以理解。

小丰千辛万苦拿到了结婚证，他有一团火，思美稍微说话不好听点，他就开始打人，这让思美非常吃惊。她好像一下子就睁开了眼睛，终于看清了小丰的真面目似的。思美说离婚，小丰心想，你一个女的领了结婚证，又要离婚，谁还会要你？我一个男的，还没什么。他脖子一伸，像个无赖似的说，离就离，有什么了不起，别人不要的水货。思美一听，更是伤心得哽咽起来。

思美知道小丰说她水货的意思。小丰信誓旦旦地说，他从没有过女人，思美说，你什么都可以说，千万别说这话。思美一看小丰那个地方，就知道它曾历沧桑。

他们两家后来大打出手，思美母亲的头被小丰家的人用砖头砸伤缝了十几针。他们最终办了离婚手续。

这时王思美的妹妹得了白血病，一个家里有些积蓄、在机房工作、看起来有些木讷的男人借了王思美五万元。以往王思美每次去总机房打电话，那男的对王思美特别热情。王思美有次送给他两个梨子表示感谢，他竟然红着脸推却着硬是不肯要。当王思美再去机房给亲戚朋友打电话凑钱给妹妹治病时，他毫不犹豫地对王思美说："我回去和我妈商量一下，看家里有没有钱借给你。"第二天那男的就拿着用报纸包得好好的五万元交给王思美。二十世纪九十年代初的五万元不是小数目。王思美感激涕零，看着那个似乎是有点呆傻的男人，竟然觉得有了一丝依靠似的。王思美这之前也找很多亲戚朋友借钱，也借了一些，却是杯水车薪。二十岁像天仙一样的妹妹躺在医院里就等着姐姐借钱来，要不，就要停药了。王思美看着妹妹白皙无血色的脸，心如刀绞，妹妹还没梳的秀发落在枕头上，头上有几处地方已可看到白白的皮肤了。除了妈妈来照顾她，王思美妹妹的老公只出现在病房一次。想当初他是怎么地追王思美的美丽的妹妹王静美的，几乎全城的人都知道。可自从王思美的妹妹得了白血病后，他的温度立即下降，下降得比突然到了南北极还快。看他一表人才，王思美科室的医务人员知道了她妹妹的情况后，都看不起那个比陈世美还没良心的坏蛋。他们说："如果他来，我们把他赶出去。"

珠月经常下午没治疗了就去和思美妹妹静美聊天，她很同情她，想不出那么美丽的容颜和完美的身材，血液里的白细胞却不争气，就像毒素一样在她的血管里无限地繁殖，让她每天下午都要低烧或高烧。王静美对医务人员总是露出温柔的笑容，她的笑容在那张白皙的脸上呈现时，散发着一种淡淡的光辉。当珠月去王静美床边催费时，她对她说："我可以帮你签字担保，不过签字只管五千元，过后我的签字就不管用了。"王静美眼睛湿润地温柔地看着珠月，眼里的泪影让她显得更加分外动人，让珠月想起"梨花一枝春带雨"这句诗。

静美想放弃治疗，可是科室医务人员，她的妈妈和姐姐都劝她要坚持。每次看着妈妈端着保温饭盒来到科室病床边，做上好吃的排骨莲藕汤或者是蒸鲫鱼，静美就不敢说不治的话了。妈妈是那么坚信女儿会好，自女儿检查出这病后，她的头发几乎全白了。静美妈每天还是对医务人员笑着说话，好像不是那么发愁似的，晚上睡在被子里就掉眼泪，生怕被女儿发现，就用手巾不断地假装擦汗。珠月工作的市医院虽也是三甲医院，晚上却是可以陪护的。她们母女挤在一张病床上睡着，母亲的身子都要掉到床外了。

静美正发着烧，苍白中透着绯红的脸，使她看起来是那么美。看着她，只要知道有"红颜薄命"这个词的人一定会想到这个词。静美气质高雅，是艺校的临时舞蹈老师，她走在医院和街上总会有男人或女人驻足凝视，脚跟就不自然地停在那儿了。她有一种脱俗的美，高雅中又带着纯净。一个女人看到她的老公在商店里忽然不走了，眼睛死死地瞅着一个地方。她问："怎么啦，脚上生钉了？又看到什么'鸡'了？"等她随着她男人眼睛凝视的方向往商场那边看时，自己的脚也不动了。很多男人会被那些庸俗妖艳的女人吸引，女人永远只心服女人中真正的美的女神。那个女人看着静美，她个子约有一米七，但不是那么突兀地高，看起来很匀称，特别是她的散发着柔和光辉的白皙的脸配上她的大波浪的不长不短的有些黄的头发，连女人都要为她高贵的美折服。她的脸型、五官和王思美有些相似，但比她稍微丰满些，这显得她比王思美要高贵些，再加上她的病，她的一点虚弱，她自己对疾病的镇定的态度，把她显得像一个即将要去天堂的女神。

王思美会忍心看着这么楚楚动人的妹妹等死吗？当妹妹对姐姐说不想治疗时，王思美更是泪如雨下。王思美已经为妹妹借了不少钱了，她曾打电话给以前的一个好朋友，那个男孩曾追过王思美，因王思美当时已经答应了那个后来读研究生的男朋友，两个人还是没走在一起。那个朋友赞美王思美的美貌和人品，王思美也赞扬他的才华和人品。听说那个朋友已经是百万富翁了，王思美打听到那个朋友的电话，起先是给他发短信，没回，又打电话，没接。王思美心想是不是没收到，或者有事没听见，接连几天打电话过去，最后一次打的时候手机里面竟传出对方关机的提示音，这让王思美心凉了半截。她听别人说，人有钱了就会变，果不其然。王思美把她的姑姑、伯伯、侄子、外甥都想了一遍，一个在外打工的侄子借了她五千，一个月全家只花三百元的姑姑借了她一万，还有几个表姐堂兄舅舅姨妈，有的借了她八千，有的三千，有的二千五，两个侄女刚参加工作手上没什么钱，一人出一千，声称不要还，珠月借了她仅有的刚发的奖金五百元，也说不用还。王思美在脑子里把亲戚朋友都过了一遍，想想实在是没人能借出钱来了。王思美晚上睡觉眼泪把枕头全打湿了，没想到第二天到总机房打电话找人借钱，竟然遇到有人主动说要借她钱。当时的王思美把那个总机房有些轻微智障的男人真是看成救命恩人了。

王思美的妹妹在一年后还是离开了这个世界，她是在一个冬天的夜里静静离去的，死的时候她的妈妈过来喊医生说女儿好像没气了，连哼都没听她哼一声。医生带着听诊器和血压计急匆匆地赶到静美的病房，把听诊器放在她的胸部听了半天，又把手伸到她的鼻子前看有没有气息，医生对静美妈说："人已经不行了。"医生又回到办公室拿来手电筒照静美的瞳孔，她的瞳孔已散大，美丽的脸一点也没因为死亡的降临改变原样，反而显出一种更圣洁的光来。

珠月不相信王静美就这么走了，这是珠月见过的最美丽的女孩，高挑、高雅，一种炫目的静美，她只要站在那里就可以照亮周围所有人的眼睛。那么一个活生生的人怎么就忽然这样死掉了呢？珠月觉得她的声音还在耳边，那么甜美；她的微笑还在她的眼前浮动，那么恬静。她早晨还对发药的珠月说：谢谢你！晚上就永远地离开了。第二天珠月上主班，需要把工作日志再填写一遍，她非常不情愿地在出院栏那行写上了"死亡"，她真想写上"痊愈"。她轻轻地不敢用力地抹去了她的一切处置，好像这一抹去，就真的把她抹掉了。珠月多么希望她是她永久的病人，她想，这个病房里怎能没有她的名字，她的名字就这样永远消失了吗？不再被人提起这个美丽的女子？想起前几天王静美还在病房里叫珠月的名字，还跟珠月一起谈论《丑陋的中国人》，她优雅地做着手势，静静地说着，那么有见解，即便烧到39°C以上。她一边说着，一边对着珠月微笑着，是那么坚强，那么美丽、高雅。可恶的白血病却夺去了她二十三岁的生命，她犹如一朵飘零的落花不知飘向何处，归宿何处。珠月想到王静美就这样永远地走了，晚上她在床上翻来覆去，怎么也睡不着。“今天和昨天，就是生和死的距离，微笑和呼吸困难，在同一个晚上，你轻轻地摇手作别了，过去是梦，明天就是死一般的沉默。”珠月在日记中写道。

第二十七章

静美到天堂去以后，王思美就和总机房那个不怎么灵光的男人结婚了。他们不知是怎么走到一起的，连王思美都觉得自己怎么就这么糊里糊涂地结婚了。科室里的人都为王思美叫屈，不过看着王思美眼角旁边几乎是改变了她的容貌的牵扯着的疤痕，心想这也许就是王思美的命。

王思美结婚后，生了一个女儿，起初全家都其乐融融，王思美的婆婆整天乐得眉开眼笑。她已退休，也曾在机房工作，退休后通过说情，儿子就接了她的班。她拿出的那五万元是她省吃俭用存着为儿子娶媳妇的，没想到老太婆那一次的大方还真对了，为她找了一个好儿媳。王思美的婆婆和一群退休老人在一起闲聊时，就会美滋滋地谈到自己的儿媳妇。王思美的公公早就去世，婆婆有一儿一女，女儿出嫁了，身体不太好，走路像风吹杨柳，生出来的外孙女也是瘦筋筋的，一年四季打针吃药。现在有孙女了，老人自然高兴。孙女看起来也壮实，生出来一岁内还看不出什么不对，越到大了就越显出和周围孩子的不一样来。三四岁时，别的大人已在开始教孩子学认字、做算术，可王思美的女儿怎么教都学不会，母亲怕她到幼儿园受小伙伴欺负，就没敢送她到幼儿园。到了读书的年龄了，王思美知道自己的女儿与书无缘了，看着别人家的孩子去上学，就会不自觉地掉下泪来。他们本来是可以再生一个的，因为她的老公和弱智差不多，只是比女儿强一点，能自理，能做一点呆板的事，王思美就不敢再要孩子了，她怕再生出一个弱智儿。随着女儿的长大，王思美看着女儿已发育的身体，却更增加了烦忧。她没想到女儿这辈子要嫁人，只是想到如果她不在了，女儿怎么生活。她想象着女儿被人糟蹋的情景，又想象着女儿没饭吃乞讨的情景，她不敢想，她经常因为这些实实在在的担心，都感到自己没有活下去的意思了。

当王思美看到女儿渐渐变大的肚子，起初她还以为是女儿长胖了，越看越觉得不对劲，凭着一个母亲的经验和敏感，她断定女儿是怀孕了。她不敢相信，在医院一做 B 超，果然是。那个男人是谁？王思美怎么都想不出会是谁，她的智障女儿更说不清。王思美连着几天都没上班了，女儿怀孕还不是致命的打击，而是女儿所受的侮辱和将来还会受到的侮辱，她们母女还有出路吗？她的男人根本无法和高中考上卫校的王思美沟通，王思美一直都处在一种漫不经心的绝望中，这一次不过是绝望切切实实地打在她的头上罢了。

在他们婚姻的途中，听别人说王思美也曾想过离婚。那时珠月还在医院上班，医院已在流传着王思美和一个建筑老板谈恋爱的事。对于医院的小道消息，珠月往往是最后一个知道，或者是不知道，因为别人都不和她说这些事，小道消息一般只会传给对小道消息感兴趣的人。科室的那些护士嫂子经常会在下午没事时凑在一起家长里短的，珠月就会偶尔听到一些什么。有一次两个女医生和三个护士凑在一起谈到某某护士和某个主任晚上夜班时睡到一起去了，结果被来搜查不放心的主任老婆发现了。主任老婆把那个护士的鞋子都扔在窗外了，鞋子摔坏了，听说第二天那个护士是提着鞋子赤着脚回家的。“那个护士的老公怎么办？”有人问。那个护士的老公是另一个科室的医生，“听说还对她好好的，似乎不见她的气。”珠月问：“什么时候啊，我怎么没听说？”“谁会给你说这些，你一天到晚只晓得看书。”这一天也是下午，大家吃完西瓜，科室经常会内部请客，今天吃西瓜，明天吃葡萄，有时，病人也送，几乎天天有东西吃。吃完西瓜后，大家就凑在一起，说的话照样是家里的孩子、老公这些，今天珠月却听到一个新闻，说是王思美和一个建筑老板好上了，他们说得很轻，悄悄地，生怕王思美正好来了。又个个都笑着，不知是喜欢王思美谈恋爱还是喜欢有新闻。“你们没发现吗？王思美最近很喜欢抹口红。”珠月觉得倒也是，近段时间王思美一直都抹着口红，而且还是那种鲜艳的红。天天换一套衣服，虽然是旧的，却看得出很干净。王思美最近买了一双皮鞋，高跟的，让她显得更高了。她经常会和珠月说一些以前一起学英语的事，觉得那是多么美好的事啊。珠月从王思美的眼睛里看到了哀愁。王思美在想，如果不是被男朋友抛弃，就不会喝酒，就不会被撞，就不会留下疤痕；如果不是妹妹病了，就不会到处借钱，就不会和现在的丈夫结婚，就不会有一个弱智女儿。有一个弱智丈夫已经够了，还要摊上一个弱智女儿，王思美觉得自己的生活早没希望了。她照样上班，经常也和大家一起大笑，但是笑过之后呢，别人回家是甜蜜温馨的家庭生活，而她却是无边的忧虑。

和那个建筑老板谈了半年恋爱，听别人说王思美都有离婚和那个建筑老板结婚的打算了。有两件事让王思美还是没离成婚也没结成婚。那个建筑老板有家，虽然他答应要和王思美结婚，王思美总觉得不太好，感到自己有横刀夺爱之嫌。那个建筑老板姓漆，是当地人，承包几个工程后赚了一些钱，发了财之后就学会了在外乱来。漆老板和几个酒肉朋友在一个小店吃了饭后，就把小店的女子带到车上，完事后一边开着车，一边骂“婊子”，好像那些女的把他们侮辱了似的。

遇到王思美之后，王思美的温柔和可怜处境让漆老板对王思美动了真心。漆老板的老婆是农村妇女，对漆老板服服帖帖，每晚只要漆老板在家，她就端着洗脚水给他泡脚。他们家是一座三层楼的楼房，门口养着一只猎狗，只要有陌生人到他家门口，狗就会狂吠起来，让人不寒而栗。特别是有时那只狗机灵过度，隔得较远的路人经过那里，也会狂吠起来。珠月有次到一个小卖部买东西，被一只狂吠的狗吓得脚都不敢移动一步，后来听人说那是漆老板的家。漆老板儿子女儿加起来有四个，都大了。两个结婚了，两个也听说工作了。漆老板年近五十，王思美三十出头，再加上王思美的气质也是漆老板的农村老婆不能比的。漆老板自己也是农村人，城镇的郊区农民会赚钱的，比拿死工资的强多了。有的拼命做房子占地皮，到时再卖给单位，就可以赚一笔拿死工资的人一辈子都赚不到的钱。有的拉关系自己做老板，包山林做旅游景地的，包建筑工程给城市做楼房的，各显神通。那些人虽会被一些清高的人看不起，大多数人还是觉得有钱也不见得就是坏事。

当漆老板一次取出五十万元买材料时，王思美那时才知这地方还有这么有钱的人！平时听别人说谁有钱，几百万；谁有钱，几千万，都没见过，不太相信。可那天王思美真是有些相信了，她一直都以为漆老板没什么钱，即使有钱也没收回来。平常她总听漆老板对那些来买房子的客户说，一套房子赚不了什么钱。漆老板算给他们听，这材料那材料，这工钱那工钱，一栋楼建起来全卖出去最多赚十万元，说得那些客户竟有些可怜漆老板了。再看看漆老板的头上沾满了白白的石灰，一双高帮水鞋糊满了黄泥巴，他的老婆正在和一个卖菜的讲价，一把红薯叶一元钱，她说贵了，只给五毛；白萝卜一元钱一斤，她给讲到八毛。那个农村老太婆见是自己种的菜，也无所谓。珠月那天也在那里买菜，都不好意思和老人讲价，小菜又不贵，老人赚点小钱讲什么价，只要不在大商场被人宰就可以了。老人糊里糊涂地给珠月少算了一元钱，珠月把那一元钱退给老人，零钱两毛钱也对老人说不用找了。那个老人颤颤巍巍地拿着秤继续称菜给别人，一边对珠月说"谢谢"。旁边正在和漆老板讲价的客户知道那个买菜讲价的妇女是漆老板的老婆，心里在想，漆老板家日子这么难过啊，就对漆老板说："算了，自己吃点亏算了，让你多赚几千元。"那客户也是整个城镇的新楼房都问了个遍的，知道他要的套房也许还能讲点价，降多了也是不可能的，知道自己没亏或者不是亏得那么多就算了。那个漆老板也真够狠的。真人不露相啊，还会哭穷，直叫顾客都恨不得自己亏点算了。

漆老板老婆知道王思美和漆老板的事，她想，孩子都这么大了，难道还会怎么样。没想到漆老板有一天竟然说要和她离婚，她委屈地坐在床边抹了一晚上泪。"我这么多年跟着你，给你生儿育女，把你服侍得好好的，你就这样对我？你真是狼心狗肺，不知好歹啊！"没想到漆老板竟然说："我和王思美是真心相爱。""什么真心相爱，是你那几个钱烧的吧。没钱时，我看你和谁真心相爱去，别说得那么恶心。"漆老板老婆的娘家一直都觉得女儿和漆老板在一起给他们家族增了脸面，心想女儿找了一个会赚钱的老公，当初怎么那么会找啊。漆老板老婆是山洼里的，当初通过亲戚介绍和漆老板成亲的。

一听说漆老板要和女儿离婚，漆老板老婆七十多岁的老父老母像天塌了一样，双双倒在床上了。漆老板老婆的弟弟妹妹侄子外甥个个憋了一肚子气，漆老板的内弟内妹心想姐姐温厚善良，对漆老板更是不消说得，竟遭到如此待遇，你说你漆老板在外玩玩就算了，五十岁了还要抛弃给你养了几个孩子的糟糠之妻。他们越想越气，大家一起商量，一定要给漆老板一个教训。他们有的拿着刀，有的拿着锄头，有的拿着棍子，有的拿着竹片，就连漆老板老婆的几个妹妹、侄女、外甥女手上都拿着或者是棍子或者是竹片，一群人气咻咻地赶到城里，把漆老板家的电视机扔到楼下，洗衣机砸坏了，电冰箱也推倒了。几个亲戚推搡着漆老板，要他给个说法，凭什么要抛弃温柔贤惠的妻子？也不敢真的伤了他，好像有些不好意思打他似的。平时漆老板和老婆家的亲人关系还是很好的，说说笑笑，特别是对待老婆的父母，比自己的父母也差不到哪里去。岳父岳母有什么好的东西最舍得给这个女婿家，又最以这个女儿为骄傲，女儿虽是四十多快五十，还梳着长长的辫子，以前也是家乡一大美人，走出去比漆老板的形象好多了。

这之后，离婚的事也暂时搁着。那些亲戚把漆老板家打得稀巴烂后也没吃饭就走了。漆老板老婆还沉浸在悲痛中，也顾不上照顾那些亲戚，也没心情叫他们留下吃饭，亲人们也很体贴她，打了闹了就坐车走了。晚上，漆老板和他温顺的老婆在家里清清点点，电视机、洗衣机明天还得再去买，电冰箱不转了也要请人来修。家里的花瓶、镜子只要能打碎的东西全敲烂了。漆老板老婆虽然第二天花了一些钱买了不少东西，心里还是很感激家里的亲人。打仗靠亲兄弟，关键时刻还是靠自家人啊。

王思美不想漆老板家闹成这样，又觉得离婚对不起自己的老公。还有自己的弱智女儿，如果到别人家，怕别人嫌，留给婆家，自己又不放心。左思右想，她就对漆老板说："我们还是算了吧，你的妻子真是百里挑一的，我还不如她。"漆老板这些天也被子女批评得体无完肤。平时子女对他毕恭毕敬，从不轻易说他，毕竟漆老板勤勤恳恳，家里的钱都是他赚的，对子女也是尽职尽责，个个都安排得还算满意。可看到父亲要和母亲离婚，他们还是不能接受，偏偏母亲又那么爱父亲，如果母亲不爱父亲也不管那么多了。漆老板被子女说了一通之后正在犹豫，听到王思美说分手之事，也就答应了。他本是一个感情不那么细腻的人，有时像是一种意气。和王思美分开后，漆老板估计没多久就差不多把王思美忘了。

王思美和漆老板分手后，觉得生活更没指望了，前一天还在科室说说笑笑，声音不小，第二天就听说她割腕自杀住院了。王思美没死成，在她身上的血还足以支撑她生命的时候，她的丈夫半夜起来上厕所，发现了躺在血泊中的王思美，就急忙把她背到外科。王思美丈夫长得虎背熊腰，走路是弓着背的，不走路时，背也驼着。他弓着背在上下班的路上慢慢地踱着步子，就像在地上找东西。他不慌不忙沉着地把王思美背到创伤外科，科室医务人员都夸他救了王思美的命。外科很多医生护士都认识王思美，都知道她以前是院花，一些年纪轻的在大内科实习过、然后被分配到医院的新护士见到王思美都会尊敬地叫她"王老师"。王思美对学生很好，她从不吼学生，不像有些差劲的护士，一些实习护士都恨不得请人打她。科室里有一个护士，把学生支来使去，好像学生是奴隶。刚实习的学生注射器没捏好，就说学生是蠢猪；学生打不进针，就骂学生笨；做错了医嘱，虽然马上改过来了，她就会对别的护士说这个学生智力有问题。她自己的事叫学生去做，学生做不好，那个学生就该挨罚了。有一个学生准备纠结几个朋友来打她，把这事说给珠月听，珠月叫她千万不要这样做。珠月总在想，她平常怎么和她老公过日子的，想象不出她作为一个妻子的模样。她老公到科室来了，她就像换了一个人一样地温柔。王思美在科室连续多年被评为先进工作者，更是专门负责实习生教学的老师，学生对她都很尊敬，她对学生也是亲切热情，就像对自己的朋友一样，丝毫没有老师的架子，却并不失老师的威严。外科值班护士见是王思美老师，都不敢相信，平时王思美老师看起来是个多么有气质多么乐观的人啊，竟然落到自杀的地步。

第二天全院都传遍了王思美割腕自杀的新闻。王思美住了三天就出院了。不懂她悲苦的人看着她觉得有些可笑，有几个年轻护士看不起王思美自杀："自杀又没死成，就像是闹剧，看她怎么好意思来上班？"年老一些的特别是家里有些挫折的非常同情王思美，"你们懂什么？如果你们的孩子像她的孩子一样，我看你们怎么活法？"

自此王思美还是像以前一样上班。

珠月离开泉城已经多年了。

一天，珠月听说王思美抱着她的白痴女儿从她家十三层楼上跳下来了，听到这个消息，珠月的心情沉重了几天。珠月在思美死后几十次地梦见她，思美仍然活着，她们一起上班、逛街、聊天、卷毛线。

听说王思美自杀的导火线是她的白痴女儿的怀孕。王思美一直担心自己死了，女儿怎么办。自己活着，有一口吃的，也有她的一口，自己死了呢，婆婆老公都死了呢？女儿该怎么办？这是王思美心头的一大痛苦。世上还有比这更悲惨更揪心的事情吗？一个母亲看着自己的一团肉被人践踏，她会怎么想？没有孩子倒还好想，有了孩子，孩子就像是另一个自己，如果不能放心她在这世上的生存，如果她不能确信她的生存是快乐的、有维护自己尊严的保障的，王思美想，还不如自己和孩子一起死掉，一了百了。

有人说王思美的女儿是被女儿的爸爸搞大肚子的，一个那么木讷的人，平时说不上半句话，怎么就那么没人性呢？男人和女人接触的时候，哪怕就是一个弱智男人，哪怕就是自己的白痴女儿，他也会抗不过自己？人性就是那么无可救药？男人都有动物性，哪怕就是一个弱智男人，他也以为自己就该得到为所欲为的权利？这只是人们的猜测，或者王思美的女儿是被一个什么坏人偷偷地弄大肚子的？反正她是白痴，她说不出，她也不懂男女的事情，即使她咿咿呀呀颠三倒四地说出来，别人也未必会信一个白痴的话。也许她会把一个和她开玩笑的男人说成是那个撕开她衣服的男人，这个猜测有些勉强。所以，头脑聪明又喜欢去猜测别人家事情的人就一口咬定说是孩子的爸爸干的，他们啧啧地说："真想不出。"王思美的女儿和她爸爸在一起的机会最多，特别是王思美经常上夜班。如果是外人，孩子总会有一些异常表现，只有她的爸爸她才会觉得安全、若无其事。

王思美的丈夫在妻女都走了之后，照样上班。人们看着他木木的，这是他一直都有的样子，定定的，淡淡的，一点也不像做了坏事的人。只是不明白他继续上班还有什么意义，人们想从他的脸上看出一点悲伤，他黑而粗糙的脸上几乎找不到一点忧伤的影子。他还是默默地弓着背低着头走着，从不主动和人说话，认识他的人还是知道他活着。也可能是王思美母女的死更衬托出了他的活吧，"他活着"这个概念在人们的心目中很刺眼，似乎大家都认为他也应该死去。妻子女儿都走了，老母亲也离开了他，他每个月还有一些工资，足可以支付他的生活。有的人认为他会续弦，如果真是这样，只要他良心没有受到谴责，倒还是一条可贵的生存之道。几年过去了，似乎还没有这个迹象，估计他要一个人走完人生的最后一程了。

第二十八章

珠月刚刚又一次被梦中绝望的感觉攫住了，醒后半天都回不过神来。

也许是她的生活太不正常了。孩子上学，她还没上班，和余清之间早已是貌合神离，与因颉联系不上。

生活的痛楚在她的眼睛里，她只想止住眼泪。她知道他的难处，就像知道自己的不忍，还是心里有受伤和心痛的感觉，怎么都不好。

“因为不在身边，所以最爱”，因颉说得很对，这就是我们之间注定的距离和情感归宿。我怎么也不忍，让他失去那么多，我怎么都孤独。怎么都不好，越爱越难办，越爱越孤独。我终将是孤独的，明天关灯，万事不管，睡觉，我又该痛了，失眠了，生活就是这样。

明天该往哪里走，不知道，只把今天睡好。睡到明天，自然就会把明天过去。梦中，当我走到你身边，你装作不动的僵硬的植物，全身像树干一样，是为了躲避我？刚才还是活活的身体，动动的身体，遇到我之后，就变成不动的僵硬的植物。你僵在那里，当作不知道我走过，来到你身边。

太阳就像那颗月亮般微弱，月亮呢，没有，这晚没有月亮，在微弱的光中，珠月穿着袜子站立着，面对那颗月亮般的太阳。它退隐了，她站在那里，不知道是白天还是黑夜，她站在那里，望着那轮叫作“太阳”的明月。如说定是太阳，为何像明月一样微弱无光？如果说是月光，为何那上面明明写着是太阳，写着白天。难道他不想他的光照到她身上和眼睛里？不是，是因为太阳在那时已变成了月亮，他在病的恍惚中。白天的太阳照得天地昏昏的，像黎明之前的夜晚，她眼望着，她的明月般的太阳，醒后才知，天地仍然不暖。

那场恐惧和幸福的大水在梦中向她袭来，她害怕地爬上树，望着那向她奔涌而来的水，她恐惧至极。梦醒后，她感到一定是发生了一件大事，一定与因颉有关，还有什么事这么与她密切相关。她在逃，为什么梦中她要逃，她不能被水淹了。她才知道那些水就像一个婴儿寻找母亲，一个爱人寻找另一个爱人。她感到一阵一阵的心惊，又有一些喜悦，她感到这个梦中她是被需要的，虽然她不知道发生了什么，在那时，只要被他需要着，这就是她生活的全部。整个早晨她的心情竟然有些好，一两个月后，当她怀疑些什么时，她差点让自己毁了自己。怪不得她在梦中要逃。那些环绕着她的是喜庆的水，幸福的水，又是悲壮的水。那些水，一圈一圈的，一波一波的，一浪紧接着一浪，就像是他的想念和需要。那个梦后，她一直有一种被他罩住的感觉，这是一种爱情的光芒，她不知道这种光芒竟是以他的健康为代价，让她享受着被他需要的隐秘的甜蜜。她没有向任何人说，她只是感到他在她的心中手中，就像那个抱在树上的她，逃不脱的，他在她的心里更踏实了，更属于她了。那个梦，让她有一种更加坚定的踏实感，她本身一直对他都是信任有加，那个梦简直让她认为她已经时时刻刻被他关注，她不知道其实他早就已经在紧密关注她。

被自己所爱的人需要，虽然没听到过他一句话。她一直在梦中和他相爱。别人会说她是痴人说梦，只有她自己才知道，这世上的一切都是有灵性的，特别是当你心诚时。以前不相信天上真的有主打雷下雨的神仙，现在觉得这种说法比说这是自然中的物理现象更让她心服也更美丽。以前不相信月食日食是天狗咬了太阳月亮，现在觉得太阳与月亮垂直的那一段时间其实就是天狗在吃掉太阳或者月亮，或者就是被天神收走了太阳月亮。这一切都是宇宙创立时创造的。一般人不理解，看不到想不到，就说那些是神话。

珠月相信感应和神灵，即使没有一个神，但人作为自己的天神，每一个人都是一个神灵。神灵无处不在，特别是亲人、爱人之间一定有一种心心相印的感应在联系着。除非那件事与己无关。

她想用最美最幸福的语言来形容那场梦中的大水，她时常留恋于那场梦中的环绕着她的大水，她知道那是一种汪洋大海般的信任和需要。前两天，她梦见那场大水退了，她想，一定是他好了，一切都表示着他已经新生。虽然她有些落寞，可她说过，宁愿他不爱她，只要他一直都在快乐地飞翔。她甚至说，宁愿她不爱他，只要他一直都是轻松无忧地舒适。他善良的心背负不了那么多的爱情，他负责任的头脑装不下那么多爱情的重负。那么她宁愿他还是像从前一样，只是快乐，只是飞翔。多么好啊，他不快乐，谁还敢快乐？他不幸福，她不敢幸福。他孤独，她陪他一起孤独。

何况在一起就不会有孤独。不能在一起，说相思是残忍的。相思把人送进没有坟墓的坟墓，是一把杀人不见血的刀，让人绝望，让人沉寂，让人活不下去。虽然爱情是那么至高无上，可世间还有珍贵的留恋，还有坚强的活。

他好傻，竟把这样一种壮烈的牺牲呈现在她的眼前，不管他是为谁，他的妻，她，还是另一个女人，她都坚决地不要。她又那么心疼于他的真挚和傻气，即使不是为她，她的心疼一点也不会少。她仿佛看见他傻傻地希望抱着她，又求弹琴的琴师停止那仿佛咒语的琴声，好让他真正地爱她一次，好让他爱她时不头痛，希望这一切都天经地义。可琴师终归不会放弃手中的琴，他再弹起手中琴的时候，他不是又不能把她抱在怀里，再次爱她了吗？他穿着大衣，走走停停，又像是在寻觅她。当他看见她的时候，她知道他在爱着她，他眼中的愿望告诉她他的思念，一点也不亚于她希望和他在一起。

他说不出，只让他的全身，都浸在爱的河水里，打湿了裤子。那个爱情好大好长，像哑巴的舌头，默默地垂直着。

在那场令人恐怖的大水之后两个月，珠月梦见了因颉在亲吻她时从心的最深处输给她的那缕比黄金还要贵一万倍的芳香。那缕梦中的芳香，是这个世界最纯洁最美的心香。

他在她的怀里渐渐消失了，她哀痛欲绝。她生怕那缕芳香中牺牲的人已改变，是她负了那缕芳香，还是他已不再想有那样的芳香。已经奉献出了，命都差点丢了，他还不说话，她仍然没能走向他。这个世上最好的最美的爱情，他们没有创造出爱情的彩虹。心里会一直铭记那缕芳香，那是他生命的精魂，好想紧紧捂住那缕精魂，不让那缕芳香消散。仍然在慢慢地散去，庸常的岁月搂不住芳魂。她看着他渐渐地变成另一种颜色，仿佛那已经不是原初的。一千多个热恋的日月，再加上几千个日子的默默相思和依靠，她仿佛很想做一次悼念，为了他的付出，他的死去，他的复活。她很想留住那些日子，生命中整个被他充满的日子，青春的逝去已让她不敢说爱他，爱情似乎在自然地褪色。

他写了那么多为她的文字，他那么多次走进她的梦中，把他的思念和每一个想法传到她的梦中，让她知道他的每一块骨骼的移动，每一次血流的奔涌，都是为了什么。他想说的，他虽没说，她都知道。只是不明白他为什么不亲自告诉她，他想娶她做新娘，她知道他不能，他已经无法言说他的痛苦。当她想到他的痛苦，他的不能言说，他的太多太多的不能舍弃，她理解了他的沉默，他的冷漠，他的若无其事。

她有时想，你爱我就像曾经的我爱你，后来我爱你，比曾经的我爱你更爱你。后来我梦见我们走开了。是不是一切都变成一条只是向前走的道路，而没有成为一个最美的圆。那个圆里有最美的爱情。

那缕珍贵的芳香，她像吮着甘甜的雨露，比这还要珍贵百倍。在那一个深吻之后，他为什么要让自己消失？她不解他为什么在把芳香给她之后要消失，还是她让他消失。是他消失之前想把芳香给她，还是把芳香给她后他就消失了？她不懂。如果是她让他消失，她就是罪人，如果是他选择消失之前把芳香给她，她就感激。无论如何，那缕芳香带走了他，她不想要那缕梦中的芳香，永远都不想。她想那一定是他的精魂，他选择在梦中把他整个的魂给了她。

你注定了要经受这一劫吗？我一直都好，难道你不知道吗？再大的苦难也压不倒我，因为有你，那你又是因为什么要让自己神智昏迷？对于我难道有比这样的打击更大的打击吗？黑暗虽无边，比不上你给我带来的恐惧和黑暗。我差点和你一起神智发昏，或者死去。你终究是立在天地之中的大人，又像凤凰一样，一定会让自己再生。

你心里分外清楚，一直都心明如镜。有一些不属于尘俗的声音传来打扰你的心智，有一些模糊的影像在你的眼前晃动，不要怕，那是病魔给你设的圈套。你是顶天立地的男子汉，你的心智中有聪灵的智慧可以立于天地，并保证你生命仍像当初一样美好。一定会的。

这个季节，病魔已打算离你而去，你已经受了考验，过去的每一秒我都和你一起抗拒灾难，为你祈福。

这个世上对于我是最美的芳香会永留在我的心间。我得到太多了，从你那里，一缕芳香，一缕精魂，那是你，你已把你的生命给了我一次，你会得到第二次生命，而且会更好。心香是拿世间任何宝贵之物都买不到的，梦醒后，我懵懵懂懂地还不知道将会发生什么。那个夏天，我只朦胧中仿佛知道你在寻找我，打听我，你虽一直对我沉默。那个夏天，你不知道我的消息，你就如一块生锈的铁，我知道了我对于你的重要，虽然你从没说，我一直都是你精神上最深的那个魂。

因颉心里明镜似的，知道自己要糊涂要病了，唯一知道的就是把自己身体里的最后一缕珍贵的气脉芳香给珠月，这是他唯一知道的事情。因为他知道这个世界上只有珠月最配得上他，最值得他在最后的关头往她的嘴里吐出这一缕芳香。就像是一个人知道自己不行了、要死了，他还有一点最珍贵的东西，他就把那个他埋藏在心底的最珍贵的东西找到他最爱最相信的人献给了她。

我可不要你的心香，这世上还有比你病更让我觉得悲苦的事吗？难道你要永远地把我忘了？你病得也太糊涂，太不该，上天怎么不睁睁眼看看？难道好人就要受苦？

如果你病了，流星会坠落，星球会碰撞，太阳会隐藏自己，云彩会流泪，天地将会刮起狂风暴雨。如果你好了，太阳就会笑了，凤凰在天空飞翔。还有一个真诚的心站在天底下为你祝福。

所以，你说，宝，我爱了你，你知道。我对你说，宝，我知道，你爱了我，因为你从不会说谎。我爱你。

当我笑着对你说谢谢时，也是我们笑着分离的时候，心里穿过一阵凉雾和冰雹，打得我眼泪垂直落下，一滴滴，一片片，滴了一夜。

我笑了，幸福，完美爱情，这些字眼真的有吗？或许只是在梦中，我和你才这样相依相偎，到了白天，你的世界我进不去。还是应该感谢，只是不满足，人生没有几个生命，终是不完美。还是该说谢谢。

为了你那么多美丽的无日无夜的语言，为了你从心里流出的思念的血，为了你一次又一次地沉沦于黑暗又拼搏于黑暗。从你的心间流露出的是清清的淙淙的溪水，又像是天上飘荡着的隽永优美的白云。你时而峻急时而沉静，即使有再大的困难，再大的疼痛，你也能挺过。你就像一个要脾气的孩子，又像一个深沉的把什么都藏在心里的老人。

所以我至今没有工作，你把你的精魂都给了我，我还要工作吗？我的职责就是守护你，陪伴你，永远地爱你。可是你仍不言说，你的心里有苦水一片。我只能望着你，我不知道我该做什么，我一直都在等待，等待着你一声令下，我随时都可以去你身边。可是你不说，因为你有太多的为难。

你担忧我又心疼我，我都体会得到。我的爱人，我不能接受，我不想你爱我让你受伤，让你损失，让你失去，让你牵挂，让你不舍。为什么在很久以前我们不能走到一起，那么你就不会有那么多不舍，那么多要分离的疼痛，那么多的损失。

所以，我终将孤独。刚刚梦见我死亡的方式，是到海里去。真佩服那些活得长的人，活着，是要有勇气的。还要有一个希望。

我看着你，活着就是一个希望，越近地看着你，希望越大，活着的要求越强烈。

不能走在一起的爱情让爱呈现空前的绝望和心痛。就像一个面临死亡和绝壁的人，她这时的心智应该是最健全的、最清澈的。

相爱的人之间一定有心灵感应，因颉的疼痛和创伤珠月似乎都知道，如同身受。心在想他的那一刻宁愿坠入所有的黑暗，什么也不要，只要能和他拥抱在一起。她只是不明白那一日她见到他，他是那么的好。是因为见到了她吗？他就那样好。而在那些文字里，他永远都是处于热烈和孤独的峰巅。

他到底病了吗？珠月一直都在心里想，随之她笑了一下，他好好的，你在这里瞎伤心。他明明好好的，你也见过他，就凭一个梦，梦比亲眼看见的还准？

第二十九章

珠月给因颉买了一条“我爱你”的皮带，两条最好的领带，放在家里快半年了，却没机会给他。她准备给他寄去，可她发现不能寄，因为因颉不能把这些带回家，送给他只是累赘。要说关心、心疼，走不到一起，什么都别谈。

很多女孩子喜欢因颉，因颉当然也喜欢她们。珠月只爱孤独的人，当她看到因颉有着太多爱太多不舍，太多的人喜欢他时，珠月反而觉得自己爱因颉的意义大减。她不想凑这些热闹，她知道自己生来就是孤独的分子，也将会永远孤独，她只会和孤独的人同病相怜。

和一个珠月同情又爱他的人在一起，这是珠月的爱情趋附力。她天生的同情心很容易产生一种掺杂着怜的爱情。没有心里的怜，珠月的爱情好像找不到立足点。只有怜，那也不是珠月的爱情，这个怜必须和爱相连。既然因颉是那么好，爱他的人那么多，珠月觉得自己和因颉根本就不可能走在一起，因为因颉是太出色了，而珠月只能仰望他，好不容易让她怜他，可珠月转头望着自己时，发现自己比谁都孤单都可怜，不禁怜悯起自己来了。原来自己比因颉要可怜孤独得多，当珠月这样想时，她反而甩掉了自己的孤独，更加坚强独立起来。

即使因颉对她说一百个我爱你，还比不上因颉对别人说一个我爱你让她更受刺激更受委屈更有孤独的心酸的感觉。珠月看着镜中的自己，眼睛不知为什么一下子就红了，她把眼睛撑得大大的，防止自己的泪流下来，又觉得没理由。她不过是在她以为是因颉的空间里看到一段没署名的话，她就这样了。她不好意思地笑了，自己就这么小气么？真的就那么孤独了？她负气地想，忘掉因颉又怎样？难道没有他我会死？珠月最怕纠缠在感情的旋涡中，当她对余清什么都不询问时，表示她已经从心里放弃了余清。她也想忘掉因颉，她怕自己陷入那些纠缠不清的感情旋涡中，她天生是个图简单的人，不愿自己累。即使是她最爱的因颉，把自己最好最珍贵的情感都交付给了他的一个人。

在前方等着珠月的就是孤独，最长远的孤独。她已经做好了准备。她有一个朋友，最同情那些不幸的人，在他的很多文字中都可以看到他把自己的孤独已经放在了那些伟大的孤独者之中。珠月想去找他说说话，在因颉不理她的那几年，珠月认识了他。当初珠月去找他时，是为了发几篇写给因颉的文章，又希望因颉能看到她写的文字。

珠月梦见她的朋友说："只要珠月到我这里来，谁都不要。"为了不失去珠月这个朋友，他对珠月说："我很想你在我这里坐长一点，能经常来。"因为梦告诉珠月，她对于她的朋友很重要。重要到他不要任何人，只要她去看他。真正的朋友想要选择遗忘、放弃、背叛，都是很难的。

珠月大概已有两个月没和他联系了，以往每两个月珠月就会和他联系一次。珠月给他打电话，他总是很高兴，像小孩一样。想起自己不知什么时候把因颉得罪了，珠月多少年都几乎没打通过他的电话。珠月很想找她的这个朋友说说话，因为珠月坚信他是孤独的，永远孤独的，他们之间会一直这样像最好的朋友一样相伴到老，谁也不会抛弃谁。朋友一般是不会相互抛弃的。只有爱人恋人才最容易相互抛弃。

珠月梦见她的朋友在桌上拉着她的手，吻着她，很久都不肯放，后来他变成一个女人。珠月吓醒了，难道在梦中吻自己的男人都是这样的结局？她想到了因颉吻她时，慢慢变没了，一个男人在梦中变成女人，不是什么好梦，只是比那个关于因颉的梦要好一些。珠月不敢去找她的朋友了，因为她的朋友在梦中说："谁都不怕，只要和你在一起。"珠月想自己是魔怪不成？她只是很孤独而已，此外别无长处。她的朋友知道她的孤独？或者是她的朋友以为珠月理解他的孤独，因为他知道自己必将孤独，所以他们才觉得对方是那么可贵？和余清还没结婚时，珠月梦见余清是一个真正的女人，不是在梦中变成女人的，想起这些梦，珠月不知道是否有关，但她知道男人在梦中变成女人一定是不好的梦。珠月本想对她的朋友说说关于孤独的事，可是她张开口后又闭上了，还是不要让自己的孤独感染上别人，更不要让她的朋友爱上她的孤独或者她这个人。

梦中，珠月在朋友家的镜子里看见自己像仙女一样美，那一定就是朋友眼中的自己。珠月心里有些感谢，最少在朋友眼中的自己不像因颉眼中的自己是个丑小鸭。很多女人即使不爱一个男人，也希望男人能追自己。

珠月以前最怕自己不爱的男人追她，现在即使是自己喜欢的人她也不想别人爱她，如果她认为那是不可能的事，或者将要给谁造成损害。

他的舌头好长，死命地勾住她的舌，好久都不肯放。珠月害怕这个梦。不知这个梦中的主人公会怎样？会像因颉一样在她的怀里慢慢消失？如果结果是这样，珠月宁愿那个梦是一个警示，暗示自己要藏住自己的孤独，更不能表现出和她的朋友的同病相怜，因为他会因孤独死死地爱上珠月，不管不顾，甚至是当着众人，他也要表示他的期望。

珠月的朋友在梦中恨珠月不是爱的他，他就让一只狗咬着珠月，可最后那只狗并没咬伤珠月，他不忍。他又把那些对于珠月象征着凶恶的竹子一根根地砍倒，排得好好的，虽然有几只狗在那里转悠，但并不咬人。直到他在连续几个梦中把直立着的竹子砍倒了一排，他才终于松了口气，觉得对得起珠月了。他完成这些事后，觉得自己为珠月付出得心甘情愿又问心无愧，于是他走到珠月面前，只有一个愿望，他要珠月的身体。珠月想，你为我做的我所感受到的恩情那不全没了？珠月的朋友仿佛知道珠月的心思，他腼腆地笑着说："不好意思，自从第一次见到你，我就想……"珠月知道他要说"想你"，吓得忙用手捂住他的嘴，他只用嘴拼命地亲她的手，台下很多人看着，他一点也不畏。

醒来后，珠月知道她的朋友以为珠月见他的气了，珠月想去对他说她不见他的气，可是她不知道怎样开口。毕竟这只是梦。可是梦在珠月那里有时比蒙蔽的现实更加真实更为灵验。别人以为一件事很好，珠月梦见不好一定是不好。别人以为一件事不好，珠月梦见好就一定会是好。看着那些俗人因为某事而洋洋得意时，珠月知道那件高兴的事是不成的，看着那个丢失了什么的人忧心忡忡时，珠月知道这个人的好运气要来了。

当珠月的朋友拒绝珠月的一件事时，不安的反而是她的朋友，而不是珠月。珠月了解他，她知道她的朋友一定会帮他。朋友的不安和歉疚珠月已能感知，朋友的帮她是一定的，她一点也不急不慌，她知道她的朋友就像赴约一样会去帮她，不用她去提醒他，或者再说一次。朋友已为拒绝珠月痛悔难过，他不想失去珠月这个朋友。果然，一个月之后，有人告诉珠月，朋友为她的事出了很多力。珠月一点也不吃惊，她早就知道是这样的结果。

珠月的朋友在梦中贪婪地吮吸着珠月的胸部，就像一只小猪一样，发出咕噜咕噜的声音。他甚至不畏周围那么多珠月的熟人朋友，就像珠月欠他的一样。珠月想，原来朋友的帮忙不是无理由的，他的理由就是喜欢她，自从第一次见到她就希望她能做他的妻子。朋友的不畏甚至达到了无耻的地步，他要当着众人的面和珠月在一起。朋友认为只有这样才配得上自己连续几天在梦中为珠月砍楠竹。这让醒后的珠月想起了自己那么多年想和因颉在一起时的心情，梦中不知是她还是因颉都不在乎周围的人了，只要因颉肯，她随时都会丢弃自尊，甚至在众目睽睽之下。因为她想起因颉说过的他“不能随时可以”的话，她愿意把自己当作牺牲献给因颉。她又想到因颉吻着她时，牙齿碰撞发出的声音，就像远古的隧洞里有人在击打火石。她只听见因颉在微弱地说“值得”，远处他的妻子正端着一个脸盆走过，似乎看见了因颉和她在一起，随后，因颉就在珠月怀里像烟雾一样一点一点没了。

珠月知道这个梦实际是表示的她不是因颉的理想妻子或者是因颉觉得他们不可能。如果珠月让因颉在她怀里更加健壮，那么因颉一定是幸福的、喜悦的，可是，因颉却在珠月的怀里消失了，就像世上最软弱无力的植物一样。因颉本是一棵强壮的植物，当珠月想到她和因颉之间也许只是前世的孽缘时，珠月的心惊了一下。因颉，这个本不是属于她的，她的眼中的梦光，她的爱情只会让他得病和丧失力量么？

在这样的梦之前，珠月是死也不服输的，她就是要和因颉在一起，不管他有没老婆，也不管他到底爱她多少，或者是否爱她，她只有一个念头，这辈子一定要走到因颉的身边。

因颉不爱珠月吗？珠月说不出，没有时间陪伴的爱情到底有多少实质性的果实留下来抵挡时间的侵蚀？因颉回想的时候，肯定最多的还是他和他妻子的一幕一幕，以及那些和他接触最多的女人的回忆。珠月坚信自己的心的力量，只有时间，最容易把心变成一个虚无，而实在的生活就会成为最坚实的实有。

珠月的朋友在梦中变成女人，那是因为她的负疚；因颉的消失，是因为珠月不是因颉心中理想的妻子或者是因为他们之间根本就不可能或者是因为因颉担心自己“不行”？珠月就像一个沉重的梦一样压在因颉的心上，成为他的一个负担。

因颉在梦中看见珠月就像一只对他虔诚的丑小鸭，一直跟在他的后边，怎么也赶不走。他又不忍心那么残忍地赶她。当他回头时，他看见那只丑小鸭还是在不远不近的地方跟着他，他仿佛看见丑小鸭眼中孤独的泪，这让因颉心里更加掠过一丝烦躁，随之也心疼起来。

因颉不知道丑小鸭其实一点也不自卑，她只是愿意自卑地跟着他，他就以为丑小鸭是自卑了，丑小鸭只是把爱他的自卑当作爱的荣耀和情愿。

珠月的因颉就像一个傻瓜一样，一会儿高飞着，一会儿生气着。他曾说过将不会因为任何风暴阻挡自己的飞行，可是他食言了。他曾对珠月说：“没有什么能影响我的事业，事业永远是第一位的。”他以为他能忽视家，没想到在和一个女人的纠缠中，那个女人跑到他的妻子那里说什么因颉爱她，没有她不行。因颉的妻子本是一个什么事都闷在心里的人，心中是更恨因颉了，只想快点离婚。她想，因颉多少天都没接近自己了，原来是在外有女人，她越想越伤心。她不是不爱因颉，她只感到一种深刻的无能为力，还有因颉带给她的伤害。

因颉从未想过离婚，老婆的态度让他心里烦乱不堪，此事因颉认为是自己先对不起老婆，心里就更加想不开，老婆的种种好就一幕幕地浮现出来。

珠月想因颉病了，可能就是因为他无法处理他在两个女人之间的关系，他不想离婚，也不舍得离开那个女人。此事暴露后，因颉的心里从未有过的烦乱，特别是那个女人后来见因颉想躲避她，就在网上对他大肆攻击。因颉哪里受得了这个，他本是一个爱护自己的名誉甚于生命的人。还有一个一直在爱他的珠月，因颉其实心里从未忘了她，而且有时珠月对于他来说已经成为他生命中非常重要的部分。因颉是被生活击垮了。没人知道因颉的苦痛和伤病，只有珠月的那个因颉抱着她赤着脚往山下走和在她怀里消失的梦，让珠月一直在害怕着什么事的发生。

当珠月看到因颉的妻子时，他的妻子绝不是像珠月这样迷信生肖、星座、噩梦诸如此类的活得累的人种。因颉的妻子属于那种很正常的活着的人，她只相信当下和事实，相信活着劳动着收获着，这样的人，珠月很羡慕，不会那么神经兮兮地累。可是因颉的妻子看不见未知的事物，看不到因颉和自己的未来和过去。她预想不到因颉会什么时候病，什么时候好。这些，似乎都理所当然地落到珠月的头上。

可怜的因颉怎么知道自己？他就是一个在风雨中搏斗的人，他只相信自己。他以为自己可以游刃有余，没想到自己败在两个女人手里。珠月知道因颉就是这样的，因为他是一个实实在在的有肉体的人，而不是神。珠月梦见因颉说，他想给珠月一些钱，难道珠月爱因颉是为了他给她钱？那么因颉你也太小看自己了。你甚至都不相信自己的价值，你以为你是由钱组成？每想到这个梦，珠月就会说，因颉，你真傻，你在商场里混了这么多年，每天就是生意和钱，你心里可能就只有这样的字眼了。也难怪你，不想赚钱的老板怎么开公司？你每天要为公司的生存发展和那么多员工打拼，你忙得只有这些商场的竞争了。从你心里迸出的字眼当然最初的就只有这些。比起那些满身铜臭的商人，你已经是够清洁够芳香了。可是，这个梦却成为珠月心里的一个绝对的甜蜜的幸福，因颉把平常没对她说的话通过梦对她说了。珠月知道自己不会用因颉一分钱，可是这个梦让珠月知道因颉不再仅仅是从精神上而且也在生活上把她与他联系在一起了。在这个世上，她知道只有因颉才是唯一疼她爱她的。

只有在因颉病后，因颉才仿佛回到了自己的心里面，咀嚼了生命的痛苦和因缘。

此时的因颉在珠月的心中无疑比天空更圣洁，他的每一个痛苦，每一滴泪水，每一声哀号，每一个噩梦，每一次欢笑，珠月都是那么心疼。

几年以前，珠月梦见自己和因颉睡在一起，当他进入到她的身体后，她的全身都颤抖起来。因颉就像得了痴魔症一样要珠月，他的妻子就坐在旁边看着。这绝不可能成为事情的结局，对于因颉的妻子和珠月都会是一种折磨。梦中因颉的妻子的背在渐渐弯了下去，人似乎矮了许多。珠月也不能拥有因颉，更别说霸占他，除非因颉的妻子不爱因颉。

两年多前的梦中，因颉在等待着珠月的到来，他又害怕着珠月来到他的身边。他不知道自己到底想不想要珠月，他那喜新厌旧的由不得自己心的身体到底能爱珠月多久？珠月记得因颉曾对她说过，他的一个朋友对任何女人都只有一次的热情，第二次就不能了。珠月把因颉的“不能”理解为他和他的妻子根本就没建立起一种正常的健康的夫妻关系，或者是因颉的高贵的强硬的身体拒绝一切凡尘的爱情，那些爱情都太世俗，缚不住因颉的飞翔的心。珠月想，如果她当初和因颉走在一起，绝不会让因颉怀疑、厌倦身体。这也只是几十年之后的想法，想当初珠月和因颉根本走不到一起，更别说夫妻缘分。

珠月那天发短信对因颉说，她要去看他。晚上珠月梦见因颉坐在一张桌子旁边，对着她笑。桌上有几本书，码得好好的，因颉就坐在桌子旁，手里拿着一件珠月的内裤。第二天晚上珠月梦见因颉的眼里有泪，珠月醒后知道因颉恨她怎么还不来，要忘记她了。珠月给因颉打电话，可因颉并不接。珠月疼因颉都要从心里流出血泪来了，因为晚上珠月梦见因颉想要她，可又怕自己不行，因颉就坐在一张凳子上等着珠月，等了一夜。

珠月在心里说："我的傻瓜因颉，你怎么那么傻？难道我要见你只是为了那样？我只是想把你的身体亲吻遍，一遍一遍地，好把你吸到我的身体里去，永远都不分离。"可珠月又想："难道我不是为了那样吗？难道我不想把我的生命契入他的身体，成为他生命的永远的痕迹？"

因颉在梦中拉着珠月的手，他看着珠月一点也不纤细的手，心想，珠月的手怎么这么不秀气。珠月微笑着看着因颉，心想，你嫌我手不美吗？因颉看着自己牛仔裤上的破洞，他想让珠月知道他是在为事业发愁。其实不是的，因颉不想珠月知道的，是他不能说出口的隐忧，是因为另一个女人的事，而且那个女人不是他妻子。

因颉以为珠月病了。珠月梦见自己和因颉在一起，因颉还是很体谅地让珠月亲吻自己，还让她咬自己的命根子。因颉应了自己的那句话："如果你需要，我把剩下的那一半都给你。"因颉对珠月有几分不满，几丝烦躁，但还是允许珠月咬他，直到把他的命根子都咬掉了，他也说随你。反正你不是要我吗？都随你。珠月的这个梦其实是表示的因颉的心理，因颉对珠月无可奈何，他被珠月的痴狂整得烦乱不堪，他心里对珠月有很多不满意的地方，可是他喜欢她、疼爱她，这是毋庸置疑的。他在梦中问珠月："你一天刷几次牙？""两次"，因颉看着珠月的牙齿，有些不满意，但还是相信了珠月说的。他说："随你咬我吧。"因颉很怕疼，珠月根本就没用劲，因颉身上的肉被珠月轻轻地一咬就咬掉了一大块。珠月看着镜中蓬头散发的自己，知道因颉对自己的不满意。如果因颉满意自己，那倒是欢笑因缘，可珠月知道自己不是因颉所要找的人，她的存在只会让她的因颉病。

这是两年多前的一个梦。在很多个梦里，因颉是爱珠月的，因为她坐在因颉的身旁，终于在旁边的镜中看到了美丽的自己。

珠月给因颉在网上留了一句话："因颉，永远地忘了我。"随后她洗了一个澡，又给自己擦上眼霜、护肤霜、画上眉毛等，因为她刚从梦中醒来，正处在难捱的状态中，好像生命再延续一个小时都是极难的。她忍不住把给朋友弄的安眠药吃了，她正处在睡眠中，仿佛看到因颉正站在床前，大声地叫着她，又把她抱起来往什么地方走着。她想睁开眼睛，可怎么也抬不起眼皮来。她下意识地靠在因颉的怀里，觉得自己脸上有了微笑，仿佛因颉正在把她送到天堂去，阳光正在天上照耀着她，就像小时候家里的透明瓦上反射下来的一缕温暖透明的阳光。第二天珠月醒了，她希望看到因颉，可旁边却坐着珠月的朋友。那天旷诗去拜访一个物理学家，路经珠月的家时，忽然想到珠月曾告诉过他她住在这里，并告诉了她的门牌号。他准备按珠月家的门铃，见正好有人进大门，他也跟着进来了。他在珠月家门外敲了半天门，没人应，他就给珠月打电话，也没人接，他手拉着门把，不知怎么竟把门打开了。珠月的女儿上学时竟没把门带上。他见珠月床边的安眠药盒，心想珠月肯定是吃了安眠药，就赶忙把珠月送到医院，等珠月醒来时，旷诗还没走。旷诗说："听说现在的安眠药死不了人的，吃再多都没用。""我并不想死，我也没吃多少，只想睡一下。""你把给我弄的安眠药吃了，我正到你家拿安眠药呢。你什么时候再给我弄一点。"珠月并没想到真会死，也没想到死不了，她只是觉得好难熬，需要再睡一下。

珠月是在火车上认识旷诗的。珠月暑假坐火车回家，她听见旁边的一个人正在打电话："Nature、Science 算什么啊，我还想获物理学的诺贝尔奖呢。"珠月感到很惊奇，她忍不住等他打完电话，问他，你是学物理的吗？真了不起，你叫什么名字？在哪里工作？是哪里人？旷诗说，他在乐城的物理研究所上班，是远河人。他们互报了姓名。旷诗给珠月一张名片，名片上写着旷诗，教授，博士生导师，科学家，珠月啧啧赞叹，你这么年轻，就是博导、科学家了？旷诗笑笑说："这不算什么，比我还小的人都是博导、科学家了。"珠月从小对物理就感兴趣，旷诗感到自己每说一句话，他都看到了珠月闪闪发光的眼睛。旷诗问珠月是否认识乐城学者风语，珠月说还没有机会认识他。旷诗说他很喜欢风语写的文学评论。珠月想，旷诗研究物理的，没想到对文学批评也很感兴趣。旷诗说他常常在报刊杂志上发表一些文章，他已开了博客。珠月到站了，旷诗站起来和珠月握手告别，他的手在珠月的手上逗留了一些时间。珠月把旷诗的名片小心地放在钱包的名片夹里。回家后，珠月在网上搜寻旷诗的信息，得知旷诗不仅是一个著名的物理学家，更重要的是珠月非常喜欢旷诗在博客里写的散文、诗歌和时评。

旷诗听珠月说她的妹妹在医院工作，他说他睡眠不好，叫珠月帮他开一些安定，因为他自己去医院开，一次只能开十四片，他觉得很麻烦。

喝安眠药远比刚醒来时那种空虚绝望的感觉要轻松得多。有几次珠月像一条无家可归的狗一样，在房间里乱窜，心里空荡荡的。外面灯火通明的大楼，却像人生的一个个障碍和心里背负的一个个重压。

第三十章

林叶曦的弟弟林小乐出生时，正是水库淹水时，水淹到柳树湾的前两排房子了，还剩下最后一排没被淹。文奶奶去看小乐妈时，她小脚一瘸一拐地走到最后一排房子的最后一个人家，准备就着一副竹排通到端午伯娘家门口。珠月见文奶奶喊她，她就走过去牵她的手，扶着她上竹筏子。文奶奶手里提着一个篮子，篮子里放着大约两斤散面条，十几个鸡蛋。珠月扶着文奶奶上了楼梯，不是扶梯。文奶奶小心地爬上楼梯去楼上看端午伯娘。端午伯娘头上绑着毛巾，因为终于在第七胎生了个儿子，正笑眯眯地看着文奶奶。让珠月一直都觉得很美的就是淹水、划竹排、文奶奶以及大家因为小乐出生时的高兴气氛。

柳树湾的男丁一直都不发达，每户人家一般都只有一个或两个儿子，有的连一个儿子都没有。而且每个男的都命运曲折，或者骑摩托车被撞死，或者自己坐在车上被摔死，或者煤窑瓦斯爆炸被炸死，或者炸鱼炸断一条腿，或者离婚。要么是离婚后再继续被另外的女人骗钱财，要么是离婚后前妻仍然不停地来从他的裤袋里搜钱走。

小乐还在他妈妈肚里时，他的妈妈和爸爸大吵了一架，他的妈妈也不顾八个月的肚子，在地上又是滚又是捶，又是号，又拉着她丈夫的手拼命打自己的肚子，直叫她那个老实一向畏她三分的丈夫待在那里看着她哭闹拿她半点法都没有。端午伯娘历来脾气不太好，在农村也算不上非常不好的，不过，她特别能掐得住自己的丈夫。她的丈夫矮小，精瘦，脸也较小，能打得一手好算盘。珠月一直都想，小乐的妈妈这样一闹，也许注定了小乐长大了要得病。

端午伯娘生小乐一个月后就被带到公社医院做结扎手术了。小乐虽谈不上生在粮食丰盛的人家，可家里每餐还有饭菜上桌。不管能否吃饱，每餐总没饿肚子。一般一餐二三个菜，有时遇到冬天，就是一个菜，家里姐妹多，一人一筷菜碗就见底了。小乐的姐姐一般夹菜时都很有分寸，只是象征性地能就着把饭吃完就可以了。一般吃菜吃得最多的就是小乐了。

到小乐读初中时，他家里已给他置了三间房准备他结婚。那三间房做在他家旧有的房子前头，红砖黑瓦，亮亮堂堂。因为小乐初中时成绩一般，没考上高中。小乐的爸爸到处托人，终于帮小乐找到了一个比较大的高中。

小乐从小到大除了有些娇生惯养，也没有什么不好的习惯。只有一次读初一时，因家里来客，小乐和姐姐叶藤只好睡在一张床上。半夜醒来时，叶藤发现自己的上衣被掀开了，小乐正用自己的手在她的乳房上抚摸着。叶藤翻身而起，一巴掌打在小乐的脸上，小乐也没吱声。叶藤也没向任何人说此事，此事就不甚了了。那时，小乐不知在哪里买来一本《第二性》，后来，端午伯娘把那本书拿给珠月看时，珠月那时觉得很不好意思看那种书。

读高一的那年，小乐说不想读了，因为头被同学打了，里面长了东西。姐姐叶曦带着小乐去找珠月，珠月帮他找了一个医生做了 CT，CT 片上说什么病也没有。小乐硬说有。在家里，叶曦就说他头里没长东西，不肯带他来，小乐说："不做检查怎么知道没有？我的脑壳里就是长了东西。"做了检查后，小乐当时有些相信自己脑壳里没有长什么东西，可是回去后，他仍然说自己脑壳里面长了东西。这让端午伯娘一家都伤透了脑筋。他们想，是不是他没事做闲了的，就花钱给他找了一个变电站的工作，他在那里还没上三天班，就说这个班没意思，做死事。他们又到处托人帮他找了一个读读写写的文书工作，还没做一个星期，他说坐不住。希未伯端午伯娘没法，那你就回家吧。小乐写了很厚一本日记，文采特别好，还有一些人生的哲理之类，写得很深刻，都是自己独立体会出来的。

叶曦带着小乐又来找珠月，小乐和珠月说话时，思维敏捷，语言很有创造性，让珠月直叹服他有才。珠月当时不知道小乐的健谈、思维敏捷其实也是一种病态的表现，就带着小乐去找神经内科医生，神经内科医生建议她们带着小乐到精神医院去检查。珠月对叶曦说："小乐看起来好得很，哪里看得出来有什么病。""是啊，没觉得他有病啊，就是不愿做事。整天都说头里长了东西。近来似乎有些封闭，不愿出门。"精神医生看了小乐的病，说要小乐住院，珠月很吃惊，叶曦面无表情，看不出有吃惊和担忧，好像早就知道他有病似的。

珠月找了自己的卫校同学用钥匙打开病房门进去看小乐，给小乐带了两袋香蕉苹果去。珠月看到一个病人被几个医生护士按着绑在一张病床上做电疗，病人发出惊天动地的叫声，病房里的病人都像没听到似的，他们已经司空见惯了。小乐瘦得厉害，穿着一件薄薄的衣服，珠月又给他买了一件衣服带进去。小乐出院后，又来医院住过几次。他的妈妈托人给他找女朋友，有一个叫�子的漂亮女孩子看到小乐后，答应愿意嫁给小乐。家乡人说筠子看中小乐是因为小乐“人苗”长得好，比当时的苏有朋还要帅。筠子说：“小乐有病不要紧，只要我精心服侍他，他肯定会好的。”结婚后，小乐常感到想打人，有时把筠子打得没地方躲，可筠子仍然咬着牙说不后悔。后来筠子怀孕了，小乐不知怎么从这时怀疑起筠子来，说什么孩子不是他的，又说筠子不是第一次谈朋友①。筠子被打得更惨了。几天后，小乐因为没吃药，病发得很厉害，就跑到山上去不回家，叶曦二姐的老公是邻村的，她二姐夫带了几个青年伢和一根粗绳子，硬是在半夜在山上找到小乐把他捆了回来。捆回来后又把小乐送医院了，小乐不肯到医院去，想挣脱绳子，几个男的立刻上去把他压得紧紧的。叶曦的二姐夫把他弄上车后，旁边的人都说：“幸亏有岸水帮忙，谁像他那么有办法啊？”

小乐出院回家后又不肯吃药，那天手头特别痒，心里头特别想找人出气，他把筠子一脚踢到角落里，又用拳头猛击筠子的头，筠子见无法逃脱，就用手护住自己的头，让他猛打。过后，筠子不吃晚饭，喝了一瓶农药，被婆婆发现就立即送到珠月所在的医院。当时，筠子已经怀孕七个月，叶曦建议打掉孩子，珠月说还是慎重。筠子出院后生了一个男孩，孩子看起来很好，叶曦全家一直到现在都感谢珠月让他们家留下了根苗子。

小乐不爽快吃药，他的病一发就要打筠子，并说孩子不是他的。端午伯娘知道小乐的病，就说：“鬼话，小狗婆哪一点儿不像你？”可小乐听不进他妈的话，总是寻事打筠子。筠子实在受不住了，看到自己挽救小乐无力，在孩子一岁时跑了，从此再也没到小乐家来了，也没来看孩子。

筠子走后，别人问小乐，你想筠子吗？小乐说：“有什么好想的。”

那些年，小乐陆续住了几次院，已经花了家里一万多元了。希未伯有些发愁了，山上每年能砍一些树和竹子卖一些钱，可家里花销也很大，人情世故，孩子一大堆。几年下来，希未伯端午伯娘好像老了几十岁。以后，

---

① 当地人管“谈恋爱”叫“谈朋友”。

他们还是希望小乐在家里吃药，这样，不用住院太花钱。

小乐的病时好时坏，有一天，他扬言要烧他家的房子。希未伯端午伯娘一听就急了，“烧房子，你不住了？”小乐说，“我去流浪去。”希未伯端午伯娘都很害怕，房子是他们最看重的财产，没有房子怎么行？

小乐不肯吃药，他的爸妈怎么劝他都不肯吃，整天只扬言要烧房子，那天还把小狗婆踢了一脚。希未伯见小乐不吃药，整天嚷着要烧房子，赶快把自己的女儿女婿都叫来商量怎么办。小乐似乎知道了他们心里在想些什么。那些天，谁来叫他吃药吃饭，他都不吃。以往他只是不肯吃药，那些天他是连饭都不吃了。大姐夫、二姐夫端饭、端药给他吃，他不肯吃，他说，谁端来他都不吃，只有三姐夫和珠月端饭端药来，他才会吃。三姐夫历来得到叶曦全家的敬重，为人正直。村里人都在议论纷纷，当妈妈对珠月说这些时，珠月心里是分外沉重。妈妈并说，小乐对珠月印象很好，说珠月懂得很多知识，他很感谢珠月以前去医院看过他几次。那时珠月没钱，她每次去看小乐，都会买一些香蕉、苹果、瓜子去，她有同学在那个医院，对他也比较关照。

当小乐妈把药送到他面前时，他就说是毒药。有一次小乐挥拳把他妈的脸打肿，并大吼说：“滚开，你想毒死我？没有你，我也不会这个样子。”小乐走在路上，说背后有人要害他，杀他。他把家里的东西拼命地往地上摔，好像那些东西都是自己的敌人似的。每次不吃药时，他们就去找叶曦的二姐夫岸水来死灌，叶曦的二姐夫到处做生意，经常不在家。希未伯端午伯娘心里急，却没办法，希未伯的脸更小了，端午伯娘的头发几乎全白了。

小乐的大姐夫有一次出年到南方打工，因手头钱不够，买了车票就没钱了，他决定不买票，他不知怎么混进了火车站，后来爬到火车顶上，一路风雨兼程到了南方。另一次从车站另一个渠道混进去后，又遇到列车员查票，那时火车中途停站了一会儿正要开动，他急忙跳下火车，从此把腿摔瘸了。二姐夫岸水是孔武有力之人，在当地有些名气，他有一帮同一路上的朋友，红的黑的都能来一下。叶曦的二姐冬青十九岁就结婚了，嫁给了刘家的岸水，岸水家很穷，珠月看着如花似玉的冬青这么小就嫁人了，她没有感到半点喜气，她为冬青感到委屈、可怜。二十多年后，看着冬青的三个孩子长大成人，孙子都有两个了，珠月觉得自己当初对冬青确确实实的可怜委实有点没道理。结婚那天，冬青很高兴，没有半点伤感，虽然找了一个穷人家，但岸水这人讲义气，有能力。岸水也万分感激冬青父母不嫌他家穷，把女儿嫁给他。

小乐的三姐夫是腊初奶奶的儿子复夏。复夏初中毕业，喜欢看书，有一些知识，平时通情达理，在小乐家里地位很高。最重要的是，他平常看起来总是笑眯眯的，善良可亲，所以小乐特别相信他。他们家就有人来三姐夫家请三姐夫去劝小乐吃药吃饭。三姐夫来了，小乐果然吃了他送来的饭菜，不过，小乐当晚上就死了。

叶曦三姐冬叶看到复夏打麻将时和一个车祸死了老公的妇女眉来眼去，就断定复夏和那个女人有不正当关系。那个女人的老公和他的弟弟贩煤到湖南，他的弟弟开车不小心撞到一棵树上，就把他哥哥撞死了，他自己倒好好的。奇怪的是，大媳妇反而脸色越来越红润了。别人都说，她的老公总是死打她，他死了，她反而解脱了。珠月不相信，仔细看看小河，确实是长胖了，也不见她有半点愁容，她老公总共才死三个月，倒好像死了三年了。小河帮着一户人家办婚事烧火洗碗，和那些年轻的妇女们说说笑笑。珠月问妈妈，小河为什么不见悲伤的样子？妈妈说："悲伤那么久干什么？她像没事似的，好得很。"二妹碧月说："你没看见吗？小河长胖了，她老公经常打得她哇哇直叫，她现在比以前过得快活多了。"小河正抱着一捆干柴往那家办喜事的人家的厨房走，看见珠月姐妹，笑着对她们说："回来了。"就到灶下烧火了，火光照到她的脸上，红扑扑的，散发着一种奇异的纯朴的美丽。

一日小河和复夏几个凑成一桌打麻将，冬叶就坐在旁边看着，看着看着，她的脸色越来越难看了。麻将打完了，她到处散布说，她老公和小河眉来眼去，暗送秋波，桌子底下脚和脚之间也有活动，说得神乎其神。听的人都在背后窃笑，觉得冬叶愚蠢呆傻，别说自己老公没这事，有这事也不能在外张扬啊，除非你不想和你老公过了。冬叶丝毫不体会别人的神态、想法，有事没事就会编排她老公和小河的故事，像广播一样，湾里好多妇女都在背后说冬叶是傻吧女。有一天复夏又和小河几个凑成一桌打麻将，冬叶回去后，死咬复夏和小河一定有关系，并且言之凿凿地说要离婚，复夏也是个脾气硬的人，离就离。第二天两人就办了离婚证。离婚证一办，冬叶就后悔了，不知是出了办事处后悔的还是到了柳树湾后悔的，总之冬叶是后悔了，强烈地后悔了。

复夏本是个极善良之人，每天被冬叶吵得没法，再加上冬叶每天不做饭不做清洁，两个孩子往奶奶那里一丢，孩子晚上也跟着奶奶睡。有次她的女儿掉到水坑里被人救起来，她还站在那里傻乎乎地笑。复夏已经着急得要哭了，看见他老婆站在那里像没发生任何事似的呵呵笑着，觉得真有彼人不可救药的感觉。冬叶离婚几天之后又在复夏家出出进进了，就像她没离婚一样。别人对她说："冬叶，你都离婚了，怎么还走得这么勤密啊?"冬叶说："我是舍不得孩子。"冬叶见到复夏就说没钱花了，复夏包了鱼池，赌博手气也挺好，经常裤袋里鼓胀胀的。冬叶就直接从复夏裤袋里掏钱，一掏一大把，有一次一数是六千元，复夏也让她搜去，别人都说复夏善、好，复夏就说："其实冬叶蛮善的。"冬叶一没钱就找复夏要钱，复夏钱来得容易，也很大方，只要有，总会给她一些。一天，冬叶对复夏说要复婚，复夏没答应，后来冬叶又说了几次，复夏说，既然离了，就不复了。

冬叶在超市买东西，说是保安侮辱她，要搜身，连忙打电话给复夏。复夏开着摩托过来了，硬是要那家超市赔了三千元精神损失费。湾里人都说冬叶自从离婚后变得会甩油了，除了从复夏那里捞钱混日子外，还会从外面借故捞钱。前夫虽然是前夫，她很会利用。在外面一遇到什么事，她就打电话给复夏。复夏在当地有些名气，他很讲义气，酒肉朋友、真诚朋友都有一些。乡里的基督教堂翻修，他带着朋友去教堂捐了几万。腊初奶奶信基督教已经有几十年了，复夏不是基督教徒，但他很孝顺。小时候他学少林寺的武术招式飞起腿来打他妈，长大后懂事了。他爸爸去世后，为了他妈妈不害怕、不寂寞，他就搬到他妈妈的隔壁房间睡。

冬叶离婚后才发觉自己的胳膊像少了一只，没老公真是做什么都难，何况复夏在当地人缘又好，能称得上一个呼风唤雨的人物。现在她很后悔自己一时的心血来潮，可是复夏也真有男人风格，给她钱，给她物，却不要她，不和她复婚。冬叶见复夏对她已无意，就找了一个砖匠，她和砖匠在外面晚了没车回，又不舍得花钱打车，就给复夏打电话："复夏，快骑摩托来搭我们，我们没车回去了。"复夏就在黑夜中骑着摩托去搭他们到那个男的家里，那个男的家离复夏的家约有十里路，从搭他们的地方到他们家有二十余里。腊初奶奶听儿子说了此事后，心疼得直骂自己的前儿媳："真不懂事，都找男人了，还要折腾你。真是世上少有，她还以为你是她男人?"

复夏把鱼池给村里一个小时候的同学代管，自己到县城做生意，遇到了一个离了婚带着孩子的女人，他们住到了一起。生意亏了，那女人带着孩子跑了，还带走了十二万元。复夏都不好意思回柳树湾，腊初奶奶也到她镇里女儿吉红家住着，好久都没回柳树湾了。她对珠月妈说："折财免灾。"珠月妈说："只要人好，钱还可以慢慢赚。"腊初奶奶家这时正是最穷的时期，她找堂侄媳妇借了一万元，说是给孙女自费读大学用。她很不好意思，因为她很少找别人借钱，说是吉红、吉紫近来手头都很紧，复夏身上更是没一分钱。

冬叶离婚后，并没见小河和复夏有什么进一步的发展，也可能以前就并没什么。珠月后来听妈妈讲复夏找了一个非常贤惠的老婆，比他小十岁。珠月回家过年，复夏老婆对珠月说："复夏虽然第一眼看上去不怎么样，慢慢地，我越来越佩服他了。"复夏破天荒地每天起得很早去看鱼池，还和新娶的老婆一起沿着沙洲抱着一小捆柴回家。这让腊初奶奶简直是心比蜜甜，她看到自己的儿子在变得越来越好，越来越爱生活了，真是奇迹啊。腊初奶奶七十多岁了，她讲起基督教义来真是透彻，珠月听了腊初奶奶讲的基督教义后，很佩服腊初奶奶的悟性和虔诚。她对妈妈说："妈，你信基督教，还没腊初奶奶懂基督教。"复夏的新老婆怀孕了，她见复夏的儿媳要生孩子了，她就把自己的孩子打掉了，只为了好给儿媳带孩子。珠月妈说："奔晓为复夏家真是一心一意，复夏儿子、女儿最难相处，他们都叫奔晓'妈'，而且叫得心甘情愿。奔晓能不感动吗？"

后来，希未伯对珠月说："小乐说他很相信你，如果你要他吃药，他说会吃。"小乐和珠月没说几次话，仅有的几次，就是珠月带他看病两次，去医院看过他几次。珠月一直都是家乡人敬重的人，小乐服珠月也是情有可原，最重要的是珠月为人的真诚，让小乐认为她叫他吃药，他才认为不是害他。当希未伯把这话传给珠月时，那时小乐已经死去几个月了。

珠月的妈妈神秘地对珠月说："不要乱说，你希未伯端午伯娘也是冇得办法，小乐说要烧房子。"珠月的心里就像狂风暴雨来临之前一样的阴沉黑暗。珠月又想起外婆为了那只跛脚的猪喝农药死的事，一天心里都异常凄凉烦躁。外婆因为猪的脚跛了，就想，我还不如死了，正好就这只猪答应客。外婆就轻轻松松地喝了一瓶敌敌畏，珠月想象她喝敌敌畏时肯定像喝凉开水一样。小乐就这样死了，珠月心里一直在惊叹。虽然她什么也没说。她去看端午伯娘，端午伯娘已经成了一个真正的老太婆了，人似乎瘦小了很多。

小狗婆目前给叶藤在带。过年过节时，一大堆外孙子外孙女都来了，小狗婆也来了，希未伯端午伯娘脸上还是乐开了花。珠月总在想，他们会不会很想小乐？

第三十一章

因颉把自己的心脏刺破，把里面的血全倒出来，凝成一颗珍珠，那颗珍珠就是因颉传给珠月的梦。梦中的景象可以说是因颉的想法。不知是珠月的灵性传给了观世音菩萨还是因颉本是与观世音菩萨感应的，因颉想些什么，珠月都能知道。微小到一件小事，珠月想些什么，因颉也能知道七八分。梦中，因颉病了，躺在床上，厚被子盖着，珠月去看因颉，她把因颉盖着一半脸的被子掀开一点，吻着因颉的脸。因颉见自己病着，有些不想见珠月，他就侧过脸去，珠月把自己的脸放在因颉的脸上，因颉就不再转过脸去了。护士来了，珠月叫护士换床单，因颉昏迷时尿失禁把床单打湿了。

珠月扶着因颉站起来，因颉看起来虽然瘦了一点，却更高大些了，比前几次梦中的因颉要结实有力多了。珠月正靠在因颉的怀里，她抬起头爱怜地看着因颉，因颉的爸爸在旁边说，因颉小时候算过可以长到一米八一，并说他五岁时也曾经发过这病。是通过基因测算的还是算命算的，梦中不是很清楚。珠月看着因颉，觉得他已经很高了，可以了。这时又有一个护士走进来，因颉看着那护士，珠月担心因颉喜欢上那护士，就对那护士说："想当时第一次遇见你，你正在演滑稽剧，扮演一个小丑。"珠月让因颉想象那个护士扮演小丑时的样子，她很怕因颉喜欢上那个护士。那个护士随即做出小丑的样子，确实很难让人爱上。不知在什么时候，梦中的因颉又变成一个非常漂亮带点柔弱文静的女人，他看上去像一朵忧伤美丽的花。这个景象只是忽闪而过。因颉出院了，梦中有谁怪珠月把因颉的病说给别人听，其实珠月并没说，因颉体贴地说："没关系，公司一些人都知道。"梦中珠月以为自己真的说了，就可怜地望着因颉问："因颉，这会影响你和公司么?"因颉爱怜地看着珠月说："傻瓜，没关系。"珠月想这个梦可能是因颉担心自己知道他的病，同时，因颉在梦中的体贴和男子汉风度让珠月知道因颉绝不是一个普通的男人。

“没关系”，这其实是因颉对她说的最爱的话。他说公司的人都知道他病了，他要珠月不要担心。因颉是一个多么伟大的男子汉啊，无论公司的人知不知道，这句话让珠月感受到了因颉的体贴和疼爱。因颉不想珠月有半点担心和不舒服，只有因颉才这样疼她啊，这才是珠月心中理解的爱。因颉没有说爱，可珠月总是从他的一言一行一举一动中感受到无穷的、享受不尽的爱意。这就是珠月心中倾心的男子汉，因颉什么都自己承担，他从不舍得让珠月有半点担忧和不快乐。他坚强的外表下包裹着的是一颗柔软的善良的爱怜珠月的心。因颉是个顶天立地的男人，是个真正的男人。她想，因颉一定会好好的，她足可以放心。珠月醒后琢磨因颉到底得了什么病，他五岁时就发过一次，以后一直都好好的，因颉生来就有病？怪不得珠月心里那么疼因颉。她知道他五岁时曾病过？不可能，想因颉那么阳光的男孩子，珠月从来都没想过他有病。她只是看着他的手和脚时，心头有一丝怜悯，又有一丝温柔和喜欢。

那些天，珠月已在力图忘记因颉。下午的一个梦，梦中的因颉是那么帅和体贴，让珠月心里好难过，有种心痛欲裂的感觉。她知道她的因颉想她了。珠月这些天从未有过的孤单寂寞，下午的梦让珠月简陋的房里充满了因颉温暖的气息。珠月的心里是从未有过的痛，她知道她每做一个因颉的梦，都是因颉想她的一颗颗珍珠凝成。

因颉在梦中对他的好朋友双翼说要一起去看珠月，他知道珠月过得很不好。因颉没来看珠月，珠月已经很感谢因颉了。因颉十年来看过一次珠月，珠月对因颉的情感和感激已是像山一样多了。因为珠月在梦中已无数次地和她的因颉见面了。因颉梦中多少次来看珠月，还没见到珠月，就被人打扰了。他们只是彼此看到对方，却牵不上手。他们之间有距离过，又拥抱在一起过，梦中因颉想要珠月，珠月在大庭广众之下都愿意。为了因颉，珠月什么都可以不顾。来看过，在梦中，也是一样的。梦不是想做就能做到的，需要两个人的声气相通，心心相印，要不，对方来不到自己的梦中。

当珠月想忘记因颉时，因颉就会用他的血液凝成一个珍珠梦，或者是观世音菩萨看到了两个人的深深情缘，早早就在关注着珠月和因颉了。她把他们的所思所想传给对方，她不发言，因为有些东西她也不可知，她会传递，就像一个学者只是呈现，而不给结论。珠月感谢观世音菩萨，在多少个日子里，珠月每晚睡前都要跪求观世音菩萨赐她一个见到因颉的梦。观世音菩萨可怜她，珠月常常能如愿。每梦见和因颉在一起，珠月都怕梦忽然醒了，那种强烈的感觉在梦中都能意识到。只是在心里拼命祈祷，梦长一点，长一点，她就能和她的因颉多待在一起了，她就能多看他一眼了。多少次，当他们想紧紧拥抱，并想把彼此给对方时，梦总是醒了。珠月知道观世音菩萨想告诉她，要想和因颉在一起，还有很长的一段路要走，或者是这辈子都不可能走到的。

在珠月的眼前出现了很宽阔的海，她驾驶着一叶扁舟，准备到因颉所在的地方。大海是那么无边无际，有时大海变成了家乡的水库。她，珠月，驾着一叶扁舟，因颉对于她就是那个未知的大海前边的诱惑；有时，他和她的距离不是那么悲观，就像家乡的水库。不管怎样，因颉始终是梦幻似的，不像珠月的一些梦，那里面喜欢她的人都是那么实在，容易抓住。因颉，注定会诱惑着珠月扑向那个无边无际的大海吗？为什么他，只在她面前显示着飘忽不定，而珠月明明看见因颉向她挥着的手和心。或许，那就是一个飞蛾扑火的传说，珠月定要向那团火扑去，那团火也希望珠月扑到他的身边。后果呢，观世音菩萨说，珠月是自取灭亡，因颉已经在这之前痛过病过，珠月正好用自己的灭亡弥补因颉的病和痛。菩萨给出了珠月另一个说法，她用珠月去世的爸爸死了忽然又站起来，又用一只猴子张牙舞爪地抓珠月的胸告诉珠月，余清在这世上最痛恨的人，就是因颉。只要珠月敢和因颉在一起，他就会要珠月的命。虽然珠月在他眼中什么也不是，可是他知道珠月和因颉走在一起就会爆发出神话，他嫉妒又痛恨。

余清和珠月在一起时，在氛围上永远像恋爱一样的感觉。只要一见面，余清就会抱珠月咬珠月。很长一段时间，珠月觉得余清的嘴里是一股刚吃完饭又抽了烟没漱口的浑浊味道。她对他说："洗口了么？怎么不喜欢喝水？"余清是一个生命力很强的人，心如止水的珠月总会被他点燃。两个人已经说分手无数次了，只要一走在一起，就忘记了。在结婚的最初几年，余清每次回家几天又到南方去了，珠月并不怎么想余清，还不如没到南方去时离开一天就感到不习惯，只是觉得在一起时比较快乐。后来的很长一段时间里，珠月想着余清，觉得他是一个很脏的人，有时她觉得自己和他在一起并不是夫妻关系。最近这段时间里，珠月似乎倒能理解余清了，从那次余清不声不响地往她账上打了二十万元，珠月觉得余清这一次表现得还像个男子汉，心里头想到余清在外的不易，也觉得能理解余清了。只是长期的分居，很多事情已经木已成舟，摆在珠月和余清面前的是根本无法解决的矛盾。

珠月上班时科室发一分钱，她也会告诉余清，知道余清喜欢钱，恨不得把发的一分钱说成两分钱。身上有一千元，就会说成还有一千五百元。余清和珠月不一样，珠月一直到现在也不知道余清有多少钱，每个月能赚多少钱。当她问余清时，余清就会说，你问那些干什么？珠月也从此不问了。珠月有次看到余清公司和一个公司一年的交易账单，大概一年算下来有几千万，珠月把单子折好还原放在余清的口袋里。事后，珠月问起这件事，余清不承认，说，怎么会有这多钱？连随意问一下余清的堂侄一个月多少钱工资，他都说“你问这干吗？”珠月觉得应该早就没必要去问余清什么了。珠月曾几次问余清厂里的事，意欲为他分忧，余清说：“你瞎操什么心，管这干什么？”余清慢慢掌握了珠月善良、好说话的性格，他一步步地控制住了珠月。

余清对珠月说，过年了，你买“一套”衣服，他强调是“一套”，可能是他现在经济紧张吧。对于珠月，余清不认为她值得他为她做什么，他离不起婚时，就会对珠月气愤地说：“是的，就你命好。”余清不但不为他在外有女人觉得对珠月愧疚，反而觉得继续让珠月做老婆让她占了很大便宜。他自己离不起婚，还说珠月命好，好像珠月很留恋做他老婆似的。奇怪的是，两个人只要走在一起，珠月总会屈服于余清的“柔情”。珠月有时也忘记了自己的屈辱，余清倒认为是自己不舍得珠月，不和她离婚，有时会以为他自己是在负责任。一个男人在外面，女人什么都有，不和老婆离婚，觉得是对老婆负责，觉得自己还挺善良。

珠月拿余清半点法都没有，秀才遇到兵，有理说不清。如果今天珠月叫余清不出去，正好他在外的女人什么的出了问题，他还会唯珠月是问，他觉得是珠月的过错，不会认为是自己的过错。余清算得很清楚，珠月该怎么对待，别的女人该怎么对待。他说要把珠月拖到四十八岁才离婚，他在外早就把人找好，他可以这样做，别人不能。因为他吃不得半点亏。想起余清这多年在外不容易，不知道余清都和些什么女人打交道，珠月心里又有些可怜起余清来。余清就是一个男性，这是他的典型特征，他说每天只要有肉吃就可以。珠月知道他说的“有肉吃”是什么意思。

近来余清和那个有八九年来往叫娄倡的女人难分难舍，他这一次准备和那个女人过年，叫珠月和孩子一起过年。回去之后，和倡说清原委，本是先前已经承诺了倡的，没想到那女人也不强求说要和余清一起过年。余清和那个叫倡的女人鬼混，要是被陆秀珍知道，他想起来都胆战心惊。一次余清和陆秀珍吵架，那家的几个兄弟磨刀霍霍，而且那女人最会一哭二闹三上吊，余清不怕珠月，就怕那寻死觅活的女人。

余清结识那个叫倡的女人是在珠月考上硕士之后。余清见珠月从一个护士考上硕士，就以他的那种卑俗的心理猜测珠月肯定会记他的仇，自己就破罐子破摔。陆秀珍只不过是他离开家乡老婆不在身边的栖居之地，根本谈不上爱情。余清远走他乡无亲无故正是落魄之时遇到一个可以给他做饭洗衣服的人，余清觉得很感激那女人，虽然他一天一次电话打给珠月母女。余清想不到珠月还会有离开家乡之日，他也从没想到把珠月弄到身边来，在当地买房子都是背着珠月买的。他见珠月考来了，想到这多年对珠月，除了一天一个电话，几乎是一年见不到十天，他立即就猜想珠月肯定会不要他，而且他几次说对珠月已死心。珠月总是听不懂。珠月从不会记别人的坏，只会记别人的好。所以余清后来说，珠月记得他的好，他有些羞愧地说是文不对题。余清追娄倡时，当时也是抱着玩玩的态度。他骗她说自己没女朋友没结婚，他并没打算和她长久下去，没想到那个女人见余清开着小车，就把自己处了六年的男朋友给甩了，并写信给余清说："兔子逼急了也会咬人。"那个女人不生孩子，余清每天盼着那个女人怀孩子。对那个已经生了孩子的陆秀珍余清谈不上爱情，那个女人初中没毕业，说话吐词不清，后来得了脑溢血，整天只能躺在床上。余清想和倡到另一个地方去，珠月想，那也未必不是好事，余清也有个人可以照顾。余清喜欢孩子，他不可能和一个不生孩子的女人过一辈子，他已把自己的生活弄得乱七八糟了，就像他自己所说："我是最划不来的，吃力不讨好。"花心的人一般都会这么抱怨。

珠月无意中拿起余清的手机，发现余清的手机屏保竟是余清和倡的亲密合照。余清觉得倡很漂亮，就把他和她的合照放在了他的手机屏保上了。余清想过和倡结婚，不过他在外已有情人孩子，结婚是不太可能的。他知道他要是和倡结婚，老情人家的兄弟不拿刀杀死他？他看到不能和倡结婚，就把气撒在珠月身上："生来的眉毛天生的相。描什么？"余清以为那女的是什么宝贝，那女的不过就是一个认不得几个字，会写时髦的 bye bye ，会画时尚的笑脸的庸俗不过的女子。比珠月小几岁而已。珠月正在梳妆台那儿对着镜子画眉毛，她把还没画好的眉毛画好，心都凉了。不过，她的心早凉了，所以，她一声不吭，当作没听见。余清说，我觉得那些男的搞什么同性恋，不可理喻，他比较自豪于自己只对女的感兴趣。关于吸毒，他说，我还没吸毒吧，遇到吸毒的老公，倾家荡产都不够。珠月想，也是的呵，如果他弄出个同性恋或者吸毒，那真是比对女人花心更灾难。余清说，以前的女朋友给他发一短信，叫他热爱生命，远离毒品，这不是暗示要他吸毒吗？珠月看着余清，觉得余清说得有道理，不搞同性恋，不吸毒，最多就是没有女人不行，对家也是从来没忘记，还没叫珠月母女饿肚子。大家聚餐时，他把鲍鱼甲鱼拼命地往珠月盘里夹，在珠月和别人比起来，老婆还是自己的。珠月很看不惯，和众人吃饭，总要礼让些。别人都说珠月老公对珠月真好，总给她夹菜。

知道珠月喜欢吃辣菜，点的都是珠月喜欢吃的，珠月的同学都哇哇直叫："你老公对你真好，点的菜都是你喜欢吃的。"她们一个个吃得鼻涕眼泪直流，还说"好吃，好吃"。余清有一个最大的优点，就是过细，他说自己做不成大事，味精、酱油、菜刀，看着家里没有了就买，灯泡坏了一个个地安上，水龙头漏水了他一来就会让水龙头不漏水。屉子需要出力才能拉出来，得等着他几个月后来拉。柜子高了，他就拿锯子锯短，三下两下就锯断了。余清拿起一个核桃用手在茶几上拍两下就把核桃拍开了。珠月看着他那么有劲，有些崇拜他了。

核桃是非常坚硬的果实，刚到C校读博士时，珠月买了三斤带壳的核桃，没能力吃，就拿到楼下送给清洁工吃了。珠月起先为了砸核桃买了一个锤子，把核桃放在一块硬纸板上，纸板放在地板砖上，可能是怕把地板砖砸坏了，核桃终是砸不开。珠月把核桃提到楼下泥土地上砸，不敢放在小区地板砖上砸，还是砸不开，核桃总是被砸进泥里，壳仍然没开。珠月好不容易找到一个隐蔽的地方砸核桃，见还是砸不开，已经有一两个保安来看珠月砸核桃了，珠月不好意思再砸了，就把核桃提到一个清洁工面前，说送给她。清洁工很高兴，珠月想，这个清洁工昨晚会不会做了一个今天要发点小财的梦。

余清抱着一岁多的孩子到珠月科室，他听珠月妈说，珠月不喜欢把食物杂在一起煮，就把剩下的食物杂在一起送到珠月科室。余清高大的身子抱着一岁多的孩子，孩子裹在他的军大衣里，那情景看起来很温馨。他把那碗杂食递给珠月，珠月说："怎么放在一起煮？"余清说："怪不得你妈说你挑食。她说不能放在一起煮，我说就放一起煮。"珠月后来才知道余清自始至终都在和她较劲，希望完全控制她。单纯的珠月从未想到要去控制谁，只想到要相互尊重。

余清自己在外有女人，还要把珠月看得死死的。他自己知道，他控制得了珠月的身体控制不了珠月的心。他有一次说他也很孤独，珠月想，余清真是好命，他再花心，倒是没有女人死缠他，因为他难以做到让一个女人深爱，这也是余清的好命，要不余清早就脱不了身了。那个相处了十几年的女人只要余清把财产给她十分之一二，她就答应放过余清。那个叫倡的女人说只要余清给她十万二十万就可以了，要不，她不撒手，她的青春不能白损失，最好是能和余清结婚，余清的房子车子厂子就都属于她了。

珠月已不再有当初的愤懑、闹离婚，只等着余清厌倦和她继续生活在一起，反正，她这一辈子离幸福已经很遥远了，家的温馨对于她就像是奢侈品。

余清对珠月不知是第几次说了："我早就决定好了。"他所谓的"决定好"就是早在心里放弃了她们，他在外面什么都有。早些离婚，是对珠月的仁慈，晚些离婚，是想让珠月欲哭无泪。所以，他决定拖着珠月，一直到他认为珠月该欲哭无泪了。珠月想："随你找什么样的，我谈不上妒忌，甚至没感觉。"珠月不是一般的世俗女子，如果是一般的女子，她早该被余清气死多少遍了。余清却绝对是一个一般的世俗男人，他就是要和珠月斗到底，珠月要离婚，余清就不离，珠月想就这样浑浑噩噩过吧，余清绝对以为好时机来了，他要离婚。离婚也是珠月盼望的，因为她知道这是必走的一条路，是逃不过的。离婚了，自由自在，也不会再怕人戳脊梁骨，背也站得直些。

珠月经常想把自己写的文章尽快发，好像什么时候她会死似的。因为她知道她必然的反抗可能会激起余清的杀心。那天她欠了同学五百元，赶快把五百元寄过去给同学。还有什么遗留没解决的事情？珠月经常会有一种余清随时会设计让她死的感觉，余清当然不会无故让她死，可珠月觉得自己已对余清死心，她随时都会像飞蛾扑火一样扑到她所爱的人身边。她知道她的担忧全来自自己对余清的不满和想逃离的想法。她不可能没有爱情而活。

刚来到乐城时，珠月和余清吵架，余清去亲吻珠月满脸的眼泪。之后，余清叫珠月去买药，说自己感冒了，咳嗽。珠月出去买药，买了余清要的罗红霉素，余清拿着罗红霉素看了好一会儿，问："在哪儿买的？""就在外面药店。”“你带我去看一下。”珠月知道余清在怀疑这药是否是她随身携带的准备害他的毒药。珠月就把余清带到药店，并故意说要店员换成另一个厂家生产的。这时，余清才相信了是珠月买的，不是珠月自制的毒药。珠月为这事觉得真没意思，心里冷笑，夫妻都到了这份上了。她简直觉得这样的夫妻真恶心，是一种耻辱。珠月虽有些东西想不到，可是她看得到。她知道余清早已对自己有异心了，要不，他不会这么防自己。防别人的人一定是有愧于别人，一个真心为人的人都不会想到别人会害他。珠月有时感到余清似乎有些迟疑吃她做的饭，他怕珠月下毒。珠月想，有什么值得我这样恨你？那时余清已很心虚，他以为珠月什么都知道了。其实珠月什么都不知道，她只是感到余清有女人，这和亲眼看到是不一样的。

珠月有时会觉得她爱因颉是爱的自己这多年对因颉的感情，就像是爱自己身上的一部分，而不是那个离她几百里以外的因颉。这么说有些玄乎，梦里的因颉不是珠月的一只手一只脚一颗心脏一个肝脏，是那个住在另一个城市的因颉，还有他的眼睛，一直在注视着珠月，珠月无法说没看见没感知。就像在她的心里猛然一次次地注入强烈的柔情，让她心疼欲裂，只想好好地哭一场。她多想躺在因颉的怀里，那个梦幻总在眼前浮荡，就像一个上帝的诱惑物，珠月抓不住，却总看见他。他勾起她的强烈的思念和激活她的身体中的奋不顾身的分子，梦醒后，珠月摸摸身旁，还有因颉晚上睡的体温，可能是她的手一直在做着抱着他的姿势，她以为她已经抱到了因颉，和他睡了一晚。梦中，因颉确也来到她的身旁，她怕自己的手有一丝松动，因颉就会从她的臂弯中跑掉，所以她一直都是紧紧地抱着因颉，即使手很酸了，也不敢动一动。等到梦醒了，珠月知道因颉该从她的手臂间走了，珠月不想因颉走，她痛恨那个闹钟，又痛恨那从窗户溜进来的光线，更痛恨自己怎么忽然就醒了。她希望再接着做她和因颉抱在一起的梦。她在心里祈祷着：“大慈大悲观世音菩萨，快让我再梦见因颉。”

有时因颉怎么也不到珠月梦中，珠月知道因颉没有时间想她了。当珠月梦见因颉时，珠月知道她的因颉一定是在想她的。因颉不喜欢说肯定的话，特别是感情上的，因为他有他的家，因颉就把那些平常不能说的爱珠月的话和对珠月的不满的地方通过梦境和珠月说。甚至当珠月写字时，她都能感到因颉会因哪个字有所触动。两个已通过神性、灵性相通的人，如果不是整个的身心投入对方，又怎能出现这种人间的心灵奇观？

珠月爱因颉时，心里就会不停地念着：“我的宝贝，我的宝。”她见不到因颉，只能用这种方式来疏散自己对因颉的爱和想念。她有时希望自己能找到一个因颉的代替品，像因颉一样品性的，纯正的，可爱的。

有一个人是卖鸡肉的，长得和因颉有点像，珠月只要买鸡肉一定到他那里买，也不问价钱和看秤。那个人有一次在路上骑着自行车，朝珠月笑着，珠月想，我好久都没买鸡肉了，他还认得我？那个人的老婆确实不敢恭维，可看出那人对他老婆很体贴，似乎他们过得很幸福。只是因为他有一点点像因颉，珠月就莫名地对他有些好感，愿意在他那里买鸡肉。

余清见珠月是铁了心要离婚，就拿起遥控器朝新买不久的电视机上砸去，电视机不砸留给你用？只差房子不能放火，他绝不能便宜了珠月。余清抽完烟后，用烟屁股把“简美”布沙发烧了个大洞。忽然，余清发现长长的电视柜上有两个电视机，说，怪不得每日吵吵闹闹，两个电视机并排在一个电视柜上，一家只能有一个人做主，就像一山不能二虎一样。余清那天抱着那个没被砸的笨重老式电视机走那么远放到地下车库他的车上，珠月一瞬很敬佩他的孔武有力。

余清有个逻辑，钱是他赚的，他就可以随心所欲地砸、烧。珠月读书赚的那点钱刚够她自己用的，现在，孩子的花销、买房子都是余清出钱，所以余清认为他有资格想砸什么就砸什么，包括已砸的手机四个、电脑两个。余清是真的生气，他气的时候嘴唇都乌了，他掐着珠月的脖子说：“你是想家破人亡？你是想孩子没有父母？”近来，余清想和倡好好过日子，却还想控制珠月，自己到处花心，“老婆”照例该老老实实。他梦想珠月守寡守着他，无怨无悔，感恩戴德感谢他不抛弃她。

第三十二章

珠月睡了一觉后，途中觉得自己眼睛是睁着的，似乎自己醒了，可分明又听到自己的打鼾声，是从喉咙和鼻子里发出的，她不知道自己到底是睡着还是醒的，可她又确实几次听见自己的鼾声。原来鼾声是这样打出来的。她的眼睛又分明是看到光亮的，早晨真正醒来后，对于她那种状态下到底看到了什么却没记忆。珠月在那种半睡半醒的奇特体验下躺着几分钟，后又睡着了。这一次她梦见了因颉。她已有多天没梦见他了。珠月穿着一件锻炼时的运动裤，走出舞场，不知什么时候她躺在因颉的怀里，随后珠月的口里出现了唾液，随即满嘴都是，差点要口吐白沫了。眼看马上要窒息了，因颉赶紧扶珠月起来，珠月口里的唾液也慢慢消失，随即就好了。这不知道是不是因颉担心的珠月的第二次遇到死亡危险，他想珠月通过这种方式来逃离第二次死亡。以一种最轻的很快的方式解决死亡危险，而且是他亲眼看着的。

后来的梦中，珠月手中拿着一双又旧又有些破的凉鞋，脚上穿的也是一双又旧又有些破的凉鞋，珠月后悔自己怎么不知道穿双好的鞋子出门。醒后，她想是不是她的求职又要出问题了。既是命中注定，又奈何？以往每次在佛祖、菩萨面前祈祷要和因颉在一起，菩萨想，你祈的愿岂能改的？珠月并不这样想，她认为自己找工作与想和因颉在一起没有冲突，难道找到一个理想的工作就不能和因颉在一起吗？况且高校的工作一个星期只要上几节课。还是因为因颉的公司需要珠月全心去帮他？珠月知道她和因颉是走不到一起的，她不忍心让因颉做出那么大的牺牲。

余清听珠月说要离婚，就一掌打在珠月的嘴上，随即她的脸和嘴都肿了，嘴角流出了血。珠月就放声大哭起来，余清又使劲地打了珠月几巴掌。恶狠狠地说："你再哭，你再哭。"珠月想，你面对真正的仇人时，从来没见过你这么厉害。有次在火车站被一伙人欺负，还是乖乖地知道危险赶快溜之大吉。珠月当时想过，如果那伙人要和余清打架，她一定会用自己的身体去护余清。余清知道珠月善良软弱，家里人都善，更是肆无忌惮了。特别是他当着他家人面前对珠月那种跋扈的样子，背地里又故作温柔。后来珠月才明白余清的一切变态行为是因为他从来没有摆脱自卑状态。他认为对别人该有的恭敬礼貌是装孙子。他的自卑有时表现的是倨傲，有时却又能察颜审色地一直自卑下去，特别是在那种与他有利害关系的人面前。

因颉知道珠月所处的境地，他的烦恼纠结来自多个方面，直让巨人一样坚强的因颉病倒了。因颉是慢慢倒下的，一下一下地病倒的，不是忽然猛地倒下了。对珠月的思念，那个唱歌女孩的来访，还有很多，统共十几个因素，让因颉支持不住了。珠月多想那时她是在因颉身边，她相信因颉就不会病。经济损失不足虑，因颉对珠月的担心和在乎也不足虑，唯有因颉担心家庭的破裂，珠月想她可能没办法，可珠月一定不会让因颉倒下。她只要轻轻地摸着因颉的头和脸，她相信他一定什么都不在乎的，什么都能释然的。可珠月偏偏不在因颉的身边，因颉对各种事情的几十种担心忧惧让他就像被魔鬼捉住一样不能释然。因颉过后想起这些烦扰时，都有点奇怪自己当时怎么就想不开想不通。

特别是因颉太在乎珠月了。就像珠月太在乎他一样。两个人就像两颗永远不能相聚的行星，却彼此思念着，梦想哪一天能相聚。那时宇宙会是什么样子，会不会因为行星的相碰发生剧烈的震荡。

因颉的心里有时有一股怨气，更多的是充满着温柔、阳光、关怀之类的情愫。当他自己的身体都在岌岌可危时，他还在担忧着珠月的不幸和孤独；当他被心中的几个自己和那些幻象折磨得难以负荷时，他仍然充满着对这个世界的不平、贫穷的关注。因颉病了之后，他的世界就凝固在那一个充满着花朵、美好的世界里，让人感到他就像一个大孩子，一个赤子。他的天空开满着花朵、云彩，而他就像刚刚睁开眼睛的孩童，目光永远定格于这一幅情景。这幅似真似幻的情景时常让珠月的心里涌起一股强烈的酸疼，她的因颉就像因为纯真而变成傻子。那只是他心中的一块细小的地方，而那个地方的保存无异于世间最珍贵的宝藏。

珠月每每被因颉的这个地方吸引着，有时会独自笑着他的可爱。因颉就是那种未琢的白玉，他的可爱是天生的。哪怕他对珠月发脾气，珠月也不会生气，伤心最狠时，最多也只是生气一两天，不会超过三天。往往，珠月还会因为自己让因颉发脾气偷偷地笑着：“怎么样？看把你气的。就是要爱你，就是要骚扰你。”珠月想象着因颉气愤的样子，对她无可奈何的样子，她有时觉得因颉很可怜。“难道我珠月就那么差吗？你的家庭就那么重要，重要到连一个爱你的女人的电话都不敢接？”有时，珠月心里并不以因颉对她的不理睬为是，她爱他在她来说是一种需要。“况且，你因颉如果真的对我无情无义，你为什么总是到我的梦里来告诉我你的喜欢和不喜欢，你的想念和欲忘却。”珠月只要梦见因颉，就会想念他发狂。她会常常躺在床上慢慢地回想那个梦，一点一滴都不漏地把它记下来。对于珠月来说，没有比梦更宝贵的文字记录了，因为它就是生活的实层，是因颉的最真诚的心语，连他自己也可能都没明确意识到的。珠月的生活仿佛就由梦构成，梦成了她对生活的一种最可靠的直觉。梦里是怎么样，珠月就不太敢相信现实的样子。人们生活在现实里，珠月常常生活在梦里。

因颉在街上走着，他说他闻到了珠月的气味。这时，因颉和珠月有过一次刻骨铭心的冲突。珠月忍不住给因颉发短信，因颉不喜欢珠月的不理性和狂热相思，他担心珠月会给他惹麻烦。珠月当时从没想到短信的危险，以为短信只有他们两个人知道。暑假，珠月关机了，因颉好久没接到珠月的短信了，因颉有些不放心，问了珠月的几个同学，都说不知道。他嘴里说着不要珠月给他发短信，心里却喜欢又珍存珠月对他的情意。

因颉没打听到珠月的消息，整个身体就像一块生锈的废铁，觉得自己颓废至极。这时，他才知道珠月对于他是那么重要。珠月的因颉变得恍恍惚惚起来，他经常一个人在街上走着，以为能在某个地方看到珠月。街上的树飘着落叶，因颉想到珠月把自己比作落叶的句子，他拿起一片黄色的落叶，不自觉地放在口里嚼着。他选了一个安静的地方坐着，麻木地坐了很久很久。快到夜里十二点了，他才迟钝地站起来，朝着家的方向走着。他一直都觉得他可以闻到珠月的气味，又能循着气味走近某一个咖啡馆或者小饭店，珠月就坐在那里等着他。因颉披着一身落叶回到了家，他就写下了“你是我在街上闻到的那个人”。当珠月看到这句话时，仿佛秋天街上的凄凉落叶在发出一声声的呜咽低鸣，又有秋风在凉凉地袭着后背，还有一阵隐隐约约的芳香气息，那是因颉身体里飘散出来的芳香。

暑假前，珠月看到因颉给自己发的那几个无情恼怒的短信，也决心要从此忘掉因颉。这次想忘掉因颉的念头是持续最久的几次之一，大概有一个星期之久。珠月仍然在想着因颉，可她不再给因颉发短信了，她不想招他烦。而且，珠月就像戒不掉毒瘾一样想着因颉，这时，她已不需要对因颉说什么想他了。珠月又像预言家和先知一样，知道因颉会想自己，她更不着急去招惹因颉了。直到珠月看到一个网页，她知道因颉在想她，她又忍不住给因颉发短信了。珠月看到那个网页时，有些奇怪，觉得那些语言是那么熟悉，好像是从因颉的心里飘出来的。她起先只是怀疑，后来有些确信了。

珠月想到因颉对自己着急发怒的样子，心里越发觉得因颉可爱透顶。她知道自己和因颉在一起，会意味着什么。因颉就像一个懵懂的孩童，他什么也不知道。他只知道该发怒时就发怒，该不理时就不理。可珠月不这么认为，她相信梦。因颉不知道珠月做了哪些梦，他从来不相信这些。他只相信命运是靠自己创造的。确实，佛祖、菩萨也是这样说的，因为命运每天都在改变。后来，因颉有些相信梦了，他被珠月每天神经兮兮的梦也搅得有些迷信了。一向是一往无前的因颉变得更有灵性了，珠月每天想什么，他都几乎可以隔空知道，因颉每天想些什么，珠月也会梦见。他们两个就像宇宙精灵一样，一旦附上对方，终会相互在彼此心里一生。

珠月想起聪慧的因颉对她说的那些话，从没有人对珠月说过那么懂她知她的话。因颉是多么聪慧啊，是不是因为他那么懂珠月才病？如果他真的懂珠月，他不该病啊，他应该知道珠月是什么样的人，需要什么。他是那么懂她又是那么不懂她。他就病了。珠月想起因颉的那些傻，她真是心疼得不知该怎么对他，她只想紧紧地抱着他，不要他受一点伤害，承受一丝压力，肩荷一点重负。他的傻还在于他的不能，这是除了他的病让珠月最为心疼的一点。她想不通他怎么那么傻，是因为他遇到的女人都不是自己想要的，还是他太在乎那些女人？珠月不知道别人，她只知道自己作为这个世上最爱因颉的女人，可以说起初她对于爱情的想法就仅仅是关乎心的事情。这种想法会让因颉误解珠月到底需要的是什么，懂不懂爱情。直至让因颉怀疑自己的能力。因颉不知道珠月是多么喜欢他的身体，两个彼此都太在乎对方心灵的人，有时会把身体抛得远远的，只纯粹依靠心来呼吸。珠月那么单纯倒可以理解，因颉怎么也那么傻那么单纯，难道他不知道女人是要靠男人的暴力去征服她的身体的。珠月的懵懂直至让她的因颉都有些不自信了，可珠月没对他说，她喜欢他的纯粹干净，即使因颉说他谈过几次恋爱，她就觉得他干净，改变不了这个想法。因颉的嘴里半点杂质都没有，不是浑浑浊浊的，就像一瓶纯净的矿泉水或山间清泉，他的身上有一种男人特有的味道，这种味道珠月很喜欢闻。

珠月那么珍惜地把自己存得好好的，只希望把纯洁的自己给因颉。很久以前，一个男生来追她时，没想到那个男生想去触摸珠月的身体，珠月当时只觉得那男生是流氓。珠月从那个男生的怀里挣脱出来，心里直念："真低俗。"她潜意识里一直想把自己给因颉，不管因颉有任何想法，她都觉得应该、合理。她在路上遇见因颉，因颉问，你到我那里坐坐么？珠月就跟着他去了。她那天本是到一个同学那里去玩的。她随着因颉走到他的宿舍，他除了轻轻地吻了吻她的额头外，并没发生任何别的事情。那时，珠月对男女之事并不懂，虽然是学医的，可她从没往心里去想这些事，所以终不知道男女之事到底是怎么回事。但她又朦朦胧胧地希望因颉对她做什么。因颉终归没有做。她是一个把贞洁看得很重的人。珠月不知道自己能不能成为因颉的妻子，可是她却非常愿意把自己最干净的身体给因颉。那时，她二十一岁了。在她的潜意识里她不能接受任何人，除了因颉。如果不是珠月那段刻骨铭心的爱，她以后看到那些二十几岁的人谈刻骨铭心的爱情，肯定会以为是矫情。

因颉走后，珠月谈了一个朋友，她让他追了很久很久。他恶狠狠地说："我知道你是想把你的身体给某某人。"他不说，珠月还没意识到，他说出后，珠月觉得似乎有些道理。她自己也不是很明确，等他，他已离开泉城，那么，是等谁呢？她只知道自己不愿意。如果不是她在心里默默爱了因颉那么久，她绝对不会那么确信随时都愿意为因颉献出自己。聪慧的因颉对珠月说的那些话，比任何语言都更能打动珠月的心。因颉，注定是她的因颉，他为什么就那么懂珠月，会说那些美丽动人的语言。虽然只是一句话两句话，就把他深深地留在她单纯幼稚的心中。虽然和珠月同龄的人都在谈恋爱，连一个追珠月的政府公务员都对珠月说："你都二十岁了，该谈朋友了。"可珠月觉得自己很小，懵懂中她似乎在等待着因颉来对自己说："我们在一起吧。"可她说不出来，她那时多么希望有人做媒把自己介绍给因颉。那种单相思的日子是多么愁人啊。

珠月在舞会上和别人笑，因颉看了心里很不是滋味。只有珠月知道，她和别人笑的时候都是客套的，应付的，只有面对因颉的笑，才是发自真心的笑啊。她喜欢夸赞别人，别人不懂的，以为她是真夸赞。其实她在夸赞别人时，心里是有不同的，有些人她是真心夸赞，有些人是为了客套夸赞。这个外人也确实难以区分，只有她心里清楚。就像她面对所有人都笑一样。他当然不懂，他看见她对着这个笑那个笑，夸赞这个夸赞那个，和自己并无区别，可她心里区别大呢。

她忽然想到游黄说她虚伪，她当时万般不解、愤怒，现在想想，可能游黄说的虚伪就是指这吧。也许真有点虚伪，可她觉得这是礼节，是热情、善良的表现。有一个客人来了，即使你不喜欢他，他毕竟是客人，一样得端茶倒水笑脸相迎。一个很喜欢的人来了，表面看来，端茶倒水笑脸相迎都是一样的，其实心里的想法是不一样的。不过，如果他世故聪明，应该能看到她对他的情感。她也一样，她看到他对所有人都笑，她对他的不解和他对她的不解一样。其实他心里一直都有她。在她给他写了那封信后，为了她，他中途换了实习地点，从原来实习的咸平市医院转到泉城市医院，她都悟不出来，只有到了多年以后才悟出来。她是属于那种特别后知后觉的人。

她眼看着他一步步地离开自己，离自己越来越远，她想，哪怕就是不能和他在一起，她只想把自己为他留着的纯洁的身体给他。可是她都没有这样的机会。

她想到外面去碰他，可是她知道这只能是奇迹，她想，还是坐在家里，说不定他会来呢。她想象他来了，她对他说我喜欢你，我爱你。可是当他真的来了，她却说不出口。他永远都是动的，就像随时要走一样。她多么希望他是安静的，她就有足够的时间和机会对他说我爱你了。可是他一直和她谈着文学、诗歌，一直都是笑着，她也是一样，她在他的眼里也是动的。他想，她要是能安静一点，说不定他可以走过来揽住她的瘦小的肩膀，对她说我喜欢你。两个不断动着的瓶子，热情洋溢的瓶子，就这样把宝贵的时间全用在说那些与情感表达无关的事情上了。他走了。不知又会等到何时才能来呢？她怅然若失。知道她心意的因颉老乡再也没想过告诉因颉珠月是多么喜欢他想念他。

珠月想着因颉的那些可爱的言语和行为，坐在房间里一个人独自微笑着，心里全是他。她的脸上就像是有阳光照耀着，又忽然阳光消退了。他今天最后还是请她跳了一支舞，她一直眼睛都没离开过他，如果他晚上不请她跳一支舞，她也许会对他有很大意见，也许会痛苦地死心。她心想。

有个男人请她跳舞时几次把脸蹭在她的脸上，她不敢发作，只当作不知道。她却感到因颉对她的拒斥，她想因颉一定是误解她了，听到了什么流言。珠月晚上梦见自己披着红纱巾，做因颉的新娘，却没见他的人。

那些日子他们都不知道开口，日子就这么匆匆地流过了，她心里很着急。他们都是那么固执，都是那么自尊和高傲，又都那么单纯和幼稚。

晚上上夜班七八个告病危病人，一晚上都在不停地奔跑。珠月嘴唇是乌的，脸色蜡黄。她感到手是软的，一点儿劲也没有。她把宿舍门打开，等着因颉会不会到来。

她想，我喜欢在这里把你轻轻地忘记，你就会在那里想我，我不喜欢我在这里把你想死，否则，你绝不会在那里想我一点的。她总是这样希望着，但怎么可能制止她去想他呢？门关着，她感到自己要闭死似的，可能是因为帐子挂起来叫房子窄了很多的缘故，她还不习惯。

大学放假了，珠月还坐在宿舍等，等了好多天，因颉还没来。她想，现在他应该不会来了，校园里这时一定是萧索无比，他也该回家了，他肯定早就回家过年了，我也要回家过年了。她心里万分惆怅还生出一些恼怒。珠月呆呆地望着蓝天，心里乱得一团糟，那些缤纷的雨滴在太阳的光芒下坠落，思绪也如那种彩色一样充满着杂乱。他从未说过要来看她，她也未听见过他说要来看她，他们之间并没约会，可她却觉得是相约了他未到一样生气又忧伤了。她恨自己，怎么不知道不管不顾地去见他呢，只知道每天想着他，想着为他做什么什么事情，也不知道对他表达心意。她就像一个心有余而力不足的人一样，想了很多，可一个行动也没有。自从听到同事告诉她说他喜欢她后，说是因为学校可能搬迁、自己要考研等，因颉似乎又有些顾虑，珠月就狂热地爱上了他，整天都在思念他。她已经陷入了一种不可抑制、无法自拔的思念之中。

她想对他说很多的话，她什么都没说。她想好了要给他做很多的事，她都没做。他说她特别，她却觉得她是那么地了解他，就像了解自己。她把要给他说的话要给他做的事想了几千遍，都想得烂透了，可她却羞于说出口，也不敢付诸行动。她想象自己身着素洁的衣裙，跑着，跑着，走向他，不声不响地喊他，偎在他的怀抱。她和他从来没有约，可她却每天在等他到来。好像他说过要来似的。而且她的等待是坚韧的，甚至是平静的。她等待一年哪怕他来看一次她，她都觉得值得。她等待万分之一的机会，她都觉得这就是她该做的事情。她在日记本中写道：明天的这个时候/那将是繁花盛开的时候/你的到来会让所有的雨倾泻而下/而我淋湿了臂膀/是为了赴约/你曾经很久的一句话。

他来了，说了话，多年以后，她想起他说的话，他仿佛一直知道她在等着他。原来她的等待并不是无来由的。

她等得甚至恨起他来了，他说过要来吗？你说过想他吗？十几岁的她从来没想过这么多，她只知道等待、想念、怨恨，却不知道说出来。她出门望他，没有看见他的身影，黑暗中还在望他，也没能看到他的身影。她总共见过他几次，她和他的学校，很短的距离，她却觉得很远很远，好像自己走不到那里似的。她只知道等待。好像等待变成了她的一个秘而不宣的职责。很多次，她把别人的声音想象成是他的声音，很多次，她走在街上，希望能在茫茫人海中看到他的身影，能碰到他。很多次，她把门打开，好像他马上就可能来。她准备了毛巾，外面下着雨，她希望能趁这个机会给他擦头上和身上的雨。可她在舞会上还做出对他漠不关心的样子，她多么希望他来请她跳一支舞，可他没有。

“他为什么不来亲自对我说呢？傻瓜，你要是亲自来对我说，我就不会受这种煎熬了。”她已经被思念煎熬得心急火燎，直到有一天她鼓起勇气给他写了一封信，因颉来信说做朋友。珠月哭了几天几夜后，走出去的时候，觉得天空都是灰的。从那以后，虽然珠月已对因颉没非分之想了，可她心里一直都有因颉。那个像傻瓜一样的因颉又忽然在某一天夜里跑来对珠月说了那句叫她一辈子都无法忘记的话，也让那个比因颉更傻的珠月有了一个想法，即使因颉不要自己做妻子，自己还是愿意把纯洁的身体给他，给他生孩子。珠月一人时坐在床旁想，某一天，也许是因颉的妻子离开了这个世界时，那时，她肯定能和因颉走在一起。她又凝神想着，某一天，因颉遇到了危险，假如是车祸，她一定要尽快地用自己的身体为因颉挡住压向他的轮子，这是少女的一个想象，不知是来自电影还是来自她真切的爱情想象。她希望她能用生命来换取他的爱情，那样，她死后，因颉一定会更爱她。她又想象着，如果是在战争中，她一定要为因颉挡住射向他的子弹。虽然看着因颉最终离开了泉城，珠月心里并没觉得她这辈子不会做因颉的妻子了，虽然她后来结了婚就从没想到过离婚。

珠月一直都觉得自己在乎因颉是理所当然，可因颉不应该那么在乎自己。珠月知道自己长得不是很美，可并没让她有半点自卑，她甚至没意识到。因颉无论从哪方面来说都很完美。他高大帅气，一个男人光是帅气没有内涵，可能一个小时一天之后人就会厌烦，可是因颉是上天眷顾的宠儿，他有才气，有教养，为人处世珠月看着就觉得投合喜欢，他是一个真正心里阳光的男孩。还有因颉的纯朴纯净，未雕琢的动人心的可爱，这些都是因颉特别能打动珠月的地方。因颉在珠月的心里没有一处缺点，别人都说一个人有缺点才能让对方爱上，也许这句话真是有点世俗的道理。因颉太完美了，珠月只能在远处看着他，慢慢地，因颉在珠月的心中成为一个神。打破这神话应该是在近二十年后的现在，珠月觉得自己已经不再把因颉当作神而是一个有血有肉的人。经过那么多的心灵沟通，见证了因颉受过的那么多的苦，珠月觉得自己这一次才是真正地成熟了，她再也不会因为太在乎因颉而认为身体是羞耻，也不再会认为和因颉在一起是违背了传统的道德观。十几年前因颉说过，爱是灵与肉的结合。珠月也认为此话有理，可是面对自己爱的人，她不觉得这句话是百分百正确，她认为这句话只能用在平常夫妻。她认为自己对因颉的爱甚至超过了身体。后来她才知道生活本身的牢固和可怕，哪怕是日日吵架的夫妻也比总是不在一起的夫妻要牢固得多。人与人之间靠什么联系在一起，不是靠回忆吗？幻想也是一种回忆，可是人的灵魂有时会比肉体更寂寞，才发现那寂寞的灵魂之所以比肉体还寂寞是因为肉体、眼睛的没有直接接触。珠月终于明白，只能从身体中升起冬天的暖意。有几个冬天，珠月多么盼望因颉能来到她的身边，每晚能和她在一起抱着睡着，她相信她的灵魂就不寂寞了。

当珠月想到因颉想着爱着某某女孩时，就像刺在到处扎着她的心。她抵抗痛苦的办法就是放弃、忘却。有几次，珠月看到因颉的苦恼，想着因颉爱着别的人，她就黑着脸，赶紧把那些网页全关掉。别看她说得多么无私，她心里其实只许因颉爱她一个人。当她看到因颉对别的女孩有情意时，她就会对爱情失去信心。只有因颉是她的爱情信心，让她知道这世上有纯美的爱情。如果她不爱因颉了，她也不相信这世上有爱情了。那天她看到因颉写了很多他爱的人的名字，虽像胡言乱语，可珠月心里几天下来都在气因颉。她，珠月，到底在因颉心里值几分，如果因颉真的爱珠月，他为什么从没亲自对她说？而且因颉几次都不承认那些网页是他的。如果一个男人真的爱一个女人的话，他一定会对她说，何况因颉是那种敢说敢做的人。珠月在心里想：“你也别太自作多情了，就凭那些梦，你就说因颉也在想你。如果他想你，他会拒绝见你吗？”珠月想，因颉，也许只是个在空中的人，虽然她珍存他的情义，爱他，这世上无人能敌。可是因颉能在关键的时候走到珠月身边来，拉着她的手，劝慰她一声吗？或许她就不会想到死亡了。或许她就不会被无穷的绝望缠绕住。因颉，你离珠月太远啊，珠月为什么那么绝望，有那么多活不下去的念头，你知道吗？她把爱情押在你身上，可是却见不到你的人。这样的爱情只能让我产生更深的绝望。珠月在心里对因颉说着这些话的时候，眼睛已蒙眬起来。外面已是深夜了，只有爱情才是白天，才是阳光，没有阳光的白天，生命永远都会在黑暗中。

因颉不知道他哪怕和珠月说一句话，拉一下她的手，她都会满足、欣慰。她现在和因颉已没有任何隔阂。再遇到因颉，珠月想，她再也不会像以前那么矜持，那么傻。在一个自己所爱的人面前还讲什么传统道德，你都是一个早就没幸福、没家庭的人了，还在想着应该还是不应该。因颉已经对你说了那么多的爱，你看到他就能在一秒钟内扑到他怀里，再也不需等他来拉你到他怀里。珠月多想快点看到因颉并能扑在他的怀里，可因颉却不想见到珠月。这是什么爱情呢？珠月想到这里真想大哭一场。她想象她把因颉咬成一块一块的，放在嘴里、心里，听起来很可怕，可珠月这样想的时候，一点也不觉得残忍，只觉得她就是这样绝望地想因颉的。

因颉你是怎么想的呢？你就别折磨我了。可因颉听不到珠月的心语，即使听到，他也是不能来看珠月的。因颉把他的家看得太神圣了，面对如此深爱自己的女人，他都能那么狠心，珠月真的有时会怀疑自己的爱情。当她怀疑因颉时她就会怀疑自己了。因颉既要那么狠心，你就继续狠心吧，珠月难道要跪着求你见她么？

珠月在心里已把因颉当成自己的老公，以前填表时下意识地想写上他的名字，那还只是心灵上，现在的珠月仿佛已那么深地了解了因颉，像他的妻子一样，最少她再也不会像以前一样等着因颉来拉她入怀了。但一定要因颉说爱她。因颉如果不说爱她，她会觉得因颉不爱自己，她就会不自信起来，她想狂热地爱他也只能变成一个梦中的想象了。珠月想，因颉，下次如果有缘相见，一定要说爱我，只要你说一句爱我，我会让爱火把你点燃。女人需要男人的鼓励，说“爱”字是最大最美的鼓励。

珠月心里知道因颉是喜欢她的，这一点是无疑的。可因颉是一个非常诚实的人，他没到爱的程度绝不会说“爱”字，这也是一直都让珠月在因颉面前不敢真正表现自己的一个原因。只有一个男人对一个深爱他的女人说了那句“我爱你”，女人才会觉得自己与那个男人是无间隙的，是彼此融合为一体的。即使平时有再多的思念，见面不说“爱”字，女人又怎能知道男人的心思。如果仅仅是喜欢，这一定会把一个深爱你的女人拒之于千里之外。

如果一个女人仅仅是“喜欢”一个男人，那个男人可以用“喜欢”来对等那个女人的“喜欢”。因为彼此都没对对方有过高的期待。可一直深爱因颉的珠月，她心里是有着很强烈的期待的。她一直都梦想因颉对她说爱她，可因颉从未说过。因为因颉是那么诚实，不会说谎，这更让珠月心里难过。当第一次听到因颉说他爱他的妻子时，珠月脸上看不出有任何不满意的表情，可她的第一反应是她的身体的僵硬和与因颉之间的距离。因颉有一次对珠月说：“和你在一起是一件美好的事情。”这句话在珠月的耳里听着让她感到因颉之所以来看她是对她的一种施舍，或者说是对她多年爱他的一种回报。可因颉自己的心对珠月是怎么样的呢？

珠月想念因颉最疯狂的时候，就是想象他在自己身边，最好是躺在她身边，他们紧紧地抱着。珠月仿佛要把因颉抱进自己的骨头去，她想这样会不会就没有思念之苦了。世间什么都可以满足，唯有对于爱是不会满足的。珠月只想每天都分分秒秒地和因颉抱在一起，什么也不做。还有一种永恒，就是埋在一起，永生永世都在一起了，只是那个时候已感觉不到、享受不到幸福了。

珠月羡慕那些深爱的人能走在一起。她想每天看着因颉，看着他走出走进，早上去上班，下班就回家，一起看电视，一起写文字，又一起去睡觉。

梦中，珠月爬到因颉的身上，一口一口地咬他，他身上全是血，珠月每咬一口，因颉的那块地方就会长出一朵花。珠月把泪当雨洒在那些花朵上，然后又用微笑让因颉的身边浮出一道彩虹。因颉把珠月抱在怀里，看着珠月，珠月那一刻比仙女还美。珠月的眼睛紧紧地看着因颉，生怕他会忽然走掉。梦中的珠月想着因颉还有一个家，又想到他的老婆会不会找上门来抽她几巴掌，她虽有理却也没理，她毕竟和因颉是偷偷摸摸地相聚的。珠月看着满身花朵的因颉，眼睛闪过一丝愁云，那时候，彩虹忽然消失了，因颉身上的花朵也一朵一朵消失了。因颉说，得赶快回家。珠月求因颉能不能多抱一会儿，因颉比珠月更着急，珠月只是紧紧地抱着因颉，她把他的身体吻定在床上，让他动弹不得。因颉着急得站起来了，珠月也站起来了，当珠月站起来时，梦就醒了。

珠月渴望能和因颉在一起，当因颉刚刚要进入她的身体时，珠月的整个身体都在发抖，身上的肉一块一块地颤动不已，梦竟然奇迹般地醒了。珠月定定地躺在床上，希望这个梦能延续，希望因颉能进入她的身体。也许是以前太重视心灵忽视身体了，现在珠月把和因颉身体的交融看得比什么都重。她希望因颉把他的身体留在自己身内，这样，因颉才是一个真正的属于她的爱人。

她的愿望越强烈，因颉的压力越大。其实她只是想抱着因颉睡，一切都任其自然。只要心心相印，定能闪出爱情火花。

当爱着一个人时，哪怕是一厢情愿，也是那么美丽完美。

因颉在网络上的胡言乱语、深情厚爱让珠月的心疼一阵喜一阵忧一阵。她不知道因颉到底好不好。她每次看到他写的文字，心里就像凉水浇透一样，一阵颤动。她好想看到因颉，他瘦了吗？她想摸着他的脸，说他“真傻”。傻可以出在任何人身上，而不应该出在因颉身上。那只是因颉对珠月的一份深情啊。珠月想起她的傻因颉在梦里想给一些钱她用的事，还有说不出来的那些，她的傻因颉难道不懂珠月吗？难道因颉就只剩下钱吗？没钱珠月就不爱他吗？没钱的时候，珠月会更爱你。因为你是说了那句美丽的话的因颉啊。这一年多来，经历了那么多，让珠月似乎已经蜕变。好长时间她都不会笑，别人都说她心事重重。那一个月，珠月瘦了十几斤，比减肥还有效。后来，珠月能笑了，她在网上看到因颉的照片了，她看出他还好，虽不敢确定。

起初那些高楼大厦都可以立即倾覆的十几天，珠月感谢她看到了因颉，让她度过生命中从未出现过的危机。珠月坐地铁时，她想象着因颉如果是病了，她也该倒下不起来了。这还是一个比较轻的惩罚，她想自己快不行了，只等着一个确切的消息，来决定自己的生死、清醒还是崩溃。珠月从来没经历那样的恐怖，因为危险是来自自己的爱人，恐怖就显得尤为剧烈。想象比亲眼所见更可怕百倍。珠月那时确信了别人所说的，这世上什么都不重要，唯有健康最重要。金钱名利都如粪土，只有一颗安宁的心最重要。珠月感受不到自己有半点安宁感觉，她被一种强烈的恐惧袭击着，比这恐惧还要深的是，她感到自己已不能支持自己继续快乐活下去的理由。就像那些要倾覆的高楼大厦，珠月随时也会倾倒。她的整个世界只等着一声令下，一个确证，就会崩溃或者灰飞烟灭。那时的珠月不怕死，最怕的是自己的崩溃错乱，不能支持自己的心神。

当珠月去看因颉的时候，因颉好好的，珠月那天真是从未有过的开心，她的担心也许只是多余的。危险期过后，珠月在心里对自己说，放心吧，因颉不会有事的，一定不会有事的。心里已经做好准备这辈子都要好好照顾因颉，当珠月这样想的时候，她的心神才会稍微集中一点。她绝不能让自己的精神崩溃，因颉还等着我去照顾呢。珠月这样对自己说着的时候，她想她一定要让因颉幸福、舒适、轻松。

不过，因颉确是变了，他何尝有那么深的痛苦、哀愁、体验、感叹？是因为他遭遇了一场什么事情还是他确是病了？因颉好不好，珠月应该能梦见，不好有很多表现，珠月不知道因颉在她怀里的消失到底是什么原因。

因颉在梦中把苹果往珠月嘴里放，又担心她没吃饱。他把钱给珠月，珠月不要。珠月说，你自己都没钱，公司随时都需要钱，节约一分是一分，再说我也有钱过日子。因颉的公司扩展，经济紧张，因颉却担心珠月没钱用，珠月更不会让因颉为她出钱，她只想能帮因颉做一些事，可她事多做不过来，又怕自己做得不好。

珠月梦见和因颉抱着，她坐在因颉的身上，两个人亲吻很久，直到她看见因颉躺着，一边脸的乌黑色慢慢地变得和另一边脸一样正常颜色，他们还在紧紧地亲吻着。当珠月看见因颉的一边脸脸色正常后，这时，她看见因颉的妻子走过来了，她对因颉说，我是故意给你一点时间见她的，下不为例。珠月梦见的和因颉相聚的地方历来都有地球终极点（也即是奶奶的家五家岭那儿，因为珠月小时候一直都认为那里是地球的尽头）的意思，什么事情只要梦见在那里发生，那件事就会成为乌有或者有挫折。珠月想如果她不能和因颉在一起，那么，梦中他的老婆也应该是乌有的，因为她也在那里。奇异的是，梦中的因颉后来变成不是因颉，他的老婆也不是他的老婆，珠月是见过因颉的妻子的。这一切的否定之否定，不知道是肯定，还是预示着未知。珠月高兴的是，她在梦中把因颉脸上的黑色全通过他的唇吸尽了。这个大的成功不亚于她曾在梦中和因颉亲吻吸取他的芳香一样美好，她又多少有些骄傲她曾让他在梦中消失，这次却为他做了一件于他有利的事，虽然是梦中。

珠月想她要工作了，这两年怎么照顾孩子？两个人不能一起照顾，要把妈妈请来照顾孩子。她就想骗孩子说，学校派她到另一个分校教书。晚上她梦见和女儿亲吻，意思是自己没尽到做母亲的责任，需要反省。晚上孩子回来后，珠月异乎寻常地关心孩子疼爱孩子，竟让孩子以为她今天约会去了，这大约是对她有些愧疚或者太过兴奋的原因。女儿诡秘地说：“妈妈，你今天穿这一身衣服，是出门了吧？”珠月说今天去做了美容，并且拿出给孩子买的睡衣，她知道孩子睡衣已有几套，为了弥补昨晚梦所警示的，她又给孩子买了一套睡衣。“妈妈，我的睡衣太多了，不要给我买睡衣，好不好？”“买别的衣服，你又不穿，上次买一件星期天的衣服和一件韩版的衣服，多美啊，你一次都不穿，说不好看，几可惜哦！再也不敢给你买衣服了。”“你就让我自己去买吧。”“你买的衣服都是水货。”“可是样式好啊。你不懂的。”

珠月以为是菩萨一直跟着她。她想，菩萨既然知道一切，为什么不把未来都告诉她？几年后，珠月再不说梦了，她觉得说梦是把神的消息告诉俗人，自己就要倒霉。怪不得这几年自己这么倒霉。她对自己说，再也不要和任何人说梦了，包括自己的亲人。即使梦到什么，都放在心里。爱因斯坦曾说一颗分开的原子即使隔几个星球远，仍然能感应。一些人因此把一些天才称之为来自星星的人。珠月想，难道我的另一半是在外星球？她看着世间的一切，不断地报告给我消息？她感应到的，我都自觉能感应到？珠月觉得这个想象很有意思。好像一个人说，在他的心中从来都觉得童话就是现实生活一样，很具有诗意。

第三十三章

一层层的黑爬上了珠月的脚背、小腿，又褪去，像得了炭疽一样，珠月看着一层深黑快爬到膝盖了，黑忽然止住了，渐渐地，黑又慢慢地往下退。珠月心事重重地看着自己小腿和脚的变化，她想，想给我一个下马威吗？她后来梦见到阴间去了两次又回来了。过年时在连月家煤气中毒是她做梦都没想到的，已是一次，不知另一次是在什么时候，是什么原因？她等着自己第二次被什么东西带到阴间去游一场，可是等了很久，并没发生什么事情。

那年珠月和女儿回老家过年，因连月家里的煤气热水器安装不符合要求，妹妹过年又把每个窗户都关得紧紧的，她们到妹妹家后没有打开窗户。在连月洗澡时，妹妹一家和珠月母女全部煤气中毒，幸亏两个孩子在书房，门是关着的，妹妹、妹夫、珠月倒下时，两个孩子还未倒下，他们发现大人们都倒在房间里，赶忙给保卫科打电话，并把房门打开。他们两个在电脑上查是怎么回事，两个孩子初步断定是煤气中毒，他们就立即昏迷倒下了。保卫科的人一到他们家，见房间里东倒西歪的一个个都躺在地下，立即送他们去医院。

珠月感到自己进入了一个非常纠缠的、难熬的时间，她似乎在和自己搏斗着，要逃离剧烈的头的紧绷，头就像一次次地被金箍棒箍紧，又放松，朦胧中似乎正在地狱的边缘，好像还看见了自己和群鬼搏斗的影子。当珠月恍恍惚惚中看到正面对着的门上写着责任医生某某某，责任护士某某某，珠月心里有些不解，我这是在哪儿？怎么看见门上写着这些字，等珠月彻底醒了后，她听到了以前的同事郑医生的声音，他对旁边的人高兴地说："明珠月醒了，明珠月醒了。"珠月才知道自己住进了医院，怪不得刚才怎么看见门上写着责任医生责任护士什么的。余清过几天来了，他说："要是真有什么事，我都要得精神病。"又说："大人倒无所谓，主要是小孩。"

珠月想起小时候也有一次曾经差点死了，这也是她一直到现在都不会游泳的原因。珠月和大妹、叶曦去学游泳，叶曦掉进一个别人炸鱼的坑里去了，她还不会游泳，就喊大妹去拉她，大妹就去拉她，虽然她也不会游，她自然也掉下去了，大妹喊珠月拉她，珠月就去拉她，珠月也不会游泳，珠月自然也掉下去了。当时，珠月只感到自己一沉一浮，似乎头并没机会伸出水面，只是眼前一片黑，虽然也不是漆黑一团。也许是命中不该死，这时，家乡有两个人从山上做事回来，看到三个人头在水中沉沉浮浮，以为是有人在踩水，后来看着有些不对，就去把她们救起来了。珠月记得当时是社济哥救的她，他把珠月拉着妹妹的手使劲地甩掉，扯着珠月的辫子就把她拉上岸了。转头他又去救连月，叶曦是天木叔救起来的。等到她们都站在岸上，几个小女孩心中此时却什么也没想，还不知回家妈妈该是多么的受惊吓。特别是珠月妈，如果一下子失去两个女儿，真不知她会不会受得住。回到家，妈妈哭着说："我给你们下跪都可以，你们再也不要去学游泳了。"有趣的是，当时碧月在岸上，却不知道叫喊。当时，她应该有八九岁了，怎么那么不机灵？据现在的她说，是吓呆了。

晚上珠月梦见余清恨不得踩着西瓜皮、香蕉皮、滑板或者脚底抹上油溜掉。余清和家人一商量，家人都觉得珠月的离婚条件很低，应该趁着她没改变主意前赶快把婚离了。以往珠月怎么哭闹余清都不肯离婚，这些年珠月给余清的时间也太长了，让余清有足够的时间去处理一切事情，把自己的财产转在别的女人名下，又把另一个女人找好，在外面把窝搭好。余清说，狡兔三窟。眼看把珠月拖得差不多年纪了，只差还没到坟墓，一切都到了离婚的时候了。余清亲口说他一年要交税几十万，还整天在珠月面前哭穷。用那些把钱当命的人的钱就像割自己的肉一样难受，原来人是可以因为别人的感受影响自己的感受的。珠月本是一个从来没把钱看得有多重要的人，看到余清整天防贼一样防着她，觉得用他的钱简直是于心不忍。珠月以前只要离婚，一分钱都不要余清的，现在，她说只要她有一个工作，和孩子有套小房子住就可以。

没有余清，珠月不可能读到博士、博士后，他们一直不在一起，让珠月有点时间看些书，他对她的忽视让她更自尊自强。余清对珠月也比较支持，不是他有心支持，而是他在外的复杂让他没法对她尽到责任。在 A 校读书时，宿舍同学都说珠月不像结婚的人，他们也不像夫妻。隔得很近，相见却很少。珠月很怕去余清那儿，一去就要明摆着受伤害，她就不愿去了。她曾想过多生一个孩子，余清对这些不感冒，其实是他在外太复杂。珠月只是他的一个随时可放弃物，随时都可以牺牲的。他经常对珠月说：“你做了什么贡献?”“你都从来没想过让我到你身边来，我怎么做贡献?难道我还要去感谢那个女人给你做饭洗衣服陪你睡觉?还是那个女人有权有势或者知道你的秘密，她手一招，你就得像狗一样非去不可?离婚吧，我受不了你的气，我只想过一种平静的生活。”“离婚，我就是要整死你。”余清喉咙里咕隆了一句。珠月赶忙问：“你说什么?”余清狠狠地瞪了她一眼后，估计又跑到那个女人那里去了。

珠月看到余清的屉子里有两双鞋垫，上面绣着并蒂莲，珠月想可能是那个女人绣的。不过，珠月就当作没看见一样从来没问过。那个屉子里，还有珠月的一些发卡、袜子什么的，是不是余清早就觉得这些都是要过去的事情，他就当作回忆一样放在那个秘密的抽屉里。当以前珠月说赚钱给余清用时，余清对珠月说：“我从来没做过那种好梦。”当余清对五岁的女儿说他不相信珠月对他是真心时，孩子的意思是说妈妈对爸爸才真心，余清说孩子说的是“文不对题”。珠月后来想起这句话，觉得自己真是太幼稚太美好了。虽然余清这个人很多方面珠月看不惯，但她总想自己的老公自己不尊敬，别人怎会尊敬?这么多年来，余清其实在外早就和她的心隔山隔水了。现在余清把什么都安排好了，可以离婚了，珠月也觉得自己的心里能承受离婚了。以前虽吵，也可以离，但从没像现在这样平静安稳，因为这一切早就注定，他们之间不是感情的事，而是不可能不离。是日子没法过了，就是睁一只眼闭一只眼都没法过。再自欺欺人就是耽搁自己的光阴和可能会得到的幸福。

珠月一直都希望能给因颉生孩子，她想那样连早孕反应都不会有，因为她内心的喜悦让她根本不可能出现任何不适。她又想象自己怀了他的孩子后，每天去散步，让孩子能呼吸到新鲜空气，又想到等过了几个月后，可以用电脑了，就在上面写美丽的语言，让孩子变得更聪明漂亮。

不知明天是怎样的?生活已经成了这样子。前方有我的你在那里，可是对于我是一片茫茫，我仍走不近。生活已经成了一片荒漠，你在那里，我却只能引颈长望。你是孤身一人在走吗?多想知道你是不是一个人，如果你是一个人有多好，我就可以和你走在一起。我曾经长久地期待着这种幸福，可是幸福似乎永远在天边向我闪烁。你好吗?走不到一起的爱情到底能维持多久?即使心里满是想念，岁月也会有让泪水干枯之时。我能走到你的身边吗？即使你是那么孤单，我仍难接近，只因为你太突出，走一步也要比别人多一分困难。你从来不欠我什么，连承诺都不欠。你没必要委屈你自己，牺牲那么多。不要担心我，我会很好，很坚强。只是心疼你，我不能陪在你身边，给你快乐和幸福。

珠月在日记里写着：

我爱你，爱到海枯石烂之时，我爱你，爱到风不再漂浮之时。可我却不能说出口。我问我自己，我的孤独到底还能承受多久？谢谢你，遇见你，是我人生的奇迹和最大的欣喜幸福。为什么在那茫茫的人海中，我遇见了你，是上天赐给我一个爱的机会，也赐给我一个永远疼痛和承担的机会，只要是和我的爱人在一起，怎么样都是一种幸福。因为我命中不能有，所以我连看见都是困难。别人能轻易看见的对我却难于上青天，这也真是上天的安排，它把你送到我的面前，却要我用一生去守望。到底因为你是一个奇迹，还是我是产生奇迹的人，为什么心心相连却难以相见？这样的安排是为了把我放在痛苦的悬崖上为你承受痛苦，那我也甘愿，只是我怎么样才能为你减轻一点纠结和苦痛？不是我无望你就能轻松，只希望阳光照到我俩的身上，而我为你捧着一缕最好的光芒。

我想站在那里永久地望着你，一直望到我目盲之时，我想每天都对你说我爱你，一直说到我声音嘶哑之时，我想陪在你身边，一直到死亡来到我身上，我仍然盼望着你的怀抱。是这样的安稳，又是那么的宁静幸福。遇见你之后，生命变得那么短，那么少，为什么不是一千年，为什么不是三个生命，或者四个生命，那我能为你做多少事情，写多少情语，直到把你的每一根皱纹每一个毛孔都深深熟悉，直到我们一起把地球都走个遍，把最美的风景都看透，把每一个脚印都踩得那么深，又一起共享了有清风的夏晨和有火烧云的黄昏。生命是那么短啊，自从遇见你，青春就在等待中枯坐，又把头发染白，我还是那么不甘心，让你从我眼睛的远处走过，离我越来越远。

我希望明天的什么时候，我忽然降落在你的怀里，并且我是那么美丽和年轻，你是那么无牵无挂。时光回到二十多年前，你的生命里还没让谁刻下印记，你也不会有任何不舍和牵挂，我来到你的身边，一切都是从零开始。我爱着你，看着你，每天都会对着你笑，只要看到你，就会高兴就会笑，仿佛整个世界都在我怀里被我拥抱。我每天都把无限柔情的目光给你，眼睛的瞳仁里永远只装一个你，因为有你在我的身边，我以为我的世界里只有一个你。我不会让你离我一分一秒，一米或者三尺以外，只怕那时，你雄鹰的翅膀再强大也难以飞翔。我不想你被任何人打歪主意，我要向所有的人说我爱你。这样的爱情我从来没见过，也许只是相思太多之后的一种狂想。

当我想到你病了时，我只想每时每刻守候在你身边，让你微笑让你幸福。我不放心你每一次出门，我心疼你的每一次纠结痛苦，我真希望能让我的手和心都放在你的身上，像定海神针一样让你平静快乐舒畅。当你每一次脑子和胸口都在疼痛时，我多么希望我能扑在你的怀里为你抚摸。当你坐在电脑旁累了时，我多么希望能靠在你的怀里为你增添温暖。当你烦乱不堪时，我多么希望我能像仙女一样，为你排忧解难。因为你，我希望自己无所不能，只要你健康，快乐，满足，我愿自己变成属于你的，但一定是能陪伴你的，看到你摸到你的那个幸福的人。

让我分担你的苦难，你的痛苦有一半流到我身上时，你会感到痛苦原来是一种幸福，因为痛苦、苦难被爱的人分担时，苦难也会变成甘甜和幸福。当你欲说的苦痛还在你的口腔，我已经从你的心中抽走了你郁积的难言；当你为了自己困惑不解时，我已经为你准备了一把镜子，让你看到了表面的自己和隐藏在镜后的自己。无论是哪一个你，你都是最杰出的，称得上人间的代表。你困惑于自己的迷茫，胡言乱语，举棋不定，爱憎分明，无论是哪一个你，我都能理解都能心疼，也会有大多数人理解。你会教别人很多道理，只要你敞开自己的心胸，再往后看一下，你会发现你的前面将是海阔天空。你也正是这样想的，我从没听见你抱怨什么，即使你病了，你也会微笑着劝说世人，告诉人们快乐向上的真理。你把什么都给自己承担，因为你已习惯承担，习惯一个人去迎对一切，才发现，自己也有脆弱的时候，连你自己都不知道，那是过分坚强的结果。

每次当珠月发现因颉在网上守候着她时，她心里就会蔓延出一股无边的温柔。这个温柔如柔软的丝绸布在她心里覆盖着，就像在那块彩布上会滴出温柔的水来。可是这个温柔一旦芳芳郁郁地产生后，差不多又要把她的心塞实了。这个时候，她只想和她的因颉紧紧相抱着，把她因他溢出的温柔通过他的身体得到心灵上的疏通和确证。可因颉不在身边，那一刻，她从没感到自己是那么柔软和无望，只想扎破自己的肌肤，好像那里面有因颉。

她担心自己怀孕了，她很害怕，这意味着她将永远失去因颉和工作。

她要去找因颉商量吗？她心里无端地烦起来，感到生活的节奏乱了起来。上一次也以为是怀孕了，就在心里拼命地祈祷起来，千万别怀孕，结果没怀孕，终于松了一口气。做人流，身体又要冤枉受苦。以往几次怀孕，年轻做人流不觉得，现在身体这么差，想到又要冤枉做人流，心里好窝火，谁叫自己不注意呢？想到这辈子永远也别梦想和她的他在一起了，心里又疼起来。她是多么想把自己的生命和他紧紧联系在一起啊！这几年，她是怎么地求着他，要与他相见，可是，她越求他，他就越害怕她，越躲着她，只感到她是一种疯狂，哪能体会到她的迫切的心？他的心里也无端地为她担忧起来。

梦中，她嘴里痴痴地叫着，感到自己像飘在半空中，又像是飘在海洋里。他的爱就在她的身体里拼命地动着，她的嘴里不知在念叨着什么，又像是在念着她的爱人的名字。她想，我就这样一次为他爱个够吧。她感到她的身体就像花朵，一次一次地为他开放着。就像他在抚摸着她，进入了她的身体一样。等她累了的时候，她放声却又捂住自己的嘴忍不住哭了起来。醒后，她感到从未有过的累，想站起来也站立不住，躺在床上睡了一整天才稍恢复。她竟是很欢喜，觉得这是她的身体最圣洁的一次狂欢。她含着泪，又在心里那么猛烈地呼喊着他的名字，就像他用温柔的手和唇轻轻地触摸着她，多么温柔啊，她就像他手中的一个珍贵得不能再珍贵的瓷器。他战战兢兢地拿着捧着，汗不停地从他的额上流下来，沾湿了她的因狂喜而有些变样了的脸，有一滴咸咸的汗甚至掉到她的口中。她叫着他的名字，就像很多个夜晚她想象他就站在床边，看着她，握着她的手，和她一起并排睡着。她有点担心自己从此会因此成瘾，就像她把自己放在云锦之上，任他抚摸相融，他用他的干净的没有半点杂质的唇轻轻地柔柔地把她的身体一遍一遍地亲吻着，像是圣徒在跪拜着女神。

珠月自梦中爱自己后，竟然有一种想法，与其让污浊的人来爱自己，不如自己爱自己还干净美好些。她自那次以后才相信，为什么有一句话是："人在花下死，做鬼也风流。"不过，这花不一定是女人，也可以是男人，也可以是自己。人有时是可以爱自己的，而且是那么圣洁美丽。珠月还是不太懂，她想她之所以爱自己，是因为她认为她的身体里有一个因颉，她的每一块肌肉，每一个细胞里都藏着她爱因颉的分子，所以她爱自己，是因为她的身体里有她爱的人的印记。如果她心里不是在想着因颉，她不会那么爱自己，她知道她是在爱因颉。她的手就像因颉的手，她的迷狂就像因颉的深情。这种体验就像心里头结出的果实就在那里，一点也不担心它会跑。这对于珠月来说是一个大发现。

宁愿自己爱自己也不要不喜欢的人爱自己。自己爱自己比污浊之爱圣洁得多。而且丝毫没有羞怯罪恶之感。如果一个不是自己丈夫的人或者不是因颉来爱自己，珠月会觉得有污浊罪恶之感。只有因颉是除了丈夫之外她唯一认为可以用身体去爱的人。当她去爱的时候，只有欢乐没有罪恶污浊。这个观念不知是从什么时候形成的。珠月觉得爱因颉是美的、应该的，比任何人都应该。长久以来，她很怕自己的罪恶感，从不敢尝试让自己陷入罪恶感的危险境地。只有爱因颉，她认为是天经地义的，她对于她自己不会有半点心理负担。她以为那是比阳光还要开朗明亮的事情。

想起经常被余清猛咬得体无完肤的胸部，因颉的温柔让她和他第一次在一起也是唯一的一次真正在一起时简直觉得他的温柔太轻了，这种让她不满足的轻柔却慢慢地让她特别感激。她知道他是爱惜她，怕把她弄疼了。一个有着雄鹰一样迅捷的男子汉没想到动作落在她身上却是这么轻，那种爱惜的动作在天长日久中变成了最温馨的一种回忆，也成为他爱她的一个证明。

晚上，她梦见了因颉。他和她在她家乡的路上走着。她搂着他，又紧紧地依偎着他，脸朝上深情地望着他说，今天你不要再忙了好不好？我们要在一起三四个小时。他没吱声，看得出他是愿意的，也像有些不乐意。是说时间太长，还是他觉得根本不可能？他们就这样搂着走着，她说，我们赶快到宿舍吧。后又想，宿舍七八个人住在一起，会不会有下夜班的在宿舍里睡觉？他们看到了成片的丰收的稻田，稻谷有一片是金灿灿的，有一片是泛青的，还没黄透。她想躺到稻谷里去把彼此融合在一起，又觉得稻谷太矮了，而且几乎每一片田地里都有农人在收割，虽然还是清早。或者已经有一批扛着镰刀锄头的农人朝着那一片片泛青的稻田地走来，还有一部分往旁边山上走着，当她正想跟他说，可不可以到山上去时发现的。他俩继续几乎是抱着走着，就想到街上去租个房子，走着走着，他公司的一个女职员跑来说是有事，他就叫她把文件拿来，梦中珠月几乎是求情又那么温柔地对因颉说，你今天能不能把手机关了？不要让任何人打扰到我们，他似乎表示不行，手机仍然没关，她心里有些不开心。等到他们两个好不容易在那个小地方找到一个旅店，就径直走进去，好像很怕一询问就回答说没房间似的，没想到被那个破旅社的老板娘拦着，你们进去干什么？

早住满了。他们就去找另一家，本来小地方旅社很少，她忍不住望着头上的那片长着茂密的树林的山，心想可以到那儿去。可是仔仔细细地听了后似乎有砍柴的声响，再定睛一看，起初没看见的人渐渐现了形，东一个西一个都在那里砍着柴，茂密的树林也变得稀松了，人如果在里面做什么是很容易被发觉的。她不禁绝望了，心想，如果早点回宿舍，说不定今天宿舍白天没人睡，现在已快中午了，下班的就该回来了。在他接电话的间隙，她跑到一个角落里，忍不住放声大哭起来，随后她又赶快停了，她怕他听见了。她知道中午他又得回去上班了，今天是不能在一起了，又不知何年何月能见到他，想到这，她就伏在他的胸口眼泪一滴滴地掉下来，他的眼睛也湿了。在他们还没找到下一家旅社时，她已是醒了过来。

醒来后，她想，既然上苍这样地不让她与他在一起，到底是确实不可能的，还是他或她有罪或者是即使再伟大的爱情，如果没有一个合法的名分，仍是不被上苍赞成的？或者是他们根本不配拥有彼此，是她不配他还是他不配她，或者说，谁的罪孽使他们不能走在一起，还是因为两人的圣洁，他不会舍得离开他的家，她不忍损坏他的幸福？或者也有她竟有不舍余清，担忧他从此堕落甚至丧命？不管余清怎样，她都觉得自己是有一份责任的。余清只想她倒霉。做老婆都是这样，不做老婆更会这么想。这也许是她的心从没和余清相通的原因。有一次她对余清说，我好，有你的功劳，不好，也有你的责任。他立即梗起脖子说，你不好与我有什么关系？她想到自己的处境就像“农夫与蛇”的故事里的那个农夫，到时就要被害于自己的同情心。不过，她又想，如果因颉要娶她，她是怎么都会立即离婚的，他娶不了她，在某些方面又救了余清。她不想再纠缠于自己的胡思乱想了，就又把脸贴在枕头上睡，继续想着那个梦。

那个梦中，珠月是怎样心醉神迷地望着她的因颉，想把自己与他的身体连在一起，永远都不分离啊。眼看着他要走了，她想就在随便一个什么地方吧，哪怕全世界都看着他们，她也要和她的因颉的身体连在一起。绝望已经让珠月忘记了人的羞耻心，那个时候，她是什么都不顾了。在多少个不能在一起的梦中，珠月有过多少次这样绝望的想法，连女人的脸都不要了，只想为她的因颉真正地盛开一次，把自己爱他想他的思念流尽。想到这里，珠月的脸是那么疼痛地皱着，眼泪已经又忍不住模糊了眼睛。她用手捂住自己的胸口，只是一声声地叫着因颉的名字。

想起二十一岁时，她看见他要走了，她当时只想把自己给他。说实话，那时她一点都不懂男女之事，也不知道这“给”到底意味着要做些什么？只觉得自己的举动犹如一个圣徒把自己奉献给自己的上帝一样心甘情愿又骄傲。可他并没要她，只是轻轻地抚摸着她，连衣服都没掀开她的。又吻了她的额头。书上说，一个男人吻女人的额头表示的是信任，这确实是有道理的。她自始至终感到的是一种信任，却从他那里并没得到男女之爱。多年后，他说，你那封信神化了我，让我从此有了心理障碍。她确是把他当作神一样崇拜着的，他不仅有帅气的外表，还有过人的才华，这些都不够。是因为他曾经在别人面前说过他喜欢她，想和她在一起，碰巧这话又被同事传到她耳里。虽然同事没说他的名，她知道是他。这些都不充分足够去造神。特别是她接到他那封只说要做朋友的信后，他是在她心中一步步地神化了。因为潜意识中，他仿佛远走了却又一直在她心里，这种远看却又不能近的状态不正是神对于人们的状态吗？当他那同一个冬天忽然出现在她的宿舍，忽然抱着她吻着她，说出“我真舍不得你”这句惊天动地的话后，他就像刀刻一样锲在她的心脏上了。

第三十四章

因颉的身上有很多个自己，有一个珠月，还有很多人，他只感到很乱。他想就一个问题去寻找答案，可是他越寻找答案越艰涩，最后，他被那个理不清的答案搅得精疲力竭。他觉得越来越乱了。自己仿佛在无穷地坠落，明知下面是深渊，可是他无法阻止自己向黑暗深处滑落。因颉的翅膀在珠月的脸前仿佛在滴着血，她想张开口去接那一滴滴的血，又希望把那一滴滴的血重新塞进因颉的血管里面。

她不会让她的雄鹰坠落，特别是不能在一个“情”字面前坠落。珠月知道因颉的坚强坚韧，可是因颉，珠月真是高估了他，他终究是一只血肉之鹰。就像珠月无数次活不下去的感觉，实际上她是那么害怕死亡。

最让珠月心碎的是因颉的傻，如果一个人让自己病了，在珠月看来就是最大的傻了。因颉不该病，珠月不敢深想，如果因颉真是病了，珠月肯定会跑到他身边，拼命地去捶他，打他。然后，她就痛哭，为什么属于自己的要病，那简直是对她的最大的背叛啊。然后，她就躲在一旁哭，她已哭了很久很久了，终于把自己全哭透了，以为自己从此就是汪洋苦水。珠月不知道这种苦对于因颉来说意味着什么，对于她自己，她认为因颉的苦，是上天拿来换取自己一生的感受和承担的，她的责任就是要负担这些苦，并把这些含泪的珍珠记录下来。

因颉每天每天地疼着她，只要珠月一想到他，就像他持着刀在她的心脏上划着疼痛，划着幸福。有一种幸福是需要不断地疼不断地划伤口，直到把自己的血流尽。她有时真想倒在他身边死去，为了她的极致的幸福，为了她想爱他一直到死的那种不顾一切，那种让她想流泪的心甘情愿。想象着再一次赤裸着身体和他拥抱在一起，紧紧地抱着，永远都不分离，一直到死都保持这种状态。

因为爱过，她的心变得那样温柔又那样坚硬如铁；因为遇见了他，她才是那么心甘情愿地孤独、承受，不管前面是风雨还是雷电；因为有了那个他，她曾经说过，她就仿佛听见上天把甘霖洒在她张开的口里。在无数个无望的日子里，她望着眼睛里的他，是那么深情，那么喜爱。在那么多拥挤的人群里，她竟然遇到他，让她那么痴迷，让他那么心疼疯狂。她从未想到要让他来到这世上受苦，她只是欣喜为什么让她遇见他，从此就要让他来经受那无边的黑暗？他从不说他的苦痛和泪水，也不说他流的汗和那些艰难，她多么想依着他靠着他，让他能感到她的温柔和力量。

也许是因为珠月认识了因颉，她注定了是孤独的。余清的背叛把珠月的孤独演化成事实。因颉是珠月孤独的种子，珠月的孤独在因颉那里变成了绝望。珠月现在渴望被救，她迫切需要找到什么来支持她活下去。

当我已累得倒下了，我还能微笑吗？当生活已经丧失了所有的希望，我还能充满着生的乐趣吗？我想倒下来，睡一觉，睡到太阳升起来的时候。那时候，我回到了无忧无虑的童年，满满的胸怀里全是梦想，爸爸还在，一家人团团圆圆，其乐融融。我想睡一觉，睡到那个时候，我站在窗前看你走来，就像时光回到很久以前，那时候的阳光洒下来是甜的。估计你也是倍感疲累，想到往日禁不住感慨万千，不能自制，但你不能表现出来。那个时候，你是快乐的，轻松的，写的语言都是云淡风轻。从什么时候，你变得沉重了，像我一样的沉重，连语言也盖了一层厚霜或冰雪，或是心沉入极境绝地的呻吟。

她有一颗珍珠，是你，由血液凝成。有时，珍珠朝着她的脸撒过来，让她措手不及。有时候，珍珠住在她的心里，在每一个寒潮时刻温润着她的身体。她知道，她最爱这颗珍珠，当她想伸手到她的心脏里去摸它时，珍珠就会隐遁在不知什么地方，当她抽出她的手时，她又明显感到想哭，因为珍珠就站在她的心尖，流入她的血液的不知什么地方。因为他在，一直都在，所以她不知道她的珍珠想说什么，她问他，他不回答，他只是在那里，顽固地在那里，在她的身体的每一个地方，直到死，他也不要离开她，可她看不到他，这就是骨中血的他？

珠月想起在海南游玩时做的那个梦，那个让她心碎的梦，让她想起来就会大哭一场的梦，甜蜜得发苦，恐惧中是黑糖一样的幸福。梦中她被一片忽然而来的大水逼迫爬到一棵树上，她想逃避，她怕淹死了，她抱着那棵树。早晨醒来时，她心底有一丝甜蜜，有一个巨大的幸福，有无穷的担忧，但最终还是被一种朦朦胧胧的被需要激荡着幸福。珠月知道，在这个世上，谁能给她这样的幸福，这样汪洋大海的幸福？这不算，让珠月想起来就心碎的是，幸福就像是从天上掉下来的，很早就写上了她的名字。这个幸福朝着珠月劈头盖脸地打来，让她无法逃脱，她因为命中注定的这个幸福，这个带着灾难的幸福，才使这个梦每次都让她心痛和流泪。她是为了那个首先想起她的人，那个在第一时间在灾难时倒向她的人，她最爱的人，在最需要爱的时刻想起她。珠月想起他的这个需要，她的心就像天使一样白白的，一点尘灰都没有。

珠月在心里对她的爱人说："你干吗在这个时候想起我，在这个时候想起我，让我想哭。我在梦里无法逃脱被水淹的恐惧，那是你在追逐我的脚步和身影，只想把我全部地拥抱。我因为你整个的拥抱和付出，还有你在危难时刻记着我，我甜蜜地发抖了很长时间，直到我一遍一遍地温习着那种幸福的逃避和恐惧。江海会翻腾，我和你，这么渺小，这么卑微，又想紧紧地拥抱，又想奋激浪花。我的甜蜜，就是那满海的苦水，就是你的滔滔洪流，逼迫我紧紧地逃亡。醒后，我坐在一个地方很久很久地想着这个梦，走路的时候也想着，只觉得这个梦与你有关，因为这么巨大的梦一定是来自你的，我以为我生命中的大事情都与你有关。一路走着一路自私地甜蜜着，已经压抑了心头的隐隐不安。我知道，有什么大事情要发生，是什么样的大事情让我的爱人如此地需要我，就像一条大路最终必通向它的终点。也许不是什么好事情，可是我想拥有你的自私已顾不得让我想太多，我就是一早晨地被清风吹拂着，就像沐浴在上帝的光辉里。心里莫名其妙地甜蜜着，嘴里忍不住流露出笑意。每天心里都是你，那个时间里，你就像在我的脸前。"

这个梦又让珠月是那么的心酸，他对她的需要把她的心一次次击中，让她每次都想流泪，都想紧紧抱着他，怕他受一点苦痛。他是那么傻，他把自己分开，只是为了更好地抱住珠月。他让河水漫流，只是为了围住珠月。可梦中的珠月只是害怕这突如其来的洪流，那是她的爱人用整个生命能量的拥抱。山中的狮子在狂啸着，它踏的脚印，路人不知道指向什么，是什么意思？珠月又很想紧紧抱住梦中的河水，让它们从她的臂弯流过，流过她的胸脯。即使她想流泪，也是微笑着的泪水，因为她的爱人，就以这样的一个方式走近她，来爱她。他的身体已成为涓涓细流，他的身上的每一个细胞已化为每一粒浪花，他倾尽所有，把他所有的骨头都倾泻在水里，倾泻在珠月的面前。

面对着爱人心中流出的洪水，那些洪水又像一棵棵的树插在珠月的心里，又慢慢地变成一种苦和痛，一种苦到极致的甜蜜和破碎。真应了他说的那句话，真舍不得你。珠月舍不得他，怎么都舍不得，即使他不搭理她，她也不舍得不想他。

当珠月已在心里无数次发誓要忘记他，不知为何又想着他，而且想着他的时候，心里就像针刺一样地疼，就像千年的冰在割她的心，又像心忽然断了或掉了，有时像冰山上的雪莲端进心窝里，有时像房檐上的冰凌掉进一个清澈的冰窖里，被冰水激得好凉。又像坠到悬崖深处，又想把他紧紧抱在怀里。鼻子眼睛都想流水，又是那么酸，就像一条失水的鱼。

这种凉是一种奇怪的感觉，是痛到极致才有的。就像是一个人处于昏迷状态，或者是痛苦中带着疼爱的又酸又痛的感觉。不是冰水的凉，不是寒冷的凉，是一种疼痛想念和爱的极致，全身战栗通透，想死在爱人怀里又想靠着他永不离开一步。

这种剧痛又凉的感觉来自珠月自己的独特体验，就像她的冰冷的血液结了冰化了，从头浇到脚。就像刀子一样让她一边流血一边却是那么幸福的甜蜜。就像夏天里的雪，伤口上的盐。虽然凉、痛，却是有益的。

我不想你失去太多，不想你承受分离，就只能我们分离。不想你痛，就只有我承受孤独绝望。你要是再不来，就该让我去看你。哪有这样爱人的？我为什么要受这样爱的苦，见不到面的爱情是爱情吗？

接下去这个梦会怎样，也许他的水会退掉，他的灾难只是一时性的；也许他的水会止步不前，他犹豫了。可是梦里那场灾难的水，直会让珠月痛彻心扉。

禾月对珠月说：“我梦见因颉来找你了，梦中的你似乎很幸福，因颉看见你就用手搂着你。”珠月看着小妹有些暗含得意地说：“我比这还要幸福。”不过，珠月说这话时，脸上的表情没表现出一点幸福的样子，她甚至是非常严肃地说这句话的。珠月的心里划过一道阴影，她幸不幸福还不是这道阴影的来源，她心里有很多担忧和疑惑，可她不能和小妹讲，她只能一个人反复担忧。

珠月梦见了因颉，她一遍遍地吻他，把他全身上下吻了很多遍，就像要把他吃了似的，因颉也把珠月吻了很多遍，然后两个人就紧紧地抱着，直到要把彼此挤入自己的身体。可是，因颉不让珠月吻他的嘴，当珠月的嘴凑近因颉的唇时，珠月感到有一丝苦味袭来，因颉把头偏向一边，不让珠月吸他的苦味。珠月想到那个因颉把芳香传给她的梦，她不禁痛哭起来。她捧着因颉的头，拼命地吸他嘴里的苦味，可因颉就是不肯，死命地推她。她说："我知道，我就是要把你的苦都吸出来，你曾经给了我的胸口一缕芳香，我现在就把芳香传给你，你就不会苦了。"因颉并不愿听珠月的话，他只是紧紧地抱着珠月，眼泪一颗颗地掉到珠月的头发和脸上。珠月拼命地往因颉怀里钻，好像怕他会消失似的。她紧紧地箍住因颉的腰，不让他走。两个人又抱着睡了一天。等珠月醒来时，果然她的梦做了一个白天又一个夜晚。她怔怔地看着窗外，还有门，不知道自己睡在哪里，她起床后该从哪里走出去，是从门那里走还是从窗户那里走？

梦中珠月吻到了因颉嘴里的牙齿碎末，那不是她的因颉的意愿和过错。珠月醒后更加想因颉疼因颉了。因颉就像一个大孩子，是珠月心里永远的甜蜜幸福和疼痛爱怜。不管他要故意给珠月吻到饭还是他无意的牙齿碎末，他就像珠月嘴里的舌头，是不舒服还是喜欢，他和珠月的感觉总是在一起的。甜，大家一起甜，苦，大家一起苦，你让我不舒服，你必得首先难过讨厌；你让我如蜜甜，你自己得首先把自己甜了个透。

我理解一切焦虑和困惑。看你会说出什么来。千万不能伤害我。

昨天在网上看到你那么好，我很放心了。只要你好，我就好。人生不要有伤痛离别。我已是不想承受，也承受不起。也像我的牵挂可以放下了，我的酸痛可以放下了。我希望我看到的是你的内心，我不想你的内心是不安宁的，纠结的。你就把你的纠结的绳索给我，让我来为你理。我没有解决不了的难。何况是为你。只要你好，我愿意看到你的笑容你的舒坦，我愿意亲吻你，每天都为你抚平烦扰。我不想再说我想你，我不敢肯定我能不向你说，我只是这样想自己，最好是不要。你想不想我不要紧，你喜不喜欢我没关系，这些是很重要，却也是不重要的，只要你好。我只想你的笑容是真实，你的心里是舒适的。我无福为你做任何事情，只是把那么多美好的想象都给予了你，并且依着你我度过了二十多年的岁月。我喜欢这样的感觉，纯净，烟尘不入，只为你。我也是算真正爱过一回了，如果不是遇见你，我不知道我会这样喜欢一个人爱一个人，为他心疼，为他担忧，为他祈祷。我也不会舍得让你做出那样的决定，让你痛。我曾想只要走到你的身边我就满足了，有的人你就是想走到他身边都是难的。我想我走到谁身边也没有到你那儿难。因为你不是我的，我享受不起。为我爱你的罪，让你傻得那么心痛，我的罪就该我来承担，可我想担当我的甜蜜的罪的命都没有。即使你的翅膀受伤了，我看你也不需要我来帮你敷药，我只想用我的心上的灵药来敷你的伤，却发现你是那么好，我就更走不近你了。只为了我心里的疼和怜，都没有。

我的身体孤独还是我的灵魂孤独？我本是一个崇灵的人，这么多年都是这样，不知在什么时候，我需要你的人。可能是在我对他已经彻底绝望时就开始的。因为我认为是和你在一起，因为我是一直爱你的，我和你怎么样都是天经地义的，上天都会允许的。因为我爱了你这么久，上天也知道，所以我自己也认为是应该的，不羞耻的。也许正是这种想法使我打破了我曾经的保守的道德观念。爱情的天平总是不平衡的。

珠月躺在床上什么都不想做，唯有想因颉，这是一件事。她真想坠到深渊里去，或者懒散的什么也不做。近来越来越觉得人生的沉重和无趣，却又感到生命是分外的可贵。可是却不想动。她的剧烈的想念让她觉得什么都是虚的，只有能和因颉相偎相依才是真实的她所需要的。她已把心摘下给他，似乎已照不亮自己，只感到前程一片昏暗。

珠月看了四十集新版电视连续剧《红楼梦》，唯有一处让她感动，当黛玉得知宝玉定亲只是议而未定时，黛玉本是准备自暴自弃，自己糟蹋自己身体死了完事，却一下子又活了过来。这是真实的。精神可以摧毁人，可以让人复生。人的生命有时脆弱得就像一口气，一口气没了人就没了。以前听一个五十多岁、平常很健康的人在得了肝炎后对她说："我差点死了。"珠月当时认为她是大惊小怪，小题大做，或者是说出来骗人的，到了她这个年龄才明白，生和死只不过隔着一条线而已。人要死很容易，只要你没了生的欲望，死是很快的。躺在床上几天就可以死。如果不想死，怎么都死不了的。

人不能把心放在谁身上，想去靠着谁，这样，人是很容易死的。林黛玉把自己的整个心都给了宝玉，没有了宝玉，她活着就没意思了，她就要死。女人不能做林黛玉，只能做自己，靠自己，这样，自己要死了才能死，却不会因为谁而死。

不知怎么骗来的追来的，当然金贵。倒贴着别人、死皮赖脸地要靠着别人的人，只能被人看不起。

珠月越来越感到人生是一场梦，《红楼梦》电视连续剧让她多天仿佛在梦幻中，不知今夕何夕了。满目悲凉，遍布华林。

她只感到未来是一片黑，每天除了看电视剧，什么也不想做。她仿佛已看到了自己最后的日子，到时候，会不会像林黛玉一样说死就死了。她只希望有点高兴的事情让她振作起来。

她仿佛看到了自己的眼泪，铺成河。她不想这样，她怎么都不能辜负此生。要不，到这世上白来了一场。

她就像没人能挽救的，直往下坠落，坠落到虚无、空蒙之中。她就像在人类的寂寞的河流里飘着，眼睛里已经没有了眼泪。若此刻，她能睡在他的怀里，她的荒草也不会如此疯长。她的孤寂需要他用他的手、他的身来温暖她，让她有些人类的味道，否则，她以为她离世太远，离他太远。她是一望无际地去漂流还是让自己坠入荒芜的山谷？她感到她心上的荒草会慢慢淹没她的头颅。他来了，他的血会把周围浇灌，生出炊烟。因为有他，她的心就有栖息的地方。她只想把心放在他的胸口里，那才是她该得的栖身之所。并且，她相信那个样子的他将会永恒。是她站在他的胸口，是他站在那儿，他还没走。

也许她已经是筋疲力尽，也许她已经是病入膏肓，也许她已经想有那么一点坠落，其实都没有，也不会有，她只有希望和美好，那就是爱他的心，即使遇到污泥浊雨，也是那么的灿烂明亮美丽。她每天都想对他说爱他。让他做出那么大的决定，她不会舍得。她想都不该想。

语言对于她是那么苍白无力，因为他们不缺心灵的沟通。她需要的是看到他的人，让她能感觉到她不是在做梦。一尘不染全心全意的洁白爱梦。白得把她的眼睛都晃花了。她就站在那冰清玉洁的剑锋上，固执地。

前天梦见她对小妹说，待我死后，把我化成灰，一定要洒在海上江上或湖里。千万不要让别人糟蹋我的骨头和骨灰。

仿佛要死去似的，她知道她死不了。

难道你就信了么？我不过是用这样的语言来对抗那无边的空虚、绝望、孤独，死都不怕了，还怕什么？什么都敢承担，还畏惧什么？难道就把我的爱吓到了么？

第三十五章

珠月有一个小舅舅，听妈妈说是一岁多发烧变傻的。小舅舅发那次高烧前很聪明，他会指着楼方上正在烤着的腊肉说：“腊肉，腊肉。”一岁多那年，小舅舅连续几天高烧四十多度，就烧傻了。从珠月记事起，小舅舅就是傻的。她上小学时，经常看到小舅舅在街上走着，为他家里买点什么东西，一袋盐，一斤糖什么的。有一个家是矿务局的同学作出一个珠月小舅舅的笑话说给珠月听：“听说你外婆叫他去买酱油和白糖，他一路都在说，酱油，白糖，没想到不小心摔了一跤，忘记买什么了，只得又回去问你外婆。”珠月知道那同学是作的，就对那同学说：“我也听说过，不过，这故事是说的落山的八姑。”落山的八姑是生下来就傻的，有一次，她摔在地下了，就用手中的棍子拼命地敲打地面，嘴里愤愤不平地骂着。珠月放学正好从那条小路走过，眼看着八姑一边嘴里嘟哝着，唾沫从嘴角流出来，一边奋力地用棍子敲打地面。珠月担心八姑的棍子会落到自己身上，她远远地看着，直看到八姑的气消了些，赶快从八姑的旁边侧身而过，心里头还在怦怦直跳。珠月走得远了，还在想着八姑的言行举止，觉得很好玩很好笑。那天阳光特别好，是那种春三月的阳光，不寒也不强烈。在放学的路上，八姑手里提着一袋子刚从合作社买的盐，见盐有些洒，八姑很心疼，那些盐洒在小路干净的地面上，用手重新捧起来仍然可以用，一点也不脏。八姑把盐用手撮在一起，重新放进袋子里。地面仍然是那么干净。珠月想着那块干净的地面，就像是那片干净明镜的天空似的，心里头也格外地亮堂起来。整个中午，珠月的心都像那块地面，多少年后，珠月只要想到那块地，心里头就会升起童年的天空和太阳。金元爷爷家阁楼上的男裁缝，那是珠月小时唯一见过的乡村男裁缝，瘸脚的男裁缝与八姑摔倒的那块地成为珠月童年的一个美好而又典型的回忆。是因为男裁缝表示的是一个久远的回忆？是因为八姑的憨傻表示的是一个不会再来的淳朴时代？

珠月的小舅舅如果不傻，绝对是个称得上帅的青年。珠月从没见他留过胡子，他脸上从来都是白白净净的，头发也从来没乱过，走在路上，不认识他的人决想不到他是个傻子。别人所谓的他的傻不知道是不是指的他不会读书？他每天给家里挑水，家里的水缸从来都是满的，珠月看得最多的就是他挑水了。他也帮着外公挖地，挑一担担的南瓜冬瓜回家。此外，珠月想不起他还做什么事。平常在上下学路上碰见，他会和珠月打招呼，他的心里还是知道珠月是他的外甥女的，有时候珠月叫他“太儿舅”，他也会微笑着表示回应。那时候，他一定是到街上买一点小东西，临时急用的东西，大东西一般不会让他买，怕他把钱弄丢。或者他自己没事就到街上逛逛，他似乎很喜欢逛街。珠月经常看见他在街上闲逛，他家离街上很近。

在珠月上班时，她听说太儿舅得了胃出血，她赶快从医院里带了药水回家乡给舅舅打针，后来舅舅住到医院，没过几天就死了。珠月认为舅舅是不该死的，他只要转院，就不会死，可是外婆家的人都不愿转院，珠月当时没钱，她说愿意去借一千元给舅舅治，一旁的亲戚说：“一千元拿来给太治病，不值得。”意在太是傻子。舅舅死了，珠月想起舅舅失血的苍白的脸庞，觉得舅舅就像一张白纸一样，是那么干净纯洁。他的无知痴傻是那么可爱可贵，他的心灵就像未被污染的家乡的天空，就像八姑敲打的那块地面。

珠月到外婆家，太儿舅赶快到伙房给外婆报告说：“珠月来了。”脸上掩藏不住喜悦。这时，他的脚步特别轻快，甚至有些跳起来了，在房间里来来回回兴奋地走着。住院的时候，珠月看到舅舅的手臂苍白的，瘦瘦的，就像一个小女孩的手，舅舅躺在床上仍在微笑着。他平时给人的印象一直都是微笑着的。珠月想，也许舅舅生来就是一个微笑的天使。舅舅还不知道死亡正在逼近他，他不懂癌症意味着什么，也没人会对他说癌症就是人要死了。珠月看着舅舅恬静的笑容，觉得他的笑容有些像纤弱的绿豆芽菜。舅舅是那么安静甚至是快乐地走了，他始终都是微笑着，好像他活在这世上要展示给人的就是微笑。他没有半点埋怨，对于他的呆傻，他像一张白纸一样单纯洁净的一生，他被人歧视，他的病，他的死，他都是那么安然地接受。当珠月看着死亡一步步侵蚀着舅舅的生命时，她看到了舅舅在不能体会疾病和死亡的情况下安然微笑地迎接了死亡，他的整个人生都是无怨的、洁白的、喜悦的。太儿舅就像一张纯白的纸随风飘逝了，特别是他临死前露出的单纯的不知道死亡将近的纯白的笑容，那种笑容就像一个一无所知的婴孩。

二十岁的珠月感到了一种战栗，她给舅舅写了一首诗，其中有这样几句：所有的智人唯有你冰清玉洁/你不识一字却含露一切/要不，当我知道你已经收回生命/我怎么会害怕地发抖/你笑着的模样/忧伤而又略带圣洁/叫人想起天使/而不是白痴。

太儿舅住院了，他显得有些高兴和羞涩，他平时从没住过院，忽然有人来服侍他了，他觉得自己就像孩子病了一样幸福。大舅二舅大姨小姨妈妈都轮番去服侍他，他显得有些虚弱却很满足的样子。他不知道自己要死了，他的亲人们就这样轻易地放弃了转院治疗，他只是微笑着，微笑着死去了。珠月想起了自己的爸爸，爸爸本来只要转院，是有希望治好的，在叔叔、妈妈一系列人的做主下，让爸爸回了家，爸爸简直就是送死的。珠月想到这些，觉得自己在关键的时刻做不了主，没有做主，心里的懊悔简直就像虫子和绞刑架一样折磨着她。她只有一个爸爸，可善良的爸爸就这样走了。善良的舅舅没结婚没有后代，他干干净净地来到这世上又干干净净地走了。他来到这世上到底是为什么的？仅仅是为了让珠月给他写一首诗？或者是来为他的父母挑几担水？珠月一直都认为每个人来到这世上都有他的使命，至少在她看来，与她有联系的人来到这世上一定是有使命的。他们的善和痛，在珠月的心中集成她的心灵她的承担她的向往她的想象。爸爸临昏迷前流出的泪一直都让珠月的心剧烈地绞痛着，可怜的爸爸，总是说珠月累，不想让儿女负担太多，自己在家连油都没得吃，也不告诉女儿，只要儿女好。珠月不知道爸爸去世前是否是清楚的。如果是清楚的，这真是人世间的大残忍，珠月就让她的爸爸在清醒状态下等待死亡？珠月想到这些，痛恨自己被人左右，在这么关键时刻竟做不了主，而这，是爸爸的生命啊。

妈妈看到爸爸躺在棺材里，埋在一个好地方，看她那神情，恨不得快点到地下与爸爸一起享福。妈妈对人生的理解就是这样的吗？生命是这样的不值钱，又是这样地可以轻易放弃？生命就是来了又必定要走的过程，妈妈就是把生命想得这样豁达。她像家乡很多人一样，从不回忆，也从不伤怀、感慨，感慨是诗人墨客的事情。生命就是这样，从容地来，又平静地去，而且是欢喜地去。珠月爸妈一直往前看，总是看到来日，看到子女的成长，成家，生儿育女，这就是他们的任务和幸福。珠月外婆看到一只猪瘸了腿，想到自己一死正好就用这只猪答应客，还有比这更豁达的生死观吗？死对于外婆来说，是必然的，猪死是偶然的，死既是必然，何必等到明天，今天正好有猪肉等着请客。平常大人们会养猪，或者过年，或者结婚，或者想到家中有谁要死了。只不过，那是一个可以预见的时间的死亡，而外婆不过是把她的死亡变成人们没能预见的时间内的一件必然的事罢了。珠月经常听外婆说："我六十多了，可以死了，往日的人活到六十多差不多了。""我七十多了，该死了，活那么长干什么？"外婆觉得自己来这世上一遭，已经够了，生育了十二个儿女，死了四个，傻了一个，还剩七个，女儿儿子都已成家立业，重孙几十个，自己在这世上的事都完成了，可以死了。继续活，不是女儿女婿闹离婚，就是媳妇整天不做事打麻将输钱，还不如眼一闭，一了百了。

珠月这时有些懂外婆在外公去世那天的神情了，外婆像是哭，又不像是哭，她的样子是看不出有半点伤心的，只是在那里哼哼唧唧的。珠月当时觉得不可思议，为什么外婆不伤心？经历了那么多事情后，外婆不伤心已经很好理解了，外婆已在等着和外公泥土里相见呢，还谈什么伤心？外公死了，这在外婆看来很正常很自然，她自己也要走那条路，没有什么值得伤心的。珠月当时是这样想的，外公外婆感情不好，没有真正的爱情，甚至有过隙，因为妈妈曾经给珠月讲过外公年轻时和一个寡妇的风流韵事。那时外公是一日十八里路地要去和那个寡妇相见，外婆肯定因此和外公有感情裂缝。现在珠月想起当时的想法，不免觉得自己太肤浅了。外婆把死就看作一个很简单必然的过程，她没有想那么多，人老了，就要到地底下去，谁都逃不脱的。就像基督教里说的："你来自泥土，必归于泥土。"外婆不懂基督教，却懂得从容地把自己死去，大多数人对于死亡是被迫的，而外婆，这个伟大的哲人，是自己选择的自己的死，这让外婆的死在珠月的心中变得不凡起来，一个农村老太婆，不是因为一件大不得的事，只是为了一只猪的腿瘸了，就去死，就像一个预先准备好死亡的人，不需要任何复杂和坚持不下去的理由，就选择从容地赴死一样。死，是一个过程，也成为一个目的，死了就是为了死去，不需理由。死变得纯粹干净，理所应当，就像活着一样简单。死就是为了死，这就是珠月从外婆身上看到的关于死的哲理。外婆完成了生儿育女的任务，她这辈子要做的事就是这些，珠月要做的就是把外婆、所有与她有联系的一切用文字写下来，记录下他们的生和死，爱和痛，还有大自然赋予人类的灵性和感动。

自爸爸去世后，珠月一向柔软和容易快乐的心变得硬起来，只要一想到爸爸的死，她就不再像往日一样对日子媚好。珠月想到爸爸的眼泪，那分明是希望自己的女儿能救他的泪，爸爸不想死，可是家里的亲戚一听医生说没治，就急着把爸爸拖回家。珠月想起一个女孩，几个医院都给她爸爸判了死刑，她硬是把她爸爸从死亡线上救了回来，难道自己的爸爸就不是爸爸？说到底，是因为珠月家穷，如果有钱，爸爸会提前转院，妈妈也不会担心到时爸爸死在外面还要花钱雇车拉回家，也不担心被拖到太平间没钱把爸爸赎回来。做女儿的没让爸爸得到该有的治疗，珠月想起这件事，觉得自己就像是罪人。特别是爸爸临昏迷前的那行泪。爸爸老了，爸爸一辈子穷，他变得弱了，他希望女儿能救他的命，他不想死，可女儿没赚到钱，就是以后赚再多的钱，爸爸也终是走了，爸爸也终是白流了那希望活着的泪。

珠月想对余清好一些的时候，只要想起爸爸的死，珠月就不想了。余清没想到珠月爸要死，以为是珠月故意夸大病情，一万元都不想给。前一次爸爸病了，余清出了四万，救了爸爸的命，这一次，余清不想出了，虽然只有他出得起。他做生意也不容易，虽然几万元对于他根本算不了什么。爸妈已经很感谢余清了。可珠月痛恨自己没钱。自己有钱，就能做主，自己的父母怎么都要好过些，爸爸就不会死。

女儿不能救父，别的女儿可以卖身救父，而我呢，却在和他争吵。他自然不愿拿钱出来。珠月没想到父亲会死，后悔都来不及。她以为父亲会一直活着，她一直到现在都不相信爸爸已经躺在地下了。每想到这点，她的心里就像灰一样阴暗，又感到疼痛难安。

想着埋在土里的爸爸，珠月不敢相信他已经埋在土里了。她总以为爸爸还在家里等着她回去看他。那时爸爸多高兴啊。

当亲人们都一个个地死去，老爷爷，奶奶，两个外公，两个外婆，三个舅舅，一个姑姑，都走了，珠月还没有非常深刻的体会。等爸爸走后，珠月似乎才第一次真正体会了什么是死亡。死亡就发生在自己身边，爸爸洪亮的声音还在耳边。那是昨天的什么时候，爸爸热情地招呼那些到自己家的人坐，喝茶，喝酒，吃饭。一家人团圆的时候，是爸爸最开心的时候。爸爸就会在饭后总结，哪怕是阴雨天，爸爸的谈话也会让房间充满着阳光和喜气。爸爸的热情让珠月回忆起来就像是生活的灵魂的高亢舞蹈，就像一堆干柴扔到火炉里升腾起的向往和快乐。

老爷爷去世时，珠月刚过七岁生日，她都回忆不起自己是否哭过，哦，回忆起了，那是妈妈坐在门槛上向别人诉说，老爷爷去世了，珠月谁带时，珠月看到妈妈的眼泪，珠月的泪也掉了下来。珠月看到爸爸哭得很厉害，想起爸爸平时对老爷爷的大声、不敬，心想，爸爸怎么平时不对老爷爷好一些？爸爸几代单传，被老爷爷掌上明珠似的娇惯坏了。爸爸唯一的儿子又被爸爸娇惯坏了，真是一代不如一代。爸爸十六岁拖板车去卖树，珠月的弟弟成强连山上都没去过，也不知自己家的山界，更别说捡一捆柴回家。爸爸身体壮实，声音大，成强的腿肚子像绿豆芽，很白，晒不黑，但挑不起担，声音大多数时候像个女孩子，只在骂他爸爸时，特别有力。奶奶去世时，珠月刚满二十岁，她开始请一个星期的假，每天给奶奶打针，见奶奶还好的样子，就回医院上班，还没上班两天，妈妈就搭信说奶奶不行了。珠月带着七岁的弟弟，路上还要抱一阵，赶到离柳树湾十几里的五家岭，奶奶那时已经去世了。珠月起先并没泪，只是在看着奶奶的床和床底下的木柴时，才感到奶奶的一生就是这样没享一天福地过完了，不禁一阵悲从中来。人生就是这样的荒凉吗？就像那暗暗的房间床底下黑黑的木柴一样，奶奶的生活场地就是屋旁边的一个石臼？一堆木柴？住和做饭在一起，还要被儿媳妇不让她到米锅拿米。她给孙女孙子喂饱饭后，就给猪煮猪食，猪放出来后，就在她周围拱，又在她周围排便，臭气逼人。奶奶把猪又牵到猪圈里，用牵猪的手往孙女口里喂玉米。珠月对奶奶的回忆在那一刻全是苍凉的场面在眼前翻滚。

妈妈的生父去世时，珠月二十二岁，她一路都没泪，但觉得自己不哭又不像，珠月很喜欢外公，外公经常把一担担的冬瓜南瓜辣椒茄子挑到珠月家。

珠月的外公被人称为“八百里”，意思是他年轻时一日能走八百里。外公很能干，在青山乡称为“东十里”的地方做了一个大院子，有四栋房，有很大的天井，依山而立。好气派。公社书记宁愿选择在他家住，因为他家有很多空房。可惜后来给公社做粮店，1985 年他们搬到阴山去了。珠月最喜欢看外公家的葡萄架，自走上阶梯就开始，青青绿绿的，一直延伸到外公的家门口，葡萄架上吊着一串串的清幽小葡萄。还喜欢看外公家的菜园，南瓜一个一个，青的黄的老的嫩的大的小的，就是多，珠月喜欢那种多。珠月家的菜园从来没这么多的菜。辣椒一溜溜，又多又大，还有一片片的扁豆花，紫色的，就像一个小花海，那些成串的扁豆都老了，吃不赢。妈妈说外公家的菜很多都给猪吃。有几次，外公挑着南瓜冬瓜等送到珠月家。那时候南瓜很常见，冬瓜珠月家没种过，所以冬瓜显得比南瓜更贵重更好吃。看着外公挑来的堆在楼梯下像枕头一样大的冬瓜，珠月姐妹是看了又看摸了又摸，喜不自禁。

快到外公家了，远远地，珠月看到妈妈了，妈妈的眼睛已经哭红了。珠月正在想，自己怎么还没想哭的冲动。妈妈看到女儿来了，高兴地喊珠月，珠月想，妈妈应该很伤心的样子，怎么看到女儿就换了一副面孔，看起来一点也不伤心。珠月当时有些感激妈妈，妈妈似乎觉得女儿哭不哭无所谓似的。珠月以为外公去世了，她不哭的话，妈妈会不会怪她。妈妈只是一个劲地问女儿这啊那的，好像她爸爸没死一样。妈妈看着珠月回家眼里的喜悦远比父亲去世的悲伤多得多，她对珠月说："怎么不穿那件蓝色衣服，那件衣服穿了比这件好看些，脸上怎么不擦点胭脂，脸色要好些。"珠月想，这个时候，妈妈怎么还想到这些事。在穿孝衣时，小姨父竟然在那里开起玩笑来了："你看，我们都穿得像是讨饭的。"一些人笑了起来，大家也都笑了，连哭得最伤心的小姨妈也笑了，外公最疼小姨妈了。这是珠月第一次见到死了人还可以笑。珠月当时觉得很滑稽，人死了，难道还有闲心开玩笑？妈妈对这些人的笑也并没什么反感。都是自己的侄子、妹夫、侄女婿，哪一个不是亲的？只有外婆躺在床上像是哭，又不很伤心地在那里念叨着。等到给棺材钉钉子时，妈妈、大姨、舅舅、小姨本是说说笑笑的，一下子都扑到棺材上猛哭起来。珠月觉得很好奇，她这是第一次看到这样的葬礼，大家并不伤心，可能是因为外公已经七十多岁了。后来才明白人的死对于家乡人来说，就是一个离开这世上的仪式，仪式隆重是最重要的。哭是做给人看的。

珠月一直都没掉眼泪，只有看到爸爸哭了时，珠月才掉下泪来。妈妈有时菜园种得好，有时要出工事多种得差。有时珠月家没菜吃，这时看到外公担着一担冬瓜茄子南瓜黄瓜豆角到她家来，一家人不知有多么高兴，特别是妹妹们，想到有冬瓜吃，都欢蹦乱跳的。想起外公在远远的小路上走来了，阳光是那么温暖地照在乡间的公路、小路上，那些放在家里的冬瓜南瓜等是多么可爱地堆在挨近墙边的楼梯下。又看着外公挑着空的箩筐回去了，阳光仍是那么和煦地弥漫着公路、小路，珠月想起这些，心里掠过一阵阵的对往昔的留恋。晚上坐夜，唱夜歌的几个人一直在不停地交替唱着，珠月的舅舅、爸爸一直都在不停地发烟给坐夜的人，眼见坐夜的人手中的烟没有了，就有人立即从头到尾地转一圈给每人发一支。小姨父和表姐夫还在那里开着玩笑，表姐们在谈着各家的儿女，在他们的心目中，儿女是最重要的，老人已经老了，死是一件正常事。

外公已去世两三个月了，珠月一天上班看到以前外公要她开的药“固本咳喘丸”又有了，这个药一段时间都没有，好不容易有了，珠月有些高兴可以给外公开一些了，才想起外公已去世了。珠月想，看来外公的死对我打击不是很大，她都忘记他已去世了。珠月没有和外公在一起生活，所以外公的去世对她的生活影响不大。

珠月外婆死的那天，她本不打算也没预备要死，只因为她的孙子把别人家一个一两百元钱买的东西弄坏了，别人要她家赔，她又是那种勤俭节约、收收捡捡的人，家里总是什么都有。

珠月外婆家里总有很多的东西吃用不完：米、菜、肉、鱼等。她自己不舍得吃用，最喜欢把东西攒起来。她家的洋姜和藠头是珠月小时最喜欢吃的美味之二。珠月一般去她家较少，一次珠月去她家，她很高兴，特意煮了一碗肉圆子给珠月吃，那肉圆子不全是肉做的，很好吃，可能是珠月小姨在城里给她带来的。当外婆给珠月添那碗肉丸子时，她添了较久，一开始较满，又拨去几个，又加几个，又拨去几个。她估计就是这样添东西的。外婆总是夸珠月，一来因为珠月去得少，二来因为珠月自小到大成绩好，在家乡很出名。当珠月把在外婆家吃肉丸子的事告诉妈妈时，妈妈笑着说：“你‘东十里细 dia’就是这样的，对你还算最好的。如果是她的孙子德儿、文儿、武儿，她不给吃。如果是你大姨的社儿哥，她看到他们就不高兴，也不给吃，对你是最好的了。”

此时，那人家要珠月外婆出二百元钱，她无疑有些心不甘，不舍得，偏巧那天她家的猪，脚不知怎么瘸了，她就想，猪要死了，不如我死了正好把猪杀了答应客。死了人要请客，请客必定杀猪，既然她家的猪要死了，不如我这老命正好死掉，就了这只猪。

珠月想，难道人命等于一头猪？生和死对于外婆意味着什么？不过就是一头猪带来的喜怒哀乐而已。生和死是这么的卑微，就像大自然的万物，自有荣枯。不管是荣还是枯，都是坦然、安静去面对。人的一生，不过草木一秋，静静地来，又安静地离去。

当珠月的二舅妈发现婆婆喝了农药时，她已经不行了。不过她说出了自己为什么要喝药的原因：是因为家里的猪脚拐了，猪不能活，我正好死了就了那只猪答应客。

妈妈的养父也即她的舅舅去世时，珠月一晚上都看着他家堂屋的楼方，上面挂着一些蜘蛛网，看着古朴的墙砖，人生是这么恍惚易逝，她不禁感慨万千，心情变得十分低落。那一晚珠月就像梦游一样，常常不自觉地陷入呆呆的思索中，恍若隔世一样。外公耳朵不好使，可种的菜承包的山林都被他修理得像模像样的。外公就这样去了吗？得了脑溢血，就说没治了，在家里等着死的。珠月看着外公被拖回家，那时她每月一百元左右的工资，竟然豪言壮语地说："为什么不给他治疗？我想办法出二千元。"亲戚们都说，不用治了，人财两空。当珠月说这话时，她当时身上一分钱也没有，她准备去借钱。亲戚们七嘴八舌，却并没人听她的话，她也没死死坚持。

爸爸、舅舅、表哥他们都在轮流发烟，一般是每一二十分钟、半个小时发一次。珠月妈的养父没有儿子，只有一个亲生女儿和他抱养的外甥女，也即珠月的妈妈。他有一个养子，还有一堆的外甥，葬礼也算热闹。珠月整个晚上只感到一种强烈的人生无常的感觉，听唱夜歌的人在扯着嗓子唱，没半点悲伤的样子，仿佛只在想向众宾客表示自己的词作得多么好，唱得多么有水平。他们一边唱，有时还和旁边的人说几句笑话。

一般唱夜歌的人有三四个，他们会轮流唱，一人一晚上是唱不下地的。在珠月听来，夜歌就像人类末日的挽歌。柴火在堂屋里堆得很高，烧得很旺。珠月一晚上都没睡，都坐在放灵柩的堂屋"守夜"。她想得很多，她想到家乡人就是这样走来的，祖祖辈辈，生和死，到底是什么意思，家乡人不管这些。他们结婚、生子、离开这个世界仿佛都是司空见惯的事，没有那么多想的。珠月想着想着，哭出声音来了，她不是为外公哭，而是为人要死哭，为这一群人一直都是这样生生死死走来而哭。那几年禁止土葬，亲戚们都说外公一辈子作孽①，怎么也不能火葬，一定要土葬。听说他们把外公的棺材假模假样地拖到火葬场，又在半路上折回了，然后就悄悄地葬在他家的山上。

二舅去世时，珠月千里迢迢地赶回去了，临时买的站票，穿着高跟凉鞋，火车上想方设法找位子，换了八个座位。起先是跟人就着坐，时间长了，有些不好意思，又听说餐厅有位子，可是根本走不进餐厅，后来进了餐厅，吃了饭就得出来，外面的人等着进去吃饭让受累的脚歇会儿，珠月

① 方言，可怜、受苦的意思。这里指受苦的意思。

也不好多坐一会儿。又希望在卧铺那儿找一个位子，坐了个把小时，终被列车员发现，只好继续出来站着，又到吃晚饭了，这次珠月终于是坐了一个多小时，火车到站了。珠月一到二舅舅家，就发现水晶棺里的二舅舅，二舅舅的脸就像一张白纸，他因食道癌破裂出血死亡，他只活了五十三岁。临死前，他说了一句："天道不公啊，为什么好人命不长。"二舅舅是个多才多艺的人，吹拉弹唱，样样都会，而且都是自学，他最让人叫绝的就是即兴唱歌，就什么事唱什么，别人家有丧事，都请他去唱歌。他边拉二胡，边唱，边说，家乡人都说他是才子。没想到，今天轮到别人来为他唱歌了，那凄怆的歌声就是铁石心肠的人也会流泪。唱歌的是一个当地人都说他不灵光的男人，那天，他不请自来，硬是要唱，并说不要钱不要礼物。家乡唱夜歌，是要给钱给礼物的。虽然听别人说他有些傻，可珠月却觉得他唱得最感动人，直到唱得人的心无限酸楚涌上来，他绝对是唱夜歌的能手。但因为平日别人说他傻，一般都不请他。可是，听说只要哪里死了人，他就会不请自去，好像唱哀歌是他的乐趣，即使不给钱或只给别人一半的钱。

那个"傻子"唱夜歌时，声音嘹亮缭绕，传到山间又返回来，更增加了万分凄凉，众人也忍不住一起落泪。过后，大家私底下说还是傻子唱得好。舅舅的家从东十里搬到阴山，不过二十多年，往事历历在目，珠月不敢想。以往的外公家就相当于一个小村落，可以说是独门独户的人间天堂。房子四栋，围绕着天井，比北方的四合院大多了。一栋房子靠着青山，青山下有一口布满绿苔的水井。落雨时，看着淅淅沥沥的雨从天井上往下掉，外婆和外公、舅妈就在天井下剪苕藤，赶着雨把地下湿了去插苕藤。那些雨淅淅沥沥地下着，珠月的心就像被带到小时候，时间就是这样在这群人中间走过，他们全然不觉，珠月心里的失望和绝望在那些淅淅沥沥的雨中穿过，她爱的人们，她的亲人，就这样离开了吗？她多想抱住时光，让时光停住。外公家的房子被公社拆了做粮店，外公家的葡萄架呢，珠月初中时和同学一起去外公家摘葡萄，那青青绿绿的葡萄藤就像是幸福生活的藤蔓，却被扯掉。外公家的桃树梨树呢，那些芳芳香香的花朵就像是人类之前的桃花源，那些都到哪里去了？自从外公家搬到阴山后，就像其中一个拆迁的人说的："昔日繁华，从此不再。"那山下的灵性不再跟着外公的房屋，那山上的青翠气息不再滋养山下的外公一家。珠月多想再看一看那过去的外公的家，她留恋那口井，太舅舅从那里挑水让水缸总是满满的。水缸里的水还够用一两餐，外婆就会喊了："太，去担水。"太舅舅就乖乖地去担水了。珠月从没见他和外公外婆犟过嘴，更别说吵架了。太舅舅微笑着去挑水了，又微笑着到菜园里去挑南瓜冬瓜了。吃饭时，外婆不舍得给他肉吃，说是要答应客，他看着肉，虽然想吃，但还是没拿筷子去夹。客人吃完饭，菜碗里还剩下两块肥肉，外婆就夹到太舅舅碗里，太舅舅很文雅地把它吃了，并不像很欠肉吃似的。

小时候，珠月最爱吃外婆家的洋姜和藠头，洋姜甜甜的，藠头酸酸的，又带着点甜。妈妈以为珠月不需要吃东西，当珠月说最喜欢吃外婆家的洋姜和藠头时，妈妈有些心疼地说："你就喜欢吃这些？怎么不晓得想些好的东西吃。"妈妈以为珠月不吃肉，珠月不知道自己喜不喜欢吃肉，只是从来不想，每次看到肉，就想让爸妈妹妹们多吃点，自己反正也不想肉吃。有几次过年时妈妈夹一大块腊肉给珠月吃，珠月吃不完，妈妈就认为珠月不吃肉。工作后，珠月和大家一起去酒店吃饭，吃完后就肚子疼，吐。

晚上珠月梦见自己揭开一个因炭疽病死去的女人的脸，那女人被布蒙着的脸无疑是黑的，珠月走着走着自己的脚就变成了黑的，从脚板底一直往上升，到腿肚子了，如果不尽快锯掉，很快就会波及上身。就在珠月这样想的一瞬间，黑已经从腿肚子漫到上身了，珠月知道自己要死了，就走到电脑旁，希望自己能尽快把那篇关于回忆的小说写完，并把写好的论文出版。她还有很多的计划和打算要做。正在她万分着急的时候，她身上的黑往下一层层地褪去。她再看自己的腿肚子时，腿和脚已经恢复了原来的健康颜色。梦中说，这是因为珠月的愿望还没达成，所以上天暂时不让她死，这是第二次了，让珠月身上的黑褪去，暗示着不会有第三次。珠月想这个梦可能是暗示，她如果不是想把自己的这点事做完，早就要面临灭顶之灾了，这点事牵扯着珠月，让珠月安守本分，老老实实，要不，她就不会畏惧生死了。珠月身上腿上的黑褪去之后，只剩下脚板底正中还有一小坨黑，珠月光着脚，好像那团黑随时都会上升似的。珠月醒后，感到自己的脚板底光溜溜的，无屏障无保护的，好像随时有什么灾难从脚板底冲上来。

第三十六章

珠月在心里说，因为我有那样的梦想，那样坚韧又不堪一击的梦想。因为我的心里有你，我是那么固执又那么懦弱。我变得分外爱惜自己，为你？不全是，但一定有个你。因为有你，我不怕也不会哭。我还想为你分担那么多。

你没对我说的话，在梦中都说给我听了，喜欢的、爱的、想念的、不满的，我都知道。你何曾忘了我？即使你不理我，你也没有忘记我。我只恨你怎么那么傻，我永远都懂你，你为什么要让自己不舒服？你不舒服比你不理我更让我气愤，你要知道，就像一个人身上的东西，即使她要愤然离去，那也是自己的东西啊，一个人绝不会和自己心中的东西见气的。或是自己的魂或是自己的影，难道人会抛弃自己？即使自己拿着刀拿着枪对着自己，人也得心甘情愿承受，这是自己的意志，谈不上气节和侮辱。你对于我，就像是我的，灵魂或者心或者身体的哪一个部分，在任何时候，我即使背离自己而去，也不会背离你。而你却是那么傻，你要不是那么刚强，你还舒服一些，你就是那么傻，所以你就那么痛和煎熬。难道我来这世上就是为了来承受我爱的人的疼痛的，多么深重的疼痛啊，多么伟大的疼痛。我的爱人，难道让你流那么多的泪就是为了把我心中的珍珠洗白，难道让你那么痛苦就是为了你的泪结成我心中的明珠？难道你的痛苦的煎熬就要一辈子在我的心里凝结成为你燃烧的松脂？可是，这些，我都不能偿还你的痛苦你的快乐的丢失。难道我来到这世上，就是为了来承担你？承担一切创痛？我爱的创痛，我的血缘的疼痛？你的痛和泪在我的心里就像一座永远流不尽的泉，你的苦和煎熬在我的心里夜夜凝成我的泪滴。从此，我不会有真正的快乐，除非你是快乐的。

你病了，在一个晚上一个清晨病了，我不知道，我只梦见你在我的怀里消失了，难道这就预示着你要病？我不知道你为什么病了？难道是我让你害怕、让你担忧？还是有什么人伤害了你？

我不想让你在我的怀里消失，是我的罪过吗？为什么要让你在我的怀里消失？你如果不满意我，难道我会吊在你身上不成？你就那么怕我？让你感到这么沉重？直至要病？如果你喜欢我，想要我，上天一定会让我更美，让我不老，因为只要你想要的，一定是最好的。如果你不想要，那也没关系，我绝不会成为你的一个负担，让你直至要病。你知道我是多么坚强吗？赛过你的坚强和坚韧。而且天塌下来，我都是不着急的。只要想起那个梦，心里的痛裂和温柔就会让我不能平静。

感谢那个书上开出绿色枝丫的梦，只有上天才会这么眷顾我，让我有一个这么充满希望的梦，让我的家乡的房顶上排满了书，开满了绿色的枝丫，这是千年也不会遇到一次的梦啊，枝丫从书里开出来，还有比上苍的想象更丰富更美好的吗？感谢那个梦，让我绝处逢生，让我明天可以微笑，可以照常生活，照常说话，照常平静，心跳不会加速一秒，只是静静地看着，想着，那个梦里的绿色的枝丫，此刻，我泪水全无，因为我的梦会在书里开出枝丫。上天给了我苦难和孤独，给了我的亲人爱人的疼痛，他们的疼痛换掉我的快乐，从此让我孤独，从此让我心硬如铁。因为你病了，因为你伤了，我从此就为你一直哭到死，直到泪水浮起苦海的水，让世界同我一般苦。我感到我的胸腔里全是苦水，连皮肤里都渗出了苦水，苦得太多的时候，我已经把苦当成了你赐予我的甘甜。

如果你要病，我就和世界一起苦。希望阳光每一天都照在你的心上，照在那个夜晚，你是那么快乐开心。是谁让你疼痛，煎熬？只想看到你那么阳光，心头没一丝纠结烦恼。只清晰地记得那天，你那么高兴，神采奕奕，你说我也长好了，你很高兴。我知道你的高兴是真的高兴，就像我看到你长胖了些，很高兴。多年后，我再见到你，我不知道你为什么那么瘦？我知道你肯定过得不好。

我想美，只是因为有你，想为你美。可以嘲讽一个女人怎么不行，唯一不能嘲讽的是她的容颜。因为她可以为她所爱的人做一切，唯有容颜是天生的。这样的嘲讽就会成为女人自卑的来由，因为她可以吃苦，可以流汗，却无法改变自己的容貌。不管有什么伤害，千万不要来自你那里，唯有从你那里来的伤害，我承受不住，所以，我也要紧紧闭住自己的嘴，千万不要伤害我的人。

你把你的精魂都给了我，我还要工作吗？我的职责就是守护你，陪伴你，永远地爱你。可是你仍不言说，你的心里有苦水一片。我只能望着你，我不知道我该做什么，我一直都在等待，等待着你一声令下，我随时都可以去你身边。可是你不说，因为你有太多的为难。

等你把你我之间的天河修筑得结结实实的，我早就孤独死了。

不想你就会觉得无聊、空虚，继续想下去，我知道等待我的就是孤独。这是一个悖论，绝望像阴影一样压迫、逼迫着我。我希望用爱来摆脱孤独，却发现爱是罪。你被推入了爱的深渊，我变得更加的孤独和绝望。

早晨怎么都不能让自己流泪，流泪对我的爱人不好。

想有一个时候尽情地哭一场，一个人，锁住门，悄悄地，静静地，把眼泪为你流干。没有人打扰我，我一个人慢慢地哭，就像把郁积的哀伤慢慢地引出眼睛。哭完后，心底就像天空一样明丽无尘。我自己变得身轻如燕，你在我眼中成为一缕温柔的炊烟。可是，我找不到这样一个机会哭，尽情地哭，慢慢地哭，把哭当成一个仪式一种享受一种治疗。我还在忙碌着，为了生活为了生存为了理想为了爱你，我还有很多自己的想法和事要做，竟找不到一个闲暇的时间好好地哭一场，在眼泪倾泻中透彻地想你，慢慢地想你，静静地想你。

想一个人坐在山间想你，山间静寂无声，脑中眼睛中全是你，直到把山间的松林看透，我想你的心情也在日落时分变成了一首千古流传的诗。想一个人在河边想你，静静地坐着想你，旁边没有行人，只有一本书，还有一个你。把你通体透明地想了很多遍后，我发现我的眼泪已经流了再干、干了再流多少遍了。每次想你时，我就只想哭，我想到了苦难，又想到了最美丽的幸福，是如此地缠绕着我们的生活。是这样的有幸又是这样的甜美幸福。苦难在你的心中升起后，变成山间的美丽的青岚和流水的轻响。我是这样地关注着你，就像要把我的眼睛睁瞎，连动都不敢动一下。那么多美丽的语言，如果汇集起来，你的和我的，将会汇成最亮丽壮观的瀑布，和横跨之上的绚烂彩虹。你还不相信，你的心还在隐隐作痛，只为了那种美丽独一无二的情感，为了你胸腔中烂漫的蜂鸣，我也会被幸福陶醉一百次。此生何求？只想把那些美丽在手中握得更严实一点，不要漏掉一分，再一个字一个字地排列，码在家乡的田野和土地、我们曾经走过的路上，让他们长出森林长出花朵。我每天都在想着这些事，怎么样写出一个你，写出苦难和幸福，那个你就像是给佛祖浇圣水的童子，我就像那座栽满荆棘的山野。你又像在烈火中升起的笑容，我就像是一湖平静碧蓝和天空的净月。

是一个永远的疼痛，可我不能沉浸其中。我要爱你，爱得太阳出了云层，爱得天空开满花朵，爱得你的疼痛化成满天的彩虹。让你的天空轻盈不再沉重，让你的眉头不再打结，让你的思虑不再烦冗。我爱你，直爱得你只知道接收享受，不要担心付出多少。只要你骄傲快乐，不要你操心背负。

爱你，会让山间喑哑的清泉流荡清响，又会让你的心田灌溉蜜甜。我就是那个要爱你的人，把你搂在心里爱你的，爱你的山间，爱你的清香。疼痛只会让我更爱你，在心里一遍遍地抱紧你。寒风凛冽的日子你不会冷，一个人走路的时候你不会孤单。让我慢慢地疼你，让心慢慢地痛，一辈子也不想放弃疼痛，一辈子也不想放弃爱你的幸福。幸福就是让心一遍遍地碎掉，一遍遍地揉在一起。只因为那里面有一个你，我宁愿一遍遍地蹂躏我的心脏，又一遍遍地把碎了的心缝合。只要是爱你，再苦也是甘甜。爱你就是在疼痛的泪水中流出珠贝，就是在心痛的每一个瞬间折叠疼痛绽放最心酸最美丽的花朵给你。爱你就是不说话，在每一个晨昏和黑夜，就像抱着一个婴儿，抱着我的一颗心脏。爱你就像你爱我一样，即使自己是疼痛的，也要拼力让天空开满花朵，来给你。心脏在一次次地抽搐，泪水在每一次的抽搐中在心里滴落，像冰水一样滚过血液和四肢。我已不能言语，拼力露出微笑。只想到你怀里或拉你入怀。

这样你就满足了吗？虽然你时刻仿佛就在我身边，我却不满足。我的贪心让我疑惑我是不是太不知足？难道我就这样一辈子远望着你？多年以前我说我要永远等着你，我凭什么让你回来找我？我就像咒语一样，让你回来找我。只有爱人才会应了我的咒语，只有天地才知道最终的结局。因为那个惊世的美丽，不亚于不爱江山爱美人的王子。

前几天梦见你来看我了，你瘦了，你想我了。我梦见有人对你不恭，我想起来就好气。那些人就像小人一样。

你在梦中的样子是那样的瘦，像我很久以前的瘦。你是想我了，你想我时就是这样想的，就是这样傻的样子。你来找我不到我那儿去，却去找别人。难道这就是你爱我的方式？现在我爱你不会那么傻了，不会还像现在梦中的你那样傻，见到你一定会第一时间扑在你的怀里，不会再装模作样，假作正经。不会像梦中的你一样去找别人。当我看到你为我写的那么多文字，我还有什么理由不毫不犹豫地扑在你的怀里。因为我已知道你是爱我的疼我的。

似乎把生活过厌了，我明明热爱生活。生活被谁摧残了，碧绿纯净的水搅成了一团浑浊。不负责任的人把生活破坏了，还要踩上一脚。

而我就像制造痛苦的痛苦榨汁机。如果真是良缘，为何你要病呢？你是怎么病的？如果是因为我这个不该在你生命中出现的人而病的，我还是否应该打扰你的平静？你能告诉我你是怎么病的吗？病了不要紧，我会用我的爱给你治病，可是我有这个能力吗？如果你是因为爱你的妻病的，我也治不了你，只能把你推入更深的深渊啊。我该怎么做，才是于你最好的？我不敢去想这些，我心里会承受不住。你怎么那么傻啊，不管你是因为什么病的，都不值得。你担心失去你的妻吗？你的妻如果这点都不谅解你，我看她真是不知什么是爱情，根本就不爱你。

如果我能给你幸福和欣喜，我愿一辈子去为你做任何事情，如果我不能做到，所有的一切带来的只能是不能承受的生命之重。你的心有这样的准备吗？你不能没有你的妻，而我要怎样地出现在你面前，偷偷地，像做贼一样的？或者被你不理，只能默默地遥想你，把你当作神一样？

我的心里早就准备好了，可你的心里准备好了吗？才发现，原来你是这样的男人，是一个怎么也丢不掉放不下的男人啊。

当我无助的时候，我就把所有的期望、想念都倾诉给你，让你不胜负荷，让你病了。虽然你没理我，可我知道如果你的心里没我，你也不会病。

如果是良缘，为什么我爱你让你那么恐惧，那么沉重？为什么我爱你让你病了？其实我是一个万分自信的人，只是在你面前不自信，那是因为我太喜欢你了，如果一种喜欢达到一种极致，可能就是孽缘。

你现在是一个人还是两个人？去年清明前后，我梦见双翼对我说，你离婚了，这是真的，还是梦是反的？多想知道你的情况。

我每天都感到你在我身边，虽然我觉得有些事情是不可能的，不可思议的。我会觉得我在电脑上写的，在手机上写的，你都看得见。你是通过一种什么方式知道的？我听说有电脑共享这回事，可还是觉得不敢信。

你是怎么度过那些苦难那些黑暗，又是怎么把内心的那些苦痛变成疼痛和美丽的文字，在那些被痛苦洗过的文字里，你是怎样地度过那些长夜和所有属于你的黑夜。

只有深爱的人才能感到你的每一次呼吸，每一次心灵的悸动，每一次的呼喊，每一次的坚强，每一次的不凡，每一次的超越。你的痛苦每一分每一点都打在我的心上。我可以一下子感知到你。

我梦见你在我的家乡古山菜园往前拼命地走，我喊你，你不理我，还是往前走。你走了之后，我感觉你是来找我的，我就去找你，你在水库边坐下，水库里的水很浑浊，你坐在水库边上，很危险。我去叫你，问你是否和你的妻子一起来的，你露出不置可否的神情。不知怎么，你不小心掉到水里去了，我赶紧把你拉了起来，你是那么轻，很容易就把你拉起来了，我抱着你，我是多么幸福和快乐啊！

那天又梦见你，这都是菩萨赐我的恩惠。她总是给我传递你的信息，告诉我，你喜不喜欢我，你爱不爱我，你同不同意我的话。我梦见我和你睡在一张床上，你说你同意我爱你。真的吗？我的幸福已到极致，我天天在回想那个梦，一个人独享，不想让任何人知道我的甜蜜的回想。我相信这个梦，我相信你心里的想法就是这样的。我只要能见到你，叫我怎么都可以。

难道是上天真的不让我和你在一起？前一阵上天已暗示我可以和你在一起，为什么又不行了。不是上天不允许，只是他在告诉我这个消息。我和你在电梯里却不能安全地下来，电梯和楼房的过道竟有很大裂缝，我和你都难跨过去。我和你在一起，就是半夜两点都有医生来查房，我就是不能和你在一起吗？我触犯谁了？

昨晚我又做了一个梦，我刚把手机关上，你就给我打电话了，你明明来到了我这个城市，可是你却没见到我。我梦见你来了，已在那等我了，可我却回不去，被人堵截了。我怎么就不能和你在一起呢。我不信。我就是上个洗手间也要花那么多时间走那么远的路吗？就有那么多麻烦事阻碍我吗？我不信，我偏要和你在一起。我就是要见到你。管它阻碍不阻碍？我不信。我舍命都要见你。我知道你爱我，我知道你放不下我，我知道你舍不得我，我都知道，你不说，我全知道。菩萨已在梦中告诉我，我的爱人，你不用愁，你的心意我全了解。我懂你，我知道你未语的语言。我梦见你急得头发都白了。

像种子最终要回到土里，我最终要到你那里去。泥土是种子的归宿，你是我的归宿。每天深夜的时候，是我最幸福最痛苦的时候，我就可以安安静静地想你，是多么好的一种幸福啊。我躺在床上，一天的事也做完了，不管是否做完，反正我也不做了。想你这时成为一种甜蜜的惯例。多么好啊，我可以一个人独自想你，拥有你，就像你在我身边一样。神造了人，我相信人是有灵魂的。身体只不过是一个披在灵魂外面的皮囊。这个皮囊可以是美的丑的，也可以是健全的残缺的，只有灵魂才是唯美的，才是唯一的本质，才是实实在在的存在。我相信你的灵魂是属于我的，我的灵魂一直都附在你身上，谁也休想把我赶走。虽然你见不到我的面，我却整天在跟着你，和你一起，我就在你的每一根头发每一个毛孔之中。

我梦见你说，你是为了我而那样，你是为了我吗？我的爱人。我为什么梦见你是那样的？你为什么病了，为什么死了？为什么？佛祖在暗示我吗？要我爱你，安慰你，保护你？是不是？我是不能和你生气的，也不能和你计较。我只能无原则无限度地爱你。不管你理我还是不理我。你对我可谓是情深义重。我相信。没有无来由的爱。想到你这多年经历过的一切，哪一次我都应该知道。你都去找过我。只是我不知道你的心到底想对我说些什么。你又从来不明说，我又不懂你在想什么。我又不知道你所经历的苦难。我怎样都要爱你，不管你遇到了什么。我都珍惜你，珍惜你的心，你的美丽的、金子般的心。

你答应了我的话，你愿意我和你在一起。你怎么不亲自和我说。那个梦我记得好清楚。我经常能听到你的声音，无论多远多微弱，只要你在说，我就会听到。

你能说不美，我爱你就是美。我爱你，我的心很美。因为我爱你，所以我的心很美。我的心很美，美得晶莹剔透，因为我的晶莹的心中映现出了一个你。只要有你的地方，都很美。家和老公这样的字离我太远了。我看到网上有这样的字眼，我就反胃。

再也不信了，再也不要看你的任何东西，那些只会让我心神不定。不能沾你，沾了你我就要疼，就要心碎，我就什么事也做不成。我现在就在喊你，你听见了吗？你听见了就给我打电话。你听见了就答应我。我相信你听见我的声音了，打电话给我啊，让我知道奇迹的发生。奇迹会发生吗？我听到了远方打雷的声音，惊心动魄，我打开了手机，我梦想你忽然在远方喊我，和我说话。我想你，我正在和你说呢，我的孤独，我的无依。远方的雷声应该就是你的声音和回应。这是天地的声音，是我们心灵共鸣的声音。

就当我从未认识你，那些不认识你的人不照样过日子？他们是怎么过的，不照样过？当我发现有一个不认识你的人竟然也有那么多快乐时，我想通了，我也可以没有你而快乐，因为我也可以当我从未认识你。你都说了，心靠不住。你还靠它么？它是骗人的，一辈子都会骗你。不要让心把你骗了，你说的就是真理。

虽然我有满目的圣洁，却睁着痛苦的光辉。假如你说它只是一种想象，它确实是一种除不掉的想象，不如说它是一种环绕生命的空气和灵性，对于我，它永远都是最中心最致命的，他不会构成对于我肉体的疼痛，却会让我的灵魂趋于荒芜。

我竟然梦见你还在等着我，我的让人心疼的傻瓜，这会是真的吗？南无阿弥陀佛，大慈大悲的观音菩萨，这是真的吗？我心疼你还在那里等着我。不用再等待，去掉幻想。挺好。幸福有时也会让思想虚无。除了幸福一无所有。

我把我自己掏空了，没有。仍有无穷的泉水从心口涌出来，要变成湖拥住你。

那些文字就像白娘子的真身是一条蛇一样，不美，但如果有爱和包容，就会是最美的。我的爱人他都不能懂我，还有谁会懂我？我流了那么多的血，都茂盛不了我的花朵，我的血流了又有多少意思？我不流血了，不把血流向你了。我走到一边去了，我离开了那个让我生命不宁的你。我写我要与你离开的词句时，天上打雷了，这是不是预示着我们的永久的分离？连天都在为我叹息，为我哭泣，为我们流泪。这世间的情啊，就像这天上的雷，一阵阵地敲碎震在我的心上。那磅礴的大雨就是我的血在水里汹涌地流啊，它能流多久？那雷声已预示了我将会很快血流而尽。这个早晨的雷声中我的心像被雷声劈了一样的痛和最终昏死过去。我的爱人，我将要和你分开了，你会知道吗？你在哪里？你感知到了我的爱吗？我的绝望的爱。我保存了这么多年的爱，只是一直在等着你，你却不来？我的等待就像一幅未完成的画，我就像一幅将要被废弃永远完不成的画。我在暴风雨中等着你来完成我，我在冰寒地冻中等着你来给我戴上围巾，并在我用雪围成的躯体上点上我的红红的眼睛。

在许广平的笔下，鲁迅都是以“她”出现的。为什么我的笔下你变成了荷花，还有芳香？连我自己都不知道。我又梦见了那要命的亲吻，那不管不顾的亲吻。我的爱，我听见你在呼唤我，就像简听见罗切斯特的声音了。我听见了你。你的身体在我的怀里那么虚弱，都要从我的怀里消失了。不行，我不能让我的爱人在我的怀里消失，我的爱人是不是听见了我将要离别的声音，他什么也不管不顾了，只管抱着我，只管要吻我。菩萨啊，你是告诉我，我不能忘了我的爱人啊，忘了他，我的爱人会没的，不但于他没了，于我也没了。我不能负我的爱人。我的爱，我梦见你那么死命地吻着我，什么也不管，什么也不看，就只吻我。我知道天该亮了，我怕我的梦醒了。我在梦中仿佛看见窗户射进来的光。光，不要进来，我的梦又该醒了。我的爱人就不能吻我了，我就要和我的爱人分开了。我一直以为是我的想念，我的祈求让菩萨可怜我，把我的爱人带到我的梦里，不是啊，是我的爱人在爱我想我，菩萨才会托梦给我，告诉我，他在想我，爱我。

我吻到了你嘴唇里的香味，你的荷花。我早就吻到了你的干净，你的纯洁。果真有菩萨，有上天吗？为什么我又梦见了我的爱人。我的不舍不弃的魂啊。我的像荷花一样的爱人。我的干净的心。美的心。你的舌有一股淡淡的香味，我尝到了你在梦中传给我的香味。你从心里头发出的香味通过你的舌在梦中传给我。这股香味就是我心爱的你的未启的语言，就是你的心。我尝到了你的舌头的香味，多美啊，就像浮士德听到那些打夯的声音，幸福满足地倒地而死。

你的舌头的香味，你的花蕾的香味，我尝到了。我欲醉了，因为我的灵魂已在梦中和你交融。我爱你的舌头的香味，我爱你的美的心灵里传出来的你的香味。我要去见你，我不能再等你来看我了。我知道你在想我。你不可能不想我的。我的荷花，我的荷花一样的香味。一样迷人的香味。我知道那是爱的香味。爱的味蕾，美的味蕾。你怕我太苦了。你喜欢我，你疼我，你就把你的香味给我。让我知道你喜欢我。我多情吗？我何时变得这样多情？多情如莲花，就像你。你比我还多情，还有着一颗柔软的心，温柔的心，不能舍弃的心。我爱你，在荷花中间，很美，有一股清香，就像你的味蕾。我的荷花，我的庙宇，是那么美。那么香。那么让我陶醉。是你的心的美遮盖了你的太帅。我的荷花，月光之下的荷花。我的荷花在月亮之下发出迷人的香味。那是你的芳香的舌头发出的芬芳，你的爱我发出的芬芳。我希望你今晚也做一个我爱你的梦，我的舌头也发出淡淡的荷花的芳香，让你醉，让你回味一天。我没有什么可送你，我的爱人。我只有在梦中送你我的舌香，让你爱我。

菩萨，把我的想念，无穷的想念传给我的爱人，把我的舌香传给我的爱人，让我的爱人一天一天地爱我，越爱越多，到了最后，就丢不下我了。

没有你，我将是没有目标，没有方向，没有内容。我，到底是什么？我是你身上的分子，原子，你可以感知不到我的存在，我却知道我一刻都不能没有的原来是我的意识不到的呼吸，我的感觉不到的身体分子潜藏在你的身体中的你毫无察觉的不依不饶的魂魄。你对于我的重要是宗教式的，是生命和灵魂里的不依我的意志转移的一种生存信念。菩萨啊，把我的爱传给我的爱人，让他奋不顾身地来找我。让他愿意我去看他。

你对于我是什么？是男女之爱，不是这么简单，是亲人、血缘关系，也不是这么简单。你对于我是一个永远，这个永远不能用任何形容，他是由时间构成，是我的血肉和生命，是我自己的疼和苦，是我的命。我只要你是我一个人的，我只要你每时每刻都和我在一起。我因承受不住思念而心疼欲裂。我就像悬在空中的风，就像热锅里的豌豆。

爱不是婚外情，不是故事，是内心的需要。爱不是事件，不是简单的一个行动，是血水之需，是身心之美的完成。爱，就是我爱你时的欣喜、明澈的高贵心灵。

就像一颗种子，注定要长成一棵大树。好像你一直在等我，你一直就是我的似的。

第三十七章

珠月想，我不该这样对他啊。我爱他。我应该不让他知道我对他的爱才是真正的爱。可是，我做不到。我不该说出来啊，我太自私了。也许我轻松了，可是他呢？你让他不得自由。你是害他。我对不起他。我梦见他对我发怒，他要我只属于他。因为我的承诺，因为他答应了我？

当那些怀疑变成她的担忧恐惧绝望心疼，她只想能为他做什么。他永远都是最强的，即使是病了，都是王者都是凤凰。总会想到那几个梦，有关凤凰的。她想他就是一只凤凰，在历尽苦难痛楚脱胎换骨之后，一定会比以往更强壮更美丽。

她的心里就像什么都没存，茫茫然的。明明看见前面有一堆事等着她，她却拖不动脚步。找工作已让她精疲力竭，一会儿让她奔忙，一会儿她心慌意乱。她在想，也许她心里实际畏的是她是否真的会有自己的工作。各种事情都是那么阴差阳错，巧合得就像人工安排的。她知道命运不会薄待她，可前方幸福的如意的路到底在哪里呢？她已有些恐惧，她是否命中注定没有工作？难道要去受余清的气，一辈子靠他给一点糊口的？结婚十几年，过的根本不是夫妻的生活。不管是距离一千里还是距离一百里，他们见面的时间仍然是寒暑假二次，就那么几天，他还得去应付别人。虽然她从没见过那个女人，可她感到他就像一条狗一样，只要那个女人手一挥，他必得去。孩子不理解她，她吵闹、要离婚，孩子只看到她在吵，却看不到他对她的摧残。

外面阳光照耀，天还是小时候的天，太阳仍是那个太阳。珠月的心境就像太阳下的那株淡薄的花，已没有了被太阳照着的那种热烈的颜色。从内到外地。她似乎在这些无聊淡淡的日子里，也有几刻像母亲曾经有过的那种怕老的心情。后来母亲释然了。生活的压力已让她转移了对于年轻的迷恋。珠月曾经也很畏惧老，可现在她畏的是时间。她曾经也疑惑过，人为什么会老，这个问题就像人为什么会死一样问得有些忽然、不可思议。

很多年以前，当别人对她的母亲说：“你和你的女儿们站在一起就像姐妹。”母亲自豪地说：“我不会让自己老。”当母亲的儿子得了抑郁症，母亲对父亲说：“我真是恨不得买一瓶老鼠药来，我们三个一起死。”乐观的、什么也打倒不了的母亲几乎被生活打倒了。

家对于珠月来说不再是一个美好的，甚至是一个丑恶的名词。或者说它像疮疤一样。像吃了苍蝇一样。家，这个珠月以前视之为多么神圣的地方，现在看见这个词不知为什么就反胃，可能是因她没有家的原因吧。家，这个美好的名词，被人糟蹋了。

有一种思念是悬空状态。人整个悬在空中。什么也不能做，也不能写出思念的文字。只是悬空着思念、等待。这种悬空状态是整个地投入沉浸。只是让思念蔓延无边，像水一样，无声无息，又像大雾一样，永远都走不出。这就是一种真正的恋的状态。如果能写，那是笔的状态，如果能行，那是腿的状态，如果能思考，那是心的状态。悬空的状态是无我的状态，是整个地被他萦绕的状态。是虚空，却是被他包围。悬着，没有立在地上。可以呜咽，只是在黑夜。可以说话，却不知在说些什么。只是他的脸他的眼他的手他的嘴在眼前让她想去抚摸却又抬不起手来。她像是中蛊了一样。她无为无所事事。虽然有很多事要做。心里急，却被那个他拉着扯着，在心里纠缠着，想去见他，却又见不到他。所以，她更是悬着。空着。想挥墨写字，可是手和牙和身只想抚摸，往他的肉身上靠。字在那些欲想中变得轻飘飘的，根本承载不起她的思念和爱恋。她只能把自己悬空在那儿，让自己整个地悬挂着，每一次的触动每一次的颤抖都是为了他。每一丝风来，每一丝叹息都在她身上留着他的心香。是因为他把自己输尽了，他才这样孱弱？是因为他把心香都给她了，她才这样美丽芳香。他瘦了弱了，是为她的。最少有一部分，要不，她不会梦见那让她战栗的他的爱让他吐出了自己的芳香。让他就那般弱下去。因为那是他爱的精髓，他的所有的精气神。那个梦，会让她把他一生背起，再苦再难她都当蜜尝。他把他的精气神在梦中全输给她了，一人一生就只有那一点，那一缕。那是他的德行，他的浓郁的爱，不真诚的人一辈子都修不成那一缕清香。那是从他的心里传出来的，他的丹田里集结的。他的致命的丹啊，他给了她，他虚弱了，他病了。因为他把他的命给了她。他的傻瓜都不知道他为什么病了，他东找西找也找不出原因。他以为是为她们吗？其实他是为了她啊。爱他就是折磨他，就是残忍，就是坏人。

我那么差吗？喜欢我因之变得强壮，你为什么喜欢我却变得孱弱。是我不好吗？是我不美吗？

珠月以往想因颉时还可以做事，这一年，不知为什么就只做一件事，等他。可他却没来，她也联系不上他，她去看他，也见不到他。这时的珠月，因为想到自己快老了，她固执地想，我就是海底捞针也要捞起你来。我就是要和你在一起。她发短信，有时想起来就发，也不管是白天还是半夜三更。她去看他，见不着，她再去，还是未见着。她知道他在躲避她。她不去了。既然别人这么不愿意你见他，为什么要这么死皮赖脸？肯定别人有别人的想法，别人有别人的为难。她说，我要到你家里去见你，他害怕了。他以为她会以一个情人的身份去和他老婆说什么，她何尝会，她只不过想见到他故意吓他而已。

珠月一直以为因颉是强壮的有力的铁人，所以喜欢在他的面前耍赖。这也是她被他纵容惯了。他不知她的心，就怕她胡闹。她何尝会。她即使再想他，也不会让他难堪。没想到他是这么脆弱敏感。珠月后悔啊，是她的任性害了自己的爱人。

珠月赌气地想，说得越多，就越无价值。说一句就够了。一句话要让它成为金子。

珠月梦见有一个人拼命地吻她，他爱她？她历来相信梦的。而且梦见过几次。他真的爱她吗？这个人不是因颉。

珠月内心很惶恐，又有一些甜。

这时候，珠月又梦见了因颉，你是怕我倒在了别人的怀里是吗？你总是在我坚持不住要倒在别人怀里时，你就预感到了，你就拼命地向我呼喊，叫我的名字。我的爱人，是你在呼唤我吗？是你在叫我吗？

你的娘子是梅花。你的娘子是梅花吗？是那绽放的梅花。那分明是你放在上面的。你说，你的娘子就在那梅花里。因为你曾经说我就像一树梅花。你给你的娘子说你拼命地挣钱，要让她吃好的住好的，是不是？你告诉你的娘子说，天上马上要掉馅饼啦，你告诉她，不要着急。她不会急，她相信你会管她，你不会不管她的。你说，你相信她的爱，她的能力。你的娘子，多么想做你的娘子，倚在你的臂弯。我爱你，不管我是不是你的娘子，我都爱你，我都是你的娘子。我爱你干净的嘴和唇，没有一点杂质。我爱你干净的舌里吐出的像荷花一样的清香。我爱你的清香，就像你爱梅花的清香。梅花是你的新娘吗？还是在梦中的？我看到你拼命地摆头，不要梦，我要的是我的梅。我看到你朝着我坏坏地一笑，等着看吧，看我的坏，看我是怎么征服你的。

被幸福充满着是什么滋味？就像是悬在空中的杨花，昏昏乎乎。被幸福充满着的我就像是那朵让自己燃烧得灿烂而不悔的火烧云。仙鹤梅花弹琴的女孩，天鹅芦苇水车在淌，幸福就是这种感觉。

爱一个人不会因时间，因距离，因沉默不说就不爱。爱是一件永久的事。我不会因我没说话，我对你的爱就会少一分，思念就会少一分。这么多年也没有天天说，爱照样在，而且更多。

上天为什么要让我爱上一个彼此都不懂的人，或者说，上天为什么要让我爱上一个我太喜欢太在乎的人，太喜欢太在乎一个人就不知怎么爱了，这是一个目前我还无法说清的悲剧。明明胸口疼得要命，却被说成是车祸引起。明明是被我爱的烈日灼伤，却被说成是蛇蜕皮。明明是透彻透底刻骨铭心的爱，却不能被理解。人生的悲剧还有比这更深的吗？

当你说电脑就是你的爱时，我的眼泪汹涌而流。你总是用你的特异的猛烈的行为让我胸口破裂，然后你就趁机钻进去，永远都不出来了。爱，这是一件与外界无关的事情，是一个永恒的宿命，一个无法辨清的痛苦和心动，是生和死的到达都无法解释的。爱在强烈的心灵撞击中成为不知是生命还是灵魂的血肉分子。我会永远陪伴你。我的可怜的。这几天，晚上睡不敢关灯。甚至也不敢闭眼睛了。只感到恐惧害怕。从未有过的害怕惊吓。自己像虚脱了。也可能是自己吓自己。他还那么坚强地活着，你不要吓自己，吓他。

你不用自言自语，自有人听你说，你不用担心一个人走走停停，我会永远陪着你，只是让你看不到。当你享受尽了你的寂寞孤独，我会出现在你的面前，当你需要的时候。

幸福的波浪摇着我。我仿佛已透过夕阳的余晖看到你和我手牵着手，走在那片太阳光里。你就是那么美，你说的每一句话，每一个词语，都从不诽谤别人。即使别人把你伤得血痕累累，你也只是温厚地接受。你的每一个笑，每一个眼神，都是善良，都会为别人着想。当你被别人伤害时，你只会悄悄地擦去伤痕，还会为从没有错误的自己检讨自己。只要有你在旁边，我就会高兴，想微笑。因为你太美好。如果你有一个坏的念头，你肯定首先会把它打掉。你的赤子之心不允许你用黑的心来面对纯朴的大地。

你就是美的化身，是春天的阳光，又是林中的雨露。谁要是伤害你，谁就是不讲义气。

你就像一个贪得无厌的孩子，一下子沉默，你就等不得了？爱不需天天说。你愿你病了，我来照顾你。你愿你发高烧，只要我来陪你。你愿你昏迷不醒，只要我来疼你。你愿做很多事情，只要我爱你。你可以笑，也可以流泪，也可以不怕累。因为你爱我，你的心需要我。我一想到那个梦，我就心疼欲裂。我的爱人抱着我，赤着脚，往山下走。赤着脚，表示我的爱人要受难，往山下走，表示自己要遭受损失。抱着我，是因为爱我才这样。是我让他这样的吗？他并不是和我在一起才受难啊。我也不要太自责了。不过，我知道我的爱人太在乎我了，他是最在乎我的。我觉得他太傻了。我的傻傻的爱人。傻孩子。因为我也是那么那么那么地在乎他。

可能就是你舍不得我的那句话，让我想了你爱了你二十多年。那句话从别人嘴里流出来不会这样让我感动，或者早就忘记。这句话是从我爱的你的嘴里说出来的，这对于我意味着什么，你可想而知。它就像凿子一样凿在我心里，永远都流荡着回忆，永远都散发出芳香。你通过一种特别的、疼痛的方式进入我内心，从此，我的心里就永远都有你了。

我知道你现在最脆弱，最迷惘，我不能跟着你的昏话说梦话。那么我还是爱你的人吗？我就像一个自私的吸血鬼了，看到自己喜欢的，正好有一个机会去吸他的血，拼命地吸，自己也很饱了，幸福得要命。吸就吸吧，还要在他睡梦中叫他按手印，把他终生卖给我。等我的爱一觉醒来，后悔不迭怎么办？我就坐在旁边幸福，他就会恨我不能给他所有的幸福。爱一个人最怕的就是他的心疼。

爱上他之后，就是爱上他的心了。只要是他那颗心在他的胸膛里，爱就不会改。

我只有一个你，这个你太昂贵了。即使你说我不适合，我也要赖着你，我这一辈子没别的事，就是要走进你的心里不出来。谁叫你走进我心里这多年，让我思让我想，让我根本就不可能没有你。你现在说什么都晚了，我就是要贴着你。我又怕，我给你带来麻烦，爱，真是好难。我站队买饭没耐心，可是等你却很有耐心。我几乎是我周围最能耐得住寂寞的人。因为我已一个人独自惯了。

你在网上说你爱我甚于我爱你，是真的吗？你爱我比我爱你还深，你不知道我是多么地幸福啊，我从来没听过这么动听的话，而且是从你的嘴里吐出来。

前两天梦见你给我梳头，我看到了镜子里的自己。可是，你好像不会梳，你只是想给我梳，却怎么也梳不好的样子。我的爱，你的心意我领了，我知道你爱我。不管你说的是昏话还是傻话，只要你说了，我都愿意听并且终生不忘。我爱你，我微笑了，好美，好心酸。

我又梦见你想给我打电话，想和我离得近一点。我梦见你和我在梦中诚挚地求那位拉着破琴的人允许给我们一个月的时间在一起。那位拉着破琴的人似乎是来惩奖世间善恶的。我和你都求他给我们一个月的时间。并且承诺死后一直礼拜他。他竟然答应了我们不对你拉那把破琴。那把琴一般是在惩罚别人时拉的，就像孙悟空的紧箍咒一样。你说，你已经被那把琴拉得受不住了，很害怕他会再拉。他承诺不给你拉那琴了。我的爱，连上天都被你我感动了。终于相信，精诚所至，金石为开。

你说你爱我甚于我爱你，也许是的。你说愿意娶我，这个礼物太重，我承担不起。我何德何能，要你为我做这么多。我怕我承受不住。

哪怕你不说一句话，哪怕你变傻，我都仍然会用最清澈的眼睛，最含情的眼睛看你，因为，我爱你，爱得太久太久了，已经无法改变。除了从你那里能得到幸福，我还会从哪里得到幸福？不可能，所以，当千载难逢梦寐以求的机会来到时，我会紧紧地抓住你，倒在你怀里，让你摆脱不掉。看来，你就只有带着我，和你一起穿越那林荫小道，走向鲜花盛开的地方了。

我爱你，相信我的智慧，相信我的美丽。当我美丽起来时，没人能比得上。就连最美的人都要失色。以前同学都这样说我。因为我是上天派到世间的天使，专门来传播美和爱，真和善的。你的天使，你的爱，会和你一起去筑人心向善的庙堂。

喜欢你说为了我，愿意拿一辈子来赌我的幸福，喜欢你说你爱我甚于我爱你，喜欢你说我是你的亲爱的，疼爱的，深爱的，最爱的。多么宝贵多么幸福的语言。爱在我周围浸着我，是你给的。今生只有我爱你，不许别人爱你；今生只有你爱我，我不会让别人爱我。

这一年多来，我不敢用功写论文，怕把我写老，写憔悴了，只等着你来见面。结果面没见上，论文也没写上。还不如早点用功，憔悴一点，现在再休息一下，论文也写好了，就只每天盼着和你舒舒服服见面了。多好啊，没任务了。谁知道呢，我又不是诸葛亮，怎么知道这一年多见不着面，我就不用每天那么全身心地精心等待了，就可以现在精心等待了。虽然也不知道等不等得到，最少可以先苦后甜，现在就不需用功交任务了。

为什么我这样地相信你，原来我是这样地相信我对你的爱，才会相信你爱我。自从我爱上你，我可能从不会让谁百分百来爱我，因为我心中有一个你。只有让别人不那么爱我，我才有理由为你空出心房。

我心疼那些命中注定的劫难给你的打击，害的却是我的爱啊，起先我是梦见你拿着斧子砍我，因为你担心我啊，后来，变成我爸爸拿着斧子砍我了，因为我爸爸也是担心我啊，你们希望我早点脱离苦海，希望我不要遭受折磨、欺负。我懂了，只有亲人才这样恼我，警醒我啊。可是余清在旁边说："不许砍我的老婆。"老婆既是他的，为什么又要糟蹋她？把她不当人？

有我在你的身里，你不会崩溃，即使崩溃，我也会用清明和澄澈把你支撑起来。每次我都心痛，每次我都心灵一颤，一种透彻心底的凉和痛。是你在说吗？是你放的音乐吗？我也是那么喜欢"在水一方"这首歌。

我在每一个地方每一个时间想你等你，在每一条路上，在每一个寂寞的旅途，直到人生荒漠，我仍在想你等你。我总是站在那里，直到站在那里成为冰雪，我仍在等你。

难道是为了我爱你，你甘心把自己堕入黑暗？难道我写的每一句话你都是那么过细地想？为什么？难道你真的那么在乎我？你是傻瓜，我的让人心疼的傻瓜啊。

因为我的爱你，你也竟愿和我一起去划破长空，一起坠落，又一起升腾。你不知道前方是什么，你只知道有我就有一切。你被谁伤害了，使得你那么憔悴，使得你为我伤心流泪？我的爱，我的怜，我爱你就是因为你有一颗傻傻的纯洁的心。傻傻的，干净的，美的，我爱不释手的，珍藏的，在每一个细胞每一条血脉中。你可知道我爱你是什么样的了吧。我爱你，要保存最长久的光华为你照亮，要吝惜自己的生命积蓄到最后一刻为你闪亮，要让自己成为一个庞然大物，为你遮风避雨。你呢，你爱我是什么样的，你想赚多一点钱给我用，你要和我一同共生死。等到可以死的时候，我会躺在你怀里安静地死去。这该是繁星点缀的时候，也是天空最明净的时刻。天上的净月照耀着我们的脸，连太阳都想出来宣告一个最明媚的早晨。

你比我爱得更像傻子，爱得更热烈。你还不知道你到底是不是爱我，你只是感动。我可不要你这样的傻，要坠落，也让我一个人坠落。我可不能让我的最亲最爱坠落下去。因为我不知道第二天太阳是否更鲜艳，还是仍是雨天，虽然我的心像灯一样照尽你直到最后一秒钟。可是，我还是要把你推开。我会化为一阵空气，吸入你的血脉。你身上有我，我终没离开你。何况，我还不至于坠落，第一还没到时候，第二，第二天可能再升起来。如果有冒险，让我一个人去，绝不能让你陪着。你是我的爱人，我生来就是要保护你，可我却没保护好你，让你在受苦。我知道你过的生活，估计和我的一样糟糕。为了这点，我经常又想不自觉地走到你身边，我以为我是散播幸福的天使，殊不知，有时天使并不能救一切。

你比我爱得多，我爱得比你多。我不认为我爱你比你少。可是，为什么？你竟肯和我一起坠落，那分明不是你。那不肯坠落的分明是我，我是爱你，还是爱我们的明天，爱我们未来的相伴。我知道，我分明是不甘心我还没和你真正地融合，让天地合一，你我合一。假如真的哪一天从此不再相见，我会为那些失去的相聚的日子痛悔一辈子。原来，我不肯坠落另一个不可知的领域，是因为我的自私的恋。

难道在一起就是注定死亡，不一定。坠落下去是什么地方，也许就是另一片灿烂的天宇。

其实我并不缺，只是在为你守着清白的寂寞。其实，我只是不愿轻易失去最宝贵的。只是不愿失去与生命朝夕相处的俨然已成为生命的部分的你。不是因为寂寞而去爱，是因为爱而寂寞。我痛恨我只有一个生命。我愿拿一个生命来与你共度一生，相依相伴；一个生命现在就与你不管不顾地壮烈赴死同穴；一个生命拿来为你书写一世的情缘话语；用一个生命的事业来辉耀我们的爱情。可是，我只有一个生命，我该怎么爱你。

我还要爱。要死要活地爱着，上气不接下气地爱着。只怕我的爱人不懂我这样狂热却又这样冷静的爱。当我狂热时，我会是你身上的蚂蚁，咬得你不宁又难受，招架不住，直到把你吸进我的血液，我的骨肉。当我不说话时，那是我以另一种方式静静爱你，我就像在另一本书里读你，把我所吸收的和你自然联系在一起，你就会成为我阅读中的一幅画，一片风景，你就和那些字一起进入我的身中、脑中，以一种温馨自然无形态的方式存在于我每一刻的思考、呼吸之中。这时候，也许你以为我忘记了你，其实，这样的时候，我感觉自己与你联系得更紧密，哪怕你此时忘了我，我也自信我坚持的想念一定可以把你牢牢地抓在心里。如果我在拼命地说，那只是心底的痛和想在翻着巨浪变化出的模样，你没看见没听见的时候，我心里想你就像柴火在封闭的土里燃烧。或者成为灰烬，或者成为一截乌黑发亮的炭。

我只要在我痛的时候，你用你的温柔的手抚摸我；我只要在黑暗的夜晚，让我知道你也坐在我身旁；我只要我掉到深海里去时，你知道这件事，那是因为我在固执地守望。那是我用我的固执的爱换来的生命的退场。我只要你知道我流泪时是因为我在呼唤你，并把它放在心窝里暖着。我只想我在被欺负被践踏时，我心里有一个你可想。我拼命地叫着你的名字，让我的世界在幻想中全是你。有你，我百毒不侵。我只是想让我的孤独有一个放置的地方，我只是想让我的不堪重负的身体有一个依靠的肩膀。你说我对你百分之五十，你对我百分百，你那百分百从哪来？有你这样爱的吗？

我宁愿依靠一条河，让冰冷的河水洗涤我的全身，我也不要依靠你。我宁愿依靠一座荒芜的山丘，我也不要依靠你。我宁愿依靠一条荒芜废弃的路，我也不要依靠你。我谁都不依靠。我依靠我自己瘦弱的肩，我瘦小的腿，我的不大的肩膀，我的勤奋的大脑。我什么也不靠，我不靠你，我不靠山不靠水不靠路。我不知道你是不是病了，如果你是病了，我会伤心死的。我会去陪你，我一辈子都会去陪你。

我知道你睡了一觉之后就会后悔，只是你千万别说出来。我心疼你口里的胡言乱语，哪一句不是关乎我的，只是到你醒了的时候，你就不会痴迷到底了。我早就知道这是你的胡话，我不会在你昏迷中答应你，因为我知道你会后悔。

第三十八章

这几天珠月连续梦见因颉，那天梦见他和她都哭了。他想吻她，可旁边有人，她不敢。她看见他瘦了，下颌突出，她可以清晰地看见骨头。眼泪盈满了她的眼眶，因颉的眼泪流出来了，她摸了一下她的眼睛，竟全是他的眼泪。他的眼泪比她流的多。是表示他爱她多些，还是表示他想忘记她。应该是表示他想她比她多。她看见玻璃里面的美丽的自己，为什么不是镜子？过一天，她梦见因颉倒在地下，装得很可怜的样子。因颉是想她来爱他。他知道她一般是因为同情、可怜而来爱人，是因怜而生爱的。所以，她的因颉就倒在地下装得很可怜。他是多么喜欢她，渴望她爱他啊。竟然愿意装得可怜的样子。她心痛地想："我的可爱的傻瓜。"

"我自己选择的路，就是跪着也要爬过去。"你是为我吗？

在一场极致的燃烧之后，森林里可能什么都没有了。那里面所包含的郁郁葱葱的希望，缠缠绵绵的思念，春意盎然的青绿，可能都没有了。可是，森林毕竟燃烧了，千百年来的一次。那熊熊的大火把所有人的眼睛都炫盲了。而且，一片废墟之上可能就是重新的青草泛绿，爱情在那一瞬间真正地相遇。思念融合了，你我真正地重逢了，没有任何屏障。

如果你在途中不认识我了，我一点也不急，我仍会向你微笑，那微笑会让你回忆直到恢复记忆。如果你是水，我一定纵身跳入你的胸膛，如果你是夜，我就是那照你无眠的月亮，如果你是那夜里的黑，我就是你的火光或者是比你更黑的漆黑。不管怎样，我要始终和你在一起。为你呼吸，当你咳嗽不畅的时候；每天抱你，当你乖乖地坐在那里等着我亲吻的时候。

昨晚竟然梦见你不好，梦见双翼也不好。而且你们两个几乎是一齐不好。你曾说他是你的另一个自己，又说我是你的另一个自己，所以，我与你们相关。半年之后，我知道你们两个都度过了那次的经济危机，心里安然了。

我有时偶尔把你忘记了，那是因为快乐时你在垫底，其实快乐已包含了你，绝不是忘了你生了快乐，而是你在心里让我生了快乐，虽然我不知道，其实我心里很清楚。如果我有时想你猛烈了，就像烈火一样烧灼了我的全身，竟至要大声在心里叫喊我才不至于被思念焚烧，那是因为我惧怕时间把你带远带走，那是因为我怕不再有我的眼睛所注目的你的方向，我一直都在朝着奔跑的你的地方。想起多少次，我在一旁偷偷地想你，心里笑着，或者我的眼睛和嘴都变得那么坚强，因为你在那些地方看着我，从没忘记我。我就在心里想着你，谁也无法抹杀你赶走你，只是因为我喜欢坐在一旁不声不响地想你，这已成为一种习惯，渐渐地，我的脸上的笑容越来越多，表情越来越怡然坚强，因为你在我心里，一直在我心里让我热爱生活。

孩子似乎感到了什么，怕妈妈没有了。珠月半夜只要起来到洗手间，她就会惊得坐起来。可怜的孩子，妈妈怎么都要管你，绝不会丢下你，妈妈不管你，就没人管你了。

难道蜜蜂真会跟着一朵花，珠月今天买了一把荷花，那只蜜蜂老跟着其中一朵荷花缠绕，珠月走到哪里它跟到哪里，珠月怕蜜蜂蜇到她，把那只蜜蜂甩开又加快步子，好了，那只蜜蜂果然不跟着她了，不是，不跟着那朵荷花了。等珠月买了票，走进慈光寺里去时，没想到，那只蜜蜂又来了，难道它认识那朵花？她不禁笑了，这顽固的蜜蜂！它认识这朵荷花。等她拜完佛祖，再一看，那里的荷花上有很多蜜蜂在围着嗡嗡叫。或许它们都找到了它们的花，还是蜜蜂本身就喜欢花。她独不解那只蜜蜂怎么认得那朵荷花？真有点感叹。起先她怕它蜇她，后来，她知道赶不走它，就任它了。

昨晚梦见因颉了，好像是在一个人比较多的场所。她看到他后好想靠在他怀里，她的宝贝很乖，就把衣服扣子解开，让她亲他的胸。而且他批评她，你看，你写这么多的我的名字。是写的因颉的名的字母。珠月感到周围有人认识她。当她这样想时，她醒来了。梦见他，醒来后她像过节一样。

珠月刚才睡着了，梦见 2001 年的报纸，醒来后，她竟有浮不住生命的感觉。随便捡起一个条子，一看是四年前在超市买东西的，四年前买东西的事还历历在目，时间已是让珠月如此难以承受，一晃又是四年了。四年是什么概念，她身在时间中，只有承受不住的感慨和悲凉。每当她感慨流逝的时间时，就会抑制不住心伤，人是这么无力这么渺小，终战胜不过时间。

要抓紧做一点什么，要抓紧做事，要抓紧和自己的爱人在一起。刚才那一瞬间真可怕，竟连一分钟都不能活了。明明半点爱情都没有了，又没半点真心，偏要死扯着我，现在已是受够气了，再忍下去，估计就到悬崖了。绝不能含糊，绝不能再忍下去。爱情已经碎了，偏要让我当牺牲品。一定要好好地给他写一封信，摆脱这种早就死心的婚姻。否则到时就会欲哭无泪，只有跳楼了。心不能靠，这是最可怕的。以后赖以活下去的东西呢？因颉离她是那么远，一阵彻底的孤独几乎在一瞬间让她连一分钟也活不下去了。

要坚强，李清照晚年肯定很孤独。她可以想她的丈夫赵明诚，你也可以想你的爱人，即使他不在你身边。

没有你，我从此一片荒凉。我不知道我的孤独到何时为止？我把我自己放逐于荒凉之中。手中什么也没有，心中生满硬草。

我的光和希望都是你，可是你总是会临阵逃脱。要你做出那么大的决定也是为难你，可是，我只怕我是那么寂寞，像死，像坟墓一样的寂寞。

下午梦见几对凤凰，凤凰很美。一般凤凰是指的一只，可是梦中凤是凤，凰是凰，每对凤凰不飞时，是单独的，当飞起来时，都完美无缺地重叠在一起，是一只完整的凤凰。多么壮丽、和谐、诱人的美。这个梦一定预示的是情侣和爱情。我想那是我和你。当我今天听到你不想我去见你的话，我的心开始慢慢地变凉变得不知像什么。只觉得眼前有一洼湖泊，里面的水全是淡水。好想念那有滋有味的水，你的那些炽热的爱语。

也许一切只是梦。时光已在飞逝，我们将会交会于何年何月？在宇宙的哪一边，在时光的哪一头？

这些天，人整个地沉入萎靡中，因为我在宇宙中迷失了自己。我似乎已不是活在这世上，我已经与世隔绝，纵横于宇宙之中，一种从未有过的荒凉从我的后背到我的心，我想象有一天我的坠落，一定是我和你一起坠到宇宙的一个山谷。在这之前，如果我没和你在一起过，那就是一个痛彻心扉的荒诞和空虚。

我宁愿有一刻的完满来填补整个人生的空虚，只希望宇宙能留住我们拥抱在一起。让那一刻的荒诞有一棵盛开的花树。

一想起去年那一次，我都感到后怕。我怕我的天空的失落我的太阳的坠落我的光明的隐没，就等于我自己已经失去自己，我根本就不想不敢去承受那种重量，就想自己坠入黑暗迷茫或者死亡中，那一刻，任何理由都阻挡不住我的坠落，如果你不是好好的，如果我没有见到你。我从来都深知你对于我的重要，那几天，仿佛是为了验证你的重要我的将要坠落深渊。谢谢你，我的爱人，你终是没让我坠落下去。为什么洛瓦利斯那么快就失去索菲，我想是因为索菲对于洛瓦利斯的意义太重大，自从见到她的那一刻到相爱的整个过程，世界仿佛在洛瓦利斯的眼里呈现着索菲的色彩，所以索菲走了，洛瓦利斯也没能活太久。从此他的语言里处处透着索菲的灵性，索菲的影子。那些悲哀到底的语言，穷尽宇宙的语言原来是失去索菲后宇宙显现的本身的色彩，这就是失去爱的世界的本来的颜色。洛瓦利斯在二十多岁就能体会到的失爱的世界本色，我近段时间仿佛才体会，因为我也无师自通地看到了没有爱的世界本色，原来是这样的荒凉这样的荒诞这样的寂寞和灰色。我还没有洛瓦利斯那么惨，因为你是那么乖地好好地活着，我的痛楚和心伤还不到要去永远遨游宇宙深处的地步，那里已没有鲜花和人间炊烟。我还活着，你还好好地活着，我还得感谢如穹盖一样的苍天，因为人类的孤寂还没到最深处。只想看着你看着你，我的眼睛会因爱而色彩斑斓起来，真想你能面对着我说一句，我爱你，我将会感动得涕泪交流，并在那一刻开始，把自己全部地交给你，从此再也不说孤寂。

我只想咬你的肌肤，让你疼好一阵，再慢慢复原，再被我咬，一遍一遍。我爱你，你身上有让我心疼的透明和纯粹。因为你的傻你的纯粹你的灵性，山川都要为你而显得像羽翼一样薄白。因为你的傻，又像那些清晨的雾水，是你又不是你，是你的露珠一样的心，使得青草无端无理由的一定是绿的。因为你的像孩子一样的傻，山川都不能动，只是静如处子。你就是那个在天涯唱着碧草的人，在波浪上说着大海深处的静谧的人。就像是被洗过的天空、云彩、山川。我曾说过你是人间的精灵和典范，何况，那人是我爱的人，这真是一个奇迹。为了这个奇迹，我竟然不敢想象幸福。因为我认为那是属于天堂的，虽然我知道你是人间的人。我的爱人，也许是因为你在我心中是那么透明那么心疼那么神圣，让我只能做那个歌咏的人，却不能做那个拥有的人。因为，连上天也会妒忌我爱你，是这样如痴如醉，痴迷不误。你就是那个不动的透明，而最爱你的我一定不会枉做最爱你的人。

我怎么都要让自己好自己强自己安全，这样，我就可以有力地去照顾你，陪伴你，并且对你和人们说，我爱你。如果我倒下了，那我爱你是大失败，如果你倒下了，那我爱你已经失败一半，我这一半怎么都不会倒下的。不想做弱者似的爱，如果我不好，谁来照顾你安慰你爱你看着你，我又怎能写出对你的深情和绵绵不绝的思念。

你说一句话，抵得上别人说一万句我爱你，你做一件事，让我感到那么突然又是不可思议。你说话说得很重了吧，按说我该生气了，可是过几天，我的心又回到你身上，就像血必然回到自己的心房，晚上我必然回家一样。这是为什么？难道就是因为一句话，难道就是因为我遇见了你，就像索菲和洛瓦利斯的约定和誓言，就像一个人没了灵魂，就只剩下行尸走肉。一个人没有大自然，只有黑暗的房间。没有天空，只有阴沉的地狱。没有阳光，只有昏暗。

我似乎把所有的爱所有的希望所有的重负都推给你，你承受得起么？每当我这样想时，我为我的孤单而心凉不已，我为我加给你的重负而心痛。我为我的重量需要你的承担而感到你的不堪和疲累当然应该还有幸运。是我把那么深重的忧愁悲苦都泼给了你，浇病了你。是我把那么多年的想念、爱情都倾诉给了你，淹没了你。我就是那么死死地抱着你让你一人承受我的悲和苦我的爱与忧。没想到，是我的执着和孤独害了我自己的爱人。

我只想紧紧地抱着这一团痛苦，这一团我曾经和现在的生命。难道苦难就是我的姐妹？你的苦难、痛楚，比我自己的还要让我绝望。因为你就是我背负这么多年的希望。如果没有，你的无情也是我的苦难。我不相信你是那样的。我愿意相信你那样，只要你好好的。你好，哪怕离我再远，我也仍是幸运的幸福的。灾难所摧毁的大厦，天命会使之重建。

好不容易“心心相印”的另一半发卡被“流行美”找到，今天却把整个发卡都弄丢了。心里又惊又怕，但愿能找到。直到我看到我披散的头发才发现自己的发卡没有了。这种发卡现在已是买不到。

你是我结下的幸福的果实，痛苦的果实。你如有痛，一定是我用我的爱把你灼伤。你的每一处痛都是我用温柔酿成的罪孽，我要用我一生的爱去赎我爱你的罪。你本是那样坚强，没有任何风雨能将你摧垮，却在我的漫无止境的孤独中跌倒。你受的每一分罪我都会用一生来赎，这个赎是幸福的，只要用爱。我就是那个爱你的，永远只爱那一个你，那一个状态中的脆弱迷失的我的你。你什么都不用说，你想对我说的，观音菩萨在梦中全告诉我了，那是你不开口的语言。无论你用怎样的语言来打击伤害我，比不了你在梦中抱着我，吻着我，比不了你在梦中愿和我一起深情坠落。我只想守住你，守住那个孱弱的你那个傻瓜的你。可是，我却不知怎么才能走到你的身边，用甜蜜的爱来赎我爱你的罪。该怎样爱你，我才能叫使出了浑身解数，爱你，让我只想自己变得那么强，什么都有，这又是不可能的，这直接又会导致我的自卑和放弃，没有信心。

可是我又怕这种巨大、承受不住的幸福，会不会让你失去太多。我又想，我就在一旁这样默默地爱你吧，什么都不说，只是永远看着你。

连生活都没有，爱情就成了灵魂的事情，可是，人毕竟不只有灵魂，还有身体。灵魂是在梦中空中的，身体是在地上人间的，我不知道该用肉体验证我自己还是用灵魂来验证我自己，这是一个永远解决不了的问题，也是上天给我的痛苦的命运。你就永远在这纯真之梦里，不要醒来。只让蝴蝶、花儿、草儿、可爱的孩子和树根上的蘑菇伴随着你的笑容，做一次返回旧乡之旅的美梦。我愿陪着你，守护着一颗赤子之心，守护着那梦里的你的纯洁的笑容，这些已是变得那么珍贵，难道你是要把它献给我？我想那些花朵能迷住你的眼睛，大自然的风景能抱住你的臂膀，你就是一个永远的赤着脚的梦游者。你会幻成各种形状，不会消失。一个在世间的人，一个梦游人，一个天上的人，你会这样存在着，让你达成一种不会遗憾的心愿，也是人类存在的样子。那些眼泪成串的人是为什么？为什么眼泪飞到天上去并没开成花朵，我却仿佛看到了我的沉重的心裂。为什么，你不是那个最坚强的，能抗到最后一刻的？我渴望看着你，是你的完整的模样。就会成为一个心伤的，永远的心伤的，只要能让距离减少，这一切都值得。可是，只空留下那些飘忽的我的无法释放的孤独和疼痛。这是一个什么样的安排，却是比任何接近相伴还要让我心痛神昏。难道这是一个本身就不该产生的，让我要用一生去背负的甜蜜的心痛。可是，这些到哪里去爱你？找到你？结果，空想足可摧毁一生，让一生心疼。你是这个世上最爱我的人，虽然，我不是你要的那一种，难道就因为这，让一系列的悲剧产生？

那些聪慧的花朵将会承受更多。那些青绿的叶子将会飘到你的身上。因为你是那只奔跑得最美的白鹿。也许是因为你拥有太多，上天妒忌你，你就该经受考验。你拥有得太多，所以你冷漠、淡然，我就是把我浑身燃烧，又能激动得了你的心情？只要你愿意，我怎么都愿意，只是，爱情这件事，我该怎么说。任何事情，都物极必反，因为我们的心太相通了，以至于在很长的日子里忘记了身体，就像一个目盲的人他的耳朵会特别灵敏，两个心心相印的爱人，极致的心心相印反而全不要了半点世俗、肉欲。这是我以前的想法。现在的想法改变了，心交流得到底了，也是物极必反，身体必须去寻求心交流的一个印证一个实现和一个依托。就像神仙下凡就要吃饭①，如果神仙一直活在天上也不必吃饭，神仙掉到地上来了就要和凡人一样吃饭。爱情在天上靠心交流时只要心心相印，当心的交流已经饱和，两个人就需要一种身的融合，来达到爱的最高形式。没有心的交流，即使身体天天在一起，却触动不了心灵，即使有偶尔的感触，也会立即烟消云散。明白了，为什么说行动是最高的准则，为什么那些相爱的人终会走向婚姻的殿堂，为什么要去战争，就必得送上生命。这个世界，我们来自物质，追崇灵魂又回归于物质身体。我自从和你一起来，就这样一直有你在我的心里和身体里，所以，从来都没觉得欠缺。只有一天，我仍然感到我是那么孤独，我才知道你在我身上的只是你的心和你的魂，而我还需要你的身体，在寒冷的夜晚裹住我，让我不冷不孤单，就像一床被子，光靠想象挡不住冬日的严寒。

你可以不理我，我却不知道你到底想要我怎么做。每次想你的时候，心口就会剧痛，是真真切切地痛，不是虚幻的痛。痛时我都要捂住胸口才能好些。我从来不会怪你，你做任何事都是有理由的，就像我不理我自己，和我自己生气，因为我知道我还爱自己。

那年“十一”期间我做了很不好的梦，猜到是你不好，但我不知道是怎么回事。那个梦里虽没有你，但我知道一定与你有关，在这个世上，还有什么大的事情会与我相关，一定是你啊。我想起那个梦，我就知道我一定要承担，因为上天把那个梦传到我的心里，传给我的梦中，是因为上天也知道你在爱着我，想着我，也知道我在爱着你，想着你，呼唤着你。那个梦里没有你，却有一种致命的恐惧，那种恐惧来自我命定的承担，承担一个一辈子也承担不了的幸福和苦难。那个梦里没有你，为什么上天竟然是这样地看着我们，我们的一言一行他都看在眼里。你不好了，他就赶快告诉我，我虽然感到一种致命的恐惧，可也有一种致命的幸福袭来。因为我知道我的幸福与恐惧与你有关。虽然你不在梦中。为了上天说的那个承担，不管是否与我有关，只要他说让我承担，那就是说明你选的我。如果你在清醒时没说，那么你在昏迷时一定是这样地告诉了上天。要不，我怎

① 珠月的家乡人传说神仙是不用吃饭的。

么会做那个梦？“你一定会来找我的”，这正应了我的那句话吗？难道我不是说的气话？竟让我的宝来找我，通过梦，通过菩萨。通过上天？我太恐惧了，我也太甘愿了，我愿怎样地为着你，只要你睡得好，吃得香。只要你舒适快乐只要你健康平安。你就是这样地让菩萨都知道了吗？还是我让菩萨知道了？

是一种什么样的心疼让你如此驻足于那个你，就是把你化成那一个一个的你和我，在那里疯狂起舞。为你为我。那也是你，都是你，也是我。我和我，你和你，在一起，就是你。就这样让春天火红灿烂起来。把那些伤痛难熬的时间和回忆拼力放在那些不显眼的角落，只因为你的火花和热爱，我也愿眼睛里燃起一丝希望。在前面那个命定的地方和时间，我为你抚慰伤痕，也愿我的伤痕在安慰中退回黑暗。就像现在已握着一把未来的伤和别，早就在伤感之中无法自拔。

你说的那些话像孩子说的，却百看不厌。每次看都会偷笑。好喜欢听你说的那些孩子话，却也是最动听的话。就像一个孩子说我喜欢你，就像我把我的喜欢印在你的心上，让你也这样纯真无邪。

我要你好好的，你的好就是对我最好的馈赠。没有什么不能承担，唯有大家都平安健康。我不会垮的，因为这个世上有你在，你在好好地活着，我就会是好好的。因为，你在那里。因为你需要得到幸福。

可是，你却不知道，我想你好好的，强壮的，甚于别的一切，包括你爱我。如果上天要让你病才能让我的愿望成真，我宁愿我和你永远走不到一起，只要你不病。只要你不受痛苦折磨。

难道只有你病了，我才能走到你的身边？如果要让你病为代价，我才能走到你身边，那么，我宁愿我一辈子也不走到你身边，这个代价也太重了吧。静静地等待命运的安排，命运越杂乱，我越安静，方能抗拒命运的折腾。

一种走不到一起的爱情不值得过。上天不允许的事情不能强为。我们是走不到一起的。相思二十几年，得到的结果是什么？我越来越孤独越来越绝望了，对于你，更是一场灾难、劫难。你是什么样的人啊，这世间无人能比的杰作，可是你，又能得到什么？不过是一场梦幻和舍不掉而已。我几乎耗尽了我的心血，把我自己燃烧成灰烬。当有人说爱我，或者我喜欢别人时，我竟觉得我已失去爱的能力和权利，那会是一种欺骗，还有愧疚。这种欺骗的本质永远都不可能改变。因为我曾完完全全地付出。

就像太阳在我的怀中变成月亮，就像我的幸福全是由泪滴组成。如果你是忧愁，我一定是雨水，要冲洗你的忧愁。如果你是痛苦，我想我要做笑容，永远都不要让痛苦把我们都煎熬成病。

是不是我这么想，那些文字就变幻出我所要的色彩，还是文字本身就是这样的颜色。那么深情的文字只能出自你之手，不可能出在他人之手。那么好的心，只能出自你的胸口，不可能有第二个人。

第三十九章

在梦中，珠月羡慕那些有依有靠的人，只有她像是无根的，惶然无着的。她露出可怜巴巴的眼神羡慕着她的堂弟们，她平时是不怎么认同他们那种平庸的生活的，而此刻，她确是那么羡慕他们，觉得他们比她幸福成功多了。那一刻，珠月感到自己是世上最孤独、最不能活下去的人。珠月想，我要去找一个让我能活下去，能让我苟延残喘生命的人。我感到自己就像一支要倒下的干枯的轻飘飘的没有半点重量的芦苇。珠月当时不能活下去的最深刻的感觉是愧对因颉。我既不能活下去，我怎么去写我想说的话。怎么去报答你的深情。醒来后，珠月想我一定要去找一个相依相伴的人，好冲淡我的孤独绝望感，要搅乱我的这潭忧郁孤独绝望。活不下去这是一个实实在在随时都在威胁着我的问题，比没钱、没饭吃更可怕，更让我感到绝望。

昨天到慈光寺拜佛，珠月看见佛祖笑了，珠月这是第一次看见佛祖明显的笑意，以往她看见他或者是忧愁的，带点悲伤的，或者是常态的，有时会有一点点隐隐约约的笑意，可她昨天看见佛祖笑了，伟大的、法力无边的、慈悲的佛祖真的笑了。救人一命胜造七级浮屠，所以佛祖笑了，因为佛祖用自己无边的法力救了人命。珠月拜佛这多年，从没看见佛祖明显的有笑容过。慈悲的佛祖一直都在保佑着她们母女。

珠月晚上梦见咪咪的爪子刺进她膝盖里面的肉很深，而且还流出血来，不过血不是很多。起初是狗的牙在咬她，后来变成咪咪的爪子。我做错了什么吗？珠月昨天白天看见咪咪的鼻子里流出了清鼻涕，她想用餐巾纸去给她揩，她不肯。每当珠月给她揩时，她就会低下头，不让她揩。珠月想，咪咪是感冒了吗？心疼不已。

早晨一起床，珠月就坐到电脑旁，咪咪也赶忙到电脑桌上来了，看来，咪咪对我没意见。

余清说过他手上的钱上亿，给珠月母女一套还在按揭的小房子好像还是个天大的人情，他的小气让珠月也以为这是他的恩赐，别人都说珠月太善良了，珠月现在才知道，这不是善良，简直是迂腐无能。她也一直觉得吃亏是福，可是当别人觉得你吃亏是理所当然，你忍让是天经地义，你宽容是活该，你得到一点他也以为是恩赐你时，你应该为你自己感到愤怒，而不是吃亏是福。你是正当名分的妻子，可你却如此不争不要，如此怯懦，如此遭他欺负、践踏，你真是无用。

碰到把钱看得重的人，连你的心里也变得处处为他着想了。他小气，你赶快不要，让他舒心；他花心，你当作看不见，让他净心；他蛮横无理，你不跟他计较，让他得寸进尺。他露出魔鬼脸时，你忍让他，让他自私到底，他还觉得自己受了很大委屈；梦见他不好了，你还给他发短信，叫他放心，你好说，只要他好。总之，你就是吃亏、受气，别人对你像魔鬼，他有什么不好，你马上还心软，马上牺牲自己，只要别人好。只希望他不要玩火自焚。到时珠月又会觉得自己还有错。既然管不住他，她也不想用宽容害他，只希望能快些离婚。

如果一个男人赚钱不是为了给我用，我要他的钱又有什么意思。我的爱人如果每月只有几千元工资，但能让我觉得这是我们共同的，我觉得这比什么财富都要多。

余清也是身不由己。看我每天跟他吵离婚，还不赶快防我？即使在我还没发现什么，也从来没想到离婚时，他买了房子很久我都不知道。他一直都在防着我。他从来都没相信过我。他说，这世上他谁都信，就不相信我对他是真的。可我相信我对我的丈夫是真心的。不过他早就不相信我的真心了，也许这只是他花心的借口。只是他早就找了人，又不满意罢了。

珠月知道余清不相信她，是因为他从来没爱过她。当你拿心真正地爱一个人时，你是会彻底地信任她的。即使有那么多值得怀疑的事，珠月也仍然以自己纯洁的心爱着余清。当珠月对余清付出真心时，她以为余清对她也是同样。有那么多的事实已证明他和她的心相隔两万八千里，可珠月不想看事实，她怕面对，她怕痛苦。

一觉醒来，已是晚上快八点。只觉得眼前一片黑暗，原来才发现自己比以前更孤独。仿佛前面是漫漫长夜。今年过年怎么过？我和孩子将走向何方？去年没路走只有回家乡过年，大年三十上午赶到家，女儿抱着外婆流下了眼泪。后来，母女煤气中毒差点丧命。今年，我们连过年的地方都没有。

这几年珠月只要一到园城去，就像下地狱。从没见一个男人被一个女人如此控制，或者从没见一个男人把老婆这样不当数。爱老婆的男人从不会让自己处于如此境地，对老婆死心、不真的男人才会让自己处于如此被别的女人控制的境地。

珠月忽然想看以前的照片，她在抽屉里拉出一大袋相片，看着那些相片，她觉得余清是爱她的，依着她的。他说他遇到小人，可他不和她讲，不让她知道是怎么回事，就解决不了。虽然他们不能心心相印，可他还是爱她的。珠月要余清找那个叫娄倡的女人一起谈，余清总是敷衍、拖着，珠月知道余清不想失去那个姓娄的女人。

做完饭，吃完饭，珠月忽然发现咪咪今天没找她，到处找，竟没发现咪咪，珠月的声音有些变了，想哭出来了。咪咪到哪里去了？想起昨晚她就没扰她了，会不会出去了？或者从窗户掉下去了？珠月去小区到处找咪咪，也没找到。怎么办？咪咪不是一般的猫，她是一只灵猫，她在梦中经常预示珠月很多的东西。难道她到我家就这么长的缘分？她想咪咪一定会回来的，她一定会找到她的。

珠月在日记本中写道：咪咪，真对不起，你昨天晚上就跑出去了，我却没发觉，今天中午才发现没有你的身影，你现在在哪里？你会在外流浪吗？我可怜的咪咪，我想起我抱着你，你的身体是那么柔软，我只想我的咪咪回来。再贵重的动物，也抵不上我的咪咪的一根毫毛。如果你被人捡了，得到好的款待，我会心安一点。你会在外流浪吗？希望好心人看到告示后能把你送回来，我的咪咪，一定会回来的。

珠月打印了很多找咪咪的告示，贴在小区的电梯和入口处。咪咪会回来吗？珠月在想，咪咪一定会回来。有谁会像我一样爱她。希望有。如果我的咪咪躲在外面的草丛里或者哪个房角下，我会心痛死，我想哭。我绝不能让我可怜的咪咪受苦。自己不吃都要给她吃好的。她在外那么可怜，她会流泪的。

猫会不会流泪，珠月有一次看见咪咪的眼角有泪。咪咪对我有意见吗？和我们没缘了吗？命中注定她要失去？

今天还没咪咪的消息，想起咪咪是一只流浪猫，珠月的心里更痛了。咪咪太乖了，因为她是一只流浪猫的原因吗？女儿说咪咪是最乖的。珠月想，我的咪咪因为以前流浪过，所以就特别珍惜这个环境，特别乖，想到这，珠月的心揪痛了一下。咪咪，快回来，我怕你在外没吃的，天气凉了，你睡在哪里？这是珠月第一次用心去养动物，就这样丢了，女儿哭了几次，珠月很想哭，没掉眼泪，只是一想起，心猛地痛。

半年前，女儿从一个专门收养流浪猫的女医生那里领养了一只猫，按照网上的地址到那个女医生的家里去领的。这只猫是黄色的，夹杂着白毛，它的毛很长，很漂亮。女儿说，猫咪现在有一岁多了，她喊她是“妹子”，又喊她“Princess”。珠月一个多月后给她取名“咪咪”。因为曾经有被猫的爪子抓破手臂的历史，珠月对这只新来她家的猫起初只敢远远地看着。猫咪总是眼睛瞪得大大的，好像是在看着她，懂得她的意思。珠月坐在哪里，她就跟在哪里。珠月忍不住去摸她的毛，开始只敢摸她的背部。看到猫咪的眼睛下面有眼屎之类的东西，丝毫都没想到可以去帮她抠掉。不过，后来，珠月的手已经可以在猫咪身上除了她的爪子以外的任何部位纵横了，自然她的眼屎也乖乖地被她摘去了。

猫咪到珠月家两天后她才发现家里有一只猫。半夜里，珠月忽然听到有猫叫的声音，以为是自己的耳朵听错了，再仔细听听，就去问女儿，女儿终于说出实话，因为珠月反对她养猫，可女儿又实在喜欢小动物，就又领来一只猫，那只猫已经在她的床底下待了两天了，也没吃也没出来。睡应该是睡了的。女儿曾经断断续续养过几只兔子，总因为各种原因，或者是没吃好，或者是冻着了，都死了。致使她们都怕养兔子了，看见兔子死着的样子，心里是万分不舒服。孩子期末考试，考完一门功课，就发一个短信问：“妈妈，小白和小黑还好吧。”珠月没有把握地说：“还好。”女儿回短信万分高兴地说：“谢谢妈妈。中午记得喂药哦。”珠月说：“放心，一定会的。”为了让女儿一心一意地考试，又为了让她回来有一个惊喜，看到小兔子都好了，珠月一天来时时刻刻关注着两只小兔子，祈求它们不要死。可等女儿回来之后几个小时，小白兔就死了，第二天，一直都没拉肚子的小黑兔也莫名地死了。女儿写了一篇日记，还把两只兔子的忌日记在日记本上，眼泪哗哗地从孩子的眼里不停地流下来。看着女儿在兔笼里铺的都是她最喜欢穿的衣服，一件红色的她爸爸给她买的名牌 T 恤衫，一件粉红色超短裙，孩子拿自己最好的衣服来给兔子保暖，她多么不希望兔子死啊，可两只兔子还是死了。

这是珠月家养的第五、六只兔子了。孩子又买来一只猫，收在她的房里两天，养兔子只要他们不死，珠月还是同意的，可是对于猫狗，珠月是一万个不赞成养。被狗咬了，被猫抓了，还要去打狂犬疫苗，多麻烦啊。果然，就在珠月抱那只小猫的时候，手臂就被猫的利爪抓破，得赶紧去打狂犬疫苗。找了好多地方，才找到那个打疫苗的防疫站。总共还要去五次。幸亏放假了，那只猫被孩子的二娘领走了。

这一次，孩子起先是骗珠月，说这猫是同学家的，只是暂时放在这里养养，随时都可以还给她。珠月过一个星期就催促孩子一次去还猫，可孩子总说没时间，她说："就让猫待在我家多一些时间吧。"一天天过去，孩子终于对珠月说出实话，她是从一个网上的女医生那里领来了一只流浪猫，可以还也可以不还。珠月坚定地说："肯定要送去。"

隔壁的阿姨看到了珠月贴的告示，一天她敲珠月的门，说是小区楼下有一个很大的猫洞，里面有很多猫，说不定珠月家的猫在里面。珠月赶紧请人爬进里面找，果然，找到了咪咪。珠月给了那人两百元钱和一瓶红酒。咪咪颈上的红项圈掉了，但珠月认得是咪咪。开始两次梦见咪咪回来了，后来仔细一看，发现不是自家的咪咪。前天梦见咪咪回来了，在冰箱那儿，能确定是自家咪咪。果然咪咪就真的回来了。咪咪的脸儿小了，鼻翼翕动着，像是在诉说自己的委屈。珠月摸摸咪咪的小小鼻子，似乎更小了。咪咪像是回到半年前，小小的时候。珠月把咪咪抱在手上，咪咪轻得像燕子。咪咪声音嘶哑着。仔细检查，发现咪咪的爪子受伤了。咪咪是怎么出去的？趁珠月开门时不小心溜出去的？还是在阳台上打瞌睡掉下去的？要不，怎么会腿上有伤。珠月用无菌棉签蘸碘伏狠狠地擦在咪咪受伤的爪子上，咪咪开始不肯，后来竟然肯了。可能是她发现这个药水让她的爪子不那么疼了。

咪咪一到早晨六点左右，就会直立蹲在珠月床头的书上，似乎在说：哎，该喂猫罐头了。每天早晨六点左右，误差不会超过几分钟。这让珠月每天早晨六点就得起床，再到床上去睡时，又得花上半个小时到一个小时入睡。珠月不理咪咪，可咪咪在旁边哼着似乎还在说，该喂猫罐头啦。珠月起床，咪咪赶快下床，动作历来像飞一样。她总是跑在珠月前面，珠月赶紧关门，她只有瞪着眼，几天都这样。那天珠月照样下床，咪咪犹豫了一下，她还是下了床，这次速度没有以往快，几乎和珠月平行。她犹豫着到底出不出卧室门，珠月见她一出卧室门，就立即将卧室门关了。再后来，咪咪早晨不蹲在床上了，不催珠月喂食了。珠月起床后，心里有些怜，有些过意不去。

她看着咪咪，笑着说：“对我有意见了？”珠月把咪咪抱起来，甩着，她在珠月双手中温暖又柔软，珠月随后就有比平常多一倍的猫罐头给她。珠月看她吃猫罐头时头直点像猪吃食一样，脸上浮出了笑容：馋咪咪，馋咪咪。

珠月去上厕所，卧室门忘了关，当她走进卧室时，她想看看咪咪今晚睡在哪里，咪咪已蹲在卧室，她正眼巴巴地看着珠月，似乎想告诉她：“我在这儿呢，你不会怪我吧。”珠月想不明白，咪咪为什么这么黏人？估计她问谁谁也不知道。既然你这么喜欢人，就让你今晚在卧室睡吧。咪咪起先睡在窗下，因为窗帘遮了视线，她看不到珠月，她又不知什么时候睡到了电脑桌上，因为眼睛一睁开就能看到床上的珠月。珠月担心咪咪睡在上漆的桌上容易着凉，就把她抱到客厅的沙发上睡了。咪咪趁珠月上厕所的间隙，卧室门没关，还是神不知鬼不觉、半点声音都没有地进了卧室。珠月想起咪咪神不知鬼不觉地不知什么时候溜进了她的卧室，还用那么祈求的眼睛看着她，珠月的脸上禁不住笑意盈盈，她觉得咪咪真是太可爱了。

可怜的咪咪没有一晚睡得好的。珠月每晚要醒来几次，咪咪就会醒来几次。只要珠月有点动静，咪咪一定会醒。珠月看见咪咪眯着眼正在看着她，珠月笑着，咪咪的眼睛从一条缝渐渐变大，悠悠地看着珠月。珠月晚上折腾多久，咪咪也会和她一起不睡多久。咪咪甚至还爬到珠月的床头，她以为珠月要她来做伴。珠月把她赶下去之后，她就乖乖地重新跳到电脑椅子上躺着睁着眼继续看珠月。珠月心里对咪咪有一丝愧疚，咪咪偏要和珠月一个房睡，偏要看着珠月睡，使咪咪从来没睡过一个安稳觉。

珠月脸朝着咪咪，笑着看着咪咪，看得咪咪都不好意思了。咪咪就用自己的两只前爪遮着自己的眼睛和脸。珠月从未看见过咪咪这种动作，咪咪一定是不好的意思面对珠月的灿烂喜爱笑容了。咪咪把两只前足放下来，见珠月仍然微笑着盯着自己，又把前足抬起来遮住自己的眼睛和脸。咪咪知道珠月的笑容表示的是友好。晚上睡觉时，珠月的脚不小心伸到咪咪的身上了，冬天晚上，咪咪一直睡在珠月床尾一个浴巾垫的角落里，珠月感到自己的脚被爪子抓了一下，赶快爬起来检查自己的脚，没有破损。大概咪咪也知道珠月是睡眠中无意用脚触犯了自己。那天，珠月一边温柔地哼着：“咪儿咪，咪咪儿，我家的乖咪咪”，一边去冰箱拿猫罐头给咪咪吃，不小心把急不可耐的咪咪的爪子踩到了，这次，珠月发现咪咪没有像往常一样发出尖利的惨叫声，眼睛里也没有以往被踩时的那种愤恨，大概咪咪知道她嘴里唱的歌是表示她对她的喜爱的。以往没唱歌时不小心踩到急不可耐的她的脚或者尾巴，她都会猛地跳起来，眼睛里射出阴郁的仇恨的光，这种光叫珠月感到害怕，心想，养不家的坏咪咪。

珠月觉得咪咪像小时候的自己，什么事都喜欢操心，所以没过一天轻松日子。珠月把咪咪关在客厅睡，咪咪就要挠门，挠得珠月睡不着觉。珠月只有让咪咪进卧室睡。警觉、操心的咪咪对珠月每晚的折腾一点也不厌倦，哪怕是白天珠月关门，她都要挠门进来。珠月抱着咪咪，让咪咪在自己的膝盖上睡，珠月故意晃动着腿摇着咪咪，咪咪赶快用爪子勾住沙发，珠月想把咪咪的爪子拿下来，怎么也拿不下来。她越看着咪咪，咪咪的爪子勾得越紧，珠月假装看电视，不理咪咪，珠月目光的斜光已看到咪咪的爪子松了，她不禁微笑了。聪明的咪咪，你都是做给珠月看的啊。不看你，看你怎么样，你的爪子死勾着沙发，你就继续勾着啊。咪咪没有那么傻，只要她感到很安全，她就放下爪子，在珠月身上安心睡大觉。

珠月给咪咪喂猫粮，咪咪低着头认真地吃着。她只是一只猫，珠月的心里有些疼，在珠月的眼里，咪咪是有灵性的小生命，可以和她对话。只是咪咪一到外面去洗澡、剪指甲，和那些动物放在一起，她不起眼得就像什么也不懂。一回家，咪咪好像又不是一只普通的猫了。咪咪的眼里一两次好像有泪，又常常似乎在微笑，她煽动着鼻翼表示着委屈，她佯咬珠月又猛地放松了嘴。看着咪咪低着头吃食，细声地哼哼着，很享受的样子，珠月总觉得，咪咪应该是个人，而不应是只猫。她应该一直前足美妙地立着，而不是像只一般的猫一样整个身体趴在地上。咪咪细声地哼哼着，她似乎感到很幸福。珠月想，虽然我是伟大的人类，我的幸福感肯定不如她，我怎么还心疼她？我焉知她不幸福？

前些天珠月买了猫罐头，咪咪很喜欢吃。两三个月前，珠月叫女儿在网上订猫罐头，这些天，咪咪每次在珠月给猫罐头时，她就扭头走掉。后来珠月发现那次买的猫罐头有股奇怪的味，咪咪大概要到猫罐头的奇味消失得差不多了再来吃，虽然吃得不如以前那么欢，还是断断续续把它吃完。这三个月吃这种猫罐头，咪咪肚子上的膘全消了，咪咪瘦了，珠月有些心疼，不过，她想，瘦是死不了人的，咪咪再瘦也不一定影响健康，自己小时候不是很瘦吗？前些天又换了一种猫罐头，咪咪特别喜欢吃，又回到以前吃猫罐头的热烈了。

这三个月来，咪咪开始还每天找珠月要猫罐头吃，后来珠月做饭或者起身，她也不找她要猫罐头了，致使咪咪一个星期才一次大便，珠月撮大便的次数也变少了。这几天咪咪喜欢吃这种猫罐头，连带上猫粮也一起吃了不少，恢复了三个月前吃食的习惯，猫罐头和猫粮一起吃。前三个月珠月放的猫粮咪咪几乎没吃，上面覆盖着一层白色，珠月以为是灰尘，仔细一看，原来是生霉了，一大碗猫粮放了一个月仍是那么多，咪咪每天就靠吃那种不喜欢的猫罐头过日子。珠月见咪咪不喜欢那种猫罐头，每次放得特别多，巴不得它快点完。这种猫罐头吃了还影响食欲，咪咪也不吃味道不怎么好的猫粮了。珠月想，这倒是一个减肥的好办法。珠月给女儿讲，这让她想起孩子断奶时，有些母亲就在奶头上洒上辣椒水，孩子就不敢吃了。这种猫罐头就像辣椒水，咪咪虽然还是吃，看她吃的样子，有些像吃药。自从买了另一种猫罐头，咪咪吃的时候每次都是头也不抬、专心致志地吃着，吃完之后，就见她惬意地用舌头舔着嘴旁边的毛和胡须，似乎意犹未尽似的。也可能她觉得那里会沾着点猫罐头。

每次当珠月给咪咪放猫粮时，咪咪都会把头抬起或者转向一边表示不看猫粮，当珠月放猫罐头时，咪咪才把头低下或者转过来看着猫罐头。珠月这时就会在心里暗笑，咪咪，你不喜欢猫粮也不至于每次都要这样表现啊！咪咪真可爱，她可不想装。

咪咪把珠月每餐给的猫罐头吃完了，再开始吃猫粮，一边吃，一边低着头似乎在回味刚才的猫罐头，停顿一会，又低下头吃起猫粮来了。这些天咪咪每天一次大便，一个星期下来，似乎瘪瘪的肚子上已长了肉肉了。自从买了这种猫罐头，咪咪的生活似乎活跃起来了。这之前的几个月，咪咪似乎是挨日子，每天没有什么盼头。现在，只要珠月一起身或者去做饭，咪咪就朝珠月叫着："喵呜，喵呜"，以前咪咪都是叫的："喵，喵。"听着咪咪叫着"喵呜，喵呜"的声音，珠月觉得咪咪叫得很谨慎，是不是咪咪怕叫得太自在了，猫罐头就会没有，或者变成上次的那种猫罐头。还是咪咪长大了，叫唤的声音变了，还是咪咪见了这种猫罐头发出的一种特属于高兴却又要暗藏着高兴的声音。珠月不知道，只有等咪咪见到不喜欢吃的猫罐头时可能才知道。

咪咪见珠月把剩下的猫罐头放在冰箱里，这几天咪咪像忽发奇想，竟然天天跑到冰箱顶上去睡着，像是守护着她的心爱的猫罐头。咪咪很懂事，也不胡闹，她见珠月打开冰箱拿菜做饭，她的头朝下望着猫罐头，却也没有做出一定要吃的样子。她知道一天只能吃二到三次。早晨十点给了咪咪猫罐头，到了十二点时，咪咪有些想吃了，早晨给得有些少，咪咪可能觉得时间隔得太短，她朝珠月“喵呜，喵呜”着，不过，声音有些怯，不太大，更不理直气壮。平常咪咪找珠月要猫罐头都是恨不得扑到她的身上来，这让珠月几次大吼咪咪，咪咪近来只敢在旁边欢呼雀跃着。今天，咪咪这种怯怯的声音让在盥洗间洗脸的珠月忍不住脸上直在笑：“咪咪好可爱，还知道不好意思。我家的咪咪真乖，真有灵性，真聪明。”说着，珠月就去冰箱拿猫罐头给咪咪，这一次给得特别多。咪咪吃完了就不吵不闹乖乖地躺在椅子上睡觉了。

第四十章

中考分数线出来了，珠月爸妈要珠月报师范，珠月就报了师范。到县城面试那天，珠月那段时间正在看一本对她影响巨大的书《成才之路》，她正被书里宏伟的理想激动着，第一次到县城的她竟然做出一个多年后她自己都惊叹的选择，不去面试。珠月竟然一个人询问着到了汽车站，坐着班车回家了。妈妈没说珠月一句话，仍然高兴地准备着珠月到县城读重点高中的衣服、被子。爸爸平时觉得转商品粮很重要，此时，也是一句话都没说，他们都以沉默支持了珠月的选择。没想到珠月的通知来了，是卫校的。爸妈都很高兴，珠月有些茫然失落，也没有忧伤也没有高兴。珠月七岁时坐在家乡的柴垛上就想，我最爱大自然，我将来一定要学理科，要获得物理学的诺贝尔奖。未来就像一条光明的彩带，她想她的未来就是彩色的，就是凭智慧去造福人类。读卫校时，珠月曾想过自学参加高考，大学梦一直都没泯灭。无奈每天要看的书太多，哲学、文学、历史，英语、日语等，而数学是需要花大功夫的，珠月觉得在数学上花那么多的功夫不值得，渐渐地感到自己离参加成人高考的愿望越来越远了。珠月想到一个卫校毕业的留校老师，听说他考上研究生了，他是中专考上的，这给了珠月很大的希望。她想，她也可以考研究生。

要读卫校了，爸妈都很高兴，还在家里请了客。开学报到时，珠月和两个一起考上卫校的同学还有自己的爸爸、同学的爸爸一起坐了两个小时的公共汽车到了泉城。路上汽车很颠簸，后来修了国道后，那条路只要半个多小时就可以到学校了。以前的路很曲折，有些地方宽有些地方窄，更重要的是土路，坑洼不平。

他们到了泉城后，珠月的爸爸找到了一家餐馆，几家人吃得很开心，花了二十多元。妈妈给了珠月三十元，报名五元，珠月买了一些日常用品，身上还剩二十多元。过了八个多月后，学生科科长通过班主任找到了珠月，说是叫她到学生科去有事。珠月就去了，宋科长问："你叫明珠月吗？"珠月说："是的。"宋科长疑惑地看着珠月，大概当时觉得她不像她爸爸的女儿，就又问："你们班还有叫明珠月的吗？"珠月说："没有。"珠月那时还不太会梳头发，一件好衣服总要留到实在没衣服时才穿。珠月的爸爸历来很讲究，就是一件破旧衣服他都要把它们穿得整整齐齐，让人看了很干净很气派。珠月的爸爸有一股气势，他说话声音很大，又自信，随便到哪里，别人都以为他是个干部。珠月的爸爸其实也有很多机会当官，和他一起混的人都当了局长厂长什么的，只有他还在企业当会计。"

宋科长问："你爸爸说要给学校拖三十元一吨的煤来，不知道怎么还没拖来。"珠月一听，知道爸爸肯定是图一时嘴巴快活，心里想，三十元一吨的煤哪里能买到？爸爸什么时候见到了宋科长，说了那一大堆事？肯定是开学的那一天。她不作声，只是站在那里。宋科长叫她坐，她也不敢坐。宋科长看着珠月说："你什么时候给你爸爸搭个信，叫他下次到校一定要到我这里来。你爸爸是做什么的？"珠月说："公社的一个会计。""他认识煤矿的领导吗？""我家住在煤矿边上。"宋科长说："给学校运煤的事还要你爸帮忙啊！"珠月心里已知道此事不可能，还是将就着说："好。"两个多月后，珠月觉得她应该对此事有一个回答。珠月太了解爸爸了，怎么办？知道此事不可能，怎么去给宋科长说呢？她问爸爸，爸爸说："随时可以送。""哪里有三十元一吨的煤？""当然有，煤场里冲到沟里、大路上的煤，好多单位都抢着要，都是三十元一吨的。""学校能要这种煤吗？爸爸。还是不要送去为好，免得宋科长失望，你首先又没说清楚。""那种煤一样的能烧，村里社济、起兵家都烧这种煤。""可是那要混杂着好煤才能烧燃啊。"

第一天开学珠月就见识了宋科长的魄力和在学校的威望，除了校长，学校里就是他做主了。可是不给宋科长一个准确的答复，宋科长肯定还望着那三十元一吨的煤，那要给学校节约多少钱啊？一年节约多少，长此以往又将节约多少。宋科长想想都心花怒放，舍不得放弃这么好的机会了。珠月忽然想到给宋科长写一封信。这封信是珠月二十多年后在日记本里发现的，她早已忘记了这件事。信的内容是这样：

宋科长：也许您还记得那一次您要我爸爸买煤的事吧，真是令人惭愧。我次次问我爸爸，他总说："学校什么时候要，随时送来。"但是我可没有勇气像他那样对您说："随时都可以。"我想，要他现在交出三十元一吨的煤，他肯定摸不到。他现在又不在矿里，再说，现在的煤价也没有三十元一吨的。看来，他心里想给学校帮忙，但是他却没有那本事。不过，他总是说可以买到，但是我又不信任他，怕学校到头来反而感到尴尬。在他看来，让别人高兴一下子比不让别人高兴好，所以他经常说些让别人高兴实际上并不可能的事。我次次真怀疑他怎么敢这样轻易到校来，好像并不记得他曾许诺什么似的。为了不使我自己感觉到始终对不起我们学校，我只得对您说清楚以表深切的歉意。但是，我希望您不要误解我的爸爸并不是不愿为学校做一点事，而是他确实没本事。即使他是煤矿领导，他也永远买不来三十元一吨的煤。我为我爸爸的浮夸而惭愧，也为他的善心却并无能力而叹息。我想学校也并不是硬要在他那里买煤，不管在哪儿都可以买到。主要的是我爸爸太不守信用或者说了一些做不到的事，令人愤慨。所以我只能代他向你们道歉。明珠月。1985 年 5 月 6 日。

看了这封信后，珠月只感到一股学生气、学生腔扑面而来，何况是在爸爸去世之后，哪有这样说自己爸爸的？爸爸并没说假话，煤矿里确实有三十元一吨的煤，只是不太好而已，也有好多单位买。珠月最终并没把这封信交给宋科长，后来宋科长也没再询问此事。珠月对爸爸说：“爸，你能不能不要在我的老师、同学面前乱说话啊？”爸爸笑着说：“我和他们说话那是他们的荣幸。”珠月以前一直不喜欢爸爸有些夸夸其谈，怕他做不到。可爸爸却认为珠月书呆子气。“我不管，反正你不要在我的熟人面前说话不算数就可以了。”爸爸岔开珠月的话说：“我在外面没有人说我不好的。”

元旦放假回家，泉城这个小小的车站也挤得满满的，珠月便索性坐在椅子上，哼着歌儿。坐在车站等候室的人越来越少了，珠月等的那班车还没来。她买了很多零食回家接弟弟妹妹，回家的心，都要跳出来了。她把她的行李放在门口，准备首先第一个上车，便站在那儿与人聊着。忽然，她看到了妈妈，她的身后依着一个约三岁的小女孩，眼球往外凸出得吓人。珠月问：“妈，这是哪里的伢儿？这个小伢的眼睛怎么了？”“生了肿瘤。”妈妈凄凄地说。“肿瘤？”珠月吓了一跳，她最怕听到“肿瘤”“癌症”这些字眼，现在经妈妈一说，似乎她的眼睛里也生了肿瘤似的难受，心里顿觉人生意义失去了一半。“我在煤矿路边捡到她，正准备带她到市医院去看。”“捡来的时候，眼睛肿了吗？”“肿了，这伢儿说都有蛮久了。我看到她好作恶[1]，就把她捡回来了。”“哎哟，这么可怜哦，她爸妈竟然狠心把她丢了不要。”“都五六岁了。小乖，去买一包瓜子吃。”随着，那个小孩顺利地接过一角钱，懂事地去买瓜子了。珠月和妈妈带着小女孩到市医院看了医生，医生说她只能活五六个月了。珠月完全不相信自己的眼睛，眼前这个可爱的小女孩竟然五六个月后就要远离这个世界，多么地无辜啊！珠月看着孩子凸出的眼睛，她感到自己的头发似乎都一根根竖起来了，背上、手臂上浑身起了鸡皮疙瘩。她只要一听到谁得了癌症之类的话，她就会有这种反应。特别是看不得孩子得这种病，每次在电视里看到关于白血病孩子的报告，她都会全身冰凉。有时甚至跳过去不看。珠月把那个孩子紧紧地抱在怀里，她亲着她的脸，孩子不好意思地跑开了。

珠月心里在喊：“我的上帝，救救她吧。”妈妈和珠月带着小女孩回家，班车已经来了，珠月已感到自己挪不动脚步了。随着汽车一声声地嘶鸣，她的心也在嘶鸣声中碎了。她想，我真想撕毁这个无情的世界。几个月后，珠月听妈妈说，那个小女孩已经死了。她仿佛看到小乖惊恐的眼睛在眼前一直悬着，她的瘦瘦的胳膊，她的懂事的行为举止，可怜的孩子啊。珠月那时多希望自己是个大富翁，即使不能救孩子的命，最少让孩子不要那么懂事，她总是怕珠月妈妈花钱。

在读卫校时，珠月从家里带来了一个枕头，里面塞着一件妈妈的旧棉袄，那件旧棉袄折着放在里面，坑坑洼洼的，里面的棉花都硬了，每天晚上硌得珠月头很疼，血管跳得厉害。她就用脸挨着枕头睡。那天她把棉袄拿出来准备换一个枕芯，她摸着妈妈的棉袄，就像妈妈的体温还在上面，是那么温馨。她不舍得丢掉，又把妈妈的棉袄塞在枕头里，那个枕头一直伴随着她毕业，自此她也养成了脸挨着枕头睡的习惯。

珠月前两天到邮局去寄信，看到路边一个穿着少数民族裙服的女人在卖中药，好久都没有路人来瞄一眼，珠月蹲在那里看了那个女人半天。那个女人的衣服都快成抹布了，关键是她的药几乎一天也卖不动一两似的。回到宿舍，珠月在日记里这样写道：“可怜的人啊，你为什么这么穷苦？这天下，什么时候，才是每个人的天堂，如果我有钱的话，全部卖给我吧。把这堆破烂摔破，然后再去创个新的送给你。”

春天，已悄悄地来了，春风也不可掩挡地在大地上吹起来了。珠月看

---

① 方言，同“作孽”，“可怜”的意思。

得出来，从行人的脚步声中，在悠扬的汽笛声中，她看到了这大地里多多少少的沉睡着的生机。新翻泥土的清新被风夹杂着吹过来，叫人心情舒畅。柳树已冒出了小脑袋，田野里也钻出红花草的花脸和野菜的身躯。

珠月每学一个病例似乎自己就得了那个病似的。那时她患一种偏头痛的病，只要在校就必疼，一到放假立即不疼。放假了她也给自己真的放假了，不用洗衣服都记单词，走路都背文学、哲学、历史等各种笔记了。珠月一边洗着衣服，一边把英语单词本放在一个凳子上，洗几下看几下，这样记单词效果还特好，就像在路上背笔记一样总是记得很牢。

珠月每天晚上头很疼，可是到了白天又不怎么疼了。它使珠月在夜晚下定决心去打针，在白天又自然而然地取消了。

上肿瘤课时，珠月觉得自己的胸腔里似乎也有水响的声音，仔细一听，确实有声音，平常从没注意。她怀疑自己得了胸腔肿瘤，近来可能因为劳累的原因，她的胸椎常常隐隐约约地疼，学了胸腔肿瘤后，珠月有些担心自己是不是得了胸腔肿瘤了。初中时，珠月的脚跟经常很疼，她就问当医生的姨妈，可不可能是得了猪肉绦虫病或者肿瘤，姨妈坚定地说，绝不会。珠月将信将疑。功课一忙，她就把脚跟疼痛的事忘了。那段时间，奇怪的是珠月上肢不定点的疼，肩部有时疼，背部疼，胸疼，直渗两边上肢，似有蚂蚁爬。手指关节疼。珠月简直确信自己是得了什么肿瘤了。她不敢去医院看病，她说："我得坚定一个信念，让疾病在我身上悄悄消逝。"珠月宁愿用一种忽视、无视的态度坚强地对待"疾病"，她给自己定了一个锻炼计划，打算用锻炼和忽视来对待她以为的肿瘤。

当珠月把自己的担心对她的好朋友小雨说了之后，小雨忧心忡忡地说："近来学肿瘤课，我都感觉我把肿瘤得遍了，学胃癌，我就感觉我得了胃癌，因我一直都是慢性胃炎，慢性胃炎时间一长就会转为胃癌，近来我的背部不知为什么很疼，就像是肺癌的放射性疼痛，我有些担心自己是不是得了肺癌。"她们的好朋友小云就说："不知为什么近来我的头痛起来了，我怕得了脑肿瘤。"珠月说："脑肿瘤很难得的，我的头都疼了多少年了，也没得肿瘤。"小云说："是啊，每天学这些头皮都发麻。"那几天，珠月每天盼望到夜晚，因为一到夜晚，她就可以锻炼了。她不会屈服于命运的。她甚至写下这样的诗句："我不相信命运会这样残酷地对待我，我对着天庭大喊，我所做的一切只是为了正义。"珠月这里的"正义"与近阶段发生在她的寝室的一件事有关。珠月的上铺西汝得病了，是精神方面的病。珠月平常不习惯关心别人的言行举止，当别人对她说这件事时，她不相信，她说，她好得很，我怎么没发现有什么不对。一同学说，医院检查说是的。她都去住院了。

珠月一直在想，西汝看着好好的，怎么就病了。如果她早发现，她就会和她谈心，让她不要有心结，不要得病。可珠月虽然住在西汝的下铺，却几乎很少和西汝说话。珠月每天只知道学习、看书，忙得不亦乐乎，时间都是以分钟计算的。西汝是个恬静的女孩，说话慢悠悠的，一个风风火火，一个不紧不慢，看来她们确实是没有什么话可说的。自从西汝住院后，珠月几乎有两个月一直在想一件事，就是自己怎么不早发现，也许西汝就不会病了。这件事本与珠月无关，可珠月就像被鬼扯住似的觉得自己有些责任。在珠月找到无数的理由说服自己后，特别是去历史中找到理由后，珠月的心里才好受一些。那时珠月想到曹操埋几十万俘虏的事，曹操让那么多的人无辜地死了，都活得好好的，你又没害谁，不过就是你没注意罢了，你就不要自责了。听别人说西汝是因为谈恋爱的事病的，可珠月认为如果她发现，也能解决，让西汝不病。

那时候，珠月看各种伟人、名人传记，总认为自己如果活在那个时代，一定能去改变一些什么。所以她一直都觉得自己多多少少有一些责任。全班除了珠月这么想外，估计没有第二个人会这么想了。珠月不敢把自己的自责说给任何人听，过了将近两个月后，珠月忽然有一天豁然开朗似的，再也不想这件事了。后来，珠月听吉紫堂姑讲她读高中时和一个宿舍同学吵架，吵得很厉害，吉紫堂姑就用鞋子扔她的同学，一段时间后，吉紫堂姑的同学得了精神病住院了。当吉紫堂姑神采飞扬地对珠月说这件事时，珠月惊叹于她的若无其事，她心想，如果这件事落到我的身上，那将一定是劫难。幸好，不是发生在我身上。那时的珠月单纯得像一张白纸，还有一种与生俱来的多愁善感和罪恶意识。后来，她想，成熟绝对是一种最美的状态，只有大树才能抵挡得了狂风暴雨。

那天在解剖室解剖尸体之后，珠月中午都吃不下去饭了，觉得那菜里的几片肉就像是她们一片片解剖的腐烂的尸体。小云甚至连晚饭都没吃。几天下来，珠月一想到那几具尸体，就不由得一阵反胃。她想，是谁前世造了孽让人去解剖，把自己的身体暴露于那么多的人面前。有的手割下来放在福尔马林的瓶子里，有的脚割下来放在福尔马林的瓶子里，有的是舌头，有的是肺，有的是心，都被展览着。珠月想，人活着真没意思。前阵子刚看到一个罗马的哲学家说过人的身体是臭皮囊的话，她当时有些不解，现在才明白人死后的臭皮囊确实是一个累赘。

家长们都站在公路边看着，如果看到自己的孩子，一定是非常骄傲的。珠月就好像是沐浴在一片热烈而又祥和的氛围中，一路上情绪高昂，心情畅快，只感到阳光是美美的，又是发光的。

孩子真是孩子，不管多么可笑的棍棒，照样要着，还有不知谁设计出的床单围住腰身，小学生们也照样穿着。有的胭脂把脸涂黑了，眉毛都是粗略乱画，还有的孩子遵照老师的吩咐，在车上向围观的人们问好、招手。看起来有点可笑，又有点令人怜爱。一个男孩子正朝着围观的群众得意忘形地做着兴奋的动作，旁边的一个老师猛地扯了他一下要他站齐，男孩子就像从天上掉到地下一样，脸上的兴奋立即变成了羞愧，这在他也许是一个永远忘不掉的耻辱，而对于众人，谁又注意了呢？珠月想，这孩子也许是一个自尊心非常强的孩子，他只是因为发自心底的高兴而忘情地做了几个自己想做的动作，得到的却是老师如此让他受辱的呵斥和猛扯。也许今天一天，小男孩都不会快乐。

珠月听到孩子们高声唱着《我们是共产主义接班人》，抬着“五角星”和火炬，抬着“振兴中华”，抬着“保卫祖国”，多么伟大的队列啊！只有童心未泯的孩子才会如此小心谨慎地走着步子，注意队列是否整齐，在车上一动不动地举着地球仪、星空，做着固定的动作。珠月很感动，很想哭，眼泪就要下来了，一想到不知凭什么，只好控制住了。

珠月想起自己读小学二年级时的一件事。她的同桌是个调皮捣蛋的男生，他常常在下面小声地阴阳怪气地学老师说话，那天上思品课，因珠月是班长，所以她就举手告诉老师，李明同学说话了。那位姓熊的老师觉得珠月说得有理，就叫李明站十分钟，十分钟后李明坐下了，没想到他又说起话来了，还用胳膊肘撞珠月，珠月又举手报告了，没想到那位姓熊的昏庸老头子竟莫名其妙地要珠月罚站，而且还要她到讲台上去站着。这对于珠月来说真是绝对的大侮辱，她从入学前就受到不管是家里人、亲戚还是湾里人的一致称赞，入学后也一直是班长，每次考试第一名，虽然只是读二年级，在学校却已大有名气，没想到碰到这么一个好坏不分的老头子，让珠月一生都不会忘记。珠月后来的上学历程中也从没罚过站，所以这一次印象尤为深刻。放学后，她躺在板凳上悄悄地哭，后来竟哭得躺在课桌下面的教室地上了。当时值日生要打扫清洁，她才爬起来。她看着自己灯芯绒衣服上的灰尘，以为全世界的侮辱都在她身上了。没人来安慰她，也没人觉得她需要安慰，不过是一次罚站，那个老师已回家了。天已黑了，珠月自己觉得也该回家了。回家后，她睡在妹妹睡的摇篮里像一个很小的孩子一样流了很久泪，她小小的心里还想道，一定要做得更好。

珠月后来还有一次也是睡在摇篮里，那时她已经读小学三年级了。下午放学后，她在路上被邻村的孩子们追打，还骂她是“喇叭裤”，她回家后也是睡在摇篮里，心想，自己怎么没哥哥，如果有哥哥多好，一定会把他们教训一顿，他们也不敢欺负我，不是看到我没哥哥吗？那时候珠月的妈妈给珠月姐妹各做了一条棉绸裤子，棉绸很柔软，而且穿起来飘呀飘的，可能裤脚是直筒的原因，相对于那时的跟随脚形做的小脚裤来说就显得裤脚有些大，那时正在时兴喇叭裤，在农村，喇叭裤都是一些不务正业的年轻人才穿的，所以，“喇叭裤”在那时的珠月家乡成了贬义词。说谁穿喇叭裤，等于就是骂人，就像当年说谁是地主、地主婆一样的骂人。而且这个骂比平时的那种惯骂在人们的心中还要显得厉害得多。

后来珠月想，奇怪，为什么小时候她一受到委屈就要睡在摇篮里。可能是她觉得摇篮可以保护她，或者她那时多想回到很小的时候，她就可以不经受这些委屈。无论如何那个摇篮在珠月眼里当时确实就像一个温暖抚慰的窝巢，她可以将头埋在里面尽情地流泪，又可以让摇篮尽情地晃动她，似乎她已得到了安慰。晚上妈妈收工回来，妹妹连月也放学回来了，一回来就哭着向妈妈告状：“今天刘家的伢儿向我扔石头，还骂我喇叭裤。”连月第二天再也不肯穿那条棉绸裤子上学了，她说免得让人骂她，她又没哥哥，如果有哥哥，第二天还可以再穿。

被罚站这件事很平常，珠月却觉得是大事。她后来想道：“昏庸愚昧是什么都可以制造的。”像她这样的好学生也要被莫名其妙罚站。她从不迟到、早退、旷课，次次考试第一，后来还被评为省里的红花少年、地区三好学生。在家，她抓紧时间为妈妈做事，不歇一分钟，人前人后都被称赞说，淑惠真有福气，生这样懂事的女伢。

这几天真难熬，算来算去，还有四五天卫校才放假，珠月是内外交困，又要应付期末考试，又要马上就知道妹妹的中考结果。头上的血管也不争气，稍一激动，就会跟着跳起来，珠月又是害怕，又不断嘱咐自己：平静，平静。珠月买了一个西瓜，几斤橘子，提在一个网兜里，一件牛仔裤给自己的，一件给小妹的裙子，一个咏梅牌收音机，二十多块钱顿时飞得不见踪影，到头来，她还在同路的同学那里借了两块钱搭车。以前珠月的钱一般都会拿来买书，这个咏梅牌收音机是为了听外语和小说，这一次她也破例给自己买了一条裤子。几个同学坐在火车上，又是唱歌又是跳舞，一会儿把收音机开一下，一会儿把牛仔裤拿出来看一下，几个同学都拼着牌子上面的字母，开始以为是英语，怎么也拼不出来，后来发现原来是“牦牛”的拼音，她们都笑起来了。珠月手中拿着一本大学理科英语教材正在记单词，小雨说：“这些单词好难哦，你都记得吗？”珠月说：“我还没学完，不过，这本书我只要半个月就能学完。”小雨啧啧地说：“这些单词我一个都不认得。”小雨拿过珠月手中的书，翻开一面密密麻麻写满了英语单词的纸，对珠月说：“这一面纸的单词你一般要多久才能记住啊？”珠月说：“我试试。我还没学到这里，这面纸的单词我也一个都不认得。”两分钟后，珠月把书给小雨说：“你掌我背。”令小雨惊叹不已的是，珠月两分钟内把单词全部记下来了，小雨每报一个字、词，珠月就能读出来（不一定准确），并把它拼出来。小雨说：“我真相信没有什么事情是你做不了的。”

珠月和同学们分手的时候，都是晚上了，天黑得很快，明与暗只是一瞬间。她一个人走在灯光忽隐忽现的街上，手上提着那个大西瓜，手掌已勒出血印子。有个年轻人骑着自行车来到她身旁，说要帮她带一下，那个年轻人说是很崇尚知识分子，他看到珠月提着一桶书，又说叫珠月把他当哥哥，说要开摩托车送珠月回家，珠月谢绝了。她靠在路边的一棵树上，久等着车，半个小时过去了，还不见车来。忽然隆隆声响起来了，她不顾一切地跳着用手招呼着，司机很快就停了车，严峻的脸上也不能说没有一点热心。他对着珠月说：“跟那边上吧。”车飞也似的开起来了，还没一刻钟，珠月已经到“打石冲”了。她向司机叔叔说了声“谢谢”，就赶快加紧步伐回家，提着一个大西瓜，又提着一大桶书，她的身体一上一下地走着，碰到了骑自行车的复夏，珠月兴奋地大喊：“我家连月考上了吗？”“没有，只考取了普通高中。你家连月考了四百九十六分，离重点高中还差两分。”复夏当然明白珠月所说的“考上了”指的是什么。珠月顿时立在那里不能动了，虽然她早有担心，虽然她也不至于把重点高中看得那么重要。她鼓了鼓勇气，还是前进了。珠月担心的是妹妹，她这几天是怎么过的？回到家里，妈妈对珠月说：“也不能怪连月，中学里只考取了一个，连月考了第三名。”到连月中考时，那时的“考取”就不包括中专了。珠月考上卫校的第二年，中专的分数线就低于重点高中了。珠月看着长得更高了的妹妹，她穿着一件蓝色的斜纹直筒裤，一件淡红色的蝙蝠衫，衬着她那较长的腿，头发披着，往一边撇去，倒有几分飘逸感，一点也看不出考试失利的惨痛。既然妹妹都有这么好，珠月就赶快和妈妈妹妹一起谈起自己学校的事来，她从来都是报喜不报忧，她知道报忧她们也解决不了，每次回家，家里就像过节一样，妹妹们围绕着她，就像她是一缕阳光。

珠月读的卫校和医院是隔壁，几乎每天都可以听到医院太平间里传来的哭声和鞭炮声，有时没有听到哭声，只要听到鞭炮声，珠月也会心里发冷，头皮发麻，全身收紧。等到鞭炮声噼噼啪啪地放完了，车子也似乎开远了，珠月才会觉得好像回到正常的人间。几乎天天太平间都有死人，天天都有鞭炮响，只要鞭炮一响，同学们就知道死人了。一般放鞭炮十之八九都是死人，有时也有结婚的，结婚一般还要打鼓。如果没有听到鼓声，一定就是死人了。看着载满花圈的车子在街上放着鞭炮，珠月不敢继续伸头看上面放着什么。如果是结婚，珠月的心里就会升起一层高兴，原以为又死了人，没想到是结婚，好像意外地捡到了一件喜事似的。有一次又响起了一阵鞭炮声，后来慢慢听出中间夹杂着打鼓的声音，珠月那时刻心里快乐许多，终于这次的鞭炮声是与喜事连在一起。当打鼓的声音已经随着婚车走得很远了，珠月仍然沉浸在一种轻松快乐和喜悦中。

她常常想，人为什么会死，人不死多好啊，人没有生离死别多好啊。人世间最痛苦的就是生离死别，为什么上帝创造了生命，又让生命死去？如果人不死，世界又将是一副什么景象。很多年后，她想，这也许是上帝的最完美的安排，人死后化为大自然万物的精灵，一个多么好的和谐完美的循环啊！生生不息的生命一直都在，可他们却不占空间，就像空气，或者变成下一世的另一个你或他。这个世界是这么完美，生命的精灵一直都没有消失，人一直都没死，人一直在以另一种生命的形式和样态循环。既不是以前陈腐的生命，虽然以前的灵气仍然在其中，可她（他）又变成了另一个崭新的模样，多么美妙的变幻，死和生都是这样的美丽。当珠月想到这一切时，她很想流下幸福美好的眼泪。妈妈曾经说过她不想老，珠月后来的一段绝望颓废，她仔细想了之后，有一大半来自怕老，她自己总结了一下之后，更慌张了，觉得自己还什么都没做，怎么生命就老了呢。听说有一个人因为怕老自杀了，珠月当时觉得不可理喻，后来她发现其实人的大半绝望都来自对老和死亡的恐惧。

珠月从十七八岁开始，每年都有那么几个月特别低沉和感伤。她常常一个人坐在一个地方，喜欢思考时间，时间总是引起她突如其来的感伤。她常常握着拳，希望留住前一分钟的时间，可是前一分钟的时间以及时间中的人和物已经流逝，只剩下现在的时间和时间里的人和事，现在马上又会消失。她多想留住时间啊，她不知怎么样才能抓住前一分钟，紧握住现在的这一分钟，她希望时间能成为一个固定的点，立在那儿，永远都不变，都让她看见。

第一次产生伤感情绪是在一个夏天的下午，她午睡起床，梦中梦见一些童年的事情，她就忽然地被一种强烈的伤感击中，难以自抑。她想起和童年的伙伴叶曦、满冬、枝子一起去采猪叶，她们在山上常常看到金银花，知道它是一种泡茶喝的降火的可以做药的花，那时，她们摘了很多卖给收购站。还有牵牛花，弯弯曲曲地开着美丽的蓝色的、红色的花朵。它可以做猪草用，不过她们一般不采它做猪草。当珠月采猪草，看着大人们在田里栽秧收割时，她的心里是甜美的。她一直记得金银花树下的一缕绿荫，她们几个好伙伴一边吃着金银花，一边在金银花树下的荫凉里坐着，夏天的下午到处都是一派明媚。

放假了，大家一起去砍苞茅，卖钱，一捆苞茅卖几角钱。和妈妈一起去挖山，和爸爸一起去砍竹，那时的序文伯父好像和现在一模一样，也没见老多少，当然也没见年轻。你看他们都活得那么带劲，人都六七十了，也没见他们叹息过生命。下大雨时，双脚浸湿泡在教室里听讲，寝室里漏了个底朝天，到处漂浮着箱子，有的同学把漂黄的米晒在阳光底下。这些都是过去的事情了，想起来却如甘甜的琼浆。家乡的黄昏在珠月的印象中温馨甜美，天空中铺满了或者慵倦或者热烈的晚霞，炊烟在每家的房顶上袅袅升起。夏日黄昏去水库洗澡，一路上可以看到成畦的蔬菜，回来后湿透的身体在晚风中冻得有些发抖。最美好的是和妈妈、连月一起挽着手在家乡小路上走着，有时走到石拱桥那里去欣赏家里种的绿幽幽的萝卜青菜。

多年后，珠月的科室死了一个医生，他只有二十四岁。他从未谈过恋爱，他是先天脑血管畸形破裂出血死的，科室抢救了几天几夜，他仍然还是死了。珠月给他打针、做股静脉穿刺、心脏按压，他死了后，珠月和同事一起送他到殡仪馆，这是珠月第一次到殡仪馆去，她看着那个医生静静地睡在那里，后来就成了一抔灰，他们在殡仪馆和同事烧了很多花圈和纸钱。回来后，珠月只要一闭眼就想起那个死去的医生躺在太平间的情形，她就不敢睡。她晚上连续吃了两个月的安定，恐惧才慢慢地消退。她闭上眼睛才渐渐没有了那个医生睡在太平间的情形。

珠月那时很爱生命，很怕死亡，她出差，睡卧铺，一晚上都不敢睡，她怕火车翻了。火车每咣当一下，她就等着看即将可能会发生什么。结果，什么也没发生，火车没翻，仍然照样前行。珠月仍然睡不着，她一晚上都在等着听火车咣当咣当的声音，一直到天亮，似乎安全了。珠月一直都把安全与光明联系在一起，只要天一亮，自然就安全了。好像事故只会在夜晚发生。她怕鬼，在家里晚上醒来后常常不敢睡，一会儿老鼠在楼上就像人一样打开某个坛子的盖子，一会儿老鼠又会像人一样在楼上走，又会不小心撞翻什么东西，珠月紧紧地听着老鼠发出的各种完全像人或者鬼在楼上行走或动作的声音。

珠月看自己以前写的日记，处处充满着一股火气、怨气，她都不相信自己曾经的火气怎么那么大，她已记不得自己的火气了。也许是她把怒气全发在日记本上了，所以她的心里反而一片纯净。珠月都不相信自己那时怎么那么敏感那么容易受伤害，那些受伤害的感觉现在全忘记了，剩下的只有对于学生时代的美好回忆。那时候珠月强烈地爱祖国、爱家乡、爱母亲、爱妹妹弟弟，有时拼命地回忆童年，甚至到了不能自拔的地步，就像一个老年人一样。看完《屠城血证》，珠月的全身血液还在沸腾，喉咙还在哽咽。她的那些像诗更像白话的日记就像一篇篇热血沸腾的励志文字，只是里面经常交杂着一股控制不住的怨气、义愤。

珠月和同学们一起到福利院去，她们争着给老人打扫清洁、帮他们剪指甲、铺床，老人们都感激不已。珠月在日记中写道："我们什么也没做，却得到这么多的赞扬。"珠月和同学们用满腔的热情帮老人梳头、洗头，和他们聊天，他们拉着她们的手都不舍得放，好似她们就是他们的儿女一样。珠月想，我以后一定要常来福利院帮他们。虽然后来去过两三次，学校就没再组织去了，珠月很想念福利院旁边的蓖麻树，想念那些很容易动情的老人们和自己那时刻非常愉悦的心情。等她们离开福利院时，福利院房子的前后左右连一颗垃圾、一片纸都看不见了。

福利院有一个很脏的孩子，老师说，不要惹他，他最脏了，珠月不嫌他脏，给他穿上裤子，珠月在擦玻璃时，两岁多的孩子还朝着她笑呢。珠月和同学要走时，孩子拼命地哭，一两个小时的时间，孩子和珠月已经难舍难分了。

最美好的回忆是和小雨、小云一起背题目，她们有争有笑。考试前的抢背对于珠月来说非常重要，如果没有那一两天或者两三个小时的抢背，她可能考十几分，有了这点抢背就不同了，珠月就能拿到班级一二名。珠月除了课堂上用心听专业课外，别的时间一直都在她的广泛兴趣中翱翔。

刚到卫校时，珠月只要看见那些穿着高中校服的同学，眼泪就会不自觉地流下来，特别是看到那所泉城地区重点高中的同学时，珠月更是站在路上不走了，眼睛望着他们，就像他们把自己丢在路上了。

有一个人出了一本诗集，请一个名作家取了个笔名。珠月把日后自己看了也觉得狗屁不通的诗拿给他指点，没想到珠月的理想得到了一个重重的打击。那个诗人断言珠月肯定写不出好诗，叫她千万别走这条路。晚上回来后十六岁的珠月写了一则日记："出了一本诗集，写了几首诗的便自命为诗人、评论家，这些人，抛些歪曲的见解，倒不如我在家打毛线还合适些。不要叫一个所谓的评论家把你一切希望打碎，把你的理想化为虚无，让你失去信心和希望。拜伦的诗作出来时，不是有人称那是无聊之作吗？高尔基不是被著名的诗人茹科夫斯基说成是没有诗才吗？莎士比亚的出色戏剧不是被时人称作是浅薄游戏之作吗？今天，更何况是这样一个不知名的所谓的评论家，一个满脑子偏见的家伙否定了你，你便泄气便绝望，认为你所学的一切不过是虚无。这种人跑到外面来只不过是打消别人的气力，栽种灰心的种子，可恶死了。"当珠月二十多年后看到这段话时，仍然被自己当年强大的说服力说服了。特别是她写的一大堆的例子，那些例子在她看到这则日记之前还不知道呢，她早忘记了。

十七岁的珠月看了《迪斯科舞星》之后写道："这是一个悲壮的经历和故事。我觉得它怜悯之中涌起一种悲壮的情感。"当珠月二十多年后看到她写的这句话，仔仔细细地再看了一遍，她当时所说的"怜悯"这个深度的名词只有在珠月读了硕士之后才发觉，可她在十七岁时实质上已会用这个词了。与其说是用，不如说是她的创造，她的真切感受。在这之前，她并没在哪个地方看见过用这个词来形容人生。

珠月读卫校时每个月能发十四元生活费，这些钱她每个月都能节约六元左右用于买书。记得毕业时，她的书已满满一箱子了。在路上，因想节约车费，就吆了一辆便车，便车把珠月带到一个离自己的家还有十几里路的地方，司机的车该到另一个方向了。把那么沉沉的一箱书抱下车，看着路边的那箱书，天已要黑了。怎么办？当黑暗降临时，特别在一个陌生的地方，人都会恐惧。在那些斑驳灯光闪耀的树影间，珠月心中充满的更多是一种对于未来的期待和希冀。朦朦胧胧的，蠢蠢欲动的，生活对于她就像刚刚打开的一片田野，憧憬的远方里有太多美好的可能性的东西。珠月看着一辆辆的车飞驰而过，她连吆了几次都没车停下来，又有一辆车飞驰而来了，珠月拼命地摇着自己的手，嘴里大声地喊着："停车，停车。"可能是珠月的样子太不顾一切了，司机把车停下了，一问，正好是去柳树湾旁的煤矿拉煤的。珠月和司机都喜出望外，这位司机是外省人，第一次来到这个地方拉煤，听珠月说她家有旅社，专门给拉煤的司机住的，更是赶忙说："人生地不熟的，我正急着没地方住呢。"

那时费翔的歌《故乡的云》正风行大江南北，他们几个同学在老乡家一个比一个更为深情地唱着"故乡的云"，然后他们去坐火车，那时从泉城到青山镇有几班火车，现在早已没有在青山镇停的火车了。火车上珠月拿着一本书看，有个老人看珠月拿着书在看，他说，你念给我听听，珠月就声情并茂地朗诵了一段，那个老人说，你的普通话不是很准，珠月不服气，她心里想，我觉得我的普通话准得很。珠月咬字重，那时，她觉得自己的普通话很准，并不知道自己其实很多字读得并不标准。老人说，你知道我是谁吗？他说，我叫夏三多，我是画家。哦，你是夏三多，珠月说，我看过你画的"江山如此多娇"的油画，真的画得很像哦。夏三多给珠月留下一张名片，再三嘱咐一定要到他那里去玩。珠月回到家，家里就像过节一样热气腾腾，热火朝天，就如三个妹妹说的就像给家带来新希望。家里如果这时没米没油，只要珠月来了，家里一定是欢声笑语，珠月会拿出给弟弟妹妹们买的礼物，一瓶菠萝罐头、一袋麻花、一盒饼干等。

读卫校时，珠月每次回家望着那个坐落在山坳里的青山乡中学，真想把那里的每一颗石头装进心里。有一个同学的脸在晚上睡觉时竟被老鼠咬了，第二天老师问起他的脸怎么了，他说是被老鼠咬了，全班都笑了起来。在珠月的记忆里，她以为那个老鼠咬的创伤肉都是甜的。

清晨珠月最喜欢坐在小溪边看书，看袅袅升起的雾气。有时睡在红花草地里，任夕阳漫过身躯。特别是太阳底下的红花草，一片一片的，像云锦一样，珠月想走在上面。她看到了在红花草地里耕地的伯伯叔叔们，还有一些妇女在掐红花草尖，可以炒了做一碗菜。吃多了味道有些涩，不过，那片繁花似锦的红花草地真是把春天点缀得生机盎然，珠月的记忆里会反复地出现那幅春天里人们在红花草地里耕田把红花草踏碎作肥料的情景。

泥土夹杂着红花草的芳香充溢在空气和每一个人的心中。那时的生活就像珠月眼中的红花草一样充满着希望和五颜六色的点缀。珠月小时候最喜欢看的电影是《喜盈门》，她喜欢那里面的乡村气息、乡村风景以及乡村的和睦氛围，最重要的是那里面没有厮打没有刀枪没有战争。一直到她读硕士时，她有一次看纳粹片还头皮发麻，看到战争片里的死人，她就恐惧未来会不会发生战争，特别是想到自己的孩子和妇女儿童如果要面临电影里一样的战争时，珠月一天都心情异常不好。纳粹的残忍无道让她从心底里恐惧，她在心里祈求和平。那些战争狂人随便什么理由在珠月看来都是不能容忍的，除了自卫的战争。多少年后，珠月想再一次看看《喜盈门》这部电影，重温当时看电影时来自心里的欢欣喜悦。

第四十一章

在儿科实习时，珠月有一天心情特别舒畅。那天她打了五六针头皮针都是一针见血，顺利得连空气几乎都是神清气爽，还破例得到了几个家长的称赞，孩子也听了他们父母的话细声高兴地叫“阿姨好”。在儿科刚实习完，珠月转到内科，看到静脉注射用的针变得大了，珠月有些不敢扎。她对自己说：不要怕，要大胆、镇定，把血管找好，怕什么？

珠月生来对口头和书面语言表达这两项特别自信，对当护士特别不自信。她读卫校时曾经想过，干脆毕业之后去门诊部挂号，就不用做那些既要负责任又烦琐的事了。在手术室实习时，她很担心自己做不好做错了。这是她当时的日记：有什么怕，有什么神秘。穿好衣裤，洗手，穿衣，戴手套，再把器械台上的东西分类摆齐，把针穿好，线、纱块放在盐水里打湿拿出来放在弯盘里。弯盘里有两把剪子、刀片，把刀套好，放在弯盘里。就没有什么事了。一般用7、4、1、0号线，把线穿好，动作迅速，收拾止血钳，快速递送。没什么了不起，相信自己做得好，就能够做得好，别把什么事情说得那么难，不要说自己不是这个料来让自己一点信心都没有。明天巡回护士要主动，把器械台铺好，打开包，倒盐水于盘子里，放剪刀、刀片，帮助穿衣，术后观察。不要扭扭捏捏，否则什么也做不成。珠月看着这一段文字时竟有一种清风扑面的感觉。似乎美丽的青春就藏在那些文字里。那时候的珠月在实习期间总怕自己做不好，但其实什么事情只要她多做几遍，她总比别人做得好。

内科实习时，有一个病人是肺癌已扩散到脑部，这样的人，珠月和同学都是非常同情的。所以她们下午会经常到他那里去和他谈心。这个病人来自农村，他天天想着家里的事，老想赚钱的事，老想花了多少钱的事，又老想那些鸡毛蒜皮的小事，说一些不明理的话，说什么医生舍不得用药，把好药留给自己，说什么就是要吸烟，真没办法。珠月和同学后来都不去了。那个病人整天令人讨厌地唠叨不休，指东画西，还斥责护士这没做好那没做好。珠月想，为什么一个本应让人同情的人一点也不让人感到有同情之意？不让人想为他尽一点微薄之力？珠月给一个病人输液打了几针才打进去，可那个病人仍说不痛，珠月很过意不去，心里一阵愧疚。她越想越不是滋味，她想，那个病人对我说几句不好听的话也好，对我发脾气也好，一想到病人的那种痛苦，好像自己的手都在疼一样，好像疼痛是种病，永远都在疼似的。珠月看见那个病人的妻子卖冰棒卖到晚上仍几乎还有一箱，平时那位病人的妻子看到她都会笑得很甜，今天她忽然低下了头。珠月很想对她真心地一笑，并想在她那里买一支冰棒。

珠月一天下来心情十分不好，实习那么久了，那天是她心情最不好的一天。她对自己说，打针要大胆，要找准血管，止血带要系紧，这样成功率就高些，不要怕，要自信。打肌注针，她又怕扎伤病人的坐骨神经，打静脉针，她又怕病人疼，弄得她每天心惊胆战，畏首畏尾的。

珠月刚正式上班那天，脸色仍是黄黄的，是没有血色的那种。护理部主任第一天接见她们，可能是记忆深刻，多年后，她住在珠月科室时对珠月说："这么多年，你仍然一张死脸。"珠月因在卫校几乎一天一本文学、哲学等各方面的书，又要学习英语、日语、法语。三年的卫校生活留给珠月的就是上课、读书，再上课、读书。窗外的树叶落了，才知道是秋天到了，窗外飘起雪花了，脚下有点冷了，才知道冬天到了。下课了，几个女生仍像初中时一样互相踢脚以取暖。珠月每天几乎最后一个去买饭，星期六、星期天不上课，她就早晨多买两个馒头留着中午晚上吃，在教室里一天就不出来了。

刚上班，珠月给自己订下一个作息时间：上白班时，下了班，中午规规矩矩看一个半小时的书，要坐在椅子上看，不许偷懒，再睡一个小时的觉，下了班吃完晚饭继续看书，各种书籍都可，晚上十一点睡，早晨五点半起床，读诗词、英语。要持之以恒。上夜班时，下班，看书，如若累了，就睡，不须脱衣服，只要在上面躺下就可以了。文学、哲学、美学、英语，各门学科都不可漏掉。

珠月分在大内科，共有六十多张病床，每天病人住得满满的，总有四五个或者六七个告病危的病人。一天下来，珠月就抱着脚拼命地揉，睡觉的时候脚不知该怎么放好。这样一放也不舒服，那样一放也酸得难受，一会儿把脚搭在被套上，不舒服，又放一只脚到床下面来，还是不舒服，只好双脚叉开，大仰大伸地睡在床上，也不舒服。晚上值夜班时，护士们都是裹着一件旧军大衣靠在沙发上稍微休息一下。下夜班后，每个人的脸上都是乌黑的。珠月上夜班早晨治疗做完了，就该拖地了。她那时已经拿不动拖把了，只感到握着拖把的手松松的。晚上，几个病危病人，小小的十八岁的珠月得拼尽所有的力给危重病人翻身，病人又胖，又没家属帮忙，珠月觉得翻一个身抵得上打好多个输液针。一个女孩子比珠月还大，她因为病了还躺在妈妈的怀里撒娇，而珠月的肩上却已挑着一份成人的重担，一股自怜的热浪涌上了珠月的眼眶。脾气不好的病人还要呵斥护士，护士不敢吱声，她听到有家属说："一个小小的护士。"可珠月自始至终都对当护士有一种来自心底里的自豪感，那些病人把医生看得神明，珠月却把护士的事做得津津有味。以前有人责怪护士态度不好，她自己当了护士之后，才知道每时每刻保持笑容确实很难。一天到晚在病房里不停地跑着，一般只有下午才有一点点时间坐下来，医生护士要一天到晚心情好确实是太苛求他们了。医生每天都要到病房，即使休息，照样也要准时早上八点来交班、查房，一年四季没有一个星期天，出了事故，医生还得担着。别人说医生一脚在医院一脚在法院。护士在夏天上班时，因为在病房常常都是奔跑似的走着，她们常常衣服全部汗湿了。冬天半夜起床很冷，没有睡醒就得起来上班。

做晨间护理时，王护士长说："连卷帐子都不会，怎么毕业的？"珠月想，我又没学过卷帐子，难道卷帐子还有什么要求吗？我在这里实习也没见谁教我卷帐子。你就符合一个护士长的身份吗？你连查17—羟内固酸的尿中放多少浓盐酸都不清楚，查凝血酶原放草酸钠溶液都一无所知，还谈得上什么护士长？王护士长见珠月无后台，只是因为全省统考第二名才分到市医院来，珠月又不会像其他几个新分来的护士那样嘴巴甜，她就要珠月去洗洗胃机布、窗帘，这些本是洗衣房可做的事，她却要珠月做。珠月也当作无事一样做了。当珠月花了十元钱买了两瓶酒给她后，她对珠月就变得热情多了，直夸珠月能干，什么事交给她都放心，做得好。中秋节医院分了几个月饼，珠月写道："我有几个月饼，多想留给妹妹，我一个人吃了，会觉得不舒畅，我有几个苹果，多希望妹妹就在身旁，我吃这么多，也顶不上她吃一口，让我心里发甜。"

医院正在分过年用的木炭，一群穿白大褂的医护人员站在外面场地上，珠月一眼望去，那时医护人员在她的心里相当神圣，当她看着一个个的医护人员搬着医院分的木炭往科室走时，特别是看着场地里一群白衣天使白花花一片，在初来的单纯的珠月眼里他们的样子竟有些讽刺和滑稽的味儿，她以为他们与木炭无关，他们是圣洁的，与世俗无关，她没想到自己过一会儿也要去拿过年分的木炭，一点也不觉得自己有些与身上的白大褂不协调。当时的珠月来医院才四五个月，当她看着一堆白大褂站在医院场地中央领分木炭时，就像一个不在医院工作的人看着医护人员领木炭一样是一种崭新的感觉。

珠月想，看来只有农民最自由最舒服。在烈日下晒得要死，也不过几天，一年到头都有粮食吃了。冬天围着炉火，多快活，夜晚围在一起看电视，不要值夜班，随你多晚去睡。总之是自由的宁静的。等珠月一回到乡下，保管不到三天，她就想出来了。在乡下，随便坐在哪里都有炉灰似的，更是无法看书，虽然人人闲散，打麻将的打麻将，玩的玩，可珠月还是想快点回到学校或单位。

医院在珠月的眼里一直都是崇高神圣的，当她穿上白大褂时，她分外珍惜这种神圣职责的赐予。多年的临床经验使珠月悟出了一个道理，作为医生护士，他们的职业道德已经渗进一种神圣生命中，必然地，他们对患者只有一个目标：使患者脱离危境，让患者尽快恢复。而社会舆论并不管医生的内心也不问医生的良心，他们把所有的与医疗有关的矛盾、纠纷，都归结于医生的过错。是的，没有医生，没有病人，就不会有医疗纠纷，但是药费贵了，处置费贵了，检查费贵了等，都归罪于医生，医生的权利似乎没有这么大，医院到底是免费医院还是福利院？多年后的珠月深深感到，这几年的农村医疗保险制度出台，是最值得说的一件大事，也许比修造任何宏伟的工程都要伟大。农民住院可以报销医药费，今后应该能报销更多。医院几年来已经出现过几十例病人家属殴打医生的恶劣行为，直把神圣无比的医生像打一个触怒了他们的乞丐一样打得遍体鳞伤。老实说，医务工作者也是人。上班时，大家都有一个共同体会，在家心情再不好，可以板着脸，再大的烦恼在科室也不能当着病人的面显。医生护士不可能一天到晚装笑脸，那确实有些难，能不板着脸就算很敬业了。病人嫌医院不该收费或者收费过高，种种原因大多是因收费而起，不收费，医院几百千把人口又从哪里养家糊口。最可怕的是医疗纠纷，非医疗事故的发生，仿佛进了医院就是进了保险箱，仿佛人可以不死，再高的技术，再一流的设备，也不可能不死人。家属的心情可以理解，他们往往是一阵震怒，摔桌子、砸椅子，过后，医院也不追究。更有其麻烦的是医疗纠纷、非医疗事故赔偿案，直把院领导及当事人搞得焦头烂额，神志不清，他们甚至还使用恫吓的手段，仿佛医生护士是一伙杀人犯。医生越来越难当了，他们小心翼翼，百般谨慎，就是一晚上守在病人床边，也不能保证不出问题、病人不死。谁能轻易地说一个病人的死亡一定是个医疗事故？

有一个医生因为年轻疏忽把一个病人的既往病史写得不很准确，那个病人竟然要求那位医生当着众多实习生还有病房病人的面自己各扇两边脸颊几巴掌。此种事例比暴露之下的一阵猛打更让医生没有尊严。年轻的医生哭了，医生为人的尊严就该如此践踏吗？

在医院那么多年，珠月始终相信医生护士的医德是建立在一种神圣的职业道德之上的，它是从从事这一行第一天起就开始带来的，是一种与职业紧紧联系在一起的美德，坚定不移。郎中只有割股之心。只能说，人不可能十全十美，医生护士也不可能十全十美，十全十美的只有上帝，而上帝也有出错、照顾不到的时候。只愿医院与病人、家属更多一点沟通，更多一点理解，相信理解会融化一切坚冰。

珠月有一段日子很想家，又像回到了刚离开家来卫校读书的日子。刚到卫校时，弟弟还只有十个月，她最想弟弟了。“十一”回家，她以为弟弟都能走很远了，结果发现她还只离开他十天。那时，她天天想家，想妈妈，想弟弟妹妹，一个妈妈的破棉袄做成的枕头已经很硬了，她却天天晚上拿出来闻上面母亲留下的温馨气息。珠月只觉得那枕头上面的每一丝母亲的气息她都视之为珍宝，都不愿让它消失。珠月想念家乡的山山水水，家乡碧绿的菜园，掐一篮子嫩得可爱的青青的菜薹，寻找童年种桃树的痕迹，还有那些未长大的板栗树，夏天的傍晚她总和妈妈趁着太阳快落山时的清凉，在高高的山坡上挖地、松土、施肥。这时的晚霞在珠月的印象中总是红晕晕的，很灿烂，染红了那遥遥的天边。临晚的清风吹过来，珠月和妈妈心情都很好，妹妹们也经常赶上来凑热闹，你一锄我一锄，她摘一根豆角，她摘一条黄瓜，直到把篮子摘满。珠月永远都忘不了夏天黄昏时的晚霞，像火烧云，望着它们心中会升起一种更广阔更深远更美好的东西。

珠月刚上班时，一个想追求珠月的大学老师来找珠月，珠月当时并没看出他的来意，她只要对别人没意思，也很难发现别人对她有意思，即使有点觉得，也不放在心上。珠月一个劲地和他谈起她近阶段看的果戈理、普希金、海涅等，那个老师说：“你能不能不谈学校、事业、改革、哲学、文学啊？”珠月愣了一下，她不知道他要她谈论什么。“那谈什么？”“说一点生活的事。”“生活还不老是那几句话？”等那个老师走后，珠月写道：“我只觉得在一起谈论一些见解，一些知识，会多么高尚；在一起谈论一些救国救民的方法，一些改革的潮流，生活会变得多么愉快，谈论拜伦、普希金，情操会多么纯洁。可是，这一切都没有，于是一切都变得无趣。是的，生活也应该谈的，但是生活怎么谈呢？总不能老是那几句现成的话吧？一个多么平庸的人，多么单调，多么无趣，让你的那些什么也没有的生活论调见鬼去吧。”珠月多年后看到这则日记，特别是看到那句“什么也没有的生活论调”这句话，不禁笑出声来，有些心惊肉跳的感觉，又有些无奈的感觉。想起自己十八岁时的样子，对于别人所说的生活，她一概理解为庸俗平庸。她整天只知道理想啊什么的。余清不知怎么翻看了这则日记，他在旁边写着：“狗屁不通。”珠月想，确实有些。

有人来找珠月玩，当众给她电影票，她觉得很冒火，这人只不过是长得比较矮一点罢了，她觉得很丢她的脸。他大小也是名牌大学生。后来，她知道她讨厌他的原因，原来是听说他曾谈了一个女朋友，现在又想再谈。她一时也不知怎么那么讨厌那人，也不是，她说不清楚，即使他从未谈过恋爱，她也不会对他有任何感觉，甚至有些讨厌。其实爱情这种事与高矮也没多大关系，虽然她比较喜欢男孩长得高。她心里说，我怎么会和你去看电影？

珠月和五个护士住一间房，她们住的地方在中医科楼上，二楼。听说护士楼有人结婚搬出去了，几个来了两年多的护士都蠢蠢欲动了，没过几天，听说有人撬门搬进去了。她们几个大失所望。珠月很气愤，不知怎么就想起给院长写一封信了。信的内容是这样的：

尊敬的唐院长：是出于对您的信赖，我们才敢向您倾诉，我们，住在中医科楼上的一群，以一个院职工的名义请求院长把后勤分管房子的人召集起来，核实、调整房子。我们不相信一个偌大的护士楼住不进我们十几个人，还包括医学院里的一栋楼。护士楼有保姆一个人住一间房子的，有清洁工住护士楼的，其他的正式职工（不是护士）暂且不提。在医学院里，有几个单身职工一人占一间房子而且不让别人搬进去，而总务处对此的唯一回答是束手无策。手中握着权力，竟不敢使用权力，致使每人都有一种心理，会抢房子就有房子。有的人竟公然占两间，这种混乱状态关键是在于后勤部的软弱无力，没有正确使用自己的权力造成。房子分配成了一塌糊涂、一盘散沙的状态。正如官僚体制一样，有的地方臃肿不堪，如我们的宿舍一共住了六个人，而有的地方呈现空缺状态，如他们一个人一间房子的。想起来真是一种悲哀，愤慨不禁油然而生。同是医院的职工，为什么有的人如此优越，而有的人就该这样窝囊，连写封信的地方都没有？我们是很崇拜院长的权力的，只要院长能一声令下，我们相信住房问题肯定能解决一些。我们知道，医院里有很多困难，但是，困难时候也有困难时候的住房分配原则。空的房子，应该退的房子就应该退出来，为什么要让它空着，而不让人住进去？院长，我们相信您的明智、您的豁达、您的果断，这些都来自我们对您在公开场合言语、行为的一点理解。重新检查一遍，把不该占用的房子都退出来，我相信您公正的行为一定不会让他们有什么不满的。我们热切期望着您的果断、魄力、勇为。假如我们言语中有偏激的地方，请院长多多包涵。

信的后面没有落款。珠月是戴着口罩敲开院长的门的。这封以“我们”的名义的信交给院长之后，没想到院长在以后的几次职代会上都盛赞珠月的文采。他没提珠月的名，只说是一个护士。可珠月感觉到院长知道是她。这封信之后一个月，院里总务科确实腾出一些房子来，虽然珠月没住上，可她同宿舍早些来的护士住上了。十九岁的珠月做的这件事对她今后影响非常大，她的大妹几年后奇迹般地分配到泉城市人民医院，完全是由于这封信带给院长的好感。这是珠月没有想到的。当珠月和大妹搬着一个大西瓜到处找人，工作仍无着落，已经无路可走时，这时，珠月想起了唐院长，她感到唐院长会帮她。这个想法确实很大胆也很自信。而事实是唐院长帮了大妹。当珠月拿着一个几十元钱买的手镯要送给唐院长的爱人时，唐院长硬是把手镯塞进了珠月的包里。

医院每年都会举行一次演讲比赛，那次珠月得了第二名后，医院请大家聚餐，唐院长还去给珠月敬酒，让珠月已经猜到院长知道信是她写的。卫校毕业的那天晚上，珠月从没与之说过话的金校长竟然走到珠月面前紧紧握住了珠月的手，珠月在这之前还没与谁握过手，她下意识地慌乱之中竟伸出左手和金校长握了握，金校长握完珠月的手之后没有继续和另个同学握手。珠月一直都在纳闷，金校长这是有意识的行为还是无意识的行为，为什么偏偏走过去和珠月握手？金校长认识珠月吗？珠月想，她有什么丰功伟绩值得让金校长，一个将近六十岁的德高望重的老人来与她握手。她在学校出名吗？没有。她当了学生会宣传部长，除了每星期跟着学姐检查宿舍清洁外，什么也没做。在学校参加了几次演讲，不过反应倒很不错。竟惹得一个很帅的男生要来和她约会。那时候的珠月从未想过谈恋爱，只说要去看《济公》的电视，就赶快溜走了，让那个男生一个人待在阳台上纳闷。还有一次，李毓秀班主任要珠月写剧本，珠月写了十万字，不说后来看起来，就是当时珠月都觉得是学生腔，很幼稚。可班主任很热衷，她看到珠月演讲后，就对从来没有仔细关注过的珠月说，你看了很多书，能让我看看你的笔记吗？珠月就拿出一本抄满了诗歌、名言等各种大杂烩的本子交给老师，班主任老师看了以后对珠月投去了赞许的目光。不过，这个剧本虽然演员都找齐了，可因为有几个不会说普通话终未能排成。金校长并不知这事。那么还有什么值得金校长来和珠月握手的呢？在最后的全省统考中，珠月总分考了第二名，她当时认为金校长不会知道这些，不过，二十多年后她认为金校长应该知道。那时候，她哪里知道当官的都要参与毕业分配等这些啊。也不对，金校长怎么知道她叫明珠月，或者，她这个样子的人，就是其中考得好的那三个之一。怎么也说不通，珠月想，也许只是巧合吧，她以后也没机会去问金校长，也许金校长连认都不认识她。只是这件事让珠月回想起来觉得很荣耀，在众目睽睽之下，金校长就只和她握了手，那天算是班上的毕业典礼，金校长特来送别同学的。

一天发地震了，晚上，珠月和连月、几个同事在泉城花坛里打扑克。连月很会打扑克，那个时候时兴打“拖拉机”，连月对打“拖拉机”特别上瘾。两副牌混在一起，会生出很多的串子、对子，比打一副牌的“跑得快”要过瘾多了。珠月和连月就着街上的灯光和同事们打着“拖拉机”，忽然前面的一幢泉城最高的楼抖动了，抖动时发出呼啦啦的声音，她们几个眼睛盯着那楼，只等着呼啦啦的声音赶快过去。好在那楼每一次抖动的时间都不长，要不，珠月真相信那楼会倒塌的。从前天开始，那天珠月下夜班，下午睡在床上隐隐约约听见似乎哪里有打炮声，后来才听说泉城发生了地震。据地震局信息，说是泉城是一座死火山，随时都会有地震发生。有的传说可能要发生很大的地震，有的传说泉城不会发生很大的地震，最多不会超过四五级。天地之间的事，谁也不敢打包票，医院得照常开。科室主任问，谁愿意在地震期间上班，珠月第一个报名。珠月想农村老家离泉城不远，这里有地震那里自然也会发生。再说，她觉得在这个时候不上班，以任何理由请假都是一件丑恶的事。科室里的人纷纷报名，只有一个人请假，说是要回去看一下母亲。在那个时候，医院里的医护人员的光辉就显现出来了。平常病人不交钱不给打针发药，那是管理。在危机的时候，医护人员从来都是把生命置之度外的。十年后在全国发生的 SARS 大流行，那个时候全国人也见证了医护人员的伟大。他们平常对医院的一些怨气也抵消不少。

珠月第二天值夜班，病房里抖动起来了，珠月当时正在推着氧气筒，准备给一个危重病人吸氧，她想，如果此时病房塌了，她会不会和氧气筒一起燃烧。她战战兢兢迅速地把氧气筒推到那个危重病人的病房，给病人把氧迅速地吸进去，又迅速几乎是小跑地遵医嘱给病人打强心针、呼吸兴奋剂。等那个病人从垂危中抢救过来后，珠月才意识到那次震动早就过去了，并没发生她担心的病房倒塌事件。一晚上病房抖动了几次，幸好是没继续抖动不停。一些轻一点的病人都被家属接回家了，可能他们想，死也要和家人死在一起。病房里只剩下一些不能走的病情较为重的病人。

珠月看到 20 号床病人宗嵩山没有像一般的病人一样收拾行李回去住，他躺在一把竹太师椅上，镇定自若，就像没事一般。珠月问，宗老师，您怎么不回家啊？宗嵩山以一贯的笑容说，麻烦，家里就没有地震了？死在家里还不如死在医院里，我对医院已经有感情了。

病人宗嵩山得了膀胱癌，医生预言他只能活九个月，而他却奇迹般地已活了十一年，现在仍然在信心百倍地活着。他每天要给自己换十几次尿片，还仍坚持看书、写书。他研究的是茶文化，珠月记得他送给她一本书，很厚，约有四五十万字。最让珠月不能忘记的是他们科到岳阳、君山去玩，是宗嵩山的朋友招待的，每道菜都做得色香味俱全，她那次吃的菜中其中一道菜就是像莴笋叶一样的油麦菜摆成一根根的，青翠油绿。珠月想，像宗嵩山那样的人，才有这样够意思的朋友。科室人都赞扬宗嵩山的朋友好。

接连几天大家都在心惊胆战中度过，虽然内心有些担心大震，可脸上的表情没一个显出有半点惊慌的。珠月当时就做好了死的准备。当了医护人员，只能这样选择，死都要死在病房里。医护人员不可能不管病人，不上班，医院不可能在这时停开。什么单位在这时都可以停开，唯独医院不能停开。如果医院停开，珠月想，那简直是人的耻辱，而不是医院的耻辱。人的尊严在这时在医院里是充分体现出来了。平常别人都说医院怎么黑，怎么宰人，这个时候，人民群众似乎也看到了医院的高尚。那个在地震期间病危、被抢救的病人出院后就留下了一面金光闪闪的锦旗挂在珠月的科室，上书：医德高尚，医术精湛。

第一次实习时，也是在这个医院。当珠月看到一个车祸病人放在门诊几个小时了，因没钱还不能办住院手续时，她惊叹于医院的无情。她看到一个医生对病人就像对畜生一样呵斥时，她想象不出来他是怎么对父母妻儿说话的。当一个自以为是的护士像猪狗一样命令实习生时，珠月想这样的女人怎么还有男人要。慢慢地，珠月在医院里上班久了，她知道医院里虽有一些品行差的医生护士，但大多数人都是敬业有着高尚的心灵的。病人不交钱不能住院，如果真让一些暂时没有生命危险的病人没钱住进去，跑账的事会天天有。医院毕竟不是福利院。这在医院是一个灵活掌握的事情。家乡的人都说珠月的同学阿晴“恶”“歹得很”，说是她接生时怎么吼产妇，别人都不敢找她。据妇产科的人说，不对产妇狠一点，她们会因为疼痛难忍不合作，影响生产的顺利。珠月想起自己生孩子时的疼痛难忍，只说着要求做剖腹产，而且从产床上爬下来了。让美丽的薇医生直斥她“不听话”。两年后，连月生孩子，真是巧，又是薇医生接生的。当时珠月守在妹妹的身边，薇医生说：“你妹妹比你听话多了，叫她怎么做就怎么做。”连月不懂医，她生怕有一点做错影响孩子。珠月是学医的，她反而还没有连月听话。

连月生孩子时真听医生的话，医生叫她吸气就吸气，叫她吐气就吐气，叫她不要哼就不要哼，叫她哼她就哼。好在珠月刚刚叫喊着要做剖腹产时，医生给她打了一针安定，十五分钟后，孩子已经生出来了。她在虽然模糊但还清醒中听到薇医生说：“珠月，是个姑娘，给你看看。”

第四十二章

珠月想，只有相忘才能救彼此。相忘又像割肉一样痛，像挖了心一样空虚。把自己的心都挖掉了，就只剩下行尸走肉胡作非为。她知道她最后还会哭着找自己的心的，一定会有那一天的。可她又像一个在黑暗牢笼中的困兽，当她听到有人在远处在梦中为她唱歌时，她很想飞出去过那种不再黑暗的生活。她现在全部的阻拦都来自她的幸福，幸福虽然远在天边，可她是明确感觉到的。正是这种远在天边的幸福使她一次次地在幸福的光晕中感到来自幸福的重负、压力和黑暗。她经常会在醒来的那一刻感到自己就像被全世界抛弃了，外面万家灯火，人们是多么幸福地在生活着啊，可她只有一个人，那一刻已无法救自己出绝望的泥潭。只有一种生命已无法支持下去的心灰意冷。不是那个阳台在诱惑她，也不是某一把刀在召唤她，而是她自己已无法张开眼睛，无法微笑，无法对身外的一切表示出丝毫的兴趣和热情。就像前方有一个陷阱，那个陷阱里灌满了灰色的铅，那就是此刻她的心情。她常常会在那一刻接着梦中的情景不能自抑。或者为童年，为已逝的光阴感慨得不能自拔，或者为即将逝去的青春、生命慌张得无所适从。又为梦中的刘思齐失去了毛岸英怎么能活下来而继续惆怅感到无趣，想到自己，断然不能活。这只是梦中和做梦之后一两小时的事。过了那两个小时，刘思齐仍然还是能想开，还能活。那时她想，如果她的身旁有一个爱她的人，她断然不会有活不下去的念头，也断然不会如此恐怖时光的流逝。

珠月曾经做过一个梦，她和因颉之间隔着海。要想固执地走到因颉的身旁，即使再加上二十多年的时间长度，还有一直都在心里藏着她的深度，也仍不够让她的因颉走到身旁来拥抱她。他们之间从来没有平衡过也没有平等过。也许只有等到他把自己燃烧了一次，落入万劫不复的灾难中，他们才平等了。这样的平等，是珠月所要的吗？如果要让因颉这样地毁灭自己一次，让自己面目全非，疼痛异常，珠月宁愿自己一辈子承受相思之苦或者享受祝福之美，也不要自己的最爱尝受痛苦一分。这是多么残忍的平等，竟然是要她所爱的痛苦、毁灭、不是他自己。上天也太残忍了吧。难道不该的爱情在珠月的千百次思念千百次祈祷之后，上天竟是以摧残她的爱人来作为走到一起的前提？或者正是因为这样，他们根本就不可能走到一起。她的孤独变成了一种更残忍的一辈子也不可能相聚的疼痛。或者上天竟是要这样才能真正断绝他们的走到一起。如果这是一桩孽缘，值得上天用这样的惩罚来阻止他们拥抱、相爱，她宁愿只永远在远处看着他，好好的，一点也没有痛的、骄傲地活着。还是要等待她来到他的身边，让他像一只凤凰一样重生。她的伟力在哪里呢？她既没有青春美貌，更没有那份当初的自信了。她无数次想象，他第一次遇见她时，她那一刻是打扮过的，美的，多好啊，可十几岁的她根本从不懂得修饰自己，所以她在他的眼中永远都是丑小鸭。如果她要让自己美起来，她相信谁都比不上的。她的脸和人就像巫术一样有一千种变化，可以很丑也可以被人称之美人。这要看她愿不愿意，有没有这种心情。

珠月担心因颉病了，她联系不上他，每当想到因颉可能病了时，珠月就觉得自己有一桩罪要去赎。上天要她去爱因颉，陪伴因颉。只要因颉好好的，珠月宁愿再也不爱因颉，她的疯狂的爱曾经让因颉是那么害怕，那么担忧，直至病。她想对因颉说：“不要怕我，只要你好好的，我宁愿不爱你。如果我知道我的爱要让你病，我宁愿我从一开始就不爱你，甚至宁愿从来就不认识你。”多好的因颉啊，在珠月的心中，因颉是世间最美好事物的代表。那天珠月看了因颉曾经写给她的一封信，虽然言语不多，可珠月流出了很久都没流过的眼泪。她只有一个感觉，多好的因颉啊，如果他病了，就像有人往一朵最美的花上洒污水一样，又像有人用脚去踩踏价值连城的珍宝，像是暴风雨摧残了太阳，又像是一颗要呕出的心一样痛苦无比。他是她的最大的一颗泪，最大的一颗痛的心。他是她产生的罪，是她的痛苦的泪水结成的珍珠。

他就像一颗种子落在珠月的心底，在她的身体长成了一棵几千年几万年的大树。谁能代替得了他？他就像她自己一样成为她。

自从认识诗之后，珠月总是梦见他。那时珠月很相信梦，胜于相信一切。在梦中所梦到的关于诗的一切，既是对因颉的一次大的冲击，也是对珠月心灵的一次大冲击。在将近三年的时间里，这些梦都被珠月毫不留情地翻过去了，就像没有一样。即使有一分钟的感动，也马上被强大的因颉打败。这三年的时间，珠月的心里整个都是因颉。直到有一天，上天对她说，诗和因颉，他们是两个唯一帮你不需报酬的人，珠月仍然没在意。虽然她也梦见诗想帮她，可因为他感到珠月心里有一个人，妒忌让他再一次放弃去帮她。梦中她听见诗的心在说："珠月又不是爱的我，我为什么要去帮她？"直到有一天，珠月梦见他不顾一切地当着那么多人的面解开自己的棉袄要把她抱到他的怀里，他仍然在珠月的心里之外。

珠月梦见诗给她一把钥匙，这把梦中的钥匙让珠月感动了很长时间。珠月在梦中把钥匙还给了他的妻子。那一段时间，她竟然梦见他要和他的妻子离婚，愿意娶珠月。珠月恐惧了，她知道也可能是她的孤独让他怜悯她，此外她没什么其他的魅力。珠月的心里有一个因颉，那是像树根一样坚固的，珠月感到自己如果任梦发展，自己无疑像一个骗子。珠月那一刻心里真的是痛了，她想起曾梦见一个声音对他说，他只能活四十三岁，为什么要把这么一个惊人的秘密告诉她，珠月甚至后来想，他之所以只能活四十三岁，是不是她害了他？让他病了或者活不下去了？这是一个多么可怕的想法啊，她希望他能多活一点。在这世上，她已经够孤独了，她见不到因颉，难道连诗也要离她而去吗？她多次梦见诗不管不顾地想她吻她，她不知道诗的这种热情来自哪里？也许唯一的，珠月想，可能是诗对她的第一印象好。也可能是缘分，第二次见诗的面，就梦见他想拥有她。想起那么多有关因颉的梦，他从来不知道她做了什么梦，甚至连因颉的受难她都梦到了。如今，她梦见诗的受难不亚于因颉的，仿佛悲剧就在前方。因颉在她的怀里消失的梦就像一个巨大的创痛的枪口，每当想到那个梦，她的心就会抽搐，又会更觉得要保护因颉，不让他有一点不适。

诗没什么钱，却要给珠月一把钥匙，这让珠月很感动。梦中诗对珠月的情感化成了旁边的一朵朵绝美的荷花，又化成了一个漂亮的小姑娘。他要给珠月倒茶，珠月的腿在淤泥里，穿着套鞋，旁边开满了荷花。

珠月知道这两个人对于她都是梦中的人，她不想伤害任何人。特别是诗。在她的心里，因颉是她的痛，这个痛会伴随她的一生，他在她的心中有时是怜爱，有时他就像一座山，没有人能代替他。她的语言都为他写完了，心里也搁了二十多年，她不能再让另一个人爱她，那简直是天大的欺骗和罪恶，何况诗是那么干净那么聪慧的一个人。她不能骗他。有一天，她可能会和一个不怎么样的人结婚，那才是公平的。以往，她认为她对因颉的追求是理所当然的，因为除了他以外，她从没让任何一个人走进她。现在，她还能对谁理所当然地去爱？因为她已把她的心卖给了因颉，就像卖给了一个美丽的天使。虽然够不着，却也让她心里装满了。

梦中，珠月到处都是别离的痛，到处都是无助。“我和你似乎不在同一片蓝天下。”珠月知道因颉更多是心疼她，可就是因为这个心疼，她知道自己也要注定把自己输出去。从写那封信开始，因颉就把自己当成了一个珠月信中的射落九个太阳的后羿。慢慢地，珠月把离她远远的因颉当成了一个神话中的人物，因颉更是不由自主地扮演着这个角色。他们的单纯使他们不敢直接地表白，远离和朦胧使他们各自的心底珍藏着对方，却也让那份珍贵的情感变成了一种大浪淘沙之后的永恒的相依相恋，还有宁静，又有不可玷污的神圣。有几个凭灵魂相依的爱情能经得住时间、世俗、身体的篡夺？因颉心里万分明白他爱的是他的妻子。可珠月却又在因颉的心中虽然偶尔也会消失，可是永远又是不会忘记的。

珠月有一段时间常常梦见因颉不是嫌她年纪大了，就是嫌她不漂亮。珠月是一个很重视第一感觉的人，而且是固执地相信。一个人帅不帅有没有气质主要看第一次，至于别的以后还可以再纠正。珠月想因颉第一眼肯定觉得自己不美，后来游黄来追她，一天要说一百个我爱你，一直到分离他都没能在她的心中把因颉挤走。游黄唯一的一点让珠月觉得他们之间没有距离和障碍的是，他说第一眼见到珠月觉得她是美人，珠月想，这或者就是爱情感觉的基础。她也顺从了他的这种感觉，在一起相处的日子，几乎可以说是甜蜜美好的。他分手时说，你可曾见过我骂过你打过你？珠月有些愕然，难道他还有这种想法？他所做的一切就是为了骗取珠月的感情？他说了一句话珠月永远都不会忘记：只有我离开你，你才会喜欢我。珠月一直不懂，分手之后才懂了。他所做的一切，表现得那么好，原来是为了得到她的感情又把她抛弃，让她尝尝没有他的滋味。这是珠月有实质行动的第一次恋爱，她从来没想过要和他分离，她以为只要两个人确定了恋爱关系，就不可能还分手。她是一个认真的人，要么不谈，要么就打算做那人的妻子。不过，珠月从来都未对游黄说此想法，游黄就以为珠月和他一样人心不稳。一天，一个同事对珠月说：“听说你和游黄谈恋爱了，他曾和他的一个同学谈过恋爱，配不上你。”珠月后来才相信，如果游黄是第一次恋爱，他绝对不会想到背叛她。恋爱多了，人的心就会失去单纯，服从于各种利益计算等。

第一次见到珠月，游黄对珠月说他家有两台电视机，一台黑白的，一台彩色的。说实话，珠月对这些根本就没有上心过，有没有电视机对于她来说不关她和他谈恋爱。她只要她对他有那么一点感觉，这是最重要的。当有一次珠月到了他家，才知他家是在一个城市里自己做竹制品卖。至于他说的电视机，珠月一个也没看到。不过，看着他家的竹棚子，看着他踩着三轮车帮他家里购置竹材，珠月坐在后面，那一刻她是很深地爱上了他。当游黄的姐姐要给珠月买一套衣服时，珠月死活都不肯要。游黄问："你是什么意思?"珠月历来是个克己的人，她只是本能地节约，不想花别人的钱。珠月后来才领悟到游黄以为她对他家有什么想法。自那之后，游黄立即迅速地和另一个女孩子要好，他要在珠月不要他之前先给自己找一条光明的退路。珠月从未想过要和他离开，她单纯得就像天鹅的羽毛一样的纯白。游黄常常暗含着什么似的说："因颉早就和别人跑了"，等等，随他怎么说，珠月一点都不会受影响，她是一个非常固执的女孩子，只要她认定的事情，就是十头牛都拉不回。看到珠月没什么反应，而因颉又是太优秀了，游黄心里恨死了因颉。后来珠月见到她的丈夫也是咬牙切齿、莫名其妙地恨因颉，珠月觉得因颉和她都太冤枉了。如果她和因颉好好地谈了一场恋爱，把自己给了他，她倒是心甘情愿被他们嫉妒恨，可是她和因颉什么也没有发生，这就是这件事情的可悲之处。就像一群人对着一个一无所有的天空表示着愤怒。这世上的事情，你说什么是有，什么是没有。影子照在墙壁上时间长了会有印痕，即使因颉是一个影子，这个影子也把他们搅得心神不宁了。因颉在珠月的心中远没有他们想的那样能给他们带来危险。就像一个身处危险的人不知道自己的危险，而旁人已经万分惊恐一样。因颉明明暗暗地在珠月心中，非常坚定、坚固，这是无可置疑的。以致二十三岁的珠月已经有了曾经沧海难为水的感觉。

她那个时候听说因颉跟着一个女孩子走了，就想象着那个女孩子有一天会老会死，她一定会死在那个女孩子的后面，因颉一定会来娶她，她心里简直是无可置疑地相信这一点。她一直都是一个行动缓慢的人，她既这么爱因颉，为什么不和他说呢？在她想他想得发狂的时候，她实在熬不住了，给他写了一封信，他回绝了她。从此，她不认为他还会来找她。因为爱情在她的眼里就是行与不行的问题。既然已经不行，难道又能转回行。如果她面对一个向她求爱的男孩子，她一定是要么行要么不行。虽然她已经认为她和因颉不可能，可她心里其实一直都未放下他。她开始时常常看着游黄，就把他想象成了因颉；她第一次看着余清的照片时，都不认得这是和她谈了半年恋爱的人，觉得他是那么陌生。可是因颉在她的心里时间太久了，随便什么时候见着他，她都会觉得是那么熟悉。这仿佛是命中注定的，既是这么熟悉，两个人走到一起却不知道怎么把自己交给对方，这也许就是命中注定的孽缘吧。偏偏珠月一直要心中守着因颉，守着那句话。

珠月是一个会因怜而生爱的人，如果纯粹是怜，她也不能爱。她说不清楚这种感觉。世界上的爱有很多类，她往往都是因为怜或同情而和别人走到一起。珠月的丈夫余清就是因为被女朋友甩了让珠月同情而走到一起的。那时，余清在工厂上班，很穷，很自卑，虽然自己一表人才，却找了一个镇里工厂的出纳，后来那个出纳调到城里了，就到处托人介绍男朋友。珠月很不屑那个出纳，不就是调到城里去了吗？就想到变心。这个女孩子一定是谈过恋爱的。要是珠月，打死都不会想到要变心。

分手后，游黄给珠月写了一封信，说什么珠月是才女佳人，肯定会有很多男生追她的。又说他对珠月一直都只是敬佩，并不是爱。每次当珠月想起这句话时，就感到恶心。本来珠月对他花心倒无话可说，自此以后，在她的心中，就有一个词印在她心里：小人。只有小人才会一天一百个我爱你，分手后才说以前从未爱过的话。几年后的一天，当珠月的同学对她说，游黄想要珠月的电话号码和她联系时，她心里不知道为什么又蹦出那个词：小人。他还好意思要她的电话号码？同学说："游黄说他对不起你。"珠月更觉得恶心了，好像屎不臭，挑起来臭一样。珠月没把号码告诉那个同学，她相信他也没有脸面和她联系。他花心对不起她，还没有那句"没爱过她"让她记得那么牢，甚至让这个人在她经历了六个月的痛苦之后从她的心里彻底消失。本来，珠月还会对他有一丝回忆，一丝留恋，这句话在珠月的心中把他永远地排除在她的心里之外了。只有在竭力回忆时，她才会想起他曾经给她掏耳朵时，说她的耳朵屎他都能吃，给她剪指甲时，他一个个地吻她的手指，特别是那个切猪叶留下伤疤的手指，这是她印象中两个最感人的画面了，比起他一天说一百个我爱你印象深刻多了，也终于在那句"没爱过你"中随着几个月的痛苦时光而烟消云散。

珠月具有一种功能，就是选择性的遗忘。她不想自己留在脑海里的东西，她就会有意识地把它们推出去。那个夏天，珠月就像是在昏暗中过来的，她第一次知道世上还有背叛，游黄的行为在珠月纯洁的心灵里无异于一个不可饶恕的罪恶，即使这样，她还在等待着游黄留下的那句话："半个月后我再来看你。”虽然她知道他们一定是分手，但她还在隐隐地等着他兑现自己的那句话。半个月后，他没有来。珠月一次午睡时感觉他来了，他站在她的床边，就像是真实的一样。那时珠月才知道她希望他能来看她。就像说过无数次“我爱你”都是废话，游黄的最后一次承诺也自然是废话。珠月自从确定游黄和一个女生打得火热，那一刻其实她就放弃了他。那时她太小了，太单纯了，她的眼睛还没学会容沙子，后来的生活里，她容忍了太多的沙子，她终于在肮脏的沙子让她的眼睛已无法睁开时，毅然地选择了离婚。

因颉毕业分配离开了泉城，游黄来了，他说，因颉跟着一个女孩走了。还有几个人也对她说过，好像他们都知道她爱他似的。游黄说他爱她很久很久了，珠月不相信。哪有这样的爱？珠月何尝对游黄有过半点意思、想法，世上没有无缘无故的爱。珠月心里清楚得很。当时田医生在追她，白天刚在科室同事面前有意无意地表白，他说珠月是一发千金。不知因为什么原因科室人无事时聊起头发来了，田医生很有情地看着珠月说，珠月的头发当然是一发千金啰。田医生毕业于名牌大学，用玉树临风形容比较合适。平时，科室嫂子眼里都觉得田医生是很香的饽饽，都没想到田医生对珠月评价这么高。几个人都不接着话说了。其中一个本是有意做媒给田医生介绍一个亲戚。田医生有事没事就去找珠月借书，并且趁珠月不注意时还偷吻了她的面颊，珠月当时当作没事一样镇定自若。晚上值夜班时，有病人说胸口不舒服，珠月去叫值班室睡觉的田医生，门没锁，一推就开了，她发现田医生是侧卧着弓着几乎是团着睡的，那一刻，她的心里有一丝怜爱的感觉。田医生还说要带珠月去游泳，珠月也答应什么时候和他一起去游泳。

珠月不太相信游黄的表白，有些将信将疑，不过，游黄已表白，他自然有了捷足先登的可能了。已有半年，珠月听着游黄一天一百个我爱你仍不为所动。她想，如果是因颉，她肯定会毫不犹豫地把自己给他，不管能否和他在一起，能否和他结婚。对于游黄，珠月却有迟疑，有不信，不愿。

游黄看着睡在床上的珠月说：“你睡着的样子好像观音菩萨哦。”珠月说：“真的吗？”游黄说：“真的。”

“你是不是想把你的身体给那个人？还要求你？”一天，游黄恶狠狠地对珠月说，他终于说出了自己的不满。珠月想起自己一动不动的身体，她的心里是有爱的，不过她觉得那些动作很滑稽。

分手后半年，她一直在心中冥想游黄的样子，可怎么也形不成一个清晰的物像。

珠月后来想这个人的出现对于她的生命到底意味着什么？有意义吗？她偶尔想想，她想不出来。唯一留下的就是那个天空始终是昏暗的夏天。珠月一口饭也吃不下去，菜吃在嘴里就像泥土。她心里还是隐隐约约希望他来看她，虽然她是那么决绝地对他说叫他滚蛋。

余清和珠月在一起之后，一天他说："把那个人毙了。"

余清把那个人留下的一件军裤丢到窗户底下，珠月有一次到窗户底下捡掉下去的东西，她发现了那件已经覆盖了很多垃圾的军裤，她在心里笑了一下。真是小心眼。说实话，半年后，那个人是真的在珠月心中消失了。最难过的是那个夏天，珠月觉得天都要塌下来了。她从来没想过他们会离开，那时的她以为谈了恋爱一般就不可能分开了，结了婚也不可能离婚。奇异的是，珠月心里又一直都有一种隐隐的想法，她相信自己有一天会成为因颉的妻子。这个想法飘飘忽忽的，在她心中几十年。当她有一天感到因颉是那么爱自己的妻子时，她的这个想法才真正消失。

她认为只要她对对方真心，怎么可能会有分手、离婚呢？

游黄在珠月日记本中写道："简直要得精神病了，下辈子再也不找写诗的女孩。"他偷看了珠月的日记本。其实偷看别人的日记本是最错误的，人是不应该背负那么多进入恋爱的。可他却对珠月的日记本很着迷，并且里面还留下很多批语。那些日记本都是珠月和他谈恋爱之前写的。

他们学校有个歌唱比赛，游黄唱了一首歌，是"你的背影"，看他在台上唱得那么动情有力，珠月知道他的那首歌是唱给台下的一个女同学听的。他曾经对珠月说，那个女同学追过他，他没答应。因为那个女同学是他班上另一个男同学的前女友。他还说："你不知道她长得多丑哦。"珠月想起他曾经对她说过，他第一次见到珠月时，认为珠月是个美人。珠月想，可能那天我穿得好一点，或者打扮了一下。要是因颉对我第一印象好就好了，偏偏他对我第一印象好。哦，换得的就是这样一个结局啊，珠月一直都认为那人欠她的。

即使是余清，也在没和珠月一起时，有一次发现她迎面向自己走来，美得不可言，自己都认不出了。孩子十几岁了，余清有一次还说她是"清水出芙蓉"。而为什么上天不给珠月一个机会，让因颉觉得她也美过。因颉是否对珠月第一印象好，珠月没去问他，也不知道。珠月记得一次因颉来到她们集体宿舍，当他翻看珠月的相簿时，他说最喜欢她那张穿着红衣服蓝牛仔裤坐在花坛上的相片，那张相片不正是珠月第一次见到因颉时的穿着吗？虽然那时她朴素得甚至有一次穿着妈妈的黑棉袄。

在因颉离校之前的几个月，有一个不错的男孩子忽然吻了珠月，可珠月却像僵硬的泥塑似的，她和那个男孩子去看了一场电影，可她却觉得他们之间坐着一个因颉。真奇怪，那些喜欢珠月的人都被因颉打败了。只是因为她曾经听到有人对她说有一个人喜欢她，她认定那是因颉，又因为因颉对她说的那句无异于石破天惊的“我真舍不得你”的话。等因颉走了后，游黄对珠月说，你知道吗？因颉喜欢某某女孩子，又追某某女孩子。珠月想，因颉追女孩子是正常，被一大堆女孩子喜欢也是正常，他值得女孩子喜欢他，他不是早拒绝自己了吗？可他那句“我真舍不得你”的话让她就像他没拒绝她似的，在那种心灵感应中，她仍然心里有个坚固的他。

游黄手里拿着一本书，他看着书里的女人像，他禁不住吻了那张像，珠月当时有些惊诧，心里感到像吞了蛔虫似的。那件事过了几个月，她仍然感到很不是滋味。在一本爱情日历中，珠月有一首诗，一张照片。游黄对珠月说，我在路上就对别人吹了，那里面有我女朋友的照片。珠月想，那首诗不是写给你游黄的，有什么吹的？等游黄有一天偷看了珠月以往的日记后，两三本诗摘本里全是给因颉的诗。游黄看得如五雷轰顶。那几个本子全是塞在箱子最底下的。游黄有几天没来看珠月了，珠月也不去找他。珠月从没到游黄住的地方找过他，她和余清谈恋爱也是从未去找过他，她从来都是那种坐着不动的人，只等着别人来找她。她那种风格曾经闹过一个笑话。在认识因颉以前，有一个较帅的名牌大学的男孩子来追珠月，珠月也以为看了一场电影就是有那么一点意思了，如果那个男孩子继续追她，说不定他们会成为男女朋友。她也不以为谈恋爱就是要去找别人，那个男孩子半个月之后来了，说了些话就走了，又半个月后来了，他禁不住问：“珠月，你和我来往是不是为了寻找写小说的材料啊？”珠月听了有些不解。有两三个月都没看见那个男孩了，一天珠月值夜班，发现那个男孩子住院了，旁边有一个女孩子在照顾他，想必是他的女朋友。珠月想：好快啊，就谈朋友了。后来那个男孩子两三个月后病复发又来住院了，那时，珠月竟是非常真实地认为：“咦，怎么还是那个女孩子。”她见到那个男孩那么快就谈朋友了，她以为他又会谈一个，仿佛只有这样才能跟得上珠月的惊奇。那个男孩子似乎也有一些不好意思，更多的是一种报复的得意。

珠月很自然得体地和他说话，觉得没什么，不过就是看了一场电影。

游黄再来见珠月时，他在日记本上写道：相看两不厌，只有敬亭山。这是游黄在珠月日记本里写的最美的一句话了。珠月一直收藏着，一直到分手后几个月，珠月才把那些游黄留给她的纸条子包括那句诗撕毁。

在一个个只有蝉鸣的愈显沉寂的夏晚，珠月匍匐在大地的胸膛上，倾听生命的天籁从心底里升起，感激和欣喜之泪流出。谁也不能帮助你，唯有自救。这是至理名言。

在她二十多年的生命中，没有人生不是靠她自己解救自己的。十八岁刚开始上班时，什么也不会做，一个人慢慢摸索，她那刚直不阿的性格又决定了她不会处理和周围、上级的关系，受了冤枉自己吞自己吃，就这样走到了今天。那些与她同过事的人几乎没有一个不说她好。每天上班抢着做事，别人的事也帮了做，勤勤恳恳，日久见人心。现在失恋了，一个人搬着席子躲在一个黑暗的角落，只任泪水唰唰地流，流向耳边，流向那清风夜露的晚上。她只想在那些星中寻找她的安慰和解脱。那个夏天就这么过来了，她终于战胜了那个夏天。她从来没感到过自己会有那么坚强，几个月后，她的痛苦减轻了，只成为一种烟消云散之后的淡淡忧伤。她在桌子上写道："生命通过艺术而自救。"她以它来勉励自己，不要沉于痛苦，一本《简·爱》艰难地伴随她走过了那个夏天。每一页她都视之为珍宝，不愿轻易翻过去。做个夏洛蒂·勃朗特一样坚强的女人，她对自己说。

每天小笼子的房间太热，就搬到阳台上去睡。喜欢把席子放在一个偏僻的角落，离人们远一点。一个人独自望着蓝天，思想便会飞得远远的。在那些星间寻找归宿，眼泪会悄悄地涨满眼眶，珠月任它们悄悄地流，流到腮上、耳根、头发上，痛苦变成了一种快意，似乎痛苦积淀太深，就要让它们以一种方式宣泄出来。没有比眼泪更能让痛苦变得纯净，更让心灵变得超脱的了。这个时候，她就盯着星瞧，把它们看得很久很久。没有两颗星能够叠在一起，它们都在各自的轨道上奔驰。当她每天晚上卷着席子睡在阳台上仰望星空时，她的心就隐隐感到一丝安慰，心境也变得空旷坦然。比起那些在宇宙中孤独了几千几万年的星，她的孤独是不是太渺小，像微尘一粒。那些永恒的星，永悬在天空，静静地看着人世沧桑，它们是那么从容不会改变。此刻的痛苦，那些欲死不能的绝望似乎变得那么轻飘、不实在。她的心早已飞到那颗离她最远的星旁，与他悄言细语。

那么多天以来，珠月不能言语，说不出话来，眼泪总是奔流在心里随时会涌出来，每天晚上看星星成了她唯一的安慰。她对星说，星，我孤独的情人，每个人在世上都有一条路，而我的路，与你的路是一样的，是一条通向天空的、无止境的路程。我问我自己，你为什么要生存呢？我知道了还有一种情愫，那是一个很深的秘密，来源于对星星的依靠和向往，来源于远方的你的关怀和爱。

那个夏天对于珠月来说是昏暗的，她从来未仔细看一下到底是否有阳光，不管有阳光还是没有阳光，外面一直都是昏昏暗暗的。她出去买菜、买油条，就像走在一条昏暗的小路上。珠月坐在凳子上有时就定下来了，她想起来就会有一种想哭的冲动，那一个夏天她的眼泪几乎没断过。她听着贝多芬的月光曲，一种宁静、想哭的冲动，那叮当作响的琴声击在心上，如光滑的石头、清澈的河水，有鸟在上面击水，浮掠水面，这个夜晚令人心颤。

月光透过窗户射进来，是块状的，洒在地上，珠月用被子死死地挡住月光，月光就像会吃人似的，像一把阴森锋利的剑寒光闪闪，直逼向珠月的眼睛，那月光的丝会把她的心斩断似的。珠月已受不住一点刺激，哪怕是平常看起来那么温柔的月光。珠月写道："这是一个死人的夜晚，这是一个忧伤的夜晚，活着的人都想去死，死的人都钻出坟墓来。"她希望是完全的黑暗，黑不会伤人，自己也可以躲在黑暗里流泪，谁也看不见，连上帝都看不见。黑暗在珠月的心中那时节比天堂还要安全，她只想让自己没有一丝声息地躺着，流泪着。妈妈听说女儿谈朋友吹了，就赶来看女儿。连月守着她，怕珠月想不开。连月炒了一碗茄子，她们把菜放在椅子上就吃起来，珠月吃着茄子和饭，就像吃着土一样难咽。一片茄子卡在喉咙那儿，半天都下不去，她的眼睛不敢看妹妹，她怕自己会不争气地流出泪来。

不知什么时候走出去时，珠月感到太阳已不那么毒人，变得懒洋洋的。

那个夏天过去了，有月亮的夜晚刺得珠月眼睛和心灵都不能承受，却那么着迷于眷恋那样一个星空。在灰蓝的天幕上缀满了一颗一颗的亮星星，那么静谧，那么独立，有时仿佛还带着智者嘲讽的微笑，她的心便在那深邃和宁静中无边无际地漂泊，一切灾难和痛苦便在那博大和宽阔中消融。

游黄就像一个感情骗子，自始至终就是想让珠月受伤。他说了一句经典的话，而且不止一次地说过：我不离开你，你永远也不会喜欢我。珠月想，恰恰相反，她只爱那些与她生命相始终的人。难怪游黄说，他不打她不骂她天天说爱她，原来只是为了分离的那一天。骗子。骗子。珠月越到后来越只有后悔。慢慢地，他的脸变得越来越模糊。她有一次想，他走在路上，她不一定会认得他。

游黄以为自己可以在另一个城市找到一个好的单位，他说，凭着他的三寸不烂之舌有什么事不成的。珠月还从未听见谁说自己是三寸不烂之舌的。珠月早找卫生局的亲戚给他安排好学院老师的工作，没想到他早就找好女人，也没想到要留校。珠月给游黄找工作之事她并没告诉游黄，她这人就是这样，她并不喜欢说什么，只想把事做成，他自然就知道了。珠月的亲戚跑来对珠月说："那个叫游黄的学生说是不愿留校。"珠月听了，也有一半相信那个谣言了。当时，游黄已返校，还没到珠月这里来，珠月已听说了有关他的一些不好听的话。就为了那个他所谓的巨大的阴影，他早就知道珠月喜欢因颉，为什么当初不在乎？这时来在乎？

珠月说："是的，我是爱他，你应该知道，你早就知道了。"当游黄问珠月爱不爱因颉时，珠月在那时仍不否认，而且她的固执一点也不像是气游黄，她只是说出实话而已。珠月想，你不是嫌那是个巨大的阴影吗？我希望这个阴影更大，把你罩黑罩死。珠月的心里那一刻是那么决绝，随便游黄还在犹疑不决中说以后要给她买好多衣服对她多么好，她都觉得那些话像是骗子在开着玩笑，而且是丑恶肮脏的。那些巧舌如簧的话在空气中变得那么轻，漂浮着，又在珠月的耳边嗡嗡着，又随着窗户飘出去了。

因颉走了，正好，有一个人来了，他说："我爱你，爱了很久很久。"这，珠月听懂了。听懂的"我爱你"不过是一场游戏，没听懂的我爱你就成为终身的遗憾。不过，她那时也只有听得懂了，因为他已经走了，到了另一个地方。如果他没走，估计她也可能连"我爱你"都听不懂，都很茫然。这几年，有几个人当着她的面哭、下跪，她都不为所动，他走了，她一下子就觉得自己没希望了。田医生约她去游泳，她答应哪天去，游黄马上就来了，对她说"我爱你，爱了很久很久"，她愿意听。半年后，她终于和游黄走到一起。

珠月想，既然游黄爱了她很久，而且看着他说得那么诚恳，想到田医生要考研究生，将来也难说，她就给田医生写了一封信，意思是有人说爱她很久了，他又要考研究生，他们之间算了。游黄一天一百个我爱你。珠月怀疑游黄曾谈过恋爱，但她不能确定，要不，他不会那么轻易地说"我爱你"这三个字。如果珠月当初知道游黄谈过恋爱，她肯定不会和他在一起。当游黄和别的女人走在一起时，田医生读完研究生回来了，他仍在珠月的科室上班。珠月当时不知道他的用意，多年之后她才明白。他约她去看电影，不知为什么她不去。

游黄在珠月的日记本里写道："我恨你这么多情！我讨厌你这种奴隶！我恨你，恨！恨！我要同他一样永远地离开你，就是因为你这么不值得爱。"珠月很多年后才发现了游黄的留言。她觉得游黄就像一个东施效颦的小丑。他本应该看到珠月的纯粹和美丽，可他却只看到了他自己的肮脏。因颉从来未承诺珠月什么，他们之间是一种心灵的相通，却因各种原因阴差阳错没走到一起。虚伪、曾经信誓旦旦的游黄竟然说要像因颉一样抛弃珠月，只是为了让她痛苦，永远忘不了他。真是可笑。珠月历来只珍惜属于自己的东西，如果他们这辈子都是夫妻，她肯定最珍惜这份缘分。因颉从未伤害过珠月，他做得那么完美，即使走不到一起，那也只是缘分。游黄以为珠月会永远不忘他，在珠月痛苦地过了几个月之后，珠月是把游黄这个人彻底地忘了。因为只有他欠她的，她只要不背良心债，不爱一个人，就完全可以把一个人彻底地忘掉。多少年后，当偶尔有人提起他时，她甚至怀疑在她的人生中是否出现过游黄这个人。

珠月在日记中写道："也许你觉察到了，只是要躲避我，只是不愿与我接触。追求你的并不都是二流角色，被你追求的也并不一定都是一流的。"游黄后来看到这则日记，在下面写道："对，对。"珠月才发现游黄把她的日记全翻了一遍。珠月想确定自己是一时鬼迷心窍还是刻骨铭心，她最后还是在后面写了一句："在我的眼里没有人比得上他，看来，要忘记他，不可能。"珠月自从同事和她说了有一个男孩子喜欢她之后，她就确定是因颉说的，这就像一颗强力种子撒在她的心田，已长出茁壮的树苗。可单纯羞涩的珠月没有能力对因颉说自己爱他，她多么希望有人来对她说："你喜欢因颉吗？我去帮你说。"当同事告诉她有一个男孩子喜欢她时，她竟然一句话也没说。她感到自己的脚走不出去，虽然她每天都做好了因颉会来看她的准备。她总想，因颉一定会来看她的。她那么静静地等待着。在这个快速的社会，她的惊人的又不语的等待估计只有碰上因颉这样的人还有一点戏，如果遇到别人，早就没影了。她想，他们虽是无缘，却又是有缘的，毕竟他们的心是相通的。聪慧的因颉阳光、帅气、有思想，可他没有大多数帅气的男人常有的浅薄。

珠月似乎把田医生忘记了，只有当有一天翻日记时，才想起田医生。其实他一直都在喜欢珠月，好几年了，他不会表达，也没游黄那样的花言巧语。现在田医生是某家省城大医院的著名专家，珠月想，当初如果不是游黄插入，她和田医生之间绝对是一桩好姻缘。游黄插进来得真恰巧，就像一根捣屎棍。凭他的三寸不烂之舌，满腹心机，珠月就像一只待猎的小鸡只有束手就擒。再加上他会唱歌，更是让不谙世事的珠月迷惑。

一个谈过恋爱、准备随时变换感情、已经没有真诚纯真之心的人配不上珠月，对于她是亵渎。

游黄能留给珠月的回忆就只能这么多了。这些都是在珠月翻看以前的日记本时记起来的，否则连这些她都记不起来了。她才知道那个夏天的痛苦全在于她的悔恨。这也是她一生的悔恨。这是个秘密，谁值得谁配，珠月认为只有因颉是她的最心爱，因为有他，所以她悔恨。即使是在他离她而去之后，她非得要去找个男朋友不可。也许换了另一个人会怎样？毕竟不是这样，事情无法假设。

珠月更加心疼起因颉来，因颉毕业时其实是很想留校的，那一年因为各种原因没能留校。珠月想，自己有卫生局的亲戚，她和学院的院长是亲家，只要他吱声，因颉留校易如反掌，何况他那么优秀。可是珠月并不知道因颉的任何情况，她也没能和他走在一起，只听说他和一个荆州的女孩子谈恋爱了。珠月想，如果她有缘和因颉走在一起，因颉也不需要为找工作发愁了，他毕业时遇到珠月，说他其实最想的是留校。珠月那时才知道他的心思。因颉什么事都要靠自己，在公司睡，跑每一个客户，自己办公司，全靠自己打拼。珠月每走一步也是都要靠自己，他们是多么像啊。

相比游黄，珠月对余清有着更多一些的感情，不管余清对她有多少真意，多少伤害，他毕竟从没有像游黄那样在说过一千次我爱你之后简直是在开玩笑似的对她说从没爱过她。即使是为了气她。他曾说过他因为赌气和一个女生分手，这次同样因为赌气伤害珠月，这是一个永远不知道自己要什么的男人。

一个因颉，是多么冤枉啊，被这么多的人嫉妒，更重要的是，珠月和他什么也没有发生。在以后的生活中，因颉甚至主宰了珠月的血管。珠月不知道因颉的这种魔力来自什么。直到因颉对她说，那是不可能的，她仍然坚信他一定是她最终的，她一定会最后来到他的身边。如果有来世，她希望她继续和他在一起，否则她想象不出她在另一个世界怎么过，她一定会寂寞，有了因颉，她就不寂寞。不管他变没变，他永远都是她心中的那个因颉。那个因颉在她的心里印象太深刻了，已刻在她身上。就为了他的一句话语，抵得上别人的一万句我爱你。就为了自己那么多日日夜夜的思念，珠月在心中无数次想象因颉来到她的身边。

在女儿一岁多的时候，珠月梦见因颉来找她了，就是走不近她。珠月是多么的急啊。因颉走在她家乡的公路上，眼看着就要走到了，可忽然又没有了。因颉又走到了珠月住的地方的楼上，和别人一起跳舞，珠月戴着红纱巾，多么希望能做因颉的新娘啊。以后的日子想起这些梦，珠月才知道她和因颉是走不到一起去的，他和她隔着几万年的距离。不是心，而是命。从来没有一个人在梦中和珠月这样难以相见，也许他们真的是有缘无分？为了和因颉在一起，珠月醒来后发现自己竟然尿床了，从没有过的事，从她记事起，都没有这样的事。她在沉沉睡眠中因为渴望和因颉在一起，竟然，这种渴望太强烈了，发生了她一生中让她难以启齿的一件事，那时正是冬天，醒来后，她把裤子换了，被子也换了。这真是一件离奇的事，床上只有她一人，不会是别人。如果说她因为太想见到因颉，也不至于要这样。他们之间有什么关系吗？竟是以这样离奇的方式出现。她只能解释为痴恋。人会因痴生出奇怪的表现，她因为要见到他，不让自己醒，往常可能就醒了，因为她的强烈的愿望怎么都不让自己醒，因为她就是想在梦中一定要见到他。所以，她就强迫自己不醒，即使尿床。这样的解释合情合理，也可以说是事实。以后很多次梦见因颉时，珠月都会在梦中祈求菩萨多让她睡一会儿，千万别让她醒，哪怕和他多待一分钟也是欣喜。

为了在梦中和因颉多待一会儿，珠月连在梦中都意识到自己在做梦，都知道祈求菩萨。她有一两年，每天睡觉前都会跪下来求菩萨让她梦见因颉。那是在她对自己的婚姻已经绝望，又觉得自己的青春快逝，又见不到因颉的每一个日子里最焦急的盼望。因颉对她说，你丈夫对你不好，如果我去找你，那我妻子不就像你一样了吗？珠月觉得因颉说得有道理，可对因颉，她觉得这件事应该是例外，她觉得世上没有人比她更爱因颉。所以她要去找他，这是天经地义。珠月没想到，因颉是这个世上最好的丈夫，他太爱自己的妻子自己的家了。珠月想，如果她曾经像爱因颉一样爱过另一个男人，他一定不会这样铁石心肠不见她的。

珠月梦见余清缩得很小，脚和手似乎短了很多，身子也变得像几岁的小孩子。她用床单包住他，他似乎还在缩，他全身僵硬，冰冷，像一块冰。珠月很害怕，她怕余清会缩没了，又怕他就这样冻死了，她亲了亲他的唇，没想到他动了一下，看来他似乎不会死了。珠月醒来很害怕，就赶紧给余清发了一个短信，叫他什么也不要担心。紧接着，珠月又睡着了，随后就做了一个梦，余清在梦中人高马大，珠月知道余清没事了。这些天，余清见珠月要找工作，就瞅着催命似的要离婚，以往只要珠月一提离婚，他就要骂人打人。现在，余清想珠月肯定不愿在这关节处离婚，所以他就催着珠月离婚，而且他自己在外也是难以收拾，又怕珠月和他分财产，心想还不如快点离婚。真正到了要离婚时，余清的口气都软了，底气也不足了。明明知道两个人是迟早要离婚，可是却像要死的藤一样又不能完全死掉。

试讲完后，珠月看到余清的头发有很多地方白了，她想对他说，不要担心，每天吃点核桃，黑芝麻糊，她最终还是没说。余清是很会照顾自己的，再说，有别的女人关心，珠月关不关心也不重要。珠月知道他们在一起就是捆在一起受罪，不在一起，似乎一下子也不知道未来是什么样子。就这样要死不活地拖着。珠月感到自己的身体似乎彻底垮了似的，今天到图书馆，一步一步地走着，想走快一点又走不快。手中拿着的小包似乎都变得沉重起来了。

她想起小时候的蝴蝶、阳光、青绿的猪叶，又想起那些望着阳光和月亮的憧憬，她很想哭。昨天夜里，珠月想着因颉时，因颉就像童年的阳光一样，似乎只有因颉才能把她那片灰色的、沉重的心田照亮。今天想起因颉旁边的妻子，就像想着一根锯，那根锯不是把珠月拉到因颉的身边，而是无情地把珠月锯得远远的。珠月灰心极了，这种爱情已经成为一种灾难。珠月想到因颉的痛，她想，即使她再孤独再艰难，只要因颉好好的，不要病，她都不怕。可是她多想走到他的跟前去，和他说话，能见到他，能让他抱抱自己。

珠月越来越灰心了。喜欢她的人有，她明知自己现在把整个心都给了因颉，再去爱别人完全是对另一个人的不恭敬和伤害，这也是她一直都想和余清离婚的原因。难道她又要去伤害另一个无辜的人。在余清让她死心之前，她还可以像一个妻子爱自己的丈夫一样爱一个男人，自从因颉经历了一场劫难，她和因颉经过那么多日子的沟通、倾诉、相依相偎后，珠月就像自己的细胞被洗了一次，已经完全不是自己了。以前她也爱因颉，可跟现在完全不一样。以前爱因颉，她并不认为自己以后不能享有幸福，可是现在她已经失去得到幸福的权利，除了从因颉那里。她感到自己的细胞变形了，不再是以前的那个珠月，而是一个完全属于因颉的伤痛的分子。她希望自己不要哭哭啼啼的，她希望因颉好好的。这还不是珠月绝望的地方，珠月不怕因颉病了，她相信她能让他好，珠月感到眼前一片灰暗的是，她觉得自己和因颉之间的距离是千山万壑的距离，根本走不到一起的距离。

那些天，珠月梦见她和余清在一个池子里洗澡，余清身上的脏东西都洗到水里了，珠月身上本来很干净，没什么可洗的。名之曰洗澡，其实是有可能越洗越脏。余清不好意思，知道自己是洗干净了，其实珠月并没洗去多少忧虑。珠月知道余清就是那条被农夫救起来的蛇，最终它会咬那个可怜的农夫。珠月知道余清会咬她伤害她糟蹋她，可是她还是愿意去救他。

珠月想，她该做的都做了，离开的时候，她肯定会比天上的白云还要轻松。即使对一个把自己伤害得伤痕累累的人，珠月也希望做到最后一分的仁义。

珠月很多次有死在因颉怀里的憧憬。当她觉得很累的时候，当她觉得她爱因颉到了一个极点的时候，她就会有这种愿望。她经常想，就是她死了，她也无憾。因为她遇到了因颉。遇到因颉是她这辈子最大的一件事情。最幸福最快乐最疼痛的事情。可是，她一定要把她和因颉之间的这种情感写出来，如果不写出来，她就会觉得她白来这世上一场。她无数次想象和因颉走到了一起，就像给她写的文字在天边画一个完美的句号一样，就像那条悬挂着的彩虹上边走着两个人，他们的心地都是一样的炽热和纯洁。可是，这样的想象也只是想象，每一想到因颉和他的妻子在一起，深爱着他的妻子时，珠月就觉得自己很委屈。仿佛彩虹从七彩变成了单色。纸上爱因颉的文字就会变得暗淡起来，像是在嘲笑她。虽然她知道因颉有自己的难处，可她还是忍不住更加孤独起来。

不能见面，这是什么爱情？为什么余清那样的男人就那么有本事，在外面找女人，老婆管不住。老婆在不在家，他照样见面。珠月觉得自己像是余清的情人，余清要见她似乎都是受人管制的。可是，因颉真是一个好男人，他就那么怕他老婆，口口声声说爱珠月，可见他一面的机会都没有。出来打个转，你老婆就怎么样了？一个男人怕老婆怕到如此地步，只有一个原因，太爱自己的老婆，太珍惜自己的家庭。因颉就是这样的好男人，珠月想，爱上这样的男人真是前辈子欠他的。比碰到余清这样的丈夫还要受委屈。难道珠月生来就是这样的委屈命？

余清说："把手续办了吧。"珠月说："好。""那什么时候去？""随便。""那就后天吧。"珠月说："好。"明明后天是星期六。余清想找一个理由和珠月在一起，他认为只要和女人睡了，就表示女人答应了他，不会离婚了。余清的语气从有力变得像游丝一样，心不在焉，虽然声音仍是那么大，只是没靠的，像没边似的没底气了。珠月知道这多年虽然她和余清相处不多，但没有她，余清就像失了什么东西，这东西虽说他不珍惜，可是没有她，他又感觉生活不对似的。珠月虽然很长一段时间对余清已经绝望了，可是近来找工作，关键时刻没有余清给她一些支持，她也没法找。珠月觉得余清还是有恩于自己的。余清知道珠月喜欢读书，就让她一直读。这是他说的。他对她的忽视让她有些时间做一点自己的事，也算是无意成全吧。

余清坐在那里一动不动，像是在看书，他等着珠月过来坐在他身上。平时都是他主动要来亲吻珠月，近来，不知道是自己做多了坏事，良心发现觉得不配，还是等着珠月来抚慰他。看着他像一个孩子一样坐在那里等着珠月，珠月觉得，这有价值吗？夫妻之间根本矛盾重重，又解决不了，其余的都是多余。错的事不接着做，她是一个非常理智的人。

珠月和余清吵了十年，有一天，余清终于都安排好了，同意和她离婚。可到了民政所，珠月那一刻却感到自己的未来困难重重。协议书上除了孩子和一套还在按揭贷款的小房子给她，她什么也没有。工作还没找到，连生活费都成问题。如果孩子不跟着她，她倒不怕没钱，可不能让孩子跟着她受苦，就因为她要离婚？她为了离婚不要他的钱？让孩子过拮据的生活？那一刻，珠月的心里感到自己是那么无依无靠。虽然她知道因颉心疼她，可她多久没见到他了？他们从来没有面对面谈过，他对于她就像一个梦中的人，虽然能给她精神的安慰，却不能解决她现实中的难题。她和孩子要生活，要吃饭，这都是现实中的问题。余清一直还是支持她学习，离婚后，就只能她们母女相依为命了。余清在外什么都有，他可以不管女儿，珠月也不愿向他开口了。当珠月在民政局说，不行，不能离婚，我还没工作，吃什么时，她看到余清的脸上露出一种轻松释然的表情。余清本质不想离婚，他考虑再三，觉得珠月要的不多，并没对他伤筋动骨，又怕自己在外的事被珠月发现揪住不放，也只是迫于无奈同意离婚。他知道他在外有两个女人，其中一个女人还生了孩子，这意味着他今后的日子更不好过。

那时珠月的心中奇怪的是一点对余清的留恋之情都没有，她有的只是无依无靠的感觉和对未来的担忧。她也几次梦见余清是她的亲人，她决不至于如此决绝。女人的敏感让珠月自知自己的婚姻早就该死亡了。十几年夫妻，过的不是夫妻的日子，一年见一两次面，她对于他就像是可有可无的，就像饭菜之后的点心。有一天她听到一个女人在电话里和他谈到买钢琴的事，又看到他的房间里有幼儿园发的传单。凭他那么一个人，还扶着一个与他不相干的农村老太太？只是因为那个老人是他请来照顾那个小女孩的。他总是把她当傻子耍。他以为珠月是一个不关事眼睛看不见的人。很多人对珠月都有这种看法，其实珠月心里明亮着呢。珠月想着自己过的这种猪狗不如的生活，她痛恨自己为什么失去了那么好一次离婚的机会呢？余清近来天天叫嚷自己穷，他连生活费都说没得给了，珠月已从自己的母亲、妹妹那里借了钱过生活。

珠月到余清那里去，就像是余清故意要让她受辱似的。她看着被子乱七八糟的，就想换，余清的姨妈说，不用换，他很少在家睡的。余清姨妈说完才知说漏了嘴。珠月也不想再追问下去，只是换着被子。下楼后，珠月说起十几年前一个同事的孩子都是吃的雀巢奶粉，她的孩子却只能吃十元一袋的当地向阳湖奶粉，现在真要给孩子补补了。余清的姨妈说，别人都只一个孩子肯定吃得好。珠月听得出老太婆又说漏了嘴，别人只有一个孩子，那意思是余清不止有一个孩子。老太婆说的时候有一些得意，也不知是有意还是无意说漏嘴，珠月感到了她的言下之意，她觉得余清很不错：女人多，孩子多，把老婆不当人，很了不起。每当她看到珠月和余清吵架，她就对珠月说："想开些。男人家，年轻时不都是那样的？老了就好了。"

工厂打架，磨刀霍霍，珠月说："还是不要打架，太可怕了。"余清姨妈说："他们要打，还不是要打。"珠月想："你真是雄风不老啊。我妈息事宁人，大事化小，小事化无，我爸总说她是阿弥陀佛。我爸更是从不伸手打人，虽然声音吼得比天响，比我妈还善良。"人老了一般都息事宁人，余清姨妈却仍然斗志满胸，说赞成他们去打架。一个工厂的一伙人和另一个工厂的一伙人打架是非常壮烈的，可余清姨妈却不怕，血气方刚，不输于那一伙年轻人。余清姨妈说："我就是死了，我都不倒下来。"余清姨妈个子很高，也很胖，她说这话时就像一头凛然不可侵犯的狮子。余清说："老都老了，还不服老。"

珠月一直怀疑余清对自己一系列的类似于死心的行为肯定与余清姨妈有关。姨妈说话慢慢说，好像很有道理。表面是好听话，背后全是话中有话。余清的堂伯说："谁要是和老太婆过得好，那简直是不可能。"珠月心里知道姨妈对自己没真心，可她是怎么样都能过的人，她平常对余清姨妈，自己认为是无话可说。过年了给姨妈买衣服，自己都没买。出去旅游，第一就是给姨妈买礼物。平常就是上班，学习，带孩子，买菜，做清洁，姨妈做了饭，珠月不让姨妈做，说请人，姨妈偏要做，做了又觉得委屈。姨妈年纪大，做事特别慢，所以就感觉很累。珠月就说，晚上吃现饭，姨妈不肯，珠月说吃馒头、面条，姨妈不喜欢吃这些。珠月也感谢姨妈帮她，可孩子也是姨妈的孙女，余清兄弟姐妹从小没爸妈，姨妈就像是他们的妈妈。余清姨妈从来都认为人和人之间是不可能有真心的，除了亲情。什么丈夫妻子，从姨妈的口气中珠月知道她从没得到过男人的爱。她只要看到余清欺负珠月，就暗自高兴，就好像在替自己年轻时出气一样。表面看她们相安无事，其实余清姨妈打心底里就把珠月当外人。余清姨妈常说，差根纱，扯到家。她自己没有得到过爱，她也希望余清让珠月不要那么感觉好，这样她会觉得把自己受的那些窝囊气可以转移一些，这世上并不是只有她才是曾经屈辱过。

余清欺负珠月还有做给他姨妈和他家人看的成分。余清姨妈和珠月在一起生活了几年，她每天帮珠月做饭带孩子，觉得受了很多委屈，珠月的父母在家没事做，如果要他们来带孩子，他们会觉得是女儿对他们的孝顺。可余清姨妈不这样想，她来的时候已七十岁了，珠月曾经提出要自己的妈妈来帮她，这样老姨妈可以轻松些，姨妈为了节约钱，不答应。珠月每天上班回家已累得什么也不想做，还要带孩子睡，做清洁，参加自学考试。姨妈对珠月表面夸，背地里就在余清面前说她的坏话，说她是在做用人，好像她受了很大委屈，余清就趁机在他姨妈面前表现自己是怎么把珠月不当回事。

余清姨妈知道珠月和余清离婚是迟早的事，她听珠月说她还有月经，她一愣，她说她四十岁就绝经了，姨妈脸上顿时不是那么好看。珠月知道姨妈和余清是一样想的，决不让珠月和别的男人有生孩子的机会，即使离婚。

余清姨妈时不时流露出余清多有本事，在外面有女人孩子。珠月想，“一家的”，虽然这个词有些用得不该，可她却找不到比这更恰当的词了。就是离不起婚。躲在角落里偷偷摸摸做事干什么？

一次怀孕了的珠月买了几个水果放在冰箱里，姨妈见了，觉得珠月好像一个人在吃水果，没有请她吃，就很不高兴。珠月想，你要吃就吃，一家人吃个水果还要请吗？从此她也不买水果吃了。

余清的姨妈结过一次婚，因受不了男人的打骂，自己跑回了家，就没再回去了。她见余清兄弟姐妹没人管，她就住到余清家来帮他们。余清姨妈在珠月一结婚就和她一起住了，她从农村到城市里，谨遵余清的话，闲话少说。这多年憋了一肚子气，现在看到余清赚了几个钱，就觉得自己委屈了那么多年。特别是余清，还经常当着他姨妈的面给珠月不好看，他对珠月惯用的杀手锏就是软硬兼施。他说，让一个人立即死去那不是惩罚别人，要让一个人慢慢地被刀割着死去那才是本事。

有人给余清姨妈送来一只乌龟，一直都说杀了吃。珠月和女儿在那里住了十几天也不杀，珠月想，这里只有她是外人了，连带着孙女也成了外人了。一只乌龟也不值什么钱，就是怕珠月吃了一口。珠月把买来的好米拿去煮饭，姨妈开始没说话，过一会儿忍不住跑来说："你用的什么米煮的饭？"珠月说，刚买来的。姨妈本对她用好米煮饭有意见，看珠月那么从容淡定的回答，只好说，我怕你用不好米煮饭。珠月说，当然用好米，特意买来过年吃的。姨妈觉得珠月应该用不好的米煮饭，那好米留了什么时候用？要等珠月走了之后吗？因为珠月在那里，冰箱里从农村买来的土鸡蛋一个也没用，姨妈只要珠月用在超市买的鸡蛋。珠月想，因为她的缘故，孩子连土鸡蛋都不能吃。那土鸡蛋要留了姨妈一个人吃吗？姨妈很会懂得保养自己，让自己吃好。

那时候刚结婚，珠月很穷，姨妈每天早晨起来给自己煎一个鸡蛋。姨妈现在八十多岁了，眼不花耳不聋，打麻将速度还挺快，半点都不糊涂。有次珠月打麻将和了都不知道，还是姨妈指出来的："已经和了。"真的吗？珠月把手上的牌颠了几个圈，终于看出头绪，立即把牌倒下，宣布和了。姨妈走路比珠月还快，余清以往总要珠月去扶他姨妈，珠月从没感到姨妈需要扶，所以一直都没养成扶她的习惯。

珠月都不知道自己什么地方什么时候得罪了余清，让他如此恨自己还有她的家里人。当余清听到珠月的弟弟病了时，他竟露出喜悦之色。这个喜悦之色、幸灾乐祸比他花心更打击珠月。而且每次在珠月有难的时候，他总是说，我早想好了。意思是他早想好了要分手。当然，想不想好，这句话早就做好了。这句早就想好的话总是在珠月有难时像一剂强心针打在她的心上，时间一长，善良的珠月是万劫不复地对余清绝望了。好长的时间里，她的生活和生命里只有她和孩子，和因颉。每次到了没钱时，她就找他要。余清说，你除了找我要钱，你找我还有什么。"我以前找过你要钱吗？工作的那几年，你给了我什么钱生活？给了几万元买房子，房子卖了就是你的，我一点功劳都没有。”那房子后来卖了十万元，余清说那十万元是他的。珠月、女儿和余清姨妈都应该是珠月负担的？珠月想到这种说不清楚的男人，只有冤。珠月在网上填“好丈夫调查表”，一百分的试卷，珠月实事求是地填了，余清只能打二十六分，这二十六分里还有两分是珠月松着给他的。调查结果提示说：这种男人千万不能要。珠月总想找一点余清的可爱之点，他既然是她的老公，她就得找出他的可爱之处来爱他。可余清是一个实实在在的人，一个非常缺少安全感的人，哪里安全就往哪里靠。珠月当初有个工作可以给他安全感，后来他有了钱，他就不需要她的这点小安全感了，甚至他已在考虑换老婆了。只是一直都没出现一个理想女人，换老婆也不是那么容易的。这时候恐怕他也忘记了当初还没站稳脚跟时说的要拖她到四十八岁才离婚的话。

珠月读硕士时，有一天到余清那里去，余清说如果珠月要天上的星星，他都会给她摘。枝子听到珠月这样说：“听他说得好听，他知道你节约，什么也不要，所以他就说要给你买。你只说要，看他到底还说不说。”

想起这几年他那么恼怒地打她，又是摔手机、摔电脑，她才想到原来他一直都在偷听她的电话。那不累吗？不是自己给自己找事吗？珠月绝不做这种事，多累啊。离就离，干吗要知道别人的事，让自己操那么多的心，她只想活得简单、单纯。她不想知道任何人的秘密。凭一个女人的敏感，她已知道余清在外有女人，就足够了，何必知道那么多，让自己憋得慌过得累？她只想或者彻底地离开或者就当作没他。

珠月这几天梦见余清很不好，好像那就是真相似的。可能他一定有苦衷，他总说：“开厂就一定能赚钱？有多少亏了的？”又说：“你欠我的几辈子也还不上……”珠月不知道她欠他什么，他买了一套不大的房子让她和孩子有个落脚点。余清好几次说“木已成舟”“骑虎难下”的话，他已把生活弄得一团糟。虽然他对我真心不足，纵然他赚钱不是为我，纵然他有一百个对我不好，我的心里仍然很难受。人的命为什么这么苦啊？希望自己能尽快找到工作，帮他解脱困境。他对我还可以，虽然防着我，可他说这是他挣钱挣得汗直滴得来的，也该防着我。他对我也很支持，虽然经常故意坏我找工作。他对我的忽略无意中让我有了一点时间可做一点自己的事。不过，他说，他也很孤独。他也是身不由己，他也很可怜。

珠月的工作仍没定下来，当她准备了一个月本来是第一名的试讲又被黑了时，她一晚上流的泪差不多用了半卷卫生纸，她想，这些人欺负人不要本。余清和珠月早就不同心，他有时又巴不得珠月找不到工作。主任热心好心地给余清一张灵芝说明书看，介绍他们多吃灵芝，他看完后一扔，就扔到主任家茶几很远的地方。真差劲。珠月想，这种人是怎么在外面赚钱的？懂不懂礼貌啊？珠月对余清说，要注意自己的言行举止。余清说，要你教？还要对他怎么好？只差给他当孙子了。余清见珠月的工作之事一直不成，他心里也窝着一肚子气。珠月想，如果夫妻同心，她的工作早就落实了。

珠月想，她为什么一直找不到工作，是不是上天要她离婚。因为只要她找到了工作，她就不会狠心离婚，除非余清主动说离婚。余清有时也想珠月早些定下工作，他这时会感到踏实些，就不需要更多地受别的女人的牵制。当初余清到园城时，是因为珠月有一个稳定的工作，让他有一个稳定的后方，可以安心地创业。好像上天一定要他们离婚似的，珠月的工作迟迟不能定，余清等不及了。因为他要决定该怎么做，是和珠月过一辈子还是和别的女人过一辈子。余清希望再生个男孩，珠月在对余清彻底死心后不太想再生孩子。她以前也对余清说过再生一个孩子的事，余清就当作没听见。后来余清着急了，珠月说，当初呢？余清说："现在着急了。"可珠月的心已死了，她知道她即使再生两个孩子，仍会在地狱里过日子。余清仍然还要雷打不动地到那个女人那里去。

余清说他在外面遇到小人了，珠月怎么都不理解不原谅。她只瞅着一个事实，那个人是个女人。她只看到余清赚了一点钱就给她气受，甚至连公司的号码都不舍得给她正确的。他在发财之前就想到了怎么防着珠月。珠月设身处地地想，如果她有钱，她是一分都会告诉他的。他们家就是这样的传统。她的父母亲之间没有一分钱的秘密。

第四十三章

珠月早孕反应时，她对油不舒服，对塑料杯的塑料味不舒服，对面包不舒服，对所有不干净的东西都感到恶心。只有看到水才让她心境明快，因为水看起来比所有的东西都纯净。下面条不能放油、味精、酱油，上面不能浮泡沫，吃饭一口一口如吞土。做事从来都没那么斯文过，慢慢吞吞，语速也变慢了。平时走路几乎都是跳跃的。她才知道自己是怀孕了。她在街上走，见到畸形孩子总会掩面而过。碰到美丽健康的孩子，她的感觉犹如欣赏一幅绝美的风景画，能给她的心灵一种美好的感觉，犹如把它传给了孩子，孩子也会像他们一样健康美好。

珠月怀孕期间回家过一次，妈妈问了她和护士长同样的问题："珠月，你晓得什么是怀上伢儿吧？"珠月说："妈，我现在已经有三个多月了。"妈妈用一种从来不曾有过的欣喜又怜惜的目光看着女儿。

珠月和余清结婚几个月了，有一天英护士长把她悄悄拉到更衣室，问她："你晓得什么叫怀孕吗？就是月经停了不来了。"珠月不知该怎么回答护士长，难道连这个她都不懂？珠月生孩子那天，妈妈急匆匆从老家赶到医院，带来了给外孙准备的手织的毛线衣、裤、背心，有好多件，当她看到珠月时，她竟莫名地哭了。生孩子是好事，珠月的妈妈见到珠月生孩子却忍不住哭了起来，她说是因为很特别的感觉，好像珠月受了很多委屈似的，其实是，珠月妈的心里一直都认为珠月是天上的，不是人间的。因为做妈妈的以为女儿是不食人间烟火的，怎么能生得出孩子。既生了孩子，肯定受了不少委屈，吃了不少亏。生孩子在旁人是天经地义的事，可珠月的妈妈总觉得自己的这个女儿似乎和别的女伢不同。枝子笑说："你怎么能生得出孩子？想象不出。"她们两个还记得彼此流鼻涕时的情景呢。奇怪，难道珠月在别人的眼中是异类吗？是不要吃饭的？是只恋爱，不结婚不生孩子的？就像神仙一样？连珠月的妈妈都这么认为自己的女儿，可想对珠月这样的想法一定是大有人在。这也难怪，珠月一直都是一个崇尚心灵的人，有一段时间她甚至非常认同人的身体是个臭皮囊的说法。她虽然学医的，可对男女之事从来都不懂，也没想过没琢磨过。她虽然知道孩子是从女人的阴道里生出来的，可在她的脑海中，她一直都没有概念，只有在别人正式问她或者考这个题目时，她才会回答得对。平常日子说不定她还以为孩子是从小时候听过的从肚脐眼里出来的或者从腋下出来的呢。

临产期快到了，珠月有些怕，她说不出这个怕来自哪里。可能因为这是一个改变。孩子要从肚里出来了。怀孕是她不自觉的，自然的，她不知的。好像这个生命是很自然地在她的肚子里，她没做任何事情她就来到她的肚子里。现在她要出来了，这个过程是一个改变的过程。她有些怕，有一种不安全的感觉。孩子放在肚子里很安全，可出来的这个过程毕竟和以往一直都不用管不同，它是一个生命呱呱落地的过程。一个新生命落地的过程远远大于无意中怀孕的过程对于珠月的影响。她怀孩子是无意中怀的，可生孩子这是一个有意的过程。她在医院里一阵一阵地疼了两天后，孩子顺产了，连侧切都没有。可能是生孩子之前一直都在上班都在不停地走，也可能是孩子太轻了，只有五斤多。叶曦刚在前一年生完孩子，孩子也是五斤多，一样重，在医院里疼了两天也没把孩子生下来，最后做了剖腹产。比起叶曦，珠月觉得女儿真听话，一点也不克妈妈。当她大呼着要做剖腹产时，女儿就像听见了，就赶快出来。孩子多乖啊，连出生都为妈妈着想。

珠月坐月子时，正是秋老虎，外面的气温是42℃，房间是西晒，没钱买空调，里面就像火烤一样。余清嫂子在家乡送来一只鸡，姨妈觉得这只鸡是她家的，一般只要是她家的东西，她格外看重和珍惜。估计她再三掂量了此事，七十多岁的姨妈不知是不是忍不住就把鸡腿吃了，添了两只鸡爪和几块鸡肉给珠月。这是珠月生孩子后吃的第一只鸡。加上天热，珠月怄气得一个多月几乎吃不下任何东西。她那一个多月才吃了三个鸡蛋，喝了点水，科室同事来看她时，她的脸、身体都浮肿了。科室同事都说，珠月好可怜啊。老公不在家，住的那个楼又小又热。那么多条件好的人追她，她偏要跟一个厂里的人。

珠月那天忽然翻到以前的日记，记的是女儿五个多月时的事。题目是“我宝乖乖”。里面给她印象深刻的是这样一段话，如果不是有落款日期，别说是别人说给她听的，就是她写的她都不信。“我的宝宝还只有五个多月，可是她好像懂得好多似的。把书拿在手上看得很认真，很久，煞有介事似的，似乎她认得不少字，懂得上面讲的是什么。我的宝宝算是很安静、很文静的孩子，比如她坐在你的身上看电视，可以看五六个小时，不眨眼。她对声音特别敏感，想模仿别人的动作却往往学不到。我的宝宝出生三天就在梦中笑了，她笑的时候显得很幸福、很美。过了一些时，她就在梦中笑出了声，把我们几姐妹一个个吸引了来看。有时吃奶，睡着了，含着奶嘴，也会现出那种幸福、安琪儿似的笑容。”珠月为了保证原汁原味，连标点符号都没动一下把它打在电脑上保存着。打下来后，她的脸上也显出了幸福的笑容。

珠月和女儿一起到乡下老家，月亮的清辉洒在乡间公路上，三岁半的女儿仰着头问妈妈：“妈妈，为什么我走月亮也走呢?”珠月说：“月亮离我们很远，我们走，所以也觉得月亮在跟着走。”女儿说：“是不是因为月亮想看我的新衣服就跟着我，她想欣赏我的新衣服。”珠月说：“是的。”心想，三岁多的女儿也会说“欣赏”两个字。女儿又问：“妈妈，猪八戒武功为什么没有孙悟空高呢?”妈妈说：“因为孙悟空练功夫吃得起苦，天天练，而猪八戒吃不起苦。所以凡做事都要吃苦，还要坚持。”女儿似乎明白了，她问：“妈妈，是不是孙悟空练功夫的时候，猪八戒去捉蝴蝶去了?”妈妈点头回答：“是的。”

五岁的女儿有一次问珠月：“妈妈，我是怎么来的?”珠月说：“是和你爸爸结婚之后生的。”“那是不是我一直都在你肚子里，你一结婚我就出生了?”孩子以为妈妈一出生，她就在妈妈肚子里，慢慢长大，等妈妈一结婚就把她生出来了。多奇妙的想象啊。小时候珠月以为自己是从妈妈的肚脐眼里出来的，有小伙伴说是从腋下出来的，珠月觉得腋下没洞，不像。觉得身上没地方可生得出孩子来，只有肚脐眼那里有个洞。至于人是怎么来的，从来都没想过。孩子的想象力太丰富、太天才了。

六岁的余馨吃完桃子，把桃核留下，用纸包了，说是给家家（外婆）拿回家种桃可以卖钱。珠月妈把这件事告诉珠月时，珠月妈、珠月和禾月都流了眼泪。余馨什么都看在眼里，她心疼家家没钱。后来珠月妈又把这事说了一遍，她们母女三个又忍不住流了眼泪。过年时，六岁半的余馨用红包装了五元钱送给家家。余清忍不住以赞叹的语气笑着说：“这五元钱真是无价，是余馨的一片心啊。”五元钱虽少，亏孩子想得到。过年从来只有大人给孩子红包的，从来没见过几岁的孩子给大人红包的。余馨的这个创举正因为是发自心底的，不拘习俗，余清几次都拿出来说，说这孩子真是懂事、善良。

那时，余清赚了钱，珠月父母是处处小心，受气。前几天，珠月爸背着一大蛇皮袋腊肉来，珠月给了爸爸一千元过年费。余清姨妈话里带话地说："腊肉不好吃。"意思是给一千元太多了。珠月想，你不喜欢吃，我喜欢吃啊。这些腊肉就是卖也值得一千元啊。估计这些都被小小的余馨看在心里。收集桃核给外婆种和过年给外婆红包的事成为珠月一家人经常会拿出来说的事。

余清回家，那短短相聚的几天，对于珠月来说，是一年所有的期待，对于余清来说，却只当作一个不经意的或例行的插曲或公事。珠月想，我好可怜，如果我的可怜不用我的自尊打碎，我的下辈子将会更可怜。

工资一发下来就没有了，珠月连给余清买件像样的生日礼物都不能够。他又何尝记得她的生日？她每年早早地就把老公和孩子的生日在日历上勾出来了。一次她送给他一件衣服，只有百把元，他顺手就把衣服给了他哥哥，这让她心寒了很久。难道她送他的衣服就只配送给他那个农民老哥哥吗？不管衣服好不好，也不能这样伤人啊。我没钱给你买衣服，那不是我的错，你又何时给过我们生活费？一个男人在外赚钱是为了什么？最让她伤心的是，她和孩子受了别人的欺负，她告诉他，没想到他一句话也不说。那时，她以为可以得到他的声援去帮她训斥那个卖衣的老板或者打他一耳光，可他无动于衷，想起他为了他的外甥女气咻咻地去打别人的样子，她们母女难道就连他的外甥女都不如？这件事让她最为难忘，因为她当时抱着多大的希望以为他会为她们母女出气，却见他没任何反应，就像没听见似的。自从这次后，她再也不向他诉苦了，有什么事情全部自己扛。

虽然珠月没法见到因颉，虽然他们无法像吸铁石一样把彼此交给对方，那是因为他们太相像了。

珠月在日记中写道，我才知道我们永远都无法跨越对方走向彼此，我太像你了，你也太像我了，当我面对你时，就像面对我自己，人是不可能超越自己的。当我找到了你时，我是找到了自己，而你却消失了。我就像对着我的灵魂叫喊，却找不到回声。

珠月非常想在因颉面前表现一个真实的她，可是即使她万分想他，多想在他面前表现出她对他的想念，可只要一见到他，她所有的一切想念全部不自觉地隐藏起来了，她的柔弱、无助、孤独、想念都不知道到哪儿去了。

余清出去旅游买了三床蚕丝被，一床给他自己，一床给他姨妈，一床提到珠月处给孩子，就是不给珠月买一床。珠月送给别人都是好东西包括蚕丝被，自己却从来舍不得用。一床蚕丝被几百元，她在余清的心目中就不能用？珠月设想自己出门买了蚕丝被，肯定是先给余清、孩子买，自己永远放在最后一位。一床蚕丝被是小事，余清也给了珠月一些钱用，可是在这种事情上最能见出一个人在另一个人心中的重量。余清给珠月的钱能买多少床蚕丝被啊。

不管珠月在不在余清那里，余清照样去见那个女人，照见不误，好像珠月不存在似的。珠月从没见过这样把老婆不当人的男人。那时珠月只要求离婚，一分钱也不要。余清说："离婚？做梦。""现在不离婚，以后离婚要分你的钱的。"珠月知道余清把钱看得像命似的，故意说以后离婚要分钱，让余清答应她离婚。余清说："分就分。"余清早就有打算，什么时候把财产转出来，什么时候就是离婚的时机了。那个时候还害怕什么分财产。其实珠月只是吓唬一下余清，她从没想到要和余清分财产，看着一个把钱当命的人，你还忍心分他的财产吗？珠月宁愿自己苦一点，也不愿别人心里不舒服。吃亏是福，她做事只有自己吃了亏她才心安理得，如果别人吃了亏她倒反而不舒服。枝子说："珠月，你怕什么离婚，正好可以分财产。"珠月从来都没有过这样的奢求念头，这样的奢求也许存在于另一个女人对另一个男人的想望上，却不会存在于珠月对余清的身上。珠月太了解余清了，他是一个离不起婚的男人，他可以在外糟蹋你找女人、生孩子，却离不起婚，或者更可恶的是他还不让离婚，即使不要他的钱。他想光明正大地离婚，让别人都说他是个正人君子，该给老婆孩子的都给了，可他又不舍得他那汗直滴赚来的钱，他又非常希望有个好名声。他是一个非常在乎名声的人，可他又做不到。他感到珠月的心里有一个人，应是因颉，他知道珠月的心就像雪花一样纯洁。他说，苍蝇不叮无缝的蛋，那个女人是苍蝇，他是有缝的蛋。半斤八两，臭味相投。珠月估摸着他们常常在一起计算着怎么不要让珠月分到他的钱。离婚时余清给珠月的只有一套还在按揭的小房子，珠月还要带孩子。他还要好名声，这一切都表明是珠月自愿的。他让老婆没法过日子，逼得老婆离婚还不要钱。反正他要花心，反正他要和别的女人来往，反正他要到那个女人那里去，管得你珠月在不在他那里，管得你心里舒不舒服，找一个三岁孩子都骗不到的理由出去，然后就是关机、没人接，半夜回来，还装模作样说没听见手机响，或者手机没电，都是鬼话，次次都是这样的招。要么干脆一晚不归，第二天说是打麻将去了，珠月问：“在哪里打麻将。”“在厂旁边的麻将馆。”“我去找过，怎么没见你？”珠月其实并没去找，她知道他是骗她的。“你几点去找的？”“我早晨五点。”余清的姨妈在那里思索，珠月五点出去，我怎么不知道？难道那时我睡熟了吗？余清有些相信了，带着得意的笑，死皮赖脸地说：“这次算你走运，被你捉住了。”余清的笑就是意味着，珠月，你有什么法？干气。珠月说：“离婚。”每次这个时候，珠月恨不得快点离婚，一分钟都等不得了，只有离婚才能让她免受伤害。那时，你余清就是在外面找十个女人又与她有什么关系？她这时不是为了失去余清而痛苦，痛苦的只是她的自尊，她被折磨的不安宁。

可余清好像比珠月还有理。离婚，你休想。他一脚踢到珠月的小腿上，珠月就骂他坏透了，全世界最坏的，要遭雷劈。余清更气了，把珠月的腿踢得她几天都不能走路。珠月想，既然你把我不当人，当成粪、渣子、下三滥，我就是粪、渣子、下三滥好了。你让你老婆不是人，我就不是人给你看看。珠月狠狠地想。可她做不出。喜欢她的人有，哪怕就是面对一个非常纯洁的人她都会犹豫，她不知道是因为她还没有解除那个身份，还是因为她的心中有一个因颉。当因颉来到她身边时，她仍然感到自己还是余清的老婆，那是在珠月还不知道他们的婚姻其实早就危机四伏时，那时她的所有可怕的猜想还没证据。也许她对她的婚姻还在无形之中抱着那么一点希望。当珠月已对余清不抱任何指望时，因颉再也没来到过她的身旁。可珠月仍在犹豫面对那些表示喜欢她的人，她的心里一直都有因颉，都在等待着因颉。虽然因颉明确叫她不要等待，可固执的她却仍然认为因颉需要她等待。这让因颉很不满，难道他需要什么，他自己不清楚吗？珠月的固执的自信让因颉简直很恼火了。他是一个爱家、爱老婆的人，家就是他的事业的后盾，他可不想生出什么意外来，他希望简单，而且是快乐的。

那天，珠月看到余清接到一个电话，看神情就知道是那个叫陆秀珍的女人打来的，珠月不让他出去，他说有别的公司的老板找他，一定得去。珠月说，我和你一起去，余清不肯，珠月就知道他有鬼，就不再强求。多次出现这种情况时，余清已经失去了耐心和珠月解释，只是恶狠狠地说：“出了什么事，找你负责。”珠月想，这世上真是千奇百怪，善良最后还要背上不该背的责任。如果那个女人生的孩子今天病了，余清没去，那孩子出了问题，还是珠月的责任，余清不会反思自己的过错，只会把这些过错都推在珠月身上。珠月想，恶心啊，只要有机会，一定要逃出去，逃出这恶魔狗屁一样的家，这么多年来我像珍惜什么一样珍惜它，其实我踩的是一堆狗屎，什么都不如，是狗屎都不如的东西。没有自尊，没有脸面，它值钱吗？我要是还心存善良，我都要看不起自己了。

这个世上最可怜的就是我，以后只要同情自己就足够，再也不要为别人着想，多为自己想想吧。为什么就该我受伤？要我忍？我怎么办？我陷入困境，我有尊严吗？我是人吗？她的感觉渐渐变味了，她觉得和她的丈夫在一起，已不是老婆的感觉，倒像是婊子。悲哀啊，有家不能归，有丈夫却被别人操控。人会死于善，困于善，败于善。善良的心从来都没想到去伤害谁，却总是成为利剑的靶子。当痛苦的刀锯整天在磨着你的心，你何不弃了那锯？把我当作渣滓，好吧，我就不会哭了，哭还表示你有自尊，你有自尊吗？你什么自尊都没有。当你把你当作渣滓时，你的眼泪没了。眼泪，表示你还有柔情，还有爱和愤恨，你都不该有，你只是一粒渣滓，一粒微尘。我不把你当老公看，不在乎你，随你干什么，与我没关系，看你怎么傲？把你当烂泥巴、烂水、烂土，好吧，随你怎么样。珠月这样想的时候，她希望自己变得更沉默，更孤独。那时，珠月的心中有一个因颉，虽然她很多年没见过他，他却一直在帮她对抗折磨。珠月感到自己已渐渐地变得坚硬、圆滑，任何岁月的风浪也侵蚀不到她，她的心如那千古风化的岩石，毫不为波涛所动似的。

余清结婚那日对珠月说，我以后一定要买辆车和你再结婚一次。珠月说："没车坐有什么关系？结婚不一定就要坐车，我们就走到酒店吧。"珠月刚和余清结婚时，她很想好好地爱他，也希望能得到他的爱。余清出去一年后几个人办了一个小公司，那时他还很在乎珠月，他对珠月说，以后每个月可以赚一万元，每年可以给她五万元。珠月听了眼前就像幻出七彩彩虹一般，她有些不敢相信，每个月有一万元收入。在那个年代，一万元有好多呵。虽然余清把公司的号码半藏半掩地起初还给错了，以后也没见他给钱，珠月那些天确是处于一种模模糊糊的兴奋中。

余清要做双眼皮，珠月说，男人做什么双眼皮，余清说："我一只双一只单，还是做好。反正是找你的熟人做，又不要钱。"珠月觉得做不做双眼皮无所谓，她也没发现余清一只眼睛双一只眼睛单。她不想在旁边看，余清说："还是在旁边看着好。"余清去拆线，他已和做手术的医生很熟了，他们在办公室说话，珠月看了心里不知为什么很烦躁。做手术的女医生看见余清文质彬彬的样子，对他也很有好感，余清就习惯性地露出那种在珠月看来是眉目传情的神情。余清不是打麻将时把脚伸长搁在对面女的坐的椅脚上，就是和别的女人或男人说些听起来不顺耳不搭调的话。珠月往麻将桌下一瞄，那女人的小腿已经挨到了余清的腿上了。珠月心口火直冒，却不好发作。八岁的成强在旁边都看不过了，骂了一句“娘日之”。别人都不知道他骂的是谁，以为是小孩子不懂事瞎骂人好玩。

余清和珠月谈恋爱时一次用自行车带着珠月去郊游，他见一个潇洒的男孩和珠月打招呼，他也对着旁边的一个漂亮女孩微笑、吹口哨、打榧子，没想到那个女孩并不理他。珠月很生气，说余清不爱她、不尊重她。余清急了，说，因为喜欢你的男孩太多，我也想在你的面前试试我的魅力，煞煞你的威风，没想到第一次尝试就失败了。珠月想，把我当作三岁小孩，当着我的面，屡次和别的女人暗送秋波，在街上和陌生女人打情骂俏。我知道你是想在我的面前显示你的魅力，不过你的魅力在我看来是不检点、轻浮，让我常常慨叹自己是不是找错了人。你又何必一而再再而三地脱下你的衣服显示你有多么健美？珠月有时怕余清显出轻浮的姿态有时又怕他得罪熟人，他似乎找不到和别人交往的分寸。余清的爸爸 1949 年前是大资本家，1949 年后被扫地出门，从余村逃到梧桐岭后扎根，家徒四壁。余清冬天只穿一件单裤，有一阵子他没地方住，和大姐住在一起，他的大姐为了他读书三十多岁才嫁了一个瘸腿的男人，余清就住在大姐的楼上，自然少不了他姐夫的看不顺眼。家穷，成分又不好，在外必然受人欺负，让余清很自卑。当珠月看到余清和别的女的打情骂俏时，她觉得他太轻浮了。当她反复地看到余清总是表现出那些不检点的举止行为时，珠月简直失望了。看了以前的日记本，全是珠月的失望和痛苦，除了余清两次去南方找工作那段时间，珠月有思念之情外，其余的日子余清总会做些什么让珠月感到烦恼。

余清认为珠月在当时的情况下不可能嫁给他，他认为珠月的工作好，其实珠月自己当时根本没意识到，他想肯定是珠月肚子里的孩子是别人的。余清后来发了财，按照余清的逻辑，余清必定背叛珠月。因为余清的思维中已没有爱情。后来，余清说过几次，表情是有一点真情有一点感激又有一点意外、惊喜：“真没想到珠月喜欢我。”珠月听了觉得异常陌生，她不喜欢他会和他结婚吗？即使他的优点不多，珠月也是拿放大镜看他的优点的。他还有那么一点优点，一是上进心，二是比较有气质，这两点讽刺般地变成余清后来背叛珠月的资本。珠月唯一看中的也成了伤害她的利器。碧月对珠月说："你的宽容、忍让、善良只会让一个男人变得更自私、更坏。即使是面团到你手里都要变成棍棒。"珠月想想也是，她的宽容善良总是害人。人心欲壑难填，你越宽容、退让，别人会越觉得你欠他的。余清就是这个逻辑，你珠月不是做了对不起我的事，怎么可能和我结婚？你珠月不是做了对不起我的事，你怎么那么宽容、忍让我？我怎么对你刻薄，不给你寄钱、吼你、对你家人不好你都忍了？你一定是对不起我，你才这样忍让、贤惠。珠月会忍让，当她忍让到极限，她会死心，不是那种可以死灰复燃的死心，而是真正地心灰意冷。余清把花心、婚姻当儿戏，离婚了，觉得过得不是怎么好，就想着复婚。不是死了心，离婚好玩啊？心死了，就绝不可能复燃、复婚。每当珠月想着余清觉得自己有几个女人多有本事时，珠月愿意拿一辈子的寂寞来打击余清的嚣张气焰，争取女性的尊严。

刚认识余清时，珠月说余清吃梨好快啊，本是赞叹的语气，因为她觉得男人吃东西就要快，不能像女人那样太要紧不慢，没想到余清当着同事面大发雷霆。如果是现在，余清肯定不会发脾气，因为吃梨吃得快不是什么羞耻的事。余清因为自尊而表现出的强烈的自大让珠月觉得他完全叫不懂事，或者不阴不阳。珠月当时不知道这是因为他的自卑表现出的另一种形态，只当他就是这样和周围的人都不一样。按说家里来客人应该热情、然后送客，他对珠月的客人抱着仇视的心理，更别说送客了。珠月说不清他的那个样子，简直无法用语言来描述。你说他做坏事了，没有，你说做了什么过分之举，也没有，你说他对客人冷待了，也很难说。反正就是不得当，不正常。那些珠月的朋友都说他不行，珠月也料到只要有人和他接触，一定会这样评价他的。不过，珠月是个非常有主见的女孩子，她认为只要自己对他有感觉就可以，别的可以慢慢教。珠月有天来了客人，余清去买了几瓶健力宝给客人。珠月说："哎，怎么变了？"余清说："还不是从你那儿学的？"余清时时刻刻都处于一种自卑、不正常的状态中，珠月当时并不能理解，她和余清在一起天天怄气。像余清说的，他们是格格不入。除了抱在一起像热恋，余清就像一个与世人不协调的人，他自己后来惊叹："像我这样的，不知哪世走了一点狗屎运，赚了一点钱，要不，连在这个社会生存的权利都没有。"以前工作单位的人说余清吊儿郎当，熟人说他不行，有人赶快找到珠月叫她千万不要和他来往，那人认为余清找珠月是走了狗屎运。在那人的心目中，他认为珠月是女神，既然余清都可以来追珠月，他认为自己比余清强，他也来追珠月，晚上只要珠月一上夜班，他就跑到珠月科室去坐着。自从传出珠月和余清谈恋爱来，医院里几个不敢追珠月的男孩子都认为自己能追珠月了，他们都认为自己比余清强。余清不过是工厂的，一般的护士都不找工厂的人，那时的珠月没觉得工厂有什么不好，她有些浪漫，认为工厂可以改革，大有作为。

一个医生问珠月："听说你的男朋友是厂里的？"珠月一点也不觉得有什么自卑地说："是啊。""你为什么要找一个厂里的？""厂里不好吗？"别人的担忧果真成了现实，两年后，余清上班的工厂就垮了。

余清在一幅装帧画上写着"在天愿作比翼鸟，在地愿为连理枝"，珠月心里感动不已，以前的一些怨恨也消了。那一刻，她想，她只要能得到这样一种爱，她一生就无悔了。正当她这样想的时候，她发现那字是用钢笔写在外面的玻璃上，似乎那种誓言的真诚就减了一半，她要他写在里面，不知是因为他怕字写不好，还是没有那么大的决心和诚心，他没写。

连月后来说："怎么你找的人都不行？看来你眼睛不行。你怎么这么懦弱？要是我，早离了。"连月很疼她老公，每天叫他多睡一会儿，害得她老公天天迟到。又叫她老公不要那么用功学习。她每天跟在她老公后面，她老公到哪里她就到哪里。连月说她的老公是最聪明的，但从未听见她老公赞美过连月。她老公只要一发钱就往连月手上搁，表示他会挣钱，朋友送给他烟酒，立即提回来交到连月手上，表示他很有人缘和面子。余清赚了钱从不和珠月说，几年都不给生活费，连电话号码都给个错的。当初，珠月发了一分钱也会告诉余清，她希望自己发了钱余清会感到高兴。连月老公实习时，被主任批评得都要流泪了，连月说他好得很。珠月说："你根本不懂你老公。"连月说："不可能，他要哭了？我从来没见过，他就像木鼓①。"

余清自以为自己很有良心，而且津津乐道于自己的良心。因为他准备给他可怜的妻子和孩子一点小钱，后来连这也不想给了。这就是他心里的盘算。一套小房子，他已自认为对得起妻儿了，而且自己很有良心了。什么是良心？当他拿屠刀去刺别人的心窝时，在别人临死前扔下一个馅饼就算是良心了？在一个临死的囚犯死亡前给饱吃一顿确也够得上良心。而她

① 方言，木讷迟钝的意思。

宁愿饿死也不吃。良心，什么叫良心？良心已经成了黑煤球了，而她是多么单纯地崇尚着一种尽量完美无杂的爱情。她怀疑在他那里根本对她不曾有过爱情，他从来都没爱过她，或者说她相信他从来都没爱过人。当因颉来看她的时候，她却只能看着他，并不知道自己想要什么似的。

神圣的家只有在爱情是神圣时才会是神圣，当爱情变得肮脏，家无所谓要不要。珠月的心被谁扔在地上，她捡着血淋淋的心，笑着，叫着，她该捧着心走，还是把心塞在胸腔里，任它长疮。就像一把剑一直都悬在她的眼前，就像她今天才第一次看见了它。以前是视而不见还是不愿见，不知道。她最瞧不起一个男人失去自由，出卖自己的灵魂，还有肉体。珠月只知道余清像一只狗一样听命于另一个女人。有一次他们到凤凰山玩，余清说五点要去另一个地方，没想到晚了，他竟说要打的去，把珠月和孩子丢在路边让她们自己回去。而且他早晨说的那个地方与他们住的地方是同一个方向。珠月不解什么事情这么急，为什么不能把她们一起带上，一定不是什么生意上的事。就像一个人做错事，你还不能发现，发现了，露馅了，他就要恼羞成怒。每次当珠月指出他话里的牛头不对马嘴时，他就会变得恶狠狠的，像要杀人似的。珠月后来即使发现他十句话里有九句或者十句是假的，她也不吱声了。她心里明镜似的，什么也不想说，只是拿看书来支撑着自己，心里的绝望都把她差不多要淹没成黑色了。没有恨，起初她有恨，后来，当她完全绝望时，连恨也没有了，只剩下她自己的孤独和绝望。她把所有的希望都寄托在因颉的身上，她希望她能见到他，哪怕就是一面。

珠月见到了因颉，因颉走后，珠月在日记中写道：“自从这次见到你，我不再像以前那样把家这个概念看得那么重了。假如你孤独了，你一定要对我说，千万不要让我不知道。我祝福你永远都有快乐，永远都没有孤独。”好像珠月在等着因颉孤独，她又不想他孤独、不好。梦里，她拼命地找眉笔，在眉毛上胡乱地画了半天，仍然没画好，等车，车怎么也不来。“这是上天的旨意吗？到底有没有上天，只要让我们在梦中相见，我就相信这件事是可成功的，我就是在梦中见不到你。”珠月想，这个“可成功”当初指的是什么？是指的他们的身体能相融，还是指的能成为夫妻？“只有对你才会有全部的付出，对任何人我的爱都是残缺的，这注定了我的悲剧命运。我永远只爱属于我生命、与我生命相始终的东西，我知道你是与我生命相始终的，不管我们是否在一起，所以我爱你。光会让黑暗消失，我只想你能抱住我，不要放，我害怕这世界上的最后一个，我唯一的爱人离我而去。当我找不到自己的时候，我看到了你驻守在我的心中，我知道那是我。”

第四十四章

珠月的弟弟成强是家中唯一的男孩。弟弟刚生出来时，珠月并没感觉："我都这么大了，还生什么老弟?"珠月妈要珠月去看弟弟："珠月，快来看你老弟，你看他长得几灵醒①哦。"珠月说："我要上学了，要迟到了哦。"直到弟弟六个月，珠月才喜欢上他。弟弟圆圆的胖胖的脸，很神气的眼睛，看到妈妈总是喊着"妈妈，妈妈"。有时放在脚盆里洗澡玩得尽兴，还不想起来，把水往他身上一泼，他更是乐不可支。香草二娘最喜欢把他放在床上，一边搔他肚皮，一边叫呵着，弟弟这时候会莫名其妙地咯咯地笑着，这个时候，弟弟多可爱啊。

成强一生出来嘴唇有些乌色，在医院做检查，医生说是心脏可能有毛病，但也不知道心脏到底哪个地方有毛病。珠月妈一生下弟弟就被抓去做节育手术。当珠月爸听说珠月妈生的是男伢时，他并不相信，他以为别人是捉弄他的。就像太阳从西边出来，怎么这么好的事会落到我头上?珠月爸一向有些宿命主义的悲观倾向，可是他又一直保持着高昂的人生激情。送一个好东西给他手上，他有些不敢接，就像一个人中了头彩，他会担心这是不是个祸。上天会把他梦想的男伢送给他吗?

珠月妈有些自豪，她很爱她的丈夫，觉得自己为他生下一个崽，能够为他这一脉不至于到他这里断了香火也算是尽了力。前一段时间，珠月妈住过几个城里小时候的同学家，特别是当有人来查计划生育时，她就赶快离开柳树湾。一天，她正在古山薅草，六岁的禾月见有查计划生育的人来，就赶快跑到古山，对妈妈说："妈，丸（袁）主任来了，你赶快躲起来。"禾月把"袁"说成"丸"，她妈妈就赶快从菜园下来，沿着山边走，在山上躲到天黑了才回家。

---

① 方言，漂亮的意思。

珠月妈经常对珠月说："不是我主意坚定，执意要为你们生个老弟，根本就不会有老弟。"珠月妈很为自己当年的坚定主意自豪，每天东躲西藏，要不，早就被搞计划生育的那批人抓去做引产了。秋儿不是被抓去做引产了吗？听说引产比生孩子还要伤身体。秋儿是柳树湾的一个女儿，嫁到外县，引产后，柳树湾的很多和她平常有人情来往的人都去看了她。回来后，几个妇女聚在一起叽叽喳喳说秋儿真可怜，一个结核病人拖去引产。秋儿已有三个儿子，本不想再生孩子，可是因为没有采取避孕措施，所以就怀上了，孩子都七个多月了，还是要被拖去引产。农村人要么做节育手术，都不怎么懂得避孕，这下秋儿的命能不能保住，真难说。几个妇女说起秋儿皮包骨头的样子，都在那里摇头点头地说："真造孽啊！"

一天珠月妈看着摇篮里的弟弟喉咙里的声音很响，没办法，就用嘴给他吸，吸了半天也没吸出什么来，中午给他吃奶，他也不吃。珠月妈有些急了，第二天弟弟也仍然不吃奶，怎么办？珠月妈找到当地算命的旺儿奶奶，旺儿奶奶叫珠月妈买一些冥纸，晚上在十字路口烧了之后，拿一桶水将烧了的纸灰泼到沟里，嘴里说些祈祷祝福的话，回家时，一定不能回头，儿子的病就会好。说是有鬼捉住他了，小小生命儿怎经得住鬼魂附在他身上？珠月妈晚上一切照办，她对自己说，千万不要回头，一心一意地头也不回地走到了家。回家一看，果然还只有一个月的刚才脸上没有颜色的儿子现在脸上有了红光，给他奶吃，他也吃。珠月妈喜出望外。珠月妈把遮在憔悴脸上的头发拂到一边说："生你们几个女儿什么心都不用操，生一个老弟抵得生十个女儿，把我都磨死了。"珠月的弟弟出生后一百天内天天晚上哭闹，农村说是百日咳。好不容易百日之后，弟弟果然晚上也不咳也不闹，全家人都欢欣鼓舞。

成强生的是细皮嫩肉，皮肤比几个姐姐都白，两岁时，他整天在家鼓捣着拿棍子敲椅子、桌子，或者把家里推得动的东西全部推翻，忙得他头上汗直往下滴，看着弟弟的那股可爱样儿，几个姐姐总是忍不住要把他抱着甩几圈。成强到了四五岁，还每天在妈妈怀里打滚，珠月都看不下去了，对妈妈说："妈妈，不能这样啊，太不像话了，你看我的一个生儿姨，就因为她妈妈生了几个孩子，一出生就死了，她就特别金贵，七岁还跪着吃奶，下了学回家还接着吃，还不是一傻子，读了三个一年级，长大了连插秧都不会，别人都插得直，就她插得东倒西歪的，有什么用啊？弟弟再要被你这么娇惯，估计将来没什么用。"珠月听妈妈讲生儿姨的妈前边生了几个孩子，听说其中一个生出来是一只鹿。珠月有些不信，就问妈妈："难道真的是一只鹿吗？我有些不相信，人哪会生出鹿来。"妈妈说："听说生出来头上有两只角，估计别人就说是鹿了。"珠月又听说生儿姨的妈生孩子都是从腋下或者肚脐眼里生出来的，珠月妈说："这个没听说过。"

每次珠月回家时都会把弟弟抱起来甩几圈，成强心里当然很快活，但从他脸上看不出来。他三岁了，穿着一件皮夹克，他不把拉链拉上，几姐妹都围着他惊叹："这么小还知道讲风度哦。"成强一声不响，似乎在笑。来过家里的人，第二次再来时，他都知道他们的名字。家里的事情他都一清二楚，爸妈和别人说了什么话，爸妈之间说了什么悄悄话，他在旁边不自觉地全记在心里了。在成强两岁时，他便能一一数出全湾所有大人、小孩的名字，他们的亲属关系也说得准确无误。有一次他把一个人的姐姐说成那个人的妈，那晚上把她们姐妹几个笑得流出了眼泪。第二天，她们几个全部故意问他是否说过。成强看着几个姐姐笑得前仰后合，他并不笑。他从来不因为别人笑他就笑。他也有笑得不可自禁的时候，禾月演六一节目，把班上某一个同学的划船姿势做给他看的时候，模仿一个傻乎乎的男孩买烟时的样子，这时候，他简直是莫名其妙地笑个不停。

有时，当他看见爸爸想责备妈妈或者姐姐们时，他就有先见之明地说："你莫又要训她们呵。"爸爸总是会因之收起他的脾气。

第一次教成强数数，她们姐妹只要一说"一二三四五"，他就会接着说，"上山打老虎"，叫几姐妹哭笑不得。没想到半年时间，成强已能心算出很大的加减法和一般的乘法了。

成强还只两三岁时，他对自己在家里受宠的地位，似乎很有领会似的。一天，他把一把椅子搬到一个地方倒转来，不知道要做什么，珠月回家见椅子倒转着，就顺手把椅子搬回来了。弟弟一见，就大哭不止，硬要珠月把椅子搬回到原地方去，珠月没法，只得把椅子搬回原处。没想到弟弟照样还是哭，要珠月把椅子像开始一样倒转来，对准原来的印痕，这才止住不哭。珠月拿出给弟弟买的一把塑料水枪，弟弟看见水枪里能打出水来，兴奋地把家里的桌子、椅子都喷湿了。

成强三四岁时，整天在外面玩，夏天在屋角用废砖瓦破碗碟盖房子、炒菜，又跟着大孩子一起去捉蜻蜓、蝴蝶，他就只穿一件裤衩，可他怎么也晒不黑，他身上的皮肤越晒越白嫩，而且显出那种怎么晒也晒不黑的品质来。成强一天玩着回家坐下吃饭后就不说话了，第二天也不出去玩，只说头痛，要睡，第三天也仍是不吃饭，说头痛。珠月妈着急了，又去找旺儿奶奶，旺儿奶奶拿着两根筷子立在水里，嘴里念念有词，末了说："是他的香草二娘在跟她开玩笑呢，回去给她烧烧纸就冇得么事了。"

珠月妈回家后就按照旺儿奶奶的话烧了纸，一边烧，一边说："香儿啊，你就不要和你的侄儿开玩笑了，他都几天没吃饭了，他小孩子不懂事冲撞了你，你不要见他气呵。"珠月妈烧完纸回家，她对丈夫说："落山的旺儿叔说是香草在作怪，不知是不是成强日里在几座坟墓边捉蝴蝶蜻蜓什么的，踩到了坟墓，得罪了鬼魂。香草车祸死了后，不能进屋，也是放在那几座坟墓旁边的。"珠月妈赶快去床边看儿子，果然成强说头不疼了，还嚷着说饿了。

成强五岁去上学，老师说他的数学成绩已达小学五年级水平，别人都说他是天才，将来一定是读北大清华的。珠月对弟弟也寄予很大期望。珠月爸看见儿子如此聪明过人，竟有些害怕，叫他不需好好读书。成强读小学时，数学不用说，语文书一发下来，课本中的所有课文当天就能全背下来。所以即使他经常在珠月爸的娇惯下不去上学，成绩照样每次第一。下雪了，珠月爸对儿子说："今日落雪，天气冷，路又滑，不要去了。"成强求之不得。下雨了，珠月爸对儿子说："打雷下雨，很危险，今天就不去上学了。"当那些大人把很大的数字给五岁的成强口头去算时，五岁的成强直把那罐头瓶上的纸都要撕没了，终于算了出来。众人赶快拿纸和笔来算，果然不错，个个赞不绝口。这时珠月爸脸上并没半点喜色，也不像众人一样夸赞成强，只是低着头似乎在考虑些什么。又似乎从这些事中预测出什么不好来了似的。

成强很爱看书，八九岁时，《三国演义》《水浒传》里的故事能讲很多，让几个姐姐一惊一乍的，连连啧啧："真了不起，从哪儿晓得的?"成强说："我听收音机晓得的。还有序文伯父经常给人讲三国里的故事，我也经常坐在旁边听。"有段时间每天晚上七点钟都有一个广播频道在播《三国演义》，成强偶尔听见了，就入迷了。几个姐姐都不敢相信，连忙要他多讲几个三国里的故事给她们听听，成强就讲刘备三顾茅庐、桃园三结义、关羽过五关斩六将，把几个姐姐听得心花怒放，一个个连连在成强的脸上啄来啄去，让成强都有些不好意思了。

那天早晨醒来，成强说："昨天夜里外公叫我跟他去。我正在游泳，他在岸上招呼着我，我就答应了他。"过了几天，成强和几个老表去游泳，脚抽筋，因他游得远，几个老表也没发现，等他们到处找他时，他都已经快不行了。成强被众人一阵慌乱的拍背、捶胸，终于眼睛正常地睁开了。珠月爸想，真险啊，要是儿子出了什么事怎么得了？他想起来都一阵后怕。

成强自一出生嘴唇的颜色就是乌的，这一直都是全家人的心病，就像一颗定时炸弹，说不定什么时候就会爆炸。每次发病时，妈妈就像医生一样赶快给他做心脏按压，紧接着就是住院，连医生都佩服珠月妈的勇敢，真是久病成良医。医生说，孩子得这种病一般活不过二十岁，珠月一家人每天都胆战心惊，但没一个人愿意相信这个事实。成强就像成了一个心脏病的猛将，问他得病时是怎么感觉，他说就像要死了一样，世上再没有比那种感觉更难受的，就像世界末日一样。父母姐姐听了眼里都有了泪花。禾月问："你怕不怕死？"成强说："我从没想过我会死。"

成强十二岁时做了心脏病手术，嘴唇的颜色也变红了。珠月爸更是担心儿子再出故障。他一天到晚疑神疑鬼的，这一点对珠月还有些影响。珠月心里也很讨厌自己在这方面爸爸给她带来的影响。她羡慕连月，什么都不信，什么年份、生辰、日期、八字、星座，连月说这些都是迷信。珠月想起自己第一次在一个糊蛋糕盒的纸上知道了这世上还有星座这些知识和说法，当时可以谈得上是欣喜和着迷。每当珠月说梦时，连月就会用一双疑惑的眼睛看着她曾经十分崇拜的姐姐，心想，姐姐是不是脑子出了问题。她对珠月说："你千万别在外人面前说梦，好不好？"珠月说："你放心，我不会说的，我只是有时和家里人说说。"

珠月爸看见两岁的成强把一块表不小心扔到火塘里了，他连忙对有些害怕的儿子说："不要紧，只要你高兴，想扔什么都可以。"成强有些受宠若惊，他又试探着把一个破钟往火塘里一扔，他爸说："扔得好，高兴就可以。"

成强要打禾月，他爸就叫禾月弓着背给他打。成强看到爸爸并不像别家的父母一样要孩子坚持上学，一到他不想上学时，他就会说，"我肚子疼"，"我头疼"。他的妈妈也不知道他到底是否真疼，只有随他不上学。到了初一了，成强成绩在班上照样还是名列前茅，到了初二时，珠月妈去开家长会，成强掉到十几名了，妈妈在发言时还哭了。虽然爸爸娇惯儿子，妈妈对子女的成绩一向是很看重的，但她从来不切实管子女，只说要子女好好学习。到了初三时，成强和一帮不学习的坏孩子搅在一起天天不上学，妈妈还蒙在鼓里。

弟弟小的时候，珠月每年过年都会给弟弟买花炮大年三十夜放。珠月和妹妹弟弟一起，拿着花炮，在自家门口或者在屋堂的空旷地带放，弟弟每到过年就等着大姐姐买花炮回来。

珠月一直关心弟弟，那半年因为事多繁忙，没时间关注那么远的弟弟，没想到弟弟就被一帮不学习的孩子带得就像脱缰了的野马，再也收不回心了。弟弟从小衣来伸手，饭来张口，虽然家里有时生活拮据，也丝毫不会激发他半点发奋之心。他去读财校，一月花去一千余元生活费，全是父母起早贪黑扎扫帚卖的一点钱，心想儿子读中专了，做起事来可有劲了。成强没读完中专。学校说只要他坐在教室三年，不出去瞎玩即可发毕业证。他说坐都坐不住，憋死了。他到市里最新的一家三星级宾馆去应聘，老板看他长得还挺帅的，就让他做门童，他做了三天之后就不做了，家里人一直以为他在那里做事，因为那宾馆要交押金，他不敢那么快说不做了，每天只说自己去上班了。一个月下来，才知道他共去了三天。和他一起做门童的男孩子是师范专科学生，别人还兢兢业业地在那儿做着，一边复习准备考本科。成强说他站不得，他说当时很羡慕那个清洁工阿姨，清洁工可以动动，可以歇歇，他站在那里不能动，比什么都难熬。成强没给姐姐连月说，那天连月发现他上班时间还在沙发上躺着，就问他，他才告知真相，说是十几天前就没去了。因为交了三百元押金，知道不去也不能退，就不敢告诉姐姐。禾月当时还没定下工作，在一家餐馆打工，早晨五六点起床摘菜，洗菜，忙到晚上差不多十一二点，一个月下来也只有二三百元，如果她听说三百元就这样冤枉没有了，又要大发脾气了。所以成强一直就装作每天去上班了，白天在街上逛着，晚上再回姐姐连月家。

珠月知道成强没去上班，有些为三百元可惜，仍然张罗着要为成强找点别的什么事。成强信誓旦旦地说，只要不做门童，做什么都可以。正好有一群家乡人要到深圳去打工，他也跟着去了。他开始在一个做珠子的小厂上班，虽有时也迟个到，早个退，但没有大妨碍，那厂还比较自由，就是大家在一起穿珠子。老板管得不是很严，每个月下来能拿三百元，成强很满意这份工作，还在那期间谈了女朋友。那女孩子是河南人，忠厚老实，经常用自己的工资买些橘子、李子塞在成强的被子里。成强常常能在下班后发现被子里的李子、橘子，正好就大吃一番。成强还把和那女孩的合照寄给父母，照片上的女孩不是很漂亮的那种，可从她的眼睛里可以看出她是一个忠厚老实的女孩子，家里人都万分满意。珠月见到成强说："弟弟，你怎么变得忧郁了？好像没有以前快乐了。”成强没吱声。珠月问：“你女朋友是不是第一次谈恋爱？”成强似乎懂姐姐的话，他小声说：“不是。”珠月没再说什么。

那个女孩子在一次工厂体检中查出是乙肝三阳，珠月和她的父母一听，都不同意，家中一个独子，女方是乙肝三阳，当时想肯定会传染给下一代，只觉得乙肝三阳不得了。成强也没什么反抗的话。那个女孩查出病后就回家了。一年后结了婚生了孩子。成强其间几次要禾月帮开一些治肝炎药给那女孩寄到河南去。

那个穿珠子厂一年后就发不出工资了。成强又跟着一个装饰公司的老乡上门帮别人安窗帘。安窗帘是件累活，虽然每个月有八百元，可成强做了一个月就做不下地了。同乡的几个不务正业的男孩子这时正好到成强这里来逛，他们这段时间在做一件见不得人的事，就是专门给那些不想做事的女孩子找玩主，从中拿提存。成强遇到一个叫黄际的姑娘，那女孩长得很漂亮，她见到一表人才的成强立即就对他展开攻势，还没几天，成强就在她的攻势下和她睡在一起了。成强认为自己既然已经和她睡了，就应该叫男女朋友了。那天几个同乡告诉成强这个叫黄际的女孩子以前也是他们拉皮条的对象，也曾给她介绍过几个玩家。成强有些不相信，随后他有点恍惚、漠然。那时，他和黄际两人都没工作，手上也没钱了，同乡对成强说，何不叫黄际去……成强此时正愁第二天他们没钱吃饭，没有吱声。那几个同乡走到黄际跟前说：“黄际，有一笔生意，不知你愿不愿意做？”黄际惊慌地朝成强那边看着，成强好像此事与我无关的样子。黄际有些犹豫，毕竟现在自己在追成强，此时还得看成强的意思。可能她以为成强是什么男人，成强不过还是一个以为躺在父母怀里的懒娃娃。几个同乡对成强说：“黄际又不是第一次，你就让她去，你们两个现在都没事做，吃饭都成问题。”晚上，成强竟然鬼迷心窍地劝说着黄际，当他们来到那个预先约定的玩家住的宾馆时，黄际有些犹豫了，成强说，既然你犹豫，那就不去吧。他们又回来了。那个女孩子看到成强赚不到钱，后来就离开了成强。

在珠月的再三劝说下，余清说支持成强开个店，成强怕花余清的钱，就说学模具。成强在模具厂学模具已有半个月了，几个姐姐为了锻炼他又气着他不听话，很少给他打电话。那时打电话不方便，没有手机，要传达室传，而且成强到那个厂学模具用的是另一个人的身份证，当时他的身份证正好遗失，所以打电话传话似乎也更增加了一层不方便。

模具厂年轻的师傅走后，成强几乎就没说话的人了。他想到那个河南女孩，自己当初和她在一起时并没想到要和她永远在一起，又想到那个和他在一起的坏女孩，他竟带着她差点让她去做了那种见不得人的丑事。种种自责就像魔鬼一样缠着他，直至他每天都要在工厂外的墙根下失魂落魄地溜达几圈。

半年后，门卫经常看到成强在厂周围走来走去，似乎在思索着什么。门卫看出有什么不好，就打电话给珠月说你弟弟太孤独了，天天在工厂的墙根下转圈子，看来不太好。珠月赶去看成强，叫成强到餐馆吃饭，一向爱美、注意仪表的成强竟然穿着工作服来了，衣服上油渍一块一块的，手里还沾着黑乎乎的机油，他也似乎并不在意。珠月问，怎么不洗手来吃饭，弟弟说，来不及了，反正没关系。说完，他夹了几大口菜放在嘴里十分快速地吃起来。珠月问："弟弟，还好吗？"成强说："还好。"他说的时候神态有些战战兢兢的，好像很不自信的样子。珠月觉得成强确实不好，可成强说挺好。珠月就回校了。

那时，成强还买不起手机，珠月好久没给弟弟打电话，家里人也没法联系他。等珠月再次看到弟弟时，弟弟已是处于极度忧郁状态。他也说不清楚，只是感到自己有罪似的。看到那个河南女孩和他在一起半年多没什么事，一回家就怀孕生孩子了，他以为自己生育有问题，还以为是上天报应他。他又想到后来认识的那个女孩子，说是那一次的抉择让他没有做一个完美的人，如果他以前能打九十多分，现在就不及格了。他又想到自己的懒、撒谎这些也谈不上是什么罪的事情，反正，他就像被魔鬼捉住似的，天天都在纠缠着这些事。这让珠月很心焦，她不知道怎么解开他的心结。她对弟弟说，曹操把俘虏埋了几十万，也没听说他有罪感，再说，你那点事算什么？金无足赤，人无完人，人非圣贤，孰能无过？珠月趴在床上写了十几页的信给弟弟，可并不能真正解决他的纠结。

那天当珠月看到弟弟心神不宁的样子，奇怪的是自己也从未有过地心神不宁起来，整个人像飘着。她到外面走了一圈，晚上睡了一觉，才好些。珠月特别能理解弟弟的罪感，他们这一家族人都是不能做一点坏事的。珠月爸特别遵纪守法，自从在一次运动中挨批斗以来，他更是小心翼翼。每做一件事，他都会想到政策会不会变，会不会成为到时受批判的证据。珠月爸在路上走，看到一把很大很好的锤子，他把它捡了起来，又放下了。这时正好有一辆巡警车开过来，他就说："幸好，我没要那把锤子，要不，警察还认为我偷东西。”珠月听了爸爸的话后，真是哭笑不得，觉得爸爸真是迂腐，一朝被蛇咬，十年怕井绳。锤子是可以不要，警察还会管你拿不拿那把锤子？

成强每天还是靠着工厂墙根心事重重地走着，有时还会在门卫房的墙上练倒立，一连做很多个，让门卫很不解。这时，成强一直都在思索自己的罪，他虽读书不多，可他天资聪慧。成强一向被家里人当宝贝，他自己非常明白是因为他能传宗接代，并不是他有什么可爱的地方。成强想，小谈和我在一起半年都没怀孕，怎么和别人一结婚就怀了孩子呢？他不多的医学知识解决不了他的难题，他以为自己不能生孩子了，这可怎么办？这还不能让家人知道，家人知道了他们会怎么看我，我在家里的优越性就没有了。虽然我现在受一点苦，可家里的父母姐姐都是非常看中我的。大姐夫在当老板，他还说要给我几万元让我开网吧呢，虽然也不知道他说话算不算数。

这之前，成强一直都在为黄际的事自责，现在小谈的事让成强更加确信自己有罪，要不自己怎么就不能生孩子呢？

成强想起自己初中时的鬼混，想起自己和小谈恋爱时当时只是抱着谈谈的心理，又想起劝说黄际去卖淫，成强的脑子都成糨糊了。他每天做很多个倒立来防止自己乱想，又在模具厂的墙根下像哲人又像幽灵一样把脑子都想破了，越想他越觉得自己有罪，不完美。等珠月去接他时，他就只管说：“我本来可以打一百分，可是那件事却让我只能打六十分。”珠月说：“人不可能十全十美，人怎能不做错事，错了，改就可以了。”成强又说：“当初和小谈在一起时，我从来没想过要和她结婚，后来才有感情，觉得她很不错。”“那有什么关系呢？很多人谈恋爱时都不能肯定会和对方结婚，粒儿姐和她老公在一起时，别人都看不起她老公，说他穷，他爸爸妈妈都是残废，她也是糊里糊涂地和她老公走在一起，也没想到要结婚，到生米煮成熟饭，才急急忙忙结婚的。现在也很好。”

成强坐在珠月面前，好像坐不安定似的，他脸上的肌肉总像在小小地抽搐着。他把椅子翘起来坐着，珠月担心椅子会倒下来。珠月对成强说：“你能不能坐稳？”成强脸上肌肉似乎在抽搐地笑着轻声说：“好。”“你不能自信点？你以前的开朗呢？笑容呢？要自信，你知道吗？自信比什么都重要。”成强一般都沉默寡言着，经常还会去做几个倒立，或者不安宁地到处翻，好像在找东西。珠月一天下来对成强说了很多劝说的话，嘴唇都说干了，成强仍然坚持自己有罪，并说要去当和尚。珠月回学校宿舍后身体飘飘的，像坐不住似的，她趴在床上三四个小时给成强写了一份信，信的内容是这样的：

亲爱的弟弟：你好！你只要记住一句话："浪子回头金不换"，虽然你曾经因年幼无知做过一些小错事，这是每个成长的人在人生中都不可避免的，很多人思想很成熟了，仍然可能犯错，因为做错事毕竟与周围的环境及各种各样的情况联系在一起。人无完人，孰能无过？这是中国的古语，有错能够意识到，今后不再去做它，就是一个完美的人，就连一些伟人都会在特殊的时代氛围中说违心的话，做违心的事，何况是一个小孩子？我知道你的心很善良，为自己曾做的一两件事感到很不满意，任何人都不可能在一辈子中做的事件件让自己满意，让自己感到荣耀，像你说的，其实，每个人都有惰性，以及一些不好的劣根性。关键是只要我们意识到了能改正就是一个完美的人。所以，在那件事上，你没必要去想太多，只要以后做好就可以了。一个人不管做了什么错事，回头就是岸，就是福，何况你做的那件事并没酿成什么后果。

姐姐说的话没错的，毕竟姐姐看的书较多，你毕竟是个孩子，过去的事情永远让它过去，生命对于每个人在每一天都应是一个新的开始，昨天的成绩毕竟是昨天的，昨天的悔恨也是昨天的，只要你去热情地拥抱每一个新的今天，你就是一个热爱生活和生命的人。人活着，就是为了去享受热爱生命带来的喜悦和快乐，就是为了去享受美丽的大自然和宇宙万物带给我们的欣喜和愉悦。一棵小草，一涧溪流，一片云彩，都是生活赐予我们的最美丽的礼物。一个人活在世上，不管是贫穷，还是富裕，这不是最重要的，重要的是要热爱生活，享受生活给予我们的那些美丽的事物，在平淡从容中去感受快乐、适意，然后再去努力，尽自己所能地去工作得更好。只要努力了，成绩大小不是最重要的，重要的是我们始终以饱满的意志，不懈的热情，开朗的笑容去拥抱生活，感受生活的美丽的词语。

每个人在人生中都会遇到一些结，更别说是不成熟的年轻人，你找到了一条打开结的路，是你的勇敢和胜利。要相信姐姐的话，昨天已经过去了，生活对于我们每一天都是从零开始的，一个在每天都以饱满的热情来迎接生活的人才是生活的最强者。不管昨天是好是坏，毕竟是昨天，重要的是今天，如果一个人总是斤斤计较于昨天，就看不到今天明天。昨天的成绩并不能保证今天的成功，昨天的过失并不表示今天就是失败，一个人的成功失败只能从终点来看，是成功多还是过失多。一百步中你跌倒了两次，说不定你吸取了教训以后走一千步，一万步也不跌倒。一百步中没跌倒的人，在一千步一万步中可能跌倒更多。跌倒不可怕，甚至早一点跌倒是一件好事，它可以让我们少跌倒，走得更好。

一个人活着并不一定要做轰轰烈烈的事业，重要的是要热爱生活，享受生活，创造生活。生活中有挫折，有成功，有错有对，这都是不可避免的，因为我们都是凡人。重要的是我们想让自己做得更好，而且努力了，生活就会酬报我们快乐和收获！不管我们做的是多么微不足道的工作，只要工作着就是美丽的，只要阳光地生活着，就是美丽的！

珠月以往对成强有着很大的希望，她知道成强志气大，眼光高，却不想吃苦、做实事，现在都这样了，珠月不想对成强再说以前那种冠冕堂皇的话了。她想，只要成强平平凡凡、健健康康地过日子，家人就很满意了。成强感到心浮气躁，他拼命地拉开每一个抽屉，只是没倒立和翻筋斗，他的身体已不是很强壮，翻筋斗没有体力也是翻不了的。成强对珠月说，我们厂有一个男孩子天天在厂房那里翻筋斗、倒立，别人都说他有神经病。鬼话，珠月说，翻筋斗、倒立就有病啊？“关键是那么多人看着他，他就当作没看见。”“他没有神经病，不要听别人的。”

珠月看着六个月的弟弟坐在脚盆里照的相片，弟弟双手抱胸，含笑张口，那时，她怎么能想到弟弟的未来竟然是这样暗淡。家人都把他当作希望的象征。

成强从小学到初中的复习指导都是珠月给他寄回去的。

成强看着珠月的信，点着头，笑着，珠月又苦口婆心地开导着他，成强似乎有些同意，只是末了还是说：“我本来可以打一百分的，这件事却让我只能打六十分，我希望我什么事都能摆在台面上。”珠月怒斥他说：“什么台面，没有一个人敢说自己做的事都能摆在台面上，你是什么东西，要求件件事摆在台面上？”珠月不知道成强指的是哪一件事，他一会说是这件，一会说是那件。珠月想，要治根本，得找出缘由，才能治他的心病。珠月对成强说：“我们找到黄际，并让你和她在一起，再给她找一个合适的事，好不好，那件事毕竟没成，黄际毕竟没去啊。”成强说：“不是去没去的事情，而是我劝了她去，却没有阻止她的事情，不管结果怎么样，反正我是不完美了。”“黄际又不是什么好女孩，不过就是一个卖淫的，你值得对她讲什么完美吗？”“她怎么样是她的事，我只要求我自己是完美的。”

珠月劝成强说："如果是一个好女孩，你可以自责，但黄际本身就品质不好，贪财，不想吃苦做事，这种女孩真是无所谓的，你就不要自责了。"可成强怎么都说不转，珠月说，把黄际请来，给她赔礼道歉，并让他们在一起，这样就不会有愧疚了。成强说："我又不可能和黄际结婚，她那种人能和她结婚吗？那是不可能的，现在关键是我做的不完美的事，与黄际无关。"成强虽然有些纠结，可他说起话来却逻辑力强，头头是道，他天生口才又好。珠月一直都觉得自己口才好，和朋友在一起时，不知是他们总让着她还是她拼命抢话，一般都没人说得过她，可她和成强说话时，没有一次不败下阵来，并被他说服。后来的经历多次证明了这点。成强又说，不是这件事的事，我和小谈谈朋友时起初并没诚心和她谈。珠月说："小谈现在不是过得很幸福吗？你叫禾月多次寄药给她，也算是仁至义尽了。像你这样有良心的人不是很多。"珠月想："晓得出这种事，当初真该让他和小谈谈朋友就好了。做梦都想不到要出这种事。"

成强被他的罪感折磨着，就像他的爸爸每天疑神疑鬼的担忧和不能说的预感正在兑现着似的。成强一回到家乡，就要求做精子活力测定，珠月猜想成强的病大部分与河南女孩的生孩子有关。那年，河南女孩春天从深圳回家很快就结了婚，十一月就生孩子了，她把这个消息告诉了成强，成强怀疑自己是不是没有生育能力。他很担心，那时他只不过十九岁，他也不问别人，就以为自己没有生育能力。他知道自己在家的地位全在于他是个男孩，现在自己不能生育了，他不就没有什么价值了吗？从小爸爸就对他说，要不是你是一个男伢，我早把你打到天上去了。爸爸指着禾月说，你要给他做牛做马，你们的骨头是因为他而变重的，知道吗？禾月听不懂爸爸的话，他们两个人又开始抢东西吃。

成强越想越害怕，所以他一回家就要求到医院去查精子是否有问题，并嘴里说着痴话，说要去做和尚。还偏偏检查结果说精子活力低。他就吓倒了。珠月说："别听那些，多少人精子活力低，还生七八个呢。曾有人查精子，检查报告说精子活力低，会影响生育，实际是，那人已生了几个，更有意思的是，他又叫他老婆不经意间怀了孕。"珠月把这件她知道的事讲给成强听，成强不相信，认为姐姐是宽慰他的。后来，成强谈了一个女朋友，那个女朋友说怀孕了，成强说，医生说我没孩子生。那个女孩听了无话可说，再加上成强抑郁症一直在吃药，她就偷偷地把孩子打了。当媒人多年后告诉成强这件事时，成强一点也不相信，他又说，医生说我没孩子生。“放屁，”珠月说：“医生说，医生说，你不要听那些教科书上的数据，要是按照那上面说的，人人有病。按照那上面的治疗方案去治疗病人，病人一定要被治死。按照那上面说的指标去对照每人的检查结果，没病的也要被拖到医院去治了。我给你说一个事，你这么聪明，应听得懂，医学书上说心脏T波倒置就是心脏有缺血缺氧等问题，可有的人一生下来就T波倒置，你不能说他的心脏就有问题。书是死的，人是活的，而且医学书上的很多数据都不能拿来指导生活或者指导临床医学治疗。还是爸爸说得对：‘哪有那回事？’爸爸就是神仙，他什么都知道。”

第四十五章

有一段时间成强走路的时候总要去踩一个什么东西，看起来就像走路不平衡，有时又像跳舞，珠月以为他是心理障碍，就说："你既然要去踩东西，你还不如把这个坏习惯改成抓头发，或者手叉腰，或者眨眼睛，总比你拿脚去挑什么东西好看。"珠月妈说："眨眼睛蛮好看不成？"连学过医的珠月当时也不知道成强得了什么病，一大家人都以为他只是想不开，有心理障碍。禾月把成强拉到一边对他悄悄地说："成强，你能不能告诉我你心里到底是怎么想的？"成强看到姐姐如此关心自己，心里有些感动，就告诉禾月说："是因为有一个天使叫我这样走，一个魔鬼叫我那样走。"禾月就像探到了绝大秘密似的有些得意之色地告诉大家说："成强说是天使和魔鬼叫他那样走的。"珠月还是有些不解，问成强："天使，魔鬼，叫你那样走的？"成强有些不想继续和他们谈了。他没好气地说："说出来你们也不懂，我的身上有一个天使一个魔鬼，可能是我做错了事，魔鬼附在我身上了。"大家都没搞清楚到底是怎么回事。

成强在梦中脸变得很大很苍白，珠月知道弟弟病了。他的头发卷卷的，蓬蓬的，像个鸡窝。他躺在竹床上，一动不动。他的眼睛直直的。珠月第二天听说弟弟把手机丢到楼下了，并说谁要他住院他就自杀。他说一个魔鬼和天使同时住在他的脑里，让他不断地踢他们。他左一脚右一脚地踢，总也踢不走。别人问他为什么走路像跳舞，他说，我本来就在跳舞，我一边走，一边演戏、唱歌，很好玩，特别是在没人的地方，走到两山间隔的地方，我会跳得更好，唱得更大声。

"你以为别人看不见你吗？后面有人走啦，你没看见罢了。"珠月说。"没有人啊，我前后都看了。""你说没人，别人怎么说看到你在路上唱歌跳舞？"弟弟慢慢地听到另一个自己每天都在和他说话，说得他心里很烦。他对他说，滚开，我可没那么多闲工夫和你说话。你不说吗？我可是要和你说。他脑子里发出另一个声音，不依不饶地说。弟弟干脆坐在床上，说，你不让我好好洗澡，是吧，那就说吧，我陪你。珠月看到弟弟坐在床上叽里咕噜地说了很多话，她一句也没听清。珠月问："弟弟，你刚才和谁说话？我怎么听不清你在说什么？"弟弟神秘地一笑，什么话也不说。他的脸白白的。珠月问："是不是你又遇见天使和魔鬼了？""没有。"弟弟仍然虚弱又神秘地笑着。珠月很想知道弟弟在想什么，在说什么，她一直都未能解开这个谜。

弟弟在梦中挨着墙做倒立，在房间里拼命地拉开每个抽屉，又沿着工厂的墙一个人独自走了几圈，天已经黑了。

珠月在梦中见弟弟把很多椅子摆好，一个一个地跳过去，珠月问，什么意思，弟弟不吱声。珠月记得初中时她常和同学下课后或者上体育课时都会跳凳子，一个一个地跳，珠月跳得最快最好。有时，她还能并双脚跳上桌子，让男生都吃惊。珠月后来有几次梦见自己在体育比赛中可以在空中连续翻几个筋斗，落到地面时仍然稳稳当当，在场的谁也比不上。她得了冠军。这绝对是白天不可能的事情，只有国家级运动员才能做到，可是珠月硬是在比赛中做到了。做到的诀窍她觉得就是自信自己能。那个场景非常有意味，是在一个真实的地方。那个地方果然多少年后验证了珠月的传奇。

珠月知道弟弟已经钻入了牛角尖，怪不得近段时间做梦都是弟弟一个人围绕着墙走来走去的。

成强在家几乎就这样行为不太正常地过了一年，珠月妈又要珠月帮成强找工作，珠月感到成强心理有问题，本不同意他出来工作，心想，让他做些粗事分散一下注意力也挺好。成强后来又被珠月介绍到一家家具厂做事，成强觉得那个地方根本不是他待的地方，他本是一个讲究的小伙子，到了那里后，天天搬木板子，一头木屑灰。

成强这次出来是想好好地做些事，赚点钱，他每天灰头土脸地上班、下班，上班就是搬木板，下班已累得不行，洗完澡他就琢磨着睡觉了。每天睡觉之前他都会写歌词，他不会作曲，就把每首歌的旋律在脑子里反复吟唱，工作半年后，他已写了二十多首歌，并且把每首歌的曲子都背下来了。成强那段时间写的歌都是怀念家乡和诉说自己的孤独伤感，还有爱情的。等到珠月看到成强时，珠月那时才真正相信成强出问题了。成强在工厂里每天卖命地做，回宿舍后他感到自己坐不住，有时就蹦凳子，从凳子上跳过去。工友们看了觉得很奇怪，工厂就把他辞了。

当珠月看到成强时，她都不相信自己的弟弟竟然头发像乞丐，以往他要一天洗一个头，走在外面谁都说他是阳光少年，追他的女孩子一大把。成强从包里取出一沓人民币交给珠月，他那时似乎已不会数钱了，他对姐姐说："姐姐，这是我这半年挣的钱，你数一数，好像是三千九百多元。"珠月接过弟弟手中似乎拿不稳的钱，一下了觉得弟弟好可怜，读中专时一个月就用掉一千多元，那是妈妈扎扫帚赚的一点辛苦钱，高高兴兴地送到学校，想到儿子读中专了，花钱也开心乐意啊。更可气的是成强中专读了一个多月就读不下去了。珠月找人退回了一点学费，当初也是珠月找人让他读的中专，没想到过了一个多月又去退学。又去找校长，只为了能退一半的学费。现在，珠月手里握着成强半年的血汗钱，特别是弟弟把它包得好好的，那么慎重地交给她，珠月平时恨铁不成钢，那一时，她的心酸酸的。她叫成强去洗个澡，又要帮成强脱袜子，成强说自己脱，珠月看着成强脱袜的样子，他好像不会脱，手怎么也伸不到袜子上去，最后还是把袜子脱下了。洗了澡后，成强看起来像个人了，珠月想，要是父母看到他刚才那个样子，真要吓死，现在成强又好了，最少一眼看去一点也不像有病的样子了。

回家后，珠月、连月、禾月和成强都偎坐在床上，用被子盖着下身，她们一遍遍地听弟弟的歌，都赞不绝口，她们都夸他是天才。每唱一首歌，几个姐姐都会流眼泪，每次听，每次都会有眼泪汹涌而出。成强作的歌无论是词还是曲都很有才气，而且有真情实感，比起社会上的一些陈腔滥调不知要强多少倍。珠月要成强唱给爸妈听，珠月爸听了对词赞不绝口，对曲他没发言。珠月妈听了，直夸成强歌作得好。特别是有外人夸赞成强的歌时，珠月妈那时就会升起一点希望，成强也不是那么一无是处。以后，每一次听弟弟唱那些发自他心底的歌，珠月都会感动得热泪盈眶。如果一首歌只是第一次感动人，也许不一定是好歌，如果无数次被感动，珠月就认定那一定是好歌了。

成强回去后，在和好朋友聚会时，遇到了一个叫苏琴芳的女孩。那个女孩高个，很漂亮，他们彼此一见钟情。可成强每天不做事，琴芳很看不惯，很着急，她没发现成强有什么不对，她只认为他懒。珠月妈说："琴芳真是瞎了眼，什么也看不出来。是傻子。"琴芳对成强说："你要是不改，我就不和你谈了。"成强说："我改。""那你首先做到不抽烟。"成强答应了，一个小时不到又抽起烟来。琴芳把他的烟抢过去丢在垃圾桶里，说："我每天都要被你呛死了。每天不做事，还要抽烟，还要抽'黄鹤楼'的，钱从哪儿来的？要父母的钱抽烟你不感到辱人①吗？"成强坐在床沿上不吱声。琴芳说："你能不能懂事点？为你父母分点忧？一个男子汉整天坐在家里不做事，还要吼你爸妈，我都为你妈伤心。"成强说："那我明天去守小卖部。"琴芳说："好啊，不过你不要只知道吃东西，拿烟抽，好好在那里守着，让你爸妈休息一会。"成强每次到小卖部拿烟，拿水，拿牛奶喝，拿八宝粥吃，就是不管事。管也只管一会儿，当不得一个人用。

第二天，成强在琴芳的催促下八点起床去看小卖部，看到十点了，就有些坐不住了，正好那段时间，爸爸得了肝炎住院，妈妈要照顾爸爸，一听到成强说要看小卖部，两老都喜笑颜开。成强本是十点已坐不住了，还是死熬着到了中午十二点，琴芳给他送饭来，吃了饭，下午怎么都不愿守了，说是一上午才卖二十元钱。成强说："冇得意思，一包学生面四毛进的，卖五毛一包，赚一毛钱，还不如一天少抽一点烟。"琴芳说："你要是不坚持去，别人都以为你家不开小卖部了，来的人会越来越少的。"成强任凭琴芳怎么说，他都不去。琴芳问："你爱我吗？""肯定爱你，我最爱的就是你。"前天成强说起自己的无用时还哭了，父亲躺在病床上，母亲坐在床边，珠月和连月都在病房里坐着，成强对父母说："我就是觉得对不起琴芳，她跟着我，我一点用都没有。"他说着眼泪就流了出来。珠月想，成强对琴芳倒是没话说，他从来都没想到对不起爸妈，天天和他们吵，说是他们害了他。真是不懂事，父母再娇惯你，你自己不能娇惯自己啊，多少父母娇惯孩子，也没娇出这样的儿子出来。

琴芳看见成强哭了，她也在旁边抹着眼泪。琴芳还是不想放弃这段感情，她只想自己能改造成强，可成强就像狗改不了吃屎一样让琴芳伤心透了。琴芳说："我不要你有钱，我只要你做事。一个男人不做事怎么行，你就是做生意亏了都比这样好，毕竟你还在做事。"成强不服琴芳说的："我现在这样还不亏钱，不欠账，到时欠一屁股债更麻烦。"琴芳说："我爸说了，只要你想做一点事，他说要支持你。"琴芳的爸爸在家乡开了一个竹木制品厂，每年还有几十万元的收入。成强不想冒险，他怕亏钱，也不想用琴芳家的钱。在多次的灰心失望后，琴芳后来还是离开了成强。珠月妈说，

① 方言，这里是羞耻的意思。

是好事，琴房那么好的女伢莫害了人家。连月说："他能改吗？你们信吗？他那么爱琴芳都改不了，要想他改，除非是做梦。我叫他去拿点东西，怎么也叫不动，一听说有东西吃，动作比谁都快，你们都说他有病，我看是懒病。"珠月说："病是有，上次带到医院去，医生都说他有病，懒也是懒，有病就不能做事吗？叫他去关个门都不想动，确实是太懒了一点。吃东西为什么动作那么快呢？"

成强整天躺在床上几乎不起床，一天只肯吃一次药，中午妈妈把饭送到他床头，他吃了继续睡或者躺在床上看电视。床上的盖被一掀开，里面有干了的饭粒，有吃雪饼掉了的饼渣，有喝牛奶不小心洒下的牛奶干了的痕迹。珠月使劲地拍着，嘴里说："能不能讲点卫生啊，床上吃，床上看，真看不完。"珠月把床旁垃圾篓里的八宝粥空瓶和牛奶空盒提到外面去倒，并对妈妈说："你怎么受得了啊，真看不得。"妈妈叹了口气，说："有什么办法？""你当初东躲西藏要生他，还罚款，真后悔，要是你当初没生他还好些。"

珠月爸说："他来到这个家就是来索债的。我以前经常看到一个阴影从堂屋穿过，你们说我大惊小怪，我早就预料到了。成强他能像别家的男伢一样顺顺当当生儿育女就是我们家的福了。"这种毫无来由的担忧曾经死死地攫住珠月爸的心，像杂草一样缠住他，他有时会半夜从噩梦中惊醒，发现自己像处在一片孤寂的荒草之中。珠月爸低着头，头顶头发变得稀疏了，这几年他的一头硬发不知什么时候再也不立起来了，都驯服地贴在头皮上。珠月看着一向乐观的爸爸，爸爸这几年真不知是怎么过来的，家里遭此劫难，爸爸没有人去抱怨，年轻时的火爆脾气倒慢慢地没有了，他每天早晨就像老黄牛一样任劳任怨地给成强烤热他起床要穿的臭袜子。成强却不领情，天天和爸爸吵。珠月爸谁都不怕的人，只怕成强，人只怕那些胡搅蛮缠说不清的人，每天找你扯皮的人。珠月爸想，只能认了，要骂，随他骂，要打，也不还手，天天还要给他钱买烟抽，菜不好吃，没肉他还要不满意。一家人慢慢接受了这个事实。

珠月爸说，我看他那个胡思乱想，什么时候叫他姐夫哥回来把他的腿打断一只，估计就不会胡思乱想，走火入魔了。

珠月爸是个机灵人，他知道成强的病只有转移注意力才会好。大姐夫怎么也不忍心把成强好好的腿打断，这不太残忍了吗？想当初，三女婿结婚那天见成强在骂他爸爸，甚至当着众人的面向他爸爸挥去一只喝尽了水的瓶子，三女婿第一次到成强家来就是结婚当天，不了解他家情况，见成强如此差劲，还骂父母，手一挥就是一个大巴掌。成强被打后竟然也吃惊得一声不吭，他没想到有人敢打他。珠月和禾月见宝贝弟弟被打，心里又有些心疼，虽然平时总说他不好，可见到别人打弟弟，不知为什么心里很不舒服。幸好爸爸说话了："儿啊，你就是不结婚都没关系，这个弟弟是不能打的啊!"三女婿容量大，以后也没见他计较此事。爸爸说出此话，珠月和禾月觉得弟弟刚才受的委屈似乎减轻了很多。成强半天都还蒙在那里。他从小见不惯他的爸爸，嫌他啰唆，爸爸就成了他的下酒菜。珠月妈说："活该，自己种的苦果自己尝，你不是叫他瞎摔东西吗？你不是叫他不要去上课吗？叫他打禾月，都是你教的，你教的好儿子。"珠月爸一声不吭，如果他知道成强要成为这样的，他还是抑制不住要去溺爱他，不过可能不会叫他去瞎摔东西，瞎打姐姐。可能会说："落雨落雪了，不用去上学，不用太吃苦。柳树湾多好啊，不用做事，靠山吃山。你看珠月姐在外面上班，说起来蛮好听，其实他们命比谁都苦，早晨那么冷要起床，晚上要值夜班，你看，起兵家的早桂，嫁过来后每天睡到中午，她比谁不享福?"珠月妈说："你的眼睛就只看得到柳树湾。柳树湾有什么好？你有时身上一分钱也没有，有时几天没米吃，要去借，你炒菜时怎么舍不得放油?"珠月爸说："那是我时运不济，别人家谁不比我们家过得好?""你总说别人家好，别人家的不好你没看到，哪个像你说的那么有钱，别人那么有钱，为什么打麻将时输了个几十元钱就不来了。""所以他们就有钱啊，小气的人就有钱，有钱的人不一定大方。"

柳树湾的人都说，肯定是祖坟没埋好，但又不知道是谁家的祖坟，哪一个人的坟没埋好。大伯和大娘、珠月妈一起去修了珠月爷爷的坟。当初珠月的爷爷年纪轻轻去世后，珠月的奶奶改嫁到了很远的地方。老爷爷去世后，珠月爸问珠月奶奶，我爸爸的坟在哪儿，奶奶说不记得了。珠月爷爷的坟就一直没有找到，也没有修过，他们想这对柳树湾的福气肯定会有影响。大伯终于确定了珠月爷爷的坟，坟已经塌了，只突出平地一点儿，几乎认不出。大伯三下五除二砍下坟上的荆棘丛，把那些荆棘丛撂到一边，就用锄头把坟墓周围的土挖起来堆在坟上，很快，他们几个就把坟堆得像模像样了。他们放了鞭炮后，珠月妈、珠月姐妹跪下来向坟墓磕头。珠月虔诚地磕了几个头，连月说："姐，你做什么事都那么认真，人都死了，磕头有什么用？你信这些吗?"珠月说："心诚则灵。"连月说："我就不相信有鬼啊什么的，自己吓自己。我不怕鬼，你看你读了那么多书，还怕鬼，哪里有鬼，你都不像读了那么多书的人。”珠月不想在爷爷的坟墓前继续这个话题，她怕爷爷听见了，对妹妹不好，就说：“我们到硕 dia（老爷爷）那边去磕头吧。”连月不太情愿地去磕了头。珠月说：“你不记得大 dia（爷爷），你总该记得硕 dia（老爷爷）。”连月说：“我还记得硕 dia 的事，那时你和他睡，你总是要和我们一起玩，不想快点和硕 dia 一起去睡。”“是啊，那时，我好羡慕你们和妈妈一起睡。”珠月的老爷爷最疼珠月，别人都说爷爷疼长孙，爸妈疼晚子，确实有道理。第一个孙子生出来，长辈觉得是希望，爸妈后来又有宝贝了，自然注意力就到新出生的孩子身上了。爸妈一个接一个地生，而爷爷奶奶对孙子的感情没有父母变化得那么快。

三伯问珠月妈：“你们家老屋龙那块地是不是不要啊？那块地好像我有份。”珠月妈有些莫名其妙：“那块地你有份，怎么说起？”三伯不好意思继续说下去了，就走了。珠月妈想起来就有些气，她对珠月说：“你三伯看成强不争气，以为我们家没人，就想要那块地。”“那也没道理啊，哪有这样的事？”珠月想起自己对三伯一家那么好，三伯竟然打这样的算盘，这不是明摆着欺负人吗？

以后再也没看到琴芳到成强家来了。家里人又给成强张罗介绍朋友，成强说，再也不谈了。说是说，他还是相过几次亲。有一次是个洗脚城的女伢，成强随着妈妈去和她吃了顿饭后，媒人来问成强是什么印象，成强只是不吱声。妈妈说：“你到底看没看中那女伢？你不说别人怎么知道？”成强只是摇了摇头，妈妈就对媒人传话说，他不同意。珠月问成强：“那么好的女伢你都不喜欢？你没看见你自己是什么样子的？谁都比你强。”成强最后支支吾吾地，意思好像是说那女伢不漂亮，上班的地方是洗脚城也不好听。珠月说：“不漂亮，那么漂亮还不漂亮？再说，漂亮有什么用？我们家的人都善，来个漂亮不做事只享受，还要花心的，我们家可攒不住。只要心地善良、身体健康我们就很满意了。”成强不管珠月怎么说，他也不发脾气，就当作没听见。珠月知道他一根筋到底，谁也说不转的，要不，也不会一根钢筋钻进去出不来，得了这病。还有一次，成强和一个女孩子相处了一段时间后成强不满意那女孩，女孩也不满意成强，就这样散了。一天，成强和妈妈坐在公共汽车准备去一个亲戚家去相亲，亲戚带了女孩子在她家等着，车上遇到了和那个女孩子同村的一个女孩子，他们坐在一起不知怎么攀谈起来了。成强妈问女孩子有男朋友了没有，女孩子说没有。

成强在旁边小声对妈妈说："还不如把她介绍给我，相什么亲啊？"妈妈看着女孩子向成强投来的爱慕的眼光，就对女孩说："成强说喜欢你，你愿不愿意到我家玩啊？"女孩听了，高兴地笑着说："好啊，我得和我妈说一下。"半路上成强和妈妈就下了车，也不去相亲了。

回来后珠月妈托本湾的一个嫂子做媒，那个嫂子也万分利落地答应了。柳树湾是当地的一个富裕村，有很多山林，很多女孩都想嫁到这个湾，嫁到这个湾就等于落到舒适窝里。珠月爸以前要几个女儿好好学习，他最发愁的是女儿考不出去，万一嫁到"山外"怎么办？柳树湾这样的地方，按照珠月爸的说法是，在整个省都是找不到的，甚至他夸大其词地说，在整个中国都是找不到的。媒人一说，对方的家长和女孩立即同意，过了几天那个叫陈玉玲的女孩就非常大方地住到了成强家。半个月下来，他们在一起也快乐百倍，成强的心情也似乎好了很多。妈妈忙里忙外地每天把饭菜做得好好地端上桌，儿子终于有了媳妇了。

成强的舅妈来他家做客，知道了成强处对象的事后，就说："那女伢，我认识，她去年在我村一个男伢家住了六个月，听说不生孩子，被他家休了。你知道她因为什么不生孩子吗？听说她是个'鸡'，不知刮了多少胎，才不生伢儿。"珠月妈之前也听到一点风声，没想到此事还真的是事实，就向成强的舅妈拼命地眨眼睛，暗示她不要说此事。可成强的舅妈似乎没看见，还在那里数落那个女孩的不是。成强一听说那女伢以前是做"鸡"的，心里顿时就有一阵疙瘩结生起，在别人家住半年他和他妈都不在意，他们在意的是那女孩子曾经做过"鸡"，估计周围村落的人都知道。妈妈对成强说："这事你做主，只要你喜欢。"成强自此以后虽然也仍然和玉玲来往，可心里的幸福感觉还是少了很多。玉玲责怪成强不到她家去，总是她到他家来。成强就去了玉玲家，玉玲爸说："你得想法做点事，一个男人整天躺在床上，委实说不过去。"玉玲三天两头就来一次，来了就在成强家住，她也不避嫌。玉玲对珠月说："我最见不得男人不做事，还要吼伯娘，成强到底有没有希望的啊？我每天劝说他，他就是不吱声。"珠月本想说成强一通不好听的话，可是她又有点想玉玲和成强能成，如果他们真心喜欢的话；她又有点不舒服，想到玉玲在外名声不好，还听说不能生孩子。珠月想还是要说一下弟弟的好话，最少让玉玲听了心里舒服一点。她就说："我弟弟就是心高，从小别人都说他是北大清华的料子，他又吃不得苦，混得滥，他就有些自暴自弃，他其实是一个很有才的人，你听到他作的歌了吗？他对你真是算一见钟情，一般的人他都看不起的。不是嫌这个长得丑，就嫌那个脸型不好，你们真算有缘分的。”玉玲点了点头，很同意珠月说的。玉玲也一直因为当初是成强对她一见钟情有着感恩的心理，后看见成强一天到晚躺着不做事，心里很失望，又想到成强不是那么糟，作的歌真是比现在流行的歌曲要强很多，珠月姐都这样说，大家都这样说，玉玲也这么认为。

成强自从听到舅妈的话后，心里就闹别扭，本身一头结，现在又多了一个结。珠月怪舅妈傻，既然他们两个相互喜欢，何必要告诉真相，打破幸福感觉。幸福就是一种感觉。你说它是虚幻的就是虚幻的。再说，乡里人只要哪个女孩赚了钱，他们就会理所当然地认为她是做“鸡”赚来的，并没真凭实据，都是猜想。猜想的依据就是玉玲家做了一栋大楼房。珠月知道舅妈说漏嘴后，心里就有一半知道此事不成了。成强那天还对珠月说：“别人会怎么看我，肯定会瞧不起我，说我找个妓女，别人只是嘴里不说，心里都会这样想。”珠月说：“哪有这样的事，你听舅妈胡说。”

玉玲来了，仍和成强一起睡，以前成强还听一点玉玲的话，现在却不怎么听了，玉玲越来越失望。几次来了立即又走了，也不吃饭。妈妈拉着她，叫她吃饭，她说：“你看，成强还睡在床上，来人了也不起床。”珠月妈见玉玲要走，就叫成强：“成强，快点起床，玉玲要走了。”成强睡在床上想起来又懒得起来，最后还是穿起衣服起床了。他见玉玲要走，也不说叫她不走。这时，复夏家正好今天打了很多鱼在卖，他家承包了水库，今年是第一年，复夏向来大方仁义，见成强来了女朋友，要送他一条大鲤鱼。成强从来不要别人好处，就说我买四条吧，正好给玉玲带回家。

成强回家对妈妈说：“即使和玉玲谈不成，也应该送她几条鱼，别人都和我相处了这么长时间。”他妈妈说：“那是应该的，玉玲也可怜，我看她还是蛮喜欢你的。”妈妈看得出儿子对玉玲有怜惜有留恋有不舍，也有疙瘩。她对成强说：“其实玉玲蛮不错的。玉玲配你绰绰有余。”过年了，成强的几个姐姐都回来拜年，碧月把利是拿出来给玉玲时说：“这些太少了，以后定了再多给一点。”玉玲还没等碧月说完，几乎是抢着就把红包拿过去了，成强很看不过，妈妈又拿出红包来给玉玲，玉玲也是理所当然地接受了，几个姐姐都给玉玲红包，玉玲都是等不及她们把话说完就伸手把红包拿过去了。成强忍不住对姐姐们说：“我们的事还没确定下来呢。”玉玲听了这话很生气，走到半路上越想越气，就给成强打电话说：“还是把那些红包退给你吧。”成强说：“那怎么行？”“我们又没定，还是不要为好。免得你说我贪财。”玉玲说完挂了电话，又折回到成强家里，把几个红包都丢在成强面前的椅子上。成强说：“不管谈不谈得成，红包你一定要拿着。”玉玲坚持要把红包留在椅子上，很伤心地走了。过了几天，玉玲又来了，玉玲还是不想放弃这门亲事，虽然她知道成强有很多缺点，但伯娘一家人都很善，柳树湾这地方也不错。玉玲又来柳树湾几次。成强说：“假如我不能谋生，你能养我吗？”玉玲不知道成强有病，她感到很奇怪，就对珠月说：“你看成强还说要我养他，这哪像男子汉说的话？”珠月知道成强有病，但她认为成强这病不是不能好的，成强最大的毛病是懒，没做惯事，又好高骛远，高不成低不就。她几乎是愤恨地对玉玲说：“你养他，他想得美，亏他说得出口。”站在珠月旁边的连月大声地对成强说：“想我当初在青山镇高中读书时每星期回来，为了节约那一块五角钱的公共汽车费，次次都是花一个多小时走回家，就是为了给你买一袋麻花，一瓶罐头橘。想不到你现在成了这个样子！”那时连月常常宁愿自己不吃饱，也要拿米去给弟弟换一种用米爆成的很松脆的长条食物。

玉玲后来又到深圳打工了，她时不时还和成强联系着。她打电话给珠月说：“我怀了成强的孩子，姐姐你说该怎么办啊！”珠月说，那就结婚，你知道这个孩子对于我家的重要性。晚上，玉玲打电话给珠月说，姐姐，我做了 B 超，说是没怀孕。成强和玉玲的事就不了了之了。后来珠月才知道玉玲确是怀了成强的孩子，但因玉玲的爸爸不同意，再加上成强对玉玲的不冷不热，玉玲最终决定打掉孩子。玉玲后跟一个湖南的人结了婚，听说那人是吸毒的，玉玲女儿刚刚一岁他们就离婚了。

成强后来经人介绍认识了一个叫蒙的女孩。蒙想成强妈妈不在家，成强又大方，经常给她钱，又让她有个免费的住处，她对成强说，她妈妈不同意她和成强在一起，她现在是躲着和他在一起的。蒙是这样想的，现在和成强在一起，成强有个女人陪，给点钱她用，他也不亏。到时，她只要说她妈妈不同意，就可以随时和成强拜拜。没想到蒙很快就怀孕了，蒙根本没想到要和成强结婚，这件事来得太快了。蒙一下子变了一个人，脾气暴躁，并且提出无理要求，要珠月给她账上打二十万元，并且要成强结婚三天后就得到深圳去打工。珠月身上总共都没有二十万元。珠月当时如果有，她还是愿意出，后来想，就是有，也不能出，哪怕成强结不成婚，没有后代，也不能把这种像恶魔一样的女的接到家。珠月还在为成强的孩子没了心里很不爽快，妈妈说："莫一定要生伢不成？没得伢儿也没得么事，只要两个人好。没得那么多的人没有伢儿的？德松 dia 一辈子没伢儿，他们两个人好，也很幸福。"珠月有些吃惊，妈妈不是一直都希望成强娶妻生子？怎么一下子又觉得生不生孩子无所谓？珠月心里还是觉得成强应该结婚生子，不过，她又觉得妈妈似乎比她还要开明和想得开。她有些不相信似的看着妈妈，妈妈的乐观豁达真是到了珠月都达不到的境界。

农村的老人争命都要儿子有后代，珠月妈觉得这件事固然重要，也没有那么重要，比起娶一个恶女人到家，还是宁愿选择不要这个孙子。成强让蒙选择，蒙最终选择人工流产，和成强拜拜，珠月妈好像一下子活了。成强说，看到妈妈那种一下子轻松了的样子，心里也觉得轻松多了。妈妈对珠月说："如果成强不做事，她到时不要成强吃饭，把成强赶出门，不要他回家，蒙都做得出来的。"珠月说："是成强的房子，又不是她的房子。"碧月说："她到时说不定下毒把成强毒死。"珠月说："不会吧？妈妈说的那些还是有可能。"碧月说："不可能？就是有可能。成强都怕死了她。"妈妈说："这是件好事，我们家只攒得住善良的人，恶人来了，家里就要不得安宁了。"

荆棘与珍珠

下册

胡梅仙 / 著

长江出版传媒 | 长江文艺出版社

图书在版编目（CIP）数据

荆棘与珍珠：全二册 / 胡梅仙著. -- 武汉 ：长江文艺出版社，2018.7
ISBN 978-7-5702-0173-0

Ⅰ. ①荆… Ⅱ. ①胡… Ⅲ. ①长篇小说－中国－当代 Ⅳ. ①I247.5

中国版本图书馆 CIP 数据核字(2018)第 006067 号

责任编辑：陈　郁　吴　风　　责任校对：陈　琪
装帧设计：璞茜设计—李婷婷　　责任印制：邱　莉　胡丽平

出版：长江出版传媒　长江文艺出版社
地址：武汉市雄楚大街 268 号　　邮编：430070
发行：长江文艺出版社
电话：027—87679360
http://www.cjlap.com
印刷：武汉市首壹印务有限公司

开本：700 毫米×1000 毫米　1/16　印张：58.25　插页：2 页
版次：2018 年 7 月第 1 版　　2018 年 7 月第 1 次印刷
字数：858 千字

定价：92.00 元（全二册）

第四十六章

珠月每次做一件事要成功时，就有人说要帮她另一件事，其实那件事根本不可能，可是却能坏了这件要成的事。珠月这几年找工作就像是见了鬼似的。她拼命地折腾，越折腾越乱；她不折腾，别人说她不操心。她怎么做都不对。她在想，到底是她欠因颉的还是余清不肯放过她？除了因颉不愿意外，现在不会有任何障碍。余清已经厌倦了，他已经没有耐心了。因颉似乎也赞成珠月找工作，虽然他从没和珠月说一句话。珠月想，我现在已经没路走了，上天已经看见了，上天是仁慈的，不会让我没工作，天无绝人之路。上天不会让我饿死吧，余清说工厂现在赚钱越来越难了，他似乎已经负担不起珠月母女了。珠月已经被工作折腾得都恨不得不找工作了。她想，自己慢慢做，终会有人来请她的。她想再读个博士后，拿个教授职称，有了成果，自会有人请。可她内心里对中国的学术并不抱乐观的态度。生命的时间是有限的，她想一定要做点最有价值的事情。她想起那个终生难忘的梦，当她有那个写小说的打算时，那天夜里她做了一个梦，梦见老家的房顶上排着一排排的书，书上都开出绿色的枝丫。那枝丫早晨回忆起来就像春天来了柳树长出的嫩芽绿叶的枝丫。珠月好久都没做出这么好的梦了，不是她迷信梦，而是无数的事实已证明她的梦要么是预示她未来将要发生的事，要么就是告诉她过去已经发生的事。当梦见不好梦时，她感到无能为力，就像判死刑的人等着枪毙一样。当梦见好梦时，那就像皇帝对她发了诏书一样，她决然地相信那个好梦预示的事情的准确性。往往，事情就是像梦预示的那样发生了或者像梦告知的那样已经发生过。

从一两个灵验的梦开始，她越来越相信梦了。因为她的越来越相信，她的梦越来越灵验了。就像梦神首先找到她实验，后来发现这个人是一个对梦特别感兴趣的专家，又天生迷信这些神秘的事物，所以梦神就找到珠月。特别是有一段时间，珠月特别想见到因颉，就每晚祈祷因颉到她的梦中来。这时，梦神已不是向珠月传递信息了，而是为了成全可怜她，特地把因颉放到珠月的梦中来。梦对于珠月就像一首复杂的诗，又像一篇蕴含丰富的长篇小说，是信息的传递，又是上天为她安排的另一种生活。她每每在梦中可以找到一连串蕴含丰富的意象，比一个有着丰富想象的诗人想象的还要奇特还要富有诗意诗境。梦已经在她的面前拖开了一道道另一种生活的缺口，她就像活在梦里的一个幽灵，一个天使，一个梦神。她似乎常常在梦里活着，她常常一天睡十几个小时。当她对某事困惑时，她就希望进入梦乡，以做梦来获得对某件事的答案。常常那个梦里就有她的答案。好像上天知道她要寻求什么问题的答案。也许正是因为她的梦，使她的工作迟迟不能确定，她把一切看得清清楚楚的，因为梦都传给她了。当她表现得心知肚明，那些人受不住她似乎什么都清楚的语言、目光、笑容，仿佛把别人的衣服都脱光了，目光已经渗到别人的脏腑了。这让那些想帮她的人很恼火。她心里很愿意感激别人，因为别人愿意帮她，可别人不这么想。她的眼睛和笑容总是让人觉得她什么都知道似的，仿佛别人的心思在她的眼前已经一览无余。

该在黑暗的时刻，就把太阳呼唤出来。有的人成不了你的事，却可以败你的事。珠月找工作一直都遇到的是这种情况，即使再想帮她的人到了关键时刻好像有上天给他们使咒语似的，让他们或者因为这或者因为那不帮她。过后，个个都后悔，都觉得该帮她，欠她的。珠月想，这是什么意思，除了是因颉在那里等着她。他不能说，他有他的苦衷，他的不能说的苦衷上天只能反复地让珠月受挫折，最终自会发生什么，让他们走在一起。

那时候，余清莫名其妙地恨因颉，虽然珠月从没在他面前提过他的名字，可每次余清看到珠月受气时，眼睛里全是因颉在帮她战胜他带给她的屈辱，这让余清很恼火。可怜的因颉其实并没和珠月走在一起，他们彼此得到了对方什么，除了珠月的思念因颉的病痛，什么都变得那么的空，像是一个不满足的水桶从来没装过水一样，除了眼巴巴地望着，珠月到了后来有那么几刻甚至怀疑这种真实。她在想象一只空水桶望着那江河里的水，那个水桶始终是空的，虽然江河已无数次在想象中、梦中把它装满。后来，这只水桶有些怀疑，她装过水吗？她知道水的滋味吗？她伸出自己的手，一遍遍地抚摸着空气，到了最后，她有些怀疑所有的一切都像空中的空气，是有吗？又像是无，是无吗？又像是整个的有。她不满足地睁着迷惘的眼睛，只剩下不满足。

珠月想，我要用以后的人生为因颉承担一切，这也许是上天的旨意，除了这，我想不出任何理由。为什么想帮我的人总是在关键时刻不帮我。想着那些凶梦，知道什么不好，什么事不成，却丝毫不能改变它，就像一个面临受刑的人，只等待着刽子手的宰割。当珠月写这段话时，她不知道因颉到底病了没有，她有一种感觉，她很相信自己的感觉，可她又怕，不愿承认。她见过因颉，他很好，可她的感觉是如此的顽固。到底是怎么回事，难道一切只是因颉在戏弄她，或者在用"捣蛋"的方式想她。她感到她写的因颉全看到了，包括她的一言一行，她不敢对任何人说，说了别人会说她头脑有毛病。可她又是那么确信，人之间是有心灵感应的，特别是在那种彼此对于对方都很重要的人之间。植物之间都有感应，人，哪怕在千里之外也仍会有感应。珠月甚至能感应到因颉对她的某一句话某一个字的反应，她对他的感应已经精确到他的每一个神经的触动，上天都会通过梦或者感应的方式传递给她。

珠月以前不会相信有耶稣这个人，不会相信有神灵，现在她看到《西游记》里面的佛祖、神仙、妖怪一点也不觉得是假的。他们都是存在的，只是以一种神灵感应的方式存在，肉眼凡胎看不见他们的样子，他们与人类的小宇宙构成一种神奇的对应。或许在人类的大脑小宇宙中本身就存在着天堂、地狱、天使、魔鬼，只有在你信它或者你是那个代言者时，它们才体现出来。

当她梦见因颉时，一定是因颉头脑里的意念通过某一种中介传递给她，或者是她的头脑中有一个因颉，因颉就在她的心里或者头脑里，所以因颉的想法珠月都可以梦见。那她怎么会梦见诗或者余清或者其他事呢，一定是有个中介在给她传递消息，虽然她从没想过那些事。过去的重要事会有梦告诉她，未来的吉凶会有梦给她显示。她梦见因颉抱着她，赤着脚，后来又梦见他吻她时，把从心里而来的一缕芳香传给了她，他就从她的怀里消失了。往后的事实似乎已经证明，她的因颉把那一缕芳香给她时，他就病了。他似乎失去了自己，他的最后的一口芳香一缕从心口里而来的芳香给了珠月后，他似乎就像一个英雄般倒下了。这是珠月的猜测，她很害怕她的这个猜测。每当想到那缕芳香，珠月的心就揪痛起来。她想到他像个傻孩子一样，他们两个人都那么傻那么单纯，不知道怎么去爱对方，明明是爱得要死，仍然还是那么傻。她的眼里，他变得那么壮烈又傻呆，像一个纯真的英雄，又像是整个大厦都要倾覆下来。

梦中什么事只要往奶奶家的方向走或者在奶奶家就会有挫折或者没有希望了。珠月想起这个意象是怎么形成的。有一年，珠月买了一套房子，交了定金，她梦见那套房子处在奶奶家，而且浸在水里，她想房子浸在水里，肯定是泡汤了。奶奶的家在珠月的眼里小时一直是天尽头的感觉，在她小小的心里，那里就是天边，奶奶的家那里有一条河是陆水河，珠月就以为河尽头没有人家了，奶奶的家在她的心目中就像是一个地球的终点。她小时候对地球是圆的这个概念不清晰，即使现在她仍然会认为某个地方过去之后就没有地方了。比如从她的家往另一头走，一个方向往前走叫茅岭，一个地方往前走叫随阳，她都去过，她以为那个地方过去之后就没有地方了，她心里的没有地方就是认为过了那里就没有土地、人家了。至于具体是什么，她心里也没有概念，只觉得那里好像是一个尽头，只要是未知的地方她有时就会认为是没有。自从做了自己交定金的房子处在奶奶家那边又淹在水里的梦，当时珠月的心里就咯噔一下，有种预感这个房子没有了。果然，过了几天，老板通知说，这房子全部被隔壁的医学院收购。这是珠月做的第一个有预感的梦。

紧接着，她梦见余清姨妈穿着棉衣棉裤躺在自己的床上，像要死了，她当时也没想什么。果然，余清姨妈一个月之后就躺在她床上了。老人回家因为一块石块和邻居吵架，已是顾不得想就搬起那块在她看来平常根本不会去搬的大石块，她的腰椎就被压断了。据她后来回忆说，当时就像被鬼捉住似的，由不得她要去搬那块石块。在平时，她绝不会去做那种蠢事。因为珠月的床垫一边是席梦思，一边是木板，所以余清姨妈就要睡在她的床上，骨折了就一定要睡木板床，连农村人都知道。余清姨妈睡的床两边都是席梦思，所以她非要睡在珠月床上不可。一天，余清姨妈梦见她老家一个死去的人在房间里招呼她和他一起去，她对珠月说："我刚刚梦见我们村已死去的李开老头子在叫我和他一起去。看来阎王爷在招呼我了。奇怪，我今年刚一回村，一位隔壁媳妇对我说：'张妈回来了'，张妈早死了，过后，那位媳妇说：'哦，说错了，是乔妈。'这事真巧，那位媳妇竟然说我是死去的张妈，今天又梦见死去的人叫我和他一起走，不知是不是我要死了，过不了这关了。"珠月对姨妈说："我前一个多月梦见你躺在我床上，没想到这件事应验了，真巧。"珠月不敢说梦中姨妈穿着死人临终入木一般都要穿的棉衣棉裤，而且在梦中她当时还要孩子去看一看。

这两件事给珠月的印象非常深刻，自此之后，她就非常相信梦了。你越相信一件事，那件事就会越来越灵，以后，珠月做的梦可以说很多都是准的，这让她非常恐惧。当她看着厄运即将到来却无能为力去解决时，她感到自己就像被命运卷着走的雪花，她不知道自己将落到哪里。今天又梦见有狗要咬她了。梦中一只大狗准备冲着自己来，她把自己关在一个铁栅门里，狗在外面对自己虎视眈眈，只待自己一出门就要被咬。她一直都以为是自己欠因颉的，当她知道因颉也是赞成她找工作的，这让她非常有信心。她想，只要因颉赞成她找工作，工作之事一定能成。这件事取决于因颉的愿望和态度，她一直都这样想。除了这件事，珠月想不出在她找工作这件事上有什么障碍，另外，或者是上天命令她与余清分开，只有这样，余清才会分开。余清是没有忍耐心的，余清对珠月的感情经受不了这么多的考验和折腾。现在，余清也答应和珠月分开了，珠月感到因颉似乎也赞成她找工作了，珠月想，这次她一定能顺利找到工作。那为什么昨晚又梦见一只大狗要咬她？她想余清应该不会这样，因颉永远都是疼她的。梦中的狗并没咬到珠月，珠月不是已把自己关在栅栏里，狗没咬到她吗？

工作之事曲曲折折。人要倒霉是没办法的，喝口水也要塞牙，走路也要摔了，礼情太多了还要出毛茬。珠月讲礼情只是表示她的感激，她很少主动向别人提出要求，都是别人说帮她，她才去感激别人的。没想到社会远非如此简单，你越感激人，越出问题。

女儿说珠月的礼情多害得她中学时失去了两个朋友。女儿同学来了，珠月煲鸡汤，排骨，蒸鱼，青菜，四个菜，同学以为珠月家很有钱，珠月不断地给她们夹菜，并说："多吃点，以后多来。"又是水果，走时又是礼物硬塞在她们的手里。余馨和同学出去玩，在外买水、吃麦当劳，同学认为余馨理所应当出钱。余馨觉得不平等，凭什么每次要她出钱，余馨不想出，同学就不高兴。已经和两个高中好朋友发生这类事了。孩子回家和珠月说起此事，说要总结一下是怎么回事，为什么最好的朋友之间都会发生此事。女儿哭着说："妈妈，你已经影响到我和同学的友谊了。不是钱不钱的问题。以后，来了同学，不许煲汤。""哪有这道理？我对他们热情，因为他们是客人，凭什么在外面就该你每次出钱，真是强盗逻辑。"当余馨的同学下次再来时，余馨对珠月说："妈妈，记得啊。"珠月答应了，到外面买菜时，又买了鸡，又做了一桌丰盛的菜。余馨把同学送到地铁站，每次余馨都要把同学送到二里外的地铁站，又走着回来。余馨说："妈妈，怎么又犯了？"珠月说："我真觉得来客做太少的菜不过意，下次坚决听你的，下次我就闭着眼睛吃饭，或者把饭菜做好，我出去（意思是菜少，不过意），让你们两个吃。”珠月说完，眼泪都笑出来了。珠月喜欢给客人夹菜，如果饭桌上没菜，她会感到很为难，因为不知道夹什么。女儿说：“妈妈，你的笑点也太低了吧。我到别人家都没见煲汤，也没见夹菜。”“那是不是别人家比我们条件差？”“哪里，她们用的是 iPhone 5 手机，我才用的是你用过的旧手机呢。我和她是最好的朋友，正是为了保持我们的友谊，你以后得小气点。”珠月听了觉得十分在理，现在这社会，难道要作假才是对的吗？才能有友谊？才能找到工作吗？珠月的妈妈对来家的客人总是借钱都要招待好，有机会到那人家去，别人也是双倍的还。珠月妈在别人家麻烦了别人，一辈子都要念那人家的好。从来也没听说这样的道理，热情好客有错。珠月想起连月的一个同学曾因找工作在她那个拥挤的单人宿舍里住了一个月，管吃管住，后来工作找到了，珠月结婚时请她，她竟不来。珠月大开眼界，不过这种事很少，所以印象不深，比起热情好客的父母对她的长期影响就微弱多了。珠月后来思索了一下，觉得女儿说得有些道理。那天，她在一个不熟的人那里买了很多菜，该找的几角钱还说不用找，那个人看着珠月提着的菜袋子，说，刚才是不是称错了，珠月知道他以为她捎带了菜走。因为珠月买了那么多菜，在那里花了很多时间，本来珠月不想买那么多的，她想那个人很热情，她想多买点让别人高兴，没想到别人觉得不符合常理，就用怀疑的心态来看她了。这样的例子她后来想想很多。她在一个打印室打资料，没找到资料，但用了别人的电脑几分钟，她就给了一元钱，结果，那人非常不高兴，还说她给少了。旁边那个打印的人在那里打印了半天，打了三张纸，三角钱，他却高高兴兴的。那人想，哪有这么好的人，没打资料，就给钱，一定是在我的电脑上做了什么坏事，是不是故意找我家电脑发诈骗邮件或者什么的。

珠月怀疑自己的脸是因猫毛过敏，她想把咪咪送给女儿的同学养，珠月不舍得咪咪，她对女儿说：“到时我会经常去看她，给她送猫罐头、猫粮。你这孩子，叫你不要养猫，你偏要养，养了现在又不舍得送人。”女儿说：“送就送了，你就不要买猫罐头、猫粮去了，那不知道是你养还是别人养？”珠月想想：“也是，本来同学家想要养猫，你拼命买东西去，别人还以为是为你养猫呢。你就是这种特别大方的性格，让你近几年做事处处不利。没有必要去大方的去大方，有悖常理，所以事情就不成。正像一个人被惯坏了一样，人是欲壑难填的。”“那我就偶尔送点猫罐头去。”珠月止不住为咪咪送猫罐头的想法。

珠月心里对因颉说，你去和佛祖说吧，就说要佛祖给我工作，只有你的祈求才会有用。

白面粉被那些不懂的、刻意的人随意涂抹，变成黑面粉。

珠月担心因颉病了，他的病已成为她内心最黑暗最深的痛。她又看到他好好的，可她仍然不放心。珠月想，只要你好好的，我就放心了，也不会牵挂你了。因为你根本不需要我牵挂，也劳不上我来牵挂你。只有你病了，我才会牵挂你，放心不下。你到底病了没有，为了这个恐怖的猜测，我是怎样的差点死了啊。可我相信人是有感应的。我和你之间早就什么都能感应了。

这件事一直让珠月的心痛着。她梦见一个同事告诉她说因颉病了，并说如珠月知道了这事，要伤心死。梦中的同事有些幸灾乐祸，珠月爱的人病了，这个世上最痛的人当然是珠月。因颉如病了，不会有人比她更痛苦，他的妻子不会，同事更不会，只有珠月是最痛的，痛到骨髓里。珠月看到因颉的相片，感到他并不太好。珠月求佛祖一定要保佑因颉神清气爽，身体健康！好人一生平安！只要因颉好好的，她对他的牵挂会少很多。

珠月想，还是不要想有没有饭吃吧，天上的飞鸟不耕也不种，上帝照样让它活得自在。难道上天要让她饿死吗？她不相信。还是安安心心地做自己想做的事吧。天要下雨，娘要嫁人，你有什么办法。珠月感到自己就像砧板上的肉，随命运剁似的。这几年，工作之事真可谓是阴差阳错，目的只有一个，让她没工作。上天既然安排她没工作，又是为了什么？或者是为了拖延她的找工作时间，给她一个考验。她想，我究竟得罪谁了，难道我把上天也得罪了吗？为什么不让我有一个工作？他想验证谁？拆散谁？聚合谁？还谁的债？这些珠月都无从知晓，她只感到一种无能为力的感觉，每次在做不好的梦之后，她唯一感到的就是无能为力。偏偏她做的梦很多都是准的。是不是她睡多了？还是她做了几次梦被验证之后，她就信梦了。她越信梦，梦就越准。也许真有一个上天在看着人类。很长一段时间，随便人们说什么，珠月不敢轻易相信，她只相信梦。因为梦比人们说的更能验证真实发生的事情。

特别是最近几年，她大凡大事都能梦见。最近珠月起了一种反叛的念头。以往只要做了不好梦，珠月就会想到去打破它。立即行动去弥补、打破等，这又好像让她钻进了梦的圈套，让事情正朝着她担心的方向走。她最近对梦不管不顾，随你怎么做去，我就不动。现在珠月不理梦了，不上梦的圈套，说不定事情还不会在她的左说右说中坏掉。看来，珠月觉得自己需要立定，需要任其自然，需要不挣扎不辩驳，甚至需要反抗梦。说不定梦就是一个陷阱。你可以把梦当作真实，你也可以把梦当作圈套陷阱，你以为菩萨是在向你微笑吗？说不定菩萨只是在考验你有多少淡定、多少气概来容许挫折、烦恼、不顺心。

珠月近来反而打算平静了，只是坐着，也不管梦中是遇到了老虎、狗咬她还是怎么，她只是静静的，毫不向命运抗争，再也不去弥补什么、打破什么。她想，命运一定会给她一个安排的。或者她要去还一个债，或者她曾经反复地祈求了什么，上天已经答应她了，难道她要反悔吗？或者她有一个工作就不能得到自己祈求的？还是上天为了救她的命，知道她一定要奋不顾身地走向囚颉，直到她想通了，再也不想有这样的奢求？上天知道什么事情都需要时间，他了解珠月，他要保护她，让她留一条生命。还是她欠余清的？为什么那么好的工作机会她会错过？如果她真的有了工作，他又会那么轻易地答应分开吗？

梦中有声音对珠月说，等她把那篇长篇小说写完，把她的学术专著出版，就要死了。珠月不想那么快死，她希望把这篇小说写得好一些，长一些，精辟一些，把她所有的人生体验经历思考等全包含进去，另外还打算写几本书。珠月知道菩萨是跟着她的，命运每时每刻都在变化。她相信自己也许能多活一点。她想象不出自己是怎么死的，生病，车祸，被人谋杀，自杀？上天为什么要告诉她这些？这会是真的吗？会成为现实吗？她想起了那个关于诗的梦，说是他只能活到多少岁，梦中也没有一个具体的人告诉她，只是有一个声音在告诉她似的，她不知道那声音是从哪里发出的，让她很长一段时间坚信不疑。后来珠月再来看自己的日记时，她已感到她不怕死了，她只想做自己想做的事，上天要她死就死，没什么可怕的，她只想抓紧时间要完成她在这个世间该完成的事。她也不相信那个关于诗的梦了，一个梦最多管半年，生活每天都在变化，人的命运每天也在变化。她该出书还是要出书，她相信她不会死，她认为自己最少能活六十多岁，像马克思一样，无疾而终。或者活到七八十岁，都是可能的。她内心中的感伤让她有些怀疑自己能否活到七十岁，她说不准。上天在看着人，人也在看着自己，人积德，寿命会延长。珠月想，一个企业家为他的员工着想，一个老师为他的学生着想，一个钱用不完的人把钱拿出来救助别人，凭着自己的良心做事，不做害人之事，这些都应该是积德的表现吧。只要人心中有一杆秤，人活得就会舒适安宁。

晚上，珠月又梦见自己活不下去了，她在梦中想，只要自己还知道怎么去自杀，路还没有绝。她已经想好自己自杀吃安眠药最好，这是最简洁的，上吊怕疼，还不会弄；淹水吧，想起被水泡胀的身体，太丑陋了；跳楼吧，想起那血肉模糊的身体，更可怕。还是吃安眠药安全干净。醒来后，珠月虽然仍处在一阵失望之中，可却并没有活不下去的念头，这次不像以往几次，醒来后半天都缓不过神来。看来，珠月的工作应该是有希望了。上天已经考验她这么久了。总是要让她在多次的无法抵挡厄运之后，厄运一次又一次地被她挡住。就像梦里一只硕大的狗想咬珠月，可有一个栅栏帮珠月挡住了狗，有歌星唱歌，却并没听到歌声，珠月想，上天已在为她抵挡那向她射来的一支一支的箭了。

所有的一切都在于因颉的意愿，因颉受伤了，他是一个神灵一样的在这世间的人，并且珠月感到他的受伤与自己有关，虽然不是全部，可是一定有关。像上天派来的因颉既然受伤，不是这样事情就算了结，那么因颉的受伤不是白受的吗？上天不会让他的宠子白白受伤，耶稣被钉十字架后复活，因颉的受伤一定需要什么来抚慰。是珠月吗？还是他的妻子？珠月以前一直感到是自己，可是她慢慢地并不敢自信自己能给因颉带来幸福。因颉爱的是他的妻子，他因为怕失去他的妻子而病，又为不舍得珠月而病。珠月自知自己和因颉见过几次面。和余清结婚十几年，余清有她没她都可以，一年见不到几次面，因颉一直是和他的妻子在一起，最终谁离了她都能活，因为她一直都是孤独地生活着的。生活就是一种习惯，爱情也是一种习惯，生活的习惯里没有她，她就是可有可无的。她希望自己工作定了能去照顾陪伴因颉，可这些估计是很难的，因颉最终离不了他的妻子。她不知道怎么去偿还因颉，她幸福的话，她会感到对不起因颉，她孤独的话，她怕自己活不下去。也许最好的是看因颉的意愿。

第四十七章

龙秸初中未毕业就加入到无业游民行列，后来在亲戚的介绍下到了一所学校的总务处做临时工。他会写些诗，画得一手不错的画。在师专读书的林叶曦和朋友去唱卡拉 OK，叶曦的朋友认识龙秸，龙秸过来和她们一起唱歌，龙秸唱歌一点也不输于哪一个歌星。龙秸就这样和叶曦认识了。龙秸很温柔，叶曦说话他洗耳恭听。一天，他竟大胆地抱住了叶曦，叶曦有些想象不到，但还是被他身上男人的气息迷得有些晕。叶曦很想摆脱龙秸，可龙秸每次一来，就抱住叶曦，让叶曦无法拒绝他的温柔。龙秸一走，叶曦就对自己说："不能和龙秸来往。"龙秸有一双楚楚动人的眼睛，眼睫毛很长，那双眼睛是很能吸引女孩子的。不过这对于叶曦来说没有意义，她苦恼的是她无法拒绝他的温柔。和他在一起时，叶曦觉得很幸福，可龙秸一走，她走在街上，竟然觉得自己是天下最不幸的人。她慢慢发现，龙秸已成为她心里的负担，虽然龙秸目前还只是亲吻过她，他们之间除了亲吻外还什么也没发生，可龙秸亲吻的技术很高超，让叶曦如醉如痴、心都化了。叶曦知道龙秸是用整个的心来亲吻她的，要不，他的亲吻不会如此让叶曦留恋。当叶曦想明天就对龙秸说不要再来找她时，她仍然渴望着明天和龙秸能再一次地亲吻。

龙秸画画得好，但写作的水平确实不敢恭维，市印刷厂举行诗歌比赛，他竟然和几个朋友一起去做评委，这让叶曦很看不起龙秸，你龙秸肚子里有几多墨水，你能做评委吗？叶曦只感到一阵抽心。龙秸给叶曦画了一幅画，跟真的叶曦一模一样。当龙秸把画给叶曦时，叶曦说："龙秸，以后不要再来找我，好吗？"龙秸半天没有吱声，他坐在床边埋着头，阴沉着脸，又站起身来，拿起桌上的水果刀，把中指手指头割了很大的一个口子，血马上就流了出来，他就用手掌里的血在一张很大的白纸上写了很多个"我爱你"。此时的叶曦不知为什么心很硬，看着那张写满"我爱你"的血纸竟一点也不为之所动。她漠然地看着那张血纸，鄙夷地说："你就会做这种事？我最瞧不起这种行为。"龙秸虽然一表人才，可自和龙秸来往后，叶曦却不知为什么觉得自己很可怜。龙秸越这样做，叶曦越反感，越坚定信心，她在心里说："就是死我也不会答应你。"龙秸见叶曦这么无情，愤怒地说："你欠我的太多了。"叶曦说："我欠你什么？难道你爱我，我就有接受的义务吗？"龙秸见把叶曦无辙，就气急败坏地恐吓她说："你不怕我去败坏你的名声吗？""你去吧，看我有什么你好说的？"叶曦忽然感到一阵恶心，又感到一阵庆幸，幸亏没有把自己的身体给龙秸，要不，他真不知道要怎么败坏她。原来把自己的身体给男人是一种侮辱和错误，叶曦简直觉得是一种讽刺，要是当初真是奋不顾身地爱上龙秸，把自己给了她，她反而还逃脱不掉，幸亏是自己的不爱救了她。难道这样的男人只攒得住女孩不爱他？爱了他就要背负身败名裂的危险？叶曦一阵轻松，幸亏，幸亏啊。叶藤早就和叶曦说："你和龙秸交往按着点，你和他谈不成的，免得到时弄得自己名声不好，女伢的名声比什么都重要，到时就没有男孩子敢要你了。"叶曦想到姐姐说的话，觉得姐姐真是救命菩萨，要不，凭龙秸那个劲头，她还逃得脱吗？叶曦想，她也有那么一瞬被龙秸所感动，想到要去和他过一辈子，当这个念头出现时，叶曦竟被一阵绝望袭击，觉得自己活着都没有奔头了。她曾问龙秸："你喜欢我什么？"龙秸说："我就是佩服你怎么考上师专的，我是怎么也考不上的。"叶曦想，我要是没考上呢？

龙秸又来找过叶曦几回，叶曦却不见他。当一个人不爱时，再小的缺点也不能原谅。叶曦脑子里想的都是龙秸的那些恐吓，装可怜，她把龙秸的想得到她看作一个可耻的欲望。龙秸对叶曦说他呕血了，叶曦想，吓我吗？龙秸说没有叶曦他就去死，叶曦想，不至于。高大的龙秸见把叶曦没法，长长的身子竟躺在地下，他要叶曦在他的身上踩过去。叶曦说："你有病吗？"叶曦看着龙秸，她有一瞬有些想扑在他身上哭一场，却还是一个人走了。叶曦几个月都没听到龙秸的消息，后来听说龙秸到南方打工去了。叶曦常常会想起龙秸，想象他在外面的苦，不过那就像火光一闪，随即就消失了。

叶曦想起高中时有一个男生天天给她写纸条，约她出去。那个男生给叶曦取了一个名字叫"璞"，说她是一块浑然未琢的璞玉。叶曦那时喜欢男孩白，因为他黑，她说看了他就觉得有些不舒服甚至恶心的感觉。那男生复读考上北大，之后来找叶曦，叶曦仍然嫌他黑。只有结婚后，叶曦才觉得这个黑其实也没什么大不了。可那时她特别不能容忍男孩黑。珠月听了觉得好笑，当时她见那个北大男生来追叶曦，问："他就是你说的那个高中男生啊，长得还蛮帅哦。"珠月故意说他长得帅，不过那个男孩确实也称得上有些帅，珠月当时这样说主要是想撮合他们，她知道叶曦像她，在爱情这种事上只讲感觉。拿周围人的话说，就是"幼稚""单纯""傻"。叶曦仍然说没感觉，那男生仍然像高中时一样心不甘、悻悻地走了。珠月说，这男生看起来很靠得住，你肯定以后会后悔的。

四年后，叶曦已结婚，一天她收到一束玫瑰花，是龙秸寄给她的。龙秸回来了，他请叶曦去唱歌，叶曦和叶脉一起去了。那是个下大雪的冬天，龙秸给叶曦姐妹讲他怎么在深圳睡坟墓，怎么没饭吃，每天只能吃馒头充饥，几年下来，他终于有个稳定的工作了，在一家电子厂做主管了，他才好意思回来见叶曦。

外面下着雪，龙秸一边说着自己的遭遇，一边和叶曦姐妹唱着歌，他说这是他一辈子最幸福最快乐的时刻。和叶曦姐妹在一起，是世上最享受的事情。他并对叶曦暗示说，他爱她。叶曦早已把当初对龙秸的气抛到九霄云外，当她接到龙秸寄来的花时，她甚至有一种惊喜，还有点幸福的感觉。她知道这一定不全是女人的虚荣心的原因。龙秸到南方后，叶曦也听说过龙秸的一些情况，她常常会想起他，有时还担心他，心里愿意祝福他。也许是叶曦已结婚的原因，现在龙秸作为一个朋友来见面，她觉得心情很愉快。如果此时龙秸说："叶曦，你愿意嫁给我吗？"叶曦肯定会觉得兴致减半。叶曦想，到底是什么原因使她觉得不能和龙秸在一起，是因为龙秸初中没有毕业？还是因为龙秸没有一个固定的工作？还是因为龙秸不该坐上那个评委席？还是因为龙秸对她的恐吓？还是因为龙秸的到处张扬？叶曦说不出来，她只是知道自己走在街上时，觉得全天下人都幸福，唯有她最不幸。这比失恋还要难过。后来叶曦想过，因为在见到龙秸之前，她就有个择偶标准，那人必须是大学毕业 。珠月说："其实龙秸这个人还可以，只是文凭低了点，你要是觉得爱他你就成了全天下最不幸的人，你就赶快和他脱离关系。时间越长越甩不掉，你自己也痛苦。"

叶曦二十一岁时和陈地许谈恋爱，柳树湾人都说叶曦长得像瞿颖。那时陈地许家很穷，她和陈地许谈恋爱时是冬天，为了美，她就只穿一件蓝色春装和一件衬衣，别人问她冷不冷，她说一点也不冷。她看上去脸蛋红扑扑的，似乎在冒着热气，确实如她所说一点也不冷似的。端午伯娘说她：

“你还是得注意一点，一个女伢家，还没结婚，就老往别人家跑，一连几天不回家，不怕别人背后说你？”

叶曦仍兴致勃勃地往陈地许家跑，陈地许约一米七，叶曦对别人说陈地许很帅。陈地许的父亲过世早，母亲眼睛不太好，家里有两个妹妹，穷得硬板床上冬天就铺着一层厚厚的草，草上铺着一张薄薄的几乎变黑了的棉絮，棉絮上的格子床单已经补了很多个大补丁。

叶曦高考还差几分没考上，她给珠月写信，说是不想复读了。珠月鼓励她复读，叫她不要灰心。叶曦的几个姐姐都已出嫁，家里没有收入来源，叶曦决定不复读。珠月又对她说，即使是在农村，也有出路。出路是什么？珠月其实并不知道。叶曦说，我想我要做好，因为语文老师特别看重我，我就不能让他失望。叶曦出来做临时工一年又去参加高考，后考上泉城师专。

请中学老师吃饭时，叶曦在船上把珠月的鞋子丢得远远的，为什么？珠月叫：“丢我鞋干吗？我怎么走？”“不让你走路。”叶曦笑着说，“呵呵，你看你的鞋都破了还穿，我背你行不行？”珠月说：“有病啊，我的鞋好好的，九十九元一双呢。”叶曦把珠月的凉鞋从船的另一头拿过来，好好地放在珠月的脚边，还羞涩地笑着说，呵呵，呵呵。叶曦不敢违抗珠月的意志，在初中时，叶曦、枝子、英子几个争珠月做好朋友，珠月愿意和谁做好朋友，她们其中的几个必是嫉妒万分。叶曦给珠月写信，说把珠月的相片天天放在枕头底下，有时竟然拿出来亲吻。珠月回信说，亲爱的叶曦，我想起你写的那一手好字，全班没一人能比，就连男生也比不上。叶曦很美，和班上同学气质不一样，别人一看就说她是城里人。其实她是农村人。

叶曦师专毕业后直接分配到青山镇中学当数学老师，当时追叶曦的男孩子有几个，叶曦还是义无反顾地和陈地许在一起，这让陈地许很感动。眼睛不太好的老妈见儿子找了一个好媳妇，整天也是喜笑颜开。

陈地许几年前也于一所师范学校毕业分到青山镇中学教书。虽然陈地许只读了省中专，但陈地许说他当初进市重点高中时超过重点分数线四十分。叶曦听了觉得确实不容易。

陈地许和他的表妹坐在一起，他叫他二十多岁的表妹给他的腿上点花露水。陈地许表妹叫：“哥，我这儿痒，你给我抓抓。”她指着自己的手臂说。叶曦看了就说出去买菜。菜买好了，她拿着手中的菜在学校花坛边坐了很久。她不想回去，她看不惯陈地许的那些行为，还有他那个娇滴滴扭捏作态、恶心的表妹。天已经黑了很久，确实没地方走，她才回来。她一回来，陈地许大叫："这么晚才回来，跟谁约会去了？"叶曦懒得跟他说话，她瞅了一眼陈的表妹，心想，怎么这样不要脸，我从来没见过。叶曦只知道男女授受不亲，从小到大，在她的记忆里，就是她爸爸都没抱过她。怎么还有这样不要脸的女人，和自己的表哥瞎调情，做恶心动作，古时老表可以结亲，你们也可以结亲啊。不要在这里做恶心样子给人看。

陈地许的表妹每次和陈地许说话就像是和自己的情人说话："我要嘛，我就要这样。"她还命令陈地许："你学乖一点。"这让单纯的叶曦都不禁想，陈地许是不是做了对不起她的事。陈地许一次对叶曦说："我高中时不懂事，一次用自行车带小岐到街上去，不小心摔到田里了，把她的脸摔破了，缝了几针，现在都有印子，一直觉得对不起她。"叶曦想，对不起她难道就要和她打情骂俏？不小心把她摔在田里和"不懂事"有什么关系？单纯的叶曦为这事痛苦至极，她心里的疑团一层层地裹着她，让她感到自己非常孤单。

小岐说："我表哥以前是多热情开朗的一个人啊，自从初恋没成之后，人整个都变了。"叶曦知道小岐说这话是故意气她的，她说"我表哥"时好像她的表哥是个宝。

叶曦结婚当天晚上，陈地许不知干什么去了，半夜三更才回。叶曦见陈地许出去了，万分无聊，虽然在一起常常争吵，可该回来时不回来或者出去时间长了，她就会感觉不对。后来才得知他和小岐在外面聊天聊到大半夜。叶曦起先以为他们不是老表关系，外人看了像一对情侣。小岐一会儿又轻声轻气地对陈说："我想吃冰淇淋和面包。"叶曦看到小岐和她爸妈说话的架势，半点教养都没有。她对她爸妈没一句好话，句句话都是吼，现在倒表现得故作娇柔之恶姿态。叶曦一看到她就发自心底恶心。

小岐有事没事就会往陈地许身上靠，叶曦当初因为这事痛苦了很久。她在想，要不要和陈地许结婚？这在叶曦看来是十分不洁、令人可耻的行为。尤其让叶曦痛苦很久的是，陈地许和他表妹的关系。叶曦只要看到陈地许和他表妹在一起，她就会顿时脸色变得很难看。她看不惯，他要她高兴，她高兴不起来。呸，凭什么高兴，难道我看着她那么不要脸和你打情骂俏，我还对她笑？

小岐的舅舅出院了，二十多岁的小岐就坐到他的大腿上去。叶曦看不惯小岐，在叶曦的眼里，小岐是不自重，不知道做事的分寸。叶曦对陈地许说："小岐都二十五六岁了，怎么还不找男朋友？""她以前谈了一个，我说那人不行，就吹了。""那个男孩子配小岐绰绰有余。""我是很后悔，不该打破。""那你为什么要打破。""我当时觉得他配不上小岐。"叶曦想，配不上小岐，你觉得她是个宝，我觉得她差死了。不爱读书，又懒，连个工作都没有，整天趾高气扬，不知道她的趾高气扬从哪儿来的！就像茅坑里的石头，又臭又硬。只要叶曦说小岐的不是，陈地许就会大发脾气。他有一次把叶曦做的一桌菜全推翻了，说是叶曦请小岐吃饭，却脸色不好。叶曦觉得自己没故意脸色不好，可能见到小岐就不会兴高采烈倒是真的。陈地许把菜桌推翻后觉得为小岐报仇了，出去走了几圈回来，脸上有些兴奋和歉意。

陈地许有一套想法让叶曦觉得很脏，他说，肥水不流外人田。这让叶曦的心结更加重了。叶曦看见陈地许的表妹又和她表哥逗逗打打，想这个女人可能就是这样的没有脸。

叶曦看见电视里正在播电视连续剧《神雕侠侣》，她听说杨过爱他的"姑姑"小龙女，她从没看过金庸小说，一听侄子爱姑姑，便想起陈地许和他的表妹之间打情骂俏的样子，所以她立即换台，她对这种乱伦的情感没有一点好感，甚至感到恶心。

结婚时，叶曦请四姐夫做了一套家具，姐夫什么都没要她的，只要了她一点伙食费，家具是按照当时流行的标准做的，一应俱全。陈地许有些不相信叶曦姐夫会这么好，他把桌子的抽屉拉出来端详了半天。叶曦问："看什么？""我看看是不是我的那张旧桌子改装的。""怎么会？"陈地许有一张非常喜欢的桌子，一直舍不得扔。结婚时，因桌子没地方放，他把桌子送给了叶曦的妈妈，他以为叶曦姐夫给他们做的桌子是那张旧桌子改的。

叶曦和陈地许谈恋爱时，陈地许有一天竟从房子后面顺着下水道管爬进她住的二楼房间。叶曦大为惊讶，问："你怎么上来的？""我从下水道管爬上来的。"叶曦觉得陈地许真有本事，竟然可以从下水道管爬到房间来。她心想，如果盗贼或者居心不良的人想到房间来，那不是易如反掌。她笑着说："天啊，要是小偷想上来，不是太简单了？不过我这里没有值钱的东西。"经常有住在一楼的同事说见小偷拿着竹竿在窗户外往房间里钩衣服什么的。

第四十八章

叶曦的肚子越来越大了，见家里经常连买洗衣粉的钱都没有，陈地许对叶曦说："当老师没出息，我要出去打工，每月这点钱没法过。"叶曦起初不同意，陈地许说："男儿志在四方，两情若是长久时，又岂在朝朝暮暮。"

叶曦的隔壁住着一个结了婚的少妇，她每天在叶曦的门口搔首弄姿。叶曦见她站在门口的样子就知道她是为了陈地许穿成那样。少妇也以为陈地许喜欢她，叶曦也觉得陈地许好像也喜欢那少妇。少妇和她的男人是两地分居，前几天少妇被她粗野的男人打得躲在厕所喊"救命"。少妇看不起她的男人，她每天一见他就唠叨，说些触怒他的话，那男人和少妇是同一所中专学校毕业的，害得少妇十九岁就做了妈妈。男人没正式工作，和他的父母住在蒲城里做些杂活，经常要靠有工作的父母接济。少妇见到她的丈夫在炒菜，正当她的丈夫炒得火花四溅时，她又在旁边数落开了。她的男人拿起旁边的菜刀就要砍她，她也不示弱，拿起铁簸箕就往她男人的头上摔去，没砸着，她的男人就赶紧提着菜刀来追她。这个少妇一般向她的男人投去武器后都是跑，那天她一边往楼梯跑，一边喊救命，叶曦听着她喊救命的声音觉得很滑稽好笑，是你自己每天要生事，要讨打，又要喊救命。叶曦想，如果陈地许打我，我绝对不喊救命。少妇夫妻一般都是先吵几句，紧接着就是一阵打架发出的声音。大家都司空见惯了。叶曦说："真不明白她怎么看得中那个男人。"那男人五大三粗，一看就是野蛮之人。陈地许说："她当时那么小知道什么？"叶曦说："要是我，这种人看都不会看一眼。"陈地许说："萝卜白菜各有所爱。"

少妇每天站在叶曦的门口，声音带着意味地叫陈地许去打麻将。少妇又叫陈地许帮忙把她家墙壁粉刷一下。当时他们住的房子旁边在施工，很多人都顺便把自己的房间也刷刷，少妇也提了一桶石灰，在那里刷房子。

她胸有成竹地找陈地许帮忙，陈地许也去了，陈地许三下五除二就把房子刷了，少妇觉得没刷好，不满意。叶曦叫陈地许吃饭时在旁边看了也觉得陈地许刷得太潦草了，不过她的心里有些受用，只是觉得怎么能这样帮别人做事，要是她，拉不下面子来做成这样。陈地许说："刷好了。"少妇看着斑斑驳驳的墙，也不好说什么。

不知是不是因为这次的原因，少妇在叶曦门前搔首弄姿的时候少了。少妇到叶曦家烤火，和叶曦说起丈夫和婆婆家的事。从少妇口里，叶曦竟稀奇地听到少妇对她的男人特别是他的家庭很满意，常能接济他们，还说了些什么，意思是叶曦怎么找一个这样的老公，家里那么穷，不能帮助他们。叶曦一直都看不起少妇的老公，没想到少妇还有些看不起陈地许。

开始，叶曦和陈地许一星期一封信。一年后，陈地许来了一封信，短短几句话，是要叶曦给他再办一个身份证，叫她想法把他的年龄减去几岁，这样找工作更有利。叶曦去打听了一下，派出所说改年龄要村委会开证明，叶曦想，年纪有什么好改的。

陈地许遇到一个开电器厂的老乡，老乡叫他到他厂里去上班，老乡的老婆是个腰像水桶一样的女人，这个厂全部靠的是这个女人家的钱开的，所以这个厂的主几乎全由这个女人做。这个女人叫桂英，陈地许的老乡对她几乎言听计从。一天这个女人叫住陈地许，要他帮她搬家具，最近这个女人家装修完毕，她叫陈地许帮忙把以前的一些旧家具搬到新房子里去。陈地许帮完忙，桂英说："留下来吃个饭吧，你和老王是老乡，不要见外。"陈地许看见老板娘对自己异乎寻常地热情，有些受宠若惊。

陈地许在外打工一年多，每个月赚的钱刚够自己手头开销，在这家工厂，老板让他做销售，每个月差不多有八百千把元收入，已经很不错了。陈地许见他的一个中学同学自己在办成衣厂，他也想自己能办一个小厂。钱从哪儿来，他想到了桂英。他去找桂英借钱，桂英叫他进来，他就进到门里。桂英把门关上，叫他坐一会，自己去洗澡，她穿着一件红色的透明的真丝睡衣出来坐在陈地许对面，陈地许有些僵，桂英说："你傻啊。"陈地许带点憨地笑着说："桂英姐，你能不能借我二万元？"桂英说："肯定可以啊。"桂英走到陈地许后面，用手揉搓着陈地许的头发，让陈地许血都涌到脸上去了。

陈地许坐在那里一动不动，桂英说："你傻啊？"陈地许仍是坐在那里不敢动。桂英说："你明天来拿钱吧。"陈地许头脑昏昏地走出桂英家，回宿舍后想起桂英滚圆的腰和丰满的胸部，不禁头脑一阵发热。第二天是去拿钱呢还是不去拿钱？陈地许想，如果不去拿，无疑是把桂英得罪了，这个厂规模还不错，现在找一个工作不容易，她会不会找茬子把他开除了？去呢，面对桂英对他表现出来的不可抑制的好感，他有些害怕。王老板当初叫他来上班是帮他，现在不能做对不起王老板的事，可他现在又需要用钱，他想好了，他准备接一笔小生意，就是专门给需要的厂家做衣服的饰品。

陈地许借到那两万元后，就进了些衣服饰品原料，请了一个师傅教几个工人做各种各样的衣服饰品，他把饰品卖给成衣厂的老乡，很快他就赚到了第一笔钱。陈地许很感激桂英，他买了一床毯子准备送给桂英。那天是下午，桂英问陈地许："你想不想要我？"陈地许脸都红了，不知该怎么说。他这段时间已经想好，如果桂英再向他暗示什么，他一定不要拒绝。陈地许从小没爸，妈妈眼睛又不好，碰到叶曦，是他第一次知道爱情。现在遇到有女人喜欢他、帮他，他心里自是喜悦的。可他毕竟还没那胆量，桂英不由分说地要陈地许把她抱到床上。陈地许从那个肥胖的女人身上得到了一种不同的快乐。那个女人自从和陈地许有过一次后，简直是欲罢不能。陈地许虽对叶曦有愧疚，可也乐得有人爱他。他自小到大没人爱过似的感激桂英对他的占有。桂英的脸长得像马桶，脸上表现出的是一种俗不可耐的神态，她那种脸型是那种典型的俗，简直可拿来当"俗"的代表。慢慢地，陈地许对桂英那张俗不可耐的脸也习惯了，甚至有感情了。桂英就像没有男人似的隔几天就和陈地许打电话，陈地许想，一次也是，几多次也是，既有一次，反正就是破罐子破摔了，还是去。最重要的是，桂英经常给陈地许买衣服、鞋子，都是名牌的。陈地许觉得很满足，有一个女人爱他，他甚至觉得是荣耀。只要有女人爱，管得是什么样的女人，对于陈地许来说，都是一种温暖。陈地许自和桂英拉扯上之后，和叶曦联系得少了，他现在越来越有安全感了，靠上了桂英这个富山，叶曦在他的心里越来越不如当初那样宝贝了。

这时，桂英怀上了陈地许的孩子，这可怎么办？桂英执意要生下这个他们淫荡的种子，陈地许有些犹豫，还是答应了。王老板对此事还一无所知。一天王老板跟着司机去和客户见面，因司机喝多了酒，把车子开飞了，王老板当场就没气了。桂英甚至有一点庆幸，虽然她把老公不当回事，她还是怕自己和陈地许的事败露，没想到事情竟是这样的结果。桂英对陈地许说：“你现在可以光明正大地娶我了。”陈地许还未想过要娶桂英，和那种小学没毕业俗不可耐的女人结婚陈地许有些犹豫，虽然陈地许只考上省中专，可他还是比较崇尚知识的。再说他对叶曦还是念念不忘的。陈地许说：“过一些时候吧，等叶曦把孩子养大一点再说。”叶曦到陈地许这里来过一次，凭着女人的直觉，她心里已经明白陈地许在外有女人，她还是一声不响地回家了。她希望自己能慢慢等到丈夫回到自己身旁。

叶曦不想自己和儿子没有家，她虽然吵是吵，但她还是希望陈地许改邪归正。陈地许每做一件让她怀疑的事，她就会伤心一回。

叶曦的二姐夫岸水因为做生意在陈地许那里借了三千元，陈地许见叶曦姐夫没在规定的时间提还钱之事，他就给叶曦的姐夫打电话，叶曦姐夫可能没听见。陈地许对叶曦说：“想赖不成，跑到哪里我都要他把钱还我。”叶曦想：“谁不还你的钱？别说得那样难听。不过就是三千元而已。”陈地许咬牙切齿，以为叶曦姐夫想赖这笔钱，他说：“你不是说他厉害吗？谁都怕他，我就不怕他，我看他也不过那样。”

有次叶曦看见陈地许上厕所拿本书，就对他说：“你上厕所还看书啊？”陈地许偏说，我根本就没拿书去。这也不是件什么需要否认的事，叶曦说，看书又怎么啦，陈地许说，我没拿就是没拿。叶曦明明看着陈地许拿着一本书到了厕所，可陈地许就是说没拿。自从那次以后，叶曦对陈地许的赌咒发誓都不敢相信了。明摆着的事实都可以死咬着不承认，这真是让叶曦大开眼界。

叶曦又怀孕了，陈地许不太想要孩子，因为他在外已有了孩子，叶曦人工流产后，陈地许就去和别的女人约会了。叶曦到他这里来只是个客人。客人来了还得回去，生活已经成了这样一个固定的模式。那一刻她知道，其实自己早就没有一个完整的家，她有的就是她在青山镇的那两间房子和她的儿子陈宜。她并没有丈夫。

陈地许从来不说叫叶曦到深圳的话，叶曦也似乎心知肚明地从来不提这事。叶曦对陈地许说，弟弟小乐十五六岁，正是容易学坏的时候，陈地许已经是总经理了，在他厂里做点事也可以锻炼一下弟弟。陈地许却不同意，他怕小乐看着自己，自己不自由。嘴里却说：“小乐生得娇惯，我不敢带他，他要有什么事，我负不起责。”心里想的是，小乐这一来，肯定要为他姐姐看着我，这不是没事找事吗？陈地许死活都不答应小乐到他的工厂来做事。叶曦说，不要钱都可以，只管他吃住，就是要让他有点事做，免得跟着人学坏。见怎么也说服不了陈地许，叶曦心里也明白一些，也干脆不说了。

村里人都说，小乐的姐夫哥当总经理，自己的老弟怎会没事做?

叶曦的妈妈病了，叶曦在医院里每天守着妈妈，因为她的美貌和苗条的身材，医院里她妈妈的管床医生黄医生对叶曦说："你结婚了吗？你真像乡野里的一朵纯朴美丽的花。"叶曦那时正趴在病房窗户那儿看外面的景色，外面的行人如果抬头看到了她，一定会被她吸引。她脸上没有脂粉，可皮肤细嫩白净，特别是她的整个脸，虽然朴素却藏着动人的美丽。她的头发散披着，憔悴中却能让人想到青春、美丽这些字眼。她静静地看着楼下的行人，脸上一点表情也没有，她是那种平常说话细细声、不紧不慢的女孩子。

周末，有人约叶曦去打麻将，近来，她对打麻将感兴趣起来，她不怎么会打，打了几次，自己输了钱不说，别人都怪她让他们输了钱，说是她不会打，害得他们也跟着输钱，只有赢家不开口。连续几次叶曦每次都输大几百，叶曦半夜回家后心里感到辣辣疼，想哭，却又觉得没理由。她抬起自己的右手狠狠地剁着自己的左手说，再打麻将就把手剁掉。记得第一次叶曦和几个同学打麻将，输了九元钱，她身上总共才三十元钱，她不敢打了，怕输光掉底子。一个同学嫁的是一个老板，她平常打麻将打得很大，看到叶曦输了几元钱就不打了，就对叶曦说："输九元钱就不打了？不会这么穷吧?"叶曦的眼泪都要掉下来了，她第一次领受到了贫穷的屈辱。她拼命地睁着眼睛，极力抑制住要流出的泪水，说："我不会打，这是第一次打，你们打吧。"叶曦把座位让给了另一位同学，她本想好好打一打的，没想到同学打得很大，她以为输赢不会超过三十元，没想到一圈下来，她就输了九元钱，叶曦不敢继续坐在座位上打了。那时候，他们是到省城去做自考答辩，回到旅社后，叶曦觉得自己真可怜，想起自己的丈夫出去一年多还没给家里寄一分钱，她的同学都知道找有钱有好工作的老公。那时，她才二十一岁，什么都不懂，就被陈地许的一阵狂风暴雨的柔情征服了。

陈地许第一次吻她时，她不让，他要摸她的胸，她更不肯。陈地许和叶曦躺在床上，陈地许已经是很难熬了，睡得他热血膨胀，可叶曦仍是安安静静地睡着。陈地许翻来覆去睡不着，他把叶曦的手放在一个很硬的热乎乎的什么东西上，叶曦手挨着那个东西，只感到一种惊慌害怕。她怎么都不肯陈地许脱她的衣服。陈地许讲，他班上有一位男生半夜手淫流出的东西都喷到帐子顶上了。叶曦朦朦胧胧似乎有些知道他指的是什么，就说：“你怎么那么无聊，给我讲这些。”陈地许嬉皮笑脸地说：“一个男人一晚上能三四次都不累。”一天，陈地许又要动手动脚，叶曦不许，打他的手，陈地许压在叶曦的身上，她感到一个硬硬的东西抵着她的身体。陈地许喘着粗气，叶曦已经感到陈地许的哀求了。陈地许一骨碌地爬起来，又猛地跪在了床上，说：“我们结婚吧，我们今夜就结婚。”叶曦预感到要发生什么事，但她并不知道这件事是怎么回事。叶曦说：“我妈妈说了，女人要到结婚时才能献出贞操。”其实叶曦打心里根本不知道那个过程具体是怎样的，将在什么地方失去，她只是觉得不能让男人碰自己的身体。陈地许要去脱叶曦的衣服，叶曦哭着不让。半夜一阵剧烈的疼痛让叶曦醒来了，她发现自己身上的衣服已没有了，陈地许正趴在她的身上。叶曦知道发生什么事了，她哭着对陈地许说：“你以后不许不要我啊。”陈地许忙点头说：“我发誓，如果我背叛你，我遭天打雷劈。对不起，我实在忍不住了。”叶曦觉得自己怎么这么快就和陈地许睡在一张床上，不可想象，她一直是个守身如玉的女孩。以前也有几次文质彬彬的求婚、暗示或者扑到她的身上，她都拒绝了，可这次叶曦不知道为什么心里还有些喜悦。

第一次之后，陈地许常常半夜让叶曦醒来，每次他都嬉皮笑脸地说：“我又把你强奸了。”叶曦每天被陈地许折腾得一点精神都没有，脸色黄黄的，上班都很想打瞌睡。她从那件事中没感受到半点乐趣。她每次看到陈地许猴急般抱着她时，她觉得自己所做的一切只是为了让他快乐。

叶曦小时候一次看《故事会》，里面讲了一个强奸的故事，她心里隐隐觉得自己应该属于那种被强奸再和别人结婚的女孩子。长大后，她感到自己不会主动去想到和男人有什么身体的愿望，她只等着男人对她有欲望，然后她的职责就是让他快乐，她自己也在被强迫中感受到一种隐隐的满足。如果陈地许晚上不主动，她是绝不可能主动的，她没有半点那方面的要求。当又有一次陈地许说，你在睡梦中我把你强奸了，她一点反感也没有，倒觉得很好，她什么都不知道，朦朦胧胧中她就满足了他的欲望对于叶曦来说觉得也是一件于自己没损于丈夫有需的事。叶曦自己也弄不明白自己，她觉得自己没有丝毫这方面的要求，可是却愿意自己的丈夫要她。陈地许一晚可以要两三次，叶曦只睡自己的觉，任他折腾。叶曦之所以和陈地许很快睡在一起，主要是因为陈地许的大胆需求。

听说叶曦的婆婆年轻时很厉害，后来她的男的死了，她的眼睛渐渐视力模糊。不过，叶曦觉得婆婆很和善，从没对她红过脸。别人对她讲，婆婆怎么心毒，对她自己的婆婆怎么恶。婆婆的婆婆眼睛也是瞎的，她就骂她“瞎眼”，动不动就说：“瞎眼，把菜搞泼了，把柴火搁偏了。”还不让瞎眼婆婆吃饭。真是天意作弄人，她的婆婆去世后，她的眼睛也慢慢不行了。别人都说，报应，想以前你是多狠，你现在不是也眼睛瞎了吗？当有人对叶曦说你婆婆年轻时很歹时，她睁大眼睛不相信地问：“真的吗？”婆婆对自己的孙子是多么和善啊，从没见她吼过一次孙子。婆婆几年后还拿出一套茶具给叶曦，说是结婚时没舍得送他们，现在送给她。叶曦手中拿着那套茶具觉得比当初给他们更让她感动。她说：“妈，这套茶具你自己留着用吧。你那么爱惜东西，又爱清洁，我用着可惜。”叶曦把茶具还给了婆婆，婆婆也不强求叶曦留下。

婆婆经常会和别人聊起小孙子的可爱、聪明、灵醒①，她说话之间流露出的那种自豪是发自心底里的，似乎一点也看不见别人所说的年轻时的那种骄横。婆婆喜欢笑，每当说起孙子时，她都会笑起来，她笑起来时很和善。婆婆烧起柴来很大方，她是嫁给同村的，她的弟弟经常会给她送很多柴来。叶曦每次看着柴还没烧完，婆婆又放一堆柴到火塘，就说：“妈，柴够了。”婆婆就会说：“柴有的是。多烧些柴热乎，火大炒的菜也好吃。”叶曦很喜欢吃婆婆炒的菜，也许是木柴烧火做饭就是好吃，也许是柴烧得旺炒菜就是好吃，婆婆做的菜香喷喷的。婆婆很爱清洁，一天要抹水缸盖三四遍，桌椅板凳二三遍，她家的水缸盖发着亮光，可以照见人。家里找不出一处有灰尘。叶曦说：“妈，你怎么那么讲卫生啊？”婆婆说：“我年轻时倒没现在讲卫生，自从眼睛不好了，总觉得哪里都有灰，不放心。”

婆婆每天在孙子睡觉前都给他抓痒，觉得抓着痒孙子会睡得舒服，果然，孙子觉得很舒服，以后每天晚上睡都要轻挠着背才肯睡。到了两岁时，叶曦不让婆婆给孩子抓痒睡，“不能抓痒睡了，他又不痒，再这样下去都不晓得把他惯得么样了。”婆婆说：“那他不肯瞌睡怎么办？”“你只不抓，看他睡不睡。”果然，开始孩子吵着要抓痒睡，叶曦问：“是不是抓痒睡很舒服？”孩子说：“嗯。”“你不痒抓什么痒？以后再也不要抓痒睡了，不能养成坏习惯。”孩子还想说什么，叶曦厉声说：“我说不抓就不抓。”婆婆也觉得这抓痒挺麻烦，自从她给自己找上了这等事后，她每天都要把孩子抓

① 方言，漂亮的意思。

痒睡着了，才能到她自己的床上睡。这下解放了，她也不用这么麻烦了。孩子果然照样睡。

儿子七岁时得了脑膜炎。叶曦每天在医院里照顾儿子，经常整晚上不睡。陈地许除了第一晚在医院里待了两个小时外，偶尔来看看就到外面和他的那些挑不上筷子的朋友一起去打麻将了。当叶曦看到一根粗而长的针穿过儿子的脊髓做腰椎穿刺抽取脑脊液化验时，叶曦觉得那根针太粗了，就像那根针是刺向了自己身体的某个部位一样凉飕飕的。一个多月后，儿子出院了，还有些不太灵光，医生说以后还很难说。

儿子没得脑膜炎之前，陈地许在外就有女人孩子，现在他对儿子也失去了希望，陈地许想到的是赶快在外找一个女人生儿子，而不是在这个家庭里面想办法。叶曦把对儿子的无尽担忧都一个人承担起来，那种苦难的感觉陈地许根本无法体会。

陈地许没有半分耐心，叶曦心里想，我一定要让儿子恢复到从前的样子。

当叶曦深夜抱起孩子，看着孩子似睡非睡之间那种梦幻般天使的笑容，眼泪会不自觉地掉下来。此刻，她只感到生命的沉重扑面而来。脆弱的，可以发泄的只有眼泪，那些纯朴的给人以安慰和洗涤的液体。

几年来，叶曦带的班级数学在全区总是排第一第二。她每年都被评为先进工作者。叶曦一次急性肠炎住院，几个学生还哭了，结果引得班上一大片学生都哭了，以为老师得了什么大病。上课和学生待在一起是叶曦最快乐的时候，这是她的精神支柱。她希望在工作中忘却自己的不幸，婚姻的、儿子的。她每天对着儿子笑，希望儿子能真正感受到快乐。

儿子在叶曦的精心调养下出院半年后完全复原，又成了一个聪明活泼的儿子。当叶曦听到儿子能熟练地背出所学的课文，给他加减乘除他都会做，又和几个小伙伴一块蹦蹦跳跳出去玩时，她脸上露出舒心的笑容。

陈地许好像在叶曦的工作中慢慢成为一个背景，她知道自己逃避的正是自己最关心的。

第四十九章

陈地许坐车时已经不满足于买到蒲城的票了，他觉得应该买到大城市的票才能满足自己的虚荣心，哪怕多出十几块钱。

陈地许说，不要对爱情寄予太高希望，我不相信爱情。叶曦想，你既不相信爱情，就说明你从来都没爱过我。陈地许之所以这么说，是为他变心做准备的。

叶曦每天上班，下班，看书，带孩子，买菜，做饭，生活就这样平凡无奇地过着。她的心里却一直不甘心这种生活。她很怕失去自己的丈夫，丈夫和儿子成了她生命中最重要的部分，她又担心自己就这样平庸地过了一生。

学校里有一个新分来的修老师，他很喜欢叶曦，他有天对叶曦说："想不想出去春游？"叶曦说走不开。修老师说："你把孩子带上。我们一起去云雾山玩。"叶曦说："不了，我没时间。"修老师刚一分配到学校，知道叶曦的老公在外做生意，就问叶曦："你老公多久回来一次？"叶曦不解修老师为什么要这样问，就说："一年回来一次。"修老师点了点头。他常常暗地里看着叶曦，觉得叶曦就像一团诗意，虽然孩子已经有两岁多，可看起来比一般的女孩更青春更有魅力，让男人禁不住想靠近她，甚至是抚摸她。修老师和叶曦在一个办公室办公，办公室只剩他们两个人，修老师和叶曦并排坐着说话，忽然修老师猛地在叶曦的脸上亲了一口，叶曦就当作什么也没发生似的继续微笑着和修老师说话。修老师的手慢慢伸向叶曦的后颈那里，叶曦不敢动，他又把手继续伸向叶曦的背部，他的脸整个地扑在叶曦的后颈上，这让叶曦有些茫然失措。叶曦连忙站起来说："我还要买菜回家做饭。"

修老师是一个帅气的温文尔雅的老师，办公室几个女孩子每天对他抛媚眼送秋波，修老师好像对谈恋爱并不着急。一个叫小樱的女孩子那天叫修老师把自己的鞋脱下，说她要试一试，修老师把脚上的鞋子脱下了，小樱就把脚放在修老师的鞋子里，那鞋顿时看起来像一只船。小樱用手扇着修老师的头发说："快说，什么时候请我吃冰淇淋？"修老师看着叶曦，小樱也看着叶曦，叶曦对修老师说："小樱，真是个可爱的女孩子。"

叶曦和陈地许吵得很厉害，口不择言，陈地许全记在心里了，他说得到做得到，叶曦吵起架来拣陈地许最不喜欢听的话说，但她做不到真的去背叛陈地许。叶曦的那个考上北大的高中同学，后分在省城，他上班后来找叶曦，叶曦心里喜欢他，但不是那种喜欢。同学请叶曦去唱歌、喝茶，叶曦看得出他的想法，可叶曦还没成熟到可以接受那一步。同学走后，叶曦心里有些想他。想起陈地许的嚣张，叶曦想，我为什么还要对他真诚？他们在打麻将时，叶曦心里还是希望陈地许赢，叶曦觉得很奇怪。

叶曦很节约，可她也不怎么看重钱，你既然一心做事业，家里的日子可以过，我就不要你的钱，也没关系。叶曦和珠月是从小的好朋友，小时她们一起上山砍柴、打猪草，记得有一次摘金银花卖，叶曦给了珠月很多自己摘的金银花。珠月不肯要，叶曦偏要给她。叶曦家姐弟七个，她倒数第三，上面全是女孩子，下面有一个弟弟一个妹妹，所以她在家做事不是很多。她喜欢和珠月一起出去做事，她们两个成了无话不说的好朋友。叶曦和珠月的妹妹连月关系也很好。珠月一直都以为叶曦和自己更好，后来才发现她和连月比和自己更要无话不谈。小时候珠月经常到叶曦家楼上玩，她家楼上贴着一张大白纸，纸上画着一个很大的十字架。珠月后来想，叶曦妈很早就信基督教了呵。

陈地许给过叶曦几次钱，每次都会在她的面前数一遍。他数钱时的神态特别享受，很有劳动后获得理所应得的报酬的那种骄傲和满足。他把钱往叶曦手里一拍，眼睛再偷偷地得意地看着叶曦，他想叶曦一定会觉得很高兴很感激。叶曦几次没要陈地许的钱，她说："你留着做生意，做生意需要本钱，家里还能过得去。"

叶曦结婚时四姐夫给叶曦做了一套家具，只收了吃饭钱，等于是白给叶曦做了一个月的事。叶曦心里一直都很感谢姐夫。叶藤有天想不过，就对叶曦说了这事，叶曦从没想那么多，也不懂行情，以为就只要那么多钱。那时叶藤特别穷，就对叶曦说，上次你姐夫给你们做家具，什么钱都没赚，等于工钱一分钱没收你们的。并对叶曦说，上次到你们家去，陈地许生怕我们在你家住，天都快黑了还叫我们坐车回家。

别人说这女人漂亮，陈地许也会觉得漂亮，别人觉得这女人丑，他也觉得丑。叶曦长得就像一株兰花，写得一手好字，她给人的感觉一直都是有才的，知书达理的。叶曦升高中时只差几分读重点高中，第一次考大学也只差几分就可以读中专。那时考大学非常难，名额少。在一次同乡的卡拉 OK 聚会时，陈地许走上前请叶曦跳舞。陈地许揽着叶曦的腰渐渐移到一个黑角落里，瞅着空隙蹭她的头发和脸，叶曦很想推却可她只是稍微移开了一下自己的身体，随即又被陈地许拉近了。陈地许以后有事没事就去找叶曦。

陈地许曾经带一个哥们和一个女孩去找珠月，那哥们早已结婚，已有两个孩子，他不知怎么认得一个林校的女生，把别人十八岁的黄花闺女弄怀孕了，女孩的妈妈死都不赞成这件事。女孩看见那哥们平常和女的打情骂俏，还夸口说，自己怎么怎么会搞女人，这让女孩很反感，既然家里不同意，自己也觉得跟着那哥们没有什么好的前途，就催着要到医院做人流。所以他们就找到了珠月。那哥们勾女孩的手法就是会献殷勤。第一次请女孩在餐馆吃饭，他又是端茶又是倒水偶尔还夹点菜，让女孩觉得很体贴。十八岁的女孩不设防就被他搞到手了。他带着林校女孩到处走亲访友，表示自己多有能耐。他一说话嘴一笑，好像很好相处。珠月对陈地许说："你怎么认得这种人？下三滥。"

叶曦起初做梦都没想到自己的老公在外有女人，就像她把一件宝贝一直放在身边，有一天发现那宝贝是别人的。她知道如果她已在逃避一种痛苦，说明这件事对她的影响已经很大，她已不敢正视。

叶曦给她爸爸买了一件皮尔卡丹的棉袄，打折后五百元，这应该是叶曦爸爸衣服中最有档次的一件了。陈地许很识货，他看到叶曦爸穿了一件比较好的衣服，就说："你爸身上穿的那件衣服料子很不错，是谁买的？"陈地许意思是叶曦买的。陈地许给他妈买的衣服都是名牌，叶曦爸刚穿了一件像样的衣服，陈地许就好像要挖出是谁买的。难道叶曦的爸就不应该穿好一点的衣服吗？就该一年四季穿水货？

陈地许见到漂亮女人眼睛就不自觉地发直，没有一丝定性。他说，人在花下死，做鬼也风流。男人在外找女人是天经地义的，有几个女人不算什么，那是男人的本事。他说，一个男人和一个女人在同一间房就如同在同一张床上一样。叶曦问，我怎么见到了女人的纱巾，是不是有女人来过？陈地许说，有什么区别？陈地许的意思是说，只要一个男人和一个女人单独在一起就一定会有那事。叶曦懂不了他的话。她觉得没有道理。叶曦见一个女人和一个男人在街上走，陈地许说，肯定有事。叶曦说，不可能。叶曦想到自己也曾和男孩子在街上走，看电影，出去玩，却也从没发生过什么事，凭什么说男人和女人在一起走就有事。

叶曦是个人见人爱的女孩子，结婚前，她去县城学习，同学带她去跳舞，有一个全场最帅的男人整晚都请她跳，并且总是似乎无意地用脸蹭着叶曦的脸，叶曦却也并不非常嫌恶，整晚下来叶曦并没问那位男士的姓名。那时叶曦还未认识陈地许。在另一次舞会上，被全场公认为最有魅力的男士和叶曦跳舞时几乎要把她抱起来了，他紧紧地贴着叶曦，当他发现叶曦脸色惨白时，他执意要开车送叶曦回去。那时有车的人很少，很多女人看着那位帅男送着叶曦走，都大感失落并且有些不可思议。虽然叶曦确实给人一种很清新的感觉，长得也很漂亮，但不至于应该受到这样的专宠。那位男士送叶曦到旅社后给叶曦用热毛巾敷她疼痛的胃部，直到叶曦头上虚汗停止，胃也不痛了才走。他走的时候还那么自然地抱着叶曦吻了一下她的脸颊。叶曦过后想，这个人一定是情场老手，他抱着叶曦吻时连叶曦都觉得是那么自然，虽然她毫无感觉，心不跳脸也不红。

实习时，叶曦在一个教师休息室里坐着，因为去得早，她就坐在休息室里看着书等着下一节课的铃声。同组的车老师也在那儿坐着等着，他问叶曦："今天上课啊?"叶曦笑着点了点头，又继续埋头看着一本带来的书。车老师不知什么时候已坐到叶曦的身边，他又起身把教师休息室的门关上，叶曦还不知是怎么回事，车老师竟疯狂地吻住叶曦，他怕叶曦要夺门而出，又把叶曦拖到门那里，把她整个人压在门上。那个已有老婆孩子的车老师拼命地吻着叶曦的脸和脖颈，就像一只疯狂的狮子。叶曦拼命地想挣脱，可那个车老师却不能抑制自己想占有叶曦的行为，他慌慌张张地用手打开了叶曦上衣的两颗扣子，幸好这时有清洁工来敲门，那个姓车的中年男人总算止住自己的疯狂行为。过后，那个车老师对叶曦说："真对不起，我暗恋你已经很久了。"叶曦觉得不可理喻，自己有老婆的男人对别的女孩怎么会有这种心?那时叶曦的世界是一片洁净的白色。她以为世上一切婚姻都是以爱情为基础的。当她看到书上说某某人不爱自己的妻子，又看到他们家有几对儿女，她就不解了，不爱一个人怎么能和她有孩子?不爱一个人会做那种事吗?她想象不出来。她以为性、婚姻一定是建立在爱情基础上的。在家里，虽然她很孤独，可她从来没想过要做对不起陈地许的事。虽然陈地许已是一而再地伤害了她，她还不想因为自己的过失失去这个家。

叶曦在张医生老婆的教研组实习，曾到她家玩过几次。张医生对叶曦说，他家这些天没人，老婆孩子都回老家了，他要上夜班，要叶曦帮他家看房子，叶曦只好答应了。叶曦看着张医生家的大房子，觉得自己可以享受一晚了。半夜，她已经入了梦乡，正在做着美梦了。张医生用钥匙打开门，他轻轻地走到叶曦睡的床边。已是半夜一点钟，病房已安静下来，张医生不知是事先就是这样想的还是忽然想到的，他想今晚一定得回家一场。他就住在医院里面，只要三分钟就可以到家。张医生心虚地打开家门，他想如果叶曦醒了问他怎么回来了，他该怎么说。他想好了，就说是忘了拿一样东西到科室，比如第二天早晨要用的牙刷牙膏毛巾什么的。

张医生蹑手蹑脚地走到叶曦睡的床边，他不知道自己明确想做什么，他只是想回来看看。张医生站在床头看着睡着了的叶曦，他很想做出一番疯狂的行为，他最终还是克制了自己。他就站在那里，想做什么，又不敢做什么。这时，叶曦因为想上厕所醒了，晚上她看到张医生家的冰箱里有西瓜，张医生也嘱咐她随便吃，可能是吃了几片西瓜的原因。她猛一看到床头站着一个人，魂都吓掉了。再一看，是张医生，张医生忙说："我回家来拿点东西，把你吓到了吧。"叶曦披头散发地看着张医生，好像还不知道是怎么回事，这时张医生已经拿了什么东西把门锁上走了。叶曦好半天都没敢睡着。她想起来都有些害怕。张医生半夜三更跑来干什么？

张医生又一次对叶曦说："能不能麻烦你帮我再守一次门？我的老婆孩子出去旅游了。"叶曦对张医生说："张医生，真不好意思，我这几天正要回家看我妈妈。要不，你请别人吧？"张医生笑着说："叶曦，你有男朋友吗？"叶曦说没有。张医生说："你知道吗？什么都是假的，只有钱是真的。将来和你男朋友在一起时，最要记得的一件事就是不能让他花你的钱，到时，他跑了不要紧，别让自己的钱也被他骗了。"张医生色眯眯地看着叶曦，让叶曦心里直发毛。张医生也不知哪里来的一股酸气，他一说起叶曦未来的男朋友，立时就站在叶曦的立场很为她着想地预言了那个男人将是一个势利的负心汉。

叶曦婆婆有一天对孙子陈宜说："我的帐子里怎么那么多蛇，到处都是蛇。"陈宜说："我怎么没看见蛇，没有啊，你发糊涂吧？"他奶奶说："有蛇，你看，那里一条，这里一条，帐子顶上全是。"陈宜说："我怎么没看见，没有啊。”他奶奶说：“有，有，都缠在我的颈上了，我的头发里也有。可恶的蛇，我得罪了谁啊，造孽啊。”“奶奶，你这么好，怎么可能得罪了谁呢？”他奶奶说：“是不是我前世作了孽，我生了七个伢儿只养活了三个。”陈宜说：“奶奶，你不要相信这些，没有这些事的。”叶曦婆婆不肯吃饭，说吃不下去，嘴里一点味也没有，后来连水都不喝了。她每天只说帐子里全是蛇，叫她出来走一走，她说屋里全是蛇。叶曦正在上课时，有人到学校来给她报信，说是她婆婆喝农药死了。叶曦连忙给陈地许打电话，可怎么也打不通，等到陈地许赶回来时，已经是下葬的那天了。当地的风俗是人死后第三天必下葬，也不管日子好坏。

婆婆一去世，丧事全是由叶曦一个人操心。首先叶曦把那些亲戚朋友的名单全写下，怕写不全就去问隔壁的穆奶奶。穆奶奶对陈地许家的亲戚几乎是了如指掌。早先陈地许的一个姑姑因为不生孩子抱养了一个儿子。另一个叔叔生了一个呆傻儿，看见有陌生人来到他们村，他就会在石桥上手舞足蹈。叶曦第一次去陈家时，就看见有一个拖着鼻涕的大男孩在石桥上笑着跳着，似乎在欢迎叶曦来到他大伯家。

陈地许的家靠在山脚下，那个地方有田有山，在叶曦的印象里，那里的稻田里永远都是一片翠绿，那里的山总是给人一种清幽幽的感觉。把所有亲戚的名字写在一张大纸上后，叶曦把名单交给一个叫水儿的隔壁男孩。水儿就立即打电话的打电话，没法用电话联系的就跑腿，一天下来，把所有的亲戚该请的人全通知到了。人死后要擦洗换衣服，叶曦给婆婆擦了身，换上婆婆十几年前就准备好的寿衣，又在床边的一个大盆里烧纸钱。叶曦又和请来的厨子商量菜单，该买些什么菜，抬棺材的人怎么表示，厨子该买些什么礼物，又请人扎纸房子，此外，还请乐队来演唱。这都是这个地方的规矩，叶曦在老年人的指导下都一丝不苟地做了。

桂英天天催陈地许结婚。陈地许一直想干一番事业。恰巧蒲城毛巾厂招标，陈地许需要钱，他决定马上和桂英结婚。只有和桂英结婚，她才可能给他一笔钱承包这个厂。叶曦没想过离婚，她不想轻易失去这个家。面对着陈地许坚定、无情的表情，叶曦知道他们非离婚不可了。

一天，陈地许对叶曦说：“叶曦，我们离婚吧。我们性格不合。”离婚的那段时间，叶曦整天无精打采的，她觉得自己就像家乡冬天水库干涸了后留下的那些龟裂的土地。她去找她的高中老师欧老师。欧老师离过三次婚。第一次找了一个结了婚的男人，那个男人是个花花肠子，还没离婚，就死命追求欧老师，后来因为花心，结婚一年就离婚了。第二次结婚，欧老师因为是葡萄胎做了手术，不能生孩子，又离了婚。第三次欧老师找了个因为妻子外遇离了婚的老实男人，这次欧老师真正尝到了幸福的滋味。他们夫妻后来抱了一个女儿，一家人温馨幸福。她对叶曦她们谈她的生活，她的前夫的事情，就像那些事情与她无关似的。她只是坚强快乐地活着，无论受多大的伤害，她仍然有很多的鼓励和爱给大家。

叶曦去请教欧老师为什么如此快乐，欧老师说："人要乐观，其实人生没有过不去的坎，要永远看到生活中对我们厚待的一面，对生活中的不顺心的一面尽量少去想。"欧老师的爸爸是南下干部，刚刚去世，她的弟弟是先天痴呆，她自己不能生育，看着他们全家，只有她年迈的老妈才是正常的。可欧老师的家却是喜气洋洋的，叶曦和几个同学到她家玩，他们一起包饺子、炒菜，特别是欧老师妈妈做的西红柿炒鸡蛋可谓色香味俱全。欧老师的家里全是书，她后来的丈夫是在她调到另一个城市后找的。她不能生育，可她把她的第三次结婚看得很重要，她给每个她喜欢的学生发请帖，申明不要送礼，只要每个人寄一张贺卡给她。她最喜欢收集学生的贺卡。叶曦高中元旦时，她给全班每人发了一张贺卡，每张贺卡上都有她的赠言，张张的赠言都不同，个个同学看了给自己的赠言都喜欢不已。叶曦挑了一张既浪漫又喜庆的贺卡寄给了欧老师，欧老师连续好几年过春节都给叶曦寄了贺卡，在她说的每一句话里叶曦都感觉到了一股她对生活的热爱，她希望把她的那种对生活的热情通过自己的文字传达给叶曦。

欧老师在 QQ 里给叶曦留言："我都结过三次婚了，前两次是失败，幸福一定在前方等着你，你看我现在不是很幸福吗？女儿喜欢画画，已经考上了美术学院。"叶曦觉得自己很佩服欧老师，她的女儿成绩不是很好，喜欢美术，考上美术学院，她已觉得很骄傲很满足很快乐了。快乐就是易于满足。叶曦眼中的生活一直是阳光灿烂，猛然发现自己真是一无所有。她不满足。

陈地许后来回家乡蒲城用三千万包下市毛巾厂，一年最少可以赚一千万，可是在他那里做会计的吉橙说她一个人做两个人的事，拿的工资却是一个人的。吉橙自费读财会学校毕业，陈地许见她工作的商场已倒闭，就给她一个工作。吉橙心里很感激陈地许。她说，陈地许打麻将经常出牌毁牌，如果最后一盘有人和了一个大牌，他常会说，不打了，今天就到此为止。

陈地许和叶曦离婚后立即和桂英结婚了，桂英还在深圳管以前的厂。陈地许的一个朋友给陈介绍一个医学院的学生，那位学生见陈地许开着奔驰，一心想嫁给陈地许。陈地许见那个学生早已谈过恋爱，心里万分不悦。心想，你才二十出头，就不是女儿身了，这种学生真可怕。我当时省中专毕业还没谈过恋爱呢，都不知道女人是怎么回事。当陈地许和那个女学生睡了几次后，他不知道什么原因，一点兴致都没有了。陈地许和寡妇桂英交往了好些年，还过得津津有味，没想到一个年纪轻轻的女学生倒让他兴致索然，他心里也非常恼怒，找不出原因。陈地许的表哥在国外一家电子公司做工程师，他一生只有一个女人，就是他的妻子，陈地许很不解。陈地许说："老婆是别人的好，文章是自己的好。这还用说？"

第五十章

自从珠月就像得到一只慧眼一样通过做梦就能知道世间很多与自己有关的事物后，她并没获得快乐，她已经被那些纷至沓来的预感的生活苦难压倒了。那些梦里虽然也有爱情、美好，可是远远抵不上无法抵挡的凶梦所预兆的生活苦难和曲折。珠月感到自己越来越累，越来越具有忧郁气质。她本是一个单纯乐观的人，很多被验证的梦已让珠月具有了一个忧郁者的底子。那些梦中所预示的无可抗拒的厄运使珠月变得悲观起来。好在一件事在变化，梦也在变化，珠月想，其实上天也是顺乎人情的。其实上天就是自己。自己就是自己的上帝。只有自己改变了，上天自然会让你的命运改变。你自己就是你的命运。这个世界没有上天。你的命运就是你自己。上天就是你自己去安排的你的命运。一切都在变化动荡之中。

可有时候，珠月会梦见一些无法更改的东西，那时她只能坐以待毙地等待着厄运或者坏消息的到来。坏消息即使隐藏得很深，珠月也会梦见，她甚至可以梦见坏消息隐藏的大约天数，她知道坏消息必定会来，只是时间而已。这些都是以一种她自己才能理解的解梦方式出现在梦中的。有时的梦珠月自己都不能解，事后才明白过来。一般的梦都是以一种珠月能懂的方式呈现，或者天意故意让她不懂，只是想表示他们已经通知了她。珠月爸爸的死亡，珠月其实已梦见了，如果珠月知道爸爸要死，她肯定会提高警惕，爸爸就不会死。可上天告诉珠月这是不可逆的，所以只有等到珠月回去后才会知道爸爸的生命已经无可挽救。如果珠月知道爸爸必死，珠月一定会想法给爸爸最好的治疗，爸爸也不会死。一切都是命中注定的吗？

珠月近来活不下去的感觉渐渐淡下去了，因为近来她没饭吃了，她带着孩子，已在为一日三餐发愁了。她已没时间活不下去了。她找朋友借了一些钱，好朋友双翼一听说她需要钱，立即就把钱打在她账上，珠月很感动。她从不会轻易开口，她知道只要自己开口了，那件事肯定能成。她相信双翼会借钱给她，果然。那天她的心情很好，她已有十几年没和双翼联系，可真正的朋友十几年时间仍不会失去。这才是真正的朋友。珠月那几天最高兴的是，人心竟然仍然这么美好。还有她的同学盛华，也是一听说她要贷款，主动提出要借钱给她。珠月觉得自己想做很多事，因为得到了帮助，她会更觉得自己应该活好一些。妈妈对她说，滴水之恩当涌泉相报。妈妈偷生弟弟时，躲到几个同学家，一辈子都在念叨，因为是妈妈在最困难的时候得到的帮助。世间还有什么是永恒的？除了情义和感恩外，还有什么是值得让人活着并且津津乐道又化为甜蜜的幸福和永恒的回忆的？

母亲在家盼她去工作已是望眼欲穿，都急病了。再不工作，就没有饭吃了。每天只有出的，没有进的，珠月心里有些慌。她相信上天不会让人有绝路，她相信上天一直都是眷顾她、保佑她的。她仿佛与上天的心意相通，或者与自己的神灵相通。很多东西都以一种神灵的方式向她启示着未来，不管是好的还是坏的，她有时就像一个站在岸边看着自己或别人溺水却不能去救的旱鸭子。

当珠月遇到烦恼的事时，她看着咪咪，觉得咪咪好亲。她用手抚摸着咪咪，那时她还能笑出来。看着咪咪，就像看着孩子一样。柔柔的咪咪让珠月感到了安慰。咪咪静静地躺着，任由珠月抚摸。咪咪还会看脸色，当她看到珠月无视她的存在或者左右环顾时，她就会知趣地走开。有时她会柔柔地舔着珠月的手，让心情不好时无助的珠月几乎要流出泪来。咪咪多乖啊。咪咪已经具有了灵性，和珠月在一起的动植物都会有灵性，或者动植物本身就是有灵性的。

珠月前些天梦见咪咪浸在家里的鱼缸里，被水打湿的咪咪没毛，浑身赤裸裸的，不过还没死。珠月知道这不是好事，这表明她看透了别人的心思，别人就像猫咪一样赤裸裸了。把别人的心思看穿，别人还会舒服地帮你吗？珠月几乎什么都能感知，别人说她的眼睛能把人看到骨髓，她不想那样看人，可她梦见后，她就不自然地那样看人，因为她什么都清白，明镜似的。谁坏她工作，说了什么话，谁帮她，她都能梦见。她想装出懵懂不清楚的样子，装不了几分钟就会原形毕露，说话做事又恢复了自己的本真状态。

珠月从咪咪的屁股一直摸到咪咪的头，又摸咪咪的耳朵，她很想摸咪咪的腿，特别是爪子。她想证明咪咪已经把她当作特别可以信赖的人，让她摸她的爪子，仍然不会抓她。那时，珠月一定非常感动。她虽尝试过，却只尝试一半就放弃了。她还是担心咪咪会抓她，那她就要去打狂犬疫苗了。她有时很想亲咪咪，可咪咪每次在珠月亲她的时候，她就似乎不习惯地低下头去。她用手指头点着咪咪的鼻子，咪咪有时似乎很懂似的翕动着一边鼻子。有时她像现在时髦的女演员似的闭一只眼睁一只眼地看着珠月，有时她的眼睛似乎在向珠月笑着。

珠月不让咪咪上床，因为天气热了。咪咪以为珠月不喜欢她了。珠月坐在沙发上看电视时，她叫咪咪躺在她的腿上，咪咪来了，又走了，怎么也不肯躺下来，在她的腿上蹲了一会就下去了。珠月那天把咪咪抱到她的腿上，她知道咪咪看到她不让她上床，就对她生分了，她抚摸着咪咪，咪咪终于肯躺下来了，又像以前一样放松地蜷缩着身子睡了。到了晚上，咪咪对珠月的警惕放松了，又开始上床了。她见珠月白天对她仍然温柔，以为床又可以上了。珠月不让咪咪上床，可咪咪总是冷不丁地上床了。她抱咪咪下去，咪咪死都不肯，用爪子死命地抓着床单，把珠月的漂亮新床单抓得让珠月好心疼。珠月一边抚平被咪咪抓断了纱的床单，一边说："咪咪真厉害啊，真厉害的咪咪。真厉害。"珠月每次开门回家，咪咪都会飞快去迎接，这让珠月很欣慰，就像家里有人迎接她一样，家里陡然变得有人气更温暖了。

珠月看着咪咪蹲在化妆台上全神贯注不眨眼地看着床上的她，她就会笑得很灿烂地紧紧看着咪咪，咪咪终敌不住她的久久凝视，似乎不好意思地低下了头。咪咪前足立着，眼睛圆圆地紧盯着珠月，像个亭亭玉立、青葱的小姑娘。再烦恼，哪怕是在流眼泪，看见咪咪，珠月也会发自心底地露出微笑。咪咪让她看到生活的慰藉和希望，她不知道这来自哪里，也许是一个孤寂的灵魂对另一个无言的生命的欣喜和依赖。珠月抱着咪咪，咪咪软软的，那种温暖的柔软不亚于一个初生的婴儿。珠月更怜咪咪了，咪咪不是在任何时候身体都柔软的。珠月不让咪咪上床，她为了弥补，就用手去抚摸咪咪，她发现咪咪背上的骨头都耸着。咪咪的警惕性很高，当她睡着的时候，珠月满心欢喜地去看她，她猛地一个激灵全身一颤，这让珠月很恼火很受伤，你还怕我吗？都这么久了，你还警惕我？自不让咪咪上床后，珠月把浴巾铺在腿上，示意咪咪上去睡，咪咪还是上去了，不过每次又从珠月腿上走了下去，珠月几次把咪咪按在腿上，可咪咪还是要下去。咪咪似乎知道珠月的微笑是表示喜欢，珠月最喜欢咪咪立着前足蹲着的样子，像个小姑娘，除了睡觉，咪咪几乎百分之九十的时间都是那样前足立着蹲着的。

以往珠月在家乡看到猫，都是整个身体趴在地上，窝成一团，从没看见猫前足立着蹲着的姿势，可现在家里的咪咪几乎一般都是这个姿势。咪咪刚来时，珠月见咪咪像小姑娘那样立着，珠月的喜欢不言而喻，直夸咪咪是个亭亭玉立的小姑娘。咪咪可能看得出珠月的喜欢，听到了她的夸赞，所以，咪咪来到珠月家一两个月时，珠月有一天忽然看到咪咪也整个身子窝在地上，竟有些不适应。她觉得那个趴着的姿势是猫的，那个立着的姿势是有灵性的她家的咪咪的。因为她家的咪咪很讲美，讲姿势。那一刻她想，难道我家的咪咪也是俗物吗？这是她第一次看见咪咪整个身子趴在地上，她以为她家的咪咪一直都是前足立着蹲的。难道咪咪一直都是为了珠月的喜欢才采取的那个姿势？咪咪不累吗？

珠月在心情最不好时，看着咪咪时脸上仍会露出笑容，即使是苦笑或者是惨笑。咪咪就像一件温柔的小棉袄，又像是一个不会开口却会亲吻你安抚你的懂事小人儿。以前珠月以为咪咪只会黏人，是咪咪需要人，有几次她看到咪咪在沙发的另一头蹲着，也不来打扰她，她感觉到自己有些寂寞了，就招呼咪咪，咪咪就过来了。她不招呼咪咪，咪咪就不过来。咪咪安安静静地过来，就像知道珠月此时定是需要她了，她就乖乖地过来了。原来咪咪知道珠月是需要她的，而不仅仅是咪咪本性黏人。咪咪心明如镜，也分外懂事，当珠月需要她时，她哪怕在打瞌睡，也会爬到珠月的腿上。以往珠月以为咪咪爱黏人，现在才知，咪咪心里说不定在想，不仅仅是我需要你，我也知道你需要我。你需要我时，我就立即来了。无怨无悔的。哪怕在打瞌睡。多懂事的咪咪啊。你以为她只会黏人吗？她也知道你会需要她，而且她愿意立即来到你身边。

珠月在打字，咪咪理所当然地躺在电脑和桌子的边沿之间，咪咪几乎有四分之一的身子躺在桌子外面，她蜷缩着身子，有一阵几乎把头靠在珠月拿鼠标的手上，珠月手动了动，咪咪赶快把头仰起，珠月对咪咪说："躺下，躺下，就把头躺在我手上。"咪咪重又把头躺在珠月的手背上。珠月想，咪咪好可爱啊，虽然这点地儿很窄，她也要和人在一起，和珠月在一起。咪咪那个样子简直雍容华贵，不卑不亢，看得出来，不仅仅她黏珠月，而且表示明白珠月也爱她那个样子。

想到这里，珠月都有些惭愧了，咪咪的体贴让她似乎感到了自己有些时候太自私了。叫咪咪来睡到腿上，好不容易咪咪安稳地躺下了，有时好不容易安稳地睡着了，你不是要上厕所就是要喝水，或者要去睡觉，去开门，去拿那个放在较远地方的遥控器，或者到另一间房拿个什么东西。咪咪就得乖乖地从你身上爬下来。特别是有时候咪咪才在腿上躺几分钟，你又有事了，连你都不好意思了，都觉得对不起咪咪了，可你仍然还是要去喝水或者上厕所，不能像女儿一样一动不动地坐上几小时，让咪咪好好地睡一觉。那时，女儿会叫珠月去帮她拿东拿西，要上厕所的话她就忍着，直到忍无可忍时才起身去上厕所。

珠月昨天还在想，她每次走到咪咪身边去看她，即使她正在睡，她也会让眼睛睁开或眯缝着，咪咪的警觉性真够高的。没想到第二天珠月去看睡着的咪咪，破天荒地发现咪咪没有睁开眼或者眼睛眯条缝露出眼白，咪咪睡熟得嘴都有张开的迹象了，整个身体处于极端放松的状态，四只腿很放松地舒展开。好像她知道珠月昨天的心思似的。这是咪咪来到珠月家一年了第一次珠月走到睡着的她身边她没有醒来。珠月想，咪咪真可爱啊，真可爱，此外她没有别的语言来表达自己对咪咪的喜爱之情。她看着咪咪那柔软的身子整个地放在沙发上，她那酣睡的姿态，珠月脸上忍不住露出了笑容。她喜欢把咪咪抱起来甩着，就像甩着一个小孩一样，咪咪并不挣扎，并且渐渐习惯了这种甩，后来竟有些享受这种甩了。后来甩了之后，珠月似乎能感受到咪咪温柔的眼神，她见珠月给猫粮时似乎也不像当初那样急得要跳到珠月的身上了，她似乎很体贴地只在珠月的腿边温和地转着、闹着。

当咪咪听到手机里传出的铃声时，她以为是门铃响了，她从床上飞奔下去，朝着门的方向颠儿颠儿地快速跑去，当咪咪走到半途上时，猛然回转头看着坐在床上拿着手机的珠月，似乎发觉铃声不是从门那儿传出来的，而是从珠月手里传出来的。珠月手里的铃声停了，咪咪的头又猛地抖了一下，再看看门那边，义无反顾地走到珠月坐着的房间来，又理所当然地跳到床上那块浴巾上蹲着。珠月看着咪咪可爱的样子，直说：“咪咪真聪明，真可爱。”

昨天一天都没猫罐头给咪咪吃了，咪咪晚上见到女儿回来，跳上跳下的，好像在提醒她们没猫罐头吃了。白天咪咪急着让珠月给她猫罐头吃，让珠月躲避不及，已经三次踩到咪咪的爪子了。每次珠月去冰箱拿猫罐头时，咪咪那个急不可耐兴高采烈的样子！她吃猫罐头时头直点，就像猪吃食时一样贪婪。现在，珠月看着咪咪可爱疑惑的在半途中的眼神，她想，咪咪这么有灵性，为什么对吃猫罐头那么感兴趣？她应该不会那么馋那点猫罐头。珠月自想有灵性有神性的动物对吃一般都不会有很大兴趣。

咪咪这次比上次表现理智多了，她似乎知道这样的日子大概是有的，说不定什么时候就有猫罐头吃了。上次一个多月都没有猫罐头吃，后来不就有了吗？看来只有耐心等待，说不定主人什么时候就有猫罐头给她吃了。上次咪咪为了让珠月给猫罐头吃，她甚至谄媚似的舔着珠月的手，又咬着珠月的手指，不过没有像咬老鼠一样咬。这次，咪咪没有太温柔地舔着珠月的手，只是咬着她的手指，也没有像咬老鼠那样咬。珠月知道咪咪在提醒她了，得给她猫罐头吃了。珠月还没在网上订，在网上订的一套手续很麻烦，女儿周末才有时间去充值支付宝，再在网上买。

余馨每次给咪咪订猫粮时特别上心，就像是给自己订吃的，想到咪咪可以吃上猫粮了，女儿也像过节一样。她仔仔细细地在网上搜寻，总能找到价廉物美的猫罐头，咪咪每次也是像猪吃食一样特别爱吃。女儿想，有钱给咪咪订猫罐头了，得好好地在网上搜搜找找，终于找到一款满意的猫罐头才订下。她每次花的时间大概是三四个小时，其实只要半个小时就可以搞定，女儿喜欢慢慢找，她觉得那是一个很享受的过程，有时已经找到，决定了订那一款，她不慌着买，继续找，最后再转头买那款其实心里早已确定了的猫罐头。买下猫罐头后，女儿想到咪咪又可以好好地吃几个月美食了，她那时放松的样子比自己吃好吃的零食还要惬意。

珠月的工作差不多要定了，晚上梦见了因颉的眼泪。第二天珠月发现咪咪的眼角边竟流出了泪水，这是珠月第一次看见咪咪流眼泪。珠月想，昨晚开空调，咪咪是不是感冒了？珠月观察了一天，咪咪并没病。晚上竟然梦见咪咪很瘦，病了。难道珠月的工作定了，咪咪就会病，就会流眼泪，难道这就表示着珠月不能和因颉走在一起？这是什么道理？如果因颉想娶珠月，他应该会和珠月说，不管是现在还是未来。珠月不管在做什么，她都不会不听因颉的召唤。上天，这是什么意思啊，让珠月没工作，又让珠月没生活来源，又没听见因颉说要娶她。难道她不应该找工作吗？可珠月晚上梦见因颉的表示着遗忘和分别的眼泪，白天看见了咪咪的眼泪。咪咪一直都站在因颉那边。难道因为因颉喜欢猫？还是因为因颉的空间里有一只猫，那只猫跑到珠月家来了，她就附在咪咪的身上？

当珠月看见咪咪的眼泪时，她一点也不感到惊奇，好像这是她醒来后预料到的事情。她赶快抱着咪咪，仔细地看着咪咪，果然发现了咪咪的眼泪。因为晚上她梦见咪咪瘦了，病了。珠月不懂自己为什么不能有工作，有工作，她就不能和因颉走在一起吗？关键是因颉不开口，上天知道他的儿子不开口，他要珠月沦落到无饭吃的地步，然后再去得到因颉的帮助吗？为什么不让珠月更有力，这样她更能帮助因颉呢？珠月只要有工作的好消息，上天就会为因颉担忧了，难道珠月只有没工作，才能走到因颉的身边吗？可因颉都没说话。好像珠月的工作与因颉是对立的关系。她仿佛听见佛祖说，你曾求佛保佑你和因颉走在一起，现在又求找到工作，难道能随便变吗？珠月想，佛祖啊，这有什么矛盾吗？难道因颉不要我工作吗？他愿意娶我吗？因颉有老婆，他爱他的老婆，难道佛祖不知道吗？珠月在家里本可以静心等待命运的安排，可母亲为她工作的事都急病了。比起因颉所受的灾难，珠月想，我是欠了债的，妈妈不知道，谁也不知道，珠月只等待着命运的安排，等待着因颉的心愿、祝福，随便是哪一种，她都会安然幸福地接受。可是事情就像悬浮在空中的一个漂浮物，迟迟不能落定，珠月找工作已有几年了，事情应该有一个分晓，不管怎样。

现在咪咪似乎已成为一种灵物，更多的时候，珠月还把她想得与因颉有关，因为因颉的博客里有一只猫，珠月就把咪咪想得与那只猫有些联系。当珠月这样想的时候，咪咪似乎真的带上了那只猫的灵性。大多数时候，咪咪在梦中暗示的不仅仅与因颉相关，一些事情就通过梦中的咪咪来暗示。

珠月把床尾的浴巾洗了，咪咪晚上不知道自己睡在哪儿。她来到房间转了几圈，“喵呜”“喵呜”地仰着头叫着，似乎在问珠月：“我睡在哪儿?”珠月暗笑着，又有些不忍，觉得咪咪好可怜好可爱，她仍然躺在床上看书，她想，也许咪咪会到沙发上去睡，这样也好，咪咪的毛天天掉得屋里到处飞，弄得珠月天天揉眼睛，她担心会对眼睛有影响。汉文帝的皇后窦氏不是因为驼毛进了眼睛让眼睛瞎了吗？过一会儿，咪咪进来了，她竟直接跳到床上，呜呜地叫着，向珠月询问她该睡到哪儿。珠月赶快把另一条浴巾铺在床尾，咪咪就顺着珠月铺的浴巾躺下去。刚才珠月还在想，猫喜欢黏人是不假，可是咪咪也觉得人需要她，如果人不需要她，她也很知趣。当珠月想到咪咪很知趣时，她的心里疼了一下，咪咪宁愿每天晚上被珠月打扰着睡不好，她也要陪着珠月睡。只要珠月一翻身，或者开灯拿着书翻着，咪咪必然醒了。她睁着眼睛，有时甚至郑重其事地前腿蹴着，眼睛瞪得溜溜圆，做出专门看珠月的样子。珠月这时就想笑，是那种开心的来自心底里的笑。她看着咪咪，笑着，就像咪咪看得懂她的笑容，她在心里说："傻咪咪，你只管睡你的，你怎么那么警觉？"咪咪不看珠月了，她一心一意地舔自己的毛，动作简直可以说得上是迅猛。记得咪咪初来的时候，她舔毛是很文雅很轻柔的，慢慢地，有可能是咪咪的体力变好了，咪咪大了，有气力了。忽然有一天，珠月发现咪咪舔毛的动作特别大而迅速，她当时还以为咪咪在做什么她不了解的事，没想到她是在舔毛。咪咪舔毛时，闭着眼睛，一心一意，全神贯注，就像在做一件正儿八经的事业。珠月想，咪咪为什么对舔毛这么情有独钟，如果咪咪对她能够再有多一点的沟通表示，即使咪咪会笑，会忽然说出人话来，珠月也不会觉得奇怪，她觉得，那样会比舔毛有价值得多。

第五十一章

珠月结婚生孩子后，当她感到自己被背叛或者终将被抛弃时，她常常想到的一个逃避的地方就是到远方去。她写道："我要到远方去，像鸟儿一样飞翔，也许路途中会遇到饥饿、压迫、风雨雷暴，我不会畏惧，我要让自己彻底地贫穷，一无所有，这样我才可以携上我的孩子走，走得远远的，走到天涯海角。有一个孤魂，那一定是我的身影，在伴着黄昏独唱。我的声音永远是最凄惨的最悲凉的声音，因为我生来就是一个孤魂野鬼，注定了要在荒漠独翔。我是孤独的，或许我不该带着那雏鹰，我的孩子不该同我一起孤独。也许我真该长歌当哭，美好纯洁的面孔在这个世界上碰的全是灰尘、煤渣，我该躲到另一个世界上去，本来，我是纯洁无瑕，现在我的心灵也似乎染上了黑点。也许只有变得冷漠不仁，心才会安宁。我要躲到田园里去，躲到童年里去，让唯一的求知、唯一的劳动欲望占住我的全部。"她想到一个无人认识她的地方去，她不知道自己怕什么，难道远方就没人吗？多年后，珠月看到自己写的日记，觉得自己有些幼稚和奇怪。那时的远方到底是什么地方，什么意思，她只想躲避伤害，好像伤害是可以躲避的。

珠月宁愿自己踩着荆棘，也不愿看到别人和她一样踩着荆棘，宁愿自己身负柴火和重担，也不忍看到邻村的小孩和她一样身负柴火，她把自己吃的馒头给烧砖匠的女儿，怜惜她九岁都未能上学还要带着弟弟上山摘茶，却不知道自己十一岁就跟着母亲挖山，别人会可怜她。她八九岁就开始赤着脚踩在石子上，烫起了泡和血，为了一根柴火拼命地往煤堆上爬。再苦的童年也是快乐的，美好的。小时候是那么爱哭，爸爸说她眼泪不值钱，爸爸只要声音大一点，她的眼泪就会抑制不住地往下掉，长大了，她的眼泪比什么都珍贵。

连月从没那种想到远方去的想法，她说，反正我就这点本事，哪里都不去。

珠月很奇怪自己想要带着孩子一起去远方的那个念头，到底出自哪里，哪里又是她要去的远方。每当那些年她隐隐感到自己的婚姻有危机时，她的日记本里最常见的避难所就是远方，远方真的能保护她吗？

昨晚做梦，一种浓重的忧郁袭击着她，她怀疑自己是否得了忧郁症，忧郁症的人还能这么开朗吗？开朗的人就不感觉绝望吗？珠月已是切切实实地感觉到了绝望。她知道自己需要找一个依靠，爱情的依靠，不是相思相望，如果相思真的管用，她不会多次濒临绝望边缘。她需要生活，她整天把自己封闭着，仿佛与世隔绝，她早就已经没有生活了。没有生活的人终会绝望的。只有生活的烦琐和平凡才能干扰灵魂的绝望，生活说到底就是被烦琐、忙乱干扰的过程。后来珠月才发觉这种干扰是每一个人救命的法宝，特别是对于那些爱思考的人。如果生活不被柴米油盐、生儿育女干扰，人最终会堕入孤独绝望之中的。晚上，珠月又回到了那种孤独绝望到底的梦中，找工作的烦恼、忧虑已经有几个月打断了她的无事无聊以及没有家庭生活带来的忧郁绝望，可绝望的感觉又袭来了。

珠月害怕那种活不下去的感觉，那比饥饿、贫穷可怕百倍。那比什么都可怕。她宁愿永远都在疲奔中，她也不愿那种感觉降临。人需要忙碌来冲淡感伤，绝望会让她的感伤加上一层霜。

珠月在 A 校读书时有一次到余清那里去，余清说："我好久都没背我老婆了，来，我背背你。"珠月连说"背什么，背什么"，却已经不由分说地到了他的背上，她在他宽阔的背上感觉真好，一股暖流慢慢潜入她的全身，所有的怀疑和痛苦都被它冲得远远的。烦恼和猜疑就像泥沙一样沉积在血管里，只要没人去唤醒它们，她永远都不会去翻搅它。珠月在余清的背上拼命地叫着"下来，下来"，捶着他的肩，弄得他跌跌撞撞，其实，她心里却想在他背上多停留一段时间。自从珠月来到乐城后，她一直都有一种隐忧，她担心他们相处的时间不长，不知是人在这个世界上的分离还是人不在这个世界上的分离，总之，她有一种莫名的担忧，可能是来自她朦朦胧胧感到了余清的一些情况，而且余清常常无意中说过几次"木已成舟"的话。珠月的这种情绪也感染了余清，让他一直都以为她要离开他。

余清睡在床上，大概做了一个噩梦，醒来后，连说："我杀人了，我杀人了。"听他的语气并不是那种摄人心魄的恐惧，而是一种仇怨未消的嫉恨。她抱着他，安抚着他颤抖的右腿："你怎么啦？"他忽地坐起来，扭亮了灯，死盯着珠月的脸说："我梦见一个人要抢走你，我杀了他。"她看着他装作听不懂似的："谁会看得中你老婆？""有的人约好了老了离婚。""什么意思？""我只觉得你不是属于我的。""那我是谁的？""你是那个最爱你的人的。""谁最爱我？""我不知道。"他们就这样一问一答着。余清不耐烦地扭熄了灯，不看她了。她握着他的手，把它习惯性地放在胸口。余清常问珠月："谁最喜欢你？"珠月说："没人喜欢我，要是你不喜欢我，就没人喜欢我了。"余清不信，或者是半信半疑。

早晨起来，珠月忽然问："坐飞机要身份证吗？"余清说："当然要。""我忘了带身份证来，身份证放在学校了，只带了学生证。"余清一听，顿时变了个人，"你这种女人，跟你没话说。"珠月委屈地坐在床上，心想飞机票五百元一张，两张一千元，心里有些急，她披头散发地坐在床上发呆。余清见珠月不说话，把她一推，好像很气的样子。余清开车一个多小时和珠月一起到学校拿了身份证。珠月觉得余清很差劲，我又不知道要坐飞机，即使身份证没带在身上，也不值得你那样。他们后来问机场办事人员，没想到说学生证也可以。余清见到珠月有些什么事情做错了，就故意大发脾气，先发制人，把珠月压倒。他故意先声夺人地让珠月感觉自己错了，好像自己输了理一样。这是珠月后来才领会到的。越是这样，珠月心里越是看不起余清，越是不想和他争辩。

珠月想，你不信我，就说明你对自己的感情不自信，说明你对自己的真诚和付出不自信。珠月相信自己对余清的感情，她反而会因此相信余清。这是一个看似荒谬的真理。人对对方的相信有时来自自己对自己的真诚的相信。他们用自己的真诚塑造的是一个真诚单纯信我的世界。余清并不认同珠月的这种饶舌的说法。她有次睡觉时要他讲故事给她听，她似乎很认真又似乎很诙谐的语气让他疑惑。他以前的一个女友曾经吹嘘余清每天晚上都要给她讲故事，这话传到她耳里，结婚几年，她从来都没提此事。她有一天觉得这确是一件很浪漫的事，可任凭她死缠硬磨，余清都不肯开口讲故事。似乎他敏感的心触摸到什么痛楚。那个时候，他很穷，找了一个在镇工厂工作的女孩，后来女孩调到城里就把他甩了。

后来余清和珠月走到一起，恋爱，结婚，生孩子，让他只记住一件事：他每天都在屈辱地做饭给她吃。一直到很多年后，他想起这件事都是心有郁郁不平之气，而她一点都不知道，她只记得她每天下班后很累。"那我当时在做什么？"她很气愤地问他。"你想想，用人在做事的时候，主人在做什么？”她从来都没想过这些，她目瞪口呆地看着他。

珠月想起有一次余清叫她站在阴暗的树下等他，她就乖乖地走了两百米站在那棵阴暗的树下，难道她见不得人吗？她为什么要站在那里？他过来了，对她说：“怎么叫你站在这里，你就真的站在这里？”她顿时委屈得眼泪都要流出来了。珠月想：“他一点也不爱我，一个人不会舍得这样捉弄自己的爱人，也不会让她一个人站在那里，他会让她紧跟着他走。”珠月那天一整天都在冥思苦想这件事，她有时把一件极小的事翻来覆去地想得翻了好多个跟斗。有时明摆是一件很大的事，她却大大咧咧地并不放在心上。她的脸暗得就像黑牡丹要滴出水来。她又想起四年前的那个晚上，她坐在外面一人高的草丛里很久很久，并没有人来找她。眼泪揩了还有，像永不枯涸的泉眼一样。那一晚她想到她是把眼泪哭干了，最后踉踉跄跄地走到余清临时租的房子里，她刚刚躺下，余清正好回来，此时，已是午夜一点半。余清站在楼下拼命地叫着：“珠月，把钥匙丢下来。”她假装睡熟了。等她听到钥匙坠地的声音时，她听到了他在那里很生气地喊：“怎么睡得这么死？”他想到她应该睡不着才是正常。因为是睡的竹席子，可能是竹席生了虫，她那晚身上痒得直想大声地哭，她怕她会被那些虫子咬疯。

直到凌晨四点多，她才迷迷糊糊睡着。好不容易睁开眼看一缕阳光透过窗帘，她像得救一般，站在镜子前一照，她像变了一个人。眼睛之泉因为流尽了水而干枯凹陷，鼻子上几点平常看不见的小雀斑也争先恐后地跳出来示威，最难看的是嘴巴尖尖的，平时心情好的时候，总给人一种很纯很痴的感觉。珠月看着镜中自己耷拉着的脸，秀气的五官似乎都站错了位置，显得憔悴可怜又丑陋。她把长长的如丝一般的头发紧紧地抓在手里，似乎要从地上把自己拔起来。她想，她也许从来就没进入他的心灵，他从来都没把她带在身上，他只是固执地爱着一种仇恨，才让他和她保持了这么久的婚姻。而她一直都是傻傻地如秋风扫落叶般地装满他。珠月写了一篇关于因颉和双翼的文章，准备寄到一个刊物，被余清发现了，余清拿着那篇文章，非常严厉地问：“是在认识我之前写的，还是认识我之后写的。”珠月说：“之后写的。”珠月不解余清怎么有那么大的气，那篇散文里都是可以公开的话，她没觉得有什么不妥。余清听到珠月的诚实回答，他的脸一下子阴下来，没有再说一句话。

珠月是一个喜欢笑的女孩，她嘴角和眼睛的清纯曾使许多男孩心迷，但似乎没有人真正理解她。

多年后，她看到一幅海子的照片，相片上的他就在那里咧着嘴巴近乎是傻笑。看得出来，海子是一个喜欢笑的开朗的孩子，自杀与笑之间没有关系。那些往往笑得最剧烈、最频繁的人，其实与个性有关，与他们思想深处的想法无关。就像一片叶子，你只知道它表面的脉络，却不知道它内部的营养运输。

珠月和余清刚在一起时，珠月看着余清裸露着上身，他的褐色的粗糙的皮肤让她的眼睛尽量避免正视，她正在想，这个男人难道就是自己的男人？她睡在床上看他给她的一张相片，那上面的他咧开了嘴在笑，露出了整齐雪白的牙齿，难道这就是他吗？她从来没看到他那样笑过。他笑起来似乎并不像他，倒像是一个她不认识的人。那天晚上，珠月端详着那张相片好半天，似乎从那张相片和她之间升起了一道雾障，把她和他隔得远远的。

珠月怀孕了，他们两个人加起来的存款只有一两百元，她只有上手术台做人流手术。余清起初把钱全部交给珠月，每月有二百元工资。虽然钱不多，珠月后来才知道这对于余清来说很不容易。他们家族的人都是各人把自己的口袋攥得紧紧的，谁也休想从他们那里拿去一分。他的姐夫吝啬得要命，他的姐姐病危，他还在那里装穷，说去想办法借钱，其实是他自己的钱。医院要他交二十元押金拿椅子，他宁愿整天站着。珠月从没见过这么抠门的人。她对姐夫说："姐夫，姐姐病危，晚上要人守着，没有椅子是不行的。"六十岁的姐夫还是犹豫着要不要交押金拿椅子，珠月说："我身上有二十元钱，我给你交了拿椅子吧。"

多年来，余清死死攥着他辛苦赚来的钱，心领神会地数着那些钞票时，他还是怕有一只眼睛在盯着他，分享他的钱。自从他开公司以来，慢慢地，珠月也似乎心领神会地从不问他有多少钱。一次，余清带了四千元回家，说是交给主人保管，她当时很有一番女主人的感觉。过后听说他花三万多元为他哥哥买一辆车时，她一个月都不想接他的电话。珠月从来不在意钱，够用就行。自从余清赚了钱，他什么都不和她说了。以前有些什么事他还会和珠月商量，后来他觉得没必要了。珠月很同情余清哥哥，她曾对余清说过，她希望能赚到钱帮助他。

珠月知道他已不是以前的余清了，至少不是全部的他，或者余清就是这个样子。他的视野在扩大，他的成功已让他急剧膨胀。珠月说："我只能做患难夫妻，在你得意的时候，我们有分离的危险；而在你最落魄的时候，我们会走在一起，我会更紧地和你站在一起。”珠月说这话时脸上有一股刚毅的神情，同时她的内心在涌动着一股委屈得想哭的情绪。珠月总是这样对他说，他并不相信她说的话：“夫妻就像林中鸟，大难临头各自飞。”余清在大部分时间把珠月当小孩，爱或甩。只是他经常会带着笑意地问：“珠月，你当初为什么会看上我？”对于他落魄时的朋友，他回家时总不忘去看他们，对于落魄时走在一起的妻子，他持一种怀疑的目光：“你为什么愿意和我结婚？”珠月说，可能是第一印象还可以吧。书上说，O型血人最重视第一印象。珠月还说，因为我觉得你有气质有见解。余清有些兴奋地说：“我都说了些什么了？我一点都不记得了。”余清不知道自己说了些什么让珠月觉得自己有见解，他也不知道自己有什么气质可以吸引珠月，他只觉得自己很倒霉，好像头上都长满了苔藓。

一个大学生在车间和初中都没毕业的工人们整天待在一起做事。他的手掌已经因为不耐烦被机器撕去了很大一块皮。珠月看着余清的那种状态，她就想起读书时老师讲的一个屠夫的故事。一个屠夫因不满意自己的职业，有一天屠刀竟不小心砍向了自己的大腿。珠月对余清说：“是卧龙，总有腾飞的时候。”珠月不好意思把余清比作那个屠夫，也不好意思问他手上的疤是怎么弄成的。她没有给他讲那个屠夫的故事，她是从别人那里得知他手上的疤是因工作时粗心被机器挂了的。

结婚三个月，余清就到南方去了。那时候，全国工厂改革，因为要交二千多元钱，他们拿不出来，亲戚朋友几乎都是穷人，余清只好办停薪留职到南方去寻找谋生之道。初去南方的一二年，他们彼此都收到了对方的一摞信，其中在一封信中，余清用了一句诗人般的语言：“我会努力，为爱妻和孩子撑起一片蔚蓝的天空。”余清写信一般短如电报，毫无文采，看到这句话时，珠月的眼前似乎已是满眼蓝天。当余清刚开喷漆厂告诉珠月每月可以赚一两万元时，珠月当时眼前就像闪过一道五颜六色的彩虹。钱对于一直贫穷的她来说，似乎是从天上降下来的。小时候，每次下雨后，珠月总希望能看到彩虹，在她的意识中，没有比彩虹更美丽、更动人、更绚烂的人间事物了。正因为彩虹不是属于人间的，所以没有一种人间事物能与彩虹相比。是因为彩虹的虚幻，她的弯弯的曲线，她的七彩的完美，她娇翠欲滴的雨中长影，海市蜃楼般的幻想，总之，珠月认为，彩虹是仙女变的。她仿佛看见有一个仙女在彩虹的这端走到另一端，手中似乎拿着汲水的瓶子。

第五十二章

珠月后来觉得她从小就与众不同。她曾在干活累了的时候仰卧在黄土上睡觉，把大地当床，把眼泪滴到泥土上。顶着酷暑，她一把一把地割黄豆，一锄一锄地挖地。她是妈妈的好帮手。“珠月，珠月，你最乖，你最懂事，你不吃好的，专拣坏的吃，冷天你冻坏了手，你把鞋子脱下给妹妹穿。”珠月似乎听到有人在她的耳边唱，把她唱醒了。她睁开眼睛看见白云正在她的头顶飘过，妈妈正在翻苕藤，她擦着小脸上的汗，赶忙爬起来跟在妈妈的后面翻苕藤。当珠月看见山底下那个烧窑人家的女孩吃红苕时，她觉得红苕正在以无可替代的美味占据她的心田。

下雨了，村里的人都从山上下来躲雨，都躲在玉莲家的草棚子里。玉莲的爸爸拼命地给泥砖盖尼龙布，她的妈妈在照看她不到一岁的弟弟。村里的序文伯父最有文化，他读过很多年的私塾，他正坐在锄头把上谈古论今，谈到村里谁将来最有出息时，他毫不置疑地说是珠月。珠月才读小学五年级，他何以见得？可能是珠月的神态与别的孩子不同。他说这话时，没有一个人表示反对。珠月从小读书就有名声，再加上她一天不做事连饭都吃不下，整天不是学习就是做事，村里人早就把她看作与别的孩子不一样了。

余清从来没觉得珠月有什么不同，要不，他们不会走到一起。余清看着珠月，就像看着一幅平面画，没有令人激荡的美丽，却有潜伏的不为他所知的内容。“你的小脑袋瓜怎么那么聪明？”余清总是问珠月，含着深意地笑着看她。“怪不得那么多男孩子喜欢你。”珠月猜想余清肯定又想起另一个人。那个人成为她灵魂的影子，是在不知不觉中、不算短的时间内凝固成的。余清犀利的目光在有些时候似乎比她更了解自己，仿佛透射到她内心的深处。

那时，总在珠月痛苦绝望的时候，她就想找一个人。她不是因为身体的寂寞，更不是因为复仇的愿望，她想去找他，只是因为他就是她。她需要和自己的灵魂交谈，她的寂寞需要一盏灯光，她的绝望需要一个肩膀。那个人是一个曾经对她说过“你是我”的男孩。她听到他说“你是我见过的最特别的女孩”“你就是我”，他说完就走了，珠月从此好长岁月都没见过他。每次梦中她都头戴红纱巾，有舞曲响在较远的地方，就是没有人走到她的小屋来。那个叫因颉的男孩的一句话让她傻傻地等了很久，她从来都确信，一百分地自信她从来都没失去过他，因为她对他的信任来自她对自己的爱的坚定。

人类都有一种自恋的倾向，珠月也有，连班上一个最不喜欢说话的女生都认为她是孤芳自赏，虽然她说珠月是她的偶像。珠月爱自己，连同自己的苦难，她从来都没对因颉说过，而梦却就像早知道她的一切经历似的，对她深有理解似的笑着，迎合着。因颉看着她手指切猪草留下的疤痕，就像看着自己的未来一样胸有成竹。因颉说他注定是一个到处走的人，因为他的梦想在远方，是天空的梦想，他只能永无止境地走，要不，他会因为承受不了爱情的馈赠而羞愧死亡。因颉就像珠月的一个影子，走在她的心中，投影于她的血管壁，每当她走到悬崖的时候，总是他的影子在敲打着她的肋骨：“你还有我呢，我每时每刻都在注视着你。”“唉，我的眼睛因为盲目已经关闭，我什么也看不见。”“不要说了，当你灵魂的另一半还不想坠下深岩时，你的毁灭意味着我的残缺。”珠月看着自己的胸口，仿佛真有个人在那里。

从上一次离开后，珠月都没听到过因颉的任何消息，连电话都没有。她很喜欢因颉曾寄给她的一张明信片，上面有一个女巫，裸露着乳房，披头散发，却并不狰狞。她的脸部青春饱满，任意涂了一些色彩，使她看起来既像女巫又像女神。她不知道这是哪个名家画的还是谁任意涂抹的，她感觉得出女巫的叛逆和自由的手臂，当珠月看着自己的胸部和手臂时，仿佛那张明信片上画的是她。在十几年前的一个中午，当珠月正在吃饭，听到有人在说话时，她手中的筷子使劲都握不住，她干脆就不吃了，心脏响个不停，她只有坐定，以免自己的心脏会跳出来。她那时是这样的，她喜欢他，但不接近他，她认为她的远离对别人是一种幸运，因为她一无所有。当她爱一个人的时候，她把他当成自己，她对自己有时又异常随意甚至刻薄。

她躺在床上问自己，这个问题来自余清的提问：“你为什么对别人比对我还好？来了客你异常热情，好东西都给别人吃。”珠月想，她为什么爱她的丈夫和孩子，却对他们是那么随意？她难道不爱自己吗？她却总是苛刻自己。她最爱的就是她珍藏在心底最深的，她等待的是时间，她喜欢的是时间，把时间揉在自己的胳膊里，与它一起背负重担和享受欢欣，而她的丈夫和孩子就是她的时间，她心里的影子更是她最长的时间，她不急于去和他们一起唱歌跳舞，更不急于去为他们准备早餐和洗鞋子。她等待着自己在最漫长的时间里，在最关键的时刻把自己分割给他们。当她找到这个答案时，她不能这么告诉余清，余清肯定会横眉冷对。余清见她没精力、不热衷做饭或者没有把某一件家务事做得十全十美，认为她是一个不会生活的人，他说，那我就和你一起睡懒觉吧。

不用吃早点，这哪是生活？珠月已经在A校养成不吃早点的习惯，余清认为早餐哪怕就是吃一口饭或者一口面也是吃了，真正是一口。珠月认为那是形式。余清无可奈何珠月，他认为珠月不适用。他越来越把珠月当作他生命里的一个致命的杀手锏，似乎她最终会拿刀去刺他的心，要他的命，只要她一有动静，他便全力以赴对她吼叫，保护自己。只要余清一开始保护自己，珠月就会心疼他，仿佛她就是那个不吉利的飞转的圆盘，她会砸在他的脑袋上，而不是砸在任何人的脑袋上。其实她百分之九十几的时候都是牺牲品，她常常又会忘了自己的苦难，而同情于别人的苦。

珠月给余清取了一个名字，叫板儿，珠月说这个名字很憨，就像第一次看到余清时的感觉。它很坚实，就像他的手和胸脯，它像他的笑容，灿烂而狡黠。它包含有青石板、小石子这之类的意象。记得她当初给他取名字时，他频频点头，个个都满意，最后她给他取的名字让他的脸都变红了。余清连连说：“多谢娘子了。”余清走到窗前拉开窗帘，一缕阳光照在她兴高采烈的脸上，算是对她的报答。

在泉城时，夏天，余清回来了。珠月一年只能见到他两次。她蓄足了所有的期待，只等待着那可怜的几天。就像一个人把电池充足了，只等着在最黑的时候拿出来用。这一次他瘦了一圈，脸上的眼袋也若隐若现。他连说：“老了，老了。”她满心盼望着春宵一刻值千金，不知为什么他怎么也达不到高潮，他一脸的无奈，她抚摸着他宽阔的背。坐在沙发上，余清对女儿说：“宝宝，爸爸和妈妈一个人住一套房子行不行？”四岁的女儿说：“不行。”“我就住在对门，你看我们家对门的房子还没人住呢。不行吗？”当时对门的房子正好还没卖出去，他的宝宝一脸不解地说：“为什么呢？不是都可以看到山吗？”余清姨妈在边上直唠叨：“你就没好话说。”他们都笑了。

珠月让女儿亲她的爸爸，又送他上车。她有点恍惚，她说不出那种模糊的感觉，她知道也许是余清已经对她没有爱了，或者余清真的怎么了。她不知道。她觉得他的高大在他来说就像是一种跌倒，她心疼他如一块豪华玻璃一样的碎裂声，她宁愿那声音是从她自己身体发出来的。这种湿抹布一样的感觉让她既难受又崇高，她仿佛看到风雨飘摇之中，她一程又一程地送他，挽着他的胳膊，把手插在他的裤腿口袋里，像恋爱时一样，她的脸上将会露出真实的幸福的笑容。

日子照样地过，经常有一些喜欢管闲事或者关心珠月的人问她：“你放心你老公吗？”她心里其实有很多怀疑，但她嘴里却说：“我又不能带着望远镜、监察镜天天守着他。”她心里知道，就是给她一个追踪器，她也怕去追踪，她没勇气，她知道他是经不起追踪、经不起考验的。别说追踪，珠月知道就是跟在他的屁股后面，余清想做什么照样做什么。

这么多年来，余清其实心里还是有珠月母女。他一天一个电话，或者一天三四个电话。珠月下班回家后第一句话就问姨妈：“余清打电话来了吗？”余清的电话就是定心剂，凭着这一天一个电话，珠月的脸上饱饱满满的，没有出现老态，她知道余清，至少是一个还不能轻易抛下她的男人。不管怎么样，他让她的脸蛋充满了水分，头发乌黑发亮，遇到她的人都说她比以前漂亮多了，就像一个十七八岁的少女，而她的十七八岁就像是昨日营养不良的黄花。这么多年，她到余清那里去的次数屈指可数，虽然每次去都像到地狱里去了一回，幸亏去得少，地狱印象自会被平常的生活冲淡。

枝子初中毕业没考上高中，因为有亲戚在泉城工作，慢慢地她就到市里做些临时工的事，后来自己贷款承包了一个酒店，她的老公也是她到泉城打工认识的。枝子承包的酒店生意很红火，每年有百万元纯收入。枝子穿着很时髦，儿子已结了婚，孙女已经有一岁了，她自己看上去只有三十多岁。比起她的那些考上中专、大学的同学，枝子看起来比谁日子都过得好。

枝子和她的老公两个像鹰犬逐兔一样只要谁不在家里，他们就要满院满城去找。最终在一次出差回家的晚上，枝子发现她的丈夫根本就不在家。她就到处去找，发现在花坛石凳子上有一男一女，那一个男的很像她的丈夫，枝子怕确定是自己的丈夫，站在那里瞅了很久，她什么也没说，又回家了。

枝子甩甩她的头发，哭着对珠月说："你不知道那个女的有多老有多丑，我真是想不通。其实我的伙计是很爱我的，他只不过是一时糊涂而已。我才出去半月，才半月，你呢？你老公在外面都五年了，你的心怎么那么宽？"枝子一直爱把她的丈夫叫成"我的伙计"。珠月笑说："你怎么那么气？只许州官放火，不许百姓点灯？你以前不是也跟我说过你的婚后浪漫史吗？"枝子顾左右而言他地说："我都恨不得把他杀了。"珠月记起一个同事对她说过一句这样的话："男人如果每天给你打一个电话，一定是在外面有鬼，对你有愧疚。"珠月心里明镜似的，她不想让自己的明镜上再蒙上灰尘，即使是在水里看月亮，她也希望月亮是清晰的。

珠月听见枝子这么说后，她胸有成竹又有些疑惑地笑了笑。她最怕的是别人说要告诉她什么消息，那个消息是关于余清的，或者是谁看见余清和一个女人挽着手走在一起，或者谁听说余清在外有女人了。一次一个老乡神秘兮兮地向珠月招着手说要告诉她一些秘密，珠月心里咚咚直响，是不是余清在外有女人了？等到她走到那个老乡面前，那个老乡对她说："听说某某贪污被派出所抓去，可能要坐几年牢呢。"珠月听后松了一口气。谁贪污不贪污她倒不关心，她那时最关心的是，会不会有一天有人来告诉她余清在外早就有了女人。

女人的直觉都是非常准的。珠月整天像无事似的快乐，她知道这个快乐是自己给自己的，如果她想不快乐，她有一百个理由愁死。她总是避免让自己胡思乱想，这样自己会更单纯些，会好过一些。她曾经一想起种种假设，她就无法做任何事情，她的脑子就只剩下一个巨大的"0"。她曾抱着四五岁的女儿，久久地看着她，她会不会没有父亲？这些噩梦似的想法在几年来一如既往的电话中已彻底退得远远的。仔细想起来，她有时问自己，我到底爱他什么？"电话"，绝对是这个词蹦出来，一年三百六十五天，每天一个电话把她的生命傻傻地与傻傻地还丢不下家的他连在一起。余清开始以为珠月不太在乎他，他故意三四天不给珠月打电话，珠月仍然不去询问。虽然珠月心里急得要命，可她更害怕发生什么她意料不到的事情。打不通，没人接，她就会胡想，还有更可怕的，万一听到女人的声音怎么办？后来，余清就像每天必须要完成任务一样给珠月母女打电话，珠月似乎连打不通没人接的担心都不用去想了，余清总是要打电话过来的，我就不必要给他打了。

因颉来看珠月了。因颉给珠月打电话，珠月正在上班。那时珠月看起来过得不像已经早就失去幸福或者说家庭，其实她心里很明白，一件不是很大的事都会让家庭随时破裂，余清似乎还没找到一个合适的借口。枝子说：“你太善良了，太好了，太完美了，要不，我看余清一定要找你的茬离婚的，现在他还找不出。”珠月已经在慢慢地习惯让自己变得独立起来，不管她到时面临什么，她都能平静从容地面对。珠月曾说服余清投资八万元给亲戚做生意，亲戚因急需钱投资允诺赚了钱会有一些分红给余清，亏了的话，本钱仍然还给他。后来听说亲戚亏本了，珠月非常担心钱要不回来，其实她最担心的是余清肯定又会一阵咆哮，余清说这是保命钱，他会不会因为恼怒要和她离婚？她在心中祈祷亲戚一定有钱还给她，钱最终还是要回来了，那个亲戚投资了一个几千亩的森林公园，只是一时资金周转不灵，珠月心中侥幸地松了口气。

因颉的到来让珠月脸上充满着不自觉的笑意足足有一个月，科室的同事看着珠月每天春风满面，就像在谈恋爱，都用猜度的目光看着珠月。科室陈医生和珠月比较谈得来，他发现了珠月近一个月来时不时就会独自微笑，走路的脚步变得轻快了，本来就很勤快的珠月更勤快了，脚勤手勤，帮这个同事量血压，帮那个同事查体温，都不用拿本本，几十病人，全凭记忆，她认为自己记得清清楚楚。陈医生有天仔仔细细地看着珠月，不无醋意地说：“最近有什么好事？在谈恋爱？”珠月说：“没有，怎么会？”陈医生上夜班时总和珠月一起谈天说地，对彼此都比较熟悉。

岳医生有天和珠月上夜班，死了一个病人，家属要打官司，而且也真的打了。那晚正是下雪，刚上班不久的岳医生半夜给金主任打电话，金主任在电话中指示了一些用药，那位病人却是出奇地狂躁，按照金主任的用药仍然没有止住。岳医生又给金主任打电话。金主任平常不知有多么负责任，每天晚上都要来科室几圈，可以说是以科室为家。那天可能是天气太冷，下从未见过的大雪，也可能还有一些别的原因，总之是金主任没来科室。只要金主任来了科室，即使病人死了，家属也不会扯皮，关键是金主任没来。病人家属不认别的，只认主任来没来。珠月坐在煤炉旁，仍然感到后背一阵冷飕飕。外面雪花飘飞，金主任在电话里又指示了一些，不知怎么也没来科室。第二天中午，那个病人死了，病人的子女就扣住治疗的问题，说是用安定药过量。只要一个病人死了，总是会抠出问题来的，除非不死。官司打了一年多，最终医院陪了七万元才了结。金主任在官司打完之后调走了，年轻的岳医生也几乎是身败名裂。珠月每想到自己亲历的这事都会唏嘘不已，外面不知道的以为金主任是个不负责任的主任，金主任看着科室，就像看着自己的家一样，休息、晚上都要来兜几圈，偏偏那天半夜他没来科室，晚上还来过，病人是半夜来的。家属就抠这点，病人这么重，第二天都死了，主任怎么不来看？面对这件事，金主任从不辩驳，他似乎很承认自己的过失。不像年轻医生，他可以说他请示了主任，也不像珠月，反正她是按照医嘱做的，金主任，连院长都为他慨叹，他真不该啊，把自己一世的英名都毁了。医生哪怕一辈子做得再好，再出色，只要出一件事，保管这辈子完蛋。在医院里，大家都心照不宣地知道这么一个不成文的事实。

科室秋医生在一晚上六个病危病人的情况下，整晚都没停，也没瞌睡一下，第二天早晨一个上消化道出血的病人去世了，这是秋医生没想到的，这个病人没告病危，晚上的重点自不在他身上。一大早，病人意外地大出血，立即输血，病人终究因出血过多，手脚冰冷，休克而死。这个病人的家属不能忍受病人忽然死亡的事实，立即就把病历抢走。只要病人死了，总会在医嘱、病情记录里找出什么不对的。本来那年秋医生该提主任了。他平常温文尔雅，对病人是出奇地和蔼，他是科室对病人最有耐心最和气的医生，也非常负责任。这件事发生后，秋医生只能慨叹自己运气不好，从此别说当主任，在医院里都感到自己抬不起头来，他后来也调走了。还有一位说话嘈嘈吵吵的医生，在门诊抢救一个二十岁的支气管扩张病人，当时还有一位心脏病的老年病人也在抢救，后来那位年轻的死了，那位年老的倒活了。那位曹主任无意中冒出一句："该死的没死，不该死的倒死了。"那个死去的病人的家属就扣住曹主任这句话，说明他的孩子是不该死的。那位"该死的"家属当然也不会补偿曹主任什么，那位"不该死"的家属就要曹主任给出说法了。最终他们要曹主任围绕着尸体走三圈，从此曹主任也是名声不咋好，不过，他并没调走。后来只是就没在临床上做了。每次遇到抢救病人，曹主任比病人家属还要急，护士看着他急，都不知道怎么打针了。他在旁边又是叫又是喊，声音急促，脚步凌乱，一点也不像一个胸有城府有经验的医生。

第五十三章

珠月到A校读硕士，来到乐城，暑假到余清那里去住。当珠月提着菜出出进进在那栋余清租来的楼房里，她很自豪，她是唯一出入这所楼房的女主人。当她走进余清的公司时，她似乎觉得那公司与她并无多大关系，还不如走进一个熟人的公司，她坐在那里更自在。她自此很少到他的厂里去。珠月从没听见余清说爱她，她曾要余清买一个钻石戒指给她，余清说“那没意思”，珠月说，等你有钱时再买。钻石戒指是永恒爱情的象征，她想他大概会像数着金钱一样把它藏在哪个心的壁洞里，也绝不拿出来现在就送给她。很多东西是可以改变的，就像土壤也会改变质地和颜色，他对她的不信任使她这块坚硬又丰厚的土壤离他所要的质地和颜色似乎越来越远。

余清如数家珍似的说了很多珠月的不是，比如，不会治家，暗示她一个月一千多元钱工资怎么用完的，三个人生活用得了这么多钱吗？以前他总是做饭，她有时把衣服放得乱七八糟，他越说越生气。珠月越来越觉得正在丧失自己，她好像做事都是为了他，她耐着性子洗完衣服，又做清洁，又做饭，做这种事只会让她觉得是在浪费时间。她本来以为她很努力，会赢得他的全部呵护，可无论她怎么做，他仍然是他。他照样该到哪里就到哪里，雷打不动。别的女人照样见，约会照样去，为了他赚的那几个钱，他似乎什么都可以做。珠月知道余清已经走在一条她不很清楚的轨道上，他只能照原来的样子继续滑行。

一段时间，珠月的心里总闷得慌。有时半夜醒来，她拼命地哭，声音很大，好像她不哭出声就会憋死。她几次按着自己的心脏，不停地叫唤着，呻吟着，想用锥子锥自己的心脏，否则，她就会感到一种令人窒息的憋闷。她想赶快逃离那个地方，等她回到自己的窝后，她又活了。起初，余清以为珠月是闹着好玩，还在黑暗中笑话她，以为她是在演戏。他把灯打开说：

“让我看看你。”他端详着她流泪的脸，怀疑地关上了灯。

珠月已经预知了她和余清之间的矛盾比那些离了婚的人矛盾还要深，她在苦熬，可她一时还不知道该怎么办。她看着余清畅通无阻地想做什么就做什么，根本不顾及她的存在，珠月已经看到了自己的未来。一些再明显不过的事实已经让她无法回避，她要再像以前那样装聋作哑，故意不扭头看背后的镜子已是不可能，只是这种危险像水鸟一样还没浮出头来。珠月感到自己就像一条无方向的河流，呜咽着，她唯一可以救自己的方法就是希望赶快离开。等她离开了，她就脱离了那个恶魔的地方，那个不把自己当人的地方，她可以在单位里学校里找到自己的尊严自己的被人需要。她总是先进工作者或者优秀研究生。她为人热情纯洁，谁都尊重她，可在余清那里，珠月感到自己就像一个被人践踏的废品。

吃饭时，余清笑着对珠月说：“你要找人，就赶快找，要不，老了，就不好找了。”“假如你觉得我现在还年轻，你就要，等我老了，你就可以不要了。”她回答说，也不看他，内心里一股深刻的忧郁和愁苦直涌喉咙，那一口饭在嘴里咀嚼了半天也没吞下去，她就像那些睁眼看世界的孩子刚一睁开眼就看到了血一样。珠月很少说这么软这么柔弱的话，余清在沉默，他没吱声。那天半夜，她只感觉到有人在轻轻地亲她的嘴，她的脸，她忽地睁开眼睛，她感觉到那一刻她的眼睛睁得很大很圆，然后又闭上了。她的心里感觉到一种透彻的温柔，她故意侧到一边当作什么也不知道。她的嘴在梦中露出了微笑的意味。

当余清把珠月咬得大叫时，珠月就打余清的脸，余清说：“男人的脸不能打。打别的地方吧。”珠月发现余清身上有几处青印子，立即端坐起来警惕地问：“是怎么回事？”他若无其事地说：“除了是你弄的还会是谁？”她想起来了，半个月前她使劲地揪他的臂膀，把他胳膊上的皮肉拉得好长，没想到留下的印子一直到现在都没消。无论珠月怎么打他揪他，余清从来都不作声，他似乎不怕疼。珠月认为余清这一点很有些男子汉的气质，与平时动不动为些小事发脾气的气度狭窄的他不像一个人。冬天睡觉时，珠月把冷冰冰的脚放在余清的身上，好暖和哦，余清一年四季身上都是热烫的，珠月一年四季身上都是凉凉的。余清抱着珠月说：“你怎么一年四季身上都是那么凉？”余清听任珠月把冰冷的脚放在他暖和的身上，珠月都觉得过意不去了，又把脚放下来了。珠月常掐着余清喉管的地方，直弄得他喘不过气来。当然还没看见眼泪就松手了，要不，就是把余清掐死他也不会吱声。余清的这种奇异的忍耐力让珠月一瞬觉得他像高仓健。珠月每次在掐余清的脖子时都有一种报复的快感，因为这个时候他不吱声。珠月想象着自己对余清说："我遇见你的时候，我没想过你会成为我的什么，现在，我更没想到要你为我死，我自由了，你好了。"她说着说着，内心一股充满崇高和圣洁的悲怆缓缓上升，直压她的鼻腔和眼睛。

嘴角露出微笑的姿态，想起李清照。那些不得不有的分离，才下眉头又上心头的牵挂，我原以为不会有，才知分离时就知道。以为有爱情神话，根本不可能有。我自己就做不到。

简直是鬼使神差，珠月到处找自己的头发绳，竟然在余清枕头底下的被子下发现了两个较长的黑色发卡，刚一看见这两个发卡，她还没意识到什么，就像思维之光还没聚集起来指向一件物品。她手中拿着发卡，感觉到这发卡是件重要的东西，但又一时还没体会到这意味着什么。珠月还在笑着问："你床上怎么会有发卡呢？"余清说做饭的女孩子在床上睡过一会儿。珠月半信半疑，她下意识地拉起一角被子盖住胸脯，呆坐了半天，她又急忙穿好衣服，说要去问那个做饭的女孩子，余清从后面抱住她："别去了，别人都睡了。"珠月不肯，她要余清发誓，他说发什么誓呢？什么事都没有。你不敢发誓，就说明是真的。她那时多希望他能发一个骗人的誓，他只在那里说什么事都没有。珠月一下子感觉到这个家要散了，她唯一的一点自尊也被剥夺殆尽。她知道余清在外有女人，但没想到他竟会把女人带到她一直都视之为家的神圣的这座旧楼房，虽然它墙壁斑驳，钢筋生锈，吊灯积满了灰尘，在珠月看来却是一个温馨的小巢。虽然她总共到这里也不过几次。

现在，这里是什么？珠月拼命地发誓她再也不会睡这张床，在这张床上，仿佛堆满了一大堆臭虫、蛆和老鼠，她深恶痛绝地望着那张床，仿佛要从喉咙里呕出什么来。"你今天就把那个宝贝女人接回来，知道吗？今天就去接。"她几乎是命令似的对余清说。余清一副死猪不怕开水烫的样子："没什么宝贝女人。"珠月用了最恶毒的语言骂那个她没见过面的女人，连她自己都不敢相信，她骂起人来这么切中要害，几乎像一把锋利的刀刃可以把敌人一刀置于死地。当珠月意识到自己不可能再回到这里时，她几乎是号哭起来，像野猪一样，眼泪像干涸的泉又涨满了水。她张开的嘴使她觉得自己很丑陋，她已顾不得那么多了，平常单纯得像小学生的她此时就像一只受伤的刺猬，只想自己的刺能变成千刀万刃把那个不知模样的女人刺得千疮百孔。

珠月哭累了，喉咙也哑了，只有眼泪在闭着的眼角流。余清不知道怎么劝慰珠月，只知道不停地吻她的眼泪。她多么希望他说："我只爱你，什么事都没发生。"她知道余清不会说。她知道他不爱那个女人，也不准备爱她珠月，他要找他的漂亮影子，他是一个绝不会让自己吃半点亏的男人。

珠月要余清开车送她到车站，她知道他走远了，她的眼泪像断了线的珍珠一样连纸巾都挡不住，她用手背擦了擦脸上的泪，随之又一股汹涌的泪像决了堤一样，她没有像往常一样回头注视他远逝的身影，并挥挥手说再见，而这一次，她确信是真的再见了。回到学校后，珠月写了很多日记，就像一个濒死的人对于生命的热烈的赞美，像一座将要灰飞烟灭的火山在爆发之前的激烈动荡，像一首将要进入悲壮的交响曲的序曲，她把他使劲往自己身上贴、挤、揉，她知道这只是为了随后永远地离开他。珠月知道自己对余清的爱已达到了最高端，随后一定是下坠，并且最终走向远离。

第二年暑假余清开车来接珠月回园城，珠月一天发现余清神情很紧张的样子，觉得有些不对劲，她有一种很想探究余清更多一些情况的欲望。她发现余清的抽屉全锁着，她打开他的公文包，发现余清的包里有两封信和一些文件等。珠月打开那些文件，发现竟是一封购房合同，是 2003 年就买了的，珠月一点也不知道。珠月知道余清一直都在防她，即使余清在外没有女人孩子，余清仍然会防着珠月，他想以后还要离婚生孩子。他想得很远，他说，一个成功的男人最少会结两次婚。如果仅仅只是看到购房合同，珠月也会熟视无睹，当作不知道就算了。虽然想起前几天余清和朋友吃饭时，朋友还问，阳光花园还不错，怎么不买一套？你应该赚了一点钱了，老婆也过来了，那房子还挺划算。那位朋友是余清生意上的合作伙伴，他知道余清大约会有多少钱。余清没有说话。珠月想起来真是说不出的味，那时余清已经买了房子，可他竟然当作没听见朋友的话。朋友哪知道余清早就和珠月心隔多少里，可单纯的珠月却不知道。

珠月第二天找过去，竟真的发现了余清的车停在合同上写的楼下的车位里。珠月的心似乎停止跳动了，血也凝了，她赶忙给他打电话，她说她就在某某楼底下，余清说不信，她再给他打，他已关机。等了好一会儿，余清来到了车前，珠月斩钉截铁地对余清说："带我上去。"余清虽然在笑着应付她，她知道他的心虚了。上到十楼，打开门一看，三层楼的新房子装修得漂漂亮亮，她忙蹬蹬地跑到楼上，在木地板上发现了被子，一些生活用品。珠月似乎闻到了婊子的气味。阳台上的草长得很茂盛，虽然没架起床，看来住在这里已很久了。这么多年以来，她想过很多可能，唯独没有想过他在外已买好房子，都不和她说。

珠月看着一个个凳面上刻着鸳鸯戏水的凳子，她问："这些凳子是谁买的？"余清说："是我姐姐。"珠月说："你刚才不是说你姐姐不知道这件事吗？"余清哑口无言。珠月想，昨天的信和今天所看到的一切远不是上次发现的发卡和一些猜测那样让她能轻易带过了。

珠月坐在地板上哭起来了，余清无话可说。珠月又去撕扯那一墙漂亮的窗帘，愤怒地说："我把它烧掉。"余清说："一面窗帘值二十万，你烧一面窗帘就扣二十万。"珠月听了余清的话，感到她和余清之间隔的距离已不是几千里的距离了，而是几万里了。珠月凭着余清的这句话，她知道余清其实早已经在心里把她放弃了。到了车库时，余清脸上似笑非笑地说："就你福气好。"珠月没有吱声，心里想，谁要这样的福气？又不是为我买的，我知道了，我还福气。余清平时说："我早对你死心了。"珠月听不懂，她不知道她有什么可让余清死心的。

那封信看得珠月就像一把刀子扎在她的心口，最疼的不是他和那个叫倡的女人怎么睡觉，怎么每晚抱着她，而是余清竟在外招摇撞骗说自己没结婚，没女朋友，还说倡像他的初恋女朋友。珠月又挺着疼再看了一遍信，每次都像一把刀在挖她。她把信用糊精糊住，以免自己再看，再疼。

珠月感到一阵恶心，在余清的心里，竟然根本就没有她这个老婆。或者再要加上一点，余清想免费地玩一下倡。珠月不知道那个暑假她是怎么过来的，自看了那封信后，珠月觉得天一直都是昏昏沉沉的，天上有太阳没太阳，整个暑假，天都是昏的，有点像太阳被蒙了一层半透明的布似的。白天还是白天，不至于像夜晚，只是天一直都是昏的，珠月的眼睛和头也是昏的。从信中看得出，余清已对那个女人付出真情，那个女人难道就是余清要找的那个千年狐精吗？珠月感觉余清还没找到他所要的漂亮又崇拜他的狐狸精。

珠月在窗户里看到余清又出去了，他不直接打车，而是过了马路，往一个方向走着。珠月想，余清可能和那个女人到新房子里去约会了。珠月坐着摩托到余清新买的阳光花园小区，坐电梯到十楼1008，她大声地叫余清的名字，并且大声地骂那个女人，里面没灯光和声音，珠月还是有些怀疑余清和那女人在里面。可随她怎么大叫，里面一点反应都没有。

珠月忽然想到爬上阳台栏杆到花园，这样就可以进去看个究竟了。这个想法很危险，做起来更危险。当时她什么也不顾了，只想找到余清。那时她已是头重脚轻，有点像飘在云雾中。她恍恍惚惚地爬上栏杆想进园子再进房间去看里面是否有人，她抑制不住自己强烈的愿望要进去看余清是否和那个女人在一起。珠月爬到栏杆的一半时，她感到自己的身体轻得就像一缕烟似的，她已不能控制自己的脚，连日来发生的事情已经让她身体迅速地弱下来，而且精神也是处于高度紧张、虚弱状态。当珠月正要到达栏杆的最上方要翻过栏杆进入院子时，她低头看了一下楼下，忽然感觉天旋地转，握着护栏的手顿时变得虚虚的，她的心口一紧，手就不自觉松了一些，她感到自己的气力全部用完了，只感到整个身体就像飘着，眼前也是一片迷蒙。她想抓住栏杆，可没抓住，她的手和脚完全不听自己的使唤。她上班时可以连续站几个小时也不晕倒，可这一次她却觉得自己完全身不由己。随之，她想，我完蛋了，我将要从十层楼掉到地上，我必死无疑，明天肯定是个大新闻。珠月的身体像云一样轻飘地在空中慢慢坠落，中途她掉到了一棵树杈上，然后又掉下地来。后来每每想到这一幕，珠月就感到后怕，一阵冷汗袭来，仿佛看到自己的尸体血肉模糊地躺在楼下。

余清火冒三丈："你要死就死快点，不要不死不活的，我可没耐烦心来照顾你。"珠月想到余清当初病了一两个月，自己天天照顾他，从来都没想到过厌倦，觉得这就是自己的事，既然余清是自己的男朋友，他的事就是自己的事。可余清说了一句让珠月一辈子都忘记不了的话："幸亏我只病了一两个月，我要是再病一些时间，你肯定厌烦。"珠月当时听不懂，她当时的想法是，余清哪怕病一辈子，她都会照顾他。这是毫无疑问的，根本就不需要想。

珠月回校后，照着镜子，她的眼睛全肿了，她想，她和余清是结束了。余清打电话来，他喝得有些醉了，说些酒醉的话，似乎是平常不好意思说的，他想借着酒醉说出来。珠月知道余清在外早就有女人，那个女人已是甩不掉了，如果能甩得掉，他不会给她这个电话。在余清的心目中，再找一个比珠月漂亮的女孩子很容易。几小时前，他说他早就想好了，对珠月早就死心了，现在他又后悔了。等珠月返回学校后，余清就故意借着酒意说些什么话，那些话的意思是他还不想离开珠月。珠月知道余清是个非常缺乏安全感的人，那时候，他在精神支撑上还少不了珠月这一维。等到什么时候瓜熟蒂落了，余清也终于对死心的珠月死心了，那时候，余清就可以离开珠月了。

珠月说："那就离婚吧，我不要你一分钱。"余清心里虽早就想放弃珠月，要说离婚，他现在觉得还不是时候。即使他有几亿，如果分给珠月一百万，他都会像割肉一样疼。老婆有权利和他分财产，情人们给她们多少就是多少。他知道他们必定离婚，可他偏偏拖着珠月，他故意拖得珠月受不了了，求他不要钱离婚。外人还以为是珠月不要钱，其实是要不了，日子又没法过，余清这招珠月早看在心里，她只想快点离婚，哪怕就是找点钱给他都可以，还要感谢他。珠月也实实在在想过，如果真的离婚了，她不会要余清的钱。她觉得余清赚钱不容易，又把钱看得那么重，既然她把钱看得开，她何必要让余清像割肉一样疼呢？

珠月问："你是怎么认识那个写信的女的？""介绍的。"珠月更惊讶了，余清以往几次说叫别人给他介绍女朋友的话，珠月以为是戏言，没想到是真的。他早就想离开她了，而她还傻傻地一厢情愿地爱着他。余清好像一直在和谁斗，他憋着一股气。珠月是一个没有心机的女孩，她想到余清追她时做饭原来只是一种手段，还不知他经受了多少侮辱呢，而她把他的所作所为当作一种爱，一种心甘情愿，无怨无悔。现在他做饭的历史对于他已成为一种耻辱的仇恨，甚至还是一种经久不褪色的委屈。

在这之前，珠月心里已经明镜似的知道了很多，她还是不想把那面窗户纸彻底捅破。她曾看到余清的抽屉里有一卷底片，她感到很好奇，就把底片拿到太阳光底下照一照，心里已经有些惊慌了。底片洗出来后，见余清搂着一个年轻的女的，旁边还站着一群人，好像是那女的的几个朋友。珠月不声不响地把相片装在一个袋子里，装作什么事都没发生似的。

珠月一直都在包容着余清，把他对她的不满和仇恨融化在心里，她就像对待一个淘气的孩子一样，甚至他的缺点在她的眼中已从看不惯变成熟视无睹。一个小贩在余清的车前嚷着："卖表，卖表，劳力士。"余清说："把你烧成灰也换不来一块劳力士。"珠月听了很不舒服，心想，命再贱的人也不能扔这样的话伤害别人。可她没有反驳他。那个给他写信的女人很服余清，她努力做余清喜欢她做的一切，余清觉得很受用，余清喜欢听好听的话，喜欢崇拜的目光，珠月却总是看不惯他的一些行为，虽然越来越少对余清提意见了，可余清说："看得出你对我是不服的，虽然嘴上不说。"

这个暑假对于珠月来说是一片昏暗的感觉，外面是风是雨，是阴天晴天，她全然不知，她只感到昏暗，这就是那个夏天带给她的所有感觉。孩子来度暑假，她不能立即走。

无论在什么地方，珠月见到菩萨、各种神像就拜。她起初连道、佛都分不清楚。拜菩萨她不吝啬，祈祷时真诚无比。以往珠月第一个为余清祈祷，他却不领情："我不相信，我只相信命运是靠自己拼出来的。""我自己会拜。"余清不愿认为自己能赚到钱与珠月有任何关系，他赚到钱了，想的都是珠月对他不周到的地方，心里一堆怨气不由地升腾得越来越多。余清想："我赚钱与你有什么关系？是你拜来的？你还想摆什么功劳不成？"余清要从根子里把他赚的钱与珠月撇清关系，虽然余清有次也承认说："要是没有你，我根本赚不到钱。"余清心里知道，要不是遇到珠月，他能把日子混下去就算不错了，他是一个可以提升也可以迅速自暴自弃的人。

"我怎么经常听说哪个女人跟着哪个男人跑了？"余清说。珠月看着余清，觉得有点好笑。"难道我会跟着哪个男人跑了？神经质。"珠月想，但没有说出来，只听见珠月说："我怎么从来都没听说过？"余清有意味地看着珠月的脸，就像看着自己的钱袋一样谨慎，他想从她的脸上发现什么，她的脸上绝没有比钱更富有意味的内容。"我想到外面去转一转。"他穿好衣服，衣服有点紧，他微凸的肚子紧贴着衣服引起了她的注意。"你又胖了，太胖了会得各种病的。"余清又不出去了，他只喜欢听好听的话，不顺耳的话一般会引起他一阵霜降，特别是珠月的话。余清脱了衣服躺在旅店的床上，他不习惯早睡，珠月想把手头的一本书看完，余清没办法只好起来打蚊子，他算是打蚊子的高手，一只只蚊子被他拍得墙壁鲜血淋漓。她痛快极了，她最恨蚊子和老鼠了，而余清也正是抓老鼠的高手，她不禁对他又增加了一分敬佩，她总是在他面前显得笨拙，久而久之，连她自己都觉得自己笨了。其实珠月并不笨，她什么都会做，而且做得很好，只是余清做什么事情总是那么细致，珠月还是有些自叹不如罢了。以往家里没盐、没米、没味精了，差一把剪刀，余清都能及时发现并买回来，而珠月有时发现不了没有剪刀或酱油了，或者知道盐、米没有了，又忘记买。余清看到珠月吵架后跨过一个脸盆走掉了，说："就这样跨过脸盆，也不捡捡。"他买了一袋盐回来，就会说："盐都快没有了，也不知道买。"他买了一把菜刀回来，说："菜刀都剁不动菜了，也不买。什么都要我操心。"珠月懒得答话，你总共就做了这几件事，家里就都是你做的事了。

珠月见到余清曾经补过一个百叶窗，百叶窗被摩丝砸坏了，他把百叶窗补得像一只绿色的小花篮垂挂在上面，别有一番情致。百叶窗下面放着一盆小棕树，他们结婚时余清亲手栽的，那棵小棕树一年四季保持着绿色，让人心情舒畅，珠月特别爱那棵小棕树，有一天小棕树被余清姨妈不小心撞到楼下摔坏了，珠月感到这是一个不好的预兆。

“你喜欢我吗?”珠月在余清面前从来不敢问他是否爱她，她只敢问他是否喜欢她。她不是很自信余清对她的感情，因为余清从来没正经对她说过这个字。从十八九岁有朦胧的爱情情愫开始，珠月一直就打算把她命中的丈夫看作她生命中不可分割的一部分，打算做一个完美的爱情主义者。她不会轻易地找一个丈夫，她一直认为属于她的就是最好的，再好的不属于她，她不会太在意。只有属于她，她才会珍惜他，改造他，仰慕他。余清或者说肯定喜欢啦，老婆有什么不喜欢的，或者说老夫老妻了，还谈什么喜欢不喜欢。珠月却不这么认为，他们一直都过着分居生活，他一年才回去一两次。余清每次回去都是待几天就急匆匆地往公司赶，珠月从没多想他这样急匆匆地离家往公司赶的原因，即使偶尔有一丝阴影掠过她心头，又像云彩一样飘散，她不会让不愉快的东西久驻在她的心里。只要是没看见的，特别是对她不利的事，她都一概不会让它久留，她甚至故意逃避。其实，她有几次在晚上十一二点时拿起电话想看看他在不在家，她还是放下了，她怕自己会胡思乱想，徒增不快。在珠月的心中有一面属于爱情的完美的镜子，她潜意识里怕发现它有裂缝，她干脆就懒得往那面镜子看。那面镜子放在她的身后，在她的后脑勺的位置，完美无缺。珠月抚摸着余清大大的脑袋，宽宽的额头，就像抚摸着一个孩子，余清也愿意承受着她的抚摸，只是他的眼睛犀利地看着她，似乎想要从她的手中、她的眼里探寻出什么理由来。

在余清看来，这个世上，什么都是需要理由的。珠月为什么爱他?他值得她爱吗?是因为他赚了几个小钱吗?在余清的心中，他值不值得珠月爱，这是一个问题。余清出门在外，早就有固定女人，珠月一无所知，余清能心安理得地认为自己值得珠月爱吗?在余清的这面，他已经把自己的心分成几瓣，爱情对于他实际上已是支离破碎，不论对于哪一个女人。这时候的余清有那么几个女人，实际上他已经没有了爱情。爱情是需要用整个心的。就像余清后来挂在嘴里常说的：“我是里外不是人。”事实上，珠月以往从来没摸过余清的脸。有一天，大概是结婚后三年，她一想到他是她的丈夫，她干吗不摸他的脸，难道谁比她更有资格摸他的脸?她被一阵兴奋和快感控制着手指，把他的头发弄得乱七八糟，像一个疯子，并且还十分滑稽。她看着她的恶作剧，有一种征服和报复的得意。

有一种女人总是不老，她的眼睛和嘴唇里透露出的是青春和无邪的气息，就像一株栽在玻璃缸里的花朵，你说它透明、质地单纯，它其实也不是没有阴影和轮廓，只是它的叶太绿太茂密，别人以为它就是沐浴了足够的阳光雨露和众人的青睐，其实它只是在拼命地吸取养分，并不是人们给予了它多少养分。

余清说："我又不是你的私有财产。"珠月一听到这句话嘴里就笑着说："你不是我的私有财产是什么？"心却像掉进了冰窟窿。婚姻本身就是一种无形的约束，不是私有财产的婚姻那叫婚姻吗？不受人管的男人还叫丈夫吗？珠月没继续和余清笑，转身到一边，却拿着他的手，生怕他半夜忽然跑了。

"我跑了，我又不是宝贝。""谁说的？"珠月宁愿余清把他自己当宝贝。一个人不把自己当宝贝就等于承认自己掉了值，等于承认他的身体谁都可以给。珠月对于这种论调可以说是绝望。珠月对余清说："我不知道我这样的忍气吞声到底值不值得？"余清没有说话，只是眼睛瞪着她，到底是值得不值得，他也不清楚。从余清瞪着珠月看的眼睛里，她似乎看到了愤怒的火焰，不过只是一道火焰的阴影。

"你可别像一些男人一样三妻四妾啊。"余清坐在那里憨憨地笑："那有什么办法？又不是我的错。"珠月想，他是属于精明狡猾一类呢，还是属于憨厚忠实一类的，说不清。

珠月第一次见到余清时，憨厚的感觉在她的心里闪过一瞬间，谈了几句话后，就把这种闪过一瞬的憨厚感觉推得远远的。此后这种憨厚的感觉再也没有闪现过她的脑海，更多的是一种类似于自私等复杂的感觉。

余清说："有人说第一眼见到我觉得我很憨。"珠月这才想起她第一眼见到他时闪过心头的那一瞬间的憨厚感觉。"谁？"余清在一旁狡黠地笑着，珠月一看就知道是个女的，而且就是那个她手一招他就非去不可的女的。珠月忽然想到余清曾照过一张相片，那张照片让她想到了二字：忠良。

过年了，珠月在旁边听到一个女人打电话给余清，并且请他去吃年饭。珠月感觉心里沉沉的。谁会过年请他去吃年饭，别人没有家吗？余清说是老乡，只是随意客套问问。可珠月感到并非如此简单。她感到接下来余清就要照例找理由了。果然，余清说要出去买什么东西，珠月知道余清又该去履行诺言了，这个诺言应该是，只要他在园城每天都要保证见面。

珠月不想在大年初一哭，都说过年哭不吉利。珠月听小雨讲她的婆婆大年初一和老伴扯皮哭了。原因是她的婆婆历来在家要做主，她的公公是个老实巴交的人。婆婆经常头上戴一朵大红花，这让珠月想起赵树理小说里的三仙姑媒婆。一大早，婆婆在头上插上大红花，安排家里祭祀先人之事，然后她把豆腐留下几块，想其余全部做成腐乳，公公不喜欢吃腐乳，喜欢吃豆腐，婆婆说就要全部做成腐乳。争了几句，就吵了起来，婆婆就哭了。大年初八女婿和女儿来拜年，她的公公坐着自己女婿的车，他的女婿是温州人，有几栋房，开了公司，心想过年回到老婆家里风光风光，没想到车开飙了，翻到河里了，公公淹死了。珠月曾在医院上班，一个病人的爸爸莫名其妙地在大年初五哭了，那年他在街上走着，一块砖掉下来，正好砸在他的头上，他就成了植物人。这是病人的姐姐对珠月讲的。

珠月拼命地睁大着眼睛，并且装出微笑的样子，好让假笑拒斥眼泪。这一招很灵，她很多时候都是靠这种装出的假笑和神态来制止眼泪和致人命的悲伤。

余清回来吃了中饭又出去了。珠月说："过年都不能在家坐坐吗？"晚上，余清回来安慰珠月，说什么事都没有。珠月宁愿相信，只要她没看见。她的眼泪还是不争气地抑制不住地流下来了。余清用他的宽大的手掌擦着她的泪。珠月说："我说不哭的，你偏要我哭。"余清背对着她，正若有所思地望着窗户外面，当他转过脸来的时候，珠月发现余清的眼中有泪。珠月的眼泪流得更凶猛了。

珠月最见不得男人哭。她曾经看到爸爸在外公的葬礼上眼泪纵横，顿时她的眼泪就汹涌而出。本来她在来的一路上都没有哭意，看见外祖父的灵柩也没有眼泪流出来。其实她很爱她的外祖父。

一次余清说希望碰到仙女，珠月问："找到了吗？""哪那么容易，狐狸精还要千年一现呢。"余清心里一直都有一个隐隐的梦想，他觉得自己即使到了七十岁也要找一个十八岁的女孩。他很羡慕某某和某某在一起了，那人是大官，六十多岁了，找了一个二十几岁的女孩子。好像那人就是自己未来的榜样。他仿佛看到自己老了的时候身边伴着一个身材高高的、时髦的、漂亮的女郎。

珠月说："我什么时候给你找一个仙女或狐狸精怎么样？"余清这时是从心底里笑了，他立即非常殷勤地给珠月烧开水、倒茶，温柔可掬，脚步轻快，笑容满面。余清想，这是好事，如果珠月真的这样大度，不仅我现在的事万一她知道了能容，将来我还可以继续找。看着余清的一片感激之情，珠月说："想得美，我把我的老公送给别人？"

大年初三，珠月听见余清在接电话，好像电话那头要他赶快过去，珠月也想跟着他出去，余清大发雷霆。珠月说："你到哪里，我就到哪里。"余清嘴里咕哝着说："出了事，找你负责。"珠月听在心里，她感到事情远非一个女人那么简单。一定是有孩子。珠月想，是不是余清不去，那女人就要伤害孩子。她用此来恐吓余清。余清见珠月要跟着他，就说要去打麻将，他问珠月："你去吗？"珠月说："去。"珠月跟着余清到一家麻将馆，余清心神不安，那天他输了一万多元，回来后，似乎都有眼泪在他眼眶里了，他说他一般都是赢，很少输。珠月知道余清一晚上心神不安，事情的复杂让她过年时一点也开心不起来。

珠月正在晒衣服，余清的侄子发短信给珠月说有急事，打不通余清的电话，要她叫余清接电话。余清出去了。珠月看着短信："妈妈急病，快回。"珠月看了半天这短信，一时竟以为是那女人的孩子发给她的，说是她（他）的妈妈病了，要余清急回。珠月想，怪不得前几天余清心神不安，如果那女人真是心脏病或者什么急病发作死了，余清说不定还要怪她。珠月想到这，觉得好累啊，也更绝望了。后来才得知是余清侄子的妈妈病了，他要回家。想起前些天余清对她说的"出了事，你负责"的话，珠月只想快点躲回自己的学校。

"爱情，什么狗屁爱情。"珠月感到自己连狗都不如，余清在外有女人，女人或者孩子出了事还要找她负责。是啊，余清不会找自己的原因，他背叛珠月没错，错的是珠月耽误了他去看另外一个女人和孩子。这是多么滑稽的事情啊。珠月想，也对，她确实也有错，那女人要是想不开或者那孩子出了什么事，余清能饶过她吗？余清从不会觉得自己有错。错全是珠月的。

多年前第二次到园城，余清见珠月在那里过年碍手碍脚，大年初五就要珠月、孩子和姨妈一起回泉城。他叫他的侄子去买火车票，侄子说没买到，余清说就买飞机票。余清拿出二千元给珠月，珠月说："不用，我的钱够用。"余清把钱转成一圈硬塞在珠月的裤袋里，珠月把钱掏出来放在桌上说不要，钱没放好，掉下来一些，飘到地上到处都是。那些飘下来的钱孤零零的，就像这个冬天的珠月。

想起不能阻止余清到那个女人那里的脚步，即使是在仅有的见面的那几天。一年三百多天都给了别的女人，难道那几天都不能全部地给我们母女吗？珠月越想越觉得自己命苦，她不怕苦，她一想到孩子跟着自己受苦，要遭受家庭的不完整，她就心疼欲裂。在她的观念里，她觉得离婚是一件非常丢人的事情，而且她怕失去余清。那些年，家乡谁要是离婚了，别人就会拿不一样的眼神看着他（她），说不出是什么感觉，就是一种异样。不同常人。绝大部分中国人都喜欢做常人。

当初枝子得知珠月在和余清谈恋爱时，她说：“珠月，真不知道你怎么看中余清的。在医院找个医生不晓得有多么好。我上次来，看到那个你说姓植的医生在追你，你怎么不答应？他家就在泉城，家里条件好不好都无所谓，最重要的是那人看了老实，靠得住。”“没感觉有什么办法，我自一到医院来，他就在追我，想尽了办法。”旁边的珠月妈说：“什么感觉不感觉，过日子讲什么感觉，只要可靠就可以。”枝子说：“我听说余清这个人有点吊儿郎当。”

珠月想，既然选择了余清做自己的丈夫，就看他的可爱之处。她把他的一点小小的优点无限无限地放大，以此支持自己的选择和成为她爱他的理由。这时候什么理由都没有了，唯一的理由就是他是她的丈夫。

上班的时候，科室的女同事们总会坐在一起谈论她们的老公，她们那种酸酸甜甜的强调，表明她们无一例外都是爱着她们的丈夫的，不管她们的丈夫是好，还是有点坏。你看她们的嘴里亲热、自豪地说着，我的老公怎么怎么啦。对于听的人来说，确实是一种享受，老公那两个字就像从她们嘴里蹦出的叮当作响的豆子，清脆爽口。珠月听到同事何如说：“那个女人还以为我喜欢她老公，我自己又不是没老公，喜欢她老公？”珠月听到何如说“我老公”时觉得“老公”这个字真美真温暖，而何如嘴里吐出的“我老公”表示着她拥有一个男人的骄傲。珠月也跟着说，我老公怎么怎么啦。那时她觉得说“我老公”时是多么自豪啊。这种自豪是她认为这个男人是全部属于她的，是她的老公。那时珠月认为“丈夫”是一个最美的名字，是上天给予的珍贵赐予。

珠月家和煤矿南叔很熟，珠月听说，夜已很晚了，煤矿的南叔拿着手电筒到处去照他老婆，他拿着手电筒在一个灌木丛里抓到了他的老婆和她的相好。家乡人说得眉飞色舞，珠月不相信：“南叔的老婆那么厉害？她为什么要那么做？”珠月不懂他的老婆为什么要给她的老公这么无情地戴绿帽子。她当时觉得他们已不可能做夫妻了。只要谁家发生了这种事，珠月就会不自觉地觉得那家人不幸福，就会觉得那两个人做不成夫妻了。珠月也曾听到一些人的风流韵事，她历来同情那些被女人戴上绿帽子的男主角，而且是深刻地同情。她想自己绝不能给余清戴上绿帽子，让别人同情余清，除非她和他实在过不下去了，离婚了。她那时不知道世间和情感的复杂，以为只要亵渎了婚姻，婚姻就会像一锅清水被墨汁或者污物弄脏，脏水不倒掉，难道还能继续保留？她以为世间一切都是一片白。

珠月给余清打电话，她死命地拨着，她知道一定是关机，她还是在用劲地拨着。她拿着电话的手固定在空中好一会儿，一动不动。她很少给余清打电话，她怕是关机，当她好不容易鼓起勇气给他打电话，没想到果然是关机，这让珠月对打电话生了畏惧。她本来一天来可以逃避在万事不想的快乐里心情平静安然，现在不是给自己找事做吗？只要她不打电话，她就不知道他的电话是关机的，她就不会胡思乱想给自己添不快。

珠月看着女儿，仔细地端详着她。她想起她第一次到园城，女儿看到爸爸吼妈妈，妈妈的眼泪在眼眶里打转，只有一岁零八个月的女儿知道在这时把调羹递给妈妈，并给妈妈夹了一块肉。小小的她这时知道表示着一种姿态，这种姿态是一种沉着的爱护或沉默的示威反抗。珠月摸着孩子的头，眼泪流得更凶猛了。她把那块肉吞进嘴里，半天都吞不下去，好像嘴里是一块泥巴。

当珠月看到孩子天真、鲜嫩的笑容时，她的眼泪会情不自禁地掉下来，掉在孩子黄黄的头发上。当孩子看到妈妈，忙不迭地伸出手要妈妈抱，她只有把她抱到阳台上去哭。孩子见妈妈哭，她伸出小小的手给妈妈擦眼泪，还不停地和妈妈亲嘴，嘴里叨唠着：亲，亲，亲妈妈。孩子还不到两岁，还数不完从一到十的数字，还不会说完整的拼音字母，难道她就要面临着家庭的破裂吗？

别家的爸爸妈妈照顾一个宝宝多么幸福。想起小学老师叫孩子写“我的家人”的作文，女儿写的是我的家里有妈妈，家家（外婆）和我，她都不知道爸爸这个名称是什么意思，以为他不是她家的人。珠月每想到这点她都心疼孩子到想哭，别家的孩子都有一个完整的家，自己的孩子以为她家生来就没有爸爸。她也每天在电话里喊“爸爸”，她以为这个“爸爸”的称呼就和在街上喊别人是叔叔一样，并不知道爸爸和自己是一家人，女儿多可怜啊，女儿心中的家没有爸爸。

第五十四章

珠月在翻看以往日记本时，看到一张条子，是因颉和几个朋友一起来拜访她没有见到她时留下的，这件事珠月似乎一点也不记得了。如果是因颉一个人来拜访她，她肯定记得。可能是因颉和朋友一起来的。珠月想起来了，当时，她给因颉写了一封信，被因颉拒绝后，珠月甚至恼怒地想，因颉来看我是同情我吗？要么你一个人来看我，不需要和朋友一起来看我。珠月总是有意无意地选择性地记住和忘记一些事情，这件事珠月真的就忘了。今天，当她翻开以前日记本时，看到因颉留下的那张条子，她仔细地看了一下，是因颉的笔迹，在她的心目中，她觉得因颉是个好孩子，即使写信拒绝过她，仍然留下这么一张把字写得工整和好看的条子。

珠月从因颉的笔迹中可以看出因颉当时是喜欢自己甚至是爱自己的，只是不知道怎么去爱她。可当时的珠月不这么认为，她认为因颉既已经拒绝了她，就是永远地拒绝她。何必又和朋友一起来看她？珠月看着因颉的工整笔迹，仿佛从他的每一个字中看到了他对她饱含的温情。珠月的脸上露出了笑意，又有一些悲怆的感觉袭上心头，她好久都没见到他了，他好吗？她心里有一种担忧，任何人都不能说，这种担忧因为没人分担变得更加巨大和悲怆。

前不久，当她翻到因颉的一封信时，那里面的每一个字她都喜欢，让她觉得因颉是一个真正值得爱的人，他的每一个字在她的眼里都是纯正的、清新的、向上的，又是充满爱意的。珠月多想紧紧握住那些过去的时光，她甚至想扑在那些过去的时光上大哭一场。那一年，她才二十岁，因颉只有二十二岁，可在她的心目中，他什么都懂，仍如几十年之后一样。所幸岁月中仍有青春的爱人，珠月看着那一张纸条，对于时间的感慨已让她不能自抑。她的人生中多次遇到回想往事不能自抑的情景，今天，珠月看着外面的阳光，感到自己已不全是不能自抑，她甚至感到外面的阳光很亮，她的心中甚至充满着喜悦和希望。她仿佛看到了因颉，微笑的，站在外面，阳光照在他的身上，他的存在在珠月的心中就是时间、青春、爱情，所有她想留住的一切，他都代表了。珠月想，她一定要好好保护因颉，为因颉祈祷，因为因颉就是她的希望，她的时间，曾经的和未来的。

昨晚珠月梦见因颉了，她正在买酒准备送礼，因颉和一个朋友走过来叫她，珠月就丢下手中的酒，她扑在因颉的怀里，一边拥抱着一边走着，走一下就吻一下对方。因颉可能吃药了，他的眼睛是红色的。可能是珠月找工作屡遭不顺，因颉看到珠月遇到的一系列挫折、麻烦，因颉不知怎么变成一个女人。不知是因为什么原因，这点事不应该让志向不凡的因颉变成女人。

二十多年前，珠月到因颉的宿舍去了三次都不遇。她说："难道他的门也像他的花岗岩的头？"珠月看着头上的星空，感觉到是那么缥缈。她感到很想哭。也许是知道自己喜欢上了因颉，她反而没有勇气和胆量多去找他几次。她坐在床边想着因颉说的话，微笑着，一遍一遍地重复着，那句话，那个动作，她甚至尝试着也那样说那样做，做了一次又一次，竟在无意中说出了因颉的名字，她羞愧得想哭。她站在窗前，幻想着、期待着因颉从窗前经过或者就到她们宿舍来了。她甚至想象着因颉正在起身，戴着草帽，额上流着汗来到她的面前。接连几天都在下雨，珠月都闷在宿舍，脚走不出去。珠月拿起日记本，在纸上写着：密密麻麻我走向你，以无数种姿态，无数种形式，围攻你。又在那张纸的下面写好了回家要买的东西：妈妈：柔姿纱布 1.2 米，大妹妹：十元钱，二妹妹：内衣一件，小妹妹：蝴蝶衣一套，弟弟：买什么呢？自己回家带：英语书，内衣，裙带。一定要存钱，到时买个录音机听英语。

珠月自听到因颉那句"自由女神""智慧女神"的话后，就天天等着因颉的到来。可能因颉真的对珠月有那么一点感觉，也可能因颉喜欢赞美别人，珠月就把因颉的那句话牢牢地记在心里了。自此以后，她每天想象着因颉的到来。半年过去了，因颉仍未到来。来找珠月的人有好几个，因颉仍是珠月的太阳，没有一个人能夺走他的光芒。虽只见过因颉三次面，可珠月已感受到了因颉的顽强、自信又单纯，诚挚、美好而又可爱。当珠月在心里爱了因颉一年时，因颉还未来看珠月，珠月已经有些恼怒自己了，她想再也不要想因颉了。这时，她听到她的同事琬慧告诉她因颉曾说过喜欢她的话，这又燃起了她对因颉的强烈思念。那时，她在心里骂因颉是窝囊废，她想自己不能再等了，一定要对因颉说自己很想他很爱他。她已经知道，因颉不走，她不可能选择别人。因颉就像一盏灯光，为她照亮了前程，可前程却没有路。她知道因颉已到另一个地方实习去了，她没有勇气去找他。她只是疲乏地等着，为失去的一天天。

珠月甚至幻想能够在随便一条路上碰到因颉，虽然她知道那是奇迹，可是她还是相信那几万分之一的机会。当她在外面走了一圈之后又回来，她就干脆坐在窗口想，那么多的脚步都不是你，你在哪里呢？在一次珠月偶尔出门的时候，没想到因颉来了，珠月都有些不敢相信了，她当时认为是奇迹，是那样的让她惊喜又感到忧伤，茫然快乐却又彷徨。以后的岁月里因颉几次出其不意地来看珠月，而且总是在珠月想放弃因颉的时候。也许珠月对于因颉是不可少的，一定会来看的朋友，或者是一个隐秘的爱恋和不舍，珠月再想因颉，她想，你又去看过因颉几次呢？难道你就知道因颉没想你吗？正如你每天坐在家里想因颉，因颉也可能从来都没忘记过你。珠月已感到她和因颉是多么的相似。她完全可以大胆地对因颉说："我爱你。"可是因颉的高傲已让珠月无法开口，那时的珠月愿意为因颉做一切，还会吝惜一句"我爱你"？也许是因颉自己也在犹豫，他又在珠月同学和琬慧面前说他想考研，又说学校可能要搬迁，又说他想出去闯，这些让珠月听了感到因颉是一个不讲感情只知道事业的人。因颉当时说出各种理由只是铺垫，他其实是想老乡宿舍的两个人给珠月传递他的心意。珠月想，坚信自己，就是等于坚信别人。因颉是一个多么高傲的男孩子，他在她的同学同事面前说他喜欢她，这需要多大的勇气啊。这件事不是珠月的同学告诉她的，而是同学的宿舍的同事告诉她的，所以，这件事对于单纯的珠月来说又增加了一点朦胧和不确定。如果是珠月的同学告诉她的，同学是因颉的老乡，珠月肯定会说，真的啊，你去帮我和他说，就说我太喜欢他了。珠月面对着同事琬慧对她说的话，琬慧也没指明是谁，虽然珠月心里已猜到，结果这颗种子一直在发芽、长大，但行动上珠月什么也没做。那时，珠月多么希望有一个媒人能把她介绍给因颉，这样，她就不用整天发愁怎么向他表示心意。没有一个人能帮她，她只知道想念、等待。

珠月没有想到因颉一定是感到了无法走进珠月，要不，因颉不会和别人说。他们就像这世上两个太相似的人，相似到没有一点空隙，可以让对方乘虚而入。就像每个人都会热烈地爱着自己一样，珠月明明知道因颉对于她是多么重要，可她只知道一件事，就是等待，而且是无言的等待。大概是爱人之间都有一种默契，幸亏因颉和珠月之间还有感应，要不，珠月就这样死等下去，结果也只能是白等。珠月等着因颉对她说：“我爱你。”在当时的珠月心中，她已经不能知道因颉对她到底是怎样的想法，她只等待着因颉对她说“我爱你”，如果因颉说了这句话，珠月就会确信因颉是爱自己的，此后一切都会自然而然。可因颉并没说这句在当时的珠月看来是爱的表示的语言，因颉的态度在珠月的眼里甚至是模糊的，也许因颉只是想来看一个老朋友。

珠月感到因颉的态度已让她吃不消，她想，如果因颉真的喜欢她，想和她在一起，应该明白地对她说。那时，正有几个人来追珠月，珠月想：“假如我答应了别人，你会生气吗？我怕你这个傻瓜心里会不舒服，而我凭一时意气离开你，又将会得到什么结局呢？你太不成熟了。我真不想再跟你这样闹游戏了，我受不了这样无期的等待。我为什么就该这样死心塌地？就为你偶尔施舍的一点情意？我也会牢记不忘。我该把你完全忘掉，你太使我伤心了，太伤我的脑筋了，无论在我和什么人接触时，你又会悄然来临，落入我心灵，让我把那些人拂去。”珠月听连月说她在泉大校园路上远远看到了因颉，珠月忙问：“真的吗？”“真的，不骗你。”珠月本想那天回家看爸妈，她也不回家了，她就坐在宿舍里等着，没有人通知她说因颉一定要来看她，可她就像因颉一定要来看她一样心神恍惚。她已经被她的等待折磨得坐立不安，她想，我只会让自己静静等待，默默等待，我只能做这些事，此刻，我还能做什么呢？我真不明白，这种人竟能摄住你的魂，没有情义，不，我不愿这么认为，但是我该怎么认为呢？上帝，你告诉我吧，我该回家，还是在这里等到死？我只听你的声音，我只听你的脚步声，我只爱你，在每个时刻都会是这样，为什么？或许我真该诅咒自己了。我恨你，无边无际，今生今世，让我讨厌你吧，或许你就不会这样搅碎我的心。你不要相信他爱你，假如他爱你便不会这样折磨你，这样让你等待，这样让你今晚无法过。所以恨他吧，把他忘记吧，他绝不是一个好心肠的人，只不过是一个残忍的虐待狂而已，你就甘愿受他的苦，他的气？你爱他吗？为什么你不敢说？为什么你也是一个懦夫？太残忍，太会做戏了，你就不会做一些事情？而这个傻瓜，也许是太单纯，太要强，太天真。他为什么让我一天到晚想七想八，总而言之，我应该马上想通，再也不要让这个莫名其妙的怪物折磨我了。珠月这些天一边等着因颉来看她，一边在心里竟生出一堆的哀怨出来。

回家一两天，珠月以为过了很多天了。回到医院，除了上班、看书，她几乎无事可做，她又堕入一种思念因颉的惯性中。一种情意就如植物的根，无声渗透着，很深很长，很烦很乱。她每晚都让灯亮着，即使她出去有事。她怕因颉来找她的时候，以为她出远门了。而且她希望把希望永远留在因颉的前方，让他随时都带着希望而来，连黑暗她都不忍心给他一点，或者说，她怕懈怠了他哪怕只有一点喜欢她的念头，要向他表示她是永远都向他敞开着胸怀的。

珠月手中拿着一张照片，那张照片因颉曾经说很喜欢。珠月知道因颉为什么说喜欢那张照片，因为那是他刚认识她时的样子，也不过一年多的时间，珠月知道自己仍是原来的自己，从未改变。这之间虽然也经历了一些事情，她因为同情心让一个人误会，那人就来追她，珠月从没想过要和他谈恋爱。认识二个月后，珠月对他说，别来找我了，影响不好，我是不可能和你谈朋友的。他再来，珠月就不理他了。单纯的珠月看到她同情的人要来追她，她心里很想继续同情别人，可她非常不快乐，觉得不能因为同情而牺牲自己的幸福。

珠月知道自己的身体仍然是冰清玉洁，自己仍在暗暗地等着因颉。珠月想，如果自己真的糊涂到把身体给了一个哪怕是自己想和他结婚的人，她也不会再继续等待因颉，她也不会继续去爱他，因为她认为自己已没有资格。她是注定要为他等待的，一心想为他付出自己的所有。因为在珠月的眼中，只有完美无瑕才能配得上因颉。珠月储存着自己的情感和身体，只为了全部给因颉。当她傻等着因颉到来时，因颉并不知道珠月是那么深地爱上了他。

珠月等得有些倦了，她每天一个人坐在宿舍里，楼上的人都出去玩了，她一个人坐着，看书写字，四十度的高温，她任脸上的汗拼命地流，她知道自己这样地守得住寂寞，是因为她心里有一个人，她在等着一个人。她总会想起他那种可爱的样子，说不出来，那种单纯、纯正不是装得出来的，因颉天生就是一个纯正的积极向上的好孩子。珠月看得出因颉喜欢她，可他每次来都会找借口，珠月的单纯、纯正并不少于因颉一分，等因颉走后，她很后悔自己刚才为什么不把头靠在因颉的肩膀上，或者就直接对他说，我喜欢你。或者更大胆一些，就坐在他的身上去。珠月只能这样想，她不会做，她需要一个成熟的男人来引导她，对因颉，珠月在心里想的比做的多得多。

珠月喜欢一个人坐着，想着因颉的一些可爱的行为，脸上不自觉地露出微笑。想到自己的贫穷，她有时很想去找因颉的冲动就会减少一些。珠月在那种若有若无地拥有因颉的日子中静心地等待着因颉，她也以为是拥有了因颉，日子过得安静、甜蜜、煎熬。睡了，她仍然让灯开着。她想象了一下关灯后的黑，似乎也把因颉拒之门外了。

珠月感觉到因颉喜欢他刚认识她时的样子，珠月这样痴痴地等着因颉，难道不也是因为当初因颉说的话和那些可爱的行为吗？所以才有了珠月的那么长久沉静的等待。珠月好想走到因颉那里对他说她在想着他，然而珠月不敢，她甚至有些担心因颉会不会对她的思念感到惊讶。她想因颉能用手臂扶住她，要不，她会不会倒在别人的怀里？珠月想，看谁能对峙得久，谁就是真心不爱。是魔鬼附身，你是从什么时候把他放在心里，成为最神圣、最了不起的时刻，永远驱之不去的时刻，永远都是非凡的时刻？你为什么要盲目地雕塑他，让他变得那么完美、经久，你是什么时候这样固定、爱护他，而把你弄得这样一无所有？珠月坐在桌前，在日记本上涂抹着，她的日记本里百分之九十多的文字都是关于自己的想和等待的。

因颉的学校离珠月很近，可她却觉得好远，咫尺如天涯的感觉。她就是走不去。她不敢把自己的思念和任何人说，也不好意思请求任何人的帮忙。她的心思只有她自己知道，连因颉都不是很清楚。她有时候想走到因颉那里和他说话，又没有去，她有时候去了，又没有遇见因颉。她想，如果因颉能给她一把钥匙多好，在他在和不在的时候，她都能走进去，等着因颉。因颉说，他最喜欢下雨的回忆，因颉说了“最”字吗？因颉是不喜欢用那种绝对的词的，珠月想，因颉确是说了个“最”字，看来他真的是最喜欢下雨的回忆。为什么因颉最喜欢下雨的回忆，为什么因颉对她说这话，珠月想，我有时候也喜欢下雨，但不是“最”，她想到自己穿着红裙子在雨中走的情景，有很多的男孩子都在注视着她，甚至有一个人要邀她在雨中坐他的自行车。

珠月每天都在日记本里对因颉说话，而终究是没有说出口来，珠月觉得好累，她感到自己随时都可能倒下，脚是软的，手是软的，拿不起笔。珠月想找出一个理由去找因颉，她太在乎因颉了，一个她不在乎的人她随时都可以去，可到因颉那里去，需要鼓起多大的勇气，需要多么充足的不可推卸的理由啊。她感到自己很想哭，可是又哭不出来，只能让眼泪从心底里流去，一路踏过肌肤和坑洼不平的血液。她在墙上画了很多条路，统统通向一个地方，却都是通不出去的道路。

珠月想对因颉的沉默置之不理，然而她又怎能置之不理？在她的心目中，因颉已经成了这个世上最可爱的。她说服自己，在没爱上因颉以前，因颉也是天下最可爱的人吗？那是因为你爱上他，所以他才最可爱，所以因颉不一定是天下最可爱的。随珠月怎么说服自己，她的心里仍然不听。她已经有些恨他了，甚至想骂他几句，话说出口却都是无尽的祝福。珠月对因颉在日记本里说出了平生从未对人说过的话，她感到心都被掏空了，她感到自己一点儿能力都没有了。一颗种子坚定不移地植进她心里，长成了一棵参天大树，被谁移去都会成为一个巨大的疤痕。

直到有一天，珠月实在不能等到因颉来找她了，她就鼓起天大的勇气给因颉写了一封信。给因颉写完信后，珠月在焦灼地等着因颉的回信，她希望因颉答应来看她，爱她，可她又想，如果因颉真的和她在一起了，她又觉得自己拥有得太少了。珠月在嘴里念着因颉的名字，因颉的名字仿佛已像日常用语一样烂熟于心。她把衣服穿得漂漂亮亮的，把房间打扫得干干净净的，她想象着因颉随时都会来看她。外面房檐雨后的滴雨声像是在下雨，一声一声的，因颉没有来。平时打扮随意的珠月连续好多天都穿得漂漂亮亮的，她怕因颉忽然来了，她得时刻准备着因颉的到来。这段时间珠月事很多，连月高考没考上，她去找一个姑奶帮忙给妹妹联系一所重点高中复读。她到姑奶家坐了一阵，问了一些情况，姑奶说已和该高中校长打了招呼，应该没问题。珠月赶紧回宿舍，她在路上走得急急忙忙，去的时候急急忙忙，回的时候也急急忙忙，她以为因颉会来，怕因颉来了她不在宿舍。那时候没手机，也无法联系，珠月只要下班就待在宿舍。珠月已经有些怀疑自己在因颉心中到底有没有一些位置了。停电了，她躺在床上一动不动几个小时，让眼泪默默地流了很久。她的心里慢慢地涌现出一种悲壮的气味，我既这样贫穷，就让我这么无须占有地拥有你吧。也许我不该爱你，可是我还要爱你，一直到我已不再爱你的那天。当她这样想的时候，她的眼泪如泉水一样涌出来。

半个月后，珠月接到一封信，是因颉写给她的，珠月看了信后立即就撕了，只记住了一句话：让我们做好朋友吧。因颉来找她的两个纸条珠月都留着，那是唯一的一次，珠月撕了因颉写的字。随后，珠月就大哭了一场，是真正的大哭，房间里只有她一个人，她可以怎么哭就怎么哭，白天人们都上班了，没有人能听见她在哭。差不多把眼泪哭干了，珠月坐下来写日记，题目是：不出门一个月。正文：因为我有点累了，我不想出门，因为我倦了，在人海堆里，我被拥挤得鼻青脸肿，而我又是这么贫穷，这么渺小。我累了，我关上窗户，关上门，拉熄电灯，我要不出门一个月。我要想想所走的一切路，悲苦的，自豪的，爱过的，被爱的，我要躺在床上，冥思苦想。想你，却不去找你，想你曾经的时候，有多美好，而我却像个不谙世事的小女孩沐浴着你的光辉，睁着一双困惑的眼睛。在那同一个九月，我也织着这一样颜色的毛线衣，今天，我织着它好像也把你织进去了。我毫无选择地想象着你，却不愿你从此寂寞。我开始想，我要做很多很多事情，却不知从何做起。我在想着那同一个冬天，我百无聊赖，而现在，眼泪涌在眼里，我决定要做一点事情消磨对你的爱。那种爱无声地毁着我的容颜和心脏，那种爱如野兽在撕咬树叶，我是你幼树上闪光的叶子，被你用无声的魔火燃烧着。我要不出门一个月，我要把过去的重新过滤一遍，想童年，想少年，想无忧无虑的时刻，想刻骨铭心的时刻，想叫人流泪、拍桌击椅的时刻，想秋季落叶的声音，想冬季滑冰的声音，想你，想我无数个寂寞难耐、耐心等待的时刻。亲爱的人啊，假如你曾经用无音的颤抖辉映进我心灵一次，为什么不原谅我的幼稚和过失，而把忘情的恼恨遗恨于我。爱情的跷跷板没有一刻是平衡的，你踩得最有力的时候，正是他最不用力的时候。珠月后来看到日记本里有“浮云”这个词，而且是用来形容因颉的，她觉得自己的比喻太形象了。现在不是时髦“神马都是浮云”这句话吗？那时，她就以自己真切的感受用“浮云”来形容因颉当时在她心中恍惚不定的感觉，真是太天才了。珠月有些敬佩自己以前写的文字，如果她现在看到一个二十岁的女孩写出那样的文字，她一定会向她投去倾慕的目光，所以，她向二十岁的自己投去了敬佩的目光。那段诗是这样写的：为什么没有向我说一声再见/你就不出声地走了/像一阵风，你来过/又离去，却没有踪迹/浮云，你不要拿一颗心来毁坏另一颗心/当温暖的心房被你用有力的手敲开/流出血管的将不再是血液/而是心灵/你萍踪不定/却消失不去/你注定会让一次/成为我的永远/就不能站在这里/度过一个稍长的时刻/拥有你的时候/我就不会有恐惧/对于生和那虚无的死/你会给我最蓬勃的力量和生机/在我最沉沦不起的时候/为什么会离去/假如这一切不能成为永远/我会怎样延续那可回忆的日子/你在黑暗之中/把心捣碎/又缝补上/血泪斑斑/离去就永远地离去吧/让我把你放在心上/成为一个不变的永远/让你那悄然不灭的足迹/留存。落款日期：1989 年 10 月 23 日。珠月写日记一般不会写日期，与其说是日记，不如说是杂记。珠月想这个日期可能是因颉来找她的日子，来了一会儿，也许没坐就走了，也可能是没见到她。她一点印象都没有了。只从日记本里翻到一张因颉和两个朋友来拜访她的纸条，是因颉写的字，落款日期是 1989 年 10 月 13 日。珠月想，可能是因颉 10 月 13 日来找她，她不在，23 日又来找她，也可能他是在隔壁老乡那里坐了一会儿，珠月只听到因颉的声音，并没见到他。看到 13 日的纸条，珠月的回忆全部涌上来了，可看到 23 日的诗，珠月一点印象都没有。如果真是见到了因颉，珠月一定会记得。她见因颉的日子屈指可数，而且几乎是天天盼着因颉来看她，她不会不记得。那一次，珠月有可能只是听说因颉来过或者因颉并没到她的宿舍见她。如果因颉不来她的宿舍看她，她绝没有胆量到因颉老乡的宿舍去见因颉。她可能只有颤乎乎地等着。

珠月的同学栗从较远的城市来看珠月，他说叫珠月出去走走，珠月竟反射性地微笑说："走，那有什么好走的？"那时她还没想到栗已在暗恋她。栗为了见到珠月，特意从老家带来腊肉、腊鱼，说是要请珠月吃他家的特产。栗是很多女孩的梦中情人。连月很喜欢栗，她到栗那里玩，连月说栗不喜欢她，珠月说："为什么？那只能表明栗不理解你。"连月说："不知是不是对我有误解？"珠月和连月帮妈妈挖地种菜时，妈妈有意让连月和栗好，连月心中喜欢栗已有很多年，在读高中时就喜欢上了栗，听到妈妈和珠月似乎很赞成她和栗在一起，连月更喜欢栗了。栗来找珠月，并给珠月带来一张明信片，是两枝白百合。珠月从未想过栗，她一直都以为栗可能是连月未来的男朋友，与自己不会有关系。再说，连月已在妈妈面前表明喜欢栗，珠月就不会再有这个心意了。栗要带珠月到山上玩，珠月把他当作老乡玩了一天，栗见珠月对他没意思，就没再来找珠月了。连月鼓起勇气去找栗，栗和连月待了一晚，并没碰她。连月说："是不是栗以为我恋爱过？其实我是从没和哪个男孩在一起过。"珠月说："谁知道？你每天穿衣服那么时髦，栗可能以为你历史不清白。"连月说："栗说我不稳重，不知是什么意思？似乎怕我缠上他似的。"栗在心里一直都心疼珠月，他对珠月说："你总是为你家操那么多心，你穿的衣服还没你妹妹穿得好。"珠月看着栗渐渐走远的身影，有些怅然若失。她一直在心中把栗当成连月未来的男朋友，可栗并不知道她们母女在菜园地里的谈话，他从未想过要和连月在一起。

在认识因颉之前，几个朋友在一起相聚，栗弹着吉他，睡在草地上，手枕在脑后，仰望着星空，他很会说笑话，常常不好笑的事被他一说，就让人笑得不亦乐乎。被人再去重复时，一点也不好笑了。栗的眼睛里总是透露着一股哲人的睿智，瘦瘦的身体里似乎有着无穷的能量。他见天气冷，把自己的衣服脱下披在珠月的身上。叶曦来找珠月玩，正好是中秋节，几个好朋友在花园里弹琴赏月，正是人间最美时。叶曦暗地打趣说："栗对你有意思，你知道吗？"珠月说："我怎么没感觉出来。""我觉得他在追你。"叶曦神态非常自然地说，好像这事是真的。珠月不认为栗把衣服披在自己身上就是对自己有意思。栗可以把衣服披在自己身上，也可以披在别的女孩的身上。栗对她说过爱她吗？那时的珠月感觉迟钝，除非别人对她说我爱你，否则，她不能确定谁是否真的在追她。要说对她有意思的，那就太多了。那就表示别人爱你吗？她是一个心底无尘重视友谊的人，她从来不认为男女在一起就是谈恋爱。即使别人来找她，她也以为别人是把她当作好朋友。除非他对她说"我爱你"，说"喜欢你"都不行，事情仍然不会有进展。

1988 年，霍乱正流行，搞得整个泉城人心惶惶。珠月走在街上，几乎没看到什么人，街上只有两三个人影在动。天气阴下来了，雷在天上示威着，又下起雨来。四月的天气热得珠月把所有的春装塞在一个角落里，想再大的风雨也绝不能穿得上它，可是过不了几天，下了一场大雨，又不得不翻箱倒柜地穿上它。

珠月只感到无聊又惶惑。想到生命只不过是像一场游戏，她感到乐观不起来。昨天科室收了一个肠炎的病人，几个小时就死了，大便检查怀疑是霍乱。又听说邻县已有几人死于霍乱。医院里立即成立了急性传染病门诊和小组。珠月想到七岁时，一个女孩经过他们村歇歇，她的妈妈说她拉肚子，那女孩的脸是青绿色的，从医院里回来后，女孩就是一个躺在担架上的没有生命的人了。村里人都说那女孩是"发人瘟"，家乡人说霍乱等一些难治、传播快的病叫作"发人瘟"。珠月从小就对"发人瘟"感到恐怖，现在整个医院都是处于戒备状态。很多人都不敢到街上去吃饭了。医务人员比以前手洗得更勤了。珠月想，如果再加上战争，那人还活不活啊？每当她想到癌症、战争这之类的事情，她就会头皮发麻。这种毛病直到她后来经历了太多挫折才改善。下了班，珠月感到自己已累得手捏不紧，脚站不稳。雨下起来了，刮着风，雷还在响着，寝室里的人都走了，她感到一阵寂寞孤单，有些害怕起来。她在心里对因颉说："要注意卫生，别惹了病。”她想去对他说，可她没有去，也说不出，只感到一种莫名的眼泪流出来了。她沉思着，忧郁着，想象着，微笑着，茫无目的地走着，蒙蒙细雨滴落在头发上，她轻轻地无意地吐出了他的名字，是那么亲切，叫人心动。

雨后天晴，霍乱的恐惧在天晴中似乎渐渐远逝，街上的潮流又涌起来了，霍乱还没完全静止，恐惧的脚步静止了。新绿的叶子提醒着人们新的生活又开始了。珠月设想因颉会在霍乱流行的日子来，她走在他的前面或后面，让他能看见她。她在等待着一个人的到来，她会想得流出眼泪来，又设想自己出门让他找不到自己，他会不会很失望。她想去找他，一场暴雨打消了她所有的念头，她就索性坐在宿舍里一动不动，不看书，不吃饭，也不睡觉。她想象自己走在那条见他的路上，她一定要把脚步放得很轻很轻，很慢很慢，就像她在和他慢慢地走。或者会不经意地遇到他。

她就那么坚持不懈地织着一件毛衣，织不成，再拆，再织，不管织成什么，或者什么也没织成，她只愿把思念织进去，她的心就会因等待而踏实起来。

一个星期后，霍乱也差不多控制住了，没有再收拉肚子的病人了。那时候只要谁拉肚子，立即就会被隔离，把你当作霍乱治。珠月有一会儿感到肚子有些疼，她想，应该不会被传染霍乱了吧。幸好，她没拉肚子，只是肚子疼，她知道自己没有危险。只是看着外面灰蒙蒙的一片，好像人类处于灭绝前夜似的，她感到似乎对什么都失去兴趣、失去信心。天一晴，好像霍乱也跑了。

珠月认识因颉一年半了，珠月去泉大跳舞，她远远地看到了因颉，因颉卷着裤腿，可在珠月的眼中却是最帅的。如果换了别人卷着裤腿，珠月肯定会觉得很土，可在珠月的眼中，因颉卷着裤腿的样子却是那么富有诗意，让她觉得他是那么帅。因颉并没请珠月跳舞，那时珠月几乎不会跳舞，她多么希望因颉来请她跳一支舞啊，那么她晚上就会睡不着了。可因颉像没看见珠月一样，请这个跳请那个跳，却不请珠月跳一次。珠月觉得很伤心，她想起因颉说的那些女神的话，也许因颉对很多人都说了。她真想流泪，最终抑制着自己不要流出泪来。那一刻，朝思暮想的因颉在珠月的眼中似乎变得遥远迷茫起来。

珠月想，我凭什么对你记恨，又凭什么对你生气？她脑袋里混沌一片，只能朝着镜子做鬼脸，朝着自己笑着。平常珠月和朋友、同学们谈论人生、评判人生得失，犹如一副悲天悯人的腔调，就像在说着与自己无关的事，可今天她却发觉这些谈笑中漠视的创痛忽然变得真实起来。

珠月并没和因颉约定什么时候见面，可珠月每天都坐在宿舍里等着因颉，好像因颉随时会来看她。她知道也许因颉今晚不会来，可她的等待却没改变。她一会儿想念他来，盼着他来，一会儿又怨他让自己这么无望地等着，心里反反复复地想着。珠月弄不清楚因颉到底是否知道自己在等他，可她仍然一心一意地等着他，好像她和他有约定似的。这种想法让她的等待有时变得分外无欲无求，好像除了等待只剩下等待。她那么静心地等待，好像因颉已经知道她在等待着他。她安安然然地等待着，好像一点也没想过因颉会不会和别的女孩走到一起。只要她没看见，她一般不会想到这层上去。当珠月确信自己时，也同时确信了因颉。这让珠月有时有把自己的感情强加给别人的意思，不过，对于因颉来说，这不一定存在。因颉到了要毕业时，才找了一个女朋友，有意无意之中，也许他们都在等待着彼此，又莫名其妙地错过。在因颉离开珠月工作的城市时，珠月的身体还仍然是冰清玉洁，她一直在等待着因颉。连她自己都说不清楚这种隐隐约约的等待。

一个叫昱的男孩一天走到珠月房间就抱住她吻她，珠月被动地接受了他的狂吻，她并不讨厌那个男孩，甚至是喜欢的。他是有名的才子，各方面都是女孩们追求的对象。可珠月只感到他的唇很肉感，甚至感到有一些不适，虽已是好朋友，珠月心里仍感到惶惑和陌生。昱并没对珠月说“我爱你”，他狂吻了珠月一阵后，就走了。他约珠月去看电影，珠月也去了，按说这样的情况一般的女孩肯定会默认昱是男朋友了，可珠月却不这么认为，被人强吻、拥抱对于她来说已有多次，她不认为这与恋爱有关。昱想伸出手握住珠月的手，手伸出去几次后，又缩回来了。自信的昱不知道珠月的想法，他最终没敢伸出手握住珠月的手，如果他伸出手握住珠月的手，珠月一定认为他们之间已有那个意思了。可昱没有伸出手，只是呆板地看着屏幕，几乎什么也没看进去。珠月看得很认真，一个字一个画面都没落下。她并不认为一阵狂吻就能说明什么，也许一个理智的牵手倒让她认为他们有戏。就像一个醉酒的人说的话不能算数，一个清醒的人的一个点头都具有权威的意义。

珠月仍然坐在宿舍里想着因颉，等着因颉来看她，这对于她已成为一种习惯。因颉就像已雕刻在珠月心里，被沙浪一次次地冲洗，却不会被沙浪冲走。珠月坐在黑暗里又想，即使因颉答应了她，她会不会犹豫，同不同意，她想得最多的是她拿什么奉献给他。她除了纯洁的感情外，此外一无所有。她穷，长得又不光彩照人，她认为人群中的卓越者因颉应该找到一个世上最美最聪慧的女孩，才是与他相配的。可她又不愿意没有因颉。

星期一珠月拿着一本《星星诗刊》坐在医院花坛里看了一会儿，珠月回到宿舍时才发现手中空无一物。她回去找，也没找着。她心想，要是因颉捡到那本刊物就好了，因颉看到上面的名字就会给她送来，她就会见到因颉了。她有时心不在焉，丢三落四。她对自己说："为了爱情，为了那个莫名其妙的事情，我付出的太多了。上帝，你干脆把我什么都掠夺去，我什么也不要了，免得我又想入非非。"在见到因颉以前，珠月是打算二十三岁开始谈恋爱，还在一两年以前，她看到男人腿上的毛都觉得很丑陋。

珠月想着因颉什么时候来过，觉得房间里就改变了颜色，房子里的东西都向她装着笑脸，她也不自禁地笑着。她偶尔一瞬想象着如果因颉和别的女孩在一起，她会发疯的，在她的心里，她已经认为因颉是她的了。因为因颉的一句话，珠月已经在心里有因颉一年了，同事琬慧的话让她坚定要继续等因颉。这件事像块最优质肥料使珠月心中正在成长的大树更加枝叶繁茂。随着时间的拉长，这件事成了又一颗种子，长成了一棵和开始那棵树一样枝叶繁茂的大树，这两棵树都具有一样的样貌和品质，都是爱情树，都写着因颉。

可因颉回信说，他们做好朋友。珠月有种受骗的感觉。虽然因颉从来都没骗她，说他爱她。因颉即使以前对别人说他喜欢她，也并不表示他现在仍然喜欢她。因颉不知道、不确定珠月在等他，珠月只一股劲地自己想着因颉等着因颉，却从来没对因颉说过。因颉即使知道珠月喜欢他，也不知道她到底喜欢他到什么程度。当珠月对因颉写了那封信后，因颉感到有些忽然，虽然他也知道珠月喜欢他，可仍然有些突然的感觉。此时，因颉的周围有几个喜欢他的女孩子，喜欢因颉的女孩子一定是不错的女孩子，最少要少点俗气，要气味相投。因颉说他的理想时，她要信，完全地相信。珠月就是这样相信因颉，如果因颉说他能上天揽月，她相信因颉一定不是说的虚言。因颉说太阳从西方出来，她相信他一定有他的道理。在珠月的眼中，因颉就是那种夸父追日、精卫填海似的人物，他哪怕就是说梦，她也会和他一起做梦。

珠月想到大街上走走，她希望能碰到因颉，虽然这不可能，但她还是持之以恒地相信这一奇遇，她在街上走着走着，就遇到因颉了，那时她相信她的眼前会有一道亮光闪过。珠月这样在街上走了一趟之后就回来了，这时她的心里反倒特别安宁，即使没有遇到因颉，她也一直都相信自己的等待是充实的。因颉已经对珠月说明白了，珠月想忘记因颉了。因颉来看她，没见到珠月，这让珠月的心里又泛起涟漪。因颉下雪的日子来看珠月，并说出了一句震天动地的话，这句话在以后漫长的岁月中让珠月心中那棵由因颉生长成的大树几乎成了参天大树和一片森林。后来，珠月想，是珠月让因颉病了，还是因颉要让珠月来为他做些什么，他那么早就知道他需要珠月。他知道自己一定要遭难吗？那个时候，一定有个珠月疼他爱他，为他遮风挡雨。

一年前的一天，因颉来看珠月，他们几个人在一起走着走着，因颉说坐坐吧，珠月没坐。后来珠月一直后悔这一次见面，为什么没有坐坐呢？说不定坐坐就会离因颉更近一点，甚至可以大胆地靠在他的肩上，向因颉明确地说自己喜欢他，最少她和因颉之间会少一些曲折。她感到自己的相思是世上最愁人的事情，她没有勇气对因颉说。每天想念着因颉，却不能让因颉知道，自己羞于启齿，难道有比这更烦恼的事情吗？现在珠月想，我也向他表白了，他也说了他的意思，为什么还不把他放弃？“他已经不是以前的他了，这是我应该清醒认识的。”珠月对自己说。

珠月想忘记因颉，没有过多少时间，这种想法就在因颉的来而不遇中被打垮了。她盼望着因颉的再次到来。她讨厌下雨，外面在下雨，下雨就会阻断因颉的到来。总是雨天，总是雨下个不停，雨下得那么大，越下越叫她绝望。珠月望着窗外，想象着因颉正在起程，就像已经听到了他的脚步声，从近到远，又从远到近，她不敢出门。她想象着因颉到来了，浑身湿透，她就会递给他准备好的毛巾，帮他擦去雨水。珠月不知道因颉即使以前喜欢她，可这颗种子并没有长成大树。可当珠月写出那封信后，因颉虽然写了婉转的拒绝信，珠月的信反而在因颉的心中又成为一颗新的种子。不管这颗种子是什么性质的，因颉这辈子都不可能忘记珠月的这封信了。当珠月已经认定因颉不爱她，她和因颉之间不可能时，她在心里想放弃因颉了，因颉的心里却有一颗种子发芽。爱情的跷跷板总是不平衡。即使那块跷跷板写满了爱情，可是却经常一边高一边低，即使已经与爱不爱无关，可也仍然无法找到平衡来倾诉爱情、享受爱情。珠月的日记本里以前只有隐隐约约的思念，后来就出现了因颉的名字的首字母。珠月已不能掩饰自己对因颉的朦朦胧胧的思念了。珠月看着镜中的自己，她画了眉毛，擦了粉，她感到镜子中的自己美若天仙，她希望因颉此刻到来，看到她的美丽。她的美丽是不定期的，有时美有时丑。同事小鱼看着镜子中的珠月，说，你美起来仙女都比不上。

因颉在那个下雪的冬天对珠月说他可能要到外面打工，自己对当医生没有兴趣，对自己的前途没有把握。

因颉的这个原因在当时的珠月听来有些隔膜和渺茫，她不认为这会成为他们之间的障碍，她认为这是因颉的一个托词。珠月认为爱情难道还会被这些阻隔吗？别说要到外面去闯，就是到国外去，只要有爱情，也阻拦不了。珠月非常理解地从心里宽容了因颉的托辞，毕竟她爱了他那么久，她无法对他有意见，更不会一直恨他。而因颉的那句“我真舍不得你”的惊心动魄的话使珠月的心里其实又升腾起了一股潜在的希望，她又会下意识地不由自主地等着因颉，虽然她再也没有向他表白过。直到因颉离开泉城，珠月才真正地想到自己应该找个男朋友。珠月伤心地想：“别把他看得那么神奇，他很普通他也是人，像对待人一样对待他吧。别自作多情、自找苦吃。假如他爱你，这一切已经足够，假如他不爱你，再多再多也没用。我总在想，我错在哪里？我独独想不到他从来都没爱上我。”珠月心里虽这么想，可又那么想：“我会一辈子爱他的，他永远不会走出我的心，任何人都无法代替他。我仍然会为他歌唱，直到喉咙变哑，还会无声地唱。不会有第二个人像我这样深爱他，她们或许爱他的这一点那一点，而这是会失去的，而我爱的是他的血，血是不会改变的。”珠月非常坚信自己爱因颉只是因为爱他而爱他，别人爱因颉都是肤浅的、经不起考验的。因颉不喜欢听珠月说这种意思的话，几年后的一天，当珠月暗示因颉的前女友是肤浅的、不懂爱的，因颉有些生气，并且暗示说，到底谁不懂爱。

枝子神秘地对珠月说：“你知道吗？因颉跟着一个女孩走了，听说她家里很有钱，存款有二万多元。”珠月听了呆坐半天都没吱声。她很想放声大哭一场，然后再静静地哭，永远地哭。她想：“因颉所说的要出去闯等等，都是骗人的，不爱就不爱，何必要找一个好听的理由。”这对于珠月来说，是一个苦夏。她写道：苦夏,辛勤地流汗水 泪水/命运 无可捉摸/你高飞而又高飞/任泪水就这样流吧/妈妈，为什么不让我的泪水/到此结束在这荒岛/我是穷人家的女儿/我干吗要去爱你 永志不渝/我干吗要去爱你 自古至今/注定是一个折磨/离开你这是最好的良策/为什么我不走远一点/不让我看到你/除了 爱你的那颗/金子般的心灵/她是由天边的苍穹水做成/不是所有泪水能构成大河/不是所有的痛苦/都将得到报偿/注定有一条路/穷人的女儿永远不能到达/走在那条路上/眼望着母亲孤零零地回家/有一种泪水永远也流不尽/不要祈求上帝偿还穷人的眼泪/就这样走吧 走到海洋里去/成为最美的一棵海珊瑚/让众人捧若手中明珠/此时 上帝正在用仁慈的眼光望我/他说：儿啊/不要难过/好日子一定会来临/那么 我就跟着你走吧 父亲/父亲的眼睛仁慈温和/妈妈悲苦的脸孔 在后面飘摇着/当所有的路都走绝/我不再为此感到担忧了/因为我本没有路。当珠月看到自己以前写的日记时，她有一些感动，更为因颉有些不平。因颉不是一个嫌穷爱富的人，一切不过是阴差阳错。贫穷这件事是珠月心里爱因颉的一个隐痛，每次当她想放弃因颉时，她心里竟有一种高尚献身的感觉。她知道因颉一定会找到一个比自己各方面都强的女孩。枝子看着半天缓不过神来的珠月，安慰珠月说："喜欢你的人那么多，我看有几个还可以。"只要珠月不和因颉在一起，枝子的心里才有些平衡。枝子曾经在珠月的宿舍见过因颉，她很崇拜珠月，她知道珠月配得上因颉，所以，她更怕这个世上最好的男孩子被珠月得到，只要他们爱情的跷跷板平衡了，那将会是世上最完美最令人羡慕的爱情。

枝子什么时候离开的，珠月竟然不知道。珠月晚上想出去走一走，回来后仍然坚持在日记本里写道："只要我还能爱，那爱的人就一定是你。""你怎么就走了呢？我以为你永远都不会离开我，我会固执地以为你还站在那里，等我到来。不知你是不是为了我而来，怎么让我没看见你，街上人声寂寥，你会不会站在那个地方，幽灵般地让我惊喜一番？我怕你就这样永远地走了，从此，生活就只剩下一个回忆。"珠月那时已经有些明白自己摆脱不掉的是一种习惯的心境，但那个明白只是理智上的，在感情上她并没意识到这一点。因为她当时写下了这句话，可后来的事实看不出她真正理解了这句话，早就把习惯当成了坚贞不渝的爱情。或者爱情本身就是一种习惯。

到了另一个城市上班的因颉到老乡这里来了，应该坐了一会儿，有几分钟的时间，他就走了，如果他还继续待几分钟，珠月一定会忍不住去和他说话，可因颉每次像一阵风一样来了又走了。他没有到珠月宿舍看珠月，可珠月把因颉的每一次来都当作是来看她。因颉也不知道自己到老乡这里来是不是为了珠月，不管怎么样，因颉认为还是为了珠月。珠月被因颉搅得心烦意乱。因颉如果不喜欢珠月，珠月不太相信，因颉如果喜欢珠月，他怎么不对珠月说要娶她。多少年后，因颉对珠月说，是因为珠月对他写了那封把他当英雄不当常人的信后，他更不知道怎么来接近珠月了。

因颉从外省来看珠月了，而珠月却不在宿舍。珠月等了多少天，多少年啊。因颉来了，她却出去了。她很少很少出去的。她看到了他留下的条子，写着他来过，珠月想，我天天盼他，为什么他来了我却不在宿舍呢。珠月看着他写的字，她一个个字地看，他写的每一个字她都想看入骨髓里。她想着他来过，来看她，这是珠月梦寐以求的幸福。而幸福却擦肩而过。珠月已经历过一次失败的恋爱，她不知怎么面对他，她还配得上爱他吗？他知道她的事吗？他一定知道的。他放不下她，他还是来看她了。珠月还可以去找他，他还没走，他留言说他晚上住在双翼曾经住过的宿舍里，可珠月认为自己已失去爱他的资格了。那时，她也不知道因颉已和女朋友分手。珠月拿着他留下的纸，看了很多遍，她的心里是那么欢喜，又是那么惆怅。他的字就像他的人，不张牙舞爪，却有个性，又透露出一种质朴呆气。

因颉是一个非常敏感的人，这是珠月后来才发现的。敏感的因颉才那么在乎珠月把他当成什么，而且因颉是一个非常纯正干净的人，纯正的因颉才会遇到英雄与爱人之间的难题。珠月想到自己其实和因颉是多么相像啊，她那时对因颉的感情全是心灵的，与身体半点关系都没有。她只想看见他，伴着他，此外，什么都不用做。珠月在因颉的心中仿佛也变成了透明晶莹的女神。

第五十五章

珠月想，从现在开始，谁说爱你就跟谁，只要觉得可以就行。他们也是有血有肉的灵魂，为什么要经受你的伤害？别人拒绝你别人就不高尚了？你不是也常拒绝别人吗？不知为什么天空变成了暗的；不知为什么，所有的一切都变了颜色，绝路难走啊。只有死亡才是最好的出路。当珠月写死亡时，她从没真正想去死，她只是感到死亡是解脱的方法，每当她遇到挫折时，她就把死亡拿来当挡箭牌，死亡都不怕了，还怕挫折吗？大不了一死，人还有什么扛不住的吗？当珠月无意识地写着死时，她实际是拿死来壮胆、来抵抗灰心失望。十多年后的珠月是真正地屡次被死亡所威胁、逼迫，以往是少年不知愁滋味强说愁，现在是真正地知道了什么是愁什么是忧什么是苦熬。以前的死在珠月的心里大多只是一个名词，现在的死在珠月的心里是颗不定时炸弹，它随时都会威胁珠月，让珠月醒后有时感到无法活下去，哪怕是多余一分钟，一分钟都是那么沉重那么无法坚持。

珠月回家，禾月给她看一幅画，画的是一张人的侧面照。当珠月看到禾月把人的嘴画在侧面人的脸上，就忍不住发笑了。小孩子不知道怎么安排侧面人的嘴，禾月就把整个嘴安在侧面人的脸上了。禾月无可奈何的天真让珠月感到很快活，很有趣。也难怪禾月不知道怎么安排侧面人的嘴，连珠月自己都感到无可奈何，她从小就对美术没有过多的兴趣，最多也就是完成老师布置的作业，她也不知道怎么画侧面人的嘴。

禾月硬要跟着珠月到泉城市医院来玩，珠月不让，禾月的那个哭啊，她睡在雪地上怎么都不肯起来，眼泪把她秀气的小脸全弄脏了。小妹说想死姐姐了，拉着她的衣服不让珠月走，要不，就要跟来。珠月想，下次一定要带小妹来玩。

十二岁的禾月从家里走了六个小时、六十多里路来到珠月上班的泉城。禾月和弟弟吵架，爸爸袒护弟弟，爸爸说："你就不能把你的背弓着给老弟打一下？”禾月不让：“他拿的是火钳，你没看到啊？”爸爸说：“你就让他打吧，免得把他惹哭了。”禾月就把弟弟手中的火钳夺过来，弟弟就躺在地上大哭起来。爸爸说：“你们在他面前都是奴隶，知道吗？”说着就夺过禾月手中的火钳，在禾月的背上不是很重地打了两下。这是爸爸第一次打孩子。弟弟见爸爸打了禾月，就不再哭了，爬起来，看见旁边有一块尼龙布，就拿着在火塘上烧着，弟弟见尼龙布烧后滴的油脂很好玩，就趁禾月不注意滴在她的手背上，禾月疼得惊叫一声，顺势把弟弟拿着尼龙布的手一挥，没想到尼龙布的油脂滴到了弟弟的手背上。爸爸见弟弟大哭不止，就冲禾月吼道：“他想做什么事你就让他做，不行？让他做，你就要死了？快滚，不要回来都可以。”说着，爸爸拿着一个竹篾箩筐朝禾月身上丢去。禾月大弟弟七岁，整天和弟弟打架。也不知是谁的错，他们俩只要走到一起就要打架。

天已经黑了，禾月知道自己闯了祸，她想到爸爸说的“你们都是奴隶”的话，禾月想到了大姐姐。她起先只是在村外的小路上走着，在犹豫要不要回家，后来，她坚定了要去找姐姐。当时禾月的脚上穿着一双拖鞋，她就凭着她的记忆往姐姐上班的方向走着。那时候，坐公共汽车到珠月上班的地方，大概需要一个小时五十分钟，禾月曾到姐姐那里去过两次。记得第一次去时，姐姐给她做了一套蝴蝶衫，那套有圆点的衣服让禾月美丽了很长时间。她穿着珠月给她做的蝴蝶衣到姐姐的科室去玩，科室同事都说她是武汉人，不像农村人。禾月很喜欢那套蝴蝶衣，回家背着冰棒箱卖冰棒时，她就穿着那套蝴蝶衣，别人看她可爱，她一箱冰棒总是很快就卖完。还有一次到姐姐那里去玩，记得到公共汽车站时，小巧玲珑的禾月就和人群一起溜进站了，她很得意，她在那里向姐姐做着鬼脸，意思是：我行吧，你看我，这么快就进来了，不用买票。十一岁的禾月看起来特别小，她本可以不买票，结果，查票的工作人员见一个小孩在那里向人神乎其神地做着得意的表情，知道这孩子肯定没买票，是溜进来的，家人还在外头呢。那个工作人员一把揪住禾月，就把她揪出来了。珠月笑得眼泪都要出来了，最后不得不给禾月买了一张儿童票。

那天禾月一边走，一边哭，走到“打石冲”的地方，听“打石冲”这名字，就知道青山乡为什么叫“山里”了，打石冲那儿以前是一座整山，有人把那座山打通了，通了公路，所以就叫“打石冲”。以往那座山没打通时，人们都是怎么和外界联系的？看来只有翻山越岭过去了。听说那里埋了一个被撞死的孩子，禾月不敢看旁边有坟墓的地方，她听大人说，1949年前很多土匪打劫就等在“打石冲”这个地方，看到有人过，他们就会成群结伙地从山上冲下来。“打石冲”这个地方就是一条公路，两边是高山，是到禾月家的必经之路。以前这里住着一户人家，后来搬走了。禾月越想越怕，她怕山上会冲出一堆强盗，她加紧走着，冷风呼呼地吹着，她一点也不觉得冷。天空中似乎还在飘着一星点雪花，昨天已下了大雪，路旁全是积雪。禾月的破拖鞋已经湿了，她走到榧子岭，听说这里死了很多人，这里有一个大弯，司机们不注意就会把车开到山下，别人都说这里有鬼魂作祟，所以司机们有时就不由自主地连人带车滚到了山下。禾月知道香草二娘也是死在这里。当时，听说二娘被麻木车甩到几米外，村里人都说她是心脏被摔掉了。

禾月拖着拖鞋，脚步飞快地走着，仿佛鬼魂在后面追赶着，好不容易走到一个叫六公里的地方，那个地方有道班，还有一个煤矿，禾月感到安全些了，只要走到有灯光的地方，她就会感到一阵安慰。从六公里到五公里，禾月觉得这段路最不可怕了，远远地望着，五公里就在前面，一路有一个村庄。禾月想到和姐姐们到五公里来过，每年徐家姑爹做生日，禾月有时会和姐姐们一起去给姑爹做生日，姑爹的家就经过五公里这个地方。过了五公里，禾月一路凭感觉走着，她想不会错，只有一条大路，往前走，就会是青山驿镇了。一路只有公路两旁的大树以及两旁的田野，好久才看到一个村庄。

禾月每走到黑黑的路段，就什么也不想，只想快点走，走到姐姐那里去就不怕了。她是多么想快点看到姐姐啊。等禾月走到青山驿镇时，她心里早已把对爸爸的气抛到九霄云外了，她心里充满的只是见到姐姐的快乐。过了青山驿，又会走到一段无人居住的路段，禾月想，只要往前走就可以了。她到青山驿后，问过一个路人，到泉城怎么走，那人对她说：“你只管朝着这条大路一直往前走，到了咸宁，有一个分岔的地方，一条路是往武汉的，一条路就是往泉城的。到时再问。”禾月一路走着，这一路比从家里到青山驿更可怕了，很多地方都是黑黑的，没人住的，她只管往前走着，走了几个小时后，她看到了一条分岔路，她站在那里等着问人，到泉城该走哪一条路。可旁边没有人，很多车呼呼地飞奔过去了，没有车停下来。禾月急中生智，她看到远处有一所房子，她猜想是餐馆，她就走过去问，餐馆里的老板娘告诉她往那条窄一点的路走就可以了。禾月乖巧地对老板娘说了声“谢谢”，就按照老板娘指的路往前走，走了一会儿后，禾月看见了很多房子，还有行人，禾月心里涌起了一阵激动，这一定就是咸宁了。在咸宁街上走着，禾月虽然拖着早已打湿的拖鞋，而且拖鞋前面破了个洞，但这并不能阻碍她越来越轻快的脚步，她想到要见到姐姐了，心都要跳出来了。过了咸宁市，这一段到泉城的路就相对要好走多了，虽然路上也有没人家的地方，可一路都有路灯，大概走了个把小时，当禾月到了泉城时，她的眼里不自禁地流出了眼泪，她多么喜欢泉城，因为这里有她的姐姐。

当禾月走到了泉城市医院，走到了护士楼时，她的心里有一些忐忑，她不知道姐姐会不会责骂她。有一次姐姐回家在路上碰见放学的她，就把她抱着甩了几圈，那时她虽然只有七岁，可那种幸福的感觉一直都强烈地留在她的心里。今天晚上姐姐会说她吗？她站在姐姐的门口好半天，支起耳朵听着姐姐门里有什么声响，心想姐姐可能睡着了，最后她还是鼓起勇气敲了门，里面没有人来开门，禾月知道有人敲门姐姐一定会醒，她历来都是一个操心的人，一般不会睡得那么死。禾月想到姐姐可能在别人那儿玩，她上次来知道姐姐和王思美姐姐玩得好，就想到走到楼下王思美的房间那儿去看看，果然她在门外听见姐姐和王思美说话的声音。禾月喜出望外，她刚才还想，今晚是不是要在姐姐门外蹲一晚啊？现在好了，姐姐就在这里，禾月听到姐姐的声音，还看不到姐姐，她就走到王思美房子的窗户外面，正好王思美的窗帘没拉好，禾月看到姐姐正坐在思美姐的床边，和思美姐说着话。禾月赶快回到姐姐门口，她怕她们发现她。姐姐终于回来了，当珠月看见禾月时，她都不敢相信自己的眼睛，惊喜还是压倒了一切，赶快开门让小妹进门。禾月讲了事情的经过，珠月看到妹妹流泪，也心疼得忍不住流下泪。她赶紧背过身去，她不想让妹妹看到自己流泪，在家里她永远都是妹弟们的靠山，如果她流泪了，表明这件事更值得伤心了。

珠月说：“你怎么不叫我？怎么那么傻？”禾月说：“我不敢。”珠月赶快烧了热水让小妹泡脚，又拿了一双棉拖鞋给禾月穿。她们姐妹在电炉旁边烤着火，那时差不多已快晚十二点了。她们说着说着，越说越开心，禾月也忘记了自己来的原因，心里想着，已经放寒假了，正可以到姐姐这里来玩。珠月说：“你真厉害，你怎么走来的？你不怕吗？我都没这本事。要是我，我都怕死了。”禾月笑着说：“我只要想能见到姐姐，就什么都不怕了。”珠月想到十二岁的娇小的小妹拖着一双破拖鞋在寒风凄凄的夜里走了六个多小时到她这里，她的心就会掠过一阵酸疼。那么漆黑的路上走着多可怕啊，小妹的脚走酸了还要继续往前走，你就这么摸着走到姐姐这里，你还知道姐姐是你唯一最亲的人，于是你走来了，不管路程多远，不管黑暗多么可怕。第二天，爸爸就赶来了，爸爸一晚上都没睡，小女儿一晚上都没回家，他不知道小女儿到哪里去了。他想，禾月肯定是到大姐那里去了，除了大姐那里，她没地方可去。当爸爸看见禾月时，爸爸哭了，他说："儿啊，以后我要是打你，你就拿这拖鞋打我。"禾月早已从心里原谅了爸爸，她知道爸爸心地善良，虽然脾气暴躁，可这也是第一次打她。

禾月考上一所比较差的普通高中，她觉得在这所高中考大学没希望，就干脆不去读。十七岁的禾月和一群小女孩被一个混混带到深圳打工，珠月给了禾月身上仅有的三百元，禾月去了十几天，仍没找到工作，说是老板还没联系上业务。那个混混是为了中介费把这些小姑娘骗去的。禾月到深圳之前，余清把一床毛巾被给了禾月，他说："希望你在外面混得好，到时不要忘了我们哦。"禾月临到深圳去的前一晚给珠月写了一封信。①

姐姐：

再见了，我将去很远的地方去闯一下我的能力，去干一份事业，我一定相信我的能力，绝对不会来个半途而废的，请相信吧！只要有工作干，哪怕再苦再累，我也不会回来的，一定要坚持干下去的。为了不让你最后的一次打算落空，为了不让你失望，我一定好好干，积存好多好多的钱来，支援你和姐夫结婚。当然啰，我知道你一定会说怎么可能用小妹的钱来结婚呢？可是，我的的确确是真心，太喜欢你了。这么多年来，因我从未送过什么礼物给你，这一次你一定要收下。你为了这个家好，付出太多太多了。难道你不觉得你简直是太伟大、太高尚了吗？我一直都认为你是我所见的人中最崇高的人了。

姐，你不要担心我，不要可怜我，反正，我总觉得我将来一定会比你有钱些的。也许你所担心与可怜的不是这些，而是我从未一个人出过远门，从未做过那样的事情而为我担心。请你一定要放心。我这个人精神好，又不生病，只是做点事情，那有什么要紧的呢？我不能在初中阶段听取你的话，那完全是超过我力所能及的范围，而在体力劳动方面哪怕再苦再累，我也会做到的。姐，说实在的，你对我们的

① 这封信采自禾月给姐姐珠月写的信，一字未动。不是作者所写。

关心简直是太多太多了，想起来，要我做一个半途而废的人那是不可能的，那简直是太对不住姐姐了，那你一定会对这个家完全失去信心的，再也不会相信家中的人了。为了让你相信我，我们，我一定好好地干。有可能的话，就像你说的一样当个领班、主管什么的，不过这一切除非没有工作，那我可没办法了。

姐，我简直太喜欢你了，为什么你如此令人尊敬，令人可敬，令人敬爱，也许这一切都是来源于你的所为，你所做的一切。我可以对天发誓，不管将来怎么样，我对你的爱一生不变。

姐，后天我将乘车走了，说起来，我好想早点面临后天，说起来，我好害怕面临上车将离开你的那一刹那间，是多么的恐惧。但是，我为了去闯一下，为了遵守诺言，我将勇敢地上车，勇敢地离开你们。那个时候的泪水在心里流，我不会让你看到的。要不然你看着我哭泣地离开你，你一定不放心我。也许你在家里想，小妹她一定会在那里想念家乡而掉泪的，想来想去，心里会难过的。怎么可能让小妹一人去远方打工呢？你一定会伤心的，是吗？我亲爱的姐。

“姐，我可以想你吗？”请你不要误以为我会疯狂地想你，想念家乡，而掉泪，要回家，即使是的，也没关系呀，我一定会坚持地把握那份工作，不会弃掉的。说起来，我这种人思想简单得很，我不会想念哪个人那么疯狂。请你一定要放心，我没有什么值得你担心的，只有值得你想念。

放心吧！我亲爱的姐姐，我会一切都好的，到达那里之后，我一定会写信给你告知那里的情况。

姐，我会永远都喜欢你的，一生不变。

姐，我还很担心你，你一定要保重，身体要紧，一定要多休息，不要太操心过度了，知道吗？

姐，我太喜欢你了，完全是说不出的爱，写不完的爱，爱不完的爱。你不要看了觉得我真舍得说出，真肉麻。本来这一切就是事实，我这个人从未有过半个秘密，有什么就说什么，但是都是事实，都是我的内心话。

（你们四个人打拖拉机的时刻）

妹妹禾月

珠月看了小妹写给她的信，好想哭。珠月三四天就给禾月一封信，只有给禾月写信时，才不会觉得是浪费时间。经常在把信送到邮电局的途中，珠月的心情是愉悦的快乐的，仿佛看到禾月拿着她的信高兴地看着的样子。妹妹，姐姐不想你走得太远，你一个人太小，太小，小小的年龄不禁一握。

禾月在那个纺织厂待了几个月，老板还没接到一宗业务，每天只管那些小姑娘吃住，几个月后珠月叫禾月回家读卫校。

禾月在泉城打工好不容易赚了五百元，在街上看到一个地方在押扑克牌，她看着也想赌一把，觉得一定可以赢一笔钱，没想到五百元投下去，一分钱也没赚回来，五百元也血本无归，这五百元是禾月准备送回去给父母过年用的，没想到就这样没有了。禾月赶快给珠月打电话，电话里她已经说不出话来了，又转回到姐姐的家里，坐在楼梯台阶上，哭得声音哽咽。珠月从未看见禾月这么哭过，她的声音哽咽得让人觉得她有着万千痛楚不能说出来，珠月虽然也责备妹妹不该相信这些，可是她当时只觉得好笑。禾月声音越哽咽地哭，哭得越伤心，珠月越笑得欢。也不至于为了五百元哭成这个样，没什么了不起，不就五百元吗？值得这样吗？可禾月不听，五百元对于她这样刚刚上班打工的人来说是太多了，而且又是这样失去的。珠月一边安抚妹妹，一边在边上笑。她们走下楼梯准备到外面去透透风，珠月指着天空说，当你遇到不顺心的事情时，你只要看看天空，你就什么烦恼都可以抛掉。禾月看了看天空，似乎若有所悟，在她的眼里，姐姐是伟大的，姐姐说的话肯定不会有错，不管遇到什么事，姐姐都是她的主心骨。既然姐姐说五百元不算什么，又说要给她五百元，她也不再哭了。只是想想，心情仍然十分不爽。后来，禾月再也不相信那些街上摆摊设的陷阱了。

读小学五年级的珠月竟然做主叫二妹碧月一年级留级，连爸妈都不知道。那天，珠月见二妹不会背刚发下来的二年级课本的第一篇课文《春暖》，觉得不可思议，她想我每篇课文都能很快背好，她以自己推断妹妹，认为她应该留级。殊不知二妹本是什么事都慢一拍的人。珠月当时的理论是，成绩要一直名列前茅，这样就会被鞭策永不落后，如果成绩不行还继续往前面赶，等于是承认自己不行，既然不行，就会有惰性，永远不行下去。这看起来似乎有道理，但绝不是唯一的道理。二妹懵里懵懂心甘情愿毫无抵抗地就同意留级了。珠月当时觉得自己是个大人似的，怎么妈妈当时也没意见？爸爸连她们读几年级一般都不是很清楚。珠月当时觉得理所当然，只是现在低头看一看十二岁的孩子，她有些不相信自己当初竟敢做出这样的决定。

碧月读了两个月高中，觉得自己读的不是重点高中，家里又没钱，就自作主张把学费退了一半回家了。珠月回家见到碧月时，她推她，又用拳头打她。“不读书，做什么？家里再穷，也要供你读书。”碧月说：“我怕用了家里的钱，到时又考不取大学，那钱不是白用了？家里每天连买米的钱都没有。”珠月说：“不管怎样，不能不读书，越穷，越要读书啊。”碧月说：“学费都退了，被子都抱回家了。”“还不是可以再去？”“算了，我不去了。”这件事那一刻对珠月的打击还很大的，她从没想到家中竟然还有人不读书。她从小就觉得那些没书读的人是最可怜的。当她看到吉紫堂姑和粒儿姐背着书包上学时，她是多么羡慕她们啊。站在旁边的爸爸笑着对珠月说：“是她自己不读书的。”爸爸似乎对这件事没有太多伤感。

碧月从小动作缓慢，可以称得上是迟滞，虽然成绩在家是第三好。珠月记得有一次叫她去收衣服，她说：“好。”说着屁股也离开了椅子，似乎是起来了，等半个小时之后，珠月再来看，她依然坐在椅上，还没起来去收衣服。平时，她夏天喜欢睡在竹床上，经常肚痛，家里主要是珠月做事，连月做一些，她几乎没做什么事，估计是没什么义务感。现在姐姐们和她说此事时，她说，你们两个都出去之后，家里的事都是我做了。你们在家时，是我们家最兴旺的时候，你们不在家了，家里经常没米，我每天看着家里那么穷，心里很不舒服。之所以高中没读完，我就是担心家里没钱。看来，她也应该受了一些苦。她讲起爸爸有一次没钱，提着一个米袋子去借米，也不知是不好开口还是怎么的，最后借到一个他以前很好的朋友那里去了，那个朋友是女的，离柳树湾很远，要坐车才能去。爸爸仍旧还是开不了口，最后又提着空米袋回家了。妈妈也对珠月说起过这事，妈妈对儿女们说起这事时不知是什么出发点，她说以前的时候，那个女的很喜欢你爸。妈妈有一次还说要珠月帮她家的孩子找工作，看起来很大方，实际上现在还是耿耿于怀。

碧月因为和邻居吵架，她平常不言不语，吵了架之后，气不是通过语言出的，而是跑到阳台上拿把剪刀悄悄地把人家晒的衣服剪了一个洞。碧月告诉了珠月这件事，珠月看着十八岁的妹妹，叫她去餐馆打工，她就躲在餐馆桌子底下，刚刚一天就被老板炒了，没想到内心还有这么大的仇恨。碧月不喜欢说话，不喜欢说话的人一般都用行动表示，喜欢说话的人都不爱行动。人总得做一头，要么何以表达人的情感愿望。如果在爱情上，珠月像碧月这样的喜欢用行动表达，珠月觉得自己的命运可能会不同。

碧月后到园城一个家具厂打工，每个月的工资二三百元、三四百元全部寄给父母，她自己几乎一分钱都不用，吃工厂的，平常的零用钱就靠有时加班的二三十元就足够。旁边同样和她一起打工的刘老乡禁不住问她存钱秘诀，她说，我觉得不需要用什么钱的。她又不买衣服、化妆品什么的，又不没事逛街，一心就只想着存钱给父母寄去。自从珠月出来读书工作后，珠月妹弟们和父母常在家是上餐不接下餐，再加上她的家乡一带时兴送礼，红白喜事不说，孩子做九朝，满月，一岁，十岁，老人做寿等，特别是到了下半年，每年大概要送大几千元。

碧月连洗衣粉都节约着用。有一个同宿舍的女孩经常用她的洗衣粉，她心里很气，可她又不好说别人。碧月把洗衣粉收起来，同室女孩说："你真小气，连一点洗衣粉都看得那么重。"碧月没吱声。

碧月在园城遇到家乡的一个同去打工的男孩子王永，他说六公里"青山道班"那几个字是他写的，碧月有些佩服他，心想，能被请去在那些地方写字，真不简单。后来才知道王永是在说谎。王永回家后经常帮碧月爸妈一起去山上拖楠竹，珠月爸去世时，他发短信说起这事，珠月都想流泪了。王永非常怀念珠月爸，说他"真好啊"。王永于一年前因肝癌去世，珠月不敢想，王永才四十五岁。当珠月听妈妈说王永一家都是肝癌去世的，他还是活得最长的，珠月心里才稍微舒服一点，又唏嘘不已。王永的哥哥弟弟都因为肝癌早已去世，他的爸爸也是肝癌去世的。王永结了两次婚，现有两个儿子，珠月妈说王永的现有老婆看起来很不错，说他找了个好姑娘。碧月自己都不记得是怎么和王永分手的。王永回家后，他们就慢慢没联系了。虽然王永回家期间还去帮碧月家里拖过几次楠竹。

对于这件事，珠月的伤感甚至大于碧月。王永多次过年过节给珠月发短信，珠月要么没回，要么回得很简单。她没想到王永会死，也不知道他的肝癌家族史。珠月想起王永给她发的那个回忆他和爸爸一起拖楠竹的短信，她当时看了后心里很感动。王永较有文采，让珠月想象他和爸爸一起同甘共苦分担的情景，心里至今仍然感谢王永。

连月凡事都学珠月，也不是有意去学，她们姐妹一块长大，连月无形之中受珠月影响，从心底里真心认同珠月的一言一行，一举一动，包括择偶标准。珠月曾经和个子较矮的游黄谈恋爱，连月觉得姐姐的这个男朋友还可以，她说以后找男朋友就要找矮个的。珠月说：“你弄错了吧，我喜欢高的。”“那你为什么要找一个矮的？而且我觉得你们走在一起很配，很协调。”“我没想到会和他在一起，是他说爱我很久了。”珠月喜欢字写得好的，游黄的字写得好，连月当然喜欢字写得好的，总不能说喜欢别人字写得不好吧。珠月穿的衣服，连月觉得大部分都好看，她要偷偷拿去穿一下，有时只有借。一次她找珠月借一件一百六十八元的美特斯邦威短裤穿，珠月那时候就只这件短裤最贵最时髦了，连月看着眼睛都痒了。她要到同学那里去玩，竟然哀求珠月把短裤借给她穿一天，珠月一向很纵容连月，就把短裤借给她了。连月个子一米六，红扑扑的脸蛋，十八九岁看起来像十四五岁。她曾在读大学时，喜欢一个矮个子男生，那个男生貌不惊人。没想到那个男生并不喜欢连月，因为连月穿着时髦，他说连月是“水货”。连月喝了一瓶酒，珠月赶到学校打了连月几拳，说：“你真没用，值得吗？一个那样的男生，根本就配不上你。”连月问珠月：“什么是水货？”珠月说：“别人看你穿着时髦，以为你是不正经的女伢。”

后来，连月也像珠月一样找了一个大学学生，连月的男朋友谌中大学毕业后分在泉城市物资局下面的一个公司上班，物资局在二十世纪九十年代慢慢地变得越来越多余。珠月记得以往去粮店买一斤油，她要拿着油票排很长的队，她手里拿着一个油瓶，看到了也在队列中排队的田医生，她觉得他拿着一个油瓶子甩着的样子有些无奈无聊。大概 1990 年后，好像就不用拿粮票买米，拿油票买油了。物资局下面的公司首先面临生存危机，后来物资局也渐渐没了。连月上下蹦跳，终于把老公调到地委纪委。谌中上班每天就是一杯茶，一份报纸。连月对他说：“迟点到没关系，再多睡一下。”

珠月和科室很多同事春游到庐山玩，连月听说出事故的火车正是珠月他们坐的火车车次，连月中午连饭都吞不下了，她猛然看见门上贴的报纸上写着大大的“事故”两字，她对刚结婚的老公说：“要是我姐姐死了，我也活不了了。”珠月和科室同事坐的火车确实发生了事故，因他们坐的车厢离事故车厢太远，所以每个人都是安全的。

第五十六章

每天为工作和孩子，生活竟是那样的快乐。自学考试、医院的各种考核还有一年打二三次麻将，虽然几个麻将子都码不稳，次次几乎都是送钱的。生活就像河里流淌的水一样悄无声息地把生命都埋了小半截在黄土里了。珠月曾在二十岁时想去W大读插班生，那时的名牌大学毕业生都不一定能分到珠月那么好的单位，她的几个熟人老乡重点大学毕业后都分在市或镇工厂，可她的心里一直都有一个理想。她觉得自己的成果不多，又不认识一个人，虽然接待的老师一直微笑着和她说话，给她留下了很好的印象。她在W大校园里走着，只觉得很大，因感到读插班生希望不大心情有些茫然，走了很久也没走出去。只想着怎么没公共汽车或者出租车把我带出去呢？好不容易看到一辆的士飞快地过去，她连挥着手，可的士却不停。后来她又到W大去过几次，都是为了买考研的教材的，那时候她不知道教材可以到出版社去买，她也不问人，去了几次都没买到。教材部的工作人员只说现在没有，没说以后有没有，她就以为以后还可能有，又去过几次，总之是没买到。有一次游三峡，凌晨四点回武汉，回泉城的同事到汽车站去了，天一亮他们就该坐班车回去。她因为想在W大校门口书店买资料，就在W大校门口坐着等了几个小时。虽说是五月，早晨还有一些凉，她坐在台阶上，看着同事们都走了，心里有了一些淡淡的苦味。黑暗中，她就坐在台阶上，觉得自己像个准备劳其筋骨饿其体肤的不屈服命运的挑战者，又像是一个讨饭的乞丐，提着在旅行中差不多走烂的鞋子看着，屁股下放一张报纸垫着，天亮了，过往的行人像看着什么似的看着她，她也无所谓，反正谁也不认识我。那一次珠月什么书也没买着，在书店转了一圈出来，她糊里糊涂地走着，遇到一块大玻璃，就目中无物地走过去，没想到撞得头昏眼花，只想哭了。

来乐城读书前七年，珠月共到过余清那里两次，每次去，她就感到憋不过气来。她感到丈夫在外有女人，而且还怕那个女人，即使她在那里，他也是照见不误。他以为珠月不知道，珠月只想快点回泉城，眼不见心不烦。余清每天打一个电话给她们母女，从不少只有多，她也懒得去想，只想自己有一条路能走，不被他压迫死。

在园城，有一天，珠月跑到外面草丛里坐了很久，眼泪止不住地流，她的抽泣声几乎把草都要颤抖得哭了。她望着前面孩子曾认为是月亮的圆灯，圆灯照着的施工工地上机器声隆隆，在她听来就像人间的啼哭。她心里就想着因颉，她总是用心里的那个他来对抗她的烦恼和伤心。对丈夫的感情是慢慢起来的，起初她很看不惯他，觉得他为人处世不行，怪里怪气的。珠月一直都这样想，既然选择了他，就应该看到他可爱的地方，这样才能爱。珠月想："因颉怎么不到我身边来?"也并不抱太多的指望。就像人心里沉淀下来的不知不觉已是不可分割的一堆原子，有时是一团感觉不到的空气，大多数时候是能明显感到的一个也许不可能接近却是不可缺少的心的依靠。余清气焰嚣张恶狠狠地说："看你能跑哪儿去?"

余清从没想到珠月会考到乐城来读书，他想，这辈子一年回去一次或两次，再每天给珠月母女打一个电话就可以了，他准备这样过一些年，再什么时候看情况是否离婚，如果要离婚，一定得先找个理由。以前游黄的理由是因颉，这次余清的理由会是什么呢?不会又是因颉吧，他会说性格不合。多年后，余清和珠月在离婚协议上写的就是性格不合。他问珠月，离婚原因写什么?珠月说，随便你怎么写。珠月想，她为什么不对他说，你就写男方在外有女人，当着工作人员的面，珠月想，还是不要那么说为好。办离婚的工作人员看着那份明显不公正不合理的离婚协议书，又看到余清那样子，知道一定是余清的不对，她用瞧不起的神态看着余清。

珠月记得当她发现余清在外买的房子时，她说要烧掉窗帘，余清说，烧掉一个窗帘扣二十万。这个情节珠月一直都记得。过后想，这时余清早已放弃了她，那时余清还准备花一点钱来和珠月离婚，几多年后，余清居然一分钱也不想花，给了珠月母子一套还在按揭的小房子，居然还觉得是给珠月天大的一个人情。珠月有些受骗的感觉，她想，为什么她总是受骗，游黄用巧舌骗她的感情，余清该出的钱可以不出。不过，珠月想，也不存在受骗不受骗，她要余清的钱，余清敢不给吗?即使他把财产转到别的女人名下，就是现有的财产，珠月母女也没和余清平分啊。可余清还恨不得让暂时没工作的珠月少得一分是一分，居然可以和珠月算到几千元。他一听珠月身上还有二千元，他左算右算，认为珠月到开始工作了，这点生活费应该够了。他没有算珠月即使上了班，单位的工资要到下个月才能发，有时还会到下下个月。珠月想到余清的小气，她还能开口说要多一些吗？面对一个吝啬的人，让珠月觉得要一套还在按揭的小房子都怕他伤心。

珠月就任余清在那里十句话中有九句谎言的随他怎么说，她在想，看他怎么想心思撒谎，遇到牛头不对马嘴、前后矛盾时，珠月也不指出来，只是吵架时才会偶尔提出来。余清的谎言太多了，珠月没法一一记住。就是拿几十个箩筐也装不完。最重要的是余清把钱看得很重，却不想让别人觉得他吝啬，他就整天叫穷，让珠月被迫做出不要他钱的决定。珠月想，这样的决定是对的，面对一个整天哭穷的人，你会伸手找他讨钱吗？别人会觉得珠月是有病，有的人也许会怀疑是不是珠月在外有男人了，是珠月不要余清？或者女儿不是余清的？为什么珠月这样风格高？不要钱？傻啊？全天下没有的事。珠月知道自己清清白白，对得起余清，余清慢慢地、把她一片片地撕碎了，让她体无完肤，彻底绝望。她当时恨不得贴点钱给余清，只求自己不要再被余清糟践。看到那些把钱当命的人，珠月真是宁愿吃亏不要钱，也不要看他心痛得要死的样子。真是比自己失了钱还要不好受。还是成全别人牺牲自己吧。

当珠月来到乐城读书，每次只要一到余清那里，珠月就能感觉到余清该怎么做，雷打不动。他非去不可。他就想办法，叫谁打电话来约他出去打麻将，让珠月看短信，还有来电显示，表示他确实是去打麻将。珠月在离余清不远的乐城读书，一个学期去不了一两次，可余清仍然要在珠月去的时候一定要请人吃饭外出或者说打麻将。余清或者找点理由把珠月狠狠地训一顿，让她感觉到自己错了，就不提跟着他的事了；或者骗她说出去买点烟什么的，就一溜烟溜了。余清总有办法让他在不想珠月跟着他时让珠月不跟着他。一次珠月被余清训了一顿之后，只好放弃跟着他的想法，那天珠月看余清那个样子就知道他要去见别的女人，所以一开始，珠月就提出今天余清到哪里她就到哪里，余清最怕这个时候珠月提出这种要求。这时候，他往往抽出一根烟慢慢吸，一边吸，一边在想对策。一根烟吸完，对策还没想出，就拿出第二根接着吸。等他想出什么法了，他就站起来说："今天有客户请吃饭，我非得去不可。"珠月说："我也去。"余清说："吃完饭又要打麻将，你又等不得。"珠月说："等得。"珠月就去了。果真吃了饭。吃完饭，珠月看麻将，半夜熬不过，就先打的回家了。余清见珠月回家了，立即也不打麻将了，那个女人还在那里等着他，他不去就像没法交差似的。

珠月知道只要她一走，余清必不在那里打麻将，就给余清打电话，果然电话不是没人接就是关机了。大概两个小时之后或者到了清晨，余清回来了，一副打了一晚上麻将的样子。如果珠月多问两句，他就要发脾气、骂人了。多少次之后，珠月几乎已经放弃了跟的念头，她想，我在眼皮底下都管不住他，我不在这里，他都不知道怎么恶心了。管得住人管不住心，别说心连人都管不住，珠月想，干脆什么也不管，乐得闲心。一次，珠月知道余清又要去见别的女人，余清先发制人地说珠月这不好那不行，让珠月没有开口说跟着他的机会，然后就穿着红 T 恤出门了，他平常都要开车出门，那天，余清怕珠月跟踪他，就先走过了珠月在窗口能看得见的那条公路，然后打的到了某一个地方。

珠月想，这个女人竟然这么厉害，那只能说明余清对她有承诺，余清对她既有承诺，那把珠月放在什么地方。余清从来不认为自己对珠月有什么承诺，他可以一百个对不起珠月，他觉得是理所当然的，可他得对得起那个女人，因为他在她面前发过誓，每天非得去看她一次不可。

人说一蛮三分理，余清怕死了陆秀珍。有一次余清没按时赶去，陆秀珍就说要自杀，而且还威胁说让孩子也一起死。余清最怕这种以死威逼的女人，哪像珠月那样，知书达理，忍辱负重，宁愿自己吃亏，也不会一哭二闹三上吊。珠月最多就是哭闹，没有办法了，最多就是离开。

余清一天一个电话，珠月很少打电话给余清，余清以为珠月不在乎他。可珠月想只要余清打电话来就可以了，只要心里有她就可以了，不必余清一天没打电话来，她就应该打过去。不需要天天去追问他，男人要欲擒故纵。余清希望珠月去追问他，天天查他。可当珠月问他时，他又不耐烦。陆秀珍一天最少要给余清打三次电话，余清觉得陆秀珍很可靠。

那时候，还在死缠着余清、不生孩子的倡正等着和余清结婚。余清最后还是要和倡分开，珠月知道，因为余清的财产全在陆秀珍名下。没有孩子，对于余清来说，不可能婚姻长久。余清和倡在那种欺骗的环境下走在一起，会有幸福吗？幸福如果建基在欺骗之上，想起来肯定酸溜溜，如果是情人还好说，如果是夫妻，恐怕一定会有一种酸溜溜的隔阂，有时，也许还难于用眼睛定睛去看对方。那个叫倡的女的做了小三比老婆还厉害，她一口一声她是被欺骗的，意在她不是故意破坏别人家庭。就因为这点，倡给珠月打电话时，简直是泼妇的口气。珠月问：“你是谁?”珠月说这话的时候忽然想起余清手机屏保上合照的那个女人。那边说：“你知道吗?我和余清已经好了很多年，他很爱我，晚上做梦都叫我的名字。”那女的又接着说：“你老公爱的是我，你还不赶快让位子?你都不知道你老得像什么样子了。”珠月本想说“我早答应离婚”来打击倡的气焰，但她怕倡知道余清离了婚要逼婚，余清到时会深陷困境，就没吱声。她叫余清，有人找你。

珠月有时感到自己似乎活在很远很远的地方。她不敢哭，她怕一哭，她就垮了。

珠月看着余清送给她的钻石戒指，并不感到它属于她，那枚戒指戴在手上，空得就像要从手指中脱出去。前年腊月二十六那天，余清见有男的晚上十点给珠月打电话，火冒三丈：“半夜三更还打什么电话?”“十点又不晚。以前的同事，你认识的。”余清不知怎么就和珠月吵起来了。他用脚把珠月踢到床下，又用被子蒙住她的脸，说要掐死她。余清第二天觉得不过意，说要给珠月买戒指。珠月几年前对余清说过：“你不用给我买什么礼物，如果你有钱，你就买一个钻石戒指给我。”余清第二天就给珠月买了戒指。“你昨天是不是想把我掐死?看你那凶恶样子。”余清说：“吓吓你呗，拉虎皮作大旗你不懂?”余清说这话时脸上露出有心机的笑容。

珠月第一次知道做小三的人还有这么狠，珠月想，一般人做小三都是理亏，觉得很怕别人家老婆，而余清就有这样的本事，他可以叫倡把珠月不当他的老婆，他更可以让陆秀珍一招手就去，陆秀珍之所以享有这样的特权，那还不是余清给予的。一个男人不给一个女人特权，那个女人有这样的本事吗?有人说，女人的价值是男人给的，珠月在这个家的一分钱不值全是余清给的。珠月没法，只能吵离婚，余清不说离婚，却早已把离婚的事想好了。可怜的珠月还要受这个婊子的气，她越想越气。珠月想到妈妈，妈妈一向善良，只希望别人好，自己吃亏不要紧。自己和妈妈一样，总是让自己吃亏。不过，珠月心理很健康，这样会活得更自在，因为她心安。余清想到自己要和珠月分开了，他假模假样地把基金全部拿过来给珠月，珠月知道，这有什么用?他把她当孩子吗?把那些凭证放在珠月这里，余清照样可以拿着身份证银行卡去取基金，何况，一向多疑不放心人的余清还是把那些半点用都没有的基金纸质凭证也拿走了。

珠月只想哭，是为自己哭。她正走在荒原里，她担心会有豺狼来了。没有人能为她抵挡豺狼。她一生挚爱的因颉病了，她唯一的依靠没有了。

珠月从因颉的口气里听得出他的压力很大，可能是公司遇到麻烦了。她发短信说："不要急，天塌下来也不要畏，我相信你的能力。"如果她能走近他，珠月不会绝望，她很愿意去照顾他陪伴他，可珠月知道她和因颉之间是隔山隔海的距离，她觉得他们走不到一起去。因颉爱他的妻子，把他的家看得比什么都重，珠月不想因颉难过。珠月不知道自己答应离婚是为了什么。是因为受不了委屈还是因为自己有义务去兑现诺言，实现幸福？还是应该抛弃过去，走自己的路。珠月想，她还是得把离婚的消息告诉因颉，因为她曾在佛祖面前祈求过，她一定得兑现她的诺言，不管因颉怎么回答，这不是最重要的，关键是珠月她这样做了。不管因颉怎么回答珠月，珠月都可以理解。她会永远爱他，即使他不是她的丈夫。这一点不会改变。只有这样做了之后，珠月才能过一种随意的生活，随性所之，任生活漂流，无怨无悔。珠月感到因颉好像已经知道她离婚的事了，因颉好像对珠月的什么事都知道。

余清就像一个捡了好就赶快溜之大吉的人，他非常怕珠月改变主意，在最后答应的五万元和十万元之间，余清还想讨价还价，他不知道珠月还没工作，前面是一片茫然吗？过手上亿的老板对老婆就是这样打发的吗？珠月不知道余清赚钱是为了什么？哦，是的，他很孝顺，那天还说要给他姨妈买一件四千元的衣服，珠月有一次指着一件三千元的大衣说要买，余清却不说话，这几乎是唯一的一次珠月主动提出要买一件衣服，那件大衣珠月穿了很合身很好。平常余清会假惺惺地要给珠月买这买那，他知道珠月一定会说不要，原来他只是客套客套。叶曦说，因为余清知道你节俭，什么都不要，所以他才会假惺惺地问你，下次他问你时，你就说要，保险他再也不会说给你买了。果然，试了几次，珠月发现余清自此以后几乎从来没说要再给她买什么了。

珠月有时会想起很久以前一次当警报拉起时，余清脸上担忧的表情，她看见余清飞奔着朝他的那个作坊式的厂跑去，那一刻，珠月感到自己更爱余清了。这一幕，珠月一直都记在心里，所以离婚时，她也不想要什么财产，只要她们母女能度过危机、平稳过渡就可以了。珠月想起余清的这些事情，她本可以好好地爱他，可余清飞奔着向小厂跑去，脸上焦灼慌张担忧的表情中，有哪一点是为了珠月？珠月想只要自己日子还能过，余清做生意不容易，需要资金。余清就理所当然地认为他不需给珠月母女生活费，到了后来，他还竟然认为那套按揭的小房子是他恩赐的。

这套小房子是他赚的吗？珠月被余清的小气带入死胡同，一段时间也以为这套小房子是余清恩赐给她们母女的，后来珠月想想，又觉得不对，难道她在家七年养孩子、老人，余清就不应该出钱吗？余清竟然心安理得地认为这是他的功劳，珠月想想，都要吐了。余清之所以有这种想法，就是他早就对珠月死心了，所以后面的花销他认为是施舍救助珠月的，当珠月想到这点时，更恶心了。你早死心，早离婚啊，耽搁别人的青春和幸福不需要付出代价？我是法律上的妻子，即使一分钱没赚，也该分你的钱。珠月在博士后期间赚了二十万，一分不落地全搭进生活费。珠月没工资了，余清才发现得赶快离婚，养不起珠月母女了。以前珠月还年轻，余清出点钱耗珠月的青春还值得，现在珠月老了，余清也认为珠月不可能再和别的男人生孩子了，余清可以安心地抛出珠月了，再养珠月母女，再给珠月花钱，余清感到很不划算了。余清还想和倡生孩子，和陆秀珍的孩子也要花钱，余清管不了那么多了。余清谨慎地看着珠月，他怕珠月反悔，怕有人给珠月支招，因为珠月要他的钱是天经地义的。他认为珠月善良、好说，他得赶快抓紧，他以前还存着拖珠月的心理，后来也觉得再拖没价值了。珠月和余清闹离婚八年后，余清对珠月说，把手续办了吧。珠月说，以前为什么死都不肯？现在我正在找工作节骨眼上，你却这么急？余清对珠月有时恨之入骨，每次找工作请吃饭，余清就像有意无意花钱使坏，出一点钱请客，把珠月的工作之事弄坏，值得。珠月想到自己工作为什么一直定不下来，请客需要丈夫一起去才为敬，不去还不行似的。

余清早就决定和珠月分开了，害到珠月没工作是最好，特别是珠月受不了委屈、要离婚时，余清更是不想让珠月找到工作。一个每月拿一两千元的人在珠月的眼里也许比余清的为人处世更拿得出手。后来珠月发现余清的那些她看不中的言行举止，专门得罪人的言行举止还真不全是余清生来不会为人处世，他有时是故意的。他故意得罪领导，对珠月的工作就是阻碍。真是高招啊！珠月对余清说，不要怎么样，他偏要怎么样。余清还红着脸犟着脖子说，要你教，我不会？后来几个领导对珠月暗示说："余清这人不行。"珠月知道他们指的是余清的为人处世。余清在这方面就像一颗没被磨的糙石，到处都长着角，随时都会故意或不小心刺伤别人。余清是一个自傲又自卑的复合体，他隐含的自私，他对珠月的忽视，他一天打一个电话的不安全感，他终于可以安全了的猖狂，他对别人的感恩也和对别人的仇视一样剧烈和长久。余清仇恨珠月和她的家人，这让珠月后来清醒地明白，这场婚姻本身就是一个错误。

余清到园城的第三年给珠月买了一种擦脸的霜，四十多元一瓶，有四瓶。大概用了一年，她说用完了，他说怎么这么快？她说真是用完了。她知道他是怕她把脸霜给了她家姐妹用。孩子没穿几回的衣服，小了，送亲戚，他说浪费了都不给。结婚几年了，花了他六千元，他大年三十说要珠月爸妈喊他是“爷”，因为他认为珠月把钱给她家里用了。并说，她家里欠他的还都还不尽。珠月想，真不知我家里欠了他什么，我用的是我自己的钱，他几乎没照顾家里。他当初和我在一起时，家里人并不看好他，说他给人感觉就是不真诚。如果我找一个烧火做饭的临时工，估计人们都不会这么说。爸妈是没有半点利欲之心的人，一切只任着我们自由，最多也是参考。他们评价人只从一个人的品德、为人处世看。爸爸说，我希望你们找一个差的，这样你们就不受欺负。珠月觉得爸爸的想法很迂腐可笑，难道非要靠着谁不成？爸爸举例说：“我们镇医院的阿晴，你的同学，听说找了一个单位里烧火做饭的，我看她很聪明。”“我怎没听说？根本就没这回事。”阿晴找了一个医科大学毕业分配在镇医院的医生，那个医生是唯一的工作了很多年还没调到县城的。他不爱说话，老实勤快，对珠月同学阿晴又好又体贴。估计就传说成是做饭的了。前几年阿晴和她老公调到县城了，又买了房子，还是那么甜甜蜜蜜。最近，又听说她老公调过去的中医院效益不好，自己单独出来开门诊了。阿晴曾给珠月写了几幅字，都是关于“月”的古诗，有一次写了一个经典的“月”字，珠月看了爱不释手，一直放在钱包放相片的地方，没事就拿出来看看，心里很欢喜很甜蜜。出诗集时，她借给珠月一千二百元钱，一年后珠月还她时给了她利息和一些别的礼物，她硬是不肯要利息，珠月说，你要是不要我心里会不舒服的，她才不情愿地接了。她的爸爸每天佝偻着身子，背后插着一把柴刀上山砍柴，砍了一堆了，堆得都那么高，还卖不了几十元钱。

那一年大年初二，余清在柳树湾硬要珠月把借给妹妹碧月几天的八千元要回来。珠月妈说：“你在湾里真是半寸人都不如。”珠月倒不计较，余清对此事却是恨之入骨。余清认为他大年初二讨钱是珠月逼的，珠月不借钱，他不会讨，这让余清觉得很没面子。余清从不想想珠月连借姐妹八千元的权利都没有。他对珠月说：“你是在往我胸口捅刀子，我说过那八千元是保命钱。你这是逼我不仁不义。”

碧月夫妻俩在一家家具厂打工，碧月和她老公吵架，她的老公出去打了一晚上麻将没回，碧月忘了带钥匙，不能进家门，就和孩子睡在走廊里一晚。碧月都没想到找余清去他那里住一晚。珠月后来听说此事，心里真是万分悲凉，她一句话也没说。妹妹没找余清，这没找表明余清在妹妹的心中已不是姐夫了，余清对于在落难中的碧月来说就像没有。如果一个人在落难中都想不起找某个人来帮她，那么这个人就像是不存在。碧月想都没想到找到余清那里去住。碧月有次坐余清的车，孩子吐了，余清等碧月走后一边用水冲车，一边骂："讨厌死了，真不该让他们坐我的车。"珠月都听不下去了，没想到余清这么恨自己的妹妹。碧月说话有口无心，起初她很为这个姐夫着想，因为她很爱自己的姐姐珠月，希望姐夫能多赚钱，不要被人骗，不要吃亏。

当余清一巴掌打在珠月的头上，她的眼中噙着泪。他看着她的样子，知道她在想着另一个人，他越发气了，又一巴掌打在她的嘴上，她拼命地号哭起来，声动如野。她更加想因颉了，她希望他能看见她，就像卖火柴的小姑娘希望奶奶能看到她缩在寒冷的角落里，她希望他能来救她，可他听不见。她想象着他来了，她大声地哭着，以为他能听得见。余清越发气了，还哭，还哭，车到了车库，她下了车，蹲在一旁，头栽在自己的手臂上，更加伤心地哭着，她哭的时候，想他想得更厉害，或者她是用哭来掩饰她的想他，她不让余清看见她想另一个人的神情。她在渐渐的啜泣中仿佛睡在他的怀里。

余清以往从不打她，可后来她吵得他不耐烦了，她恨他失去了一个男人的自由，他却因为没有自由迁恨于她。她哭了很久，他拉她起来，她不肯。她说，你先上去吧。她蹲在车库安安心心地想因颉一个多小时，在那一个多小时里，她用尽了所有的脑分子来想他，直到自己的泪水干了，自己流血的嘴边露出一丝觉察不到的微笑。那一刻，她把对余清的仇恨全部用思念因颉的形式发泄了。

第五十七章

那年放暑假了，A 校校园里空荡荡的。当珠月无家可归地走在街上，听着宋祖英的《小背篓》时，眼泪怎么也流不完。余清常说“我早对你死心了，我早决定好了”。珠月不知道自己做错了什么，让他值得说早对她死心。余清曾找了一个在镇里工作的女朋友，那女孩把他不当人，三下五除二，调到城里，就想着要甩掉余清，珠月听了余清的诉说，同情心就泛起来了。那时追求珠月的人较多，个个都比余清条件好。不是医生就是地委的，家庭条件也很好，可珠月一个也没看中。她觉得余清有想法，愿意有作为，她这个人很容易因为同情去爱一个人。当然完全只有同情心她也不能爱，主要是她对余清的第一印象还可以。等余清有了钱了，他就在想着怎样换老婆，不过比珠月好的老婆也不是那么好找的。余清没找到合意的老婆，珠月的心也死了。余清对珠月说：“你以后就会想通的，过了几年，你也会。”珠月不解余清说的话，在余清的心目中，他认为自己对珠月已经背叛，根本不值得珠月爱，他认为珠月也会到外面去找人。可珠月是一个传统观念很强的人。即使老公对她不真诚，可她仍然无法轻易做出对不起余清的事。

余清对珠月少真心，所以他怀疑珠月的真心；余清在外有女人，他就以为珠月也会同样对他；余清的心已被龌龊的社会熏脏，他以为珠月的心也像他一样脏。当珠月在电视里看到一对半路夫妻，当时结婚时女的五十岁，男的四十八岁，结婚三年后女的去给女儿带孩子，带了七年，只有寒暑假才去和丈夫相聚，丈夫就到电视台去讨个说法。珠月想，一对年过半百的夫妻，他们寒暑假还能相聚，他们还要讨说法，珠月自从和余清结婚，一年能见几天面，加起来不一定超过十天。余清一天打一个电话，他认为珠月是不需要男人的，他认为珠月不需要靠着男人的肩膀。珠月去他那里，他照样雷打不动地该怎么做就怎么做，该怎么见就怎么见，珠月每次去他那里就像下地狱。回家上班她就慢慢地好起来。她是一点小事就能让她快乐起来的人，而且她不喜欢想那些不开心的事，看问题总看好的一面。她有怀疑，有痛苦，但只要她没每天去面对，她就可以眼不见心不烦。

到了乐城以后，珠月和余清隔得近了，她不能阻止余清走向某一个女人或几个女人的脚步，余清在害怕她们，最少有一个女人是让他怕的。一个男人被一个情人攥在手里，那个男人还有什么尊严？要么，就是爱她。无论是哪一种，珠月都无法解决这个根本矛盾。余清随时准备牺牲珠月，只有牺牲珠月他才会毫发无伤。因为善良的珠月为了摆脱这种不是人过的婚姻只能离婚，哪怕一分钱都不要。余清早想好和珠月离婚，又想拖珠月的时间。他不但不想花钱离婚，还想把珠月拖老，让她得不到幸福。一个人自己做错了事，别人不要他的钱，他还不满足，他还要让别人也得不到幸福。

在读硕士时，珠月很多次夜晚把枕头哭湿了，有一次晒枕头时，她发现枕头上全是一块块的污渍，还有很多的黑点，她开始有些不明白这是什么原因，后来才意识到是因为自己流眼泪掉到枕头上的原因，她连忙把枕头捡起来，也不敢拿出来晒了。珠月要把这个枕头扔掉，余清说给他。有一段时间余清就枕珠月的这个枕头。

余清带珠月去吃饭，珠月穿着大摆裙，浑身上下都与周围的人群不太相同，她的气质是自骨子里透露出来的。她和余清走进了一个有着歌手在唱歌的餐厅。那时余清请了一个朋友，朋友来了，不明不白地笑着，他看着珠月，对余清伸出了大拇指，朋友以为余清找了个比他年龄小得多的年轻女孩。余清介绍说："这是我老婆。"朋友有些暧昧地笑着，现在情人之间也有互称老婆老公的，朋友一直以为珠月是余清的情人。

余清穿着件贴身的衬衫，肚子凸出来，去餐厅的路上，一女孩拿着一把玫瑰花，说："大爷，给你的女朋友买束花吧。"余清一听那小女孩称呼他"大爷"，有些冒火，本想买一枝花给珠月，也不买了。他气冲冲地对那小女孩说："买什么，走开。"小女孩也不示弱："不买就不买呗，干吗那么凶？"余清见有人称呼他"大爷"，心情不太好，一路耷拉着脸，珠月看出来了就想笑，心想："大爷"有什么，随便别人怎么称呼。那又怎样？只要你对我真心，别说大爷，就是老爷爷，我也会爱你，我也不会因为别人怎么称呼你影响我爱你。余清是那种很情绪化的不成熟的男人，一点儿事情就会影响他。本可以吃饭，也可以因为什么立即不吃；本要去办事，也会因为什么不办。

余清来乐城看珠月，他想得很多，他怕珠月会派人在路上拦截他的车。余清的这种心理珠月都看在心里，她对余清说："不管怎样，你放心，我不会要你的钱。"余清有钱，很不放心，如他有什么不测，他的钱就落到了珠月手里。有钱的人一般都多疑，钱一多，想的问题就多。余清想，珠月不会真的不要他的钱，她说不要钱其实是一个危险的信号，一个烟幕弹，她肯定会想办法要他的钱的。说不定还要想办法要得更多。

因颉公司很大，可他把他老婆很当人，余清赚了点钱，他就不是他了。余清觉得越把老婆不当人，就越表示自己有本事。特别是在他和珠月的家人面前糟践，就最行了。一次在珠月家准备到园城去，他双目圆睁，恶狠狠地对珠月说："你走不走，我不带你们母女去了，你们自己坐火车去。"珠月妈听了很伤心，她看到女儿一句话也不说，只是站在车旁默默地梳着头。余清说，还不快点上车，我开车先走了。珠月说："你先走啊。"余清不可能先走，他喜欢在珠月的妈和姐妹们那里逞一下威风，连月后来说："我当时真是吓死了，以为他真的不带你们到园城去呢。"珠月知道余清每一根头发在想什么，他就是想在珠月的亲人面前表示他不在乎珠月，珠月的亲人说话直率，不知在什么时候得罪了他，他一直都记恨在心。

余清看到自己的一些亲戚尊重珠月甚于他，他就更喜欢当着众人踩珠月了。看余清做事那种顾头不顾尾的样子，做的每一件事都说明家在他心中半分钱都不值。

珠月对他说："以前我和你谈朋友时，别人都劝我不要和你在一起，倒不是你的工厂要倒闭了，是因为你的为人处世不行。可我是这样想的，自己选的人自己都不尊重，别人更不尊重你，我一直都很尊重你。你糟蹋你老婆，就是糟蹋你自己。"珠月那时不知道，其实余清早没把她当老婆了。

珠月想，余清那么怕那个女人，一定是对她有誓言，要不，他不会那么怕她。这是最让珠月痛心的，你既对别人有誓言，说明你早就对我死心了。你既对我死心，我爱你还有什么盼头？有什么劲头？你早就把这个家抛弃了，还要拖着我干什么？

十年前珠月说不要余清的钱，拖了她十年后，余清仍然心安理得地不给珠月钱，还觉得珠月占了他的便宜，用了他几个小钱。余清又觉得心不忍，打电话给珠月说寄钱给她用，他是这样想的，孩子现在跟着珠月，怎么也不能让她们没饭吃。珠月想，余清的心不坏，他也不做坏事。叶曦说：

“他的心不坏？你还要为他辩护？你认为怎样才算是坏？几次想制造车祸让你受伤，还不坏？杀人的人也不过是一念之差。”

要说余清的坏，珠月想，可以写成一个大坏人。可余清并不坏，他只是自我保护，他后来只是不想离婚，他只是想离婚不要失去钱财，他不想承担他所做的事的后果。

余清并满不足于那个他怕的女人，那个女人比他还大几岁。后来他找到了工厂打工的倡，倡看着余清开着车，一表人才，再加上余清骗她说自己还没女朋友，她心想自己钓了个金龟婿。倡虽说初中没毕业，但人不弱。她说如果余清不要她或者不给她青春损失费，她也会咬人。珠月对余清说：“你就给她一些钱赔偿。”余清不想给她钱，说：“哪有钱给她？”珠月知道余清是不舍得离开她。余清不想做这个赌注，他心里明白他在外已有固定女人，珠月是保不住的，他不想和倡分开。珠月想，余清真会找人，找的都是些什么货色啊？他很会给自己找麻烦，找了珠月算他不知是哪世积的福，可他却不知道珍惜。

记得结婚时，余清对着他全家说今生最福气的是找到珠月当老婆。当他有钱时，余清就专记得他经常做饭，说他是用人。余清看到珠月宽容、善良，他就以为她和他结婚是为了给肚里的孩子找个爸。十年后他还半信半疑地说：“我真不明白你怎么愿意和我结婚？”当珠月听到他这种话，感到和他已是无话可说，他以为每个人都像他一样什么事都拿秤来称，不让自己吃亏半点？他看到珠月忍让，他就得寸进尺，他不用给珠月母女生活费，只要珠月不找他要。以前他觉得找到珠月是他这辈子最大的福气，并且还当着大家族的面说了这话，后来他发现随着他的钱赚得越多，他越容易记起他当初为了讨珠月的喜欢每天抢着做饭的耻辱。珠月都不记得这事了。珠月现在才知道：“你做饭只不过是心计，所以才这么仇恨地记得，我根本就不记得你做饭的事了，也许我当初以为你喜欢做饭，以为你有时间，以为你有劲去做。”

当珠月多年后把余清对孩子的猜疑说给余清姨妈听时，她笑着说：“不会，不可能。他不会那么说。”

珠月睡在床上、坐在凳子上看书、听音乐，一首接一首的音乐不知为何这么伤感，这么让她动情。她眼睛看着书本，眼珠却有时凝滞在茫然中，在书本上找不到着落点。她的心因为祝福和无私而变得豁然开朗起来，眼眶中不时地注满了泪水。她怕同寝室的同学看到，假装拿卫生纸擦手，就顺势放在眼睛的边上了。难道现在的世界变了，爱情是与人分享的？她始终也弄不明白这个问题。爱情在她的心里从小就意味着坚贞、白头偕老。可余清却说她自私。她自私吗？难道爱情是无私的？以前在医院里看见一个小孩骨折了，医生给他在骨头里打洞，安钢筋，那个七岁的男孩显得特别坚强，哼都没哼一声。她不应该哼，更不应该哭。她拼命地扭自己的两只手，恨不得把自己的两只手掰断。

余清曾对她说："你还不好好学，考不上就……"珠月知道余清想对她说什么。那段时间只要休息她就坐在书桌前，每天最少要学到晚上十一点，在北方这已经是很晚了。最后一个月，她烤着电火炉，在十一点钟必睡着，她就趴在桌上睡一会儿，每次都是一个小时后醒，像是上了闹钟一样，她继续看书，到了转钟一点才睡。那段时间，她竟长胖了十斤。她像一个在起点等待着哨声一响的运动员，只待哨声响起，她就会命都不要地向着终点奔去，哪怕是在半途中休克了，她也会爬起来的。

珠月刚到乐城读书那年，余清又买了一辆新车，还有一些 CD，磁带，他和她一起听。余清把车玻璃关上，灯打开一盏，音乐响起来了，余清把车上的椅子调成躺椅的样子，他叫珠月躺着，说这样很舒服。珠月刚抬起手想把手放到他的额头上，余清眼睛一瞪："干什么呀。"珠月知道余清是假装的，余清心里非常盼望珠月吻他。这天余清很高兴，他说他领悟到了成功的快乐，在珠月看来，这种成功只能叫作成功的开始。不过自己的丈夫就是赚一分钱，珠月也会以他为傲。

余清问："要不要去外面兜风？""好呀。"只要能和余清每时每刻在一起，她什么都愿意。他们几乎半年见一次面，一年见面不超过十天，她很少想这有什么不妥。她总是以己心度别人。她又总是能勇往直前，对不想看的事物一概置之不理。她不愿看，她就宁愿拐着弯，她自然地无意识地保护着自己。

分居半年，按照美国的法律几乎可以判离婚了，当她这样说时，余清的眼里有一些恐慌。他问她："是喝咖啡还是喝茶？"她说："喝茶吧。""你上次在旅社里喝了茶叶，一晚上都睡不着，咖啡比茶更兴奋人的神经。"

他们选了一间非常漂亮的饭店，余清叫来一位朋友，还带着个女的，一看就知道不是他老婆。余清都要差点向那女人频频眉目传情了，后想到是朋友的相好才马上收起迷人的表情。他们一起听着歌手在里面动情地歌唱。那个女人拼命地点菜，剩了很多，余清走时板着脸对那女的说："怎么不吃完，是你点的，你吃啊。"那女人有些惊诧，她以为遇到了一个绅士，可以随便点菜，剩一堆，还会堆着笑对她说："盼望下次能荣幸再请到你。"珠月很奇怪余清怎么做得出，你宁愿不要在珠月面前递秋波表示自己的魅力或者看见漂亮女的就态度不一样，也不要如此得罪别人啊。菜已点了，钱也出了，何必做了好事不落好。余清总说自己做了好事没人说好。

珠月看着那个女人挽着那个男人的手走了，有些鄙夷地说："近朱者赤，近墨者黑。"余清说："就你认识的人高尚？我要是遇见，都不经我打。"余清这指的是因颉。因颉一次去看珠月，那时珠月刚和余清谈朋友，因颉到泉城有事，顺便来看珠月。珠月不知有多么高兴。珠月和因颉总共也不过见面几次。余清说："他要是再来，我就打他。"珠月说："莫名其妙。"余清那天晚上发烧四十度，本来白天烧已退。他有些担心珠月被因颉吸引走了。

余清睡在一侧不理珠月，珠月也不理他。他已睡着了。珠月却感到胸闷得要爆炸了。她"哎呀，哎呀"地叫着，像一个战场上负伤的士兵。"我受不了了，我受不了了。"她叫着，似要把心中的怨屈和愤恨都一股脑地扔出来，像扔一个个的炸弹。她的声音惊醒了他，他连忙问："怎么啦，怎么啦？怎么还没睡？"她的眼泪像暴雨一样地倾洒下来，她要他打她。"我从来没听说过。"余清说。"当然，那些女人只要你给她们钱，你又不是她的丈夫，她要你打她干什么？我感到全身很痛，痛需要用痛才能克服。"余清自以为魅力无穷，自会遇见红颜知己死心塌地对他。早几年前，他就说要找红颜知己，不知这几年找到没有。余清对珠月说："道不同不相与谋。"余清不停地拿心相印的纸巾给珠月擦眼泪，擦了一张又一张，最后珠月的眼泪似乎也哭干了，他还在为她擦。他似乎希望她一直流下去，他很喜欢她流眼泪，只有在她流泪的时候，余清才认为她对他是真心的。余清说："傻子，哭什么？""谁叫你说你脚上的皮鞋是别人送的呢？"那时珠月把什么事都没往深处想，一双皮鞋在她看来已是不同寻常，但它的意义仅仅是一双皮鞋，可也已让她不敢想。"不是别人送的。就是别人送的，也不值得哭啊。""不行，不行。"她恐惧地排斥着各种各样的猜测，她为不能独自占有自己的丈夫而与他相亲相爱感到无力自拔。她不能断定事情的真相，朦胧的猜测已让她妒火中烧。多少年来，她选择逃避，今晚，她能选择逃避吗？看余清的样子，显然是从那个女人那里回来。

隔壁女人和老公吵架，喝了一斤酒，被送到医院，余清说，那女人对她男人是真的。余清见珠月一直也算是气定神闲，他经常故意做些什么来让珠月吃醋，想看看珠月是否真的在乎自己。

他们手握着手睡着，珠月抚摸着余清粗糙的手。她梦见她在一个花圃里找到了余清，他和一个农家女结了婚，那农家女相貌一般，甚至有点丑，穿着朴素，她见农家女夺了她的位子，把农家女碗里的饭菜都给倒扣在桌上了。农家女看着她，一脸茫然，她还没体会到这忽如其来的幸福，对于幸福的损害也没什么痛苦。珠月拼命地找余清，喊余清，农家女茫然地站在那里，她说她自从和余清结婚见了他一面，就一直没见着他了。

珠月在梦中找遍了那个地方的河、山、菜园子。她还是没找到余清。醒来时，她发现自己的嘴上起了几个泡。她仔细回想那个梦，那农家女的家乡和她的家乡很相似，而且她似乎可以确信这一点。她想，也许那农家女与自己有关，或者是自己，或者余清的那个女人是同乡。无论如何，这给她增加了一点安慰。

珠月上街买了冬瓜、排骨、四季豆、辣椒，都是余清喜欢吃的。她小时候受了很多苦，他却不知道。他只知道她是一个只会写诗、空想、读书而不会做实事的人。其实，她什么都会。她的小赤脚在七月烈日下的煤矿倒出来的石头里为了捡一块木柴飞快地往上爬，她在打猪草时被一块玻璃割了很深很长的一个口子，医生给她缝针没打麻药，针还是锈的，在肉里刺了半天还穿不过，她一声不吭，那年她八岁。她搬一捆柴，歇一阵，又去搬另一捆，只为了减少心里的距离。她帮妈妈割黄豆累了，躺在炙热的黄土地上，仰望着蓝天，感受到了土地的慈爱和伟大，天空的关怀，还有她想脱离土地飞上蓝天的梦想。那年她十二岁。直到她家厨房的楼上堆满了黑煤炭的柴，猪草快堆到窗沿，用十二岁的稚嫩的肩膀挑着一担一担的粪到菜园去。她每天中午放学必去看菜园，再飞奔着到学校去。看着菜园的青菜，珠月的心就像那些青菜的绿叶一样滴着露珠。她望着家乡的水库，山环绕着水，水围绕着山，一片白雾蒙蒙，那样的时候，小小的她心中放飞的全是对于未来的美好梦想。但她从没给余清讲过自己的童年，即使给他讲，他也不会感兴趣。余清的家乡田地多，他说小时候最怕的就是插秧割谷，那才叫累。珠月说的都是家务事，那不算什么。余清说小时候拼命地学习就是为了不插秧割谷。

余清对珠月说："你多吃一点，看你那两根麻秆腿。"余清一直不太满意珠月太瘦，特别是她的两根显得较细的腿。珠月说：“科室里有很多同事，还羡慕我的腿小，胳臂小呢，她们说这样秀气，她们怎么瘦都不能这样秀气。”余清说：“不知怎么，我是生来看不惯女人瘦的，女人身上就要有肉。”“你也多吃，看你的眼睛都塌下去了，眼球周围全是血丝。”她说着，忍住了想去抚摸他眼睛的冲动，他肯定会拂开她的手，珠月后来才想到余清其实心里认为他自己不值得珠月对他好。余清想，我都这样了，不值得珠月对我好，她对我好，我拉不下脸来。只要他拉着脸，珠月就会犟着说不要他的钱。他不拉脸，不表示对珠月历来有意见，他怎么好不给她该得的。还是不要太恩爱为好，因为已缺少恩爱的基础。珠月是一个对很多事都采取逃避的人，所以她尽量不去想那些令她怀疑的事，只想着眼前，只要余清不在她面前太露出破绽。珠月看得出余清在期待着她的抚摸，像小孩子眼巴巴地期待着父母的抚摸一样。珠月终是没伸出手去抚摸余清的眼睛。虽然他的眼睛希望珠月的抚摸，可他的心里又怕珠月对他太好，他也怕自己说爱珠月，他对别人已有诺言，珠月始终是他爱的天平上一个可有可无的砝码。妻子的身份让珠月本应占优势，可余清常常要让珠月觉得他所有一切财富的获得与珠月半点关系都没有。

吃完饭，珠月要午睡，余清没有这个习惯，他说要到公司去一会儿。到公司去了两个小时还没回来。珠月睡不着，只有给他打电话，他第一次接了，要她好好看书，第二回不接，第三回也不接，但回来了。余清满脸阴气，好像珠月惹了他什么好事似的。只要他不高兴，房间里顿时像起了乌云，连欢快的歌曲都会变得像碗破了似的。余清在房间里心神不定，左翻右挑，坐坐走走。珠月觉得余清在害怕什么，不是怕她，而是在怕另一个女人。那个女人每天都要余清去，甚至一日要去几次，就像余清是她的丈夫一样，余清还不得不去。珠月说：“休息一下吧，睡一下吧。”余清最终决定睡下。珠月这时打心底里高兴，好像只要余清睡下了，余清明天就不会到那女人那里去了，或者不会再发生这种事情。

第二天，余清仍要出去，珠月不让，他就莫名其妙地发脾气。这次他连中饭都不吃就出去了。珠月发现余清中午如果不出去，他就心神不定，总会找理由出去。珠月知道他都是借口，打电话到公司，公司没人。晚上很晚才回，在家吃晚饭日子少有，天天都有应酬，珠月说：“就你多应酬，哪有那么多应酬？”余清拿出手机给珠月看电话、短信，表示确实有人要请他吃饭。后来珠月发现即使没人请他，他也会请别人或让别人给他打电话，好让他找一个理由出去。只要他认为骗过了珠月，出了门，珠月再打电话，他可以不接。珠月生疑，他就找各种理由搪塞，什么那个地方没信号，什么没听见，或者一蛮三分理，就是不接，把人看得那么死干什么？珠月无话，心里渐渐感到对余清半点法都没有。

余清问珠月："没有我你会怎么办？""我肯定会蜕一层皮。""你一定会像蚕一样新生，像你这样坚强的女孩。""我不知道，我也不知道我能不能挺受过去。"珠月看着余清，他平静的脸上竟露出一丝真实的笑容，不知是真是假，是调侃还是欣慰。"你一定会活得更好，我太了解你了。""你观察力虽细致，对于我却可以说是一无所知。"珠月慢慢意识到余清这么多年从来没怎么把她放在心上，对她琢磨想得太少，根本就不了解她。珠月才知道自己不喜欢给余清打电话，只等余清的来电，余清以为珠月不想念他，其实珠月在心里想着余清。余清每天一个电话，他其实反而没有想，他完成了任务就自在地做自己的事。打电话的人并没付出心，没打电话的人倒是每天在付出真心。余清从不知道珠月的生日，即使告诉他，他也忘记。唯一的第一年出门，因为在外异常艰难，他在珠月生日那天发了一个电报。以后他就忘记珠月生日了。珠月也不怪余清，她知道余清很忙。

余清不喜欢珠月太自信了。珠月从来都不知道把自己装扮成楚楚可怜的样子，哪怕一夜霜露打下来，让她的枝头歪了，只要有太阳出来，她仍会抬头，仍会微笑。

余清希望看到珠月对自己崇拜的目光，可珠月不知道为什么不能崇拜余清，她想夫妻之间只要有真诚，不一定要崇拜。

"他到底了解我多少呢？我每天在家里想着他，在我的心灵里从来没一天和他断过联系。"但她从来没对他说过她的想念。即使说了，他也不会信。

"你是不是已经找好了人？要是这样，我甘愿退出。"珠月脸上一点笑容也没有地说。她说得很大方很坚定，余清就以为她真的很大方很坚定了。他皱起了眉头，一脸狐疑地看着珠月："是不是有人在等着你？""谁会等着我？""你看你的嘴角在笑。"余清瞅着珠月，他喜欢从她的脸上搜寻信息。而女人脸上的信息是虚幻的、不可靠的。他不懂。他看到她似乎在笑，他以为有人真的在哪里等着她了。

"我不怕别人把你抢走，只怕别人把你骗走，用高明的骗术把你骗走，像你这样单纯的人，幸亏是遇到我这么忠厚老实的人。"珠月确实单纯得如一棵栽在校园里的幼树，浑身上下找不到一点结疤，用手电筒照她，她会通体透明，像下凡的天使，她对社会和人心的黑暗面还没有时间和机会去经历和体会。

“你都把我伤得鲜血淋漓，你还老实？我都是观音菩萨了。”“现在的社会是什么样的社会，你的思想还停留在八十年代。”“八十年代的爱情观难道不比现在好？难道一个女人不应该爱自己的丈夫，而应该去爱一个不是自己丈夫的人？难道一个男人不应该爱自己的妻子，而应该去爱不是自己妻子的人？”

“你的观点慢慢会变的。”余清坚定无比地说。“什么会变？这世上一切都会变，夫妻应该互敬互爱，这一点永远不会变。”珠月也坚定地说。余清并不相信珠月说的话，他从小没受过什么人的恩惠，也没有得到过多少抚爱，对于真情之类的东西他总是不太会相信，他自己也很少为了什么付出真情。除了亲情外，他几乎不相信任何真情。如果亲情隔一点，也是没有用的。

珠月听到余清的那些谬论，心里有些恨余清，她是一个彻底的完美主义者。面对余清的那些近似乎邪恶的话，她未受过什么挫折的单纯的心恨死自己选择了这样一个邪恶的人做自己的丈夫。看着余清若无其事、心中毫无所触的样子，她更气了。

余清说：“傻子，不要胡思乱想了。”“你是不是真的已经决定了要找一个？”她无奈而又哀怨地问他。她的眼睛直视着他的脸，搜寻着他的表情和从他嘴里即将吐露出来的声音。她看到他变化莫测的笑容，然后听到他说：“不知道。”这是最可恶的，要么是，要么不是。她不知道更不敢确定这时的余清早已经有了固定的女人。她想，我最受不了煎熬，煎熬会让一个女孩变成一个苍老丑陋的女人，会让玫瑰的床落满尘埃，会让心像肉酱般剁碎在砧板上，然后让岁月把她吃定了。

“怎么办？我是走，还是不走？”她眼望着窗外的黑暗，离学校还有一二百里，已经晚上十点多了。晚上还没吃饭，吵吵闹闹的，都忘了。她的心里陡然升起了一种心痛感。余清跟着她也够惨的，连饭都没吃。不管是争是吵，总得让他吃饱饭吧。想到中午他还在那里大叫：“有老婆真好，有好饭好菜吃。”她说：“只要有时间，我愿一辈子做饭给你吃。”她现在课程紧，压力大，余清不能理解她的紧张和压力，他认为读书是好玩，在校园好谈恋爱。“你可以在学校里抓紧找一个，人是要老的，出了学校就不好找了。”这样的话只会让珠月生起绝望，余清说出这样的话，表示余清在外有女人确定无疑，而且远非如此简单。凭他那种嫉妒心，他不可能大方到说出这种话。每当珠月听到余清这样对她说话时，她都有些不懂似的：“什么意思?”余清说：“我这人一点也不好，赚了几个钱，脾气大大的，确实一点也不好。”珠月心里想，只要你在外没解决不了的事情，你脾气再大，我都无所谓。她张了张口，还是没说出来。她心里其实已明白了几分，她不想揭开疮疤里的烂肉，她怕疼。

她想起了那一年，她不知道做错了什么事，余清把她吼了一顿后就出去了。珠月知道余清这一顿吼其实就是为了给他出门找一个借口。他历来爱采用先发制人的策略。珠月在外面的草地上湿淋淋地坐了几个小时，眼泪和绝望把她的眼眶都涨满了。她的眼睛睁得大大的，她怕眼睛闭上了，痛苦就会流不出来而在咽喉的中间扼断她的呼吸。她遥望着她认为是家乡的方向，那里有她的同事、朋友，人们在那里都过着幸福的生活，只有她是那么苦，她好想快点回泉城，上班、看电视，和孩子在一起，什么都不想。她最能构想幸福，幸福本来就是虚构出来的，幸福是一种感觉，一种幻觉。她宁愿离他远一点，免得他的剑刺伤她，在她设想的世界里，构筑她的想象和她的理想。她只要每天等着他一天一次的电话就满足了，她会在时间中把什么不开心都忘掉，她就以为她的丈夫是跟她连在一起的，他没有遗失她。她一想起这么多年来他每天一次的电话，她的心就会在痛苦中感到一种心酸的震颤。

珠月一个人站在漆黑的阳台上，望着外面厂房的灯光，望着那神秘莫测的天空里悬挂着的一片片黑色的云，她曾梦见天空挂着两条彩虹，从山的这一头到山的那一头，等到她的脸上露出欣喜，伸手去抓彩虹时，彩虹顿时消失了。她醒来后惆怅地回想了半天，那两条光彩夺目的彩虹到底意味着什么?为什么一下子就消失了呢?她站在阳台上发着呆，外面的景物也仿佛凝固不动了。

痛苦的时候，她愿把自己沉浸在黑暗中，她怕别人知道了她的痛苦。她宁愿一个人咀嚼灾难，她可以尽情地哭、笑、说。她仿佛一个戏剧中的人物，在那里自演自唱，自我陶醉于一种被毁灭的崇高之中。她的泪流得差不多了，戏剧中的人物该散场了，只有她还站在那个舞台上，哭着、笑着、说着，把手伸向天，就像二千多年前的屈子，在探寻着天空的真理和理想。

“珠月，你还不睡？要不要叫餐馆送点吃的？”余清半夜一点回来，猜想珠月还没吃饭。珠月摇着头说不饿，余清说：“你肯定饿了。”他叫来了虾、面条、青菜，他拨拉拨拉地往一个空盘子里划了一半，呼呼地吃了。她看着他，也可能是饿了，他的嘴唇都青了。她的心顿时就像融化在冰雪里的小河，只有温柔。“为什么你要给我打击？你曾经说过要给我一个蔚蓝的天空，你不是诗人，你是一个实在的人，你说出这话不容易，从你一贯吝啬的胸膛和嘴唇中。也许你早就忘了，现在的你已不是当年的你，当年的你穷得连裤子都没有穿的，饭也吃不饱。一个女孩的慧眼再加上同情，使我倒向你的怀抱。你说得对，一切都会变。你也变了，这是事实。从没有钱变成有钱，还不是非常有钱，也足够你骄傲了。你现在买的裤子可以排成一堆，没有几百条，也足够多了。”

珠月看着余清一下子就把划拉出来的菜、面条吃完了，她的饥饿感也上来了。吃吧，吃吧，明天的事明天再说吧，只要他现在回来了，我就该高兴了。

别人都说珠月像一个完美的天使，只有在余清的面前，她才是真实的她。余清常常笑她说：“读书人，还骂人。”她摸着他的诡计多端的额头，把他的头发弄得乱蓬蓬的，让他像个疯子，她这么做很有快感，这时余清往往一声不吭，像个听话的孩子。余清今天去理了发，花了一百多元，珠月听了就说：“受骗，就只骗你。”余清说：“我每次理头都是这个价。”珠月不理解，她刚从泉城到乐城，她在泉城为了节约二元钱不打麻木，走了几里路。

珠月看着余清，虽然余清是她的丈夫，可他们在一起的日子加起来还没有几个月。她是多么希望她的丈夫是完完全全地属于她啊。虽然他老谋深算，肚子里装的不一定都是高尚的东西，她还是用两只眼睛全神贯注地看着他的优点，水彩画点墨般地突出他的可爱之处。他的每一个优点被她无穷地放大，那些明显的不能容忍的缺点被她有意识地忽略不见。余清把钱当成命根子，看着他把一大堆钱抱在怀里的样子，珠月觉得就像一个小孩把一大堆糖果抱在怀里生怕别人抢去的样子。珠月见余清买了一个保险箱，放在柜子里，她笑着说：“保险箱有什么用？别人走进来把它搬跑，它又不重。”她想象一个小偷进来把保险箱轻易搬走的情形，笑得不可抑制。珠月又说：“我把它搬走。”她笑得岔了气。余清不解珠月为什么笑成那个样子，不过他很喜欢珠月笑，这说明她高兴，他又说她痴人多笑。他常对她说，吃一餐饭吃得了多少钱？打一顿高尔夫球打得了多少钱？她只见过他从不给叫花子一分钱，他说他们都是被人唆使的。见到路上唱歌的，盲人弹琴的，诉苦的，喊冤的，他一概不给。他说，他曾经给过一个老妇人五元钱，九十年代初五元钱还是个钱，珠月问："什么原因？"余清说，因为那个老妇人特别像他妈，而且他还把她送上公共汽车。一次一个小女孩拦着他的车不走，他就是不给钱，还把那脏兮兮的女孩吼走了，他的样子和动作在珠月看来也相当粗暴。那个小女孩一边走，一边骂，还做出凶恶的脸色，似乎在诅咒什么。珠月也感到那小女孩不是那么单纯，她脸上诅咒的样子是多么可怕啊。珠月想，要是她早就给一元二元钱了，何必发怒，不值得，还拖延那么多时间，也不必遭受别人骂，不吉利。余清说："这些人不能惯他们，他们在路上也是这样，影响交通。"

一位老大爷在余清遇到红灯停车时，赶忙来给余清的车子用鸡毛帚掸几下，那位老大爷说了很多吉利话，余清就是不开车门给钱，珠月有些过意不去，她正准备拿出钱包里的零钱给老大爷，余清眼睛一瞪，珠月也不敢惹他心烦，就没给。她现在已有些怕余清了，余清用了一招又一招，把毫无心计的珠月揉得像面团一样。

珠月说："怕你。""怕我？假的，你骨子里就不怕我。"珠月只知道她现在确实已改变了很多。"因为爱，一切只有忍。"不知一首什么歌这样唱过，她只记得这一句。

"他值得我这样爱他吗？"她有时这样问自己。记得在泉城时，一次枝子和她谈起家事，枝子问她："没有老公在身边，我真佩服你怎么过的？哪怕就是能摸着他也好啊。一个男人在外不可能没有女人，是生理需要。"珠月说："还好，我已经习惯了，他不能走开，工厂没有他一天都不行。出了问题找不到人解决，有时就是一把锁坏了工人也要找他。"说是这样说，珠月心里明镜似的知道自己在躲避自己的怀疑。从枝子意味深长的话里她听出了她的意思：你老公和你隔那么远，一年见不了几天面，他在外肯定有女人，小心他对你有异心。她记得自己当时是这么说的："假如把男人分为几等的话，余清应该属于上等。"说完这话，她自己都不知道她对这话的可信程度有多少，她只觉得舒畅。枝子笑着说："看来，随着你家余清的钱赚得越多，你越来越爱他了。水涨船高，爱也会随着钱涨。呵呵。"

珠月在睡意蒙眬中仿佛听到余清在喊："珠月，珠月，爱你。"因这段时间太累了，珠月当时没能醒来。早晨她问余清："晚上你是不是在喊我。”他说：“没有啊。”“我仿佛听到你说要和我再见。”她看着余清的眼睛和脸是肿的，仿佛一晚上没睡似的。

“你最喜欢谁啊？”他问她。他经常这样问她。

“你呀。”“你在说假话。”他不屑地说。“我没说假话呀。”“假如叫你重新去找，你会去找谁？”“你呀。”“假话。”珠月知道自己当时没说假话，说的都是肺腑之言；她知道自己说的话肯定有一些是经不起推敲的。他给了她什么？除了第一眼的感觉，此外就是痛恨。他不仅痛恨她，而且还痛恨她一家人，珠月不知道她的全家到底怎么得罪了他，让他一声不响地忍了这么久。直到有一天余清听说珠月的妈妈病了，余清说：“就是死了又怎样？”珠月那时心一冷，就像一盆冰水泼在她的心里。

“怎么不高兴，是不是有人让你失望了。”“除了你让我失望，没有人会让我失望。”“你身上痒，与我没关系，是不是约会时被毛毛虫咬了？”他调侃地笑着，对她漫不经心地说着，似乎珠月是一个玩野的孩子，喜欢调情的女人。他没有看到珠月挖山、砍竹子时手上留下的疤痕，他只看到他刚和珠月谈恋爱时有很多男孩子也在喜欢她。那时，余清头也不回地把她撂在那里，既不跟她站在一起，又不跟她说再见，不知道到什么地方去了。她只是在那里傻傻地站着，等着。那个陌生的地方，她都不知道叫什么镇。余清可能已办完事，三小时后回来了。

“我知道你最喜欢谁。”她经常在睡梦中听到他似乎在这么说着，她听不清楚，等她坐起来想确定时，又没声音了。

“我又梦见杀人了。”有一天早晨起来时，余清对珠月说。珠月问：“杀了什么人。”他不吱声了。“你每天总喜欢看那些侦破、法律纠纷之类的电视，所以就做这种梦。”过了很久，他说是一个侦破的梦。她有点怀疑他是在说谎，他可能梦中杀了他想象中的仇敌或者情敌。一次，单纯的珠月告诉余清，说他工厂的一个同事叫她不要和余清谈恋爱，说是他为人不行，今天在那同事家吃了饭，那同事告诉余清他家孩子明天做十岁，余清第二天却不来。又说他上班不是迟到就是早退，吊儿郎当，手都被机器扯破了一块肉。余清当时眼里露出了凶狠的光，轻轻地嘟哝了句：“我要杀死他。”珠月当时不以为然，她以为余清很快就会把这事忘了。

窗外透进来一点亮光，她坐起来端详着他的脸。余清疲惫的脸上胡子有些深了，他的胡子刺得她柔嫩的脸生疼生疼的，她握着他的手，仿佛要让他消除梦中的惊惧。

珠月发觉并害怕自己就是那个致余清命的命中之人。她不能让他死在自己的手中，而他就像一个婴儿面对着伸向他脖子的手不停地蹬腿、哭号，最终让那只手因为怜悯而放过他。

第五十八章

“想不想看油菜花?”余清每次回家总是要到田野里去逛逛，他说他最喜欢看的就是家乡那一大片的油菜花。珠月到过余清的家乡梧桐岭，特别是在三月，遍野的油菜花确实蔚为壮观，让长在山区的她也惊讶不止。那片炫目的金黄让你真想奔跑欢呼，一头扑在那无边的金灿灿的田野里，在上面打几个滚，拼命地呼吸着田野的芳香，把自己置身于那一片田野中，你就与那一片田野融为一体了。大自然把你的忧愁、你的重厄全部挥掉，你只想永远待在大自然里，你就是一个自由的人了。

“你喜欢油菜花?”珠月有些不高兴，心里隐隐地感觉到自己并不喜欢他喜欢油菜花。其实她也喜欢油菜花。家乡的油菜花虽没有这一大片的壮观，却也是一小片一小片的炫目的令人心旷神怡的金黄。

“是不是有什么故事?”她看着他的脸，狡黠地问他。“我从小张开眼就是油菜花，当然喜欢油菜花。”珠月对余清的答复似乎不太满意。珠月看着余清张开臂膀呼叫着往油菜花的田野里跑去，她也紧跟着。蜜蜂在油菜花上嗡嗡着，耳朵边似乎都闪耀着黄，阳光把油菜花照耀得像骄傲的公主，它们沉甸甸的，珠月手拿着油菜花。喜欢一个东西时，人总喜欢把它拿在手上，表示真正拥有了。如果你喜欢一株草，而没有用手拿过它，那不算拥有，只有用手亲自拿着它，抚摸了它，那才算真正地走近了它。珠月望着田野里成片的油菜花，光一饱眼福她嫌不够，总觉得差了什么。她要亲自用自己的手抚摸着油菜花，这样才算自己真正地走到了油菜花身旁，看到了油菜花。余清说要珠月照一张和油菜花合影的相片，余清也和油菜花合了几张影。余清摆着各种姿势，脸上尽量露出充满魅力的笑容。

珠月说：“你为什么不到三峡，长城去看一看，那才是一种震撼。”“我不喜欢历史，历史太沉重。”“我喜欢看历史。最喜欢看的除了大自然就是历史古迹。”“我喜欢看现代城市，那些陈砖旧瓦有什么好看的?”

珠月当初为了余清能调一个好单位，到处去求人。余清和珠月一起去专员家。余清说："再也不许你帮我调工作了，让我七尺男子汗颜。"余清怀才不遇，他不喜欢求人，因不耐烦让机器把手扎了，工厂还不给报销，可想他在厂里混得是怎样的糟糕。珠月简直不相信，工伤还不给报销？这是什么工厂？珠月在余清到南方创业后几年到那家工厂去拿余清的押金，那家工厂好像让珠月走进了另一个世界，让珠月大开眼界。珠月平常很少出去，一般在医院里待着，几乎没到过工厂，和余清谈恋爱时，她也没去过，都是余清来找她。那个工厂和珠月平常待的医院完全是两码事，她看见一个办公室里有很多领导在开会，她就在外面等着。她问一个办事人员，要找某某。她说叫她等。会开完了，珠月去找某某，某某大概是科级干部，她打着官腔，一看就是搪塞口吻。她又去找工会的人，工会主席和余清熟，余清说叫珠月去找她。珠月没找着。她见一个办事员走来就对办事员说明来意，办事员不冷不热地要她去找管财务的副厂长。珠月想，这点小事也要找副厂长，难道你们没有管这事的具体人员吗？几个小官跟在一个大的官后面点头哈腰，都恨不得要贴在地面了。珠月也不怕，就走上去问，那个大官还没说什么，几个小官听到珠月说明来意，都露出鄙夷的脸色。珠月想，余清怎么在这里混得这么差？那些人一听说珠月是余清的妻子，个个马上就露出恶心的官脸："现在没时间管这些事，以后再说。""不是你们通知我来取押金的吗？"珠月以为厂里通知停薪留职人员来取押金，以为一去就有。她第二次去的时候，碰到的个个小官都一律打官腔，卖关子，装正经，她恨不得请几个人把那些人揍一顿。他们个个都感觉非常好，趾高气扬，工厂素质越低当个小官越觉得了不起，怪不得几年后那个工厂垮了，这些蛀虫不把工厂蛀垮那才是怪事。看那些蛀虫在鸡粪上耀武扬威。珠月一直都没领到押金。据说，一些领导不想轻易把押金拿出来，他们挖空心思想出各种名堂想把押金扣除一部分，后来听说，余清的外甥把押金领了，不是全部。余清也没叫珠月去领。余清认为这个钱给他外甥更放心、乐意，他的外甥就背着珠月把押金领了用了。

余清大学毕业后第一次去南方是到海南，那时很多人都到海南。珠月也曾因遇到烦心事请假半月到海南去看了，那时她想在海南找一份事，把家里的工作辞掉。在海南转了一圈后，她觉得海南的工资和她在家上班的工资差不多，而且在外特别想家，她还是觉得家里好。珠月听余清说他曾于 1989 年就到海南看了，后来又回来了。上一次去广州、深圳是病了回来的。余清说还是要出去，珠月叫余清不去，余清大发脾气，说："还是得出去，在家里只有等死。"

余清准备春节后就出门打工，珠月不想余清出去，虽然她也一时不知道余清该在家做什么。珠月把余清的身份证藏起来，余清大发脾气，珠月只好把身份证还给了余清。

余清背着珠月给他买的包，这次的包要结实些，包挎在余清的肩膀上，虽然他很高大也不单薄，那个包在她看来却重得要把他压垮了。去的前方还不知道是何路，他也不知道，只知道一定得出去。余清还是微笑着，他亲了亲珠月的嘴唇，他的嘴唇凉凉的。珠月瘦瘦的身体依在余清高大的怀抱里。

珠月送余清上火车，火车站的人特别多，那时候，全中国的人都往南方跑。南下打工的人如潮水一样，中国就像被搅翻了锅。有一个诗人说过，什么时候人们都回来了，才安宁了。因春节期间人特别多，不能送客，眼看着余清进了站口，珠月的心裂开了，她拼命地摇着门锁，一遍一遍地祈求工作人员能让她进去，他们都置之不理。她又问旁边的人还有没有路，旁边的人都说没有。这时，她看到出站口正打开门让一个乘客出来，她拼命地挤进去，门口那位值班的姑娘又把她推出来。她几乎要哭出来了，一遍遍地说："求求你，求求你，做点好事，让我进去，我可以把钥匙给你抵押。"也可能是珠月那几乎要哭出来的声音打动了那位姑娘，她就没有再阻止珠月进去。上帝啊，谢天谢地。珠月想。她拼命地跑向第二站台，拼命地喊"余清，余清"，却没有看见他。她又赶忙跑到火车的前面，看见余清正往窗口爬，列车员在一旁拼命地用棍子戳他要他下来，珠月恨不能抱住他大哭：不要走了，不要走了，穷就穷，只要能够在一起，比什么都好。她一遍一遍地拉着他的手，只愿在有限的时间里能够多和他在一起。余清看起来并不忧伤，他一直都在微笑着。回来时，同车人和珠月说话，她恍若没有听到。生活的压力逼得余清不得不远走他乡谋一点事，要不，连饭都没得吃的。珠月心里清楚得很，所以她还是答应余清出去打工。

回家来的时候，珠月已辨不清方向，下了车不知自己到底身处何方，似乎连自己最熟悉的地方都不认得了。还没走到医院门口，她就"哇"的一声大哭起来。看见房间里的每一样东西都有余清抚摸过的痕迹，她的心就像一阵刀绞般难受。有他亲自装过的电炉，他动过的电炉丝仍然保持着他刚刚动过的痕迹。电饭煲的插头掉在地下，他们经常在那里插了半天才插上去，他栽在花盆里的蒜，有一盆已经枯萎了。珠月赶紧浇了点水。他穿的鞋子，还保持着他的体温。珠月赶快走出房间，她不能看见房间里的每一样东西。余清吃剩的菜，珠月第二天不敢吃，她怕会哽住她的心，好像她吃的就是他。余清吃过的筷子和碗，珠月不忍心洗，那上面有他的手握过的痕迹和他的唇印。她只愿它们留在那里，她就会以为他离去不久，仿佛昨天仍在眼前。珠月看到房间里的每一样东西，都是余清手拿过、摸过的，她都不忍去洗，去动。珠月什么也吃不下去，睡也睡不着，她不知道该把自己怎么打发。走过面包房，看见余清走之前还买了两个面包吃，她不敢看那些面包，更不敢吃。她东逛逛，西逛逛，如一只丧家犬。自行车铃声响了，她以为是他。期望之后是更加痛苦的绝望，那种等待的欢悦和可期望的希冀没有了。每天的相聚让她一下子难以习惯分离。

珠月第一次感觉到生命之重，以前负担妹妹读书，照顾家里，从没感到那是苦。现在，当余清面临着工厂倒闭的危险无薪金可领的遭遇，珠月才真正感觉到还有比她更穷者，他使她更穷，更加明显地意识到自己穷。假如有一方有钱，也不会如此穷酸了。珠月想，上帝啊，为什么不眷顾我一点，让我们也有一点钱，平平安安地过日子？

珠月手里有两个苹果，她想，余清要是没走就好了，她就可以把苹果给他吃。看他吃远比自己吃要开心得多。她想象着他吃苹果时，苹果的汁就像甘露一样流进他的肚里。

想起刚开春时，余清和珠月走在泉城到一个亲戚家的路上，这个春天来得似乎很早，珠月是在一夜之间感觉到了春天。走在山间小路上，一路春天特有的泥土的清香和只有春天才会传播出的万物生长、发芽、吐绿的气息扑面而来。珠月不禁仰口呼吸着那迎面而来的春风，矫健的步伐中她的心就像大地一样充满着欣喜。

四处是一片悄然的静寂，只感到有一点闷热，站到窗户边，一种清新的早晨的气息扑面而来，心里的沉重也随之弥散了一些。生命在这时隐隐约约升起一丝希望，珠月又似乎回到了从前。

珠月的担子从小背到大，从没松懈过。有一阵她脱去了一副重担，轻松已让她不习惯了，她的生活似乎一下子变得奢侈。总有不尽的担子向她的肩上压来，似乎只有这样，她的生命才显得充实完整。有一类人，他们总是与重担连在一起，时时刻刻把自己绑在那些重负的担子下面，好让自己自始至终都背着一种重量前行，似乎只有这样，脚步才显得沉稳，生命才显得有分量。

珠月从心底里欢呼着：春天来了，春天来了。

余清出去第一年的夏天回来，珠月送余清，余清拥着珠月站在街上等车，他的嘴唇仍然凉凉的。看着公共汽车消失在茫茫细雨中，街面一片迷蒙，公共汽车的后玻璃带着一片炫目的反光飞奔而逝，也仿佛把珠月的心带走了。珠月就那样站在茫茫细雨中，好久好久，才感到想流泪的冲动。她的头发被细雨飘湿，衣服也在细雨中湿成隐隐的一片，街面有音乐传来，仿佛是送别的歌曲，她还那样站在挥手的位置，汽车已走了，他根本看不见她在挥手，她却固执地认为他看得见。她的眼睛在烟雨中迷蒙了。她知道，她是从那一刻真正地爱上他的。她分不清东南西北，找不到回家的路，连最熟悉的地方她都要仔细辨认方才记得起。回家后，她把余清刚修过的电炉拿在手上凝视了半天，还有刚喝过的啤酒瓶。

余清对珠月说："等我买辆小车回来，再娶你一次。"几年后，他还没买小车，却说："人是会变的。"几年之后，他对珠月说："你也会变的。"珠月不同意余清说的。有一些东西是不能变的。比如爱。岁月会磨灭它的光芒，却不能消灭它的印痕。每个人都是尘世中的一颗尘埃，而每一对相爱的人都是因为他们曾经相互拥有。珠月想，我只爱爱我的人，如果一个人不爱我不欣赏我，我也不会爱他。既然我爱了，我就不会改变。而且我也不会留恋一个不留恋我的人。

珠月起初还不知道余清的这个性格。她以为他就是她看到的样子。珠月要做饭，余清说，我来做，珠月上班很累，余清说做，珠月就让他做。同宿舍的小益男朋友高大潇洒，是地委的，天天做饭，说喜欢做饭。珠月也以为余清喜欢做饭，后来余清常说："我每天给你做饭。"珠月说："是你自己要做，我以为你喜欢做。再说我也一直都是和你一起做的。""天下有喜欢做饭的人吗?"珠月以为有。"余清，你不喜欢做饭，何必又装作喜欢做饭?"珠月后来想到余清是怎样忍辱负重做饭，怪不得他一肚子气。珠月在余清生病期间给余清下肉片丝瓜面条，余清说："我不想吃肉，只想吃丝瓜面条，觉得很好吃。"珠月以为余清像她一样不喜欢吃肉，以为余清发烧吃不下去肉，谁知余清多年后说："天天丝瓜下面条。"意思是说都不放肉。

想起那些被余清伤害的日子，珠月都不知道自己是怎么过来的。余清仍然整天云淡风轻，他根本不知道他伤害了珠月。他讲一件事给珠月听，说是邻居有一个男人喜欢在外瞎搞，他的孩子对他说“注意啊，不要惹上病”，你看，人家多开放。珠月不想听这些，她也不可能改变她的洁白、干净本性，即使余清预言她也一定会变坏，因为谁都在变坏，你能例外？

一向相信爱情的珠月虽然怀疑余清会怎样，但做梦都没想到余清在外竟然有女人有孩子，而且还怕死那女人。这些开始还只是怀疑。让珠月感到无家可归的是她一到余清那里，就感觉像下地狱。余清明显在说谎，而且是非去不可，就像一家人每天非得在一起一样，要去吃饭，要去见一面，待几个小时。珠月一点也不像余清的老婆，倒是那个女人才像是余清的老婆。珠月想想也很能明白，她这么多年没和余清在一起，都是那个女人和余清在一起，他们才是必须每天见面，他们才是一家人。怪不得珠月一到余清那里，就闻到一股地狱的气味。余清在外有了女人，自然对珠月防着。那都不知过的什么日子，那哪像个家啊？当珠月和余清争吵时，余清就说：“我对天发誓在外没有女人。你没看见哦，腰像水桶一样粗。”珠月一听，就知道余清在说谎，余清又不畏天，又说谁的腰像水桶一样粗。那时珠月的腰只有一尺八，她想一定不会说的自己。珠月听了后赶紧真诚地说：“你千万不要发誓！”珠月知道余清在外有固定女人，她怕余清发誓对他不好，应验了，就说：“你再也不要发誓了，我从来没要你发誓。”

如果不是珠月自己考到乐城，余清也不准备这辈子让她来这个地方。珠月只需在家带孩子就可以。开始条件不成熟，余清姨妈和珠月住。条件好了，余清姨妈就过来园城，珠月继续在家带孩子。珠月不需要男人，也不需要安慰。这样廉价的老婆真好养。

珠月羡慕那些把老婆带在身边的人。开始珠月理解余清，因为余清根基未稳。后来余清稳定了，有异心了，就更不想把珠月带来了。珠月听说因颉把老婆带到身边，他老婆辞职和他在一起帮他，她很羡慕因颉的老婆，觉得因颉确实很爱他的老婆。她看到某某就是在外打工也把他的老婆带在身边，甚至没有房子住，她想，这个男人还真离不开他的老婆。

珠月刚到乐城时，如果以前来自余清的锋刃只是偶尔刺她一下，她还能在离别的日子复原，她现在接二连三地受到余清的尖刀的伤害，她只想逃避。因为她的心承受不了如锋利玻璃切割一般的伤害，鲜血会让她的全身透满红色。她像一个孤单而又崇高的通体透光的完美女神只等着一场雨来把她所有的梦想扫光。

因为是夫妻，珠月爱余清，虽然她爱他，但只要他们的关系一断裂，珠月就想他们之间可能什么都不会存在，所有的爱情都会荡然无存。珠月对余清的爱是把他当作永恒的伴侣来爱的，只要他背离她，她理论的框架等于倒塌，而爱也不复存在，只留下陌生感。珠月知道余清从来舍不得和自己交心交肺，虽然她力图深入他的内心。

余清一晚不归，珠月更绝望了。“什么狗屁男人，让妻子无家可归的男人是最坏的。反正你也没想过依靠他，是不是？何必那么气呢？何必这么伤心呢？你就是这样的命，总是在别人危难时拯救别人，然后别人不要你时，让你受委屈，没什么。”

珠月看到前面有一堆刺，她不敢动它，她只有掩住自己的眼睛不去看它。刺丛越来越大越来越繁茂，珠月已经无法走路了，她无法绕过刺丛走自己的路，刺丛已在她的周围铺天盖地地生长起来。她即使想掩耳盗铃、一叶遮目也难以做到了。

余清本命年时穿着别的女人给他买的红裤头。珠月一看就知道。余清不可能去买红裤头。余清有人疼，而且看起来那个女人对他很真诚，余清对她也很信任。他给她买了一套房子，房子布置得就像新房一样。珠月叫他穿厚些，他偏要穿薄些，珠月叫他开车慢些，他偏要开快些，珠月叫他快乐，他偏要忧愁不已，好像一快乐就会出事似的。现在珠月终于明白了，他从来都没相信过她的善意。无心机的珠月根本就不知道余清现在早已不是自己的丈夫，他在外早就有相好、相信的女人。怪不得余清总看不惯珠月做的事情，只要珠月一做错什么，他立即就有比较了。如果两个只是你爱我我爱你的人会有比较吗？婚外恋绝对是争吵的最重要原因，因为他们总是在比较。

余清还毫不知羞地说：“我要倒向哪一面墙，你有什么办法？”珠月似乎听不懂，其实她早该听得懂，只是她不愿意听懂。她对于自己拒绝的事情一直都是有一种下意识的选择能力去不看不听不想。

珠月一直都觉得说话只是说说，可余清不这么认为，说话就是铁板钉钉，说了就定了型了。比如珠月说，我真是瞎了眼，当初怎么和你在一起？他就认为珠月这句话是定了的，她就是觉得自己瞎了眼，完全瞎了眼。余清想，既然我这么差，我就差到底，让你真正感觉瞎了眼。珠月后来才明白，有的人说话只是说说，有的人说了真的是心里那么想，而且还那么做。她觉得这是不同的。只有真正地做到了，才能表示你的思想已经定型、成熟。比如余清在外找女人、生孩子，这绝不是夫妻之间吵吵的事，说明余清已对珠月彻底失望、变心。珠月想，语言是什么，语言不过是一些火花的碰撞而已，它可以是诅咒，也可以是赞美，有时它仅仅是一堆废物，或者是一些魔鬼和天使的对话，但不是身体真正的思想成熟的决裂。只有你做出了你的行动，才表示了真正的决裂，即使你嘴里一句难听的话都没说。

珠月有些后悔自己当初为什么要选择和余清在一起，当她做出这个选择的时候，她已经开始感到孤独了。她仿佛看到了未来的自己。那时她一个人走在街上，觉得自己已经选择错了，不过，选择错了也是自己选择了，她从不会主动和别人说分手，最重要的她已经和他一起睡了，就是没在一起睡，即使只有接吻，在珠月看来，她都以为自己和他有关系了，她不能当作没关系。

来乐城的第三年，一个老乡告诉珠月余清和一个女人手牵手走在街上，那样子已不是一年两年的关系。珠月觉得和余清离得越来越远了，她也感到自己越来越孤独了。余清以前把一个两间房的家看得万分珍贵，结婚那个月余清要睡在另一间房的沙发上，他怕东西被偷了。珠月说："不用睡那里，没人偷的。"可余清执意要睡，珠月也就随他了。余清想，好不容易结婚买些东西，不能叫别人偷去了。珠月后来想到这些事有些感动，说明那时余清还是满为这个家着想，把这个家看得很重的。现在余清看着新买的房子一点兴奋劲都没有。珠月想像鸵鸟一样把自己的头藏起来不看不听，她那时最害怕的就是听到有关余清在外面有女人的事。

珠月以前骂那女人是婊子，现在她不这样骂了，因为她觉得那个女人反倒是他老婆，她自己倒像是婊子。被丈夫随意践踏的女人连婊子都不如。

她有时恶作剧地把和他做爱当作是下身痒，需要有一个东西帮她搔痒而已。她需要的只是一种需要，这种需要既不是生理的，更不是心灵的，她是一种作祟的心理，一种无聊。然后她会感到自己身上有一种被灰尘和怪味塞进肌肉的感觉。余清能够感受得到珠月的这种心理，他有时想着娄女，有时想着陆秀珍，有时觉得珠月受委屈了，有时像嫖客一样拉起裤子做出完事走人的样子。

珠月想，不能太善良，当初余清面临下岗，穷得叮当响，现在他要把你不当人，你还要为他想？别人把屠刀一次次地刺到你的面前，你还担心他用多了力把自己扭伤了。珠月不愿想那些令她恶心的事情，她每想象余清和别的女人在一起的情景，就感到一阵窒息。她只有掩住自己的眼睛不去看它，不去想它。

珠月说："我已经够宽容了。"余清说："谁要你宽容我？"珠月想既然余清不要她宽容，说明余清已经不在乎她了。

余清说："一天到晚哭丧着脸，一点情趣也没有。"珠月想，情趣是从幸福和快乐之中产生的，没有由衷的幸福，不可能有情趣。难道知道你每天去和别的女人约会我还幸福得起来吗？面对着一个不是完全属于自己的丈夫，甚至心隔二万八千里的丈夫，准备随时把自己抛弃的丈夫，我还能情趣得起来吗？除非我不要脸，除非我是妓女，只有妓女才会刻意取悦男人。就像做文章，再有技巧，没有真情实感，仍是无趣之文，而从真情实感之中产生的文章才是真正充满活力的。

珠月在冬天的时候梦见自己给余清倒茶，不知为什么成了尿倒在痰盂里，这个梦是不是表示余清只配喝尿。难道是这样吗？不管怎样，她还是希望他好。还是她实际想给他倒尿，她真的没这么想。

珠月一直以来力图去逃避内心里不愿面对的事情，她不想去回忆它，每次她到余清那里去，珠月就像在地狱里，她从来不去回忆这些事，这些事一直都成为她力图去躲避的东西，珠月在留恋时间时，从来都不包括那些时间。那些时间是她的伤疤，她只想躲避它、不看它。她一直都靠自欺欺人活着，有时还能笑，只是因为她把那些都当作她生命中刻意要抛弃的时间。

有时，珠月寂寞地在路上走的时候，她盼望在茫茫人海中有一个声音是叫自己的，她会驻足而听，希望那声音来自一个久违的朋友或者一个不熟悉的朋友。珠月给因颉发了很多短信，都如石沉大海。当她有时间去想因颉的时候，她就不担心他会忘了她，因为她相信她的思念足可以把她和因颉联系在一起。当她没时间想他的时候，她就给他发短信，因为她怕因颉在她没想他的时候，因为想念磁场的消失而远离她。

第五十九章

第二次见到诗，珠月晚上竟然梦见诗毫不犹豫地要了她。她醒后幸福地回想着梦中的样子，她知道自己喜欢诗。那个梦让珠月后来才想明白。珠月不是一直都喜欢诗吗？在你的潜意识里，你早就喜欢他了，你想去拜访他，常常看到他，甚至是爱他，做他的妻子。你难道没有这种潜意识吗？你只是从来没让这些想法浮出水面。你只是对自己说，我要去见他，给他倒一杯茶，在他写字看书的时刻，在他坐在书房劳累了的时候。你会走上前，满目含情地看着他。你想过这一幅图画。这幅图画的出现是瞬间的、奇异的，又转瞬即逝的，但存在了你的脑海里，就像一个梦，没来由似的，对一个只见过一次面的人，这是你从来没有过的体会。是的，因为你说的每一句话都表示着你的喜爱，你的每一个言行举止都表示着你的情意，所以见面第二次诗就是你的了，虽然他很不耐烦，你就像一个闯入他梦中的魔鬼，让他想超越自己的道德标准来要你。他并不想要你，他当时恨不得把你当成妓女，可是你毕竟不是妓女。你是真心喜欢他的，而且不是一般地喜欢，是因为了解、因为懂得而喜欢他的。这样想，珠月就理解了敏感的诗为什么那么快就在梦中占有了她。当他们越来越相爱时，珠月反而很难梦见他们连在一起了，总是会被什么打断。

诗不知道他自己，而他已做出了自己。你都不知道诗爱你，你更不知道你自己那么爱他。因为你的心中一直有个因颉，那个活在天边却主宰了你的灵魂二十多年的人。诗的出现并没有影响半点珠月对因颉的感情，因为那已经成为一种习惯。虽然因颉可能不知道。他们已有多久没联系了，可珠月却自顾自地爱着。可她知道自己每年盼的是什么，她盼的是和诗的见面，哪怕只有一两次，她都会集结半年的心神来等待着那一天。她的内心早已认为自己难见到因颉了，诗成为她几年内唯一想去见面的人。那时她也不能明确地知道这是什么，她只是觉得诗很重要，她的生活中不能没有他。而且她非常害怕诗生气，不理她了，不要她来看他了。她和诗说话时小心翼翼，生怕说错了。想起自己和因颉说话时毫无顾忌，现在经历找工作这么多艰难险阻后，珠月再也不会像以前那么说话随意了。在诗的面前，珠月也有随意的时候，就是怎么样都觉得自在、自然，只要管好她那张说话不思考的嘴巴就可以了。

珠月紧紧地盯着诗的脸，她想把他看到心底里去，看到骨子里去。诗感到珠月在尽情地看着他，他很少看珠月。诗是一个非常羞涩的人，珠月好喜欢他的这种纯净，就像自己从前一样。一样的心灵，一样的相通。他的羞涩只是来自他的纯粹的心地和质地，可他的内心却有一个大的世界。珠月知道诗不会畏惧什么，他只是干净清洁，他只是谦逊，这使得他的纯净通过自己的心地直接散到珠月的心中，让她的心灵一次次震颤。她仿佛已被她眼中诗的美击中，心底里全敞着诗的光芒。

珠月在江汉街上走着，诗的家就在那里，珠月本是去办事，可她走在街上时忽然想到诗搬家了。即使诗没搬家，她也不会去贸然拜访他。但她心里感到很踏实安稳，觉得诗还在那儿，她只要想见他，一定会见到他，他总会回家。珠月是一个很执拗的直线的人，其实诗工作的研究所离她家不远，珠月完全可以在诗上班时去看他，可珠月从没想过这点，再加上没这样做过，她以为见诗一定要到他家里。正是因为这种一根筋的直线思维，当珠月忽然想到诗已搬家时，那一刻她感到自己是这世上最孤单的人。她恍恍惚惚地走在街上，街上的人流车辆虽然热闹非凡，可珠月却感到那些东西就像虚飘的影子一样。她不自觉地用手擦着眼睛里慢慢滴出的眼泪，眼睛看着自己的脚步，她以为自己走在一个无人的孤岛上。

珠月是一个没有周边视野的人，她的心里就只有一条筋。其实，她应该知道诗搬家了，还是在乐城，不会找不到他。可那一刻，她什么也没想，只是想着诗没有住在那里，他住的另一个地方仿佛离自己有千里之遥。她要见诗仿佛规定只有在他家里才能见。珠月是一个多么以自我感觉为中心的人啊。因为她的这个特点，她考研去W大买书，去了几次都没买到，她以为只有W大才有卖的。其实只要问别人，她可以寄款到出版社买。后来她才想起问别人，那时离考研还有一个多月。她的这种性格让她走了很多弯路，往往很多事都是自己觉醒了，才罢休。她凡事不喜欢问别人，总凭着自己的内心去做。她那时才知道，在自己的内心里，诗是多么重要啊。她一定要见到他，只要能见到他，她就不会孤单。就像一个在茫茫天涯流浪的人，只要她心里有一份依托、一份等待，她也不会怕任何的孤独绝望。因颉已经让珠月的孤独更深了，甚至生活对于她已变成绝望。珠月不想她没有诗，见不到诗，她会因此觉得这个世界都没有了。

珠月一天晚上梦见诗站在台上对所有的人说，他只要珠月到他家来。然后他不知怎么就和珠月吻在一起了。珠月的舌被诗的舌牵扯得好长，就像珠月在电视里看到的鲜红的蛇信子，又像一条鲜红的飘带。珠月在梦中倒没特别的渴求和幸福感。可这个梦让珠月经常会去想它。她总会想她的舌的甜蜜的幸福。她希望她的舌被诗拉得越长越痛越好，那种疼痛的幸福就像粘着蜜糖的钻子一直钻到珠月的心脏最底层的心壁。她希望她的舌能被诗拉得最好是能绕地球一圈，那时她的疼痛的幸福会让她舌头的每一个味蕾都沾满着爱情的幸福的血泪。后来梦中的诗变成了一个头上戴着花的陌生的女人。

珠月醒后知道这表示诗爱她，爱就是灾，是不好。后来珠月才知道，诗被莫名其妙地陷入一场网络中，他认为那些博客是珠月写的，其实不是珠月写的。珠月想，那些博客会不会是因颉写的？是因颉爱上了诗还是因为因颉知道了珠月心里有诗？因颉一直都在关注珠月，珠月都不知道自己爱诗，因颉早就知道了。珠月想，因颉是通过什么方式了解她的文字和行踪的？这让珠月几年内都不得了解。也许因颉也是来自一种梦境。珠月起初并不知道诗咬她的舌的不好来自哪里。珠月后来想，她绝不能让诗不好，只要诗需要她，她绝不离开他；只要诗爱她，她会用生命来爱他，绝不会让他在梦中变成女人。珠月想到这个梦都会疼痛不已，舌头被牵扯的幸福只是在很久以后才慢慢体会到。一想到诗不好，珠月想，诗好久都没写论文了，是不是陷入一场恋爱中？后来当珠月看到诗写的那么多天才诗歌，她都心疼了，她认为“蓝雨博客”里的诗歌是诗写的。珠月才知道诗在读大学时是学校“蓝雨诗社”的社长。在这场恋爱中，诗用的是真心，虽然博客不是珠月的，可珠月能梦到诗对她的狂热情感。这让珠月常常独自地幸福着，可她从没听诗对她说过他爱她。珠月只是把那些珍贵的梦埋在心里。

珠月工作还没定，可心里有诗，这让她在煎熬焦灼中有一种暗暗的幸福潜流在滋润着她。就像一个溺水的人遇到一块木板、一根竹竿，她紧抓着它们，她看到了自己的希望。她又像一个远远被火烤着的人，可心里却有诗给予的万顷清流流淌。她是焦灼的，离婚、没工作，不怕，还有诗，诗一直都在关心着她，她知道自己还没到绝望的时候。诗在珠月的心中是有伟力的，只要有他在关心着自己，珠月什么也不怕。诗会给她一个完整的世界，里面什么都有，山川河流花草树木，他的智慧会让这些山川更雄伟，江河奔流万年不息，花开不败，树木常绿。诗在珠月的心中就是化育山川草木的神灵，即使在沙漠中，只要有诗，珠月想，也会有绿洲和清泉遍布。

诗有很多化名的博客，在一个博客里，诗贴了很多花草，珠月看着那一片花草时，心里豁然开朗了。她想她还可以暂时躺在那片花丛里，流流泪，歇歇自己的身体，让那片幽静的花草覆盖自己。只有诗才写得出那样宁静高远的文字，印合着那些无尘无欲的花草，就像把人带到一个无争不畏的天地，在那里，人会把世俗所有的一切都丢掉，只剩下一颗纯净安宁的心灵。只有诗才会提供给珠月这样一个静谧自然的境界，让珠月躲避风风雨雨，在心里依偎着诗。珠月感到了诗的安慰和暖意。那些无尘的如明净蓝天一样的文字，那是怎样的心胸和智慧，在人间插一万束花朵，一万棵树木，把光明和美丽、安静和沉着洒在人们的心田，用自己的坚强和勇敢永不唱悲音。珠月感谢命运让自己认识了诗，这世间的不可多得的珍贵的心灵。特别是在自己遇到挫折时，诗总是在他的那些化名博客里鼓励珠月安慰珠月，让珠月感到自己并不孤单也没绝望。她想自己一定要尽快找到工作，让诗不要担心她。她要抓紧时间多学习多写作，方才对得起诗对她的关心和期望。

她现在需要休息，诗就给她栽了一片花丛，那一片素净安逸的繁花，就像是欲说未停的丰满的美好，就像是诗的美丽的词句。珠月就把那一树一树的洁白的繁花想象成是诗的心口开出的花朵。珠月在日记中写道："你是童话、乡村、爱幻想的孩子，窗前始终有一轮明月，胸中总是开放着清净的花花草草。即使是一束小花，在你的胸前也别有韵致，也散发着清幽。那树中有荫凉，你说你喜欢树，即使无叶，只有枝枝丫丫。那些直立的树，就像你的性情里流出来的青枝绿叶或者萧索寒冬。我流泪在你的诉说里，心是干瘪的，需要一丝微风吹拂，还好，你还能让我走到你身旁，看着你，春风杨柳的脸庞。谢谢你，让我看着你，就像看到晨曦和露水。"

爱情就是这世间万千草木的清气，爱的人都会变得全身纯粹。从皮肤到骨头都像被草木清气浸染、被纯白月光浸透的诗是这世间的一个惊喜和奇迹。二十多年对因颉的无望的相思在诗的巨大引力中，珠月身不由已地向诗走去，就像去拥抱着自己的心，她要把诗拥抱到心底里去，再也不错失一分一秒。

诗，你知道，我不喜欢你用这样的语言，说那些有关死的事情。死，对于那些与我无关的人，它可以是一个哲学名词，我可以给予它很多深刻的意义。可是，如果你说死，我就不愿听。无论你说得多么美多么有道理，在我的眼里，就是一堆废品。因为你的生命是在活着的时候闪亮的，我因为你的生命里那些美的光彩那些善的心灵那些爱的温柔，我愿意把我的生命拿来换你的忧伤你的思索。无论你说得多么深沉，我都不喜欢。我喜欢的是活着的生命，你是永远微笑的，快乐的。你的欢喜来自你的心灵，我知道你真正的快乐了。我向来不看爱人的悲伤之辞，也从来不愿知道爱着人是有罪的。那些山间清凉的水无欲清凉，我可以去听它的静音，我却不想盛开的花朵和果实在无人处静静凋落腐烂。我相信，你的纯洁，你的美好，你愿意那样地活着，快乐地开心地自适地活着。我相信，你会的。因为你从来就知道怎样是快乐的，怎样是美的，怎样是高尚的。如果所有的星辰的光辉都环绕在你身边，你是否仍然孤单寂寞？你是否还要说，那些让爱人疼痛寂寞的语言。那不是你，那只不过是你的一个瞬间。我知道。在未来的日子里，一定有守护你的天神，给你说话，在梦中传输给你一次一次的热爱，快乐，并感激生活。一向美好。会的。我相信你，我会微笑着对你说，用我全身的热爱和美好。这都不够。还有支配命运支配你来这世上的天意，都会为我留住你的快乐，拒绝你的忧伤和沉郁。亲爱的人，无论发生什么，都不重要。重要的是你很美，你的心很美，爱你的人很美。只要你满足，你会快乐。把上天赐给我们的一切都当作是一种馈赠。无论是好是坏。你是美的，是立于天地之间的，这就是你的魅力。无论上天给你的是什么，你喜不喜欢，你就只当作一切都是上天的旨意。只要有爱，只要你认为可以，一切都可以。请你再也不要说那些悲伤之辞，那不是我眼中的你。你的美好足可以超越时间空间，请你快乐地盛开，只为那些爱你的人。

紧紧地相依，也许生命才不会孤独。人才能喘一口气，立于天地之间。固守那份美好和爱的真实。也许这就是生命的安慰。是可以活下去的理由。因为爱，是你唯一的信仰。还有你身上散发的比百花还要芳香的清新气息，还有你心中藏有的比世间万物还要宁静开阔的天地，还有你心灵间头脑里时刻都在光辉美丽着的你的像神一样的灵性和悟性，还有你的一切，所以，你该快乐的，永远美好着。上天会护佑你。让那些有关死亡的词语和思想像深山的果实一样腐烂无声。你是属于这世间的，是天空的，需要被人看见的日月星辰。

曾几何时，你喜欢了那些山间悄然无声凋落腐败的果实。你不是那些清洁无欲的山林，你就是你，比山林还要清的清香和洁净。人在人间，如果还能这样的清洁、美丽、清香，这也是世间的造化和所得。愿你，永远都是那样的不说悲音。

珠月在梦中因为思念、因为孤独无依都活不下去了。她挣扎着从梦中醒来，梦后还长久摆脱不掉梦中的绝望。梦中似乎自己离诗远了，诗不属于自己了。珠月感到一种绝望扑来，孤独已经浸到她的骨底，似乎一分钟也不能继续活下去了。诗在另一个地方和别人朝夕相处，而自己却是那么的孤独，她恐慌得像要死去。醒来半天，她都不知道自己活着还有什么意义。想起那种梦中没有诗的死灰感觉，珠月在心里叫道："我只要我的那棵树，我只要我的那朵花，我只要我的那片云彩，我只要我的那个你。"

珠月梦中想到自己也许会离开本地，因此会离开诗，失去诗，她手一摸，发现她的泪流出来了，又感到胸口剧烈地疼痛着。那种痛一直在蔓延、扩展，仿佛诗在另一个地方能接到她的疼痛。她无助地笑着，诗啊，你终是不属于我啊。原来我要离开你了，原来你要失去我了。我爱上了你，你会原谅我吗？当我向你走去的时候，我就是想要你的身体，想要你的心。想拥抱着那一身的清香，从你的骨头到你的每一寸肌肤。可我梦中就像要永远地失去你了，我害怕没有你。

诗见珠月在本地找工作迟迟不能定，他和他的朋友打电话，要他们帮珠月安排工作。可珠月在乐城找工作的高校校长说珠月的工作没问题，珠月还在静心地等待着。

珠月就像一个预知到未来的巫女，所有的一切她都似乎知道结果。工作之事迟迟不定，她都自然、安然地接受了。她知道这一切的挫折都是命中注定的，命运会给她一个满意的工作的。别人觉得是忽然的事情，她早已了然于胸。别人认为是一定的事情，她早已知道不可能。别人认为是无可挽救的事情，她知道那正是希望的契机。她不慌不忙，好像什么都在她的预料之中。命运就像翻筋斗一样给她不断地变化出困难、不如意，她虽已洞察，有时却感到无能为力。她就只有躺在床上，看那些困难挫折像魔鬼一样变化万千，不停歇，她始终安定、镇静，她知道她会用她的安宁镇静击倒所有的困难挫折。

珠月又梦见诗是那么轻浮，而且对她有意见似的。珠月深知诗不是这样的人。珠月想，是她说错了话吗？她都没机会和诗说话。是她写错了字吗？她也没给他寄过字啊。到底是什么原因？是因为有人伤害了诗，诗以为是珠月吗？珠月不得而知。她想，这一定是魔鬼在作怪，不让她爱诗，因为珠月无数次在佛祖面前祈祷过要和因颉在一起。她结婚的几年，在外遇到寺庙都会进去替余清祈福，后来余清伤了她的心，她多想和因颉走在一起。

珠月那时是多么盼望着能和因颉见一面啊，她把所有的希望都寄托在因颉身上，哪怕是和他说说话，她都不会觉得那么孤单和绝望。可珠月联系不上因颉。

佛祖，你难道还要怪珠月吗？珠月等了因颉很久，做了很多努力。因颉有自己的爱人，他们隔着海洋隔着山脉，走不到一起的。佛祖，你要原谅我。我后来遇到了诗，我爱上了他。我相信他不是那种轻浮的人，他是那种干净得令人心碎的人，怎么能那么轻浮那么不珍惜我呢？一定是魔鬼在作怪，或者是佛祖不让我去爱诗，故意损坏诗在我心中的形象。珠月想，也许是自己做错了什么，伤了诗的心，不过她不知这些伤害从何而来，诗从何得知。珠月想，梦会被各种东西主导，当它被魔鬼主导时，魔鬼就会使坏去损伤人。当它被佛祖、菩萨主导时，它就是传递的心灵的真实。打死她都不相信，诗是那样的人。诗甚至可以说是腼腆的。就是女人把自己送上去，他还不一定能大方，除非他已经深爱上那个女人。

珠月知道只要自己爱余清，余清也会病。因为他们离婚了，珠月没要余清一分钱。余清心安理得，他认为珠月不爱他，可以不得钱。他以前甚至怀疑女儿不是他的，要不，珠月怎么那么好和宽容？他把珠月的善良和容忍认成是珠月有负于他，而且是一个很大的辜负。因为他认为在有准备的情况下珠月不会怀孕。珠月想，不爱有时是最爱。她不想爱余清了，她也不想爱因颉了，她现在只想爱诗，如果诗需要她。如果诗不需要她，她一定不能去爱诗，她害怕会把诗爱病。余清不会病，因颉病了吗？决不能让诗病。珠月想，只有大家健康才能让她心安、快乐。

珠月梦见诗流泪了，她害怕自己失去诗，她说，就是让我下地狱，我也要爱诗。她害怕诗要把她忘记，因为她梦见了诗的眼泪。她有时希望诗忘了她，她怕自己爱他对他不好。可当她梦见诗的眼泪时，她害怕了。那时她才知道自己是多么希望诗爱她。每当她梦见自己的眼泪时，她就知道是诗在想她，那时她的心里就会一痛，她又怕诗想她会伤他的神耗他的心，让他过得不舒服不自在不无忧。

“我因梦像真的一样而幸福，就像幸福就在我的怀里，我那么多次梦见他，就像真的一样。梦对于我远比现实更真实更准确，让我有更多的思念，更多的柔情。我失眠了，睁着眼睛想他，无来由地想哭。难道他竟是一场梦，却让我这样的思念。心里的温柔一阵阵地悸动，我就躺在那里一动不动地想他，胜过看书和做任何事情。花很多的时间来回味梦，甜蜜溢满我的心头，就像带露的花朵，在我的心头摇曳。”

每次重温着那些美丽的有诗的梦，珠月就像是小孩过年一样舍不得过完，又像是吃一个水晶苹果，不舍得一下子吃完。“梦是买不到的，梦是上天赐的，是你爱的心情赐的。只有爱的浓度，才会凝结成一个进入我的心灵的梦，只有爱的热度，观音菩萨才会送来给我关于你的梦。只有热到、亲到一定程度，你才会进入我的梦。祈求不到梦，跪求不到梦，只有相亲的人、相爱的人才能进入我的梦。我枕在有你的梦里度日，梦里的你，是安静的，又是热烈的，好喜欢你梦里的样子。你能梦见我在想你吗？你能梦见我在爱你吗？碎碎点点，如柳树飘飞，都在爱。”

珠月只感到一阵阵剧痛，在胸口如石头硌着疼，说不出来，只感到一颗大的泪滴在纸上，又感到心口一块大的石头顶着，猛地又似乎掉在心底，才发觉还哽在胸口，成为一个巨大的伤。“这是命中注定的，你将会成为我生命中无法逃避的欣喜和幸福，上天在看着，并赐福说是良缘，可我仍然担心你会受伤。”珠月甚至迷信，自己一直找不到工作，是不是自己得到太多了，她得到的爱情和宠爱太多，因颉的，诗的，虽然都遥不可及，可是珠月却觉得自己像是一个悲剧中的女主人公，因颉病了吗？她一直在想这件事。诗就像她的天神一样，她是怎样甜蜜地梦到他啊，那些比钻石还要珍贵的梦。她何德何能，所以她找不到工作。珠月想，因为爱情就是食粮，只要吃爱情。上天是公平的，能得到诗的怜爱，珠月还找什么工作啊，只要天天吃爱情食粮就可以了。上天总是这样地让人得到或失去，他都会衡量一番。珠月觉得自己得到的太丰厚了，她甚至觉得自己不该再得到任何东西了。可是现实摆在珠月面前，没有工作，吃什么？没有工作，拿什么去爱诗，为诗分忧。上天也看到了这点，他起先也为珠月得到的宠爱愤愤不平，后来也觉得爱情不能当饭吃，不应该妒忌珠月，应该给珠月一份工作。何况珠月付出了离婚和一贫如洗的代价。上天也该看到了吧。无论是离婚还是没钱珠月都没觉得失去太多，因为婚姻早就破败，余清既然赚钱不是给她用，她用了也没意思。只是心里的感情的秤分明得很，觉得自己毕竟是真心付出了，只有余清负她的，没有她负余清的。这就好。珠月平生最怕的就是欠别人的。不欠别人的最自在，往后会越过越舒坦，越过越好。被别人伤害比伤害别人要好。

在没看到她认为是诗的博客之前，当珠月想诗想哭的时候，她感到自己就像一个小女孩，她简直都为自己害羞。难道我真是这么花心？那么，上天，请你告诉我，我为什么每次离开他时想哭，为什么那么留恋他，真想把泪洒向他，真想拥抱住他，只感到想念，只感到想哭。珠月真不知该怎么面对自己的感情。她心里明明有一个因颉，可是珠月每次见到诗后就疯狂地想他，她分明地感到了诗也在想她。当她离开他一分钟之后，她就想大哭一场，她恨自己不争气，为什么不对他说自己的想念。当她看着诗时，她只感到他的身体的吸引力，她想上前拥抱着他，可她总是控制了自己想抱他吻他的冲动。面对着眼前的心心相印的爱人，虽然诗的化名博客珠月还一个字都没看见，可珠月感到了诗的身体对自己的倾斜和诗想把自己搂在怀中的冲动，珠月也想紧紧地抱住诗，一天都不松手。珠月多想躺在诗的怀里。可珠月和诗在一起时，有时她又会觉得自己配不上他，这让她从不敢贸然表示自己对诗的依恋。她怕那会让诗惊讶。也许诗正在等待着她的拥抱，可是诗分明又不敢确定他是否要拥抱她。诗只是看着珠月，专注而温柔地看着珠月。

当珠月梦见诗在梦中那么屈服于自己，或者不好，珠月想，你有何德何能，让诗屈服于你？你有什么能耐，让诗爱你却不好，好像那个梦暗示了你的不满足。不是的，珠月说，我有什么资格，又有什么魅力，让诗听命于我的指头我的手。珠月如果做了这样的梦，她就会对自己万分不满。当她梦见诗对她不满意时，她又怕失去诗，反正是怎么都不好。太爱也不好，不爱也不好，只有诗好才是好。

“好想靠在一个人身上，我是那么孤单那么弱。”珠月似乎感到了诗的迟滞的思维和纷乱的思绪。那时她每天都去看诗的实名博客，看他很久都没更新，心想诗肯定心在爱着，在烦着。珠月看到诗的头发白了很多，心里很疼。他每天在想什么，怎么把头发都想白了？会不会与自己喜欢他有关？自己喜欢他他一定感知到了，要不，珠月不会做那么多有关诗的梦。

一定是这样。珠月多想亲吻诗的头发啊，特别是他的白发，好像那些白发不是白的，而是青绿的枝叶。只要是诗的，她都爱。那些白发她更爱，她觉得那些白发比黑发更让她想去亲吻。不仅仅她知道那是诗的忧愁，诗的生命的蓬勃燃烧，更觉得是自己的心疼把那些白发都染上了爱意，她想去亲吻那个爱意，那个来自自己心底里的爱意。

每次当珠月想着诗的时候，她的心底涌起的除了幸福和甜蜜，还有一阵阵的痛。因为珠月爱到极致时，她往往是以痛这种形式表现的。就是因为她能走进诗，看见诗，为了这个幸福，她是怎样地欣喜和幸福着啊。只要让她能看到他，她就会深深地感觉到自己的幸运。她需要他，歆慕他身上的一切，身体的、心灵的，看到他，就想扑在他的身上。诗的身体就像磁铁一样吸引着珠月，珠月只想抱着他，与他更接近。当她看着他的时候，她就觉得自己是纯粹的、干净的、美丽的。珠月的心里有了诗，甚至要被他整个地充满。

七夕那天，珠月梦见诗一走进门就抱着她用劲地亲吻，而且他的嘴唇一直都不松开，咬得珠月的嘴唇都肿了。这个梦不亚于珠月以前梦见的诗把她的舌头拉得好长的梦。珠月想，这也许就是诗送给她的情人节礼物。珠月幸福地哼着、哭着。梦被珠月哭醒了。珠月想，诗是那么的情不自禁，他一定爱我，一定是爱我的。那时，珠月的心中全是感动。除了感动，诗就像一颗种子一样撒在珠月的心中，她的心里已埋藏着一个诗，她的诗。连续三年的七夕，珠月都梦见了诗，这让珠月好感动，既让她意外，又不意外。她的心里有一股暖流，是来自诗的。即使在她最艰难的日子里，她都能微笑，因为有诗在关心着她，爱着她。虽然诗什么也没说，可珠月的那些梦对于她来说比黄金还珍贵。当她遇到什么艰难想大哭一场的时候，她想到这世上还有一个诗，她绝不能让自己失去他，如果他不让自己去看他，她觉得自己就仿佛彻底完蛋了一样。他就是她的希望和一个隐隐约约的心灵依靠。

珠月太在乎诗了，她想找到一个好工作，如果诗说哪里不好，她绝不会考虑的，这让她无形之中失去很多早就可以有工作的机会。其实诗也是随意说一说，她就很把他的话记在心里了。诗想，你是不是脑子不开窍啊，他也只是比较着说的。珠月什么也不懂，她就是一根筋，她那时不管做什么，好像都是为诗的。诗根本不知道她找工作的内情，只是随便说一句话，她就盲目听了，又让她失去本应该早就确定下来的工作。诗说的每一句话对于珠月就像圣旨一样奏效，其实诗只是说着让珠月参考一下，珠月就什么都听诗的。她对诗一直有一种盲目相信。

珠月那时的心中全是诗，她只想怎么样能让她常常看到诗，这仿佛就是她最大的目的，就像一个不谙世事的小女孩。她很好强，她怕诗不要她来看他，所以她希望自己能做得很好，常常能看到他。其实无论怎样，诗不会说不让她来看他，可她把能看到诗当作她的最大的最有价值的想望。

珠月十几岁上台发言、演讲，多少人在她的眼中都如无人一样，可她不知道为什么那么在乎诗，她还怕他。这怕的来由珠月自己也想不清楚。想来想去，珠月认为还是怕诗不要她去看他。珠月不很明确知道这就是爱，她只知道诗对于她很重要。她想，如果有下辈子，她有诗仍不会寂寞。

“那个怕我受委屈的人是谁，那个亲吻自己影子的人是谁？我是你的什么吗？我宁愿我是的，我是你的什么？爱情、爱人，我愿意是这样。”

珠月梦见天空悬挂着一个晕黄的圆月，但好像又说是太阳。因为地面上一片晕黄，不像月光照耀的地面。是太阳要落山了吗？所以月亮升起来了，还是太阳刚刚出来？那是黎明之前的夜晚？她不知道到底是白天还是黑夜。她穿着袜子，没有鞋子。眼望着天地间晕晕黄黄的一片，像置于一片幸福中，又像置于一片迷茫中。

几年前那个因颉和她拥抱亲吻后就消失的梦至今还让珠月恐惧。当她在梦中看到因颉像土地神一样在她的怀中消失得无影无踪，她醒后知道这个梦不好。这之前她梦见自己抱着因颉，因颉个子很高，竟然要珠月抱着。又梦见他的一边脸塌陷了。珠月好怕这些梦啊。她在梦里挣扎着喊：“不要，不要，赶快醒，赶快醒。”珠月抱着因颉，因颉就像太阳变成了月亮，那个梦中既像太阳又像月亮的圆球就是因颉。珠月又想起关于诗的梦，她梦见诗的脸在她的进入中越来越小，在将要消失时，珠月对自己说：“快醒，快醒。”她惊魂未定地拍着自己的胸脯，就像魔鬼追着她不让她爱诗一样。珠月曾梦见诗在梦中变成女人，把珠月的舌拉得好长，是个婴儿，被珠月抱着，头上有个小洞，滴着一丝血，珠月知道这些梦都不好。她一直怀疑因颉病了，她很怕诗病，这个打击她是不能承受的。她再也承受不了这么致命的打击了。为什么她珍爱的就要病。她不服。珠月像一个妈妈一样对诗，每说一句话都是热情的、光明的、鼓舞的。她再也不敢诉苦了，也不敢说思念，更不能显出自己的痴迷。她想，那会吓着诗。珠月不想她的太阳变成月亮，他们都在她的怀中变成月亮。

那个梦中不知是太阳还是月亮的白天或夜晚，珠月在穿着袜子的爱情中失去了鞋子，她也将和他们一起担惊受怕和受难。她希望这只是一个梦，因颉不会病，诗更不可能。在情商方面，诗会更睿智，他绝不会解决不了生活的难题，被生活击败。因颉措手不及地被生活击败，珠月相信他有勇气和智慧去解决，让自己更坚强、强壮起来。诗，他会更有心理准备，想好自己该怎么做，他不会措手不及地被生活所伤。

珠月小心翼翼地和诗说着每一句话，她再也不敢任性说话了。她怕她的焦灼会让诗焦灼，就像让因颉焦灼一样。她怕她的受伤会让诗怜惜她，就像因颉怜惜她一样。她怕自己对诗说自己的思念，就像她的思念让因颉害怕一样。

因颉身处商场中，比诗的处境更复杂，他的直接的个性让他没有去想一件事情可能会发生的后果，那个唱歌的女人想和他结婚，那是不可能的。他害怕他的家庭破裂，在事情被他妻子知道后他立即面对妻子的死心，这事让因颉害怕。与其说是怕离婚失去财产，不如说是他还深爱着自己的妻子。这件事虽然与珠月无关，可她感到因颉还有一个心结，就是他在珠月心中的完美形象。他怕珠月知道这事，他担心此事会影响珠月对他的爱。他心里一直都有一个模糊的想法，说不定哪天会有可能娶珠月，只是不是现在，只是他也说不清是什么时候，只是可能。他很怕他和那个唱歌女人的事被珠月知道了，他更怕他的妻子离开他，那个唱歌女人的离开又让他觉得自己是那么爱她。所以因颉病了。珠月想，因颉，你真傻啊？我很少听说男人败于生活的。你也不要把女人太当回事。你的老婆一说要离婚你就吓到了，你不知道骗不知道哄她？你就是那么一个傻子，要知道女人一哄就好了。你才不哄呢。如果你会哄，你和你老婆也不会相敬如“冰”。你看，余清多会骗多会哄啊，几乎从来没一句真话对我，我还和他过了这么多年。只是余清以为女人只要哄骗就可以，这太过分了，任何事情过了度就恰得其反。你也太认真了。

珠月心里知道那个梦中的不知是太阳还是月亮的白天或夜晚，她知道自己在爱中，那个爱却又是无能为力的。就像太阳变成了月亮，就像你分不清是白天还是夜晚，或者你的太阳落下了，他只能像夜晚的昏黄的月亮。或者你的月亮是这么的昏黄，已经没有了皎洁的月光。这是一个约十个月前的关于因颉的梦，因颉就像在大海的尽头一样，她已经走不到他的身边。她曾多少次梦见自己处于一团漆黑中，她知道她想爱余清，却无能为力。

不是她不爱，而是她爱不了。余清负了她，而且余清无法解决这些根本的矛盾。爱一个不属于自己的男人有多少劲头？她希望在一个明亮的白天或夜晚，在太阳普照的金黄白天或者在月亮挥洒银辉的皎洁夜晚，遇到她的诗。她不应该对他说沉重、伤心、悲愁，她只能说轻松、快乐，她怕她的悲愁又再一次伤到她爱的人。

珠月想诗一直那样专注地看着她。只有到了每次离别的时候，她才知道自己的心里有诗，才知道自己爱上了诗。那时候，她的心全是痛彻肺腑的想念，眼泪就会把眼睛迷蒙起来。她刚一离开他，就想又立即回去见到他。她起初想不出自己的眼泪的理由，就是想哭的冲动。每次和他在一起时，她多么希望时间能是无限的长啊，她希望自己不走，就留在那里，哪怕就是坐着，不说话，也不做什么。不过，她说了半天，坐了几十分钟后，她就觉得自己该走了，该说的话似乎已经说完，埋在心里的话一句也不敢说，她怕把诗吓到了。她多想扑在他的怀里，闻他身上的清香，就那样紧紧地抱着他，不松手。“以前不解你为什么总是静静地看着我，后来，才知，因为我也那样静静地看着你。才知道，你那样看着我，才知道，那些梦里的你，比真实更真实。那是一种怎样的爱恋，你在梦中爱我的样子，比谁都猛烈。我在现实中盼望的样子，又是那么急迫。遇见你，就像遇见星辰一样纯洁，令我心里明亮。遇见你，你是那么美，我要积攒多少的福气，才能遇见你，才能遇见冰清玉洁的你。你看我时的专注目光在我的心里变成幸福微笑荡漾。”

当珠月发现自己是那么依恋诗时，她对自己说，只能轻轻地爱他，不能重重地爱他，千万不能把他爱病了。珠月起先不敢在自己的日记里说“爱”这个字，她只是独自地笑着，有时一个人想起诗，想起那些关于诗的梦，她就会感到一种温暖的幸福，微笑就会不自觉地泛在她的脸上，就像一个恋爱中的小女孩，比小女孩还要纯洁。是因为诗的美好让珠月就像回到初恋，比初恋还要心神荡漾，她就像一个沐浴在月光之中的纯洁无比的仙子。珠月想，要轻轻地像月光一样地去爱诗，保护诗，不能让他受伤害。这世上还有比诗更纯洁的心灵吗？还有比他更洁白的心地吗？珠月想，她已经经历了一次失败的婚姻和一次刻骨铭心的相思，自己身上可以说是伤痕累累、斑斑血泪。自己千万不能把伤暴露给诗看，她如果有一天要爱诗，她一定会在月光中彻底清洗自己一番，让自己的伤痕愈合，让自己的心灵无一粒尘埃，以满腔的纯白的炽热来拥抱诗。

特别是想到那个关于诗活多少岁的梦，珠月虽然知道这个梦是可以破的。可每一想到这个梦，珠月就想哭，心里就会痛。她一定不能让这世间的最清奇美丽的花朵枯萎，她决不让她的天神坠落。“我不想失去你，在今天、明天、未来的每一天，我不要你死，我要你永远地活，就像那棵千年古木。我会祈求天空给你披戴常春藤，祈求大地给你万年泥土的雄壮。”

第六十章

只是在梦中和因颉拥抱接吻因颉就要消失，珠月怎么都想不通这是为什么，她至死都想不通。她也可能没有机会去问因颉。她想，是因为因颉根本就不爱她，只是心疼她？还是因为因颉怕珠月爱他？她梦见诗的脸在她进入诗的身体时变小，眼看就要消失，她惊恐地大叫“快醒来”，她就醒来了。她可以理解，因为在众人的目光中，珠月要和诗身心融合在一起，这肯定是有违道德的。她后来梦见诗变成婴孩，梦中的诗认为珠月爱的不是他，所以他流泪了，他要忘记珠月，因为他深爱过珠月。珠月都可以理解，只是她不懂为什么她和因颉拥抱接吻因颉就要消失。因颉把他心里的芳香吐出来给了珠月，珠月吸到一股从因颉胸口最深处而来的芳香。因颉把他的精气、灵性全部给了珠月，他就病了。他为什么就要病呢？难道把芳香给珠月就要病吗？他是一个足够傻到极致的人。他把他的芳香吐到了珠月嘴里，他就消失了。珠月从此以后在梦中只能吻到因颉嘴里的苦味，那从喉咙深处而来的人生之苦。

珠月不该爱因颉啊，一个梦中的拥抱接吻就让他消失；珠月不该爱诗啊，一个梦中没有法律手续的身心融合诗的脸就要变小。这都是她这辈子最珍爱的脸庞，最骄傲的身躯。他们有着太阳一样的神采，又有着月亮的明亮。只是因为珠月爱了他们，他们就要不好吗？没有爱的人们是怎样地挥霍身体，他们都不病。

爱是罪，善良是罪。爱了一个善良的人，更是罪。不在婚姻之内的爱都是罪吗？善良的人都容易病吗？罪是什么？罪就是你自己以为的。就是良心。良心是什么，是害人的、自以为是的美德，给自己套上枷锁的钥匙。珠月想，怪不得别人说知识越多越反动，人活着想得多给自己套的枷锁就越多。人不敢爱，即使爱，也要藏在心里。

珠月把写着关于诗的梦的本子放在枕头底下，晚上睡觉时就会拿出来看。她每次看时都闻到了一股来自诗的芳香，那是诗的身体和心灵深处的芳香。她看着那些珍贵的梦的记载，她每次记录时连一个字都舍不得改变。梦中的一件物体一种色彩一个动作一句语言她都依照回忆记载下来，她认为这是神启的，是不能改的，改了就没有意义了。是历史的，不是诗歌的，更不是小说的，是不能作的。珠月是那么珍惜那些梦，那些梦就是上天、佛祖传给她的。诗就像一个偷盗的人闯入珠月的心中，把珠月的心掠走了。他在梦中是用的狂风暴雨的爱恋，不管不顾的姿态，就像天神一样掠走珠月的。珠月被诗的翅膀折服了。文文静静的诗就是这样用他的固执和真情把珠月卷在自己的翅膀底下，就像雄鹰要保护着自己的雏鸟，就像太阳对月亮唱着炽热的情歌。珠月在梦中被果敢的诗震撼了，诗就像一个在生活中被压抑太久的反抗者，他第一眼就喜欢珠月，第二次见面梦中就要当着保安的面和珠月睡在一张床上。他就像嫖客对待妓女一样要了珠月，珠月心里却喜欢。因为她知道这不是生活中的诗，那只是一个诗想要穿透珠月的灵魂。就像诗眼睛深处的柔情，正好应和他心中最浓烈的火焰，他会因此付出真心和血泪。

那时珠月没有想到要和诗成为夫妻，她想都不敢想。她心里那时有一个固定的因颉。可她已经是忍不住地爱了诗。她知道当她走向诗的时候，她会像火焰一样成为一堆灰，因颉会离开她，诗会不会和她一辈子，会不会娶她，她都没想。她只想要走到诗身边，和他好好地爱一次。她是一个充分理智的人，她做出这样的决定她知道她一定是对的。当她遇到诗时，她是怎样的惊喜，她感叹于自己的幸运，她看到了比自己更重要的更美丽的生命。她常常梦见他，说明他想她，她要去赴他之约。在珠月梦见诗时，她只是这样暗暗地想着，当珠月看见了现实中诗的文字时，她爱他的火焰是再也不能控制地燃烧了。她不管不顾地把自己投入那场烈火中，她想，哪怕粉身碎骨，哪怕面目全非，她也要爱诗，也要把自己给他，让自己的身体不孤独，让自己的灵魂和身体真正地与心心相印的爱人融合，相依为命，这是怎样美妙的幸福，胜过不爱的夫妻在一起几十年加起来的恩爱、幸福。她把自己给了他，她就永远是他的，他的身体里就刻下了她，珠月要自己永远待在诗的身体和心里。

她就是忍不住地要走向他。明明知道前方是一片迷茫，明明知道是没有结局的剧本，她这一次想从了自己的心，为了诗，她觉得值得，她愿意。她是多么孤独啊，她需要诗，诗在她的心中越来越重要了。

珠月不知道爱了自己爱的人一次，就永远也不舍得放下。她以为自己可以轻易地爱诗一次就离开，可爱情就像鸦片，她这一次偷吸了，她就要永远要他。而且不可遏制。珠月后来就想做诗的妻子，这个想法是那么地执着。在她还未真正和诗有过生命融合之前，珠月的自私已经表现出来了。她要诗成为她的丈夫，为她一个人所有，让她一个人爱他。即使诗是那么优秀，值得所有人爱他，她却见不得别人喜欢他。只要她觉得有人喜欢他，她心里就会痛，胸口就会闷得慌。当她怀疑谁在爱他时，她就像得了心脏病一样疼痛难忍，胸口憋闷，呼吸不畅。她只想独自拥有诗，诗就像珍宝一样只能被她一个人独占。珠月想让自己一辈子都依在诗的怀里，她可以每天看见他，和他相对着笑。

"只剩下残枝剩叶，我还有一口气，我还有可回想的鲜艳的爱，在你的忧愁中，我渐老去，我渐老去。"

"我躺下来在等你，依然在等你，泪水穿过胸口，我穿过落日。"

为了那把梦中的钥匙，珠月的感动不是那种感天动地，却是像根一样扎在她的心底，扯都扯不掉的。

因为诗没钱，就毫不犹豫地给了珠月一把钥匙。就像他赤裸着胸在梦中面对着她，拥抱着她。余清不会给珠月一把钥匙，因为他的房间有保险箱。因颉不会给珠月一把钥匙，因为他的公司太大。珠月自己没有能力给自己一把钥匙，她当时连工作都没有，吃穿都成问题。只有珠月的诗才会给她一把钥匙，这把钥匙让珠月好想哭。一天，珠月梦见自己拿着诗给她的一把钥匙在街上走着，她想走到诗那里去，她用唇亲吻着那把手中的钥匙，一直往诗的家里走着，走到晚上了，她终于走到了诗的楼下，她看着他家的灯光，他的妻子正站在阳台上。珠月又走回来了。她的眼泪滴到钥匙上，她想打开诗的门，并希望他的房间里只有他一个人。

珠月经常会微笑地想着这个钥匙的梦，每想到这件事，她就觉得诗好可爱。看来诗是一个很过细的人，一定是一个好丈夫。他有男人所有的该有的好的品质和才能，又有着那么温柔细腻的一面，这让珠月感到好幸福。她常常微笑着想，可爱的诗，你为什么就想到给我一把钥匙呢？连我自己都没想到给我一把钥匙，我以为我是一个无家可归的人。你是知道我没钥匙吗？你是知道我无家可归吗？所以才有你男子汉的怜惜。这种怜惜的情感出现在你身上是多么可贵和动人，因为你就是我想要的爱人。你没必要担心我的，不过我是那么感谢你对我的情意。聪明敏感的诗自从在梦中给了珠月一把钥匙，害得珠月天天想他，为他感动。这场恋爱不知是来自什么，珠月明显感到了诗对她的爱，因为梦是不会说谎的。每个人都有灵魂，只有灵魂做的事才是真实的，现实中的人要受很多东西的束缚，只有在梦中，人的灵魂才是无拘无束的，才是代表着真正的自我。珠月因为那些诗的梦暗自幸福着，即使是在最难熬的日子，只要想到那些关于诗的梦，她都会因此能坚强乐观地活着，因为她知道诗不会丢弃她。珠月才知道自己为什么那么怕诗不理她，不要她来看他，因为诗已成为珠月心里最重要的一份依靠和信赖。

珠月好长一段时间都没梦见诗了，她知道诗一定是很忙或者有别的事了。目前为止，他们之间没人对彼此说一个爱字，好像还是正常的朋友。可珠月在日记本里反复记着那些关于诗的梦。她渴望诗还来梦中咬她的舌，还要拉得好长好长，越长越好，越疼越好。她想起那些诗不好的梦心里就好痛，因为诗是被卷入一场莫名其妙的网络中爱上珠月的。珠月总这样想。虽然他们彼此喜欢，但是诗不会这样地爱珠月，爱得珠月好幸福。就凭诗的才华气质品性，他不可能对一个女人如此快地痴爱。这些都是珠月后来才想到的。难怪梦中的诗不好，因为那个人不是珠月，可是诗的心中认为那个人就是珠月。珠月的心中本来就有诗。珠月想，她要诗仍然像梦中一样咬她的舌，但她决不让他不好。因为她要做得比诗心中的珠月更好更爱他。为了他的爱人好，珠月怎么都可以，何况爱诗是多么幸运幸福的事情啊！这不正是珠月梦寐以求的吗？

珠月想，也许诗只是被她迷惑，被一阵迷迭香熏晕。可珠月说，我不忍心你迷路。你多么纯洁。我多想伸出手去抚摸你的脸，用我的嘴去亲你的脸还有你的手。

珠月有时想去看诗，给他打电话或发短信，诗有时会回信说，出差或有事。珠月想，诗，你真乖，我看到你每一次从我的眼里逃脱，我都会为你一阵欣喜。想起那些关于诗的梦，珠月害怕自己会给诗带来不好。她害怕有一天她把自己给了诗，诗不好；她害怕她会不得已离开诗，让诗受到不应该的打击。虽然她自己一无所有，何况自己是那么深地爱过因颉。可珠月护诗的心越来越强烈了。她要诗好，她要他健健康康的。珠月想，我现在最重要的任务就是保护诗。到底怎么保护，珠月也不知道。如果诗爱了她，她一定会永远爱他，永远不离开他。哪怕就是把她打入地狱，她也要永远爱诗，只要诗需要她。

珠月每天晚上想诗时，她就在想，诗在想她吗？她有一个自己的办法，就是看手机，如果手机上的字是7，她就最喜欢了。她想，诗在想我。我就是他的妻。我要做他的妻。珠月心里的想念就像一口大钟，撞在她的心上，让她的心似乎掉到地上。她每次看手机之前都会祈求：“是爱妻，是爱妻。”果然是2：27。就像是意念支使时间走到2：27，那个时候，珠月就会脸上有笑容，并在嘴里轻声说：“宝贝，谢谢你！一定是你在爱我，才使我看到时间走到我要它走的时、分。”珠月过了一会儿又看手机，心想：宝贝现在绝对在爱我。她一看吓一跳，时钟指向2：37，她的心咚地跳了一下，一定是诗的心灵在向我显示他爱我，一定是我的意念感动了诗。想着想着，当珠月再看手机时，时间竟然显示的是2：57。奇迹在后面，当她等一会再看时，时间显示的是3：17，这太神奇了，这是一件真实发生的事，上天可以做证，不是写小说。珠月那天心里有些得意和舒心地笑着，她想到诗在想她，她的幸福就像她已经是诗的妻子了。珠月以后也常常看手机来猜诗是否在想她，只有那一次是最神奇了。那时，珠月还未对诗说我爱你，可是珠月每天心里都是诗，她也感到诗在想她。当她看到一个好的数字时，她的幸福是真切的，就像她听见诗对她说我爱你。她就会微笑着继续看书或睡觉，或者翻来覆去地想诗。

就在珠月想着那件神奇的事的当天，珠月两次打开电脑，二次打开手机，竟奇迹地发现每次末尾数字不是17就是27，珠月心里都疼了，她知道是诗在想她，她不想信数字了，因为她的诗想得好疼啊。或者是菩萨知道诗在想着她，就总是把这样的机缘给珠月。珠月不再是内心的惊喜或者是甜蜜的得意，而是心疼诗的想她厉害。诗一定是把心都全部捧出来了，要不，上天不会让珠月再一次见证奇迹。珠月不想要奇迹，她只要自己爱诗想诗，不要诗那么爱她，她怕她的诗爱得要伤他的细胞，她宁愿自己伤细胞。诗不爱她她会痛，爱她太厉害她也会痛，她宁愿她为他付出，却怕他付出太多心血，伤了他的身体健康。珠月是这样地爱诗，爱得都没有道理，像是歪理。

当珠月看到诗在一个网页上写的信，虽然她只是猜想那是诗的博客，虽然他没说是写给她的，可她感到是写给自己的。她看着那些信，常常她的全身都会颤抖起来，她的唇、脸还有眼泪都一起在颤抖着。她的全身就像患了疟疾一样。她不想她的诗发誓，她怕那些誓言对诗不好。她心疼诗的誓言，就像那些誓言的烙印会打在诗的身上一样，那将对诗的身体是多大的伤害啊。珠月想，诗，你再也不要发誓，好吗？看着你每次发誓，我就担心那些誓言像毒咒，你是像明月一样的珍宝，不能因为任何人获得誓言。

当珠月梦见诗时，梦中的诗对她是那么地痴情和狂热，珠月醒后全身都会像火烧一样，那时她多希望诗就在身边。多年守寡一样的日子，珠月心如静水，可在梦中诗的情不自禁中，珠月好像沉睡的火山即将爆发一样。珠月以前以性为丑，可现在她觉得那应该是爱情的最好形式，如果是对着一个自己深爱的心心相印的爱人。

珠月在梦中一所房间里看见一个女孩，她披着红纱巾坐在淡蓝色的公主帐里，她的脸有些像珠月，又不全像她。那个女孩大约知道诗会来到她的窗前看她，她躺在床上，把自己身上的衣服脱光，裸露着全身，掀开被子，并且以一种很袒露、风骚勾人的姿势等着诗来看她。珠月看着那个女孩都有些呆了，生活中的珠月绝对做不出那种样子，平时的珠月一直把身体看得很神秘，看得非常金贵。那个女孩的样子是多么无耻，她的乳房朝对着窗户，并且那时她的乳房特别大，但是正常的大。她的面容简直是闭月羞花之貌，长长的头发搭在乳房上，让双乳在半隐半现中就像魔鬼化妆的嘴唇。她脸上的粉红如桃花带雨。看着镜中的自己，胜过芙蓉出水。而且那个女孩全身皮肤光滑如脂，身材匀称，腰肢像杨柳一样摆动着，两个丰满的乳房会让任何男人甘愿死在上面。她正在等待着诗走进来抱她爱她，她的下身已肿得像一朵盛开的花朵，就像一朵张开的嘴唇花一样准备吞没她的爱人。而且那个地方是那么妖艳，五彩斑斓，像蝴蝶一样，它甚至想跳起舞来勾引她的爱人。她身体的水就像滴水的水龙头一样不停地流着，把她的那个花朵浇得越发饱满和鲜艳，她的水顺着大腿流着，就像一条爱的梦中的小溪。女孩想，这时诗来了的话，一定会从她的生命之源一直顺着爱的小溪流吻到她的脚踝，然后让自己毫不犹豫地进入那个张开的等待着他的嘴唇。她会用尽所有的力气来包裹他，他会感到被一种剧烈的甜蜜的幸福浸润、击晕。他会感到她的肉和骨的一张一合，让他想醉死在她的身体。女孩在梦中“e……e”地叫着，就像诗已进到她的身体。珠月醒后全身像一团火，她在梦中看见的那个女孩好像自己啊，但又有不像的地方。

珠月每天都在想着诗，梦中也全是诗，看起来贤淑的她在那个月心里涌动的全是不能见人的秘密。偏偏她的心灵相通的诗还天天来梦中会她。珠月不得不感叹自然和人的奥秘。珠月梦见她和枝子在一起，诗也在旁边，枝子因为妒忌珠月，怕诗爱珠月，不肯走，珠月硬把她赶走了，枝子不情不愿地走开了。又来了一个矮小的男人，那男人梦中似乎身份是珠月的所谓男朋友，其实梦中的珠月并不认识他，可能是上天派来干扰她和诗的。珠月把那个矮小的男人也赶出去了。

诗躺在床上，珠月感到诗就像自己的猎物一样温顺、体贴，让她宰割。珠月毫不犹豫地睡在诗的身上，拼命地吻他的唇、眼睛、眉毛、脸上的每一个部位。诗的下身就像张开着大口，珠月用发颤的手拿着它就往自己的身体放，她的心怦怦地跳着，当珠月终于把它全部放进自己的身体时，她就像完成了一个一辈子的心愿一样。外面窗户上趴着很多人在看着他们，还有很多人已闯进来，可诗仍然让珠月吻着他、爱着他，就像是一个献祭、牺牲。珠月忽然看到诗的脸在越变越小，越来越模糊，珠月在梦中知道这表示诗将会因为他们做爱不好，珠月力图让自己醒过来，她在心里大叫着："不要，不要，赶快醒，赶快醒。"她摇着自己的头，死命地把自己摇醒了。

醒后珠月心里疼痛不已。梦中她的诗是多么乖啊，明明知道那么多人在看着，他仍然让珠月继续吻他爱他，他却脸越来越小了。倔强的诗因为爱珠月，会因此病。珠月想到这，不寒而栗。她一直担心因颉病了，因颉因为走不到她的身边而病。如果诗因为和她走在一起而病了，她会伤心死的。因颉已经让她几乎死过一回，只是因为没有确切证据，珠月那时还没发疯或死去，如果现在诗又病了，她会承受不住这个打击。她在心里说，我的籽儿，你怎么那么乖呢，不行就不行，可你为了成全我的心愿，却像被屠宰的牛羊一样，虽然你心里愿意、喜欢，可你是个品行端正又喜欢想得多的人，你的脸在梦中就变小了，就要消失了。珠月捂着疼痛的胸口，一遍遍地叫着，我的籽儿。那几天她正想到"籽儿"这个词适合形容诗在她心中的爱意。籽就是被包在母体身内的种子。珠月爱一个人最剧烈时就会用"儿"这个字，现在她特别喜欢"籽"这个字。那天，她在日记本里写了无数个"籽儿，你要好好的，你千万不能病"。"你又不是献祭的牺牲，为什么要那么乖？你又没有向我承诺什么，为什么要这么听话？你穿过我的身体、我的胸口、我的喉，在众人面前，也不分离。你怕吗？如果你怕，就把我带到云端里相爱，你就是我的身体的天神，你就是我的婴儿，我会用我的胸口哺育你，你会用你的风暴卷起我。"

珠月想起几年前的一个梦，她和诗躺在一张床上，旁边有两个保安，可诗无所谓他们。珠月在梦中并没看到诗有什么不好。越来越爱了，反而不好了么？珠月在梦中对诗说："你看那两个保安，你不怕么？"诗只是紧紧地抱着珠月，脸上露出为了爱可以不屑一切的神情。珠月醒后想到这个梦很感动，一直到现在珠月想到这个梦，她都会感动。

即使珠月再想诗，她想，如果她和诗在一起对他不好，她一定不会强迫诗，除非他们可以合法地做夫妻。珠月知道诗在想她，因为她相信梦甚于相信一切，她早已在心里深深地藏着一个诗，可平时诗倒看不出珠月的想法。其实也许诗也不知道自己爱珠月想要珠月。珠月有时越爱一个人越会装出大方的样子，好像什么事也没有，一般人们看不出她在想什么。有时，对那些她根本没意思、根本看不上的人她反而会特别热情。这让诗有时不禁想，珠月对别人比对我还热情。哪里啊，珠月想，热情只是礼节的、表面的。内心里的想法谁知道？

"你最会说赌气的话，一点也不像你，证明你爱我，像小孩，在爱的人面前，每个人都像孩子。像孩子的你，是什么样子的？从没见过。不受宠吗？傻瓜，为了你把什么都丢掉。我要你养吗？你有钱没钱有什么关系。你的孩子气的话，我听着很喜欢，说明你爱我。"珠月像是自说自话，她觉得那个博客是诗的，好像诗在赌气。她想，她说的话，诗一定能听见，她历来都有些相信心灵感应。她说："诗，来看我吧，我要你来看我爱我。"诗就会如约来梦中见她。"我要你抱着我"，诗就会像九龙在天一样驾着云彩来抱她，他温柔地用他的羽翼抱着珠月的身体，并且非常顺服、深情地吻着珠月的脚、腿、手、肚子、胸口、脖子、脸，和头发。把珠月吻得就像是全世界最幸福最骄傲的公主。珠月也把诗从头到脚吻了一遍，这时五彩的云朵把他们包围了，诗就在其中和珠月爱着。珠月说："再没有人打扰我们了，不知为什么别人总要打扰我们，不让我们在一起，我都恨死了。"诗说："现在就没有人会打扰我们了，只要我有力气抱着你，我就会有能力来爱你。"珠月感到诗的全身布满了一个思思绵绵的她。他的火焰，突入她自身，他的舌，勾着她全身的每一寸肌肤。她被幸福倒挂起来了，浑身赤裸在他怀里，融化着他的坚强的胸。"你敢放松我吗？我的身体从此每一刻与你相连，就像你身上的每一根汗毛，每一处曲折，每一块伤疤，每一次喷薄，每一次伸、转、曲、折。我的你，耳朵竖起来，睁大你的眼睛，将我摄入你的身体、你的魂灵。让我的泪水和思念，倾泻进你每一处肌肤，心脏的每一根血管。你还放松得了我吗？痴情的心脏和肌肤。爱情树栽满了你身体的每一个细胞。舌如钩，是你，生满味蕾的花苞，点在我的舌上开花，又紧紧地牵扯着我的舌，不放松，我的嘴唇都被你咬肿了，你仍然不放松，我的甜蜜的爱啊。我要你一直咬着，我也一直咬着你，直到梦醒，你仍死咬着我的舌，我仍紧咬着你的嘴。我的舌，我的唇，紧紧咬着我，千万不要放松，是你咬着我，还是我咬着自己。不管怎样，都不要放松。”那天醒来后，珠月发现自己紧紧地咬着自己的嘴唇。

珠月喜欢诗说的“用力气”，她不知道这个“用力气”是什么意思，但她感到了他的瓷质，这个词她觉得特别形象。说明他是一个踏实地走在土地上的人，一个真正的男子汉，一个敢于承担负责的男人，一个人类中的最美丽最优雅的灵魂，就是承担。如果是一个轻的灵魂，你承担得就会轻些，如果是一个重的灵魂，你承担得就要重些。但你不怕，不管你接受了一个怎样的灵魂，你都会用你坚强的手臂和肩膀去承担。我想，这就是我在你身上看到的魅力。有烈火浓情，有温柔清凉，无论怎样，你都一手承担。你能承受得了吗？我担心你好累，累病了怎么办？把那么多的压力都给你背着，你本可以轻轻松松，为什么要让你累呢？你要付出比别人更多的精力、感情，是谁要拖着你的身体和灵魂，让你如此疲惫？

也许是上天为了奖赏珠月的思念，上午珠月又梦见了自己赤身裸体地在诗家中的帐子里和诗偷吻，那时珠月的乳房就像两个闪光的瓷质海绵一样贴着诗，诗爱珠月已经不能自抑了，他们躲在帐子里拼命地吻着。珠月的乳房触到了诗的嘴和脸上，让诗血液沸腾地想要在帐子里和珠月连在一起。诗的孩子扔在一旁，诗对她不管不顾，他心里全是珠月，连他的宝贝孩子他都不管，也不看一眼，就把她随意地扔在一边。诗吻着珠月，他的嘴很干净，一点气味都没有。孩子在旁边变得那么小而微不足道，似乎在他们的爱情面前变小。珠月很不放心孩子被那么随意扔在一旁，可为了抓紧和诗在一起的每分每秒，珠月也只有任孩子被扔在一旁了。珠月捂着诗的嘴唇说：“不行，你的老婆在外面吃饭呢。”这个梦每次让珠月想起来都会是又爱又心疼，那一刻诗是多么爱珠月啊，那个月诗是怎样地用全心来爱着珠月啊，那段时间，还有这几年，诗是多么真诚地爱着珠月啊。珠月想着，心又疼起来了。她还在想着他们在梦中躲在帐子里的偷吻，想着自己梦中美妙的胴体，她的像白玉一样温柔的乳房，她多想紧紧地贴着诗啊。当珠月对诗说话时，她就醒了。每次醒后她都会沉浸在梦中半天，后悔自己说话，要不自己不会醒。她的乳房和裸体还没贴上诗的身体多久，他刚刚想伸手去抚摸它们，用嘴去亲吻它们。珠月想着诗将会给她的亲吻，她仿佛还躺在诗家里的帐子里一样。

珠月的工作还未定。梦中她拼命地往一个陡峭的坡上爬，爬到一半又掉下来了。她着急，她一定要爬上去。爬上去那上面就是一个地方，那是诗待的地方。珠月想，只有爬上去了，珠月才能有机会看见诗，她一定要拼命地爬，哪怕一次次地滑下来，她的手上全是血，脸上全是灰尘，她的心里急啊。她怕见不到诗了，好像诗离她的世界远了。那一刻她的思念撕心裂肺，绝望也随之升了上来。她想："我不能失去诗，我不能看不见诗，我会死的，看不到诗，我会天天想他，天天哭。"想着，珠月就号啕大哭起来，等她摸到自己脸上的泪时，她的手上已全是泪水。她睁开眼一看，她的脸上、手背上全是湿的，连枕头都打湿了。珠月知道她如梦中流泪了，一定是诗在想她，泪流得越厉害，表示诗想她越厉害。可珠月不想诗担心她，她好像心有灵犀似的在博客的文字里露出了淡然的微笑，不想让诗担心她和她的工作。"只想茫茫天涯，我在何处见你，隔山又隔水，只怕离你远，即使见不到你，只要离你近一点，我的心都会有依托。远了，我的心依在哪里？茫茫天涯，我在何方？让我离你那么远，不想。属于我的籽儿，会想我。他的心是柔软的香，最容易被真爱击中，最识得真香。"

珠月找工作每次别人都说没问题，可是总因为人际关系复杂而没成。所有的人都是真心帮她，可就是事情不成。珠月都走不出门了，一出门就有朋友同学问她工作之事，她已是无言以答。她现在已怕说话，只要她一说话就错，不知为什么。以往在家乡说话从来不错，日久见人心，路遥知马力，可能是因为她吃苦耐劳，同事知道她有口无心，大家也没利害关系。记得一次换科室，几个同事舍不得她还哭了。反正那么多年，珠月顺风顺水，十九二十岁有两年投了几次稿，次次都得奖或者发表，院专业考试、演讲也是每次都是第一第二。人事科长主动找她晋升，护理部主任主动提出要她当护士长，院长要她到院办当主任。连医院的博士、科室主任都没有她在院长、领导心中的威信高。

妈妈在家也是走不出门了，珠月是家里的主心骨，妈妈还靠她每月拿工资赡养她。珠月也希望自己能好好孝顺一下妈妈。珠月又是很多人关心的对象，因为她在家乡太有名了，别人都知道她的名声，从小就读书出名，再加上工作后自考拿本科文凭考的硕士，曾经是护士，别人更觉得她很神奇了。她的朋友几乎全是学医的朋友，他们都很佩服她，说是不可思议。如果她去考一个护理学或医学硕士，别人不觉得有什么稀奇，这样的先例很多，可她考的是与医学完全无关的专业，那些人就觉得很了不起，看到她就对她啧啧称赞。还有曾经帮她的那些恩人正等着看她怎么更加努力更加出色，可她偏偏止步不前，连工作都没有。

珠月心里越着急，工作之事越成不了。关心她的人很多，她见一个地方不能立即解决，就又换一个地方，所以工作之事总是不成。就在珠月没一件事让她高兴时，二月的一天晚上她梦见了诗，诗在那个梦中的出现是珠月心里一个最大的慰藉和信心。没想到这个时候诗还出现在珠月的梦中，珠月心里的慰藉和感动可想而知。诗走到珠月的房间，珠月要亲吻他，他好像很惊诧。珠月把蓝黄色的窗帘关上，诗不知什么时候已脱掉自己的上衣，赤裸着胸拥抱着珠月，珠月的心狂跳不已。珠月想去吻诗的那个地方，那个地方变成了肠子，肠子很长很长，并且烂了一截。珠月好着急，可诗仍然抱着珠月。珠月想问诗疼不疼，还没等珠月开始问，她就醒了。醒了后，她在回想到底是因为什么原因让诗来看她，是因为她要做一道数学题，她不会做，诗来教她。珠月就坐在了诗的腿上，他们拥抱着，梦中的房间有一种阳光穿过窗帘的橙黄的温馨，诗教珠月数学题，蓝黄色的窗帘在微风中飘动。不知怎么，诗就裸露着上身面对着珠月，珠月紧紧地咬着他的舌、脸，还有他的胸，那时珠月发现诗的下身变成了很长很长的肠子并且烂了一截。珠月梦后又是一阵剧烈心痛，她知道诗心里还有她，还在想着她爱着她，可诗不能如意，因为珠月的工作总是定不了。她无法走到诗的身边。是否还有其他的原因，珠月不知道。这个梦表示诗有忧愁，珠月想，为什么自己就要成为诗的一个忧愁而不是快乐愉悦，为什么自己总是不能顺利地走到他的身边，和他平等地相爱。前两个月珠月梦见诗的头发白了很多，他的那些白发就像是从珠月心里长出的忧愁。珠月多想去吻他的白发，好像他的白发是珠月把他愁成的。

珠月从诗递给她一袋特产时，就能感到诗对她的喜欢。她是多么喜欢诗递给她东西时挨着她那么近，那时她多想扑在他的怀里，闻他身上的气息。可她只能规规矩矩地接过诗递给她的东西。离开刚一秒，她的想念简直到了峰顶，眼泪就让她眼睛模糊，什么也看不见了。珠月想，既然这么想念，为什么见面时不这么想念，非要到离开时才这样地想念呢？因为见面没法说想念，只有离开时才能诉说想念，珠月想，所以见面就不想念了。不能的事情她历来就有很强的克制力。

想着诗梦中的断肠，珠月觉得自己也许并不能给诗带来任何好的东西。

她搅乱了他内心的平静。多么纯净、干净的诗啊，竟然被你搅得肠子都断了，头发都白了，论文也写得少了。珠月当时不知道诗写了那么多她还没机会看到的诗歌。她感受到了诗的比较乱而不定的心。在珠月的心中，诗就像天神一样，不但有超人的才华，更因为少有人能比的心地、品格，简直没一处不好的，更别说缺点了。如果她的天神因为爱她而不好，珠月是无论如何承担不了这个罪过的，上天也不能原谅珠月的罪过。

在这之前三个月，珠月梦见洪水把稻谷淹没了，这个景象是出现在诗要和他老婆离婚的情景中的。珠月想，多傻的诗啊，离婚，他好不容易买了房子，装修花了他多少时间和心血，好不容易家庭安定下来了，难道又要动荡吗？珠月不敢想诗能娶她，她想，那要多大的福气才能做诗的妻。她都不认为自己有那样的福气。可梦中的诗却说要娶她，而且她梦见洪水淹没了稻谷。珠月很害怕，她心里是多么想做诗的妻啊，虽然这件事从没在她的脑里成为一个显性的想法，为此她心里的震撼已让她恐惧起来。她是这样想的，只要诗好，她怎么都可以。如果他有不开心不快乐，她的心就会为他痛。她又这样想，如果真的能成为诗的妻多好啊，我可以每天看见他，爱着他，一分钟都不离开他，他就是我的，他从此就成为我的依靠。我多么喜欢闻他的味道。虽然珠月有时什么都没闻到，“闻到”对于她只是一种感觉。气味对于她是感觉到的。她的嗅觉不行，一次诗叫她闻他家的水仙花香，她什么也没闻到。不过，有一次电视剧里正在说花香时，珠月忽然闻到了一阵随风吹来的自家阳台上的桂花香。随后再怎么闻，哪怕就是蹩到阳台上去闻，都闻不到了。自然界还有人类就是这么神奇，连闻个花香都那么不可思议，难道闻个花香也需要时机？

当珠月看到诗家里的水仙花时，不知为什么会想起自己的小学二年级班主任辛玉仙老师来。可能是“玉仙”和“水仙”名字差不多吧，也可能是那盆水仙花太葱绿了，似乎里面映着年轻的辛玉仙老师仙女一样的面容。辛玉仙老师是下乡知识青年，长得很美，会弹风琴，常坐在她的房间里弹着琴，学生们就一窝蜂地站在她身后唱着。辛玉仙老师有一次叫珠月去街上买一样什么东西，那个时候正下着雨，当珠月从街上买东西回来时，老远就看见她站在校门口等着她，头往前望着。当珠月走到她的身边时，她似乎很惊喜。雨雾中珠月向前走着，看着老师美丽的身影和似乎焦急的面孔，她感到了一种爱的感觉。辛玉仙老师一年之后调走了，珠月好长时间总有去找她的念头，她一定要把她找到，哪怕找到天涯海角，她要说出她的想念。她曾经甚至想过登寻人启事，要找一个叫辛玉仙的曾经在青山乡小学教过书的下乡女知青。后来事多，这个心愿也渐渐淡薄了，但总也忘不了她的风琴声和她的温柔美丽的面孔。珠月记得辛玉仙老师弹得最多的一首歌是当时比较流行的“一根藤上结着一对苦瓜”那首歌，随着她的琴声，后面一堆孩子紧接着就开始唱“一对苦瓜，一对苦瓜，呵”。珠月记得妈妈当时经常唱“想起往日苦，两眼泪汪汪”这首歌，她想，这首关于苦瓜的歌估计也是这类控诉旧社会的歌，因为其余的歌词她一点也不记得了。她只记得“一根藤上结着一对苦瓜”这句词，因为音调很悠扬，在当时珠月的心中，这首歌洋溢的是一种温馨的气氛。

想到诗的忧愁，珠月想这都是自己工作不顺造成的。如果自己工作定了，也不至于见诗一面这么难，自己觉得去见他会更方便。工作未定，自己心情乱糟糟的，她又没什么好的消息给诗说，不是让他烦恼吗？珠月是报喜不报忧的人，在诗的面前她也希望自己呈现给他的是乐观、快乐。

当珠月发现了她认为是诗的博客，又发现了一些博客，似乎是自己写的。珠月第一个念头就是要保护诗，她不能让他在网上耗费生命，她感到他陷入一场恋爱中，那个女主人公并不是珠月，可他却以为那些博客是珠月写的。珠月担心这一切会伤害到诗，虽然自己一直也喜欢诗想念诗，可珠月不想诗在这样的事情上耗费生命和时间。她认为诗的生命是宝贵的，不能用来写这些唱和。何况那人不是她，那些博客不是她写的，可诗分明怀疑是她写的。那些博客的文字很像珠月的文字，是一个了解珠月的人写的。珠月怀疑那些博客是因颉写的。

珠月的心里心痛因颉。她想，因颉病了吗？她以前一直以为所有掠过她眼帘的文字都是因颉写的，她就怀疑，因颉病了吗？当她几年来仅有的一次见到因颉，她看见他好好的，这次见面救了她，要不，珠月一定过不了那场灾难。那是天空倒塌的灾难啊，是太阳月亮坠落的恐怖。珠月现在偶尔心里竟有些恨因颉，不是因颉，诗不会陷入这场恋爱中，他爱的其实是写那些文字的主人，其实是因颉，这让珠月心里有些醋意。因颉因为关心珠月，知道珠月喜欢诗就闯进了诗的视野，诗以为他是珠月。其实珠月什么都不知道。不管怎样，当珠月发现这些时，她第一要做的就是要保护诗，她不能让诗的生命浪费在这些虚妄的事情上。本来，珠月是喜欢诗的，诗也喜欢珠月，他们也可能会走在一起。可现在，珠月感到诗爱的是写那些博客的人，她心里就有些恨因颉了，觉得因颉是故意捣蛋，故意要在珠月和诗的爱情圆月上抹上些黑点。就像一个女人爱上了一个富有的男人，她本来是爱上的那个男人的才华和品格，后来时间长了，她以为她爱的是他的财富。不过，珠月想，也许因颉太孤独了，他需要和人说话，他想找到珠月和她说话，那些话不能通过电话或者当面讲，只能通过未署名的博客和她讲。他在网上找不到珠月，他找到了诗，诗就成了他的依恋。本来诗和珠月有很多相通的地方，珠月和因颉又有很多相通的地方，所以他们就将错就错，做成知己了。珠月记得因颉曾对她说过，真正的朋友是另一个自己，珠月曾对诗说过，我相信你甚于相信我自己。诗是那种珠月一眼就觉得能托付终身的人，她觉得可以信赖他依赖他。没有任何理由，与认识的时间无关。理解的人一句话就可以理解，不理解的人一辈子也不理解。

当珠月想到因颉的孤独时，她很想问问因颉，你好吗？可她无法联系上他。也许因颉觉得诗才是最适合珠月、最爱珠月的人，因颉就装成珠月和诗交谈。他担心珠月不幸福过得不好，他希望珠月和诗走在一起。这也有可能。珠月只是猜想。她无法验证那些博客到底是谁写的，哪些是诗写的，哪些是因颉写的。因颉对诗可能起初有些恨意，后来就没有了。因颉对珠月也有恨意，他认为珠月应该等他一辈子。珠月想，因颉，我对不起你，我不小心爱上了诗，我不是故意的。我一直都在提醒自己不要爱上他。可我还是在认识他四年后彻底地爱上他。因颉，你知道我是多么孤独吗？遇到像诗这样高洁的灵魂，珠月生来就会情投意合的人，如果不是因为有个你，我早就投在他的怀里了。因颉，我对不起你。如果你需要我，你也不会不理我。你既然不需要我，我在孤独绝望的日子里遇到了诗，就像遇到了白天的太阳和夜晚的明月。因颉，你原谅我吗？我多少次祈求佛祖成全我和你在一起，佛祖说，那是遥远的隔山又隔海的距离。如果我们能走在一起，我们早就该走在一起了。因为我们虽是万分地理解，却又是万分地不懂对方，曾经我们都想那么努力地走向对方，却走不近。这种痛苦比什么都深。因颉，我知道你深爱你的妻子，虽然你们水火不容，真是越苦难越要在一起，这就是命。就像那么多年，我明知道你是不属于我的，我却还要相思于你，还要无数次地祈求佛祖保佑我能和你在一起，总梦想我们有一天会走在一起。如果要通过你遭受苦难，我才能和你走在一起，我宁愿我不和你走在一起。真是玩笑，佛祖不会开这样的玩笑，为了我的祈求让你病。即使你病了，也不表示我能和你走在一起啊。可我梦见我和诗是有可能走在一起的。因为他可能没你那么爱他的老婆，也许诗才是我命中的爱人。我一无所有，青春没有了，财富没有，我也不知道怎么来爱诗，也许我该自信点，不要太爱诗了，我才能爱诗，才能做他的妻子。

因颉，你孤独吗？你是不是也想和诗说话，因为你也那么需要人来倾诉，还是因为想我，就去找诗，就像找到我一样。诗什么都懂，但他的心就像一尘不染的向往光明的天使，我怕你把孤独黑暗传给了他，就像我当初传给你一样。怎么也不能让诗受伤。

第六十一章

珠月梦见诗要带她到他的家里去，并且说就是他老婆在家，他也敢让珠月在他家睡觉。这个梦想起来有些无耻，不过，感情这种事都是自私的，珠月却很喜欢这个梦。她的诗，多么傻啊，爱恋一个人到一定的程度一定是这样的表现，极致的表现。虽然生活中的诗谨慎有加，可是梦中的诗却是不管不顾地要带珠月到他家，甚至要迫不及待地和她睡在一起，要紧紧地抱着她，生怕她离开了自己。珠月梦中看见了诗家里床上的被子，被子是暖花的，很漂亮。珠月好想睡在那被子上，和诗一起。不过她并没睡上去，她有些怕。她走到房间走廊的尽头，又走回家了。

在珠月猛烈地想诗的这几个月，珠月一次梦见了夜晚的绿幽幽的光，有些像鬼火，又有些像狼的眼睛，又有些像夜晚手电筒的灯光。总之是非常凄凉，又带着愤怒的情景。梦中还似乎暗示着这与因颉相关。珠月想，难道因颉真的病了？难道因颉知道我爱上诗了，他有强烈的愤怒？是因为什么原因，使得梦中出现一种伤害了的、似要报复的情景？难道因颉过得不好吗？难道他对珠月有意见吗？珠月知道因颉不会对她有意见，因为珠月对因颉是无愧的。爱情，人永远只能得到一样，因颉有他的妻子照顾他，轮不上珠月来帮忙，何况珠月和因颉联系了那么多次，从来打不通他的电话，他既然不接她的电话，她又何必去烦扰他？不管他得了多严重的病，至少因颉在他最难的时候并不需要珠月来和他一起承担，既然不要珠月和他一起承担，珠月就不是他相依为命的爱人，珠月也没必要去掺和他的痛苦和烦恼。

珠月想起那些深情的梦里的诗，觉得自己仿佛成了仙女。她穿着似乎是粉黄的衣服，还似乎有长长的宽宽的袖子，她坐在教室里，诗在给他们上课。下课了，或者还没下课，珠月走到诗的身边，诗解开自己薄棉袄的扣子，把珠月拥在怀里，好像怕珠月冷似的。珠月贪婪地躲在诗的变得大大的棉袄里，棉袄变成大衣，把他们两个人的头和身体全盖住了。他们忘情地亲吻着。珠月就像沐浴在阳光花香之中，外面似乎是一片金黄的田野，好像有万顷油菜花在阳光下飘摇着。让珠月感动的这是在教室，可梦中的诗却不管不顾，他已是情不自禁。他解开珠月上衣的扣子，然后又去拉珠月的裤子，当珠月正渴望着和他连在一起时，珠月竟醒了。梦中的诗对珠月是那么的服从，让珠月心都疼起来了。珠月就像公主一样被诗拥抱着，珠月从小到大都没觉得自己与公主有关。她吃苦耐劳，在家什么事都做，常常上班一个人做几个人的活，别人和她上班就高兴，她总是帮着别人做事。她离开哪个科室，就有一些人会流泪。她从不计较得失，吃苦多做事算不了什么。可那个梦中珠月感到自己就像公主一样脸上红红的，光彩照人，像田野的油菜花一样浑身有着一股芳香。因为她走到诗的身边，而诗竟然忘情地拥住了她。也不管周围到处都是嫉妒的眼睛，要知道那些女同学是多么地喜欢诗啊，珠月感到自己就像公主走向自己的王子，而诗就是真正爱她疼她的人。果然，诗毫不犹豫、理所当然、情不自禁地拥住了珠月，就像怀抱着公主，就像珠月是一个美丽的仙子。珠月知道自己谈不上十分美丽，可是在诗拥抱她的那个时间里，她感到自己是这个世上最美丽最幸运最幸福的爱的女神。醒后，珠月想着诗的那件衣服，她似乎曾经见诗穿过。她想这个梦并不虚妄，是真实的诗，而且穿的是诗自己确实有的衣服。珠月后来看见诗穿着那件衣服时，她好想扑在诗的怀里，拼命地吻那件衣服。

在那样的美梦醒后，珠月常常会仔细地把梦一丝不漏地回忆几遍，然后把它写下来。费她时间最多的是她总在想，是什么打扰了她和诗连在一起。为什么每次总在关键时刻就会醒来，是因为太渴望还是因为太紧张，还是佛祖不成全，还是诗自己在犹豫，还是珠月把自己提醒醒了，这个梦忽然断了。每到这个时刻，珠月在梦中就会暗暗说，不要醒来啊，不要醒来。她知道关键的时刻到了，而关键的时刻往往梦就醒了。珠月在梦中提醒自己不要醒，她甚至已在潜意识里驱赶所有一切可能干扰她的梦的由头。有一次，她仿佛梦中听到隔壁在装修房子，她勒令：赶快停止噪声，千万别打扰我的梦。要是打断我和诗在一起，我醒了就要恨你。她多想留住梦中的时间，哪怕不继续前行，也不要停止。

最侥幸的莫过于梦中遇到倒霉事而醒来安然无恙，最扫兴的莫过于梦中遇到快乐的事而醒来一场空。

珠月不知从什么时候开始相信梦，起初是一些梦印证了，这引起了她的注意。后来，她就有些相信梦了。她越相信梦，她做的梦就越准，这时她更加相信万物有灵了。这世间有一种灵性，不仅在相通的人之间，而且天上地下有时也是可以和有灵性的人沟通的。她以前歧视那种传说，说某某当王出生就有吉兆，某某当皇帝是上天注定，某某人是天上的星宿下凡，现在她是有些信了。别说那些王啊皇帝啊，凡是在某一方面特别有悟性的人都是有来头的，一定是上天派来的。因为珠月感到自己有些奇异，时常感到佛祖或菩萨在跟着她。她还平凡得如此渺小，可是已和神秘的万物相通。在她的梦一次次被验证或者实现时，珠月得到的不是任何喜悦，而是恐惧和担忧。就像一个人做基因实验知道自己什么时候死一样，如果万物都有定数，人是多么渺小卑微啊。可人又是伟大神性的，珠月的大舅舅知道自己那年正月十五之前不会死，叫家人十五之后准备后事，珠月的老爷爷知道自己那天上半夜不会过身，叫珠月爸妈下半夜去看他就可以。每一个人都有与天地之间对接的灵性，只是上天会在他们身上呈现多少。有时上天会在死亡之前呈现给他们，有时会在危急之时给他们提醒，有时会在梦中。

心心相印的爱人一定是绝对可以相通的。当珠月九月份想诗想得万分痴迷时，诗仿佛知道了珠月在想他，他的身不能来看她，可他的灵魂来看她了。珠月梦见诗每天都坐在图书馆看书，那个图书馆竟然好像就在珠月住房的楼下，而珠月的家不知何时被移到大学图书馆那里了。诗每天都准时来，坐在图书馆的一个位置上看书，他知道珠月想他，他特意坐在那里，让珠月看到他。诗多好啊，多么善良啊。珠月想。珠月在她家楼上往下看去，正看见诗坐在灯火辉煌的图书馆里，他在那里静静地翻着书，他知道珠月可以看到他，知道他来了。梦中的珠月多么喜悦啊，她的诗怎么知道她想他？而他就不辞辛苦地来了，而且天天来。也不来找她，只是坐在一个她能看见的角落，让她能看见他。这符合诗的性格，诗从来是一个稳重不张扬的人，又是一个内敛的人。伟大的佛祖啊，你怎么就这么了解诗，让他是以这样的方式来看她。珠月感到心里一阵阵的幸福的疼痛，不仅是因为诗来看她来了，而且诗是拿全部的珍贵的心来和她相爱的，要不，他不会在珠月想他猛烈时就准时到来。

珠月看着楼下诗的身影，甜蜜得心花怒放，赶紧跑下楼，她多想走到诗的身边深情地看着他陪着他，然后以一种非常自然的态度把诗带回家里，然后抱紧他亲吻他，她心里其实已不满足于这些了，她想要和诗在自己的家里自己新铺的床上真正地爱一次。可当珠月走到门口时，她却不敢继续往图书馆里面走了。这时不知什么声音把珠月惊醒了，她轻叫道："烦死了，为什么不让我多看诗几眼？"珠月的心每次感受最深的就是痛。她擦着脸上的泪，在心里一遍遍地喊着："诗，你来看我了吗？"珠月想，你没有装作不动的僵硬的植物，全身像树干一样，是为了躲避我，刚才还是活活的身体，遇到我之后就变成僵硬的不动的植物。（来自以前的一个遇见因颉的梦）珠月越是爱诗，心里越烦恼。她想，如果她有青春美貌财富，她一定会奋不顾身地爱诗。

珠月梦后想着她的善良、可爱的诗坐在图书馆的乖乖的模样，她更想他了。诗知道珠月在想他就来了，还是菩萨知道珠月在想诗就把诗送到珠月的梦中来了。那天她走在路上，看到一辆诗工作的研究所的车开过，她想可能诗就在上面。她想如果诗来看她，一定要提前和她说，她会把自己打扮得漂漂亮亮地迎接他。虽然珠月心里知道诗很难会主动来看她。

诗有时会专注地看着珠月，好像在研究她似的。珠月喜欢诗那样地看着她。当诗专注地看着珠月时，珠月的心里不知有多么甜蜜了。珠月感到诗的专注里有着不易觉察的深情，只有她自己才能感受到，特别是回想时最能感受到。当诗看着珠月时，珠月感到了诗喜欢她，当珠月想坐在诗的腿上去抱他时，她其实感到诗也想能抱抱她。可他们都没有伸出手去，也没有起身挪动脚步。珠月虽然很迟钝，特别是对不喜欢没感觉的人最迟钝或假装迟钝，但是对诗的喜欢绝对能够体会，只是她不知道诗对她到底喜欢多少。她从不是一个主动的人，如果追求她的人不主动，她一辈子都不可能谈恋爱结婚。她是那种坐在家里死等的人。可对诗这种比她更不主动的人，珠月想，我一定要对诗说："你想要我吗？如果你想，我非常愿意，而且喜欢。"珠月知道自己绝对说不出口，她想就写在纸上吧，到时给诗看。如果诗拒绝她，也不会难为情。珠月最终什么也没做。她想一切顺其自然吧，只有顺其自然才是最好的。

虽然只是咫尺之遥，可珠月却觉得见一面不容易，诗有家有老婆，珠月想，这样的爱情会是什么样的结果？她准备把自己尽情地给诗几次就离开他，她不想让诗陷入那种麻烦缠绕中。好好的诗，生活本是安安生生的，如果珠月竟然要梦想诗娶她，是不是太没有道理了。她不知道诗生活得幸不幸福，她只知道她想偷偷地把自己给诗，然后离开他，让他仍然过他的平稳的生活。一个男人是绝不会轻易离婚的，除非他们的感情确实无法挽回。她对诗的家庭一无所知。她想她不影响诗的家庭，她只想有他，不想给他制造麻烦，她只想她在这世上有一个永远的心灵依靠。如果诗和他的老婆本来感情就不好，而且不是因为珠月，珠月想，也许这才是她的好运和机会。

当珠月看着诗时，几次想走上前去亲吻他，可她仍然没有动。这时她多么希望诗能主动拉她到怀里，她一定会把他亲吻遍，然后让自己和思念已久的爱人真正地做到身心相融。珠月看着她的诗都要流眼泪了，可他们仍然连手都没有拉过。珠月每次想下次去看诗一定要主动去爱他，她能感知到诗也想她这样做，可珠月从来都没这样的胆量。一个男人没胆量，难道要女人主动吗？珠月想，从来都只有男人主动的。

一个女人和一个男人生活一辈子也许不如和自己深爱的人生活一个月、一天。哪怕只有一次，珠月也想自己是自由的，为了一次，珠月可以放弃早已败坏了的婚姻，虽然她即将面临一大堆连自己都没想到的问题。自己还没找到工作，又没要余清的钱，怎么生活？珠月越来越焦急了。她希望自己能尽快找到工作，不要诗为她担心，自己的生活也能安稳下来。

珠月体会最深的就是孤独感。诗就成了她的救命稻草。这世上只要有了诗，她就不会孤独。她常常在孤独中感到她是在苦熬。再加上因颉带给她的绝望。珠月因为孤独而生的绝望就像一个时刻会引着她走向死亡的魔鬼，她常常身不由己地陷入那种万念俱灰、活不下去的感觉中。珠月想，这世上有诗，她有诗，即使是他们都死了，她也不会孤独绝望。在另一个世界里，她会去找诗，即使踏遍千山万水，她也要找到他，因为她知道有一个他。她就会去找他，找到他就不会孤独了。诗就是珠月的孤独治疗剂，他会用他的宽广的心胸来包容她，他的微笑就是治愈孤独症的良药，他的胸怀会把孤独化解于无形，让珠月在爱的甜蜜中忘记世间的伤感无常。一个猥琐的心胸只会让珠月更孤独，可诗却胸藏日月，让珠月珍惜和诗的每一分每一秒，已来不及伤感，她今生要做的就是享受诗胸中明月的光辉。珠月的孤独在诗的爱中自会消失于无形。

当珠月在余清那里找不到依靠，又见不到因颉时，她渐渐地得了一种孤独症。当她见到诗时，就认定诗是她一辈子的，不管是什么，朋友，爱人，夫妻，反正是一辈子的。珠月和几个邻居十年，也不知别人长成怎样，即使认识，也是从不串门，也不说话聊天。那天邻居一个女人的猫掉了，珠月的猫也掉了，珠月贴出寻猫启事，那个女人说看到了珠月家的猫。那个女人在一家咖啡店上班，说她家的小猫掉了，她哭了几天，天天去找。珠月说，我的女儿也哭了三四次。珠月没哭，她已很难掉眼泪了，只是心里疼痛得像失恋一样。咪咪找到了，珠月很感激那个女人，走在路上已认得她。想到那个女人为她家的猫哭了几天，又为找咪咪提供了线索，珠月觉得那个女人很可爱。那天看到那个女人下班回家在开门，珠月正回来，那个女人笑着问："你下班了？"珠月问："你家的猫找到了么？""没找到。"珠月没回答那女人的问题。近来她只要看到别人上班就羡慕，即使像那个女人一样只是卖咖啡，她羡慕禾月每天上班有工资发。

珠月半夜醒来发现有一个博客还在开着，她怀疑是诗的，她有很想流泪的感觉。当她看到诗的留言时，就像一个人在黑夜里看到一个蒙面的人站在前方大喝一声"站住"一样吓了一跳。难道诗还没睡吗？怎么半夜醒了？他在忙什么？他在守着谁？不管他在做什么，他还没睡，这让珠月心疼不已。她多想赶快走到她的爱的身边，用自己的身体紧紧贴着他、抱住他，只有这样，她才能表达出自己的淋漓尽致的爱，她的诗才不会是寒冷的。珠月想大声地哭，可她还是抑制了自己的哭声。是诗吗？她不知道到底是不是诗。她心里想："诗，你是傻子啊？你那么聪慧睿智，竟然不知道保护自己的身体么？"她想留言勒令他必须好好睡觉，甚至用了一种非常严厉的语气，不过，珠月还是删了，在她的心目中，诗是她的天神，她都不忍心用那种她在家惯常用的命令、指挥口气。珠月在家里是老大，妹妹弟弟对她心服口服，家里事都是她做主，她历来在家里的位置都非常高，甚至高过父母，可在诗的面前，却不敢对他说命令的话，觉得那样不恰当。珠月把那几句话改了半天后，终于意思达到了，语气完全变了，让诗觉得能接受，就发出去了。珠月每次发现诗睡得晚或者费太多心力时，她就会一阵火，却又不知怎么发。后全部改成对诗说好话的低姿态，诗一点也感受不到珠月心里的气，还以为珠月在和他说情话。珠月知道，如果诗的身体累垮了，或者诗有什么不好，她的生活可能真的只剩麻木了。她有些怕死，因为她什么都没做，没写出满意的作品，没有和诗真正地灵与肉相融地爱过。当珠月看到诗写出那么天才的诗歌，她的心里又是一阵疼痛。她喜欢诗写的诗歌，诗在他没写诗之前就是一个本质上的诗人，他的文字里已蕴藏着巨大的诗篇。可珠月不想诗费脑子，就像一个溺爱孩子的母亲看到孩子成绩好，怕他用脑辛苦，叫他不要用功一样。

一天珠月把诗写的诗全部打印下来，当发现有一首诗好像是写给另一个女人的时候，珠月看了十几遍之后，把那张纸撕出来了。后来她在一堆纸中又发现了那张纸，看了之后，心里又一阵醋醋地痛，就把那张纸撕得碎碎的丢到垃圾桶了。人是多么自私啊，只要爱人的心中全是自己。那种痛就像刀割一样，珠月想，自己绝不能把暗恋因颉的事说出来，要不诗会多么痛啊。你就是看了一首诗，你都那么痛，那诗该会有多痛。越痛珠月还偏要多看几遍，好像想从文字中抠出什么。当她的眼睛扫过那会让她胡思乱想的词语时，珠月就会试图跳过去，好像心尖面对刀锋时会不自觉地躲过一样。她要诗只爱她一个，不许爱别人，就像她也准备这一生只爱诗一个，全部地爱，全心全意地爱，把生命贴上去爱。她对诗说了这些吗？诗知道吗？珠月看着镜中自己不再年轻的容颜，头上长出的白发，她把给诗写的爱语丢在一边，躺在床上就像死去一样。

第六十二章

慢慢地，珠月感到诗对于她来说就像一个巨大的诱人的心灵招引。她知道当她爱了诗，她就会永远爱下去，这意味着她要毁了二十多年来对因颉的感情。虽然她和因颉没有联系，没有来往，可彼此都感到对方在等着彼此。虽然因颉没有叫珠月等他，可珠月无形之中却觉得因颉要她等他。即使因颉不理她，不接她的电话，见不到他，她仍然那么觉得。一天，余清给珠月打了二十万元，没吱声，珠月当时做梦似的以为是因颉给她的，她想，因颉怎么知道自己没钱，她的那个感动啊，当时简直可以为因颉粉身碎骨了。第二天她打电话问余清，余清说是他存的。珠月想，关键时刻还是要老公帮忙啊。几年后，珠月叫小妹给因颉打电话想借钱，小妹打通了，珠月知道自己打不通，因颉说要过几天才有，珠月等不及，就从别人那里借了。珠月想，如果因颉想借她钱，是不需要过几天的。小妹说："我看因颉根本对你不怎样，我以前多么希望你和他在一起啊，这个时候不帮忙，什么时候帮忙？他也知道你是从不轻易开口的人。"人也真奇怪，这件事之后，珠月心里仍然爱因颉，可事情就像加了什么化学物质一样在人的身体慢慢地发生了自己都感知不到的隐隐的变化。珠月想，因颉你说你那么爱我，在关键时刻却不帮我，一个男人赚再多的钱在我珠月的眼里都没什么吸引力，如果你赚的钱不是为我，如果我在关键时刻得不到你的帮助。你就是皇帝也没用。珠月曾梦见余清有一堆西瓜，可余清却在那个女人的支使下舍不得给珠月一个，珠月想，真可悲啊。珠月离婚时什么都没要余清的，她知道要余清的钱就离不了婚。当初他们也是自由恋爱，珠月从没想到要离婚，她曾经想过，她这辈子只爱那个成为她丈夫的人，她对余清是一心一意的。可余清对她不是哄就是骗，总是采取那种珠月看不起的手段。余清说，老婆就是靠骗的，如果一年四季骗老婆，老婆就什么都不信你了。

珠月忍不住要走向诗，就像一个看着前面是一堆火却要忍不住往里面跳的人。在珠月爱上诗的时候，从不敢想要诗来娶她，她只要能爱诗，只要诗爱她，就足够了，就今生无憾了。那个随时随地都在看着珠月的因颉一定看到了珠月心里重心的转移。二十多年的重心在珠月遇到了诗四年多之后发生了转移。这对于珠月的心里来说是一个极大的震动，就像二十多年前默默地爱上因颉，虽没有肌肤之亲，可那种爱情对于珠月的心里来说也是惊天地泣鬼神的。因颉就像一个影子在珠月的生命中从未离去，她委屈了、孤独了、绝望了，她就向因颉说，不管因颉是否能听见。

珠月不敢面对自己的感情，可事实上那段时间她的心里几乎全是诗，她对自己说，我不能欺骗自己，我爱上诗了，在我知道诗也爱我后。如果她梦见诗还不足以让她自信去爱他，那么当她发现诗也喜欢她时，她想着那一个个关于诗的梦，勇敢地给诗发了一封邮件，对诗说她想他。不知诗是否收到了这封邮件，反正诗没有回珠月的邮件。在珠月一次次疯狂地梦见诗之后，珠月的全身每个细胞里都是诗。她在梦中和诗相爱时对诗说些她想起来都会脸红心热的话，醒后，还把那些话继续写在本子上，过些天再去看时，都不敢相信那是自己写的，天啊，这是我说的话吗？妈妈以为你是淑女，所有认识你的人都以为你是淑女，你竟然说出这样的情话，真要把人羞死了。那样的情话只能说给自己听，连诗都不能给他看，诗肯定会脸红的。不过，珠月只要看到自己写的那些给诗的不能公开的爱语，她就会全身沸腾，每个细胞都恨不得把诗吞下去。那时，她对诗的爱就像火中的凤凰，宁愿以死来换取和诗一次彻底的融合，并且用全世界最热最甜的情语来送给诗，让诗飘飘欲仙，欲醉欲死。

那天妈妈无意中拿着珠月的日记本当扇子用，珠月吓了一跳，赶快去夺。她问妈妈："妈，你看没看啊？"妈妈说，没看。珠月不相信："你肯定看了。"她想套妈妈的真话。妈妈竟然说："我才懒得看你写的东西，你晓得写么事哦？"这句话是什么意思，珠月担心聪明的妈妈看了一些，心里顿时咯噔咯噔地跳。天啊，这样的情话连诗都不能给他看，能让妈妈看到吗？珠月心里一阵惆怅，幸好妈妈似乎也懂得人情世故，只是说："把这收起来，不要让余清看见了。"珠月还没告诉妈妈她已经离婚了。在这个本子之前，珠月已经写了几大本有关和诗的梦了。她就像一个偷偷背叛的人，在面对自己的爱时，不敢正视，只敢把它写在任何人都看不见的日记本上。

珠月笑着对妈妈说："妈，我怀疑我是不是得道了？"妈妈说："莫说出来辱人，你千万莫对别人说这话。”珠月仍然笑着说：“这有什么辱人的？听说一个叫王阳明的古人也是四十多岁得道的。”珠月懂得妈妈说这话的意思，妈妈的意思是说珠月说出这话，别人只会说她脑子有问题，因为妈妈自己也有点这方面的担心。珠月又笑着对妈妈说：“我离得道还远得很呢，你放心。”

珠月晚上枕着那些日记本，有时拿出来看一看，每当看那些日记本时，她就像闻到了诗身上的芳香。珠月的鼻子不行，很浓的香有时她都闻不着，可她却感到诗身上是香的，因为在珠月的心目中，诗是干净、清洁、纯粹的，就像月光之下的桂花树散发的芳香。

珠月看着自己记载的每一个有关诗的梦，争取做到彻底地还原梦境，即使那样做并不符合她手上流畅的笔。她珍惜梦中每一个意象每一个情景，她觉得只有还原才是最伟大的珍惜。如果梦中诗是裸着上身的，珠月绝不把他写成穿着衬衣，如果诗只是亲吻她，她绝不能写成他们已在一起。很多时候，正当珠月想和诗真正在一起时，那时她总会醒来，醒来后，懊恼不已。心的剧跳要二三十分钟才能平息，她常常捂着自己的胸口让自己心不要跳得那么厉害，气还在急促地喘着。她是多么渴望能和诗连在一起啊，即使是在梦中。

珠月陷在一种强烈地要和诗融合的欲望中，当她看到自己写的日记连自己都看得脸热心跳，并且还不自觉地说了一句：“都是流氓话。”不过她还是喜欢拿出来看，每次看时，她都希望诗能在她的身边，她就会像她写的那样狂热地爱他。珠月只要梦见和诗在一起了或者将要在一起就醒了，她就会狂热地想诗。她想象未来那一刻她一定会热泪盈眶，她肯定会哭。她知道只要她梦见诗，诗一定在想她。不知是因为诗想她还是因为她想诗，每次梦后珠月都要很长时间才缓过神来。心里的爱潮会更加汹涌。当她想诗想得剧烈时，她就会在日记本里写些肉麻的情话，好像她和诗已在一起了。

以前她也有满腔热情的时候，不知为什么她总感到余清是不干净的，甚至很脏。可能是因为她知道余清在外有不止一个女人，更重要的是因为他们的心早已相隔几万里。他们之间的爱早已在感情的破裂中慢慢地都留有分寸，到最后连爱情也不剩了。对余清只有报复的痛快，对珠月只有没有任何感情的孤独。珠月想，这辈子她遇到了诗，遇到了她的爱情，最重要的，诗也喜欢她，他们又是多么心心相印，这是多么难得的缘分啊。珠月想，这是我梦寐以求的啊，我一定要抓住。珠月只感到她愿意为诗做很多事情，只要他愿意。如果不是诗，这个夏天她感到了那些文字是诗写的，珠月离婚可能还要拖着。诗就是这样一个有巨大魅力的人，他让珠月可以做出不想后果的事情来。珠月没想到要诗来娶她，她只想到诗喜欢她爱她，为了哪怕一次和他在一起，她也要获得自由，让自己可以走到诗的身边，让诗是安全的，并且感到是无罪的。她知道余清是一个嫉妒心非常强的人，红起眼来可以杀人。虽然她对于余清早就不是什么宝贝，从来就不是。在余清的心里，珠月连他的家人都不是。可余清是一个自私的人，他肯定会找诗的麻烦的，如果他知道的话。只要珠月一关机，余清就有电话打来，珠月想，也许余清早就在监视她。珠月曾梦见诗想过，珠月是有夫之妇。珠月想，诗肯定会想到这一点。珠月想自己如果是自由的，诗会感到罪要轻一点。珠月担心诗，怕诗因此背上负担。她知道诗是那么强烈地想拥有自己。那些梦中诗是怎样地情不自禁，珠月想应该让诗感到更自由更轻松地得到。

珠月抚摸着自己喘气的胸口，懊恼不已。刚才是因为什么原因醒了？是因为要上厕所吗？还是因为外面有歌声飘来？为什么上天不成全诗和她连在一起，她是多么想啊。

那次珠月梦见诗进入了她的身体，他们的身体在一起时，爱液像江河喷流。诗像水龙头一样傻傻地流着，流了很长时间，不过他不是诗的样子，他只是名字叫诗。流个不停的“诗”的身体让珠月在梦中像被大水淹了一样，她唯一的反应就是在爱河里不可抑制地哼着，就像吃了迷魂药一样。她让自己也像诗一样流着，好像两人比赛谁更能在这场爱中有爱死的勇气。当他们两个人都几乎把自己浮了起来，甚至把生命都想化成水时，珠月还看见“诗”在那里流着，那时他们两人并没连在一起了，只是就任自己这样流着水，这比他们连在一起时更让梦中的珠月有一种欲仙欲死的快感。珠月在一阵狂热中断断续续地叫着诗的名字，醒来后她一边捂着猛跳的心口，一边嘴里还在念叨着。

在珠月心跳气喘平复之后，仔细回想梦中的情景，刚才因为相爱、欲望带来的兴奋全部消失了，她想起了梦中“诗”之后立即就病了，他呆呆地坐在一边，一个人说着什么。珠月怕死了，像要死了一样。她看着她的“诗”，泪流不已。诗，你怎么就病了呢？你就做不得坏事。你怎么那么傻呢？别的男人女人一大堆也不病，你怎么就病了？而且我是多么愿意多么幸福，你知道吗？你应该快乐，因为我的幸福。可“诗”并不听她的，他还是病着。这让珠月很慌神。“诗”一个人不知道在说着什么，珠月听不清，珠月想，我的天神啊，你可千万不能病啊！要怎样你才能好？你离婚娶我好么？可“诗”并不说话。那时诗也没想过要娶珠月，他也是糊里糊涂地被珠月吸引，就像珠月面对着诗的爱，即使是刀山火海她也会走过去一样，即使粉身碎骨，她也要跳下去，如果诗就在悬崖底。

珠月一直都是一个对情欲很淡漠的人，可能是结婚十几年就像守寡一样，可能她一直都在梦想一种心心相印的爱情，可能是因为她从没得到，可诗，正是她理想中的爱人，她愿用整个身心去亲吻的爱人，她愿用自己的生命爱他保护他的爱人。就是说，她愿把自己的命搭在他的身上。遇到这样一个就是积了八辈子的福也不定能遇见、能爱的人，珠月就是一个愿望，把自己的整个生命搭进去，爱他，保护他。让自己爱的汪洋大海将他淹没，让他再也离不开她，让他有她一次后就会被她的爱潮淹没，不能自抑地爱她走近她。就像珠月要奋不顾身地走向他一样。

珠月想，诗还不知道我是怎样的人呢，珠月就是想用爱把诗浸在爱的河水里，她要把自己的身体整个地付出，让诗一次一次地忍不住对她说我爱你。这个我爱你比任何时候都要愿意付出全部生命和灵魂。只有心心相印的爱人才有这样美好的体会。珠月在心里一遍遍地叫着诗，但不是他的真名，她是用的她给诗取的一连串爱的肉麻的名字。珠月写道：“你要是要了我一次，绝对不会舍得不要第二次，我会用柔情来把你淹没，我会用爱的锁链将你套牢，我会用我的江海浮起你，让你再一次寻觅我的爱的丰沛。请你记住，请你做好准备，再一次来爱我。爱了，就不会让你走，爱了，你就是我的。”当珠月后来看到这行字时，脸上有些苦笑的样子，她说得倒是很有气势，其实她自始至终都是一个羞涩的人。不过对于诗那种羞涩纯净的人，珠月想，我得改变我自己，要不，我们之间永远不会发生什么，就只是心里爱着。珠月已经不满足于那种心灵之爱。她要让诗的身体刻上自己的烙印，没有身体的爱情肯定不是完美的。

那些小说家写爱情看来是文雅的，珠月想，如果把人的强烈的爱情和情欲写出来，那将是惊天动地的。很少有人敢面对自己的内心，就是珠月也只能把那些爱语写在隐秘的日记本里，不让任何一个人看到，即使是诗。如果诗看到，将会看到心碎的甜蜜的崩裂的爱语，不能说出来，只能自己一个人去慢慢羞涩体会。只要看到自己写的那些爱语，珠月的全身就像被点燃，她知道她爱的是那个梦中未继续、未完成的爱。那个爱就像一个吊在空中的果子，每次在珠月想抬头去吃时，那果子就在梦醒后消失了。那个未完成的爱，还有那个已经完成的爱都是让珠月如此甜蜜心醉。这是她的生活中最甜蜜的部分。特别是那个九月，在每天都几乎梦见诗的欣喜中，珠月想诗已经想到痴狂了。她自己知道那是因为诗在想她爱她，她更多的是因为诗的召唤而发狂地想他。她想不管自己以一种什么样的方式燃烧，诗一定能感受到她的爱意。只要诗在想她，她必定也会相应地以一种自己的方式来迎合他的爱。

以往的珠月觉得人的肉体是累赘，是肮脏的。她崇尚那种纯美的东西，那种干净无一丝尘土的东西，那是理想的人的超尘脱俗。她有时爱自己的身体，有时甚至厌恶自己的肉体。她认为人应该是完全干净无尘的，是不应该吃饭的。是应该像神仙一样，不结婚不生孩子。活了一大把年纪，珠月才真正地成熟了。不知从什么时候起，她爱上了诗，爱上了诗的身体，想把自己融合到他的生命中去，并像曾经做过的那个神奇瑰丽的梦一样相互哺育对方，只有伟大的上天、佛祖才会创造出这样的意象，让诗的生命之本出现在胸口，并且喷薄出像江河一样湛蓝的透明的液体。那是诗的精血啊，珠月吸吮着诗的湛蓝，是在生命之根的最深处又是在哺育的江河之上。那都是诗的灵魂所依附的肉体。诗只是流着，只是像水一样痴情地流着，像小孩子一样傻傻地流着，他已不管是否会把自己流干、流死。珠月胸口的双乳也像山泉一样流出透明的淡黄的液体。她在梦中欣慰于自己的透明，她知道只有这样的透明纯净才配得上诗的透明的湛蓝。她把自己的双乳放在诗的嘴里让他吮吸，随后她自己也拼命地吸吮着诗的胸口流出的湛蓝的透明的液体。珠月想把诗的每一块肉每一根骨头都吃尽，就像狗一样，把他吞到自己的肚子里。诗还会走出来，只是那时诗就像施了魔咒一样，只认得珠月是他的心脏他的骨头，只爱珠月，谁也不要。珠月想着，不禁有些得意地笑了。

诗的湛蓝让珠月梦后流泪了。"你就是那样的纯粹、干净，那就是你，只有我的心能与你比，所以我就是那梦中的透明的纯净的黄。虽然我在生活中不是很喜欢黄色，可梦中却要赐予我这片胸口的黄。这黄是上天派的，因为她给出了你的湛蓝，能与我相比的透明的蓝。如果我不是那样的透明干净的黄，又怎能配得上你的纯粹纯净的湛蓝。真美，你就是那个美，这世间的美都在你那里。在你的心里，凝结成湛蓝，来配我的纯净的黄，而且比我更美。因为我喜欢湛蓝，上天知道。你就是那个湛蓝，或者是你愿意成为那片湛蓝，或者是你本身就是那片湛蓝，从来都是，自你一出生就是。你的美的心地，就像那片湛蓝的天空，就像梦中你胸膛的那片让我流泪的湛蓝。那是你的生命心血化成的乳汁和心脏。就像天空中最昂贵的那颗星辉，就像我怀抱中永远抱着的那块无价的珍宝。你的美的碧蓝心地，即使受苦受难，也会表现出你承受的美，你并因此感激，永不会诅咒、责骂。我喜欢你那样的湛蓝，甚于我的胸口那片让我留恋的透明的、纯净的、清亮的黄。”

第六十三章

只要珠月一坐在电脑旁，咪咪就会跳到桌子上，毫不迟疑地躺在电脑前面，让珠月无法写字、看屏幕。起初，珠月就把电脑侧在一边看，或者站起来看，最后甚至逃离那里，让咪咪占着，她到别的地方去看书。女儿回来了，珠月说："现在我们家里咪咪最大了。"

咪咪刚来家几天，有一天忽然踩到珠月的赤脚上，当珠月确定咪咪是踩在她的赤脚上，并准备大声惊叫时，才发觉她的脚背上有一股痒酥酥的温柔的感觉，咪咪的肉垫子简直比世上任何海绵都要舒服。当珠月几乎摸遍了咪咪的全身，急于想去摸咪咪的爪子、再领略那种肉垫子的舒适时，她终于还是缩回了手。真是一朝被蛇咬，十年怕井绳啊。女儿说，不着急，到时你还可以给咪咪剪指甲呢。珠月嘴里说着"不可能的事"，心里已经在想着，我一定要让我家的咪咪让我去触摸她的爪子，并且她一定不伸出她的锋利的爪子来，让我好好地享受一下她的温柔。原来，锋利的爪子就藏在那么温柔的肉垫子里。世间万物真是奇特。珠月忍不住明知故问地问女儿："为什么猫咪天生就会捉老鼠，为什么猫咪的动作那么迅速？"珠月知道女儿回答不上来，谁也回答不上来，就禁不住带点恶作剧地得意说："我知道你回答不上来，我也回答不上来，因为世间万物都是上天创造的。"一向是无神论、唯物论者的女儿看着珠月，竟然一时无话可说。

那天咪咪不小心被夹了尾巴后，第二天一整天都不敢在珠月身旁转了，平常她喜欢在珠月身旁转，意在让她的尾巴能挨到珠月裸露的脚和腿。可这一天咪咪都不近珠月的身，女儿严肃又有点伤心地说："妈妈，你可能把咪咪得罪了，咪咪再也不会黏你了。"女儿说这话的第二天，珠月欣喜地看到咪咪又在她的身边转了，当她的毛茸茸的温柔的尾巴触到珠月的小腿时，珠月站在那里动也不敢动，她怕把咪咪吓跑了，就让咪咪在那里尽情地缠绕着她，直到她自己主动走开。

那些天珠月手头很拮据，她去买猫砂，十斤五十八元，只有这个价格的。“我的天，我还没吃过十斤五十八元的米呢，猫砂，你说，如果是给她吃的，我心里还舒服一些，只不过是给她上大小便的。真是心疼死了。”珠月对女儿埋怨说。女儿一向节俭，可对于五十八元买十斤猫砂，她看起来似乎不怎么心疼。她笑着说：“妈妈，你就破费这一次吧，想开一点，我马上在网上订猫砂，很便宜的。”“你知道那猫罐头多贵吧，就是你现在给猫吃的那种，一小瓶就要十八元，我看吃一餐都不够。”珠月指着那个女医生给孩子带来的猫罐头说。孩子说：“网上只要六元，真的，你放心。”

珠月第二天在网上订了一大袋猫粮，名曰“国际宠氏”，闻起来很香。有绿的有红的，花花绿绿看起来煞是吸引人。孩子一听只有约五元一斤，睁着眼睛非常严肃认真地对珠月说：“妈妈，如果这种猫粮猫咪不喜欢吃，你说该怎么办？”珠月说：“肯定要换啦。”女儿带点委屈地说：“你说的啊。”第二天，珠月关门不小心把猫咪的尾巴夹着了，猫咪惨痛地惊叫一声跑开了。珠月和女儿的心里都一阵疼。女儿非常认真甚至带着委屈地说：“妈妈，你今天把猫咪的尾巴夹疼了，你要去买些猫罐头来补偿一下她。”“我也觉得要买猫罐头来补偿。近来，我比你更爱我家的猫咪了。它每天都跟着我，乖巧得让人心疼。”女儿说：“我不相信。”“你不相信，我每天都情不自禁地喊猫咪是‘乖乖’，那天一进门，猫咪就迎上来了，你知道我想说什么吗？我准备说，猫咪，真乖，你的姐姐要等一阵子才能回。不过我没说出来。你想想，我已不自觉把你当成她姐姐了，可想而知，我都把她当成我的孩子了。”女儿有些半信半疑地看着妈妈。

猫咪起先是在一堆书上睡，珠月看那堆书太硬了，就在上面铺上被子，后来猫咪又选择在一个垫子上睡。有一天，猫咪不知怎么忽然想到要睡到珠月的电脑凳子上。那个电脑凳里面有海绵，很舒服。而且猫咪晚上半睡半醒之间，想看珠月时就可看到睡在床上的珠月。那些天珠月正好在电视上看到一个节目里说猫很黏人，既然猫黏人，我怎么忍心让猫咪孤独。珠月就在电脑凳上铺上被子让猫咪睡得舒舒服服的。淘气的猫咪喜欢每天半夜用爪子挠凳子，闹出嚓嚓的响声，像老鼠在磨牙。珠月把床敲了几下，她不抓了，可等一会儿，她又开始抓了。闹得珠月几晚上都睡不好，她想把电脑凳移到客厅去，可又担心猫咪半夜醒来时看不到她，终是下不了这个决心。

咪咪经常会钻到一个纸盒里，从那里面睁着一双美丽的大眼睛看着珠月。那时候，珠月的同情心和怜爱心就会激发出来。她觉得猫咪也是一个生灵，她待的空间特别是她睡的空间应该是开阔的，不应该是封闭的、狭小的。有一天女儿带来一个盒子，说是冬天给咪咪睡的地方。珠月说，很好啊，看起来很温暖，在那里面过冬，咪咪一定会很舒服的。果然，咪咪看到有一个圆筒形的布盒子，立即就钻了进去，而且在里面不出来。珠月看了以后，心里却不太舒适，觉得咪咪受委屈了，咪咪睡的地方怎能上面是封闭的那么一个小地方？

珠月经常会不自禁地和咪咪说话，珠月以为她能听懂她的话，结果发现珠月发出的响声对于她更有效。珠月对着咪咪说了半天，你真乖，她听不懂，竟把脸转到另一边，眼睛看着别的地方了。珠月对咪咪说，不许抓沙发，把我家的沙发抓坏了，她仍然抓，就像一个孩子在跳着自得其乐的舞蹈。珠月用手用力地拍打着沙发，她这才知道珠月反对了，就不抓了。有一天晚上，珠月睁开眼睛，看到咪咪正瞪着她那双美丽的像黄色玻璃一样的大眼睛郑重其事地看着她，总感到猫咪什么都懂。珠月说："咪咪，你真乖啊，你乖不乖啊？"珠月差点看到咪咪的笑容了，可随即咪咪的脸一垮，又变成一只似乎听不懂人言的猫了。咪咪很警觉，它一边打瞌睡，一边竖着耳朵听动静。只要珠月一睁开眼，她多半也是睁开着眼或者是半睡半醒之间。怪不得别人说猫咪很喜欢打瞌睡，因为她睡眠的质量太不高了。

咪咪有一件事情不解，她看着珠月对她又说又笑，就想到她床上去，珠月几次都以非常严厉的态度挥赶她。她就乖乖地下床了。有一天，她觉得珠月对她的态度是那么友善，又跑到她床上来了，珠月惊叫一声，把咪咪吓走了。

珠月一般东西可以乱放，房间也可以有些灰尘，可对于床的清洁，却是要求很高的。出门走了一趟的衣服坚决不能放在床上，更别说在外面坐了又坐到床上去，那是绝对不允许的，一定是要重新换被子的。所以珠月决不让咪咪上床。咪咪已有几天没有这种想法了。那天，珠月背对着猫咪睡着，忽然感到床单有些动，好像有什么东西爬到她面前来了，一看是咪咪，珠月又忍不住尖叫一声，把咪咪吓得一溜烟地跑了。那天，咪咪的一溜烟仓皇跑掉之迅速、迅猛不逊于珠月的惊叫。珠月想，可能是咪咪想看看我到底侧着身在那里做什么，或者是想看看我睡着没有，没想到我的反应如此之大，咪咪自己也吓了一跳。也许她以为我睡着了，只想去探探险。

几个月来，咪咪再也没有上过珠月的床。晚上，她见珠月微笑着看她，她有些不解，随之又觉得无所谓了。她觉得珠月看着她影响她踏实睡觉了，干脆转身，像珠月一样侧着睡了。珠月对孩子说，咪咪是学我睡觉了。她起初是团着睡，反正不是一些猫咪睡的那个姿势：趴着，让手和脚都伸开的那个姿势。女儿听了不以为然。可珠月真的觉得咪咪的睡觉姿势是从她这里学的。不知有没有科学调查猫有没有模仿人的功能。

珠月想给咪咪一点补偿。每次看电视时，那时除了看电视，就是闲着无事，何不趁着这个时候给咪咪一点抚慰？珠月拿起一床浴巾，把她身上盖得严严实实的，好去抱咪咪。珠月等一下还要睡觉，怕沾上猫毛。她把心爱的猫咪抱起来，放在她的身上，让她自由地爬来爬去，或者躺着，怎么都可以。她要让咪咪感觉到抚慰，又很自由。可咪咪在她身上躺了不到一分钟，就觉得不自由了，就要下去。几次尝试好好抱咪咪，咪咪总是躺一下就走了。

珠月去看猫咪干什么去了，发现咪咪睡在电脑凳上，觉得她太寂寞了，房间里的灯是熄着的。珠月就把灯打开。有时咪咪跟着她出出进进，咪咪走在后面，珠月前脚一出卧室门就随手关灯，想到咪咪还没出来呢，赶快把灯打开，等咪咪出来了再关灯。珠月问孩子，猫咪在黑暗中能看到老鼠吗？孩子说："当然。"珠月心里想，那猫咪有灯没灯对于她有没有不同？不管怎样，让猫咪独自待在黑暗中，对于珠月来说，总有些于心不忍。特别是看着猫咪钻在那个小盒子里面，探着头可怜兮兮地看着她时，珠月就忍不住上去摸她，嘴里一边说着："我的可怜的咪咪。"

咪咪经常会发出"哎"的声音，珠月就会接着说"嗯"。以前没养猫时她很怕猫的声音，觉得像孩子的声音，现在因为猫的声音像孩子的声音，觉得猫咪真像孩子一样可爱。起初几个晚上，她睡觉把咪咪关在外面，她天天都要挠门，让你不能睡。你丢一本书过去，她停一会，等一下，她又开始挠了。开门训斥她几次，她才能罢休。

那天女儿抱着咪咪，却不放在地上，而是放在咪咪最喜欢待的电脑桌上。因为咪咪经常上电脑桌，有时甚至在那里很舒适地躺下了。电脑桌旁边经常有人，人气重，又宽敞，咪咪当然喜欢凑热闹，有时珠月忍不住把咪咪抱下来好在键盘上打几个字。女儿知道咪咪上电脑桌的遭遇，心有些疼爱咪咪，就把咪咪放在电脑桌上了。这有些像珠月娇惯小时候的女儿，没想到女儿叫她处处不要娇惯她，自己却生怕咪咪受一点委屈。女儿给咪咪订了一种猫罐头，每晚下自习回来就给咪咪热一点。咪咪只要一听到铃声，就知道女儿要回来了，就蹲在门口等着。当她发现珠月还没起身去开门时，她就爬过来，似乎是在提醒还在看电视的珠月。当珠月起身时，她就跟着珠月一起又走到门口，像一个领路的小卫兵。那天，珠月穿好衣服准备出门，咪咪不知是不是知道她要出门了，早已经蹲到门边，似乎是在告诉她，我知道你要出门了。每次回来，咪咪都会发出欢叫声来迎接珠月，珠月也从冰箱里拿出猫罐头热了给咪咪吃。珠月也要像女儿一样对咪咪表现出她对她的不一般的喜欢，不仅仅是说好听的话，抚摸她，还要给她好吃的。

咪咪很黏人，只要珠月一坐在电脑旁边，她就跳上桌了，好像是珠月请她来的。咪咪来得这样自然，似乎是珠月需要她，她来施舍珠月的。珠月起初以为是咪咪需要她的抚摸，每次只要她一上桌，珠月就把她从头摸到尾，每次摸她头时，她总是微闭着双眼，好像很享受似的。所以只要咪咪一上桌，珠月就摸她的头，她的脖子，现在连她的胡须都敢摸了，她的眼屎她也敢用手去抠了。咪咪的整个头在珠月的手里是那么温顺，就像她手中的一坨温柔的面团。珠月忽然想起听说有吃猫的人，不禁感到心一阵寒，她想，如果谁吃了她的猫，她就和他们拼命。

每次咪咪上电脑桌，珠月就像必须完成任务一样要去抚摸她，生怕冷落了她。珠月实在没法写字了，就把电脑往另一边移移，咪咪竟理所当然地把整个身子也往电脑那边移移，嘿，真有意思，难道她成心不想我做事？有一次咪咪上到电脑桌上躺了半天，珠月因为忙着看新闻没理她，没想到她躺了一阵子自己下去了，第二次也是这样。你不摸猫咪，她就下去，好像她知道你不需要她，她就会乖乖地不打扰你似的。珠月心里有些过意不去，下次咪咪上电脑桌，她仍然抽出时间来抚摸她。“我的可怜的猫咪。我不在电脑边，她也不上来，只要我一坐在电脑旁，她就立即上来了。好像我坐在电脑旁这个动作是一个呼唤她上桌的指令似的。”咪咪伸长着脖子任珠月摸，似乎要用她的嘴来亲珠月了。珠月说：“咪咪，亲一下我。”并把脸凑过去，咪咪听不懂珠月的话，但对响声非常敏感。那天她又要孩子脾气了，像表演一样吊着身子用她的利爪拼命地抓着沙发，珠月在旁边说：“咪咪，乖，不许抓沙发，把沙发抓破了，你知道么？”咪咪用眼睛盯着珠月，照样像表演杂技给她看似的在那里抓得欢呢，珠月看咪咪听不懂她的话，就大吼一声，并用脚一蹬地下，咪咪马上就不抓沙发了。看来她知道这个动作是反对她挠沙发，至于你说什么，如果声音不是足够刺耳，她还以为你是在自言自语呢。

平常珠月习惯于和咪咪说话，总觉得咪咪听得懂，看她把眼睛瞪得大大地看着她，就像知道她的心意。可是，她马上就把眼睛转过去了，对珠月脸上寄予她的怜悯和准备去抚摸她的冲动似乎并不知晓。（因为这时咪咪正跳进一个盒子里，珠月只要她一跳进盒子里并用似乎是无助的眼睛瞪着她，就忍不住要去抱她。）在珠月的心里，咪咪像人一样，不能待在盒子里，哪怕就是钻进去玩一会儿。因为那个盒子让珠月想到不自由，生灵是有灵的，有灵的东西不能被头上有盖的东西压迫，就像一个人不能住在矮小的狗笼里。

咪咪看着睡在床上的珠月微笑甚至是咧开着嘴笑着对她，不知道什么时候从椅子上下来，前腿搭在珠月睡觉的床沿上，并用征询意见的眼光看着她，似乎在乞求着珠月让她上床去。可珠月在这一点上丝毫不心软，连忙用手用力地敲打着床沿，嘴里不自觉地发出大的声音："下去，下去，不能上来，知道吗？"咪咪见如此情状只有不情不愿地下去了。珠月指着咪咪睡觉的电脑椅，意在让她到那上面去。没想到咪咪就像知道了珠月的意思，果然跑到电脑椅子上打算睡觉了。珠月心里对咪咪有些歉意，又忍不住下床去抚摸她以示补偿，没想到咪咪并不领她的情，用一种冷淡的眼光看着珠月。珠月以前一直还是坚持猫咪的眼睛是不带感情的，这一次她确信了咪咪的眼睛是冷淡的，甚至表现出对她的绝望。珠月更想用手抚摸咪咪来表示喜欢她了，只是她听不懂珠月的话，"床上是睡觉的地方，不能来。"当珠月把手像往常一样毫不犹疑地伸向咪咪的背部时，没想到她竟伸出爪子来抓她，不知咪咪只是意在恐吓她，还是她手抽得快，咪咪的爪子触到了珠月的手臂，还好，没有抓痕，不需要去打狂犬疫苗了。珠月再定睛看咪咪，她的眼睛确实不是平常的那种无辜无助或者是没有感情的样子，而是饱含着气愤、失望甚至是伤心。

珠月到卫生间洗个手，每次摸了咪咪她就要洗手，咪咪的身上总是有油，这都是她用自己的舌头舔了的。洗完手后，珠月觉得她还需要再去摸一下咪咪以示抚爱，就对咪咪露出笑脸，说："不要我摸啊？对我有意见啊？我喜欢你，你知不知道？"咪咪似乎不理珠月那一套，珠月就躺到床上，继续笑着对咪咪说话，心情似乎还挺好，不知是因为想安慰咪咪，还是她自己需要和咪咪交流。

珠月这次似乎伤了咪咪的心，咪咪对珠月朝着她又是说又是点头并不像往常那样瞪着大眼表示迎合，而是干脆眯着眼，头朝向一边，最后，整个身子都转到椅背那边去了。咪咪睡她的觉去了。珠月却不甘心，又下床走到咪咪身边，这次手的动作没有刚才那么理直气壮、那么干脆，珠月悄悄地把手伸过去，手首先落到咪咪的头，再又到她的背，又到她的脖颈。珠月希望看到往常她抚摸咪咪时她闭着眼睛享受、舒服的样子，可咪咪那一刻怎么也不闭眼，好像她只是无奈地被迫地享受着珠月的抚摸，而不是像往常一样享受着、欣喜着她的抚摸。那一刻，如果咪咪觉得自己可以反抗、完全打败珠月，她一定不会心甘情愿地让她抚摸的。珠月一边抚摸咪咪一边对她说："乖咪咪，把眼睛闭起来，好不好？"可咪咪仍然把眼睛瞪得大大的，一点也没有要闭的样子。珠月一直以为猫咪只要抚摸她的头和脖颈就会闭眼睛，以为是一种反射，看来是错了。她也可以不闭眼睛。珠月想，咪咪，你不是平常见我一坐在电脑旁，你就要上电脑桌，躺在电脑桌旁吗？珠月把椅子上的坐垫拿开，正正规规地坐到电脑旁，见咪咪没像平常一样不约而来，就把头调过去对着咪咪发出"喵、喵"的声音以示她现在在电脑旁，没想到这一次咪咪出乎她意料之外地竟然一动不动。咪咪把眼睛睁开一点儿，看都不看珠月，又接着睡，对珠月的呼唤邀请置之不理。珠月只好起身，走到咪咪身边，仔细地看着她，并对她笑，表示着对她的歉意，想她能懂她的意思，可她照样睡她的。

午睡后，珠月起床到电脑旁打字，咪咪仍没像往常一样到她的电脑桌上来躺着，而且以往每次她都是像小孩撒娇一样整个地躺在电脑正前方。难道咪咪真的生我的气了吗？珠月心里比咪咪还委屈难受。昨天，咪咪又像往常一样吊在椅子上挠椅背，珠月用手拍打着椅背，意思是不许挠椅背，把椅背挠坏了。咪咪也就像往常一样在她的训斥下不挠了。奇怪的是咪咪昨晚竟然不是在电脑椅上睡的，她睡到她刚来时一个阳台上的椅垫子上。难道咪咪误解了我？我只是不让她挠椅背，没不让她睡电脑椅啊。以往她也挠电脑椅背，珠月不让她挠，她也没说不在电脑椅上睡啊，为什么昨天她就生气了呢？或者是误解了我的意思了呢？一大早珠月就把咪咪从阳台椅垫上抱下来，放在电脑椅上。她就一整天都睡在电脑椅上了。看来，以后如果咪咪要上床，珠月应该做的是，悄悄地下床把她抱下来，再放到电脑椅上，不许拿手用力敲床发出大声也不许惊恐地呵斥她。毕竟，咪咪现在是越来越自尊心强了，可能是，咪咪长大了，懂事了。珠月更心疼咪咪了，不想她受一点委屈。

珠月有事没事喜欢和咪咪说话，因为来家一月才给她取名字“咪咪”，起初珠月“咪咪，咪咪”的喊她似乎与她无关，珠月就冲咪咪笑，这种笑大多数时候是发自心底的、不自觉的、满心欢喜的。咪咪看着珠月喜盈盈的笑，在咪咪瞪着珠月看了两个月之后，终于有一天珠月发现咪咪对她的笑不管不顾，只顾专心舔自己的毛，或者把脸车向别处。难道咪咪把她看熟了吗？看透了吗？珠月每天晚上都要半夜醒来看书，咪咪总会醒来，有时珠月一转身，咪咪正瞪大着眼睛在瞪着她呢，或者她的眼睛处于半睁半闭之间，一直都处于警觉状态。珠月心里有些自责，她这样折腾让咪咪从没睡过一个囫囵觉。有时白天珠月看到咪咪憨憨地蜷缩成一团睡着了，那样子不知有多么惹人怜惹人爱，就禁不住“咪咪”“咪咪”地叫或者蹲到她旁边抚摸她。咪咪有时也懒得理她，她好像白天睡得更踏实。

每晚女儿下自习回来在楼下按门铃，咪咪哪怕睡着也醒了。她跳下椅子，“哎，哎”着，催珠月去开门。珠月把里门打开等着女儿回来，咪咪已经前足挺立、姿势优美地蹲在门前等着她的小主人回来了。有时珠月动作慢了一点，咪咪走到门边见珠月还没来就又转回接珠月去开门。经常会出现这一幕，当女儿站在门外时，咪咪正跟在珠月后面颠儿颠儿地一起去迎接女儿了。珠月问女儿：“什么感觉？是不是特温馨？”女儿脸上有藏不住的得意之色，她一直认为是咪咪特待她。

咪咪到哪儿去了？珠月在房间里到处找也找不到，心想，会不会是门打开后咪咪跑出去了？被人抱走了？珠月的心一阵紧缩，在房间里到处喊着“咪咪……咪咪……”可咪咪怎么也不出来，怎么也不见咪咪的影子，珠月都恨不得大哭一场了，咪咪要是被人抱走了怎么办？我真舍不得我家的那只咪咪啊。昨晚咪咪一晚都没睡，珠月一醒来就见她前足立着，瞪大着眼睛看着她，这次，珠月看到了咪咪的忧伤的眼睛，珠月一下子有些害怕去看咪咪的眼睛了，确确实实带着会人意的忧伤。珠月不敢看咪咪的眼睛，她感到咪咪的眼睛要直插她的心底了。珠月迅速转身去睡，醒来后仍然发现咪咪还是那样立着，那样包含着意思似的看着她，那时珠月的心里有一丝丝的惧怕。难道咪咪知道她今天要和她分别吗？珠月不敢想，如果咪咪真的出门被人抱走了，她真要难过死的，她怎么样都要找到她。希望她是躲在哪一个角落里，没听到她喊她。

往常珠月热猫罐头时，只要听到微波炉的声音，咪咪就会跑出来。珠月刚才赶快去热猫罐头，微波炉响了半天也不见咪咪出来，难道咪咪出门一下子就被人抱走了吗？珠月简直接受不了这个结果。平常珠月出门倒垃圾，咪咪会赶快出门遛一下，一般都会很机警地赶快跑回来。咪咪瞅着珠月回来要关门了，就赶快往回走，动作轻捷迅速，早就在珠月进门之前到家了。昨晚珠月坐在沙发上看电视，咪咪跑上去依偎着她躺下，而且四脚朝天，珠月最喜欢她的这个姿势了，这表明她是充分信赖她的，对她是不设防的。珠月把咪咪的每个地方都摸了一遍，除了她的爪子。

难道她昨晚是在和我告别吗？也许是我多虑了，咪咪现在一定躲在一个什么角落了，我不相信我的咪咪会离开我的家，只是我现在神色严峻，忧心忡忡，一副哭相，似乎咪咪已离开了我。咪咪，你快点出来吧。我好想你。

珠月睡在床上怎么也睡不着，给女儿打电话，女儿要她出去找找，珠月一边叫着“咪咪”，声音全没有了往常的温柔细腻，几乎是喊叫了。五楼的爷爷对珠月说中午一点时有一只猫在他家门外挠了个把小时。珠月一看他家住的是 510 房，她住的是 710 房，心里一喜，肯定是我的咪咪了。珠月赶快回家穿上鞋子准备到处找一找，没想到在四楼的楼梯旁见到了咪咪，珠月的心一阵跳动，赶快过去抱咪咪，没想到咪咪一只爪子死死地扣着楼梯地面，怎么也抱不起来，珠月想咪咪也许没认出她来，就把脸凑近她，说：“你不认得我了？”珠月用力把咪咪抱起来，她没有继续抵抗。珠月想咪咪刚才肯定是觉得委屈了，觉得她不应该把她关在门外。

珠月一边喘着气，一边心花怒放，她终于找到咪咪了。我的可怜的猫咪，竟然躺在那个角落里，一动不动。她肯定是在等待着她的主人来找她，知道走得越远主人越找不到她。等到珠月气喘吁吁地到了七楼，咪咪已经等不及她把她放下了，直接就往珠月的家跑，她认识珠月的家。珠月赶快去开门，咪咪一进门就往女儿的房间里跑，她一定以为是珠月故意把她关在门外的。珠月赶紧去热猫罐头，她得好好地补偿一下她的咪咪。珠月迫不及待地给女儿打电话，听得出女儿一颗焦急的心也释然了。珠月想，今晚我可以好好地吃饭了。中午打算晚上炒香甜的老南瓜，刚从电视上学的。咪咪不见了，珠月也不打算炒南瓜了，想晚上就随便吃一点剩菜吧。现在咪咪回来了，珠月现在的心还在喘，嘴巴已是不自觉地露出笑意。晚上她可以炒一顿香甜的南瓜给女儿吃了。

咪咪有时很顽皮，喜欢用她的爪子刨椅子、沙发，特别是高兴的时候，就像顽皮孩子要展览自己的技艺一样。每次珠月叫：“咪咪，咪咪，不能这样。”她好像听不懂，这时珠月得走到她身边拍打沙发或者椅子，她才停止刨。有时珠月干脆丢一本书，她听到响声也会转移注意力，不刨了。响声比人的声音特别是说话更能引起咪咪的注意。珠月有时忍不住对咪咪说：“你真乖啊，乖乖。”咪咪无所感，用手摸她她要是在睡觉不高兴还会伸出自己的爪子，咪咪大概知道珠月最怕她的爪子，几次她都伸出爪子来，像是吓她的。珠月就退却不去打扰她了。等珠月去热饭吃，微波炉一响，真没想到咪咪就跟来了。刚才不是还睡得沉沉的，不想人打扰吗？都说民以食为天，看来猫咪更是以食为天啊。看来，我每天对她甜言蜜语，温情抚摸，含情脉脉，还不如给她点好吃的。怪不得那天不小心夹了咪咪的尾巴后，女儿说要我买猫罐头补偿，我当时还不以为然。现在想想真有道理，像我这样总是活在理想主义、太虚幻境里的妈妈，还不如一个清醒的理智的女儿智商高呢。从小到大吃对于珠月是任务，非吃不可，从没把吃饭当成享受，近来有些改变，但仍改变不了骨子里忽视吃的思想。珠月的妈妈是个一辈子不要吃的人，她好的东西都不吃，专留了招待客或者送人，如她看到谁享受吃、贪吃，她似乎觉得不可理解。珠月妈甚至认为吃得多是一件丑事，这与她自己一直舍不得吃，在外特别讲客气有关，后来在珠月的多次教育下才有所改变。不过，珠月妈一直还是喜欢说：“这么多，我怎么吃得下？”“多了，看了都饱了。”这话听听好熟，珠月以前吃饭时最喜欢说的话就是：“我吃不下。”她当时还没意识到，是余清发现并总结出来的。珠月是确实吃不下，珠月妈吃不下吃得下都是“吃不下”，她一直都是那种自己不要吃的人。现在珠月每天会夸奖孩子要多吃，珠月妈的讲客气包括珠月自己，还是与那个时代的物质不富裕有关。珠月想，妈妈现在仍然认为肉是最好吃的。珠月说要吃青菜，妈妈说珠月讲客气。珠月说，真的不是。妈妈不相信。珠月说，妈妈你不相信这就表明你觉得肉是好吃的，你就多吃点。

珠月以为咪咪把自己看熟了，没想到一天晚上她又瞪大着眼睛看珠月了。难道是因为珠月白天出去了几个小时，咪咪就不认识我了？或者是她想我了，也不至于这么不睡不眠地看我啊。一回家，咪咪就跟在珠月身后，珠月到厨房做饭，她也跟着。以往她从不跟她进厨房。珠月一出厨房，她又出来。珠月心里有些喜悦和得意。特别是咪咪有时依恋她甚于依恋女儿，这真让珠月想在孩子面前大显耀一番。珠月终是不能确认这是否是肯定的。有时咪咪一遇到什么挫折，比如吼她、不小心踩到她的尾巴，她总会飞也似的跑到女儿的床底下。她刚来的两天女儿就把她藏在床底下，咪咪已经把女儿的床底下当成她的避难所了。何况珠月还有一点没有女儿做得好，余馨经常让咪咪上床，不过是在床沿蹲着。女儿在帐子里看书，咪咪安静地蹲在床沿边，真是一幅温馨美丽的图画。

瞧着咪咪的小脸儿，咪咪瘦了。白天珠月要看书，走出走进，吃饭、倒水、喝水，晚上必起来看书不可，一看几个小时，咪咪就瞪大眼睛看着她，只要珠月醒来，咪咪必醒来不可。咪咪意思在说，你到底在折腾些啥？珠月忍不住下床去抚摸咪咪，又去抱她。她很乖，以往只要珠月一坐沙发上或电脑桌旁，她就会依偎在她身旁或者心安理得地蹲在电脑桌上，珠月没办法，起先她并不忍把她抱下来，只任她待在电脑桌上，她就自己离开，把电脑桌让给她。几次，珠月任咪咪在电脑桌上蹲着，自己眼睛仍然只顾看着电脑，咪咪就自己下去了。咪咪的自尊心真强啊。她只要认为珠月不需要她，就会离开。原来，她之所以每次理所当然地蹲在电脑桌上或者偎在沙发上的珠月身旁，是因为珠月一见她就摸她，就和她甜甜蜜蜜地说话，又笑着。有时半夜三更珠月醒来见到咪咪瞪着大眼睛看她，她就朝咪咪笑，笑得很大，不是微笑，内心的欢喜和怜爱让珠月的细胞更有活力。珠月一遇到烦心事，就会说，不知让我细胞死多少个。这段时间，咪咪让珠月满心喜悦，她的细胞不知少死多少个。

那天买来一个猫窝，好漂亮，软绵绵的，一个小孩见了都恨不得躺下去，可咪咪死活都不肯进去。珠月一连把她放进去好多次，她仍然固执地走出来。珠月摸着她，又把她按下去，她还是不肯在新窝里躺着。她照样到珠月的那把电脑椅上睡，好像那是她的王座。咪咪一向自尊心强，不理她她都会走开，只有对她的那个旧窝——珠月的电脑椅依然是不屈不挠地热爱和要睡其上。珠月几次把她从电脑椅上抱下来。等一下子，只要人不坐在上面了，她又去躺着了。咪咪很懂事，电脑椅珠月坐还是可以的，只是不能让她不睡在上面。资源共享嘛。珠月用椅子时，她乖乖离开；珠月不用时，她要睡了，就自觉地躺上去睡。新窝放在地下，咪咪是不是认为睁开眼看珠月不方便，还是因为已经习惯了那把电脑椅，总之，咪咪现在仍然睡在电脑椅上。

那天，珠月想了一个很好的办法，就是把电脑椅转一个方向，这样，咪咪睡的时候睁开眼就看不到她，结果怎样，珠月当时简直有些得意地笑，又有些欢喜地笑。咪咪前足立在电脑桌上，瞪着眼睛看着床上的珠月，是一副询问的表情：你把椅子弄成那样，我怎么睡？我睡的时候不是就不能看见你了吗？珠月心里暗自笑着，其实脸上早已忍不住笑容了。珠月不理咪咪，咪咪蹲在那里求救似的看了珠月半个小时，估计她看到珠月睡了，最终还是躺在电脑椅子上睡了。晚上，想起来这件事，珠月心里有些不忍，既然咪咪想看我，为何不让她看？起先是想通过这个法让咪咪睡新窝，珠月想也许是新窝放在地下太矮，咪咪不方便看到她的原因。又尝试把新窝放在另一把木椅上，又觉得放在那上面不踏实。算了吧，还是把电脑椅子转过来，让咪咪醒来后仍然能看到她。我还是不要太无情，太心狠了。那天珠月让咪咪背着她睡了一下午，晚上给她鱼罐头，她都没吃完，难道我伤咪咪的心了？你以为咪咪整天就瞅着那点好吃的？她是有感情的。多么敏感的生灵。咪咪可不是一般的厚脸皮的咪咪，它的小自尊心儿多强啊。那天放鱼罐头的袋子里的食物全倒给咪咪了，袋子被珠月丢在一边。你瞧，馋咪咪把袋子含到桌子底下人看不见的地方，把袋子里的鱼食一点一点儿地舔干净了呢。她怕她们看见，躲在一旁去舔。我的可怜的咪咪。只要她一跟着珠月后面“喵……喵”地叫，珠月的手就会不自觉地伸到冰箱里去拿猫罐头给她吃。她一见珠月打开冰箱，欢喜得急不可耐，几次差点都让珠月要踩着她那柔软的身体了。珠月一边叫，傻咪咪，你急什么呀，我来了哦，快来吃，咪咪，咪咪，就像她自己吃了山珍海味一样高兴和心满意足。看着咪咪像猪吃食一样不抬头地吃着鱼罐头，珠月就忍不住去抚摸她或者在旁边笑着看着。只要到了珠月做饭的时间，咪咪就知道该给她喂鱼罐头了。她缠着珠月的腿，“喵、喵”地叫着，眼睛含情地盯着珠月，就像一个小孩子，又可爱又乖，那种样子，就是珠月三天不吃饭，也要让咪咪有吃的。

女儿的同学来了，咪咪见电脑桌旁坐了人，家里似乎比平时热闹多了，她要睡了，到哪里去睡呢？她就躺在阳台上，也不招惹谁。可爱的懂事的咪咪。今日与往常不同，咪咪见珠月在厨房忙得不亦乐乎，这不是来客了吗？她竟然破天荒地不缠着珠月的腿要吃的，哦，她知道珠月忙，没时间管她。

忽然发现咪咪的声音哑了，不知是不是感冒了。珠月的心一紧，担心咪咪病了，可怎么办？这几天不让她占电脑椅，昨晚女儿把电脑椅子倒转过来，不让咪咪睡，想让咪咪睡另一把椅子，可咪咪除了这把电脑椅，别的椅子都不肯睡。可咪咪睡电脑椅她们就不方便坐在电脑旁做事。咪咪一晚上，珠月走在哪儿，她就跟在哪儿，不停地“哎，哎”地叫着，她的眼睛瞪得圆圆的，似在询问珠月，“那我睡在哪儿?”咪咪的声音和眼睛都很凄楚的样子，珠月心里又不忍了，可为了能坐在电脑旁做事，一定不能惯咪咪，就对咪咪的叫声和求寻的眼睛不管不问。咪咪昨晚就睡在刚来时睡的地方，那个地方在窗户边，有风；刚才咪咪为了让珠月抚摸她，她躺在上漆的电脑桌上将近个把小时，是不是因为那个原因，咪咪感冒了?

前几天，珠月学着女儿的样子在咪咪面前甩手，当甩到上面时，咪咪抬起头来看上面，当甩到左边时，咪咪抬起头来看左面，甩到哪一面咪咪就看哪一面。后来咪咪聪明了，她方向仍是看，但是头不动。前后左右上下，头纹丝不动，只有眼珠在转，咪咪好聪明啊！半夜醒来，笑着看咪咪，咪咪会朝珠月眨巴着一只眼睛，就像淘气的小女孩，她的一边鼻翼还会扇动几下，像是她很委屈。珠月每天对她甜言蜜语她听不懂，她只知道珠月不让她睡以前的窝，而且不让她挠沙发、挠椅子。看着咪咪的委屈样子，珠月的心都疼了。珠月摸着咪咪，咪咪赶紧仰卧，四脚朝天，那时，珠月很感谢咪咪对她的信任，就把她紧紧抱着。如果珠月不理她，只管自己看电脑，咪咪的大大的漂亮的眼睛似乎有眼泪了，珠月用手将她的头轻轻抬起来，她似乎害羞，怎么也不肯抬起来，从未有过的事，难道她知道珠月发觉了她的眼睛里有泪花，而不让珠月瞧见。而且咪咪的眼睛还眯着，不让珠月看她的眼。以往这种时候，她一定会瞪大着眼看珠月的。

咪咪在桌子底下朝着珠月“哎，哎”地叫着，眼睛里满是幽怨，难道她对她还不好吗?珠月最见不得咪咪钻在纸箱里，躺在桌子、椅子下，那样觉得她特委屈，她把她当人一样，她觉得她应该睡在躺在蹲在一个宽敞的地方。珠月不忍看咪咪蜷缩在一个小的窄的矮的地方，那时候，她的怜爱之心就会让她不停地叫着：“我的可怜的咪咪，我的可怜的咪咪。”然后就会把她放在房子正中或者桌子上。

半夜醒来，发现咪咪正蹲在电脑桌上照镜子，她久久地瞅着镜子中的自己，疑惑着那是谁。她一会儿又像人一样四肢立起来看着镜中的自己，那种专注好奇的样态就像她舔自己的毛一样专心致志，一丝不苟。珠月看着桌上一忽儿往前倾斜着一忽儿又后仰着，目的只在更清楚地看见镜中自己的咪咪，半夜三更仍止不住、合不拢嘴地无声地笑着。这种笑全是从眼睛和嘴里出来的，就是高兴时候的那种抑制不住的表情。

咪咪怎么也不肯睡给她买的安乐窝。女儿首先给她放了一点薄荷，她用爪子挠了几下就出来了。她们想了一个办法，把安乐窝放在她喜欢睡的电脑椅上，没想到把咪咪放进去，她还是迅速地爬出来了。怎么办，咪咪看着安乐窝，蹲在电脑桌上，似乎在想，我怎么睡，这不是与我为难吗？珠月躺在床上，含笑看着咪咪，咪咪蹲在桌上，发愁地看着电脑椅上的安乐窝。珠月看着咪咪很久，她还是不肯进安乐窝，珠月想，我关灯，睡了，看咪咪在哪里睡？没想到珠月睡着了，半夜醒来，发现咪咪已在安乐窝里，一种得意，一种笑意，又一种愉快，咪咪终于进了那个她认为是漂亮暖和的安乐窝了。你看，咪咪躺在安乐窝里特别是前足像亭亭玉立的少女一样站立起来的时候，真像个公主。俗话说：人靠衣装马靠鞍装，一点不假。咪咪躺在那个干净漂亮柔软的安乐窝里，衬得她的小脸儿都变得丰满干净了，当然更漂亮了。人说安乐窝美，咪咪却不一定认为安乐窝美，人说安乐窝舒服，咪咪不一定习惯。过了几天，咪咪又不睡安乐窝了，看着咪咪喜欢蹲在地板砖上，想来是天气热了。这几天，咪咪又睡在靠近窗户的那个垫子上了。

咪咪很固执，只要珠月一坐电脑旁，她必跳上来睡在电脑桌上。珠月把她抱下去，她仍上来。她上来，珠月再抱下去。有时，她乖乖的，很容易就抱下去了，有时，她的爪子扣抓着桌子，不想下去。在这种轻微的抵抗中，珠月抱着她柔软的身子，心里一阵欢快地轻笑，怎么样，你拗得过我吗？你的身体是那么柔软，我很喜欢，可我还是得把你放在桌下。如珠月穿厚衣服了，身体又恰巧很脏，珠月就想好好抱着咪咪柔软的身子，抱很长很长的时间。

那天珠月不小心踩了咪咪的脚，咪咪猛地跳得很远，而且她还愤怒地用眼瞪着珠月，珠月当时想，猫还是猫啊，我每天给你喂好吃的，不小心把你踩到了，你就这样不理解我，恨我？咪咪，我不是故意的，你有灵性，你肯定知道的。幸好，咪咪似乎不记仇，过了约半小时后，她又缠绕在珠月的身边了。珠月想，咪咪大概也知道我不是故意的。真好，看来咪咪也知道我是善良的。

平时，只要珠月做饭吃饭，咪咪就会缠绕在她身边，她“喵、喵”地叫着，那个声音就跟小孩子的声音一样，如果有吃的不给她吃是不可能的。珠月就忍不住把猫罐头一天几次地给她吃，只要她一叫，只要她缠着她。而且珠月给的量是一次比一次多。很快，猫罐头就吃完了 。近来，珠月手头拮据，没钱买猫罐头了。看着咪咪每当她吃饭时撕心裂肺地叫，真是不忍睹不忍听。怎么办？珠月又没地方去。好想快点上班，眼不见心不焦。咪咪见珠月不给她猫罐头吃，就拼命地挠沙发，起先挠时，珠月就呵斥、恐吓、捶打沙发，她的挠还可以停止，后来，她干脆不理珠月这一套，继续挠，而且越挠越欢。有一次珠月发现咪咪一边挠一边眼睛却盯着她，珠月是怎么发现的呢？珠月正出盥洗间，咪咪正在挠沙发，那个角度她看珠月不是正视的，她得偏着头。哦，原来是闹给珠月看的，不给你猫罐头就这样威胁我啊！珠月心里不禁笑了。有办法了。以后只要咪咪一挠沙发，珠月就不看，甚至是走开，这一招绝对有效，咪咪果然不挠了。咪咪越来越调皮了，她时不时就用挠沙发威胁珠月，你就是站在她面前斥责她，她都不肯停下来，而且越挠越起劲，就像钩在上面一样。可怜的咪咪看到珠月离开客厅去卧室，她也立即不挠沙发，跟来了。

珠月那天联系一个不是非常如意的工作，回家来后似乎有万念俱灰的感觉。有些想哭，只有看到咪咪时，她心里才有一丝温暖让她感到一些想活的气息。在那样的时候，只有咪咪才成了她的最鲜活最温暖的依靠。咪咪真好，真温柔，可使一个对世间万物都灰心失望的人心生一丝温暖，一丝美好，一丝笑容。

咪咪现正睡在窗户旁，她已有几天没吃猫罐头了，仍是那么乖。虽然每当珠月吃饭时，她就会用她那沙哑伤感的声音“喵、喵”地叫着，可珠月还是狠心地当作没看见没听见。咪咪就去睡觉了，看她蜷着一团可爱的样子，珠月心里疼死了。咪咪除了吃猫罐头和猫粮，还有虾以外，其余的她什么也不吃。这是她在那个女医生家养成的习惯。

咪咪见珠月起床，以为珠月该给她猫罐头吃了，动作飞快，又是一眨眼间，就到了珠月的脚前边，又让珠月差点不小心踩着了。当珠月走出盥洗间时，咪咪很奇怪地四脚朝天躺在地上，拼命地打着滚，那一刻，珠月以为咪咪发了什么病，就拼命地叫：“干什么？咪咪，起来，起来。”可咪咪仍然在地上躺着打滚，正当珠月着急时，咪咪竟然爬起来了。过后想起来，才知咪咪是在要赖。这段时间因经济拮据，没钱给咪咪买罐头，每天咪咪只要珠月去热饭做饭，以为就像以前一样有猫罐头吃。一次一次地失望后，可怜的咪咪不得不用起了在地上打滚的招儿。

已经有一个多月没给咪咪买猫罐头吃了，咪咪近来虽已经习惯，可仍然时常梦想珠月会给她猫罐头吃。珠月做饭时，她就蹲在厨房外的洗衣机上看着她做饭，那样子不像是要她给猫罐头吃，而是可爱的咪咪想陪着她。

珠月看着蹲在外面洗衣机上的咪咪，在窗户里面喊着："咪咪，咪咪。"咪咪的眼睛那时已在试图透过高墙的缝隙去看外面的风景了。咪咪每天还有一个看风景的地方，就是蹲在卧室的窗户上看窗外风景。她整个头都向外朝着，身子几乎有一大半在窗户外面，使珠月在那个时候从来不敢和咪咪说话，更不敢大声讲话，怕她一不小心摔下去了。咪咪总是有惊无险地身子半倾着蹲在窗户上看风景，风景看完后又慢悠悠地回来。她试踩着每一步，总要踩踏实了她才放脚。看来珠月的担心是多余的。咪咪很懂得自己的安全，虽然看着她就要掉下去的样子。她心里清白得很，她是十拿九稳的。

别看咪咪吵着要珠月给猫罐头吃，可咪咪真是有个性，有骨气，来了客，三天可以不出来吃东西，也不解大小便。那天碧月一家来住了几天，咪咪躲在女儿房间三天都没出来吃猫粮。她只要一遇到危险或意外，她就会躲在女儿房间的床底下，因为那是她刚到这个家时待的地方。她仍然记忆犹新。咪咪记忆力很好。自从那次她出门想观光一不小心被关在外面，防盗门再打开，她都不出去观光了。咪咪不吃珠月做的鱼肉等。珠月急了，就大喊："傻子，这是鱼，这是牛肉，这是鸡肉，怎么不知道吃，真傻啊。"她仍不吃。反正她没吃过，她就不吃。你叫她吃她也不吃，她也听不懂你说了什么。

见咪咪几天都没出女儿房门，珠月担心咪咪还在不在家里，就在女儿房间喊："咪咪，咪咪。"咪咪竟在床底下答应了："嗯……嗯……"这让珠月很欣喜，也很安慰。咪咪知道是珠月喊她，也很懂事地知道让她安心，她还在家里。早晨客人前脚一走，咪咪后脚马上就出了女儿的门。咪咪就像一直在观察着客人的动向，而且知道什么时候他们是出去玩，什么时候才是客人一家要走了。或许心里在想，客人怎么还不走啊？让我无家可归。我每天都睡床底，哪有主人给我安排的猫窝舒服，每天还没东西吃，还得憋着不上厕所。好啊，终于一大群客人都走了，我就可以自由了。珠月仿佛看见咪咪轻松地喘了一口气，你看她欢快地摇着尾巴，仿佛又回到了自己的自由天堂。珠月看着聪明的咪咪，想着她三天没吃东西，没睡好，却听见了她在叫她，并且以极温柔、熟悉的声音答应着她，她的心里和咪咪更近了。

天气冷起来了，那天咪咪到珠月床上十几次，十几次都被珠月抱下来，可她仍然不慌不忙、理所当然地上床去睡着，好像那就是她的窝似的。这可愁死珠月了，珠月虽然很疼咪咪，可床在她心底是最干净的地方，绝不能让咪咪涉足。中午珠月看电视两个小时后，忽然发现咪咪不见了，到处找，口里不停地喊着："咪咪，咪咪。"没听见咪咪的回音，以往她一定会"嗯嗯"几声的。厨房，阳台，厕所，床底下，都没有。难道我家的咪咪掉到楼底下了吗？一阵恐慌掠过珠月的心头。珠月想我还是去睡吧，没想到刚一掀被窝，咪咪从里面爬出来。哦，原来，咪咪躲在被窝里，还把自己盖得那么好。她知道不答应我，知道一"嗯嗯"肯定就会被发现，所以，她干脆就一声不响地躺在舒服的被窝里享清福，对珠月叫她不管不问。等珠月掀开被窝后，她从里面要紧不慢地爬出来，不知道心里在不在责怪她。

怎么办？晚上，珠月想了一个好办法，她等咪咪躺在她搭的窝里后，拿着一个被子给她盖上，果然咪咪一晚上都不动，睡得好香甜。

珠月坐在电脑旁，咪咪不止一次地要蹲在电脑的前边，让珠月无法写字。叫她蹲在电脑旁边她都不肯，她就是要蹲在电脑最前边，这样她离珠月会更近一点。人，对于咪咪来说到底意味着什么？咪咪反正就是要黏着人。珠月不敢抱咪咪，夏天穿着裸露的裙子怕咪咪的爪子抓破她皮肤，自从被一只小猫抓破皮肤打了狂犬疫苗后，珠月最怕猫咪的爪子了。到了冬天，珠月想抱抱咪咪，她试探着爬到珠月的膝上，几次觉得不够稳，又放弃了。那天，咪咪又爬到珠月膝上，见有些稳了，就奇怪地在珠月的膝上睡下来了，那个姿势是她熟睡的姿势，整个地躺下，又把尾巴蜷起来，是珠月最喜欢觉得她最可爱的睡觉姿势。灵性的咪咪怎么知道她最喜欢的是她这个蜷着的睡姿，简直是深入我心。孩子很小时就买了一对猫咪母子放在家中，就是那样睡着的姿势，咪咪真是上天送给我的，她知道我喜欢她的这个姿势，这个惹人爱的姿势。而且她一上我膝盖，就立即躺下来，完全地没有半点警惕。这对于警惕的咪咪来说，我真不愧为一种绝对的信任。

有时咪咪一晚上都蹲着打瞌睡，不躺下来，可到了珠月膝上，咪咪一分钟都不要就绝对地躺下来，这让珠月很感动。你看她每天那种优雅的脚步和风度，她立着前足时那种亭亭玉立的姿势，总让珠月感到咪咪是什么都懂的。昨晚，咪咪蹲在椅子上看她到深夜，才去睡。等珠月醒来时，咪咪还在瞪着大眼睛看她，珠月嘴里和心里都一笑。"咪咪，你看着我干吗？你不认识我吗？你在想什么？"每当看到咪咪瞪着眼睛若有所思好像永不厌倦地看着珠月时，珠月的心里都有一丝笑和温暖。"你看着我吧，你看着我吧，反正我要睡了。”

听到门响的声音，还在沙发上享受珠月抚摸的咪咪猛然跳下来，是女儿回来了，她回来拿一个东西，立即又出去了。珠月看着咪咪，咪咪正回头看着珠月，这一刻，真是意味深长。咪咪似乎在看珠月的反应，珠月有些得意，你不是那么快地去迎接别人吗？别人不都走了？可咪咪似乎并不后悔，她不屑珠月的嘲笑面容，跑到另一个地方蹲着了。她不黏在珠月身边了，也不上床了，平常她最喜欢黏人、上床，这时她为了自己刚才的选择宁愿不到珠月身边来、不上床，自己独自玩去了。有骨气的咪咪。

二、三月前，珠月梦见咪咪扇了她两巴掌，前几天又把她的腿咬伤。她每次看着咪咪时，禁不住把她想象成另一只画面上的猫。珠月每次叫咪咪时眼前也是那只猫。难道那只猫的精魂转到了咪咪身上。珠月不禁瞅着咪咪的鼻子问：“你到底是谁？”像她在怪我做错了什么？这只咪咪，一副忧愁的样子，我可不要。珠月想把咪咪耷拉的脸往上拉一点，这样就好像她在笑或者高兴的样子。那天看到自己拍摄的咪咪，珠月禁不住想，是谁的忧愁染上了她，或者她是在预示着谁的忧愁。

咪咪舔着珠月的手，起先用舌头轻轻地舔，像她舔猫粮一样，不经然间她猛地咬了珠月一口，不是真正地咬，而是那种张大嘴咬的架势却又蜻蜓点水似的接触，看来咪咪不傻，不是瞎咬的。珠月想她咬老鼠时肯定会很用力，想到这点，珠月这个没人疼的人竟似乎从咪咪那里得到了一点爱抚似的，有些感动。

第六十四章

咪咪看到珠月在离卧室门口不远的地方立住了，她就蹲在卧室门口那里不动，准备随时只要珠月转回卧室，她就立即蹿进卧室内。珠月继续往客厅猫盆或者冰箱那个方向走，咪咪速度快，珠月连影子都没看见，就见咪咪蹲在自己的面前了。这时，珠月就往卧室方向走，而且走得很快。咪咪这时就可怜地盯着珠月，蹲在那里也不动了。每到这时，咪咪从不试图做努力回来进卧室。珠月想，其实这时咪咪如果想蹿进卧室是完全有这个能力的。珠月每次看着咪咪的速度，还有听觉，都崇拜她了。人在有些方面，还不如猫有本事呢！可人还杀猫，人没有这个权利。珠月想，猫会连影子都没闪地跳到我的面前，人有这么轻捷和快速吗？猫在听到钥匙插进锁孔之前就知道我和孩子回来了，人会知道吗？那天，珠月抱着咪咪一起看电视，咪咪忽然猛地跳了下来，就往门那边走，珠月看电视正出神，都不知道什么原因使得咪咪这么坚定而忽然地跳下她的大腿往门那边走去，随后珠月听到钥匙打门的声音，原来是女儿下自习回家了。珠月看电视太出神了，都忘记女儿下自习的时间了，咪咪不看电视，耳朵灵，所以咪咪就在女儿刚刚插进钥匙孔时就知道女儿回来了。咪咪真聪明，珠月每到这时就会抱着咪咪甩几圈，夸赞她。这几天没猫罐头了，珠月对咪咪说："对不起，咪咪，这几天没猫罐头，过几天就有了，你等一等。"咪咪果然不像以前那么闹了，真神。不过，近一个月换了一种猫粮，这种猫粮咪咪特别喜欢吃，不知是不是因为这个原因？以前的猫粮太难吃了，猫罐头比它美味多了，现在猫粮强多了，比起猫罐头也差不到哪里去，所以，咪咪就不那么吵了。

珠月每次都忍不住要赞美咪咪的速度，"咪咪，出来，我要关门了。"珠月站在厨房门口喊。或者："咪咪，来，吃猫罐头啰。"每次珠月喊咪咪吃猫罐头时，就想咪咪一定很高兴，她自己也随之声调会不知不觉地欢快起来，有时又觉得咪咪这时一定觉得自己真好，就忍不住为自己的权利感到有些得意。当珠月还在叫“咪咪”“咪咪”时，没想到咪咪早就来到了她身边，这让珠月多次感到不可思议。她怎么来的，我怎么没看见她来？“你也真快啊”，珠月摸着咪咪的头，那种赞美的感觉，就像一个妈妈从没教给孩子走路，她却能飞了一样。珠月脸上全是笑容，“真了不起，你的这个速度啊，你这个速度，就像风一样，无影无踪，快速如闪电”。珠月每次看到咪咪这么神不知鬼不觉地就站到了自己面前，心里总想，她比我有本领多了呵，随即一定脸上有满心欢喜的笑容，就像太阳早晨一定要出来一样。

咪咪最讲卫生，不过，珠月不懂她的这个讲卫生，既那么讲卫生，为什么要舔自己身上的毛，要舔自己的脏爪子还有屁股，珠月只能感叹造物的神奇。咪咪蹲在猫厕所上拉大便，那个姿势真是可爱，像个小女孩。她拉了大便后，就用爪子拼命地扒猫砂盖在大便上，三下两下，大便就被猫砂盖得不露一丝痕迹。咪咪似乎不放心，还用鼻子去闻，好像怕人闻到了她的大便气味，她又拼命地扒猫砂，那个动作是真麻利啊。她又闻了闻，还是不放心似的，又扒了扒猫砂盖在上面，最后终于放心了。她还照例把猫厕所边沿上的猫砂扒得干干净净。

咪咪这几天因为珠月用空调卧室冷，每次在卧室待一会儿就出去在客厅睡了。今天珠月到平常咪咪最爱睡的跑步机那儿去找咪咪，却没见着，珠月叫咪咪，咪咪在某个地方轻声地应着。珠月又仔细看了一下跑步机上面，没有，又弯下腰看跑步机下面，也没有。珠月再一次叫：“咪咪，咪咪，你在哪儿？”咪咪轻声应着，珠月发现声音似乎是从电视机的机顶盒那儿传来的。珠月弯下腰一看，咪咪正躲在放机顶盒的柜子里。天气这么热，难道咪咪冷吗？咪咪鼻翼扇动着，鼻子的两边似乎更黑了，像是脏。珠月把咪咪抱出来，咪咪还不肯。珠月把咪咪放在沙发上，咪咪就躺在沙发的沿上，珠月去抱她，她爪子紧抓着沙发，还不肯让珠月抱。咪咪有什么委屈事吗？几天都没和珠月在同一间房睡了，这几天猫罐头断了，订的猫罐头还没来。咪咪和珠月生分了，她甚至怀疑珠月不爱她，珠月这样想。今天在电脑前写论文，也不见咪咪来打扰。平常只要珠月一坐到电脑旁，咪咪就会理所当然地跳到电脑桌上来，珠月把她抱下去，过一会儿，她又会跳上来。

咪咪见床上没有浴巾了，以往睡的电脑椅也被女儿占着，咪咪望着珠月，发出询问的声音，我睡在哪儿？每次咪咪见床上的浴巾没了，电脑椅也不能睡了，就会询问似的望着珠月，嘴里发出询问的声音，那种样子叫珠月觉得又可爱又心疼。珠月望着蹲在梳妆台上无奈地看着自己的咪咪，脸上带着笑容，又想去抱她，好好地抚慰她一下，可想到咪咪身上脏，她又怕咪咪到床上来。珠月望着无助盯着自己的咪咪，只能说："咪咪，对不起，什么时候把你洗干净了，指甲剪了，好好地抱你一天，到时你都要被我抱得硬要下来了。"

咪咪晚上经常冷不丁会爬到珠月的床头，看着珠月，又依靠着珠月躺下来，那份依靠的感觉，让珠月觉得好温暖。咪咪的身子很柔软，她依靠着珠月时，珠月觉得像一个柔软的肉团挨着自己，再加上咪咪贴身贴心的体温，珠月抚摸着咪咪，从头到脚，到屁股，到肚子，又把咪咪抖起来，咪咪知道珠月这是喜欢的表示，就任由珠月一遍一遍地把自己提着抖起来，又放下，又抱起来甩着。甩咪咪的时候，让珠月想起自己甩小妹、女儿的情形。咪咪一声不吭，任由珠月甩着，珠月一直弄不清咪咪喜不喜欢这个动作，如果说不喜欢，她干吗不挣扎，那么温顺？也许咪咪只是迫于珠月的力量。可咪咪从来都不会那么驯服。珠月想起一次用毛巾盖着咪咪的头逗她玩，没想到咪咪从没遇见这类事，她在沙发上疯狂地用爪子抓着沙发，很快就让自己的头从毛巾里解脱出来了。珠月吓了一跳，没想到咪咪的反应这么强烈。她又好玩似的用毛巾盖住咪咪的头，咪咪见眼前一团漆黑，又像刚才一样疯狂地用爪子抓着沙发，毛巾很快就从她的头上掉下来了。这两次咪咪疯狂抓沙发的结果，就是布沙发被咪咪抓出了几个大洞。珠月再也不敢用毛巾盖住咪咪的头了，她本是想和咪咪玩游戏，闹着玩的，没想到咪咪觉得这个游戏一点也不好玩，相反只会让她恐惧。珠月想，就像人的眼睛对人类的重要性，对于猫来说，也许盖住她的眼睛，就等于是让她失去生存于这个世界的利爪，还有和人类一样的联系。如果咪咪喜欢珠月甩她，怎么从来没见咪咪有过高兴的表示。珠月希望从咪咪的嘴里发出笑声来，那样她就会认为咪咪是高兴的。最少咪咪不恐惧，如果恐惧，咪咪绝不会让珠月甩着她那么久，珠月甚至认为咪咪是喜欢的，每次还要加上歌词："咪咪乖，乖咪咪，咪儿乖乖，乖咪咪儿。"任由珠月甩了一阵之后，咪咪知道珠月自会把自己放下来。

珠月甚至有时把咪咪抱到镜前甩，她想从镜子里看到咪咪高兴的表情，因为她自己那时无一例外都是非常高兴的，她想咪咪和自己一起高兴。咪咪看着镜中的自己，她以前经常看着镜子的自己疑惑不已，现在咪咪已能习惯镜中的自己了。她到底知不知道那是自己，反正她已对镜中的那个物体不再陌生。咪咪乖乖地等着珠月把自己放下来，珠月想咪咪应该做出表示，不肯下来，或者希望再来一次的神情，珠月从来没看见过。珠月终不知道咪咪喜不喜欢自己甩着她。珠月有一次抚摸着咪咪的头，她是真的看到了咪咪脸上的笑意。这是唯一的一次。咪咪平常总是一副忧郁的样子，当她的眼睛没有全部睁开时，她看起来就像耷拉着脸。如果她脸上露出笑意，一定是能看出的。珠月看见咪咪朝自己看着，鼻子、脸上、眼睛里都能看出笑意，特别是鼻子两边，珠月已然已经看到了咪咪的笑意堆在那里。咪咪鼻子那里的肌肉有点皱在一起，还一点一点地跳动着，整个脸上都丝丝流露出笑意。珠月笑看着咪咪，说："咪咪笑了，咪咪笑了。"咪咪仍然带着笑意，一点也不收回她的笑意。

晚上，咪咪睡在床尾的浴巾上，她把下颌枕在一只前足上，就像一个思考者，有些像珠月把脸枕在手上的姿势。珠月对她笑、说，她都不理，她仍然目视着前面，一本正经的样子，一点也不像装的。任凭珠月怎么说，她都像没听见。珠月以为咪咪听不见或听不懂她的话，非也。那天，珠月坐在沙发上冲着咪咪说："咪咪，过来。"咪咪就大模大样地过来了。咪咪真会装聋作哑，有些像珠月的女儿，不喜欢听的或者没必要去听的，一概不听，珠月想女儿这秉性，后来发觉像自己。

那天，珠月找工作回来，院长说工作之事没问题，作为人才引进，说得珠月心里有些高兴，不过，想起近年找工作的经历，想起那些梦，珠月还是有些不踏实，似乎在等着什么新的名堂出现来阻碍工作。珠月一回来，竟然听见咪咪带着哭腔，哭了有些长的时间，珠月从来没看见咪咪这样子过，发出这种带点撒娇的又有些急迫的哭声，难道咪咪不同意自己找工作吗？还是珠月今天穿得这么漂亮，咪咪一下午都没看见珠月了。不对啊，珠月常常出去一天才回，也不见咪咪发出哭声，真正的哭声。珠月想，一定是自己今天穿得太漂亮了，咪咪想自己了。还是不对，是咪咪知道自己去求职了，应该没问题了，她着急吗？她不想珠月找工作吗？咪咪确确实实发出一种哭声，时间还有些长，当时让珠月有些震惊，她甚至想，咪咪在撒什么娇啊，我得罪了谁了。咪咪似乎什么都懂似的。当珠月看着咪咪搔耳挠腮时，珠月觉得咪咪是个小动物；当珠月看见咪咪亲密地挨着自己躺下，或是蹲在什么地方看着什么像是思考着什么时，珠月觉得咪咪就像一个小仙子。当珠月这样想的时候，咪咪常常用自己的爪子拼命地搔起腮来，这时，一阵尘土和猫毛飞扬让珠月又觉得咪咪还是个动物。只要咪咪不用爪子挠自己的耳朵，弄得一阵猫毛飞扬，珠月会觉得咪咪是个有灵性的人儿。

当珠月看见咪咪低着头、头直点地吃着猫罐头时，她总会涌起一股怜悯之情，总觉得是谁投错了胎，变成了猫，她明明应该托生为人。咪咪虽有人的灵性，也不得不四足着地，吃着放在地上盘子里的、纸上的猫罐头。特别是当珠月看见咪咪的红红屁股儿时，她就会心疼她。你不是一天到晚舔你的毛讲卫生吗？可你的屁股却露在外面，我是不是该给你做件衣服？你是个女孩啊？聪明可爱的咪咪怎能让她的屁股外漏于人呢？你要是知道你的屁股露在外面，肯定会害羞的，幸亏家里没什么人来。珠月这时才理解人们为什么要给小动物做衣服，她觉得也应该给咪咪做件衣服才对。

珠月上午起床后竟然看见咪咪屁股蹭着地，后腿就像瘫痪似的在地上往前蹭。珠月吓死了，她以为咪咪的后腿瘫痪了，当咪咪瘫痪着后腿往前蹭了较长的一段距离后，这期间，珠月都想哭了，心想，这是怎么回事。忽然，她看到咪咪像往常一样两只后腿站起来了，四只腿走起来像往常一样矫捷，没有任何问题。这是怎么回事，珠月不解其故。她看见猫厕所里有一坨猫屎，她正准备去撮那条猫屎，她想，洗个口再撮吧。当珠月洗完口去撮猫屎时，她看见咪咪正蹲在便盆边缘还在解大便呢。这时，珠月忽然明白了，刚才咪咪之所以后腿似乎瘫痪蹭着地一段距离，原来是在蹭她的小屁股啊。珠月不禁笑了，咪咪真是讲卫生啊，太讲卫生了。当珠月看见咪咪的屁眼里一条条地出来大便时，方才醒悟是自己的忽然来到客厅让咪咪受了惊吓，大便也不解了，却还急着不忘记蹭自己的屁眼。

晚上珠月醒了，瞧着咪咪，忍不住咧开嘴笑着，咪咪不好意思，故意把眼睛眯成一条缝。这时，珠月才发现咪咪把眼睛眯成一条缝后，猛一看去，还一时找不到咪咪的眼睛在哪，这时，珠月才意识到咪咪的脸上长满了毛，以前珠月一直想象着咪咪的脸上是像人一样没毛的。咪咪又把两条前爪伸到脸上，遮住自己整个的脸，活像一个害羞的小姑娘。珠月知道咪咪害羞，已经意识到自己在看她，虽然咪咪已用两只前爪遮住脸，珠月仍然笑看着咪咪，她怕咪咪忽然拿开爪子，发现她没看着她，会不会有些失望，不好意思。几分钟后，咪咪把爪子拿开了，不过，她仍然闭着眼，珠月想，我该转身去睡了，咪咪见珠月不看自己了，她警觉地睁开了眼睛，就像抓老鼠时一样聪明灵敏。不过，咪咪的眼睛没有全部地打开，不是那种圆圆的，而是长长的。珠月近来发现咪咪越来越有灵性了，连她的眼睛都不像刚来时那样，要么闭着睡觉，要么就是瞪得溜溜圆。现在咪咪的眼睛很多时候长长的，就像狐狸的眼睛，而且有时露出狐狸的妩媚和忧愁。

已有两个月没让咪咪到卧室睡觉了，咪咪早晨一见珠月打开卧室门就要紧跟着进卧室，好像卧室里有什么香似的。咪咪似乎一天不到卧室就有些想。这里毕竟是她曾经的卧室啊。你看，这么冷，她一进来就往电脑椅上一躺，也不管电脑椅上有没有浴巾、被子等。咪咪蜷缩在光秃秃的电脑椅上几个小时一动不动，好像是在重温以前在这里睡时的美好回忆。珠月想咪咪一定很冷，就把它抱起来，可咪咪用爪子死死地钩着电脑椅，珠月就放下咪咪了。有一招，珠月可以把咪咪引出去，就是嘴里喊着"咪咪，咪咪"，一边往冰箱那儿走，咪咪以为珠月要给她猫罐头了，她就飞快地跑出来。如果珠月只是站在门口喊："咪咪，咪咪，出来，出来。"咪咪本已跳下椅子，却仍然蹲在地板砖上盯着珠月，心想，你是骗我出去吧，我不能受骗。你经常凭着这种办法把我骗出去，然后就关上门，你一个人不知在里面干什么，要么就是睡觉，要么就是做你的事。可并不是每次都是珠月骗咪咪，有时咪咪被骗出去了，珠月不忍心就给她一些猫罐头吃，有时珠月出去了，也没招呼咪咪出去，咪咪自己出去了，珠月看到给猫罐头的时间到了，也给咪咪猫罐头吃。总之，不是每次都让咪咪落空的，所以，咪咪抱着百分之五十的希望，后来只要珠月往冰箱那儿走，她一定是百分百地出卧室跟着去。

有时珠月想省事就站在卧室门口招手："咪咪，咪咪，出来，出来。"咪咪走到门口了，见到一半身子还在卧室门内的珠月想趁她一出卧室门就把门关上，或者珠月站在门口，也不往冰箱那儿走，咪咪就不急于往卧室门外走。珠月想赶快把门一关，咪咪就赶紧往门里蹿。聪明的咪咪抬起头看着珠月的动静，珠月又只好往冰箱方向走，等咪咪走出来快要到冰箱了，因为咪咪总走得比珠月快，珠月赶紧把卧室门关上。咪咪见珠月要把门关上了，这时，她没有赶着冲过来要进卧室门，不知是来不及了，还是算了。

每天晚上，珠月用这个方法让咪咪出卧室，她看着在远处无助地盯着自己看的咪咪，心里一阵过意不去，经常就会站在门口，开着一条缝，对着咪咪笑着招手说："对不起，咪咪，再见，再见呵。"那时，珠月一定是笑着的，她觉得这样可以让咪咪看到自己对她的友好而不至于太委屈。咪咪在远处盯着珠月，看起来似乎没有表情，可珠月仿佛在咪咪的眼睛里看到了被抛弃的感觉。珠月照样第二天一定要抱着咪咪甩几圈，似乎在告诉咪咪，要养成好习惯，仍然爱她但不能娇宠她。

咪咪来珠月家快一年半了，刚来时不让她到卧室睡，她整晚的挠门，让珠月和孩子睡不着觉，只有让她进卧室睡。咪咪起初在电脑椅上睡，垫着一个椅垫。后来买了猫窝，放在电脑椅上，她睡了几次，怎么都不上去睡了。冬天了，珠月让咪咪睡在床尾的浴巾上，可咪咪仍然冷不防要爬到珠月的床头，让珠月感到很不卫生。咪咪常常像个偷袭的士兵静悄悄地爬到珠月睡的床头，她并不伤害珠月，可珠月想到咪咪把床上到处都弄脏，觉得还是不能让咪咪在卧室睡。

不知是咪咪来了一年多懂事了，知道珠月的心思了，还是自己跑出去十四天觉得外面太苦了，总之，咪咪变乖了，让她在客厅睡，她也没有什么反抗意见，不挠门了，只是很想念卧室。早晨珠月叫女儿起床，门一开，咪咪毫无例外地直冲进去，躲在床底下，等孩子上学了，她就安然地爬到孩子的床上睡大觉，看着咪咪可爱地蜷缩在床上，好暖和啊，珠月不忍心把咪咪抱下来。咪咪蜷缩在那里一动不动，珠月想那一块地方已经脏了，那就让咪咪多享受一下吧，等她睡够了，再把她抱下来。几次，珠月到处找咪咪，喊咪咪，都以为咪咪在她不小心时跑出去了，嘴里喊着“咪咪”的声音也要变调了。后来打开孩子的门，仍然叫着“咪咪”，还是不见动静，珠月就去掀床上的被子，见咪咪躺在被子里面正暖和着呢。珠月这时脸上一定有笑容，觉得咪咪太可爱了，还蛮会装聋作哑的。女儿说：“妈妈，你看，咪咪真厉害，我们在这里说得这么大声，她都听不见。”珠月说：“哪里，她早听见了，她只是装着听不见。这被子多暖和啊。最重要的是可以睡在你的床上。”咪咪似乎听懂了母女在说些什么，眼睛仍然紧紧闭着。过了一会儿，她的眼睛睁开一条缝，似乎表示她刚刚睡醒。女儿说：“我们家的猫和别人家的就不一样，好像什么都懂。”珠月说：“我们家的咪咪真有灵性。”珠月心里觉得咪咪更神秘，却只是轻描淡写地说着“有灵性”。珠月的一些梦都是通过咪咪来表达的，这让她觉得咪咪是有灵性的，甚至是有仙气的。

几天后，当女儿在外敲门，珠月在关着门的卧室看书没听见时，她听到了咪咪的挠门声。珠月打开门，知道是女儿忘了带钥匙在敲门，珠月看着咪咪着急的样子，并领着珠月往门那边走，好像珠月听不见敲门声似的。

把门打开了，珠月兴高采烈地告诉女儿咪咪真聪明，知道有人敲门，就去挠门叫珠月开门。珠月说着说着就忍不住抱起咪咪甩起来了。珠月甩着咪咪柔软的身子，咪咪的柔软是可以碎人的骨头甜到人的心窝的。每当珠月看见咪咪神不知鬼不觉地就飘进了卧室，连影子都没在珠月的眼前晃一下，转头一看，咪咪已经蹲在卧室了。她不禁对咪咪有些崇拜起来了。咪咪虽然只是一个小动物，可她却有着人没有的高明本领。

早晨，珠月醒了，在床上翻书却不起床，聪明的咪咪就知道珠月起床了，她在门外挠门，珠月没醒，咪咪是不会挠门的。看来，珠月的一点动静咪咪都知道。几次，珠月午睡起来去上网，声音也挺小，自己觉得也没发出什么声音，珠月在提防着咪咪挠门呢，可咪咪却精明地知道珠月起床了，她在门外挠门要进来，珠月只有把门打开。咪咪很黏人，她的这个黏人珠月很喜欢，说明咪咪是不怕人的，对熟人天生没警觉的。珠月有时上厕所，咪咪竟然会蹲在马桶上，似乎上厕所的时间，咪咪也要和她在一起；珠月做饭洗菜，咪咪就蹲在外面的洗衣机上看珠月做饭。珠月走到哪里，咪咪就紧跟着走到哪里，当咪咪肉肉的身子挨着珠月的小腿时，珠月感到很舒适很温暖。

咪咪很矫情，也很个性。她近来几天不肯睡在沙发上毯子做的窝里，却偏要睡到沙发的沿上。珠月半夜醒来觉得咪咪那样睡着会很冷，也很心疼，就抱她起来准备放在沙发上的毯子里，可咪咪就像个赌气的孩子不让珠月抱。第二天半夜，珠月又去抱咪咪，咪咪还是不肯起来。珠月想，真会矫情，明明那里冷，你却偏要睡那里，有暖暖的窝你偏不睡！珠月怕把咪咪冻着了，第二天放了一个猫窝在沙发沿上，咪咪却不在那里睡了。傻咪咪，那么温暖的猫窝你不睡，你傻啊。珠月把咪咪抱了往猫窝里塞，可咪咪却硬撑着爬起来。

第六十五章

珠月梦见自己和诗生了一个非常可爱漂亮的男孩子，那个孩子就像小时候的诗，要比他健硕。珠月想象诗小时候就是那个样子。诗有些犹豫(这个犹豫在梦中代表的是对坚持的犹豫)，珠月因此不愿给孩子喂奶。醒后，珠月想，怎么不愿给那么可爱健壮的孩子喂奶呢？就因为诗的犹豫，珠月觉得自己太自私了。珠月梦后知道这个梦意味着如果她和诗一直坚持，他们会有一个非常美好的爱情硕果和前景。就像那个梦中健壮的男孩一样，他们的爱情将会是像那个可爱漂亮的男孩一样的硕果。生孩子在梦中意味着万事如意，何况是一个漂亮健硕的男孩，这意味着他们的爱情是良缘，有正果的。可因为诗是陷在一场网络中来爱珠月的，这爱中有很多并不来自珠月，虽然诗认为那就是珠月，珠月想到这点都有些恨因颉了。她本来心里有诗，诗也喜欢她。可现在爱情仍是爱情，却盛在一个不是珠月的杯子里。就像诗给珠月倒了一杯象征爱情的茶，那杯茶却不是倒在珠月的杯子里。他拿着茶送给珠月喝，珠月嫌别人的杯子不太干净。对于诗来说，他更委屈，他以为那些博客是珠月的，其实不是珠月的；那些爱语是珠月写给他的，其实不是珠月写的。这多少有些影响他们彼此对爱情的坚持。诗一动摇，珠月也不肯继续给孩子喂奶。想到那个梦中的可爱的男孩，像诗一样明亮的男孩，珠月梦后还在怀疑自己是否现实中真的会这么狠心。或者说他们最终不坚持他们的爱情吗？如果她继续给孩子喂奶，他们的爱情一直成长着，那个可爱的男孩一定会成长为最为阳光、强健的青年。这个青年就是珠月和诗的美丽、美满的爱情。珠月就是这么理解这个梦的。爱的婴儿，灵魂的果实，是他产生的，多美丽多健硕。这个婴儿长得像他，是他爱我的果实，他吸吮我，我宁愿那是他，爱的果实，是由他的心血凝成。

诗喜欢珠月，可是猛烈地爱上珠月还是因为那些文字。这些都是后来珠月想的，她看到那些诗可能看到的文字，就像是看到了危险的悬崖深坠的痛苦。可珠月却不能为因颉解决半点忧烦、半点问题，珠月知道因颉非常爱他的老婆，有他老婆与他相依为命，珠月又何必去想那些担忧呢？半年都没怎么想因颉了，珠月的心里几乎全是诗。偶尔想起因颉，她想，如果他病了，珠月这样想时心里会一阵剧痛，顿时就想，每个人都有一个人为他分忧。因颉有他老婆为他分忧，谁为我分忧？我为谁分忧？

因颉一直都说事业第一，其实他的心里非常善良柔软，最终败于生活。珠月想到这里，真想大哭一场。善良的心灵常常会比恶的心灵更容易遭受苦难。爱的罪过往往大于不爱的罪过。珠月爱因颉那么多年，他们的爱情早就成了一洼沉静的清水，因颉心疼珠月，可珠月并不是他理想中的伴侣。有些事情过了那个时候就成不了，就像打铁错过淬火的最佳时辰。他们两人又都死死舍不得在心里放下对方。

因颉为了公司的创立、发展付出多少心血？他做推销员时经常把脚都磨破了，常常睡在公园的椅子上混一晚，啃着馒头混一餐，这些辛酸史谁能体会？最重要的是因颉爱他的老婆，不可能有人能代替她。因颉平常口口声声事业第一，别的都无所谓，其实他根本就不知道自己是什么样的人。对于一个女人来说，爱情是全部；其实对于一个男人来说，爱情有时也是全部。珠月想，诗非常知道爱的重要，他说爱是他唯一的信仰，他是一个非常睿智清醒的人，常常能总结出人生的智慧。诗这么清醒，他一定不会在爱情的路上生病。人需要非常澄澈的心境还要有对事后所有要发生的事情的一个预知的承担的能力。珠月希望诗是能承担的，想好的，要不，她非常害怕诗会病。

想起那个诗在梦中病了的梦，珠月就会害怕，就会心里慌张。不知道菩萨在警醒她不要诱惑诗还是菩萨在告诉她诗不能和她有肌肤相亲，否则，诗就会病。这让珠月很痛苦，她心里想诗都想得痴狂了，她希望他们像梦中一样连在一起。可她害怕诗像梦中一样病了。她想，诗不会病的，那只不过是菩萨在恐吓她罢了。珠月害怕自己成为一个刽子手，会伤害诗，难道她就是巫风、毒药？她不信，她就是要爱诗，要和他在一起。她让自己成为一个自由的人，难道还不能抵消罪过吗？她让自己失去该有的财产，难道还不能换来和诗的一次相连？可诗不自由，诗能自由吗？她能爱他吗？

珠月希望能给诗生一个孩子，目的是想诗娶她。只有尝试了，才会不后悔。想到这点，珠月会感到很幸福，她喜欢肚子里的诗的孩子，因为他就是诗。想起那些逗孩子玩的人说那个孩子是他的爸爸妈妈，好俗气，现在才发现那些话真是深入骨髓地懂得爱。还有民歌，珠月以往一直觉得没水平，俗，现在她才真正明白民歌那种赤裸裸、火热的语言才真是懂得爱的亲热和深度。爱到了一定程度，任何语言都是无力的，只有揉捏，只有粉碎，只有声嘶力竭，甚至是甘愿死的愿望。这个死虽在现实中倒没必要，只是爱人到了一定程度，就只有拿死这个生命的绝对来表明爱的到顶。诗爱珠月时常常感到自己有一颗赴死之心，他是那种纯粹得就像清澈的泉水一样的灵魂，珠月很理解诗的灵魂的纯粹，可她每次看见他的那种发誓的语言时，就会心痛不已。诗此刻是爱她的，可是珠月怕因此让诗受委屈，如果诗哪天不爱珠月了，怎么办？珠月很担心那些誓言会对诗不好。为了她心里想的那些可怕的事情，她会用自己的生命来保护诗，就像保护她肚子里的孩子、她的心脏。她不要他发誓，她只要他活着，好好地活着，快乐地活着，这就是生命的慰藉啊。

珠月一离婚，立即就想到今年过年怎么过。虽然余清这么多年一年见不到几天，每年春节还是在一起过年。今年怎么办？办完手续第一个冒入珠月脑子的就是今年怎么过年之事，她不知怎么和孩子说，怎么面对孩子，即使孩子隐隐约约知道一些，她还是怕真正地面对过年。她不敢想象她和孩子两个人过春节的情形，她怕孩子受委屈、不开心。

珠月是多么想有一个家啊，没有男人的家还是家吗？妈妈不知道珠月离婚了，天天打电话问怎么过年。回家乡过年，珠月的工作还未定，她已不敢回家，怕别人问。在乐城过年，珠月还从没和孩子单独过年过，到时会是怎样一副尴尬和难过的情景。如果不是担心孩子，珠月一个人过不过年无所谓。想起小时候是多么盼过年啊，过年是一件多么令人向往和留恋的事情。腊月到了，就好像闻到了过年的气息，连空气中仿佛都充满了鞭炮的芳香。到了大年三十，过年的氛围最浓了，晚上爸爸妈妈一家人围在一起炸圆子卷子等各种吃的，火塘里噼噼啪啪响着的大块木柴升腾起的火焰把每个人的脸都映照得红红亮亮的。

现在农村已很少人家过年打豆腐了，一般都从镇上买。圆子、卷子等仍然自己炸，因为炸圆子、卷子没有做豆腐麻烦复杂。打豆腐忙乎了一个大半天只有一件东西，就是豆腐，可大年三十晚上开炸，可以炸圆子、卷子、麻花等各种各样的吃食，而且芳香四溢，特别需要。如果连这都省了，过年的氛围会减少很多。以前过年之前妈妈会做很多糖米块、红薯块等，放在楼上的几个坛子里，珠月和妹妹们常常爬上楼梯去坛子里拿糖米块、炸好的红薯块吃，并常常带给要好的同学吃，同学都说真是好吃。现在农村一般也不做了，因为很麻烦，外面也有卖。

小时候过年，家乡的孩子都喜欢在别人家放鞭炮时去捡没放完的鞭炮，放在自己的衣兜裤兜里，什么时候一个人独自放着玩。那家人放完鞭炮后就完全打开门，然后就会以不同往日的热情来招待孩子们，叫他们进去吃东西或者抓一大把东西放在他们的裤兜里。天气虽然寒冷，可空气中到处是一种喜悦、激动的味道。大年初一晚上珠月就感到有些惆怅了，盼了一年的年就要过完了。到了初二、初三去拜年，路上欢天喜地。总是看到穿着花衣服、新衣服的孩子也去外婆、舅舅家拜年，天气那时总是万分晴朗，到处亮堂堂的一片。到了初五、初六，望着依依不舍将要过完的春节，心想，等明年过年，还要一年呢。那时候一年是多么长啊，一个月都是那么长，现在一年就像一眨眼就过去了，都不知道是怎么过去的。

珠月多么想爸爸还在，现在才知道自己是多么想爸爸啊。大年初一，爸爸会给她们姐妹一人分半挂鞭炮，让她们放着玩。爸爸认为女孩子也要放鞭炮玩吗？珠月记得那时元芬她们是放鞭炮的，可能是男孩女孩都要放鞭炮玩吧。珠月每想到这个情景，都会觉得非常温馨。爸爸从不管这些生活小节，可他每次大年初一都会特别过细、心情特别好的样子给珠月姐妹一些鞭炮让她们放着玩。爸爸在春台上面把鞭炮拿在手上，撕去红纸，找出鞭炮的引子，手提着，用剪刀轻轻地剪断一半，就分给珠月姐妹。她们起床后梳洗完毕，第一件事就是去给堂祖爷爷、堂祖奶奶拜年，然后就是出去放鞭炮。她们一般会在堂祖奶奶家的火盆旁坐一会儿，象征性地喝杯糖茶，就急着出去玩了。

珠月眼看着离过年的日子越来越近，心里还没打算，到底今年过年怎么过？她想也许只有一个方法，就是在乐城过年。回家乡过年不太可能，在乐城过年，到时她和孩子你看着我，我看着你，真不知是什么滋味。珠月也不知道孩子到底是否知道父母已离婚。不管怎样，不能让孩子觉得过年孤独、委屈，瞎想。怎么办？出去旅游，孩子更不愿意，以往说旅游过年，小小的孩子就说："过年不能旅游，过年是亲人团聚的时刻，怎么能旅游，这不错失亲人团聚的大好时光吗？旅游应该暑假去。"再说，珠月和孩子两人去旅游，不等于两人在家过年一样吗？孩子仍然会猜疑、多想、不开心。

珠月想，如果诗能娶她就好了。她只是这么想想，从来没觉得这一定会成为现实。她曾梦见诗和他的老婆吵架，他老婆声音很大。珠月正好走在他家楼下，一听到他们吵架，就不上楼了，就回家了。一次她梦见诗穿着拖鞋，她想，诗可能和他的老婆分居了。不知道诗过得好不好？珠月想，她会和诗有情人终成眷属吗？凭诗的为人品格，她相信孩子一定喜欢他。珠月希望能为诗尽快怀一个孩子，这样他就可能娶她了。可是他们目前为止连手都没牵过，不知道什么时候她能为诗怀一个孩子，那样她才觉得诗娶她是有充足理由的。

珠月并不知道诗的想法，他们从来都没对彼此当面坦诚过爱情，更别说婚姻这么大的事情。他们都是在网上匿名交谈。珠月有时想，网上的那个人是诗吗？也许诗也很孤独，可他不一定需要娶珠月为妻。

珠月是多么盼望诗能娶她啊。自她懂事起，她就想她这辈子只爱那个成为她丈夫的人。像诗这样合珠月心意的人如果成为珠月的丈夫，她都不知道怎么疼他爱他。如果不能成为夫妻，爱情其实就变成了别人所不齿的破坏家庭。如果有婚姻，即使诗现在的家庭破坏了，但他们会用他们的相亲相爱来向人们证明他们才是最爱的。人们也不会说什么。珠月根本不知道诗和他的老婆关系怎样，如果他们很相爱，怎么办？珠月宁愿他们不相爱，那么诗就有可能娶她。

爱很容易，离婚、结婚是多难的一件事情。就说珠月自己，她和余清之间早已有根本矛盾，可是离婚离了多少年才离成，他们吵了多少次架？珠月起初并没想要和诗结婚，她只是被那些爱的梦缠绕、折服，想把自己给他，想走到那个梦中去和诗相爱。她的家本来就破了，她和余清的感情早就被损坏了。可她现在才发现自己的思维有些像小孩子，很多想法都太简单。他们会走在一起吗？就像因颉一样，因颉即使心里再有珠月又怎样，连面都见不上。珠月还能见到诗，她应该满足，不能太贪心了。她想，一切都以诗的决定为是，她绝不能为难他，更不能让他受委屈。

珠月醒后想念诗想得不得了，因为她在梦中正和诗在一起，可是不知什么原因又分开了。她喉咙冒烟，她想诗用口里含的水喂给她。在一条路上，他的嘴给她水时，他们不知怎么就在一起了。可珠月却嫌不够，等她醒后，她嘴里还在念着诗的名字。

珠月做了一个梦，意思是诗认为珠月最终要和因颉走在一起，要去兑现自己的诺言。梦中诗的眼泪流了出来，表明诗决定要把珠月忘记。诗在珠月的怀抱中像一个婴孩。珠月醒后想，我绝不会让这个结局发生，如果我爱了诗，诗也知道了，我绝不能再回到因颉的身边。诗又不是一般的人，珠月不能伤害诗。让诗感到半点委屈。珠月起床写了日记，告诫自己如果他们真的爱了，她绝不要离开诗，即使她在佛祖面前有过祈求承诺，佛祖要惩罚她就惩罚她吧，只要不惩罚诗。她不怕。她特意把那天的日记写得坚定无比，珠月那天的心真是坚硬，好像她深爱了多年的因颉是她的一个敌人。当时见不到因颉为何日后又要相见，既然因颉那时都不需要她，日后也更不需要她。没有她，因颉照样过。此时不需要，就永远不需要。此时不相爱，就永远不相爱。

珠月几次梦见和诗手牵着手一同走，她知道她和诗成为夫妻不是不可能的。佛祖也不是不同意的。一切都有可能。可珠月工作之事一直阴差阳错地解决不了，难道这一切是为了让珠月最终回到因颉身边去帮助他的庞大帝国吗？因颉病了，他需要珠月帮助他，即使不是爱她，也需要他信赖的珠月来帮他。可珠月对商业的事没有兴趣，为了因颉，当初她也想过可以牺牲自己，可现在，当她死心塌地地爱上诗之后，珠月每天只求自己能成为诗的妻子。因颉和诗，他们做的事不一样，他们都是非常干净纯粹的人，他们性格截然不同，可心地是珠月见过的最美最纯粹的。珠月爱了因颉那么多年，他们没见过几次面，把彼此都看成天神，特别是因颉因为太在乎珠月，让自己病了。珠月想，爱情是什么，就是毒药。她绝不能让爱情这个毒药害了她的诗，宁愿诗不爱她，也不要他病。每一想到因颉是不是病了，珠月的泪就会流出来。就像天神从天空崩塌，满天星星坠落。因颉，他好吗？

珠月梦见遇见了因颉和双翼，不知怎么，珠月就把因颉抱着了，因颉是背对着珠月坐在珠月的腿上的，不是面对面坐的。珠月像抱着一个大孩子一样抱着因颉，因颉的身体很轻，珠月梦中知道这表示因颉不好。因颉穿着毛线衣，毛线衣的胸前还有几颗陈旧的米饭粒，珠月梦后想，不知这是不是意味着因颉没人照顾。珠月细心地帮因颉把毛线衣上的饭粒摘干净了。因颉也乖乖地让珠月抱着。后来，珠月的小学同学满冬送给了他们几个一人几张电影票，满冬最近谈了个男朋友，是电影院的。珠月拿着票，是几个节日的，五一劳动节、五四青年节、十一国庆节、中秋节、元旦、春节，珠月再一看因颉的电影票，也是这几个日期，她很高兴，终于可以和因颉去看一场电影了。要知道平时见到因颉是多么难啊，就像他不是这地球上的人一样。不知怎么他们就去看电影了，位置还是珠月开始抱着因颉的样子。看了一会儿，因颉几次转过头想问珠月一些什么，珠月知道因颉想问她关于她和诗的事，可因颉终究还是没问。后来，不知怎么的，珠月的腿上没有了因颉，因颉不知是什么时候没有的。珠月在梦中并没看到因颉离开自己，只是看到自己的腿上没有了靠着她的因颉。珠月在梦中知道她要永久地失去因颉了。珠月想，这一切只能怪上天，因颉不能怪她。她现在爱了诗，只想一心一意做诗的妻子，人只能要一样，珠月想做诗的妻。因颉别说娶珠月，就是见他一面都那么难。打电话打不通，见面见不上，世上有这样的爱情吗？因颉，原谅我吧，珠月想。也许我是一个弱者，我怕孤独，我需要爱，爱对于我来说是那么重要，就像诗一样。因颉，你病了吗？我曾经给你打了无数次电话，几次去看你，都是联系不上你，见不到你，我曾经想去照顾你，每想到你是病了，我就心如刀绞，泪流满面，把眼泪都哭干了。我想我一定要去照顾你，陪伴你，不让你有半点寂寞。你虽然疼我，可你离不开你的家你的老婆，你是那么爱他们，看重他们啊。我不能去影响你的家庭，即使我想去陪伴你安慰你，可你不需要。因颉，你一定要好好的。你那么乐观开朗阳光，一定会好的，一切都会更好的。没有什么能打倒你。

珠月每当这样想时，心里会舒服些。如果不是因颉对珠月的那份感情，凭因颉的条件，潇洒英俊，公司做得那么大，身家上百亿，多少女孩想嫁给他，更不需要珠月去对因颉歉疚了。珠月算什么，因颉完全可以找到一个好女孩，即使他老婆硬要离婚。因颉也不用着急，那真是太没出息了，堂堂男子汉还怕老婆这点招数。女人说离婚十个有九个是假的，你爱你老婆，就不需要赌气，你就不离，她心里暗喜。实在不能过，就只有离婚了，公司给她股份，也不会影响公司的发展。那个唱歌的女人去找了因颉的妻子，这让因颉很怕失去自己的妻子，觉得自己对不起妻子。如果一个女人因为丈夫犯了一次错误，就不原谅，那这个女人可以说根本就不爱自己的丈夫。只要因颉以后不跟那个女人来往了，就应该能原谅了。可因颉的妻子想起自己被骗的那个惨状，从来都没想到因颉会这样对她，真是脑筋转不过弯来。他们平常虽也互敬互爱，可都是牛脾气，又不沟通，所以他们一遇到问题就无法解决，就只有相敬如“冰”了。

想起因颉的这种傻，珠月就有些心疼，你老婆要离婚，你不想离，你就不离呗，为什么要那么害怕这件事，好像你老婆是老虎似的，她说话就要算数的，就要实行似的。亏你还是董事长，难道你的智力那么低下吗？也许你又舍不得那个唱歌的女人，那我珠月就不知道怎么劝你了。爱人，只能爱一个才是善缘，才有正果。除非你死皮赖脸，也不要什么深爱，你也可以爱很多个，那就等于一个都没爱，肯定不会有深爱。至于你觉得那事对不起我，当我知道时，我也心如刀绞。毕竟一刀砍不断一棵大树，我对你的感情也不是任何人用刀随便砍几下就能砍倒的。如果你认为此事会长久地影响我对你的感情，说明你不是真正理解我，说明我没真正爱过你。我们之间这样的分离只是因为我从来没机会见到你，也打不通你的电话，这样的爱情世上有吗？我只能想这是我的一厢情愿。更可怕的是你让我越来越孤独，甚至产生了绝望之感。在这样的时刻我遇见了诗，你知道我是多么感谢他让我去见他，他把他家的地址那么详细地告诉我时，我心里的温暖油然而生。我以前从来不知道见一个人要那么感激，只是在见不到你后，只是在见到诗后，我才知道我能看见诗这是多么大的福分啊。我没想到要去见谁，我想去见你，见不到；我想去见诗，我见到了。诗多好啊，他是人群中的出类拔萃者，可他却愿意我去看他。珠月心里多么感激诗，诗在她的心里起初是一个崇拜的偶像，后来，诗就成了珠月内心里的一个隐秘的心的依靠，那种感觉就是即使珠月死了都不会孤独，因为很多年后另一个世界里一定还有诗，她会去找他，她会因此一万年不孤独。孤独无依的珠月在这个时候遇见诗，无异于在黑夜里看到了月亮。

珠月现在已不相信什么梦了，“如果梦说不行，我就偏要继续努力，我看你到底行不行？”珠月每次被梦牵着鼻子走，最终就被梦甩了几个圈。珠月终于想通了，“梦吗？我就偏不信你，我看你怎么样，谁斗得过谁？梦也是每时都在变化的。”珠月相信只要自己坚持，只要自己有信心，别说梦，就是金石也要为之开。宇宙分为天、地、人，天上的事情有天上的玉皇大帝管，地底下的事由地底下的阎王管，人的事由人管，天上管不了人的事，地下也管不了人的事，人要做的事天上的神仙也要尊重几分、礼让几分，地底下的妖魔鬼怪也要惧怕几分、避让几分。即使他们不避让、不成全，他们想捣乱也不是能任意妄为的，因为人有精气神、有灵气，即使是神仙、妖魔鬼怪也不能近、不能干扰的。人有人气，这团人气天管不了，地也没奈何。人有一团保护自己的人规，天和地不作回答和判断，这是天和地给人的自由和尊严。珠月以前很怕鬼，现在她在想，人一定比鬼强，人是活着的人，鬼是死去的人，活人不该怕死去的人，活着的人一定比死去的人有力量。人不畏惧，有一颗正义、良善之心，任何邪气都不能侵入到人的身上。邪不压正。鲁迅用穿着皮鞋的脚去踢鬼，即使是真鬼，珠月想他也要逃，鬼终是怕人的。

珠月在几年被梦牵着走仍没找到工作时，不禁在心里暗暗给自己打气说：怕什么，管得你是什么，你让我找到工作我就感激你，你不让我找到工作我就不服你。我的妈妈等着我赡养，家里就靠我这个主心骨，没有我，我的家就要倒塌。可怜的妈妈在家盼我工作已是望眼欲穿，我已多久没给妈妈钱了，倒是妈妈还寄钱给我用。梦不是随时都在变么？我不知道那些梦来自哪里，它们就像一个套子，把我套在里面，我就像一条被牵着鼻子的耕牛，它说不行，我就以为不行。实际上是行的，后来证明可以行。我为什么要被一个梦吓倒？要被一个梦束死？

珠月想她该好好反思，其实这一切都是自己的原因，因为自己不懂人情世故，因为自己没有坚持。每次遇到一点困难就放弃，就改弦易辙，再加上自己以往无论做什么事都顺风顺水，根本不以为找工作有多难，完全是不知天高地厚。珠月现在的脾性改了很多，第一，不能乱说，第二，说话要三思，再就是要谦逊。珠月觉得自己很谦逊，可有时有些自傲。她自己也不很清楚自己到底是否谦逊。小时候爸爸常对她说：“你说话还是要谦虚点。”珠月小时候最喜欢说的口头禅是“我觉得”“我以为”。一次她在水池里洗菜，不知怎么和堂姑吉紫拧上了。具体因为什么事她不记得了。只记得堂姑说：“是的，你一天到晚就是‘你觉得’，‘你以为’，这个世界就以你为主，你觉得是就是，你觉得不是就不是。你觉得，你以为，小小年纪你觉得什么呢，你以为什么呢？说起话来一条一条的，就你会说，就你说得对。”那时吉紫堂姑是高中生，珠月大概在读小学，珠月见平时和她要好的堂姑忽然对她大发脾气，以为是自己那天说了不敬的话得罪了她。后来想想，珠月才发现自己小时候最喜欢说的一句话就是“我觉得”，觉得自己小时还挺有主见的。当兵的社里叔回来，办了一个阅览室，和珠月聊天，那时珠月才十岁，她一句一个“我觉得”，把自己关于某事的想法、观点说得头头是道，让社里叔直叹“这孩子了得”。

珠月从不觉得自己不谦虚、自己犟，更没有目中无人。不过，当珠月认识了诗后，她才知道什么叫谦逊。诗在珠月的眼里知识渊博、才华横溢，可诗的谦逊让珠月不禁检讨自己是否真的太不谦逊、太不知天高地厚了。珠月其实很谦逊也有境界，她心里有大目标，才不会因为一时的成功失败而欣喜狂热或悲观失望。可比起诗来，珠月觉得自己真是谈不上有谦逊的美德。珠月以前和因颉、双翼这些好朋友在一起聊天时，他们是有打扫天下的气概的。因颉说，心有多大，舞台就有多大。双翼多才多艺，琴棋书画样样行，他曾经送给珠月一幅字，珠月觉得双翼的字比王羲之的不差多少。双翼说他一天只睡四五个小时，睡觉是浪费生命，珠月第一次听到睡觉是浪费生命这种说法，她一直觉得睡觉是天经地义的。珠月跟他们说话一点都不让，他们不知道是说不赢她，还是让着她，好像每次只有她最会说，总是占上风，这使得珠月更加没有了谦逊的品质，而且别人话还没说完，她就插话。她就是忍不住，要把自己的想法立即说出来，一分钟都不能等似的。诗说："其实自己的意见有时并不重要，而且不说并不表示你不知道。每件事情都是多面的，说了这面把那面丢了。"珠月好好地想了想这句话，觉得确实有道理。最重要的是这句话可以成为珠月不说话的理由，就是你说的话不一定是需要说的，很多话其实都是废话。为什么一定要表现自己知道呢？还是控制不住说出自己想法的欲望？其实，很多事情可以沉默，珠月想，也许我下半生最重要的就是沉默是金，少说话。再说，你有什么值得说话的？你都可以不发言，因为你需要养精蓄锐，还有，如果因颉是真的病了，还有爸爸的死，工作中遇到的这么多的心酸。这些，足可以让那个珠月从此不说话，因为她不该说话，她应该失去说话的权利。

近来珠月也有所改变了，看来挫折还不够，人的脾性只要一有温度，就像草木到了春天就要发芽。等珠月什么都顺利了，别人说话她又要忍不住插嘴了。理解她的还好说，不理解她的会认为她太没礼貌。珠月很羡慕诗不爱说话，觉得这一定与他的谦逊有关。诗说，他不善言谈。珠月很喜欢诗的不善言谈，她希望自己也能像他一样安静、沉默。她好想自己在某一场谈话中能闭嘴，一句话也不说，那就是胜利。可她没有一次做得到。一个不爱说话的人多说话难，要叫一个爱说话的人不说话更难。珠月可以几个月坐在家里不出门、不说话，但只要和人一说起话，她就要插话，而且很雄辩，这可能与她的急性子有关。珠月后来才知道诗为什么那么谦逊，诗熟读《圣经》，《圣经》要人谦逊，谦逊这个品格真的是一个很高的境界，一般人做不到。有一点成就的人都很容易沾沾自喜，可诗有那么多成就，他还是那么谦虚。他的一个朋友说他的谦逊简直是让他们感叹。珠月想诗一定是那种像她的朋友们一样豪情万丈、挥斥方遒的人，可诗却是一个与他的名声一点也不相称的谦逊到极致的人。珠月想，怎么我早些时候没接触《圣经》？妈妈曾经送给她一本《圣经》，她几年之后才看。她年轻时候看得最多的是鲁迅的著作。

珠月想去看诗，她怕到他家去看他会影响他，珠月在诗的博客里得知诗的讲座时间，她想，去听他的讲座不正好去看他吗？珠月去看诗时，心怦怦跳，她最先到会议室，见一个人都没来，她找了座位坐下来。她的心还在怦怦跳，她都有十个月没见到诗了。她对自己说："我的心有点慌，其实也无所谓，你不必那样，你只不过是来看看他，想那么多干吗？"当珠月这样安慰自己时，她的心果然平稳了很多。怎么自己也像个孩子？说实话，珠月这辈子很少为谁心怦怦跳过。虽然有十个月没见，珠月就像天天和诗都有联系。她这是第一次听诗的讲座，诗见珠月来听讲座了，开始还有些紧张，珠月想，傻孩子，你就那么在乎我么？诗后来才慢慢语调平稳下来，像平常一样了。珠月故意不看诗，她怕诗看见她在看着他会更紧张，影响他演讲。她只是在本子上记着什么。诗常常还朝着珠月这边看，也许诗也不能说不看珠月，那反而显得不自然、不符合常理。感觉诗在看着别人时，珠月就会瞅着空隙抬起头来抓紧时间看诗，她只想紧紧地看着他，把他看到心里去。这次讲座后，珠月更爱诗了，觉得他像孩子一样，因为她感到诗似乎不知道怎么面对她，这让她心很疼。他又那么在乎她，这又让珠月心里感到很幸福。她想，你怎么那么傻呢？当诗走上讲坛第一眼看见她时，她似乎看见诗的眼睛红了，那一刻，珠月的心里是怎样地心疼她的天神，她的爱啊。这段时间发生了很多事情，珠月工作仍未定，离婚等等。珠月感到诗都知道了。他心疼珠月经受了这么多的磨难，不过珠月表现得比诗似乎更坚强，也没有诗想象的那么受苦受难。她的心里全是诗，就是天要塌下来，珠月也不会畏惧的，因为那时她心中有爱情。

珠月去送诗，她多想瞅着机会向他表示自己的思念之情啊，可诗却像一只凛然不可侵犯的狮子。珠月想对他说，好想你，却又担心诗会不会感到惊诧。一阵自卑掠过珠月的心，一无所有的自己拿什么来给诗呢，还是不爱为好。想到这些，珠月感到灰心丧气，晚上睡在床上想，这场恋情也许只是梦，这一切确实来自梦，珠月是爱上梦中的诗了，可诗不一定知道自己的灵魂在晚上都想了什么，做了什么，想到这，珠月心里更疼诗了，就像他是一个无辜的受拷问者。原来一切都来自他那灵魂的无所知，珠月为什么要拿那些梦到现实中去给他增加负担呢？那不是让她爱的诗活得累么？如果像以前一样只是作为朋友去看他，他会更轻松些。珠月这时早就知道爱是一种罪了，她已从因颉那里得出了结论，她自从有次给因颉打电话听见电话那头的不像正常的因颉的声音，而且有人似乎把手机关了，珠月就怀疑因颉病了。珠月在这之前已看见了她认为是因颉的博客，再加上这一通电话，让她心里疑团丛生。即使她后来见到了因颉，看他好好的，谈笑风生，还是不能完全解除心中的疑惑。这个怀疑自此成为珠月最大的一个打击，一个黑暗的阴影。

她一直都想对诗说想他，她甚至想对他说爱他，她没说，自从怀疑因颉病了，珠月不敢轻易地说爱了，她怕她的爱会让诗病。她甚至少写日记，特别是不能让诗看见。她感到自己在电脑上写的诗都看到了。她看着那些她怀疑是诗的博客，她仍沉默。而且她觉得语言对于她其实是一种很苍白的东西，她需要的是行动，她自己的行动。语言会束缚行动，珠月不想对诗说爱他，她只想有一天自自然然地和他在一起，甚至都不说爱，也不知道爱着彼此，她想，那样才是爱的最好开头。当心灵已经那么的珍惜，爱反而会纯净，就像她和因颉一样。她一定要避免这种爱情悲剧的发生。她要用身体去爱诗，因为他们的灵魂早已相通，她认为已经不必要说出了，如果说出，反而会减少肉体的需要。肉体有时和灵魂有着相互抵消的作用。当一个人灵魂爱得很深时，肉体已经是可有可无了。珠月希望自己能得到诗的身体，在灵魂告诉他她爱他之前。这样的爱情会奠定一生最好的灵魂和肉体的关系。因为她太了解诗了，她觉得他太文质彬彬了。如果灵魂再那么相爱，她想他会更文雅。珠月还是没逃脱和诗的一次彻底的灵魂相爱。

她不想事情是这样的发生。她只希望这场灵魂之爱不要拖得太久，她已经从一个追崇灵魂之爱的人变成了一个崇尚灵魂和肉体融合的人。她觉得那才是真正的爱情。光有灵魂之爱那是圣徒的爱，男人和女人需要的是彼此取暖相依，这才是人间最美的情愫啊。

第六十六章

一直喜欢叶曦的同事阮春林最近和老婆离婚了，跳舞时，阮春林搂着叶曦故意走到一个角落，他用脸蹭着叶曦的头发和脸。本来叶曦对他还有一些好感，没想到那次跳舞后，叶曦竟有些看不起阮春林了。

阮春林买了很多袜子，说是进口的，他拿来送给叶曦。叶曦想要又不想要。因为她不知道阮春林有什么打算，如果只是普通朋友，还可以接受，如果是想做男女朋友，叶曦不想要。阮春林说，一点袜子，不算什么，老朋友，拿着，没关系的。叶曦把袜子拿在手上看着，其实她并不想看袜子，对袜子也没什么兴趣，只是一时也不知看什么，就看袜子了。没想到阮春林忽然扑到叶曦的身上，最奇特的是他还解开了自己的裤子，露出了自己的私部。如果那时刻他的私处是张牙舞爪的，叶曦想，说不定她就莫名其妙地屈服了，可是阮春林的私处却是安安静静的，这让叶曦有一种像被苍蝇呛了的感觉。从此以后，叶曦对阮春林这个人更是躲避三舍了。

阮春林后来找了一个贤淑女人，还生了一个儿子，叶曦想，他还生得出儿子，真怪啊，可能是我怪吧。陈地许来看叶曦，他理所当然地上前去解叶曦的衣服扣子。叶曦推开陈地许的手说："干什么?"心里想，就是被一个"鸭"污染，也不能被这个人玷污。伤了的感情连妓女都不如。有些感情伤了，就像一根长刺一直贯穿在骨头里，时时都会让人感到它的隐痛和伤害。她笑着对陈地许说："你神经啊，你以为我缺男人，只要我想找，就有一把。"陈地许心想，我女人一把，我是怕你需要我。叶曦狠狠地想，他妈的，你自己还不嫌脏，还要来往我身体泼脏水，我想起来都恶心、想吐。

叶曦在一个远房亲戚的介绍下认识了蒲城卫生局局长商贤达，商局长说他和蒲城市教育局长很熟。叶曦因为和陈地许离婚了，她想离开以前的环境，调到县城去当老师。当叶曦听商局长说他可以帮这个忙时，叶曦心里万分感激商局长。商局长发表了很多医学论文，在权威期刊也发了两篇较有影响的论文。在蒲城这个小城，发表很多论文特别是在权威期刊发论文的人是凤毛麟角，商局长在众人的眼里是一个蒲城的人才、专家。商局长和他的老婆分居几十年了。商局长在蒲城医院当副院长期间常被邀请到大内科会诊，听一个患甲状腺亢进的农村女病人反映，他用听诊器在她的胸部给她听心脏、肺时，顺便占了很多便宜，这个女病人已经骨瘦如柴，面目离狰狞只差一分，堂堂皇皇的商院长居然占她的便宜，科室医护人员简直不敢相信，这个骨瘦如柴的农村女病人也能让他产生淫秽想法？他们又相信这个女病人并不是说谎，因为之前已经有女病人反映过商院长的类似不端。这些医护人员不知是觉得商院长不值得这样，还是觉得这个女病人可怜？两个护士凑在一起窃窃私语："商院长难道只要是个女的就想摸。""可能是他很久都没和他老婆在一起了，听说他和他老婆分居都很多年了。""既然这样，还不如和他老婆和好，总比在外面丢人现眼好，好像八辈子没见过女人。""是啊，老婆再怎么伤他心，和老婆和解总比在外到处拈花惹草让人看得起。要么就离婚。""是啊，说是他老婆在'文革'时揭发过他。他老婆还是省城的大学教授。"

叶曦吃饭时看着商局长，商局长抽烟的动作看起来很帅的样子，他用拇指、食指和中指三个指头捏着香烟往烟灰缸里轻轻地敲着烟灰，烟灰就自动地落在了烟灰缸里。他的动作看起来很优雅。然后他又夹着烟慢悠悠、斯文地往嘴里放，一边吐严峻有序的烟圈，一边脸色深沉地说着话。

商局长听叶曦的远房亲戚说她离婚了，是单身，商局长的眼睛里有了一丝沉着的笑意。他看到叶曦时心里怦怦直跳，他想，我五十多岁的人了，怎么还管不住自己的心跳。他强作镇静。商局长的舞跳得很好，他请叶曦跳，不自觉地往叶曦脸上凑。叶曦似乎闻到了一股烟臭味，一直都在有礼有节地对付着商局长，商局长心想，还蛮会想心思，不让我沾，想我帮你？

商局长给叶曦买了一条珍珠项链，价值八千元，叶曦没要，她说自己从来不要别人的东西。但这件事让叶曦心里有些感动。她看着商局长，似乎他的脸变得年轻了，他吐出的烟圈也更有韵味了。商局长的同学来看他，听说是省卫生厅的一个厅长。商局长叫叶曦来陪，叶曦想想，多认识几个人也很好。

人在落魄的情况下，总容易爱上另一个人或者对另一个人有依赖感，即使那个人过后想起来根本不是自己想要的人。商局长看着叶曦仰望着他的眼神，觉得很受用。他知道这一切都是因为叶曦的离婚、不如意，要不，叶曦不会显得那么无助，急迫需要他的帮助。饭桌上，叶曦一遍遍地给商局长敬酒，说话的腔调也是全力以赴，生怕自己不够热情周到。

叶曦梦见陈地许要请人杀她，说是她知道他的秘密。叶曦什么都不知道，这么多年，陈地许有什么事情从不和叶曦说。陈地许还想杀另一个女人，说是她也知道他的秘密。他的亲人该知道他的秘密了，是不是也要杀？他为了自己心中疯狂的想法，歪点子汩汩地冒了出来。陈地许想做英雄，他没有英雄的气魄，只有女人的心胸。连个男人都称不上。他看了很多古往今来伟人成就大业的事例，认为只有狠下心灭掉这两个女人，才能成大事。叶曦知道陈地许如果真的做了什么，肯定会疯掉，他做不了伟业，更杀不得人。

陈地许喜欢看《三十六计》，帝王之术。帝王杀人灭口，他也想杀人灭口，虽然他没有什么事值得他冒这种愚蠢的险。他做的那点花心事值得他拿命来冒险吗？蠢不可及。他把自己想象成皇帝或者大人物，杀人念头轻易就到了他脑里，他不知道自己做不做得了这事。

梦中，陈地许对叶曦说，要争取孩子的那点钱吗？她说，要，他说，如果你要，你不怕我雇凶杀人吗？她说，不怕。陈地许的脸上露出一丝笑容。她想，谁要我死，我就要你死。杀人不偿命，想侥幸逃过吗？她想起他曾说过，有几个杀人案破了的？一肚子害人的坏水，还专门用在弱者身上。如果他有这个心思，天会惩罚他。

陈宜考完试后心情愉悦地对家里人说，985 大学没问题，你们就等着听喜讯吧，舍我其谁？当分数出来后，陈宜流了一晚上泪，而且感到很不好意思。他想别人肯定会说他是吹牛。陈宜从来没想到有些即使是专家教授都不一定有资格有能力给一份试卷一个公正的答案，特别是一些作文和主观题。他更没想到在被认为是中国唯一公正的高考上，还有人故意害人，一样肮脏龌龊。如果你去查分，根本查不出来。除非打官司，打官司有时也不一定能得到一个真相。

陈宜半月来除了吃饭几乎都躺在床上，他有时闭目凝思，有时似乎在凝视着很遥远的地方，有时又紧咬嘴唇，但眼睛里似乎总蒙着层泪似的。陈宜感到了一种重重的失败感，他在心里发誓，我下次一定要考全市第一。

商局长想起叶曦曾对他说过陈宜非重点大学不读，忽然想到一个伤天害理的主意，他和省考试院的一个熟人领导打招呼，让他把陈宜的分数控制在重点分数线以下。商局长是这样打算的，陈宜如没考取重点，这会逼迫陈地许拿出大笔钱来给儿子买重点大学读。其二，叶曦遇到这种挫折，必会来找他。他很享受叶曦来求她，她那种无助的样子。叶曦想不到儿子的高考竟被人坑了，她直觉感到儿子的分数有问题。叶曦本想去查分，她知道如果别人是故意的，肯定什么也查不出。一向好强的儿子坚决要复读，不肯花钱找关系读重点。叶曦心里知道是怎么回事，她一想起这件事，脑髓都在剧烈震荡、发抖。她想仰天长啸，把眼泪哭成河。她不能忍受孩子受一点委屈一点不公正，只有做了父母的人才知道孩子对于父母来说意味着什么，可是他们却敢把毒手伸向孩子。

叶曦想，如果她的儿子有什么不好，她就会像新闻里一个乡村教师肢解 71 岁的老教师一样残忍而且面无表情。她的心已像铁一样硬和冷。生活在她面前似乎是一片荒凉的沼泽地。她想起表姐的儿子被人害了，表姐拿着一个自造的炸药包炸了仇人一家。表姐炸了仇人全家后，她后来每天嘴里仍然喋喋不休地念着自己十岁儿子的名字，就是一家五口在她的心中都抵不上她的儿子。

算命的说儿子命中有小人，真没想到这一切都是自己的罪。如果自己没有遇到商局长，也不会发生这样的事情了。儿子得了一场大病，好不容易恢复，历尽千辛万苦，却被人在这么大的事情上坑了。叶曦的胸口像被一梭梭的子弹洞穿，鲜血在滴滴答答地淌着。真是呼天天不应，呼地地不答。孩子啊，是妈妈害了你啊，妈妈是死有余辜啊。即使是妈妈死，都无法赎她欠你的罪。妈妈将怎么做？来救你救自己？难道这个世界没有法理了吗？重要的是小人躲在背后行动，你抓他不着。

那些人心安理得地接受叶曦给他们送礼，还盼着她送礼，又心安理得地破坏她。瞎子吃汤圆，心中有数，屡次害她，还盼着她送礼，把人当傻子？心中没数？关键是，如果不送或者送少了，他们就感到不满意或者要“戳歹”①。他们配她孝敬么？好像做的坏事他们不说就没人知道似的，好像他们从来都没做过对不起她的事。他们已经把破坏她伤害她当成一件习以为常的事，她给他们送礼是应该，他们害她也是理所当然。在她的这件事情上，能显示出他们的权利权势的威力，所以害人有时也会变成一件让人得到心里满足、感觉有趣的事。他们为什么敢这么做，是因为叶曦一直

① 方言，使坏的意思。

以来都当作不知道，他们就以为他们没做了？是因为她一直以来的沉默和忍让，他们就觉得他们有权利来决定她的命运。她简直想闭起她的眼睛，关闭她的心房，她不忍看他们的丑陋肮脏。

叶曦什么都不怕。她可以忍，她有限度。她想拿着炸药包去炸他们。一个人说，看她能忍多少？他有两次对另一个人说，怎么不卡他？回答，已经签字，不能卡了。都是些骨头比粪便还脏的人，烧成灰都是黑的。

那些居心险恶的人，心里总比平常人想得更深远更毒辣些，他说这株花儿要被害死，于是他自己掐死了花。

她多想狂啸几声，她想把粪便涂在那些人的嘴脸上，她要他们无地自容。真是长见识了。害人不能害到这份上，你们以为我是吃素的？老子拿刀捅死你们，把你们全家炸光。看谁输得起。叶曦能吃亏，但不能吃这样的亏，竟然害到儿子高考上，竟然害到她工作上，竟然想要致她于死命。叶曦现在还能承受儿子高考的损失，如果他们还要作恶，再伤害他们母子，她就把事情全部抖出来。叶曦准备用自己的生命去拼。她没有什么值得怕的。

商局长感到叶曦已在怀疑自己，他想起和叶曦吹牛时所说的那些贪污腐败之事，心里感到很不踏实。商局长跟教育局长打招呼，说叶曦的工作调动之事不需帮了，叶曦的脑子有毛病，不适合教书，更不适合在市重点中学教书。教育局长跟青山镇中学校长打招呼，问林叶曦怎样？校长说，不错啊，每年教的班级都是全区一二名，学生们也很喜欢她。教育局长说，听说她的脑子有毛病，你们注意一下。青山镇中学校长不知教育局长说话的意思，葫芦里卖的是什么药。叶曦上课时看到一个学生在课堂上拿着手机大声打电话，她厉声对那个学生说，你不想听讲你可以出去。那学生真的出去了。过后校长批评叶曦不该要学生出去，说是要批评教育。学校举办校运会，每年毕业班都照常上课，今年安排休息，却没有任何人通知叶曦。天气很冷，叶曦一大早去上课，发现课堂上一个人都没有，打电话给教务科、班长、学习委员都没人接，后来她又打一个学生的电话，才知道是校运会放假了。叶曦说："怎么没人通知我？"她怕自己的声音变调让这个学生感知到了，急忙挂了电话。叶曦的眼泪在眼眶里打转，她克制住了自己的眼泪，没有让那一滴滚烫的泪流下来。她知道这一切都是故意的。选先进工作者时，叶曦本来票数最高，结果送到学校里就被删掉了。本来每年在区里期末考试第一的班级学校都有奖励，今年也取消了。今年青山镇中学只有叶曦的班级数学在全区是第一。青山镇中学校长想，下次一定不能让叶曦的班级数学在全区得第一。虽然校长不知局长为何要毁谤叶曦，但他能明了教育局长说那话的意思，显然，绝不是叫校长抬叶曦，那就是压叶曦啰。

商局长用钱买通了几个二流子，他那些天要到外省去看老母亲，他吩咐那几个二流子怎么恐吓叶曦，必要时甚至可以怎么样。

叶曦在楼梯间碰到了一个人，她不小心撞到了那人身上，那人大叫："瞎了眼，他妈的。你等着。"她用警惕的眼睛看着那人，那人眼里露出的欲杀人的凶光是谁给他的？要不，他哪里来的胆子？

期末考试结束，校长把叶曦叫到办公室，说有学生反映她的脑子有问题，叫她下学期不要来上课了。校长还似乎给她想办法说："你最好调到外省去工作。"叶曦问："难道没有劳动法吗？我要告你们，我知道是谁搞的鬼。"校长说："我也只是遵命令行事，你不要怪我。"

叶曦给纪委写了对商局长的举报信，商局长很快被调查、撤职。叶曦觉得还不罢休，她要让商局长坐牢，让他再也不要为所欲为。商局长的事很快全市都知道了。他有很多个情人，并且非常贪婪，送礼送少了，你就慢慢等着吧。骆老师为了孩子调动的事找他，已经花了不少钱了，他还嫌少，故意拖着。骆老师跟叶曦说此事时，用了一个字形容商局长："贪。"骆老师退休后在外面用一个柜子装些烟、零食卖，一个月能赚几百千把元，骆老师很满意每天做点小生意。当他每晚十点多钟收工回家细心而喜悦地数着那些零角时，他满是皱纹的脸上全是笑。叶曦惊讶地说："送了那么多礼物还嫌少啊？"骆老师说："我后来又送好酒好烟，红包，去了很多次才把娟子调到市里。"骆老师的女婿在蒲城机械厂做会计，夫妻两地分居已有多年，骆老师想自己的女儿和女婿能团聚，他把这么多年存的钱全部送到商局长家了，终于把女儿调到了市中医院做理疗师。骆老师很满意，觉得自己完成了一件大事。虽然在说起花了多少钱时，似乎心里还有些刺痛。据骆老师说，现在社会都是这样。他们当官为的什么，就靠这捞钱啊。就像一个人每天出门打工，回家来不管有多有少，总要有收入，总不能空手而归？就像一个人家里有很多代卖的东西，那些东西卖贵卖贱，总要卖点钱吧，总不能白送人吧。国家对乡村教师加工资，商局长给蒲城市教育局长出点子，叫他隐瞒消息，教育局几个关键人物就合谋吞了国家划拨给乡村教师的工资补贴。

叶曦把商局长告诉她的一些贪污腐败事全部揭发了出来。做卫生局大楼时包工头送了他多少钱，某某某单位送了他多少钱，等等。当初商局长出于对叶曦的信任，似乎自己找到了红颜知己，就对她讲他有多少钱，他觉得自己有钱很有本事，没钱那才叫没本事。也不管这钱是怎么来的。叶曦才知道，原来官场这么黑啊，怪不得中国人喜欢当官，因为当官有油水可捞。花那么多钱买官为了什么，不就是为了更多地捞钱吗？谁花钱买官为了人民办事？

商局长被撤职调查后，经过花钱找关系，最后只是丢掉工作，也没坐牢。商局长心里知道这一切都是叶曦搞的鬼。

叶曦担心，商局长肯定不会善罢甘休，他有很大的关系网，说不定儿子再高考他还会在分数上要诡计害他。

叶曦想，有些事定了就是宿命，宿命里，我就是睁着的伤口。叶曦请商局长吃饭，她把毒药下在了商局长的酒里，她自己也喝了毒酒。外面传闻，叶曦毒死了商局长，还有的说，叶曦和商局长是双双殉情了。谁也说不清楚了。只有叶曦知道，她是为了保护儿子，为自己和儿子报仇。

陈地许会唱歌，会弹一手好吉他，叶曦一点也不会怀疑陈地许追女人的媚功，何况现在有了钱。陈地许可以立即下手，只要给他和一个女人单独在一起的机会。他才不给你讲什么文质彬彬、客套、虚伪那一套。他认为只有占有了女人的身体，那才算占有了一个女人，什么精神恋爱、柏拉图恋爱那都是放屁，空气能吃吗？陈地许绝对地讲实在，他说，一个男人爱一个女人，最实在的就是给她花钱，舍不得花钱说得再好听都是假的。舍得花钱就表明这个男人是真爱这个女的。陈地许确实是个好情人，他舍得给他的几个情人买房子，却不舍得为老婆花钱。老婆是天经地义该给他服务的，情人是钱请来的。陈地许对爱情也和叶曦的看法不一样，精神恋爱这种事在他的思想里就是幼稚可笑。心里想的能管饿吗？身体需要就像是吃饭，我饿了就凭精神恋爱能解决得了我的饿吗？陈地许说，男人需要女人就像吃饭一样，必吃的，一餐不吃饭行吗？现在已显然不行。陈地许说得万分有道理，不可辩驳。人能不吃饭吗？而且要吃肉。他说，只要每餐有肉吃，也不管这肉是黄猪黑猪是黄牛水牛，只要有肉吃就可以了。他是绝不亏待自己的。叶曦在深圳看到陈地许的床垮了，陈地许在那里修床，那床里面钉了很多板子固定，叶曦想，我一年四季都不和他在一起，这床的板子钉得这么结实干什么？看这床的样子，已经被钉过几次了。叶曦想到这里，心里一阵不舒服，像吃饭没吃好要吐了。她捂住自己的胸口让自己不要去想这些，她总是有一种化解伤心的能力，就是自欺欺人，让自己不要去想它。而且她会往最坏的方面想，对自己说也没什么大不了的，还不如让自己现时好受一点。

陈地许接连地叫朋友给他介绍女朋友。他后来又想找一个十几岁的，他准备花三十万元在家乡“买”一个女孩，正当他为自己这样想得意之时，他又很烦恼以后的事怎么处理？自己已和桂英结婚，如果偷偷地再娶一个，她知道了怎么办？怎么面对孩子们？

就像南瓜藤、豆角藤一样，陈地许已理不清那些与多个女人千丝万缕的关系了。在叶曦死后，陈地许陷入了焦头烂额的境地。他现在才知道什么是骑虎难下，深陷重围。他把钱全拿去投资房地产，没想到全亏了。那些女人们还在一个个地催他去甜蜜。陈地许知道见女人需要钱，他现在身上几千元都没有。陈地许女人几个，那个女人一套房子，这个女人一套房子，那个女人给他生了孩子，这个女人陪他睡了几年，耗了青春。那个女人生的是女儿，还希望生个儿子，又找了个女人生儿子，又要买房子给别人。

陈地许已坐在老家不敢出去半年了。

第六十七章

咪咪理所当然地跑到珠月的大腿上坐着，珠月点着咪咪的鼻子轻柔地说："咪咪，你说，你昨天晚上为什么在梦中要用爪子扯着我的衣服，把我扯下坡？咪咪，你说给我听听。啊？为什么啊？"咪咪迷瞪地看着珠月。珠月想，咪咪也不知道。无辜的咪咪。一次珠月梦见咪咪是克她的，有几天很不待见咪咪，也不每天甩一次咪咪了，咪咪更听不见珠月嘴里念着"咪咪，真乖，咪咪儿，好乖乖"了。珠月见咪咪用爪子扯沙发，就用脚去拦她，而不是只吼她。那几天咪咪感受到了珠月对她的忽视和冷淡，也像失宠的孩子一样造反，无法无天了。她就像惊弓之鸟一样在房间里乱窜，只要能歇脚的地方都去踏踏，反正主人不待见，我也乱来。一天半夜起来，珠月见咪咪像孙悟空一样在大闹天宫，她一会儿跳到几乎从没上过的饭桌上，一会儿又跳到金鱼缸上，一会儿又跳到冰箱上。甚至珠月有一次发现咪咪跳到墙上的一个内窗里，把她买的一个较贵的瓷器都碰碎在地下了。咪咪在内窗上用爪子拼命地爬，把珠月从寺庙里买的驱邪符、镇宅符全扒在地下。珠月那天还以为符是风吹的或者什么原因掉到地上的，就把符捡起来重新排好，直到看到咪咪把符扒下来，才知道是咪咪干的好事。看来，咪咪也不是省油的灯啊，你不理她是不是？她就要捣乱给你看，她似乎故意和你作对，甚至还要拿你最在乎的东西作乱。不过，每当看到咪咪睡着时的可爱样子，珠月还是忍不住觉得咪咪太可爱了。那天珠月看见一篇关于蝴蝶的小文，讲的是二战期间一只受伤的蝴蝶被苏军的科学家治好了，那只蝴蝶就带了一大群蝴蝶来，让敌机在高空看到的都是一片蝴蝶，这样就把那些士兵救了。迷彩服就是这样来的。珠月想，一只蝴蝶都知道感恩，猫比蝴蝶聪明多了，而且我家的咪咪又不是一般的猫，她是一只灵猫，无论如何，咪咪没错，咪咪没罪，她毕竟是一个动物。珠月自看了那篇小文后对咪咪又恢复了当初的甩儿圈，每天都争取瞅着空隙抱一会儿。就像考研时瞅着空隙每天都要抱女儿一会儿似的。果然，受宠的孩子似乎也觉得不好意思捣蛋了。咪咪这些天再也没有把珠月放得好好的各种符扒到地上了。

一直都被梦整得找工作不顺利的珠月近来似乎领悟到了一些什么，她的心情豁然开朗了。她什么都不信，像以前一样，只信自己，只要去努力，工作之事一定能成。今天被这个梦束缚，明天被那个梦吓住，那就不用找工作了。以前什么也不信，不是什么事都顺顺利利的吗？最重要的是梦也是时时刻刻在变的。它们不管人的祸福，只管报告给你消息，你怎么去做，是你的事。你做得好，它给你一个好梦报喜；你做得不好，给你一个不好梦警惕你，如果你被吓到了，因此半途而废，那是你的问题，不是梦的问题。

想到这些，珠月的心情亮堂了很多。虽然校长说工作没问题，珠月心里明镜似的知道此事还没有这么简单，目前来说，她的工作还不能说已定。她昨晚做的梦就是这个意思，这让她一天心情颓唐，连说话都没劲了。珠月喜欢愚公移山、精卫填海的故事，这是中国两个最让她感动的神话故事，为什么自己不相信自己的精诚所至、金石为开呢？是因为她从来没有这么执着地要求一个工作，这个执着地要求一个工作的想法只有在她离婚之后才有。她想，只要她现在执着地要求那个工作，嘴不放松，行动也不缺，这个工作一定是她的。她千万不能说：我放弃。

珠月躺在床上，想着诗写的那些文字，她的嘴角不知不觉地咧开了，她在笑着。这个冬天，她第一次感到自己是真正地开心地笑。

没有对与不对，只有有良心还是没有良心，只有有缘还是无缘。

珠月感到因颉病了，而且病得非常厉害，她觉得自己有责任去照顾他，但因颉身边有他老婆。珠月曾梦见双翼对她说，因颉离婚了。但珠月并没得到任何证实，她也无法探到因颉的任何私事。她曾给一个朋友去信问有关因颉的事，好友并没回信。珠月给因颉打电话，因颉从来不接，珠月用公共电话打，因颉也不接。好像他知道是珠月打的。恍恍惚惚中，珠月感到因颉知道她的每一个行踪，要不，为什么她用公共电话都打不通他的电话呢？珠月到因颉公司去看他，总是听说他出国或出差了。珠月不信，直觉告诉她，因颉并不想见她。可珠月感到因颉是病了，确确实实地病了，珠月又去看因颉，仍没看见因颉。她感到自己在电脑上写的每一个字因颉都看到了，她感到她在生活中每说一句话因颉都听到了，可就是联系不上因颉。其实，珠月还有一些办法知道因颉的事情，只是她想，如果因颉不想告诉她任何事情，她去打听他的私事似乎并不好。

几年后，珠月听别人说不同人的手机、电脑可以联网，只要知道密码就可以了，珠月想，说不定因颉早对她在电脑、手机里写了什么了如指掌，怪不得她一直都觉得因颉看到了她写的每一个字，而且他还知道她的行踪。

珠月好久都没梦见因颉了，那天她梦见因颉站在墙边，珠月赤着脚走过去，吻他，后来就像多次梦见的一样，她感到了他喉咙深处的苦味。珠月问："你爱我吗？"因颉说："我一直都那么爱着你。"并拿着一根棍子戳自己的下身。珠月把因颉手中的棍子拿开，把因颉的手拿在自己的手上，说："乖宝，你不听话么？"梦中因颉说"那么"两个字时吐词不清晰，舌头像牙牙学语的孩子转不过弯来，珠月心里一阵痛，只是亲吻着他说："宝贝，宝贝。"珠月就醒了，醒了后她在内心里不停地叫着："宝贝，宝贝。"眼泪就汹涌而出。她知道因颉病了，为爱而病，其中有一部分是为她。她忽然想起因颉写的"我的崽崽，好好的"，因颉是多么疼她啊，一个女人得到这样的爱情夫复何求？珠月好久都没为因颉哭了。她曾经为因颉把眼泪都哭干了。有时夜里，她压抑着自己，却忍不住哭出声来，她赶快停住。

几年前的一个偶然机会，珠月看到了一个博客，感到那是诗写的。自从认识诗后，珠月经常梦见诗是怎样狂热地爱着她，珠月心里已经有诗很久了，可她不敢想，因为她心里一直都在爱着因颉。她一直都认为人只能爱一个人，这是一个人健康的标准。可是珠月还是猝不及防地掉入一场盛大的恋爱之中。诗的才华、多情、纯粹、善良、真诚，让孤独绝望的珠月就像看到了希望和光明。当珠月后来惊讶地发现以前那些她以为是因颉写的诗歌很多是诗写的之后，珠月感到诗已进入那个网中故事很久了，对那个他以为是珠月的人付出太多了。

很多次，珠月想静静地坐在诗的身边，什么也不说也不做，只是和他一起坐着，她就会感到很踏实很安宁很自在。她一年大约能见到诗两次，她一年就盼着那两次，好像所有的日子都凝结在那两天的两个多小时，就像节日一样，就像小时候盼过年一样。她不知道，诗渐渐成了她孤独的日子里的一个盼望。珠月想，因颉，我爱了你二十多年，你的公司越来越大了，见一面都那么难，你还谈什么爱我呢？只有诗，他是那么好，让我看到他，我一年就等着有理由见到他的那两三次。诗没有钱，他不必怕我有什么企图。珠月只想把诗紧紧抱在怀里，她想，诗怎么不早对她说爱她呢？

诗不是已经早说了吗？只是你珠月不知道而已。诗就是说了，你又能担保你敢接受？因为那时你满心里都是因颉啊。诗在什么时候把珠月的心掠走了，珠月想，是因为那些诗爱她的梦，没有比梦更让珠月信的了。那时珠月相信梦甚于相信世上的一切。当她梦见诗爱她不好时，珠月就会在心里说："诗，我根本不值得你爱，你知道我是多么深地爱过一个人吗？我何德何能值得你爱？"珠月想如果把那种爱说给诗听，诗绝对听不下去，也不会再爱珠月了。如果有一天她有幸成为诗的妻子，她一定要对此事守口如瓶，一定不能说出来，否则那会对诗是多么大的打击啊。珠月反复告诫自己说，一定不能说啊。当她这样说的时候，她仍然担心自己有一天会将此事告诉诗。

自从珠月爱上了诗，她的心里一直都隐隐不安。起初她还心里放不下因颉，后来她说服自己，反正自己又联系不上他又不能和他走在一起，爱也是白搭的，没有结果的。因颉只能让珠月越来越孤独，甚至渐渐生出对生活的绝望。珠月想，我不能这样过了，这样没有音信没有联系的爱情会让我死掉的。珠月渐渐说服了自己，后来又有一种不安渐渐涌上心头。她曾在佛祖面前多次祈求佛祖保佑她和因颉在一起。她在心里对佛祖说："佛祖啊，请您原谅我，不是我不想兑现我的诺言，是我走不到因颉的身边，我联系不上他。您要原谅我，诗爱我，我能见到他，而且我对他是那么喜欢，我为他的爱而感动，他在我的眼里是样样好，事事看了都觉得顺眼、对，我想这就是缘分吧。我一直压抑自己不要爱他，可还是爱上了他。我爱了因颉二十几年，我们就像隔山又隔海，是没有缘分的人。因颉只是心疼我，他真正爱的是他的老婆他的家。诗是这个世上真正爱我的人。我不想再压抑我爱他的洪水了。求佛祖、菩萨保佑我们！保佑因颉，保佑诗，保佑我！"

珠月想因颉病了，梦中她和诗说了此事，诗无言，只是眼眶一下子就红了。当珠月决定无论如何都要到因颉身边去照顾他时，晚上诗和珠月躺在一起，他们相依着，紧紧地抱着，珠月眼里的泪流了一晚，把枕头全打湿了。说心里话，她舍不得诗，珠月的泪流得更汹涌了。除了因颉，没有一个人会让珠月舍得离开诗，如果是另一个人，珠月更不会流泪，因为她的内心告诉她，不能离开诗。因为是因颉，珠月想，因颉要她做任何事，她都要义不容辞。因为她曾在佛祖面前无数次地求过佛祖保佑她和因颉在一起。每次当她想到会作诗的新娘时，她既幸福惊喜，又有着丝丝的不安。

她不知道佛祖同意么？会不会给她爱的诗带来灾难？一晚上，珠月和诗都是紧紧抱着，他们脸贴着脸，珠月趴在诗的胸上，朦朦胧胧中感到诗在吻着自己，泪水打湿了她的脸。珠月一动不敢动。珠月还从没见诗流过泪。平常在珠月的心目中，诗一直都是一个理智、睿智、顶天立地的男子汉。她朦胧中拉着诗的手臂，不断地亲吻着。她恨不得把诗的手臂咬下一块来，最终还是抑制住了自己的冲动想法，只是在诗的心跳的律动中似睡非睡着。

早上，珠月洗脸刷牙后把自己打扮得漂漂亮亮的。出门时，她回头向诗挥着手，脸上带着微笑，眼睛里全是泪水。她想控制自己不要流出来，让笑容变得大点，眼睛也睁得大点，这样眼泪就不会流出来。当她这样努力克制着自己时，她看见了诗红红的眼睛，她的心口一阵剧痛，泪水汹涌而出，顿时胸口一阵更猛烈的剧痛掠过，随后是绞痛不止。珠月只有蹲在地上，诗见状赶快过去扶住珠月，珠月的头发全汗湿了，诗再一摸珠月的衣服，全湿透了。看着脸色惨白的珠月，诗心里一阵恐慌，珠月这时似乎知道自己要死了，她躺在诗的怀里，软弱地说："宝，我的爱，我是不能离开你的，看，我要死在你怀里了。"

珠月醒后想，可能还有另一种结局。珠月和诗成为夫妻，珠月因为没有兑现诺言，没有实现在佛祖面前许的愿，上天要她少活二十年，可她仍然选择和诗成为夫妻，哪怕少活二十年。因为诗说过，要和珠月同生共死。珠月想，这应该不会。梁山伯与祝英台那是古时候的故事，现在还会有这样的愚忠愚爱吗？虽然这样想，可她担心诗的绝大魅力会让自己去做这种蠢事，或者自己到时候没有诗就真的万念俱灰了。珠月相信神灵，相信灵魂，她是那么爱诗，一点都不亚于她曾经爱因颉。她想随着时间，随着他们成为夫妻，珠月对诗的爱将会超过因颉。她一定会为诗做任何事情，甚至献出生命。

珠月午睡醒后被一阵猛烈的绝望攫住了。她已好久没有这种感觉了，这种感觉比任何艰难困苦还要难受，还要让人活不下去。珠月赶紧跑到阳台上去喘一口气，让自己能尽量看看外面的风景，回到彩色的人间，好让自己对生活有兴趣、有热情。她其实并不乏热情，可不知为什么梦常常带给她一种绝望的情绪。她几次活不下去的感觉都是随着梦醒而来的。梦中绝望好像是无药可救的，是根深到底的，就像长长的铁索拖着，又重又累。

珠月站在阳台上，大口地喘了几口气后感觉绝望退去了不少，大概几分钟后恢复到正常的对生活的感觉状态。珠月这次心里有些暗地高兴，以前有几次这种状态维持了半个小时，那半个小时可以说是地狱的半个小时，人没饿着，也没冻着，没有皮肉之苦，也没有惊天动地的不好消息，可不知这种感觉为什么这么让人活不下去。珠月想，这也许就是生命的考验，有一个厌倦的恶魔，他趁着她睡着之后潜入，人睡着的时候抵抗力最弱，在魔鬼揪住她的心神的时候，在她的身体里灌注了让她欲死不能的体验。珠月感到自己是太孤单了，好久没做过这种梦了。她连个说话的人都没有，也没有正常的家庭生活，这些烦琐的事可以让她分神。她很害怕以前那种活不下去的感觉回到她的身边。她想，她应该多出去玩玩，在大自然里重新回到童年。只有在面对大自然时，珠月才会真正地热爱起生活来。她近来特别喜欢看过去时代的影片，她想回到那时候，因为那个时候她是全身充满着希望和快乐的。

枝子因为孩子在乐城实习，来看看孩子，她这些天住在她的姐姐家，说是晚上来看珠月。枝子还是大大咧咧的性格，还没进门就能感觉到一股热情。珠月近来情绪不高，见到枝子，兴致也高了起来，声音也渐渐变得大了起来。一会儿她们就说得热火朝天的。珠月也忘了下午梦醒后的那种绝望活不下去的感觉，就像魔鬼在她们的笑声中被驱赶得无影无踪了。枝子和珠月说了很多话，谈了一些同学的情况后，枝子忽然想到说："你知道吗？我前几天到慈光寺去，碰到一个僧人，他说我很有福气，并给我留下电话号码。我历来敬畏僧人，觉得他们是佛祖的发言人，你想想会发生什么？"枝子气呼呼地说，胸口似乎埋着一大口闷气。"怎么啦？"珠月说。"没想到他们是一伙骗子，他约我到大佛寺见面，还有两个人据他说是他的师弟师侄，席间，那位僧人送了我一串手链，并说前两天为我念了经。我那时心里就想，他们是不是要钱。我就拿出我的钱包，里面有三百多元，因为刚才吃饭结账花了二百多元，我拿出三百元给据说是他的师侄的僧人。饭吃完了，服务员来捡碗，那位师父说要单独和我说话，我不敢违抗就和他去了一个会议室说话，他说着说着，竟然说什么有好多富婆找他，要他的身体，他没答应，好恶心啊，我当时一听，都要把我吃的饭吐出来了，但还是按着性子装作无所谓地说，师父，你懂得真多啊，连我都不知道。那个所谓的僧人接着说有一个大概是'鸭子'区什么的，富婆专门到那里去怎么的，你知道吗？那一刻，我感到那个僧人比那些强盗、纵火杀人犯更下流无耻，我从没见过这样的僧人，你说他到底是不是和尚啊？他为什么要对我说这些？不怕佛祖让他粉身碎骨？简直是玷污佛门。我宁愿把他看作骗子，要不，我心里真要恶心死，比吃了厕所里的苍蝇还要恶心。”枝子一边说一边用手打扇子似的摇着，好像要摇走厕所里的臭味似的。珠月听了也感到分外恶心，她不敢相信地说：“肯定是骗子，绝不是佛门弟子，佛门弟子一心向佛，怎么可能说出那么龌龊的话来？”枝子狠狠地咒骂道：“你不知道，他甚至想打我的主意，我感到受了奇耻大辱，今天想起来还气不顺，恨不得拿个孙悟空的金箍棒去把他骨头敲破。”“算了，现在骗子多得很，谁叫你随便和别人搭腔。还相信别人。”“你不知道，我是很有警惕的，当时因为他是僧人，我历来对他们很敬畏，怕不理他们，显得对他们不礼貌。”“那你上次见一个僧人要给你红包包，你怎么不肯接？”枝子说：“因为那个僧人找了几个人要给他们红包包，几个人都没要。我想那个僧人一定是假的，或者是被驱出寺院的。这个僧人不同，我是在寺院里见到的，所以就没有想太多。”珠月说：“那个寺院外的僧人以前也给我一个红包包，他说是送给我的，我就接受了，随后他说叫我随便表示一下心意，我当时身上确实没钱，我说，只有卡，他说，那我和你一起去取，我就和他一起去取了一百元给他，自此，我每次到慈光寺门口他要送我红包包，我都不要，赶紧绕过，他早已不可能认识我了。那个僧人几乎一年四季在慈光寺旁边转。”枝子气似乎还没平，她愤愤地说：“我怎么这么倒霉啊？这奇耻大辱还不知道怎么去雪？”珠月说：“算了吧，不是别人挑着一坨屎在你面前抖，你就真的被屎弄脏了。”枝子越想越气，好好的气氛在她们的交谈中变得空气中好像浮着一层乌云。珠月也在自己的几遍“不敢相信，这世道真是什么事都有”的感叹声中和枝子合着衣东倒西歪地睡着了。第二天，她们在一起兴高采烈地说起同学们的近况，又是争又是吵又是笑，枝子的到来让珠月感到像回到了童年，回到了一起读书的时代，一层似乎遮盖在她心脏周围的惆怅、失意、绝望雾霾减少了很多。

不让咪咪睡床上，她不听，偏要睡床上，现在一点也不怕珠月。那天见她安稳睡在床上，珠月把她抱下来，重重地摔在地上，并破天荒地用小腿去赶她，她不肯，就往反方向的窗户那边爬，珠月见咪咪不听她的，就把她抱出卧室，丢在沙发上。当珠月抱着咪咪的时候，咪咪柔软的身子让她的心一阵温柔。每次她对咪咪有意见时，只要抱着她，珠月的心就软了。咪咪的身体太柔软太暖和了，就像是为了抚慰人创伤的心似的。她那样的柔软，就像是专门给人抱给人爱惜的。

晚上，咪咪绝对记得白天珠月用小腿赶她的事，乖乖地跑到卧室电脑椅上的猫窝里去睡。珠月以为咪咪又会照例上床睡，见她乖乖地睡在猫窝里，脸上不自觉地露出了笑容，心里又稍稍掠过一阵心疼。她赶忙起床给咪咪盖上浴巾。以往给咪咪盖浴巾，她可能是不太习惯还是怎么的，常会爬起来，浴巾自然是盖不成了。这次咪咪只是张开眼睛看了看，就继续安然入睡。珠月反而睡不着了，半夜醒来发现咪咪仍然是那个姿势，浴巾仍然好好地盖在她身上，珠月的脸上又掠过一丝喜欢的笑容。心里说："咪咪真乖。"第二天晚上咪咪开始还在猫窝里睡，半夜珠月发现咪咪又睡在床上了，珠月没有吼咪咪，也没抱她到猫窝里，心想，脏就脏吧，有毛就有毛吧，她知道你不会怎么样，已不怕你了。她还没钻到被子里，只是在被子外面的毯子上睡，那就和猫搅到一起睡吧，只盼望天气热起来，咪咪就不会赖到床上了。咪咪都是让珠月宠成这样的，朋友家养猫都不让猫进卧室睡，珠月见咪咪晚上要挠卧室门，不忍，还是让咪咪进卧室。既然咪咪这样喜欢人，不一定是珠月，黏人是猫的习性，这个习性也让珠月感到温情。

猫为什么要黏人呢？为什么不黏别的东西呢？说明猫是喜欢人的，既然猫喜欢人，为什么一定要遏制她而不成全她呢？咪咪起初是在猫窝睡，后来她就得一尺进一丈，睡到床上去了。珠月对床的清洁要求最高，同学来没脱衣服上床，珠月一定要她换衣服才能上床，外面沾了的东西一定不能放在床上。自从咪咪来了，珠月现在对床的要求是得过且过了。谁叫她养了这样一只猫呢？她本不想养猫，女儿要养，既然养了，就只能这样了。一天，珠月要到某地去，想把咪咪放在另一个地方，晚上梦见咪咪变成一个大小伙子，走到半路，又跑回来，依偎在她怀里，说是不舍得走，因为他大概知道别人家没有珠月对她好。咪咪是个女孩，不知梦中怎么变成小伙子。梦中的那个小伙子比起咪咪的可爱来差远了。珠月想，既然养了咪咪，自己不吃也要给她吃。每当她看见咪咪像猪吃食一样吃着猫罐头时，她的脸上就会浮出笑容，并且笑着说："好吃佬，馋咪咪，你看你的那个样子哦，怎么那么馋啊？"

咪咪是只有灵性的猫，有一次珠月在咪咪的眼角摸到了一颗硕大的泪珠，珠月在想，这是咪咪的泪吗？咪咪没有任何理由这里有这么一大滴水啊。那天正是珠月晚上梦见自己这一辈子将要做出牺牲的时候，咪咪心疼她，流下了眼泪。珠月感到咪咪是为另一个人流下了眼泪。（珠月感到咪咪的那颗泪是另一个人的。）每当想到咪咪的这颗眼泪，珠月对咪咪的心就变得温柔起来，心想，不要在乎咪咪把家里弄得脏，到处都是猫毛，脏就脏吧，咪咪觉得舒服就可以。

咪咪什么都懂，每当珠月吼她时，她的眼睛里就会掠过一阵忧伤或者是仇恨。每当珠月看着咪咪仇恨的眼神，她就会点着咪咪的头说：“得罪了你啊，你怎么那样的眼神？用不着吧。”珠月想，咪咪好像随时都会变成敌人似的，吼她一下，她的眼睛就会有仇恨的光，有时不小心踩到她的尾巴，那时，咪咪的眼睛就像要把珠月吃了，难道咪咪不懂珠月的心吗？不小心踩了尾巴，吼她一下，这都是日常生活不可避免的啊，咪咪不知道，她只知道露出本能的表情。

咪咪整天舔毛，把自己身上的毛舔得油光发亮，几个月不洗澡，看起来仍然那么干净清洁，身上的毛就像刚洗过一样，而且似乎更白了，特别是她脸上的毛，让她的脸显得异常光洁，有时候看起来像个圣徒。珠月想起两个人的脸来，光洁如圣徒，已没有一丝尘埃，就像糯米泡在水里几天了。咪咪那时候的脸也很像被洁净的水清洗过一样无尘又有光泽。

珠月梦见自己一次带着很多想念和一些气到了诗那里，以往对他很在乎，可梦中的她似乎要戏弄这种不平等。见到诗后，她和他走到卧室里，卧室里的被子是黄色的，看起来很暖和。她忽然抱住诗的头，紧紧地咬着他的唇。然后她利索地脱掉他的衣服，只剩下诗在那里光秃秃地站着，她对他说：“我爱你，我真是太喜欢你了，你怕不怕我？”说着说着，珠月发现梦中的那个人似乎又不是诗的容貌了。他们睡在暖和的被子里，诗对珠月说，其实我也很想你，想要你。不知什么时候他们连在一起了，顿时，她像要死去一样眩晕，像吃了仙药一样处于极度的迷醉状态。她的头顶上像是有接连的礼花在迸放，闪耀夺目。她像饿虎一般把梦中的“诗”（以这个名字出现在梦中）亲吻了一遍之后，觉得舌头有甜味，她对他说：“你看你多干净啊，我要你。”她发现“诗”委屈地站在那里，珠月还想再亲吻他，这时，她已不忍心了，那个人已不是诗了。珠月在自己狂喜的惊叫中醒了。梦中她对自己说，不能和诗在一起，诗会病的。她越这样说，越是紧紧地嘲笑似的抱着他不放。等珠月醒后，她摸着自己的脸，似乎有些害羞，但脸上有很久的笑容。很多次诗都会在梦中变成不是他，珠月希望他在梦中一直都是他。有一次祈祷，她希望梦中他又高又壮。她知道这样的梦是好梦，说明诗很强大很健康。珠月给“诗”穿上衣服，那件衣服很像珠月曾经给诗买的那件棉袄，是褐黄色的。那件棉袄似乎确证了梦后面的那人是诗。珠月给诗穿上棉袄后，这时看到了诗的脸，还是他。他对她说："你下次再来。"珠月心里喜悦地说："好。"珠月醒后希望自己再做一个和诗在一起的梦，接着就做了上面这一段。

有一段时间，珠月疯狂地想念着诗，感觉那几个博客是诗的，她在上面留言，就像他是她的老公一样。后来，珠月怀疑那些博客不是诗的，为什么？是梦中的声音说的，说不是诗的，那又是谁的？珠月还是认为那些博客是诗写的。和诗一样的语言、语调，连事迹、心理等都是那么相似。

在一段时间每晚给那几个博客留言之后，珠月几乎每天都能梦见诗走进她的梦中。她梦见他咬着她丰满的乳房，拼命地吮吸着，又用手去使劲揉搓它。梦中她的乳房很大，很美，像是自由女神的林中眼睛。那时，他们是在床上。珠月抱着诗，对他说："你每天快乐吗？"诗没有说话。珠月说："我爱你。能不能让我给你生个孩子？"诗说："当然想。"珠月看见诗的全身皮肤变得有些红色，像一朵很大的红花。那些红花又撒在他的头上和停在旅社外面的车上。珠月发现自己的身体像泉水一样汩汩流着，那水很清亮，一点也不浑浊，就像山泉一样干净。

生活中的诗绝不会这么雄壮，这么奋不顾身。他是一个害羞的人，不会这样主动地亲吻她抓她。珠月想这梦可能是她自己的愿望。常常愿望就在梦中化为梦幻，就像清晨的最初一抹朝霞一样。珠月记得最清晰的是第二次见到诗后，她梦见他要她，是在一张桌子上，旁边有人，那时的他是强健的。他一点也不畏首畏尾，很勇敢。生活中的他绝不是那种样子。他是一个做什么事情都会思考再三的人，这种人很难犯错误，从不会轻易做决定。珠月比起诗来就感性了。她离婚的直接原因很大一部分是诗，她总是梦见诗想要她，她想到诗是一个喜欢思考反省的人，她想，她需要一个自由身，这样诗才能走进她，为了让诗的罪感少一些。珠月很幼稚，即使她是自由的，也不表示诗是自由的，可以这样做的。不过，他们一直都没有走到梦中的那一步。

珠月在十月里梦见自己变成几个自己，其中有一个走到诗的面前，说要把自己的生命给他，诗说："怎么给？"珠月说："我也不知道，我只想把我的生命给你。"珠月吻着诗的唇，说是这样给的，要把自己的精气和能量传给他。诗问："我们会一同死吗？"珠月说："我很愿意。不知上天是怎么安排的。"珠月想把自己的身体像花朵一样揉碎又撒开，说这里面有精魂，可以给诗。诗说："我不要。我有些担忧死了后会寂寞。"这时，上天派来一个使者对诗说："什么死啊死的，你会活八十岁上，你看你都长着白胡子了。”诗看着自己的长长的白胡子，有些惶惑，又有些没表情似的。

诗心里有一个人，那个人不知是谁？是曾有的还是未来的？诗没有显示出高兴的样子，他正为那个他想念的人心中怅然。

余清姨妈说：“女人不能养猫，如果猫毛沾到女人身上，这个女人就会想男人。”这段时间咪咪每天和珠月睡在一张床上，弄得床上的猫毛比平常多了，咪咪睡在床中间的毯子上，几乎占了大半个床，把珠月挤到了一边。这几天珠月感到身体总是热热的，一直都是心静如水的她不知为什么好想能和诗真正进行一次身体和心灵的彻底交流。年轻时候是睡美人的她觉得性是羞耻，接近四十岁后她才明白身体甚至比心灵更重要。以往她注重心灵，觉得身体是臭皮囊，十几岁时还就这个问题和同学们热烈讨论过。这个身体是臭皮囊的想法一直都印在她的心里。有时，孤独到了极致就希望有温暖和实体，这时，身体作为一个摸得见有温度有爱的实体对于一个孤独的人来说，无疑更具有心灵趋之的诱惑力。

珠月很想立即走到诗那里，她想毫不犹豫地和他的身体联系在一起，她的灵魂肯定会像洗了一个澡一样，轻松和舒适。她的身体也会在那种暖暖的状态中平静起来。

她看着关闭的电脑屏幕中的自己，可以看得见自己的脸，还没完全老掉，难道要她满脸皱纹时才能和他的身体相连吗？那时，估计诗连看她一眼都不忍心了。诗肯定会把她像嚼碎的槟榔一样吐掉，或者嚼都不嚼，只是把她放在一旁，就把她扔了。珠月宁愿诗把她像嚼碎的槟榔一样吐掉，也不愿他做了很多后，才发现自己根本就不需要她。他在前面砍竹子、树木、荆棘，砍出一大片场地，做他们的婚房，才发现，他竟一天都没去走过。

珠月已经看到了这些，她也愿意为诗守着寂寞，只要他暂时需要她，只要她能暂时给他慰藉和快乐，只要他需要她，不管是多久，她都愿意。她珍重他的心灵，她不想他有什么不开心，她喜欢他，这就够了。

有情人做有情事，连佛祖都赞成。鲁迅在《我的第一个师父》里面借师兄的话说：“和尚不结婚，哪里来的小和尚？”很多地方和尚一样可以结婚生子，这还可以理解。少林寺和尚还可以吃肉，这点珠月就不是很理解了。不过，这也给珠月一点安慰，所谓的条条框框，不过是人定的，而且是有人情味的。这个人情味让珠月觉得她可以和诗走到一起，并且说服他。他被说服了，珠月自己也觉得没心里阴影了。人其实是自己在给自己戴上锁链。人啊，真可悲，人只会被自己打败，不会被任何东西打败。珠月想到这些，她想她要和诗说这一番话，好让诗能更勇敢些，什么也别想。要不，再过几年，珠月就老得不像样了。那时，说不定诗连看她一眼都需要极大的勇气。

第六十八章

时间已在流逝中让珠月感到双颊上的肉都要瘪了。她将看着谁，她想象和同学们说话，她们和她是一样年龄的人。好久都没羡慕青春了。接连不断的打击、压制、破坏已让她这几年来不及追忆青春。甚至连普通人的生活都被剥夺了。有人对她说，什么喝了可以长寿，长寿，天啊，珠月都没有时间想这些，她每天有愁不完的事，受不完的压迫和伤害。

珠月今天忽然感到有点茫然。她摸摸自己过敏的丑陋不堪的脸，看看自己的心，又看了看前方。前方虽然是一堵墙，外面却是热闹让人焦躁又让人无所适从的夜。还好，还没到死亡绝境，如果还能知道衰老，还能留恋青春，还能知道茫然，总比睡着起床那半个小时活不下去要好；她手里拿着剑，总比手里拿着死亡的手杖要好；她被满腔的愤激充盈着，总比一片汪洋似的平静直至堕落要好。

自从珠月几年前做了一个梦，把它记下来，之后邮箱被人盗了，写的梦被发现，她的灾难就开始了。珠月知道，这些梦不过是另一个人的灵魂对她说的，而不是上天说的。这世上没有一个主宰人的上天，上天就是良心。这世上只有每一个生物的灵魂。是他的另一个灵魂对她说了密语，她把它写了下来，从此珠月就开始遭受一连串的阻挠、破坏、压迫、迫害，她多冤啊。她想，为什么要纠缠于这样一个梦呢？事物是每时每刻都在变化的。这之中已经发生了很多变化，他的生活、他周围的人都发生了变化，他的命运也改变了。他偏要伤害珠月，仿佛伤害珠月、破坏珠月他就好似的。珠月想，我的命怎么这么苦啊，我是无端受害，还要牵连孩子。我的接二连三的祸只不过是来自一个很久以前的梦，她不该写下来，却被人看见了。就像冬天要穿一件棉衣，不说、不写就是给自己穿一件棉衣，一双鞋子。冬天里，梦中赤着脚在地上走已有很多次了，难道你不怕冷吗？珠月醒后感到脚还冷飕飕的，滑溜溜的，虽然脚放在床上，却感到赤裸裸地欠穿一双鞋子一双袜子。她想穿裤子，偏偏做梦让她穿裙子。她希望在梦中冬天里能穿上一双新鞋子，一条裤子，一件棉衣。这一切都因为她不该爱。

她知道他处于一种惶然、无助之中，似乎被一个强大的命运控制了。珠月想对他说："不要被自己的心魔束缚，真的，这世上没有什么主宰人的神，神就是每个人的良心，如果把你的良心法则破坏了，你就没有神来保护了。如果你坚守你的良心，不做害人之事，没有害人之心，你的良心会让你成为一个顶天立地的神，诸神也会臣服于你的脚下。"

近来珠月对人生的领悟使她更相信梦只不过就是一个灵魂对另一个灵魂的私语。而且这些灵魂可能是那个人，也可能不是那个人。他们都不过是灵魂的交谈而已。就像我们平时人与人之间的交谈一样。一次交谈的话题不可能决定什么。人的命运每时每刻都在变，人的命运是掌握在自己身上的。只有不搅乱自己的内心、不破坏自己良心的人才有资格配享安宁、平静、幸福、快乐，健康、长寿。

珠月看着诗白了很多的头发，那些白发不该长在一张年轻的脸上，他的脸上似乎在悄悄长着刺，那些刺正一根根地探着头，鬼头鬼脑似的，黑黑的，扎着脸似的要冒出。珠月似乎已经看到刺长出来了。这种刺只有她看得见。珠月的心里像刺穿过一样疼。即使她是无心的，她也有错。她不该写下那些梦，特别是那个他活多少岁的梦，让他无端受困扰。可是珠月做梦都想不到她写的字被他偷看了。这是命吗？珠月难道就要栽在这里？无尽的阻挠、破坏已让她身心疲惫，孩子还要跟着她被欺负，几门功课包括英语六级的成绩都被黑了。她不知道该怎么摆脱这恶魔般的伤害、迫害。她对他祈求，和他苦口婆心地说，他不听。珠月知道他会最终毁灭自己，如果再这样下去，他的心灵承受不了将要发生的一系列的事情。就像看着一个处于疯魔状态的人，珠月感到是那么无能为力。因为他只坚信他自己所想的，认为自己所想的就是对的。所以，他不但要伤害、破坏珠月，而且也要把自己推向毁灭的边缘。

珠月想对他说："请你相信我说的，请你不要乱动。乱动伤人。更伤天地和谐。我现在还爱你护你，请你珍惜。到了一个人没有爱你护你之心时，你的疯狂只会造成更大的疯狂报复，事情将会变得一塌糊涂。现在是和谐的，就要保持现在的和谐，就要顺其自然。如果现在不好，你可以行动。如果现在是好的，你拿着乱棒瞎打人，就破坏了和谐，就没有顺其自然。"

珠月想，他该听得懂，凭他的聪明智慧。只是他现在已被魔鬼驱使。当想到这点时，珠月是又恨，心又为他疼痛。一个被魔鬼驱使的人肯定是没有安宁的，一个没有安宁的人还会剩下什么可以滋润生命的膏粱？

梦暗示他已成魔，叫她不要忍，忍到最后将摔跤。忍就是怯懦，就是纵容恶。珠月一直都不想承认自己遇到魔，她仍然把他看作天使，可是事实不是这样。大概是从什么时候起，他已成了魔。珠月静心想想，是从什么时候呢？珠月仔细梳理自己的梦。是一年前呢？还是两年前？还是三年前？珠月真是记不清了。除非把所有的梦都记载下来了，又有日期。珠月摇了摇沉重的头，仍在抚着自己发痛的胸部，她一直不想接受这样的看法。可是她现在得仔细地想想，反思一下了。从自己所遭遇到的打击、压迫，就连梦中都有声音对她说："你不用怕他。"是啊，我何尝怕他？珠月想，只是他这种情况对于他也是一场灾难啊，怎么办？这绝不是他所愿意成为的。既然我怎么说他都不听，我是否应该跳出来把事情挑明，从此不许他暗地里使坏。也许这是件好事，恶需要把它暴露在光天化日之下，恶就无处遁形。珠月想，这一切是因为什么？难道就因为她曾经写的那些梦？被他无意看了。他那么怕死吗？珠月还真想不到，为了一个虚幻的没有半点理由的梦，他可以什么都做？什么害人的事都做？珠月不敢想，她不相信他是那样的人。可是用一片叶子遮不住自己的眼睛，她看到的事实让她不得不相信梦中所显示的情景，他已变成了魔。起先珠月感到了来自他那里的阻挠、破坏、伤害，珠月不敢信。后来伤害变得越来越丧心病狂。珠月摸着自己疼痛难忍的身体，强压着已到底线的忍耐，在看着他把魔爪伸向她生活的每一个缝隙。珠月早就看到了魔，可她不相信，不敢承认。魔，魔，我该怎么办？珠月的心就像打鼓一样，这是自己生平遇到的最大的魔。梦中有伟人的英魂在护卫着她，他教她更加清明、健康，无畏。珠月说，佛祖，求您一定要保佑我的女儿，我的女儿还小，她能像我一样抵抗魔吗？让暴风雨来得更猛烈吧，珠月想，我要以我全部的精力和力量来迎接一场暴风雨，它该来了。来了是好事。黑暗和恶将在无处隐藏无处逃遁中无法作恶，众人的眼睛如炬，恶将无手段可施。

珠月想到法律时，她似乎看到了一线曙光。鲁迅敢于和章士钊打官司，她也敢打，而且她还要赢。不怕，没什么怕的，如果你已经不能再容忍了，你切不能让恶魔无法无天。这是一场天使和恶魔的战斗，一场善和恶的战斗，你只有拿出利刃和刺刀，方才有胜利。

珠月真没想到自己此生要遇到魔，她以前遇到的贵人好人太多了，所以她后半生里就要遇到一个最大的魔。珠月想，这不怪命运，只怪自己瞎了眼，是自己活该，是自己不该相信别人。她原以为她可以有依靠，没想到命运给她来了一个大讽刺。珠月眼里已经无泪，她在心里大声地骂着自己："活该，自作自受，瞎了眼。"她似乎要大笑起来，笑声把房子都震动了。

近来珠月发现电影电视剧里常常会有坏人，他们不断地阻挡好人、破坏好人。她才意识到原来这是文学的一个永恒的主题，就是天使之所以为天使，她的使命就是要和恶魔搏斗。不和恶魔搏斗何以叫天使？何以能胜利？

珠月知道，只有用利剑才能使恶魔清醒，现出当初的美好的原形。他已早不是天使了，珠月只是不愿相信而已。她是个先入为主的人，她不想改变自己的想法，可是无数的现实使她不得不痛下这个决定，他早已不是以前的那个他了。梦中，她早就梦见他变成了魔怪，而且不止一次，她早就梦见有声音对她说，不能退让，否则你将仰面倒下，摔个大马趴，在梦中，她是已经摔下了。她摔得还不重吗？她还在抚摸着自己的伤口，希望自己忍着，一声不吭。可是她现在决定做一个无畏的、理所当然的剑士，同魔搏斗。既然他已经变成了什么也听不进的魔，要一味地害人，珠月不能姑息了，不能容忍了。当珠月这么想的时候，她并没有感到快乐和轻松，并没有因为自己有理由而感到丝毫的解脱。当天使面对魔鬼的时候，天使希望的是魔鬼能立地成佛，而不是刺伤魔鬼。珠月知道，在这个世上，从来没有一件正义的事是需要牺牲别人的利益来得到的，很多时候，上天只不过是在考验一个人，看他到底有多高的品性，到底有多大的担当。而他，却因无稽的梦拼命地伤害珠月和珠月的亲人，他在珠月的心中一点点地变得小了。珠月想，那样一个梦也许只是他的灵魂对她说的话而已，也许只是因为她听他说要在那个年纪去过闲适的生活，珠月的灵魂对珠月自己说的话而已。珠月做了一个自己要长寿的梦，过了几天又做了一个梦表示自己不能长寿，那又怎样？甚至一个梦有时只能表示一天、几个小时。因为荒诞无稽的梦，丧心病狂地伤害别人，用实际的行动让别人遭受损失、破坏、伤害，这样的罪只怕他清醒过来后自己都承受不了。

他做的每一件伤害珠月的事珠月都心里明镜似的知道，珠月有段时间没法了，怎么在心里、电脑上、电子邮箱草稿箱或者自己给自己发电子邮件和他说话，她知道他能感应到或看到，都说服不了他，怎么办？他还在丧心病狂地行动，他恨不得遏制珠月的思维，让她不能思考；他恨不得把珠月仅有的几件衣服拿去剪几个破洞再还给她穿。总之，只要让珠月感到不顺利，有麻烦就是他该做的事。珠月有天忽然想到，我该怎么来制止他疯狂、荒诞的行为，她想在他讲座时忽然跪到他的面前，当着全体的面求他，珠月想，这样也许能制止他的疯狂行为吧。珠月实在想不出更好的办法了。现在想想，这种行为也太惊世骇俗了，肯定会轰动全国。

珠月在日记里写道："别人劳动都有收获/为什么我们拼命劳动/却还要担心收获被人掠夺/别人劳动理所当然得到成绩/为什么我们创造了成绩/却要被人篡改/别人得到只要劳动一分/我们却要劳动几分/还要被掠夺/孩子，是妈妈对不起你/妈妈遇到了魔鬼/牵连你受累/你小小的心灵可能还不知道世上有这样的邪恶要压迫你、迫害你/让你无处躲藏/让你无喘息之机/妈妈也是第一次遇到这样的噩梦/这回让她开了眼/妈妈绝不是懦弱的人/如果忍到不能忍之时/我将撕破脸面/用正义来保护我们再也不要受欺负、压迫/本该我们得的/我们还要战战兢兢/我们不求得到不该得的/我们只要自己该有的/被欺负者拿起利剑/冷酷面对虚伪的假面/用剑一件件地挑开劣迹/这世上难道真没有黑白/有的，法律将是黑白分辨器/你不去找法律/却哀叹自己的无能为力/是活该/撕破假面，让恶迹昭彰/让罪行在阳光下暴露给众人/看谁还能在阳光下犯罪/黑暗和恶将无处遁形。"

珠月感到了前所未有的阻挠、破坏、压力，她的笑容也许从此难有了，她每走一步前面都有荆棘丛、陷阱。她感到寸步难行，她就连做一件极小的事都要受到阻挠。她很想躺下来，哪怕是死去。活着多累啊。她骂自己，瞎了眼，瞎了眼。

她从来不怕死。她的外婆、姑婆都是自杀死的。死远没有那么可怕。她好累，她只想大哭一场，然后躺下来好好休息一下。永无止境的破坏、压迫、迫害让她喘不过气来。她从没像现在这样的悲观、无力。因为人受压迫、欺凌、毁谤太多、太凶、太猛、太长时间，这些都会在人的心上、身上刻下印子。就像传说达摩面壁十年会在墙上留下影子一样，珠月特别相信。珠月觉得自己现在已不能像以前一样笑了，随时都有压迫压过来，就像孙悟空被压在五指山下。她想想，忍不住凄惨地笑了一下，她一个单身女人，带着一个孩子，一个一无所有的女人，他们却联合起来围剿她，这世上真是什么样的事都有。他们觉得这是本事。她想，如果她现在讨饭了，他们有可能还不放过她。因为朱元璋不是讨过饭吗？听说还有开着车子讨饭的，说不定她讨饭到时发财翻身了。要打得她永世不得翻身，他们真的是很有本事，没有丝毫的怜悯之心。珠月从来舍不得给自己买一件好衣，吃一餐好饭，二十岁之前没有吃过二十块肉，说是不喜欢吃肉，连爸妈都以为她不喜欢吃肉，其实她是把肉留给家里人吃。她工作后好长一段时间只要吃肉就要吐。珠月想起爸爸的死，爸爸是因为没钱转院死的，珠月有哪一件事值得有笑容啊。

珠月现在是确确实实越发敬重自己了，她想，这世上像我这样纯粹美丽的人怕是已经快要绝迹了。他们只有本事整珠月，那是因为珠月一直在忍。珠月怕吗？珠月年龄不老，可半点都不怕死。只要有不怕死之心，就什么都无畏了。珠月的心一点点地凉了，心里的郁闷越积越深。她正在睁着眼看他们怎么变戏法，怎么继续整她。这世上的很多人都是趋炎附势的。珠月渐渐看清这点。她想起余清说的一句话，“不识黑”，她现在终于识了黑。

珠月妈说，她小时候很怕死人，后来珠月爸去世了，她就睡在珠月爸刚睡过的床上。珠月妈说，自从她的父母婆婆姑姑舅舅去世后，她再也不怕死人了。她也不怕鬼了。珠月现在不像以前那样怕死了，她睡卧铺睡得很香，坐飞机不怕飞机掉，她的心渐渐地冷了，就像一团炽热的火变成了一炉冷灰。她仍然怕鬼，她对自己说，就和鬼来一次对话，怕什么？鬼不就是人吗？你来吧，我和你说说话，看你是不是真的存在。谁看见过鬼吗？如果我看见了，那就证明鬼真的存在。

一阵无言的哀戚掠住了珠月的心。人世，何其不公啊！今天她听到叶曦死亡的消息，当她想着叶曦的面容时，那面容不知怎么变成了她自己的面容，叶曦的名字也似乎变成了珠月的名字。她在想，我会不会哪一天也是这种死亡方式。

回到家，她感到嘴都是苦的。

珊珊来了，她博士毕业后分配在乐城的一所三类大学，因为接连几次申请项目都没成功，她正在抱怨：“这世上真黑啊，我以前以为项目、获奖等都是靠的成果，崇拜得不得了，后来才知道根本不是那回事。黑得很。一些评委外行不说，还不讲良心。也不看内容，也不看成果。按说，你外行吧，虚心点，看别人发的成果，如果不相信别人论文的质量，还可以亲自去看看别人的论文，总该有一些自己的初步判断。他们都不做，有没关系是第一，别的，扯淡。我听一个博导说，那些口口声声说自己拿项目、获奖是碰上的人都是假的。特别是一碰再碰上的人更是。我听了起初还不相信。自己的成果那么多，那些专家就像没看见，没什么成果的反而被评上，明眼人一看便知。如果你写信去问，他们还挖空心思地写给你一封信，说是你的论文有怎样怎样的缺点，哪篇论文没有缺点？这不是废话吗？那些被评上的论文、项目没有缺点吗？大部分比这更多。我的论文都是自己冥思苦想出来的，别人说过的我不说。现在刊物编辑不可能懂你研究的领域，评委也不可能真正能给你的论文正确的评价，他们都很安然地、像法官一样地坐在审判席上审判别人。我总记得我的一个博士同学说的一句话，现在的学术界已经像乌鸦一样黑了。”珠月已累得不想说话。珊珊接着说：“我的一个大学同学跳楼了，说是因为在单位里一直被压制，他拿着一把枪来到院长办公室，没想到枪打偏了，他就从院长的办公室窗户跳下去了。听说这个学校连续好多年都没职称晋升，确实不正常，一般的高校都是每年一次职称晋升。”珠月说：“他从哪里弄的枪？”珊珊说：“我也不知道，以前听他说他家有一个亲戚是公安部门的，不知是不是从他亲戚那里偷来的。”珠月想了一会儿说：“以前我最讨厌的就是暴力，现在说实话，真有些同情、理解这些人了，因为有些事情只能用武力解决，没有别的法。”珊珊连说：“我那个同学真可惜，长得很帅，我曾经有一段时间还暗恋着他呢。”

珠月对姗姗说：“有时选题好或者需要也可能碰到。我有一个朋友在读博士时就拿到了一个大的社科基金，他的课题是关于西部民俗的。他当时真的没找人。”姗姗不相信：“他找没找人跟你说？不过，我听我的老师说，以前的风气正一些，现在的学术界被一些利欲熏心的人搞得乌漆墨黑。”

其实，珠月心里很认同姗姗说的一些话，她想起一个二流杂志的编辑要她写所谓的新东西，就是那种看起来很新潮、很时髦的东西，珠月并不认为学术上的论题有新旧，她认为有些问题会在不同的时代时时拿出来研究或者实践，何谓新旧？没有自己的心性、思想的人才有所谓新旧，这世间的问题是没有新旧的，只有深入或者浅薄。珠月觉得自己的眼光也许更远一些，她有时研究的问题在当代确实也许是旧了，但她并不认为这个问题是旧的。当珠月听到别人劝她要写现在最新的问题时，她很想知道，那些所谓的新问题是真的新问题吗？如果说海德格尔是新的话，海德格尔在德国早已过时，如果说福柯是新的话，福柯在法国已过时。过时了的海德格尔、福柯在珠月心中是永远也不会过时的。马克思主义曾经很新，按说现在不新了，可珠月却认为伟大的马克思主义永远都是新的研究问题。时代有前沿，问题没有新旧。最有讽刺意味的是，珠月写的一篇论文她认为只能在一般期刊发，没想到核心期刊发了，很多人还说写得好。其实那篇论文珠月觉得没有多少新意。而对于自己的很多论文，珠月觉得都是有创意的，很多编辑却不识。她的书里写得最浅最没花功夫的章节，别人都一致称赞，她花了很多时间写的有很多自己创意的章节却少有人提。所谓学术，真是隔行如隔山，珠月是深深地体会到。所以对于不是自己本专业的论文，珠月大多数时候不敢发言，因为只有行家才知道其文里的一句话或一个观点到底是否是作者自己的。

珠月在一次学术会议上，把当时上交的论文看了一遍，顿时感觉几乎没有一篇是有他们自己的观点的，哪怕就是一句话是作者的珠月都能看得出。这时，珠月才知道什么是行家，行家看你到底有多少东西属于你自己，外行看着一串串的新鲜词汇，还以为是作者创造了它。

珊珊就像吃土一样把一个朋友的小说看完了，每看几个字，就像吃掉一口土，那种痛苦难熬就像数着过分分秒秒，写书评时更是一个一个字地从心里挖出来的，每写几个字也像吃一口土。她从没碰到过这么苦不堪言的写作过程，只想着凑满数字，完成任务。既然无法退却，既然答应了，硬着头皮也要写。好不容易写完了，她就像病了一场。如果是这样的写作，她肯定会从此讨厌文字。很奇怪，越是对于写得不好、不堪一击的文字，她反而越彬彬有礼，因为她知道它们不堪一击，她只能说它们的好。对于写得好经得起时间考验的作品，她就会力图找出一些自己的看法来，因为她知道它们经得起推敲，经得起打击。

珊珊对珠月诉苦说，现在找她写书评的有好几个，她每天很发愁。“如果说那本书写得好，看那人的书还有些用；如果写得不怎么样，写那些书评，就像吃泥巴。一棵大树用刀砍一下伤不了它，只能验证它的强大，一棵弱不禁风的小树，你简直不忍动它一下，怕它一下子就夭折了。越是好的文字和思想，我越要挑剔，越是没有什么好说的文字和思想，我反而非常客气，因为我不忍在本来就没有什么值得说的文字中挑三拣四，因为它们经不起。如果我批评某文字，一定是这文字写得耐得起批评，如果我客客气气，一定是这文字没什么说的，只能硬着头皮客气恭维。我看一本书，认为没新意没思想，我就写书中有的内容，也不管它是不是具有新意，是不是值得写，反正要把字凑够。凑够字就算大功告成。我以后再也不要轻易答应给人写评论，遇到那些无所写的文字，那简直比坐牢、吃泥土还要难受。”珠月听了珊珊的一顿牢骚，笑着说：“走，吃饭去，你既然答应了人家，你就慢慢写吧。呵呵。”

珊珊的师姐师妹问她发文章的技巧，珊珊说是自己投的，她们有些不太相信。珊珊知道现在网上很多发论文机构，只要出钱，就可以发，她几年前曾经也投过，说是要一千八百元，珊珊觉得太多了，她认为她的那篇论文最多出版面费几百元就可以在核心期刊发，她从此再也不在论文发表网投稿了。

珊珊怀疑《小谈大论》刊物是骗子，她今年给该刊寄了一篇稿子，主编来信说，可以发，要她寄五千元版面费，要减几千字，她的论文是三万字，她不想减，怕影响整体性，就说寄六千元版面费吧。账号是主编的名字。他来信说当年第六期发。珊珊再给他打电话，他起先很惊讶，说话带着怒气，心想徐珊珊怎么知道他的电话的？他说徐珊珊受骗了。珊珊感到这件事并不是受别人的骗，而是受的主编和《小谈大论》刊物的骗。珊珊投的是《小谈大论》刊物的邮箱，碰巧那个邮箱被盗了，哪有这么巧的事？真没想到该刊竟如此肮脏。这件事她想一定要查清楚。她为《小谈大论》主编那样的骗子感到耻辱，挂着知识分子的名做的简直就是贼的勾当。该刊主编还硬着脖子说：“你去找派出所啊，找我干什么？”珊珊确实想去找派出所，这件事一定会水落石出，可是她的心又软了，为了六千元，就把一个“知识分子”的名声毁了，心里又有些不忍。虽然该刊主编根本谈不上是一个知识分子，更谈不上是一个真正的知识分子，毕竟他还要脸面，他还有家人。珊珊左思右想，还是决定不报告派出所，但是她心里还是不解恨，她在邮箱里向该刊主编讨了几次钱，该刊主编估计觉得拿这六千元后悔了。为了六千元，听别人说那么难听的话，值得吗？该刊主编这种人，姗姗觉得他就像社会渣滓、垃圾，她从心底里看不起，她很惊讶“知识分子”竟然可以这样。

科研处老师好心告诉珊珊几个评审的名字，珊珊想，我这篇花了很多功夫又具有创新性的论文理应得奖，何必去求人让自己的文章得奖，珊珊没去找那几个人，果然，她的文章没选上。多黑啊，那些选上的文章并没珊珊的文章有价值有分量，可听说现在没有人际关系没有人情根本不可能天上掉馅饼。果然。珊珊一直都以为有些事情还是需要公正的，比如一些一目了然就很明了的事情。这次，她错了。权利、权势、金钱主宰着社会的每一个角落，哪有公正可言？

珊珊笑着对珠月说："现在有很多混名声的人，名声混得满满的，职务挂一堆，可就是没成果。就像鲁迅说的，用一本诗歌什么的作了敲门砖，进去之后，连敲门砖都扔了。还有一种，滥竽充数的书出一堆，为了应付完成申请的各种各样的项目，没一本是动过自己筋骨血肉的。天天填表拿项目，到处做评委，像影视明星一样混个脸熟。急于得到名声利益，等不及把凳子坐热。浮躁永远产生不出伟大的作品。"

珠月有一个老乡写了一本历史学家评传，他请名家写了一堆评语，放在书的封底，这是现在非常流行的一种推销方式。她看完后，确实不敢恭维，老乡觉得很没面子。她听他说写了十年，一口答应给写书评，后来发现她无法写。她看过老乡写的一篇论文，觉得写得很不错。老乡初中没毕业，一次试也没考，竟拿了一个 985 大学的哲学博士文凭。想到他一定很有能量的。没想到珠月对他说不能为他写书评时，他竟然像要哭了。珠月想，老乡既然那么神通广大，怎么那么在乎她的评价呢？后来她听一个好朋友说："因为老乡知道你是最真诚的，不会说假话。"虽然封底有赫赫有名的名家评语一堆，老乡还是最在乎珠月的评价。他知道名家的评价只是他自己写上，名家同意的，可珠月会对他说实话。珠月的朋友说："我只信珠月说的。"老乡脸红，无言。老乡没有必要脸红，他确实是觉得自己写得很好，没有弄虚作假。珠月觉得自己很对不起老乡，老乡还给自己买了一袋茶叶。

第六十九章

珠月每天就像在等着别人来破坏她似的，让她一刻也不得消停。她太累了，她想休息一下，她感到自己要病了。如果说她还有一点希望活着，就是她知道佛祖、大慈大悲的观世音菩萨还在哀怜着她。前面还有一堆阻碍，观世音菩萨心疼珠月，告诉珠月，那些给珠月阻碍的，其实都是在害自己。珠月流泪了，伟大的佛啊，大慈大悲的观世音菩萨，世人该怎么走？什么样的道才是永远都有阳光的？

看似一个小小的行为，伤害却是非常大，也许他意识不到。在改公务员试卷期间，不知为什么手机闹钟到时不响了，珠月吓得几个晚上几乎都没睡好，身体和心理都经受了折磨。很多事情因为梦得到，提前就提心吊胆，提前就开始担忧、伤心，这让她的身心处于极端的疲惫状态。

珠月从未像现在这样活得累，以前她总是笑，现在她每天在想着，又有什么麻烦要来？麻烦看起来小，件件都要人命。依得珠月的倔脾气，早就翻天了。珠月在忍。忍。初中时因为日记之事校长把她叫到办公室批评她，她翻她的书，像没听见；工作时总务处分房子不公，她给院长写信。她一直都顺风顺水，何时受过这种气，这种憋屈，这种压迫？

她想到因颉时，泪流得更猛了。他受了多少罪啊，他是怎么过来的？那些黑暗的日子，他是怎么摸黑过来的？珠月不能牵着他的手给他一点抚慰。他孤单吗？他快乐吗？他幸福吗？珠月多么希望他不痛、不孤单，是快乐的啊。

因颉的痛在黑暗里，把他的脸磨成了像雕塑一样的疼痛的痕迹。他多痛啊，那些眩晕的幻想，那些折磨他的所有的一切声音。

因颉来到这世上就是为了让珠月来流泪的吗？珠月想掩住自己的耳朵不听蒙住自己的眼睛不看闭上自己的心不想，他的痛就像一道道深深的磨石嵌在珠月的心里、肌肉里、脑回里。难道人生真的是一个苦字，我怎样赎回他的痛，他的黑暗？

没有什么语言可以表述痛苦，苦难愈深，愈是无语言能表达。那些能够表述痛苦的人一定不是在痛苦之中，他们表述的也不是最深的痛苦。最深切的痛苦是不能表述的。

沉重的压力让珠月真想倒床睡上几个月。

冷不丁的一个破坏、一个伤害，让珠月防不胜防，精疲力竭。一次，她做好了爆发的准备，那天她看电视不是像往常那样有瘾了，吃饭也不像往常那样香了，她感到也许平静的生活要打破了，暴风雨就要来了，这暴风雨是她招来的。她也可以忍，让暴风雨不要来，可她那天做好了死战的准备，对着一切朝着她压来的炮弹。她准备决一死战。当她做好这样的准备时，她的心情没有半点轻松，反而开心减了不少。她知道，这绝不是一件容易的事，她将面临什么？她自己也未知。她就像一个不顾一切的勇士，她不能再沉默。她等待着爆发的那一刻，过了几天，似乎没发生什么事情，她的弦又松了些，她似乎又能吃得香、看电视也很看得上瘾了。

今天一系列的事让珠月的弦又绷了起来，不是要挑战她忍耐的底线吗？她等着自己爆发的那一天。

她静静地坐着，等着，她的心一点一点地凉了，她抹干了眼泪，又抹干了眼泪。她对自己说，你只有自己才能救自己，你只有靠你自己。

是的，想到这一点，珠月的眼泪就像断了线的珠子一样往下掉。因颉在痛着，诗在被魔鬼驱使着，只有她是清醒的，还要被人凭着自己的喜好整。

多累啊，多黑啊，好日子都过完了吗？我该怎么继续过？珠月站了起来，她的腰因为小时候做多了重体力活，每次坐久了站起来就会伸不直。她继续佝偻着腰，像一个八十岁的老太婆一样慢慢走到桌边，拿起桌上的杯子，把桌上一个袋子里的面粉往杯子里使劲倒，才发现自己倒错了。真麻烦，她也懒得洗杯子，懒得喝水，算了。近来心急火燎，口里长了很多泡，她今天买了一袋凉茶回来。

珠月梦见诗是不是看到了她正在写的字，她惊醒过来，身上已出了一身冷汗，这身冷汗让珠月的身体不停地打战。他一定不能病了。我的命怎么这么苦啊，他拼命地害我，我还要担心他。他为我出过几身冷汗吗？珠月摸着狂跳的胸部，不停地在心里说，好了，好了，我服了你，我就该受你的气，你几次是要置我于死地啊，可我，还是怕你不好。我服了你，好吗？只要你不病，什么都好说。

珠月脸色惨白，浑身发抖，从梦中一直抖到醒后。“是的，任你宰割好了，好吗？我连说都不能说，连在小说中、梦中都不能说，好么？只要你不病，只要你健健康康的。难道就没有两全其美的方法吗？难道你一定要伤害我破坏我吗？因为你不相信我说的，因为你有心魔。上天啊，难道我只能任他欺凌吗？我还不能说，我的天，可是比起我揭穿他害我的事实让他病，我还不如不说呢，更别说反抗了。笑话啊，还反抗？一个梦，已让我全身发抖，一身冷汗。我再也不说了，好么？只要你不病。哪怕你成为一个魔鬼，也比你病了好。最少你心中觉得自己是对的。如果有一天你觉得自己不对呢？只要我还没死，还没病，估计你应该不会觉得自己有错，你也永远心安，你也不会病了。所以，我还得健康地活着，我死了，也是你支撑不住自己之日。”

珠月做了那个害怕的梦后，心里万分恐惧。她疲惫的身躯瑟瑟发抖了个把小时，冷汗一直在冒。“你可不要病啊，我会每天为你祈祷，让你清新开朗释然。这个世上没有比自己的良心更大的信心和敌人。良心可以让我们无病无忧，害人之事切不可做，做了，良心就会成为一个杀害人生命的敌人。他是在不自觉中做了错事，他以后肯定会迷途知返的。求佛祖一定要保佑一颗本是良善的种子！”珠月已经精疲力竭，她知道她不会死。她一定要健康地活着。

“没有比她更纯粹美丽的灵魂，一株桂花的枝丫，一树桂花的芳香，在夜里悄悄潜入爱的人的梦里。”天上飘来了这样的歌声。珠月就像睡在天空的船里。珠月坐在床上又睡着了，她在梦中听到一个声音对她说：“凡是伤害你和你亲人的必有不好的结果。”珠月心里说：“哎，你知道吗？过去的事情就不要计较了，如果未来再有人伤害我和我的亲人，我就不管了。”珠月在心里琢磨着自己的话，那个声音已远去。“你是要拜破坏你的人为师，向他屈膝投降，向他纳贡吗？”珠月知道梦的意思是告诉她不要忍，只要她不忍，她将成为闪耀的智慧的明珠，象征着天才和华彩。珠月不懂上天为什么要嘲笑她的忍耐，难道她比上天还要宽容，还是真的不能忍？珠月想想这几年她遭受了难以想象的挫折、破坏、困难，连那些害她的人的蠢蠢欲动的心思她都能捕捉到。这也未免太累了吧。即使他们说出来了，也不一定会去做，即使他们想了，也许不过是想一想。他们还联合起来欺负她这样的无钱无势的弱女子，天人共怒。珠月经常碰到有人这样问她：“你过得怎么样？还好吗？”那种语气是知道珠月过得困难重重的语气，可他们发现珠月仍然笑着，似乎精神饱满、斗志昂扬。“你过得还很好？”他们加一句。珠月只好笑着说：“还好。”珠月知道自己说这句话非常勉强，也非常不自信，她不知道未来她还会遇到什么故意的伤害和破坏。但别人丝毫看不出她有什么不开心，她是那种哪怕到死的最后一刻也会说话有力的人。

可摧残在珠月的肢体上表现出来了，她有两年时间不会走路，双腿从脚到胯受到了严重的灼伤。层层的压迫、伤害让她走每一步路都是那么艰难。

如果一个人被人盯着一个月半年一年呢？就像一张弹弓被人久久地拉着，它终有一刻会变形的。珠月那半月被人紧紧地盯着进电梯、走路，她已经被人盯得像一只紧拉的弹弓，那只弹弓肯定会有一次打出子弹让人恐慌。可她心里不慌。她只在心里笑。你们怕不怕？看我吗？我让你们看，要不，我不会答应和你们每天一起进电梯去吃饭、做事。

孩子的好朋友小新有眨眼的坏习惯，这两年好多了。那天珠月和她说话时，珠月不知怎么不自觉地眨了下眼，小新竟然又不停地眨起眼来。一个走路步伐很优雅的人，被人紧盯着看他们的腿脚，那人就不知怎么走路了，就会不自然起来。就是八十岁老太婆都会这样。以前看邯郸学步，觉得是笑话，就像寓言一样，现在想起这个故事，珠月不会认为这是寓言，一定会是真实的故事。那人最后爬回家了。不会走了，就只有爬。其实每个人都不喜欢被人过多关注，这样就会不自在。每人都需有一个自由的空间，那个人才是完整的、美丽的，也是人的品质、灵性、神性的被保护。

约两年后的一天，阳光就像忽然打在她的心灵上，一道光穿过她的躯体和四肢，她心里的一个黑洞打开了。她知道是伟人的精灵告诉了她秘密。那正是谣言传得最厉害的时候，他们将要置珠月于死地的时候，这一次，佛祖、观世音菩萨救了她，一道亮光穿透她的心房，她顿时豁然开朗，就像有一个黑箱子被打开了，那些黑色的像浓烟一样的东西飘走了，她有一种身轻如燕的感觉。那时是中午，珠月留心发现果然有一道阳光斜照在客厅里，珠月心里的阳光把天上的阳光衬得更明亮更有色彩了。她看到七彩的飘带正穿透房间，打在餐桌、地板和一棵绿色的茂盛的植物上。

珠月知道，即使他是魔鬼，他也是上天的魔鬼，上天、佛祖一定可以救他，珠月不要他才华横溢，只要他健健康康，平平安安！只要他像一个理智的常人，要不，他会堕入前方黑暗的深渊。珠月的担忧还没有和任何人说，她不敢说，更不敢想。她在心里对诗说："安静，过着顺其自然的日子，日子会安排你，上天会安排你，勿伤人，像以前一样，你会得到平安、健康、长寿。"珠月相信他能听到她的话，此外珠月也想对他说："只要你需要，我会一直孤独地在心里守护你，为你祈祷，只要你不要伤害人，不要生病。只求日子安宁，只求你好，只求大家都好。如果你需要我，我随时会出现在你的身边。"珠月知道随着自己渐渐老去，他们之间越来越不可能在一起，但如果他现在需要，她也可以这样做，到了他不需要的时候，他就像扔一块破抹布一样把她抛掉，那也没关系。她心里说这样的话，就像沈从文说要和张兆和离婚，心里是没有丝毫怨气的，有的只有爱和慈。珠月知道如果他不听劝，执意要乱来，要伤人，他一定会病。想到这点，珠月倒抽一口冷气，一定不能让这种事情发生，她要拼尽所有的力量来防止这样的悲剧发生，也要防止自己和亲人不要继续被他所害。因为他现在已成了一个魔。虽然他成了一个魔，脸上似乎长满了看不见的刺，但珠月不怕他，因为她觉得自己对他是那么熟悉，他即使成了一个魔，一个被疯狂的魔掌控的人，可珠月有信心将他拉回岸，将他唤醒。珠月有时自私地想：你再伤害我，我就不唤醒你，你知道吗？你前面是什么？会是黑暗的悬崖深渊。可珠月永远都无法从心底里真正地恨他，她是那么地爱惜他，希望他好，就像自己心里一个隐藏的宝，她要守住他，不要他自我毁灭。

珠月梦见他有时爱她，可他越爱她，对于她却越是灾难。梦中每一次课堂她都是赤着脚。他一定是怀着满腔的恨来爱她的，他一定是怀着要置她于死地的心来爱她的。这是爱吗？珠月想，如果这是爱，请求他不要爱我。以前，珠月以为爱是好事，后来才知道爱是罪。她以前用最美的词来形容爱情，后来，她每次给学生上课不得已谈到爱情时，她就像嘴里含着一条毒蛇，一颗定时炸弹。她害怕爱，她更害怕以爱的名义做的坏事。如果一个人连做人的资格都没有了，还有什么资格谈爱？珠月不需要爱，她只需要怜悯、同情、支持。一个人已无法活时，她只需要食物；一个人在救着多个人时，她只需要正义。爱，已经太奢侈了。她不配享有。

珠月想，诗在她的课件上做鬼，派学生课堂捣蛋，篡改她的课堂教学网评分数，她都算了，她想凭着她的良心尽了她最大的努力上课，学生给她发短信送明信片小礼物给她留下的感激、赞赏的网评评语，一个老师付出多少，表明学生的心里是有数的，学生所得到的收获并不会因为诗的破坏而减少。如果这次申请项目他要是再阻挠她、破坏她，她就不准备再和他有任何联系了。她会一直沉默下去，她不准备再和他说话了。无论她怎么说，他都不会听，他只固执地坚信自己心中所想的。难道那个梦一定要成为谶言吗？难道事情一定要朝着那个不好的谶言发展吗？如果你要这么固执，我只祈求你不要因为我不和你联系而感到半点委屈，我都快老了，不值得你记得我，就当这世界上你不认识我，你一切都会好的。珠月想到这些，心里有一种撕裂的痛楚，就像朝着一个无边的黑影坠去。她知道他处在一种悬浮的状态中，只希望他能回到地上，更安宁、踏实些。而她自己也是步履踉跄地真正地身心疲惫了。

珠月想，难道她不和他说话有这么严重吗？她仿佛对他一点都不了解。他完全可以找到比珠月年轻漂亮的女孩，没有半点值得因为这件事委屈。他一定会更好的。而珠月也累了，被他伤害得伤痕累累，步履维艰。如果喜欢一个人就是遭罪，这样的爱也太可怕了。那么，她愿意选择自由、自在，更轻松、快乐些。好久都没有笑容露在脸上了，连说话都没那么无忧无虑了，时刻都在被一种担忧控制着，不知明天他又会怎么伤害她？

说实话，珠月越来越感到自己不像当初那么爱他了。她当初在心中把他想象成天神、天使，她愿意听他的，愿意为他付出所有，只要他好。可珠月渐渐发现自己在被他强烈地伤害着，珠月想，这就是她的劫难吗？为什么会这样？难道是她做错了什么？为什么她要经受这样的惩罚？这样的惩罚是她该得的？还是只是为了伤害他？用他自己的手来伤害他自己？或者她本就不该爱他，她曾经在佛面前的祈求，佛说，你要兑现自己的祈祷吗？还是本没有一个人需要她兑现祈求。珠月不知道，她在心中说，我什么都不想了，就像庙里的尼姑一样，只每天做自己的事，只要人人好，只要我不被人伤害。

珠月看到一个在她侧面奔跑的孩子重重地摔在地上，有很大的响声，她感到好像是自己很重地摔了一跤。

珠月有那么两瞬甚至希望自己得癌症，她想，得了癌症之后诗就会可怜她同情她而不会压迫、迫害她了。随即她又不希望自己有病，人都要死了，生命都没有了，还有什么？

第七十章

珠月感到自己爱自己比让肮脏的人来爱自己干净多了，她的心里像是被净水洗过一样干净，一点儿也没有觉得难为情或者愧疚。走在街上，风似乎有些凉，她的心里就像头上快要昏暗了的天空一样宁静又高远。凉风习习，今天就要过去了，明天，珠月的手有些无力，身上就像是要虚脱了似的。她被一个梦急醒，梦里全部是情欲。她感到这是她的一个发现，自己爱自己比脏的人、她不爱的人爱她感觉干净。这让她虽说不上快乐，最少心里变得轻松，更没有负罪感。

她后来有些想哭，忽然想到了那个怜惜她的人。她的鼻子一下子酸了，眼泪全部流了出来。仿佛她在死牢里出来，她抓上他的臂膀，让她可以随意说话，让她自信。

泪眼蒙眬中，她用手擦干了泪，她在心里使劲地念着，她曾经的笑容，她的眼泪还在使劲地流着，眼前仿佛是黄昏。有什么事情不对了？她有强烈的不满意的感觉。不过，她马上又自信起来。

她问自己，我妨碍了谁？我妨碍了诗吗？他没道理。因为他现在就像个孩子，不讲道理。因为他没人说话，他就要像孩子一样胡赖。因为他找不到发气的人，找不到消除恐惧的人，找不到说隐秘的人，找不到海洋里的稻草。他发现了一块烂木板，他想那也是他能在海洋中唯一可以看见的一块曾经有生命的陆地生物。

他惶然中不知怎么消除恐惧、忧心，他只有找她，他又不找她，他用破坏她让她知道他的存在。她每次想去看他，又一次走在路上，竟然哭出来，她想，为什么喜欢一个人上天不让见他？既然上天同意，为什么认识他竟然是灾难？她想自己哪里做错了？她身上撒着罂粟粉，她爱的人就往那个罂粟圈里钻，他们都不由自主地被她编的或真或假的语言迷惑。别人写日记、小说可以乱写，可以不负责任，她以为自己也可以乱写乱画，后来，她发现自己不能乱写，虽然自己写的没请任何人看。她写的文字就像毒药把她最珍惜的人毒病，希望再也不要有一个人病了。她感到万分恐惧，她感到自己失去了自由，失去了涂涂抹抹乱写的权利。她已经不敢写文字了，她写的话有人把它们当上天说的话，这真是太可怕了。她越来越相信，每人都是自己的佛，所谓神，就是自己，自己就是这个世界不可思议的神。自己的力量和潜能是无穷的。

这世间没有神主宰任何人，主宰人的是自己。没有人告诉我秘密，那秘密只是来自心灵之间的感应。我的感应来自你心灵深处的秘密，你没有言说的隐秘，而不是上天决定你的命运。原来我不过是倾听你心灵的那个人。你偶尔的心灵被我窥见，你自己都不知觉的心灵被我偷听。我听到了你的声音，我在宇宙的深处听到你灵魂的悄语，连你自己都不知道你何时说的，却被我听见了。我告诉了你。你恐惧着自己的灵魂，自己的孤独，自己潜在的绝望。当你害怕自己的绝望时，你的神会提醒你，躲过自己的绝望，从生命的缝隙处走过，走过那座山的缝隙，就是光明的天了。好孩子，我永远都爱你，从心底里喜欢你。无论天使的面容背后藏着的是多么可怕的狰狞的面容，我也相信你是美的。你对我的残害已经到了非常可怕的地步，我始终相信你是被魔鬼支使的。我仍每天为你祈福，我绝不让你被伤害，绝不让你做错事。一切的过错都会伤害到自己的身上。我绝不让。

珠月梦见爸爸是天上的星宿下凡或者说是神仙投胎人间，说是他的肉体在棺材里还没烂，珠月总感觉爸爸还活着，在坟墓里。说不定打开坟墓，爸爸坐起来了。珠月有些怀疑这个梦，爸爸一点也没星宿、神仙下凡的样子，又穷又不得志，一生有大志，却一无所成。神仙投胎有神仙的样子。爸爸确实很聪明，别人都说爸爸是青山乡最聪明的。爸爸喜欢看书，珠月以前看过的书，爸爸很多都看过，家里哪怕有一张报纸，他都不放过。爸爸一次指出学校发给珠月的地图册上某处地图的错误，让小时候的珠月很惊讶，公开出版的教材也会有错？爸爸写的怀念奶奶的文章珠月看了后泪流满面，真情又富有文采。爸爸会写对联，出口成对。爸爸会写状纸，写得别人看了赞叹不已。珠月一次拿着爸爸写的一封合同给做教育局长的姑爹看，姑爹说："你爸真是天才，又没学过怎么写合同，写出来的文件一般人写不出。"但爸爸不至于是神仙下凡。爸爸常常说看到了什么什么，他们说他多疑。爸爸常常知道未来的事，他们说他杞人忧天。还有一点，爸爸年纪大了，别人仍然说他年轻。他牙齿都快掉光了，他说要做姜子牙。妈妈笑他："还姜子牙，牙齿都掉光了。"珠月实在看不出爸爸有什么仙气有什么来历。不过，珠月相信爸爸尸体还没腐烂，常常觉得他还在坟墓里活着，她甚至怀疑爸爸没死就放进了棺材里。虽然她亲眼看到爸爸闭了气，可是她不敢相信那就是死了。何况手放在鼻孔旁手指数着脉搏就能知道人死了没有，这确实是一件不可相信的事情。只有做心电图，没有心跳了，才能判定一个人是否已经死了。爸爸没做心电图，珠月一直都有些怀疑爸爸没死。或者爸爸是装死的。他看到大家在旁边守几天了，他该死了，他就死了。爸爸是自死的，自己让自己死的。想到这一点，珠月有些相信爸爸是神仙。爸爸昏迷前对珠月说的话是："我要和你同甘共苦。"珠月想也可能爸爸是为了她死的。她一直要离婚，余清不肯。珠月知道自己不是什么宝贝，就像余清说的，你以为你值几个钱，有一次甚至说她一钱不值。可余清不肯离婚。他说要拖着珠月到老。爸爸知道珠月的犟脾气，他担心余清红了眼会害珠月。爸爸说要和珠月同甘共苦，爸爸就以死来保佑她的女儿。这个死怎么能保佑女儿，这是一个问题，但爸爸自有他的道理。要不，珠月想，我前两天怎么会梦见爸爸是神仙下凡呢？

爸爸是神仙下凡，这个梦让珠月想了好几天，她还理不出个头绪。因为这个梦太突然了。爸爸很迷信，现在可以想见爸爸为什么迷信了，但凡先知先觉的人都会或多或少地迷信。珠月以前也不信很多东西，后来因为很多梦被验证，她很害怕梦了，她不得不信了。在读卫校时，她还记得爸爸来看她，爸爸说因为梦见她不好，就来看她了。珠月想，那时，她正不好。因为那时她有把断了的牙膏看作是断了的头的恍惚感觉，又正在为一个同学得了精神病自己没能及时发现劝导她而有些责备自己的心理。不过珠月表面看来好好的，她对爸爸说："我很好啊，我又没病。"奇怪的是，爸爸走后，珠月就不为那件事而烦恼了，她想："虽然她和我住一个宿舍，我每天用心读书，怎么能发现她有什么不好呢？"

同学们都说爸爸很年轻，那时爸爸才三十六七岁，她们在教室里对珠月喊："珠月，你哥哥来了。"一个姓苟的最混账的老师对着满脸笑容的珠月爸严斥道："出去。"珠月现在想起来心里像是被剪子捅了一下，爸爸是多么要面子的人啊，这个混账老师，你知道你欺负的是什么人吗？

爸爸会在梦中告诉珠月很多事情，她知道吉凶祸福。她心地纯洁，可是却会惹魔，这就是珠月的苦。珠月来到这世间就是来看她关心爱护的人的苦吗？她不想看。她想笑。她想天天笑。她想命运就会好起来。她看到自己哭丧着脸的样子，仿佛要遭受绝大的伤心事。她笑了，脸上比谁都灿烂，生活也会像她的笑容一样灿烂。珠月在心里祈祷，我爱的人们啊，你们要好好的，即使你们伤害我，我仍然爱你们。我的爱让我有力量，让我成为仙女。只希望我爱的人好。珠月在心里一遍遍地祈祷，她很害怕一些结局，会朝着梦中的方向走。

珠月想，上天一定会保佑我的，这个上天是谁呢？他是另一个自己，他是自己悬挂在天空的魂魄，因为她的纯洁、美好、正义，她就成了不败之神。

珠月以前常说，爸爸活得真累，现在她发现自己活得似乎比爸爸更累。她不欠任何人的，她完全地付出，所以她自由了，她解放了。也就是她被救赎了。她成了神的女儿。

即使知，也当作不知；即使伤痕累累，她也习惯了背负。只有心灵的宽敞、灵魂的不欠是最舒畅自由的。她会永远健康。

珠月想，如果爸爸是神仙下凡，我更是神仙了。我比爸爸传奇多了。可珠月并没梦见自己是神仙下凡或者有什么来头。也许她的来历只有未来才知道。一个人的灵魂有多高远，多美丽，她把自己的灵魂安置在多高的位置，她就是什么样的神。珠月想，我最少是个比爸爸更高级的神。可珠月又想，不能骄傲自满，自我感觉良好啊。爸爸生前经常对珠月说："不要骄傲，要谦虚。你看你总是那么骄傲。说话要慢，一个一个字地说。"另外，爸爸曾经对珠月说："要把小腿上那个圆形的胎痕去掉。"珠月现在想起爸爸的话觉得说得多好啊。爸爸的每一句话都被验证为真理。可惜，那时的珠月不懂得爸爸话的含义。

那天梦中的爸爸很高大很英俊，脸上光洁，全身熠熠生辉，他对珠月说话："不要怕，正直美好的心灵会让你越来越强壮和有力量。"爸爸平常喜欢文绉绉地说话，但没像这次这样说得又文雅又有现代感。那话就是像从珠月的嘴里说出来的。珠月想，爸爸知道不爱我的人、爱我的人、帮我的人、不帮我的人、败坏我的人、同情我的人，等等。不仅仅是爸爸知道，珠月也能通过别的渠道知道，比如：做梦、心灵感应、眼睛所及的范围、不需猜测的肯定等。

珠月知道自己就是一株纯洁的花朵，花朵太白太纯洁，爱她关心她的人容易被她的纯洁美好所伤。这是珠月最担忧的。那些来自自己的月光，成了美丽的陷阱，只有深爱的人才会掉落。珠月任何事都会找出理由。这是为什么？有什么目的？让受伤成为她的语言，呸，珠月不想他或者他们受伤。她大约知道未来的一些事情，极力地伸出手想表明自己就是伤害不得的。因为洁白会成为陷阱，成为锋利的匕首，刺伤自己深深怜惜爱惜的人。

爸爸在梦中脸从来都没那么白过，不是病态的白，而是美的白。梦中的爸爸真可以称得上是一个英俊的神仙了。爸爸去世的时候卧床的身体虽然几天没洗，可是好干净啊。给他洗出的一盆水就像是干净的毛巾在里面只打了个转。那时，珠月惊叹爸爸的身体，就像处子一样鲜嫩。人去世时皮肤是暗淡的，可爸爸的皮肤看起来比平时更有光泽，他的全身都透露着一种光泽，珠月当时只是在心里想：爸爸怎么这么干净？现在想起来，爸爸身上的皮肤表现出的那种光泽就像是神的再一次复活。他不像一个人即将去阴间，而是预兆着他即将成为另一种人，不死的人。他就像破茧要孵化出崭新的蝴蝶，爸爸是一个即将成为神仙的人，他要返回自己的家乡了，在天堂。爸爸去世后，脸上一直有笑容。就像神仙知道自己要回天上去了。他知道自己的死换来了女儿的平安。要不，她的倔强的女儿定是要执拗得天翻地覆，最后要发生什么事情很难说。

其实，爸爸是不反对珠月和余清在一起的，甚至是喜欢他的。据余清说，他们刚结婚时，爸爸还在余清上车时在他的脸上亲了一下。既然余清把女儿不当人，女儿执意要离开，他也护着女儿。他也担心女儿。余清当着爸爸的面摔珠月的电脑，把电脑摔得稀巴烂，爸爸很伤心，可爸爸心里也不是那么恨余清。爸爸只想保护自己的女儿的执拗、任性。

珠月和余清离婚后感到自己是真正自由了，所有的痛苦没有了，她是那么羡慕自己的自由自在和轻松舒畅。她以往想着自己要背负着余清的女人，就像那些女人的脏液都泼在自己身上一样，让她感到终身都伸不直背。余清既然敢做，就得承担。珠月不想承担余清的脏水，她即使要靠自己的双手勤扒苦做。离婚后珠月才知道生活极不容易，她是摔得头破血流。以前有余清罩着，现在她才知道自己无依无靠。

珠月曾梦见余清是她妈三回，珠月想，这就是妈吗？她从没看出余清对她有多少真心。她曾在心里无数次咬着牙发誓，一定不能心软，不能复婚。

梦中爸爸的大腿上长了一个大褥疮，他把药洒在上面，痛得流出了眼泪。脸部仍然很光洁。

珠月仿佛看见自己跪在诗的面前，给他磕头下跪：“请别阻挠我、破坏我，我一路走来是多么不容易，就像你一路走来是多么不易，就像我是多么敬重你、爱惜你一样。你懂得惺惺相惜，为什么要对我如此阻拦破坏？我只承得住帮助支持，承不住任何阻拦。你知道吗？”这样的话珠月在心里说了很多遍，她希望诗能听见。那天她在去买菜的路上，一边走一边说，撞到楼下卖热干面的小伙子，差点被他的自行车撞伤，小伙子笑着说：“姐——”，他笑得很长，珠月忙解释说：“我刚才在背书，不好意思。”她做饭时一边洗菜，一边说；一边用铲子翻菜，一边说。那天晒衣服时，她心里猛然想到诗对她做的这些破坏有一天一定会伤到诗，珠月心里一痛，心里轻轻叫了一声“宝宝”，孩子在客厅吃饭，珠月在阳台晒衣服，距离不远，珠月想孩子听到了，珠月想孩子一定会觉得不是叫她。

珠月心里无数次对诗说，你做的事不正义，所以必将失败，也必将伤害你自身。我日子过得跌跌撞撞，我不舒服，最重要的是你做的这些事有一天都会像剑一样反过来伤害你，这些剑不来自我，而来自你所做的引起的一系列的后果，这些后果反应会成为团子一样的东西打向你。你知道吗？为什么我叫不醒你。如果你遇到了挫折、考验，请你冷静、坚定，用你的正直和美好坚守住你健康的灵魂，你将获得生命和幸福。

可无论珠月怎么在心里、日记里、电子邮件草稿箱、把匿名信放在他的单位邮箱里对诗交流，他都像听不见似的。他只坚持他的想法，似乎珠月不好，他就好，珠月好，他就不好。珠月想，什么狗屁逻辑，我原以为人生中可以找到一个知己，一个相扶相靠的人，没想到遇到一个执意要阻拦我破坏我的人。更让珠月心里打鼓恐慌的是，他到时承受不了这一系列事情的果子的，他会病。每当珠月想到诗会这样，她的心里比什么都疼和害怕。她多么知道他的不容易，他付出了多少心血，才走到今天，熬夜、苦读、奔波，让自己成了物理领域的佼佼者，如果他有什么不好，珠月不敢想。她将该怎么做，劝说他不要走火入魔地破坏她。只有相信她，只有相扶，才有好结果。珠月知道自己是能吃亏的人，孤独、寂寞、贫穷，她都能过。她想靠自己赚点钱，她想多出成果，她想创造好的生活，有错吗？为什么要遭受阻拦？天理不容啊。

怎样去挽救迷途糊涂的诗，让他走向觉醒，珠月有些惶然失措。她该怎么做？她该怎么办？

珠月想，难道我注定需要大哭一场，再把眼泪哭干？看智慧非凡的神灵在天地间毁灭？不可能，也绝不允许。珠月一定要用自己小小却坚定的手撑住欲倒塌的天空。她在心中对自己说："守护住天使的面庞，守护住发光的智慧，还有他清醒时的美好。绝不让美神坠落。"

"我的灾难，我的灾难。"珠月不敢想。仿佛天倒塌在她怀里。

她仿佛看见一束微笑着的智慧的、美丽的光在她的眼前，她用手握住那束光，她在心里对自己说："要让这一束光成为更高的更永久的光。"她想跪下去祈求。她仿佛看见自己跪下去了。头上有众神在看着她。"好孩子，你起来吧，"她听见有声音对自己说，"我们绝不让你流下那颗泪。"珠月坚定自己心中所想，她微笑了一下，随之她把嘴张得大大的，往两边撇开，脸上露出像荷花盛开一样的笑容。她感到她的命运因为诗的命运的改变在她的笑容中变成了吉祥如意。

第七十一章

珠月给诗写了一封未发出的信，放在电子邮箱草稿箱里。随后她做了一个梦，梦中她不断地往后退，最后退到板子的最后一步了，随即她仰面朝天摔倒。珠月知道梦中是在说，你自始至终对得起诗，你没有对不起他的，如他的境界不高心襟不大，他要是有不好，不是你的错，你已经仁至义尽了。

珠月心里知道这个梦是非常正确的，她感谢上天对她的警示和关爱，可她目前还是准备忍，甚至不忍揭穿诗，她怕他面子上过意不去，也怕他知道她晓得真相心里有什么疙瘩想不通的地方。只要诗想得开，快快乐乐的，珠月想，她可以忍，如果诗要让她无路可走，那时她就不会体贴他了，就不管他好不好了。珠月想，人和人之间应该存体贴之心，如果别人一味拿刀子逼你，你也只能拿出刀子奋起还击了。

珠月心里很明白。她什么也不想说，更不想因为自己的揭穿让诗无地自容，或者甚至对他的健康有影响。她心里始终是相信诗的善良、通情达理的。

诗现在心里不舒服，他没人撒气，他就只能拿珠月出气，虽然珠月并没做对不住他的事，珠月花了大几个月给诗搜集研究材料，珠月想，难道她瞎了眼吗？

珠月曾仿佛听见因颉说他自己瞎了眼，那种痛感就像天上打着暴雷。珠月想她对得起因颉。她现在的感觉就像因颉说他自己瞎了眼一样。珠月常常问，我瞎了眼吗？甚至为了他的没罪，只为了承诺一个他梦中的愿望，她毫不犹豫地离婚。对这种男人，珠月还有亏待他的吗？可他呢，却是这样残忍地迫害珠月。

珠月后来发现爱是不能随便给的。别人说爱是好东西，爱虽然好，却不能轻易给，给了不管对别人对自己都是灾。

虽然她把自己的情感和身体都看得万分金贵，可是都是错的。

珠月听见因颉在说：“我瞎了眼，瞎了眼。”又听见她自己在说：“是啊，这是我的报应。我本来只应爱因颉一人，我在佛前无数次祈愿，佛已经记下了。虽然我见不到因颉，可是佛听见了我的祈愿。”

是啊，珠月想，这就是我的爱情，一个看不见人的爱情。只要你祈求了，佛只论神灵，你的灵魂既然已经祈求，被佛接纳，佛会在灵魂上安排你的事。即使一生不见或在梦中见，或在某个时候见。

珠月几年前曾无意中梦到诗活多少岁，本来这只是一个无意的梦，因为珠月当时已把诗当成朋友，梦见这样的梦也是自然之事，就像她曾梦见家乡一年内考取了几个重点高中学生，或者她的同学谁离婚了等等一样。可是当时她感到因颉在看着她写字，她想把这件事与自己联系起来，表明自己对诗的一些喜欢。珠月知道她经常会梦见很多事情，其实她梦见什么并不表示那件事与自己有关。可那一次她把这个梦却说成与自己有关，她知道她是说给因颉听的。

这是当时珠月的想法，千真万确。

没想到这一切成为对她的报应。不该写的就不能写。后来她才发现，即使是写小说，她也不能瞎写，别人也会当作真的来读。

文字和人绝不是一回事。文字是为了达成一种效果。人，需要踏踏实实，不能活在天上或者总在摔跟斗。

他们偶尔是云，又偶尔在地上。诗和珠月有时天上地下不分，因颉就是被一种傻气的善折磨，好让人心疼的人们啊。珠月也心疼起自己来了。

珠月后来才知道她那时之所以在小说中说诗的生死与自己有关，是因为她想去分担诗的寂寞、惶惑、绝望。

珠月梦见自己躺在诗的怀里，她的脸像珍珠一样的白，眼泪一颗颗地掉下来，脸上浮现的是圣母一样的笑容。那个笑容让醒后的珠月想起爸爸临死之前的笑容，是那么从容、安宁，就像是去为女儿、家庭赴难，就像是为了家庭的贫穷写上一个安心的结尾。

梦中珠月的泪水就像一颗颗晶莹的珍珠掉到诗的手背上，诗用手轻轻地擦着珠月脸上的泪水，就像在捡着一颗颗的珍珠。

诗的眼睛因为一直在流泪里面已经红得像被火烧过一样。珠月想到了诗的那张照片，那张照片上的诗是微笑着的，当珠月去亲吻那张照片时，珠月似乎看到了诗的眼睛慢慢全变红了，里面似乎有泪水。

后来她看到《大魔法师》的电影，说是画里的人会流眼泪，她是坚决信的，她因此喜欢《大魔法师》这个电影。当诗俯下身来亲吻珠月时，珠月那一刻多想自己有足够的力气也回报诗一个长长有力的亲吻啊，永远都不停止，就像诗有一次在梦中用长长的红得鲜艳的舌头咬住珠月的舌头紧紧不放一样。珠月想，诗，你为什么以前不亲吻我呢？我多么想亲吻你啊，可是我不敢。

梦中还有梦，珠月常常在梦中还会想到另一个梦。

珠月想，也许梦是另一个世界，就像人又经历了另一种生活。

珠月醒后，紧紧地抱住诗的那本书，看着他的那张相片，她看到了他的眼睛又慢慢地变红了，并且她看到了他的泪水。

一张相片被人紧紧地看着，会看出泪水来吗？诗明明是微笑的，可珠月却看出了泪水。珠月知道其实诗是爱她的。否则她不会看出泪水。诗是心疼她的，就在她离婚的时候。只是诗没说，他在内心里不想承认珠月只是为了做一次他的新娘就离婚了。仅仅只是一次。珠月不敢得到太多。一次也可以让她做出很多次都没果断做出的事。只是为了梦中诗的愿望，珠月想，诗说了什么吗？他什么也没说，只是为了那些梦，所以，珠月就那样做了。没有验证，没有经过同意。

珠月望着相片里诗慢慢泛红的眼睛，她慢慢凑近他的嘴，又慢慢凑近他的心，她用手轻轻抚摸着他的眼睛，就像自己的心紧紧贴在上面一样。"我相信你会逐渐强大，更加智慧，更加有力量，我真的很高兴。因为你去除了执念，你即能成佛。我也能这样。"

那天早晨醒来，咪咪用爪子紧紧勾住珠月的睡衣，怎么也不松爪子。珠月对着咪咪吼道："干什么啊，你不讲道理啊？抓我干什么？"只见咪咪在地上打着滚，还是不肯松爪子，珠月想，不能让她的爪子伤了我的皮肤，那又要去打狂犬疫苗了，那就麻烦了。珠月小心翼翼地往前挪动，咪咪的爪子依然勾在珠月的睡裤上。珠月知道咪咪这次不是为了猫罐头，是为了别的。这几天给她的猫罐头还有一些在纸上，咪咪都没吃。珠月想，我一定是做错什么得罪了咪咪了。

嘿，你真厉害。

珠月梦见有一条蛇住在咪咪的身体里已有两三年了，蛇已死心两三年，蛇出了咪咪的身体，是条死蛇，全是骨头，可死蛇的骨头架子站起来了，珠月似乎可以看出是一个人的模样。珠月吓得拼命地跑。

因为你的这个财富太大，我需要有很大的德行才能拥有。当我手握着你时，意味着要用艰苦来换我的幸福。我用满怀的慈悲待天下人，我才能获得这么大的幸福。因为一个人没有德行是不能拥有财产和名声的，我从不做那种华丽的梦，我只求一种平凡的幸福，并以自己的努力创造精神的财富给人类。当我手握清流时，我会想我要以什么德行才能拥有它，并让它永远欢腾清澈，才能长久地拥有你，并且让你幸福健康。或许是我拥有的太多了，所以我才这么贫穷。这是珠月几年前写给因颉的一段文字，珠月再次看到后，心里却不这样想了，她并不像以前那样着急做因颉的爱人，因为她觉得自己更加一无所有了。她有什么给因颉的？即使就是一个口头的爱，都不用说。而且珠月慢慢地，常常地这样想着：一百万字抵不上同床一晚，一千万字抵不上娶她，可是，因颉说过不娶珠月吗？珠月不知道，珠月自己心里放弃了对因颉的痴想，因为她终于清醒地彻悟到，自己那么追求的却是自己不该有的。即使因颉要娶她，她绝不会因为他的头发昏也跟着让他被骗。什么于他是最好的，珠月愿意给他，祝福他，虽然珠月也不知道什么样的路对于因颉是最好的，但她知道绝不是她和因颉在一起。

一个生活在空中和地上的无限的痛苦，他有黑洞一样的爱，无人企及的痛，（他的痛让爱他的人的心全痛了）遥遥地，在宇宙的缝隙里，长出大大的一丛花来。那花上结满了因痛苦开出的灿烂，因绝望而迸发的迷茫。

珠月想，这是我欠的债。

珠月想了一天，她如果嫁了一个优秀的人，她就欠了债了，如果她嫁了一个差得要命的人，别人就只有怜悯她了。她就不欠债了。债，原来是这样的。它有，它没有，都在于你的现状是什么样子的。

想起那条死巨蟒站立起来的样子，她似乎看到了灼灼的燃烧的脸，珠月好几天心都在跳，她想起来就害怕。

珠月铭记着因颉在梦中说的那句让她永生难忘的话："我一直都那么爱着你。"关键是他说这句话时是吐词不清的。他一向自信、健康的身体为什么会在梦中说话是这么的含糊不清，甚至有些结巴。珠月的心猛地一痛，仿佛掉到地上，并且还有很脆的响声。她从来都没听见因颉当面说过爱她，这句话让珠月哭了很久很久，每一想起就会哭。要知道她自一出生就认为自己认识他，那他爱了自己多少年？那为什么他不说呢？他要在梦中对她说。这句话真是石破天惊，如果出自巧舌如簧的人之口，珠月可能不会有半点感觉。可是出自他之口，他一说话就是百分百的真，真得让珠月想起来就想哭。珠月尽量去忘记那句含糊不清的结结巴巴的“我一直都那么爱着你”，这比星星从天空落到地上对于珠月来说发出的声响还大。她怕去想这个梦，怕去想他说的那句石破天惊的话，只要她想起，她立即就想奋不顾身地毁灭，这种毁灭对于他虽无半点益处，不过在珠月来说，却想表示像他一样的石破天惊。他一定是在疾病中说的，否则他不会说出来，他已经藏在心里几十年了，终于说出了实话，说出了让星星坠落的语言。他很高大，很强壮，身高接近一米八，珠月仰望着他，满腔热情地盼望他能对她说一句“我爱你”，没想到他说了这句“我一直都那么爱着你”。珠月为了他的这句话，为了他模糊不清的口齿，结结巴巴的呆板，她的心被一个巨大的忧伤和爱包裹着，她沉浮在那个巨大的忧伤和爱里，就像蜜糖都浓得甜黑了。

珠月就像一只泥鳅总是在因颉宽大的手中滑走，又像一个刺球，总是扎得他手足无措。他没有一个机会对她说“我爱你”，他有时把珠月的性格当成是她不爱他，每次当他想对珠月说我爱你时，珠月总是在那时全身的刺一个个地不自觉地冒出来，让他不得不缩回自己已经冒在喉咙口的话。有几次他已经觉得珠月是个什么都不懂的女孩，更别说爱了。为了让珠月懂得爱，他让自己变得弱，他有很高的身材，他就让自己和她在一起时弯着腰，他有足够的骄傲和自信，他就让自己病得虚弱。他把自己彻底毁了之后，珠月才发现自己真正地走近了他。如果你要用毁灭自己来得到一个不懂得爱的女孩的爱，珠月想，那你真是太傻了。不过，这一次珠月是真正地可以抱着他而不感觉他的头是动荡的，他的脚步是时刻准备前行的，他的胸膛里装着万千沟壑随时要去踏遍的。珠月已经深深地把自己的生命与他联系在一起了。她想着梦中因颉的那句话，她很想扑在那句话上让自己碎尸万段地死去。

珠月已经无所畏惧了，她的泪流干了，心也变硬了。珠月感到自己已没亮光了，她也不可能找任何人要亮光了，她想把自己身中的最后一缕亮光给他，她怕这缕亮光丢失了。

她仿佛看到自己孤独地对着一个人流泪，或者两个人。

她看着因颉，心里从来没像这次这样爱过。她向他伸出手，眼泪漫出了眼眶。只见忽然有一条银河隔断了她伸出的手。

珠月想，我不过是一个快老了的女人，请你放过我吧。多年后不要来找我，把我忘记吧。你看看你自己呵，身上的财富堆满了山，你要什么样的女孩子都有。

你是不甘心，就像我当初一样不甘心，因为付出了那么多，是不是？男人志在四方，男人顶天立地，只要爱人不要江山的男人不是男人。

珠月梦见自己过几年就要死了，几天来声音变小了很多，想说话声音大一些，却做不到。身体像被不可知物抽去了生气神。她宁愿像她的大妹一样什么也不知，什么也不信。哪天如果有灾有难，就来吧。(她后来才知这个梦和那个诗活多少岁的梦都是大吉大利的梦。)

珠月想，未来会是一个什么样的结局？自杀，她绝不。殉情，她也不会。得病？车祸？替死？被谋杀？大仲马写的《基督山伯爵》很好看，不过我不是那个贵妇人，不值得任何人为我复仇。

不管它，每天睁大眼睛看天空白云，落雨刮狂风。很好。

一步一个难，步步是难。前半生走得太顺利了，像脚下生风，现在每一步都是难，都是错，不知该怎么下步。

只要我的女儿好，他们好，我的亲人好，我孤独没关系。不过我要活六十多岁，要不我想做的事情就做不完了。珠月在心里想着。忽然想到那个有些想头的短信，禁不住美丽地笑了。

珠月想，要是我死了，我的孩子怎么办啊？如果我是病死了或者意外死了，还好说，如果是自杀的，这对孩子和家人会造成多大的伤害啊。我是绝不自杀的。

珠月不怕死，她相信只要祈祷，上天、佛祖会给人生命。既然生命、命运每时每刻都在改变，人只要存一颗干净之心，上天一定会把最好的果实送给心中有神的人们。

珠月想，诗，不要怕，你一定是活到须发变白。你现在怎么做，我只会遇到挫折，因为我的胸怀比天空还广阔，我的心安宁得就像平静的山峦，比深海里的水还要安静。静、柔不争却能为壮和大。我想用温柔的爱的双手唤醒你，请你不要那样做，请你沉默，请你不为，你才是健康的快乐的。为什么不相信我说的话呢？从容、安静、信任就是快乐健康。你不好，我肯定会心痛死。除了给自己一生穿上黑衣服罩上黑纱，我不想说也不想笑了。为什么要这样？我真要向苍天发出怒吼了。我想质问命运，我每天都在对未来的恐惧中活着。我想，生活是一面镜子，我笑它就笑，即使在我最苦的时候，我也对自己说，保持微笑，保持一颗乐观开朗豁达的心，对亲人、爱人、朋友、他人。我想生活就是这样的，用阳光聚集阳光，生活就全是阳光了。很多时候我不想笑，不想表现得语气欢快和轻松，我曾以严肃谋杀了我爱的人，我要以轻松、自如、随意来对待你，只想我不再用严肃严重的爱来让你受伤，你可能明白不了我的苦心。不是任何事情都可以爱的名义去做，你今天觉得可以，你明天就觉得不可以了。那时你做的事会伤害到你自己。

其实一个人的初衷就决定一个人的终点。可谓："心正成佛，心迷成魔。"你的生命是由你自己决定的，并不来自疾病或意外。如果哪天你的生命结束了，一定是你自己亲手结束的。

快乐之心从何而来，就是不做后悔的事，不做损害人的事。只求上天、佛祖保佑他尽快觉醒，赶快遏制他的荒唐想法，要不，他将何以立世？做一个光明磊落、堂堂正正的人？我永远都会爱护他，我相信人们都会爱护他，只怕他自己有一天不能理解不能原谅自己，他会不快乐。他如果没有一颗快乐之心，他会到时不爱惜自己的生命。为了未来他永远爱惜自己，喜欢自己，自己做的每一件事都能拿得上台面，都是堂堂正正，光风霁月，请上天保佑他快速清醒，他就会有一颗快乐之心，一颗有境界的心，永远都为自己骄傲，永远都那么安宁平静，为了自己人格的美丽，为了自己从不荒唐、偏离轨道，他珍爱自己每一个安宁平静的时刻和自己所做的每一件能让内心踏实坚定的事，他会得到报偿的。

人立世，当知道什么事情该做，什么事情不该做，什么事情是轻的，什么事情是重的，如果连这都不清楚，人不配为人。一个让自己的爱人没有自信、被人欺负、被人歧视的人不配做爱人。

我看到的一切只是为了告诉我人世的险恶、生的痛苦，这种险恶和痛苦在我的前半生我还未知，这些只是为了在我的文字中展现吗？让我知道人间大悲大喜，让我领味人间一切，看透世间万象，只为了换来悲喜交加，换来痛苦，并爱得无穷，心痛，把所有的哀乐都一一品味，咀嚼，在人生悲喜时刻，如江海翻腾所有的幸福、哀乐、眼泪、痛苦。

难道人世间唯有悲哀，没有欢乐吗？难道人世间唯有自酿的苦痛，而没有光明的前途吗？如果人想酿苦酒，就只有自己喝。如果人光明磊落，良心会照顾他们。存一颗天地之心，赤诚之心，我无畏。不想好的东西在我面前苦没，特别是我挚爱的东西。唯有警醒，以免结局。谁人能看到我？看到我的难道都会在我的安宁中悄没？毁掉？我拿什么样的双手去恢复光明？有什么样的力量让光明、重量毁灭？就凭我的一颗安宁安静、有境界之心？在人世间，用一根魔杖指点？点化？我心存畏惧、爱惜。我不自觉地反抗，以保护我自己。世间人被灰尘蒙住。才发现，我最清明、明亮、无尘、光辉，算得上圣人。我还在犹豫，也不敢自居。我只是发现我自己有着非凡美丽之心，睁眼一看，我周围很多都是被灰尘蒙蔽之人，唯有我安静、美丽，被佛选中原是播善、美之人。

愿我爱的人不要让我来日心痛。不要被那些鬼魅捕获。混同于污浊之中。如果你已深陷泥污，请你赶快脱离，如果你被人或魔鬼拉入泥沼，请你奋然脱出。

奇观？大声地笑？一个响雷，从云中打破地面？告诉所有的人你的哀痛，比黄河的水还要震裂天宇？无声地哭还是闷笑？你掀翻了宇宙，告诉人们什么？无字？无声？无语？当响雷从我的心中踏过，我那一刻倒分外宁静。那些都像筛子一样破裂，或许天明的另一个时辰，我会把它补好。今天为了沉重地祭奠他腐朽的生命，我存仁慈之心，像菩萨一样。慧眼看透他们的每一个伎俩后面的几斤几钱。太精彩了。我的仁慈之心，像莲花在空中开放，美丽，让人眼瞎。他们不敢正视我，伤害变成焰火刺瞎了他们的眼睛。我的仁慈智慧之心，就像敷药的纱布，让那些鬼魅无地自容，照出狭隘、污浊、阴险卑污的灵魂。不干净的灵魂在佛祖、菩萨的扫帚中不配有一个小小的空间待着。

当我保护你时，我是在保护我自己。当我心疼你时，我是在怀疑我的明天。

气球里的气太多了，就会爆炸。且让明月清洗你的眼睛和眉，就像当初一样纯洁又快乐。

神圣的智慧的上天啊，或者说是神圣的智慧的人的灵魂，有几千几万几亿个分子，构成巨大的能量，一个大脑就是一个宇宙，它就是佛，就是上天，就是所有灵性的集结地。我赞叹人，这个巨人，即使一些理论要将人与万物拉平，我仍然认为人是无可比拟的灵物。每一个人就是一个万能的佛，只要心正，只要有足够的智慧和心灵能量来抵抗妖魔、不正义。

每个人都可以成佛，每个人都可以成为天，成为万能的不死的闪光的智慧精灵。那里面积聚了人类的光明、美丽、智慧、光彩。愿上天保佑所有的好人、善良人都平安、健康、快乐！世间才有太平，人间才有光明的未来。

让每个人都保佑自己不做、少做错事，让人的灵性成为巨光，成为照耀妖魔让它无处存身的意志能量，那就是保护了我们自己。每一个人都是一个天。她（他）拥有整个世界，她（他）看得透整个世间的行为动作，她（他）就是一个宇宙。

第七十二章

珠月用有气无力的声音对因颉说话：因颉，我已配不上你，如果十几岁时，四十岁之前，我觉得这世上只有我最配得上你，现在我根本就觉得自己不是以前的自己了。我快老了，你应该找一个年青的，她才能激起你对生命的激情，才能为你生孩子。你还没有男孩子，你的家乡最重男轻女了，如果你不生一个男孩子，你父母都不会闭眼的。我现在的心已不属于你一个人了，我的心不知在什么时候成了断片，痛成几处。为什么有这样的命运？为什么会发生这些？为什么我不能享有幸福，只能配得上孤独？想起你每天晚上在网上对我说"晚安"，我确信那个网页是你的，你配上的那些美丽的花儿，就像你深情的眼睛，你写的那些文字，哪一句不是你的心血铸写？我仿佛看到你血液的燃烧，你从来都是那么傻，不管做什么，都是拼命。那些才气的挥写不过是你生命的不吝惜的消耗啊，每一个字都凝聚着你的爱你的热情你的生命。你就是这样一个总是燃烧自己的人，不懂得保护自己的身体的人。还有你那古今未有的傻，为什么要让自己的心里不舒服，无论你爱了谁，我也不会少爱你一点，你在我的心中永远都是洁白的。后来我遇到一个可以说话的人，我是多想和你说话啊，可我联系不上你，我知道你是一个特别爱老婆的人。我们做不了情人，何况我一直都把你当作心中的偶像，那种爱就像晶莹的水一样，没有恨，你就成了我心中的一个神。随便你怎样对我，我从来都恨不起来。因为我透过你的坚强的身体看到的总是你的善。我更做不了你的妻子，你生来就该有一个年轻貌美的妻子，她才适合你。

我知道你很心疼我。我很感谢你。你从来都没伤害过我，也从来不舍得伤害我。即使你吼我，不理我，在我的心中，你仍然是你，像很多年前一样。从来不说任何一个人的坏话。

我现在有些担忧的是你的身体好吗？因为我曾梦见你病了，为了这个病，我不知哭了多少次，有几次像狼嚎一样，把半夜的我都吓了一跳。但我没有证实，真希望我的感觉是假的、多虑的。

可能因为我对你的要求太高，我把所有的一切都寄托在你身上，所以，你受不了这个压力，你的病让我感到泰山崩塌。我差点随着那些崩塌的大楼崩溃了，那一刻，就像是世界末日。因为我以前一直太顺了，那个挫折太大了，我承受不起。如果现在你告诉我你病了，我不会像那时一样恐慌和承受不住，我会承担。我会安慰你，照顾你，告诉你，没什么可怕的。因为你是天神，你是这个世上最坚强的神。为了你的坚强，我心疼不已。你从来不知道休息，只知道工作。即使你赚了再多钱，又有多少用在自己身上？不要怕病，上天可以让你病，也可以让你好。你要相信。

每次我到寺里，我都会为你祈福。但愿你没病，只是我多想吧。如果是这样，我就放心了。我就不担心了。把自己过好，就是对爱你的人的最大的馈赠。

只想靠着你，你却病了，只想依赖你，你却需要别人担心。真正的男子汉就是健康强壮有力。

佛祖一定会保佑你一切都好的。你的妻子很在乎你很爱你，我看得出。好好的，因儿，我想到你好好的我就什么都不用担心了。

你是个万分乐观的人，只希望你一直都这样乐观下去。多好啊，当我有时颓废的时候，多想听听你的声音，我会感到生活是有希望的。我遇到任何困难都不需泄气，因为有你的乐观，生活就全是乐观的。有一次你赚了四万元，你那么兴高采烈地讲着，四万元不多，可你的兴高采烈和成就感真是可以拼得上日月的豪气。

忘掉我吧，就当这个世界没有我这个人，我不值得你为我再花感情。我一无所有，你应该有自己的幸福人生。你本该得到的。我不适合你。你记住了么？我感到你在渐渐把我遗忘，好像这世界没有我这个人，我真高兴，从心底里感谢上天让你学会遗忘。只是一想起你写的那么多文字，那要耗掉你多少血液、肌肉、精神啊，我欠你的我一辈子都还不尽了。因，忘掉我，于你绝对是件好事。你的好生活就会重新开始。只是求你一定要记得在你手头不紧时支持佛教事业！我知道你只要有闲钱，你会做慈善，记得很久以前你跟我说你已和双翼等几个朋友一起建了几所希望小学。汶川地震时我在你公司网上看到你捐了五百万的物资，我为你感到骄傲。那时你的公司正在扩展中，即使资金紧缺，你仍然要表示你的心意。我曾经想过，我哪天有钱，一定要建座寺庙或者大力支持寺庙，那时心里想的是，如果我成为你的妻子，我知道，我这辈子不可能有钱去做这样的宏事，心里还暗暗地想着呢，如果哪一天我成为你的妻子。既然我不能给你带来幸福，何必还固执着想做你的妻。你看看我吧，我有什么，什么也没有。不适合你，这一点我万分坚定。再加上你万分能干，我更不适合你了，你的事业能做到今天这样不容易。

诗，不知从什么时候起，我去寺里时总要为你祈福，就像你是我家庭里的一员。如果没有因颉在网上和你的交流，也许让你觉得他是我，我不知因颉说了什么，只愿他没说伤害你的话，我和你不会如此默契和心灵相通。因颉在说，你错以为是我，让我总是梦见你，让我的心里从此走进来一个你。虽然我一直喜欢你，觉得认识你是世上最美好的事情之一，可是我的内心从未想过这辈子要背叛因颉，可是我的心在这些梦中把你装进去了，你是多么纯粹、纯洁、纯真的人啊，这都来自你天生的本性。你从来不会辜负你喜欢的人的爱，那个人在朦胧中，你用全心接受了她。她不是我，你也知道，她是谁？你问。那个人因为爱我而在莫名地爱着你。我一直相信你们会成为很好的朋友。无论如何，我为那些梦感到幸福、得意，我多想去亲吻你的唇，自自然然地走到你的面前。你不会像因颉一样随时都像一匹欲奔腾的骏马，让人感到来不及恋爱，你静静地，我很喜欢这样的你。这样的你，当我走到你身边时，你不会忽然走掉。我们有时间在一起说话、恋爱，甚至不说话，只是坐着。我现在眼睛只能望着你，已不能看因颉了。当我看因颉时，眼睛不敢睁开，因为我在心里已装下一个你。因颉绝不能允许我的心里装着别人。你纯洁、善良，才华横溢，要是知道我有那么多的心，你真要绝望发累。

很多的碗，太多了，都爬满了虫，我想找一只碗喝水，似乎只只碗里都是虫子、蟑螂。也许这是好事。我无水可喝。我自己得耐心地慢慢地用羸弱之躯去找一只碗来慢慢洗，再慢慢倒水喝。水还有，碗一堆，我还可以洗。还不至于饿死渴死。

当珠月看到诗的嘴唇是乌的，她多想用手指轻轻地抚摸着他的唇，对他说，怎么啦？你不开心吗？我多么希望你天天是快乐开心的，没有什么事值得你愁，让你睡不好。什么事情什么人让你睡不好，我就和他们（它们）成为敌人。当珠月看着诗时，心里涌起的是要保护他的强烈愿望，虽然诗根本就不需要她来保护他。他已有足够的力量。而珠月，才是真正的弱势群体，她不知道自己多么需要别人的保护。即使自己曲折艰难，即使自己眼泪流干，她却看不得诗有半点不开心。

珠月多想和因颉说话啊，告诉他好好地生活，忘记她。她不值得他记着。他已浑身创伤，瘦骨嶙峋，可他仍坚强，成为这世间的刑天、天神、浴火的凤凰。

因，你好吗？珠月的眼睛里全是泪水。她看到他的容颜，不屈地燃烧着自己，不知为了什么目的，他就是要燃烧。他声音很大，他在键盘上敲打的速度很快，他通宵达旦。他不眠不睡。他是造物主派到世间的神。

珠月写着写着，很累了。她的身体散架似的。她已被生活压垮了。

她要慢慢坐着，慢慢想着，重新积聚自己的精神。让自己能动起来，能活起来。外面在下雨，这世间还有很多美丽的风景没看。就说这雨吧，看了几十年，也没看够。每次都能从雨里找出诗情画意，除了忘了带伞的时候。

珠月又梦见自己只能活几年了，她去查解梦，才忽然领悟，解梦是这样写的："梦见死期，会长命百岁。"再看，梦见死刑这一条："多表示身体健康，将获得成功，赢得新生。"死期和死刑其实是一样的意思。珠月想，看来我对梦的理解是错的。珠月想起很久以前做过的关于诗活多少岁的梦，忽然才领悟到那是长命百岁的意思。再想起妹妹梦见的爸爸不会死的梦，不会死，反而死了。死期、死刑，其实表示的是长命百岁，是健康长寿的意思。弄了半天，都是自己白担心的。终于明白，自己终是不懂梦的。梦并不是像梦中说的。

珠月是多么欣喜若狂啊，一直以来她觉得自己有义务为诗做点什么，可现在，她好像自由了，诗本来就好好的，根本就不需要她做出任何牺牲，更不需要她来守护他，他天生就好好的。珠月一直以为只要自己在心里守护着诗，他就一定会健康长寿，现在才知道诗本来就好好的，根本就不需要她来守护他。

珠月赶快将这个好消息告诉了诗，她后来才感到这是一个错误的做法。

当诗看到珠月记载的那个梦，说他只能活到多少岁，起先他是无力，他哀叹自己的命运，准备默默地承受命运的"不公"，后来他就像被珠月写的那些梦中蛊了一样，他不想珠月太顺利。当珠月知道这是一个吉梦时，她立即欣喜地告诉了诗，没想到诗对她的阻挠破坏丝毫不见减少，反而越来越密。诗仍不能摆脱他的恐惧，于是他惯性地认为他需让珠月不顺，就像一个人手里必须要握着什么，比如一把剑，一个护身符等，即使这个握着的东西并没有半点作用，但他却觉得可以摆脱他的一点恐惧，在心里解决他的一些问题。行动总比坐以待毙好。只是这个行动就是去伤害珠月让珠月万分不解。这样，本来是好的命运被诗拼命地搅动，实际上是让他处于十分的不利之中。珠月后悔将这个梦告诉诗，她当时的狂喜让她不可能不把这么好的消息告诉诗，让诗放心。她没想到这个消息却让诗失去了自己的本性和道德标准，这无疑对于诗来说是有害的。珠月很后悔，这个消息将会像搅屎棍一样搅乱本该是好的属于诗的好梦和未来。这也许是上天对诗的考验。他是否能在道德这根绳上不偏不倚，做一个真正的大人，这要看诗的德行。就像上天考验珠月，当珠月抵挡不住诗的灵魂和身体对她的诱惑，她禁不住要走向诗时，上天惩罚了她，她将背叛因颉，伤害因颉，这是她这几年遭难的报应。

珠月现在倒有些担心因颉来，那天她梦见自己和因颉紧紧抱着，他裸露着上身，好像壮了些，可珠月发现后来因颉的气息有些微弱。珠月想，一定是自己伤害到因颉了。但她知道，因颉是这个世上最坚强的男子汉，没有任何东西能打倒他，他一定会挺过困难，把自己忘记的。只有把她忘记，他才会过得更潇洒更快乐更好。因颉拥有女孩子所要的一切，他一定会过得更好。

因颉也不需要珠月守护，珠月守护他只会让他感到负担、不自由。他是一个自由的人，情之所至，兴之所至，他想做什么，他才能做，他不想做的事情，天塌下来他也不做。因颉需要的是心情自由、快乐，他最怕女孩子说爱他，因为他就不知道怎么回报了，他是一个责任心非常强的人，他觉得一定要为爱他的女孩子做什么。其实，有时候爱一个人是自己心灵的需要，并不一定需要回报。可因颉天生就傻傻的，只要女孩子说爱他，他就怕自己辜负了那个女孩子。

诗和因颉，是两个顶天立地的男子汉，他们都会过得非常好。珠月想到这里，心里笑了。真好。她就怕他们不好，心想，自己命怎么这么苦啊，现在才发现，自己的命真好，他们好，她就好。

珠月的心里就像敞开了一扇窗，从窗栏里透进了好多好多的阳光啊，她就像胸前抱着一堆阳春三月的花朵，她就像回到了童年一样的阳光明媚的春天和夏天。那时候，她有好多的梦想，好多的希望，现在都几乎涌到面前来了，原来，生活是这么好啊，这么充满着希望。

今天这个早晨是夏天的早晨，珠月觉得春天的阳光、夏天早晨的阳光都涌进来了，这些是她感到最有希望的时刻。春天，田野里有红花娘摇曳的身姿和芳香，夏天有架子上的扁豆开出的一串串紫色的花，那是丽生伯娘家的扁豆架开的花。丽生伯娘已经去世了，扁豆花仍然还在开，看到扁豆花，珠月就会想起童年，想起她最爱的夏天的早晨。蜜蜂在扁豆花间嗡嗡地叫着，多么希望时光能停止啊，多希望那些家乡的人们都不要走啊，多希望爸爸还在，和他们一起仍然乐观地谈论着未来。

生活就像一扇扇春天的窗户向着田野打开，就像珠月手中抱着花束，走在家乡的田埂上，爸爸仍然还在，看她赚了钱，交给他，爸爸多么高兴啊。亲爱的爸爸，珠月多想赚很多钱放在你面前，让你不要为钱发愁啊。你一天到晚就在数着那一分一分的钱，你何时变得这样的小气了？是生活让你变得这样的在乎钱。亲爱的爸爸，多想看到你高兴的样子啊，虽然你去世时，我看起来似乎没流太多的眼泪，我知道我一直在心里流着泪。对于我这个年龄来说，流泪已不是痛苦的标志了，真正的痛苦是没泪流的。

本来很明白的东西，人有时就是不明白，等有一天明白了，心想，怎么这么简单的东西不明白。也许这就是生活。最少，珠月的心痛减少了很多。她现在希望因颉好好的。他特别相信因颉的坚强和放得下。

还有比这些更让珠月快乐的吗？珠月今天真是恍然大悟，豁然开朗，怎么以前不知道呢？

她的脸上有着舒坦的笑容，窗外的阳光照在脸上，一缕一缕地绽放着。那是童年的阳光，希望的阳光。

珠月在房间转着圈，高兴地使劲喊咪咪，咪咪没有动静，难道是跑了？珠月想到今天出了一次门去倒荔枝皮，似乎记得自己关了门出去的，可是又记得不是很清楚。珠月一阵心慌，莫非咪咪真的瞅着那点空跑了？这几天咪咪睡在客厅里，珠月也就让她睡客厅里。每次咪咪到空调房来一下，转几圈，又待不住了。卧室太小，咪咪又想到外面去转了。珠月一步步地下楼梯，心急火燎，嘴里叫着，“咪咪，咪咪……”到了一楼，不见咪咪的影子，珠月都要哭了，她忽然想到，如果咪咪真的丢了，她会不会适应不了？会不会忧郁而死？她忽然想起一部电视连续剧里说是王世贞的母亲丢了一只多年陪伴的鹦鹉抑郁而死的事，当时，她看的时候觉得老太太是矫情，现在终于明白了，人和动物之间其实是有气场的，气场没了，不对了，人也没了。珠月又一步步地爬到30楼，一边爬一边喊：“咪咪，咪咪……”到了30楼楼顶，也没见咪咪，珠月想，难道咪咪又要失踪一次吗？这次失踪了，是很难找回来了。珠月用钥匙打开房门，没想到咪咪出来迎接了，珠月那时只感到一阵头昏目眩，站立不稳，她扶着冰箱，身上的裙子几乎都湿透了。她很想赶快抱起咪咪，可她实在站立不稳。她步履踉跄地走到卧室，让自己躺倒在床上，一动不动。过了半个小时，珠月感觉不头昏眼花了，她起来到冰箱里拿猫罐头给咪咪吃，这次她放了很多猫罐头在食碗里，看着咪咪吃完猫罐头，珠月把咪咪抱起来，对她说："你躲在哪里，把我吓死了！你真会躲啊，要把我吓死？怎么喊你你不吱声？"自从这天后，咪咪天天都不知躲到哪里，后来珠月发现咪咪是躺在柜式空调下面。她大概觉得躺在空调下面真好，主人从没这么对我温柔过，又给猫罐头，又拼命地抚摸我。动物都是通人性的，何况咪咪是一只灵性的猫。从那天以后，一整个夏天，咪咪一直把空调下面当作自己的窝。虽然她有几天喉咙因受凉有些嘶哑，可她仍然不肯在卧室的椅子上睡，仍然固执地要睡在空调下面。空调旁边堆满了很多玩具、枕头，头要弯下去才能看到咪咪。

珠月很怕自己在乎、爱的人与自己有关，她怕他们会被她的人格光辉灼伤。鄙视珠月的、不在乎珠月的，就像面对着再好的月光也不会被月色迷惑、灼伤，月色灼伤的只会是爱月色的人们。珠月想，远离点，再远离点，宁愿自己远远地看着他们，只要他们好。他们是要被她心灵的光彩灼伤的。诗伤了她和她最亲的人，她还要为他心伤。

那些不在乎珠月的人似乎都过得好好的，那些在乎珠月的人就像舌头和牙齿免不了要磕碰一样总是被她所伤，珠月想，亲近我的人、我爱的人都受伤，我已伤得在呻吟，如果爱就是一种亲近带来的免不了的伤害，爱终于验证了我说的那句话，是最大的罪。

顶天立地、英雄的因颉病了，他不解珠月何以一直安宁。他怕自己做得不好，他是那么在乎珠月，他恼怒她。他一直在对自己说，千万不要被爱情绑架，千万不要被爱情绑架，他怕他会在珠月的爱情罂粟中迷失，连他深爱的妻子、孩子都要失去，而且他的公司是他付出多少心血才成就的，他警惕自己千万不要被珠月的爱情绑架，他怕自己在昏迷中被珠月的爱情绑架了。就像珠月现在也常常在心中说，谁要糟蹋生命谁就是真正地暴殄天物。生病的人千方百计花几百万几千万几亿治病，好好的健壮的肉体却要让他死亡。珠月像因颉怕被爱情绑架一样一直在拒绝她哪一天会陪着一个人死，这是多么不能容忍啊，她骂道，谁要是糟蹋生命，天理不容！可她仍然担心会有这一天，虽然她诅咒这种罪恶，可是她害怕这种罂粟的迷恋的气味，就像因颉害怕会被珠月的爱情绑架一样。

因颉说，绝不能被爱情绑架。珠月说，绝不会糟蹋生命，陪人去死。

可常常在下午醒来时，珠月睁开眼睛好久都没意识到到底是白天还是夜晚，如果是白天，她会有一种如灰的感觉；如果是夜晚，她感觉就像掉到了魔鬼的窟里。那种不想死却活不下去的感觉是多么可怕啊，比搬巨石上山还要时间难熬。那完全是让你体味地狱的滋味。生活的趣味在那一刻不知所踪，哪怕就是最爱看，看得又鼓掌又哈哈笑的足球世界杯也顿时失去了任何生机，几个寡淡的人在一个球场上为了一个球愚蠢又可笑地争夺着，刺眼的阳光照着，就像世界末日。篮球也是，十几个人拼命地抢一个球，就是为了把它扔掉。就像很多男人都喜欢去抢一个女人，抢到之后又扔掉。几十个人拼命地踢一个球，踢到一个小网洞里，都振臂高呼，激动流泪。

珠月有一次见韩国队进了一个球，随着解说员的激动语气，她的眼泪也流出来了。不屈不挠的韩国人终于在对方进了三个球后也进了一个球，珠月想，这些韩国人是多么了不起啊。珠月是过后才想起自己见韩国队进球的激动来的，醒来的半个小时内，珠月觉得世上没一件事是有味道的，没一件事可以支撑她活下去，可她意识里非常想活，就是觉得活不下去。她知道非要过半个小时后她才能缓过那种绝望的感觉。这种绝望的感觉她后来分析了一下，一是源于无聊，二是源于伤怀感慨。珠月有一种强烈的情感、感触，后来她才发现粗俗、不多愁善感其实是一种很好的秉性，最少可以让人活得没有活不下去的感觉。

珠月后来有些怀疑自己是否得了轻度抑郁症，她看到电视里一个人有轻度抑郁症，她想她自己会不会也有。她的那种感觉只有在梦醒后才会有，平时好端端的不会有活不下去的感觉。在梦中，上天给珠月送来了她的爱人，他们爱她，想她，亲吻她；上天也送来了魔鬼，它让珠月常常坠入一片朦胧雾中，感慨和惆怅让她不能自抑，无法坚持活下去。没有杂草灌木的鲜花，如果有冰雹下降时，肯定无法抵挡，有杂草灌木的鲜花会因杂草灌木的存在抵抗冰雹的袭击。一个没有生活的人很容易被绝望、忧郁打垮，一个被生活充满的人绝望、忧郁已经无法侵入他们的身体。

因颉怕自己伤害了珠月，被珠月内心的光辉灼伤了，因为他太在乎珠月了。他是这世上最心疼、疼爱珠月的人，珠月不担心他会伤害她，即使他吼她。他不会做出那些可怕的事情来暗地伤害珠月。在他的心里，珠月就像他的亲人一样。记得有一次因颉吻了珠月的额头，据说，这表示的是信任。珠月觉得这种说法很对。

珠月梦见二叔家的一只好大的狗要咬她，珠月自小最怕狗，她吓得要命。她躲到一个角落，正当狗要咬珠月时，二叔走过来了，大狗才没咬珠月。珠月知道这时只有二叔能救他。珠月不知道梦中的二叔代表谁，以往梦中从未出现二叔这一形象。那只狗又代表的是什么。最后二叔喊住了狗。碧月正在剖鱼或者杀鸡，她说，狗很有尊严，它不吃肉，连这个小小的鸡心都不吃，梦中应该是鸡心，它只吃草。吃草就能长那么肥大？二叔家生了几个混血儿子，有一个脸上似乎有毛。珠月醒后还在心悸，那只狗也太大了，如果它咬了珠月一口，珠月的伤会很久才能好的。香草二娘在密谋谋反，梦中的妈妈到处相告，二娘已经去世多年，梦中的二娘想预告什么。火珍的儿子坐在摇篮里，脸上有糊糊。此外，珠月不记得还有些什么。珠月今天遇见了谁，和谁说了话，为什么要做这样的梦？二叔和狗，这些代表的是谁？珠月以前做过一个梦，梦见狗咬了她，她把这个梦和别人说了，果然过几天，一个老同事污蔑她，她们吵了很大的架。

不知已死去多年的香草二娘想告诉珠月什么，珠月很想知道，可她无从知道秘密。

珠月感到自己的私人空间已被人侵入，她已感到千万的不自由，她不能说不能写，她整个仿佛在人的掌控中。她感到有三个人在窥视她，这让她感到沉重的压力，她好像被放在笼子里展览的野兽。她的文字就是毒焰，谁看了就会受伤，受伤的人是谁，一定是与自己密切相关的人。珠月真要嘲笑命了，命要来看她的文字，命要来灼伤那些看文字的人，因为她的文字充满呓语，充满毒焰，他们就受伤了。被魔幻灼伤，被痛苦撕裂，被绝望折磨，被自造的悲伤入侵，就像罂粟蔓延的毒。珠月说，请求不要再进入我的私人空间，一个目击者十次叙述他所看见的事情，十次都会不一样，人的记忆都有如此大的漏洞，何况人的瞬息万变的情绪。但是事情不会改变，最深的东西深深扎根不会动摇。爱一个人，怜一个人，那个人是你的知己，是你的爱人，你会为他快乐，也会为他伤心，不会改变。没有写好的字，不成熟的字不能被人看，因为她知道它们被改好是什么样子，可它们要走一个过程，无法省略。

珠月看见诗的那些美丽的文字，那文字的美和光辉简直可以和日月媲美，那文字后面藏着一张天使的面孔，可是他却是如此惶然失措，就像一个无助的孩子，她的眼睛那一刻流出了泪水，手中拿着的书落到地上，眼睛定着一个地方，久久不动，其实她什么也没看见。那一刻她多想把他紧紧抱在怀里，告诉他，生活真的很好，只要没有生离死别。

他那些美丽的文字为什么不能主宰一颗灵魂，让他安静，让他不要乱动，他就会成为佛，不死，不朽。珠月想，她也会坚持用自己的定力，哪怕是微薄的力量支持他生命之火和灵性的一直点燃。

那些美丽的文字啊，谁看了都要忘神，都要忘记身边所有的事。当她看到，她正蹲在那里，已经要迟到了，迟到对于珠月是不能容忍的事。可她想在那一刻把它看完，看好，看清楚，她太享受这样的心灵得到了。她迟到了。就像一个人明知道水会淹死人，可是她太爱水中的景象了，她想去捞水中那些美丽的幻影，她跳了下去。

珠月的日子过得很不好，她感到自己已经快老了，可是有人还是不让她舒服好过。她感到她的皮都要掉了，可是有人嫌她还能吃能走。除非她躺在床上不能动，他似乎才肯罢休。她感到一种非常强大的负面力量，让她的身心经受了很大的挑战。她看着镜中的自己，近几天瘦了很多，她很多东西能梦见，她知道又有人想整她，让她不好过了。她知道他必败，可是这已足够伤到她的心，让她睡不好。她知道人间自有天道，公理自在人心，邪不压正。她有时真想大哭一场，她不能，她想，那是弱者的表现。孤儿寡母本受人欺负，特别是他的欺负，让珠月伤痕累累。

珠月只能活着，她能忍，但她知道自己是从来不会畏惧什么的。她没有什么可失去，到了不能忍的时候，她会起来和他们斗。哪怕一辈子，她豁出去了。既然有人敢挑战她的底线，她更敢和他斗争到底。看看这周围的人，谁都有东西可失去，珠月没有。她可以忍，因她有不忍之心，不忍伤害别人，如果有人要做得太绝，她绝不会慈悲。

珠月已接连被自己的梦折磨得几天都睡不好觉。别人说她瘦了，她还不相信。一照镜子，果然发现自己的脸都尖了。近几年，她没过一天好日子。她什么都知道，她预先就感到一种压力，这对她的身心造成很大伤害。

她还能看世界杯，心里在隐隐作痛。

在哥斯达黎加和荷兰的八分之一决赛点球大战中，珠月多么希望哥斯达黎加赢啊，因为哥斯达黎加的球员都并排跪在地上，可是这次英勇的纳瓦斯没有扑出皮球，而荷兰的替补守门员扑出了两个皮球。哥斯达黎加是输在气势上，他们被荷兰守门员的气势吓到了，他们罚点球时没有足够的自信把皮球踢出去。自信才有力量。在哥斯达黎加和希腊的十六分之一小组赛点球大战中，纳瓦斯以他的神勇让珠月真想称呼他为伟大的、英雄的纳瓦斯，可纳瓦斯在和荷兰的点球大战中却没有发挥出神勇，珠月觉得纳瓦斯如果能继续英勇的神话该多好啊。每次看他凌空跃起，或者紧紧地抱住皮球时，他那种敬业、喜爱皮球的样子真让人动容。

珠月希望阿根廷队能拿冠军，因为她十几岁时就是因为看了马拉多纳率领的阿根廷队夺冠那场球而爱上足球的。那一次她感到了足球的魅力。

珠月这几天因为电脑不能启动什么也没做，可是她却奇怪自己怎么还瘦了。她每天做噩梦，也有好梦。好梦她不敢接受，噩梦她感到害怕。

天上、很远的地方有人在同情她。她已经感到万分的孤单了。

孤单在一点点地渗透珠月，而且不仅仅是孤单，还有伤害、迫害，让她感到前方还不会让她舒坦。她相信自己一定会胜利。只是这些受过的折磨、这些伤害已经在她的心里刻下了瘢痕。

爸爸不是说要她去做一个手术，去割掉腿上的胎记吗？珠月在爸爸去世前烤火把腿烤出泡来了，因为没擦药，感染了，又长出了一个比胎记更丑陋的瘢痕。

珠月半夜四点起来上厕所，咪咪见珠月出来，就在地上打滚，珠月不明白咪咪是什么意思。半夜要吃猫罐头吗？还是想进卧室？珠月把卧室门打开，要进卧室就进吧。可咪咪却并不进卧室。珠月只有去拿猫罐头给咪咪吃。珠月想，咪咪半夜打滚干什么？咪咪肯定是生气了，她想进卧室，可又怕珠月不同意。因为她知道珠月不喜欢她进卧室，所以，咪咪就想发泄一下，她也不进去。咪咪是多么聪明啊。珠月心疼咪咪什么都懂。当珠月看着咪咪把她漏在地上的几粒猫粮先吃了时，珠月那一刻觉得心疼死了咪咪。珠月给咪咪倒猫粮，不小心倒掉了几粒在碗外面，珠月本想用脚把那几粒猫粮踢到茶几下面，也懒得踢。咪咪认真地先把那几粒猫粮吃了，就像把地打扫了一样，再去吃碗里的。别看咪咪平时调皮捣蛋，这时候，她又像顾家的懂事的孩子。珠月看着咪咪，觉得心灵有了一丝的抚慰，她的脸上露出了久违的笑容。

珠月近来越来越崇仰人了，她坚信每个人都是神，甚至都可以成佛。她的这些坚信来源于自己的一种对很多事情的感应和预知，让她深切体会到人的不可测。她近来越来越相信人就是这天地的神，也许这世间并没神，人的灵魂就是人们所说的神。这个灵魂特别是晚间甚至可能脱离人的身体，遨游于宇宙间。这个灵魂能听见正常情况下根本不可能听到的声音，根本不可能见到的视野。为什么人做梦时能知道很多别人说的话做的事，就是因为人的灵魂在梦中脱离肉体可以在宇宙间遨游，灵魂遨游的领域还很大，比电波的速度还快，甚至灵魂不需遨游，她（他）也有千里眼，什么都可洞察。难怪伟大的佛祖说人人可以成佛，这真是大智慧之言啊。佛祖知道人也可能是这世间唯一的神，他坚信这一点，所以他成了神。只要坚信，人就能成为神。

珠月近来有几次梦见爸爸在梦中很高大、很帅、很年轻，和爸爸当初去世时总是梦见爸爸不好完全不同。珠月越来越相信爸爸是星宿下凡了。天上的星宿可以下凡到富人家也可以下凡到穷人家，下凡的星宿不一定要做成大业，他也可能是后代要做成某一件事情。珠月永远都记得爸爸去世前和她说的话："珠崽，我要和你同甘共苦。"珠月当时觉得这句话很突兀，她似乎听不太懂。近来她渐渐明白，可能是爸爸梦见珠月有不好，爸爸为了珠月，宁愿自己去死。难道是这样吗？如果是这样，珠月的心会更痛。爸爸是多么热爱生命，甚至是很怕死的一个人，可是为了珠月，他却一点也不怕死了。他去世时嘴角一直都有明显的笑容。爸爸下葬的那天，珠月上午忽然来了例假，按照家乡风俗，她不能亲自送爸爸下葬。她感到爸爸在怪自己似的。埋葬了爸爸，天空本是晴朗的，却又下起雪来，雪片花就像娉婷的少女一样在阳光中飘舞着。太阳雪，这样的景致珠月第一次看到，这是一种多么少见的奇观啊。在珠月的心中，雪是冤的意思，可是太阳灿灿烂烂的，这是开朗明亮的意思。这几次珠月都梦见爸爸像巨人一样，珠月很高兴，知道爸爸一定是又回到天堂重新做神仙了。爸爸生前似乎什么都知道，都能预见。

难道爸爸来世间就是为了生珠月救珠月的吗？珠月那时闹离婚，也许是从来不知道世间艰险，只一心受不了委屈，要离婚。现在再来看，珠月觉得自己那时在婚姻中遭受的苦还不如现在自己所遭受的残害、打压的折磨。可那时，她是真有可能因为要离婚，余清不肯，最终闹出人命的。珠月觉得离婚对于她是一种解脱，虽然前途艰难，可是不会受人气。这一点她永远不会回头。她想，如果现在的生活没有那么多的阻碍该多好啊。近来，她感到自己的身体就像鳞片在一片片地脱落，还有人想拿刀来刮她的骨头。她感到自己已经老朽了，头发白了，黄土都埋在腰上了，可是有人仍然要让她不消停、不舒服。她躺在床上，哼哼着，浑身无力，眼冒金星，冷汗一阵阵地湿透自己的睡衣，骨头就像腐掉了一样，酸痛，脱落，飞离自己的灵魂，像一个狂啸的海浪，一只吃腐尸的鹰隼，掉下来，又冲上去。

珠月很高兴爸爸是神仙下凡，现在在梦中是那么高大、年轻、帅气。珠月一直到现在都在怀疑爸爸到底死没死，她曾梦见他到现在棺材中的肉体还好好的，一点也没腐烂，像正常活着的人一样。珠月很想亲自看看是否真的。就像犹太人去看死后的耶稣，果然棺椁中没有耶稣的身体了。妈妈说不能，哪有这样的先例，不能动。如果爸爸没有死就被埋了，这是多么可怕的事情啊。珠月不敢想。不过，珠月还是相信爸爸的肉体是死了。因为在爸爸去世之前两个多月，她梦见她坐飞机回家，长着很长的假牙，这表明爸爸的病是治不好、无回天之力的。想到这一点，珠月的心里稍微好过一些。

珠月想起卢梭在他的时代受到的毁谤，卢梭像一条被咬的疯狗一样，惶惶不可终日。有人说，卢梭得了被迫害妄想症，珠月是从心底里真正理解同情卢梭。在一个对他有很多敌意的人的社会，他唯一能自救的就只有从自己的心灵汲取资源。卢梭本身就是法国的一个传奇、奇迹。他无法不遭受质疑、谴责，包括他弃子、他的感情生活等。这是一个被上天抛到尘世间的卢梭，所有的一切都是他无法选择的。他无法选择自己的生活、无法抗拒自己的情感，这才有真实的他和他的真实的生活，所以，法国大革命一开始，他的塑像就立即被竖立起来了。因为这一切都是上天赋予他的，包括他所经历的一切不解、侮辱、谩骂。也许连卢梭自己都说不清自己的一生，所以他才要写忏悔录。说不清，才想写。说得清，就不用写了。说不清的卢梭经历了怎样的心灵痛苦和折磨，特别是来自外界的恶意的指责、毁谤。他说他不在意，其实他很在意。他一直都在对自己说：眼睛看都不要看那些人，逃避他们。另一方面，他的心不由自主地在乎着那些人说的每一句话。不过，智慧的卢梭总是能在这种摇摆中让自己渡过难关，最少，要让自己从自己内心中汲取精神资源的这个信念最终支撑了他。

卢梭说的这句从自己内心中汲取心灵资源的话对珠月的启示非常大。卢梭说，他们还不能阻止我的大脑思考。一个没受到迫害的人是说不出这种有切身体会的话的。还能思考和写作，这是卢梭剩下的所有的财富了，幸好，没人能阻止他这点。

第七十三章

因颉只知道说要，却无能为力给珠月，珠月想起来就会心痛不已。这就是悲惨的宿命。当珠月被孤独绝望压倒的时候，她希望他来到她的面前，可他来不到。珠月希望能躺在他的怀里有一个依靠，他永远只能在梦里，在珠月的天空里，在她的天河之上。她曾经以为那个美丽的天河缀满的一定是珍珠是翡翠玛瑙，现在才知道那一路的天河深埋的是黑洞还有深渊黑暗。

珠月仰望得太久了，居住得太长了，她的眼睛忽然有一天暗了下来，青春的爱情的亮丽的天河怎经得起相伴的甜蜜和诱惑。况且她已经在孤独的深渊里埋藏得太久了，浑身写满了活不下去的暮气和肃杀，还有可怕的绝望。就像沉在烂泥潭中，她的眼前虽是万家灯火，可她却不知道她的笑声在哪里。她努力去捕捉她继续活着的意义，可是周围的一切都变得寡淡无味，脚底下只感到有人在拼命地拉着她往下坠。她好像还很满足于这样的淹没，一点也不留恋那上面的人生似的。那个时候，她需要奋力地一击，她希望周围有一种波浪有一种强光让她振作起来，并且像一直以来那样热爱活着。她明明是热爱活着的，这点她心里清楚，可是她怎么就有这种顽固地活不下去的感觉？她把手伸出去，只感到手周围一阵茫然的氛围。她想让自己微笑一下，她也真的微笑了一下，那种顽固的惆怅和无望仍然弥漫在胸中。她想念小时候一家人围在火塘旁说说笑笑的情景，那真是人间的天堂。后来，父亲去世了，因颉病了，她更加孤独了，赚钱的时候多希望给爸爸用啊，因为爸爸知道赚钱不容易，他很喜欢钱，虽然他又从来不把钱当回事。爸爸喜欢开家庭会，里面全是豪言壮语，灿烂前景。自从爸爸去世后，她赚钱的乐趣还有一种期望有些落了空。她想象着她回家带大把的钱给爸爸，爸爸多高兴啊。他半辈子做生意总是亏，女儿可以拿一点高工资给他用，女儿多自豪啊，她赚钱也有劲了。可爸爸偏偏走了，她手上即使有一大把钱，也像发不出光芒的石头。特别是爸爸的家庭总结会，爸爸去世后，她才知道那是她的一个动力源泉，一个理想的发动机，是一个充满了火光的一个大家庭的幸福。可爸爸走了，晚上梦见和爸爸说话，靠在爸爸身上。爸爸生前她从未靠在他身上过，爸爸从未抱过她们。可爸爸走了，她却是这样思念爸爸。才知道爸爸对于她是那么重要。因为爸爸让她看到了她继续工作的重要性，他喜欢她赚钱，觉得很好，她只要想到爸爸看到她给他钱时的高兴样子，说不定她就能活下去了。家里再有不幸的事，爸爸的乐观和大嗓门总让家里充满着喜气和希望。

珠月想，难道诗真的这么爱我吗？我怎么丝毫也感觉不到，只感到自己遇到了人生最大的劫难。如果爱是一种伤害，那么这种爱确实值得反思。珠月明明白白地感到了一种恨，可上天却说带着爱，或者它最后要因为爱而对他不好。它以爱的最后的名义显示它最初来到他心中的意义。这一切都是蒙昧无知的。

诗并不知道。最后上天以一个爱的名义赐予了他所有行为的含义，这时，健康不重要了，生命不重要了，原来，他所追求的一切是爱情。他却不知道。他紧紧握着的并不是爱啊，可上天却从背后偷给他一把鲜花，告诉他，你的命在这里。珠月想着想着，她全身一阵无力，腰佝偻得更厉害了。她将以献祭的方式来完成他的爱，他将以最后觉醒的方式知道他原来在深爱着她？

如果没有相信，这一切将是一个永恒的无法解决的悖论。只有相信是黄金。还有一个他，因颉，他看着这一切，他无法理清思绪，他很无力和茫然。他心疼珠月，他无语。这一切是因为什么，为什么这么的无能为力？英雄面对一团乱麻，也解不开这千丝万缕的结。

珠月看到一对夫妇结婚二十年好不容易怀上一个孩子，这个孩子却因为外伤脑死亡，他把肝脏捐给了一个千里之外正等着需要他的肾的一岁多的男孩，难道他来到这个世上就是为了给那个男孩子捐肝的吗？太像了，他的父母二十多年才把他带到这个世上，他来了之后只有九个月就要去为另一个人捐肝了，好像他特意来到这世间一场就是为了给那个他前世欠债的人还债的。

珠月想，如果真有前世欠债这种说法，世间姻缘真是前定的话，人该怎样有自我，真我？又将怎样辨别爱情、世间一切情意？还是蒙在世俗中更好。这样会更实在。那么这一切又将意味着什么？在历史中创造传奇？

神话？是为了承诺当初的誓言？是为了写出千古的奇言？是为了回到当初？是为了给世人说一段辛酸的苦痛的爱情？还是为了警醒后人爱即是罪？还是为了告诉世人，一切都是无力和空虚。如果是这样，世人也即是空。唯有的还是情意。情意，最终只有它是唯一的。

珠月不想事情朝着其中的一种可能性发展：诗伤害珠月太多，珠月承受不了伤害，她选择不和他联系了，他感到委屈，慢慢病了，他也不爱自己的生命了。这是最坏的结局。珠月希望他能做到无所谓她，他可以这样做。珠月知道这只是一种可能。另外，他可以相信珠月，不要伤害她、破坏她，珠月会珍惜他，最少不会伤害他。这样他不会感到委屈，不会病了，他也会珍惜自己的生命了。虽然珠月有可能这辈子就孤独到底了，但只要他相信她，需要她，只要他健健康康的，她也愿意，她觉得值得。

虽然他现在成为魔怪，但珠月非常自信可以让他成佛。他本是性灵之人，只是被魔怪附身，只要他一朝清醒，他立马就可以成佛。他并不是这世间人，他什么都可以成为。

珠月有一次梦见诗成为大佛，那是在他愿意全心支持珠月的时候。佛是多么伟大和智慧啊，他知道诗的一言一行，一举一动，并告诉珠月。那一刻，珠月真的觉得有些自惭形秽，那一刻，他成了大佛，可珠月从没梦见自己成了佛。可那只是他的一瞬间、一时、一刻、一天或者几天、十几天，随后，他的佛性回归到佛那里，魔怪侵入了他的身体。他有不一般的性灵，不一般的智慧，如果魔怪附上他，他会有很高的魔法，如果他回归到佛那里，他将是顶天立地、伟大、慈悲、智慧、永恒的佛。

如果他真成了佛，珠月想，这其实对她是一个更大的考验。她将要誓守诺言，来回馈他的信任。因为信任让他成为无所不能伟大的大佛，佛愿意赐名、身体、面容给他，珠月将面对着他的佛身、佛性、佛的面容坚守自己的诺言。就是一直守护着他。

可是多少次珠月梦见上天、佛赐予他的名是魔怪，这让珠月感到自己有一种责任，就是唤醒他。

珠月想，我是什么？我可以拯救一个堕落的佛性吗？一个被魔怪附身的智慧吗？我为什么从来没梦见过自己有一刻一时是佛呢？那么自己又有何资格去拯救他于水火之中？也许我本身就是一个佛，一个在人群中的佛，以牺牲来成全，以爱的名义来伤害。从没见自己成为魔怪，一定是佛性满满的人，任何人都无法伤害。用伤害来杀死爱，用爱来伤害，到底还有多少剩下的完整的东西？难道佛想说，这一切都是罪过，罪过啊，罪过，人活着就是罪过。这我就不赞成了。人活着，不应该？所以就来伤害人间。这绝不是佛的意愿。只是在这茫茫的宇宙，佛也感到茫茫。

2009年做的那个梦只是一个谜，珠月不知道为什么有声音要告诉她那样的话。而且珠月相信这世间并没有一个主宰人间的神，每个人都是神，只要他有一颗高尚的心灵，他都可以作为神的替身，替世间发言。而且每个人都有一颗奥秘的与自己的肉体分离的灵魂，珠月想2009年的那个梦一定是诗的灵魂对她说的悄悄话，这个悄悄话说给她听，有什么意义呢？珠月早就看到了他骨子里的悲观主义，他的骨头里都是冷清的，悲观的。和他在一起，珠月常常会感到一股温和的冷气，虽然他说话声音不大，可珠月却感到周遭都是悲观的分子在围绕着她，让她感到就像无处着落一样的荒凉，人生的荒凉的悲观的底味全部飘出来了。所以，他其实是一个潜在的危险的悲观论者，他需要她的热情和爱护，也可能会让他有温度。珠月自己都不能保证和他在一起是乐观的，他常常会让珠月坠入一种莫名的悲观中，就像一个哲学家总在提醒她思索人生的意义。人生的意义其实是缥缈的，悲观就一定是剩下的结局了。余清和因颉从来都不会让她有悲观的感觉，和他们在一起，她来不及去想这些。一个是生活家，一个是强烈的现场者。只有诗，是一个静寂的思考者和悲观者。珠月常常会梦见一些事情，那些事情与自己并没有多大关系，她不过是认识他们而已，那么这又有什么意义，珠月不知道。还有很多她不知道的事情，可能是上天不让她知道，或者那些灵魂不让她知道，或者是故意的，或者是概率巧合。她无从知道。无论如何，珠月感到自己已和他密切相关。如果她能为他做什么，她一定愿意。

珠月不喜欢被人管束，吃饭、穿衣、写文字、到哪里玩，如果有人要管她，她一定会退避三舍。有的人爱上人只要一秒，有的一分钟，有的一天，有的七天，有的一月，有的三月，有的一年，有的三年，有的七年，有的十年，珠月觉得她不到死，都不敢对自己的感情来个总结。珠月一直都觉得自己在情感上有时又特别小气，她是一个很难陷入的人。对于爱情来说，行动的延宕是最可怕的事情。什么事情都经不住想，东想西想后，事情已经变了，不是原来的样子了，因为很多因素的改变，人也不复能回到那个恰时的状态和情景中，所以，爱情就悬起来，就黄了。

当诗愿意全力支持珠月时，珠月梦见他成了大佛。珠月想，这表明上天、佛祖是赞成他支持珠月的，破坏珠月、伤害珠月是不正义的。如果佛祖不赞成，不会在那个时候让他显现为端庄、秀丽、雄伟的佛的样子。珠月心里非常明白，为什么佛要传给她那些梦呢？如果她的一些通灵是佛祖赐予，说明佛是多么怜惜她，爱她。这些梦到底从何而来，珠月一直并没得到一个清楚的结论。是天地间到处游荡的神灵告诉她的，还是梦见的那人的神灵告诉她的，还是她自己的魂灵到处游荡，发现了别人的秘密，然后再潜入她的梦中告诉她的。是谁告诉她的？是佛祖，还是天地间到处飘荡的很多的神灵，包括自己和别人的魂灵？这并不是没有区别的。珠月还是愿意相信每个人都有灵魂，高尚的灵魂成了神灵，卑琐的灵魂成了灰尘。

当珠月看着佛祖的眼睛时，她有时很害怕，因为她能从佛的眼睛里看到喜、怒、哀、乐，当佛祖对她笑时，她心里就会很欢快。当佛祖对她露出悲愁的样子，她就很忧心。当佛祖面容镇定，看不出表情时，珠月想，佛祖对此事无看法。珠月最喜欢看到佛祖笑了，佛祖笑时他的笑是隐含在面容里的，不是像珠月那样的笑，一眼就能看出。珠月心领神会地看着佛祖在暗暗地微笑，知道佛祖在对她说，你放心，有我呢。如果佛祖露出哀愁的样子，珠月一路都会闷闷不乐，就像天上随时会打下一个闷雷似的。佛祖爱珠月，怜悯她，启示她，知道她善良，只知奉献，从不想得到。佛祖就保护她，即使让她受挫折，也是为了保护她。这样想时，珠月心里更敞亮了。

目前为止，珠月感到从诗那里得到的最明显的感觉是阻挠、破坏、伤害。说实话，珠月确实喜欢他这个人，他的文字，他的思维和观点，只要他不破坏她。如果他执意要破坏她，阻挠她，让珠月赚不到钱，做事不顺利，珠月想她一定会灰心的。当一个人手捧鲜花送到另一个人手里时，却回馈她满抱的荆棘，这个人即使再爱那个人，她也不敢爱了。爱得越多，回馈的荆棘越多，越扎伤人的手和心。这不是荒诞法则吗？

她知道她还是爱着他，虽然有时因为他的伤害她，她真是恨得直想骂自己。每次当她感觉是他在和她说话时，就会有一股暖意涌上心头。她心里就会笑着说："傻瓜，你越支持我，我越爱你，我会舍命爱你。你处处阻拦我，叫我怎么爱你？我需要的是支持，是帮助，你不知道么？傻瓜。"

珠月心中想象的爱情是尊重对方，给对方自由，这种自由是建立在绝对地相信的基础上。他们惺惺相惜，每时每刻都在想着对方，共同分担，共同分享。这就是伟大的爱情。因为绝对的相信，心心相印，为对方祈祷，做善事，与对方一起白头偕老，这就是坚韧的爱情，能让爱人健康、快乐，能叫困难、曲折、灾难变成幸福、快乐、永恒。这就是爱人。不要自哀自怜，要永远给对方信心，让对方因为彼此而骄傲。就像爱着自己身上的血肉一样爱着或者甚于爱自己的血肉分子一样爱对方，让彼此更热爱生命、热爱生活，永远不放弃生活、生命。

她梦想有一天有人来对她说，我们在一起，好吗？永远相扶相持，看着对方就想笑。这样的爱情她配有吗？她不知道。她一直把自己想象成一个苦行僧，一个要去承受什么的苦难背负者。珠月想，其实这是一种更为骨子里的悲观主义。没有什么东西一定要成为苦难去背受，其实只要你足够自信，你也可以拥有幸福。只要你足够乐观，你也可以仍有笑容。如果因颉知道她有一个幸福的爱人和家，他也会祝福她的。无论如何，你一定要充满美丽的笑容。生活绝不是苦难。当你苦着脸时，生活就是苦的，当你微笑时，生活就是笑的。你脸上的表情是什么，镜子里的表情就是什么，镜子里反射的你的命运就是什么。这是珠月四十多年才悟出的智慧和道理。

命运是什么？命运是掌握在自己手里的。因为命运每时每刻都在变化。如果梦能宣示命运的话，从梦每天都在变化也可看出命运其实是一直都在变化的。所谓的命运，原来是自己手造的。只要有一颗良善的心，人必心地安宁，人必然有一个心底澄澈的未来。

她会对他说话，让他快乐，让他更热爱，更留恋。她会搅起他骨子里的悲观分子，让它们动荡起来。珠月自知自己其实也是彻底的悲观主义者，但因为她外向、乐观、开朗，她总是能逃脱那些悲观的分子来侵袭她。诗是内向、沉静的，这种人其实是最孤独最危险的。他不说话，所以他的悲观无处发散。那些悲观的东西渐渐地堆积，没有一个转移的方向、发散的渠道，就变成了渐渐浸没人的身体的毒液。需要一种快乐的事情让他永远快乐，需要一种持续的热情让他永远喜欢，需要一种强烈的祈祷让他永远热爱生活。

珠月几年来一直都感到一种强烈的负能量包围、压迫着她，让她透不过气来，压制、破坏、伤害，她想，如果不是卓院长，她早就被那些别有用心的人踩成肉酱了。卓院长学识超人，是个学术天才，硕果累累，人很善良，有着一般的知识分子没有的境界。卓院长在梦中是叶曦阿晴或者小雨小云等，他们都是对珠月无害的人，真心对珠月的人。那些周围的人都会在梦中变成珠月的亲人、以往的亲朋好友同学，一一对应。让珠月知道谁对她怎么样，这些梦也真太奇异了。而且那些人的角色在梦中还会变。几年前是什么人，几年后又是另外的人了。这世上真是一切都在变，“变”比“常”更大。珠月深深体会到，没有永恒不变的东西，也没有命定的宿命，这世上，最大的就是变，而不是常。只是有些东西你看不见它在变，有些东西你看得见它在变而已。宇宙天天在进行着翻天覆地的变化，我们看不见。

珠月知道别人可以做得不好，而她要做到最好，没有想到的是，即使她做到最好，还是要被人诬陷栽赃。学生本来给她的教学网上评分最高，却被诗篡改。珠月想，付出那么多，天天备课到转钟一点，一学期什么都没做，上那几节课，还要被人诬？以往备课几小时，现在备课几天，付出的为什么要被掠夺？好像分数是谁赐予的，不是自己挣来的。不是说天道酬勤吗？为什么她要被人阻挠破坏诬陷伤害？她做错了什么？她该得这些惩罚？她多么希望自己付出的能够让人知道？她刚刚到一个新单位，想自己能做得好一些，没想到自己仍然遭到陷害。

任督教三十岁出头，长长的头发后面用白底带花的手帕扎一个马尾辫，显得随意又雅致。听了珠月准备了几天的课，虽然讲完课，教室里掌声如雷，可任督教对珠月的评价没有一句是好的，这让珠月有些郁闷，总应该鼓励几句，像这样“督教”，好的东西全要被她整没，自信也全部没有了。珠月觉得有些不太服气，任督教看出了珠月眼里的不服气。任督教又去听珠月讲课了，怎么个锤炼法？让学生上课故意捣蛋。珠月曾经在几个重点高校给学生代课，因为她备课充分和天生的演说能力，讲台下的学生都是倾斜着身子听她讲课，课堂从来没有一丝声音。可现在，珠月看到了很多她从来没看到过的现象。她偶尔在课堂上会听到故意的捣蛋声，那声音很大，还很理直气壮，好像要和她比谁的声音更高似的。出去一个学生，再回来，又出去一个学生，再回来，也不知出去做什么。有个同学故意装睡觉，其实耳朵在竖着听课。以往上课她从未见过这种奇观。一个说话的学生故意把声音提得很高，只是这位学生最终还是以他的声音为羞耻，只好不说了。第二次上课他又照说。珠月很想说：“希望你不要来听课了，你不听没关系，不要影响老师和别人。”但她终究还是没说出口，她忍得不行了。她还是当作没听见似的讲她的课。她一直有个标准，学生听不听是学生的事，自己讲不讲好是自己的事。故意捣乱分子绝对不欢迎，希望不要来听课。珠月讲的课她自己都愿意再听一遍，不来听是你的损失。珠月故意点那个假睡的学生回答问题，没想到他都听见了。更重要的是，人会有一种感觉，珠月看着那个趴在桌上的学生，她能感到那个学生的身体和耳朵在倾听，那种姿态是紧张的倾听的姿势，不是疲沓的瞌睡的姿势。认真听讲时全身的肌肉是紧的、动的，而真正瞌睡的人是死气沉沉的。

珠月觉得自己讲得很好，任督教仍然要闭着眼睛挑剔，简直是青天白日之下故意把白说成黑。这世间最可耻的莫过于用所谓的“锤炼”“考验”的名义陷害人。把人都陷害死了，一句话就可以轻而易举打发你，你需要多多“锤炼”。专门找学生捣蛋，“锤炼”你怎么面对学生的捣蛋。专门让学生像走马灯似的出出进进，考验你还能不能专心讲课，哪有这样的课堂？珠月以往讲课时从来没一个学生中途出去，这一个考验也太离谱了。

珠月常常好奇他们是以什么样的理由陷害她，这需要拿得出手。后来她终于从任督教那里听到那个词：“锤炼”。这是多好的借口，无论多么卑鄙的行为都可以用如此看起来堂皇的理由来理所当然地行使。他们不知道抹杀别人血汗的罪恶，不公正的罪恶，只需用一个“锤炼”就可以把人付出的轻轻抹杀。一个人在讲座时，下面有一个人故意喊“滚蛋”，那人即使讲得再好，再有口才，对于他来说也是一件不幸的事情。当他们准备在课堂上故意领导着学生喊打倒时，这也是锤炼吗？当一个人被别有用心的人整得把他课堂上所有好的该发扬的东西都整没了时，也是锤炼吗？

一次下课，珠月的手机、书被教唆的一个学生故意藏起，珠月很怕迟到，那时，她回去拿书，她当时准备从六楼跳下，一步就走到另一个要上课的教室。多么可怕的鬼门关一样的体验啊。

学期结束时，全班送给珠月一张大卡片，个个在上都有留言，他们舍不得珠月，很多同学都说听珠月的课收获很多，珠月是他们在大学见过的最好的老师。珠月手拿着那张卡片，有种想哭的感觉，她用自己一个学期的全部的付出赢得了学生们从心底里的尊重和爱护。

何督教每次听完珠月的课都会忍不住说：“讲得好，讲得不错。”珠月想，并不是所有的人都是没良心，张口说瞎话的。

任督教那天听完珠月的课，她没想到珠月的课讲得堪称完美，她不解，她想珠月又不知道她今天来听课，怎么讲得这么完美，节奏的轻重缓慢、内容的有条有理、语词的到位表达、阐释的深刻等。她不知道珠月这学期次次讲课都是这样，备课两三天，争取每堂课没一个废字、一句重复的话，表达不打一次阻。要做到这样，确实很辛苦。珠月这学期感到讲得最辛苦了，因为对自己的要求太高了。任督教为了表示自己一直都是公正的，她对珠月说："我这次会给你'优'。"

珠月一直都在探索怎么讲课效果是最好的，她感到她这种一个废字也没有的精练讲课对于学生来说也许不一定是最好的上课方式，因为学生需要有一个回旋的时间，太精练太深刻，学生在课堂上有时很难反应过来，不能全部体会老师讲课的内容。

有人叫她敬畏知识，这个，她还从未想到敬畏知识，也未感觉到。她只强烈地感到要敬畏良心。凭自己的良心做事、说话，很多人都难以做到。这是一个最高的标准。所谓的敬畏，是敬畏良心、灵魂。敬畏，什么叫敬畏，如果一个人敢于拍着自己的胸脯说自己是公正的、正义的，就叫敬畏。

她感到胸腔里像有一梭梭地子弹马上就要穿膛而出，有一把把的刀子一支支地飞起，向那些不公投去。可是她只能忍着，忍着。

珠月是副高职称，成果很多，外省几个著名的同行专家说她在外省已经有声誉了，可拿的是讲师的工资。她在泉市工作的卫校同学小雨通过在职拿到护理学硕士文凭，早已是正高职称。卓院长曾经给人事处打招呼说珠月理应拿副高工资，拿了两个月后诗又让他们改回去了。珠月每月数着自己拿的那几千元工资，还不够她花到月底的。暑假回家，小雨在微信群里发布消息说珠月回来了。吃饭时，同学们互报各自的单位、职称、职务，珠月见其中几个初中同学都是正高职称了，她脸都红了，不好意思说自己还是副高职称，更不好意思说自己拿的还是讲师的工资。同学们都敬佩珠月，珠月一直都觉得自己比她的同学强，简直不在一个层次，无法比较。阿晴、小雨又中途特意请来她们初中时崇拜的语文老师林老师来唱歌。珠月想起叶曦曾说过的一句话："在中学，我最大的收获就是听林老师的语文课。"珠月和枝子都说有同感。林老师现在在城里办了一所私立高中，每年只招五百人，重本率百分之五十以上。学生们要排着队才能进去。珠月想起自己十六岁时曾给林老师写过一封信，说他一定会创办一所属于自己的学校，会成为一个有作为的教育家。没想到林老师果然办了全市第一所在人们心目中就像市重点高中一样有吸引力的私立高中。大家鼓掌欢迎林老师唱歌，林老师五音不全地唱了一首《北国之春》，同学们都大叫说他唱得好，要他再来一首，林老师就再唱了一首。珠月觉得这种赞扬有些残忍，似乎是让他们的语文老师多出丑。她觉得应该让林老师朗诵，这才是他的强项。珠月永远记得初中晨读时林老师给他们朗读蒋子龙的小说《燕赵悲歌》的情景，她觉得自己从林老师的朗读中得到了一种更为广阔的心灵自由和愿望，包括自己的理想，林老师的理想，全班很多同学的未来理想，都在林老师朗读《燕赵悲歌》的文字中就像校园周围的薄雾一样已经透露出了一个崭新的明朗的未来。

让珠月心灵震动的是唱卡拉 OK 时林老师说的一句话："现在的高校，莫见了鬼。"珠月一直都觉得高校很神圣，林老师的那句话让珠月知道了污浊其实早已泛滥全国。珠月原以为林老师会表扬她的勤奋向上。那一晚，珠月很沉默，她感到自己在同学们面前不喜欢说话了。不知是心里觉得自己怎么样都比他们强，还是觉得自己其实还不如他们。

有一个本校外院的老师问珠月每月拿多少钱？珠月告诉她拿的是讲师的工资，因她感到自己的工资有问题，钱少不好意思说，就在本来发给她的工资上多说了一千多元，没想到那个老师说，就是讲师也不应该拿这点工资啊，再怎么也不能在别人工资上搞鬼。珠月发现自己的工资经常有改变，而且工资信息上的数字也对不上号，好像他们可以随时加减她的工资似的，打电话去问，他们问，你缺勤了吗？珠月说没有，他们再补。或者他们在那里牛头不对马嘴地说了一些。

当珠月每次上课看着一些学生兴奋的表情，她们就像花了一张三等票的钱坐上了特等座一样。珠月用自己的生命在上课，学生们能感受到老师的付出。她们抑制不住兴奋地等待着老师今天又会有什么让他们大有收获的想法。下课时，珠月多次看到几个同学禁不住举起了手想鼓掌，终于还是不好意思放下了。自从上班后，珠月发现背后有人扔石子，丝毫也不敢疏忽，本来两三个小时的备课，她每次都准备两三天。生活中这些大大小小的压力说起来简直要眼泪流成河了，仍然洗不尽自己的冤屈。

下午给两个班上课时，珠月听见下面有同学不自觉地说：谢谢老师。她知道同学们的感激是发自心底的。这学期第一次上课下课时，同学们报以热烈的掌声，在她看来还可以理解，可是昨天的掌声却让她感到意外。记得上学期结束时，一个学生悄悄地对她说"我爱你"的情形。她是悄悄地对她说的，好像有些怕似的，可是她却禁不住要说。无论多大的打击压制，学生心底还是有数的。

前几天珠月去监考，学生们兴奋地在下面轻轻叫着：老师。见到珠月老师让她们感到欣喜和意外，似乎她们以为再也见不到她了，似乎珠月是天外来客似的。一个学生考完试后对珠月说："老师，好久都没见你了，好想你哦。”珠月叫不出那个学生的名字，只好笑着回答：“谢谢!”珠月还在收试卷，那个学生站在那里看珠月收试卷，也不走，似乎很舍不得自己的老师。珠月心里有股暖流在涌动，觉得自己无论受多大的冤枉、委屈，自己播的知识种子和自己的美德已经撒进学生的心田了。

每次到学期结束时，珠月就感到和学生已经建立了一种密切的精神联系。他们在想，今天这学期最后一节课已经结束了，老师付出那么多，除了持久的掌声，还有他们不舍的眼神，甚至几个开始有些不服的学生也流露出了感谢老师、舍不得老师的眼神。珠月心里掠过一阵感动的情绪。他们经常会问，老师，下学期某课还是你给我们上么？珠月说，不是。她看得出他们的眼里有一丝惆怅。

这学期的期末论文作业大多数学生都写了一万多字，有好几个学生竟然写了一万五千到一万八千多字，好几篇论文的质量就是发在核心期刊也绰绰有余。这些可爱的学生是多么想得到明老师的肯定和称赞啊。学生们用最切实的行动——他们的论文，表达了他们对老师最诚挚的尊重和爱。当珠月看着那些他们花了很多功夫写的论文时，她读到的是自己对于她爱的学生们的感动。她相信她的学生，她在学生们的论文中看到了他们巨大的潜力。她总是对他们说，你们想成为什么就可以成为什么。

新的学期开始了，珠月梦中听到一个声音问一个学生，你怎么上课不捣蛋？他说：“她确实讲得太好了，不好意思捣蛋。”下课时，一个高年级的学生对珠月说：“学生们都很喜欢你，说你课讲得好，人又好，都为你……不平。”她“不平”两字说得很轻，珠月笑着，没有吱声。回家后想到这个学生说的大家都为她不平的话，估计聪明的学生们感觉到了一点什么。她想起前不久一个学生给她打电话咨询毕业论文之事后，那个学生在电话里禁不住小声地说：“老师，您知道吗？”她停顿了一下，然后轻声说，“有人在害你。”珠月当时也没有吱声。

珠月竟有些担心学生们在自己的课程上花时间太多，她有些不忍似的，就说，有时间的同学论文可以写长一些，没时间的就写短一些。没关系的，我们这门课是考查课，一般都会有一个很好的分数，只要不是写得太拿不出手。可学生们不听，期末的论文作业珠月又忍不住在心底里赞叹，我的这些学生真是有思想有才华。仔细想想，学生们把自己毫无保留倾泻、传授的知识、思维都吸收了，当然很多论文就写得特别有才气。

一天，珠月遇到一个自己曾教过的学生，她说：“老师，我们的班级微信群名就叫‘魔仙宝’，因为我们背后都叫您魔仙，同学们都说您讲课有种神奇的魔力，以为您还会教我们，不给我们讲课后我们是多么想念您啊！”珠月想，即使诗唆使学生捣乱，篡改学生网评分数，这个学生的话让珠月的心里得到了很大的安慰。即使全院都不知道她讲课讲得好，付出了多少心力和精力，可学生们知道。一个老师付出多少，一个学期下来，学生们是最能体会的。

一年多前的一天，有个男生在图书馆给她一个纸条子：“能做我的朋友吗?”珠月看着那个男孩只有二十多岁，她说：“哦，我，不行。”十几天前，一个老头子问她：“你有五十岁吗?”一年多的时间，她已被折磨得老了几十岁。多么感谢啊，这一年多，她经受了从未有过的考验。试探、阻挠、破坏、伤害、毁谤、污蔑，她内心中从未感到这样的压力。无论她做得多好，都是不好；无论事情看起来有多么顺利，都要被人别有用心地整得不顺利。没有一件事情不受到阻挠破坏。当她走进她的家时，她想，只有这个小屋还是属于她的，还没有人阻挠她进家门。目前除了进她的家门不受阻碍外，没有一件事情是不受阻碍的。珠月感受到了从未有过的压力。她感到愤怒、失望，她不需要那些堂皇的理由，根本就不愿意听，语言对于她已无作用，就像几年前语言对于她是那么重要一样，语言对于她现在是那么不重要。语言是伪的。话、几个字有什么用呢?她已吸精神的空气太久了。

那天她去跳舞，有人问她：“你是单身吗?如果你是单身，你愿意嫁给我吗?”珠月看不起那个人，她说：“我老公在外省上班。”如果碰到一个自己心动的人向她求婚，她想她肯定会动摇不结婚的念头。

她现在似乎失去了自由，她好像对谁有义务单身、受苦、不结婚，谁有这样的权利来主宰她?他们给了她什么?信诺?生命?对她明文要求过?当面说过?珠月想，没有人要求你什么，也没有人有权利要求你什么，除非他当面对你说。网上的话是屁话。不论是珠月说的还是别人说的。珠月根本不知道那是谁。是他或是他，还是谁?

珠月说，收起你的那套，什么迷信啊，什么玩意儿，这世界没有这些。只有灵魂，就是自己的灵魂在说话。只要自己不做亏心事，不做害人事，半夜不怕鬼敲门。

当伤害扑面而来时，珠月想到了一个办法，就是逃避，就是沉默，这应该无罪吧。好自为之。每个人，与她相关的人，不相关的人，包括她自己。

她没有责任为谁受罪，更没有责任无辜受伤害。当她很多东西可以放下时，这时她变得异常强大。无知无畏，无畏无惧。她有什么可失去？现在她是这个世上最穷的人，一个一无所有的人。靠自己，还不行吗，还要被踩上几脚，靠自己都不行？

当她能够在街上自由地买一个什么东西吃时，她想，这是放心的；当她能够在街上挪着脚走路时，她想，她的脚还能够自由走在路上。除了这两件事是自由的外，她还剩下什么自由？对于爱自由如生命的她，她不希望自己被人试探、窥视。她拒斥所有的偷窥。就是在家里也不自由，除了可以用钥匙打开自己的家门外。

楼上不知在搞什么，半年多来，天天拉锯、敲水管，好像珠月还不够烦似的，好像她还过得很顺似的。它要天天弄出噪音，让珠月不舒服、不顺心、不安宁。

珠月晚上隐隐感到害怕，她让厕所灯亮着，半夜三点起床上厕所发现灯关了。她第二天又故意把厕所灯亮着，半夜三点起床发现厕所灯又被关熄了。她请人来换锁，她怕那人搞鬼，就把钥匙拿在自己手上。果然，那人接了一番电话后，说一定要换把锁，说那把有问题，珠月不答应，估计他是受到了诱惑或者恐吓，当他听到珠月说不要他换锁时，他松了口气，立即说“可以”。她又找到一家，是个老头子，才换了锁。过两天又发现厕所里有被风霜雨淋过的旧烟头。珠月又去买锁换防盗门锁，她走了几个店，都发现同一个人在跟着她。几条街下来，她发现自己竟不能买一把锁。这时，她才意识到有人在跟踪她。

当珠月发现有人进了她的家，她感到那个人就在楼上。她想什么时候去看一看，那家是住户还是出租的？珠月感到了一种威胁，她把她的疑虑寄给几个朋友，她想，万一她有什么，他们知道是怎么回事。

珠月曾经想，幸亏还没有人阻挠她进家门，现在连家门似乎都是敞开的。她以前以为自己还有一个安全的钥匙，现在她发现有人或者是偷配了她的钥匙，或者是以扒窗户爬阳台在房间打洞等方式进了她的家。近来珠月已失眠，晚上睡不着，吃三颗安定都睡不着，一直都处于紧张担心的状态让她已经开始睡眠不好了。以前她是打雷都能睡着的。

珠月放在电脑桌上的几千元发票怎么也找不着了，户口本也找不到了，余清给她买的钻石戒指发票被拿出来放在床上，戒指仍然在柜子里，这是想明摆着告诉珠月家里进来了人。珠月不敢睡，好不容易睡着了，又醒了。她把十把剪刀、一把菜刀、一根鞭子放在床边，准备有人进来，她就奋力向那个欺负她的人扔去。珠月现在已不怕打架、血和暴力了。她准备和坏人作一死战。她甚至做好了死的准备，只是为了不能让坏人屡次欺负人。珠月想，我怕什么？我什么都不怕，坏人不怕，我还害怕？这个世界还有没有公理？我将用我的殊死搏斗来验证不怕坏人的公理。

几个月来，珠月感到房间周围刀光剑影，杀气重重。她知道这刀光剑影是诗派来的。

珠月买来摄像头要女儿装，女儿听着母亲的讲述，非常担心母亲。她的眼神里满是忧虑，女儿问："你现在觉得哪些地方是不安全的呢？窗户关了，你会不会觉得窗户那里是安全的？"珠月知道孩子的意思，她说："窗户关了有什么不安全？"孩子听了似乎心里好受些，又问："门、阳台都安了门磁、红外线，你应该不会怕了吧？"珠月说："不怕，你放心。"谁也不会信她的话，只有她知道家里确实有人来过。孩子一晚没睡，眼睛全哭肿了，母亲几次想哭，不敢哭，正月哭不吉利。无助的孤儿寡母都想把眼泪流成河。

她还能够和人说几句话，她请人做清洁别人要故意破坏，不是摔破碗就是摔破盆子，连几把木拖把都能被拖断。以往请人做饭做清洁王姐每次会偷偷倒一壶油或者几斤米走，珠月没说什么，现在请的清洁工一看就知是被唆使故意搞破坏。请人来修空调，说要三百多元，一年后又坏了，请人来修微波炉，说要二百元，珠月说不修，那人说，我是坐的士来的，你要给我的士费啊？珠月想，你们发的卡片不是不收上门费吗？还是给了他三十元的士费。一把一千元的电脑椅一只椅脚的轮子坏了，修理人员为了那个钢椅脚能卖一些钱，也不和珠月说，就把整个钢椅脚拆了，说是给换上塑料椅脚，珠月见了，大叫，怎么能这样？现在的世道职业道德已很稀缺了，即使做再小事的人也想发财。就是一个做饭的阿姨她也不愿在穷的人家做，要选择条件好的人家，即使工资是一样多的，这样她们可以多得些利益。比如，红包、衣服、电器、食物等。珠月记得王姐曾说："你们吃得好简单啊。""白切鸡都吃得差不多了啦，只剩下头和爪子，那还有什么要头？别人家早就不吃了。"王姐是一个非常能干的阿姨，做事很泼辣。珠月后来一直有些想她。她做清洁两个小时抵得后来珠月请的清洁工六个小时。

珠月去买肉，那个卖肉的每天对珠月笑脸相迎，一次，珠月把肉提回家来后，发现肉被调换了，根本不是她买的那两根排骨，全是一些无肉的碎骨头。珠月没有去找那个人，她只是再也不去那里买肉了。她去买鱼，买鱼的人见她每次也不讲价，珠月问："有鲈鱼吗？海水鲈鱼和淡水鲈鱼都可以，要大一点的。"老板说："海水鲈鱼大些，淡水鲈鱼小些。"珠月问："怎么卖？"老板说："海水鲈鱼十四元一斤，淡水鲈鱼十九元一斤。""那麻烦你给我拿一只海水鲈鱼。"老板在一个大桶里摸了半天，摸出一只比外面盒子里的鲈鱼更小的鲈鱼来。珠月只好买了外面一条尾巴翘着游的比较大一点的鲈鱼。一称，十六元五角。当老板剖那只小鲈鱼时，珠月发现了另一个盆子里的大鲈鱼，问老板怎么不给那大的，老板说："我不知道你要什么鲈鱼。"珠月说："我明明说要大一点的，要海水鲈鱼。"老板的脸有些红了。老板见珠月好说话，淡水鲈鱼贵，小，不好卖，海水鲈鱼大，便宜，好卖，就想以高价钱卖掉他的一只淡水小鲈鱼。珠月看着手中的那只翘着尾巴的畸形小鲈鱼，心里只感到一股火，她本想好，今天要买一只大鲈鱼，因为今天来了客，没想到买这么一只小鲈鱼，怎么拿得上桌？她历来不太会变动，如果想好了今天买鲈鱼，她就不太会改了。她后悔，既然鲈鱼不满意，为什么不知道买别的鱼呢？珠月几天都不想到那个老板那里买鱼了。以前卖鱼的老板常常卖鱼给珠月都比别人贵，有时也扣些秤，她从来都乐于去买。珠月想，你做事不能太过了，太过了就会伤人的心。这两个人，那个卖肉的，简直是欺骗，珠月绝不会再光顾她的肉摊了。平常笑得多灿烂，更显现出令人不能容忍。这个卖鱼的，以后可能还会去，行为没有那个卖肉的恶劣。卖菜的老乡每次给珠月卖菜都要比别人贵，珠月买菜少，好像每次去就是给她一点救济。就像卖热干面的老乡说的，要是都是像你一样的客人，我们早就发财了。卖菜老乡每次都想在珠月买菜时多赚一点，她想，如果珠月这样的人多一点就好了，他们家又会多做一栋楼房了。她希望珠月多来买菜。买菜老乡异常热情，性格开朗，当一些买菜的人见到买的菜贵，虽然脸上有一丝不高兴，但还是愿意给她面子，下次再来买，只为了她的热情和她的那种卖菜的成就感。卖菜老乡一个月赚的钱比珠月多，但珠月每次都到老乡那儿去买菜，只要心情高兴，多出一点钱是没关系的。老乡每次给珠月一个大袋子装菜，珠月往那儿过，他们就会喊珠月，有时珠月不做饭，就买一点她家的玉米、红薯什么的回来煮，也可以当一餐。当珠月把钱递给老乡时，她有一种安稳和成就感。

珠月又去买鲈鱼，有一个女孩也拿了一条鲈鱼丢在旁边，老板娘见是珠月，秤上显示的是十九元八角一斤，旁边的女孩感到很惊讶，不是十四元一斤吗？在拿鲈鱼之前，珠月也问了老板娘抱着孩子的媳妇，她也说是十四元一斤，不过，珠月对于老板娘的行为倒没吃惊，她已见识几次了。珠月想，这些人，好像珠月是能让他们发财的，一点职业道德都没有。老板娘赶紧又瞅了珠月一眼，赶快将十九元八角一斤改成十四元一斤，珠月什么也没说。今天如果不是那个女孩也买鲈鱼，老板娘就准备要珠月十九元八角一斤买，不过，珠月一定会说，你媳妇不是说十四元一斤吗？如果珠月像以往一样拿起鱼就称，不问价格，肯定就是十九元八角一斤了。他妈的，就连一个卖鱼的都要欺负我。只要一出门，就是什么人都敢欺负我。

珠月在梦中似乎看见咪咪中了咒语似的挣扎成一团，珠月很怕咪咪出事，她使劲地睁开了眼睛，好打断这个令人害怕的梦。这个梦曾出现几次，每次珠月都是力图以最快的速度睁开眼睛来打断这个梦。珠月想，诗应该还不敢派人来伤害咪咪，他敢伤害珠月，也不敢伤害咪咪，因为他怕咪咪死后猫的灵魂会报复他。珠月半夜上厕所或者早晨醒来第一眼就去看咪咪，她起先没发现咪咪，她惊慌地叫："咪咪，咪咪。"咪咪从阳台或者沙发某个角落钻出来了，珠月看着咪咪雄赳赳的脚步，放心了。或者咪咪正蹲在沙发的某个地方，她的样子很乖，有些像不敢乱动的样子，平时只要是天亮见珠月起床，一定是飞速跳下沙发，找珠月要猫罐头吃。珠月见咪咪乖乖地蹲在沙发上，并没有想下沙发的样子，眼睛瞪得大大地、楚楚可怜地看着珠月。难道咪咪真的不舒服了吗？或者她知道有什么东西在诅咒她，还是昨天珠月拿着一个盒子遮挡着，不让咪咪在沙发上挨着她睡把咪咪得罪了？

珠月昨晚洗完澡坐在沙发上看电视，咪咪这时总会理所当然地挨着珠月睡或者睡到她身上，珠月怕咪咪把她的睡衣弄脏了，就在沙发上顺手拿了一个盒子放在自己的旁边，这样咪咪就不能挨着自己睡或者爬到自己身上睡了。难道因为这事咪咪心里不舒服，受了委屈？珠月就梦见咪咪不好了？是不是咪咪觉得珠月不待见她，自己得有自知之明，得放乖点，就不敢有太多欲望，连猫罐头也不吃算了。珠月见咪咪没有像往常一样跳下沙发找她要猫罐头吃，这时，她总会摸着咪咪的头，猫罐头比平时要给得多。珠月从来不敢小瞧咪咪，她觉得咪咪什么都懂，每次珠月要到什么地方去开会，晚上不回，她都会跟咪咪说清楚。第一次珠月没和咪咪说，去开了一天学会，没想到咪咪一晚上最少瘦了一斤肉，肚子那儿都瘪了，珠月简直不敢相信。就像一个孩子一晚上没见到妈一样，有可能咪咪一晚上都没睡呢。

珠月晚上从七点到十二点连续看了几个小时的电视，今晚的电视怎么这么感人。起先是中央三台的《开门大吉》，里面的一个镜头让珠月流了泪。陈燕是一个盲人，她带着一只导盲犬来到《开门大吉》节目，当她能拿到五千元时，名叫“珍妮”的导盲犬兴奋地扑上了她的胸口，几乎是张牙舞爪。主持人小尼问：“她这是要干什么？”陈燕说：“因为她听到我说五千元能供应基地训导员一个月的鞋袜等。她听到‘训导员’这几个字就高兴，她知道我为他们的训导员挣到鞋袜了。”陈燕说着哽咽了，眼泪流了出来，珠月也忍不住流下了眼泪，她赶快拿纸巾擦眼睛。到了陈燕已赚到一万五千元时，陈燕问珍妮，她是否应该继续，每次陈燕往前走一步，她都会征求珍妮的意见，如果同意，就站着，如果不同意，珍妮就蹲下。前几次，珍妮都站着，这次珍妮却蹲下了。陈燕说：“因为珍妮怕我这次前功尽弃，赚的钱清零，她不敢承担责任。”陈燕说着，又哽咽了。一只狗也有责任！那一刻，珠月看着蹲在地上的珍妮，她就像一个懂事的小姑娘，她是出生在贫民家里，她知道钱的重要性，她不敢再带着她的妈妈向前走了。多懂事的珍妮啊，珍妮又多像小时候的自己啊。珠月又流泪了。谁说动物没有灵性，珠月认为大自然中所有的生物、非生物都是有灵性的。世间万物皆有灵性。珍妮让珠月好想尽情地哭一场。陈燕让珠月感到一个盲人的美丽安静从容的心灵。

《我是演说家》里的枣儿离婚，带着儿子，只有三十二岁，早几年就查出癌症，医生判定她只能活到第二年三月，她的母亲也是离婚，她的儿子和她相依为命，幸好，命运后来给了她一个很善良的爱人。她一直在倔强地笑着。多么好的孩子啊。

接着看《中国正在听》，前几次看半点感觉都没有，不知道是因为今天是唱给父母的歌的原因，还是因为今天珠月浸在一种非常重的失望里，自从早上看到项目申请未成功的消息后，她已经哭了很久了。自从阿来唱《父亲》那首歌开始，一句话就把珠月带到想自己父亲的情景里，后面阿来唱的什么，珠月一句也没听到。她的眼泪不停地流，她想到自己父亲的死，她多么羡慕别人有父亲啊。她好几次都梦见父亲其实并没死，就被当作死了埋了。父亲死了吗？这是珠月一直会想的一个问题，而她也一直在想，也许父亲并没死，可是当时的情景，好像爸爸必须死。爸爸非常善良，最怕花孩子的钱，没钱治病，起先拖着不去治，后来又不转院，爸爸就延误病情了。爸爸回家时还是清醒的，他还认得社济哥，珠月身上没听诊器，爸爸到底死了没有，她真有些怀疑。她和妹妹去听爸爸的鼻息，好像没听见，去摸爸爸的脉搏，好像也没摸到。但珠月总觉得爸爸没死。家里没钱，弟弟不争气，妈妈几次说恨不得一起喝老鼠药死了算了。妈妈是多么乐观的人啊，爸爸说："你妈从来没被任何事打倒过，却被你老弟打倒了。"珠月在爸爸去世后才意识到爸爸死了，爸爸本不该死啊，爸爸的病只要早转院就没事了，可家里没钱，爸妈又怕增加儿女负担，余清以为是珠月夸大其词，要一点钱给父母用，说只愿出一万元。爸爸活生生的命就这么没了。爸爸是生命力多强的人啊，所以，珠月相信爸爸可能并没死。珠月一直都想赚钱给妈妈、弟弟用，可自己总是这么穷，做什么事都是不顺利，还要让妈妈为她担忧。珠月的泪流得更凶猛了，眼前揩泪的纸巾已堆了一堆。想起自己这几年的遭遇，可说是她人生中最困难的时期，离婚不苦，单身不苦，苦在她感受到无尽止的压迫、迫害、伤害。她的心像被大钢针扎了一次又一次。妈妈要为弟弟担忧，要为生活担忧，而我为什么不能像别的人一样多赚一点钱给家里用，让可怜的妈妈无忧。

珠月想起因颉是多么的孤独和疼痛啊，他在最纠缠的时候把自己毁灭了，他为什么要那么傻、不争气呢？也许只是一个梦吧，希望那些都是梦中的心痛。可黑夜一样的绞痛怎么无数次掠过了她的心？她没有权利享有任何东西，如果因颉处于黑暗之中。她得去帮他驱散黑暗的阴霾，如果他叫她。如果他说，不需要，我好好的，珠月相信这是她听到的最美的语言。她不再那么自私地要求他爱她，那么不讲理，让他不知所措，她只要他健康，然后把她忘掉。没关系。没有记住不记住，只要每个人心里是安宁的。上天啊，给他所有的清新的光明。

珠月甚至想要改变今天白天的主意，她不恨所有的人。她只怨叹命运。她只想逃离，逃离。

那么人们受到的苦啊，人为什么要生啊，生命的诞生就是苦的降临。没有生就没有苦。歌手赵郁的母亲说，"还有我们的委屈"，是啊，无尽的委屈，有可能她是一个单身母亲。那一个"委屈"道尽了多少人生艰辛，把人们的眼泪全部道尽了。

我还拥有什么？除了眼泪，还有明天，我将怎样前行？你能告诉我吗？

我知道你说不出，我只能靠自己。人们，只希望你们好。

我没话说，从此是沉默。别怪我，请理解我。委屈，就像河水一样蜿蜒。

因为赵郁妈妈的那首诗，珠月写道：“没有人知道你的辛酸。你的发型很时髦，别人看不到你的掉光了头发的头。别人只看到你的诗歌，说你朗诵得很好。很好，是啊，那是生活已到了尽头的无畏的言说。”

珠月一天来四五个小时的泪水把她的眼睛冲刷得像一座小山包，她感到只要她稍微用手挨一下眼睛那儿皮肤就会破似的。

让她连续流泪失望的人，称不上是真正的男人。

不是当面说的、不是亲自写的话，你拿它来整自己？让自己不自由？你是鬼啊？你还是有病？你对谁负有责任吗？谁亲自给你说了什么？珠月想，原来这一切都是自己作茧自缚，梦、迷信、网络留言，都是放屁。自从相信那些梦，就没有一天好日子过；自从相信那些迷信，就给自己套上一副镣铐，走到哪里都叮当响；自从在网上看了几篇文章，就像被毒气熏了，从此吃自己给自己做的鸦片烟。你活在不现实里已经太久了。连妈妈妹妹都说她，说了好几年了，她不相信，她很自信，才发现她们是对的。包括她离婚不要余清的钱，结果呢，她的骨气不但没赚到钱，还让她吃了一堆晦气亏。这就是生活。清醒吧。珠月在心里狠狠地骂着自己，她还从来没像现在这样看不起自己，这样反省过自己。她要做一个全新的自己，放下包袱。因为为他人受苦的感觉，因为被压迫的感受，她有段时间很不自信，连路都不会走了。她对自己说，让那些所有阻碍你快乐的事情见鬼去吧。她要轻轻松松的。她要像那些快乐的人一样做一个全新的快乐的自己。她这样想着，她又想，应该给因颉打个电话，问他好不好？好让她的心结解开。

不过是作茧自缚，不过是恐吓你，那些梦，那些被你认为你应该承担的东西，没有人要求你承担。生活不是悲剧，写起来很感动人，演起来让人掉眼泪。生活不是死亡，有一万个悲壮。那都不是生活的态度。把生活过得轻松，就是自由者、强者、真正生活者的态度。那些虚无缥缈的东西都见鬼去吧！如果你的灵魂恐吓了你一次，你不要害怕那些匍匐在黑洞里的梦，当你不懂时，你不是过得异常的好吗？而且贵人那么多。原来都是你在作茧自缚啊，亏你还是个博士后，妈妈看不起似的说，妹妹不屑地说。她们以前是多么崇拜她啊，现在，她们心里觉得她有病。禾月说：“姐，我现在马上要晋升了，如果你能梦见我晋升的题目，我就服了你，那我就不用复习了。”珠月说：“那我肯定梦不见，梦见什么又不是由我做主的。”她们说：“你千万别在别人面前提什么梦，别人会说你有病。”珠月终于明白了，那些梦不是自己的灵魂在梦中作乱吗？所以，这就是庸人自扰，这就是作茧自缚，这就是有毛病。

珠月想起她的同学小雨给她讲小时候算命先生说她活不过四十岁，小雨今年该四十五了，为了生一个儿子，曾经辞职，后又生了一个女孩，后来又到了某高校上班。那时，珠月听到一个同学叹息说，没想到小雨又生了一个女孩，语气是惊人地替小雨失望。珠月觉得女孩没有什么不好的，她一直觉得一对夫妻最少要生两个孩子，有条件想多生的，也可酌情多生，这才是人道的。不一定要生男孩。只一个孩子让做父母的心态都不正常了，很多父母整天都提心吊胆的。

小雨对珠月说，几个算命的（其中一个是曾给珠月奶奶算命的）都说我四十岁那年是天罗地网，怎么都逃不过的，这不好好的？珠月说，记得你当时还把你家女儿托付给我，说是如果你死了，你要我管①她。小雨说，因为只有你我是最放心的，所以当时就想到如果我真的四十岁有天罗地网的话，我一定要给我的女儿找到一个我放心的管她的人。她的爸爸是靠不上的，好东西只管收着自己吃，从不管孩子，我们一直吵吵闹闹的。

珠月想，几个算命的不是都说小雨四十岁那年是天罗地网吗？小雨不照旧好好的？想起年轻时做过的梦，那些梦现在想起来是多么的凶恶，不是都很好吗？不要相信它，就没有。信就有，不信则无，这是多么伟大的真理啊。你信了，你就照着那些梦去做、去想、去规划，就成了那个悲剧中的主角。

枣儿的儿子说妈妈不会死，因为主角不会死，说得多好啊，因为妈妈是他生活的主角，怎么会死呢？真的呢，电影电视里的主角从来不会中途死。他的妈妈肯定不会死，因为他强烈地需要妈妈。

珠月相信枣儿不会像医生说的明年三月会死，病，什么是病？病不就是一个魔鬼吗？你敢蔑视他，他就跑了，就没有了。梦是什么？梦不就是你灵魂里的另一个鬼吗？你是要被他打败还是你打败他，无疑，白日里的人不怕夜晚的人，人不怕鬼。人永远最大。

---

① 方言，照顾的意思。

让梦见鬼去吧，梦永远只能见鬼，不能见人。如果梦能在白天站在她的面前对她说话，珠月想，那她就服它了。不相信白日里的人和事，看得见摸得着的，偏要相信什么夜晚摸不着的鬼的魔影，这就是人的自欺欺人。即使有魔鬼，它也只配在黑夜，白天力量永远大过黑夜。无数的事实已表明，只要白天做了什么事，晚上梦的说法就不一样了，梦不过是自己的灵魂对自己的私语罢了。它总是自以为聪明，可是却天天在改变。事后诸葛亮啊。

章枣儿在舞台上在小男友面前用力地亲了儿子十下，多么用力啊，小男友微笑着，没有一点妒忌。难道爱自己的孩子不是天经地义吗？这世上没有一种爱比母爱更伟大。孝庄皇后见多尔衮死了，发现自己竟没眼泪，在儿子和深爱她的多尔衮之间，她内心里最重要的还是儿子。虽然她的陵寝上刻着两条龙，谁又能和一个母亲的孩子比呢？

他的爱成了灾。多么浓郁的爱啊。甜蜜在白天变成仇恨和痛苦，因为晚上已经尝完。谁敢做昧良心之事，谁就要分崩离析。珠月紧紧抱住自己，让自己永远在良心之内，以保住自己的安宁和良心。紧紧地叮嘱自己，紧紧地约束自己，要不，你们都会分崩离析的。多么可怕啊，分崩离析，因为他没有了自己的良心，因为他没有保住自己的良心，珠月惊得几身冷汗，浑身颤抖，睡不着。她在内心祈祷，如果天神有怜悯，让他保住自己的良心，要不，灭亡就在毁灭良心之后，就像炸弹之下的头颅。多么可怕啊，不要，神会保佑人们，让他们安神，让他们不自私，不要得寸进尺，不要无休无止地害人！够了，已经够了，不要得寸进尺，神命令你。

珠月大喊道：“人们啊，希望你们能听见，不要让人类的眼泪流成河。如果你不听神的劝慰，神会让即使是爱你的人们都无一颗眼泪为你，他们的心会因为你的罪行坚硬如铁。而为你羞耻，不流他们的眼泪，因为你的大罪，众人都没有眼泪，也无人替你说话，无人照耀你的前方。你的灵魂已变成暗黑你不自知，那些想流的泪那些应该的伤心被一种更大的正义感所征服。神啊，救那些迷途的人们，他们以为他们是对的，很有理由，很高尚，其实他们已离高尚很远，他们不知道。当神在考验他们的时候，他们不再是英雄，神人，令人敬佩的灵魂。神啊，只有你才会用一把银亮的镜子照世人，让他们羞愧，让他们领悟。”

有人对你说过什么吗？为什么你总会陷在那种可悲的魔沼中让自己得不到快乐、幸福？如果没有人亲自对你说什么，你就是自由的。你没有职责对任何人有承诺。你不是生来背负那些痛楚的，你没有罪，你应该自信，你应该有快乐幸福，有自由。为了一个没有回音的自己的承诺？为了那些梦？多么荒诞。你在自欺欺人吧。有一句这样的话：“有用短信分手的，还很少用无言求婚的。”承诺要有理由，谁对你说过，你必须坚守自己的承诺，你必须怎么做。你怎么死了都不知道，被一种无形的莫须有的枷锁铐着，然后说，这是为某人的，这是命定的苦，多么荒谬可笑，梦能做证据吗？能拿到法庭上去吗？别人会说你是疯子。只有疯子才能为一个从来没有回声的自己的承诺去让自己不轻松、不快乐、不幸福，受伤害。受罪需有对象有理由，莫名其妙地把自己扼死在梦中，世上有被刀枪杀死的人，但很少有因为做梦把它拿去做证的人。即使是给自己的内心做证也可能是荒谬的。等待、付出必须有人对你亲自说过，如无人对你说，你就是自欺欺人。付出要有理由、来路，方才是正途。无人叫你等待、叫你受罪，你一个人在那里遭罪，不是活受罪、活该吗？不是可笑吗？不是自作主张吗？而且你的行为其实已经构成对别人的一种无形的压抑和暗示，好像别人就得娶你，或者对你必须有承诺，其实这是剥夺别人的幸福。你有什么呢，你即使结婚，也要和一个合适的人，用等待的付出的名义，其实是在谋杀别人的幸福、快乐。无论是对于哪一方，都是不合理的。他们有他们的生活和幸福，不要介入别人的生活，让自己活得轻松一点，也给别人更多的幸福的快乐的选择。所谓被爱得越深的人，受的伤害越大，因为他们要用受伤来回报爱。爱就是刺啊，爱得越深扎得越深，拥抱得越真，伤得越疼。用什么来回报爱呢？因为得到爱是要付出代价的，那个人付出的越真越深，那个接受的人就伤得越深。原来，爱就是罪，不爱一身轻，而且不需要回报。拿什么回报，伤啊，伤了，才知道是被爱伤的。爱他越深，他受伤越深，因为他要用受伤回报爱，因为他的受伤表示他得到了最深的爱，因为爱是毒药、是病，不爱才是得救啊。所以，爱是罪、毒药、病，这些还不够，爱永远只能给那些不懂爱的人，这样才不会受伤。怪不得不爱的夫妻百年长，爱的夫妻总是不长久。世间绝世美景不可能长久，月亮圆的时候一月就那么两天，月亮不能天天圆，相爱的人一定要分离、不相关？人世方可太平。

珠月想，除非他们亲自来对她说，否则，她的背负将会变得无意义，而且还处于极端的压抑、受压迫、随时有炸弹、自己极端的不自信中。害人不浅。珠月要拯救自己，让自己快乐，也就是让他人快乐。让自己自信，就是让他们的流言不攻自灭。她要保护自己，她不能被人宰割，她是属于她自己的，谁也没有干涉她的权利！

珠月有时想和一个不爱的人结婚，不为孤独，不为贫穷，不为无依靠，只为反抗，她不想活在一种被人控制、被人算计的命运中，除非他们对她说，除非她心甘情愿。她为了反抗被人控制的命运，为了她的自由，她要奋斗到最后一息，即使是以婚姻的悲剧结局。反抗是她的命运。是她必须选择的道路。要求自由、毕生为自由而战的她绝不会默受自己长久被人摧残蹂躏的命运。这就是她的胜利，虽然她的结局一点都不好，可她的胜利是她的反抗，她的斗争。

还有一种结局，诗来对她说，她一定会知书达理，她是能作牺牲的人。在背后捅她刀子，做动作，珠月心里真的看不起。因为余清的行为在珠月看来不像男人，珠月毫不犹豫地离婚。看透了一个人是绝不会再对他抱幻想的。珠月是一个宽容得不能再宽容的人，但只要她真正地伤了心，做了决定，绝不会改变。她做出决定的时间非常长 ，只要她做出了，就像余清说的，九头牛都拉不回。她可以忍，忍到一定程度她就会因为失望、绝望而彻底放弃。而且她已仁至义尽，所以她绝不回头，而且是一点也不留恋。她知道自己在还有一点希望对别人还有一点信心时她都不会放弃的，放弃了，表示离悬崖没有最后的一分距离了。

当珠月听到那个老头问她是否有五十岁时，那一刻她的心冷到冰点，那一刻她似乎什么都可以不在乎了，人都老了，她还有什么在乎的？别人也不会在乎她，她更无须去在乎别人。她更不需要不会走路，不会走路的人是小孩，是对生活还抱着在乎态度的人。当她什么都不在乎时，她反而什么都不畏了，反而轻松了，旁若无人了。她走路走得就像入无人之境，她轻松自由得没有任何一个魔鬼能拽住她的衣袖。

第七十四章

我心上的珍宝将要流血了/我将抑制我的泪/抑制我的痛/装作没事似的/我将以沉默的背影对你/我的作恶多端、分崩离析的心爱啊/我该怎样挽留你/完整的肉体和精神/就像是最后一次对你说/山高路阻　每个人把自己保管好/当我无数次面对你/你不断地打我的脸/蹂躏我内心对你深情的爱惜/在我无法承受的一天/我除了沉默还能怎样呢/我不忍骂你恨你打你报复你/我只忍我自己沉默地走开/我心中永远珍爱的人啊/你一定要好好的　我相信你的聪慧和能力/男人就是不要相信那些子虚乌有的东西/请原谅我以后的沉默/我只能这样地离开/此外 我还能说什么呢/请你相信我心里一直都有对你的祝福/只是这种祝福是在心底/你听得见的/我相信/我将以沉默来面对你对我的伤害/应该无罪/在你无数次伤害我的时候/我一直都是笑容对你的 是吗/我一直都是从心底里在爱着你护着你 是吗/你得寸进尺地破坏我 伤害我/上天也不要我的心能再接受你的破坏/我是无罪的 我的沉默/是我唯一可以不再疼痛的方式。

珠月希望诗好，祈祷他好。珠月再怎么说再怎么求他都没用，他都不听，他只相信自己心中所想的。他多么像曾经的自己啊，珠月担心的就是这。珠月的固执已经伤害了因颉，珠月用的是爱的短信；诗要用他的固执伤害珠月，用的是一系列实实在在的行动。珠月被阻拦、被伤害，心里流了很多血，身上已千疮百孔，伤痕累累，已令人惨不忍睹。见到她的人又会问：“你还好吗?”她只能装着笑说：“还好。”好像谁都知道她过得不好似的。她常常从睡梦中惊醒，还要担心他伤害她的亲人们，担心他最终会伤害到他自己。她活了这么多年岁，终于明白了一个道理，一个人给予别人多少痛苦，他将获得多少痛苦，不管是无意还是有意地；一个人给予别人多少快乐，他将获得多少快乐，不管是有意还是无意地。她虽无意伤到了人，可她仍然得承担痛苦。上天最终会怜悯她，因为她有一颗善良的心，她从不有意伤害任何人。无害的心才是自己不受伤害的法宝啊。他不懂。他以为那些荒诞的梦是法宝吗？他们就是害人的魔鬼。固守你的良心，回到当初，我们都是无忧无虑地生活，凭着你一贯的本心生活，你将是幸福无敌，健康长寿。你现在爱惜生命，说明你过得好，如果你不爱惜生命了，说明你过得不好。过得好的日子好好过吧，不要把还可以固守的日子变成想要毁碎的日子。

珠月几天半夜醒来，全身一阵寒颤发抖，这种抖是含在骨髓里的，她要一二十分钟才能停下来。每一次醒来发抖时她都想，这种摧残又该让人老几岁了。她有一种无端的怕，不是怕自己，是怕诗不好。珠月祈祷，上天，你一定要保佑诗千万别病。我可再也不想承受什么苦了。我的苦已成汪洋了。

想起因颉的病，珠月心里一个黑洞的地方就像藏着一架绞肉机似的，一拉一扯地，片片都刺着心。她讨厌、愤怒她以前的固执，根本不可能的事情，她偏要觉得可能，她就是要爱，就是要倾诉，就是相信自己内心所想的。所谓内心所想的那种固执和诗现在的状况一模一样，只不过珠月是一心想要见因颉，爱得发狂，想得发狂。

而诗一心就相信那梦，觉得只有让珠月不顺利，他才会好。珠月的固执毁了因颉，让他焦头烂额，心痛不已。诗的固执让珠月心里流血，珠月是怎么样地爱着他护着他，可是他真是被魔鬼弄昏了眼睛，不知好歹，珠月失望了。他做的事情在珠月的眼里不像男人，珠月希望有人来驱逐她心中的那些噩梦，他却像一个不断地给噩梦添油加醋的人。一个男人应该挥剑斩那些恶魔，他不但不斩恶魔，反而拼命地斩珠月，斩得珠月鲜血淋漓，苦海无边。

因颉外表很英雄，内心温柔、脆弱，在珠月的眼里，他就是一个傻子，不管他是怎么病的，珠月却不能脱干系，珠月让他多烦啊，在她的狂轰滥炸的爱情中，特别在她固执的爱中，他得到一种恐怖。他是一个爱自由的人。他是一个怕狂热的爱的人。珠月多像他啊。自由和爱情，他们都会选择自由。如果爱情要失去自由。爱情就不是好的东西了。固执的爱情让对方有感到失去自由的危险，固执真的是太不好了啊。固执害人害己。

说得到做得到，不是男子汉 ，不是英雄本色。一些男人当他说要对一个弱势女人报复说到做到时，他真的做到了，那不是英雄本色。当他说要对怎么保护女人做到时，那才是英雄本色。拳头总是喜欢落在棉花上，善良的女人总是要被男人踩。

余清说他言必行，行必果，言的是对女人的仇，行的是对女人恨的果。他不像一个男人。他根本就不懂他的女人，他以为他的妻子不爱他，因为他从没爱过她。一个不爱的心怎么能感受到一个爱的心呢？

诗喜欢她，珠月能感受到。珠月喜欢诗，就像喜欢大自然一样天经地义。忽然眼前横着一条河，诗挥着剑，不是去填河，而是恨珠月，她为什么在梦中带来了一条河。一条洪流。珠月知道那条洪流不能淹没他，他拼命乱挥的剑会让他落入河中。赶快救我的爱人，珠月想，不能让他精疲力竭，并且羞愧自己曾经伤人，并且怨恨。那条河不过是条彩带筑成的天桥而已，在梦中看起来像河的桥而已。

好喜欢诗想拥抱自己的感觉，珠月这一个月来感到自己老了，即使他想拥抱自己，她觉得自己不行了。好像身体里的活力都跑了，青春在一瞬间全部抖落而尽。好像是年轻的她啊，有无穷的活力，和他一起抱着。

珠月近来似乎无喘息之机，处处被打压、迫害。她有时想立即死去，她从没像现在这样活得累。想起和余清在一起的地狱生活，觉得现在还不如那时的生活。现在她堕入更恐怖的地狱，她不但自己要受迫害，而且还要担心亲人们。她的身心已到极度衰竭状态，就像一个心力衰竭的病人，随时都可能承受不了生命的负荷。

她每天还要担心女儿被人压制、压迫，在这个世上，没有比母爱更大的爱，只有做了母亲的人才能体会。没做母亲的人怎么都体会不了。

她踩了地雷，虽然她抛出去的是一颗善良的心。就连女儿做一个双眼皮手术，她都看到了那个医生心怀鬼胎想把手术做得不好不坏刚好不引起扯皮的眼神。珠月去洗牙，那个医生洗得她眼泪直流，后来才发现是把牙龈戳了个洞。

她哭了几个小时，眼睛哭成了两个馒头，第二天眼睛仍然只留一条缝。她看着镜中的自己，人显得憔悴不堪，老了很多，特别是肿得像桃一样的眼泡，眼睛从没这么小过。这次申请项目又被人坏掉了，珠月上次没申请成，只是伤心了一晚上，这一次她哭了三四个小时，把眼睛全部哭坏了，眼前的卫生纸堆了一堆。妈妈和弟弟都没收入来源，珠月只想能多赚一点钱给可怜的妈妈弟弟用，她没要余清的钱，以为凭自己的努力可以赚到钱，可是无论她怎么努力，都要被人破坏。加工资，申请项目，发论文，每一件事都要被人破坏，珠月想，这真是暗无天日啊，还要不要人过日子啊。

不要人活了吗？为什么要这样逼我？害我？本来申请项目已经胜券在握，按照平常的程序根本不存在任何问题，却又被人损坏了。珠月不知道自己该怎么办？她的路该怎么走？

她抱着自己鲜血淋漓的心，摸着自己浑身的伤痕，步履蹒跚。

她想，我从没有害人之心，为什么要得这样的惩罚？

珠月想起自己博士后时和朋友一起吃饭不知怎么谈起诗，珠月说起诗时脸上一定有一种藏不住的喜欢之情，朋友笑着说："你是不是爱上他了？"珠月说："瞎说，我总共才见过他两次。"他们几个都坚持说："你肯定爱上他了。"珠月急得不得了，她那时只是很敬佩他，有一种强烈的护他的心情，谈不上爱。其中一个说，他以前和诗非常熟，早没联系了，并说诗的一个好朋友也早不和他联系了。

珠月不以为然，她坚持认为很多人都会喜欢诗。那种棱角鲜明、愤世嫉俗的人在这个社会上是不适合生存的。

可现在，珠月觉得不理解诗了，珠月已经被他迫害得身心疲惫，他让她连气都不能喘一下，珠月被他追打得很多次都有死的心了。她常常在想，我死后，需要安排些什么，自己又有很多事都没做，她不想死。他对她已经是做到穷追猛打了，珠月后悔认识他了。这是她人生中遇到的最大灾难。以前的余清不过是纸老虎，而这次她遇到的是在背后不断地对她扔石头、敲棍棒的真老虎。

无论珠月怎么怨恨，她的心还是会为他软，她发誓都没用。一个如此对她穷追猛打、绝不放过的人，一个迫害伤害孤儿寡母的人，一个简直都称不上是男人的人。就为一个梦，一个荒唐无稽的梦，去做那么多伤天害理的事，做不得啊。珠月可以因为那些梦心生爱护他，可他不能因为无根据的梦去做那些实质的害人的事。珠月不知道，因梦生爱和因梦害人都是一样的害人。她一直以为爱护、关心是好事，殊不知这是比什么都更大的罪啊。

珠月真想对他大声地说："不能做了，知道吗？这些都会伤害到你的。如果你真有什么不好，一定是你活到了那个岁数之后，你感到羞耻不好，而不是你有什么别的不好。"珠月什么都清白似的，很多东西她都知道，可他就是不听。想到他被恶魔驱使，想到他的荒唐，他的无助，她心疼他，可却解决不了他的问题，随她怎么说，他都不听，他只认他的死理。

珠月就怕他以后想起来觉得自己羞耻，每天为他祈祷，希望他什么也不要想，开开心心，轻轻松松的。每当珠月梦见他要不好时，她就拼命地祈祷或者发短信给他让他放心。只要他听她的，轻轻松松的，宽宽心心的，就什么都是吉祥如意的。他会听吗？珠月用尽所有的真诚都不能让他相信她说的。珠月想，这一定是恶魔附在他的身上了，要不，他不会这样顽固地要伤害珠月。

既然他觉得需要珠月守护他，珠月一定会守护他到那个年龄过后，她觉得这样做值得，只要他需要。她将以孤独为伴来守护她，压抑她的身心需要。只是到了那时候，她会觉得自己就像一棵枯树一样，心真正地死了。

珠月有段时间不敢锻炼身体，怕穿漂亮衣服，怕这些会激起她身体的欲望，她只有压抑自己。当她讨厌男人的时候，她有男人；当她觉醒需要爱人的时候，她只有独守寂寞。

珠月前几天梦见诗变成一个魔，后来魔头变大，就炸开了，像爆竹一样炸成碎片片的。珠月醒后全身发冷发抖了很久。珠月知道这个梦不好。她想，她得和他说这个梦，他不能再胡作非为了，还以为自己很有道理似的。他在一次次地伤害珠月，每一次伤害别人其实都是在伤害自己。以往，她梦见诗不好，但很少想到这不好与自己有什么相关，现在才知道，她当时就应该处理这样的事情。别人不好其实表示的就是自己不好啊。这一轮轮的不就是用彼此的罪孽互相伤害吗？珠月也不知道当初做那些诗不好的梦的原因。珠月心疼了，比如说她梦见诗用舌头咬住她的舌，很长的红舌，后来就变成一个女人，像这样的梦，其实表示的是他不好。当然这不好必然会影响到珠月。这个梦表示他爱的那个网上的女孩并不是珠月，他以为是珠月。珠月当时喜欢他，但并没到那种值得他为她如此的地步，他为那个网上人付出太多，珠月却不知情，他得到的必觉得少，造成了他的怨恨。网上爱情都是害人的。珠月梦见诗在课堂上用棉袄搂着她，珠月当时只感到温馨幸福，其实这表示的是灾，因为梦中的爱就是灾。珠月不知道，她也不知道是什么原因做这些梦。她想，我当时应该警惕。只有到了后来，珠月梦见每次在课堂上她都是赤着脚，这才意识到自己的惩罚来了。

爱，原来就是灾啊。这个灾不仅给珠月带来破坏伤害，而且这个灾现在也要伤害他了，而且是重重地伤害。不是一榔头，而是变成一个万恶的魔，让他病，并且想要他的命。珠月决不允许。她一定要赶走他脑中的魔，这个魔潜藏得最深，他最终的目的是要他的命。坏蛋，坏透了。他不好，珠月又将怎样呢 ？珠月肯定最伤心了，比他的母亲还要伤心。妈的，为什么都要这样？我不用活了。我找你拼命去。珠月要和那个他脑中的魔拼命，因为他的胡作非为，他对珠月的破坏。珠月知道，只有怜惜她支持她帮助她，才能让她命都可以不要地爱他啊。他那么拼命地破坏她，她怎么爱？她怎么去爱一个阻挠、破坏自己加工资、发论文、申请项目、让自己受人欺负践踏的人？无论他的理由多么堂皇，也说不通啊。因为他不懂她，不怜惜她，珠月想，魔鬼驱使他这样想的时候，就是要分离他们啊。

珠月已有一个星期房间没电了，因为没钱交电费，以前那么穷的时候，都没穷到没钱交电费。

因颉曾说，人都快四十岁了，他是多么懂事啊，他说的话珠月当时都不懂，现在才懂。因颉说，要单纯，简单，快乐，珠月想，你怎么不说爱我呢？他是多么聪慧啊，知道爱不是好东西。所以他说的是喜欢和快乐。现在才知道他是多么的睿智啊，就像神一样。他怕珠月毁在这爱上，没想到自己却栽在爱之上，他怕的是自己未来的爱啊。果然，他不让自己所爱的人被爱毁灭，却让自己毁灭在爱之上。他怕的正是自己的内心啊，那个和他一模一样的灵魂，他教会爱的人好好生活，自己却被生活摧垮。珠月想起因颉说的话，好像他知道未来，他把爱的人推到了爱的困境之外，自己却应验了自己对爱的预知伤害的承负。

珠月知道这月没钱交电费了，该停电了，她这几天格外珍惜光明。这些天她一晚点两三根蜡烛，算起来比电费还贵。但因电费与房款在一起扣，所以一时拿不出钱来交，现在连几千元都拿不出了。以往觉得几千元没什么，现在几千元就让自己天天晚上点蜡烛。咪咪不知道发生什么事，怎么天天晚上房间黑咕隆咚的？似乎也变得乖些了，不敢瞎吵。珠月找了几个小卖部，都没蜡烛卖，当听说一个小卖部有蜡烛卖时，心里似乎一下子有电灯了，买走了小卖部的全部十九根蜡烛。前几个小卖部主人都说，现在不像以前那样经常停电了，都有一年不停电了，所以就不进蜡烛了。小卖部主人详细解释着，好像怕别人说他家货品不全似的。珠月想，是啊，都没人买蜡烛了，现在供电也稳了，也不停电了。不过，我是因为没钱交电费，不是供电局因故障停电。

有谁能帮自己呢？没电就得点蜡烛，如果连蜡烛都买不起，就只有摸黑了。谁也不能帮自己，只有人要让她赚不到钱。没有人看到她的贫穷和辛酸，没人可怜她，只有人不断地压制她破坏她毁谤她。以前没钱可以找余清要，最少余清不会让她点蜡烛，现在谁会怜惜她帮助她呢？让她苟延残喘地活着都算对得起她了。她以为她找到了一个可以依靠的人，没想到，真是天大的笑话，天大的讽刺，天大的活该啊。珠月想，你是任何人都不能依靠的，只能靠你自己。当别人压迫你的时候，你唯一依靠的也只能是你自己，坚强地用你的肩膀承担起重负。

蜡烛烧完了，把床头柜烧坏了一个洞，珠月太累，睡着了。第二晚，蜡烛烧完自己熄灭了，珠月想，还好，天保佑，没有引发火灾。连月高中时曾经点蜡烛看书，把蚊帐烧了。昨晚蜡烛烧到纸盒上时，就自己熄了，珠月那时已睡着了。近几天腰疼得厉害，人憔悴不堪，人没钱的时候，精神也会不知不觉地低落起来。

珠月希望找一个丈夫，一个心心相印的爱人，心无芥蒂。她是特别纯洁的人，并不亚于诗。她是纯洁到透明，比天使的心还纯洁。诗的纯洁一遇到风雨就会变成墨水。珠月想，保持永远纯洁的质地，这是能保持自己内心安宁的方式。这也是救自己的方式。智慧的人知道保护自己，就是让自己的内心一直处于一种安宁状态。这种安宁每时每刻每一步都以良心为准则，不做冲动鲁莽之事，不做伤害人之事，更不做违法乱纪之事。

珠月想，如果你爱我，就请你娶我。只有做你的妻子我才有理由爱你，否则爱就是罪。爱我的丈夫天经地义，珠月很小的时候就想，我这辈子只爱我的丈夫。珠月只看余清的优点，心想，他是她的丈夫。当他把刀子一次次刺向珠月时，珠月倒下了。珠月伤痕累累，终于绝望了。一些人说余清不行，珠月还是相信自己的感觉。爱情只有感觉是不够的。人的质地是什么样的就是什么样的。枝子说："花心大萝卜，到死都改不了花色的。"

那些珠月看中的唯一的优点不都变成伤害她的利器了么？那么，余清还有什么值得信赖托付的？

女儿以为是妈妈不好，一直都看到妈妈在吵。珠月坐在余清的车子里，那种被隔绝与自己无关的感觉使她决心要逃离。她宁愿穷，也不要过这种屈辱的日子。为了反抗他的想复婚，珠月怕自己老了的时候心境改变去和他复婚，为了让自己不再被践踏、不要尊严，她想她应该尽快结婚，让余清死了这条心，怕老了的自己不再记住屈辱，一时心软或者早已宽恕。珠月想，怎么都不能让自己的人生有这样不堪的结局。哪怕寂寞地死去，哪怕让人找不到死去的身体。真情不再，什么都没有了。人一看穿，即使他再有钱，也在珠月的眼里不值钱。只有真情才是无价的。珠月总是吃亏，就是她不能说谎、不能假装。好汉不吃眼前亏，她比好汉还要像男人。这种女人只能靠自己用血肉打拼。她希望余清好，但与自己不相关。困难时不能帮助扶持，挫折时即逃身而去，想要时招手，不要时挥手“bye bye”。

珠月从小就养成一个习惯，凡事设身处地为别人着想，所以她一直都是一个奉献者、牺牲者的角色。她回家见碧月的鞋子袜子都是破的，就把自己的鞋和袜脱下给她，穿着一双破皮鞋坐着长途公共汽车来上班，一点也不觉得窘。她也不怕路上人朝着她脚下看，反正不认得。二十世纪八十年代，一到街上，照样又是电视录像的厮打声和那些英雄豪侠的正气慷慨声，海报上都是香港的武打、惊险片，那时候，香港、台湾的录像像潮水一样涌向内地。珠月看见一个很胖的女人买了两根香蕉，花了七角多钱，她想，她真有钱，真舍得买。当珠月走过一个门面，看见有个女人正在滋滋地咬着一个脆脆的红苹果时，她想，什么时候我也买一个苹果吃。到了市医院，她走得很快，生怕遇见熟人，到了宿舍她就赶快把破鞋换下来了。她奉献惯了，从不习惯得到什么，别人就觉得她的付出是应该的。余清是被她纵容坏了，其实害的是他。一个不知节制的男人，到最后还要给他做老婆，怎么那么贱？坚决不做这种没有骨气的贱女人。珠月信誓旦旦，但事情变得更快，她根本不能预测自己的明天，掌握不了自己的未来。为了杜绝未来的恶心结局，她要结婚，结婚他就对她死心了。珠月有时想，干脆死去，死去他就没有机会玷污自己了。这也只是偶尔闪过的想法。她随即为自己的想法感到不对，你既然有勇气用去死来逃避，难道没有勇气来坚定、时刻提醒自己：不行，一定不行。你可以去死，难道抵不住自己的心软，抵不住自己在年老时会改变想法？那时，说不定你还感激他对你不离不弃；说不定你还觉得很有成就感呢；说不定你还觉得只有他是真的爱你的呢。不行，一定不行，你要相信你健康还没完全老时的想法，坚信你自己的主张，人老易做糊涂事。人老了，余清还要她，珠月一定会感到还蛮感激的，到时就有可能复婚，珠月想到这里很害怕，她想，为了防止这一天，她应该给自己写一个纸条，到老了天天放在口袋里拿出来看，珠月倒不恨他，也希望他好，只是她绝不能玷污自己。后来珠月想，自己是想多了，即使余清想和她复婚，那两个他整天周旋的固定女人怎么办？难道她们会自动离开？余清用脚后跟想也能想清，怎么可能的事？

枝子说得神采飞扬，感觉挺好。她对珠月说，谁谁喜欢她。珠月不想拆穿，想对她说，你知道那人是怎么说你吗？他连你的名字都记错了。枝子很有驭夫的本事，珠月觉得她也不算恶，外面传她多么恶，都是婆家人传出来的。枝子老公偷偷地去和初恋情人见面，女孩子见了他一下子就扑在他的怀里，枝子不知怎么知道了，她跑到武汉找到了那个女孩，严厉警告她不要影响她的婚姻。枝子老公有次在外玩妓女，到了晚上不知该怎么交差，只有在电脑面前玩游戏一晚。枝子叫他睡觉他怎么都不肯，催急了，闷葫芦的他竟发起脾气来。

珠月对枝子说："你真有本事，每天让你老公待在家里，围着你团团转。"枝子笑着说："告诉你秘诀，我对他说，我每天晚上都需要男人。"珠月笑着说，呵，你真聪明。"是啊，"枝子说，"他当然听得懂，他不在家，自有男人来家。看他还敢出去么？他很怕我，说我的生命力比他强。我出差时，我们常常在网上脱衣服聊天，你知道吗？呵呵。"枝子神秘地笑着说，珠月还是听得明白的。"真恶心，就那样离不开男人、女人？我不相信，肯定是你自己生命力太强，还说你老公。""我真的缺不了男人，有一个男人睡在身边，你可以常常摸到他的胳膊也是依靠啊，再说，"枝子理直气壮地说，"你知道吗？如果你知道了两人在一起是什么感觉，你一定离不开男人。中国很多女人都没达到性高潮，我相信你肯定没达到过。"珠月不知道怎么回答她的话："谁说的？"枝子说："那种感觉只要你尝试过，你就不会不要，你就不会没男人能过，你就离不开男人。"珠月想起很多年前枝子曾问她："你知道什么叫自慰吗？"珠月说："没听说过。"枝子很坦然地说："你真是老朽，连这都不知道，很多单身男人、女人买自慰器，你不知道吗？"珠月说："别说得那么神，很多？我不相信。"珠月已经猜到枝子说的是什么，她不愿意和枝子继续聊这个话题。枝子说："算了，不跟你说这些，你太单纯了，想都想不到。"枝子又笑着带点甜蜜地说："我的伙计现在外出差，每天想我不得了。他说他每天靠想我做那个。你可能不理解男人，你每天心安理得地在家做你的好妻子，在外的男人时间久了没女人是不可能的。"珠月当时很不喜欢听枝子的话，她本是过得安安宁宁的，心里一直在隐隐约约地拒绝去想余清在外会怎样，枝子难道成心让她不安宁？

当珠月的身体觉醒后，她可以抑制自己，却也认为不至于说没了男人不能过。她常常在梦中被一种飘飘欲仙的欲望带到了超凡脱俗的天空，她的身体紧紧地和那人的身体连在一起，他面目有时不清，有时清晰，醒后她就像没醒似的，最好的感觉永远都是梦中带来的。她的身体完全地敞开着，一个人，没有男人，她就像一株含苞待放的花朵，最猛烈地开着，流着新鲜的汁液，清亮亮的，像山间的泉水一样。她想象自己已被托上天空，把自己整个地敞开于他的身前。他扶着自己的翅膀，和自己连为一体，分不清你我，每个人都契入对方的骨髓里，同时又感到一种欲望把他们都带到高空，像氢气球一样。那个欲望的点他们紧紧地连着，连同所有的肉体上的每一个分子都是紧密交错，她相信她在梦中获得的一种肉体和灵魂的双重高潮枝子肯定没有体会过。她不仅感到自己身体中的每一个分子和他的爱人相碰相容，更感到身体的隐秘处因为密切的接触所带来的彻骨的战栗，她被这种震天动地的感觉震上天空，似乎要向全世界宣布她的肉体和灵魂和他的同一。就像一块银白的布从天空洒下来，爱河流淌着，舞动着，每一个人都在看着，而他们仍然舞动着，扭绞着，紧紧地缠着彼此，不知道羞涩，他们要完成这一次灵与肉的彻底融合，就像一次肉体和灵魂的洗礼，通过天地和众人的眼睛，这场爱和欲望的展示似乎宣言似的，是真正的获得和战胜。用无所畏惧的、尽情的、不知羞耻的全部敞露把彼此真正地俘获。好像爱情一定要宣言才是真实，才是被确证。如果爱情没有经过灵与肉的洗礼，那叫爱情吗？珠月在梦中获得了一个没有爱人的完全向他敞开的爱情。她的身体毫无顾忌地敞开，她尽情地欣赏着自己，他也在欣赏着，他进入了她的身体，爱惜地抱着她，说要永远都不分离。清泉一样的水把他们浮起来，他们全身赤裸着，一直都紧紧地抱着、亲吻着，就像世界末日一样。那个人是谁？是他吗？开始清晰，后来面目不清。

当珠月十几岁时，五十天没来月经，她以为自己出了问题，是不是坐公共汽车时和男人的衣服挨到了。当她二三十岁时，她甚至讨厌性，有时假装高潮。她一直都认为性是丑事，直到她的心里彻骨地爱了又不能见到，她才在痛楚中知道了爱需要性来完成。性不是令人不齿的吗？可是爱情没有性是什么呢？没有爱的性是丑恶的，没有性的爱不是爱情。珠月一直不屑、视作丑的性竟然是完成伟大爱情的燃料，这不仅让珠月吃惊自己前半生关于性的无知。对性的蔑视和看不起的灵魂女人仿佛忽然知道了爱情还需要身体来完成。身体这个臭皮囊竟然在某个时候是绝对的美，即使似乎是最丑陋的部分，有时也像莲花一样能激起最美的眩晕、爱恋、抱紧、拥入。性令人不齿，可性嘲弄地说："没有我，你说什么叫爱情？哈哈，很奇怪的感觉是不是？"珠月终于明白肉体的力量一点也不亚于灵魂，甚至比灵魂的力量更大。肉体以无可辩驳的姿态获胜，珠月无法反驳。你瞧不起肉体，是吗？没有肉体，有爱情吗 ？没有肉体，有生命吗？哈哈，肉体，原来它一直都是以最魅惑的姿态存在着啊，她让你毁灭全部的热情，只是为了验证肉体的存在。肉体，原来是灵魂的面影啊，她赖以支撑的不就是灵魂吗？即肉体是被灵魂支使，肉体不过是灵魂的魅惑啊。

第七十五章

诗对她的关心和好，珠月能感受到，他对她的破坏，她也知道。总体来说，她感到的是巨大的阻力和压力。她怀疑他们是相克的。为什么他要给她制造那么多的麻烦和阻拦？以前还有笑容，人都说年轻，他却让她一年多老十多岁。不断地摧残她压迫她，让她的身心遭受到了前所未有的压迫和伤害。连做梦都恐惧连连。头发一年白了一片，珠月梳头时试图盖住，还是盖不住，她用钳子捻那些白发，很好用。这是她发现的一个钳白发的好办法，没有比钳子更好用的了。首先紧紧地夹住，然后一扯，干脆利落。钳子一定质量要好，质量不好的钳子钳不住，或者头发还没扯掉就脱了。她一翻头发，白了一片，简直不敢看，钳了几下后，也不那么一片白了。白发还不至于多得无法处理，珠月心里稍微好过些了。

珠月有时想，诗，如果你爱我，你就娶我。精神恋爱的事我已过了那样的年龄，一辈子精神恋爱，已经厌了，对那些空的东西已经不需要了。我要的是实在的生活，不是打哑谜，不是像一些年轻人一样在网上谈空间恋爱，是能每天看到你摸到你。

就像讨厌知识分子只说不做的习气一样，知识分子犹疑不决，做事不果断，一点都没有豪气，珠月越来越喜欢行动这样的词语。一次行动抵得过几百万字的爱情。她现在已不看有关爱情的文字，就像是自我哀怜自说自话。珠月不再需要爱情的语言。她只需要一个真实的能摸到能依靠的爱人。文字中的爱情能当饭吃吗？她需要爱人，是男性。不是在画中的，不是在文字中的，这些既不能抵消她身体偶尔的饥渴，更不能给她的心灵任何慰安。她的身体就像一株汁液饱满的绿树，因为从来没有机会流出自己的汁液，都储存得满满的，皮肤盈盈的，只等待着为心心相印的爱人倾泻狂风暴雨、江河奔流。

哪怕死，都不怕，只要爱够了。哪能爱得够？一辈子都爱不够。要爱到一百岁。整天看着、抱着、爱着，这就是珠月想要的爱情。说得好唱得好演得好的爱情对她已不再具有吸引力。人是容易物极必反的。因为前半生太崇尚精神之爱，后半生忽然觉得精神之爱是如此的空幻和让人看不起。有担当的爱情就是能合理地在一起，否则，无论多大的理由都不是理由。没有人要你等他，有谁对你亲自说过吗？梦中枪声一片，死了几个人，爱情失去，是应该结束了。快老的人不打哑谜，不信迷信，只信自己。

生活再也不要苦情，苦情是自己拟想出来、演出来的。希望你还是像从前一样笑，泰山压顶不弯腰。即使梦是准的，梦不是天天都在改变吗？这说明世间主宰自己的还是自己。从今以后，不要相信那些，要充满乐观，不要把自己定成悲剧、苦情人物，否则，你就往那苦情、悲剧上走了。整天在自己设计的悲剧剧场里走，怎么不知道到外去呼吸一下新鲜空气，知道三月的大好春光，去看田野、翠绿的山林和野草，你可以这样。你没有任何需要背负的东西，你前世是挑夫，不背一点东西你就难受吗？那你就是自作自受。你就这么着，让自己快乐。你一悲剧，那些和你相关的所有的人都跟着悲剧了。没有守情之说，更没有苦情故事等着你去演，只有平等的开心的共同的爱。你要去除你的心结，珠月对自己反复做着劝导，那样你才是健康的、无畏的。因为背负的太多，因为你的苦情拟想，你连路都不会走了，谁救得了你？只有你自己啊，不要让自己背负那么多，解放自己，让自己快乐，让自己自由。这才是正道啊。你不欠谁的，你有让自己自由、幸福的权利。该做的都做了，等待的、忍受的，你不可能和谁打哑谜一辈子，生活不是打哑谜。爱你的人自会亲自来对你说。如果还不足够不值得说，那就不是爱情。爱一个人应该有大的勇气决绝。

因颉做到了。他在等着我。珠月听到他的声音说。

因颉没说。就像一片石子削过水面，又静寂无声了。还是不要想了，要不，你就落入苦情套局了。嘿，笑一笑吧，你的笑肯定能照亮与你相关的人的。没有人一定需要你做他的什么人，只要你快乐。你太自作多情了。如果别人需要你，不来对你说吗？不要把自己想得那么重要，其实别人要的就是你不要那么自作苦情人物，让周围的人都跟着苦情。不合法的爱情就是那个要被抛掉的篮球，这就是它生来的命运，因为它的名字叫篮球或者足球什么球。何况你有什么呢？你一无所有，赶快嫁个人，对于别人是幸事。别人反而有大把机会选择自己的幸福。应该获得幸福的人就应该去享有幸福，他们应该获得。珠月这样劝说着自己，似乎要把自己从苦情悲剧中解脱出来了。她很快乐，他们幸福了，她自由了，即使她的自由是走在一条曲折、前途晦暗不明的路上。仿佛只有背离，才是她的命运，他们因此幸福快乐重生。

如果你爱我，就来对我说，就娶我，娶你的人一定是爱你的。像你这样一无所有的人如果不是因为爱你谁会要你。相信自己担当得起幸福，同时也要努力创造自己的幸福。不要以为自己就该配一个有能力却倒霉的人，倒霉变成好了，人还会变呢。好的日子都能相爱，不好的日子更能爱。好都能在一起，不好不更能在一起吗？

如果说梦很奇怪，那么感应更是不可理喻。珠月常常会感应到某人说了什么，很多能被事实证实。当她有一天忽然想好好想想那感应是怎么回事时，她却感到无法捕捉和描述。她坐在床上让自己全部定下来，让自己仔细地想想感应是怎么来到的，是以什么形态来到的，她是怎么感应的。她发现竟然无所描述，也无法定形。她是怎么感应到那些话的？是像清风一样飘忽在心上的吗？还是重重地打在心上的？它轻得无法捕捉，绝不重，而是轻得她无法捕捉它到底飘落在身体哪个地方，以致她能感应到的？是头脑里，还是心里？还是皮肤的某个部位？最让她迷惑不解的是它是怎么到达的，对于这一点她感到不可思议，她想伸手抓住那句感应的话，从而摸索它是怎么让她体会的，它是怎么来的？她感到徒然无力。

珠月坐在床上，在模拟那些话怎么到来的，她伸出手，仿佛是接住的，不对；是飘过的，也不对；它是偷偷地潜进心里的；也不是，是像神的影子一样轻飘却又明确地闪过心里，一瞬间，轻飘又清晰，对，就是这种感觉。珠月想这一定是天神带给她的心灵感应。而且天神是绝对有选择的，她不能什么都梦到、感应到，但她感应到、梦到的常常是真实的，有时比法律更具有真实和真理性，不过不会有人信，也不会有人愚蠢地把它拿到法庭上作为证据。但珠月知道，这是良心的证据，它比任何法庭的证据更有效，对于一个有着良心和美德的人，来自天神的意志比任何人间的俗见和判断更为至关重要。

珠月感应诗对那个老师说，给余馨差一点的成绩。那个老师说，不行，她确实做得太好了，不好意思给她差分。那个有良心的老师没有屈服于势力权威，坚守了自己的品格。还有几个没有品行的老师做了昧良心的事，将是她们的耻辱，永远贴在她们的脸上，虽然别人看不见，可上天看得见。珠月要余馨去查英语分数，英语老师说是出差，接连打了几次电话，都说出差，说是查分非要课程老师一起去查才行。珠月说，哪那么巧？半年都出差？珠月又要余馨去查另一门功课的分数，那门功课是余馨最感兴趣最花功夫的一门课，可那个老师却只给余馨 C，她对余馨说，你这没答好，那没答全，余馨感到自己一点也没被说服。珠月因为有了这种感应功能，弄得她很受伤，身心疲惫，连睡眠都做噩梦，一年老十岁。特别是那些伤害她的事，她总能感应到。好像是上天给她画一幅画，要她摹写下来，留给世人，告诉世人良心、道德、真理。

珠月感应诗对那个铺地板砖的人说，你怎么就那么顺利地给她做好了？(有些模糊不清，大概是这意思) 那人说，她说我怎么连那点小事都做不好。她又感应诗对清洁工小陈说，怎么不做慢点？不多收点钱？小陈说："我不好意思多要她的钱，我看她好节约的样子，坐在那里就吃一点粥就榨菜算一餐。她还给了我一盒面膜。"奇怪，这些话过后想想是怎么感应到的，珠月还是觉得迷惑，下次当这种感应来时，一定要定下来好好想一想它是怎么来的。一定要停止手中脑中的事，坐下来或者停止走路、做事来想一想，它是怎么来到的。

他们说的话，珠月不敢说全能感应和梦到，可是却总能知道一些。那次禾月在科室掉了一万元钱，珠月多想梦到那钱是谁拿去了，就是梦不到。很奇怪。所以说，一切都是上天决定的。上天告诉你什么，不告诉你什么，他心里有数。上天是什么呢？珠月可以下结论说上天不是一个固定的人或物，它就是每个人的灵魂，特别是那些有灵性的死去了的人的灵魂，他们暂时不会立即泯灭，他们会到处传播信息。有一个传说说天上的星星都是伟人的灵魂变的。珠月相信，那些灵魂虽然没有成为天上的星星，却成为人间的星星点点，在到处传播着信息。只有有灵性、悟性的人才能获知这些信息，他们会找他们的灵魂交流者，听得懂他们语言的人。这是幸事还是不幸，很难说。唯有让人受伤最真实。

天神只为爱她，告诉她，要这样，是为了更好。她的路，天神已选好。天神爱她，把最好的给她，给她选择好道路，是为了做一个最终的王者。天神是多么爱她啊，处处在保护着她，守护着她，让她更大地成长，更有光辉。那些伤害她的人或想要伤害她的人一定是有不好结果的。天神一直都这样说。伤害别人就是伤害自己，祝福别人就是祝福自己。珠月终于彻底地明白每一个人都与自己相关。以往认为与自己漠不相关的人现在都与自己相关。自己每一天做的每一件事说的每一句话都与自己相关，每天见到的人都与自己相关，自己要无尽地祝福、无尽地善良，美好的将会更加美好，善良的因之更加善良，恶的将遭惩罚。别人好她才好，别人不好，她也会不好，哪怕不认识不相关。每一个人都在一个相关的网中，这个网没有谁能逃脱，这个网只有良心无障碍、衷心祝福别人好的人才能得到上天的救助，那些以为自己作恶别人看不见的人将会陷入越来越深的罗网中不能自救和逃脱。

珠月想，活该，因为你不该，上天不允许，你因此遭难。报应，这是对你的最好的回答。你该自省。不是一切好的愿望好的心灵都能得到好的回报，好心有时也会遭报应，付出有时也会遭惩罚。因为你本身就不该。这个不该告诉你什么是你该做的，什么是你不该做的。什么是善的，什么是恶的。什么是全，什么是半，什么是完整的，什么是残缺的，什么差一根纱，什么是紧密的，什么是二，什么是大，什么是满足，什么是耻于，什么是洋溢的，什么是吝啬的。什么是扬的，什么是收的。你得到了你全部该得的，无论是好的还是坏的。你不必谈爱这个字，你已为爱感到羞耻。爱，成了一个绝大的讽刺。这就是爱的回报。你付出了真心，得到了一个最大的魔法，那个魔法简直让全世界的人看不懂，他们为她痛心、叫屈、莫名其妙。每一字将会验证纯白、美好，你已不需要任何语言。那些都是讽刺。当一个人拿着一个精心准备的、历尽艰难的礼物笑容相送时，一个巨大的让人睁不开眼的魔法让所有的人目瞪口呆，那人得到了阴暗的背面的一刺，又得到了世上最无情的最不仗义的不够意思。看得那些观众简直就像得了精神病，觉得他们自己都不可理喻了。

珠月好久都不敢去看以前写给诗的那些充满着爱的语言，就像刺一样，如果看了的话，就会一根根地扎在心里。诗配得上这样的爱心爱语吗？如果爱是伤害，是丧心病狂，是不知轻重地迫害，那么这根本就谈不上是爱，是亵渎爱。在每个看似风平浪静的行为后面是波涛汹涌的暗礁，他像一个横下心下死劲打奴隶的农奴主，珠月生怕有一点做得不完美，他就会一鞭子抽下来，奴隶的死活他是不顾的，他自己的意愿最为重要。珠月自小到大就知道爱是奉献，是怜惜，是爱护。她不敢看那些多么美好的爱的语言、生命、心灵，就像纯洁的月光一样的语言不值得给黑暗笼罩的人。她每次经过那几个文档时，她就像偷偷地躲过睡在那里的毒蛇，她甚至不敢去删它，或者把它移走，她完全地惧怕它，就像是一个地雷埋在心里随时会爆炸，就像是那里有一个不忍看的创痛，看了人就会承受不住。她根本就没有勇气看她以前都写了什么，如果她看了，她感觉这会加深她的创痛。他已不是她心目中的那个人，就像捂了一个巨大的疮疤，她没有勇气去看。看自己曾经绿叶满枝，才发现原来树上结满了毒虫，让她从此没有笑容，只有恐惧和忧患。

珠月感到这是她人生中遇到的最大的讽刺，她真要哈哈大笑了。她有时朝着天笑，流着泪，笑得更灿烂了。这么大年纪了，还要被一班有天大胆、胡作非为的人主宰，他们什么都敢做，目无法纪，无法无天，更谈不上良心和正直。他们到底有什么资格来主宰她的事情？他们对她的事个个都可以插手。凭什么？天王老子给他们的权利吗？珠月感到很奇怪，是谁赋予他们这样理直气壮的权利来管她的事？

简直要笑掉大牙，这是珠月遇到的最大的荒唐事。不在结果的荒唐，而在心的荒唐，不在枝叶果实的荒唐，而在根的荒唐，不在梦的荒唐，而在实在的荒唐。这真比以前做了别人认为做不成的事还要令人心惊。她一一想来，她做错了什么？她就像一个奴隶，根本就没有自己的尊严。她凭自己的勤奋努力考上了硕士、博士，她有错吗？那些人有什么资格对她指指点点？踩她、毁谤她，都没用，只要她想做的事情，上天就会帮助她。“天助人愿事无妨”。因为上天给了她一颗善良的心，一颗从不会去伤害别人的心，一颗安宁、自信的心。

这世上确有倒打一耙的事，这种事最让人惊讶。珠月一一想来，好多事积起来扎心一样，件件都是大事。已经无法说。“如果一个人处心积虑一辈子都想着你，要找你复仇，那是否要感激这个人历尽千辛万苦地记得我呢？我不能因为他一直惦记着我伤害我我还要感激他付出那么多：去学武功，去结交武林高手，去浪迹天涯，去不耻下问，去遭受残狼虎豹。我是否还要怜惜他付出那么多心血和汗水来想方设法伤害我、毒害我呢？”有个人问珠月。珠月说：“一个人为另一个人千辛万苦地付出有两种情况，一是感恩，一是报复。”那人说：“有一个人说爱我，可我感觉不到丝毫爱，那不过是自私罢了。什么都要以他的意愿为主，爱是属于情感的，即使理智叫我爱，可情感已经被损坏了，你能理解么？情感就像被刀一层层地剥离，最后只剩下斑斑驳驳的千疮百孔的骨架。我是多么想爱他啊，可他已无情地剥掉了我的情感，情感这东西是肉感的，是属于感觉的，不是分析的，不是理智的，情感已被剥尽，我不可能在我只剩下千疮百孔的骨架时还会说，我是多么丰满和艳丽。”

当诗把珠月感情的肉一层层剥掉只剩下骨头时，珠月感到感情已被伤害得面目全非。

珠月打算新年不给诗发短信，可却怕他胡思乱想，她只希望他好，如果他不好，她肯定也不会好，而且会提前不好。想到这里，她的身上一阵冰冷、发抖。她对自己说，要承受得住，要承受得住。她知道自己承受不住。最终她决定给他发短信，珠月现在已经过的是地狱一样的日子，她想避免伤害，可却不能避免。她一定要给他发短信。她想，要不，就会有更大的灾难。珠月继续睡，她梦见他四十三岁要和他老婆生一个孩子，前提是他不能再阻拦、破坏、伤害珠月了，否则他的魔头将要像爆竹一样爆炸。珠月觉得这个梦并不是离谱的，这是上天说出的真言。要他再也不能伤害珠月，他已伤害她太多。他会和他老婆关系越来越好，在四十三岁时要生一个孩子。生活每时每刻都在变化，梦每时每刻都在变化，好像这么多年上天第一次说出了最初的意思。又回到了最初的那个梦。珠月已遭受了不好，离婚，受阻拦、破坏、伤害、迫害，他再不能那样对珠月了，否则他的魔头就要爆炸，生命岌岌可危。这时，上天露出真面目。珠月醒来想到这个梦，觉得也可以不给他发短信了，他一定会生活得更好的。不过，他现在并不知道这个梦，她得想办法告诉他这个天密。

如果他继续伤害她，他的魔头就要爆炸，其实他已经可以不再关注并伤害她。这未免对于两人不是一种福音。他过得好吗？他显然过得不好，他关注她不累吗？不费心思吗？比珠月这个被关注被迫害的人还要累。而这个梦也可以说是救了他们。上天该放他们一马了。对于珠月来说，她喜欢被关注，但并不喜欢被过分关注，自由的心地对于她最为重要。对于他来说，爱情是重要，可真实的生活更重要。人不能生活在空中，不可能的事情不要去硬为。珠月当初不也是这样固执吗？结果怎样，伤害了因颉，让因颉感到不自由，让他病了。

生活只为俗人准备，他们都要做生活的俗人，才能过平凡真实的生活。

就像是一曲温柔的绝唱，让珠月赤足深陷，又赤足而归。她感到有一种轻松，又感到有一点未来的隐隐的错失。珠月想，只要他们好，我才好。他们好就可以不要关注我，我就可以是我自己了。这真是一个救他们的梦，当未来已经无可置疑地在前方放着，谁还会疑惑命运的安排。诗可以不用再做那些傻事，那些掉身份、中了魔似的傻事，珠月也不用再平白受苦了。是因为上天告诉了真谛和原意。也许对于诗意思还挺明确的，对于珠月到底是什么意思？珠月不知道。是为了阻止珠月走进因颉、伤害他，不要珠月做他的妻子？是因为珠月以前太顺了，要给她一点挫折？还是怎么的？珠月不想知道。她想，她只想一辈子都做一个绝不有意伤害别人的人。

珠月感到自己像要死了一样，这几个月没跑一次步，身体各方面体能、机能急遽下降。她感到一种沉重的疲惫，就像走在死亡的身上一样。她身上的活力和精气神都不知纠结在什么地方去了。那种久违了的绝望感又悄悄地伴随着下午来到了她的心里。她似乎又嗅到了几年前死亡侵袭之前那种疲乏、绝望的气味。那是一种使劲去闻却什么也闻不到的气味，是一种深深的倦怠和无望的感觉。是没有希望的感觉，被什么紧紧地捆住，不能笑，不能轻松地说话，像是被什么纠结成一团，没有了快乐自由的自己。没有了前面能看得到的怜惜、爱和信任。就像手一伸就有荆棘满天，就像脚只要一跨出去就要遇到拿棍子打伤你腿的人。她被一种深深的害怕，因这种害怕而来的绝望、倦怠所击倒。她像病了一样。她多么希望自己是无忧无虑的啊，是快乐的，自由的，可以大声笑的，无顾忌地说话的。

珠月看着书上的“遗体”两个字，她觉得这两个字真是太形象了，由此觉得中国的汉字真是太伟大了。遗体，被灵魂遗弃的肉体，就叫遗体，哪国的文字有这么形象？珠月忽然想，遗体这词不知英文怎么说，会不会是从英文翻译过来的？她得去查查。她十几岁时已在隐隐约约地想着一件事情，就是人死后的肉体这件事情，她一直都觉得这是一件麻烦事，为什么人死了不自动化作一缕烟，或一股香，轻轻地飘向天空就可以了，上天造人还是不完美。人活着需要肉体，人死了为什么还要给人一个肉体，一个遗体。人死后应该自动地化作一缕烟消失，而不是留着一个肉体。为了这个肉体，珠月很不想死，她想象了很多种死的样子，觉得还不如在大海里漂流而去，而且要不被人发现。人死后的样子好可怕啊，珠月不想被人看见死后的样子。为了这点，她绝不自杀，绝不轻易地死去，她想，她得想一个未来死亡的样子，她多么想上天让她死后化作一缕青烟或者一缕清香啊。这才是唯美的她所想要的结局。她不愿死亡是惊天动地的，她愿意每个人的死亡是悄无声息的，就像到天空去旅游一场，悄悄地、静静地消失。干干净净，又没有悲伤。就像出远门，就像出国定居，不需要给人一个冰冷的遗体让人对生命产生虚幻、悲痛的感觉。

珠月就像掉在死和活之间的空隙里。她羡慕那些活得久的人，活着比死去更难。死，是多么令人绝望啊，可活着，又是那么步步艰难。

珠月不想想太多，她对自己说，抓住自己想要的，喜欢的，管他呢，不用管下一步，只用管这一步你要什么；不用管你的理智，只用管你的身体和灵魂的需要。不用管未来你是否能承担，别人是否能承担，你只管你此刻想要做什么。你不用管你伤害了谁，你活得太累，就只有死亡一条路了。你深忧的不是自己，而是别人。所以，你就万分疲累和绝望。你不用想别人，你只想自己，你肯定不会觉得累，而且活得很带劲。

珠月什么都不愿想了，她一直为别人活，她现在想活得简单、自私一点。脸皮厚一点，没有那么多责任心，也不用想未来是什么样子的。只要他是怜惜她的，只要她仍有自由，只要她还能开心舒畅地笑。

珠月感到好想诗。她有时恨他恨得咬牙切齿，想他时心又那么痛得厉害。她想把手伸向他，摸他的脸他的眼睛他的头发，她想躺在他的怀里，享受他对她的保护。她不知什么时候能见到他。她很盼望又很害怕。无论她怎么对他说话，他都不听，他只听自己的，他只相信自己。他说珠月固执，可珠月觉得他简直是偏执。她感到隐隐有什么事要发生，她坐在沙发上，定定地坐着，连电视也不看，她静下心来对自己说，无论发生什么，你都不要慌张，更要做好准备去承担。你要想好，你以后就这样想，当你觉得自己不对时，你就这样想，你会说服自己，证明你自己无罪，证明你可以快乐。

珠月想，诗，你也想好了吗？如果你想做什么，一定要设想以后，证实你自己可以承担，可以快乐，你一定要想好，你如果不能承担，不能快乐，我也不会快乐，我也没有自信了。好好想一想吧，想好了就不怕了，想好了就仍能快乐，仍能昂首挺胸地活。

珠月摇摇头，她多么希望诗是那样一个人，什么都不会想，在他的人生中没有那么多想法的重负，更没什么“罪”之说，像动物一样，没有思考也是一种闭着眼的幸福。

谁能束缚身体的愿望谁就是罪恶，管他妈的，那些假丑恶。良心、道德，要放在什么样的秤上去称？我只知道我需要你，这就是我身体和心灵的道德。即使我邪恶得拿不上台面，起码我做了一回自己想做的事情。

珠月想到那些事情，她有些害怕，她怕诗阻挠、破坏她，她希望他爱惜她像她爱惜他一样。不懂得爱惜的人不配说爱，当珠月看到诗说，他就像一只蝴蝶，翅膀再也承受不了一点露水的重量，她心中的爱惜一下子全部复活。她本想任性地说，我想你，但欲言又止，又担心那句话就像那再加上去的一点露水，让他不胜重负。她想说几句俏皮的话，又担心他会因此误解，让他不开心。她只是小心翼翼地看着他，就像要把他看进心里去。她始终也没看出什么，如果问她，你那么紧紧地盯着他看，看到了什么，她会觉得很迷惑，她什么也没看到。他仍是他，一个独立的他，一个似乎离她很远又很近的他。

她想去抚摸诗脸上的那些刺，让刺都在她的手指下消失。她发现他的刺没有了，可他的伤仍还在，隐隐地，闪耀着，有一些疲惫，有一些煎熬、挣扎过后的紧张和虚脱。珠月想去握住他的手，对他耳语说，我想你，你想我吗？她看到了一层层闪烁迷离的光，他是犹豫不定的、烦恼的，又是倾心的、愤怒的。

珠月不怕诗会给她一个冷漠的脸庞，也不怕他蔑视她，她怕他需要她，而自己却不在他的身边。当她觉得自己被冷落时，她有流泪的感觉，不是，而是眼泪已经萦绕在眼眶里了。这是为什么？你还是在希望他喜欢你重视你，即使你血痕斑斑。珠月拿着手机胡乱地看着号码，她希望能找到一两个可以发短信的人，她可以装出毫不在乎的样子。她听到诗叫她的名字，她的眼泪都要掉下来了，她这段时间已经不再能像以前那样活泼了。她淡淡地笑着说着，好像心灰意冷又好像满怀热望。

诗生她的气吗？没有任何理由啊。珠月想，应该是我对他有气啊，他还没伤透我的心，等他伤透我心的时候，她肯定不会来这儿吃饭了。还没伤透珠月的心，珠月还可以一看见他离开就要想他。她无法让自己不去想他。珠月想，这一定是他付出了太多，即使是拿着刀剐她的肉，只要她还能复原，她仍会想他。

上天啊，请求他再也不要做傻事、伤天害理之事，那时，我们就有可能变成仇人。珠月害怕地想，最爱和最恨之间往往只有一线之隔。什么都可以成为可能，命运是人自己造的。

如果她能一直地笑，保证他永久地热爱生活，那么她愿意一直地笑。如果她能不停地说，说生活的甜，让他感到生活的美味，她会一直不停地在他耳边说。如果她能优雅地在生活的绿草上开出淡雅的花，她愿意一直开放，像他手中捧着给她闻的一株水仙。珠月想，我想拥有很多，和他一起分享，每天眼睛不眨地看着他，让他快乐。

珠月再望望镜中的自己，泛着深深的疲惫和倦息。头发又多白了几多根，皮肤开始松弛。当一缕阳光照在头发上时，她忽然想起自己曾经漆黑的绸缎一样的头发，能在黑夜中奏出琴声，现在，它就像在宣告，她童年和青春的梦想是一件多么身不由己的事情。太阳光仍然照着那些和她曾经一样梦想的人。而她只感觉眼前一片昏昏黄黄的黯淡。因为这个星期太忙，她忘了去汀州看货品展销会。这是珠月每年必去的。那时，她最热爱生活了。她喜欢听到生活的多种声音，看到生活的多种场面，再买几圈藕粉做的大圈圈甜食，每次咬着，她就像吃到了做藕圈的那家人在一起做时的平常人家的温馨和希望。卖布的、卖被子的、卖衣服的、卖辣酱、芝麻酱、麦酱的、酒糟的、卖各种各样吃食的，他们的气息和希望灌注到珠月的身上，最少可以让珠月一两个月内格外热爱生活。特别是麦酱，只有小时候才会有，妈妈用麦子做了酱，用舌头尝尝，很甜，可以吃了。每餐都会用筷子挑一点吃，麦酱不能大口大口地吃，可能是因为太甜了吧。大家吃的时候都很秀气，就像吃腐乳一样。看到麦酱，就像看到家乡金黄的太阳下的麦地，看到妈妈端着麦酱盆，说，做好了，可以吃了。那时，阳光多好啊，麦酱黄澄澄的，一粒一粒的，就像心上的五彩的泡沫，连做梦都是希望。酒糟，是珠月小时最爱吃的食物之一了，珠月到奶奶家，奶奶用自己早就做好的酒曲放在没吃完的饭里，过了几天就是美妙酒糟了。酒糟甜到心里去了，那种甜是浓浓的，却不腻，是醉人的，散发着一股芳香。妈妈只有中秋节才做酒糟，做酒糟似乎是件大事，可奶奶随时都可以让珠月享受到她最爱的酒糟。奶奶家有一个石臼，珠月小时候会经常帮奶奶用石臼轧碎做酒曲的酒曲草，酒曲草轧碎后，奶奶会用一种粉和砸碎的酒曲草混合，再捏成圆子，晒干，就是酒曲了。珠月似乎闻到了酒曲草的芳香，那是刚刚从山林里采来的新鲜的酒曲草啊，还有那个石臼，一声声，吱呀呀地，就像在说着未来的希望。奶奶去世后，珠月清明节去祭坟，叔叔已搬到城里去了，奶奶曾经住的房屋已塌了一半，看着那个石臼，珠月摸着它的纹路，她很想把那个石臼带在身边，无奈那个石臼太重。那个石臼，珠月曾经踩着它一下一下地轧着酒曲草，奶奶在做饭，问珠月，累了吧？珠崽。没有，珠月说。那时全世界在她心中，虽然只是和奶奶住着简陋的石板屋，她就是喜欢那些大石头铺成的地面。她看着天边雨后的彩虹，就像那条汲水的彩虹一样，周身都是对于未来的鲜艳梦想。

珠月想，也许是我太孤独了，一个人生活，独寞的冷气常常会不经意间侵入自己的身体和内心。怪不得有人说，没有家的人最喜欢胡思乱想，而且格外与人不同。

珠月知道她最终将是孤身一人，没有人会真正要她。只有余清还会在那里等着娶她。虽然余清现在外已有三个固定女人，可他仍然有时会觉得自己有权利再娶珠月。不过，她是打死都不会和他在一起了，因为她看透了他，已对他真正地失望。哀莫大于心死，最大的莫过于看到人心，珠月对他已是心如死灰。只要珠月把一个人看透了，她就会不理那个人，或者就会从心底里瞧不起他。

他们头脑里每闪过一丝想法，珠月几乎都能捕捉到。真是奇异。珠月想，别说你做的事，就是你偶尔闪过的想法都逃不过我的心灵啊。这就像囚牢一样检验着他们，也检验着珠月。珠月知道这都不足为凭，活到老，越来越现实，越来越崇信现实的样子和效果。比如说亲吻、拥抱、结婚、生孩子，这些在珠月的眼里远比最美的诗歌要浪漫。

即使是影子，时间久了也会在墙上、地上印下痕迹，语言、做梦，能拿在手上么？能触摸到么？能受孕么？能划出伤口流血么？能用嘴唇、手指止血么？

那几个月，她是那么地想诗，可却像用木板要压住升腾的火焰一样，火焰一旦燃烧升腾，没有一个人敢近身。她不敢任着自己的性子去说爱，去做什么，那没人不会害怕的。她只能让清水在自己的身上、心里慢慢地洗刷，把她的炽热的情感和欲望洗刷得光滑如石，终于又慢慢地平复了自己的心绪和火一样的身体。

珠月睡觉时热得自己浑身冒汗，和妈妈一起睡时，把妈妈热得只有到沙发上去睡了。珠月不知道这是因为要老了还是因为自己身体的活力，近来，身上就像在冒火，天冷穿两件不厚的衣服就可以，脸上也是疙瘩不断，她想，可能是她心里有火。

她想，等她下次见诗的时候，她已经不需要说话了。她想语言已是多余。她只需要实际的行动。骂人还不行，那还是语言；打人要亲自用手打，不能用武器如棍子、木棒等。她就像在给自己编织着葬衣，且不说自己心灰意冷，她已被生活折磨得不敢笑，没有笑，没有真正的快乐，当她把这世间的一些人看透了时，她已灰心失望到极点。她想起小时候的彩虹、露珠，小时候的夏天晴朗午后，彩色的蜻蜓蝴蝶，除了回忆还可以在她的脸上留下一点温和温柔外，她的脸上除了沧桑应该就是冷漠、愤慨。这几年，她经受了从未有过的破坏、打压、迫害，她活了几十岁第一次知道人活着是多么难多么重，无论她多么善良、多么宽容、仁慈，她仍然被人无情地压迫、迫害，她想，可能是她以前遇到的贵人太多了，快乐太多了，现在才真正知道什么叫人间地狱。她对自己说，不要怕，你可以用你所有的力气去对抗那些迫害你的人，只要你愿意。

她小心地清点着过去的东西：本子、书、纸张，看着过去的衣服，她说，这是我穿的吗？怎么像小孩子穿的？我以前这么瘦吗？记得这件衣服是孩子六岁时我买的，那时我这么瘦吗？这么小吗？我不相信。她问妈妈，妈妈说，是你的，肯定是你的。她常常清点着一些什么东西，像是要和自己告别了。她仍然活了下来。就像妈妈在爸爸去世后告诉她存折放在了哪里，她不知道妈妈从此以后是否有真的快乐，妈妈还是活了下来，有时也看到她似乎在快乐地笑着。

她常常想，如果我死了，我应该对孩子有留言，应该有一些交代。她知道自己绝不会去自找死。只是常常有一种死亡的感觉突然进入她的身体，是近几年的事。生活的不如意，处处受压抑，无依无靠，让她偶尔有种从坟墓里走出来的感觉。毕竟还是强多了，最少前几年那种袭人的不能活的感觉倒没有来过，只是有一种慢悠悠的病恹恹的不快乐。

孩子不愿过年，珠月不愿过年，珠月还没和孩子说她已离婚，但孩子已意识到了。当两个人谈怎么过年时，母亲和女儿都似乎要哽咽了。母亲不愿在孩子面前表现出可怜的样子来，孩子更知道母亲的心思，不愿和母亲一起面对那种心有灵犀的难堪，孩子急于挂断电话，母亲也急于挂断电话。她们习惯于报喜不报忧，面对明摆的事实，孩子心里早已明白。她不希望母亲为这事伤感。按说孤儿寡母该有人怜吧，不但没人怜，还要被人害。早晓得这样，珠月想，当初在地狱婚姻里还不如不出来，现在掉进更大的地狱，不但自己有忧，连孩子都要被人欺。最少她的父亲还不至于欺她。

女儿生日时故意出去和同学过，她不知道如何面对和母亲一起过生日，从小到大过生日都是一家人一起过，有时十几人过，何曾和母亲单独过过生日？那时，母女肯定会忍不住泪流。孩子心有灵犀，知道还是出去和同学一起过生日，珠月松了一口气，这种难堪终于可以不要面对了。

前几天和孩子去超市买东西，超市里响着歌曲，也不知唱的什么歌，她也没仔细听，只是听了觉得很忧伤，她后来想了想，那一定不是首忧伤的歌，过年了，超市也不会那么傻，放些忧伤的歌。可是她几次欲落泪，终于还是忍住了。她对自己反复说，不能哭，不吉利，孩子看到了更不好。

这是她第一次在乐城过年，和孩子一起。前两年回妈妈那里过年，今年买不到票，只有在她工作的城市过年。她一个人过年倒没什么，关键是怎么和孩子说，孩子从小受宠爱，她受得了这样孤单地过年吗？她自己小时候是数着时间不让年过走，到了大年初一晚上就开始留念了，不舍得年过完。可是现在她最怕的就是过年，如果不过年就好了，她不敢想象和孩子你看着我我看着你过年是什么样的滋味，会不会两人都流下泪来，那就不得了，过年是千万不能流泪的啊。怎么办啊？这年怎么过？她心情沉闷，孩子走过来说："妈妈，不知为什么我今年开始变得不快乐了。"孩子似乎意识到什么，她已很少看到孩子像小时候一样哈哈大笑了。她多么希望看到孩子哈哈大笑啊。她叫孩子选吃的东西，孩子说，她现在对吃的东西已不感兴趣了。珠月听了，心情更低沉了。她看着琳琅满目的超市，此刻和孩子的心情其实是一样的，觉得没有一个东西是好吃的，没有一个东西是能带来一点兴奋的购买欲望的。懂事的孩子还是买了两袋糖，她有气无力地走着，脚步就和她的脸色一样低沉。孩子瘦瘦的，脸色暗淡，她摸孩子的手，像冰一样。

珠月因为自己从小就不重视吃，女儿小时候，她对孩子的营养也不够重视，害得孩子没有一个够壮的身体。珠月的妈妈从来不吃好的，好的全用来招待客人，这让珠月耳濡目染，觉得人不用吃。她自己怀孕头三个月几乎什么都没吃，只记得每天早晨吃了一碗热干面，本来她以前不怎么吃肉，怀孕时也没特意多吃过一块肉一个水果。有一次她一个人吃肉，还很怕，觉得那些肉就像人的膀子、腿一样。孩子出生时天气格外热，温度已经高达42℃，别说出门，她就是喝一口水都要全身大汗。坐月子的那个月她记得共吃了几个鸡蛋，自然奶水就不够。出生二十多天的孩子拿着块布片盖在小肚脐上，床底下扇着风扇。那时候穷，珠月没钱买空调，那个夏天不知怎么过来的。她照镜子时发现她的脸和脚都肿了。孩子先天营养不是很好，出生奶水又不够，珠月那时什么也不懂，孩子也没特别补充营养，每天就是牛奶、米糊，后来就是汽水肉，孩子吃了半年汽水肉后见了汽水肉就摇头。孩子小姨每天做着各种舞蹈动作让孩子吃饭，有时让瓢羹穿过栏杆或者一个洞给她吃。家乡的人都说，天啊，她小姨真不知把孩子惯到什么样了。珠月也不自觉地不知多么溺爱孩子。她溺爱孩子并不懂得要让孩子吃好。孩子一两岁时喝完牛奶就把奶瓶随手往地上一扔，那个动作真是格外潇洒，她以为牛奶喝完牛奶瓶就是扔在地上的。因为她扔了一次后，珠月和家里人都没说她不对。所以她扔得理所当然，动作也就格外洒脱，经常牛奶瓶在地上滚了很远才停下。他们也让牛奶瓶躺在地上，好像那就是牛奶瓶该待的地方，到了什么时候再去捡。后来读小学的余馨说过一句经典的话："要不是我多读了些书，都不知道要被你们惯成什么样子了。"

孩子不喜欢吃饭，禾月每天不是唱歌跳舞，就是上桌或者做出什么好笑好玩样子，让孩子吃。两岁半的女儿到幼儿园，走到半路不走，要姨奶奶背着。姨奶奶给孩子鸡蛋，如果剥破了里面的一层膜，怕孩子哭，就把好的一面递给孩子蒙混过关。孩子从小聪慧过人，好哭，爱认字看书，每年一般要发烧感冒打针一次，身体还好，就是不长肉。

珠月后来才知道营养的重要。她每天给孩子夹一碗菜，孩子全吃完了。有时，孩子吃不完，她就说："你不吃，我做了有什么用？还不如不做。"孩子就吃了。孩子近来说感觉很腻，珠月问："不会是得了肝炎吧？"孩子说不会。珠月每天晚上要孩子吃个水果，孩子说连水果都不愿吃了。珠月近阶段想想才意识到孩子是怕自己不给她做饭了，只有把妈妈夹的菜硬撑着吃了，现在竟然出现了反应，有种厌食的感觉了。以后再不能给孩子夹菜了，也不能说她不吃就不做饭了。孩子从小就敏感，属于那种心思细腻的孩子，和珠月的性格一点也不像。孩子也知道珠月和她爸爸关系不好，可能知道他们离婚了，她怕失去妈妈，怕妈妈不给她做饭了，所以她每天硬撑着把妈妈夹的菜全吃了。珠月每次见孩子吃完了自己夹的菜就很开心，就觉得自己做饭很有价值。如果孩子吃得不多，她就会感叹："吃得那么少，妈妈做饭都没劲了。"心事重的孩子就只有硬撑着吃。那天女儿说："妈妈，你再要给我夹菜，我都会得厌食症的。吃饭只能吃得八分饱才好。"珠月说："好，妈妈以后再也不给你夹菜了。我保证。"珠月觉得孩子说得对，她想以后一定少给孩子夹菜，让她觉得吃完后有些欠的感觉，她就会更有食欲。

生日那天，珠月起先没收到一个祝福，以往收不收到祝福她都没感觉，可今年，她却觉得异常的委屈。连妹妹都没给她发一个短信。她感到自己很想流泪，她还是抑制住了。生日流泪不吉利，日子越来越艰难。那天她走在去超市的路上，心里想，如果这样过日子，将是度日如年。

她有时甚至想过将来以死来抗拒她未来的老年的命运，她又想，既然死都不怕，还怕抗拒不了或者承受不了命运。她怕自己不敢在未来反抗，她怕自己在未来不能坚定，会动摇今天的信念。她想，为了不落入敌人的手里，义者不是选择了自杀吗？她这时似乎明白了所有在敌人面前的自杀就是为了自己的洁白不被污黑。

她梦见上天的声音或者是什么声音在她耳边清晰地说了三声："悲，悲，悲。"字字有力。她就不相信，她不理余清就要用身体去喂海鱼，死无葬身之所，即使是这样，她也不怕。她知道他们两个不能娶她，只有余清还愿娶她，可她已经把他看透了，如果看透了一个人还要和他同床异梦就是好的善终，那么她不需要善终。她只需要死无葬身之地。她不明白是谁在说话，一个人难道一定要死得风光就算人生完美，即使过着屈辱的奴隶一样的不快乐的生活？那个声音说得那么坚定无疑，好像自己就是绝对的真理。笑话，难道人活着就是为了死的那一天，就是为了死得不孤独，死得风光？所有的受苦受难就是为了死时看似不孤独，即使受尽了一生的孤独。

要悲就悲吧，不管这声音是谁在说。她不怕悲，她只要自己过一种不屈辱、自由的生活，哪怕自己的双手成茧、自己的脑袋需要整天思考、自己的中老年辛苦不休。

一想到余清和别的女人生孩子，她就不能自欺欺人，那种他不洁的脏感始终不能去除。无论他表现得多么真诚，她对自己说，绝不能动摇，更不能怜悯，值得怜悯的是你自己啊。在十几天前，珠月对妈妈说了余清的不太好听的话，晚上梦见天上打雷，一道强烈的闪电在天空掠过，并不表示要下雨，那道闪电是针对她说余清的坏话而来的。她也没说他什么坏话，只是说了她的真实感受。想起他曾经说，她欠他的几辈子都还不清的话，难道她真的欠他的吗？她知道他一定有苦衷，不能说的委屈，她不能说他的坏话，即使有不理解有委屈，也应该埋在心里。罢了罢了，她未感到真心，但也不应该不体贴别人，谁都有难处，谁都不容易，难道她自己就没有缺点吗？她现在不也是过得身心疲惫，每一步都是步履维艰，可能与他有一些相近吧。

把鱼晒干放在那里挂着，就叫晾着。鱼晾干还会被吃，人晾干了就被抛到一边。付出了惨痛的代价后，仍然要遭受残酷的迫害，悲不悲？

珠月十几岁看《红高粱》《屠城血证》等爱国片时，会浑身热血沸腾。只要看到电视电影上有青年上街游行高呼"打倒二十一条""还我河山"等标语时，她就会眼眶湿润甚至喉咙哽咽。直到现在，她仍然会为那些游行的队伍热血涌上喉咙，她不能解释这种情绪。爱国，那是肯定的，此外还有什么？她已过了那种热血的年龄，而且压迫、迫害已让她创伤累累，按说她应该很冷漠了，没有什么值得去激动的事情了，何况是那种距离自己很远、又被一些平庸的人指为是幼稚的事情。不知这种被人指为幼稚的事情为什么能经久不衰地激动她？她是一个绝对的热爱和平、呼吁和平的人，她痛恨打架、争斗、战争等，可是也许正是因为这种恬淡的处世心情，使她把国家、民族、热血看得万分珍贵。这种爱等同于气节之爱，是血液和灵魂的相连，因为没有现场，所以更多的带着幻想的成分。而幻想对于她来说伴随她走过四十多年，成为她生命中最强烈的影响她的情感。

第七十六章

这几个月不知什么原因，珠月在梦中常常又会变成一个叫菜的女孩。

菜莫名地爱上了一个人，她很害怕，预感到这个男人不可能是她生命中最牵挂她的男人，可她还是忍不住爱上他。那个人比她小七八岁。菜在路上走，秋叶飘得满地都是，有一个男生走过来说，我想请你到一个花园去玩一玩。菜问，什么花园？男孩说，是百花花园，菜说，我今天正准备到那儿去玩呢。菜想，我昨晚梦见有人在那里等我，所以我今天想去看看，不知道是不是那个和我梦中跳舞的人。他没穿衣服，全身敞露，紧紧地抱着我跳着，有时亲一下我的脸。我们有一次跳到一个比较凹的坑里，我又随着他跳上来了。旁边还有很多蝴蝶。菜感到这个梦非常吉祥，非常幸福，所以，她今天正朝着那个百花花园走去。没想到在路上就遇到了一个男生向她邀约共游百花花园。真是奇事了。

菜和那个男孩游了一天，有时走到小溪边，男孩会伸出手拉住菜的手，有一次甚至抱起菜跨过了一个沟。菜问他的名字，他说他叫辰。黄昏，菜和那个叫辰的男生分手了。当菜回到家的时候，她就开始常常梦到他。她给他写了很多信，都放在日记本里，没有寄出去。可是她却感到他看到了。菜从此开始苦闷起来，她觉得对自己写的话是负不了责任的，可是她却忍不住要去写，并且常常用最亲昵的字、词称呼他。菜知道她的语言一定会漂越梦境来到他的身边，他一定会因此思念她。她是一个有夫之妇，而且在心中一直想着那个梦中抱着自己跳舞把自己整个的身体都袒露给她的人。她是多么爱他健壮优美的身体啊，而且这身体是这样毫无遮掩地袒露给她。特别是那些飞在他们四周的蝴蝶，只有完全托付相知的爱情才会产生得出那么多美丽多彩的蝴蝶。这是什么样的爱情啊，菜相信这世间只有自己在梦中领受过。

那个男人自始至终都没说话，只是默默地看着菜，他的身上连一根纱都没有穿，他的胸膛在菜看来简直比得上太阳神的胸脯，他的下身优美健硕，直挺挺的，腿颀长有力，只是任自己紧紧地抱着菜，一直抱到菜因为要上厕所醒来。菜摸摸自己的脸，他的胡茬刚刚还挨在她的脸颊上，现在似乎还有些疼，又有些酸。

菜很担心这个人会成为美梦的牺牲品。他的脸上刮干净胡子后，有大半地方都是青色的，说明他是一个生命力非常旺盛的男人。不过，他在菜面前自始至终没要求过和她有进一步的接触。他只是让自己表现出很爱的样子，单方面的爱，即使菜想那样，她也无法说出口，简直可以说，他不让她说出口。第二次在梦中见面时，菜欣喜若狂，她把自己的衣服都脱光，像一个成熟的女人一样坐在他怀里，没想到他把她的手拿开，而且他的赤裸的下身顿时也变得毫无生气了。菜扑到他的身体上，不断地亲吻他的全身，那时菜很想看到他透明的肤色和皮肤上颤抖的颗粒，就像山间树上结的小刺球。

菜一把把地抓那些蝴蝶，并把那些蝴蝶放在他的英气逼人的后颈窝里，他的头发很干净，又发出一种自然的香味，当菜把他的全身都亲吻了一遍，她发现他的全身都被汗水浸湿了。为了回馈菜的深情，他也把菜的整个身体一丝一毫地亲吻了一遍，他的头发全都湿了，他的身体似乎已经精疲力竭了，当菜想永远进入他的身体时，菜被一种灼热汗醒。

菜已经病了很多天了，她天天祈祷在梦中能遇到那个人，她知道她的思念会像毒药一样害到那个梦中人。她怀疑那人是另一个人的化身，是他派来的。魔鬼一直在旁边鼓劲："爱啊，爱啊，什么都不要管。"菜知道爱过之后就是灾难。她掌控不了的灾难。她用手挥落了很多雨，自己差点被雷电击死。她有段时间甚至过上了饥荒的生活，跑到百花花园去了很多次，都没遇见那个梦中的人，他就像浸在水底，菜看着花园里的那潭水，想到小龙女有可能就生活在这水下，那个人也可能生活在这水潭里。菜想象他游出来的样子，头发湿湿的，就像梦中的样子，帅气却又结结实实的傻气。菜决定在梦中紧紧拉住他的手，不让他走，即使梦醒了，也要拉着他的手，不让他走。当她那天在梦中决定死死拉着他的手时，她发现他们之间忽然出现一道非常宽的沟壑。他对菜说，我爱你，心疼你，我会永远在梦中保护你。

菜给那个百花花园外边遇见的男孩辰写信，她想，也许他就是那个梦中人。菜写了很多字，她想他全在心中看见了。辰魂不守舍地想着她，他必要来找她报复。菜不想写字了。她知道自己心中爱的是那个梦中向她裸露着整个身体的人，可是她却不能自抑地不断地在日记本里给辰写信，告诉他，她对他的爱情，并且希望自己能嫁给他。

菜知道自己犯了罪，虽然她从来没把信寄给那个男孩，可是她却在信中称呼的是那个男孩的名字。那个男孩的名字慢慢地在她的心中活了，成了一个立起来的活人，就是那个一面之交的辰。

菜情不自禁地想着辰，又把辰与梦中的那个人混在一起了。梦中人高高大大，每一块肌肉都表现着生命的韧劲和活力，可是他永远只是怜惜地抚摸着她的身体，想说话，又说不出来。菜想，难道是有什么命令吗？为什么他欲说又止？为什么他只是让自己的爱河流淌，却不吱声，他像一个哑巴，似有难言之隐。他想她完全地爱他，他又怕，他的健美的身体上有被虫咬过的痕迹，他的额头被人咬伤了，留下了一块浅浅的疤痕。他怕爱，又渴望爱。菜看得出他是那么珍爱她又狂热地想要她，似乎全世界他最在乎的就是菜，可是他最怕的也是菜会爱上他。菜想，这也许就是他不敢进入自己身体的原因。他担心菜会拉着他的手不放。可是他的心里却在一遍遍地对自己说，我爱的人儿啊，我爱的你啊，我就是死都是爱你的。

菜和丈夫离了婚，她想一心一意地和梦中人成为夫妻。丈夫说她心早就飞了。她常常一个人独自想着梦中人，独自笑着。她没有工作，只靠打零工过日子，赚的钱刚够维持她不挨饿。她把梦中人当作美的神，人间的奇迹，天上的星辰。

一天菜睡在竹床上，身上压着一个人，那人恶狠狠地说，赔偿我的损失。菜说："我欠你什么？""你欠我的贞操。""不可能。""你在梦中多次占有我的身体，弄得我妻离子散，你要是不把这辈子一点一滴地给我，我就让你不好过。"菜说："我该怎么做？""你得把你的手脚捆起来，不要到处走，更不许做梦害人。"菜说："我还要上班么？"那人想了一下说："我也养不活你，你还是上班，不过，你得老实点，千万别做对不起我的事。"菜吓得从竹床上爬起来，拼命地跑，那人在后边追。她看不清那人的面目，可是菜却有种大难临头的感觉。

菜很想变成一只蝴蝶，一只在菜园、百花园里飞来飞去的蝴蝶，和那个露着胸的男人在一起，不是像梁祝，而是像天上的神仙一样。她喜欢他的身体，他的皮肤发出金色的光泽，他的头发黑得像是刚被首乌水洗过一样，他深陷的眼睛一直都是怜惜地看着菜的脸，菜的头发和菜的手。他说：

"哎呀，哎呀。"他说不出来，他感到自己就像被毁碎了一样。

菜很喜欢菜园，她常常想象自己睡在某一棵菜上，她手中托着那些黄瓜、茄子、豆角，就像是梦中的百花仙子睡在花丛上一样，脸上带着某种人间少有的神圣光晕。

菜看到路上那些绿色的树丛，她就想睡上去，那些绿色的树枝，还有那些盛开的花，菜觉得人间有它们似乎就够了。

菜给餐厅洗碗每天都要被摔破的碗片割破手，她给一个服饰老板穿珠子总要被针扎到，她在路上走，遇到几个歪脖子瘸腿的人拦着她，她无路可退。她哭着说："你们要赶尽杀绝吗？"

菜在日记里承诺辰要永生爱他，会一直等他，两个七夕节她都梦到他坐在一棵树下的桌旁等着她。他安静地坐在那儿翻着书，知道菜要经过那儿，就坐在那里等她。他担心菜思念他却看不到他，他就提前在七夕节的前一晚坐在那儿看书了。菜透过灯光看到树下的桌子和桌旁的他，心想，她何时和他立的约？他怎么知道我想见他？他很忙，他还是提前就记得这个日子，早早准备好。菜看到他心中开着一棵树，树上繁花似锦，把他的脸庞映得像一片红海，然后那片红海忽然似乎把那棵树全烧灭了。菜在远处看着他，忽然，他起身走到菜的身边，拉着她的手，又吻着她的唇，他的嘴里汩汩地冒出很多血泡泡，在空中一翻一飞，飘飘荡荡的。菜伸出手想去接住那些血泡泡，他眼里含着泪，将菜拉到一块石头上躺下，然后用一把闪亮的箭穿起她的胸，又把她挑在剑上甩着，然后用剑柄抵在自己的胸口，剑柄就穿过他的胸，那时他们就像一根竹签上的两串羊肉串，他的嘴紧紧地吻着菜的嘴，菜窒息难忍，心想，快点死去，就死在他的怀里。菜醒了，摸摸自己的嘴，发现嘴唇上有血迹，难道我的唇真的被他咬破了吗？菜不敢相信。她拿来镜子照，发现自己的脸上有很多血迹，还有泪痕。窗外有鸟在叽叽咕咕地叫着，菜恍若隔世般望着窗外，心里又惊又喜又惧。

她知道那个浑身赤裸的梦中人要来了，并且要来现实中和她相见。当她把这个好消息告诉妹妹时，妹妹说："谁？""最爱我的人要来见我，说不定还会娶我。你相不相信？他是一个巨富，是一个王，还是一个神。"妹妹说："你和我说这话还可以，你要是和别人说这样的话，别人就以为你有病了，你千万不要在别人面前说这种话啊。"菜说："你不信，那你等着，不出三个月他就会来看我，说不定我还能成为他的妻子呢。"妹妹不再说话，转身去做饭了，她想姐姐一定是病了，心里万分烦躁，脸上露出悲哀的神情。三个月后，他并没来看他，当然更不可能嫁给他，菜有些后悔不该把这个梦说出来，听说梦说破了就不准了。

菜知道只有爱一个人到一定的浓度，才会凝结成一个梦，才会连续两年在七夕那天相见。如果是一年，那只能说是巧合，可是连续两年辰都在她能看得见他的地方等着她。只要他知道她想着他，他绝不会爽约。外面落叶在风中飘飞，片片都像是爱的语言，它们一起一落，抖着腿，伸着腰，又龇着牙，又哈哈笑着，然后落到地面上，安安静静地躺着。清洁工拿着一把洁净的扫帚吱呀呀地把那些落叶全部扫进簸箕里，那些落叶那一瞬间更是显得那么干净。菜想，它们绝不会让那条路显得脏，只会让那条路显得清洁、美丽，更具有风和叶的诗意。落叶绝不需要扫，落叶就是美的风景，就像树上的枝丫和花朵一样。

菜想，那个男人一定早就有妻子儿女了。他只要单纯、纯粹，这样他就会有快乐。如果谁要搅动他的心海，掀翻他的河流，他就会河流泛滥淹没稻田。他是一个不能爱别人也不能被别人爱的人，为何又要来到我的梦中呢？懦夫、虚伪，菜望着一块石头想，那块石头上面的纹路好像他的身影啊，她一惊，他结结实实的，高高的，却是一动不动的，也不说话，只是让自己的肌肉冒起，让自己的喉结咕隆隆地响，让自己的头发就像在打哑语，让自己的心脏拼命地跳着，想奔出来。

菜给那个梦中对她露着胸的男人取名为“穗”，穗好久都没有出现在菜的梦中了，他肯定是对自己说：“再不许梦见菜这个女孩子。”果然他就不来菜的梦中了。那个百花花园遇见的男孩辰很烦躁：“菜每天写的那些文字怎么就像是在写我，又不像是我。”这让他心很烦。他想走近菜的梦中，看菜是怎么想的，他想知道菜每天写的那些文字是给谁的，她心里到底在想着谁。在穗勒令自己不要再走近菜的梦中时，那一天，正好，辰想，我很想走近那个女孩梦里去，看她写字时在想谁。

辰走到菜的梦中时，正看到菜弯头沉思，手里拿着一支笔，脸上带着甜蜜的梦幻般的微笑。辰悄悄地停在菜的身后，他穿着一件褐色的棉袄，当他伸出白皙的手想去扯菜的头发时，菜似乎感到后面有人在扯自己的头发，菜一眼看到了他，她的眼里露出花一般的笑容。哦，是你，她靠在他的身上，亲吻着他的唇，好像她已经等了他很久。男孩把她放在树下，解开她的衣服，露出她像桃子一样小而结实的乳房，他用手去摸她的胸部，又用嘴去咬她的乳头。她一巴掌打在他的脸上：“不行，不行。”菜一直认为女孩子的乳房是不能被人摸的，除了自己的丈夫。男孩摸着自己红红的脸，一时不知道该怎么办？但他那天是抱着一定要来看看菜的心来的，你既然不要我，为什么给我写那么多字？菜说，我写字给你了吗？当然，写了很多，我都听见了。胡说，我没写给你。你愿意娶我吗？我的手从来没人拉过，身体从来没人碰过。菜那时觉得甚至确定自己是一个从未结过婚的处女。男孩发誓说："我不娶你，我遭天打五雷轰。"菜命令他说："把话收回去。"男孩只好说："我收回我的话。"男孩跪在菜的面前，就像一个丐帮的帮主，当他进入菜的身体时，他得意地说："我就是你的丈夫了。"男孩今年只有二十岁，菜已有二十七八岁了，菜想想不对头，自己好像曾经结过婚，男孩感到自己好像有妻子孩子，又好像那是前世的事。菜是一个处女吗？菜问自己。好像不是。男孩结过婚吗？没有啊，我还只是二十岁，怎么可能结婚生孩子了呢？男孩看见菜身下的血，把地上浸黑了一团，而且他进入她的身体时感到了很大的阻力，无论起先他用多大的劲自己的那个地方是多么硬，他都失败了。后来，他想到了一个办法，在菜的耳边不断地说着甜言蜜语，没想到就进去了。男孩哭了，他说自己一直都梦想和菜有这一天。菜恍恍惚惚地站起来，她感到自己好像不是自己了。我还是以前的我吗？你是那个我一直在等的人吗？当菜把他放进自己的身体时，她听到有个声音说，我就是你的那个梦中人，又看见他的脸似乎变得就是自己未来丈夫的模样。辰搬起菜，把她放在溪边，给她洗她下身的血，又给她穿上衣服，并且用他的鼻子去嗅她衣服上的清香。菜感到从没有过的幸福，她想，这是她一生中最幸福的一天，可能以后再也不会有了。

不知从什么时候开始，菜就开始做不好的梦，好梦似乎已经离她而去了。听说爱了之后紧接着就有灾难接踵而来，菜心里终于明白了这句话。她做了几年好梦，和梦中爱人相约相爱几年后美梦再也不在了。

穗被蛇咬伤，全身漆黑，又全裸着身子，面对着菜却像不认识，只是肠子流了一地，又吐出满口的渣子，又慢慢消失了。男孩辰更是疯狂报复她，他变成一个道士手中的盆子，专玩戏法，忽隐忽现，一会儿要找菜赔爱情，一会儿要找菜还贞洁，一会儿说她把他家的山林烧了，又说她把他家的稻田淹了，又说菜把他的妻子赶跑了。菜百口莫辩。

菜把那些干了的花瓣全部收在一个木盒里，她握着那些花瓣，不自禁地哭了。那些花瓣是她每一次想念男孩的花朵，每想一次，她的心里都会开出一朵花，她把那些心花一朵朵收好，放在自己的床头，把她的床都排满了。她对着那些花瓣说，保佑我的花朵不要像你们一样枯萎。她就像在心里又拿出一朵花出来，好像这株花朵是永远都不会枯萎的。即使这株花朵要枯萎在她的眼前，她也不会允许。她想到那个百花花园，百花仙子可以让百花同时绽放，也可以让花朵不凋。她想，我就用我的心力来维护它，绝不让它有一分凋谢。菜拿着一个簸箕，簸箕里放了很多土和肥料，她把那株花插在簸箕上，又在簸箕周围围了很多石头。花开了好几个月都没谢，菜感到很奇怪，心想，真是精诚所至，金石为开。那天菜蹲在花旁打瞌睡，梦中不知是谁拼命地用棍子打花，她声嘶力竭地骂那个人，喉咙伤心得都哑了。她睁开眼一看，没想到刚刚还鲜艳欲滴的花朵竟然已经耷拉下头来，这让菜很惊恐。没过几天，花就落在下面的土上了。菜感到很不吉利，她想，我就偏不信，有这鬼，她看到花朵虽然凋落了，不过那根花枝上竟然又开出一些小花苞来，菜心里一松，没关系，它死不了。她每天看着那根树枝上开的小花苞，天天祈祷，小花苞长大，开得比它的哥哥姐姐还要灿烂。菜终于一颗石头落了地。要不，她不知道怎么打消心中的恐惧，她也无从说。

菜每天希望男孩能到她梦中，可是心里却又有一丝忧虑。她一直都在想那个和他跳舞的裸体男人穗到哪里去了，他会不会又来到她的梦中。男孩辰一次次地来，她却感到心中的不安慢慢在增大，她希望男孩来爱她，她盼望着他来进入她的身体，抚摸她的全身，她又担心他某一天对她说，我根本就不像那个和你跳舞的赤裸着胸膛的男人。菜很怕男孩离她而去，她紧紧地抱着他，她把自己的衣服脱光，露出自己像十三岁少女一样的身体，她无法向男孩表白自己的爱情，那时候她唯一想做的就是把自己脱光，把自己全部敞露给他。这是她认为的最爱的方式之一，她是一个非常怕羞的女孩子，一直认为身体是神圣不能给人看的，即使是自己的亲姐妹。可是那时她已经奋不顾身了，她赤裸着身体，紧紧地贴在男孩的身上，就像一条光滑的蛇围绕着他的身体。他给她穿上衣服，又忍不住给她脱掉，他全身的血液就像火焰一样在燃烧着、噼噼啪啪地响着，就像水在火上沸腾。他在犹豫不定中本想走掉，可是他的身体却不听自己的使唤，他的手伸向她，她抓住他的袖子，他从她的头发一直吻到她的脚趾，然后他闭着眼流出了泪水，那泪水里有红的蓝的黄的颜色，就像彩虹、光线的颜色一样。他对菜说："你就像我的灵魂一样，和你在一起，我就像走到了极乐世界，这样的日子绝不会长久。我很担心以后我没有机会到你的梦中来和你相会了。”菜不想放过男孩，可当她想到自己的那些担忧恐惧时，她没有说话。哦，快来到我身边，我已等不及。菜听到自己说，她的全身也像被火烧一样，自从和男孩知道了那种快乐之后，她已经认为自己不可能和凡人做夫妻了。爱自己，那个自己是一个男人，他有健壮的身体，他有进入她身体的温热的武器，难道这世上有比这更幸福更满足的事吗？她只相信这世间只有自己是最干净的，最懂得爱的，最有情感的，也是最智慧的人之一，她如果想自己，会想得天花乱坠，想得神采飞扬，想得特别具有想象力，如果是想别人，她会觉得才思枯竭。如果在这世间有一个自己，那个自己和她是一样的血液，一样的纹路，一样晶莹透明的心，那自己还等什么？为什么自己还要犹豫，还要为他担忧和恐惧？

所有的担忧和恐惧都来自犹豫不定的心。

辰一段时间都没来菜的梦中了，菜知道男孩还没做好心理准备，她心里对他说，请你做好准备来爱我，请你做好心理准备让我来爱你。如果你没做好一切准备，可能你会被莫名其妙的流矢所伤，还有你自己内心的箭矢所伤。还有，你得承受我的猛烈，我会用摇动一棵大树的气力来摇荡你，让你感觉到头昏乏力，我的花瓣会落满你的全身，直到把你全部覆盖。又会像江河奔流一样绕着你咬着你。你怕不怕？菜笑着问想象中站在眼前的他。

男孩好像什么也没想，更不知道是否他做好了准备。他直朝着菜走来，走到她身边不由分说地抱起她，又把她放下，然后就和她缠绵在一起，他一点都没犹豫，即使菜多次叫他做好准备。他似乎从来不要准备，就像风吹过来的毒花粉已经散布在空中，你不吃也得吃了。男孩丝毫不知道这是毒花粉，他美好又贪婪地吸着，用全部的身心去和这个女孩一次次地做那个身体的游戏，他觉得美妙无比。美好可口的食物放在眼前谁能拒绝？他贪婪地吸吮着爱的甘露和甜液，他变得越来越强壮越来越野蛮了。他不顾及周围是否有人，也不顾及人们是否在看着他们，他等不及地就地把他的猎物动情、美好地舔得干干净净、一丝不挂。菜看着他温柔的脸部曲线，好像看不懂似的，他又悄悄地给菜的身上抹上一种花液，让她的肌肤白嫩之后就慢慢地像老树皮一样丑陋不堪。他在她的心口还悄悄地打了一针，让她的心永远处于不安宁、不平稳中，并且让她的脚因为渐渐血氧供应不足出现静脉曲张、溃烂。

菜开始时感觉自己像一朵花，每天心里都充满着男孩的身影，都祈求梦中的相见，男孩也应着她的心灵呼唤而来。他看起来是个不谙世事的少年，可是在偷食禁果后却变得勇猛无前。他不说话，他只行动，这点菜很喜欢。菜已经很讨厌自己说话的声音和文字了。

菜梦见辰到一家餐厅去找工作，又把别人请他吃饭没吃完的食物带给她吃，那些食物菜看着很喜欢吃。他又去找了很多大的树叶，用绳子给菜穿起一件衣服，让菜的身体到处都散发着一股树叶的清香，他说他很喜欢这种大自然的清香。他把一根青草放在嘴里咬着，又给菜咬，菜说，真的很香呢。你喜欢菜园里的茄子黄瓜吗？男孩说他最喜欢吃茄子了。菜说："你怎么知道我最爱吃茄子？""我是说我最喜欢吃茄子。""哦，走，去看菜园里的茄子。"茄子正躲在绿色的叶片下，像个羞涩的小姑娘，菜说："有些长得像你。""我长得这样难看吗？""难道你不觉得茄子长得美吗？还有里面长的籽，就像一颗颗的芝麻，我觉得很香的感觉。"水嫩嫩的茄子拿在菜的手里，她爱不释手地看着娇嫩欲滴的茄子，想象着用辣椒炒茄子的香味。男孩说，这是我最喜欢吃的一道菜，"什么菜？""辣椒炒茄子。""我也是最喜欢了。"他们两人在菜园里走来走去，喜不自禁，菜园里有西红柿、豆角、南瓜、冬瓜、黄瓜、扁豆，最重要的是，都长得那么好。青椒一串串的，冬瓜好大一个啊，小南瓜在棚架上一眼看去最少也有几十个，菜满心喜悦，她告诉男孩说，这是她外婆的菜园。外公特别勤快，菜园种得特别好。再走几步，还有外公种的一大溜葡萄，正是枝叶婆娑、绿荫满盖的季节。菜牵着男孩的手，走到外公打的一口井泉旁，井旁边长满了青苔，但泉水却是清幽无比。菜用手捧了一捧水给男孩喝，好甜啊，还有一股清香。菜笑着说，走，去找我的外婆要洋姜、藠头吃，外婆给了他们一坛洋姜、藠头，菜一边走一边吃，一边赞美。并且分给了男孩一些，用树叶包着，拿回去给他的姐妹吃，菜说，你姐姐妹妹一定很喜欢吃，这可是除了茄子外我最爱吃的菜了。

男孩拿着菜喜欢吃的藠头和洋姜一边和菜说再见，一边往茅岭那边走去。菜心里一喜，她知道这表示男孩还会来。她的嘴角露出一丝微笑，气定神闲地准备坐在那颗石头旁等着他再来。

菜忽然几天都不吃不喝，后来又昏睡过去了，菜的妹妹也给菜端去一杯水，菜的嘴却一直不张开。一天，正好有一个僧人经过菜的家，菜的奶奶叫僧人进来看看，僧人看了菜一会，用他带来的盆子往地上一扣，口中念念有词，并对菜的奶奶说，三天后如不醒来，她就没救了，如果醒来，就没事了。三天后，菜从床上爬起来，并说要吃饭。菜一点也不记得那几天的事，她就像一觉醒来，并且什么梦也没做。菜的奶奶说，你是不是梦中和谁约会去了，怎么约会了这么久都不舍得醒？

菜闭上眼睛打瞌睡，忽然天地一片漆黑，太阳在朦胧中隐遁到月亮的背面，菜觉得不对，她感到害怕。那到底是太阳还是月亮，她一时觉得难以分清楚。是太阳，却又像月亮，是月亮，却明明是太阳。难道穗病了吗？

菜很多事情都能知道，当她在梦中听到某个人说爱她时，她脸上就会有一天的笑容。第二天晚上，当她知道有人要害她时，她满面愁容。

男孩拿着一个钵子给她念咒语，菜把钵子抢到手上，担心他的钵子来得不易，骗他说，我给你扔了。男孩没有说话，后来发现钵子藏在菜的卧室后面的杂物堆里。菜担心他没有钵子心里没有安全感，又担心他的钵子得来不容易，她替他收好。菜不舍得丢掉那个钵子，虽然那个钵子是来做法术的，忽隐忽现，又跑到房子外面去了。钵子刚才还在房子里，敲锣打鼓，屋子里轰隆隆响，锅碗瓢盆全在打架。菜不怕锅碗瓢盆响，她想这个钵子即使只敢欺负她，她也不认为它是邪恶的，因为这是男孩自小到大的一件宝贝。她不敢把它扔了，虽然这个钵子时不时发出鬼推磨的声音，又发出咒语。

钵子不知道菜在想什么，它敲锣打鼓，欺负可欺之人只是它的本性。法术只用于可用的对象。菜和那个做法术的钵子翻山越岭走过很多路，她已经像和鬼魂很熟了一样一点也不怕那个钵子了。男孩一段时间似乎已经忘记了自己曾有个钵子，是他的父母给他让它时刻保护自己的。男孩拿着钵子照着太阳，钵子发出蓝色的幽光，他想这个钵子也没什么用，干脆拿去卖了吧。菜一把抢过钵子说："不行，你知道吗？这个钵子卖给别人会害人，只有我才能镇得住它，它已经很久没有发出锅碗瓢盆乱撞的声音了，我想，它一定是被佛祖收了做祥物了。"男孩将信将疑，他越来越有些相信菜说的话了。比如菜说，某人在几点被抓，几点被放，某人在某天会给某人说某话，某某事成不了，某某人在千里之外说了什么。菜说的几乎都是自己认识的人，很少说到不认识的人。你是神仙还是妖怪？男孩问菜。"如果世间有神仙妖怪，我绝对是神仙。不信，你看，连我的全身都是透明的，并且发出清香。"菜把自己的衣服扣子解开，让男孩凑着去闻她身上的清香。菜闻到了男孩头发和他衣服上的清香，她吸着鼻子，在心里说："我好喜欢你身上的气味，有一股草木的清香。"

菜在梦中见一副对联，上面写着菜对男孩是玉莲会十朋，男孩对菜是庄子试妻。菜想，这是什么意思，既然我和他是玉莲会十朋，他对我就不该是庄子试妻。菜想，完全是胡说八道。这是不是表示我对他是真心的，他却认为我是假心的。菜觉得好笑。不过后面一路对联看去，越来越乱。

男孩在梦中恶狠狠地说："我要你的身体。"菜说，你不是已经要了我的身体了吗？我早就给你了，而且是处女身。男孩不信，你骗人吧，你都结婚了，还处女？你什么时候把身体给我了？

菜后来才知道那些梦都是她一个人做的，男孩根本不知道，男孩一直想走进菜的梦中，但他一直都在她的梦外踟蹰、徘徊、进不去。好啊，你就白天来，我等着你，菜对男孩说，我就在这里每天等着你，哪儿都不去，你应该找得到我。我特别想你来找我。男孩见菜对他说话，他都听得见，他又有些犹豫了。菜想，当你犹豫的时候，我已经毫不犹豫地和你见了很多次面了。男孩就像被戏弄了一样，但他不好发作，心里一股子气，这件事让他几年都没好好睡过一觉，每天睡不着，即使睡着了，也常常醒。他倾耳听她的说话声，就像被魔咒控制一样，爱在他的心中一点点地消去，只剩下恼怒和对她的关注。她的每一句话，每一个梦，每一声气息，即使什么意思都没有，即使是胡说八道。她是个喜欢造悲剧的女孩，好好的爱情她也会在文字中设置一个悲剧的结局，以表示着爱情的伟大。他被她设置的爱情悲剧结局完全吸引住了，以为那就是事实。他以为她说的全是预言，他不知道她说的很多是鬼话，是在给自己讲故事。故事讲得真真切切，就像谎话说了千遍就成了事实一样。可是他仍然坚信自己既有相信的义务，也有打鬼的义务。

可怜的辰在菜的认真祈祷中心神虚浮，几个月都没看一个字，菜仿佛看见他的手臂在变小，他的胸肌在变平，他的头发在变白，他的心在漂浮着。他感到心烦又讨厌。总听到有声音在对他说，嘿，我好想你。但他又不知道这声音从何而来，就像是在云端打入的，又像是随风平行忽然撞在他的心田的。他的烦恼一天一天地变大，他决定去找她，他找到她时，她正坐在河边为他祈福，她用胸部划破流出来的最美丽的鲜红的血液和蜡混在一起做了一盏灯，她把蜡烛灯放在河边，她祈祷这盏灯今晚都不要熄，那么他就不会被她的爱所扰所伤，他就不会被各种妖魔鬼怪所侵所害。她对着天边的星辰祈祷，男孩正想找她评论。菜不理他，菜怕祈祷时被人打扰上天会怪她心不诚，她闭着眼，嘴里念念有词，男孩也被他的虔诚吓住了不敢打扰她，只好悻悻地走了。

第七十七章

菜知道自己惹了祸，每天对着心说的话都被辰听到了。她听见辰说，你越爱我，我越整你，谁叫你爱我，谁爱我，谁就是找死。即使你不求任何回报，我也要整死你。谁宠爱我，谁就该遭殃，柿子找软的捏，马找善的骑。男孩已经气得要失去理智了，他一想起自己遭遇的莫名其妙的烦恼他就恨不得拿刀去杀人。

男孩拿着一把长刀见到菜就砍下去，菜没有像杨过那样断一条手臂，可是手臂却有些伸不直了。男孩很后悔，菜说，没关系，你既然已经砍了，就不要后悔。我最怕的就是你因为后悔而病了，那我的手臂就残废得双重不值了。不过，我相信我再锻炼一阵子就会复原得差不多的。

男孩见菜的手臂复原了，他感到不可思议，即使手臂不断也一定会残废，菜怎么手臂竟然完全好了。他的悔意又变成了烦闷。不知为什么，自从遇到了菜，他越来越烦乱了，就像一潭浊水。菜以前总在心里称呼他是清水、清香，后来发现他的眼睛里已没有了原来的清澈纯净，甚至透露出杀机。

辰有一天对菜说："血债要用血来还。"菜几天都听不懂这句话，如果有血债，那也是你欠我的血债啊，我欠你什么了？我生来不欠任何人的，只有别人欠我的。这是必定的，我丝毫不怀疑这点。可男孩已经把菜当成敌人，第一，她抢走了他的童贞。（虽然辰在父母的威逼下已早早结婚，可他一直都觉得自己是处男。虽然辰和菜并没发生身体关系，可辰在心中已认为菜是他的妻子。）第二，她的文字和语言就像咒语让他心烦。第三，只要谁爱他，他就要与谁为敌，因为他历来认为爱情是灾。第四，特别是对于那些溺爱他的人，他尤其痛恨，他们会勾出他人性中的全部弱点，让他简直不想面对自己、过后看不起自己。这几点菜全部符合。再加上男孩从小就不很合群，很少和人打交道，虽然他的个子很高，约有一米七八的样子，却是属于那种水中的男孩，脸上总是会滴着水，头发飘散着，似乎要给太年轻的脸上故意加几条横杠。

菜做工时被人骂为蠢猪，专会摔破碗，钉错扣子，记错账。这么热的天气她几天都不洗澡，身上都有股骚味。她想抱着一个人哭。家里接连发生几件事，她感到自己已无法承受。奶奶病了，家里揭不开锅，她又赚不到什么钱。

她想起穗是一个巨富王国的国王，可他怎么不来救自己呢？奶奶要动手术，却没钱，只有等死。菜不相信梦无来源，不过梦也从来没给她的生活带来任何帮助。

穗拿着一把刀割自己的身体，又用一根棍子捅自己的下身，他要屠他多余的身躯。他的眼神呆板，之后没有任何表情地坐在石头上发呆，似乎他已不认识所有的人。之后，穗在菜的梦里消失了，菜却很想紧紧地抱住他，说，可怜啊，我们真可怜。我们都是可怜的人。我总是丢失自己的鞋子，你在梦中却无缘无故地消失了，这绝不是你想要逃避我，你一定是遇到了大的麻烦。

菜每天像烈士一样，等待着男孩对自己的迫害和毒杀。她想，这就是所谓爱我的人，这就是我所称之的所谓的爱人。菜每天感到像被炮轰一样，一个炮弹一个炮弹地打来，最让她忧愁的是她不知道下个炮弹又是什么，什么时候到来。菜想，是谁这样恨我？我得罪了谁？我平生善良，从不故意伤人、害人，为什么有人要对我赶尽杀绝。菜想，我就躺在这里，随你们怎么伤我、害我，我不动，我不怕。你们都不怕，我怕什么。别人都不怕做坏事，你还怕别人做坏事害你？其实最怕的就是做坏事的人，既然他们做坏事，说明他们有所求，而我连所求都没有，我更不怕了。想得到的人就会做坏事，不害人的人说明欲望比做坏事的人少，所以，不害人的人更不怕做坏事的人。做坏事说明他们有希望，不做坏事的有时说明希望已在慢慢失去，没有什么值得铤而走险去做坏事、害人。

一个穿着黑衣的蒙面人用手里的剑把菜家里的床刺得稀烂，把她家茅厕上的苞茅全部挑下，又把她家菜园的菜全部拔掉，然后把她家火塘里的火打熄，然后扔了一堆牛屎在她家里。菜拼命地哭着，她刚刚上山砍了几捆苞茅搭的茅厕没想到全被人挑了，她刚刚挑了一担粪到地里去浇豆角秧。她哭得都发不出声了。后来听说那人是炀婆的儿子。菜感到无力无助，她默默地流着泪。她不知道什么时候又会来一番破坏。菜很巴家，她每天做很多事，她可以打很多猪草、捡很多柴火，可却不会打架，也打不赢任何人。那个蒙面人又来了，把很多沙子扔在菜家的床上，把一个撮箕放在她家水缸里，又威慑菜和奶奶。菜无助地哭着，哭了一天一夜。奶奶躺在床上，生病了。

菜坐在火塘旁烧火，用吹火筒吹半湿半干的柴火，烟熏得她眼泪直流，她拿着吹火筒怎么也吹不燃柴，她忍不住大哭起来，三下两下干脆把火全部打熄了。她坐在火塘旁哭，又再在角落里扯过一把干竹丫，再用火柴点燃竹丫，再把柴架在竹丫上，不能急，不能一下子全部压上竹丫，这样竹丫的火就会熄。她一边慢慢往火塘里加柴，一边趴在火塘砖上用吹火筒慢慢地吹柴，等菜把火烧燃，把锅挂上，这时那个蒙面的黑衣人又来了，他打熄了菜好不容易才烧燃的火，菜奋力夺过那人手中的剑，“我把你杀了，你这个坏蛋。”那人忽然又溜掉了。

菜很怕那人来搞破坏，家里的东西被损坏，她比奶奶还要操心、伤心，她从小就是一个小家长。菜拿着一本书一边看一边准备把开了的米锅里的水篦出来，家乡人常用这种米汤作为猪食的附加营养品，菜把篦了米汤的锅重新挂在锅交上，一心一意地又看起书来，这时，不知是谁把一只死老鼠丢进了锅里。“谁？”菜叫，可是她什么也没看见。火塘旁边有一盒火柴，几根干竹丫，几根半湿的柴。

菜梦见自己和黑衣人打架，她跳得很高，在空中做出了平常根本不可能做出的动作。当黑衣人走过时，她抢过了他的剑，并且当着众人揭穿他成天怎么整她家，黑衣人不承认，说她是认错了人。你不是炀婆的儿子吗？你见我没有父母，没有哥哥，又善良，一次次地欺负我家。难道不是你吗？你今天要当众答应不许再害我家。那人说：“我根本听不懂你说的什么，世上黑衣人多得很，手里拿剑的也很多，凭什么说是我。”菜明明知道是他，可他说得也很有道理。

菜想到她下次一定要抓到那个人，不让他再害她们了。米锅里没米了，奶奶让菜去借，菜拿着一个升子去借米，借了几家人家都没米借，炀婆主动说借米给菜，菜端着米回家发现米全部成了石头。

蒙面黑衣人对正在做饭的菜说：“算命的说每捣乱、折腾人一次，我就能多活一些时间。”“放屁，那个算命的一定是魔鬼变的，天使会对你说这样的话吗？我和你无冤无仇，凭什么要多次伤害我？”蒙面黑衣人不由分说，他那手中的斧头猛地砍向菜，菜用手下意识地挡了一下，没想到斧头却反过来插在那个黑衣人的胸口，他迅即倒下，菜想看看那人是什么样子，当她揭开他的蒙脸布时，她发现什么也没有，地上只剩一堆衣服。

菜洗脸时发现脸上长了很多红疹子，一块一块的，她倒出洗面奶一看，发现洗面奶被换，她记得洗面奶是白色，不知为什么现在变成了黄色。菜赶快用清水洗净脸，她从此再也不敢用洗面奶了。即使她不眨眼，她都很担心那个蒙面人能使法术来破坏她。菜想：“他能让我手上戴的手表不走吗?”当菜这样想的时候，第二天她发现她放在灶上的手表不见了，她想，没有手表我就会迟到了，而且晚上不敢睡，我最怕迟到。菜翻箱倒柜地找手表，问奶奶和妹妹，她们都说没看见。过几天，等奶奶给菜买了一块新手表，没想到发现以前那块手表又出现在灶台上。菜想，难道已经没有我容身之处吗?她想离开家，她怕因为自己的原因害到自己的家人。妹妹拔牙，被拔掉了一个正常的牙齿，放学路上刘家的小孩追着骂她，妹妹几个月来都闷闷不乐。

菜去买米，米买回来后她发现里面有沙子。她去买早点，吃了老板卖的米粉后，她的脸和眼睛全肿了。菜看中了一件衣服，老板却故意挑起她的脾气，最后她只有不买那件衣服了。

蒙面黑衣人又来了，菜一看到他就胆战心惊，她知道又有不好的事情发生了。蒙面人说要把菜放在火上烤一会，但不会烤死。第二天还要继续来烤，菜说，你要烤就一次把我烤死，不要每天一次地烤我。我身体受不了。蒙面人说，我不会让你死的。我要让你每天都不舒服，每天都痛，每天都担忧，我的职责就是让你过得不舒畅。菜知道自己陷入了魔鬼的罗网中，她还不敢把这事告诉奶奶、妹妹和熟人，她一时不知道该给她们怎么解释，怕她们担心。

菜实在承受不了蒙面人的煎烤，一天，她等蒙面人再来时对他说：“你既这么恨我，我想借你手中的刀用一下。”菜说着拿过蒙面人手中的刀就往自己的心脏上刺，血汩汩地流出来，蒙面人一时吓呆了，不知该怎么办，抛下菜逃走了。等菜在血泊中醒来时，她听到家里人在拼命地哭号着，隔壁进叔搬起她拼命地往医院跑。菜想，我死了就好了，就不会受折磨、迫害了，那个蒙面人为什么就不放过我呢?我什么时候做过对不起他的事，他是谁，为什么要对我斩尽杀绝?我平生善良到底，从来只亏自己，不亏任何人，他是谁呢?难道他是魔鬼吗?魔鬼总是与天使作对，我虽不是天使，可我已感到我和魔鬼打了很长时间交道了，这让我身心疲惫，几次都有了活不下去的念头。我不怕死，死了什么烦恼都没有了。菜一边想着一边流着泪，她蒙眬中看到蓝天上飘着几朵刺眼的白云，她想，那里面会走出一个神仙来吗？她会来救我吗？菜的泪水越来越汹涌，把她的头发和躺着的枕头都打湿了。

菜在医院住了半年才好，肺部严重受伤出血，经过及时的手术生命得以保全。她很怕又见到那个蒙面人，这半年她没有一次梦到、见到那个黑衣人，这让她心里轻松不少，可她很担心当她好了后，蒙面黑衣人又会来。她晚上不敢睡，几天下来她瘦了很多，她只敢瞅着白天的空隙闭一下眼。火塘里的火在呼呼地燃起升腾的火焰，美丽的亮光照亮了她有着泪痕的脸，她的眼睛在遐想着火焰即将升向天空的情景，恍惚中看到那个她似乎一直在等待的身影，一个健壮的高大的浑身发着金光的神正把双手递给她，又把她抱向他开来的马车。

那个蒙面黑衣人还是来了，他把菜准备好做早餐的青菜上撒了一层沙子，又把她煮饭的锅弄一个小孔，正在慢慢地滴水。菜的胸腔透明得里面的骨骼脏器一清二楚，这让蒙面人不禁仔细地看了一下，他发现菜的心脏里有一个小小的人很像自己的样子，他那时有些心惊了一下，如果把这个女人折腾死了，看来那个像自己的小人儿也会死，怪不得我每坏她一次事时，我就感到自己的体力和精神都会受损一次，原来我的真身在她的胸腔里。怪不得我怎么老去找她，而且看到她就有一种仇恨的感觉，其实我也不恨她，我只是感到我的元气没有了，我要去找那个藏着我元气的人。我可以找她心平气静地要，说不定她会给我。菜听到蒙面人要她胸腔里的一个东西，她毫不犹豫地说，你拿去吧。那人用刀割开菜的胸膛，拿走了那个像自己的小人。蒙面人拿到那个小人后回家却发现自己就像丢了魂一样，他异常烦躁不安，整天魂不守舍，不久，竟然病得很厉害，起不了床了。蒙面人知道自己估计不久将要魂消命陨，他找到菜，请求把他的元气再放进她的身体，没想到蒙面人好像一下子恢复了元气，临终的请求没想到救了他。黑衣蒙面人来了精神，他反射性地又要去割菜腿上的肉，忽然他感到一种难以承受身体的要往下倒的感觉，随即轰的一声倒在地上。菜想去看他是什么样子的，忽然她发现他的面貌和神情后面似乎是辰的样子。

黑衣人醒来后发现菜原来是自己的保护神，他一下子变得手发抖，眼神麻木，浑身打颤，出虚汗，忽然一声呕吐，吐出很多的鲜血。他对菜说，“我其实一直都在伤害我自己，我以为是在伤害你。才发现每伤害你一次，我的心理和身体就会变得弱一次，现在我已病入膏肓。”菜哭着说，“你没事的，你的真身还在我身上呢，你只是不知道自己为什么要来捣乱我，原来是我们前世有约，你在我的心里变成一个小人住着，是因为不这样你就找不到我。你知道了，你以后再也不能来伤害我，否则我们两个都会接连毙命的。只要有一人死了，另一人必将紧接着死亡。你想，你在我的身体那么多年，我死了，你能不死吗？如果你死了，我将会因为失去我的心而死亡。”黑衣人听着觉得很有道理，在地上一个鲤鱼打挺就站起来了。菜说：“你还会来吗？”黑衣人说：“不知道。”菜醒后觉得自己的前胸凉飕飕的，就像被人挖过刚刚流过血似的。

菜平常遇到的挫折有可能是阴差阳错，但这次却是恶意要她的命。遇到一件不是自己的错而无端招惹的是非，菜感到从未有过的绝望。她知道她正在经历人生中最困难的时期，与她胸中的小人儿一起。如果蒙面黑衣人再要不讲良心不讲情面地伤害她，菜想，她一定会挡住他的利斧，绝不屈服。她的后半生似乎落到了一场正和邪的斗争中去了。她以前看《西游记》、鬼怪小说电影，一看到正和邪的斗争就觉得是瞎作，这次她确实在心中产生了这个她一直都没太体会的名词。她心里有时想，我牺牲自己来成全你，没问题，我心甘情愿。但你屡次逼我、压迫我、毒害我，这让我心里激起了愤恨。我没有什么可失去，大不了鱼死网破。人虽微小，尊严不可践踏。

一个破洗碗工有什么了不起，一个月赚得三百元钱有什么了不起，虽然我的家里需要这笔钱，但我还不怕。有人拿出六万元来给菜只要菜与他做朋友，菜都没答应。一条钻石项链买不到她，一个看起来美丽的承诺更不会让她轻易相信。她可以全部进入罗网中与那人一起相搏，不爱惜我者我不需向他祈求，只需向他抗争。

菜的妹妹得了伤寒住院，回家后发现自己的脚要瘸着走；奶奶买了一双鞋子，拿回来一看尺码小了二号。菜除了喝水不塞牙外，每走一步都是步履踉跄，重重罗网。黑衣人来了，这次他脸上没蒙布，他对菜说：“我妈梦见我过不久就要死了，我很害怕。”菜说：“这是大吉大利的梦。”“可我还是很怕，我这样是不是很不像一个男子汉？”“没有啊，每个人都恐惧死，只要凭着良心而活，人就不会去给自己找来不好的东西，你这样不是反而要去印证那些无稽的梦吗？人倒是被梦打倒了。”

黑衣人听了之后感到了一点小小的安慰，不过从他皱着的眉头看得出他还是没有释怀。菜想，他看起来还只有二十多岁，他恐惧死亡是天经地义的。

菜想起自己常常梦见自己已经死了，被埋了，有时说是十几天就要死了，有时说是还过几年就要死了，等等。妹妹梦见她几次要死了，奶奶也梦见过。菜并不怕，只要自己不做亏心事，上天也会保佑她。如果做了伤害别人的事，自己就要把自己整病，就要应了那些梦。梦有时是天使托付的，有时是魔鬼托付的。天使只会叫人爱人、奉献，魔鬼会叫人去伤害人，并说那会使你长寿不老，结果，人最终是被自己良心的亏欠整垮，而不是来自任何别人或者疾病等。

菜笑着对黑衣人说："你也做一个我活多少岁的梦，我保险不怕。"黑衣人迷惑不解地看着菜。菜说："我这段时间很倒霉，事事不顺，你总是找我麻烦，是不是我得罪了你？"黑衣人说："我想找一个人代替我死，我那天想到你以前可能很喜欢我，所以我想找你的麻烦，让我感觉舒服些。""世间没有一件正直的事是通过牺牲善良的人来得到的。我给你讲一个故事，我有一个邻居，夫妻俩都病得很厉害，人们都以为老太婆要先死，因为老太婆病得比老头子更严重，没想到老头子先死，算命的对老太婆说：'本来应该是你先死的，现在你的老头子死了，你就可以多活几年了。'老太婆也信以为真，她还特意来告诉我奶奶算命先生说的话，奶奶当时也有些相信，没想到老太婆过两天就死了。这是个千真万确的事，我没有说半句假话。"菜举着拳头在眼前晃着发誓，黑衣人一下子就消失不见了。菜醒后发现自己的床头正好有一轮金黄的阳光照在她的头发上。菜对着阳光说："黑衣人，顺其自然、心平气静、凭着自己的良心生活，你甚至可以长生不老，最少在人间要活八十岁以上。"

菜好久都没梦见男孩了，昨晚她仿佛听见有人在哭，菜心里一惊，脸上的伤口疼得更厉害了。没想到第二天辰果然来梦中了，他对菜说："我似乎病了，怎么感到头和脚这么沉重？眼冒金星。"菜见男孩脸色苍白，额头全是汗，她摸着他的头，带着哭腔说："你千万不要病，你病就是在我的心口捅刀子。求求你，不要病，好吗？只要你健康，我就会一直爱你，你要是不健康，我就看不起你。"男孩见菜惊慌的样子，说得言辞恳切，他对菜发誓："我绝不会病，你叫我怎么样，我就怎么样。"菜听了心里一块石头落了地，她知道辰是个值得她信任的男子汉，他说的话一定算数的。菜心里的惊慌、害怕总算平息。她对辰说："你知道吗？我每天都在为你祈祷，昨晚听到一阵哭声，弄得我心惊肉跳。”男孩得意地说：“你放心，我是吉人自有天相，我是不会得病的。得病，那是弱者的行为。一个身体健壮、体型健硕优美的人会得病吗？”菜摸着男孩的头说：“那你没事吧，你刚才脸色那么不好。”“没事的，我刚刚不过是在水里被淹了一下。”菜抱着男孩的头，定定地看着他，她忽然蹲下放声大哭起来。她想起昨天晚上的担心，她都以为自己不行了。男孩说：“让一个女人为我担心，我还是一个男人吗？我一定永远都要你为我骄傲。”听到男孩的话，菜给了男孩一个笑容，说：“你是最爱我的。我知道。你知道什么叫爱一个人吗？让自己健康平安是爱一个人最重要的方式和行为。如果你爱我，你就一直都健健康康，平平安安的。这是送给你的爱人最好的礼物。”男孩似乎听懂了菜的话，他心里升起了一轮明月，照着他，他想：“我因此会更是一个无坚不摧的男人，只要我心中有明月照耀，有皓月光辉，我会更为强大。即使有魔鬼挡道，我也会像钟馗挥剑斩妖魔的。菜，只有你是最懂我最爱我最怜惜我的人，我一定不会让你失望的。”菜还不放心，男孩拉着菜的手说：“相信我，我说的话就一定算数，你要是不信，我把心挖出来给你看。”菜赶快阻止男孩的傻行为，她吻着他的耳朵对他说：“我相信你，绝对地相信你，我知道你不是一个凡人，你是一个天神，天神要挡魔道。凭着自己的良心做事，人就成了神。你就是我心里的神，我相信你。我爱你。永远都会爱你。”男孩心满意足地离开了菜，菜忽然感到自己的心脏那儿一点也不疼了，昨晚开始她就一直听到心脏里面的血在汩汩地流着，似乎发出哭声和叫声。菜是那么相信男孩说的话，她相信他是一个乖男孩，他一定是最爱她最心疼她的，他绝不会让她的心为他而疼。菜在心里说：“你真乖，我相信你，我爱你。”

菜在梦中看见男孩走到跟前，他的脸上像打上了太阳的金光，他身材魁伟，优美健康。菜很喜欢他的样子，她见自己穿着朴素，身材矮小，不好意思地说：“你还记得我吗？”男孩一把抱过菜说：“你说什么啊，我每天都在想着你。”菜仰着头看着男孩，脸贴在男孩的胸脯上，她听到了他心脏跳动的声音，她好想用手抓住他心跳的声音，她想，这个男人是我的，他是多么的高大健康啊。她闻着他衬衫里面发出的属于他特有的男人的气息，菜那时是多么爱他啊，她想去吻他的美丽的唇，他的脸，他的耳朵，可是他却不让。菜想，是我配不上你吗？你不是说一直都在想我吗？哦，难道就因为你此刻比我强壮，是如此高大，就不让我吻你吗？男孩看出菜的心思："傻丫头，你看，旁边那么多人都在看着我们呢。"

菜把自己受的迫害和压迫告诉了男孩辰，男孩说："你正直善良、宽容慈悲，那些陷害你的人昧了良心，他们肯定会受到严惩的。""如果那里面的人与我有关联，我不想他不好，怎么办？我又不想他们害我，我又不愿里面与我有关联的人受牵连。"男孩安慰菜说："你不要怕，只要没有害人之心，人比什么都强大，人如果有了故意害人之心，那就谁都没法救他了。"菜听到男孩这么说放心了许多，她感到很欣慰，她知道男孩将会没有什么可以打败他。良心无敌，害人必受惩罚，这是古今之真理。

菜躺在石板上睡着了，她听到一个声音对她说："我一直在检测人性，谁如果有故意害人之心，天地必惩。"菜听了惊得一身冷汗，她想到那个黑衣人，菜祈求说："如果他已经悔改了呢？""悔改就不会受惩罚了，这要看他做了多少坏事，坏到什么程度。"菜说："我认识一个黑衣人，他曾经多次害我，和我过不去，不过现在我们已经和好了。你不会惩罚他吧""当然不会，他现在已经是驾着金色马车的天神了，每天都给很多人阳光和希望。"菜跪在石板上，望着那个对着她说话的方向，她看到了天上满布着一朵朵的蓝花、红花，飘舞着，像一个盛大的节日。她想起她童年时的一个个最美丽最幻美的梦境，就是天上飘满了蓝花、红花，还有好多天上的人，坐着马车的，行走的，骑马的，真热闹啊，她想起那一幅天上人间美景奇观，而且不是一次地在她的梦中出现，这给菜的童年带来了天上的人、天空的花，还有倒映在家乡水面上的一个地下天上世界。菜想，天上人早就在我几岁时就在我的面前和我打过照面了，而且不止一次，为什么我长大了反而从来都没做过那么繁荣美丽的梦呢？天上人离开了我家乡的天空了吗？刚才和我说话的人说不定就是童年梦中见过的神仙。

这次黑衣人穿着金衣来到菜的梦中，他对菜说："自从我的妈妈做了那个梦以来，她一直都不顺，她先后离婚、失去该有的财产、失去自己追求幸福的权利、失去这世上最疼爱她的爱人。"菜说："幸亏你没有找你妈妈的麻烦，要不，她真是无路可走了。因为她肯定一直在担心你。你现在可以告诉她，这个梦是好梦，让她不要担心。"金衣人笑着说："你放心，我早就告诉她了，我妈妈现在心情舒畅多了。这世上只有母爱是最伟大的，不求任何回报，每天只知道担心和付出。"

菜在梦中偶尔又听到那种闹人心的"哭声"，又像吵声。当菜听到那种声音时，她的痛是从胸部的某块肋骨开始，然后像水波纹一样慢慢散开。

她变得烦乱起来，妈的，哪里来的鬼哭狼嚎？她赶快在心里祈祷："你千万不要病啊，不要不好啊，你不好，不是明摆着我也要跟着受难吗？"幸好今晚那种闹腾的奇怪的吵声比昨晚少了很多，就在菜祈祷之后，竟然没有了，整晚一次也没有了。菜才安下心来，整个人也轻松了许多，她从冰箱里拿出一点东西吃起来，每次她觉得自己有些成绩或者心情舒畅时，她就会找东西吃，以此来犒赏自己。这时，她觉得可以好好地吃一下了，可以享受着慢慢地吃。

菜的眼泪不小心掉到了刚刚赶来的男孩脸上，菜赶快擦干男孩脸上的眼泪，她怕眼泪让男孩不吉利。男孩却说喜欢她掉眼泪。菜说，你这叫根本不知什么是愁，如果你真愁了，你就怕说愁了。

一天，辰手里拿着刀，指着菜说："你愿意让我砍你的手吗？"菜大声喝道："你疯了？"男孩不听菜的话，他就像被魔鬼支使了似的挥着刀向菜砍来。菜握住他的刀，问他，你怎么啦。男孩不说话。他阴沉地看着菜，有些不好意思似的。菜想到自己听说他要回家就想他想得要哭的时候，心里对自己说，你看，这个不知好歹的人，我不知和他有什么冤孽，他现在竟然还要来索我的命。菜和男孩苦口婆心地说了很多，男孩似乎都没听进去。他觉得自己被一种魔驱使着，已由不得自己。就像刀拿在手上不得不砍一样，看到刀、拿到刀就是来砍东西、砍人的，要不，拿着刀做什么。就像一个人做了饭炒了菜就是为了吃的，撕了布做了衣服就是为了穿的。火烧着了就要放柴进去。男孩手里拿着的刀发出一种凛冽的寒光，当他自己看着那道寒光时，也忍不住心里打了个寒战。他尽量让自己不要去看那把刀，只看前面的菜。就像菜是一朵待折的花朵或一根树枝，他拿起刀就砍过去。长爷爷正好经过菜家准备去看山，他见有个男孩正挥着刀向菜砍去，他以迅雷不及掩耳之势夺走了男孩手中的刀，并大声训斥说："你怎么搞的，竟敢杀人？菜对你这么好，你还要杀她？你知道吗？害人必害己。伢儿，人不能做害人之事，到时会有报应的。"长爷爷把男孩的刀别在自己的腰间上山去了。

辰心里万分难受，他并不想伤害菜，可是他感到自己已经由不得自己了。菜摸着他的脸，泪流了出来，她揩去泪，不想男孩看见自己的难过。菜知道男孩心里的每一丝每一毫想法，难道男孩愿意不由自主地伤害她吗？他的行为让菜担忧的不是自己的安危，而是男孩的安危。菜想到寺庙去为男孩祈福，她已经为他去了很多次了，最近她好久都没去了，因为她渐渐觉得这世上的神就是自己，人的灵魂到处飘荡，就是人们所说的神的影子。她很多事都能知道，即使是这样，她仍然认为人自己就是神，而不是有一个外在的神在主宰她。当她断定自己是神时，她也知道了每个有灵的生命都是神。她想男孩、金衣人都是神。她想人是一个奥秘，每个人都有一个神的精灵和灵魂。只要你觉醒，她想她自己就是一个觉醒了的、坚信自己很多东西都知道的神。

菜丢下坐在火塘旁的男孩，她起身急忙到村附近的一个“文革”时被人毁坏了的庙里去为男孩祈祷。她跪在神像前，虔诚地给神像磕了九个头，祈求男孩平安健康，祈求神给他驱魔驱邪驱病，让神回到男孩心中，让男孩成为自己的神。菜回到家，她见男孩脸色好多了，嘴唇也变成鲜红的颜色，说话也镇定多了，她心里放心了很多。菜煮饭，又做了几个菜，辣椒炒茄子，炒小南瓜，还有一条鱼，男孩说很好吃，他说：“对不起，菜，我刚才就像被魔鬼驱使似的，其实我心里特别喜欢你，整天都在想着你。可我又觉得我和你成不了夫妻，我家里肯定不同意我离婚和你结婚，我心里很烦，我每天都梦见和你在一起，你看我的身体都是你咬的紫印。”菜说：“不可能，我什么时候咬你了，如果我咬你了，我肯定知道，你道我是凡夫俗子？”男孩伸出他的胳膊给菜看，菜果然看到很多紫印子，她有些迷惑不解地看着男孩：“是不是你自己把你自己咬的？”男孩说：“不可能，我早晨醒来发现的，晚上我梦见你使劲地咬我。你说，你又不娶我，凭什么要我一直爱着你，而且你还要伤害我？我欠你的？我咬死你。”男孩说着，眼睛红了，菜见不得他眼睛红，她说：“随便吧，你想我怎么样，我就怎么样，只要你好，我立即死掉也没关系。”

男孩梦见菜死了，他仿佛看见自己的灵魂也飞离了自己。他赶到菜住的地方。菜在恍恍惚惚中走到河边，看到了自己的影子，看到了水中的月亮，她很想去抓那个月亮，把那个月亮捡起来，竟然不自觉地走进水库中，忘了自己不会游泳。当男孩发现菜已经快要被水淹没时，他拼命地哭，他也不会游泳，他大叫着“救命，救命啊”，搬着一根树回家的岸水哥正好经过堤坝那里，他一猛子扎进水中，揪着菜的辫子就把她提上岸来了。

男孩不明白这一切是为了什么，为什么要遇见？为什么他要和菜过不去？自己为什么就像个恶魔一样要菜的命？男孩心里万分沉重，想起菜对他的宽容，为他的祈祷，他的身体不禁哆嗦起来，他感到自己已不能站立，菜头上戴着绿叶鲜花编成的花环在对他笑着，好像一点也不怪他。男孩一路哭着回家，他感到自己的灵魂也跟着菜一起飞到了高空，在高空里，他感到了一种自由的解放。他心里说，等等我，菜，姐姐，我好想你啊，你知道吗？我怎样才能见到你呢？看见你的微笑我就像看到三月的春花，我现在多想你在微笑着和我说话啊。男孩想出门远游一番，忘了菜，可是远游的地方越多，菜在他的心中反而越坚固、越清晰，他总会想起她的善良、她的宽厚、她的笑容。即使把世上最美丽的女孩放在他的面前，他也觉得没有菜美，也激不起他半点爱意。他不知道怎么弥补菜。

他想起菜曾在菜园里插上一根根的柴棍子，说是让豆角的藤可以爬上去。见她精心地扶着豆角的藤到柴棍子上，男孩也赶过来帮着她一起扶。男孩不小心把豆角的藤扯断了几根，有点心虚地看着菜，菜笑着对他说，不要紧。你要小心地对待它们，它们都是有生命的哦，你对它好，它知道的。万物都有感知、灵性。当男孩去把一根要倒的柴棍扶正时，他的手不小心触到了菜的胸部，男孩感到一种像触到棉花一样的柔软暖和，顿时有一股电流从手指传到全身，当菜下意识地看了他一眼后，他的脸全部红了。当男孩的手触到菜的胸部的时候，她感受的更多是男孩的感觉，好像那种酥软不是男孩子的，而是她自己的。她曾经不小心在下船时抓到了表姐的胸部，当时她就是那种感觉。从小她非常庆幸自己是个女孩，如果是个男孩，她肯定会梦想自己是个女孩的。她最爱的是女性的乳房，她觉得它充满着无尽的魅力。十岁时，一次和表姐睡觉，晚上醒后发现自己的脚竟然放在表姐的怀里，而且那种柔软的感觉就像睡在一团天空的棉花团里。表姐站在凳子上往衣柜里放衣服，她要菜递给她衣服，菜站在表姐的下面，她从下往上看，看到了表姐衣服里面像桃子一样的乳房。她又忍不住看了看，那时她希望能摸摸表姐的乳房。她记起大概五六岁时，她羡慕村里大女孩子的乳房，一天吃完桃子，她忽然想到把桃核当乳房，她就把桃核放在胸部，用衣服遮着，这样胸部看起来就像大女孩一样大了。她照着镜子看那两个“乳房”，她祈求自己快快长大，也能像大女孩子们一样有两个大的乳房。她又赶快从衣服里把桃核拿出来了，她的脸红了，她害怕被人看见了。

读小学时，听说班上一个男生喜欢做女孩子，每天在家里穿着古装戏剧里的长袖衣服，甩着，娇嗲地拖着长声唱着“娘子——”，菜特别能理解那个男同学想做女孩子的愿望。菜童年时一直都庆幸自己是个女孩子。因为她觉得女孩子有很多的不同和魅力，男人有什么？女人有美丽的乳房，女人来月经，女人生孩子，喂奶。男人什么也没有，光光的一根棍子。

菜心里是喜悦的，虽然男孩只是无意触到了她的胸部，虽然她觉得她的胸部似乎从来都没被其他的男人碰过，她脸色一点也没变。她见男孩脸红了，便假装什么都不知道似的说："你帮我把这根柴棍再往土里插紧。"菜似乎看到男孩想对她说："我喜欢你。"在菜的心里，男孩就像一轮带着红晕的明月，他的脸上就像有光透出来，是那种清澈的透明的光。

辰来对菜告别，说他要回家休息一段时间，菜心里不舍得他回家，似乎他离自己这段时间又远了一点。菜说："你回家休息一段时间也很好的。"菜又忍不住哭了，他只是一个孩子，在他被恶魔附体的时候，他是无助的。菜在心里对他说："不要怕，我永远都在你身边，请你相信我。魔鬼不可怕，这世上也没有主宰人的上天，只有良心，良心就是上天、就是佛。有了强大的良心，魔鬼就侵入不了人。魔鬼、上天、佛，这些其实就是人性，就是人的灵魂的化身。一个人的灵魂有多美，就有多大的力量克服自身的魔。魔一直都在每个人身上，就像感冒病毒一样。你要压制你身体的魔，不要让它跑出来。你不要怕。"

菜想，男孩应该悔悟，再也不会来伤害我了。没想到过了约一个月，男孩又来了，他对正在沙洲土地上下菜籽的菜说："你愿意我伤害你吗？你就把你的手臂让我砍两下，不行吗？"说着，手上的刀已经向菜挥来。菜恼羞成怒，她猛地夺走他的刀，把它丢到很远的草丛里。他的眼里与其说是充满了惊恐，不如说是恐惧。如果这一刀能打消他的恐惧，她倒不怕这一刀。她想到这一刀下来，男孩还会要求另一刀，不仅是对她，而且还会是对别人。"我不许。"菜在心里大叫，没想到叫出声来，把男孩吓了一跳，随即他又故作镇定地看着菜。菜说："你知道你现在在做什么吗？""我知道。"男孩十分冷静，一点也不像发热病或者中邪的样子。可菜心里非常清楚他的整个状态，可以说他身上每一个毛孔在想什么，是怎么呼吸的她都知道。他并不知道自己中邪了，可菜并不这样想。

当男孩捡起草丛里的刀又想砍菜时，男孩听不进菜说的话，他对菜说："我就是要伤你。"说着，他挥起了手中的刀，菜躲藏着，就像在捉迷藏一样。菜跑到公路上，男孩跟着她。菜又跑到草丛里，男孩举着刀又跟来了。菜的鞋子跑掉了，袜子也踩破了，她赤着脚在草丛里跑了几十个圈，男孩仍在紧追不放。菜躲来躲去，脚步踉跄，气喘吁吁，已经筋疲力尽了，她不想动了，她等着男孩向她砍刀，男孩见菜不躲他了，他又朝菜砍去，男孩一刀一刀地砍菜的手和脚，不轻也不重，就像在砍削一件艺术品。当男孩砍了几刀后，他感到有些累了，他想到菜家里喝点水，没想到男孩被一根树干撞倒了，他手上的刀正好插在他的胸部。菜叫了一声，她虽然被男孩砍了很多刀，似乎还有一些力气。菜只感到眼前一团黑影飘过，等她醒来后，她叫男孩的名字，男孩的嘴唇白白的，就像一个无助的孩子，他已听不见她的声音。菜想把那把刀取下来，她很怕男孩痛，她不敢动那把刀。菜的眼泪就像流不完一样，她在心里谴责自己："男孩如果不是碰到你，他绝不会发生今天这件事，即使是他想伤害你造成他自己的受伤，我也不能原谅自己。"菜看到男孩还在流血，虽然刀没伤到心脏，估计也伤到肺部或者什么地方。她拼命地祈祷佛祖、上天一定要保佑男孩健康平安。每次在她遇到困难的时候，只要她一祈祷，必会有效。男孩醒后虚弱地说："如果我死了，你会不会陪我一起死。"菜说："这个我还没想过。你为什么一定要砍我？你中了魔吗？""我没中魔，我只是不由自主地想做坏事。""不过我也有狠心的时候，就是你如果反复多次地伤害我，可能我就要开始转向同情自己，而不是爱你了。"菜问："你为什么对我这么狠毒？下得去手？"男孩不好意思看菜，他想对菜说："你知道吗？我想你永远爱我，就像奴隶对主人一样服从和真心，就像对着天上的星辰一样一直都膜拜我。""你杀我，我还膜拜你啊，你想得倒美。"菜看懂了男孩的心思。"当你的疼痛和恨意过去之后，你只有哀怜和对爱情的乞求，那时你一定会消失对我的恨意，心甘情愿地拜倒在我的脚下。""你有病吧？你是不是虐待狂？拿别人的痛苦来换取你那在我看来不值一分钱的自我感觉。你太自私了。真正的爱情是建立在相互怜惜相互帮扶的基础上的，你不懂爱情。"男孩说："可能吧，我从小就很孤僻，我很喜欢你，你也很喜欢我，我很害怕你哪天不喜欢我了，我最少要保证你在我不喜欢你之前是喜欢我的，要不，我可是受不了别人先不喜欢我。""怎么可能呢？我永远都喜欢你，你在我心中永远都是像天上的星辰一样，除了你做的那些中邪的事外。"菜知道自己的心里已经开始动摇这个关于星辰的信念了，她担心他会因为自己的宽容让他无法无天，犯罪不自知。

几小时后，上山回来的长爷爷看见一个男孩趴在草地上，已经没气了。菜躺在草丛里，披头散发。他起先以为是遇见鬼了，当他用手拨了拨菜的头发和脸，才发现是菜，就叫她："菜，起来，起来。"菜的手抬了抬，可是抬不起来，她想爬起来，发现自己的腰和脚使不上劲。菜醒后又忍不住伤心地哭了起来。长爷爷抱起菜，菜轻飘的身体对于长爷爷来说只是一捆很轻的柴。长爷爷能搬很重的树，有一两百斤。菜的眼泪一天都在流，她就像空了一样。她还没死，还有一条生命，男孩已死了。为了对抗他的毒杀，菜奋力反抗，几次她夺下了他的刀，可刀又被他抢去了。男孩死了后，菜不知为什么感到万分的虚空，好像她的归宿就是男孩，他不是怕寂寞吗？她想到另一个世界陪他去。不过，这一次她笑了，她想，这次她是心甘情愿的，是自由的，而不是被逼的。几次面对男孩的砍杀，菜都忍着、受着、躲着、怨恨着，这次她却感到神清气爽，万分美好，即她想怎么做就怎么做，没有任何人逼迫她。当菜感到万物皆空，美好逝去，她想到自己还有守住美好的一个方式，就是永远陪着男孩一起，她想，也许这才是一个真正的永恒的美好，多少次逃避它，又怨恨它，如今却是心甘情愿地奔它而去，好像这就是她该得的、向往的归宿。可男孩并不知道了，他曾经惊慌失措，可菜无法给她一个满意的答复，他只有更大的惶恐，以更大的破坏来保住安宁、爱情、摆脱恶魔。

男孩觉得菜越来越啰唆，像个老太婆，菜知道自己青春将要马上逝去，而他才二十岁，她故意说，我是从来不会爱任何一个人的。

男孩死后，菜才觉得自己的世界似乎成为一片灰了。她在这个世上唯一可以交谈的人走了，她的孤寂已到极点。想起小时候看过的火烧云，又想起那么多看着波光粼粼的水面的夕阳西下的下午，每一片波光都是一个闪烁的希望啊，这些都要随着时间流逝了。小溪里的水早就臭了，水库里的水早就干了，虽然青山仍在，如果青山也要被人铲成平地的话，菜想，那真是世界末日到了。几千年的山一直都在，水库是后建的，山没有任何理由让它们变成梯田，不过门口的一座不高的山曾经在“文革”时期已经变成如今的菜园。幸亏的是，一直到现在山林虽然每年在砍，却一直都在。菜想，这也许是全国很少的几个没有多大变动的地方了。虽然山外的空气越来越脏，好像山里的空气反而越来越干净了。汽车少了，孩子都到山外上学了，稻田仍然在微风里飘拂，油菜花仍然烂漫地开，菜想，这样的神仙地方，不正是男孩一直想要待的地方吗？为什么他就走了？

菜的梦变得像史前一样沉寂。她好像看到自己的骨头里生长出牙齿和花朵来，虽然伤口还在隐隐作痛，可比不想活的感觉要好。他每折磨她一次，她发现自己的生命欲望又增强几分，他不折腾她了，她就像死了一样。那一刻她的心仿佛正在渐渐地沉浸于那种不能自拔的抑郁悲伤中。

菜在一个晚上忽然死了，只有妹妹竹叶菜在身边，她的手紧紧地抓着自己的皮肤，就像抓着一个梦中的人。

第七十八章

珠月去看同学靖亚，她们说起范阳，范阳已于一年前去世，她们两个长吁短叹，说范阳真可惜啊。

范阳硕士毕业分到乐城一家医院病理科做医生，后来他又脱产考上了博士。在一次学术会议上，范阳遇到了万材大学医学院的一个院长，那个院长看到范阳彬彬有礼，已经发表了很多高质量的论文，就对他说："你毕业后到我们医学院来。"范阳满心感激，作为一个农村出生的孩子，自己专科学的是针灸康复，现在等于是半途出家，而玄院长却真诚地邀请他日后到他们学院来工作。万材大学是985大学，正是范阳梦寐以求的工作。当范阳把这个消息告诉他的父亲时，他的父亲在当地开了一个小作坊，专门给人做面条的，他有一点存款，他叫范阳过年过节一定要去看玄院长，滴水之恩当涌泉相报，何况是工作这么大的恩情。玄院长为人热心，他经常给学生推荐文章到刊物发表，帮学生联系工作等。范阳博士毕业时，他到万材大学去求职，他认为还应该去找一下管医学的校长，又认为还需去找一下成院长，玄院长也同意他去找他们。范阳想，万材大学多少人想进来，我一个半途出家的人，大学是读的针灸专科的博士，要进万材大学，玄院长一定会面临很大压力。

范阳的爸爸也这么认为。礼多人不怪，人多力量大，多找几个人不是可以有多的人为范阳说话吗？管医学院的校长还有病理学院的副院长都很热情，范阳心里很感激。为了面试，范阳在家对着镜子练了无数遍，他的普通话本来很标准，他的身高最少有一米八以上，头发天然有些卷，如果把衣服穿好点，看起来很洋气很帅气。靖亚开始看不起他，觉得他很土，当有一天范阳穿着一件质量上好的西服出现在靖亚面前时，她们宿舍几个都不认得范阳了。她们以为来了一个华侨。靖亚从那一刻似乎喜欢上了范阳。不过，靖亚是那种明明喜欢偏偏说不喜欢的人，她是双子座，珠月特别能懂她。范阳试讲时，PPT 做得生动、形象、清晰，观点新颖，这都是范阳博士期间实验、研究的精华。他试讲时语调合理，语速不快不慢，姿势优雅，赢得一片真诚的热烈的掌声。范阳以为自己肯定是进了万材大学了，没想到这一次他没进去。玄院长对他说，下次吧。范阳那时和一个德高望重的导师联系读博士后的事，那位导师立即同意了，范阳就对玄院长说，等我博士后出站再到你那里去。玄院长说，好。

范阳的爸爸这几年存了些钱，他留着给儿子娶媳妇的。他见儿子这次工作还没定下来，就对范阳说，我这里有些钱，你拿去送给玄院长，人家帮你这么大的忙，花些钱也应该，他帮你也要别人支持，他也欠着别人的情意。范阳把父亲的想法告诉了玄院长，玄院长连忙说："那怎么行？要不得，要不得的，你要给了我，我就立即不帮你了。"玄院长一边说一边用手用力地做了一个拍熄的动作。范阳信了玄院长说的话。玄院长叫范阳去找校长，范阳不懂是什么意思，他后来几年之内都未找到工作时，他才领悟到玄院长的意思。

范阳又去找玄院长，玄院长看着范阳似乎早就领会猜透的眼睛，说："我怎么好意思要你的钱呢？这样我反而不好大胆帮你，进来以后再来感激我好些。"

当玄院长发短信对范阳说，你这次试讲功亏一篑、未能胜出时，当时范阳正在炒菜，结果他往菜锅里加进了一盆水，本来他是准备把水倒在电饭煲里煮饭的。吃完饭后，范阳无法发泄自己的气，就在一个小本子上写了很多诸如"玄院长，你坏透了，你欺人太甚"，"从来没见过像你这样帮人的，害人不要本"的话，范阳写了几页纸后仍无法发泄心中的气愤。他又拿起一本农历，在那一天的纸上写了很多发泄伤心、怒气的话。那页纸显然不够用，他接连写了几张，因用力过猛，他把纸都写破了。

想起这些年的求职经历，范阳想了很久，他仿佛知道错出在哪里了。那些人都等着他拿钱出来。平时，过年过节送礼还不能让他们满足。范阳开始还不知道玄院长到底是什么意思，只是说他不用试讲，又不明说他该怎么做。前年他也就不怪玄院长，那次之所以未能进万材大学，是因为玄院长和刚调走的成院长是死对头，范阳不知道这其中的事。就问玄院长，需不需要去找成院长，玄院长说可以。范阳就去找了，他只是在办公室和成院长说了一通话，成院长当即就说："玄院长介绍的，那还用说。一定非常优秀。"意在他没问题。范阳开始对成院长还有些胆战心惊，见成院长这么爽快，脸上顿有喜悦轻松之色。第二次，范阳想是不是应该去拜访一下成院长，成院长那么好，范阳是一个重礼情的人，他宁愿自己吃苦都生怕亏待了别人。范阳买了两条烟、一包茶叶去感谢成院长，不知这事怎么被玄院长知道了，范阳的事那年就没成了。

记得第一次玄院长带范阳去见成院长时，成院长对范阳非常敬重，眼睛都不怎么看玄院长，玄院长就把气算在范阳身上。反正他把成院长没法，范阳的工作还要靠他，他虽不能完全做主把范阳弄进来，却完全有能力把范阳卡住，不让他进万材大学。第一次范阳试讲时，成院长和玄院长都没去，玄院长派了一个平日要好的教授去，并和他说了一些什么。果然，范阳那天试讲说是有一个教授打的是“不及格”。范阳试讲完，心里还暗自高兴，最少最苛刻也应该打八十分。当他听到玄院长一本正经告诉他，他这次试讲有一个是给的“不及格”时，他心里已明白几分。在试讲前，范阳到玄院长家去了一场，那天是玄院长生日。范阳胸前抱着一堆鲜花，一进门就像说书一样祝玄院长生日快乐，万事如意。玄院长见范阳今天没带礼物，只带了一堆花来，显然，他对鲜花不感兴趣。坐下来后，玄院长说起了进万材大学的困难，可他又不说死，只是说“一步一步地滚呗”。范阳知道玄院长说的话的意思，就赶紧拿出他准备的红包给玄院长，玄院长手摸着范阳送过来的信封，范阳知道他是在摸钱的厚度，猜猜是多少钱。很快，玄院长就摸到了是一两万元。他一边拼命地把信封塞进范阳的包里，一边非常正经地说：“如果你要这样，我就不帮你了。”玄院长在送范阳出门坐电梯时说，有一个老乡的孩子想调到此地工厂，愿意出五六万元，叫他帮忙，他不愿。范阳看到玄院长因为身材臃肿气有些喘，太阳穴那里有汗在不停地往下滴，就拿出餐巾纸递给玄院长，玄院长揩了揩汗，笑着说：“这几天真热。”

范阳梦见玄院长对他老婆说：“两万元想进万材大学！”玄院长的妈妈是个很慈善的老人，她在旁边说：“还是帮他吧。”老人估计想起范阳每次到他家都是好烟好酒，一礼不缺，心善，就帮范阳说话。没想到玄院长斩钉截铁地说：“不行。”既然玄院长说不行了，这件事当然就不行了。玄院长以为范阳把钱都送给成院长了。成院长仿佛知道了玄院长的心思，就把范阳送给他的烟和茶叶还给了玄院长，以证明自己帮范阳是问心无愧、光明磊落的。范阳到玄院长办公室时，看见成院长退给玄院长的烟和茶叶。玄院长非常自然地把烟和茶叶放在他的柜子里，范阳见了更有信心了，玄院长还是要帮他的，不过，要等下一次了。玄院长刚一见范阳和他的爸爸走进他的办公室时，他一惊，范阳没对他说他的爸爸也要来拜访他，范阳从他的一惊中已经知道八九分，玄院长以为范阳带的人是来打他的。看到范阳和他的爸爸丝毫没有责怪他的意思，他心里安定了几分，以为范阳还不知道他这次之所以做了牺牲品的原因。

见范阳似乎对自己这次受害一无所知，没有丝毫怀疑他在搞鬼，玄院长就对范阳说："以后一切只要听我的，肯定没问题。"范阳满心欢喜，心想，下次一定要听玄院长的，千万不要随意再去找另一个人。

过年的时候，玄院长对范阳说："葛校长今年要介绍一个药理的博士来，他们药理学那一帮的很厉害，不过这应该不会影响你什么。"范阳见玄院长这么说，就天真地说："哦，葛校长啊，他和我是老乡，我以前在家乡医学院读书时他那时还在我们学校当老师。我是否需要去拜访一下他？"玄院长说："拜访一下也好。"玄院长想到自己的儿子要毕业了，正好认识、熟络一下葛校长。范阳买了两瓶酒一盒茶叶，玄院长带着范阳去见葛校长。范阳曾听过葛校长的讲座，葛校长的学识和口才都令范阳很佩服。他们聊得很好，当他们聊到未来的万材大学医学院的一些规划时，玄院长当时可能是有些没理解清楚，就问了一句什么话。葛校长就说了一句类似你理解错了范阳的意思的话。这句话让玄院长记恨在心，可对于分管病理学院的校长，他只能把这口气咽到肚里。

怎么样出这口气？就在于怎么样把严校长拉拢好。他常常把范阳送给他的烟酒送给严校长。范阳多次提出要去拜访进入评委会小组的组长，玄院长总说不用。他说那个组长和以前的成院长是一伙的。这样，范阳虽在万材大学找工作几年，和病理学院的老师几乎没一个是熟的。

去年葛校长提出请大家聚一聚，他刚到万材大学，他以为玄院长是真心帮范阳，问题肯定出在刚调来的王院长那儿，为了范阳能顺利进万材大学，他就对范阳说，把大家请了一起聚聚，把话说明。范阳就请了他们几个聚聚，葛校长只想到既然玄院长答应了，此事应该没问题，他要做的只是成人之美的事情，又何必不做呢？葛校长席间就提出范阳工作之事，说他很优秀，已找万材大学几年了，该进来了。玄院长和王院长都不作声。席间，玄院长指着他带去吃饭的儿子对葛校长说，他现在读书，还未工作。意在让葛校长接话，顺口说句：将来就留在本校啦，或者工作之事没问题这类的话。葛校长虽然也知道玄院长的意思，但葛校长刚刚去，也不知道这个大学别的学院的人能买他的账吗？何况玄院长的儿子是硕士毕业，一般大学老师都是博士毕业，所以葛校长就没接着玄院长的话说。这下，葛校长又一次无意中得罪了玄院长。范阳回来后反而没有开始那么乐观了，他心里清白得很，两个院长和葛校长都不是一路上的人，葛校长初来乍到，他们并不想那么驯服地听他的，甚至想给他一个下马威。

年初范阳到新任的王院长办公室去拜访他，这位院长不知道里间曲折详情，就把范阳拜访他的事告诉了玄院长。那一年，范阳在玄院长的捣乱下未能进该校，范阳的父亲就说愿意拿出一些钱找工作，没想到这句话是范阳这几年一直没能找到工作的最根本原因。玄院长以为范阳把钱送给了王院长或者葛校长，只要是谁帮他真心说话，他就以为范阳把钱送给了谁。

玄院长要范阳找一个著名学者写一封推荐信，那个著名学者很欣赏范阳。推荐信的内容是范阳是一个正在上升时期的人才，这样的人才难得，万材大学如果把这样的人才招进去，于万材大学和范阳都是福。范阳带着这封信去找严校长，并带着准备好了的礼物，严校长对他很热情，当范阳双手呈给严校长一个礼物包时，严校长问是什么，范阳说，一点小心意。严校长打开礼物包，看了一下，说："搞不得。"他说："我从不收求职人的礼，你进来了再来感谢我要好些。这样我才能大胆地帮你。再说，你进来是教授，我也是教授，我怎么好意思要你的礼。"范阳见严校长如此坚决，不敢强求严校长收下。范阳想，既然严校长说得如此诚恳，还是进来之后再来感谢吧。范阳看得出严校长还是想帮他的，当范阳问下半年什么时候试讲时，严校长说十一月，平常该校试讲都是十二月或者一月，严校长说十一月，意在还是希望范阳不要放弃该校。那一年，非但该校没有十一月试讲，而且整个下半年学校都没有招人。

玄院长问严校长，那次范阳准备送你多少钱？严校长说，我没要，他那样给我就像是一张张数给我的，我怎好意思要？玄院长笑笑说，要他多拿点钱出来。范阳想，难怪那年万材大学下半年没招人，难道是因为他的钱还没送到位？范阳虽然一分钱也没有，却觉得几万元如果对于别人来说这么重要，甚至影响到学校的招聘，他宁愿还是不要信他的这个判断。关键是谁愿意相信范阳的承诺：事后一定会感激。范阳想还是等等明年吧。每次当他想放弃时，玄院长就打电话来，这让范阳想放弃的心又回心转意了。既然玄院长这么诚心帮我，还是耐心地等等吧。玄院长对范阳说："今年下半年万材大学人事改革，制度还没出来，你再等一等，不过，改革之后进人更难了。慢慢来吧，一步一步往上滚。”范阳最怕听玄院长说一步一步往上滚的话了，他的脸上不自觉地起了一层阴云。

玄院长去年年底打电话给范阳说：今年要进八个人。范阳一听乐坏了。八个人中肯定有我一个。过几天，玄院长又打电话来说，出问题了，范阳应聘的职位这次没有名额。范阳不知道玄院长葫芦里卖的是什么药，心里万分气和急。这几年，其实也有别的机会，都是比万材大学好的名牌大学里的领导和老师提出要他，范阳总是想，工作这么大的事情，就不要到处麻烦人了，还是一心一意地找一个地方。中途有几次想放弃万材大学，没想到就像命中注定似的，当范阳一有这个念头时，玄院长就打电话来了，意在下次再争取。范阳心想，还是继续找万材大学吧。既然决定了继续找万材大学，范阳就放弃了在别的大学求职的机会。在范阳的观念里，找工作是欠别人的一个大人情，不能随便找，既然决定了要去，是准备一辈子都要去感谢别人的。东找西找，到时不去，拂了别人的好意不好。那时候，范阳一听玄院长说今年没有名额时，他心里又气又怒，找了这么多年，你玄院长就是这样回答我的么？不能去，你早点给我说，别浪费我的时间和机会。世上有这样帮人的吗？范阳这次是开了眼界了。上两次未能进，范阳认为一次是自己不知道成院长和玄院长是死对头，去年未能进，是范阳不该去找葛校长，这次，玄院长又是为哪般？范阳心里想着，嘴里就露出了焦急的口气：“其实我也有机会的，因为一心一意找万材大学，所以都放弃了。”玄院长见范阳这么说，就说：“你怎么反应这么大？你讲过课，不用试讲。”范阳一听，心里明白了几分，就说：“不试讲怎能进去，名不正言不顺，还是试讲好。该怎么做，我一切都听您的安排。”范阳言在该感谢的他一定会感谢的，让他试讲进去，这样名正言顺些，最重要的是范阳认为更稳当些。因为上次不是说不用试讲吗？结果没名额，当然没试讲。这次又说不试讲，范阳就有些害怕了，他想还是要争取试讲。没想到，你范阳不是要试讲吗？他玄院长就要让你试讲都进不去。不试讲也不能尽快进去，你慢慢等吧。范阳后来才明白自己怎么那么不开窍，这说明学院已经想要他，只是他的礼情未到而已。他哪里懂？

过了几天，玄院长又给范阳打电话，说是两位院长已拼力为他争取了一个指标，把原来的那个指标换成了范阳专业的指标。这次玄院长给范阳打电话时，满心不耐烦，看来，范阳是把他得罪了。玄院长是两厢为难啊，他当初是想整一下葛校长，和严校长一商量，只留一个名额，看到范阳执意要试讲，玄院长还是想应该让他试讲，不让他试讲说不出去。结果，玄院长和葛校长的矛盾最终害的是范阳。

范阳一个多月来每天在家里练试讲，跑步时嘴里也在练，买菜时嘴里也在纠正某一个音。平时他上两节课备课两个小时，这次为了试讲，十分钟的课他练了一个多月。范阳觉得自己已经讲得很完美了。

在试讲前，范阳梦见他试讲时只有严校长一人，严校长在那里对着他笑。范阳就知道试讲可能试不成了，就赶紧打电话到病理学院核对试讲日期，生怕自己弄错了。再一看病理学院发给他的通知，真巧，日期是四月三日，却说是星期二，四月三日不是明摆着是星期天吗？这不是故意混淆视听吗？范阳又赶紧打电话去核对，工作人员有些支吾地说，是写错了，是星期天。范阳想，好险啊，幸亏问了。

试讲前几天，玄院长对范阳说："这次没什么人和你竞争，那两个人都没什么竞争力，近来葛校长也没打电话来了，另一个学的专业不对口。"范阳一听明白了，这件事对于他来说，应该是铁板钉钉了。范阳前几天已梦见生米煮成熟饭了，知道这次万材大学已为他安排好了一切。他只等着到时把试讲讲好、还人情就可以了。

试讲那天，所有听课的老师都仰着头看着范阳，听着他的讲课，范阳也可以说讲得完美无瑕。唯有玄院长一直都低着头，不看范阳。因为范阳确实讲得太好了，玄院长在想，像范阳讲得这样好，到时打第一名，他是自然上，就轮不上他的人情来帮忙了。试讲完，玄院长打电话给范阳说，讲得很不错，不过，昨天葛校长又打电话来了。你最好能去找一下 C 大学的领导来说说话，或者请某某教授写封推荐信。范阳说：我都不认识领导，怎么办？我能不能直接去找严校长？"当然，不一定要这两天去找。"范阳心里明白，就是请某某教授写封推荐信亦不一定能管用，找某某校长，玄院长明知道范阳在 A 校 B 校都认识领导，唯独 C 校他不认识，他就偏指 C 校。

第二天，范阳给严校长打电话说要去拜访他，严校长说"不客气"。范阳就给严校长发一封邮件，意在如果他能在严校长的帮助下进万材大学，他一定会去感激他的，而且是一辈子的感激。范阳又给玄院长发了一封邮件，说如果他进了万材大学，如果不去感谢严校长，他宁愿放弃那个职位。言语之恳切已经是发誓的语气了。几天后，玄院长给范阳发短信："你这次功亏一篑，未能胜出。"范阳接到这个短信，觉得是他这辈子遇到的最大的打击了。如果玄院长对他说他进不了万材大学，他都不会觉得有这个打击大。你玄院长轻轻的一句“功亏一篑”，就把别人这么多年的汗水、心血一笔抹杀？范阳知道自己讲得完美无缺，这次事情更复杂了，即使去找严校长，事情仍然不简单。玄院长对范阳说，你现在可以去找严校长，不过，要等下次了。范阳一听“下次”，比对他说不要找万材大学了更让他受打击。玄院长这一招一箭双雕，很厉害，既不得罪葛校长，又不得罪严校长。如果范阳找了严校长，是严校长做主要范阳进去的，葛校长这里半点也不得罪。葛校长本是两个人都愿帮的。玄院长开始想和葛校长斗一斗，后来觉得为了范阳工作之事得罪葛校长不划算，何况严校长马上就要退休了。这一次把范阳的分数排在后面，既帮了葛校长，又表示了自己对严校长的忠心。他在严校长面前表示着故意把范阳排在第二，如果范阳进来了，那一定是严校长帮了忙。他又可以在葛校长面前说，看，我把你介绍的人排在了第一，排第一就表示进去无疑，如果进不去，那就不关我的事了。

葛校长不知道其中原委，过年时，他心里还在想，现在做点事真难啊。那个时候他只知道两位院长在和他对着干，还不知道有这样的好事，当范阳成为牺牲品时，无意中成全了他的帮助别人。葛校长是个光明磊落之人。范阳曾经见过他两三次，他去年为范阳工作之事在严校长面前认认真真地说了两次。见不成功，他不知道个中原因，就不好再为范阳说话了。他想，是不是王院长不同意范阳。他做梦都没想到是玄院长从中搞鬼。范阳毕竟是玄院长带来见他的啊。再加上范阳这一年都不敢去见葛校长，玄院长叫他不要去看葛校长，范阳觉得葛校长那么为他说话，即使没进去也应该感激他啊。他为了工作之事能顺利，就不敢再去看葛校长了。葛校长以为院里不同意，范阳也没去找他，他就对范阳工作之事没过问了。玄院长可真会害人啊，他不让范阳去找葛校长，又说葛校长帮别人没帮他，既然葛校长那么说话算数，为什么他去年那么帮范阳说话都没用呢？既然葛校长今年说话那么有效，为什么又不让范阳去找他呢？“为什么要害我？”范阳想了半天，终于还是想明白了，玄院长采取这样的瞒天过海、遮天蔽日的模糊朦胧之法，要取得的效果就是这样啊，牺牲范阳。范阳善良、好说话，没后台。几次辜负了范阳，范阳都没见发脾气，仍然好酒好烟地孝敬，像什么事都没有。范阳这一次下定决心再也不找万材大学了，你玄院长上次不是暗示说我是因为在你那里花了钱，有别的机会都不要吗？那是因为范阳想了又想，对比了又对比，觉得还是万材大学适合自己，更容易进去，他似乎更相信玄院长能把事做成。玄院长经常暗示说，你以后来上班怎么怎么的。这让范阳很有信心，觉得进去应该没问题。所以他就一股劲地给玄院长送礼。这么多年，范阳已成为一个送礼狂了，自己省吃俭用，几里的路，他都是走，不舍得坐公共汽车。一看到哪里有优惠活动，一定会进去看，把东西买好，以便送礼之用。过了优惠期，又得出原价了。而且范阳现在只要一见到好的东西，他反射性地就想到这可以拿去送人，送东西给别人已经成了他的习惯，他从没想到把东西买下来给自己用，给父母。他买了几十元水果，吃了好多天，他觉得很奢侈，他再想想，自己花了多少钱送了多少东西给别人，可是别人还觉得是应该的。以为他有钱。他的工作之事还不成。踮起脚做人，打肿脸充胖子，而且事还成不了。

别人以为你有钱，有钱你就是出个一百万元，别人还觉得你出得少，以为你有一亿元，一百万元不是九牛一毛吗？如果你没钱，你买一些水果到别人家，别人觉得这是你的粮食，是从你的口里抠出来的，别人觉得你大方，很感激，还帮你办事。事实上呢，范阳并没钱，他总是怕亏了别人，宁愿委屈自己，结果呢，别人还嫌他花少了呢！当范阳说自己家没钱，哪怕卖厂子都要找到工作时，别人就觉得他该卖厂子了。范阳本意是想告诉别人他没钱，没想到贪心的人就以为他家真的要卖厂子了。范阳心里不屑于大学教授的职位，可是他得生存，要吃饭，这是一个问题。范阳想，凭我的成果哪里都可以找工作。已经有两个学校愿意要范阳，月薪一万多元，范阳又嫌人家学校不是重点大学。范阳心里看不起那些大学里的教授，心里又还是想钻进重点大学里去。他主要是想，有压力才能多出成果，他说自己有很大的惰性，希望自己在压力下更勤奋地活着。

葛校长因为自己介绍的人进去了，范阳没进去，心里很受谴责。他以为是自己的原因让范阳没能进万材大学的。葛校长认为自己介绍的学生不如范阳，他曾说范阳是大才子，最重要的是他知道那个学生试讲的分数没有范阳高，可那个学生进来了，别人会怎么看他葛校长？范阳想告诉葛校长，此事与他无关。可范阳没说，这件事太复杂了，范阳怕三言两语说不清楚。

玄院长自从和范阳打了那个电话后，就不再和范阳联系了。以前，范阳想放弃时，玄院长总是巧合似的打电话来了，这次，他知道他得罪了范阳，已不好意思给范阳打电话了。玄院长那天给范阳减去十分并把他的名次排在后面时，脸上掠过一丝愧疚。玄院长现在每天着急的是范阳送给他的那么多的东西。怎么办？还给范阳，心里不愿意，吃的吃了，穿的穿了，喝的喝了，用的用了；不还，不好意思。毕竟是知识分子，跟那些做生意的大老粗、骗子、街上的牛打鬼不一样。至于范阳是否能承受这个打击，是否未来有工作，是否耽搁了他的机会、时间，他从未想过。现在唯一让玄院长困扰的就是范阳这么多年送给他家的那么多礼物。看来，玄院长还不是一个骗子。

那几个月范阳都不知怎么过的，他想去查，想把这件事搞清楚，但他知道如果这样，他的名声也会坏了，再说以后谁还会愿意来帮他啊。玄院长当初看中范阳完全是因为对他印象好，要他博士毕业就到他们学院去工作，是多么真诚、对范阳多么好的一个人。现在这事弄成这样，范阳心里怪玄院长，可仔细想来，玄院长当初只不过见你一面，就给你这样的承诺，毕竟他是一片热心、好心。

范阳想，万材大学还是不要去了，找别的地方吧。如果他再进去了，玄院长绝对不会有他好日子过的。范阳现在心里对玄院长半点感激都没有了。他总是以为要去感谢别人，别人才会让他好过。为什么要娇惯那些人？不过，还真是的，他要无意中透露了一丝不满，或者不去与那些人来往，估计别人不赶他，他自己都得乖乖地走。很多人就是这样主动辞职的。

范阳见过严校长两次面，打过几次电话，他能感觉到严校长的心很善良。有几刻，他的心都被严校长话里的善良感动了。严校长几次对玄院长说："范阳肯定很着急，工作之事还是帮他解决了吧。"玄院长说："他一点也不着急，他好得很。"在范阳这件事上，严校长不自觉地听玄院长的，毕竟范阳起先是玄院长推荐的。玄院长何以知道范阳好得很？这是范阳遇到的最大的一次挫折了。他的博士、博士后同学都找到了工作，唯有他联系一个单位几年都未成。范阳都不好意思和同学们说此事了。遇到关心他的同学，他就说，一言难尽啊，不说为好。按照范阳的大量成果，找个理想的工作并不难，难的是谁要是肯帮他，谁就得了钱、礼物，谁也背不了这个名声。有钱也不一定肯出啊，有钱也不一定应该出啊，什么逻辑啊，害得范阳没找到工作。这个世道。何况范阳没钱。

范阳想，让暴风雨来得更猛烈些吧，任何挫折都压不垮我。他想看这场找工作的戏剧怎么收场。所有的人心都赤裸裸地摆在他的面前，贪婪的、自私的、卑鄙的、势利的，范阳冷眼看着那些摆出来的人心，他在等着一个真正帮助自己的人出现。曾有一个老师提出要帮他，他当时拒绝了，他想到自己已经在万材大学付出那么多了。还有一个老师，也是诚心想帮范阳，他要范阳放弃万材大学后知道范阳没钱，怕他进不了，范阳都梦见他流了很汹涌的泪，表示了他的歉疚和悔恨。一个著名教授甚至激烈地说，找工作现在很少人看成果，成果可能占百分之二三。

范阳想，只有真心无私帮助自己的人，才会真正帮他找到工作。一个人有了私欲，必会牵制于各种利益，从而不会真心助人。

葛校长是光明磊落之人，不喜欢装模作样、假模假式。范阳想，谁让他事成，谁就是真心帮他，他就感激谁。如果不听玄院长的，坚持找葛校长就好了。葛校长一定不会假模假式，他一定会像朋友一样帮他。玄院长要范阳去找一个市政协委员，那位委员说，等你进来了再来感激我。范阳就信以为真了，他以为别人说的话就是金口玉言，像他一样把诺言看得比什么都重要。范阳想如果他答应了要帮某人，他一定会竭尽全力。他就将心比心、设身处地地这样想别人，以为这世上的人都像他一样。原来这些人不仅要假模假式，还要用这些假模假式害人，把人推入难于应付的深渊。当范阳听到玄院长又对他说，这次不行，要等下次时，范阳的眼泪夺眶而出。那一刻他真有跳楼的心，想起妈妈在家是怎么地盼着自己尽快找到工作，同学们个个都说他应该找到一个好工作，因为他发的论文最多也最有水平。进了某校的同学说，你要是来了，就没有我的份了。这些同学不是恭维范阳，凭成果和讲课，他们比不上范阳。可范阳因为要感激别人，反而越感激越出鬼。别人就等着你来感激，你感激不出去，你就死等着吧。如果你不说感激，别人也不抱指望，这反而有希望。范阳终于明白不感激比说要感激更容易办事。感激别人不是那么容易的，范阳容易，别人接受你的感激不是那么容易，别人如果不是充分地相信你，别人不敢让你感激。如果你的感激让别人觉得不舒服，别人也不要你感激。

一次范阳梦见自己想跳舞，每次爬起来，又跌一跤，每次爬起来，又跌一跤，地下全是泥泞，他知道工作之事不会有进展了。一次他梦见自己坐着玄院长划的竹筏，眼看竹筏在波浪中危险丛生，他说不行，竹筏要翻了，玄院长不信，果然竹筏就翻了。后来范阳前面的河水全退去，也不需竹筏了。他穿着牛仔裤走在水退去的地上，小雨下在他的头上，他知道没有什么事可以阻挡他进入万材大学了。看来，找玄院长是不行，他应该找别人。果然，玄院长后来怕得罪葛校长，收了他介绍的人，当初玄院长却又不让范阳找葛校长，范阳就这样又错失了一次机会。

这些人害人不要本，嘴巴一张，就决定人的生死。范阳一晚上都没睡，几乎很少有事让他彻夜不眠。他在一张日历纸上是怎样地咒恨，可他还是觉得不能写在本子上，他觉得又不应该。毕竟别人是帮他。虽然事没成。一个老师说，你怎么那么老实，是什么工作要找那么多年？行不行，不行就说。范阳想，玄院长收了自己的礼情还要在关键时刻处处害他，这是什么人啊。第一次面试，范阳只和成院长谈了一次话，成院长就非常真诚地帮范阳，最后调走时还丢下话说，范阳的事一定要帮他解决。玄院长把成院长的这话还是传给了范阳。玄院长对范阳说："成院长是不会轻易帮人的。"意在成院长得了范阳很多东西。范阳什么也没送成院长，玄院长以为范阳送了成院长什么，玄院长就坏范阳的事，叫人在范阳面试时从中作梗。

工作的年龄、机会全耽搁了。他们说的和心里想的不一样，范阳觉得好累。他常常都急得睡不着觉，还有人说他不操心。人已经等待到极限，还要受别人的个人好恶折腾。

回头一数，范阳猛然发现自己最穷。没有工作不说，身上连一千元钱的存款都没有。那些朋友熟人同学都有工资，而他每天只有出的，没有进的。心里想起来就恐慌。他大方，别人以为他有钱，他善良，别人以为他是活该受罪。别人买一袋水果还受人感激，别人穿得比他好，吃得比他好，天天吃水果，他买再多的东西别人不感激，还觉得少了。他舍不得吃舍不得穿，别人以为他有钱，要不他怎么这么大方？又不大方，家里有钱，花这点钱算什么？又小气。真是倒霉，花了钱还买一个小气的名。范阳知道，他是绝对不小气的人，他真冤啊！他何时穿过一件好衣服，享受过什么？别人还以为他小气。谁之过？还害得他一直都没找到工作。多次去找别人，别人嫌他去得多，礼却送得轻；一次送多点，别人又说他只想省事，一次搞定。

范阳这几年找工作，真是把社会看透了，很多人说话出尔反尔，今天这样，明天那样，漏洞百出。范阳憋着一肚子气，想想也没什么气，这个社会什么都称斤标两，这就是现实。现实得赤裸裸的，教授、名人也可以说话立即翻脸不认。有些是变色龙，自己拿手抽自己的嘴巴，明明有约定，说是没有约定，有些是不守信用的小人。一会儿这样说，一会儿那样说，这个世界真是有没有黑白之分啊？漫长的找工作过程，可以说是看尽世态炎凉。

他们破坏他，然后他去求他们，就成了他们帮他了。

范阳早晨照镜子时，发现一晚上都让自己面目全非了。他恨那个玄院长，为什么每次在关键时刻他都要坏他事，他总是以己之心度别人。谁真心帮范阳，他就认为范阳送了他什么东西。范阳谁也没送东西，一年几个节日把他当菩萨，就是“五一”“十一”这些节日都去，生日也去过几次。范阳此事是由他而来的，他想玄院长当然可以主宰他的生死。即使别人真心为范阳说话，他也可以一拍生死。他不感激那些为范阳说话的人可以减轻他帮范阳的压力，反而谁为范阳说话，他就怀疑谁得了范阳什么好处。范阳想，如果是自己的亲人，就不会这么想了。他把玄院长当亲人一样，谁把你当亲人？真是幼稚。你以为你找的人越多，就越为玄院长帮助你减轻压力，他办事就越容易。你是他的姑姑啊，还是他的外甥？范阳一厢情愿地以为找的人越多，力量越大，谁知，找的人越多事越复杂，越不成。他终于懂了，他以前不知道人际关系的微妙，跌了无数跤后，他摸摸自己浑身发痛的骨头，终于明白了人活着真不容易。

找工作成了范阳苦难的开始。那些人就像在一面镜子里各自表现着自己的脸，还有他们说的话，他们的表情，他们的动作，都活生生的，就像被照下来似的。也有朦朦胧胧中的声音，也有模糊的面孔，也有不清晰的场面，过了很多日子后，就都清晰了。上天不想一下子把所有的东西倒在范阳面前，他怕一堆毁了脸的豆渣将会让他身心全部疲惫。

范阳在万材大学找工作七年了，面试四次，中途几次还未能有面试机会。领导之间你争我夺，还没轮到范阳有面试的机会。这一次好不容易等到面试机会，试讲完美无缺。范阳试讲前晚梦见他试讲的教室里的人都走了，外面的稻田一片践踏模样，知道王院长一定将他拜访他的事告诉了玄院长，玄院长还以为范阳把钱都送给了王院长呢。玄院长一狠心把排名第一的范阳排到后面。

范阳梦见玄院长把自己的名次排在后面时，还梦见了玄院长有一些愧疚，因为那时范阳的眼里似乎蒙了一层泪水，看来玄院长也不是完全地没有良心，只不过范阳受的折磨还不够。哪有这么容易就找到好工作的。慢慢拖慢慢熬吧。多受点折磨，换来一个好工作，值得。只是范阳不是那么坚强，在找了几年工作后，每次像菩萨一样供奉着别人后，在把别人当亲人一样后，终于知道自己的忍耐心确实到了极限。几个前辈对范阳说，哪有找工作找成这样的？范阳听了觉得可笑，他以前是怎么地相信玄院长，把他当亲人一样，人性的弱点是避免不了的，范阳问他需不需要去找谁谁，他说可以，去找了后，他又气。如是自己的老师，就不会这么假模假式，不需要找就不去找。玄院长嘴巴说要去找，心里其实是不愿意范阳去找别人，没有经验的范阳哪懂，以为找的人越多，越为玄院长减轻压力。哪知道玄院长嘴里同意他去找，心里已经越来越不管他的事了。反正你不是到处找人吗？那就让他们来帮你啊，我是不帮的。找人不是你玄院长同意的吗？如果你觉得我不需去找别人，你应该说啊。我早就对你说过一切都听你的安排，你就是这样帮人的？范阳越想心里越气，错还是错在他把玄院长当成亲人，毕竟不是。

当范阳一天鬼使神差地说了一句话，他想，那句话肯定又说错了，人际关系多么复杂啊。晚上，他梦见那些直立的竹桩就像魔鬼一样，砍了一根倒了，又有一根竖起来，砍了一片倒了，又有一片竖起来。完蛋了，范阳在梦里就知道这个梦不好。他今天对一位老师说了一句话，那位老师就把那句话传递给玄院长，这让玄院长和葛校长之间有了裂隙，范阳的工作之事因为这句话又增加了很多麻烦，范阳叫那位老师不要说与别人听，可那位老师忍不住说了。

不知是庸人令人烦恼，还是这社会本就是这样的复杂微妙，范阳已经身心疲惫了。这些人为了自己的喜好、他们各自的利益，把范阳就像放在砧板上任意剁着。你有多痛多受折磨，别人谁管？他们自己之间的喜好爱憎、利益还没弄清楚呢。你就在那个砧板上慢慢地任别人剁吧。这些帮范阳的人都是为范阳好的，他们之间有矛盾，范阳就成为他们之间矛盾的牺牲品。范阳想，倒霉啊，我这几年为什么这么倒霉，以前从来没遇到这种事，现在为什么偏偏就让我遇到了呢？想来想去，还是那年爸爸说要花钱找工作惹的祸，一直到如今这么多年，此流言是越来越深，范阳怎么说自己穷，都没办法洗清这个冤屈。

范阳几年之内都未能找到工作，他已不敢出门，他怕熟人、同学、老乡问他工作之事，女朋友见他工作迟迟未定，她正遇上一个有钱的富二代在追求她，她一直在盼着范阳的工作定下来，范阳工作总是定不下来，她抵挡不住那个离婚的老板的猛烈追求，终于倒在他的怀抱里了。范阳的父母亲天天打电话问他工作之事，范阳有时身上一分钱都没有了，万材大学总是说要他，又总是要他等，他一个大男人整天什么事都不能做，就为了工作跑，他身上连吃饭的钱都没有了。妈妈干着急，得了脑溢血住院去世了，范阳感到身心万分疲惫，按说，一个博士后找个工作也不难，主要是范阳觉得在万材大学求职已有这么多年的基础。他想起父亲给人轧一斤面条才赚几角钱，抽劣质烟，连喝酒的爱好都戒了，好不容易存一点血汗钱，都被他请客吃饭送礼花了，结果工作还没找到。范阳更伤心的是，这个社会上的人说话都不算数了，他从小到大读书，不知道社会黑暗，他以为人说话就该算数的，而且他常常听人说，当官的一般不发话，发话就要算数了，后来他发现很多人就像痞子。

范阳就像那个有些白痴的孔子弟子颜回一样，他坐在宿舍里大声地哭着。他已博士后出站两年了，工作还未定下来，这对于一个男人来说，真是万分的耻辱。而且他的身体在这么多年的求职过程中已慢慢变得不像当初一样强壮。他感到心灰意冷，他其实也可以换一个地方再找工作，可是万材大学却总说，再等一等，等下次，你还年轻，不急。说得多轻巧，我还年轻？我三十多岁了。不急？我都急死了。我的母亲都急得得了脑溢血含恨离开了我们，我都没饭吃了，还不急？范阳有一天脑子里一直都有着想杀人的念头，自从这个念头一出现，他怎么也甩不掉了。这个可怕的念头就像生根一样缠绕在他的大脑里，随他怎么转移注意力，都无法甩掉。他想象自己拿着一个炮弹把那些人都炸了，难道这就是父亲和自己想报恩的恶？范阳当初一分钱都没花，玄院长满口答应范阳来万材大学，因为他看到范阳写的论文很有新意，又觉得范阳很有思想和上进心，是可造之才，范阳人也阳光、随和。虽然过后玄院长也觉得自己这话溜出嘴边太快，有一阵子还有些后悔不该说这话。范阳的父母亲从小教育范阳要知恩图报，范阳记住了父母的教导。他节衣省食，只为了过年过节可以买一点礼物去看老师、朋友以及给予自己帮助的人。难道这些全错了？范阳的博士同学刘进到乐城出差正好来看范阳，他劝慰范阳，别这么说，我这次升了主任，他们还派人来找我送礼呢，我开始都没想到要送礼表示感谢。范阳想到前一阵子一个朋友对他讲，某财经政法大学分管校长要安排人，院长不同意，为此还打了很大的架。

那些人不像范阳心目中的知识分子，范阳以前把知识分子看得圣洁、高贵，后来发现他们有的还不如一个大字不识的农村老大爷讲良心信义，还不如街头卖冰棒的老大妈心灵美丽，还不如街上扫地的、捡垃圾的、讨饭的高贵。范阳以前仰视他们，后来发现他的崇敬之心慢慢地一点一点地消退，就像胸口那块褐色的伤疤。刘进说：“一些所谓的知识分子你争我斗，搬弄是非，几个人合在一起，助纣为虐，要说是知识分子，简直要笑掉大牙。我要是他们，都没脸活在这世上。我都恨不得要对那些知识分子吐唾沫还嫌干净了，应该把粪便撂在他们身上。粪便还能做肥料，他们的人格撒在田地里污染菜蔬。那些喜欢你争我斗的知识分子一般都是不做学术、不做正经事的。他们拿什么表示自己的存在，就是不断地斗别人，表示自己的权利、自己的存在。自己的手中有权利不用就作废。权利，很多人用上了就有一股瘾，比鸦片的瘾还要大。听说一些当官的一退休就得忧郁症。不当官了，身体重心都不知放在哪里了，所以就靠在了空虚的忧郁上。这些知识分子可想而知根本就没有自己独立的东西，有自己独立东西的人会因退休而患忧郁症吗？我以前单位有一科长一退休就得了忧郁症，真不知那些当大官的退休了日子怎么过。以前我以为知识分子都是具有许由、尧、舜、禹一样人格的人，后来才发现一些知识分子的灵魂猥琐丑陋得胜过杀人放火犯。”

葛校长后来为了范阳的事又去找过严校长一次，说，别人找了这么久了，范阳也很优秀，严校长也认同，范阳终于在万材大学找工作七年后进了这所大学。

范阳去人事局办上班手续，去了几次，总有麻烦，不是这不规范就是那材料不齐。范阳以前工作时最怕的就是填各种各样的表格，一年要填几次，每次他都像完成任务一样急速填完，再就是怕找人盖章，常常几次去都碰不见人。范阳回来时本应在动物园站坐地铁，他走着走着，发现一个地铁站，就去坐，没有注意上面写着“雨洲”，坐上去之后才发现坐反了。他竟不知不觉走到雨洲地铁站了，自己都不知是怎么走的。他坐了一站，发现不对，赶紧坐回去，再坐地铁到月光城，再转车到桃花涧，本应在上菱下，可他竟糊涂地坐到大窖，一看大窖，不对，就又转回到上菱，再转地铁到水涌。想起到上菱时见有一人下地铁，他还赶紧去坐在她的位置上。没想到他是该和她一起在上菱下的。很少这样错了。范阳今天被气糊涂了，感到精疲力竭，像伤了元气。

范阳上班后，他感到自己脑子里每天有很多风车一样的东西在里面咕噜咕噜响，耳朵里也不清净，总有说话声，医生说他患了迫害妄想症。范阳说，他总听到有人要害他，一个开摩托车的人从他身边飞驰而过，他说那人想害他。一个妇女在车上和同伴窃窃私语，他说那个女人在密谋怎么毒死他。他明明听见那个老头子说他的坏话，老头子说他是诬陷他。范阳感到外面世界的人们都在吵架，都在密谋，都在商量着怎么害人。他的父亲来了，带他看医生，医生要他住精神病院，他一听“精神病院”，说，就是打死都不住精神病院。他的父亲只有让他在家吃些药，范阳把药全丢到楼下了，他拿着刀，说要去杀人，他的父亲死死地拉着他的衣服，又给他跪下来，范阳并不可怜他的父亲给他下跪，他拿着刀上街，眼睛露着凶光，他看到一个大腹便便的人走来，像是当官的，他冷不防一刀砍在那人的脖子上，那人顿时惨叫一声倒下了。范阳被人围了起来，当别人看出他似乎有毛病时，范阳这时手上拿着刀，正准备旁若无人地继续往前走，继续砍人。有几个勇敢一点的人从范阳手里夺下了刀。范阳被警察抓起来后，他在派出所咬舌自尽了。他是他家唯一的儿子，老父亲再也承受不了这种打击，身体就像被暴雨淋过的泥砖一样，一夜之间全垮了。几天之后也随着范阳去了。范阳死后，玄院长提前办了退休手续，他一年四季几乎都在外面游山玩水，似乎只有这样，他才不会想起范阳死时的样子。

第七十九章

咪咪自从吃了一只老鼠，她天天到厨房阳台那儿去闻、去探，看是否有老鼠经过。虽然她吃了老鼠后拉肚子，眼睛都胀直了，可是第二天仍然像侦探一样去探老鼠的踪迹，时不时用鼻子嗅嗅，那副样子就像一个时刻在盯小偷的警惕的警察。看来她对她的猎物老鼠的兴致还蛮高，虽然她吃老鼠吃得眼睛都直了一天，像傻了一样，好像还意犹未尽。咪咪自小到大这应该是第一次吃老鼠。吃自己命中该吃的老鼠虽然让咪咪消化不良，但是那种成功的喜悦和偷偷的成就感让她希望再能碰到一只老鼠，只要你老鼠敢走到我的眼前，我就要抓你。即使你浑身是毛，味道很差，我也放心不下你，我看到你就像前世你是我的仇人或者美味佳肴，总感到我和你一见面就万分熟悉。仇人相见，分外眼红，必得有一场厮杀。

珠月看到咪咪那种放心不下老鼠的样子，心里直笑，你生来是猫，你即使现在已不吃老鼠，或者吃老鼠消化不良，可是你还是要等着它来，猎物和猎人从来都是难以分开的。咪咪每天就像谈恋爱，心心念念着老鼠，在阳台的洗衣机上一蹲就是好几个小时，连猫粮有时也忘了吃。如果哪里有一点动静，她会立即伸直耳朵倾听，那种仔细专注的神态就像一个尽责尽职的侦察兵，又像一个思念恋人的情人。珠月想，咪咪是恋上老鼠了。想到这几年流行的一首歌，意思是狼爱着羊，蛮有道理。

梦中诗的红红的长长的舌头，勾住了她的舌头，拉得很长，就像一根鲜红的绸带。然后他们的嘴唇又贴得很近，他把她的嘴紧紧地黏住了，她想动一下自己的舌头，舌头像被紧紧地封住，她丝毫不能在他的嘴里抽出她的舌头。她想起这个梦，似乎预示着，他的舌头有多长，多红，勾得她多紧，她就要受他多少磨难。梦所带来的幸福感全部变成了生活中她的困难和挫折。

她知道他梦中表现得多温柔、急迫、真诚，就表示他有多少怨言、烦恼、仇恨。他带着她飞奔三千里，他就像一颗种子一样烙在她心底，发芽、生根。

因颉说这是个阴谋。她辩解，无法说清，无法传达。难道因颉病了吗？为什么他深深地怀疑她？她早就应该看见这点。他曾经疑惑地看过她旁边的人，她从不担心他会疑惑地看自己，他一定是病了。等他把天河修好了，她想她已经孤独死了。她闻到了他的气味，她仿佛看见他一晚上都在走走停停，忽然又倒下了，很响。他在寻找那个他心中的影子，那个他始终不舍得、放不下的影子。他因为心疼她、担忧她、负疚于她，他的身体就像被锈住了。他本以为没有她他也可以活得好好的，可是当他无法得知她的消息时，那一刻，他想，我就是再有钱，事业再成功，又有什么意思？没有珠月，我就像生锈了，全部地锈掉了，原来，她一直对于我是那么重要。不过，我不能告诉她我对她的想念，我有妻子孩子，我不能不要他们，我爱他们。

珠月一直都想亲自去问因颉："你为什么病了？能告诉我原因吗？是因为有别的女孩子追你，你的妻子不原谅你吗？还是因为你担心我？"珠月一直都没机会去问他这个问题。她有段时间一直都为这个问题困扰，因为她想去解决这个问题，让他不要病，让他开心。

当珠月和诗面对面地站着，她感到他想拥她入怀，那种感觉是如此温馨和强烈，让珠月感到一种美丽的眩晕，甚至美好得有想哭的感觉。她闻到了他的身体散发出的一种很清淡的气味，她很愿意闻。她甚至想扑到他的怀里，当着众人的面。她最终还是克制住了。但她离开他时，她的眼泪不自觉地往下掉，万分想念的浪潮涌向她。她自己也不知道是怎么回事。每次离开他，她就万分想念他，就想哭。虽然他们连手都没拉过。

因为他的不完美，她反而有了更接近他的一种自然的态度，你不是神，我完全可以把你当成一个普通的男人。当你在我的眼前是神的时候，我想像我一定手足无措，可我现在还有一点恨，一点恼怒，正好我们可以做一次夫妻，绝对是合适时候。

她想起诗的那些甚至是让她看不起的行为，她觉得她可以爱他了。不仅是心灵之爱，而且是肉体之爱。她一直向往灵肉一致的爱情，可是她的实在生活中灵与肉一直都是分离的。而他现在符合了她心灵和肉体的双重需求。他就像一个半神一样站在她的面前，比起那个全部的神来说，显然他身上的光环已经消失了一些，她完全可以把他像一个普通男人一样抱在怀中，很自在地去亲吻他，解他的衣服。他已不是神，她甚至觉得他所做的一切就是为了等待这一天，他要用自己的不完美来换得一场爱情，否则，爱情对于他们来说，永远只能是一场梦幻的相思。她想，他真聪明，他已经做到了。不过，他还未来到她的身边，他还缺乏勇气。他不坚定自己该怎么做，他一直都在犹豫，犹豫了几年，哪怕就是一次见面，他都要邀几个人一起，他很想要她的身体，可他又怕。他就像她一样，似乎被一种咒语引领着，两个人注定要这么的相关联。

她想，他完全有条件找比她年轻漂亮的女孩。他不由自主地跟着自己的声音和影子在走，他似乎迷路了。如果他们有一次一天一晚的会面，他们彼此都会真正地觉察出原来他们一直都在想念对方的原因。

她渐渐发现自己慢慢体会到了身体的快乐。这种快乐就像她的一个梦中站在荷花中的漂亮小姑娘。这个小姑娘在珠月看来就是诗或者他的心送给她的礼物。小姑娘脸儿圆圆的，站在荷花中和荷花相得益彰，只有她才配得上满池塘的粉红的荷花。珠月走到岸边来，诗微笑地递给珠月一只精致的有裂口的碗，珠月送给他一个链子，上面写着字。她看得出他很喜欢那条链子，只要是她送给他的东西，他都很喜欢。

近些天，珠月被一种忧虑摄住了，两只动物紧紧抱在一起，一只冻僵硬了，另一只抱着他的也冻僵硬了。她好害怕。她看着他们，其中一只就是她。她与他已密切相关，她唯有祈祷，才能救他，救自己。她对自己说，她是凭着良心做事，她不应该有愧疚，可是她不希望看到良心造成的结果对他不好，她只希望良心造成的结果是不要损害她和她的亲人以及他是万分的好。

她几天来一直都处于一种忧虑之中，好像自己不会快乐似的。她目前最为担心的是他，她怕他病了，如果他要是病了，她怕自己挺受不住。她怕自己会像一片落叶般静悄悄枯萎。只有他好，她才能继续像往常一样活着。她不敢想。她只能在心里一遍遍地祈祷。只要他不要再破坏她、迫害她，她宁愿一辈子孤独，为他去做这些牺牲，这样的牺牲总比要她命好吧。只要他健健康康的，她没有幸福又有何妨？他要是病了，要是有什么不好，她连命都会没有。她甘愿为他付出这样的代价，只要他好。如果他要持续地伤害她，怎么办？她对自己说，你有抵挡向你挥来的刀剑的权利。你无错。你该做的都做了。你和你的亲人遇到的一连串的灾，找谁去清算，不能啊。她连劝他都怕，她怕他不好，怕他瞎想，怕他觉得没面子，更别说敢把这些受的伤害记在心里了。

他又怕她不一直爱他，他要让她处处挫折，好像这样她就会爱他。他做的事情早就像一把把的刀插在她的心口上，那些美好的对他的感情已在他的刀口下一点点地消退，变成伤疤。她还要预防这些刀口会跳出来反过来伤害他。几天来她的身体就像垮了一样。她心里一急，腰痛病就会发，全身无力，面容暗淡。如果再继续这样下去，她自己也会筋疲力尽，油尽灯枯。他怎么不这样想呢，她没有受阻挡，她好，她就会维持这样的生活，如果让她无法过了，她会想到改变这样的生活。她想维持的生活就是目前的生活，为他做出牺牲，为他孤独，为他祈福。她也想过找一个老公，不让自己被人欺负，可是比起如果他有什么不好，她的幸福又算得了什么呢？

她知道他的这种状态绝对不正常，长久以往，她害怕。她要他恢复以往的正常的生活状态。他似乎把她这样一个弱女子当成敌人，他会羞愧的。她自从做了那个她自以为是不吉利的梦以来，她失去了追求幸福的权利，甚至失去了自己该得的财富，孩子、亲人受累，她为什么要做那个梦啊？那个让她受难的梦。难道她生来要去为他背负？如果她已经仁至义尽，他还要迫害她，怎么办？他就会变成一个巨魔，她想起来就害怕。魔头多么恐怖，在梦中，在变大，就爆炸了，像爆竹爆炸一样，成为碎片。她一想起这个梦，她就浑身发凉，佛祖啊，她在心里祈祷：你一定要保佑诗啊，千万不能让他再害人了，千万不能让他病了。我什么都想要，我不想我和亲人受伤害，也想他好。自己的心脏肝脏和肺脏脾脏哪样重要呢？哪样都重要。哪样都致命。他并不这样想，他简直觉得她就是与他对立的，好像她不好，他就好似的。哪里来的狗屁逻辑，她为了那个梦已经付出了代价，而且还将要孤独一生，这样的代价已经够大的吧，她已经不好了，他还要不断地打击她。说句实话，即使她有不好，也不该是他来让她不好啊，轮不上他来破坏她啊。这不是忘恩负义吗？这就是悲剧啊，伤的全是自己不愿伤到的人。就像看到手足相残，就像看到自己杀自己。她不能让悲剧发生。一个大吉大利的梦因为误解造成人生的一系列似乎是无法走出的迷宫。她看得很清晰，她心明如镜，知道这一切都是因为他走火入魔。他在自造的心魔中害人害己，她想哭想叫，却声音嘶哑怎么也叫不出来。

赶快停止你恶魔的行动吧，珠月在心里叫喊。恶魔，珠月一定要和他身中的恶魔斗争到底，这个附在他身上的恶魔是要置珠月于死地，置他于死地啊。珠月并不认为这个恶魔是他，这个恶魔是来自外面的，珠月想一定要把这个恶魔赶出他的身体，不能让他再害人害己了。珠月一筹莫展，现在恶魔在他的身上已经威力无穷，他准备要搬动门前的太行山，他准备要横扫一切他认为的障碍。他不断地杀、伤，让珠月似乎看到了事情不可挽回的悲剧。当她在写“悲剧”这两字时，她很害怕他看见了。他现在是个一触即发的人，魔鬼已经固在他的身上，立意要毁灭他。珠月怕他害怕，他一害怕，魔鬼会更得意更张狂，魔鬼的目的就要达到了。就是通过他害人来害他自己。他不知道。他以为自己做的全是有道理的。珠月在不断受伤的悲痛中还在想怎么帮他赶出恶魔，让恶魔休想害人害到他。万恶的恶魔啊，这明明是要毁灭他啊，他不自知，他以为自己是在保护自己，他不知道这一切都是恶魔设置的套。你看啊，珠月叫，悲剧就在前面。你到底是听恶魔的还是听我的，你不听我的，是吧，我斗不过恶魔吗？我不信。在他每一次抽打她的时候，她担心他的臂膀和心灵的震痛，在以后的日子长成疮疤成为他的深重伤痕。珠月斗不过恶魔就救不了他，他不好就是毁了她自己，他妈的，珠月想不到自己平白无故地遇到了一件这么大的灾难。她一生中从没遇到这么凶恶的敌人。余清和他相比，不过是纸人，珠月以往遇到的任何挫折和他相比，不过是小巫见大巫。余清不会真正地伤害女儿，余清声音再大，珠月感觉不到任何害怕之意。这一次珠月是真正地害怕了。诗身中的恶魔没有丝毫同情心、极端自私自我、纹丝不漏地破坏、迫害珠月，珠月大叫一声，我跟你拼了。珠月多次想过以毁灭的方式来灭诗身中的恶魔，和诗一起同归于尽，免得恶魔指使诗不断地害人。

“你需要正义、良心、反省方能救你。拥有了它们，你就有救了。”珠月不好当面对诗说，只能在心里无数次对诗说，她求观音菩萨把话传给诗：诗，求你再也不要害我们孤儿寡母、我的亲人，以及别的人了。你所做的都是孽，到时会集在你的身上，成为大不祥，人内心的安宁破坏了，人的灾难就来了。现在赶快清醒，方才有救啊。你认为自己是依心而行，你不过是被魔鬼主宰罢了。做人要有准则、良心、底线，设身处地为别人着想。你需要我做什么，你就明说，我最看不起背后扔石头的人，你明说了，我会竭尽全力去做。你想了之后，觉得什么也不需要我做，或者不想欠我的人情，因为你觉得你的要求有些无理，可是在你看来是无理的要求在我看来比你在背后破坏伤害我要能接受得多，也光明正大得多。你再要害人，你就是罪行累累了。你已跌落良心的深渊，只能奋身一搏，否则你只能毁了自己。

诗已经走火入魔了，诗见珠月的日记里写道："我愿默默地牺牲自己，只求你的花朵茂盛。只要你平安快乐，那么多的人都可以承受折磨。"他以为只有珠月以及别人不好，他就好。这是多么荒诞啊。他把珠月美好的愿望当成生活中的现实。珠月愤怒地伸出手，用劲地挥动着，她想赶出诗身中的恶魔，他妈的，你不但想毁灭无辜的人，还要毁灭诗。恶魔啊，这是我今生遇到的最大的魔。诗好像一件事不破坏珠月，他就要不顺利、生命要减短、人就要死似的。珠月忧心忡忡，她不知道该怎么办，她知道她与他密切相关，他不好，她也不会好。可是她不能眼看着他害她、她的亲人还有他人。她担心他病了，她也会扛不住。她觉得自己要求不高，她们孤儿寡母可怜，经不起伤害。他不听，他就像被魔鬼驱使似的要害她。她就像看着自己和自己的孩子、姐妹、父母厮杀，她一直在避免、逃避，可他偏不放过她。他不好，她就是再怎么样心一定很伤。她不敢想，她叫自己要坚强，也叫他一定要坚强，不许病，她不停地给自己鼓气，不停地为他祈祷。

上天，她一遍遍地为他祈祷，除了祈祷，她不知自己还能做什么。他就是不信她说的，只要他信她说的，就没事了，他就是不信，为什么要这样？谁心里想的彼此都知道。她一心希望他好，她并不认为自己会妨碍他。她已经足够宽容慈悲，可他却不放过她，魔爪已伸进她生活的每一个缝隙，她时时刻刻处于一种危险和忧虑中。她给他写了一封信，叫他放心，他一定会健康平安长寿的，她说的是实话，因为做梦死是好事，是表示长寿的意思，是大吉大利，可他偏要将一个好梦变成悲剧。她不知道怎么说服他。她离婚、变穷，甚至失去了追求幸福的权利，他应该怜惜她，而不是不知好歹地迫害她。他以为她遭罪得还不够吗？就凭她失去追求自己幸福的权利这条她也牺牲够大的了，还轮得上他来迫害、压迫她吗？他不会想，他像个自私的小孩，只知道拼命地打打杀杀，以为这样就能解脱自己的恐惧。他把生活杀坏了，变成真正的噩梦。

无论珠月怎样求他，他都不听。他现在慌乱之中似乎更不知道该怎么做，于是他选择了惯性，一如既往地伤害珠月。珠月知道他这样做，每一刀都是砍在他自己身上，他不自知。他还在往自己身上砍刀，珠月想号啕大哭，用最凄厉的声音劝住他。她深深知道，只要他再继续伤害她，他就会变成一个巨魔，头就会炸，只要他偃旗息鼓，他还有救，还有吉祥等着他。不知在什么时候开始，因为当初的怜惜，珠月不知道那是好梦，她用自己的代价来怜惜他。就这样把自己与他联系在一起，让自己陷入疯狂的被迫害压迫中。也许这真是上天检验人心的最好时机。她的心里开始动摇了，那种美好的情感，那种对他的人品的坚定不移的纯粹的信任，一个好梦被珠月认为是不吉利的梦，她因为怜惜而爱，因此她被陷入一种万劫不复的灾难中，这不是上天在检测人性是什么？多么荒诞的人生检验。她已经为他做出了牺牲，可他还要迫害她，她知道这是天地不容的事情。她怕他有天清醒过来良心发现，悔恨交加，因此病了。珠月非常非常恐惧，上天对他最大的仁慈就是让他立即幡然醒悟。珠月自从给他写了那封匿名信后，几天都忧虑恐惧不安。她安定自己的心神说，不要紧，你只是提醒他，希望他改变，希望他不要把过去做的错事放在心上，你做了你一直想做的事，他应该明白你的心。可珠月几天来还是心神不宁，她祈祷他不要因为这封信觉得自己人品不行，他其实只是被恶魔驱使而已。她给自己打气，一定不要慌神，每天都要为他祈祷。只要他听她的话，他就会万事大吉。

珠月现在是绝对相信世间生灵和人的奥秘的，她宁愿相信是人的生命的奥秘无穷，而不愿相信有什么神。她越来越崇拜佛祖了，佛说，只要你有一颗慈悲心，只要你善良，你就可以成佛。佛是多么慈悲、睿智、宽容啊。他不说自己是唯一的神，他知道佛就在每一个生命中，每个人都可以掌握自己的生命，每个人都是佛。她越来越爱佛祖了，佛祖不要爱，只要慈悲。佛祖在她好的时候，会对她笑，在她有困难忧愁的时候，会对她紧锁双眉，在还不知道她命运将如何时，他在深思，或者是一副无表情的面容。佛怜悯她。佛会无声地说话，让她感到恐惧；他做的每一个行为，让她欣喜或者忧虑。唐朝李淳风预言唐三代而亡，女主武氏代之。唐三代亡了吗？并没有亡。唐朝反而因为武则天走向了盛朝。即使是一个最为权威的预言，它也会有差池。人的力量有时胜过一切。人的力量靠什么聚集，靠的就是一股精神能量，这股精神能量有多强大多坚韧，就能做多大事。这股强大的精神能量的根基来自哪里，来自人内心的安宁、无愧。她一直都在承担，她一直都善良，从没想故意伤害人，她知道自己足够强大。那她怕什么，她怕他病，他不好，这是她目前最怕的。因为她确实已经不能再承受这样的创伤了。因为那些“虚张声势”“假装模拟”“故作哀戚”的文字已经把她爱的因颉推向深渊，她不能再让一个自己爱的虽然像恶魔一样伤害她的人再堕入深渊。她已经输不起了。她唯一能做的就是唤醒他，让他再也不要做恶事坏事。她不知道自己怎么才能做到这点。当她说出了那些话，她胆战心惊，他一向觉得自己如日月光辉，她以前也一直这样看他，现在，他不会因此而认为自己品质不好吧。千万不要这样认为，人有时候会走火入魔，但只要清醒过来就没事了。迷途的羔羊上帝仍然爱，日月也有被乌云遮住的时候，生命总有被污浊锈住灵眼的时候。生命的清气息总有一天会推开污浊，环绕我们绿色的清新的美丽的生命。

这时，珠月才恍惚发现，她后来所做的关于诗的梦很多几乎就是以往做的关于因颉的梦的翻版。珠月这时才明白，诗可能是盗看了她的邮箱或者是和她的电脑实行了联网，看到了珠月写的日记，误以为珠月写的“因颉”就是他，或者他很想做那个“因颉”。

她似乎看到诗绅士般坐在深海的椅子上等她，在她起初构织这个意象时那把椅子上坐的是因颉，现在，她明明看到诗坐在那里，很优雅很孤独，一点也不畏惧的样子。

这时，珠月的心里更沉重了，因颉从未实质上破坏、伤害过珠月，最多也是不理或者吼她几声，诗对她的所有破坏伤害只是落入一个魔咒，可却实实在在地让珠月在地上跪着爬了这么多年。

珠月想起这几年自己是怎么跪着爬过来的，才明白咪咪为什么在她确定工作时发出哭的声音。

不知什么时候，茶树上面飞来一点什么东西，一夜之间茶树有一半的叶子卷起来，蔫了，枯萎了。珠月扶着茶树温柔地对它说：“你的叶子和根都要好好的，明天就好起来，好吗？一定的。”她连忙给茶树浇水。她想，可能是好多天都没给茶树浇水了。珠月内心万分恐怖。那株茶花，它诡秘地忽然一夜之间蔫了一半，珠月心里万分惊。珠月用尽最大的心力去浇灌那株茶花，才使它活过来。似乎又有什么妖风吹过来了，要撕毁这一切。

珠月想起余清一次送给她的几十枝玫瑰花，一夜之间全蔫了，连一枝好的都没有，这是很奇怪的。一般放在水里的玫瑰花最少也能放几天。她看着那些玫瑰花，想起昨天它们还鲜艳欲滴的样子，一句话也不敢说，就把那一束玫瑰扔了。

她选一个大吉大利的日子，精心地挑选了一株茶花，似乎她现在唯一能做的只有这些。她每天对那株茶花问好，安抚它，给它浇水，和它说话，让这株茶花长得好好的，他就会越来越好。她确信是这样的。

她用最美好的祝福语言给诗，让他从一个梦中的小个子变成一个巨人。她宁愿自己受委屈，也要看到他的强壮。如果他还要丧心病狂地伤害她的亲人，她想，那时，她已经顾不上怜惜他了，她到时只会怜惜自己。她什么都没有，他还要无尽地掠夺这块不毛之地，不想让人活了，她心会狠起来，虽然她可能什么也不会做，可是她的心已死了，她不会再有任何祝福，也不会对他将来的不好抱以任何的怜惜和不安。她甚至曾想象过如果他不好，自己会死去，可是当一个人的心已冷漠，她的感受一定会淡漠许多。她反复地劝过他，他不听；她苦口婆心、甚至是恨不得跪下来求他，他不听，那么他做的恶事又是他未来承受不了的，她又能怎么办？她已经伤痕累累，她声嘶力竭，她劝告、担忧、祈福，她该做的都做了。一个人不断地伤害你，他拿着一把刀，一刀一刀地砍你，你已经半死了，最可怕的是他将会意识到自己残忍的错误，那把刀在疯狂地砍杀她的过程中无意间把他自己重重地砍伤了。她还得哭，那是一定的，她不希望他受伤，希望他好。她希望自己就像护着风雨中的灯火一样护着他，可是他掀起的风雨太大，他不能救自己了。她已经被风雨扫倒在地上，奄奄一息，她仿佛看见了死亡的光影，她已经没有任何感受了，当然来不及为他悲伤。或者她已经死去一回之后苏醒过来，人心已经全部改变，她已经不再是过去的她了。她也不会为他悲伤了。这于她是一种解脱，她不会被扼杀绞死，却会被自己的爱围困绞死。她仿佛站在一个悬崖的旁边，她的心如游丝一样隐隐约约，只要被他的伤病轻轻地盖压，她将会承受不了那大山般的重量。她将会像游丝一样飘逝。现在，她不悲伤了，她最害怕的悲伤竟然就这样饶过了她，她知道自己可以活得轻松、长寿了。她所害怕的她不能承受的生命之重就这样饶过了她。而她因为云淡风轻，因为无上的宁静的光辉将让世间一切黯淡无光。

她对诗说，你放心我，我一定会爱你到生命的最后一息，只要你不再害我和我的亲人，相信我，你的真诚一定会换来最为坚贞的护佑和疼爱。我一定会守护你、爱你到生命的最后一秒钟。她常常一个人对他说话，好像他会听见似的。她相信他能听得见。她知道他一定是天上的某颗星辰，她从来不怀疑这点。

一片昏黑，她知道他将要遇到什么。她害怕。她要凭全部力量来救自己、救他。

珠月梦见爸爸在落山村庄，他得了失忆症，珠月喊爸爸，爸爸不认识她，不答应她。爸爸从早到晚在外面坐着，沐着朝霞，映着晚霞，梦中有朝霞洒在他的肩膀和身上，他这样生活能过几天？珠月对和她在一起的叶曦说："他不肯关在家里。"这是理由吗？不肯关在家里就让他到处流浪、不归家、饿死冻死？珠月知道这个梦表示爸爸是因为家人放弃治疗而死的。意味着他的死亡是家人没有尽力。珠月在梦中和叶曦一起说话时，流出了眼泪。她知道她心里对得起爸爸，放弃治疗不是她的决定。

她知道她吃了那个芳香的苹果一定会得到惩罚的，可她仍然想吃，因为她喜欢那个芳香的苹果。她是那么止不住地要走向他。一次，一个两岁的孩子走到她面前对她说："我喜欢你。"忽又跑开了。她听了一天心情都很畅快。当时她还没反应过来，晚上她就想对他说："宝贝，我爱你。"

她因梦像真的一样而幸福，好像幸福就在她的日子里。她觉得那些梦比生活本身还要真实，她非常确信。她想，那些梦一定是来自她或他心底的花朵。

他没有胆来找她，和她睡一晚。他们都成不了她的情人，他们只能是好丈夫，她也只能做好妻子。有那样的胆吗？有那样的勇气吗？豁得出来吗？都没有。还谈什么爱情？什么美梦？别折腾人。没胆，没勇气，爱情总要牺牲一点什么的，像珠月，没有老公，适合遇到一个没有老婆的。像余清，老婆在不在家，他总有办法脱身，又总找得出关机或者不接电话的理由。这样的男人才是好情人。把老婆不当数，多有本事啊。老婆是对他死心了，不知几个情人是否对他满怀真心，珠月不得而知，也没心思、时间去问。

一段时间，她好像和因颉在这世界已经失去了联系，她听不到他的半点声音。假如想念是一把绿色的韭菜，这把韭菜现在梦中变成了像红薯叶上的梗子一样硬而黄了。

当珠月看着她十九、二十岁时写的诗，那些为赋新辞强说愁的诗歌好像是未来生活的预言。什么"死亡""不想活了"，到处都是，那么小哪有这样的想法？那不过是写诗而已，是一种伪造的忧伤。这种语言是夸张、可怕的。珠月想，爱她的因颉可能是看了她的那些语言被惊吓到了。其实语言不过是她假想的生活和情感，一种被夸大的强说的少年愁。真是少年不知愁滋味，天天说"死亡""活不下去"，何尝真正知道什么叫孤独、绝望？这些词都是从诗歌中得到的，就拿来用，再加上多愁善感，对于爱她的人来说，就成为迷害他的毒药。这次翻看以前的日记，珠月才真正明白了那些文字就像预先设置的毒药，一个涉世未深的女孩为什么已经写到了人类的尽头，她根本不懂真正的绝望是什么，她不过是假想生活而已。难怪因颉看着珠月那些一贯多愁善感、言过其实、模拟忧伤、死亡的话要病。珠月以往很喜欢那些悲切之辞，真是少年不知愁滋味敢说愁。后来她总怕那些词语应在她爱的人身上，渐渐地她有意拒绝那些词语和信息。

那些年的日子回想起来很轻，拿在手上并没有沉甸甸的感觉。虽有过汗水、烦扰，但洋溢在心中的只有快乐。珠月决定把所有的日记烧毁，都是些虚张声势、惹是生非的鸦片。昨天珠月看到一首诗，还提到了木槿花，并把自己比作一株木槿花，她想不起来当时为什么要写木槿花，她根本不知道木槿花是什么样的，也没见过，也不知道木槿花代表什么，花语是什么，也不知道木槿花有什么特征，就是随便一写，她觉得很奇怪，她当时为什么要写这种自己从来不知为何物的花，可能是看过这方面的诗歌，她就写了。这样的诗句要是给人看了，以为她是悲观，其实她也许以为木槿花是一种寓意很好的花朵。别人写木槿花，她估计以为这个木槿花就是一种非常文雅的花朵，她会想象是一棵很高很瘦的树上在雨后开出的那种像牡丹盛放一样的花朵。她看见别人写槐花，她也写槐花，她其实并没见过，她就想象槐花是家乡那种满树的繁茂的花朵，风一吹就飘落很多的那种，也不知是不是。当别人写芙蓉花时，她也写芙蓉花，她想象芙蓉花就是树上开出的一种非常美艳的花，她见过，叫不出名字，她心里一直叫它芙蓉花。

还有多愁善感之罪，多愁善感是珠月与生俱来的气质。她倒没有有意成为刽子手。这个刽子手的身份是多少年之后才暴露出来的。因颉走进了她的电脑，一片自哀自怜之声，一片要死要活的爱，一片乌鸦噪呱的迷雾，把她全无准备、分不清东南西北的心上人刮得晕头转向，他经不住她无意写给他看的那些思念那些哀吟那些死啊活的触目惊心的语句，他就在一个秋天被她的文字击倒了。他担心她、心疼她，可又无能为力，他就只有病了。病是逃脱，病是赎罪，他像个傻子一样，她一直都认为他是这个世上最傻的人。他不知道他的病是要她命的，比起他不理她、吼她，等等，那些算什么呢？在她的眼里不过是小菜一碟，他太不了解她了。可是他若要病，这就是对她的最大的惩罚，所以她说他傻，他用那种最傻最呆最蠢的方式几乎要把她摧毁。他不但要把自己摧毁，还要把爱他的人摧毁。那么多的爱情围绕着他，老婆不原谅他，他心里疼惜珠月，他感到自己已不再属于自己。他只属于爱情。是为他老婆吗？还是为她？还是为那个唱歌的女人？他说不清，他要酱在污泥里不能让自己脱身，他的神明的心智和聪慧的头脑哪里去了，他的世界之大的舞台哪里去了，他的纵横驰骋的睿智和魄力哪里去了？

珠月记得余清曾经说过她，你们家族都喜欢多愁善感，你总是写得“吓死人”。她没体会他说的话。她从来不知道自己的文字里面所包含的毒气，她甚至都没意识到自己是多愁善感的，她认为自己是有着丰富感情的，同时，她也许一直都在模拟一些文字，丰富的情感加上模拟的风格。或者说是一过性的情感真情倾泻，使她的诗歌里面更多的掺杂了一种想象的东西，那就是成熟过她的年龄的预言。再来看她当时写的诗歌，很多的文字都可以作篇章的题目了。意思很深刻，但不全部在她心中真正深刻体验过，比如孤独、绝望、死亡等，可以说她当时根本就没有这方面的深入的切身感受，即使有，在她现在看来，都不是真正地体会什么才叫真正的孤独、绝望、死亡。为什么仍然能写得如此真切动人？

她就像一个魔法师，轻轻地就让她的爱人倒下了。因颉多爱她啊，如果谁想在他最爱她的时候要她，就像挖他的心肝。他又不知道怎么爱她要她。他沉默地站在她的身后，傻站着，深情地注视着她，把自己都爱病了。他只是不断地爱着爱着，就像把自己火红的心一遍遍地掏出。

她感觉自己的心像是破损了，每一边，还剩一口气，这口气还在维持着。她说，佛祖，保佑我的心完整无缺。

她看着诗又在伤害她，心里开始慢慢感觉到有些疼，随之疼痛感变得越来越密，就像心口压着一块砖头，疼痛还在持续。诗是想赶尽杀绝啊。她越容忍、温和，他越得寸进尺。这些都是在不知不觉中发生的。她仿佛听到未来的他对她说，我感到很脸红，为我曾经做过的不可理喻的事情，我就像被谁控制着由不得自己似的，我一天不破坏你，就会觉得于自己不利，于自己的生命有忧。你对我说过，我会好好的，可我不敢信。现在，我已经五十多岁了，我不是仍然好好的吗？可我不知道怎么给自己过去做的事情一个交代。她听着他说那些话，那些伤痛都过去了，她无法恨他。她心疼过，碎裂过，可她知道她剩下的全部只有爱。她的光辉让她爱的人，让天才患病，她痛恨这样的命运。无论如何不应该经她的手、与她相关。可是那些字正好摆在那里，写道，他们将会以痛和病和血来一路筑你的长城。她想，那些文字果然那么重要吗？让她做菩萨、救世主，让她做清澈无邪的荷花，然后让人们知道荷花下的污水，莲藕混着的淤泥。

诗想让火车晚点，地铁到站不停，公共汽车爆破，手表不走。他可以叫人吃不需要吃的药，打不必要打的针，让健康的人瘫痪，可以做各种各样的鬼，即使与法律、人命有关。他想害一个人，那车上有几十人，他恨不得让所有的人陪着那人去死。他要全世界围着他转，只为了他心中一个莫须有的恐惧。他说他为自己感到羞惭，特别是对她，他用他的地位、名声压迫她，迫害已经渗透到每一个角落，丝丝入扣，毫不错过。他不让她加工资、发论文、申请项目，让学生课堂捣鬼，他要让她每一天都过得不顺利。后来，当他看到她满脸的皱纹、满鬓的白发时，他是真正地羞惭了，他一直都在像恶魔一样地折磨她、破坏她、迫害她，多么地令人脸红啊，他使尽了所有的心机和手段摧残的不过是一个命运坎坷的可怜女人。她需要的是爱惜和呵护，可是他却无尽地迫害她。而她默默地忍受了，尽管她从头到尾没有一丝错。

她想诗一定是看了什么，网上那些文字不是她写的，绝对不是，也许一切是阴差阳错。诗以为那是她写的，可那确实不是她。她没有错，她错了，当她随意翻到日记本的其中一页，上面写着：灿烂的、美好的、透明的光环落入我心底，自此，我每时每刻心底都在明亮着，都在笑着，都在叹息着，美好，就像世间之光汇入一处，我自此想多活一百年。只为这世间遇见了你，世间无双的心灵，心血的天才凝结成湛蓝给我。她脸红了。而且当她看着那几行字时，那几行字就像一团非常呛人的抢眼的火焰让她不忍直视。她的眼睛和心灵不自觉地急速跳过那一面纸，好像那几行字会把自己烧伤的感觉。没想到紧接着目光又落到另一页的几段话：

她有时都不知道自己叫什么名字，叫花儿或者雨露，叫仙子或者月光，她似乎早就没有了名字，只有如轻纱一样的薄雾，在有月之夜轻盈飘荡，像一个飘过天空的未名的喜与愁的混合物，像是皓月之下一只奔突的银狐，在盼望着爱人的眼睛。

那些认识你的人会满载着几个世纪的幸运和快乐，你是神，是王，是地上的荣光，认识你，快乐又感激。我感到你的盛大的爱，从你纯洁善良的心，种植、铺洒向我，像阳光，在远处，照着我。

是什么样的高贵、诗意的心灵，像雪山一样的洁白和纯净，我欣喜地对你笑着，面容灿烂，那从心底里生出的对美好的向往啊，就是你如雪莲花一样的心灵和眼眸，我流泪了，又笑了，欢喜又幸福，又幸运地感知，我的遇见。

如果我过去的岁月不能认识你，爱你的时间不够，我就用生命为你一次性地付出，请你相信我的喜欢和珍存，为爱而死的生命，将会复活。

如这是一个我即将死去的爱，我也无畏，我也不要管，在一起就要开心快乐，哪怕要死。佛祖同情有情人，理解人间疾苦和美好，我将会笑，开心对你，我会珍惜。

她想，这真是一个大讽刺啊，曾经她多么以认识他为荣，她视他为心灵的知己，在这世上的安慰，没想到，自己却遇到了这个世界上最残酷地迫害她的人。他在梦中用手到处攀爬，手掌里全是血，他已屈服于魔。她想，这一定是上天在惩罚她。她不应该把他视为知己，更不应该喜欢他，更不可饶恕的是，有一段时间她暗地里竟然想和他结婚，白首到老。她曾经的誓言呢，佛祖、菩萨都记着呢，因颉不好，他病了，其实因颉也不需要她，可她偏要在佛祖面前祈愿。佛祖菩萨爱她，可是却不知道怎么办。因颉不知道怎么爱她，虽然他爱她到骨髓里了，把他自己都爱病了，可他明明知道她不是自己要找的人。这世间的情为什么这么纠缠？又为什么要让他付出这么惨痛的代价？他是什么样的人啊，他就是阿波罗，他从来都是满面春风、阳光万里，就是天神遇到他都要对他侧目，为他让道。他本就是最璀璨的天神。可他却病了，病在了一堆他不知所措的爱他的爱情中间。她常常想，他爱她吗？他曾说她不懂爱。她心想，他也不懂她啊。她恨自己，她为什么不知道怎么去爱一个自己已经爱到骨髓里的人呢？

自从开始想念诗，珠月的心也变得一天天地愁了，因为他的愁而愁。她心疼诗的白发，她心疼他多了的让他不安的心绪，还有那在梦中被水冲毁了的稻田。她在心里对他说，好好的，我要你好，要你快乐。不要愁。好吗？我不让你愁，即使要愁，也让我一个人愁，怎么也不能让我的愁给你带来愁。你每天那么多的事，凭什么要为这些而愁呢，只要你愁了，就是我的错。也许这就是我最大的错吧。他本不该愁的，他有阳光普照的心地，有温柔和暖的性情，所以她有错有罪。如果她有错，这就是她唯一的错了。虽然他的生活已千疮百孔，可她不该捅破它。这也一直都是她不安的原因，当他在暗角落向她扔石头、飞刀子，她一直都忍着的原因。她也想抱着他，安抚他，向他一遍遍地发誓，爱他一辈子，她知道，这些都没有用。一件事有很多起因，最核心的原因却只有一个。是那个该死的梦，让她惹了祸。她已经第三次因为文字得祸获罪了。第一次，中学时因为同学看了她的日记，她被叫到校长办公室挨批。第二次，因颉的病。他因为爱她的文字，潜入她的电脑偷看了她的日记，他被罂粟花染病中毒了。黑暗一层层地透过她的文字浸入他的善良敏感疼她的心，他，本是一株伟岸的植物，却被她的多愁善感的心灵，有时像乌鸦一样黑的文字惊吓染病。第三次，诗因为她在他的匿名博客上的赞美之词，他想看看这人是谁，他无心要进入她的电脑文档，却鬼使神差地进入了，而且他莫名其妙地流连忘返，从而发现了她的一些秘密。几行字让他潜入她的电脑，一堆的文字让他对她欲罢不能地想探究到底。结果，他发现，她似乎爱他。他不知道，她日记里的他主要是指因颉，当然也有提到他的时候，不过在那时，她对他还不能说是爱，只以为这世界有他而感到幸运欣喜。

那个诗活多少岁的梦让她不自觉地疼诗，慢慢地爱上他，可以说，如果没有那个梦和很多个诗爱她的梦，她永远只会把他当作知己、朋友，可那个扰人心的梦和很多个他爱她的梦激起了她生命中一种本能的因爱怜而来的爱。让她敢于鼓起勇气安慰他、鼓励他、喜欢他。她本不是这样大胆的人，除了曾经主动给因颉写过一封信外，那都是经历了近两年的感情煎熬才有勇气做出的举动，而这一次，是那么多梦给了她胆战心惊的勇气，她大胆地赞美他、安慰他、爱怜他。他从来都没给她回过信，可她常常梦见他，他知道他在想着她。

珠月和诗是后来认识的，没有多少基础，她想，这辈子不可能有人代替得了因颉的位置。可是爱情却像汹涌的洪水滔滔而来，既在她想象之外也在她想象之中。她从不会轻易对人说爱，如果她说了，她知道那人是她可以用生命去爱的。如果她不能用生命去爱，每一颦一笑都为他，她绝不可能主动说爱字。所以这场汹涌的爱之潮水也在她的想象之内。可是爱之潮水并没有一直顺畅地流着聚成大海，慢慢地，不知什么时候，他把她变成了敌人，一个狐媚，一个女妖。即使白娘子是一条蛇，许仙也不把她当妖，何况，珠月知道自己绝对是一个仙女。

珠月已经好久没梦见因颉了，她感到、知道因颉已经把她遗忘了。这是好事，她想。忘记我吧，我从来没给你带来任何好的东西，你病了，我有一份不可推卸的责任，可一无所有的我如果再继续爱你，就是要耍赖自己的一无所有了。一无所有没有错，可一无所有的人要掺杂在明朗的阳光里，是不是想要让阳光也不得安生？我不想让阳光因我穿上破裤子，我要你的脚下拥有崭新的地段。赶快多生几个孩子，你建立的庞大帝国需要有继承人，你知道吗？这也是一个男人成功的一部分。中国人都有这种观念，何况你曾经说过你的家乡是多么重男轻女，看得出你也会不自觉地有这种思想。你喜欢孩子，无论如何，多生几个孩子就是好。把自己的生活过好，这是我对你的祝福。我已经一无所有。我什么也不能给你。

珠月梦见自己和双翼双手合十祈祷因颉的妻子赶快给因颉生一个男孩子。

珠月想着诗说话、做事的样子，还是那么喜欢他，还有一丝丝的温柔不自觉地浸入她的心底。就像看到自己看着长大的孩子，他忽然性情大变，甚至拿刀杀人，她仍然相信自己可以夺下他的刀，让他清醒。当所有的人都避之不及，她不怕，她走到他的面前，虽然她已经负伤，可她从来都相信他从小到大都是一个好孩子，一个她爱的人。

诗的眼睛在渐渐地变红，就像一场大雾漫进她心里，又听到他在质问她似的，为什么？他的嘴巴差点被她亲破了，上面全是唾液，他像是在审视她，又像是在温柔地笑她。旁边有一个同学似乎在站着看她，她就像把一捧三月的盛开的花朵捧在怀里，然后又把它悄悄地塞进枕头底下。哦，没有，她走了，还没回来呢。当诗把一袋吃的东西放到珠月手里时，她感到他的身体有一股纯洁深情的气息从他的肌肤散发出来，诱使着她想向他靠近，靠到他的怀里。

还有一个更深的黑洞，创痛贴在身体的墙壁。

有两三年时间，时光于珠月来说有时就像是空白的，唯有那一天才是真实，浑浑噩噩地过了六个月或者十二个月就是为了等待着和诗有理由相见的那一天。她把见他的那天当作节日一样，心想，她可以看见他了。她知道她不能常常去见他，如果过了几个月或者是节日，她就有理由去见他了。她盼望着见他的那一天，那一天她的心情会特别好，记忆里从来都是阳光明媚。她看着他，觉得心里很安静、很享受。即使他不说话，她只要看着他，她就会很满足。在这个城市里，他是她唯一可以说话的人，可以静静地坐着什么也不说的人。她看到他跑来，他跑来的样子很真实，她知道是他生活的另一面，他怕她久等了，她多喜欢啊。她远远地看着他，心里的甜蜜在他每一步中就像一座湖慢慢地被蜜水浸湮。她想去替他整理一下他身上穿的那件棉袄，握着他的手，她什么都没做。她想对他说，坐一坐，她什么也没说。她又回到了十八九岁的时候，有一天，她和因颉在街上走，她多少年都为没对他说“坐一坐”而后悔不迭。这一次，她仍然没有勇气说。她多想和他挨着坐下来，说说话，看着他。她喜欢闻他身上兰草花一样的清新淡雅的气息，她想亲吻他。可她看起来让他捉摸不定。想起他向她跑来的样子，她很想哭，也许，他在她的心中还不是一个普通的人，所以，他的平常的动作会让她特别感动。她只是静静地走着，说着话，她多想时间能停止不前啊，她多想那个小区花园永远也走不到尽头啊。她就可以和他多走一会，多说一些话，多待一点时间。偏偏小区花园的小路是那么短，每到关键时刻她都会显得尤其蠢笨，这时，她更想不出任何理由和他继续走一会，多说点话了。她多想伏在他穿着那件棉袄的身上哭一场，那件棉袄正是她梦见的那件褐黄色棉袄，在梦中，他用那件棉袄拥裹着她，他们俩躲在他的棉袄中亲吻。他也不管讲台下的学生了，她被一种巨大的幸福拥裹着，只感觉到天地之间到处是一片幸福的晕黄。

她只好和他告别，回家。不过这一回分别的时候，她没有想哭的感觉，也许是因为这是在他家小区的分别。让她自己不解的是，有几次他送她，分别的时候，她都很想哭。等离开他后，她的眼泪就流出来了，她用手背揩自己脸上的泪水，心感觉要碎了，她觉得自己的泪有一点点唐突，却是万分的真实。心想，又要几个月才能见到他了。她其实想见他并不难，可以去他单位看他，可她是个直线思维、死脑筋的人，那时，她还想不到这点。

她很爱他的那件棉袄，觉得那件棉袄会一直都是暖和的，她希望他能在穿着那件棉袄时拥抱她、亲吻她。像梦中一样。她多喜欢啊，那件棉袄里一定有梦中的晕黄，一定是被鲜花的汁液浸泡了的，一定有他的皮肤散发出来的香味。

那梦里是他吗？他在是与否之间，在像与不像之间，他的嘴唇张开着，他们相互亲吻着，可有那么一点不像他，这不像他的那么一点，正是这件事情的虚点。这表示他不好，或者他不在她的手中，这表示他的意志是恍惚的，对于爱情的未来难以预料。百分之九十九的他，百分之一的不是他，就是那张嘴，那张有些不像的嘴。还是她倾心吻的有百分之一不是他？她爱他，那百分之一不像的松懈的嘴唇，让她心疼他。她的心软软的，比花朵做的面坨还要软，里面蓄满了爱怜温柔的汁水，淌开就会是一条经久不息的爱的小河。

上天用他们的错过惩罚了她，惩罚了爱她的人和爱，还有爱的微尘。如果说爱是一个光辉的实体，那么必然会导向爱之罪的说法，微尘不足以掩盖爱，惩罚是荒谬的无理的。她叫道，想让他听见，你自己，才是自己的上天。

一个怕她爱他，却要她深爱他，流尽了泪，绞碎了心，他在暗处不满足，恨不得把她全部揉碎塞进他的肉里面去，还希望骨灰陪葬。一个想她爱他，却又不敢爱她，他希望她的骨头为他化成灰，并在骨灰上写上誓言，爱一辈子，到下下辈子。

第八十章

当珠月看着诗瘦了的时候，她想问他，为什么？是什么原因让你瘦了，让你心里不安？你一向单纯明净的心灵被什么搅扰了？致使你一次次地走向内心，把那些荆棘、藤蔓、牵牛花、日光的宁静全部翻腾出来。如果这样让你更安宁、平静、强大，我会和你一起去踩踏那些树叶，又会在阳光透过树林的缝隙中去寻找人生相伴的美丽。

终于愿意相信有灵魂，愿意知道永恒、不灭，因为这世间有你，即使是一辈子也不够，还需要永远的相伴。一直到魂灵也失去灵性、失去能量、消失的那一天。我们也消失了，如宇宙中的一丝风，轻轻地消失，消失于无形。那也无怨无悔。因为遇见的美好，因为相守的珍重，因为下一世的继续相守，因为彼此而不再孤独的温暖和慰藉，因为有你而不再绝望的远离死亡，因为有你而重新让眼睛焕发光彩，让身体轻盈。

有你，即使是垂暮，即使是衰老，也一样会让自己的眼睛从容、镇定、美丽。宇宙中事事物物都在你的眼里，你的胸中已容纳万物。万物的衰老荣枯表现的只是表象，万物的心和灵都在我们的心里。为了你的睿智的聪慧的眼睛，请将所有的衰老、失败都默默接纳，我们眼前的万物是这样的美丽，又是这样的怅然。你，留住你的身体和思想，留给那些看着你的人们。还有我。

我怕你因我的腐朽而叹息。我还未到腐朽时刻，虽然随时都可能腐朽倒地。只有泪，会不停地流，流向苦海的深处。流向你的眼睛里。痛苦很深刻，黑暗很迷人，能骗住自己和别人，只是不要把深爱的人染病，就什么都没有了。我一定要微笑、快乐。

一个坚强、坚贞的灵魂爱上一个人需要怎样的缘分、时间，需要怎样抵御心灵的风暴又抚摸灵魂的需要和呼唤。把自己周身的血液抚摸一遍，痛不欲生，又哭泣告白。为什么要让你的美撞到我心里？这世间万万千千，我抚心低泣，不让你听见。

珠月以往一直都以为爱情就是心里想着就可以。慢慢地，她的思想全变了，好像她身体的泉一直都是被埋藏的，慢慢地觉得看不到摸不到爱不到的爱情简直是残忍，不人道。性并不仅仅是为了繁育后代，更重要的是只有通过身体的密切接触，只有把生命和身体真正的融合，才会觉得和爱的人真正连为一体了，才能确证自己与爱人是一体的。这个一体的感觉非常重要，它是密切相关，生死相依的。需要拼命地吸取对方的身体，才能证实是被自己所拥有的。没有身体的爱情很伟大，很崇高，可对于神，我们也有那样坚贞的爱。肉体的需要是人需要爱抚需要温暖需要融合排斥孤独的最真切的方式，而爱的相互取暖是最美好的，因为它不仅来自灵魂的需要，更来自身体的自然需要、自我欲求。只有把彼此融合到对方的身体中去，才能给身体留下温暖的印记，证明血和肉曾经在一起活过，才是相依的。没有身体的爱情，是爱情的悲剧。没有爱情的身体，是可怜的身体。

珠月曾把因颉当神，他就成了神，人和神是不能真正达到世俗的沟通的。是那么的懂，又是那么的不懂，是那么的爱，又是那么的疏远。可珠月不想把诗当成她少女时的神，她知道那样她爱他立即完蛋，这就是她不想轻易写相思写爱的原因。写着写着，爱的人就成了神，爱情就成了神话。那些文字的风花雪月，缠绵悱恻全是想象的，在她看来，诗歌把爱推向坟墓。文字就像一把火，把爱锤炼得坚不可摧，只是爱成了书里固定的故事，成了写着爱的没有生命的雕塑。从此，她有时甚至讨厌诗歌，讨厌语言，虽然她是那么地爱它们。在面对爱情时，她想，我要抛下那些文字，只用行动，永远不用字。是文字让我曾经刻骨铭心的爱情变成坟墓，难道我还要再堆砌一座坟墓，把他永远地埋葬在里面。爱着又有什么用，造神的文字已经埋葬了我的最纯洁无邪的爱情，它的美比得上天上的五色锦。不过那是一个没有身体生命的爱情。是欲哭无泪的爱情。只知道说爱，却不能爱。面对一堆美食，竟吞不下去。把彼此当作珍宝心爱，不忍心把珍珠揉痛，把河水搅浑。

珠月不想再堕入那种爱情的悲剧，从此无言，语言把爱赶跑，只剩下语言的废墟，坚守着苍白的爱情。想爱而爱不了的悲和痛，是世间最大的爱情悲剧。

从此，她越想爱一个人，越不敢说爱。一说，爱成了圣洁，成了天上的圣水，不能沾的。爱情就是行动，就是用身体用心，不用语言，语言坏爱情，说得越美，爱情越不在。

一颗纯洁的种子，和另一颗纯洁的种子，会结成一颗异常纯洁的种子，却不是有生命有繁衍力的种子。再遇到另一颗纯洁的种子，又同样发出了纯洁的绿芽，只希望这颗绿芽结出有生命力有繁殖力的种子。是落到地上的种子，不是飘荡在空中的种子，是能长成一棵树的种子。实实在在的树，不是传说中的树。是生活，不是传说，是爱，不是爱的神话。

珠月想，除非诗能娶我，我绝不能让他爱上我。除非他能让我常看见，我绝不能让他对我付出真感情。除非他能对我终生不离不弃，要不，我绝不能让他为我受一点委屈。

他是天上的那颗恒星，是月亮最圆时候的安静，是太阳在夜里仍在发光，是青草树木的心，是花朵的纯洁，是文字的星辰，是江海湖泊的千年沉醉，是石头底下一棵青草青藤的勃勃生机和绿意。是美的，是笑容，是温暖，是柔和，是有力。如果能是我的丈夫，那是最好的。我不敢奢求这样的幸福，把全世界的珍宝和美都揽在怀里。这样赞美的话千万不能让我爱的人看见，否则爱情会疏远。还是爱我的那个梦中的你，解开你衣服纽扣的你，那才是爱我的你。你可以什么都不是，日月星辰都不要，只要你解开你的纽扣，幸福地拥我入怀。亲爱的，那才像一个真正可爱的人，一个爱情的美丽。那才是我要的爱情，因为你是我的你。

胸口化乳，而且是湛蓝色的，透明的，是乳还是精血，是心血还是美丽，这并不表示你是一个女人，只是表示你的真心，你的纯洁，你的心血的付出，像金子一样宝贵。

这是一个多么美丽的意象。全来自梦，全来自神灵。珠月相信万物有灵，相信有一个上天，这个上天不是神，不是一个具体的有生命的物，而是一种灵性，一种感应，一种生命与生俱来的趋向性，它接近人的心灵，常能产生一种意念一种能量，会告知自己或他人他物，并会相互影响。

那些想得多的人对自己要求严，没人要求他们那样。别人只管幸福快乐，他们还要管应不应该。多么懦弱的灵魂。良心，责任，宗教，等等，太多了，多累啊。人活着没有害人之心，有一颗善心，遇到了美和爱时，我想那也是上天赐予的，要让它产生的。不是谁故意去爱一个人，爱一个人是要有机缘的。

我就像一个被人错置的棋子，在无人的旷野我遇见了唯一的你。我身上就像插满了令箭，血肉模糊。只有你，愿意看见我，帮我取下毒箭的箭头。我被谁陷害，落到你的荒野，第一眼你就是我命中注定的爱。是谁把那些爱和仇给你，让我成为你的箭靶。我只有伤痕，我只有跌倒。是谁，把我推入你的怀抱，在命运之手中，我被双重抛入你的怀里。我不知道是谁的不应该，还是我就是要这样来选择爱。

我需要呼唤清风，还我夏日清晨，给我三月明媚，妆我脸容，来爱你。

没有你梦中的亲吻，大海就是枯竭了，我就是枯萎了。把你的唾液吻尽，涂满我的身体，沧海变桑田，那时爱才会尽。你的唾液才真正尽了，我的身体已在你爱的唾液中变成万顷桑田，我们仍然还可以爱着，抱着。海可以枯竭，桑田仍在。你就是我的沧海桑田。都是你的。爱到骨头变成大树，眼睛变成花朵，血液变成溪流，五脏六腑变成土壤，心脏变成小鸟。

梳妆台上的那种牌子的化妆水，我已好久不用了，还似曾相识。我头上扎的那个头花，现在还在用。真不敢相信，还没掉，还像新的一样，今天还用着。是那个头花吗？确定无疑是的。时间还未曾流走吗？

珠月晚上听见雷声隆隆，想起几年前那几个夜晚的惊天动地的雷声，她感到因颉在当时的雷声中病了。今天的雷声又意味着什么呢？总是在雷声中她的前方又将有新的阻碍或者惊人的事情，或者她担心诗有什么不好。雷声就像是神灵的声音，它告诉她危险、警惕、苦难、曲折、担忧等。她很怕听见雷声，她仿佛看见他倒下了，她看见他的双脚，倒在泥水里。她赶紧摇头让自己醒。她在心里说，宝，好好的，知道吗？这就是你对我的最好了。我从没希求你帮我，只求你这一点，当然，你也不要害我。

她不忍怪他，又心疼他，又心疼自己，又心疼自己的孩子。

珠月梦见她到诗的家里去，他的家似乎变了，不在现实中的地方。他在那里唱着歌，说着他爱她。他担心他没钱给她，让她过得不好，她自己其实也在发愁没有什么可以给他。因颉爱她，因为太富有，不能离婚，难道她会在乎诗有没有钱吗？富有和贫穷如果都成为爱情的障碍，那这世间真是没法活了。她买了很多酒送去给他，看见他的孩子甜甜，甜甜是诗的妻子和她的前夫生的孩子，珠月想起自己没带红包。甜甜拿着棍子竟然打死了一个人，她是打着好玩的，一个孩子竟然能打死人。她走了后，她听见他在水龙头底下冲凉，唱着歌，说爱她，那神态极像一个当代的电影明星。

她想象着，他有一个小小的身体，执拗地，像泥鳅一样地黑而犟，里面燃着火焰，有火山爆发的能量。他的光溜溜的身体，像几岁的小孩子，他用性感娇嫩的唇吹着彩泡，又吹出万重山岳。他的纯洁干净的身体被魔笛演奏着执拗的爱曲。珠月想："我要积累几辈子的福气，才能承受你的美。你说你只让我心疼你，不让别人有心疼你的机会，那我就只想你，心疼、流泪、欢喜，都只为你。"

珠月心疼诗梦中唱歌的样子，他担心不能给她什么。可她除了要他的健康平安，她还要什么呢？她可以看到他，心里有依靠，这就是他对她的最爱啊。珠月的心里泛起了一层层的又酸又甜的液体，浸得她沉重地坐下，又轻轻地站起，她心里甜甜的，又酸酸的，就像小时候吃的五颜六色、闪光晶莹的"泡"（覆盆子）。那时候，她就会有一种想为他死去的感觉。好像这世上只有死亡最能表达崇高坚贞的爱情。我会爱你，用十个生命，一百个健康，一千个自信来爱你。有太多的美好，她愿化作十个身体来背负。生命在她的身体已经开成了十朵花，甚至更多的花。按说，她已经美好得无以复加了，可正因为身背的美好无法偿还，所以她只会感到沉重、无力、躲避、甚至灰心失望。

当她每次知道那些人将要做出什么来伤害她、破坏她时，她真想站在他们面前大喝一声，可是她没有任何证据，梦不能拿来做证据。关键是事情的发展每次都按梦里来，让她胆战心惊。她多少次想对着他们大喊"请你停止"。恶势力是如此强大，他们一句话就可以拖延她或者让成了的事泡汤。

她对自己说，我愿意把自己剁成泥、碾成粉，一点点地为你散尽。这是我自己的想法，没有人可以强迫我这样想。不能把我的意愿当成上天的意愿，好心当成应该。

珠月梦见她和诗在门后拥抱着，又被人发现了。她感到一种欲罢不能的紧紧的好像人要死了一样的眩晕和舒服。他们拥抱着走着，她亲吻他的脸和嘴，他的脸有些凉，嘴也和脸一样凉，似乎松松的。她想，这是他不如意的表现。

她那段时间常常梦到他，她想这一定是因为他在想着她。他送她一只箱子，里面有钱给她，她说，我不要，我有钱，他说，你哪有钱？后来，她和他亲吻，他进入她的身体，有人发现了，他们仍然保持那个姿势，不舍得分开。她想，我要来月经了，要不，我今天可以怀孕。后来，他老婆来了，她看到她和他粘在一起，惨叫一声，旁边有人给他老婆脸上喷一种药水让她昏迷过去，怕她会发狂伤害他们。她和他仍然紧紧地在一起不肯分开。他对她说，她在外有人，那她为什么这么惨叫？他说不知道。她看见穿衣镜里的自己裸着身子，身材很好，面容姣好，她知道那时她有爱情。那时她很喜欢梦中和他约会，她不知道这些梦中的爱全是灾。因为有这些孽爱，所以才有那么多的迫害。梦中的爱叠加得越多，伤害越大，生活越失败。

她梦见他帮她说情找工作，没起作用。她去找他，他正在冲澡，门没关，一摸他身上，凉凉的。她说，怎么用凉水洗澡？他回答，不冷。他说话时有些委屈，可能知道她知道他没帮成她。她心疼死了，心里说，别为我瞎操心了，工作会有的，只要人好。她想对他说，等我赚很多钱了，我给很多钱你用，给你的妈妈用，让她开心。

她去理发店洗头，遇见诗，他叫她自己洗头，她想，我怎么可能叫你帮我洗呢？她洗头时洗发精浪费了很多，她穿着上衣，长裤子，外面还套着件裙子、大衣，他帮她把大衣脱了，显然外面的裙子是多余的。他恼火地对她说："跟你搞不好。"醒后她想起这句话觉得他是真心关心她的。旁边的人都在想，他为什么对她这么好，好像他们之间已经有了一种不能说的关系。

珠月相信他所做的一切都是美丽纯粹的，就像她闭着眼都可以跨过万丈深渊，因为她相信她可以跨过。她闭着眼都可以把自己投向他的怀抱，因为她相信他的安全他的力量。即使她一不小心摔到悬崖下面，那也只是她不小心，她是那么相信他。短短的几个月就像狂风暴雨，就像他在那里等了她一千年，就像雨水积存了一千年，一下子排山倒海，汹涌澎湃，无畏无惧。

她希望诗像她一样踏实安宁，他的纯粹和洁白配得上安宁。她相信他掉到水里化成的也是一片透明的白。

她近来梦见诗不爱她了，她想，她的生活应该有转机了，两人都不要她了。梦中虽然惆怅，醒来后才知道他们的孽缘该结束了。她的受苦受难的日子该结束了吧。爱，哦，真的太美，她也因此付出了代价。她希望爱情不再在梦中来，梦中的爱情连成了生活中的一串串的灾。他们解脱了，她也解脱了。是福音啊，不能再执着了。

诗的老婆为什么惨叫，为什么怕她？因为她看到了她眼里的喜欢和真心。真是千年等一回啊，等到了，其实什么都没发生。并且爱情让人变成魔鬼，叫爱人犯罪。什么样的千年啊，遇到了一回，把血都吐尽了，然后得到一次又一次的鞭打、迫害。这是什么样的爱情啊，把你抛进臭水沟里，又让人来侮辱践踏。为了这千年的爱情，预备生死的爱情，不可得的爱情，她心迷又恐惧。就像手中拿着一团火，她爱他，却又被烧灼得万分疼痛难熬。

慢慢地，梦中的他有了法术。他悄然而来，又悄然而去。无声无息，从不光明磊落，而且心中怀有歹意。她就像躺在悬崖底下的深渊里，他接连不断地用脚踩她，虽然在他看来觉得自己已够仁慈，留下她一条命，可在她心里，这些踩踏比什么都重，她所有的爱和希望在眼前幻化成一种魔幻的法术，用最狰狞的面容来嘲笑她。

她想，难道她的命运真的要被别人操纵，他们有什么理由来决定她的命运？上天给他们权利了吗？他们超越自己做人的本分来操纵她的命运，羞耻啊。因为他们没有权利，任何有心的害人都是有罪的。最重要的是这些人个个都认为自己有权利来决定她的命运，真不知是谁给他们的权利？国家没有法律吗？社会没有舆论吗？做人没有良心底线吗？他们在她的眼里渐渐地变得猥琐渺小，以前还不知自己灵魂的高贵，现在竟越发瞧得起自己来了。她不明白的是，不知谁给他们的权利，他们的魔爪还偏要伸向一个弱女子，有权利有势力有金钱的人他们都不敢惹，偏要来欺负她。因为她没有向他进贡，进贡不多，她太自信，她付出的心血汗水别人看不见，因为她是“天才”，她有种种的理由应该被他们压迫。他们不损害她，他们就会觉得是在帮她，她也觉得这是他们的恩惠了。他们让她爬，她偶尔站起来，是他们的恩惠；他们想让她死，她还活着，是他们的恩惠。她心如明镜，她不动，她知道恶终将会得到惩罚。他们要把灵魂中的丑陋发泄在一个无权无势的弱女子身上，她想，她除了为他祈祷外，她已没有能力为太多的人祈祷。

在是与不是之间，在与不在之间，对与不对之间，最终克服。

珠月几次梦见猫（不一定是咪咪）向她扑来，来抓她。他们的恶行成为猫的捕抓动作，可是珠月不舍得把咪咪送给别人或者给哪怕非常值得放心的人养，更不忍心把她放走。她想她有可以解决的办法，根本不信那些邪。世间万事万物，你信，就有，你不信，就什么都没有，都不为惧。人是多么伟大啊，没有什么能控制一个人的命运，只有他们自己。这世间本没有神，人就是自己的神。如果真有什么不好，她也要养咪咪。何况，她根本就不信这些。她有时信梦，而梦又是每时每刻都在变化的，所以，她现在唯一信的是人本身。人可以改变一切。多么伟大的佛祖，多么伟大的人，佛说，人皆可以成佛。佛本来就是人。活了四十多岁，这是她领悟到的最有用最深刻的道理，她因此非常有成就感。

珠月有几次感到自己要开始眩晕、昏迷，她对自己说，还没有资格呢。她听到雷声，恐怖万分。她看到茶花长得很好，枝繁叶茂，她的心里放心了。他仿佛听见了她的声音，变得更坚强更自信了，他在梦中变成一个身强力壮的男子汉，她放心了。在无数次神经的历险中，她仿若要掉进万丈深渊，那个深渊就是他们有什么不好。她曾在一次神经险境中走出来了，并不表示她已经脱离危险境地。他们的生死安危健康疾病几次考验了她的神经，使她几次都差点掉下危险的黑暗的悬崖。几次的历险都带着梦中的恐惧而来，在细如发丝的踩钢丝似的悬吊中，她一次次地爬上了安全的山崖。恨不会毁灭她，因为她有天地的胸怀，只有爱才会毁灭她，因为她有慈悲的心地。如果诗哪一天让她彻底地不再为他忧为他喜，她想这也许正是她获得救赎的时刻。

就像天地间有一双眼睛一直都在看着她，她已经具有了神性。雷声，下雨，乌云翻滚，咪咪看似要流出的眼泪和有时愁苦的眼神，阳光明媚，鸟儿啾啾，绿叶露出笑容，桂花、茶花脸上抹着粉红的蜜晕。她只相信好的，不信坏的，想为神者，只找信徒；不信者，天地不管，只靠自己。人靠自己好。

以往几次七夕都会梦见诗温情脉脉，清风朗月的。可这一次，他弄得家里的锅碗瓢盆乒乒乓乓地响，妈妈、妹妹、孩子在，就响，余清一来，就不响了。如果怎么都响，她的担忧会更多，它们只是在余清不在的时候响，说明他还有理智。不管怎么说，她心里知道这样的梦不好，这是谁造的孽啊。他拿钱拿面子去求人来害她，她怜惜自己，同时，也怜惜他的面子和人情。如果他花了钱，她希望他在整她的过程中，这钱还能有一点别的用，比如把人际关系搞得更好一点，当然，但不要害她。就是比如说，一个人花钱去害她，她希望那钱还能帮他做一点别的事情，不要让他亏得太多。这话说得就像讽刺，这完全是因为她从骨子里心疼他，爱他，为他着想。她想，如果他有一天花了钱和面子害她没害成，她心里可能还会心疼他付出那么多却没有成功。他用自己的名声和地位得心应手地破坏她，如果哪一天不灵了，她会心疼他，怕他因受挫折而委屈。当然，她心里最终最疼的还是自己。她不知道自己的伤痕是继续好还是继续增加，她也不知道她最终是怜惜他还是怜惜自己，这得由他来决定。如果她还有一点心性一点尊严来怜惜他，她绝不怜惜自己，如果她觉得自己已毫无尊严、心性，她就会怜惜自己原来这样的一无所有，贫穷丑陋。

欲哭都无泪，没有错，可全部是惨痛的事实。你无法恨，只有怜，怜别人，怜自己。你以为爱任何时候都是对的吗？都是好的吗？爱，一个多么亮堂的名字，可是却可以带来一系列黑暗的惨痛的事实。你以为只要你自己爱着就可以，以为影响不到别人，以为你只管唱只管说，只管多愁善感，脆弱的神经承受不了你的爱，完整的家庭插不进你的爱，纯洁的心灵盛不下你的爱。不是你爱就有理了。更可怕的是一种不可能的爱。当你爱时，爱就会成为一种重量和负担强加在别人身上。

她的痛楚的命运已经永远刻在因颉的心上了，她就像一片枯叶落在他的心上。她梦见和因颉走在一起，她问他，你身体好吗？他说，我不好。他们相互拥抱着，中间有一堆火，他们隔着火拥抱着。她见他的裤脚卷起来了，有些长，她弯下腰帮他重新扎裤脚，他只穿着一件牛仔裤，她觉得他穿得太少了。他很顺从地听从她的。他做了很多家具，放在很多房子里，柜子摆得很整齐，太整齐了，这些都是他的基业。她知道这个梦表示他非常需要她，无论她多么会狡辩，多么会说服自己，说他根本就不需要她，可是她知道她心底的一个最大的痛就像光芒四射的黑洞，他就站在黑洞的中心，说过，他爱她，是在梦中说的，比现实中说更真实更具有权威，即使他不记得她了，她都不能说她与他的痛和黑无关。

爱中的人就像婴孩，每天都要给他喂奶，每天都要问候几次，要不，他就要叫，就要疑惑。

诗的脸就像被水浸过很久的糯米一样白，他好像已经成圣人。那是在他最无助的时候，那时候他是圣人。

第八十一章

珠月想她既然做了选择，就不会改变了。她要对得起诗。为了他曾经同情她怜惜她，为了他的挣扎。她不能让他受一点伤害，直到他对她说，他不再需要她。她安然等待着他抛弃她的那一天，她知道这样的日子是迟早的事。只要他需要她，只要他能更加自信、强大、健硕。他好了，她的日子自然好过了。她知道这样的日子会来，她早就做好了准备。她为家人奉献牺牲，为他，她一样甘愿。

是爱还是孤独？选择哪一项？爱即伤害；孤独，又不满足。

她知道她不是因颉要的人，因颉需要一个年轻漂亮的女人来激起他生命的激情，他所拥有的过大的资产已使他对女人产生厌倦，再加上他的傻气，单纯。

珠月想活下去，想找一条活路，她想紧紧抓住诗，方才感到一丝生存的气息。她要走向诗，这是她的一个意志，她要应他的声音走近他，接受他，或者被他包容。她已想好了一切，她要去承担的一切。她和他都感到承受不了对方的深情。她曾经把心给了一个人，她感到只要有人说爱她或者她说爱别人，对他和他都是愧疚。可她忍不住走向诗，她对自己说，你得想好，以防过后的心理考验。她的理由是，她的丈夫在外什么都有，自己一点都不像他妻子，她又见不到那个她一直藏在心底的人，她孤独死了，她要寻一条活路。这些都是她自己为自己找的借口，都是自己给自己的说辞，那时刻，她被燃起了爱情之火，她就想走近他，虽然她身体动也没动。她像个小女孩一样，仍然只知道在心里爱人。

因颉从来不会伤害她，她非常坚信。她不希图和他成为夫妻，只要他知道这世上有人在想他疼他。

春节的日子把眼泪拼命地压住，难道就为了现在一天一天地流？

光明的东西在珠月面前一片片瓦解，所谓的力量在她面前消融，她只希望她的美和光辉不要伤到她爱的人。

让沉重的网向我胸脯压来，我平静安宁地等待着，佛祖会用他巨大的手，为我揩去困难和忧伤。

不管是爱情还是生命，诗都希望从珠月那里得到补偿。奇怪的是，这两人是那么相像，他们对待爱情的方式完全是用心灵。

因颉有段时间好像非要把自己毁灭才能对得起珠月的赞美，其实赞美值几分？好傻的他啊，傻得让她心疼。就像诗现在要固执地破坏她一样让她心疼、惧怕。他们都钻进一个她的网中，就像咪咪进了珠月的家。他们甚至都不知道是否爱珠月，他们只是像着了魔似的盯着她。就像咪咪刚来时整天整天不眨眼地盯着珠月看，好像要在她身上看出花来。珠月想，诗什么时候会像吐嚼烂了的槟榔一样把她吐掉。因颉虽然不会吐她，也会对她漠然以视。她很安于这样的命运，不争不抢，亏自己，为别人。

他有多少痛多少苦，她就要受多少惩罚。

他的湛蓝的胸液，他从心房流出来的碧蓝透亮。

她知道诗明天一定会以某种方式向她道别，果然，她看到了他的字，她感到那是他的博客。他来向她道别，其实他不需要那么讲道理，不爱她是不需要理由的。告别诗是迟早的事，不是今天说，就是明天说，不会超过几年。她想哭，眼泪在风中飘散，像要落雨了。好好活着吧，我们都经不起一点伤痛。只要把命保住，就算胜利。还敢奢望什么更多。她看着镜中的自己，眼睛都哭肿了，还说不伤心。只是觉得自己命中没有，便也没有不舍得，其实舍得舍不得还不是一样吗？他又何时属于过你，何时来看过你？你们握过手吗？你们拥抱过吗？更别说拥有。你本来就没有他，也没有明显的失去，只是眼泪还在不停地流，只听见他说来道别，也不是走来对你说，只是在博客里不知是对谁说，就连告别都见不到，你什么时候有他过？他不过是你的一个梦，却深刻在你的心里。快乐地，向前奔跑，或者一边玩一边走，记得赏花、观雨、晒月亮、沐浴太阳。我喜欢你这样。我从天上摘下星辰祝福你。

日光，照在她眼前的阳台上，往事在珠月手中的书页里慢慢合上，黄昏的夕阳，隐进树梢。只有知了在叫着，那个夏天，奶奶来了，为你摘知了来了，路边树上歇着很多知了，奶奶捉了给他们玩。好久没有听见知了叫了，多好听啊，就像回到童年，她伸手去抓那只知了，没抓着。她一下子想流光所有的泪，那是美好感激的泪水，眼泪和着溪流在流淌。她闭上眼睛，希望在梦中能再次遇见他们。

她和因颉（梦中是因颉的名字但不是他的人）拥抱着一起坠落，坠落到地球的角落，坠落到宇宙的缝隙，他们紧紧拥抱着，几千年，不过就是一瞬间。她写的字一页一页地全飘到地球的角落，宇宙的缝隙里去了，那些字会流逝，他不会流逝，他是神，一直与宇宙同在。地球可以毁灭无数次，他仍然在，太阳仍然在。她的职责就是爱他，守护他，像守护一个婴儿一样，遵守自己的诺言，走到他的身边，把所有的芳香摆在他的面前，让他走失的精魂回到他的身内，让他像威严的国王，从来也不失他的高贵。

她甚至想到死后和他睡在一起的样子，虽然是想想，画面出现过几次，让她十分向往又觉得应珍惜生命。

诗把所有的障碍都砍倒，留出一块空地，其实他根本就不会去踩，却要这些树木、荆棘倒地哭泣。

该发的论文被阻拦，申请项目、加工资被阻拦，就是网上购物都十有八九买的东西有问题，不是衣服两只袖子明显不一样，一边是灯笼袖，一边是平袖，就是裤缝是歪的，或者围巾上有一大块污渍。请的清洁工每次不是摔破猫碗胡椒瓶就是折断拖把把、油泼了一地。每一步都艰难。她想，如果他再要在大事上害她，她的心肯定会硬起来，就像包着一层硬角，她会因此变成一个冷酷无情血肉冰冷的人。这次如果申请项目又被害，她真是再也不想说一句话，只想坐在家里抚住自己的伤口，让伤口结成痂，结成硬壳，她从此会像她的一个同学，在经历了很多变故之后，那个同学从来都没有激动过，没有大笑过，也没有见她哭过。

在她最无助的时候，她得不到任何的支持帮助，却接连地得到残忍的破坏伤害，她想，这是报应，这是她该得的。她不该去爱诗，她不该伤害因颉。因颉是上天送给人间的神，善良、宽容，可她却因为见不到他就想去摆脱她命中注定的孤独，她不但没有摆脱孤独，而且陷入了一个更深的罗网中。这不是命是什么，是上天对她的惩罚。如果说她配得上因颉，那是因为几十年的感情。她没有青春美貌，什么也没有，诗的生活不应有她，所以，这一切都是她罪有应得。

珠月把一锅酱不小心打泼了，把印着田野花朵的裙子弄脏了。她不小心碰开了爱情的魔鬼机关，里面飞来很多的毒虫子，咬得她遍体鳞伤。没有人救她。她伤了因颉的心，她得罪了他。

诗是那么的无助，她想把自己献在诗的面前，可是他要吗？他会快乐吗？她不能给他需要的，这就是罪孽啊。一无所有的她除了即将衰老的一堆肉体，还有什么能给他的？能让他快乐幸福的？他的无助，是她的一无所有。如果她什么都有，他就不会无助了。一路上有鲜花，任他去摘，一路上有鲜果，任他去吃。一路上有美丽的身影，他可以得到安慰拥抱。她既不是鲜花鲜果更不是鲜人，她只是一个将老的命运坎坷的可怜女人。这是她的罪。罪会罪上加罪。因为她的不应该，一连串的压迫、迫害像密雨一样扑来，她是多么地心疼他啊，又是多么地心疼自己。她因为不能给他多的东西，她不能让自己年轻富裕，她心疼她的出现给他带来的那么多的烦恼。她看着他的白发，那不该出现在他头上的白发，仿佛根根都是冤屈，天神被魔鬼挟持，天使的脸上暗含着仇怨。她有去抚摸他的头的冲动，可是她压住了自己的冲动。她有去抚摸他的脸的冲动，她想告诉他，不要愁烦，不要让天使的脸长出棘刺。她刚刚想伸出手，她又放回到自己的膝上了。她想走到他的面前亲吻他，他会不会感到很惊恐，或者觉得理所当然。如果他觉得是理所当然她肯定会更大胆。她什么也没做，她只是望着他，就像咪咪紧紧地盯着她，她的眼睛看他都要看出水来，她似乎也看到了他的眼睛里的水。她知道他喜欢她，这不会错，她绝不是自作多情。这让她心中的爱情更大胆更无忌。她想在他的面前脱去自己的衣服，可她觉得自己的身材有些变形，她想更大胆一点，她觉得自己的皮肤不白又不光滑。清水出芙蓉，那只有与自己朝夕相处的丈夫才能偶尔看到、体会。

她知道诗有不能说的委屈，她心疼他，可她又给不了他要的东西，这种心疼就变得多余又可恶了。所以他的报复仔细想起来是有理由的，是一种真正的恨。恨她让他费了那么多心，用了那么多感情，再回头一看，她根本就不是他想要的。

一个深爱换来病，一个真爱换来报复。即使我是那么卑微，卑微的爱也是一颗心，一个生命。

山野会留住果子，我们都在这个城市住着、说着、写着，身旁有树木，头上有星辰，人间会留住你。星辰不会坠落，我会用手支撑起天空，为你搭一座阶梯，在每一个日子里，守护你的果实不坠落。请你成熟得再慢一些再慢一些，请你的光暗一些再暗一些，躲到黑暗中去。用山野覆盖住你闪光的语言、你圣洁发白光的几岁孩子一样的身体。

她知道她对别人说的话，他们会传给诗，所以她不会在他们面前把自己的真实想法全部暴露。她谁也不会告诉。

她幸福得就像被撕裂一般，生活困难，爱情满溢，她还可以微笑。把生命劈成两半，给，没人要。她在心里说，我爱你，不想让他听见，她知道他承担不了她的负担和伤痛。好花好朵被踩了一地，奉献的生命被踩了泥，那么亮和完美的光焰啊，想那样升腾、毁灭给你。男人与男人，女人与女人，能结出果实来吗？我的爱人已在深秋病倒，我的爱人已离开我的孤岛。即使爱了一秋一冬，一春一夏，又到了深秋，身上的衣服脱光了，连脚上的鞋都没有了，她从来不问他是否爱她，爱多久。爱情可以在昨天，也可以从来不在，爱情可以在明天，也可以今晚就消失。她只知道自己爱他疼他，永远不会变。

她想要自己的绿洲，可她没有岛。

因颉梦中对珠月说，那个博客是他写的，珠月想，只有他才会那么深爱我，以生命爱我。她和他亲吻，他不行，他肚子里流出的全是红薯条。他最知己的朋友双翼在帮他。他全身赤裸躺在地板上，瘦瘦的，他不好。他们请的两个小孩变成一只猫一只狗跟着珠月。他伟岸的身材，阿波罗一样的脸庞，可是现在，他却是那么无助瘦弱，面容黧黑，他需要她。她多想走到他身边去，可她却打不通他的电话，见不到他的人。他有他的家，他的爱人，可他需要她，难道这梦是一个谎言？如果他真的需要她，她最少应该能打通他的电话。她可以设身处地地想象自己如果需要他，又会怎么欣喜地愿意见到他。

有一段时间她是这样一个角色。她一直注视着诗，当他某一天达到高峰要下来时，她也跟着下来，她就像看他演出的人，他的使命完成了，她也似乎完成了。即使他不为她说话，他的文字不能为她增加半点光彩，她仍愿意他活得光彩。好像珠月的存在只是为了他，为了给他看。他不看了，她也觉得做事没意思了。他演出完了，他要下山了，她也自然会跟着下山。她想，为什么他走我就要走，我也可以不下山啊，我还可以在山上待待，看看风景，可好像她一直以来就是来看他演出的，她从来没唱过一首歌，跳过一支舞，她不知不觉地跟着他们上山，只是作为一个忠实的心无旁骛的观众，好像她从来没有想过要在舞台上来表演自己，虽然她有能力也爬到了山顶。她的心却随着她的演员而死。

她梦见和诗亲吻，不知为什么他舌头的一坨肉留在她的嘴里，后来，她醒了，又做了同样的梦，又梦见他们亲吻，又梦见他舌头的一坨肉留在她的嘴里。她心里喊，宝儿，为什么和你亲吻你就要受伤？是怎么回事啊。

她靠在他的腿上，去摸他的胸部、手臂、脸、头，他任她摸。她心里想，他在想她，你不要再阻挠破坏我了，我就会去看你，你的舌头就不会那么痛了。

珠月想，我应该给你最珍贵的礼物，那就是快乐，我快乐了，你才能快乐。我得到了珠宝，我有这个权利，这个福，快乐才能自心底升起给你，我亲爱的人。来爱我吧，我将拥抱你，引你到我生命的深处。我已不准备挣扎，只要你说爱我。

梦中，珠月用意念给因颉剪头发，很喜欢他的那个样子，他很帅。他们拥抱、接吻，后来，她消失了，变成了无，成了一缕芳香，一缕清风，围绕着他。她知道她或许将以还债的方式将自己奉献给他。那个梦，一条巨蛇在猫的肚子里说是已死了两三年，被猫吐出来，已是残骨，却仍能站起来，珠月拼命地逃。它站起来的样子，好像一个人的影子。珠月心痛得都想倒地死亡了，因颉那时想至死不渝地想她，她欠他的，她将以一种她自己也不知道的方式偿还，但她知道是一定要偿还的。他的病，他的痛，他的死过一回，英雄的血不会白流，天神的苦痛不会白尝。因颉的痛像一根一根的针深深扎在珠月的心里，永远都拔不出来。她将以另一天神的全部站在他的面前，让时光逆流，让美貌青春重返她的身体，然后把自己全部交给他。

珠月在心里问因颉，你能告诉我你在想什么吗？如果我和诗结婚了，你会怎么想，你能承受吗？如果不是和他结婚，是和一个很差的人，你又会觉得怎样？你不能承受我和诗结婚，如果是和别的人结婚呢？你愿意我怎样，请和我说。她仿佛听见他说，我不能承受你和诗结婚，和别人结婚我能承受，因为他爱你，是因为我假冒你给他写了很多文字的原因，我当时不过是想试试他对你的情感，同时，我一直有种朦胧的感觉，觉得他就是我今生最大的情敌。我不能成就我的情敌，我不能让他把你全部地夺走，如果你和另外任何一个人在一起，绝不可能用全部的心去爱他。所以我不能承受你和他在一起，那就是挖我的心肝。珠月想，是啊，我注定只能孤独一辈子，这就是我的罪，我的命。她因逃脱孤独爱上了诗，没想到她又陷入了更深的孤独之中。

一段时间后的一天，珠月朦胧中似乎听到因颉说："如果诗真的疼你、爱你，愿意娶你，我也会祝福你们。"

珠月想过不和诗联系，可又怕应了那个梦，他会感到委屈，他会病，想到这点，她感到非常恐怖。她在心里祈祷，千万不要因为我不理你就感到委屈啊，你屡次阻挠我破坏我，我不敢和你联系了，你不阻挠破坏我，我才敢和你联系。你千万不要因为我不和你联系你就感到委屈，我算不了什么，人老珠黄，一无所有，根本就不值得你觉得有委屈，听话呵，永远都自信，你是天神，还会在乎别人？什么人都不要在乎。

她记得她曾经和因颉也在心里说过同样的话，别被女人打败，管得她是什么女人，女人有你的健康、生命重要吗？我会恨这个女人，哪怕这个女人是我。可因颉似乎在说，不管值不值得，只问愿不愿意。珠月好恼火啊，她恨不得揪住他的衣服，你愿意，你愿意，你个猪，看你病了，谁管你？你老婆吗？你老婆不可能真正懂你怜你，那个唱歌的吗？不过是一个想从你那里获取利益的女人，我吗？我都见不到你。我没有那个歌女的年轻美貌，也没有你老婆的名分，我都没机会看见你。他偏要往他自己想的深渊里滑，她拉都拉不住，他就像被魔鬼诅咒了似的。珠月了解因颉，他就是铁血柔情的男儿，是真正的男人，只伤自己，不会伤别人。他伤得自己差点掉了半条命，自己的翅膀还剩一半差一点。他原是有十条命的男人啊，这些女人，都是害人的，凭着爱的名义，把铮铮铁骨都给他弄碎了。那一年，想起来，因颉都感到黑暗恐怖，胆战心惊。他不敢想那一年，他的头就像被烟雾缠绕住了，一直都像是悬在空中，总有声音在对他说什么，让他只想把自己像阿波罗一样的身体和面容沉入黑暗中去，他躺在黑暗的深渊的底层，他倒觉得有一种黑暗中的安稳和舒适，就像一个在战场上英勇作战累了的士兵，可是他又觉得四周围的黑暗压得他喘不过气来，他就像在大海里呼救着，心里默念着她们的名字。他希望自己能升起来，露出海面，他的头就像昏迷了几十年忽然醒来，海面上清风吹拂，他现在唯一希望的就是神清气爽，天空和海平面都能像以往一样是清晰透明的。

第八十二章

当珠月刚刚来到乐城隐隐感到余清在外有女人，而且还很怕她后，她有一种感觉，觉得是把自己的脏器放在砧板上给别人剁。当她质疑余清时，坐在老板椅上的余清转过身去，流出了眼泪。假如她心里从来没有过爱情，她也会无所谓，神圣的家只有在爱情是神圣时才会神圣。现在，爱情已变得肮脏，家，就像支离破碎的脏玻璃。

珠月喜欢像鸵鸟一样把自己的眼睛藏起来，她不愿面对丑恶，她一直都在逃离，她感到自己已无法逃离了。前面是一堵墙，她的脸已经撞到上面了，她必须要面对。也许爱情从来就没有过，也就谈不上失去。她感到自己的人生很失败，最少已失败了一半。

珠月想着那个梦，难道那个人（不认得的人）的死与我有关？我背面的石子击中他的钓鱼竿，他就落水而死了。还有一个梦，在小孩子的时候，那个人（不认得的人）就被我失手推倒在地死了。长大了的他和我擦面而过的时候，并没认出我，我那时很怕他叫我的名字，好怕。他们的死与我有关吗？她想，石子击中钓鱼竿与我没关系啊，我失手推倒了一个小孩子，他倒地死了，这好像与我有关，不过，这是做梦啊，她醒后惊魂未定，心跳不已。

珠月需要的是全部的爱，而不完整的爱只会让她孤独到顶。

珠月梦见自己被一只老虎咬得全身是血，这只老虎一直潜藏在她的身边，她又梦见这只老虎在她的脚踝上留下几个很深的齿印。珠月醒后仔细地看着自己的脚踝，好像那上面真的有老虎的齿印似的。因为梦中的齿印确实太深了，珠月已经觉得老虎齿印不可能消失了。

曾经，珠月觉得她和因颉永远都无法跨越对方走向彼此，因为他们太相像了，当她面对因颉时，就像面对她自己；当她真的找到了他时，她是找到了自己，他却消失了。她就像是对着自己的灵魂叫喊，却没有回声。

她就像在山谷里叫喊，只听见了自己的声音。她记得他说的每一句话，因颉有次为珠月那么清晰地记得她丈夫的话生气，她心里想，你说的每一句话我都记得，可以说是一字不差地记得。从第一次见到你，到现在，你哪怕随便说的一句话我都记得。我的记忆力是相当的好，十几年前买的袜子、衣服是多少钱，我都会不自觉地记得，我并没有特别去记这些东西，就是不自觉地记得了。她纯真无邪地笑着，看着他，这种神情让他迷惑、无措，让他彻底地信任她，可是来之前心中所想的那些共度良宵的冲动、想法好像一点也无法启动。

回想一生中仅有的几次珍贵见面全被她搅黄了，她觉得自己很害羞，又觉得他是神，神的美好的身体让她感到他们的情感更加纯真珍贵。他心里想，一个根本不懂爱情的傻女孩。十九、二十岁的她以为爱就是心里爱，任何爱只要变成夫妻之爱，就俗了。三十岁的她仍然这么认为。在她三十岁的时候，她有机会见过因颉两次，十几年了，她并不懂爱是什么，她心中没有肉体的欲望，只有心灵相依的需要。就像一个跷跷板，总是不平衡，一个男人心中所想的与一个不成熟的女孩想的完全不一样。他终于对她完全失望了。他们的夫妻缘或许在她深深爱上他的那些日子里就结束了。

以前她可以心平气静地等待，就像他曾经说的他们终会走到一起，现在，她已感到一种真真切切地失去。

珠月和余清的身体常常能不自觉地融合在一起，即使内心里已有隔阂，即使他们嘴里默默叫着的是别的男人或者女人的名字，他们的身体总能快速进入那种融合的状态，没有任何隔阂。这只能说明他们天生是一对夫妻。珠月第一次和余清睡了后，一下子觉得余清就是自己的丈夫了。走在路上，她把手插在他的裤袋里，她能感受到他的体温，她觉得她已和他紧密联系在一起了。

从她的迎合到她的融洽到她内心的痛苦，这些似乎都不能让他们在床上永远是有隔阂的。他们已经爱到了一种境界，他把她当妓女，她把他当嫖客。然后她想，为什么睡在床上的不是他？如果能靠在他的怀里，那将是怎样心心相印的幸福啊。

谁在家里造虫子？

当我笑得最大声的时候，肯定是我的心裂得最开的时候。

她的心像被谁扔在地上，她捡着血淋淋的心，笑着，叫着，她该捧着心走还是把心塞在胸膛里，任它长疮。

她多么盼望因颉能来救她啊，他以前不能来，他现在病了更不能来了，想到这里，她大哭起来。

余清对珠月有百分之几的真，珠月对他有百分之百的真，所以，当他们离开，珠月几乎转身就可以忘掉他。珠月一直都很珍惜这百分之几的真，她却忽略了她的百分之九十几的迎合，她更忽略了心灵深处一直有个因颉站在那里。

我只想要天上月亮的清辉，我只想要天上的月亮，你能给我吗，我要的是清辉，我要的是你的光辉，照耀一个天涯人。

当珠月把倾诉当作一种盛宴时，她再也不能抑制自己不停止地诉说。

她后来才意识到有再多的泪都不能在他面前流。她只想他能快乐，所以她要装着快乐。所以她永远只能遥望着他，直望到她的心碎成灰，她还是想捧起这一撮灰。

她在一次梦中爱了自己，从此也只能爱自己。四十岁的年龄一般对女人来说是残花败柳的年龄，可对她来说，生命就像刚刚开始，不仅是她的事业还有她的身体。

珠月近日来常常会感到一阵心绞痛或心闷或肚子痛，会连续几个小时或者几天，每一步路都是那么艰难，还要担心孩子，她感到活不下去了。她想象自己自杀后的情景，自己睡在一块木板上，身体是僵硬的，再也不能说不能笑了。她一点也不怕死。她相信她死了，诗一定要崩溃或者死掉，他一直都在压迫她、迫害她，他太对不起她了，他欠她的太多了。她还不能死，她得硬撑着。现在还不是死的时候。

一只动物的肢体断了，它跟着珠月，缠在珠月的身上，珠月说，跟着我干什么？我是有良心的人。它说，你有良心吗？好像它不相信。珠月没有伤害那只动物。她委屈地发现自己泪流满面。她和几个人一起把蜘蛛网用架子保护起来，希望蜘蛛网不要受伤了。

梦中，诗刚刚洗完澡，他只穿着一件短裤，（是平脚短裤，不是三角短裤，这个梦真是让珠月慨叹梦的神奇。在珠月的心目中，诗是纯洁、羞涩的。如果诗穿着三角短裤，这一定会是一种性感的象征，所以，梦中诗穿着一条平脚短裤，这正符合了珠月心中诗的圣洁、处子形象。）身上连一丝多余的肉都没有，肌肤发着光泽，他的脸就像纯洁光辉的天使，当他走过珠月身边七八步后，他成了一个猥琐的矮小的穿着拖鞋的男人。她多么喜欢他那处子一样的发着象牙光泽的身体和他天使一样的脸庞啊，她多想上去抱住他，永远地亲吻他，这才是他原初的灵魂和身体啊，想起那个穿着短裤从房间里走出来的他，脸上无一丝微尘，干净纯洁的脸上全部书写的是美好、善良、阳光。可在走了七八步后，为什么他就成了一个矮小的猥琐的男人，那是他吗？绝对不是他。她看着他走出来时鲜艳欲滴的令人心疼和爱慕的身体，没走几步就成了一个令人再也不敢仰望的人。她在梦中看着他的改变，就像看着美好的光在自己的手中一点一点地遗漏，只剩下手掌中的一团漆黑。

她决定了一定要保护他，拼尽所有的气力、生命来保护他。她绝不能让他沾灰尘，她要洗出他的光泽，她要保护他的心灵。只有他的心灵是完整无损的，他的肉体才能是完整无损的。

第八十三章

珠月从梦中奋力醒来，醒来半天后还不能从梦中那种绝望中恢复过来。她已不是一次有这种活不下去的感觉了。这种绝望更多来自梦中对于时光的感慨，对于自己一事无成的慌张，还有一种不知是孤独还是时间飞逝带来的伤感。这种伤感大得已经要把她差点带到绝望、死亡的边缘了。她已是有七八次面对这种难以活下去的感觉了。这个时候她好羡慕那些活得长的人，她在想，为什么他们能活得那么长？而不被时光、苍老、孤独压倒。梦中，她的绝望是来自某一件实实在在的事的，醒后就发现那件梦中让她绝望的事在醒来后并不能成为绝望的原因。她甩甩头，努力甩去那种被绝望压倒的灰心丧气、死到临头的感觉。她去倒垃圾，又到牛奶箱去拿牛奶，又去清理那些乱放的报纸，对孩子说着话，她对自己说："为什么那么颓丧，好像你已到了生命的边缘。好像有一根死亡的绳子在牵着你走。"她想到应该把妈妈、妹妹接来和自己一起住，这样家里闹吵吵的，她的注意力就会到他们身上去，她就不会有那种死亡的灾难感觉了。还是不行，即使想象把妈妈、妹妹接来身边也仿佛不能驱掉她的绝望、活不下去的感觉。她照例到阳台上去透透气，有几次她有掉下去的愿望，心里想，终于轻松了，终于可以不再绝望了。她抑制自己不要往下看，似乎只要一向下看，她就不自觉地要下去似的。

刚才梦中是梦到什么了？好像是梦到她已老了，她还有很多事情要做。珠月年轻时印象最深的一次感慨万千的梦是二十三岁时，那天下午在梦中想起童年的那些美好时光不再，想起昨天的时光今天已不可能再有，想起刚才过去的一分钟已不可能再回来，她醒来后感慨万千，不能自抑，坐在床上发呆了半天，还没回过神来，只想着时光、年龄的事。

珠月平常喜欢看那些关于孤独的书，难道是孤独的魔影已经缠住了她。她一直是一个乐观、喜欢笑的人，为什么死亡的阴影要缠着她，她一点都不想死，可她已经几次面临着不知怎么才能活下去的状态。

很久都没做那种绝望、灰心透顶的梦了，醒来后的心情就仿佛是要关在牢里三十年的囚徒的心情，这还不说，最可怕的是，那一片时间里，她无法排除绝望的心魔，就像无法挥去头顶上的灰尘。她的心里就像撒下一片迷雾一样的渔网，又像头埋在土里看不到半点亮。怎么说呢，那一刻，她就像已经面对了死亡，就像自己已经不胜负荷、不胜感慨地放弃了生命。这是由不得你自己的事，你就像一个被死亡推着走的人，你已经看见了死亡的尾巴在前面引领着你。她想努力摆脱那种绝望的灰色的感觉，不是黑暗的感觉，是灰色的、在网中被套着的感觉。她拼命地摇头，想着各种愉快的曾经让自己是多么欢欣的事情来让自己变得振奋起来，可是那些事情对于她来说就像梦一样压着她，丝毫也不能减轻一点她在梦中带来的绝望。她想，这是怎么回事？每次的绝望感都是从梦中带来的，清醒状态下她从未有那种绝望要死的感觉。她想那些自杀的人都是在醒来不久自杀的吗？都是因为醒来之后不胜负荷吗？为什么她的死亡感都是从梦中带来的。

这次很快就恢复了常态，也就是说很快从那种绝望中摆脱出来了，前后没超过十分钟。记得有一次她在那种活不下去的状态中整整煎熬了一个小时才恢复过来。那一小时里，外面灯火阑珊，还传来了家庭的欢歌笑语，让她想起了她小时候的温馨美好的家。可这些丝毫不能驱散仿佛环绕着她的头周围的一层绝望的灰雾。她清醒地感到这种活不下去的毒雾是环绕在她的头周围的，与躯体、四肢无关。她想也许是她太孤独了，这些年她是一个人过，她已于几年前离婚。她想如果有一个人陪着她，即使是吵架也好，最少不会有活不下去的感觉。这几年，她已经多次面临这种梦中带来的绝望处境。她知道这即使让她死不了，也是对她的生命、心灵的一大威胁，它有时甚至比直接死亡更可怕、更令人绝望。因为她还要去承受、去抵抗，最后才终于活了下来。

她想，随着时光的流逝，随着越来越坚硬的孤独，随着年龄的老去，她做这种梦的概率一定会越来越大。她非常害怕这种感觉。在梦中，她梦到了很多美好的、爱的、人间的好事情，难道因为她在梦中得到的太多，所以梦也要给她一次一次的绝望。她平时同情那些因为绝望自杀的人，有这种活不下去的心灵历险后，她更同情他们也更怜惜他们了。他们，原来是一群无法掌握自己命运的人，是一群被死亡推着走的人。不是因为谁想死，死对于人来说，永远是恐惧，那些结束自己生命的人是因为他们活不下去了。她忽然想起川端康成七十多岁了还开煤气自杀，按说，活到七十岁了什么也看开了，可正是因为看开了，他反而活不下去了。

咪咪跳到桌子上，珠月去抚摸她的毛，咪咪舔着她的手，又伸长脖子要亲她，她的手在咪咪的身上滑动着，眼泪竟然流了出来。这一刻，她觉得咪咪好亲。

她想，不知下次的绝望又会什么时候到来。她需要怎么样才能活下去，这是个问题。

第二天珠月好不容易从梦中醒来，那个睡眠真是万分沉重，虽然还没有像昨晚那样陷入绝望，却也是极难受的。她在半梦半醒中拼命地摇头，想尽快甩掉睡眠中的情绪带来的不快，好让自己能恢复到常态中。昨晚，她好半天都睡不着，今天她拿着书有些不太敢午睡，她怕自己又堕入昨晚一样的感慨万千、醒来之后感到活不下去的睡眠中。虽然醒来后还不像昨晚一样的灰心到极点，外面的世界也不是绝对一片灰色，不过，她好像还并没从昨晚那个陷阱中爬起来，梦中也是一片灰心失望情绪。梦后她感到嘴里淡淡的，一点味也没有，外面的世界好像也没有半点味道，如果这时有人家在炒农村乡下种的蔬菜，比如黄瓜炒辣椒，她想象过，有可能会让她的嘴里有些味道，或让她回到童年，那最有希望的日子，连天上的云彩都写着梦和希望。不过，她并没闻到谁家炒菜的这种味道。也有可能，那个味道不是让她从噩梦中惊醒，而是让她更在回忆中不能自拔，甚至会想哭。她想这可能是因为她快老了的原因，或者是因为她很失意的原因，或者简直是因为她太无聊了。她想如果有一群伙伴，有个谈心的爱人，她肯定不会如此绝望。她想，这一切也许是孤独落的祸。孤独一步步地浸染着她，直到已把她浸成一片黑灰色，那些绝望的梦实际上就是她的真实内心。白天她可以笑，可坚强地抗拒那些绝望，到了梦里，她已不能设防，所以，醒后，她才发现自己原来是如此脆弱、如此绝望，像再走一步都不可能似的。到了那个病入膏肓的时刻，她想，即使是她最爱的人来到她的面前，她也无法摆脱那种致人死命的绝望了，就想一头倒在死亡堆里，什么都摆脱了，放弃了，真正地轻松了。她是一个非常热爱生命的人，即使在这样的情绪中，她心里也极明白这种情绪是有害的，她非常不喜欢的。就像一个死亡的无形的魔鬼在拉着你到死地去，你又在拼命地抗拒着他拉你的臂膀。你知道跟着他去了会很轻松，可你对那个轻松并不欢迎，甚至是惧怕的。

珠月极力地反抗着那个想让她彻底灰心丧气的死亡魔鬼，这时她已找不到任何生的乐趣，她好像不能说服自己继续活下去，找不到继续活下去的理由，哪怕是一分钟一秒钟都是那么难熬。这真是人类中最为悲惨绝望的状态，死亡的驱使和生的希望在纠缠搏斗。她已经多次胜利了，战胜了死亡的诱惑。她担心她哪一天会熬不过那个死亡的诱惑，那个灰心到底的时间。有时是几分钟，有时是半个小时，记得最长的一次是一个小时。她想，如果那个时间有两个小时，甚至三个小时，她能抗得住吗？她会不会就在那个死亡的诱惑中被死亡的魔鬼捕捉住了，出不来了。她祈祷，千万不要出现这样的情况，她想活，不想死，她想多活一段时间，她有好多事要做。等她做完了她想做的事，那时她一点也不怕死。她不想自己白来这世上一趟。她要记下童年的心灵和天空，记下那些爱的、美的、所有值得珍存的事物，留给那些热爱生活的人们，还有那些绝望的等待着安慰的人们。

中国有句话，好死不如赖活。死亡那边于我们是无知的，能够活着是一件坚强的事，她想，她无论如何也要活着。

珠月甚至好长一阵子不敢在卧室里待着，好像一进卧室就有一股压抑的空气在挤压着她的胸口。她感到无法待下去了，只能待在客厅里，热饭、吃饭，最少可以弥补一下灰颜色的空虚。把电视的声音放得大大的，以干扰自己的胡思乱想。看着电视，那些唱的、跳的、往日看起来有趣的画面不知道为什么变得索然寡味，周围奇异地缠绕着一片朦朦胧胧的灰雾似的东西，像要把她缠得喘不过气来。她感到时间的紧迫，就拿起一本书，借着电视的吵闹声让自己不要陷入可怕的空虚寂寞中。她其实是一个很怕寂寞的人，虽然她能坐在家里几个月不出门，可是她一定得是住在人群中。她想象不出那些常年住在深山老林或者泉池边的一个人怎么挨日子。在家乡，她最怕晚上了，那时一点声音都没有，如果晚上能听到外面有人声或者听到煤矿矿车倒煤的声音，她的心里会舒坦、轻松、快乐许多，说不清楚的一种放心，似乎她看见了鬼，然后来了捉鬼的钟馗，鬼走了，她就不怕了。就像把灯打开一样，灯亮了，鬼都跑了。

珠月在屋里走来走去好消散那种空虚，可还是无效。她想到外面去走一走，可她又怕浪费时间，每一次浪费时间，她就会感到另一种空虚，这种空虚不是让人要死的空虚，而是一种紧张而烦躁的空虚。只有每天看了几页书或者写了几个字，她的心里才会踏实一点。她想，这段时间没有具体的目标，远期目标又不可能一下子达到，所以她的感慨万千的空虚应是她无事可做带来的。如果现在有一个项目要急着交或者明天要去上课得赶快备课，给同学们传播一点知识、和他们交流一下会让她觉得自己有一点价值，她想，她的日子就不应该这么难过了。可现在，她显然有些无所事事，至少没有急切需要她去解决、完成的事。

她这样想着她的活不下去的感觉是来自她的空虚无聊，心里觉得未来有希望了。她希望每天有具体的做不完的事，她就来不及去感慨了，最好是没饭吃，还得操心怎么过日子。希望明天，她想，能看到久违的阳光，让她的心情回到很久以前。

珠月爸爸的去世让她感到人生没有了一些动力和美满。即使再困难，爸爸都是满怀斗志，以前她不觉得，爸爸去世了，她才知道爸爸对于她和他们一家是多么重要。她喜欢听爸爸那么充满希望地说话，那种对生活的热情。有爸爸的期望，有他对生活的热情，最少她的生活会有一些动力。一家人聚在一起，有爸爸的期望，多好啊。

珠月好想能做一些盛开的花朵的梦，至少她能快乐两天。记得有一次下午，她梦见天空开满了好大的花朵，像荷花，又像天空之花，叫不出名字，天上亮起了一片闪光，整个天空都亮堂堂的，好像还有雷声。她知道这一定是有个绝大的好消息。果然。这样的梦最少可以少让她堕入一次绝望，不过几十年了，这种辉煌灿烂的梦她只做过那一次。

珠月几年之后仍然不知道因颉到底是病了还是没病。珠月无法和他取得联系，也不好多次启口打听。得到的答复都是“很好”“有什么不好啊?”珠月不知道该怎么办?她不知道他到底需不需要她?如果他真的需要她，他自会和她说的。这几年，珠月的运气可以说得是糟糕透了，没有一件事是顺利的。珠月想，到底上天是要她和他在一起呢，还是不要她和他在一起?到底他是需要她呢?还是她对于他只能是一个灾祸?如果早些找到了工作，珠月肯定会义无反顾地到他身边，哪怕辞掉工作。找工作的艰辛让珠月后来想，有了工作也不能轻易地辞掉，找工作多难啊。第一时间找到工作，珠月可能会面临危险，她的丈夫不会让她的爱情得逞。第二时间找到工作，珠月仍然会去问他，他需不需要她?如果需要，她肯定会放弃一切到他身边。珠月虽然名义上是一个有夫之妇，可是就像没有老公一样，她和她的丈夫几乎半年见一次，虽然只隔一两百里路，最可怕的是她精神上的无依靠。因颉对于她的重要性可想而知。第三时间还没找到工作，珠月都有些怀疑她命中注定是不是没工作？是她欠因颉的还是欠她的丈夫的？她感到有些无法左右自己的命运。关键是，一切阴差阳错得天衣无缝。

珠月被一种活不下去的感觉困扰着，她知道自己是太孤独了，和因颉的空中之恋已让她陷入从未有过的孤独、绝望。珠月甚至想过，既然不能和因颉在一起，她还是会去接受一个爱自己，自己对他也有感觉的人。珠月曾经想过她愿意为因颉一辈子孤独，可见不到因颉的事实让她越来越绝望了。她都有些怀疑，世间的爱情是这样的吗？珠月是一个理想主义者，她多想为因颉，为他一个人，死的时候会骄傲又不愧疚地对世人说她的爱情的美丽和坚贞不渝。她一直都抱着这样的幻想，这样美好的愿望。所以，她中途放弃了拒绝了多次可以恋爱的机会，如果没有因颉，珠月是绝对耐不住寂寞的，或者说她是一个随时随地都需要爱需要依靠的人。珠月的丈夫给不了她爱，更给不了她依靠。珠月就把她的依靠全靠在因颉身上了，直靠得因颉承受不住了。有一段时间，珠月要见因颉已到疯狂的地步。她倒不是不能耐一时孤独，她主要是想自己青春都快没有了，怎么办？珠月那个急啊，就像生命快要临终了，要多看一眼这个世界一样。她越急，因颉就越恐惧，又觉得自己无能为力。因颉仅有的几次接珠月电话，都是非常着急，又无奈的。他不知道怎么去回答珠月，只能以讽刺她和发脾气来解决。珠月确实成了他的一个难题。他不想珠月损害他的家庭半点，可对于一个十几岁就爱上他的女孩，因颉难道一点感触都没有？

珠月只要想到因颉有可能病了的事实，她的心里那时就分外坚硬，她想，已没什么能让她微笑了。她骂自己，又骂余清，要不是他，珠月不会那么孤独，她就不会那么疯狂地想因颉，因颉就不会病。就像父亲因没钱治病去世已让珠月的心坚硬一半，因颉的病已让珠月的心完全坚硬。这时候的她不是想到坚贞，而是想到活着，并且要活得说一不二。她的柔弱的身子似乎变得坚硬了，眼泪已流干。她不知道自己到底要做什么，反正她就是要活下去，用最好的礼物来送给因颉和自己。

珠月想活着的这种心态看起来很无情很坚硬，她知道这是因为她承受不住生命之重的原因。只有活着，她才能有资格说爱因颉。死了，她只能是一个失败。珠月想，如果因颉能在她没有找到工作的时候说要娶她，她肯定会感动得一塌糊涂。珠月现在最急迫的事就是要能自立，有经济来源。

有一次余清说他邻居的孩子掉到屋前的水坑里了，那孩子的父亲一时竟手足无措，并且还出于事情有些戏剧性，在坑边上笑了起来。这个男人的老婆赶快催他：下去救啊，你傻了。孩子救上来了，他的老婆把她的丈夫好好数落了一顿，甚至有些怀疑他有些心怀不轨。余清对珠月说起这件事时，气愤地说："这个男人真是不可原谅。"珠月睁着眼看着她的丈夫，似乎有些不理解，难道他竟比孩子的父亲认为孩子更重要。不过以后的事实表明，余清对于亲情还是真心的，他认为在这世上，只有亲情才是真的。珠月的爸妈有一分钱都相互知道，在这之前，她以为家家都像爸妈的家庭一样。

珠月只希望能用自己的坚强和乐观让一切都变得乐观晴朗起来，就像回到童年的那无数个清风吹拂、飘着土地芳香的初夏的早晨。

是不能活，活不下去，而不是不想活。她宁愿烦心，也不要那种活不下去的感觉。什么感觉都比活不下去的感觉好过。那是一种彻底的绝望，死灰一般的绝望。

那是一个极美，美到她感觉像素花一样纯白，又哭出白色的眼泪。死亡降临，她要与花同醉，又同死同生。

我只有相信信念，这是我唯一的依靠。《圣经》里说，只要你相信，你就是把一根树枝插在大海里，它也能生长。这是多么大的伟力和信念啊。人类，在那一刻显得是那么明亮和美好。因为我们确信。确信一切。甚至是死，都是我们生命的延续。

我在大海上行走，因为有海岸，有岸边的沙。我仍能走上海岸走到你身旁。

我将在茫茫黑夜里探寻人活着的意思，我将要为活着找理由，为我的悲观绝望我的孤独找到可以代替的乐观笑容。我将要在欲死的绝望中去寻找那一丝可以活的气息。

那种孤独中产生的绝望比死亡更可怕，它在死亡的洞穴之上，随时都可以栽下去，却又还在固守着生、朦胧里对于死的畏惧。在这样的畏惧和对于生的不舍中，那种挣扎就像蚂蚁在痒你，你分不清到底是空虚还是无望，还是欢乐早已离你太久，还是因为没有爱人陪你左右。从根子里长出来的孤独绝望已经像一个庞然大物染黑了你，罩住了你，它是来自年华早逝？还是因为我已不再世俗？还是因为我已孑然一身很久？绝望来自希望的没有，可希望是人创造出来的。它不是一直在等着你。

竹笋好不容易被珠月拔没了，诗又要兴出事来了，一拨一拨的竹笋被他兴出来。珠月到底犯了什么罪，要让她无喘息之机，无容身之地，无路可走。

她似乎感到爱已成了最后一声绝唱，沉默，逃离，失去爱情，我有罪吗？她将一无所有。她将怀着最后一丝仁慈，无数次的爱和珍惜逃离。

珠月心冷了，慢慢地看着对方的脸容模糊了，自己的脸容也模糊了。让他人不好者，自己必遭殃。别说是有心的，就是无心的，都要不祥。故意害人者有大不祥。

这几天，珠月那种梦中活不下去的感觉又回来了，这种感觉比被人追杀还要难受。在梦中，她看到一个修电工来修她的插座，她像看到亲人一样。她在电影院里遇到社里叔，珠月欣喜地叫，社里叔，你怎么一个人舍得来看电影？社里叔的家已搬到青山镇，他和老婆闹别扭，就回青山乡了，他就一个人去看电影，珠月看到社里叔的老婆来找社里叔，就叫，社里叔在这里呢。珠月心想，好不容易遇到社里叔，她正好可以和他说说话。珠月那时想给诗打电话，叫他来陪她看电影，如果诗不答应，珠月想，我是否该找个人，有个家庭，为什么我有强烈的活不下去的感觉，是因为我太孤独了啊。因为孤独，梦里的绝望让珠月喘不过气来。

珠月好不容易挣扎着醒来了，她站在椅子旁边很久，心里木木的。没有比活不下去的感觉更可怕了，这种感觉又来了。珠月心里异常烦躁，好久都没有这种孤独绝望的感觉了，她需要爱人，需要陪伴，可她只有自己，她就会不自觉地堕入那种孤独绝望的网中。珠月想，我就不相信，难道没有老公没有家，人就不能活？那么多没有老公的人怎么活的？珠月想，也许他们都有希望，珠月没有。以往珠月因为和因颉联系不上而孤独绝望，现在珠月想在心里守护诗失去了追求幸福的权利而孤独绝望。珠月注定是孤独并绝望的吗？她好羡慕那些平凡夫妻，她需要生活来冲淡她的孤独。

家里的茶花开了一朵，玫瑰红，很漂亮，是垂在茶树叶的背面开的，就像一个害羞的小姑娘。珠月想，这有点像诗的爱情，只能躲在浓荫里，见不了人面。珠月不服，她把茶花别在另一根茶枝上，让茶花朝着她开着，后来仔细观察，那朵茶花并不是有意垂躲在茶叶下面，而是因为那根茶枝有些细，它就随着茶枝弯下来了。不过它确实是开在茶叶的背面的。

第八十四章

珠月知道自己是爱诗的，她有时爱得那么恨，又那么怜。只要他不再继续伤害她们，她一定会用生命来爱他。就像她当初只要看到余清能在家坐稳半个月不出去她就不打算离婚一样，如果诗执意要伤害她，就像余清执意要去见那个女人一样，珠月的心里就只剩下冰冷的血块了。

珠月感到自己已被逼得走投无路了，她有时真有想死的感觉，她犯了什么罪？要让她没有一天安宁之日，要让她每天担惊受怕，为孩子，为自己。

一个人即使做得再完美，她不可能完美无瑕疵。珠月每天力求把每一件工作做得别人无话说，就像一个贼如果盯上了你的钱包，你即使再集中注意力看着钱，钱终归难保，你不可能保证几秒钟都不打岔，那几秒钟就可能出事。

她还要担心孩子，孩子小，她不能受到不公正的对待，她经受不起，她不是珠月，珠月四十多岁了，她还能经受一点，这几年也是被压迫、迫害得走路都变形了。珠月有天大的冤，比窦娥冤，她想走到讲台上，在博客里向天下人控诉他们母女受到的迫害。为什么光明天日，没有她们母女的喘息之机，孩子还要跟着她受这种冤屈。

爱，一瞬间在珠月的眼里这个词比放屁都难闻，以前她是怎样的渴求爱，把爱看得神圣，现在才发现爱这个词比定时炸弹还要令人恐怖。

珠月后悔啊，天下没有后悔药吃，为什么要做那个梦，她梦见许多人不好，如果他们都来偷看她的日记的话，她都不用活了。偷看别人的东西是令人不齿的行为，是犯罪。千错万错不该做那个梦，不做那个梦，她八辈子都不可能给他写那样的信。她以为凭着自己的爱和鼓励可以给予他什么，真是可笑啊。爱，是能瞎给的吗？这就是对她的报应啊。多情、自以为是的报应，对因颉的背叛的报应。为什么要做那个梦，她去问谁？问谁也回答不了她。她从此就遭难。唯一的答案就是她不该背叛因颉。因颉已病了。可是珠月见不到他。他们，都不是与她最终走到一起的人，她心里清白得很，可是她就是命中要做牺牲。他们不会娶她，却会为她争风吃醋。她根本觉得就像笑话。她只想有一个老公，平平常常的，他是她的丈夫，每天能过平常生活。她连这些都不想了，他还要不放过她。陪着他守寡，受穷，受气，孩子还要受压迫。天下还有公道吗？这是她遇到的最不知好歹的人。即使她做了那个梦，遇到任何人都不会像遇到他这么遭殃。

造孽啊。她知道一切皆有报应。如今就是她的报应。她不该背叛因颉，她不该多情，她不该怜诗爱诗，谁来怜她爱她和孩子？没有，只有无尽的压迫、迫害。她根本就不该爱。她发誓再也不爱，任何人都不爱，她只希望自己安宁，希望孩子不要受到不公正的待遇。她宁愿做一个把自己的爱和欲全部歼灭的人，虽然她情感丰富，爱情饱满，可是这些带给她的全部是灾。如今，她拜谢了，谢谢了。这些都走开。她已万分怕。别人的爱带来的全是好果，偏偏她的爱带来的全是恶果。走开吧，别惹恼我，我不怕死，也不怕寂寞，我只是看不起那种在背后做小动作的人，我更怕带给我孩子的不快乐。

珠月多少次连死的心都有了，面对着永无止境的压迫、迫害，让她无喘息之机的迫害，她到底犯了什么罪？值得一个堂堂正正的男人为她做出那么多令人不齿的事？是前世的报应吗？是前世的荒唐啊？每一个人在伤害别人时其实已经在伤害自己了。他还不知道、未觉醒他造的孽。珠月以为爱是好事，她不知道这对于因颉来说就是造孽。所以，只要她爱，就始终是在造孽。

屈原问天，珠月也想问天，为什么要伤害她的孩子，为什么好人好心却是恶果？她到底该怎么做，才能让他停止迫害她的魔爪和魔心，真没想到自己要遭受如此大难！

珠月想用血写“跪求你不要伤害我的孩子”寄给他，不过她并没寄，她又怕这封信让他受到伤害，因为他还不知道珠月早已明了他在背后破坏她。内容是这样的：

“一天，珠月看到一个母亲在路上扯着一个男人的衣服，跪求他不要伤害她的孩子。那个男人说，他做了一个梦，说是第二天出门第一眼看到谁，就要用刀伤害谁，只有这样，他今年的血灾才能免。男人手中拿着刀，硬要去砍孩子和母亲的手臂，母亲说，你砍我吧，跪求你不要伤害我的孩子。

母亲拉着那个男人的衣袖，头像鸡啄米一样给那个男人磕头，男人并不为之所动，仍然在母亲和孩子的手臂上各割了一条口子。回家后，男人心里意外地分外不安宁，过了几天，他梦见有声音对他说，任何时候都要存慈悲之心，方不负你心，你心就将安宁，你才能享受福寿。男人后悔不已，眼前一直都浮现着那个母亲磕头求饶不顾一切的情景，看到那个孩子无辜无助的哭泣的脸。这些影子不依不饶地闪现在他眼前，男人感到自己坚持不住了。”

一种彻底的浸没肺腑的清凉。那是一种牺牲者才有的清凉。生命除了留下一堆伤感，伤感从十七八岁就纠缠着珠月。而如今，由伤感带来的灰心绝望就像毒蛇噬咬躯体，一节一节的，珠月只有奋力反抗。

珠月的心又是那么疼他，怕他不好。只求他不要走火入魔，丧心病狂，她永远都会和他在一起，与他一起分担。醒醒吧。不要再害人了，害别人就是害自己。这是我深切体会到的，即使是无意地伤害了人，都是要赔的。何况是有意害人。我怕你不好。你所做的事本身就说明你状况不好。只求你不要再害我们孤儿寡母，特别是我的孩子，到时我就不能忍受了。这是唯一属于我的东西。连伤都不能伤的，伤了她的人就会遭罪。

梦有时很准，有时就是在捉弄人。它就像妖魅，它有时是良心的考验，有时是品德的考验，有时是上天的游戏，就像每人都会遇到一些麻烦事，梦，就是生活的写照，它也会给你的人生设置各种各样的八卦阵。无论怎样的八卦阵，珠月不怕，她唯一怕的是没有良心地去做事、说话、害人。只要她有这个做人的标准，她不怕死，朝闻道，夕死可矣。

人被一个梦弄得失去做人的标准、德行，这难道不是一个天大的笑话吗？梦，有时就是捉弄人、调戏人的，人就进了它的圈套，被它所害。千万不能做一个被梦所控制的人，上天可以告诉你真言，但不可能告诉你所有的真言和真相，它也许就像一个调皮的老头子或者一个故意和人类玩游戏的老顽童，或者他想试试某人。珠月在爱情的坚贞面前失衡，诗在玩笑的死亡面前失衡。所以，珠月不配拥有因颉，可珠月祈求上天保佑诗。诗绝对是由每一个纯粹的分子组成的人间高贵白雪，如果他的心灵被蒙尘，一定是他走入魔障，有想不通的地方。既有想不通的地方，珠月想，她怎么能帮他想通呢？她想对他说，不要相信那些鬼话，说服不了他。如果真是那样，我陪你，他仍然害怕死，不是陪不陪能解决的问题。做一个无神论者，鲁迅不是无神论者吗？她要诗也做一个无神论者。曹操官渡之战前梦见自己部队的旗帜被砍倒，这个梦绝对是凶梦，可曹操那场战役偏偏还赢了。珠月真是佩服曹操，要是她都要信那个梦，可古代的曹操不信，真是一代枭雄啊。他不信邪，邪就压不倒他。曹操是历史上屈指可数的人才，他做的这个梦一定是神示的，可他却不信这个神示，要信他自己。所以他就赢了。人不会被任何外来的东西打垮，只会被自己的良心打垮。有时候的梦就是上天对人心的测度。他用梦做一杆秤，来称你，你经不起他的称，你将失去你该得的一切。你经得起他的称，他的考验，你将能得到命中属于你的福。

珠月感到自己一直处于这种对健康不利的状态，她担心有一天她会得癌症，因为人一直处于这种被人迫害的状态，整个人不能有真正的快乐和放松，她常常会感到身体的某一部分不顺畅了，会觉得她的忍耐、克制已让她身上的细胞不是真正的它本身的状态，而是处于一种极度焦灼、不安、担忧的状态。细胞能不出事吗？

珠月每天提心吊胆，不知什么时候诗又要出幺蛾子了，梦里一堆堆的竹笋又要蠢蠢而出了。对待一个魔，该是怎么样的身心疲惫？而且他与你密切相关，你怕他不好，说重话不好，做重事不行，你怕伤害他。珠月在忍受一遍遍的创痛。就像看着自己的肢体相残。她不能承受的时候，她想砍去自己的手，因为手一直拿着一把刀在砍她的胸。如果她伤害到他，也是在伤害自己。可他又正在伤害她和孩子。她坐以待毙？所以她拼命地呼唤他，希望能叫醒他，她看到自己吐出一颗血心来。

珠月在心里对他说："你需要我做什么？你就和我说。只求你不要伤害我、我的孩子和我的亲人。我的孩子小，她不能经受不公和压迫，我的亲人不能无辜受罪。如果你需要我做什么，你就说。明人不做暗事，至死都要堂堂正正做人。在背后做各种各样的小动作害人又害己。"诗说："我要你一直爱我。"珠月说："我一定会爱你到死，保护你到死。在这世上，有些东西被伤害了，是不能弥补的。比如感情、健康。""我要你不好，我觉得我就好。""我已经万分不好了，我每天都在混日子，别人都在过日子。没有家，没有老公，除了心灵的寂寞外，身体还要承受万分寂寞之苦。""你以为我就不孤独吗？""那你为什么还要守着你的家？把你老婆看得像宝贝似的。"他没有说话。珠月终于明白，她所有的错皆在自己什么都没有。无论是和因颉，还是和诗，她都是错的。一切都是阴差阳错。当因颉误以为珠月已和一个追她的人谈了恋爱时，那时，珠月已经失去了纯洁的因颉。因颉年轻的心绝不能容忍珠月已经身体不纯洁。其实他不知道珠月为他一直在守着自己身体的纯洁，也并没和那人谈恋爱。当珠月遇见诗时，珠月已经三十多岁了。可因为那个该死的梦，把珠月已差不多整得断气的梦，让珠月误以为自己是救世主，可以用爱来温暖诗。一个有才有钱，一个有才有名，珠月只要一个平平常常的老公，不要才不要钱不要名，一个属于她的正常的家庭生活。连这也没有，也算了，她还要承受压迫、迫害，特别是对孩子的担心，让她常常在梦中吓醒。这样的日子何时是尽头？这是她一生之中最艰难的日子。

现在她每天万分惊恐。她为自己造的罪，怜爱之罪，付出了惨重的代价。

珠月在这两次的感情中，都过高地估计了自己。特别是和诗，简直就是她的自以为是。因为一个梦？因为无数的那些爱的梦？梦能做证据吗？梦在法庭上能生效吗？珠月凭着自己的梦，深陷怜爱，是血的教训。如果几十年前因颉和珠月还有一丝可能，那还要天时地利人和，那么现在的珠月，可以说和诗的可能性更小。

珠月曾经用自己固执的任性摧毁了她心中像钢铁一样不可摧毁的因颉，她凭着因颉对她的宽容和疼爱，她固执地在他耳边每天说爱他，让他害怕，让他生病。他生病了，其实就是珠月的苦刑来了。现在诗又是用同样的固执来伤害珠月，诗不知道，当他真正把珠月打倒时，他的苦刑也来了。这就是铁的法则。珠月无心犯错，诗现在有心不改错，这是更大的造孽啊。

被一个无聊、无稽的梦折腾，人，还怕一个梦？笑话，让我和你一起来打破这个梦，打破你的恐惧。根本就不要信它。看谁赢？上天常常会戏弄人、折腾人、考验人，这世上没有上天，只有精神和能量，这精神和能量就是你自己的品行和德行。那个梦中的声音，珠月现在断定根本不是什么上天的声音，也不是佛祖、菩萨的声音，应该是诗的灵魂说的。因为珠月曾听见诗说过此类的话。他说，到了那样的年龄，就到一个隐僻的地方去生活。这个梦不过是珠月想象中的诗的灵魂对自己的密语而已。何况梦中的死表示的是长寿。卸下自己的担子也许就是一种梦中的死吧，在现实生活中就是一种长寿吧。死是放弃，梦中的放弃其实是拥有。

珠月现在才真正明白为什么一段时间因颉是那么烦她，因为她已严重影响到因颉的生活和心灵，她却不自知，还以为自己没什么错，等事情出现了严重后果时，已经是后悔都来不及了。诗，现在就像当初的珠月一样，固执，认为自己有理，珠月有一段时间连走路都变了形，因为压力、迫害的原因。她想，如果诗是一直支持帮助自己的，那么自己就会觉得有依靠，也不会连走路都不会了。幸亏佛祖、观音菩萨还有一个伟人的灵魂保佑了她。那个伟人看到珠月，可能他也同情珠月。珠月就像灵光一闪，一道光飘过客厅，一下子就把她照亮了。她可以不信很多梦，可是她从来都不敢小看人本身和周围万事万物的关系，这是一个能量链，你可以因之获得光明，也可以因之堕入黑暗。光明和黑暗，堕落与获救，就在一瞬间。就在佛的一念间，也即在自己的一念间。只要心中充满光明，灵光即会来到你身上。

别人都幸福，唯有我痛苦，这句话很久以前就写过，现在仍然写。很久以前就错了，现在仍然错，人都老了，有多少个机会可以改正错误。

月光已不似十几年前皎白，人生已变成了什么颜色，她从来没有仔细去看。

珠月梦见在车上见到因颉，他们相拥着，当因颉深吻珠月时，珠月在因颉的喉咙根部尝到了一种苦味。因颉有好多苦吗？自从因颉把那一缕最美最甘甜的芳香在梦中传递给珠月后，珠月已经两次在梦中吻到了因颉喉咙根部的苦味。

第八十五章

珠月上午梦见被一只老鼠追赶，开始似乎是三只，后来是一只。她和几个人一起走，碰到三只老鼠，几个人分开了，老鼠也分开了。她被一只老鼠死追，逃到一个人家里，那个人家用灭蚊剂喷老鼠，老鼠生命力很强，变成一个男孩，他用手抹了一下清秀的脸，脸色虽不好，证明灭鼠药无效。珠月又跑到一个人家楼上，还有一个小孩也跟着她上楼了，这个小孩不知是谁。她等他上来后，就把楼梯搬了放到楼上，没想到过了一会，房东提着一只老鼠上来，那老鼠是个小男孩，脸色虽然苍白，但喷鼠药对他已无大碍。女房东说，这只老鼠说一定要见到你。珠月吓死了，又开始跑，跑到另一家人家，那家人家老太婆说不让她躲，没想到老鼠就从门缝里钻了进来。她又开始跑，那只老鼠怎么被人打都打不死，她跑到很多的地方，一直被一只老鼠追赶。后来似乎坐上了到浙江江苏的车，那时才算一切顺利安宁了似的。

珠月晚上梦见自己又要被人整了，她心里知道是谁，她感到一种深沉的绝望，破坏、迫害一层层地压来，窥视、偷听让她感到如在监狱、地狱，电话、微信、邮箱，全被控制，出门被诗指使的人跟踪。几次新设的邮箱立即被破，新买的手机号码立即有短信、电话暗示他已知晓，就像你走在哪里，他都要毫不留情地扯下你的衣服、裤子，让你变得光秃秃的。自由于她比什么都重要，她感到她能理解梅里美笔下的那个吉卜赛女郎了，为了自由，她宁愿不要爱情。曾经因为屈辱和不自由，她想逃离家庭，哪怕是浪迹天涯。现在为了自由，她想死都不怕，还怕什么。其实更为可怕的是她的心所受到的摧残，每一个伤害、破坏就像一把刀在她身上割一块肉走，她已经伤痕累累，发不出声。她想到小时候听到的一个故事，一个小孩和家人走散了，流落街头，遇到一个玩杂技的人，玩杂技的人把小孩带回去，让他变哑，给他穿上猴衣，让他变成一只猴子，那人每天带着“猴子”去玩杂技，“猴子”什么都懂，就是说不出，人们常常看到“猴子”眼中人一样的眼泪。后来人们才知道他是一个孩子。珠月感到自己就是那只“猴子”，她遭了难，她说不出，她的冤屈有多深多重，只有她自己知道。

珠月在梦中感到万分的孤单，她竟有些留恋以前的生活来，梦中活不下去的感觉又来了。醒后她感到万分的迷惘。她被生活打压得似乎已经丧失元气了。醒后她一直都在想以后怎么死的问题。跳水死，会被鱼吃，王国维、老舍嘴鼻都被泥堵死了，想起来真难看。吞煤气死？吃安眠药死？还是跳楼死？跳楼死，身体都被摔坏了，也可怕。她没有依靠的人，只有不断来打压破坏她的人。她连眼泪都没有了。她想她死了就万事大吉了，也正好合那些巴不得她不好、她死的人的意。死，其实也简单，也刚烈。珠月知道自己绝不会自杀，虽然有无数个自杀的念头，她知道自己仍愿咬着牙活下去，她盼望着自己心情开朗的时候。拨去云雾自有见日月之时。珠月不知道该做什么事，全身软软的，虽然心里知道有一堆事没做。可她却感到自己寸步难行。那只受了难的“猴子”的样子又在她的心里晃着。她想起那只猴子的眼泪，他的父母到处在寻他，可他的父母永远都寻不到他了。他不会写字，不能说话，他只有流泪。他被坏人穿上猴子的衣服，坏人凭着“猴子”赚钱、生儿育女。“猴子”想念自己的妈妈，可他一句话都说不出来，而且他被坏人带到了很远的地方。那个男人经常恐吓“猴子”说：“乖点，老实点，否则把你丢在山上喂狼吃。”细心的观众会发现，那只“猴子”的眼睛里怎么一直好像有眼泪，他像有话说，他像有万千冤仇委屈。

“猴子”被男人带到一个破茅棚里，他给了“猴子”一碗粥，一个硬馒头，“猴子”吞着粥和馒头，眼泪不自觉地流了出来。男人和他的老婆悄悄商量：“要不要把这只猴子弄死了，要是有一天被人发现了，怎么办？”男人的老婆说：“也是的，还是要把他弄死好。”“猴子”此时正在想起四五岁时，妈妈对她开玩笑说：“把你送给一个富人家，好不好？”男孩说：“我哪里都不去，我就只喜欢我自己的家。”男孩妈妈那时和几个妯娌正在火塘旁做针线活，她笑着说：“那家人很有钱，有你吃不完的糖，你想吃什么就有什么。”男孩哭着说：“哪里都没有自己的家好。”虽然前几天，男孩见到一颗花生米掉在地上还和妹妹抢着吃，他也常常偷偷地打开家里放零食的坛子，拿一把还没炒好的红薯片吃。冬天，家里没菜，妈妈就用一点腊板油煮一点水，放一点盐，全家人就用这点光水泡饭吃。但此刻，男孩好像自己已经被妈妈卖给了富人家似的哭了一上午。火塘边的几个婶婶都笑着说："真是古人说得好，金窝银窝不如自己的狗窝。""猴子"睡在一团草上，仿佛看到了妈妈和妹妹在朝着自己走来，妹妹一只手抓着一把花生，一只手抓着一把红薯片，对他说："哥哥，都给你吃。"当男孩正要伸手去接妹妹的东西时，那个男人用脚踢了踢"猴子"："起来，起来，猴子，要上班了。"

当珠月想起这个小时候在火塘边听到的故事时，她仿佛看见一只"猴子"在街上被人耍着，眼里全是泪。她的眼睛也充满了泪。她顿时想起小时候在火塘边和妈妈、二娘、秀姨一起烤火的事情。她们每个人旁边放着一个用竹片编织的圆形的小梭箕，里面放着针线、顶针、一些碎布等，每个人手里都拿着一件衣服或者裤子什么的在缝补。她们说笑着，火塘里的柴火烧得很旺，妈妈正在把自己的一条裤子改小给妹妹穿，她不时地比画着她的身体，又比画着妹妹的身体，妈妈剪去了裤脚踩破的地方，又把边锁好，很快，妈妈就改好了裤子。秀姨看起来一副憨厚老实的样子，模样已经记不清了，她的三个儿子最大的只有六七岁，不知什么原因和她男的吵架，就跳水淹死了。秀姨的死让小珠月害怕了几年。

珠月想，她是被自己的贪欲所害，见不到因颉，珠月不想寂寞，她需要有一个理由。她梦见诗在梦中给她砍了几根竹子，她写成一片；她写诗和她梦中的相会，是写给因颉看的；她梦见诗活多少岁，她把他说成与自己有关，其实不是的，那时她和诗仅仅是刚认识，等等。这一切都只是为了向因颉表示自己爱诗的理由。她感到因颉在看着她写每一个字，她没想到是诗在看，或者他们两个都在通过电脑联网偷看她写的文字。珠月知道因颉是这个世上最疼爱她最不会伤害她的人，可是为了自己的贪欲，为了自己以为可以得到的幸福，她准备背叛因颉。珠月把她对诗的爱写得多么重要，好像诗没有她不能活似的，目的就是希望诗需要她，娶她。她想，她不应该，哪怕就是孤独到死，哪怕因颉一辈子都不再见她，她也不应该背叛因颉。更不应该的是喜欢诗，喜欢别的人也许是好事，应该喜欢一个平庸的人，最好是身体有病或者各方面都很差，让别人觉得她很可怜，让她喜欢的人觉得她配他绰绰有余。珠月已经被迫害打杀得无处可逃，她感到自己就像被放在一个笼子里的动物，自己的一言一行一举一动都被人看得清清楚楚，她不仅要承受不断挥来的鞭子，还要失去自己的自由和尊严。

她以为因颉拒绝她一次，几次，就会永远拒绝她。她以为因颉说做普通朋友，她就只能永远做他的朋友。除非因颉当面对她说爱她，她才能知道。她是一个情商非常低的人，从不善解人意。他们两个人可以对彼此剖出心来，却不一定在某些细节上懂对方。就像因颉说的，他们就像进入一个怪圈。因颉做了他该做的，珠月也做了她该做的，因为不懂，他们错失了最少两次机会。珠月从来不是会把握命运的人，她有时又很怕自己得到太多。因颉就像一个无穷的宝藏，他的帅，他的才华和魄力，他的善良和傻气让珠月想起来都会欲罢不能地爱他。等到因颉的公司越办越大了，珠月从此再也没有想要做因颉的妻子的想法了。

珠月晚上梦见自己躺在床上，被一个中学的同学几天来不知不觉地输走了很多血液，每天约二百至四百毫升，奇怪的是，她身体并没感觉有什么异样，那人的嘴唇仍是苍白的。从小瘦弱一直没献过血的她想起来就很心疼她的血，她呵斥她，血库那么多血，为什么每天要我的血？她要去打她，她不吱声。珠月抱着孩子去上幼儿园，有人似乎要伤害孩子，她说："谁伤害我孩子，我就要杀人。你们拿枪打我，不许伤我孩子。"她看见几个日本兵端着枪堵住她的路，一个逃命的女人也想拦截她，她做出杀人的手势，那女人就放走了她。奇怪的是，后来这些在梦中被揭示为梦，珠月似乎松了口气。有一个声音说："其实你以前做的梦全是上天设置的，都是假的，考验你们的。"珠月有些吃惊，她把她所做的梦都想了一遍，真是天衣无缝，有时也确实露出破绽或者没有成为现实，可是这一系列的梦确实让她吃了很多苦头。这些原来都是上天在考验她啊。上天让她梦见诗想要她，又梦见说诗活多少岁，激发珠月的怜爱，才有了这一系列的苦难遭遇。上天想要验证珠月对因颉的感情，他发现珠月经不起验证。如果没有那个诗活多少岁的梦，珠月万万不可能爱上诗，因为弱势的珠月根本没有理由爱诗，有名声、地位的诗也让珠月爱不起来。这真是天衣无缝。这些梦证明珠月根本不值得因颉爱她。因颉为了珠月病了，上天安排了他们在一起的条件。只有让因颉病，他们才能在一起。骄傲、不善解人意的珠月只有面对病的因颉才会真正地懂得什么是爱，因颉只有病了他老婆才可能同意离婚，他才可能娶珠月。上天以如此巨大的代价让因颉和珠月在一起，是为了答复珠月无数个日子的祈祷和思念。在刚刚要等到因颉和珠月可以在一起时，没想到珠月受不了梦中诗的诱惑，她被梦的幻象诱惑了，上天以一次次的幻象验证珠月的感情，才发现珠月最终承受不了爱情的孤独、身体的渴望，最终上天宣判珠月不配得到因颉。珠月想，那又为什么要让这件事鬼使神差地让诗知道呢？诗的恐惧让他只有用伤害珠月来消除，难道善、爱这些都是罪？一个人一辈子只能爱一个人？珠月相信自己是触到了雷，因为因颉不是凡人，诗不是凡人，自己也不是凡人，所以，她遇到了人生最大的苦难和挫折。既然那个声音说，珠月所有的梦都是上天为了检验人间的，那珠月的这个代价也未免太大了吧，因颉、诗的代价也未免太大了吧。珠月醒后跪在床上祈拜着："仁慈的上天啊，请你再也不要给我什么梦了，既然你所有的梦都是为了检验人间、人心的，其实，一个人只要根子是善良的，他就不应该被检验。神也有犯错的时候。不要再让人间悲剧发生。我已有很长时间不敢合眼，一闭上眼眼前就会幻化出一幕幕惨景。检验有时可以创造出巨魔，停止你对人间的检验吧，救救所有心受创伤劫难的人。"珠月口中念念有词，好像上天听到了，一道光闪进房间，珠月以为打雷了，没有，难道是上天的使者听见了。真是不可思议啊。每次珠月因想象一些事情感到恐怖害怕时，天空就会打起雷来。所以她一直都深信雷不是云和云的碰撞，而是上天的声音。暑假，珠月和孩子到黄山玩，早晨要看日出，四点就起床了，那天是阴天，到处都是雾，似乎雾里也有一个世界，一个人间。有树有山脉河流公路车马。天上和地上一样的，它有它的世界，有它的生命，和人间一样的组成部分。河流、冰山、山脉、湖泊等，哪一样都有，一点都不寂寞。好像人间的这些东西是通神的，就是天上都喜欢。或者人间的人只能看到天上的人间的东西，或者把天上的东西看成人间的。天上一定有雷神，或者雷就是天上人间的一种感应。要不，珠月怎么会从那些薄雾中看到一个天上的人间呢？像地上的人间一样，热闹非凡，人车涌动。

只要心善，珠月想，我不怕在雷底下走。别的人们呢？一大群的人走过来，雷在头上一个接一个地响着，很多人在雷电中谈笑风生，很多人都溜回家了。

珠月晚上梦见一个家乡人对她说。余清病了，说是得了精神恍惚症，住院了，这让珠月心里很惊，珠月觉得不可能，怎么可能呢？住院了，更不可能，想起她曾梦见余清胡言乱语，珠月有些害怕。她想，天地都要翻了吗？这是怎么回事？如果是这样，她真要长歌当哭了。珠月这次回家没有见到余清，她想起前几天梦见姨奶奶见余清站在一旁发呆，吼他："你在搞什么啊？"她心里很害怕。因为余清的手足无措、迟钝让老太婆很气愤。

这个梦有些令珠月恐惧。余清的罪何在？为什么他会病？会想不转？听说他前些天还去做客，碰见弟弟，珠月想去问问弟弟。她心里真有些承受不了了，她希望余清好好的。珠月想，余清对我虽没多少真心，可是也算不错。他和我离婚时，他是春光满面的，也是他提出来的。余清如果有不好，应该与我没多大关系。他妈的，我的命怎么这么苦？她的老师给她讲过一件事，一个师姐和她老公离了婚，离婚后，她老公得了肝癌死了，老师说师姐很悲痛。不是离婚让她悲痛，是她老公的死让她很悲痛。她一直到现在都是孤身一人。珠月当时也能理解老师所说的师姐的悲痛，现在更是能理解。一日夫妻百日恩，即使余清对她再怎么样，她都希望他好。珠月还是不相信，像余清这种人也会病，他一定是因为反省才病的。或者人的廉耻心的苏醒。或者还有些不舍得珠月，他把珠月伤害得面目全非，现在似乎觉得她是多么的善良和好了。

珠月很害怕，伤害她的人都要病吗？因为恨，因为爱，因为不满，因为各种原因，她希望所有人与自己不相关，没有密切关系，她就伤不到他们了。余清当初讨厌珠月挡道让他不能和那个叫倡的在一起，他以为倡年轻，似乎还有些姿色，她怎能比得上珠月，珠月是金子、钻石，余清现在才体会。他当初吼珠月，把她不当人，现在也没机会吼了。这些都是钱做的怪。有钱了就会不约束自己，欲望就会膨胀，最终余清又不是那种一点心都没有的人。他想不过，他不是同情珠月，而是觉得自己很倒霉，所以心力交瘁。两个女人会让一个男人焦头烂额，几个女人会让一个男人疯或者自杀。珠月希望余清好，如果他真有什么想不开的地方，一定要想开，度过危险期就好了。珠月想起余清曾说过的她欠他的话，她一直到现在都不知道她欠了他什么。她未得到过真心，离婚也未要他的钱，还给他生孩子，在家里守着他，难道她还欠他的？余清现在心里乱得很，为自己的心力交瘁而乱。

珠月想起有次余清给她带来一支断香，可以称得上是恶毒了。

二叔给珠月妈打电话说他家孙子一个星期后就要结婚了，叫她去参加婚礼，才知嫂子在珠月这里。妈妈要珠月也和二叔说说话，二叔问珠月：“听说你现在是一个人？”珠月听着二叔既焦灼又可怜她的语气，故意轻松地笑着说：“是啊，我三年前就离婚了。”二叔似乎这时才确证珠月是离婚了，禁不住在电话那头火冒三丈地叫道：“虽然你不是我生的，我真想把他的给阉了。”珠月故意笑着说：“二爷，其实离婚没什么的，缘分尽了就离婚。”二叔见珠月似乎并不为她的离婚伤心，语气也平缓下来了。“那你自己多照顾自己，说来也四十好几的人了，遇到合适的再找一个。”珠月安慰二叔说：“二爷，你也多保重身体，我的事你不要操心呗。”

余清离婚后继续和倡住了一阵子，又给她买了一套房子，娄女也不和他吵了。余清去找他的旧恋人，毕竟以前她带给了余清幸福感，余清一直觉得她还不错。余清当时想到旧情人调到城里了，以为她不要他了。当他听说旧恋人正要家里人到处给她介绍对象时，余清喝了一瓶酒，被朋友送到医院洗胃，珠月因为同情余清，不知怎么还提了一袋苹果来看他。余清一离婚就立即去找旧恋人，请旧恋人吃饭。余清想，和旧恋人复合可以把珠月气到，可又觉得这气不到珠月，珠月以前都不在乎他的旧恋人，旧恋人在珠月的心中就像没影一样，现在，珠月更不可能在乎她的这个旧恋人。当余清第二次去找旧恋人时，余清说了很多话，旧恋人发现了余清话里的意思：余清很后悔当初没有好好珍惜婚姻，自己做得太过分了，真是身在福中不知福。现在到哪里去找珠月这样好的老婆？旧恋人也不失大度地笑着说：“你现在再去追珠月一次啊。”余清说：“她现在对我是彻底死心了。”旧恋人还是不行，余清并没在她那里找到他几十年前的幸福感。

珠月打电话问弟弟，弟弟说余清还好，只是瘦了些，有些疲惫，看他走路的姿势还蛮有劲的。可珠月还是相信自己的梦，她心里的惊惶、恐惧一点也没减。

珠月梦见在空中横着一根梅枝，好长好长，很直，也较粗，上面还开着红梅花，余清说，他这辈子都不找人了，就爱珠月。那根梅枝表示他要一直爱珠月下去，笔直的。余清曾看过珠月写的关于梅树、梅花的几首诗，当时用的笔名是“梅林”，在泉城时，珠月的桌子上一直都摆着一束红梅花，在余清心中，他一直觉得红梅就是珠月的形象。

不可能。珠月很少能感到余清爱她。也许他爱人就是这样爱的吧。想到爸爸，珠月就会伤心，他本不应该死的。是因为没钱，如果他转院，最少有一半治好的可能。她没想到爸爸会走，忽略了。妈妈怕花儿女钱。哪怕借钱都会给爸爸治啊。珠月想到爸爸一定会像 2008 年那样挺过来的。真没想到啊，是女儿失职。珠月从未这么残忍地亲眼看着一个病人不治死亡，而且是她的爸爸。她的全世界最善良的爸爸。这次爸爸病了，珠月叫余清拿一万块钱他都还要讲价还价，要她们姐妹先拿，说不应是他一个人的事。

珠月昨晚梦见余清给她打电话，说他心慌气闷得厉害，要她赶快去看他。珠月从病床上爬起来，我怎么在住院？出了门，看到一个麻木，麻木没等她，他们是私自载人的。她就飞奔着走。梦醒了。

好像余清是看到什么了？看到我写的？怎么可能？再说我们已经离婚了。他为什么喘不过气来？好像梦中他看到了我写的话，他知道我爱上了一个人。没理由，他怎么看见我写的字的。这个梦是这么真实又奇怪。他破了我的邮箱密码还是怎么？

珠月知道余清还是爱她的，在黑暗中，她总能看到他的闪闪发亮的牙齿，她知道那是他的笑容。他和她在一起很喜欢很幸福，才会有笑容。但她和他已不可能和好，他们之间有根本解决不了的矛盾，又因了这解决不了的矛盾，他像防贼样防着她，每次在关键时刻就会露出他的真面目。他想复婚，这是不可能的了。

珠月读博士时，女儿也跟着她来乐城读书。余清来接珠月和女儿到园城去，他不耐烦地对珠月说："每次都要接送，一天到晚只把时间用在你们身上。"珠月很委屈，一年见你一两次，孩子放假来接一下还要发牢骚，说是把时间浪费了，你哪里像个父亲，你尽到了做父亲的责任吗？做丈夫做父亲就这样简单？还嫌这麻烦？老婆一年四季不要男人，女儿一年四季不要爸爸，这就是自己的老公吗？

余清打电话给珠月说："我现在先把钱打一些给孩子，我怕我以后赚不到钱了。"珠月听了一喜："是啊，这样孩子有些钱在身上也踏实。"余清并说要来和珠月母女过年，珠月说："你就不来过年了。"余清半年都没兑现自己的承诺，那天，他给珠月打电话，口气有些急促和不耐烦："一天到晚关机。我到时一定会给余馨买套房子的。""是啊。应该这样。"珠月心里想，虽然余清离婚后把属于孩子的楼房卖了，心里还是有孩子的，他还是要给孩子买房的。

珠月自离婚后，好多次梦见余清后悔离婚、强烈想她，她只有前几天梦见自己因为和余清离婚梦中有股浓重的惆怅，但醒后随即消散。

梦中，珠月一连杀了十几个伤害孩子和她的人，她抡着刀，一阵猛砍，眼睛都杀红了，她那时什么都无畏了，她准备杀死那些人后，再自杀。她对孩子说："妈妈一定要杀死那些害你的人，我不怕死，我再去死。我确实是被逼得没法了。谁伤害你，我就要他死。"珠月心里狠狠地想，敢惹我孩子者，必死。珠月梦中眼里全是怒火和仇恨。小时候连打架、打仗电影都不敢看的珠月在梦中杀人的样子已经是奋不顾身了，因为她已打算为报仇而死了，所以她什么都不怕了。

珠月想，自己一生只有别人欠她的，她从不欠任何人的。为什么她最后要走到杀人的地步？

珠月想给碧月寄些钱，碧月回信说："其实我们每个人都比你过得好些。"珠月心里早就知道其实他们都比自己幸福些，只有自己是最可怜的了。这几年的压迫、迫害、欺凌简直可以用血泪控诉，珠月常常感到自己被迫害得无处可逃了，诗还要穷追猛打。珠月觉得他不像一个男人。珠月就像验金石，她在不断地验证着人的良心和品质。她感到自己就像在地狱里煎熬着。所有的笑容都远去了，珠月这一次是真正地坠入了地狱的魔掌。她不是因为害人而坠入的，她是因为爱、怜、敬，对美的渴望进入的，这更充满着讽刺。她真应该长歌当哭了。没一次有代价的反抗，永远都要被压迫、欺凌。这就是一个男人怎么对待爱他敬他的女人的。所以，珠月一直都在考虑，他称得上男人吗？或许他是被恶魔附体、驱使。怎么驱逐恶魔？珠月已经为他祈祷无数次了，恶魔仍在他身上、心里，什么样的人才有这样没有良心的恶魔附体？要让她活得如此艰难？几次她都感觉自己要被折磨得心脏猝死了。再缜密、再做事完美的人也奈何不了背后捣鬼的人。

珠月梦见自己总是赤着脚。虽然自己被自己的贪欲害得好苦，但她出发点毕竟是善良的。她不应该梦中总是赤着脚。

珠月怎么办？珠月发誓绝不会复婚，不行；她说她宁愿孤独地守护他，不行；她失去了追求幸福的权利，仍不行；事不过三，一件事已经被破坏阻拦几次了，仍不行，还要继续破坏；珠月想要他娶她，更不可能。这是一个巨大的魔，珠月知道自己不欠他半分，只有他欠她的，他做了那么多伤害珠月的事。珠月流血的心还没愈合，珠月还想伸出手去搭救他，他又是一棍子打来。珠月知道他的这个状态非常不正常，珠月非常忧，为了一个无稽的梦，他竟然已经丧心病狂了。这是珠月没有想到的。珠月根本就不相信这些。她梦见这人那人死了，怎么都好得很？鬼才信这些梦。可是他却像着了魔一样地坚信，只有珠月不顺利，他才好。珠月知道他根本就不可能有什么问题，问题在于，过了那个年龄后，他已经是无颜以对，那之后，他就开始不好了。珠月所以祈求他不要相信那些鬼梦，要把自己做好，像个堂堂正正的人，这样，才不会有那个年龄之后的灾。因为羞愧带来的灾。珠月什么都知道，他要行使这样的悲剧，她唤都唤不醒。他要残忍地、觉得理由还很堂皇地去伤害她和她的亲人，珠月痛心啊。一个男人，如此丧心病狂地伤害孤儿寡母，这件事本身就是一件让珠月看不起的事，他在她的心里打了一个大的折扣。可是为了他安心、舒心、放心，珠月宁愿自己孤独，宁愿自己没有幸福，她会守他到那一天。这是她的命，她的苦命。也是她应该做的，只要他觉得安心、放心，发愁、丧心病狂也会影响人的健康。用珠月一人的孤独可以救他，这样的事珠月有这样的豪情去做。虽然她心里的他已不是以前的他，可是她就像菩萨一样，愿用自己的心去守护他。珠月希望他好，他一定要好，过了那个年龄如果不好，就对不起珠月这多年的孤独了。珠月希望他争气些，即使伤了珠月的心，珠月不希望他给她一个更大的伤心。珠月祈求啊，跪拜啊，为什么要让她创伤累累？只希望他最终能给她一个明亮的笑容。

对于爱自由的珠月来说，这已经是最大的牺牲了，可他还要让珠月无法安生。他不感激她、可怜她、扶助她，还要打击她、破坏她、伤害她，天理不容啊。他不知道他做的错事，还觉得自己有理，这是多么可怕的一件事啊。他将为自己所做的事羞愧，这就是惩罚。珠月希望他好好地过了那一年后得遗忘症，回到最初的、美好的自己。她希望他一直在这个世界上。

珠月从来没听说别人不好她就好的歪理。世上没有一件事情是从伤害别人来开始解决的。他应该从自己本身想办法，而不是靠伤害别人来想办法。珠月知道，每个人都是自己的神，但是这个神一定要凭良心做事，要有品格，要保持内心的安宁，要不，再是自己的神，都救不了自己。神就是良心、品格、安宁。让自己处于害人的状态中，将让自己失去安宁，从而失去生命。

无依无靠的珠月还要被迫害、伤害，珠月一天遇到一个老板，他要给珠月依靠，珠月不能答应。当魔鬼又一次重重地伤害珠月时，珠月想，只有撕破脸，才能救自己和亲人，她就想撕破脸了。她原以为是美好的事情变成了一桩笑话。没有担当的男人，伤害孤儿寡母的男人，能叫男人吗？他在珠月的心中已不是当初的他，他在一个荒唐无稽的梦前完全地暴露了自己，是多么不值得珠月爱，不值得珠月依靠啊。

珠月知道他们都是需要内心安宁的人，他让自己内心不安宁了，灾难就会来了。珠月走过了这么多年的路，她深深地体会到，什么事都要凭良心尽人事听天命，任何强自认为的事过后只是无穷的悔恨和苦难。

珠月近几天感到心脏经常像缺血缺氧似的，会不会是心绞痛或者心脏会不会猝死？珠月仔细想想，意识到自己这种心慌气短的感觉是因为担忧又有什么幺蛾子飞出来要整她了。

珠月心里明镜似的。她历来知道什么，都是当作不知道，只要别人不想他知道。她家装修房子时，师傅要她买两捆电线来，她就去买了。虽然她买的时候，知道一捆线就够了，但她还是没说什么。当她看到师傅把一捆线收藏在一个地方，对她说“线已用完”时，珠月就傻巴巴地任那个师傅把那捆没用动的电线搬回家。她就当作不知道似的。那个师傅既然说线已用完，珠月就像自己做贼一样，怎么好说出某个角落里还有一捆线。珠月看着地下几根没用完的线头，对师傅说：“好啊，谢谢你啊！”

珠月从梦中醒来，就像心脏被人捅了几刀一样，她知道是诗在破坏伤害她，她想，难道还有什么能逃脱得了我的眼睛和心灵。诗用尖刀一次次地刺她的心窝，他还觉得自己辛苦了，因为他费尽了心思。珠月想，人可以历尽万险来爱一个人、保护一个人，也可以历尽万险来害一个人，要一个人的命。对于那些历尽万险害人的人，那个被害的人是否要感谢他的良苦用心和历尽千辛万苦呢？

珠月每天就像处在火烤之中。他做的每一丝一毫她都分外清晰地知道，这尤为伤害她。如果很多事情只是一种偶然，她还可以乐观地自信，她现在已经没有了笑容，她感到自己已经成了最为可怜的人。他发狂一样，他要她没一天安宁日子过，他要她过不下去。

珠月怀疑自己的眼睛是瞎了？还是自己的心灵太善良的原因。他们在她那里都成为魔鬼，是她造的。

她专门造自私、不知反省、不设身处地为人着想、害人的魔鬼。

为什么你还会觉得冷？为什么这么气愤的夜晚你对于冷还是这么敏感？

你不能容忍丑恶，难道你又是一味纯真的？

前些天，珠月梦见几年后诗给她一杯红酒，应该是杯毒酒，诗躺在床上，珠月好像也坐在床上。梦中似乎是说诗没有在那年生孩子，也没什么喜事，反而那年变得格外的颓丧，似乎活着一点意思也没有，所以他要和珠月一起死。珠月觉得梦在变，也许意味着的是命运也在不断地改变。也可以说，这世上根本就没有规定了的命运。谁也无法知道自己的命运。按照自己的良心和准则做人，唯此而已。梦中珠月不知到底手中拿没拿着那杯毒酒，有诗递给她的动作，可好像没有她接着的动作。珠月只记得自己摸着诗的瘦腿，那时她手中好像没有红酒，她就醒了。她当时是怎么想的，好像她什么也没想似的。

珠月想，这个梦为什么到关键时刻就醒了。她会喝那杯毒酒吗？她会骂诗吗？她会劝说他吗？珠月不知道。醒后的珠月绝不愿他们彼此是这样的悲惨结局。而且诗已经伤她太深，她现在的心境绝不愿和诗一起喝下那杯毒酒。那杯酒如果是三年以前的一段时间，珠月还可能接受。那时的珠月被爱情击晕，就像天天在做玫瑰色的梦。死亡在那时的珠月看来是一件美好的事。现在的珠月被诗和生活伤害得千疮百孔，死亡也变成了一件丑陋和拒斥的事了。她才发现，越被生活摧残，人就会越热爱现实、生命。就像一个得了绝症的人才真正懂得热爱生活、生命一样。那时她不懂死亡，她就经常说死亡，现在懂了死亡，觉得生命是这么可贵，谁要想结束自己的生命，就是暴殄天物。世上一棵花草我们都是如此珍爱爱惜，难道还敢糟蹋最圣洁的最具有神性的生命？

她想她在梦中应该给诗一巴掌，把他的酒杯扔到窗外去，然后再狠狠地大叫，你活得不耐烦了，想到你以前是多么珍惜生命，生命就是神，你不许亵渎神。可是梦中的珠月什么也没说，她就像一个无知的农村妇女和奴隶一样，任凭她的老公、她的主人随意摆弄。那时她好像什么想法也没有，脸上也没有任何高兴或者忧伤的表情。

按照梦中的情景，珠月似乎并没反对，珠月不知道这个梦到底预示了什么。她真的要和诗一起死吗？不可能，她绝不允许这种悲剧发生。她不想死，诗更珍惜生命，比她更加珍惜生命。诗多么热爱自然、热爱生活、热爱生命啊，虽然他骨子里每根骨头每个细胞都是悲观的，可是他是真真实实地热爱着世间的每一件事物。

珠月对诗说，生命是多么的顽强又可敬啊，任何时候都要热爱生命。一棵在石头缝里长出的小树，结了籽，它的籽却可以在别的地方长成大树。生命只要不息，它的种子就可以在某一个时候成材，成大气候，即使那棵播下种子的生命并不强壮。诗似乎听得见珠月说的话，他很喜欢珠月的这句话。

珠月更不想诗那样生活，那样想。他应该完全忘了她这个人，他的命运一定好。他可以找到一个好女孩。相忘有时对于彼此也许就是一种救赎。

珠月也希望因颉忘了她，因颉该得到自己应该有的幸福。

珠月该怎样呢？珠月喜欢自由，自由对于她比什么都重要。她不喜欢被人窥伺、干涉。她要强，不想被人阻挠、破坏，这些对于她都成为一种深深的伤害。

女儿怕过年和母亲那种相依为命的可怜情景，她就报名过年期间到日本去当志愿者，珠月不同意，她怕女儿不安全。她又怕过年时她会忍不住掉下泪来，过年掉眼泪在她的心里会被认为是大大的不吉利。想到母女如今到了这般境地，珠月心里一阵怆然。

珠月请诗吃饭，珠月故意说："我最讨厌自杀的人，我觉得他们是生活的懦夫，我是绝不会自杀的，无论是为了任何原因。"珠月把"无论是为了任何原因"这几个字说得很重很慢，她想暗示诗，你不要想那些主意。诗看着珠月，他仿佛听懂了珠月的意思。诗现在已不想和珠月说什么了，因为他觉得心里想的珠月都知道，还用说吗？不过诗现在确实没想过自杀，因为他是一个热爱自然万物的人。但他常常又生活在一种诗性之中，他常常把生活过得就像小说、诗，珠月想，真不知他是怎么混的？难道他所获得的都是别人拱手送给他的？

弱智，一件没成的事他也说，说不得的事他也和他老婆说，他就像做梦一样，给自己找麻烦，以为自己是皇帝，以为他老婆就对他俯首称臣，心甘诚服。他不懂人性，不懂爱情的自私。这世上绝没有分享的爱情。从没见过这样的男人。狂妄又幼稚。心计都不知用在哪里了？就会伤害、破坏珠月。珠月想，我以为我是世上属于那种很傻、情商低的人，我也不会那么二百五。不可思议，有些事是万不能说的。别人是做了都不说，诗是还没做就说了，也许他一辈子都不会去做，可他就说了，得罪了人。他情商是不是有些低？还是思维有问题，活在自己想象的世界中？爱情不可分享，偷情的男人从来不会在自己的妻子面前承认。他们是打死都不承认的。什么也没做就说自己要怎么样的人，总是会让自己处于被动位置。如果不想和自己的老婆离婚，在外又没孩子，为什么要承认？何况什么都没做。也许他是一个生活在空间的不在人间的人。不懂人情？不懂人心？他以为坦白是好的美德，但他不知人性的特点。在爱情这件事上，它的专属名词就是自私。

余清骗了珠月一二十年，诅咒发誓在外没有女人。余清的情人打电话给珠月，余清都还不承认。

当珠月感到那些诗歌可能是诗写的，她想立即拥抱住他。她怕他累了，他每天作为一个诗人，在那里思接千载，苦思冥想。珠月只希望他是轻松舒适的，当她想到他有一点累时，她心疼他得不行。好像他做的事、写的诗都是为了她似的。其实珠月看没看他的诗歌，他照样写。也许开始是为了珠月看到，后来他一心想建造自己的诗歌王国，就像建造自己的物理王国一样。他成了物理和诗歌领域的当之无愧的双子星座。当珠月看到他建造的优美、雅致、精深、博大的诗歌王国时，珠月想，这个人真是天才。她起初不敢确定是谁，可她却觉得这人似乎与自己有关。他在一砖一瓦地建构自己的诗歌宫殿，就像一个神游于宇宙的自然神，把一把把的光辉和美抛洒到人间。

珠月近来越来越不相信梦，几个似乎是一定的梦，都发现是子虚乌有之事。

一天她梦见做热干面的阿姨说她前晚吃的三十九元没付钱，她非常担心别人因为记错或不记得，以为她没给钱心里不舒服，她一大早就到热干面馆，故意说："我昨天不知三十九元给了没有？我好像当时给了，又不敢确定。"阿姨有些奇怪地望着她："给了，给了。"珠月终于一颗心落下地，阿姨说得非常肯定，珠月确信阿姨知道自己给了。珠月想，做点小生意不容易，如果阿姨不记得，说没给，珠月准备再给她三十九元，她已准备好三十九元放在包里，三十九元对于她算不了什么，可不能让阿姨觉得她没给心里不舒服。阿姨一碗热干面才赚两三元，一天要多少碗热干面才能赚三十九元啊。

珠月又走回去了，心想，阿姨一定在想，她一大早就是来说这个的吗？多没好意思啊。

那个梦真是历历在目，一点也不模糊，就是来告诉珠月阿姨就是这样想的，她得赶快去把钱给人家。可偏偏事实不是这样。珠月想，梦，梦，就是日有所思，夜有所梦。不要把每个梦太当真。也许梦就是碰到。有时正好是对的，有时又是虚妄的，就像一个人每天脑子里有千万个思绪，又有几个变成现实？梦也是一样，变为现实的思绪对应于准的梦，没有变为现实的对应于不准的梦。其实是一个道理。所以，命运，它有很多的偶然性，也有隐在的必然性。就像一个人的思绪，隐在性就是，现实一定是你的思绪中的其中一个，偶然性就是，有很多思绪并没有变为现实。

当珠月觉得那些诗歌是诗写的，她是多么爱他啊，她给他打电话，打不通，她想给他说她的心疼，就像小时候爸爸不让弟弟读书用功、落雪下雨不去上学一样。

珠月心里万分地想他。她喜欢看着诗慢慢地说话，他说话从不慷慨激昂。珠月觉得自己和他性格很不相同。

珠月希望在俗世能拥抱看得见的诗，她不想再错过。她对自己说，哪怕就是粉身碎骨，哪怕就是死无葬身之地，哪怕就是减少生命，她不能阻止自己走向他。原来她自己要求得那么多，她以为自己无所求。难怪因颉说，我很怕被你的爱绑架，我绝不让自己被你的爱绑架，因为你一定想要做我的妻子。可我不能给你这个。珠月以无所求的姿态和语言只想让因颉无所防无所忧地接受她，让她能走到他的身边。这并不是唯一的目的，她还想做他的妻子。他早就看穿了她，他病了，因为他不能。

珠月以为自己可以做情人，她知道自己多么想诗啊，多么喜欢他啊，几年时间甚至实际上是几个月的时间竟把几十年的感情推到一边。这种狂风暴雨的情感力量是她没想到的。她知道只有遇到他才会唤起她这样强烈的情感。

多么想他啊，珠月不能否定自己对他的喜欢和想，好像是天生的。哪怕她伤痕累累，她立即就会被他复原或者点燃。她梦见自己顺着楼梯直溜下来，她看见了病的将死的猫，还有一只猫在楼上。珠月想，这是我的咪咪吗？一只狗正在舔她。珠月刚想放声大哭，她就醒了。自己从楼梯直滑下地，一瞬之间，好在咪咪还有几个生命在等她。珠月怎么选择？自己选择的事自己承担。她什么都不怕，只要她想那样做。

她想起那些梦，让她身上燥热不已。难耐的情欲在那些爱梦中让她的想念分外焦灼，她不能抑制自己走向他。走向他时，她会觉得自己不脏。洁癖和情欲让她想走近他，他正是她梦中的那人。他把自己透明的湛蓝喂给她，她还之以晶亮的黄。都是从胸口流出的。造物主的伟大、奇异想象让珠月感恩于这样的天才表达和预言。

他们相互喂养，乐此不疲，幸福充盈在身体的每一个细胞。如果胸口一直都有透明的湛蓝流出，他会不会因为憔悴而累而疲倦，她一直都还以透明的亮黄，她会不会觉得自己的奉献太单调。

她将伤害因颉，她的报应就是诗最终会不满足于她。不过，想起那个诗长着三个阴茎的梦，梦中的诗是那么高大、强壮，这正是珠月所要的诗。即使她因此伤害了因颉，即使诗最终抛弃她，如果她真的能够让诗更加自信、强大，而她又抑制不住地像个骚妇一样要走向他。是不是诗一直怀疑自己的性能力，还是他不自信，为什么需要珠月给他自信、强大？难道一个男人非要两个女人才能确证他？还是只要她一个就可以。她不想管那么多了，如果真的有那一天，她一定要走向他，就像走向一团火。哪怕赴汤蹈火。

她想象自己和诗抱在一起，周围是燃烧着的火，难道要死了？珠月说："我还没做完自己的事。"诗笑着说："好像我什么都做完了？我根本就不想死，我也不会让你死。"珠月想象自己和诗爱得难舍难分，谁也不能拆开他们。她又想象自己一个人坐在房间里想着诗。

珠月心里对诗说：你一定要好好的，强壮的，知道吗？我相信你永远都是我的骄傲。要永远都乐观开朗，热爱生活。把生活过得好好的，活八十岁，一百岁都不厌倦生命。永远要热爱生命。如果我能给你一点点生活的热情，我都愿意。只要你真正地快乐。珠月最担心的是诗骨子里的悲观，她常常会怀疑，他快乐吗？珠月有一次到诗的家里，她感到了一种死寂的气息。她想，诗每天是怎么过的？他孤独吗？如果他也是孤独的，她正好可以用自己孤独的生命去拥抱他的孤独。但是实际上，诗并不感到孤独，孤独来自珠月身上发出的一股带点妖娆又腐朽的气味，就像鲜艳的罂粟花将要凋谢坠落的一瞬间。珠月实际上是自己的生命已经死寂了很久，她希望能找到一个和她一样孤独的人，这样他们就可以无所顾忌地拥抱。其实，诗从未感到孤独，当珠月的孤独传到他身上时，他也渐渐地变得孤独起来。就像珠月的那些罂粟的文字把因颉慢慢熏病了一样，诗变得慢慢孤独了，像珠月一样。想到这些，珠月心疼不已。如果没有她，可能诗不会有孤独的感觉，因颉也可能不会病。诗被珠月熏得流尽了自己的真心，就像着了魔一样。也许诗一直都是孤独的，只是他没意识到自己的孤独，没有时间去想自己的孤独。当珠月出现时，他才意识到自己其实一直都很孤独。

梦中，当诗进入她的身体的时候，他是一个阴茎，她看着他变得强大、壮实，甚至长出了三个阴茎，她想，她可以这样幽怨地离开，只要他强壮了。她即使被冷落或者被抛弃，其实也是救了她。她的生命早已与他密切相关。虽然自己一如既往地开始孤独，又在慢慢开始老去。

爱、孤独一直都伴随着她，她看着那些菜园、田野，想起那些晕黄的梦。他就像一个处子，皮肤光洁发亮，后来，他的脸像圣徒一样白，后来，他像一个魔，再后来，她抱住了他，他变成了一个有三个阴茎的男人，这表示他摆脱了处子的纯洁、幼稚、尴尬，变成一个人间的男人。到了人间，他就强大了。心灵强大无比，生命需在人间依托。

珠月是个万分羞涩之人，她的羞涩不亚于诗的羞涩。如果诗不召唤她，她绝对走不到他的身边。

那个梦中和诗连在一起的人其实也可以换成另一个女人，她一样可以让诗成为三个阴茎的男人。即使珠月看到诗给别的女人写的诗歌，感到万分胸闷胸痛，只要诗好，只要诗是健康、强健、有力的，珠月还是愿意选择自己的疼痛和失去，总比要她的命好吧。

珠月用指尖慢慢地揩去眼角欲流出的泪，不能让一旁的妹妹看见。

第八十六章

珠月梦见自己马上要死了，做了那个要死的梦后，珠月心里反而安定了，反正要死的，死就死，有什么怕的，现在把现在的事做好，苏格拉底在死前记得还欠着别人一只公鸡要还。这就是他对死的态度。从容镇定。诗要送一杯毒酒给她，如果她真的当时愿意接，也没什么。如果她不愿意，她自会摔破他的杯子。她自己都不知道未来是什么样的。

早晨起来，珠月发现地板砖上有一坨猫屎，珠月大叫："咪咪，谁叫你把大便拉在家里的？你再这样不听话，不讲干净，我不养你了。"珠月再一看外面的猫厕所，里面已一坨一坨的有了几堆黑黑的猫屎，还有一坨猫屎拉在没有猫砂的地方。这段时间珠月太忙，已有八天没有倒猫厕所了。珠月顿时明白了，她笑着说："咪咪还挺聪明的，她是在提醒我该倒猫砂了。所以故意把大便拉在便盆里没有猫砂的地方，又故意把大便拉在家里。"珠月脸上又一阵笑："咪咪还真是讲干净啊。她真聪明。她用拉大便说话，说得还蛮有力。还说咪咪不讲干净，咪咪都觉得自己在猫厕所里插不下脚了，连咪咪都插不下脚了，我是真该倒猫厕所了。"珠月连叹咪咪聪明，她去打开冰箱给咪咪拿猫罐头吃，咪咪已经在她的脚下急不可耐了，珠月就学着小孩子的口音对咪咪说："jio（"走"的意思），jio，jio，"珠月每当高兴时，就会对咪咪说："jio，jio，jio，去吃猫罐头，妈妈给你猫罐头。"或者"你差点把妈妈的脚都踩了"。珠月心里常常认为自己是咪咪的妈妈，却又觉得不像，可是她经常嘴里会冒出一句："妈妈来了，给你吃，知道吗？这么等不得了？"女儿以往下自习回来了，珠月看着咪咪不自觉地会冒出一句："姐姐回来了，看你高兴的，脸都在笑。"

珠月晚上给在外省读大学的女儿打电话说此事，余馨每次只要听到咪咪的事总是高度热心，如果珠月说别的事，余馨一般都有些心不在焉或者一边在忙别的事。珠月问她："你知道咪咪为什么要把大便拉在家里吗？"

女儿说："是为了提醒你倒猫厕所呗。"珠月说："你真聪明，就像咪咪一样聪明。"一向聪慧的女儿笑着说："是哦，我像咪咪一样聪明。"珠月也觉得这句话好笑。说女儿像咪咪一样聪明余馨还不是很生气，余馨历来万分宠咪咪。如果说女儿像某某一样聪明，女儿回答的口气肯定不像这样欢喜轻快。

女儿见珠月对她的同学热情都会吃醋，不过她对咪咪不吃醋，好像咪咪是她的。珠月说："我每天叫乖咪咪乖咪咪的，你不吃醋吗？"女儿说："咪咪又不是人。"珠月想，哦，如果是人你就要吃醋了？

不给咪咪猫罐头她就打滚，每天早晨珠月一起床出卧室她就在地上打滚，示意要给她猫罐头吃。咪咪打滚时四肢朝天，雪白的肚子朝上，猫的肚子朝上表示的是信任，珠月很感激、欣喜咪咪的这份信任，那时，珠月的脸上就会有满足的幸福的笑容。一次网购的猫罐头还没到，珠月耐心又亲切地对咪咪说："咪咪，你知道吗？猫罐头还没送来，明天就可以送来了。"也不知道是咪咪听得懂，还是条件反射知道没有猫罐头，反正她也不找珠月要了。她回到她沙发上的窝里去睡觉。珠月看着咪咪不找自己要猫罐头，去打开冰箱她也不动，心里又心疼咪咪起来。赶快收到猫罐头，没有等待希望的咪咪好可怜啊，反正也没猫罐头，找主人有什么用，还是一动不动吧。咪咪知道没有猫罐头，她不知道什么时候才会有，会不会很绝望，珠月心里对咪咪说："明天就会有的，明天就会有的。"珠月觉得咪咪可怜，有没有还不是由她做主，咪咪不能掌握。

这天，珠月一起床，咪咪就四脚朝天躺在卧室外打滚。这次咪咪打滚动作特别大，身子挺得很直，速度很快，珠月见咪咪那种急不可耐的样子，忍不住笑着说："真丢人哦，真丢人。"珠月一边说一边赶紧去冰箱拿猫罐头，首先把猫罐头给了再说，要不，就连上厕所咪咪都要勾她的裤子，每走一步都可能踩到咪咪。余馨在她的卧室听了笑着说："不是丢人，是丢猫。"珠月一时还未意识到，随后体悟到，她笑着说："是的，是丢猫，丢猫。"母女都觉得好笑，咪咪的确不丢人，是丢猫，不过目前似乎还没听人说过"丢猫"这个词，这也算是余馨的发明吧。

珠月希望不要再兴起那些竹笋，珠月刚想感激，没想到又来了。真是及时。

他们看到她还活着，还能发出声音，觉得还可以继续折磨。

那些想主宰我命运的人，能主宰得了我的命运吗？你们想倾覆我，让我毁灭，你们想无声地慢慢地打压我，让我成为发不出声的。你们错了，你们七嘴八舌，我不屑。我仍走我自己的路。你们以为你们的世界由你们主宰，我可以摧毁你们那些道貌岸然的虚伪。我要嘲笑你们，不信你们。你以为我服你们吗？所谓的神圣的殿堂不过是装满了谷糠的枕头，有多少烂谷子烂芝麻混在里面。一样的压迫人，一样的说三道四，一样的指手画脚。

我要到长空，吁一口长气。我要到九霄，喊一声惊雷。拿起长长的杆子，让天空惊现彩虹。让瀑布雨倾泻众生。然后在天空写字，很大很大的字，梦中写过的。那些字变成桥，变成车辆，垒起人的神话，作不老传说。甚至可以变成女娲，用手中的杆子造出无数的人来。

伤害重重，压迫重重，珠月都能梦到或感应到，别说是一件成形的事，几句已说的话，就是别人心里想的什么，她都知道。她不知道这种知道从何而来，一个梦境一个感应一个声音，由谁来告诉她？这又是谁指使的？她并没觉得自己有何不同，她照样遇到挫折、困难，即使她知道真相，她也不能去揭发。所谓的知道又有什么意思？只不过是心知肚明而已。她被重重地伤害了，伤得鲜血淋漓。眼里只有愤怒之火，心里只有哀怨、哀伤。被人毁谤是什么滋味？被人迫害是什么滋味？她在人生中是第一次深深体会了。如果她不经历这些，不体会这些，她的人生就是一片甜蜜水，她终将不懂得人心的丑陋，不懂得人生的哀伤。

当珠月茫茫眺望，除了极稀罕的灵魂高洁之士，她看到自己是最为圣洁的了。珠月以前以为这社会是春秋战国，很多人都是义士，都是仁信君子，都是铮铮铁骨的战士，拂去尘世的灰尘，仔细看看，简直是丑陋至极。黑暗看得越多，就像对着童年的理想打一巴掌一样。人，已经变得越来越灰心失望，珠月更加悲观和无能为力了。

英雄到了混蛋手里，只有一条路，那就是被糟蹋。只有慧眼的人才识得石头里的美玉。人常常会被庸人淹没，庸人不可能识你，而在那些高尚的灵魂中，却会变得更加自信。庆幸，这世间有你，会把地上的珍珠拾起、擦亮、爱惜。

好面粉会被不懂的人揉成和稀泥，而且还被揉脏揉黑。美玉在庸人的眼里不过是一块平常的石头。这山看不见那山，情有可原。这块泥土不识那块泥土，只缘他们不是一样本质的土。你问我到底哪一块土更货真价实，我说当然你这块稀有的土更有价值，价值连城。那些普通的泥土一抓一大把，你这块不普通的泥土有多少普通的人能识？同是天空的一片云，是那么多白色的云朵好看，还是你这片多彩的云更为珍贵。我愿把你紧紧抱在怀里，不让云彩在我的怀里消失。我以为我就是那片多彩的云。你看得见。

前几天珠月从梦中醒来，惊得出了一身冷汗，诗将要为自己曾经所做的事情感到羞愧。她很害怕，她想，她得担着，虽然他已经把她的心戳了无数个窟窿，至今还是鲜血淋漓，可她仍然愿意给他承诺，她知道他未来可能不需要这些承诺，只要他需要一分钟一个小时一天一月一年几年，她也必须给他。他同情怜悯那么多的人，为什么就不怜悯同情我们孤儿寡母？珠月抚着自己流血的心，用了最大的宽容，给他发了一个流血的微笑，只是为了不让梦中的他不好。珠月该做的都做了。她躺在床上，流泪了，不是为了自己的孤独，而是为了自己被他伤得千疮百孔的心。珠月用手背擦去了自己的眼泪。她只有靠自己，还有上天。

珠月晚上梦见自己的妈妈驮着余馨，孩子哭着要妈妈。她醒后想起以前值夜班时，女儿醒来没看见妈妈就拼命地哭，姨奶奶只好驮着孩子一大早来到科室，孩子看到妈妈才止住哭声。珠月那一时刻分外想女儿，这孩子格外恋母。珠月想起女儿小时候的事，女儿两岁时和余清姨妈暑假在柳树湾住了一个多月，余馨每天都要到公路那里去，别人问她去干什么，她说去望妈妈。珠月妈把这话说给珠月听，珠月禁不住流了眼泪。她就给妈妈讲起余馨一个多月前在泉城家里坐在床上看电视，电视里一只小猫看到它的妈妈被人带到车上，它沿着公路拼命地追了好久，还不到两岁的余馨那时眼睛眨都不眨，嘴巴张着，喘着气，小脸儿露出了焦急的表情。七岁的女儿用漂亮的美术字写“妈妈，我爱您”在一块花纸板上，珠月看了觉得写得真好，字遒劲有力，一点都不幼稚。那时余馨正参加一个书法班。珠月就一直把它放在钱包里。七岁的女儿作歌“青草把我带到妈妈的身边”，女儿多么想妈妈啊，珠月在乐城读研，每次离开女儿，女儿都会哭个不停。

珠月想，女儿就是她的命，如果有人爱她，一定要爱她的女儿，如果不爱她的女儿，就不要爱她。她每次到寺里第一就是为女儿祈福。她爱人也会爱他最亲的人，如果不爱，就不叫爱。伤害对方亲人的人，不懂爱，没有资格谈爱。珠月在心里对诗说：“如果你愿意爱我，你得爱我的女儿，你不许干涉我的写作自由，更不许对生活绝望，要永远对生活充满信心。”诗无以应对，珠月仿佛看到诗叹息了一声，他看着珠月，久久地，一句话也没说。诗不知道自己是怎么想的，他想得很多，就等于什么都没想。他做得很多，都是伤害珠月的事，都是无用功。几年过去了，事情仍像几年以前。唯有的不同，梦中的健康的漂亮男孩变成女孩，甚至是不怎么好看的女孩，说不定到时还要什么也没有。珠月知道这个孩子的意象代表的是感情和这件事情的结果。

人生就在这种犹疑中错过，珠月想，唯愿每个人都好。还能图什么？

每个人都好，人间安稳，世事安宁。

当珠月的师兄弟姐妹们得知珠月拿到了一个大的社科基金时，他们发自心底的祝福让珠月感到他们就像是自己的亲兄弟姐妹，珠月好久都没有这种温暖的感觉了。他们都同情珠月，知道凭珠月的才华不应该像现在这样活得灾，他们是从心底里祝贺珠月。这次申请项目主要得之于卓院长的帮忙，卓院长说，珠月都申请三次了，论文写得很不错，部分成果已在同行内获得了好评，建立了声誉。送到学校，这多年为学校发展呕心沥血的简校长也没卡珠月，因为他一直非常信得过卓院长。这次终审的首席专家非常欣赏珠月，珠月曾送给他一本学术专著，他赞不绝口地说，真不相信是一个女性作者写的。他认为珠月的学术专著有着很多男性作者都难以达到的逻辑思辨性和深刻性。珠月甚至想哭了，几年下来，诗不断地破坏珠月，让那些不了解珠月的人甚至认为珠月的人品有问题。一个专家怀疑地看着珠月，他在仔细观察珠月是否在说谎话，他以为珠月是一个说谎的人，要不，诗怎么会阻挠破坏她？当他几次发现珠月并没说谎时，他有些迷惑不解珠月的遭遇了，他凭自己的直觉认为珠月是一个心地善良的天使。当珠月看到有人怀疑她的人格时，她想，她是前世造了什么孽，今世要让诗如此伤害她？只有一个理由，她不该背叛因颉，哪怕一分钟都不该，即使是在情感上的。因颉已经为珠月献出了自己灵魂的最后一缕芳香，他病了，珠月从此已经失去了爱任何一个人的资格，除了因颉。因颉不会伤害她，因为因颉是从心底里真正地怜爱珠月。

珠月梦见因颉在梦中好高好结实，她好喜欢他梦中又高又健美的样子，珠月知道他的病好了。珠月梦见他哭了，她也哭了，珠月知道他爱她又恨她，这不能影响珠月的喜悦和爱意，她只要他是健康、强壮的就好，至于爱不爱她，经历了这么多，人已经变得万分慈悲了，能好好地活着就是仁慈啊，因为人不能经受太多，当很多东西都没有了，他们会慢慢降低要求，保人因之自保，否则生命不能承受。想起那个梦，珠月心里满满的是幸福和喜悦，他站在她面前再也不是傻傻的、呆板的、发呆的、眼神不动的、流出了一堆肠子、吐出了一堆呕吐物。他强壮有力，青春健美，他还和珠月连在了一起。

珠月有时想，我可以去做一个尼姑，为他们祈福。她有时又想，自己想得太悲观、太严重了，一切都是那么的好，她不需要去做尼姑。每个人都比自己过得好，她心里就自然过得轻松快乐了。只有自己是最可怜的，不过，她可以自己怜惜自己，还有那么多的回忆可以去珍藏。

珠月看着电视剧《芈月传》里芈月所遇到的灾祸，就像自己所受到的迫害一样。多么像自己所受的迫害啊。自己无任何错，却不断地受到迫害。而且迫害已经到了丧心病狂的地步，早就超越了道德底线。到了后来，破坏、伤害已成为一种惯性，一种没有道德标准的任性和疯狂，让珠月一直处于跌跌撞撞的身心疲惫中。珠月有时真想一头倒下，可她该做的事没做完，她还不想倒下。

诗还不自知。即使她多次承诺，愿意牺牲自己，以保护自己的亲人，保护他，可他已然是一个魔。他没有经受住上天的检验，那个梦就成不了吉梦了。珠月忧心，这是什么样的检验啊，为什么要让珠月来平白承受？知道他经受不住检验，又何必检验他？让他不好。珠月想起他已变成一个魔的梦，他再要做坏事，他的魔头就会像爆竹一样爆炸成碎片。

珠月不知怎么救自己，救亲人，救他。珠月心里希望他好，比任何人都希望他好。珠月即使鲜血淋漓，也在真心地祝福他好。

诗不知道需要珠月做什么，珠月怎么做都不对。爱他，他也要迫害她，不理他，他也要迫害她。他想娶珠月吗？他没有。他不知道到底要珠月如何，他现在心里只有一件事，就是让珠月不好。

珠月听见诗说不是那样的，那是什么样的？珠月半天来心里开朗了些，脸上时不时还无意间露出了笑容。她心里有好多的温柔和疼爱从伤口里又爬出来。

珠月看见天空划过两道闪亮的流星，远比宇宙中那么多的星星要闪亮、璀璨、耀眼得多。那两道流星是谁？她又羡慕又怕。它就是冰晶钻石、柔情似水，又会面临黑洞深渊、壁立千仞。它就是那两道流星。就像天使的脸长出了刺，她要天使的面孔仍然是天使。繁星点缀天空，星辰一直都向人们闪耀着他们的眼睛。久久地。

诗无尽地伤害珠月，他将拿什么来回馈给珠月，他将用生命。他献出的生命在珠月并不是得到，而是重重的失去。这就是悲剧，就是珠月鬼哭狼嚎也不能挽回的悲剧。

珠月想立即应了他的声音向他走去，她想起那个流星的梦。她就像一个母亲怕冷落了一下自己的孩子，娇溺他，明知前面是不应该，不好。是让他暂时觉得有些委屈？还是走到一起燃烧，像流星一样闪耀、快速地划过夜晚的天空？

珠月不知道哪一种于他是好的，于他们是好的。

珠月看着佛祖的镇定、笑容、沉思、嘴好像一撇很委屈，珠月知道了佛祖的力量、无奈和慈悲。珠月从心里感到了一种温暖的爱意，她感到她那一瞬间爱上了佛祖，不是对神的爱，而是对人的爱，就像一个女人爱上一个男人。她的身体有一股热浪涌起了，又有一丝羞涩从肌肤渗出。佛祖不要爱，只要慈悲。可是因为佛祖的微笑、佛祖的无力、佛祖因为她而有的愁容，她把佛祖当一个男人，一个可以依靠的人一样爱了。随之，她又赶快拂去心中自认为是不洁、不敬的想法。佛祖难道也有无能为力的时候？这不正好说明人的力量和意志足够强大，人的命运是被自己主宰的？既然人能掌握自己的命运，又何所忧何所惧？只要人保有良心的法规，人就无忧无惧了。人是多么伟大啊。人只要凭着良心去做事，人的力量可以大到无边宇宙。每一个个体都是一个大能量的宇宙，力量庞大，任何外力不足以主宰他们。这就是佛说的话。人人皆可以成佛。佛是多么伟大啊！

诗没有经受住上天对他的检验。而珠月就陪着他一起变成了这个检验过程中的牺牲品。不是因为爱，而是因为灾难。

听农村老人说，养猫会让女人身体发情。珠月认为咪咪与她相克，但和咪咪有感情后，她想，咪咪真的要克她，也没办法。她对自己说，不信这些，人就是自己的神，正直良心就是人的神。人有灵魂，这个灵魂也就是人的神性，当人的神性被自己的灵魂搅乱时，人就真的有灾了。人不是输于某一个梦，某一只猫，而是输于自己慌了魂，乱了神。

珠月在心里对诗说，你不知好歹么？你不分黑白么？她仿佛看见诗点着头，意思是说他知道好歹，他就是怕珠月爱上他，他怕她说的泪是为他而流的，他要她的泪为别人而流，而不是他。如果珠月真的有一颗泪的话。珠月又在心里对诗说，你不要我爱你你对我说啊，我也可以不爱你，但你不能害我啊。她听到诗说，不害你你就会爱我，如果你注定要流一滴泪，你爱了我，那么这颗泪就会为我流。为了你这颗泪不要为我流，我就要想办法不让你爱我。珠月心里想，什么逻辑，伤了的感情连妓女都不如，我才不会为你流泪呢。诗似乎看出珠月的心思，我所做的就是要让你对我失望。

诗一定是撞入了珠月的电脑，以为珠月文字中写的“因颉”是他，就以为珠月文字中“最大的一颗泪”是为他而流的。“因颉”确实不是诗。越到后来，珠月越加清楚地确信那些关于诗的梦几乎全是珠月关于因颉的梦的翻版。珠月既慨叹于命运的捉弄悲剧，让自己还有诗经受那么多的磨难苦痛，也惊叹于梦也能复制？珠月知道梦是拿钱买不到的，竟然关于诗的梦全是关于因颉梦的翻版，那要诗怎样的潜入沉浸怎样的深情愿望才能复制珠月的那些关于因颉的梦？珠月回想起来，又惊又怕。她的心悸颤了一下，这一下引起的波纹却是非常非常久。珠月感到心头掠过一阵剧烈的疼痛，随后长时间感到一种沉闷的不适，像胸部压着一块巨大石头。

珠月忽然想到几次见到诗发现他的嘴唇都是乌色的，会不会与她做的那个她把因颉嘴唇的乌色吸走的梦有关？珠月的心抖得更厉害了，珍珠在慢慢地凝结，成了一颗巨大的钻石，成了天上的一颗星辰。

有大海一样的深情聚成的无数珍珠，就有天空一样漫漫无边的惊雷和暴雨。

珠月发现自己渐渐没有那颗泪了，这是真的。这颗泪在梦中渐渐地离她远了，它招着手，一下子就消失在天空了。

珠月和诗在梦中各不相干，各走各的，围绕着珠月的那颗泪终于消散了在空中。不结不绕，各自轻松自在。爱就是灾。珠月想起以前因颉说的那些话，句句是真理啊。因颉那时只有三十出头，可他说的话珠月过了多少年才明白。人不能太认真，一认真就要当真，就要受欺负。因颉对珠月说，你生性善良，你也要和你孩子说，有时千万别太善良认真，简单最好。好像因颉这些话是劝慰他自己的。

第八十七章

珠月住的房子只有七十平方米，睡的床单都是简单便宜的，喝的水是几元钱一桶的。

珠月想换一套大一点的房子，余馨长大了，她住的那间房子就像鸡笼，连转个身都不太方便。来了个同学，要相互礼让着才能走出去。珠月去问中介，一问现在的房价是三万多元、四万多元一平方米，中介人员问她买多大的？她说想买一百二十平方米左右的，连问了几个楼盘，都是每平方米三万多、四万多元，珠月心里算了一下，就是把现在的房子卖了二百万元，还需二百万元，二百万元三十年按揭，相当于一个月要出一万六千元房贷，珠月想，自己一个月不吃不喝也拿不出一万六千元啊。中介很敬业，对附近的楼盘非常熟悉，他说："你们小区的车库早被卖光了，四五十万元一个车位。你现在买这房子保证有车位。"他说四五十万元时嘴一溜，顺顺便便，珠月想，那些人怎么那么有钱？珠月说着说着慢慢觉得自己不敢看着那个中介了，旁边的中介看出珠月囊中羞涩，就说叫珠月买小一点的，珠月和他们两人问着、说着，舌头都有些不转了，她想，穷人买房子说到最后会越来越怯。知识分子真不值钱，那些豪宅都是谁买了啊？按说，这个社会最尊贵的应该是知识，可是知识分子做一辈子连套房都买不起。珠月算了下，一个大学老师二十年不吃不喝，才能够在乐城买得起一套六七十平方米的房子。如果包括吃喝，就一辈子都别想买房了。一个当红明星一天真人秀就是几百万元，一个歌星唱一首歌就是几十万几百万元，这社会太不合理了，太不正常了。人所付出的与得到的太不平等了。想到这，珠月想起前阵子痛恨的学术界的腐败，一个德高望重的教授对她说，某某大学考博士是多少钱，硕士是多少钱。晋升、发论文、拿项目、规章条文、专利垄断等，哪一项不是人情。什么都是人做出来的，人既然可以实事求是，也可以无中生有、添油加醋。谁有话语权谁就是胜者，王者。读者、老百姓有饭吃就可以，一个馒头也可以，一餐丰盛的晚餐也可以，在没有吃到最好的饭菜时，一般的饭菜也可口。珠月想，幸亏我考博士时没遇到这样的学校。现在看来，知识分子一个讲座，一个签名，一个项目，一个奖励是应该贵一点，要不，知识分子买不起房啊。知识分子怎么才能富裕？这应该是国家的问题，国家应该提高知识分子的待遇。好多老教授皓首穷经，一辈子竟然没有一套属于自己的房子。珠月暑假到以前的老院长、老教授家去看他，唐院长当官时两袖清风，当他离开新光县人民医院到泉城市人民医院就职时，新光县人民医院的医务人员哭成一片。他本是同济医科大学的高才生，却甘心留在基层一辈子。当院长时一心想着怎么为职工为病人，当教授时更是从不收病人的东西，现在他住的是学校给他的没有产权的房子，一辈子连套属于自己的房子都没有。他说："反正他们得让我有房子住，人死了，房子也没什么用了。"唐院长是珠月见过的少有的没有铜臭没有势利眼的好官。老唐院长就像一缕清风，表明人间还有良心、正义、美丽的东西。人还不至于被势利、铜臭全部塞住心眼。

知识分子怎么才能赚到钱，珠月也没想出个头绪，她只觉得这个社会太畸形了。商人赚钱是血汗钱，明星也流了血汗，难道知识分子流的血汗不比他们多吗？一个老师、研究人员写一本学术专著把头都写白了，有的写不出来都跳楼了，他们付出的心血绝不应该只得到那点微薄的报酬。珠月垂头丧气地回到家，买房子的事看来还要等一些时候。她希望自己能赚一笔大钱，那时候买房子的事可能才能实现。

珠月不禁想，如果我不是离婚时有一套小房子，是不是就没房住了？这个问题此时才浮现在她脑际。答案似乎有些肯定。她想到这，不禁抽了口凉气。是不是还要感谢余清给了自己这套小房子？也不对，珠月本该得到几套房子的。知识分子真穷啊，珠月回来后萦绕在脑际的就是这个问题，弄得她吃饭时都没嚼出味来，她眼睛望着电视，就像巨天下面的一个麻木的无动于衷的人偶。

珠月以前一直觉得知识分子还是很有地位的，也不穷，自从这次准备换房子后，她感到知识分子太穷了，"银湖湾"每平方米四五万元，每套房子都住有人，那些人都是些什么人？做什么职业的？她受到了重重的打击，才发现自己是那么穷，知识分子是那么穷。

第八十八章

因颉看见珠月在舞会上对别人笑，以为她对那个一直请她跳舞的人有意思，其实她半点意思都没有。她心里一直在想着因颉，在暗暗地看着他。余清因为她对来家里的客人（包括男客人）热情倒茶、夹肉夹菜大发脾气，在她的眼中，那些男客人和女客人、一个三岁小孩没任何区别。

珠月经常带家乡来找她看病的人去找各科的主任、医生看病，她心里很感激他们，在医院的路上，她常常碰到他们，她一般不和他们打招呼，也许他们会想，明珠月怎么是这种人？珠月想，心里感激一个人不一定要说出来，也不一定路上碰见要打招呼。感激不感激与这些表面的东西有什么关系？

世间人普遍都说她特别，可她觉得自己一点也不特别。也许她就是个宇宙仙女，与世间格格不入，她只活在自己的空间里。

余清想找珠月看看复婚是否有希望，他说想来看珠月，珠月说叫他不要来。珠月已被他伤透了心。珠月想自己变得更丑一点，头发乱蓬蓬，身上的赘肉滋滋地往外突。特别钟情颜值的余清看了会立即可怜她，因此存怜悯之心，又失望，又安然地离开。珠月知道，虽然和余清复婚可以获得世俗意义上的所谓"富贵"，可她看不起那种所谓的富贵，她曾经生活过，就像地狱一样。那时，她宁愿走得远远的，只要能逃脱他。虽然现在珠月过的也是地狱的生活，她即使想跳出地狱，也不能跳到另一个地狱火坑里去啊，她只能往不是地狱的地方跳，方才有解救自己的机会。珠月梦见余清把腰挺得直直的，余清想，我就争一口气，不想做我老婆就不做。

年轻时的珠月常常为自己的活泼、乐观、开朗而苦恼，她希望自己走路能慢一点，不跳不蹦，少笑，不要笑，说话语速不要太快，她用普希金的名言来拘束自己："你得始终沉着、忧郁而镇定。"胆汁质的普希金希望自己不要过于热情，胆汁质的珠月希望给自己穿上最暗的衣裳，让自己能显得成熟、稳重。

珠月近几年经常感到气血不畅，有时好像胃那儿揪成一团，很疼，很淤结。仔细感受一下是怎么回事，像是胃部那里的肌肉紧缩，珠月感到那里有一个硬块似的。有时她肩膀那里的剧痛也是缩成一团的疼痛。珠月心里知道，这都是她近年做什么事都要遭遇挫折带来的担忧造成的身体紧张。

珠月梦见自己用鞭子抽打余清的脚，珠月心里不忍，余清已被人用鞭子抽打得鲜血淋漓，珠月还是抽了，因为余清理直气壮地说他在外有两个女儿。珠月是善良之人，怎么会如此心狠，这梦表示余清的身不由己？就像珠月的境遇？表示很多东西见不了光，见了光就会变质。古物发掘出来，见了空气马上就面目全非了。

珠月又梦见不能找余清逼本该给孩子的钱，说是到时她会受不了。梦中余清的脸恍恍惚惚的，像鬼影一样，珠月曾梦见过相似的情形，这表示余清可能会生病。珠月想，我欠他的吗？我半点也不欠他的。这是孩子的钱，是孩子应有的权利。珠月还是震慑于那个梦，她不能找余清要那个钱。余清在外女人几个，他欠的孽债让他不知能否承受。珠月近来总是梦见余清不好，她有些担心他会不会出问题。一个不畏惧神灵的人也会出问题？当她想到余清可能不好时，女儿需有个爸，那时，她更心疼自己的女儿了。佛说，回头是岸，只要余清再也不要以自我为中心，更多地为别人想想，不要吃不得半点亏，他的心其实并不坏。既然做了错事，不要错上加错就好了。伟大的佛祖是多么慈悲啊，他救助所有的罪孽，让他们悔过改正，绝不计较他们曾经有过多少罪。余清在梦中给珠月遥传说话已语无伦次了，这有些不像余清，平常余清是不信东啊西的。这是什么意思？珠月求佛祖保佑余清身体健康，不要懊悔自己曾经做过的事，改正就成佛了。

珠月离婚那天，还是余清提出来的。珠月平常吵是吵，但那天，确是余清首先提出来的。他把材料都带来了。余清说，走吧，把手续办了吧，天天吵吵闹闹，没法过。那天珠月还没想到离婚，虽然天天吵，也曾到民政局去过。珠月当天做了一顿丰盛的饭，还对女儿说，你爸要不是找到我，最少要结四次婚。余清听着珠月这句话，难道珠月不想离婚？你不离，我反而要离。他们离婚时，艳阳高照，天空明朗，这对于两人来说应该是个好兆头。办好手续后，余清像是捡了一个大便宜一样溜都溜不赢，赶忙开车走了。当他看着珠月的时候，眼睛还似乎有泪，脚底下像踩着滑板要逃，还带些舍不得的样子。珠月脸色凝重，她知道自己以后的日子更不好过了，虽然精神负担减轻了，可生活负担，包括另一些方面的精神负担也会随着增加。珠月回家除了感到无助以外，还感到了自己的善良和受骗的感觉。当他们有一天不是夫妻了，她感到他们真是一点关系都没有了。所有一切的维系和爱情只是因为夫妻的名分。她对他的爱是把他当作丈夫来爱的，当作永久的伴侣来爱的，只要他们的关系一断裂，他们之间将什么也不存在。如果不是看着孩子，珠月一时都感觉不到他们曾经做过夫妻。

余清做事一向很慎重，他一再拖着不离婚，那时，无疑他已做好了离婚的准备。他几次笑着对珠月说："你最好能找个有钱的，免得我离婚出钱。"又几次阴沉着脸对珠月说："我不想给你一分钱，你就得不到。"余清慢慢地将财产转移好了，他对珠月的态度越来越不好了。怎么不说离了？我都把财产转到两个女人的名下了，你要是不离，你丫的不是害我吗？

他以为前面一片灿阳。一个离婚的男人多么自由。珠月什么都没要余清的，除了一套还在按揭的小房子。那天办完离婚手续后，珠月总体心里还很镇定，也有一些迷茫。余清回去，他的姨妈问他，怎么就办了，他说，我只是试试她，没想到她就同意了。珠月那时还有一股最直接的动力，就是那些关于诗的梦。

珠月没想到要余清的钱，余清是白费心思了，他骂珠月是祸水、害人精，害得他把财产全部转到别的女人名下，自己反而受别的女人控制。珠月早就料到这一点，一直都对他说，如果离婚，她绝不要他的钱，余清以为珠月设的是圈套，全世界哪有这样的好事？离婚不需花钱。珠月想，余清，是你不相信我，你自始至终都不相信我，你现在反而来怪我，我当初已多次提醒你，叫你不要转移财产给你信任的女人，到时你要受她控制的。余清想起这件事，他不恨自己和别的女人，只恨珠月。

善是珠月永远的敌人，当余清拿着刀伤她时，她还担心他用多了力反而伤了他自己。珠月反复对余清说，我不会要你的钱。余清不相信，他用最毒的招对珠月，没想到害的是自己。

珠月听到余清说，他遇到了小人，余清说苍蝇不叮无缝的蛋。珠月恨的是余清对别的女人的承诺，她算什么，说明你余清心中从来都没有我珠月。珠月离婚两年后也很有些同情余清的小人之说，以往她遇到的都是贵人，现在自己也遇到了人生中一堆堆的荆棘丛，她终于能理解余清说的小人了。她仿佛明白了余清的身不由己、难以言说的苦衷，其实这也是值得同情的地方啊。就像自己现在一无所有，被人压迫、压制，她还要去同情、理解别人。余清的声音还在珠月的耳边回响："你欠我的今生都还不起。"珠月不知道自己得到了余清什么好什么爱，她感受不到余清对她的任何真心真爱，早年她是他的一个稳固的后方，后来根基稳了她就是他的一个随时可以被放弃的物体。他对她招之即来，挥之即去，她就像他的情人。一年见一两次面，只要珠月把头藏在沙子里，什么都不看不听，他们仍能如恋爱一样亲亲热热；只要珠月把眼睛一睁开，她就想立即逃离这个地狱。他可以上午去找那个女人，关照好那个家，马上回来又和珠月亲热。他总能找出理由出去，只要珠月反对，马上就会有一场争吵。奇怪的是，他非去不可，雷打不动，这是让珠月最感绝望的地方，为了这一点，珠月心里已经在较劲了，她的心就像烧过的灰一样一点一点地冷却，这个冷却成死灰的样子就是她在这场婚姻中的较劲结果。

一棵树笔直笔直的，无欲无求，心思正直，腰杆挺直，枝叶繁茂，青翠欲滴，如果心有旁骛，这棵树可能就要长歪，它的面容总是会有些沧桑的。

第八十九章

暑假回家乡之前，珠月问妈妈，那些亲人都还在吗？我的爷爷奶奶外婆外公去世了，我的姑姑也去世了，我的舅舅也走了，连我的爸爸都走了，最近连我的老姑爹都走了，妈妈，我的大姨还在吧？妈妈说，还在，珠月忽然好感动，就像见到一个亲人古董似的。珠月十年都没见到大姨了，她只要知道大姨还在就好，她想下次过年回去一定要去给她拜年，这多年都没去看过她，忽然想到一定要去看她。要不，等大姨走了，珠月又少一个老一辈的亲人看了。珠月心里知道大姨还在，只是还是想问妈妈证实一下，以确证最后一丝欣喜一点希望。珠月心想，大姨在，那小时候去看她的那条雪路就还在，竹子被雪压断了，树上的冰凌还挂着，多美啊。我还可以再看见那些山，那些树，那些沟壑、小溪，雪覆盖在树上、竹子上，一片白。时间仍没走，我多希望你们都在，每一个人都在。

小时候，每年过年前三天要到冬心塘姑爹那里去给他过生日，有时是珠月一人去，家里常把珠月当作一个大人劳力去走人家。到姑爹家的路，和到大姨家的韭菜岭是同一路。山上的雪把竹子都压断了，到处是银装素裹，珠月小心地在山路上走着，享受着山野散发出的青竹的芳香，竹子被雪压断偶尔发出的咔咔声。一路上都是小路，水把珠月的裤脚打湿了一些。珠月走在无人走的山路上，她有些怕，但她看着满山被雪裹着的树木和楠竹，以及脚下把鞋子和裤脚打湿的雪水，她的心被一阵清新的山里的空气缠绕着，在悄悄地兴奋着、快活着。

看到那么多的亲人都走了，还有湾里每死一个人，珠月都会伤感半天。她的童年是与那些人和物连在一起的。

刚刚做了一个噩梦，不亚于那年做的黑从脚板底升到腿肚子又退了的梦。珠月梦见自己的头部血管爆裂了，她要一个护士帮她压着，压紧一点。她想，我会不会就此睡去，再也不醒来？这个梦一定与我近几年的压力有关，这几年一直都处于被压迫压制的状态，心里未尝有一天轻松过，身心已被伤害得伤痕累累。再就是，这会不会与我从小就很怕哪一天血管破裂的忧虑有关。这个梦和那个黑升到小腿肚的梦很相似，表示我要遇到危险，虽然不知道这危险是什么。就像梦中黑莫名地升到小腿肚，莫名地用手抱住头，血管要爆裂了。好可怕。上次也是回家就出危险，难道这次会有什么危险么？

珠月回家碰到了余清的一个先天残疾的侄女花儿，她一出生背就是驼的，一只脚因为车祸短了一点，所以走路一瘸一拐。花儿看到珠月在街上一条板凳上坐着好像在等谁，她特意走过来和珠月说话："幺娘，我当时听说你和我幺叔离婚了，眼泪直垮，我对我爸说，我幺娘真作孽①。我小时候对你印象特别好，对我幺叔印象不好，从来没有人像你那么对我好过。"珠月听了这句话不知怎么回答，从一个残疾的人嘴里听到说她"作孽"，她起先是微笑着，不知为什么眼泪不自觉地想要流出来了，既然一个残疾人都说她可怜，看来她无疑是可怜的了。一个四十多岁的女人离婚什么都没要，难道不是"作孽"吗？珠月的眼泪忍不住掉下来了，虽然她仍保持着微笑的面容。眼看着眼泪像一串串的珠子不能停止地要往下掉，她拿出餐巾纸装作是擦汗，顺便擦去了眼角的泪水。跟花儿告别时，珠月的眼里还有不争气的泪，她不知道为什么花儿的话竟让她不自禁地潸然泪下。珠月一直都同情余清的这个侄女，在记忆中，她也没有做出什么具体的对她好的事情，但花儿能感觉到。珠月回想了一下，她总共见过花儿两次，一次是结婚时和余清回家见过这个侄女，一次是余清的爸爸立碑，他们一起到过余清的哥哥家。那时，余清很穷，当他犹犹豫豫地提出他的爸爸要立碑，他们需要出钱时，珠月立即接着他的话说："要多少钱，肯定要出啊，多出一点。"余清说："不用多出，每人出三百元就可以。"珠月说："那当然要出，这是大事。"珠月看到余清眼中的一丝喜悦。

在珠月的记忆里，她并没给这个侄女买过什么，送过什么，可是花儿却一直都记得珠月对她的好。余清的二侄子说话声音沙哑，珠月几次带他到 W 城去看病，大侄子没考上高中，珠月帮他联系高中，余清的嫂子中风，珠月到处找人帮她看病。一个人的心是怎样的，别人能感受到，即使什么也不做。

---

① 方言，可怜的意思。

珠月和妈妈到小卖部准备买点东西，她又看到了花儿。花在那里挑点糕饼之类，说是准备带给她的妹妹吃，她的妹妹从小因为脑膜炎变得有些痴呆。珠月说："多买点吧。"她给花儿的袋子里又多抓了些糕饼，并且又在架子上提下两袋糕饼给她，并给她付了账。妈妈说："你知道花儿为什么还没走吗？她是舍不得你。她看到你走到小卖部，她也跟来了。"珠月的眼泪又要流下来了，她想，这早晨，真倒霉，流了这么多眼泪，不吉利。

余清历来瞧不起他哥哥的这两个女儿，觉得很丢他面子，珠月并不这么认为，她天生就同情弱者。没想到自己今天竟成了她心中弱者同情的对象。她竟也不知道自己是不是可怜，或许在那种氛围中，自己觉得自己是有些可怜。或许是想起这么多年的时间，里面所包含的内容，她流泪了。后来她才知道，她是因为真情流泪。

余馨要去看姨奶奶，珠月给孩子买了些东西提去看姨奶奶，打的把孩子送到梧桐岭，珠月第二天在公路上等着孩子。孩子打电话说姨奶奶要她去看她，珠月没法，只好一步一步地走到梧桐岭。姨奶奶说："你现在好了，工作了，你妹妹她们都有钱了，她们可以支持你一点了，你那房子现在值得多少钱？"珠月都一一做了回答。姨奶奶说："我们娘儿俩十几年，从来没吵过架，红过脸，你怎么不来看我？"说着，脸一抽搐，眼泪像喷泉一样流了出来。姨奶奶中间也是因为同样的意思又哭了两次，珠月不知为什么一点都不想流泪，想起前几天碰见余清的侄女花儿，她一句真情的话，珠月禁不住流了一早晨泪，在回柳树湾的车上，她还在禁不住流眼泪，这太没理由了，妈妈和弟弟在车上，她只好拿出餐巾纸像是无意间放在眼角的地方把眼泪揩去。弟弟见了说："姐姐，你在想什么啊？"珠月笑着说："没想什么啊。"弟弟以为珠月是被家乡的风景感动了。

珠月看着姨奶奶的眼泪，心里想："余清离婚不用花钱你知道，他把我孩子的房子卖了你知道，你还说我现在好了，还问我那套小房子值得多少钱，觉得我好像赚了一样。"珠月没有流出姨奶奶渴望看到的几滴泪，珠月有一阵子也有一点流泪的意思了，可她还是流不出来。估计是余清侄女回家后讲起和珠月碰到的事，姨奶奶也希望看到珠月的眼泪。她一见到珠月就说："你长好了啊。"珠月说："胖其实表示的是身体不好，我现在上楼都气喘吁吁的，身体差透了。"珠月看到了姨奶奶脸上的笑容。那个表情正好和几年以前她听到珠月说还有月经时是相反的。

出来时，姨奶奶说："下次回来一定要来看我，过年没地方过就到梧桐岭来过。”珠月说：“一定来看你，来过年就不好了。”可能是自己太真诚了，没得到相应的回报，自己反而变得没任何感情了。感情、流一下泪，在珠月看来，都不是什么，如果一个男人愿意拿出钱来给她，那才真叫感情。感情不是嘴巴说的，不是流流泪，这不要花什么代价，她觉得自己甚至无泪可流了。

晚上，不知怎么提到余馨学校的事。当余馨说到她怎样被同学欺负时，她号啕大哭起来：“就是和你们学的，你们善良、忍让，我也跟着你们不自觉地善良忍让，我再也不想忍了。”女儿哭诉了一堆被宿舍同学欺负的事例，件件事在珠月看来就像那个女生是精神病，不可理喻，她不许女儿喷花露水，不许别人走路带风，不许别人在宿舍接电话，不许别人晚上关灯后做事，即使什么声音都没有，等等。女儿哭得喉咙都哑了，眼泪还在不停地流。珠月对妈妈说：“妈妈，连孩子都说我们太善了。”珠月妈小声地说：“还是善好。”可这次珠月妈也不敢确信。她以前一直认为善良好，当她想起自己一生善良，儿子却得病时，她也有些越来越不敢坚持一直以来的善良准则了。余馨还在伤心伤意地哭诉，珠月最见不得孩子受委屈，她连忙说：“谁这么坏，我去把她的脸 pia 肿。”女儿不喜欢珠月这样处理问题的态度，可是她又感到委屈得不行，她好后悔当初没有去反驳那个不可理喻的女生，弄得她现在在家仍然委屈满满。怎么办？孩子的委屈怎么发泄？珠月说：“这个学生一定会为她做的事后悔的。”女儿说：“有的人并不会后悔。”珠月说：“也是。”女儿又伤心起来了：“你不是说她会后悔吗？”女儿希望那个女生后悔，不能做了坏事、错事不自知、不后悔。一听珠月认同她的意见说有的人不知后悔，女儿又哭起来了。别人伤害了她连后悔都没有，她又没有反驳、还击别人，她受的委屈怎么办？珠月说：“以后你再遇到这种情况，你就坚决还击，知道吗？真诚、善良、宽容、温柔是人的美德，可是如果别人做得太过了，你一定要还击，我相信你知道怎么拿捏这个分寸的。”女儿哭着说：“你不是叫我忍吗？无所谓吗？我做不到无所谓。”“谁知道你做不到无所谓？既做不到无所谓，就还击。两种方法，一种从心底里蔑视她，无所谓；另一种就是还击。她一样的怕你还击她，你还击她几次，她就不敢了。”女儿表示了认同。两个小时后，女儿的心情终于平复下来了。珠月有些后悔跑到她睡的房间去看她，本想在广告间隙去看看女儿的，不知怎么竟然勾起女儿扯出这个话题，不过女儿的委屈有机会发泄一下也是好事。那时候已经晚上十二点多了，再一看时间，已经两点多了。

珠月忽然想起前不久做的一个梦，女儿躺在床上，她旁边都是些什么人啊，脸上有疤的、缠着绷带的，各种奇形怪状的人，说明女儿这几年是在不知怎么恶劣的环境中过来的，比她的艰难少不到哪里去。珠月隐约感到女儿遇到的这些敌意、挫折与诗有关。想到这点，珠月剧烈地心疼起孩子来，心里猛地掠过一阵像寒冰一样的凉意。

过几天，珠月听妈妈说，乡里的刘三被公安局抓起来了。刘三的名字珠月早听说过了，他和一伙人专门找人打架，挑人脚筋，砍人手臂，削人鼻子。刘三的姐姐集资被骗，跑了，一个老太婆到她家要钱，刘三站在门口大喝："你是要钱，还是要命？"老太婆哽咽着说："这十万块钱是我辛辛苦苦攒了一辈子准备给我伢儿结婚的。"刘三挥着刀说："钱，没有。滚。"老太婆看到刘三身上也没钱，跟他说也无益，只好抽泣着走了。

刘三的好朋友李远家山界上的大树被人砍了几根，李远的爸爸怀疑是和他山临界的来叔家砍了，来叔不承认，两人都拿着菜刀对峙着，后就打起来了，来叔的儿子把李远爸的头用石头砸了很大一个口子，李远回家后立即去找刘三，刘三顿时带着几个哥们到来叔家，他们把来叔的双腿打断了，并且用刀把他肺部也挑伤得很重。鉴于刘三一直以打架、横行霸道出名，这次刘三被抓起来坐了三年牢。

刘三老婆的爸爸说刘三不可靠，坐牢前几天刘三离了婚。珠月妈把这故事讲给珠月和余馨听，珠月说："多行不义必自毙，但是人也不能太善，该反击还是要反击。要有理。有理走遍天下，无理寸步难行。"珠月说着朝余馨看了看，看她有什么反应，余馨沉默着，似乎也在想善良和反抗之间的关系。珠月想起以前算命先生对她说的一句话："主要是你父母心善，所以你才没离婚，要不，早就离婚了。"现在珠月离婚了，是不是她的父母就不善了？这句话很有意思，父母善良，所以命中保佑珠月不离婚。后来父亲去世了，珠月离婚了，难道珠月妈变得不善良了？这没道理。珠月还是对余馨说："谈男朋友第一就是要善良。"余清听了第一反应就是想起珠月的善良。珠月善良，离婚什么也没要，自己又没犯什么错，如果女儿像她妈一样，那不是明摆着要受人欺负吗？就像珠月受他的欺负一样。他气愤地大声说："善良有什么好，就遭人欺负。"后一想，找的男朋友善良，余馨不就不受欺负吗？余清转而声音又似乎小了一点地说："也是的。"

妈妈对珠月说，听说刘三小时候很乖，也不惹事，因为刘三妈说了几句真话，她说队里的山、地拈阄有鬼，为什么队长、会计、出纳家偏偏都是拈的好山好地，队长老婆到刘三家要刘三妈道三次歉，并且要下跪道歉，刘三妈一时就下跪了，下跪了她想不过，就上吊了。刘三拿刀要去杀队长的老婆，队长出来拦架，刘三砍掉了队长的一只手，队长没敢找刘三出医药费，也没告他。队长一家从此都怕刘三。并且队里决定把一块还未分配的山分给刘三家。自此刘三就变得天不怕地不怕，成了青山乡最有名的狠人。刘三的妹妹在外打工眼睛渐渐看不见了。她回家后整天待在家里，有人去说媒，她的爸爸就骂别人。后来听说刘三妹妹自杀死了，只有三十七岁。刘三妹妹死后两年，刘三爸也死了。刘三对自己的家事不管不问，死了就死了，死了就埋掉。他不会去问他们怎么死的，只要不是别人害死的。刘三每天就像家里什么事都没发生一样，照样拉帮结伙打群架。

珠月和枝子去找同学玩，珠月这时已离婚两年多了，她才告诉枝子、阿晴她们自己离婚的事。几个幼年朋友听珠月说离婚没要钱，个个惊叹不已，又真心实意地可怜她。珠月没想到她离婚不要钱的举动竟然产生了这么大的惊叹和疑惑。如果她们经历像她一样被折磨、像贼一样被防的漫长时期，说不定也会像她这样选择。已经不稀罕这个男人了，或者已经对他彻底绝望了。即使打官司要到了钱，说不定他还天天诅咒你拿了他的钱。是被人诅咒好呢，还是什么都不欠别人的好。珠月选择了不欠别人的。阿晴问珠月："你后悔当初和余清结婚么？"珠月非常坚定地摇着头说："不后悔。"

枝子就像一只猎狗竖着鼻子嗅听着珠月的话，她想从她的话里听出什么来，努力发觉一丝丝的蛛丝马迹。最后她确定珠月是出轨了被余清当场抓住，所以她因理亏离婚不好意思要钱。枝子嗅着灵敏的鼻子，到处闻，她马上就会把她闻到的信息到处传播，像传播瘟疫一样，谁离婚了，谁出轨了，谁家打架了，谁打麻将赢了多少钱，谁打麻将输了多少钱。一个妓女到谁的科室去找谁要和她睡觉的钱，那人真缺德啊，玩妓女竟然不给钱，还要女的来讨。谁家有残疾，谁家有"鸡"，谁家的钱来路不明。

枝子对珠月说："是不是你和别的男人有什么事被余清抓到了？"枝子的意思是，除了这样，你怎么可能离婚不要余清的钱？珠月听说枝子和她老公闹离婚时，要她老公扫地出门，连她老公存的几万元私房钱都没收了。珠月说："没有，怎么可能？"枝子还是有些半信半疑。枝子承包的酒店打电话来说客人和洗脚女打起来了，枝子临走时，带着严峻的神色凝视着珠月说："珠月，我觉得你这辈子只欠你自己的。"

既然别人都不敢相信珠月离婚没要钱，珠月想，是不是我做错了，我该要钱。她心里不由得一团火，余清你也太小气了，把钱看作命，害得我现在这么穷，女儿的生日快到了，我身上还有一百多元，本准备给孩子一千元红包，也没法给了。珠月近几天因为手中没钱腰痛病又发了，她只要心情不好，腰痛病就会复发。珠月本想去取曾存的几万元基金，这几个月股市就像疯了一样，跳上跳下，这几天基金更是跌得没法取。听到孩子说学校有事，要提前到校，这意味着孩子不用在家过生日，珠月松了一口气，可以不用为这一千多元发愁了。

枝子说起珠月的姑奶奶的孩子是傻子，珠月说："你姨妈的孩子不是有一个也是先天痴呆吗？"枝子又故意提起珠月舅舅的儿子的脚怎么是瘸的，珠月说："还不是和你小姐姐的孩子一样的，小时候得了小儿麻痹症。"枝子早已忘记了自己家的不好，只想说珠月家的不好。当着那么多同学的面，枝子故意说连月的老公怎么啦，珠月那时候委屈得眼泪都要流下来了，她说："没有证据的话不要瞎说。"枝子却狡辩说："我根本不是那个意思。"珠月问一个同学："你听刚才枝子的话，你认为枝子有没那个意思？"那个同学轻声说："有。"吃饭时，一个对枝子知根知底的同学说："枝子，你每天就知道夸夸其谈，珠月是多么谦逊的一个人。你不服珠月是吗？你怎么能和她比？"珠月赶紧说："我也很佩服枝子啊，她也很有闯劲。"唱歌时，枝子对珠月说："我今天晚上没敬你酒，所以刚才特意给你点了两首歌，和你一起合唱。"珠月委实不知道也不记得谁给她敬过酒谁对她没敬酒，经枝子一提醒，她心里反而有些别扭："原来你还存在这么一个心思。"珠月就像吃了一口苍蝇一样。枝子有些失望，她以为珠月在乎她给没给她敬酒，珠月根本对这些东西一点也不上心。怪不得吃饭时，枝子第一个找了一个上位坐了，珠月见她毫不客气地坐了一个上位，就在一个偏位坐下来。珠月只是习惯性地会找一个看起来偏的位子坐下来，无论在哪儿吃饭。按说，珠月从远地方来家乡，当然是她应该坐上位，当枝子看到珠月坐在一个偏位时，她原以为珠月一定会理所当然地坐到她旁边的正位上，她看了珠月一眼，什么也没说。后来，珠月想，是不是因为这，她没给我敬酒。再说，敬不敬酒，珠月根本无所谓这些，也不会记得这些。

同学一起到千岛湖玩，枝子说："我以前发给你的那个男孩的照片根本不是那个人，是我从网上下载的。"珠月一时没反应过来："是哪个男孩？"

“就是那个去了英国的博士，他现在早就是博导了。”珠月当时确实不记得枝子曾给她发过一张照片，不过她后来还是记起来了。枝子常把这个男的拿出来说，表示她的情人是多么优秀。枝子以为珠月还记得她那点事，珠月早就忘得九霄云外了。枝子见珠月不记得这件事了，她对珠月说：“你现在好像对什么都无所谓了，你在想什么啊？你到底现在对什么感兴趣啊？”珠月没吱声，她心里想，我不是对什么都无所谓，只是对你感兴趣的东西无所谓。

枝子看到自己生了一个儿子，就说女人一定要生儿子，不生儿子怎么行？珠月说：“如果你生的是女孩呢？”枝子说：“那我就再生。”“如果你又生的是一个女孩呢？”“那我就引产。”“如果你像湾里的卷儿姐一样一连生了七个女孩呢？”枝子笑了，枝子整天把她家的儿子拿在口头说。珠月说：“我只要上天保佑我女儿平平安安、健健康康，我就很感激了。”枝子和几个生男孩的同学的老公一起眉飞色舞地谈着生儿子的骄傲。

枝子话中带话地故意让珠月感觉不舒服，每次她暗中不自禁地伤害珠月时，珠月就会反驳，让她发现她家原来也有痴呆、小儿麻痹症，自己也曾闹过离婚。

珠月、阿晴、枝子还有几个同学一起到玄素洞玩，珠月六个硬币全投进不同的闪着火焰表示着各种吉祥寓意的洞里去了，每投中一次，珠月就伸开双臂欢呼，枝子一个都没投进去。枝子平常最信这些，见珠月都投进去了，她故意说：“我从来不信这些。”她们几个继续在洞里走着，枝子说：“在这里面修炼，不吃东西，还不死哦？”珠月觉得枝子不能因为别人投中了就对玄素真人不敬，但珠月并没说什么。枝子见自己没投中，就故意说玄素真人死了，表示着自己的不满。珠月历来对神灵是敬畏的，虽然玄素真人的肉身可能不在人间了，可玄素真人一定是神仙，他的灵魂还在洞里，还在人间呢，怎么能说这种对玄素真人不敬的话？珠月在投硬币时，就像是有神助一样，那些洞是非常难投的，即使一个技术再好的人也不一定投得进去，这得需要灵气、仙气。阿晴说：“珠月本身就是一个具有仙气的人，本身就与周围的人不一样。”周围的几个小伙子也跃跃欲试，他们没一个投进去一个硬币，他们见珠月投进去了，都像看神仙一样看着她。出了洞，走在路上，烈日当空，有一辆车停了下来，他们和她们几人打招呼，珠月以为是枝子的熟人，后来才知是洞里遇到的那几个小伙子。枝子对珠月说：“你的眼睛真不中，刚才在洞里遇到的几个人你都不认得了？”珠月说："我都没朝他们看。"几个月后，枝子和珠月打电话，她的隐含之意觉得那次见面她很多话都说得太过了。

以往谌中走到哪里，连月也跟着走到哪里。谌中打麻将，连月就坐在旁边安安静静地看。自从谌中在网上被一个脸皮厚的女人缠上后，连月不跟着谌中走了，也不知道他每天到哪里去玩了。谌中正在打麻将，连月打电话去说："谌中，还在打麻将起劲，你知道家乡人怎么说吗？说你和一个女的怎么怎么。"第二天，家乡人正好来祝贺连月的儿子考上大学，谌中在酒桌上对着大家说："我对连月是真心的，你们不要信那些谣言。"谌中每天感到上班无所事事，国家养这么多公务员做什么？吃闲饭？他不得理解。他和几个朋友合办了一个山野农庄，农庄面积很大，有桃树、梨树、李树等，珠月很喜欢这个农庄的风景，觉得不吃饭都愿意看看。连月以前怕老公吃苦了，每天叫他晚点起床，谌中每天就像踏着时钟刚好跨进办公室，从来都没早过两分钟。连月现在每天说谌中不上进，只知道赚钱。连月认为谌中不求升官，只知道开餐馆是不求上进，没有进取心。珠月说："那个农庄很不错哦。"连月说："那有什么用？再有钱不求上进的人都没用。"谌中愤激地说："怎么上进？我见得多了，局长、院长、厂长、主任，你说的那些人哪个不是在外瞎玩女人，贪污受贿，你没看见，没一个是干净的。不要把那些人说得多好听。"连月还是不服："管得怎样，你什么时候看过书？发表几篇论文还是我帮你收集材料找人发表的。整天只知道抽烟、喝酒、打麻将、下围棋。"谌中见珠月在旁边，觉得很没面子，他反驳说："你去问问你说的那几个局长、院长什么的，我说他们狗屁都不是。"

谌中只要赚到钱就立即告诉连月，农庄亏本了就不吱声，朋友送了他什么东西，他兴冲冲地拿回来，想让连月说他人缘好，有本事。没想到连月这么说他，不给他面子，他就说要出门有点事。珠月批评连月说："不管怎样，不许在别人以及外面说你老公的不好，说他不好，就是丢你自己的面子。以后一定要记住。你说他不好，你们是夫妻，别人知道你们夫妻有矛盾，就会瞧不起你们。你们家挂着'家和万事兴'的匾，这句话真是真理。再说谌中已相当好了，对你和我们家人都很不错。以前医院有一个护士本来要当护士长了，因为她正和丈夫闹离婚，虽然后来没离婚，但别人都知道他们夫妻关系不好，所以一直都没当上护士长。反正，你在外不许说你老公的坏话，知道吗？"连月没有吱声。连月是没心没肺的人，和以前的珠月一模一样，经过这几年的血火煎熬，珠月再也不会像以前那样乱说话了。记得以前有几个人都对她这样说过："你太单纯了，看得出你是一个没有受过挫折的人。"现在只要她一听谁说话，也能辨别出他是否受过挫折。

连月的丈夫谌中每到过年都要回家乡一场玩"诈金花"，即使他今年过年值班，他也要在休假的那几天回家乡一场。连月说，如果他每年过年不回家输一万元或以上，他心里会觉得特别难受。他的家乡有过年"诈金花"的习惯，就像珠月家乡的人过年天经地义打麻将一样。连月的丈夫每次开始都会赢一堆钱，赢了钱他从来不走，继续赌，直到把那一万元本钱全输光了，他才罢休。他每次都这样。连月说："他每次过年都要为家乡人民做贡献，不输那一万多元，他不会走。赢了，他是绝不走的，觉得不好意思，赢了怎么能走呢？还是客。输光了，再走，天经地义，也特别够意思。他这个人最大的特点就是够意思。"那一年，珠月和连月在柳树湾过年，谌中又去阴山"诈金花"了，说是输了三万多元。那时，他们很穷，听说后，连月把眼睛都哭肿了。后来才知道是输了六万元，谌中怕她伤心，说是三万元，有三万元还是在赌场上借的。以后谌中再也没输过这么多。每年一万多元觉得还能承受，就每年输一万多元给他的家乡父老。他的家乡人都说他特别够意思，家乡人都喜欢他。不小气。

第九十章

压制压迫还在暗处不停地袭来。正是因为很多事情都能梦到或感应到，珠月的心里很受伤。那些人一览无余地在她眼前，说怎样的话做怎样的事。诗的惯性破坏，别人的助纣为虐，趋炎附势，以整人为乐，无聊撑了的，想显示自己的权威力量的，等等。

当诗偶尔想到珠月所受的苦时，心里那一瞬间也有些疼珠月，他在想：某某是小人，某某是真正光明磊落的，某某才是真正对珠月好的。他有时又想，明珠月真倒霉，谁叫她做那个梦？做那个得罪了我的梦？

珠月梦见自己和佛一样高，和佛站在一起，成了佛，珠月醒后有些惊喜，这是她第一次梦见自己成了佛。她知道她离佛还远着呢，可是佛却让她在梦中和他站在一起，和他一样高，有佛一样的面容，成为佛。珠月感到自己不配，虽然珠月常常说自己是少有的纯洁善良有境界之人，可是她从来也不敢想象这种殊荣，可以和佛并列在一起。

第二天晚上，珠月吃了前几天从超市里买来的卤鸭心，吃的时候嘴里感到滑溜溜的，有些不敢吃，就像怀孩子时一个人不敢吃肉一样，最后，还是在滑溜溜的感觉中把鸭心全吃完了。吃完后，珠月想，再也不要买鸭心吃了。人也太残忍了，吃动物的心。她想起小时候有一个外地人牵着一只山羊到柳树湾来卖，山羊脚上钉满了蹄铁，山羊大大的眼睛里含满了泪，它因为痛在哭。珠月第一次看见山羊和山羊眼里的泪，她很心疼那只山羊，她蹲在地上，久久地看着那只山羊的眼睛和山羊脚掌上的蹄铁。柳树湾没人买山羊，那个外地人又把山羊牵走了。珠月好久心里都想念着那只山羊，因为那只山羊眼里的泪。

珠月梦见自己过年后就要死了，她想，真的过年后要死吗？是因为病？还是因为谋杀？还是因为什么什么的。珠月曾经也做过要死的梦，也没死，这一回，不知道这个要死是什么意思？这是好梦还是凶梦？她感到自己真的要死一样。

那几天，当珠月心里似乎在慢慢地硬着，好像什么都无所谓了，她什么都能豁出了，连死都不怕了，这时，她看见了自己镜中的面容似乎变得丑陋了。她想，那些恶鬼、歹徒、罪犯什么的可能也是因为心生豁出一切的心理而变得面无表情、狰狞、丑陋。面部肌肉因为无所谓一切、因为心硬了，肌肉都随意摆放着，那些过往里藏着的纯真、美好、善良，让面部纯洁、熠熠生辉的东西早就不知溜到哪里去了，只剩下无所谓、心硬留在面部的每一块肌肉里。珠月觉得自己还是以前美些，看着镜中自己一副俗容，随意耷拉的松垮的肌肉已经把纯情美好挤走，只剩下庸俗不堪的无所谓和豁得出去的戾气。珠月原以为自己更坚强了，什么都能面对了，豁得出去了，无所谓了，可是，为什么在镜子里看见的是一副自己丑陋的面容。她有些疑惑了，人的心硬了，人就不美了吗？人冷漠了，人就不美了吗？人似乎更坚强了，能去面对一切了，人就不美了吗？珠月从未想到自己的脸会变得丑陋，可是，当她的心中只剩下冷漠、心硬、豁得出去时，她想自己变得强大了，她什么也不怕，什么也豁得出去，即使生命，这时，她却发现了自己镜中开始变得丑陋的面容。

前不久，珠月还梦见自己是佛，怎么今天在洗头的时候，她发现自己的脸部肌肉已经开始变得放纵和硬起来？就像一张男人的脸。

因颉还在爱着，美好善良地爱着，充满希望地爱着，珠月有一刻为自己的无所谓和硬心头升起一丝愧疚，为自己镜中丑陋的面容感到害羞。这世间仍有美好在，真情在，肯定就会有美好的面容。

随后，压迫仍然接踵而至，珠月的脸摇摆在硬和有所谓之间，美好和无所谓之间。她一会儿看见镜中的自己仍然纯情、美好，一会儿在镜中看见自己的脸部肌肉自弃地随意耷拉着，这就是她吗？这是她自生以来第一次知道自己的脸也有这副容貌。她以往总是春风满面，心怀感激，面容总是纯洁美丽，当她已经准备自弃，准备勇敢地面对一切时，她看到了一种坚毅，一种像石头一样的硬，因为这种硬，她的脸部线条不再柔软，使她那一时间看起来像个男人。

珠月去打印资料，忽然发现 U 盘上的资料全没了，她大叫，天大的玩笑。打印的女孩说：“谁给你开玩笑，我们电脑怎么就专门和你开玩笑？”那人说话一点也不客气，让她感到很想扇她耳光。不过，她忍了，现在，是随便什么人都可以羞辱她、践踏她，连一个打印的都可以毫不客气地对她，她何时受到过这种侮辱。如是以前，她就要和别人理论到底，到最后一定要弄个赢，不赢她就不罢休。不知从什么时候开始，她就开始倒霉，自己也像面团一样被揉搓得没有半点棱角了。很多年以前有一次在澡堂洗澡，有个飞扬跋扈的女人说了让珠月很气愤的话，珠月最后让那个跋扈的女人直说："我怕了你，我怕了你。"珠月想，这种恶女人，不给她点狠，出不了这口气。

诗在外面对人说，对珠月好，自己就会不好。珠月到一个同学家，见门口放着两双很旧的凉拖鞋，冬天一般都是穿棉拖鞋，她心里顿时就明白了，一阵冰凉和屈辱掠过自己的心，眼泪差点都要掉出来了，她立时稳住自己，不能让孩子看出自己的"特殊"反应，要当作什么事都没有似的。好在同学生性善良，看到站在门外来给她拜年的珠月母女，心里立时生起一丝心疼，连自己都不过意了，就叫珠月母女不换鞋进屋。下午，珠月去洗头，水一下子几乎有一百摄氏度，幸亏珠月头移得快，否则就会发生事故。珠月洗了这多年头，这是第一次遇到这种情况，她想，这绝不是偶然。她委屈得泪似乎要流出来了，但她赶快对自己说，正月不能掉眼泪。她想等过了正月，她得疾言厉色地对店长说，如果再出现这种情况，她就要退钱，不在那里洗头了。妈的，连个洗头的都要欺负我了。想当初，还是珠月给这个店的店长出主意，叫他们顺便卖整瓶的洗发水护发素给客人用，这样就能赚更多的钱了，但不要强行客人要。店长采纳了她的建议，后来，这个店果然火了。她知道所有的这些委屈、苦，各种各样的破坏，都是因为她遇到了她曾经以为是天神的诗。她觉得上天真会开玩笑，专门讽刺人。

诗几乎已经不让珠月做事了，珠月下午三点多去洗头，里面没有一个人洗头，却说在吃饭要她等二十分钟。有一次他们说马上就洗，结果等了四十分钟还没洗，他们故意在那里磨磨蹭蹭，珠月说要求退钱，她不能花钱买气受。理发店的以后也不敢这样了。卖鱼的见珠月几次不到他家买鱼，也不乱开价了。诗却感到很委屈，他要珠月洗头受挫，买菜买鱼受骗，做什么都不顺。

恍惚中，珠月从墙壁的灯上似乎看见诗的嘴唇从纯洁变得有点委屈，慢慢地，长出不很大的獠牙，嘴唇两边又长出两只角，獠牙似乎又缩进去了。他处在模糊之中，在似乎要青面獠牙之中，下嘴唇仍然还保留着那一丝纯洁的意味，又似乎露出坚定的表情，又似乎露出随意的表情。恍惚中，他又站在她的面前，身材高大健硕，腿很直的样子。

珠月已不敢请人做事了，刚粉刷的墙晚上就脱了。请人安防盗网，小伙子安好后，珠月才发现铝合金上划了十几道印，心里很不爽，也不是什么大问题，就是感觉一个新东西却不完美，就像一件新衣服上有个小破洞一样。另一个小伙子说要到洗手间去洗一下手，珠月后来发现洗手间的卷筒卫生纸被抽出来丢在了地上。他们多收几百元珠月也无所谓，干体力活也辛苦，可她想到那卷丢在卫生间地上的纸，她的眼角因为委屈滚出了泪水，她赶快抑制住了自己，不能因为这种小事流眼泪。外公外婆去世都流不出眼泪的珠月，却感到了一种巨大的屈辱。她想，我是造了八辈子的孽，今生让人这么整。诗找人在外散布说要让珠月不顺利，别人就好，那些人几乎个个都怕自己惹上珠月这个霉。就连做热干面的阿姨，以往对珠月异常热情，说是因为珠月鼓励他们在这里卖热干面才立定在这里做生意的，还说她的儿子在手机里储存的珠月的名字就叫“好姐”，现在她看着珠月的眼神就像珠月是瘟神一样，她每次卖珠月一碗粉一碗面都要多收一两元钱，好像这样她就顺利了。珠月也不说什么，她也不好意思说她多收了，只是心里想，以后会少去。以往总是一次买很多，还带回来，又叫朋友去吃。当珠月正在店里吃热干面时，一个妇女进来问珠月，她的老公给她装了门闩么？珠月说装了。昨天珠月就把钱给了那妇女，珠月故意先给钱，她老公必定来装，她那时怕别人受到警告不敢给她装门闩。后来珠月才意识到她老公给她装没装门闩这个妇女肯定知道，她的意思是来探问装得好不好，珠月当时还加了一句，谢谢你啊。估计这个妇女回去后就在嘀咕她会不会有什么灾殃了。如果珠月说，门闩没装紧，已经掉下来了，估计这个妇女心里会感到特别踏实。珠月想起昨天那个安装门闩的男人说：“听说现在撬开保险锁门五六百元，我怎么也不可能做那种缺德事，我一个月可以赚二万元，房子有了，车有了，两个孩子，那种事做不得，做了家里要遭殃的。”虽然他故意把两个钉子取出来再拧上，她在一旁说：“不要把钉子取出来再拧，要滑丝的。”

珠月每到一个摊位买菜买东西，就会有一群人围上来买，同学都笑说她总是给别人带来财运。奇怪的是，哪个地方她不去了，就垮了。乐金商场一年没去了，她一去，发现只有一半地方在卖东西了。乐金旁边的“发美”前几年很红火，珠月三年没去了，前几天也搬走了。

几年前，一个权威期刊的编辑对珠月来信说稿子终审已过，后来却在几个人的先后破坏下起先是拖延，后来说是换了负责人，竟然不发了。珠月知道是有人在存心捣鬼，天下哪有这样的道理？终审过了，竟然被人一再拖延，并且最后不发。珠月写信去问，也无回信。最可气的是几个普通刊物来了录用通知书，后来竟然说也不发了。珠月意识到自己的电话、邮箱等都是不安全的。连自己在银行订的短信都收不到了。珠月想去参加两个外省的学术会议，投的稿也很有质量，竟然都没有回复。以往在泉城工作时每年都有《诗刊》《星星诗刊》等刊物给她寄诗会通知，她那时没时间，又没钱，甚至都没想过要去开诗会，所以一次也没去过。现在读了博士后，竟然去开一个外省的学术会议都那么难。珠月想，我是撞了鬼了，以前从来没遇到这种事情，现在，竟然要让她连一个差刊物发文章都要受阻拦，一个以往哪怕是别人请她几多次都不会去的学会都不能参加。珠月不愿意相信自己是瞎了眼。她一直给他找理由，认为他是走火入魔。珠月想，即使是走火入魔，善良的人把刀砍在自己身上，不善良的人把刀砍在别人身上。从小到大设身处地为别人着想惯了的珠月设想自己如果是他，她会舍得伤害他吗？她绝不会。妈妈说咪咪克珠月，珠月的脸过敏就是猫毛造成的，要珠月把咪咪送人。珠月想，就是咪咪要克我，那也没法，我也不舍得送人。除非医生能证实我皮肤过敏一定与猫毛有关，我也许会想想办法。但她绝不做伤害人、伤害猫之事。珠月妈问珠月："猫呢？"珠月说："不在我这间房。"妈妈说："千万不能让她进这间房，脏死了，猫毛到处飞。身上痒死了。"妈妈伸出手臂，上面全是她抓痒的斑斑痕迹。珠月妈到处找咪咪，她往书堆里瞄，又弓着腰往储物箱下面瞄，都没看见咪咪。珠月说："她不在这里，我刚看见她出去的。"妈妈说："你莫要包庇她哦。"珠月笑说："我包庇她做什么？我才不包庇她呢。"

珠月忍受了人生最大的屈辱、压迫，她后来发现自己的文字里出现了她起先没有拟想过的一个最大的主题，就是迫害。这让她清醒地意识到她所受到的伤害已经深深地锲入了她生命的每一个缝隙，结果，发现每一个文字里都渗透着压迫、迫害的血迹。

珠月以前不知道什么叫迫害，别人总说谁谁是被文化大革命迫害致死，本来就要死，什么迫害致死！她现在真正知道什么叫迫害了，迫害比肉体的刑罚更为可怕，就是让你一天到晚提心吊胆、不得安宁，而且你还不能指出来，因为破不了面子。如果真的破了面子，这件事也许好办了，因为撕破了脸，谁也不能暗中害人了。

珠月想揭露，可她却发现自己不忍揭穿他，怕他觉得没脸面，想不开，怕他不好。可他怕自己不好了吗？自己已经善良到底，为什么还要顾及别人？他不怕你珠月受气受辱身心遭到伤害，你却怕他不好。而且，他不像一个男人，因为一个虚妄的梦就把他打倒了，征服了，检验了。

只是一个虚妄的梦而已。珠月想，我会因为一个梦去做切切实实的害人事吗？难道不怕晚上做噩梦？幸亏珠月坚强，碰到别人遭受如此挫折，就像师母、阿晴、小雨说的，很少有人能挺过来的。珠月真了不起，了不起的是她的心。比好多人都干净纯洁。所以她保有了她的神性。

开会时，珠月和一个同事说话，同事不敢和她坐在一起，别人怕惹了她的晦气。大家都知道她很晦气，也不知她的晦气从何而来，都像躲瘟神一样躲着她。明明有那么多成果，拿的却是讲师的工资，个人资料还打不开，大家都在想，她得罪了天王老子吗？真是天下之怪形状。

原老师见珠月晋升正高的申报表上写的是副高职称，她以为珠月是做假，她想，副高职称还拿讲师工资这么久？不可能。所以，她几次在办公室暗示珠月的副高职称是假的。当珠月几次问她一些有关事项时，她就会说："你去问李老师，他晋升过副高。"好像珠月没晋升过副高似的。珠月晋升副高时，一个评审老师禁不住欣喜地给她发了一个短信，告诉她是全票通过。珠月想，她没拿该拿的工资，就会有人以为她的副高职称是假的，还有人就认为她不应晋升。她不是成果不多，教学不好，而是因为她受了不公，她不但得不到补偿、理解，她似乎该永远来承受这不公的后果。幸好，并不是所有人都这么认为，珠月想，最重要的是，事实永远也不必和人解释，别人的误解只是别人的误解，我的事实是什么，上天看得见。事实是不需要说的，就像真理不需言明一样。后来，当原老师知道了真相，她心里想，明珠月真是伟大，我几次在人前那么明显地暗示她没有晋升过副高，她都不生气。其实，珠月当时是没听懂，她不知为何原老师要那么说，也没想到那层上去，她只是梦见原老师的意思后才领悟过来。

珠月自开始报名晋升正高开始，每一步都受到诗的暗中阻拦。当珠月很有质量的论文已通过校外专家评审时，诗怂恿珠月科室的两个同事给院里写反对珠月晋升的信，两个同事都拒绝了。其中一个同事心想，旷诗的这种暗中偷听、捣乱别人的行为很令人不齿，她心里掠过一阵疑惑，以往对旷诗的好感已在动摇。

在学年述职会上，植教授禁不住赞赏地说："明珠月老师是我们历史学院中国近代史专业的柱子，自明老师来后，选中国近代史专业做毕业论文的学生增了一倍，说明明老师的课激起了学生的强烈兴趣。”

珠月每堂课都是全身心投入，她希望用自己的全部力量、人生体验和学识带动学生对于中国历史、文化的热情。每年选她做毕业论文的指导老师学生都是绝对的多。今年七十人选中国近代史专业方向做毕业论文，就有四十多人选珠月做论文指导老师。珠月有种无以为报的感觉，她想多带几个学生，可学校规定每个老师最多只能带八个学生。

植教授这一番发自肺腑的公正、正直的良心话传到几个人那里，立即引起了一阵强烈的围攻："你怎么能表扬她？为她说话？"植教授做梦都没想到自己的几句真话遇到了这么大的激流旋涡反应。

前一阵子，珠月往两个权威期刊投稿，论文很有质量，却被人阻拦。那两个外省期刊编辑不解其故，心里都在想，明珠月怎么混得这么滥，在乐城的人际关系这么差？

珠月曾经因为水果摊老板调包卖给了大伯十几个烂苹果，把他们的摊子掀了，那时她才二十岁，水果摊老板两兄弟看着她什么也不敢说。她曾勒令她怀疑偷她钱的卖衣摊主把钱交出来，声色俱厉，那个卖衣摊主只有乖乖地从一叠裤子里拿出压着的七十多元钱。她当时感觉包被动了一下，下意识地看了一下包，背包的拉链打开了，她赶快看里面的钱，没有了，她坚定钱是卖衣摊主偷走了。卖衣摊的那个年轻人起先不承认，并且露出强横之色，她一点也不畏，她抓着那人的衣服，推搡着他，声色俱厉地说，拿出来，我看见你拿的。那人见她说得那么坚定，以为她真看见他拿的，最终从准备卖的一沓沓好的裤子里拿出了那七十多元钱，还仍然像是在包里叠着的样子。七十多元钱是她那时一个多月的工资，当时她的想法就是一定要那人把偷的七十多元钱拿出来，否则她绝不会罢休的。遇到多次这种类似的事情，她都不知道怕。二十世纪九十年代初期有一段时间泉城很乱，街上的小偷、二流子都是成群结伙的，她总是以她的威严让流氓、小偷都畏惧。不知从什么时候起，她慢慢地陷进一场漫长的被压迫中，骨头似乎变松了，可她知道自己心里埋着一团火似乎要把自己的骨头烧毁。她竟气愤得把一支中性笔都写完了。

回到家，想起这几年的辛酸经历，她躺在床上一点都不想动，眼泪让她的眼睛胀得很疼，因颉在哪儿？为什么他不来救她？上一次她千呼万唤他来救她，他来不了，这一次，她又开始千呼万唤他来救她，他能听得见吗？

珠月想，美丽的花朵不应该爱我而颓废枯萎。洁白的云朵不应该爱我而失去逍遥洒脱。自信刚强的人不应该爱我而失去往日的无忧无虑。最美的心灵不应该爱我而感沉重负担。

那些最美的最爱的，应该像风一样自由，像云彩一样灿烂，像山中的树一样永远青绿。永远都是无羁的、笑容的、随风流动，永远都是巨人的、藐视一切的。

珠月珍惜曾经穿过的一件衬衫，掉了之后，又做一件一模一样的。一件发白的牛仔裤，一支用过的笔，一张床曾经固定的位置，一张桌曾经面对的方向，更不用说那些用心血和泪水写过的日记和诗歌以及那些已经汇入生命之河的岁月，这一切都与她的生命息息相关，构成了与现在的她不可分离的一部分。

珠月心里莫名地狂热地思念着因颉，她被自己的思念搅得翻江倒海，就像她背负着一个罪，她将走到他的面前，跪在他的怀里，用最后一丝爱来表达自己在这世上的伤心欲绝。

诗穿着笔挺的西装西裤，显得年轻英俊潇洒，手中拿着包，他说他要到哈佛去参加一个学术会议。几个女孩都向他投去了爱慕的眼神。比起前两年做的梦，她知道他目前很好。她明白她以前梦见诗和她在一起不好，脸变小，只是因为那时珠月的心里有一个因颉，后来，因颉从珠月的生活里走出去了，不是因为不爱，是因为珠月觉得他该拥有更加幸福美好的生活。近来，珠月梦见诗总是西装笔挺，英俊潇洒，知道他已经从恐惧中脱离出来了，只是还有一点余怕。

近段时间，诗似乎已在慢慢彻悟，珠月感到房间周围的杀气在慢慢消退，诗似乎已不再纠结。珠月知道诗得救了。她知道他有能力救得了自己。珠月欣慰地笑了，所有对诗的担忧正在像房间周围变得慢慢温柔平和一样，诗，以他的佛性他最初的自己最终的善挽救了自己。珠月还有什么可说的呢？还凭什么不为诗露出赞赏的笑容？所有的担忧和恐惧都成了过去，珠月摸着自己伤痕累累的骨头，连骨头都发出一阵嘘了一口气一样的轻松脱节的声音。

珠月又明明听见诗在召唤着她，就像在召唤着死亡。她想走向他，像飞蛾扑火一样，不管未来怎样。她想起那个他给她一杯毒酒的梦，想起天上两颗闪亮的流星划过，难道这就是他们联系在一起的命运。这个命运，就是由她此时的抉择决定的。她必走向他，她必给彼此带来流星般的毒酒的命运。她的身体就像火一样，她想尽快地拥抱住他。他就像被念了魔咒一样召唤着她，她就像被施了魔咒一样要走向他。你看啊，一切都自然而成了。那杯毒酒，那两颗天空划过的闪亮的流星。难道爱情就是死亡？难道爱情一定要用生死来衡量。她希望他们爱过，但不是死。

她仿佛看见他和自己都身不由己地被欲望和喜欢推着走向彼此。虽然伤痕在她身上一条条地还在渗着血。

当珠月决定约诗来家里吃饭时，珠月梦见诗答应了她，说愿意来和她一起吃饭。随后当他们亲吻时，诗变得比珠月还小，似乎成了一个女孩，他们在一起几次之后，诗感到自己就像砧板上的肉，一块一块的。珠月感到这个梦表示的是诗根本就没做好准备和珠月发生身体关系，也表示诗是一个非常干净的人，同样表示诗对她并不是爱情，而只是被一种奇异的感觉和魔力吸引着，当他真正要了珠月时，他感觉自己就像被卖了，身体被珠月都看透了，就像一个处子一样觉得自己不干净了。珠月本打算这些天约诗来家里吃饭，这个梦让她很害怕诗不好。她自己也知道她并不适合诗，可是她又分明听到诗在召唤她，这让她心里很烦乱，她不知道该怎么办？去年梦见诗和她在一起之后变成有三个阴茎的男人，现在诗在梦中觉得自己被珠月宰割成一块一块的肉。梦总是在变。不想那么多，一切随缘，也许是最好的。

珠月曾经也有过害怕的感觉，她在心里对自己说，你得想好，你能承受得了之后的事情吗？就是会觉得自己不应该，因为他们不是夫妻。她会不会产生罪感？她很害怕自己的罪感。她很多次说服自己，觉得自己已想好。可她仍怕罪感有一天会伸出头来。这种感觉就和诗梦中的感觉一样，是一种自己不应该的感觉。这种不应该不是来自他们的内心，而是来自世俗和他人的目光。虽然珠月是那么想要诗，虽然他把她伤害得千疮百孔，他身上的清香气味仍然会吸引着她扑在他的怀里。

这个梦表示诗其实是一个天使，就像珠月一样的天使。干净，明亮，有身体、精神洁癖。诗可以去搬动太行山王屋山要和珠月在一起，其实珠月对于他不过是一个幻想，他根本就不是真的爱珠月，也不理解她。诗对珠月是陌生的，所以，诗必然对珠月失望，所以就有自己被宰割成一片一片的感觉。

她很想诗，她又回到那种不敢爱中。她本想这些天请诗来家吃饭。她很怕诗对自己失望。诗不过是个孩子，他是幻想的，他并不真正爱珠月。

珠月心里很讨厌这个梦。其实爱不爱，她现在已不愿意说“爱”这个词了，她觉得爱就是毒药。她只愿去看一件事情的结果。如果她和诗在一起了，诗不好，这将是珠月又一个最大的心痛。珠月不想诗不好，她希望诗对这件事的感觉是好的，可诗在梦中分明对他做这样的事不满意。实际是，诗并不想珠月有他的身体，更不愿意自己的身体袒露在珠月的面前，被珠月看得清清楚楚，因为诗生来是一个害羞的人。虽然他拼命地砍荆棘砍灌木丛就想无阻碍地来到珠月身边。本来，他来到珠月身边没有什么障碍，他偏要认为那些都是障碍，他就使起斧子和柴刀拼命地砍。做这些他一点都不觉得害羞。

珠月想扑到诗的身上去，可是每次在这样的时刻，都会有不好的梦来提示她。也许他们是不能在一起的，因为诗那杯在梦中递给她的毒酒，表示佛祖疼爱他们，不让他们在一起。他们或许厌倦，其实是感觉不好，所以诗才会递给珠月一杯毒酒，如果珠月值得诗爱她，诗感觉好，诗绝不会如此绝望。如果爱情不是带给人新生，而是带给人死亡，那么这种爱情也是死亡、腐朽的爱情。

梦中余清想珠月做他名义上的妻子，想过以前一样的逍遥生活，一天到晚见不到人影，情人几个，想得很美。

其实，珠月也有那么几瞬想过和余清复合，当她几年来走一步摔一步，迫害已让她不胜负荷时，她偶尔会想起以前和余清在一起时的快乐时光，那时，她脸上油光发亮的，见到她的人都说她越来越年轻了，越来越漂亮了。珠月那时感觉不到自己的幸福。当她去年一个人出去旅游，看到一个老公给他的妻子买了一个银镯，一个男朋友给他的女朋友买了一个玉镯，她羡慕地望着他们，眼睛都快出水了，觉得她们是那么幸福。想有一年她和余清、女儿出去旅游，余清硬要给她买一个发晶手镯，她硬不肯要，说是太贵了。余清是诚心实意想给珠月买，他想珠月高兴。想那时该有多少人用羡慕的眼神望着她啊！

好久都没梦见因颉了，前段时间梦见因颉背朝着她走到别处了。那时，正是珠月在心里对因颉说叫他忘记她的时候。珠月想因颉肯定听见了。珠月心里对因颉说了几遍：“因颉，忘了我，过自己的生活，你该得到幸福快乐的生活。”

珠月听到诗在使劲召唤着她，这让她既渴望又害怕，那个让人烦心的梦又将要阻止珠月和诗真正的身体拥有。虽然珠月是那么想诗的身体。想抱着他，把所有的想望都燃烧尽，即使再也不能在一起。就像柴火堆在那里已经很久了，都要生霉了。柴火无数次想象自己的燃烧，几年了，还是躲在一个角落里，憋不憋屈？

珠月梦见说她一定会感性地约诗，怎么这么了解她啊，她是准备这样做。珠月内心分外烦乱，这几天都病了，她只要一急、心情不好，就会腰酸背痛，全身乏力。更要命的是珠月明明听见诗在召唤她，难道他不要命吗？珠月该怎么办？她想和诗在一起，身体似乎燃烧着熊熊烈火，她又怕应了梦中所示，他们一起喝了毒酒。如果她只能让诗如此绝望，珠月知道这不叫爱情，只能称之为灾难。难道珠月如此不堪，不是点燃诗心中的希望，不能让他满足，只能让他绝望，甚至想死，那么珠月也太失败了。

珠月在心里对诗说："忘了这世上有我这个人吧。我心里是那么喜欢你。天生就喜欢你。即使你把我伤害得千疮百孔，可此刻充溢在我心里的全是爱你。只希望你以后再也不要伤害我们孤儿寡母了。我们是命中注定不能走在一起的人，走在一起就要做傻事。好好地，你应该有你的幸福快乐的生活。"

珠月只感到一种沉重的疲倦，她又想睡了。她只感到好累的感觉。还没写三个字，头脑里已浑浊一片。

珠月想，除非诗主动来找她，她想这就是天意了。她心里暗暗地盼着诗来找她，又有些小小地害怕前方是什么。诗会主动来找她吗？如果诗主动来找她，她就是上刀山下火海都会和他在一起，就是死都和他在一起。如果这是一个她即将爱死的爱，她也无畏。既然诗不来找她，她也没什么后悔的。她这样劝服自己。就像眼看着一堆灿烂的花朵从眼前的河流飘过，伸手来抢已被水冲走。心中只有无尽的叹息。

梦里佛祖认为女人是不洁的，不容她，有人拼命地追她。珠月很害怕。她醒后想，如果她和诗不是合法地走在一起，她以后还有脸面走近慈光寺去拜佛么？珠月已经筋疲力尽了。她不知该怎么做才是对的。到底诗是怎么想的，要她怎样，她根本不知道。她只是想凭着善良、美好的心抑制住诗身中的魔，可她的心、她的孤独都不能抑制住诗身中的魔，她就想用她的身体去抑制诗身中的魔。珠月想，如果把她的身体给了诗，她就可以满足他在梦中对自己身体的强烈愿望，说不定就可以制住他身中的魔。而且，到了那时，珠月和他的关系不是客套的朋友关系了，她可以直截了当地劝说他不要做坏事，不要走火入魔做自己都不知道是作恶的事。也许他的心魔只是因为他们的距离产生的，他的恐惧只是因为那些在他看来是不好的梦没人说，恐惧就会积存在心里，成为一个庞然大物，也许挑明了，所有一切看起来是忧惧万分的事到时就会显得太荒唐太可笑，忧惧也会烟消云散。

想把自己的身体给诗的结局是什么呢？晚上全是噩梦。

珠月想起曾和余清一起到慈光寺去烧香，余清烧香时眼神里有些害怕的样子，他把香插到香炉里时香灰落下来把他的手指烫着了，他用嘴吹吹他被烫得起了泡的手指，又恐惧地看了看佛祖的像。回来时，余清在车上说："请神容易送神难。"

珠月已预先处在一种隐隐约约的罪感中。

伟大的佛祖一直都在保护珠月，这次，只要珠月敢这样做了，佛祖会惩罚她。可佛不是说，有情人做有情事无罪吗？可一晚上都在做噩梦。

她全身无力，身体里似乎有一种疲乏的分子弥散在每一个细胞里。

珠月刚梦见诗在自己家乡的路上当着他妻子的面要了她。她拉着他的手，她和他拥吻着，他们用舌头紧紧地勾住彼此的舌。他们抑制不住地在一起了。他们的身体就像一朵交错的并蒂莲。

珠月梦中渴望着诗的身体，看得出诗也渴望着她的身体。当诗进入珠月的身体时，珠月身体的肌肉不停地颤抖着。那时候，就是要他们死，他们也要那么做。当他们那么做时，他们也意识到可能会受惩罚，他们彼此都坚定地那么做了。他们实在忍不住了。都忍了那么久了。要死就死吧。他们想。

珠月过后却感到自己快不行了，这次的事情不仅诗的妻子知道，还有几个女人也知道。醒后，珠月在心里对诗说，对不起，我好想要你的身体，可我做不了你的情人，只能做你的妻子，我的心灵和精神都不能支撑这件事，我怕我再也进不了慈光寺了，我怕佛祖抛弃了我。

珠月想，这可能正是一个情欲的魔鬼在诱惑着她。

珠月躺在床上浑身发热，她抑制住自己的热流，狠狠地想，我就是想要他的身体。几年前连续几个月珠月都梦见和诗在一起，除了第二次见面做的梦外，没有哪一次像这一次这么真实、有力量，说明诗好了，已在渐渐恢复理性和男人的力量。梦中，诗像一个帝王一样，有七八个老婆。诗让人把她们都用轿子抬走了，珠月没上那个轿子。

珠月怕的是她的心灵和精神不能承受所谓的世俗伦理道德，她更不愿诗因为认识她而死，这是她最大的罪。诗年轻的身体发出像兰草花一样的清香，他就像到茅岭的路上溪边一丛丛蓬勃生长的兰草。他的周身全是生长、青翠欲滴的浓郁气息。他应该到生命快腐朽的那天才能离开这个世界，就像一棵大树只有快腐朽了才能倒下一样。

又回到原点了，她将像错过因颉一样错过诗。

珠月好想拥抱住诗，心里又透过一阵强烈的透彻的冰凉。如果此刻诗来了，她会毫不犹豫地扑在他怀里，哪怕此刻外面打再大的雷，刮再大的风，珠月都会紧紧地抱住他。

珠月想，人不应该克制自己的爱和欲望，梦中，佛的代言者双手举起来表示赞成，他心里的意思是，每种宗教都有缺陷。基督教只承认自己的神是唯一的真神，佛教克制人体正当的情欲。宗教的本质是向善向美，世间没有完美无缺陷的宗教，只有向善的本质不会变。

珠月想她注定要爱诗，虽然可能前面是他要递给她一杯毒酒。她得预先给他打预防针，不许他厌弃生命。

珠月不喜欢被人窥伺，像个军官一样管着她。她心里有自己做人的准则。诗喜欢控制别人，就会造成一系列的破坏、伤害，珠月已经被诗整得伤痕累累了，诗也觉得自己付出很多。他不累吗？这些不要精力？珠月是自由的精灵，诗是独裁的君王，虽然他们也有很多能够理解的地方，他们必定也有强烈的冲突。珠月想，诗之所以一次次地伤害她，一定是他的心里不平衡，他一直都在破坏、干涉珠月，对珠月造成极大的伤害，他还觉得自己付出得太多了。珠月即使用孤独、心来守护他都不行，他还要珠月不断地受伤，最终走在一起，就像彗星一样双双从天空坠落。

珠月不相信预言，如果预言被揭穿，就失去作用。她知道自己的命运就是爱诗，即使在她恨得要死时，她都看到前面的天空幻化成两个字：爱诗。珠月不相信，他都把我伤成那样了，我还要爱他？可每次那些字母、数字明确地出现在珠月的眼前。这就是她和诗的命运？一个辉煌的爱情，一个因爱毁灭的劫难。她肯定会爱诗，不过，她害怕佛祖不答应。她肯定要爱诗，既然命运要她爱他，全身像燃着一团火一样爱他，那也是命运的劫数。她只能走到诗那里去。是孤独还是爱情，是活着还是毁灭？

诗可能娶她吗？如果诗能娶她，珠月将没有罪感。珠月很怕自己的罪感。可她的身体就像被燃烧着。欲望和安宁，你要哪一个？

连日来准备好的身体变得烦乱不堪。她对自己说，镇定，如果你不作打算，其实也没那么失望，是不是？什么时候能够单独见面？一个男人不能坚定自己敢于做什么，这样的感情必是无疾而终。就像和因颉漫长的相思，珠月已不是少女般山花烂漫的年龄，语言什么的对于她已没有吸引力，或者说语言、心灵吸引力已爆满时，那时，她唯一要的就是身体。

珠月约诗吃饭，诗来了，他和一个朋友一起来的。珠月看着诗乌色的嘴唇，她心里很疼他。她想，到底是怎么回事？他是不是写诗太投入了？或者最近在思考一个物理问题？怎么嘴唇还是乌色的？珠月感到诗是因为写诗把自己的生命耗损了，她在想，诗歌，滚蛋吧，如果要因此来耗费我珍爱的人的生命和精髓。她觉得那些诗歌就像张牙舞爪的魔，似乎是由她制造出来的，又来折磨他，她几乎要起身挥着手赶走它们了。她想走上前去亲吻他花瓣状的唇，就当他的朋友不在，久久地紧紧地，把他嘴唇的乌色吸走，让他的嘴唇变成正常的红润的颜色。珠月回家后在网上查什么病会让嘴唇变成乌色，查了半天，她并没查出一个结果。

当珠月看到诗带着一个朋友走进吃饭的包间时，她感到一下子没气了，就像被雷打了一样。她说话顿时变得无力，没有底气，像是在空中浮着。她已准备好的想法全像掉进黑窟窿里去了。珠月的眼睛里似乎要流出水和火来，她在诗的眼睛里似乎也看到了同样的渴望和绝望，又似乎看到他在力图逃避这些情感的纠缠。诗故意轻松地说着笑话，珠月却感到他们似乎要离开了，虽然他们从来也没真正地在一起过。诗拿不准自己要不要珠月，珠月本想今天和诗好好说说心里话，也想知道他是怎么想的，不管他们未来能不能还在一起，不管他们的结局怎样。她只想了却一个愿望。可她分明畏惧着那个梦，又盼望着把自己给他。珠月心不甘，诗的心更不甘，几年的时间就这样白费了。珠月的眼里流出了爱的绝望的泪水。几天来她说话的声音一直都有气无力着。

就像用刀铲掉了一个疼痛的肉瘤。诗从她的手中滑走了。她为他感到庆幸，那梦中递给她一杯毒酒的场面现实中不会出现了。虽然那杯毒酒浸着对生活的深深厌倦和绝望，但他们却从此相伴，不孤独这个景象一直也让她心驰神往、欲罢不能。

第九十一章

珠月给诗写了一封信，亲自发到了诗的邮箱。发完后，珠月又检查了一下发件箱，上面显示发送成功。这次珠月不再是以前的在心里说，在日记里写，在邮箱草稿箱里留言，在他的单位信箱里放匿名规劝信，虽然她知道诗都感知到看到了。好像这些还不够让诗相信、放心。珠月信中的意思是说，她愿意孤独地守护着诗，只要诗需要，直到他亲自对她说不需要她这样做。如果诗想来看她，她会等着他并欢迎他来看她。只求诗可怜她们孤儿寡母，可怜她的亲人，不要累及他人，不要最终伤到他自己，她恳求他再也不要破坏他们了。

珠月白天倒垃圾时怕忘了关门咪咪会像上次一样不知不觉溜出去，没想到猛一下子就把门带上了，她只有穿着睡衣和拖鞋下楼去找开锁老师傅开门。

晚上，珠月梦见咪咪为她涅槃了，她醒来担心咪咪是不是死了，她走到客厅看见咪咪正蹲在沙发上眼睛亮晶晶地看着她，她放心了。珠月走到咪咪身边，她轻柔地抚摸着咪咪的脊背，嘴里念着："咪咪，乖乖，咪咪，乖乖，你真乖哦，你可不能死。"

好长时间了，诗并没来看珠月，也没给珠月回信。

珠月梦见诗在离她比较远一点的地方笑着对她说："我贪污了你的小说。"那一刻，几年来所受到的迫害、欺凌、侮辱一起全部涌上珠月的心头，梦中她声嘶力竭地叫道："你这个水货，你这个小人……"醒来后珠月发现自己的喉咙都发不出声音了。珠月万分不解梦中诗怎么能那么轻描淡写地笑着说这事。

旷诗对人说："幸亏这两年我将明珠月未出版的小说不断向外渗透了一些。"

怪不得这几个月来，从小因长癞痢头顶秃了很大一块的三伯出现在珠月梦中几次了。

珠月正月里看电视时，才看几集电视连续剧，已看得惊心动魄，她不敢再继续往下看了，她立即调台。过了几天，她又忍不住看了一下那个电视连续剧，她心惊胆战地看着，最终确认这部电视连续剧抄袭了自己未出版的小说的一些语言和主题，把她的思想改头换面。珠月像是被雷击中，她一直在逃避那个梦，可是梦现在已化为现实送到她的面前。珠月看着那些演员在认真地演着，她觉得他们的感情是浪费的，他们是可怜的。珠月的眼睛里喷出了愤怒的火焰，她的嘴唇紧紧地闭着，口腔里咕噜噜地响着，她的嘴唇间迸出了无词的怒雷一般的言语。

余清开着豪华宝马来了，他又走了。他没和珠月说他是开着宝马车来的，他是想兑现自己的承诺，再娶珠月一次。他以为娄女是他的情人，他还可以娶珠月。余清坐在沙发上，他的身子下意识地往珠月那边倾斜着，他有些想习惯性地抓珠月的手。看珠月无意，又反驳着他的意见，他失望地说："江山易改，本性难移。"余清喜欢珠月听他的，像娄女一样仰视他。

整个正月里，珠月时不时就有眼泪盈满眶，她想，这是自己的屈辱日子。是旷诗让她惶惶不安。旷诗又想害余馨考研。旷诗曾叫人偷走余馨辛辛苦苦抄得整整齐齐的考研笔记本，又打电话给有关人员说，要紧着给余馨分数。余馨报考的专业招生人数比往年少了三分之二，该系别的专业招生人数未见减少，而且有的专业招生人数还增加了。除非余馨做到完美，否则刻意的滴水不漏的破坏没有一个人能经得起。就像有人说的："你们也算不错的人家，为什么别人敢这样对你们？"珠月想这话问到了点子上，"谁给他的权利？他怎么这么不知羞耻？"是因为她的一直忍让、宽容，她怕伤害他，怕他病。可是，谁来可怜她们母女？他怎么不怕伤害她们？如果是他自己的孩子他舍得破坏伤害她吗？

我为什么要一直蒙着自己的眼睛？

已有好长一段时间没联系的好友双翼给珠月打电话："珠月，最近热播的电视剧《新编黑虎狼》偷了你还没出版的小说的灵感、思想、意蕴。你赶快看看。"珠月看这部改编当代名著的电视剧时每一集都看得胆战心惊，她不知道下一集编剧又会偷她的什么。她唯一的感觉就是自己像一只任人宰割的小鸡一样。珠月所有的人生积累和思考都蕴含在这部小说中，编剧却是搜骨刮髓地抄，一般的人根本看不出抄的痕迹。这部热播电视剧里最精彩的部分很多都来自珠月小说带给编剧的灵感。珠月已经是出离愤怒了，她把这学期所有的事都做完后，她想这部剧也播完了，投进去的资金也该收回了吧？虽然她为剧中几个演员把自己豁出去的表演而感动，可是她还是下决心要把此事披露出去。

珠月自从开始看这部电视剧后，她就处于一种极端心灰意冷的状态。小说投出去快一年了，没有期刊发表，没有出版社出版，小说倒是流出去了，而且不到一年的时间，已有两部电视连续剧抄袭她的小说。珠月好多天都没怎么说话了，她的脸上表情淡漠，说话的速度变慢，说话的声音也不像以前那样充满着真挚的热情，甚至都捏得出水分。

十几天后，双翼又给珠月打电话："珠月，你的小说都要被抄完了，你有时间看看《某月》电视剧。"珠月已没有心情看双翼说的某剧了，万分悲凉从心底里涌来。就像一个人用大半辈子时间做一件万分珍贵的衣服，却被这个撕一块，那个撕一块；就像自己堆了一田收割后的稻谷，在她注意不到的地方这个拿那个也拿。珠月一天晚上看电视，发现两个台的电视剧都在抄她的小说，之前零星地看了《狩》电视剧，看一集就嗅出了抄袭的气味。她看着电视剧时在想，那个编剧现正在做什么？他心里慌不慌，羞不羞愧？珠月担心女主人公要说出她小说中语言的下一句来，还好，没有。看来，编剧还有些要脸面，他认为还是不能抄别人没发表的小说中一模一样的语言的。看《生》电视剧时，她担心最后一集男主人公要从玻璃珠里看到阳光，还好，他看到的是大海。另外两个节目也在珠月小说中找灵感，其中一个谈话节目竟然出现了珠月小说里创造的名词，目前还无人用这样的语言。珠月紧闭双唇，神色凝重地关上了电视，一伙羞辱人的强盗！一群躺着的蠹虫！她意识到这是一个史上最大的未出版原著小说盗窃事件。她在豆瓣网上揭发，发上去后立即被删了，她又发，却发不上去了。

珠月已有一个多月不敢看电视了，她很怕打开电视又看到了小说被抄的新的电视剧的出现。

一年后，珠月听到了旷诗自杀的消息。那时，珠月正在梳头，她手中拿着的梳子停在了空中。她感到一种深刻的痛从心底涌出，她流下了一串串深长的泪水。

当珠月有一天照镜子发现自己的头发全白了时，她有种不在世间的感觉。她看到了自己越来越轻的身体，在空中飘浮，飞向那个终生的影子；她化成了一缕芳香，飘进了他的口中，去还一个债，她把自己完全给了他。也许，这是最好的结局了。

她走到因颉面前，用自己的嘴去亲吻她深爱的爱人的嘴。他躺在床上，身体有些弱，像是病了，她心里说，让我把芳香给你吧，让你再也不要痛了，让你的身体没有一点污浊，你将神清气爽，你就是明天早晨在天空向我走来的阿波罗太阳神。

夕阳照在她的身上，远处是退了水的沙洲，沙洲上有很多一畦一畦的菜园，有几个人在沙洲上挖地，撒小白菜籽、萝卜籽，她仿佛看到她和妈妈、连月一起挖地、谈笑、撒菜籽，说他的事。妈妈和妹妹说，如果你真的能和因颉在一起，我们全家都不知要怎样的高兴。她心里在甜蜜地想着他，远处的火烧云烧得更红了，那就是他喜欢的红色。清凉又带着香味的晚风轻轻地吹拂着，照着她们幸福的憧憬的笑容，那时候，生活是多么美啊，那一年，珠月十九岁。

从小到大，珠月对自然有一种天生的热爱，家乡蜿蜒曲折环绕着山一直延伸下去的水库，夏天她会经常弯下腰侧着头看水库里游泳的花花绿绿的头。放学回来的路上，看着那些水库里落日之下的头影，就像她家来了客人一样欢喜。

小时候，珠月经常看到一些外面来的人在山边的小路上悠游行走，据说他们是稍远一些的矿务局的职工，或者是从山外来的人。

家乡人说那些很悠闲的人是来看风景的，珠月当时不太懂，心想，这有什么好看的。虽然她自己是那么喜欢看。她经常会在夏日的清晨坐在柴垛上一个人静静地看着湖面以及湖对面的竹林，有时还可看到白鹭翻飞，竹林经常在风中往一个方向轻拂，一层一层的，像波涛。这个爱好从小学开始，一直到泉城读书、工作。放假回家了，她仍然会拿起一本书或者一个日记本坐在柴垛上，看着不远不近处的青山，还有那碧蓝的水。谁家就近种的南瓜开花了，有的结了一些小南瓜，还有的吊着几个大南瓜，岔在搭好的架子上，要不，瓜藤会因不胜负荷让南瓜像西瓜一样在地上长了。也有的人家不搭南瓜架，就让南瓜在地上长，收获也不差。经常有人家把南瓜藤最顶端的嫩巅摘下来炒着吃，她现在想起来觉得挺好吃的，当时没觉得。南瓜藤巅有一种很原始的味道，就像莴笋只放盐放油炒，什么都不加，也有一种纯粹的原始本味。

夏日的清晨显得那么空旷，珠月尽情地呼吸着空气中的清风气息，那里面有泥土、菜园里蔬菜瓜果的芳香。她有时一个人走在清晨还无人行走的瓜架下，都以为那条路是她一个人的，那些瓜花是为她一个人盛开，那个清晨是她的。

珠月喜欢家乡夏日的清晨，有一部分原因可能是因为她怕冷，不怕热。冬天来了，似乎是一年中最不好的季节来了，冬天快过完了，似乎春天的温暖就快要来了，心情随之变得喜悦起来。当冬天的气息就要来时，每年家乡的十一月就会开始变冷，那种感觉就像小时候过年眼看着除夕、大年初一悄悄过去了，到了初七、初八时，就变得惆怅起来一样。马上年就要过完了，冬天渐来时也是这种感觉，冷的季节受罪的季节又该到了，不冷的秋天已经渐渐落在身后了。

珠月坐在屋檐下晒太阳，屋檐下有很多破瓦片，都是小朋友们捡来搭小房子、过家家的，叶曦来喊珠月到一个茅棚里去和几个小伙伴一起过家家，她们把破瓦片、破碗片等一片片地摆成锅碗瓢盆的样子，各尽其用。她们又去滑草梯，她们天生就知道那片长满青草的斜坡是可以滑的，上上下下，不亦乐乎，天都要黑了，青草被她们滑得流出了很多绿汁，就像今天喝的天然甘蔗汁那种绿。空气中全是甘蔗水的味道，那是她梦想中未来生活的味道。

水管喷水的声音听起来很像蛙声一片。

黄昏的家乡，有一层淡淡的薄暮，晚饭香在炊烟中袅袅升起。珠月走在公路上，背着一捆黄豆，快到家时，妈妈还在山那边的田地里捆黄豆秆。夜幕笼罩的时候，珠月喊妈妈回家，公路上有人影移动，是妈妈挑着一担黄豆秆回家了。

珠月的面前呈现出一幅景象：林中仙女忽然在她的面前停住，她们好像是从树干中长出来的，又像是从草地中升起来的。起先是一个，然后有两个，就像她和连月，穿着长裙子，身上缠着一层层雾气。树林里空气清新，她长长地吸了一口气，就像整个山林都到了她的肺腑里。林中有鸟在叫，早晨的阳光透过树梢照在她的眼睛里。她眯起了眼睛，喜悦和希望的感觉就像早晨晶莹的露水，透明清澈，在光线下闪耀着对未来的向往。

这么多年以来，第一次仔细地长久地瞧着阳光，它柔和的光线照在珠月的眼睛里，揉进了慈祥和爱。

爱情一定是甜的，她曾经坚定不移。甜从她的胸口溢出，就像从她的胸中渗过阳光的光线。她摸着自己千疮百孔的胸部，现在仍愿相信。

就像天上的晚霞，多美啊，即使马上天要黑了。众神的黄昏，我将走入你的口中。

梦中开出的花朵在珠月的眼前移动。她想，他在那里静静地看着她，不知会坚持到何时？她躺在床上想着，想着，太阳落山了，天黑了，她仍躺在床上想着。想着他，他们。

恍惚中，圣徒的两张脸依稀露出来，他们的脸像浸过的糯米一样白。

胡梅仙写于 2010 年 9 月至 2016 年 7 月

2017 年 12 月对最后一章进行修改

于广州蓝色康园